Thorsten Becker, Sieger nach Punkten

Moldawien
Odessa
Akkerman
Ukraine
Krim
Pruth
Karpaten
Rumänien
Sewastopol
Bukarest
Donau
Konstanza
Deli Orman
Schwarzes Meer
Pleven
Şumla
Varna
Bulgarien
Sofia
Burgas
Amasra
Plovdiv
(Philippopel)
Maritza
Kastamonu
Zonguldak
Edirne
(Adrianopel)
Çatalca
İstanbul
(Konstantinopel)
Pontisches Gebir
Çorlu
Griechenland
İzmit
Bolu
Marmarameer
İznik
(Nikäa)
Sakarya
Suvla
Gelibolu
(Gallipoli)
Mudanya
Ankara
Anafarta
Bursa
İnönü
Eskişehir
(Dorylaion)
Çanakkale
Dardanellen
Haymana
Kırşehi
Lemnos
Troja
Mudros
Balıkesir
Kütahya
Türkei
Tuzgölü
Ayvalık
Pergamon
Aksaray
Ägäis
Afyon
Uşak
Akşehir
Manisa
Chios
İzmir
(Smyrna)
Alaşehir
Konya
Euboia
Çeşme
Aydın
Efes
(Ephesos)
Menderes
Denizli
Burdur
Athen
Karaman
Taurus
Antalya
Alanya
Bodrum
Rhodos
Rhodos
Lefkosia
Zyper
Hanya
Kandiya
(Heraklion)
Kreta
Mittelmeer

Anatolien

Kaspisches Meer
Russland
Grosny
Noworossijsk
Kaukasus
Sochi
Abchasien
Suchum
Georgien
Tiflis
Kura
Azerbaycan
Adscharien
Batum
Ardahan
Sulakbahçe
Armenien
Kars
Erivan
Rize
Trabzon
(Trapezunt)
Sarıkamış
Ararat 5165
zu Azerbaycan
Aras/Araxes (Pison)
Bafra
Samsun
Ünye
Vezirköprü
Pontisches Gebirge
Ağrı
Erzurum
Çaldıran
Iran
(Persien)
Yeşilırmak
Amasya
Tokat
Hınıs
Erzincan
Malazgirt
Ahlat
Vansee
Van
Urmiasee
Sivas
Muş
Sasun
Kızılırmak/ Halys (Gihon)
Elazığ
Hakkari
Taurus
Siirt
Malatya
Kayseri
(Cäsarea)
Diyarbakır
Euphrat
Arbil
Mosul
Göksu (Kalykadnos)
Sis
Gaziantep
Birecik
Nizip
Kırkuk
Tarsus
Adana
Mersin
İskenderun
Aleppo
(Haleb)
Tigris (Hiddekel)
Antakya
(Antiochia)
Syrien
Hama
Hadithah
Homs
Irak
Tripoli
Meer
Beirut
Libanon
Damaskus

Das Osmanische Reich zur Zeit Süleymans des Prächtigen

rowohlt

Thorsten Becker

Sieger nach Punkten

Roman

Rowohlt

Dies ist ein fiktives Werk,
Ähnlichkeiten mit lebenden Personen
wären rein zufällig und sind
nicht beabsichtigt.

Der interessierte Leser findet
am Schluß des Romans ein Glossar
fremdsprachiger Begriffe in
alphabetischer Reihenfolge.

Lektorat Thomas Überhoff
Assistenz Ralf Krause
Glossar Jörg Kuglin
Erste Auflage Januar 2004

Kartographie Peter Palm, Berlin
Satz aus der Bembo PostScript
von hanseatenSatz-bremen, Bremen
Druck und Bindung Clausen & Bosse, Leck
Printed in Germany
ISBN 3 498 00620 7

«Immer wenn ich an den Indianer denke,
fällt mir der Türke ein.»

Karl May

«Die Toleranz kann nur eine vorübergehende Haltung sein;
sie muß zur Anerkennung führen.»

Johann Wolfgang von Goethe

«Von Herz zu Herz geht ein Weg.»

Mustafa Kemal Atatürk

Für Şentürk Özdemir

Die erste Runde

Den Erzählern, die den zum Handeln und Wirken Bestimmten im Troß das von den Vorfahren und Ahnen Durchlebte ordnen und nachschleppen, gilt es inzwischen wieder als ein Ausgemachtes, daß eine Geschichte als erste und unabdingbare Voraussetzung einen Helden benötigt. So kann auch hier der Anfang einzig darin bestehen, daß wir all und nichts zu einem besonderen lebendigen Menschen fügen und so den Heroen erschaffen. Nicht selten war aus dem Kreis jener, die das schöne Handwerk des Heldenmachens zu ihrem Beruf und Zeitvertreib erkoren, die Meinung zu hören, jegliches Wesen, das nur gelebt, ein wenig sich auf diesem Erdball getummelt, gelacht und geweint hat, sei tauglich, von wohlgewählten und richtig gesetzten Worten zum Protagonisten verdichtet zu werden. Ohne dieser Auffassung entgegenreden zu wollen, bleibt es unser Entschluß, einen Helden vor uns zu stellen, der ganz aus den Teilen seines Begriffes und seiner Wahrheit zusammengesetzt ist.

Kaum zu übersehen ist hierbei, und es will auch mit der gehörigen Ehrfurcht betrachtet und aufgefaßt sein, daß mit diesem allerhöchsten Anspruch eine gewisse Gottesverlegenheit zur unsrigen wird. Das Gute zu zeigen und zu verkörpern im Helden, müssen wir auch das Böse in gleicher Kampfstärke in die Welt hineinwerfen, denn nur in der Auseinandersetzung mit ihm, im zähen Ringen, in der Aufbietung aller Kräfte und Listen, kann uns der siegreiche Überwinder des Schlechten die Ergötzlichkeit schenken, auf die es uns ankommt.

Schon Gott hat, weil Er an die beschlossene Erschaffung der Welt trat, bevor die berührte philosophische Kniffeligkeit zu Seiner Zufriedenheit und derjenigen der nachher von Ihm gemachten Menschheit aufgelöst war, gerade unter Seinen glühendsten und verständigsten Anhängern Kalamitäten und nie zu Ende kommende Debatten erzeugt über das Problem der Freiheit, die

Sünde zu begehen oder aber sich ihrer zu enthalten. Gott mußte anschauen, wie Sein Werk, von dem Er am Abend eines jeden der sechs Arbeitstage gesehen hatte, daß es gut war, eine Entwicklung nahm, die Seinen Wünschen und Planungen entgegenlief, was Ihn dazu zwang, in immer kürzer werdenden Abständen Engel und Propheten zu schicken, um es doch noch nach Seiner Art und zu Seinem Vergnügen zu modeln.

Gottes Leichtsinnigkeit mag durch den Rausch verursacht gewesen sein, in den Er beim Akt des Schöpfens geriet, was Ihn möglicherweise dazu verleitet hat, die Welt mit zu vielerlei Gestalten zu füllen, so daß Er schließlich selbst den Überblick über all das von ihm Gefertigte nicht mehr vollständig zu wahren vermochte. Es spricht für eine solche Annahme auch stark, daß Er, bevor Er sich zur Erholung einen freien Tag nahm, noch einen ganzen damit verbrachte, den Menschen zu schaffen, und zwar ausdrücklich Seinem Bild ähnlich und mit dem Auftrag, Herrschaft zu leisten über all die Fische im Meer, die Vögel am Himmel, das Wild des Feldes und selbst noch über all das Kriechende, das auf der Erde sich regt. So befrachtet mit dem größten Teil der Verantwortung des sich zur Ruhe zurückziehenden Gottes, war der Mensch wohl von diesem Anbeginn etwas überfordert, aber doch gewillt, auch das weit über seine Kräfte Gehende forsch in Angriff zu nehmen, um beispielsweise gleich einer Pflicht zu gehorchen, die strenggenommen ja noch den Obliegenheiten des Gottesgeschäfts zugehört hätte, und all diesen Tieren im Wasser, auf der Erde und in der Luft Namen zu geben.

Wollen wir das Angemerkte uns Warnung sein lassen und bei unserer Schöpfung darauf achten, alles höchst einfach und im beschlossenen Rahmen zu halten, damit nicht gleichfalls etwas, das wir zu unserer Lust und Erquickung erschaffen, später sich wandelt gegen unsere Absichten und geeignet wird, unseren Verdruß und unseren Zorn zu erregen.

So empfiehlt es sich, den Helden in einen Körper zu setzen, der wohlgeformt und kräftig, die Scham – um auch von hier gleich allen Eventualitäten vorbauend entgegenzuwirken – von ein Paar Shorts bedeckt, die Hände, damit sie sich allen Schöpfens und Schaffens enthalten, wovon, wie angedeutet, die allerkompliziertesten Verwicklungen zu gewärtigen wären, in Bandagen gewickelt und in Boxfäustlinge gesteckt. Damit haben wir also den Vertreter des Guten oder, genauer, das Gute in menschlicher Gestalt, in der allein vorzukommen ihm philosophischerseits statthaft und geboten ist. Um sich zu bewähren und zu beweisen, braucht es das Böse, das zu Zwecken der Einfachheit und besseren Übersicht ebenfalls einen wohlgeformten, kräftigen, menschlichen Körper annimmt, selbigen wie das Gute nach den Vorschriften des Boxsports bekleidet, wozu außer dem Erwähnten noch das zweckdienliche Schuhwerk und der Mundschutz gehören.

Der Platz, an dem der Kampf zwischen Gut und Böse, dem beizuwohnen wir uns versammeln, zur Austragung kommen soll, ist jenes in irreleitender Weise als «Ring» bezeichnete, von Seilen umspannte Geviert von sechs mal sechs Metern. Ohne irgendwelchen äußerlichen und daher zufälligen Vorteil auf einer der Seiten, ohne jeglichen Einsatz von Waffen oder Benutzung sonstwelchen Geräts, allein mit Hilfe der Fäuste und nach festen und formulierten Gesetzen, deren Einhaltung so streng überwacht wird wie die derjenigen von Moses oder Mohammed, muß sich erweisen, welches der beiden das Stärkere ist.

So gewiß für unsere Anteilnahme die Unabdingbarkeit eines Helden, so fest steht andererseits auch für ihn als Bedingung die Anteilnahme des Volkes. Denken wir uns also über den Boxring den Himmel eines großen Zeltes geschlagen, das eine Menge von 5000 Menschen erfaßt, die hier auch anwesend sind, auf die Ränge verteilt, unruhig Wetten abschließend, Harmloses und Unflätiges rufend, Bierdosen öffnend, Plastiktüten voll Salzgebäck aufreißend, den ersten Gongschlag erwartend.

Dem Ertönen dieses Signals hat voraufzugehen nach dem pugilistischen Ritual die Präsentation von Herausforderer und Champion. Aber bevor wir noch dem Ringsprecher zu diesem

Amt das Mikrofon überlassen, wollen wir unseren Leser aus der Arena entführen, Näheres in seine Kenntnis zu bringen über die Herkunft und die Familie jenes Streiters, mit dem wir uns zu identifizieren gedenken. Bevor noch aus den ans Zeltgestänge montierten Lautsprechern dessen Kampfgewicht und Kampfrekord ausposaunt werden, wollen wir uns ein wenig tummeln in seinen heimatlichen Gefilden, und statt, wie sich's wohl an dieser Stelle gehörte, seinen Namen zu nennen, erzählen wir, auf welche Weise er zu ihm gekommen.

Um die Ausfechtung der europäischen Meisterschaft dreht es sich bei der angesetzten Messung der Faustkräfte, dennoch stammen weder der Inhaber des Titels, der Frankreich vertritt, noch unser zu schaffender Held, der ihm für Deutschland die Trophäe zu rauben wünscht, eigentlich und ursprünglich von diesem Kontinent her. Marcel Sandols, des ersteren Wiege war gar nicht im welschen Mutterland, vielmehr am hellen Türkis des Karibischen Meers aufgestellt. Freilich hatte auch Sandol wie unser Held Vorfahren und Ahnen, die, wie wir seiner Physiognomie ohne Schwierigkeiten abmerken können, auch nicht ursprünglich von Martinique stammten, sondern in einer Zeit, die gerade ein Dutzend Generationen hinabreicht, von der afrikanischen Erde geraubt und als Sklaven von französischen Menschenhändlern auf dies wahrhaft idyllische antillische Eiland verbracht worden waren.

So, wie Sandols Geburtshütte ihren Platz an der äußersten westlichen Peripherie der französischen Staatsländer einnimmt, liegt das Dorf Sulakbahçe, früher Dilan Köyü, im hintersten Ostzipfel der Türkischen Republik, umgeben von stattlichen Hügeln, und vom Grat des hinter der Moschee hoch über die Spitze des Minaretts sich erhebenden sieht man des Nachts in der Ferne jenseits der Grenze die Lichter der armenischen Siedlungen funkeln. Auch ist auf einem guten und ausgeruhten Pferd der Weg zu den von den Georgiern bewirtschafteten Äckern, die nach dem nördlichen Osten hin liegen, leicht zwischen Morgen und Mittag zu reiten.

Obgleich die Einwohnerschaft der Provinzhauptstadt Kars sich auch heute noch aus den verschiedensten Völkerschaften, vornehmlich des Kaukasus, zusammensetzt, darunter Georgier, Tscherkessen, Tschetschenen, Azeris, wozu sich noch Armenier, hängengebliebene Russen, selbst Deutsche und, in einer größeren Zahl, Kurden gesellen, ist Sulakbahçe – wovon die Alten nicht sprechen, ohne daß ihre Augen unter den Tränen des Stolzes, der tapfer die Eigenheit verteidigt hat, in feuchtem Glanze leuchten – seit seiner Gründung eine rein türkische Siedlung geblieben, abgesehen von einer Familie, deren Sprößlinge durch ihre helle Haut und den roten Haarschopf von den übrigen Gören abstechen und ihre lazisch-kaukasische Herkunft bezeugen, nebst einem halblegendären russischen Knecht, der vorzeiten bei den Leuten von unseres Helden Großvater seinen Dienst tat.

Die einhundert Häuser, die zum großen Teil aus einem einzigen, nicht einmal groß zu nennenden Raum bestehen, wovon in der Regel nur drei der Wände durch Menschenhand aufgeführt sind, während die vierte der Einfachheit halber und auch zum besseren Schutz vor Winden und Wettern – Winter für Winter hält Kars den türkischen Kälterekord und darf sich arktisch zu nennender Fröste rühmen – vom blanken Fels gestellt wird, an den diese schlichten Bauten sich lehnen, drängen sich nicht, wie wir dies von den Dörfern Frankreichs oder Deutschlands kennen, um Marktplatz und Kirche, sondern ziehen sich von der Sohle des Tales, das ein schmales Bächlein, schon eher ein Rinnsal, durchfließt, über den Kamm der Erhebung und wieder hinunter, so daß, wenn der Bewohner des ersten Hauses von Sulakbahçe demjenigen des letzten seine Aufwartung machen will, er für den Fußweg hin und zurück ein gutes Stündchen einrechnen muß.

Zur Typik der Häuser, von denen keines durch irgendwelchen Prunk oder auch nur durch besonderen Umfang hervorsticht, darf hinzugefügt werden, daß der Stein, der zur Verwendung gelangt, ein hellgrauer Granit ist, aus dem große, unbehauene Brokken sichtlich ohne Einsatz von Waage und Lot zu Mauern gefügt wurden, wobei auch weitestgehend auf den Einbau von Fenstern

Verzicht getan, was teils in der Schonung handwerklicher Geschicklichkeit, teils in der Rücksicht auf das Wetter, das heißt den im Winter meterhoch sich türmenden Schnee, teils, wie die Alten behaupten, in militärisch-strategischer Erwägung begründet sein mag. So empfangen sie ihr spärliches Licht durch eine verglaste, ins flache Dach eingelassene Luke und, zumindest in den von mäßiger oder heftiger Hitze beherrschten Saisons, durch die geöffnete Türe, die in morgenländischer Sitte den Gast zu kurzem Besuche, Geplauder und Tee mit Freundlichkeit einlädt.

Doch beruht diese zur Schau gestellte Gastfreundschaft ausschließlich auf Brauch und Konvention, es entsprechen ihr nicht die Tatsachen der Offenheit und der Brüderlichkeit im Innern des Herzens, wo Zwist und Mißgunst nisten und sich mästen.

Wie verschiedenartig auch immer der Stil der bäuerlichen Gehöfte, die Anlage der einzelnen Häuser zwischen Wasserstellen und Feldern: in diesem Punkt ähneln sich die Millionen und Abermillionen Dörfer auf dieser Erde wie die Eier ihrer wie auch immer gefiederten Hühner, und am wenigsten bildet die Ausnahme hierin Sulakbahçe. Was den Städter als ländlicher Friede anlächelt, entpuppt sich bei nächster Betrachtung als grimmigste Feindschaft zweier Lager, angeführt mit Gesetzmäßigkeit von den Häuptern der jeweils reichsten und der jeweils zweitreichsten Familie.

Bei der Darstellung der Querelen und der ins Blutig-Kriegerische ausartenden Gegensätze zwischen den beiden Sippen befänden wir uns nun in der ärgsten Verlegenheit, da wir nicht wüßten, mit Hilfe welcher Namen wir sie zu bezeichnen und zu unterscheiden hätten, wäre nicht Mustafa Kemal, der Begründer der Türkischen Republik, von dem in diesem Buch noch die Rede sein soll, im Jahre 1934 zu dem lobenswerten Entschlusse gelangt, vom Parlament das Soyadı kanunu, das Gesetz über die Einführung der Familiennamen, verabschieden zu lassen. Ganz und gar hat sich dies von dem großen Revolutionär und Reformer auf das langgezogene, im Norden von den Wellen des Schwarzmeers, im Süden von denen des mittelländischen oder, wie die Türken sagen, des Akdeniz, des Südmeers, bespülte Rechteck zwischen der Ägäis und den armenischen Alpen übertragene europäische Muster nicht durchzusetzen vermocht, denn beispielsweise tragen die türkischen Fußballer bis heute die Vor- und nicht die Familiennamen auf ihren Trikots, was bei internationalen Matches stets wieder die Kommentatoren verwirrt.

Freilich wäre die Verpflichtung sämtlicher Bürger der Türkischen Republik, mit einem Zusatznamen ihre Identität genauer zu fassen, wenig sinnreich gewesen, hätte man sie nicht kombiniert mit der Abschaffung der Quatrogamie zugunsten der Einehe, was die Überzahl der Muselmänner und nicht wenige Muselfrauen hart ankommen mußte. Da aber das Leben einmal dies an sich hat, daß es in aller Regel mißlingt, ist der Mensch doch immer froh, wo zu radikal Neuem sich die Gelegenheit bietet, und so mußte 1934 die Regierung aufs Volk keinen allzu großen Druck ausüben, bis eine jede Familie sich einen Namen erwählt hatte. Was dabei die in Sulakbahçe wohlhabendste, vom Gründer der Ansiedlung sich herleitende anging, so fiel ihre Entscheidung auf einen der in den vom Ministerium ausgegebenen Listen enthaltenen Vorschläge: Öztürk. «Reintürkisch», «türkisch bis ins Mark», wie etwa man dies zu verdeutschen hätte, wollten sie heißen und damit die Treue und die Anhänglichkeit an die altaiischen Ursprünge ihres Blutes und Wesens belegen. Die zweite, seit ihrer Ankunft im Dorf mit der minderen Stellung unzufriedene und nach der Vormacht hin strebende Sippe gefiel sich, ihre Phantasie wie auch ihre Unabhängigkeit von der Obrigkeit demonstrierend, in dem selbstgefundenen Namen «Karagöz», womit das Hauptunterscheidungsmerkmal gegen die Öztürks, deren Regenbogenhaut von bräunlich-grünlicher Färbung, ausgedrückt war, indem sie sich «Schwarzauge» nannten.

In den Jahren, die der Geburt unseres Helden unmittelbar vorausliefen, war das Oberhaupt der Karagöz Gürhan, ihm vermählt Ergül, und ihrer als fruchtbar anzusehenden Verbindung entsprossen acht Kinder, vier Knaben und ebenso viele Mädchen, was als besonders segensreich gilt. Das zweitjüngste unter den Kindern, den Eltern um ihrer sehr früh schon sich dartuenden Schönheit willen und wegen ihrer sanften und zuvorkommenden Art zwischen den Mädchen das liebste, war Sevim.

Bei den Öztürks führte das Zepter Himmet, der aus seiner ersten Ehe nur einen Sohn hatte, den Alpay, und nach dem Tod seiner Frau entschied er sich unter dem Eindruck der sprießenden Zweige der karagözischen Sippe zu einer zweiten Heirat, die er mit Birgül, einer Kusine, schloß, die ihm weitere vier Buben schenkte, als da waren: Niyazi, Fevzi, Oktay und Yılmaz, zwischen den letzten ein Mädchen, das den Namen Şerifnur erhielt.

Obwohl Sevim erst in ihrem vierzehnten Jahr stand, war doch ihre Schönheit schon zur vollsten Blüte gereift, ihre karagözischen Augen zeigten den ersten Schimmer der unstillbaren Sehnsucht, und wenn sie das Vieh zur Weide trieb, sah man, weil ihr absichtlich-unabsichtlich ein ums andere Mal das Kopftuch in den Nacken gerutscht, den Ansatz ihres seidenen blauschwarzen Haares. Oktay war, nachdem seine Brüder Alpay und Fevzi das Dorf verlassen hatten, um in staatliche Dienste zu treten, und nachdem Niyazi eine Frau aus einem der nächstgelegenen Dörfer geheiratet und alsbald in den Stand froher Erwartung versetzt hatte, herangewachsen, auf Freiersfüßen durch Sulakbahçe zu schreiten, und daß er im stillen seine Wahl schon getroffen, verriet sich daran, daß er es allmorgendlich verstand, seinen Posten in der Bakkaliye, dem ans Vaterhaus angebauten Laden, aus dem sich die Bewohner mit dem am Ort nicht Erzeugten versorgten, unter wechselndem Vorwand just in der Minute zu verlassen, in der Sevim hinter den Kühen den Stock schwang, um sie dabei aus gemessener Ferne liebend zu beäugeln und vor allem sein Herz an dem hellen Glockenklang ihrer Stimme, mit der sie das müde Viehzeug zu verschärfterer Gangart bewog, zu erheben. Sevim bemerkte nichts von dem Blick des Burschen, der auf ihrem Rücken ruhte, bis sie ihm hinter der Biegung unter der Umrandung des Friedhofs entschwand, oder zumindest gab sie sich den

Anschein, nicht das geringste zu spüren von den Amorpfeilen, die jener abschoß auf sie.

Auch Oktay hielt seine Regung, die mit wachsender Macht in ihm pochte, fest in seinem Busen verschlossen. Doch Niyazi, sein Abi, sein älterer Bruder heißt das, hatte durch Zufall einmal den Beobachtenden beobachtet, und da er der älteste war unter den Söhnen der Birgül, nach Abgang von Alpay und Fevzi der einzige Öztürk überhaupt, der nicht nur mit den Wurzeln dem Boden des Dorfes verhaftet, sondern auch willens war, weiter den Stamm zu verästeln, Besitz und Ansehen der Familie am Orte zu mehren, beschloß er, die heimliche Werbung des jüngeren Bruders mit allen ihm zu Gebote stehenden Mitteln zu fördern. Was ihn noch weiter bestärkte in diesem Plan, war die staatsmännische Kalkulation, daß eine Vermählung des Oktay mit einer der Töchter des Gürhan den karagözischen Widerstand zu brechen und der leidigen gegenseitigen Behinderung auf immer ein Ende zu bereiten vermöchte, durch das Hochzeitsfest eine Epoche friedfertigen Miteinanders und allgemeinen Gedeihens in die Wege zu leiten. Auch war die Zeit überreif dafür, den Oktay unter die Haube zu bringen. Wenn dieser erst einmal zum Militärdienst einberufen war, mußte er durch das Erlernen von Lesen und Schreiben zwangsläufig in brieflichen Kontakt zu Alpay und Fevzi geraten, was die Gefahr barg, daß diese ihm die Bequemlichkeiten des Staatsdienstes ausmalten in schillerndsten Farben, um ihn dem Dorf und damit dem Interessenkreise Niyazis bald zu entziehen.

Um so dringlicher schien Niyazi eine kluge und weittragende Intervention in die Geschicke des Oktay, als Yılmaz, der Jüngste, in seinen Augen gar keine Figur machte und nach seinem Dafürhalten auch nicht mehr hinzubiegen war zu einer solchen. Er hielt ihn für ebenso faul wie verdorben, mit nichts beschäftigt als damit, beim Essen die fettesten Bissen zu angeln, bei jeder Pflicht, die man ihm auftrug, nur darauf besonnen, durch blöde erklügelte Ausflucht ihrer auf kürzestem Weg wieder ledig zu werden. Arg verschlimmerte dies der alternde Himmet, der eine unerklärliche

Vorliebe an den Tag legte für den mißratenen Sohn, dem Taugenichts jedes Vergehen verzieh und durch sein gnädiges Lächeln oft noch den Vorschub leistete für dessen Albernheiten und Streiche. Niyazi empfand es als eine Pflicht seiner erstgeborenen Stellung, die vom Erzeuger versäumte Darreichung pädagogischer Mittel dem Yılmaz Maß für Maß zu erstatten. War Yılmaz wieder einmal, beauftragt, die Schafe zu hüten, unter schattenspendende Sträucher gekrochen, dort, was der ruhigen Veranlagung seines Gemütes entsprach, ein gediegenes Nickerchen abzuhalten, hatte er wieder einmal in der Bakkaliye für kurze Zeit den abgängigen Oktay zu vertreten und die sich bietende Gelegenheit ohne Verzug dazu genutzt, sein gieriges Maul voll Zucker zu stopfen, oder gar, was den Niyazi zur Weißglut reizte, den Revolver aus seinem Versteck in der Lade geholt, spielend herumzufuchteln damit, und es betraf ihn das Pech, bei einer dieser tausend Praktizierungen seiner Untüchtigkeit ertappt zu werden von Niyazi, so geschah es bisweilen, daß ihm die Verabreichung vorenthaltener Vaterliebe in so hohen Dosen zuteil ward, daß ihm die Sinne schwanden vor Schmerzen. Aber auch diese Ersatzleistungen des Niyazi für die fehlende väterliche Strenge zeitigten keinerlei bessernde Wirkung bei dem Kleinen, der also für die Zukunft auch nicht zur bescheidensten Hoffnung berechtigen konnte.

Wie auch immer, Gründe hatte Niyazi genug, die Verbindung zwischen Sevim und Oktay zu wünschen, und, noch entscheidender, er besaß Mittel, seine Zwecke umzusetzen ins Werk. Eines davon war die Kutsche, die sein Vater Himmet anläßlich seiner Vermählung mit Birgül in Erzurum hatte anfertigen lassen, das Symbol des Reichtums der Öztürks, somit der größte Dorn im karagözischen Auge und auch der Grund, der ihnen verbot, den Konflikt in völlige Feindschaft eskalieren zu lassen, weil man in Notfällen auf dies einzige Fahrzeug im Dorf angewiesen war, wenn es etwa galt, aus Akyaka den Doktor zu holen.

Auf der Folie der zu Sulakbahçe herrschenden Sitten versteht es sich eigentlich schon von selbst, daß im Dorf von diesen Angelegenheiten nichts zur Sprache gelangte, selbst nicht in flüsterndem Tone oder in andeutender Rede. Ganz und gar undenkbar: ein Wort, das die Dinge zwischen einem Mann und einer Frau auch nur im weitläufigsten Verstande berührt und das Ohr des Vaters erreicht hätte.

Es pflegt aber mit den Verboten, welche die Religion verhängt, und insbesondere mit denen, welche sich gegen jene Tatsachen der Natur richten, die als sexuelle anzusprechen wir uns gewöhnt haben, so zu geschehen, daß sie, weil sie dem Menschen allein als Zwang begegnen und ohne jeglichen Sinn, den er in eine Kongruenz mit seinem eigenen und individuellen zu bringen vermöchte, nicht selten von ihm in den Dienst seiner Listen und Arglisten gestellt und zum Vollstrecker zutiefst ungöttlicher Zwecke gemacht werden. So vollzieht sich der Mechanismus, durch den die Religion zur allerfürchterlichsten und verderbendsten Waffe gegen Gott wird, was uns im folgenden noch öfter vorkommen und beschäftigen soll.

Dieserart war es, in welcher Niyazi verfuhr, wenn er das Tabu über den geschlechtlichen Regungen der jungen Leute als einen Vorhang benutzte, hinter dem er in aller Heimlichkeit die Fäden schnürte, die Oktay an Sevim, Sevim an Oktay zerren und beide unentwirrbar fest aneinander schlingen sollten.

Unter peinlichster Beobachtung sämtlicher Verse sämtlicher Suren, das heißt auch jener, die Mohammed, oft unter Anwandlungen des Zorns, der Panik, des Geizes oder zur Erlangung sehr kurzfristiger Vorteile für die muslimische Sache Allah herabzusenden genötigt hatte, inbegriffen jene, die nachweislich durch die vom Kalifen Osman bestallten Redakteure des Korans entstellt und teils auch eingeschmuggelt wurden, bleibt den getrennt aufwachsenden Geschlechtern zur Anbahnung auch unschuldiger Bekanntschaft mit einem Träger des komplementär verfaßten Chromosoms eine einzige Gelegenheit, nämlich die Hochzeitsfeierlichkeiten eines Verwandten. Das ist bekanntlich dem Wachstum der islamischen Völker in keiner Weise ein Hemmschuh gewesen, hat vielmehr nur die Frage des Nachwuchses den Unwägbarkeiten wankender Gefühlsentscheidungen entzogen und die Zusammenstellung geeigneter Partner für den gemeinsamen Weg durch das Leben in die Hände der älteren, von Leidenschaften weitgehend gereinigten Generation gelegt, die denn auch stets dem Gesichtspunkt des Wirtschaftlichen Hauptgewicht und Ausschlagskraft zuzugestehen geneigt war.

In dieser Hinsicht durfte sich Niyazi im Einklang fühlen mit den Sitten und Gebräuchen, die ihm als Erstgeborenem aus der zweiten Ehe zumindest und nach Alpays Verzicht als dem ersten Anwärter auf das Erbe an Äckern, Weiden und Herden nicht nur das Recht zugestanden, sondern sogar die Pflicht auferlegten, an der Stelle seines Herrn und Vaters zu handeln, wo immer der sich gehindert fand, die Wahrnehmung seiner Interessen zu üben. Freilich konnte dies nicht so weit gehen, Niyazi als offiziellen Brautwerber bei Gürhan auftreten zu lassen, was ja in dem latenten Kriegszustande der beiden Familien bar jeglicher Aussicht auf erfolgreichen Abschluß hätte geschehen müssen.

Solches erwog Niyazi nicht einmal. Er setzte auf eine andere Lösung, die, weil die Lage durch den hohen Druck der Normen so häufig entsteht, daß man sie nachgerade als den Normalfall ansprechen muß, mindestens ebenso patentkräftig ist. Wir sprachen davon, daß Niyazi über die Kutsche verfügte, die er, mit zwei der besten öztürkischen Pferde bespannt, ein- bis zweimal die Woche gen Akyaka, gelegentlich auch bis Kars zu lenken pflegte, um Ware für die Bakkaliye einzuholen. Güler, seine Frau, auch davon war schon die Rede, stammte aus einem benachbarten, aber doch zwei gute Fahrstunden dem Georgischen zu entfernt gelegenen Dorfe, aus Kıraç Köyü. Von dort war Nachricht, daß die Hochzeit einer Onkelstochter eines seiner Schwäger bevorstand.

Diesen Tag setzte Niyazi in seinem heimlichen Plane als denjenigen an, der das entscheidende Zusammentreffen zwischen Sevim und Oktay herbeiführen sollte. Günstig war dem, daß seine eigene Verbindung zur Braut weitläufig genug schien, dem Ereignis ohne schlechtes Gewissen fernbleiben zu können, daß aber andererseits beim Bräutigam eine zugegebenermaßen sehr lose und entfernte, zudem nicht gepflegte, aber immerhin allseits bekannte Verwandtschaft zu den Karagözischen bestand, die es erlaubte, Sevim einzuladen zu diesem Fest. So tat Niyazi, indem er an einem Abend, den Ergül, Sevims Mutter, gewöhnlich benutzte, ihre Einkäufe im der öztürkischen Bakkaliye vorzunehmen, ihr die Einladung aussprach. Sevim ließ ihm aber ausrichten, daß sie von dem freundlichen Anerbieten keinen Gebrauch zu machen gedachte, was diesen, wie wir verstehen, nicht wenig verstimmte.

Niyazi jedoch war weit davon entfernt, diesem Rückschlag die Veranlassung zu entnehmen, abzustehen von seinem ehrgeizigen Plane, zumal er an Oktay immer unzweideutiger die Symptome der Verliebtheit gewahrte und schon deutlich den Drang, die Sache des Herzens in eine Sache der Lenden zu wandeln. Auch war Sevims Weigerung viel zu prompt und zu klar ergangen, um nicht das durch Ziererei erst recht deutlich gemachte Einverständnis zu signalisieren.

Niyazi war gewillt und entschlossen, all seine Mittel zu investieren in das kühne Projekt. Auch blieb ihm noch Zeit, Sevims Teilnahme an der Hochzeit in Kıraç Köyü auf andere Art zu erwirken. Hier erprobte er das in vergleichbaren Situationen häufig praktizierte Instrument der Gesandtschaft. Wie geschaffen zu diesem Werkzeug seiner Diplomatie war der jüngste Sproß am öztürkischen Stamme, Şerifnur, die jüngste Schwester.

In ihren frühen Kindertagen eine Spielkameradin von Sevim, war sie mit ihr herangewachsen, bis die Verschärfung der Gegensätze zwischen den Familien auch hier eine gewisse Entfremdung bewirkte, die aber die innige Übereinstimmung der beiden schwesterlich füreinander empfindenden Mädchen nie ganz aufzulösen vermocht hatte. Niyazis Absichten kam begünstigend entgegen, daß der schon in den Sommer sich entwickelnde Frühling eine Arbeit auf die Tagesordnung des Dorfes brachte, die nach wie vor von beiden Familien gemeinsam zu erledigen war. Dies Werk nun bestand in der Ausformung von Kuchen aus Kuhmist, die, in hohen Stapeln den Sommer über der Sonne ausgesetzt, zu einer Art Brikett trockneten, um später den in jedem Hause gemauerten Öfen als Befeuerung dienstbar zu werden. Bei diesem städtischen Nasen und Augen nicht ganz reinlich erscheinenden Geschäft hatten nebst den alten Weibern auch Şerifnur und Sevim ihren Teil zu verrichten, und so war hier zwischen gemeinsamem Singen auch zu heimlichem Flüstern die Gelegenheit mehr als reichlich geboten.

Ohne die Schwester recht in sein Vertrauen zu ziehen, was denn auch den Gipfel aller Verstöße gegen die guten und heiligen Gesetze ausgemacht hätte, war es Niyazi gegeben, unter allerlei fadenscheinigen Begründungen und abgeschmackten Schmeicheleien der Şerifnur seinen Willen zu eigen zu machen. Ob Şerifnur die fuchsischen Winkelzüge des Niyazi erraten oder ob sie den Auftrag nur angenommen hatte, weil seine Erledigung die Erfüllung des eigenen Herzenswunsches einschloß, an der Seite ihres geliebten Bruders Oktay die geliebte Freundin zu sehen, oder ob sie mit in das Fieber geriet, das bei der Annäherung zweier Liebender entbrennt, mag dahingestellt bleiben. In jedem Falle wurde sie im Werk der Intrige zu einem Rad, dessen Zähne weit besser griffen, als sich hatte berechnen lassen.

Zu bedauern haben wir den armen Niyazi, daß er nicht dabeisitzen durfte, als Şerifnur mit Sevim aus dem Inhalt der Kübel, in denen das Gemisch aus Stroh und dem Produkt der rindviehischen Digestion erst wieder mit Wasser zu einem knetfähigen Teig von lehmartiger Konsistenz angerührt werden mußte, jene tellergroßen Plätzchen formte, um zu erleben, wie seine listig gestreute Saat aufschoß an den klug und genau von ihm auserkorenen Stellen. Nach wenigen Tagen offenbarte Sevim, wie sehr es sie verlangte, in ihrer Ablehnung schwach werden zu dürfen. Plötzlich war sie gar nicht mehr grundsätzlich und anstandshalber verhindert, nannte vielmehr Gründe praktischer Art, die ihrem so unterderhand bereits eingestandenen Wunsch widerstrebten.

Der Weg sei zu weit, in einem Tag hin und wider kaum zu bewältigen, und wie sie wohl aussehen würde, wenn sie doch ginge, voll Staub und müde vom Wandern. Dies sei gar kein Problem, warf Şerifnur ein und blinzelte pfiffig, wobei sie ein Lächeln, das ihre Siegesgewißheit beinahe verraten hätte, gerade noch unterdrückte, denn Niyazi gäbe ihnen ja die Kutsche. Worauf Sevim, ihre Zuflucht zu einem anderen Vorwand zu nehmen gezwungen, bemerkte, daß sie jedenfalls keine Kleider besaß, wie ein solches Fest sie verlangte. Auch daran sei schon gedacht, konterte Şerifnur mit der punchenden Führhand und drückte ihr Gegenüber tiefer hinein in die Seile. Niyazi habe zu diesem Anlaß vom Bazar in der Stadt ein Kleid gebracht für sie, das der Braut selbst zur höchsten Zierde gereichen würde. Und obgleich Şerifnur keine einwandfreien Gründe dafür vorbringen konnte, was Niyazi veranlassen mochte, der Sevim solche Gunst zu erweisen, sah diese sich durch den Niederschlag genötigt, das Handtuch zu werfen, um auf solche Art ihren technischen K.o. zu bekunden.

Sie nahm die Einladung an. Daß von der Seite ihrer Eltern kein Einspruch mehr zu gewärtigen war, dafür hatte Niyazi durch seine Scharmützel im Vorfeld Sorge getragen.

Völlig überrascht mußte Oktay erleben, wie eines Morgens Yılmaz den Wagen anspannte und ihn hinunter vor das karagözische Haus führte, wo einer von deren Knechten den Bock erklomm, nachdem er Sevim und zwei ihrer Schwestern beim Aufsteigen behilflich gewesen. Er sah das alles von ferne, erstarrte aber augenblicks am ganzen Leibe zu Stein und war der Meinung, die Welt, oder wenigstens sein Aufenthalt in ihr, sei am Ende. Sobald jedoch dieser erste Schrecken gelöst war, rannte er, was sein Körper ihm hergab, drauflos, nicht ohne zuvor die Heugabel, die bei dem unfaßlichen Anblick seinen Händen entglitten, wieder aufzunehmen.

Schon waren die Pferde im Trab, und die Räder der Kutsche knarrten aus dem Dorf hinaus auf den schmalen Weg entlang dem plätschernden Rinnsal. Hinterdrein stürzte, keuchend und ungebärdig den Heuspießer schwingend, Oktay, der, da seine Laufkraft schon nachließ, kaum glauben durfte, den Vorsprung des Wagens noch zu verkürzen. Aber auf seinen Pfiff, für den er anhalten und etliche Züge Atem einholen mußte, stoppten die Pferde.

«Halt! Zum Teufel, halt!» schrie er, und als der Kutscher und die Mädchen die Köpfe auf seine Gestalt wandten, versuchte er, Herr zu werden über die Gefühle, die wild in ihm brausten, um mit gemessenem Schritt und stolz gehobenem Haupte sich dem Fuhrwerk zu nähern.

Eigentlich noch ein Knabe, stolzierte er mit dem Ernst und der Würde eines weißbärtigen Ağas um die Kutsche herum, baute sich breitschultrig auf vor den Pferden und imponierte mit der Kraft seiner Muskeln, indem er mitten auf dem Weg seine Mistgabel drei Zoll tief in den sandigen Boden hineinrammte.

«Wo wollt ihr hin mit unserer Kutsche?!»

«Oktay», ließ sich schmatzend der Knecht auf dem Kutschbock vernehmen, der sich wenig beeindruckt gab von dem dramatischen Auftritt. «Weißt du denn nicht, daß dein Bruder Niyazi uns die Kutsche geliehen hat, damit ich diese jungen Damen nach Kıraç Köyü führe, wo heute Hochzeit gehalten wird?»

«Hochzeit?» stammelte Oktay, der wieder aller Sinne beraubt war und ein zweites Mal erstarrte unter betäubendem Schmerz.

Und, wieder rasend, als er sich löste, brüllte er: «Hochzeit?! Was soll das heißen? Niemand fährt hier zur Hochzeit!»

Damit war er schon auf dem Bock und hatte dem Kutscher die Peitsche entrissen. Jetzt erst faßte sein Auge Sevim. Ströme durchliefen ihn, abwechselnd kalt wie das Wasser der Schmelze im Frühjahr aus dem Gebirge, dann heiß wie die Feuer des Cehennem. Etwas Köstlicheres, Süßeres, Begehrenswerteres als dieses herausgeputzte Wesen in seinen Kleidern aus bunt bedrucktem Kattun war auch im Traum noch nicht vor ihn gekommen.

«Niemand fährt hier zur Hochzeit», sagte er erneut, ein wenig stotternd, aber doch mit männlich-mächtiger Drohung.

«Ei, Oktay, was ist dir? Warum willst du uns denn nicht hinlassen zur Hochzeit?»

Diese Stimme, die nicht zu den Kühen sprach, sondern zu ihm, so lieblich, so vögleinhell und doch so bedacht und gesittet, raubte, was als Rest von Verstand noch in ihm gewesen.

«Niemals! Niemals lasse ich das geschehen!» sprach er, bäumte sich auf und hob gar drohend die Peitsche gegen das Mädchen, ließ sie aber gleich wieder sinken und brach in Tränen aus. «Wer ist er denn? Wer ist *er*? Er, der es wagt, alles Glück, alle Hoffnung von mir zu reißen?»

Oktay redete schluchzend und hielt sein Gesicht unter den Händen verborgen. Sevim wurde todernst auf seinen Ausbruch, ein Zittern und Beben durchlief ihre Glieder. Bevor sie noch Worte fand, ihn zu beruhigen und das Mißverständnis aufzuklären – wobei sie einräumen mußte, daß man wirklich leicht sie für die Braut halten konnte, was denn auch beim Einkauf der Kleider Niyazis exakt auf diesen Moment berechnete Absicht gewesen –, hatte sich Oktay gefaßt und stieg hinunter vom Bock.

«Laut sage ich es: Dieses ist meine Frau», verkündete er und zeigte mit langgestrecktem Arm auf Sevim, die ihren Ohren nicht traute. «Ich liebe Sevim. Ich werde sie heiraten. Wem immer ihr sie geben wollt zur Frau: Ich werde ihn töten. So wahr es Allahs Wille ist.»

Damit griff er in die Zügel und versuchte, die Kutsche zu wenden. Sevim war schwarz vor Augen, sie hätte gerne gesprochen, war aber ihrer Stimme, erst recht der Sprache nicht mächtig. Emine, ihre Abla, nahm an ihrer Stelle das Wort.

«Oktay, wir kennen dich nicht», sagte sie streng, aber doch bemüht, den Angesprochenen nicht weiter zu reizen. «Was in dich gefahren ist, wissen wir nicht. Wir haben deine Worte gehört, ihren Sinn verstehen wir nicht. Aber wenn du geglaubt hast, Sevim sei die, die heute heiraten soll, so irrst du dich mächtig. Du selbst solltest es besser wissen als wir, wer heute in Kıraç Köyü Braut ist. Ist sie nicht von Abi Niyazis Schwager die Onkelstochter, die Sevgi? So gib endlich den Weg frei.»

Oktay machte, als er dies erfuhr, ein Gesicht, dessen Ausdruck den der Dummheit bei den Eseln im Dorfe weit übertraf, und schlug sich, als er durchsah, mit der Faust so vor die Stirn, daß er fast nach hinten gekippt wäre. Er zog die Heugabel aus dem Boden, ließ die Kutsche passieren, warf, als die Fuhre entschwunden, sein Gerät hoch in die Luft und stampfte dann jauchzend und lachend in der Wagenspur.

Niyazi, der währenddessen auf dem Dach des öztürkischen Hauses gestanden, ließ den Feldstecher, der als Kriegsbeute aus Kämpfen mit einer Abteilung Armenier, die anno 1915 vergebens versucht hatten, das Dorf zu erobern, in den Besitz der Familie geraten war, auf die Brust sinken und rieb sich die Hände.

«Zweiter Akt», sagte er feixend zu sich, und ob er gleich keinerlei Dunst hatte von Thalias Bezirken, schickte er sich doch an, in die Leibrolle Molières zu schlüpfen: die des Eingebildeten Kranken. Sein Kostüm hatte sich Niyazi schon zurechtgelegt. Er kroch in sein Nachthemd, unter die Decke und begann mit erstaunlich anmutendem Talent Leiden zu mimen.

Oktay, der seinen dreizackigen Speer noch einige Male in die Vertikale geschleudert hatte, weil es ihm in seinem Hochgefühl nicht unmöglich schien, mit ihm oben ins blaue Dach des Himmels zu treffen, machte sich im Laufschritt zurück ins Dorf, sich nur noch rasch umzuziehen und mit dem schnellsten Pferd auf Kıraç Köyü zu reiten, woher ihm alsbaldiger Triumph in der großen Liebesschlacht winkte.

Vor den Behausungen der Karagöz trat ihm Yılmaz entgegen, der dort im Schatten des Lorbeers sich dösend Erholung verschafft hatte von der frühmorgendlichen Arbeit des Anschirrens, derweil sich beim Bächlein die äußerst bemerkenswerte Szene zutrug. Es fiel ihm auf, daß der Bruder ganz außer sich war vor Aufregung, und da dieser, ähnlich wie Himmet, seinen Narreteien zumeist mit Wohlwollen und Humor zugeneigt war, ihn auch schon oft den prügelnden Armen Niyazis entrissen, glaubte Yılmaz den Augenblick günstig, wieder einmal mit Oktay Front zu machen gegen den Schinderhannes und seine Schikanen.

«Mit unserer Kutsche fahren sie!» sprach er in seiner kindisch-anmaßenden Weise. «Denk dir, Oktay, mit *unserer* Kutsche! Gleich drei von den karagözischen Weibern. Dazu noch unsere Pferde! Zu Schanden dreschen wird sie das Aas von einem karagözischen Diener. Dabei ist es doch unsere Hochzeit. Unsere Schwägerinnenbase heiratet. Und wir bespannen ihnen wie Knechte die Kutsche. Mit unseren Pferden. Wenn Niyazi nicht nach Kıraç Köyü will, warum schickt er an seiner Stelle nicht uns?»

Oktay hatte dem Unfugplätschern des hinter ihm stolpernden Tölpels sein Ohr nicht gegönnt, machte ihm nur, angelangt beim öztürkischen Haus, mit einer wegwerfenden Bewegung der Hand bemerklich, er habe Wichtiges zu tun und bedürfe der Gesellschaft des Kleinen für den Augenblick nicht, worauf Yılmaz sich trollte.

Die Unterredung zwischen Oktay und Niyazi war, nach einigem Jammern, Seufzen und Wehklagen von seiten des imaginierten Maladen unter der Decke, ihrem Inhalt nach diese:

«Oktay, du siehst, ich kann beim besten Willen heute nicht aufstehen, Hochzeit feiern, schmausen und tanzen. Du bist in der Reihe der Brüder der nächste, gehe du für mich hin und überbringe dem Paar von unserer Seite den Segen.»

«Niyazi Abi, wohlbekannt ist mir, daß, solange unsere Eltern in Kars sind bei unserem Bruder Alpay, du die Stelle hältst des Herren und Vaters und daß ich dir in allem, was du befiehlst, gehorchen muß. Aber hast du bedacht, daß ich noch nie auf einer Hochzeit war und nicht wissen kann, wie sich auf solcher Feier benehmen, noch dazu nicht einen Anzug besitze, mich halbwegs passend zu kleiden?»

«Wohl habe ich daran gedacht und hätte nicht recht, an Vaters Stelle zu walten, erteilte ich Weisung ohne Umsicht und Sorge. Was die Art deines Benehmens betrifft, sei ohne Skrupel, vertraue auf den Stolz und den Adel, das Herkommen unseres Blutes. Obwohl unbeweibt, sprichst und handelst du nach der Art eines Mannes. Was nun die Kleidung angeht, so will ich dir erlauben, heute den Anzug zu tragen, in dem ich selbst Bräutigam war. Ein weißes Hemd hat deine Schwester dir gestern gewaschen, gestärkt und gebügelt.»

«Peki, Efendim.»

«So wasche dich, rasiere dich und bestell Yılmaz, den weißen Hengst zu satteln. Aber laß dich von dem Tropf nicht durch Jammern und Betteln dazu erweichen, ihn hinter dir aufsitzen zu lassen und ihn mitzunehmen zum Fest. Das verhüte Gott!»

«So will ich eilen, mein Abi, um nicht durch Verspätung unhöflich zu erscheinen bei deinen, unseren Leuten im Köy Kıraç.»

«Eins noch», sagte Niyazi, griff, wobei er seinen Bewegungen den Anschein größter Mühseligkeit lieh, unter das Kissen, auf dem er ruhte, und zog ein dickes Bündel Banknoten hervor.

«Die stecke der Braut an das Kleid.»

Kaum eine Viertelstunde darauf sah man den festlich schwarz gekleideten Reiter auf galoppierendem Schimmel dahinjagen über das Gelbgrün des knöchelhohen Grases der Steppe, und er frohlockte und trieb seinen Hengst mit den Hacken der blinkend polierten ziegenledernen Stiefel. So scharf war sein Ritt, daß er, bevor noch die Sonne zur Hälfte sich gegen Mittag gehoben, zu der Anhöhe gelangte, von der aus man das Tal von Kıraç überschaute mit seinen Feldern und Weiden, dem Minarett der Moschee und den Häusern des Dorfes.

Hier zog er die Zügel, saß ab und besann sich.

Vom Festplatz drangen schon die Klänge der Schalmeien, die Töne der Saz und die dröhnenden Schläge der Trommeln zu ihm herauf. Bitterkeit focht ihn an: Er stand hier oben im Anzug des Bräutigams, sie war dort unten in Brautschmuck gekleidet, und doch war es nicht ihre Hochzeit, zu der die Musikanten aufspielten am Platz.

«Sevim, du wirst meine Frau», sagte er zu sich, nachdem er sich zur Selbstberatung auf einem Stein niedergelassen. «Du wirst meine Frau, keine andere im Dorf und keine andere sonst auf der Welt. Und du liebst mich, deinem Blick hab ich's abgesehen, abgelauscht der Melodie deiner Worte. «Ei, Oktay, was ist dir? Warum willst du uns denn nicht hinlassen zur Hochzeit?» wiederholte er sich, was Sevim in der Kutsche zu ihm gesagt, und er suchte auf die Nuance den Ton wiederzufinden, in dem sie gesprochen.

Obwohl dies, wie eingestanden werden muß, keine klassische Liebeserklärung gewesen war, so doch in Oktays Ohr, Herz und Verstand, die er in seiner gegenwärtigen Befindlichkeit auf keine Weise in Unterschied voneinander zu bringen vermochte. Es war überhaupt alles, was Sevim je gegen Oktay geäußert: «Ei, Oktay, was ist dir? Warum willst du uns denn nicht hinlassen zur Hochzeit?» Und? War es, wenn man es nur noch ein klein wenig näher ins Licht zu rücken verstand, nicht doch eine vollständige Liebeserklärung? Ja, mehr noch: das Jawort auf Oktays, wenn auch situationsbedingt etwas ruppig vorgetragene Werbung um ihre Hand?

«Ja», sagte Oktay, aus den Tüfteleien herauszukommen und wieder klar das Wort zu richten an sich. «Ja. Ja. Ja. Und wieder: Ja. Freilich will ich dich hinlassen zu unserer Hochzeit, Sevim, Geliebte! Siehst du mich nicht? Schon bin ich auf unserem Weg. Aber dein Vater? Dein Vater! Nie läßt Gürhan es zu und gibt dich dem Feinde zur Frau. Eins bleibt uns nur, Sevim: Rauben muß ich dich, rauben und entführen. Heimlich mache ich dich dann zu meinem Weib. Nachträglich nur, nach vollendeter Tat, wird er einwilligen müssen in unser Bündnis, mit grimmiger Miene zwar, doch durch reiche Morgengabe versöhnt. So sei es. Ich werde dich rauben.»

Dies war, was Oktay mit Oktay beriet.

Er erblickte in seiner Nähe einen Schäfer aus Kıraç Köyü bei seinen Tieren und schritt, den Schimmel am Zügel hinter sich führend, zu ihm.

«Der Friede sei mit Euch, Landsmann», sprach er ihn an und hob zum Gruß seine Hand.

«Mit Euch sei der Friede», sprach der Hirte, dem Fremden Gruß und Wunsch zu erwidern.

«Sagt, bester Freund, wie gefällt Euch mein Anzug?»

«Fürwahr, ein treffliches, gar fürstlich anmutendes Gewand ist, was Ihr da tragt. Wär's nicht der Neffe von meinem Herrn, der heute seine süße Braut in sein Zelt führt, in die Wette gäbe ich mein bestes Milchschaf und noch fünf Lämmer dazu, daß Ihr der Bräutigam seid, für den man unten die Trommeln schlägt, die Saz zupft und die Zurna bläst.»

«Haltet, guter Mann, Eurem Herrn nur das Schaf und die Lämmer, ich will nicht wetten mit Euch. Gott weiß am besten, wer in der Nacht bei seiner Braut schläft. Aber nach Eurer löchrigen Kutte verlangt mich.»

«Herr, ich kenne Euch nicht, wollt nicht mit mir scherzen. Von einem Räuber wird an den Feuern viel gesprochen, der seine armen Opfer splitternackt auszieht und sie so in die Welt schickt zu Allahs Spott und Schande. Weh ihm am Tage des Jüngsten Gerichts!»

«Seid unbesorgt, den Anzug gebe ich Euch in den Tausch, das feine Hemd von indischer Seide und die guten Stiefel, wenn Ihr mir nur den Kittel dafür vermacht.»

«Ihr lästert, Efendim. Aber es sei. Heut ist ein Hochzeitstag, da mag so ein Scherz schon erlaubt sein. Treibt's nur nicht zu arg mit einem Alten, der vieles erlebt hat.»

«Guter Mann, Ihr versteht mich nicht recht, ich spreche im Ernst. Hier meine Hand. Schlagt ein, ich denke wohl, der Tausch geht zu Eurem Vorteil.»

Der Alte zögerte noch, wiegte den Kopf zwischen den Schultern.

«Bei Gott und seinem Propheten», sagte Oktay mit einnehmender Stimme, die Hund und Hüter beruhigte, «wohl ist die Vorsicht die sich ziemende Tugend im Verkehr mit dem Unvertrauten, doch ist keine irgend böse Absicht im Spiele bei meinem Vorschlag. Ihr selbst, guter Hirte, seid Ihr verheiratet?»

«Das war ich, junger Herr, aber Allah hat sie zu sich genommen, die Gute.»

«Erlaubt mir die Frage, wie Ihr geworben habt um sie und welchen Preis ihr Vater verlangte.»

«Seht mich an, junger Herr, sehe ich aus wie ein Beg oder Sultan? Nie hätte er sie mir gegeben, der Gierhals, der nimmersatte Satan von einem Ağa. Geraubt habe ich sie und entführt. Von weit her, und nur ich weiß, welches ihr Dorf ist.»

«So versteht Ihr mich, denn dasselbe will heute auch ich tun. Meine Liebste ist unten beim Fest. Nein, bangt nicht! Die Braut ist es nicht, die soll er haben, der gute Neffe von Eurem Herrn, aber Sevim, meine Sevim, die will ich mit Allahs Hilfe entführen, auf daß sie die meinige wird. Und zu Euch hat Er mich geschickt, denn Ihr sollt mir zu meinem Glücke verhelfen. In Eure Lumpen gekleidet – verzeiht, daß ich von Eurem Kleid ohne Respekt spreche, aber Ihr sollt ja gleich ein würdiges tragen –, in Eure Lumpen verkleidet, geh ich hinunter und schleppe sie fort.»

«Wenn es um die Liebe ist, so will ich Euch dienen. Es geschehe. Im Namen Allahs, des Allbarmherzigen.»

Zwischen den Schafen versteckt, Rücken an Rücken sitzend, tauschten sie ihre Kleider. Oktay bat den Hirten, Obacht zu haben auf seinen Hengst, bis er mit dem geraubten Mädchen zurück sei; und da er aus dem Bündel, das er von Niyazi als Geschenk an die Braut bekommen, noch einige Scheine herauszog und sie dem Mann in seinem Prachtanzug, der sehr ulkig zu dem schäferischen Geschäft stand, darreichte, war dieser einverstanden, nicht nur zu tun, wie ihm geheißen, sondern auch Stillschweigen zu wahren bis an das Grab.

Oktay beschmierte das frisch rasierte Gesicht mit Schafskot, zerzauste das glatt gekämmte Haar, stülpte darüber den zerbeulten Filzhut des Hirten bis tief in die Stirn und schritt, Humpeln markierend, hinunter nach Kıraç Köyü.

Das Hochzeitsfest war schon voll im Gange, niemand erkannte den streunenden Bettler, und Oktay war im übrigen auch nicht der einzige, der solcherart die Gelegenheit nutzte, seinen ausgehungerten Magen mit einem guten Bissen zu füllen. Der Brautvater selbst ließ ihm, als er auf ihn aufmerksam wurde, einen Stuhl bringen und reichte ihm eine Schüssel mit einem großen Hammelkotelett, mit Bohnen und in Tomaten gedünsteten Auberginen, was denn der Verkleidete auch mit gehörigem Appetit verspeiste, denn er hatte seit dem Aufstehen noch gar nichts zu sich genommen.

Sein Auge hatte Sevim gefunden, ohne zu suchen. Immer wieder wurde sie aufgefordert von ihren Schwestern, mit den anderen Mädchen zu tanzen. Sie aber blieb sitzen, am hintersten Ende der Tafel an eine Mauer gelehnt, und rührte auch kaum einen der vielen Teller an, unter denen die Tische sich bogen und die gefüllt waren mit aufwendig und liebevoll gerichteten Speisen, nach denen ihr Herz, wäre es nicht mit etwas ganz anderem beschäftigt gewesen, sich wohl auch zu verzehren vermocht hätte: die Hochzeitssuppe mit Lammhirn, Humus, der Patlıcan, zubereitet nicht, wie ihn Oktay genoß, nur im Granatapfelsaft, sondern auch als Musakka und nach der köstlichen Art, die man «Den İmam hat's umgehauen» nennt, gestopfte Artischocken und Weinblätter, Okras und Reibekuchen von Zukkinen, geschmorte Keulen von Lämmern und Ziegen, Truthähne mit Kastanien, gegrillte Forellen, alle Varianten von Köfte, von Hühnchengerichten, auch die besonders schmackhafte der Tscherkessen mit der Paste von geriebener Walnuß, alle Versionen auch des Börek waren versammelt, mit Käse zu Halbmonden geformt oder zu Zigarren gerollt, mit Spinat oder Mangold, dann aber auch süßes Gebäck mit verlockenden Namen wie Nachtigallennester oder Frauennabel, Äpfel im Turban, Kußmündchen, Helva aus Reismehl und Helva aus Grieß à la Cem Sultan, kandierte Feigen und Mandeln und alles, was die Saison frisch gab.

Nichts von alledem jedoch vermochte an diesem Tag Sevim zu locken oder gar zu begeistern. Immer nur schweifte, während vor ihrer Brust ihre zarten Finger ohne ihr Wissen das Weißbrot zu kleinen Figuren kneteten, suchend ihr Blick durch die Runde, und je lustiger und ausgelassener die Hochzeitsgesellschaft um sie herum wurde, je mehr zog sich ihr Wesen nach innen und legte traurige Resignation auf die Züge ihres schönen Gesichts, was

Oktay noch mehr für sie einnahm und ihm den Ruck zur letzten Sicherheit gab, das heiß Entworfene kühl zu verrichten.

Wohl streifte zwei- oder dreimal ihr wandernder Blick auch seine Gestalt, aber die Blitze, die Oktay unter der Krempe des schmutzigen Filzhuts abschoß auf sie, glitten ab. Sie schaute zu Boden, beschämt über die Frechheit des hergelaufenen Bettlers.

Oktay, auf den, nachdem man ihn abgespeist und so die Almosenpflicht gegen die Armen an ihm erfüllt, niemand mehr achtgab, schlich sich hinter die Mauer und wartete, wo das Ziel seiner Wünsche zum Greifen nah vor ihm war, geduldig, bis die Gelegenheit sich ergab.

Dies war, als die Hochzeitsgäste, angeführt von den Musikanten, dem Brautpaar, den Brauteltern und denen des Bräutigams, sich von ihren Plätzen erhoben, das Dorf von Haus zu Haus zu durchziehen. Sevim war als letzte sitzen geblieben, dem nirgends sich zeigenden Schicksal doch noch die Chance zu lassen. Trotzdem strampelte sie, als Oktay hervorsprang aus seinem Versteck, sie vom Stuhl riß und zu Boden warf. Auch hätte sie, wenn nicht Oktay kraftvoll seine Hand auf ihre Lippen gepreßt, zu schreien versucht. Selbst nachdem er ihr zugeraunt hatte: «Ich bin es, Oktay. Sevim, hab keine Angst, alles wird gut», gab sie den Widerstand noch nicht auf, mußte sich erst noch würgen und stoßen lassen, bis sie ihre Schwäche schickte in seine Führung.

Er trug sie fort, was, da alles im Dorf der Musik hinterherlief, außer ein paar Hunden und Hühnern keiner bemerkte, und rannte mit seinem kostbaren Gepäck über der Schulter zur Herde, wo der Komplize seiner bereits mit Ungeduld harrte. Der Alte wünschte ihnen viel Glück und half Sevim noch auf den Schimmel, wo sie sich hinter Oktay an ihren Künftigen klammerte, der den Hengst zu schnellem Galopp spornte.

Oktay spürte Sevims Brüste an seinem Rücken, sein Herz klopfte unter den an seinen Leib sich pressenden Händen, und ihm war sehr danach, sich unverzüglich in das Gras der Steppe zu werfen mit ihr, doch mußte das Pferd ausgreifen, bis sie sich ganz sicher wähnten, außer der Reichweite jeder Verfolgung zu sein. Da ließ er das Tier im Schritt gehen und hielt Ausschau nach einem geeigneten Plätzchen.

Da war aber nirgends ein Baum, nicht einmal ein Strauchwerk, das ihnen Schutz geboten hätte vorm garstig wehenden Wind des Hochlands. Sie waren, wie er schloß aus dem Stand der eben in rötlich durchfärbten Dünsten versinkenden Sonne, nah, sehr nah der Trennlinie zwischen dem Türkenstaat und dem Gebiet der Union der Sozialistischen Sowjetrepubliken, wobei er nicht genau zu sagen gewußt hätte, ob jenseits noch die armenische oder schon die georgische lag.

So streiften sie eine Zeit ziellos umher, wobei Oktay ein erhebliches Absinken seines Mutes gewahrte, welches das Einbrechen der Dunkelheit noch gehörig verstärkte, so daß er zu zweifeln begann, ob der bevorstehende Akt der Natur sich bewerkstelligen ließe oder ob nicht vielleicht die anerzogene Scheu sich hemmend zwischen sie stellen und das zum Umfallen Ersehnte und Erstrebte in das Nichts eines späteren Tages hinausschieben würde. Da war es in seiner Ratlosigkeit, gerade als Venus sich blinkend durchs Blau des himmlischen Zeltdachs drückte, daß in seinem Nacken Sevim flüsternd ihm zusprach:

«Ich bin müde, laß uns ein wenig ausruhen.»

Da standen sie in der Weite der Steppe einander gegenüber und schauten sich tief in die Augen. Er faßte sie bei den Händen.

«Mein Oktay», sagte sie.

Im Wörtchen «mein», das sie gesprochen – obwohl es im Türkischen nicht einmal ein Wörtchen ist, welches das Besitzverhältnis bezeichnet, sondern nur ein Suffix, angehangen an die besessene Substanz: -ım, «Oktayım» also war unübersetzt Sevims Ausspruch –, in dieser Silbe also, mit der sie ihn einzog in sich, fühlte er sich ganz und für immer.

«Meine Sevim, Sevimım», sagte er noch, dann sprachen die Körper.

Es war in dieser allerersten Umarmung der beiden, daß Oktays

Samen in ihren Schoß mit solcher Wucht sich entlud, daß der in vorderster Linie strömende Faden eine Eizelle fand, die ihn fruchtbar so umschlang wie Sevim den Oktay mit ihren Armen, worauf sie verschmolzen zu einer einzigen Zelle, in der sich öztürkisches Erbgut mit karagözischem zu neuer Gestalt und neuem Wesen verband, zu ebenjenem, das im Zelt zu Beausoleil nahe Monaco Marcel Sandol herausfordert, den Titel des Europameisters gegen ihn zu verteidigen.

Von hier waren wir abgeschweift in die Schilderung jener Umstände, wie sie einmal geführt hatten zu der Existenz unseres Helden. Unruhe, wurde gesagt, breitete sich aus unter den Zuschauern, die diese durch Einnahme von Kalorien in flüssiger, das heißt Bierform, oder auch in der festen als Kartoffelchip oder Erdnuß zu mildern suchten. Aber der Gebrauch des Präteritums an dieser Stelle ist uneigentlich, denn an der Austragungsstätte des Boxkampfs ist, während wir uns ein wenig ins Familiengeschichtliche des für uns antretenden Streiters vertieften, Zeit nicht vergangen.

Die Zeit vergeht so oder so, ob wir sie nun, wie man sich emphatisch gern ausdrückt, «nutzen» oder nur wehmütig ihr Verstreichen beglotzen. Der Sport ist nicht nur immer ein Kampf Mann gegen Mann oder Mannschaft gegen Mannschaft, der in zivilisatorischen Banden das kriegslüsterne Gen in unseren Tiefen erwärmt, er ist auch stets ein Kampf gegen die Zeit.

Jener boxerische Wettbewerb, dessen Beschreibung wir zum Inhalt dieser Zeilen bestimmten, unterscheidet sich von dem ersten in Einzelheiten uns überlieferten, den Homer anläßlich der Totenfeier für den Patroklos zwischen Epeios und Euryalos austragen läßt, darin, daß die in der *Ilias* besungenen Recken sich so lange schlagen, bis einer der beiden am Boden, während in dem Viereck, auf das unsere Augen sich richten, die Zeit vorher abgemessen ist auf die Sekunde. Festgesetzt ist die Anzahl der Runden, jede einzelne davon umfaßt drei Minuten genau.

Damit stehen die Kontrahenten nicht allein gegeneinander, sondern – in gewissem Sinne sogar gemeinsam – auch gegen die Zeit. Dem Boxen ist, zur Unterscheidung gegen alle übrigen Arten des Sports, die Finesse zu eigen, daß ein Rest vorzeitlichen Geistes sich erhält in der Möglichkeit, die Begegnung vor Ablauf des festgesetzten Quantums von Zeit zur Entscheidung zu bringen.

Bekanntlich verläßt der begeisterte Anhänger und zahlende Gast einer Boxveranstaltung das Ereignis mit dem Gefühl, nicht in vollem Maß auf die Kosten gekommen zu sein, wenn der Hauptkampf sich über die Vollzahl der Runden erstreckt hat und der Siegesentscheid durch das Punktgericht gefällt werden muß, und hierfür liegt die Ursache darin, daß der symbolische Kampf gegen die Zeit, das schlechthin Unbesiegbare und überhaupt nur kultisch Anfechtbare, eben die Tatsache des Vergehens und Sterbens, nicht zu seinem optimalen Ausgang gelangt ist. Sport ist aber immer, zumindest wo er unter Trennung von Agierenden und Zuschauenden veranstaltet wird, religiös, kultisch, sakral, eben weil die Zeit des Wettbewerbs herausgelöst wird aus dem Kontinuum, das uns ärgert, weil es uns hinrafft.

So reiht sich der Sport in die Anstrengungen, die von jeher den Menschen abgehoben haben von dem, was er dann unter sich die Natur nennt, und die nicht weniger bezwecken, als die Zweckhaftigkeit allen Tuns zu durchbrechen, um Gegenwart zu erschaffen. Das Unterfangen ist paradox und zum Scheitern verurteilt, macht aber gerade dadurch den Begriff des Menschlichen aus.

Die Gegenwart ist ihrer Definition nach das nie Existente. Schon dies erste Wort nach dem Punkt hat sich von der Gegenwart des letzten vor ihm entfernt und so fort. Die Gegenwart ist immer nur das letzte Fünkchen am abbrennenden Saum der Zukunft. Was der Sport neben andersgearteten metaphysischen Übungen zu erreichen versucht, ist, dennoch der Gegenwart Ausdehnung zu leihen, den Strom der Zeit abzustoppen und in die

Quere zu lenken. Es heißt dann: In der x-ten Sekunde der Runde y schlägt der A einen rechten Geraden, der B geht zu Boden und wird ausgezählt. Wobei denn dem «Es heißt» ein noch größeres Gewicht zukommt als dem Sachverhalt, da die Hauptarbeit bei der Herstellung der Gegenwart von der Sprache geleistet wird, die uns kraft Grammatik befähigt, im *Präsens* zu schalten und zu walten, und insbesondere bei den Boxkämpfen hat der Sportsfreund unserer Tage erfahren, daß der Genuß für den, der seiner nicht unmittelbar als Augenzeuge, sondern per Übertragung am Bildschirm teilhaftig wird, durch den Kommentator starke Verfeinerung zu erhalten vermag.

Dies alles ist nur an diese Stelle gerückt, um die Aufmerksamkeit darauf zu leiten, daß, wenn wir erzählen, wir das Erzählte herauslösen aus seiner Betroffenheit von der Zeit. Kein Korn, das durch die Taille der Sanduhr rutscht, ohne daß wir ihm zuvor erst geboten, hinunterzufallen. «Wir waren stehen geblieben», so lautet die Formel, aber dies Privileg, das wir von den unablässig von uns geschaffenen Göttern erflehen, betrifft nicht nur uns selbst, sondern umfängt das All des von uns Berührten. Die Zeit steht, die Hand jenes Anhängers des Marcel Sandol, die nach dem Salzgebäck in der Tüte griff, ist in der Luft erstarrt, wie bei Ausbruch des Dornröschenschlafs der zur Ohrfeige ausholende Arm des Kochs.

Auf unser Kommando gerät die Bewegung wieder in Fluß, die Finger gleiten tastend ins Innere des plastenen Beutels, führen einen Bissen zum Mund, worin er unter Krachen zermalmt wird. Jedoch wird in der Weite des Zelts dieses Geräusch übertönt von einem Knistern und Knacken in den Lautsprecherboxen. Der Speaker räuspert sich in das Mikrofon, die 5000 im Rund brechen ihre Unterhaltungen ab, recken sich auf ihren Plätzen und lauschen dem Ansager, der, nachdem er in seinem breiten provenzalischen Akzent das zahlreich erschienene Publikum auf das freundlichste begrüßt und bewillkommnet hat, überleitet zur Vorstellung des Herausforderers.

In Erinnerung an den aufgestellten Vorsatz müssen wir Starrfrost legen über den Sprecher am Mikrofon und seine Zuhörerschaft, denn ausgemacht war, unser Held solle seinen Namen erhalten von niemandem als von denen, die ihn erzeugten.

Oktay und Sevim lagen, nachdem der Akt der Zeugung vollbracht und die vereinigten Leiber sich unter ausklingenden Zärtlichkeiten wieder getrennt, fröstelnd unter dem Mondlicht. Sevim kroch in ihre eingestaubten, zerknitterten Kleider und begann leise zu winseln. Oktay warf sich die zerfetzte Kutte des Schäfers über, legte seinen Arm um sie und versuchte sie zu trösten. Sie drückte ihre im Mondschein kupfern schimmernde Stirn an seine Brust, und ihr Winseln steigerte sich zu lautem Schluchzen.

Oktay streichelte ihr seidiges Haar, ließ spielend einzelne Strähnen durch seine Finger gleiten.

«Canım, meine Seel, Aşkım, meine Lieb, Güneşım, meine Sonn», sprach er und hätte gerne einhundert Namen gefunden, sie spüren zu lassen, daß es für ihn von nun an nichts mehr geben würde, das über ihr stand. «Ich bin doch bei dir, was kann uns geschehen?»

«Meine Brüder werden dich töten», stieß sie aus ihrem Schluchzen hervor.

«Wir müssen fliehen», sagte Oktay und schwieg.

Sevims unrhythmisches Schluchzen ging über in ein regelmäßiges Weinen, was Oktay weniger peinlich war, da es ihm außer Kummer und Furcht auch etwas von Freude mit zu enthalten schien über das Walten des Liebesgottes. Erst jetzt wurde er sich der ganzen Kindlichkeit seiner Handlungsweise bewußt. Daß sein Plan nur bis zur Entführung des Mädchens gedacht, daß nicht die Spur einer Überlegung daran gewendet war, wie nach Vollbringung der Tat dies Leben weitergeführt werden konnte.

Er stand auf und zog unter dem Sattel des Pferdes das Geld von

Niyazi hervor, das er dort hingesteckt hatte. Nachdem er gezählt hatte, versuchte er überschlagsmäßig zu errechnen, wie lange sie ihre Flucht nähren konnten davon, mußte sich aber eingestehen, daß er den Preis des Lebens nicht kannte.

Sie konnten nach Kars gehen in ein Hotel. Einige Male hatte er Niyazi begleitet zur Stadt, es gab dort Hotels. Aber würden sie ihm ein Zimmer geben in seinem Aufzug? Das wäre noch denkbar, aber ganz außer jeder Möglichkeit stand, daß sie Sevim aufnehmen würden. Sie hatte sich neben ihm etwas verausgabt vom Schluchzen und Weinen und war zurückgekehrt in das leisere, weniger Kräfte verzehrende Wimmern vom Anfang.

«Ich habe solche Angst, Oktay, solche Angst.»

Er fand, daß er den Schäfer zu reichlich entlohnt hatte, warf's sich vor allem als yılmazreife Dummheit vor, daß er ihm den Anzug gelassen. Im Ernstfall ließ sich wohl auch für den Schimmel ein hübsches Sümmchen erhandeln. Aber wo? Und vor allem: Wohin dann? Ach, schnitt Oktay den eigenen Gedanken ab. Wenn es der einfältige Schäfer geschafft hat, seine Maid zu entführen und andernorts weiterzukommen, so soll es mir zehnmal gelingen. Das Land ist groß, ohne Zahl seine Dörfer. Schließlich gab es noch Fevzi und Alpay, die konnten ihm helfen. Aber eben jetzt durften sie nicht zu Alpay nach Kars, denn Himmet war dort mit Birgül. Wenn sie es erführen? Ob er ihn von sich stoßen würde, der Vater?

«Ich will nach Hause», sagte Sevim, die für einen Moment ganz aufgehört hatte zu weinen, sehr ernst.

«Was willst du damit sagen? Nach Hause?»

«Es hat keinen Sinn, Oktay, wir müssen ja früher oder später doch zurück zu den Eltern.»

«Erst, wenn wir verheiratet sind. Wir können heiraten, auch ohne die Eltern. Der Staat erlaubt es. Wir brauchen nur hinzugehen, wir unterschreiben ein Papier, dann sind wir Mann und Frau vor dem Gesetz.»

Oktay hatte davon gehört. Ganz so genau, wie er vorgab, wußte er allerdings nicht, wie und ob das überhaupt vor sich gehen konnte.

«Laß uns zurückkehren ins Dorf, Oktay, mein Geliebter, du mußt mit meinem Vater sprechen.»

«Du weißt genau, wie unmöglich das ist. Wozu habe ich dich entführt, wenn ich um deine Hand anhalten soll bei deinem Vater?»

Oktay sah sich außerstande, so, wie sie waren, er in dem albernen Schäferkittel, sie im prächtigen Festgewand, mit ihr die große Flucht anzutreten gen Westen, und unter den gegebenen Umständen fand er es das Sinnvollste, sich zuerst mit seinem Bruder Niyazi über die weiter einzuschlagenden Schritte ins Einvernehmen zu setzen. Auch war es, wenn ihn Sevims Brüder in der Tat umbringen wollten, wovon mit sehr hoher Wahrscheinlichkeit Ausgang genommen sein konnte, gescheiter, sich dem Kampfe zu stellen.

Sie stiegen wieder aufs Pferd und ritten nach Sulakbahçe zurück.

Sie erreichten das Dorf spät in der Nacht, und trügerische Ruhe lag über den Häusern. Oktay nahm den Umweg über den Friedhof, band den Schimmel dort an und schlich sich mit ihr in das Haus seiner Väter.

Niyazi hatte gewacht, verriegelte sofort die Tür hinter ihnen und raunzte Oktay mit zitternder, sehr mühsam gedämpfter Stimme an: «Bist du wahnsinnig, hierherzukommen?! Sie suchen dich überall. Auf keinen Fall könnt ihr hier bleiben.»

Oktay sah, daß er schon wieder einen Fehler gemacht hatte, wunderte sich auch gar nicht, daß der am Morgen sterbenskrank darniederliegende Bruder schon wieder von schäumender Energie erfüllt war, und stellte nur sehr trocken die Frage, was der ihm vorzuschlagen beliebe. Doch da klopfte es schon wütend an ihre Türe.

«Macht auf, ihr Lumpen!!»

Es war İlhan, Sevims ältester Bruder. Sie erkannte die Stimme sofort und konnte den Aufschrei ihres Entsetzens nicht unterdrücken.

«Sevim, bist du da drinnen? Hab keine Angst, wir holen dich raus.»

Das Mädchen kauerte zitternd am Boden. Von dem Lärm erwachte jetzt auch Yılmaz, der bis dahin in einer Ecke in seligem Schlummer gelegen. Unter der Decke holte er den Revolver hervor, den er in weiser Voraussicht aus dem Schubfach in der Bakkaliye geborgen hatte. Er sprang auf und stellte sich mit entsicherter Waffe gegen die Türe.

«Werden wir kämpfen?» fragte er mit wild leuchtenden Augen die Brüder.

Niyazi entriß ihm mit einer Hand den Revolver und legte ihm schallend mit der frei gebliebenen eine Backpfeife aufs Ohr.

«Zum letzten Mal!» hörte man von draußen Burhan, den nächstältesten Bruder der Sevim. «Gebt unsere Schwester heraus, oder wir töten euch alle.» Zur Bekräftigung des Ernstes der Absicht wurde ein Schuß abgefeuert. «Wir zählen bis zehn. Das ist eure letzte Chance.»

Darauf zählten die vier Brüder im Chor. Als sie bei zehn angelangt waren, warf sich Sevim mit lautem Gekreisch gegen die verrammelte Tür. «Nein! Um Himmels willen, nein!» schrie sie wie von Sinnen, und nie hatte einer der Brüder aus ihrem Hals je solche Stimme gehört. Sie rief sie jetzt einzeln bei ihren Namen. «Damit ihr es wißt: Ich liebe den Oktay. Er wird mich heiraten. Um Allahs willen, gebt Frieden!»

Die Antwort war unflätig, der Inhalt etwa, die Schwester sei eine Metze und angehalten, in der Schande, die sie über die Familie gebracht, zu versinken, um tunlichst zu schweigen, statt noch Verrat zu üben an der in Angriff genommenen Wiederherstellung der Ehre. Oktay, dem Schänder, wurde verkündet, man werde ihn, sobald man seiner habhaft, zunächst des ausführenden Organs entledigen, um es ihm, so wörtlich, zwischen die gottlosen Backen zu stopfen.

Während dies vor dem Haus von İlhan sehr laut austrompetet wurde, um möglichst das ganze Dorf aufzuwecken und über den Stand der Dinge in Kenntnis zu setzen, hörte man die Jüngeren schon auf dem Dach herumtrampeln.

Die Luke hatte Niyazi vorsorglich mit Balken verbarrikadiert. Der karagözische Nachwuchs gab ein paar Schüsse ab, die aber das feste Holz nicht durchdrangen. Immerhin verfehlte es nicht einen einschüchternden Effekt auf die Eingeschlossenen, die kaum eine Möglichkeit ahnten, den Ring der Belagerung wirksam zu sprengen.

Da man oben in Ermangelung besserer Ziele die Munition in den Kamin zu ballern begann, was ein und den anderen nicht ungefährlichen Querschläger zeitigen konnte, krochen die Söhne Himmets und die geraubte Braut in die Ecken, um Deckung zu nehmen. Da aber mit dieser Art der Befeuerung von karagözischer Seite auch nicht zum angestrebten Endziel gelangt werden konnte, wechselte man auf İlhans Geheiß die Taktik und unterzog mit rasch herbeigeschlepptem Ackergerät das Dach selbst der Bearbeitung, es auf diesem Wege zum Einsturz zu bringen.

Das ging mit erstaunlich anhaltendem Eifer über mehrere Stunden und wäre über kurz oder lang gewiß auch erfolgreich gewesen, wäre nicht bei Anbruch des Tages die öztürkische Kutsche am Schauplatz erschienen und auf ihr eine Abteilung Gendarmerie aus Akyaka, alarmiert von Emine und Şerifnur, die ganz auf eigene Faust gehandelt und auch ohne männliche Hilfe das Fuhrwerk gesteuert hatten.

Hinterdrein kam noch ein halbes Dutzend Berittener, wie die anderen mit Gewehren bewaffnet.

Die Karagöz-Brüder waren schon, als sie von ferne das Anrücken der Staatsmacht gewahrten, abgezogen von ihrem Belagerungswerk. Die Öztürk-Brüder glaubten, als von draußen im Namen der Polizei der Befehl erging, die Haustür zu öffnen, an eine List ihrer Feinde.

Man antwortete dementsprechend, des unflätigen Vokabulars nicht weniger schonend, als es zuvor die Karagöz-Burschen getan, und es wäre wohl der Hauptmann samt Mannschaft in gefährliche Rage geraten, hätten nicht Şerifnur und Emine den Eingeschlossenen die Echtheit des polizeilichen Aufgebotes beteuert und die Geretteten ihrerseits dringlich dazu aufgefordert, das Haus zu verlassen.

Nach kurzer Befragung durch den Sergeanten, bei der die öztürkischen Brüder nichts abstritten vom Vorgefallenen, nur zum Punkt einer zwischen den Liebenden stattgehabten Vereinigung die Aussage verweigerten, wurden Yılmaz und Niyazi ihrer Wege geschickt.

Auch wurde Sevim nicht unter den Augen der teils belustigten, teils tobenden Gaffer verhört, sondern höflich gebeten, auf die Kutsche zu steigen und die Polizei zu begleiten, zwecks Aufnahme des Protokolls und um sich der zwar peinlichen, aber zur Klärung des Sachverhalts unumgänglichen Untersuchung durch einen gynäkologischen Fachmann zur Verfügung zu stellen.

Dort hinauf mußte auch Oktay, in Handschellen, zu beiden Seiten von Gendarmen bewacht. Niyazi versuchte zarten Protest, da ihm die Benutzung der Kutsche zum Amtsgeschäft ordnungswidrig erschien, und gestattete sich in untertänigsten Wendungen gegenüber dem Sergeanten den Hinweis, er selbst benötige dringend das Fahrzeug, die der Dorfbevölkerung unentbehrliche Versorgung mit Gütern zu leisten. Hier erlebte man den Polizeioberen barsch, als er im Kasernenton dem kratzenden Niayzi über das Maul fuhr und klarstellte, daß fragliches Fuhrwerk dem Stand der Ermittlungen nach unter zwingendem Verdacht stand, tatbeteiligtes Werkzeug gewesen zu sein, und bis zur Lösung des Falles der Beschlagnahme unterlag.

Interessanterweise waren es Emine und Şerifnur, die am bittersten weinten, als das Gefährt mit den Missetätern, gedeckt von den berittenen Polizisten, von lautem Gejohle der Kinderschar begleitet, die Schlingen des Dorfpfads hinunterknarrend entschwand.

Man führte die Delinquenten aber nicht nach Akyaka, von wo das Polizeiaufgebot sich in Gang gesetzt, sondern nach Arpaçay, weil das Fragliche sich in Kıraç Köyü zugetragen hatte und somit das dortige Untersuchungsgericht zuständig war.

Der Befund des gerichtssachverständigen Mediziners ergab, daß Sevim nicht nur zweifelsfrei in ihrer Unschuld verletzt, sondern, straferschwerend für Oktay, noch dazu minderjährig war, welcher Beweis, da ihre Geburt nicht beurkundet, unter Zuhilfenahme biologischer Indizien geführt wurde. Mildernd wirkte sich allein die uneingeschränkte Geständigkeit des Beschuldigten aus, wobei, sehr zum Mißfallen des untersuchenden Richters, Oktay keinerlei Spuren von Reue bezeigte, im Gegenteil auch im nachhinein mit Stolz auf sein Tun und Handeln erfüllt zu sein schien.

Die Strafe für Oktay wurde auf sechs Monate Kerker bemessen, Sevim, wieder unter polizeilichem Geleit, zurückgebracht nach Sulakbahçe zu ihren Eltern. Welcher Behandlung sie in der Folge bei den Ihrigen ausgesetzt war, glaubt man sich leicht vorstellen zu können; es übertraf aber die Grausamkeit der Verwandten weit, was sich schon der Uneingeweihte ausmalt. Die tägliche Tracht Prügel, die abwechselnd vom Vater und den verschiedenen Brüdern zur Verabreichung kam, steht dabei nicht einmal an der Spitze der Martern. Der verhängte Hausarrest darf bei Betrachtung der Umstände nachgerade als Gnade und Vergünstigung angeschaut werden. Das Bitterste war die Verachtung, die Herabsetzung unter die Würde des Tieres.

Sevim nahm alles tapfer und formte in ihrer Seele die Demütigungen ihrem Stolze zur Nahrung. Waren nicht die Prüfungen, denen Gott sie unterzogen, ein leichtes, dem gegenübergestellt, was Oktay zu Arpaçay in seiner Zelle zu tragen hatte für ihre Liebe? Das einzige, was ihr wirklich nahekam, waren die Drohungen, die die Brüder bei jeder sich bietenden Gelegenheit zur Erhöhung ihrer Qualen mit Spaß und Genugtuung giftig ihr zuzischten: «Wir wissen den Tag genau, wenn er rauskommt, dein … Verlaß dich auf uns. Keine zehn Schritte wird er tun in Freiheit, der Bastard. Wir knallen ihn ab wie einen räudigen Hund, ganz wie er's verdient hat.» Das machte ihr das Herz eng, und keine Chemie vermochte diese Drohungen umzuwandeln in Hoffnung.

Schlimm waren auch die Kommentare des Gürhan wie etwa dieser: «Früher, bevor dieser gottlose Rakısäufer aus Saloniki uns unterjocht hat, hätte man dich noch als Sklavin verkaufen können an einen Armenier oder an einen Juden. Jetzt muß ich dich füttern mein Lebtag, denn ein Mann, der den Namen verdient, nimmt dich nicht mehr. Wär nur der Schuft, der es verbockt hat, schon unter der Erde oder, wie's ihm eher gebührt, von den Wölfen und Geiern zerfressen.»

Vier Monate gingen so hin. Schon schlug unter dem ihren ein zweites Herz, aber Sevim verbarg ihren Zustand, fügte sich zu den Verletzungen durch Vater und Brüder mit dem scharfen Küchenmesser noch eigene hinzu, die Mutter durch Vorzeigen blutiger Binden zu täuschen. Von früh bis spät, ja selbst nachts in ihren Träumen fieberte sie nur auf den Moment, da man in ihrer Bewachung ermüden und ihr die Chance sich bieten würde, die Beine in die Hände zu nehmen, um fliegenden Schrittes nach Arpaçay zu eilen, das Leben des Geliebten zu retten.

Endlich kam die Stunde, da die Brüder ihrer vergaßen, weil ein Streit, dessen Anlaß die Benutzung einer öztürkischen Weide durch karagözisches Viehzeug gewesen, in eine wüste Schlägerei ausgeartet war, in der jede verfügbare Faust unabkömmlich. Ohne noch irgend sich zu besinnen oder außer dem, was sie am Leib trug, etwas mit sich zu nehmen, lief sie und lief sie und erreichte die Stadt, bevor jenes blutige Zwischenspiel auf der Weide zur Entscheidung gelangt und ihr Verschwinden bemerkt ward.

Sie trat in das Gebäude des Bezirksgerichts und gab nicht Ruhe, bis sie – nie hatte man eine Frau hier in solcher Art auftreten sehen – vorgelassen wurde zu dem Richter, der in der Sache Öztürk das Urteil gesprochen.

Sie verlangte, ein Geständnis ablegen zu dürfen, in dem sie, Oktay zur Gänze entlastend, bezeugte, alles sei von ihr ausgegangen. Sie habe ihn mit allen Mitteln des bösen Weibes verführt, ihn, als er sich geweigert, verhöhnt, ihm die Befähigung zum Männlichen abgesprochen und so fort. Der Richter schmunzelte, hielt den Fluß ihrer Rede nicht auf und wartete geduldig, bis sie alle Delikatessen ausgebreitet hatte vor ihm.

«Liebes Kind», sprach er, in dieser Väterlichkeit seines Tones die durch Sevims Reden aufgeregten Sinne zu verbergen, «gern bin ich bereit, dir alles zu glauben. An dem Urteil ändert sich nichts, es wurde, wie dir bekannt oder auch nicht bekannt ist, nicht allein auf der Grundlage unumstößlicher Indizien, sondern auch auf der eines kompletten Geständnisses gefällt. Auch hat dein Geliebter von der Strafe nur wenige Wochen noch zu verbüßen. Wenn du ihm also so treu anhängst, wie mir dein Erscheinen und deine Rede beweisen, wird deine Geduld reichen, dies wenige noch zuzuwarten, damit ihr heiraten könnt und mit dem Segen des Gesetzes als Mann und Frau leben.»

«Gibt es denn keinen Weg, ihn vor der Zeit zu entlassen?» flehte Sevim und blinzelte nach dem Porträt Mustafa Kemals über dem Rücken des Richters.

«Dies sieht das Gesetz vor in ganz bestimmten und genau definierten Ausnahmefällen.»

«Hochwürdiger Richter, ist denn mein Fall nicht ganz definiert, und bildet er nicht die zu berücksichtigende Ausnahme?» sagte Sevim und ließ erklärend ihren Blick sinken auf ihren Bauch.

«Ich verstehe», nickte der Mann des Gesetzes, «aber so mich nicht auf meine alten Tage die Rechenkunst im Stiche gelassen hat, dürfte das frohe Ereignis erst nach der fristgemäßen Entlassung anstehen und auch zur Eheschließung noch ausreichend Zeit sein.»

«Das ist es nicht allein», beharrte Sevim.

«Was ist es noch?» äugelte der Paragraphenkundige gierig in Erwartung zusätzlicher Pikanterien.

«Es ist ...», stotterte Sevim errötend.

«Es ist ...? Na, was?» trieb sie der Richter.

«Die Brüder sind es», brachte Sevim, mit sich ringend, heraus.

«Was ist mit den Brüdern?» fragte der Richter sachlich und hörbar enttäuscht.

«Ich weiß, daß es mir nicht zusteht, über solches zu sprechen. Schon daß ich hier bin und Euch vortrage, wirft Schande auf die

Meinen. Aber der Makel ist einmal an mir, und wegwaschen kann ihn nur Oktay.»

«Ich höre», sagte der Mann der Paragraphen, schon leicht ungeduldig.

«Nein», schwenkte Sevim, «ich darf es nicht sagen.»

«Meine Tochter, nur immer heraus mit der Sprache, ich sitze hier nicht, um mir die Zeit zu vertreiben.»

Er machte Miene, die Audienz zu beenden.

«Sie wollen ihn töten.»

Sevim zerfloß in Tränen, als es heraus war. Der Richter merkte wohl an der Tonlage und Intensität ihres Weinens, daß er da nicht irgendeinem hysterischen Ausbruch oder einer schauspielerischen Darbietung beiwohnte, spürte vielmehr, daß er in einem Feld lebensgefährlicher Verwicklungen stand, entschied, nachdem er sich zu Mustafas Bild in seinem Rücken gedreht und dessen stille Zustimmung für seinen Entschluß beigeholt hatte, im Falle Öztürk zur Verhütung größeren Unheils und weiterer Straftat der Gnade vor dem Recht den Vorzug zu schenken und Oktay, das noch Abzubüßende in Geldstrafe umwandelnd, vor der Zeit aus der Haft zu entlassen.

Selbigentags noch wurde Oktay auf freien Fuß gesetzt, durfte die Geliebte, deren Anbetung in der Gefangenschaft seinen Mut aufrechterhalten, in die Arme schließen und konnte sogar aus der von Niyazi empfangenen Barschaft den Rest seiner Schuldigkeit ablösen. Es blieb noch Geld, eine Droschke zu mieten, um auf dem schnellsten Wege nach Kars zu gelangen, was ratsam schien, da mit dem Aufkreuzen der karagözischen Rächer zu Arpaçay minütlich zu rechnen war.

Wer beschreibt den seligen Taumel der durch viermonatigen Tunnel der Martern und Einsamkeit glücklich ans Licht der Liebe und des Zusammenseins Durchgestoßenen, wie sie fest umschlungen nebeneinander saßen auf der Bank über den hurtig auf der Landstraße dahindonnernden Rädern der Kutsche?

Wie tröstend und erhebend der Empfang in Kars bei Alpay,

dem Erstgeborenen Himmets! Kein bißchen überrascht war er beim Eintreffen des jungen Paares, drückte seinen Bruder kräftig und lang, küßte die Kleine an seiner Seite, bewirtete sie, als hätte er von ihrem Kommen gewußt und alles vorbereitet für sie. Auch ein Zimmer hatte er ihnen gerichtet im Haus gegenüber der Schule, das seine Dienstwohnung, seit man ihn zum Direktor des Gymnasiums ernannt.

Da staunte Sevim nicht schlecht über all den städtischen Komfort, das fließende Wasser, das elektrische Licht, das gekachelte Bad. Das alles sah sie zum ersten Mal und dankte Gott für die Prüfungen, die er ihr geschickt und die sie so tapfer bestanden.

Oktay und Sevim waren am nächsten Morgen noch nicht unter der Decke ihrer luxuriösen Zufluchtsstätte erwacht, als der Schuldirektor bereits auf dem Standesamt war, die für das Aufgebot nötigen Papiere zu besorgen.

Keine drei Wochen waren seit ihrer Ankunft verstrichen, als sie in aller Feierlichkeit dem Beamten die Frage, ob sie treu einander dienen wollten, in guten wie in schlechten Tagen, bis daß der Tod sie scheide, bejahten und ihre Zeichen an den Fuß der Urkunde setzten. Als Zeugen unterschrieben Alpay und – was er sich trotz vielfältiger Verpflichtungen nicht hatte nehmen lassen – der eigens zum Zweck aus Arpaçay angereiste wackere Richter.

So lebte Sevim mit Oktay im Haus ihres rechtmäßigen Schwagers der freudig erwarteten Ankunft ihres Sohnes entgegen – denn daß das Kind ein Junge sein würde, bezweifelte niemand. Von ihren Eltern und Geschwistern hatte sie keine Nachricht, und es gibt auch weder für sie noch für uns irgendeinen Grund, dies zu bedauern. Ihr ganzer Verkehr mit Sulakbahçe bestand in den gelegentlichen Besuchen der Schwiegereltern, Schwägerinnen und Schwäger, die bemüht waren, ihr die fehlende Zuneigung von seiten der Ihren nach Kräften zu kompensieren. Wie sich Gürhan zu der Verheiratung stellte, konnte sie nicht erfahren, denn das Gespräch zwischen den Sippen war nach dem blutig ausgetragenen Streit an der Weide beiderseits ganz abgebrochen.

Die Karagöz boykottierten sogar die öztürkische Bakkaliye und hatten, was sie gezwungen, einen beträchtlichen Teil ihres Viehbestands zu veräußern, einen zweiten Brunnen graben lassen, um ohne jeden Verkehr mit den Himmetitern in ihrer eigenen Sphäre bestehen zu können.

Güler, Niyazis Frau, hatte ihm inzwischen eine Tochter geschenkt, und nun blickte die Familie mit Spannung auf die Niederkunft Sevims, von der man sich die Geburt des Stammhalters erhoffte. So fand sich, als die Wehen einsetzten, alles im alpayschen Hause versammelt. Bei der Kreißenden waren nebst der Hebamme ihre Schwiegermutter Birgül und ihre Schwägerin Şerifnur. Die Männer warteten in Alpays Salon. Unter die Kategorie «Männer» ist hierbei auch die Persönlichkeit Yılmaz' gefaßt, der, zu diesem Zeitpunkt eben in seinem zwölften Lebensjahr stehend, in den Augen Niyazis jedoch überhaupt nicht ins Innere dieses Kreises gehörte, insbesondere deswegen nicht, weil er sich in der Stadt herumgetrieben und sich am hellichten Vormittag von nichtsnutzigen Kinderverderbern hatte Rakı einflößen lassen.

Unpassenderweise war der Knirps in der Männerrunde der einzig Entspannte. Im sonderbarsten Kontrast zur Stimmung des werdenden Vaters, des künftigen Großvaters, des Onkels in spe (und wie erst zu den nur durch die Türe gedämpften Schreien der Gebärenden!) erzählte der werdende Wüstling Schwänke vom Nasrettin Hoca.

«Wie der Nachbar den Esel des Hoca ausborgen möchte?» sagte er mit fragender Betonung, als hätte tatsächlich in der herrschenden Anspannung irgendeiner die Nerven, sich Geschichten vom Nasrettin anzuhören.

«‹So›, sagt der Hoca, ‹da muß ich dich leider enttäuschen, mein Esel ist nämlich nicht zu Hause.› Da hört der Nachbar aber laut und vernehmlich hinten vom Stall das Ii-aah-Ii-aah von Nasrettins Esel. ‹Was ist also, Hoca? Willst du mich etwa belügen! Da höre ich doch ganz deutlich, daß er zu Haus ist, dein Esel.› – ‹So›, sagt der Hoca zum Nachbarn, ‹endlich erkenne ich dich. Jetzt weiß ich, was ich von dir zu halten habe: Meinem blöden Esel, dem glaubst du, aber mir, dem Nasrettin Hoca, dem glaubst du nicht.»»

Hinter der Türe waren die Schreie verstummt, und einem kurzen, dumpfen Stöhnen folgte …

Es muß ganz und gar unwahrscheinlich klingen, und wir müßten bei der Allwissenheit des Erzählers und der festesten Überzeugung von der Echtheit dieses überaus signifikanten Details seiner Unglaubwürdigkeit wegen auf seine Mitteilung Verzicht tun, hätte nicht das Musterbeispiel der Aufrichtigkeit, der große Augustinus selbst, uns in seinem Werk *De civitate dei* für den Fall des Cham, des Sohnes des Noah und Vaters des Zoroaster, das Nämliche überliefert.

Es folgte ein ohrenbetäubendes, Mark und Bein erschütterndes Gelächter, ein Gelächter, das anhielt und dessen Woge in diesem Anhalten gar noch stieg, geradezu orkanisch wurde und vielleicht sogar die Tür des Geburtszimmers gesprengt hätte, wäre sie nicht von Oktay, dem man zugestehen wird, daß er sich über alle Bande der Sitte und des Anstands hinwegsetzte, aufgerissen worden, das den Ohren nicht Faßliche wenigstens mit den Augen bestarren zu können.

Da hing sein Sohn, an den Füßen in die Luft gehalten von der Helferin seiner Geburt, und lachte aus Leibeskräften.

Nun drängten auch Himmet und die Brüder hinter Oktay in den Rahmen der Türe und vermochten sich nicht zu wehren gegen die ansteckende Macht des Gelächters. Ja, auch die Frauen hielten sich nicht mehr, und die Hebamme mußte sich die allergrößte Mühe geben, daß ihr der zappelnde Lachsack nicht aus der Hand glitt.

«Nasrettin Hoca! Es ist der Nasrettin Hoca», schrie Yılmaz, und solche Evidenz wußte auch Himmet nicht mehr von sich zu weisen.

«Sein Name sei Nasrettin!» rief auch Oktay, aber mit abweichender Betonung, die anzeigen sollte, daß er als der Erzeuger und Vater des Kindes einzig berechtigt, den Namen zu geben.

«Sein Name sei Nasrettin», sagte schließlich auch Niyazi, der sich seiner Natur gemäß als erster vom Lachen erholte.

Sevim nickte, und damit war es beschlossen.

So haben wir sie denn erzählt, die Geschichte, wie unser Boxer zur Welt kam und zu seinem Namen, und dürfen die eingefrorene Szene im Zelt zu Beausoleil nahe Monaco wieder in Fluß bringen, den Ringsprecher durch die Seile klettern lassen und das Mikrofon für ihn öffnen. Mit knatternder Stimme, die seine durch die provenzalische Färbung des Dialekts zu Pengs und Pongs werdenden Nasale wie Peitschenhiebe knallen läßt, heißt er die 5000 Zuschauer willkommen, dankt einem Bierbrauer und einem Unterhosenfabrikanten, auch dem am Orte ansässigen Hersteller von Luftfiltern für die Vergaser französischer Automobile, denn diese hatten aus ihren Werbeetats Nennenswertes in die Kasse der Veranstalter gelenkt. Daß Eddy Hoagland als dritter Mann in den Ring steigen, wer die Punkte zählen und welcher Arzt die Gesundheit der Kämpfer bewachen wird, all das erfahren wir jetzt. Dann endlich kommt die Rede auf unseren Helden: 58,5 Kilogramm, 27 Kämpfe, 27 Siege: Nasrettin Öztürk. Und lauter als laut donnert vom Tonband die Musik, die er sich für seinen Einmarsch ausgewählt hat: Born to be wild …

Er hat die Kapuze seines Bademantels über die Augen gezogen, als der Scheinwerfer ihn spottet, grüßend hebt er den Handschuh gegen die Pfiffe und Verwünschungen, die ihn links und rechts der Auftrittsgasse empfangen. Oben auf dem Quadrat, das in übertaghellem Licht steht, zeigt er, nachdem Röder, sein Trainer und Sekundant, ihm den Mantel von den Schultern genommen, seinen Körper vor wie etwas, dessen Anblick allein schon die Anreise und das Eintrittsgeld wert ist. Der Bau, die Bildung der Muskeln, die Zeichnung der Adern, das hätte ein Michelangelo vielleicht noch in Marmor nachschaffen können und damit das klassische Ideal des Athleten erreicht, aber den Tonus, der diese von der Sonne leicht überbräunte rötlich-gelbliche Haut spannt, die eben in der Kabine vom Masseur frisch eingeölt worden ist, den ahmt der Natur keine menschliche Hand nach. Wie erst diese Bewegung?

Nasrettin tänzelt, zerboxt einen Schatten mit einer Kombination von sechs Schlägen, die so schnell aufeinanderfolgen, als ob sie nur ein einziger wären, tritt in die blaue Ecke zurück. Sein Gesicht, in dem auch den weiter hinten Sitzenden die nicht buschigen, aber breiten, pechschwarzen, gerundeten, über der Nase einander berührenden Brauen kenntlich werden, trägt einen Ausdruck von Heiterkeit, die über Zuversicht noch hinausgeht; die Wangen strahlen, als ob die aus dem Publikum heraufgerufenen Schmähungen allesamt Liebkosungen wären.

Der Europameister hat, wie zu hören, 200 Gramm mehr auf die Waage gebracht, schon 67 Profikämpfe bestritten, davon allerdings sieben verloren, einmal unentschieden geboxt. Das Lied vom Tod läßt er spielen, während er im Matadorenschritt die ihn umjubelnde Menge zerteilt und Faustküßchen in alle Richtungen schickt. Alle Augen im Zelt suchen den Champion, nur Nasrettin ist bei sich, schließt die Lider und wird zur Gänze durchdrungen von der bekannten Titelmusik des italienischen Westerns. Was Sandol bezweckte, als er sich zur Begleitung seines Einmarschs für just dieses Stückchen entschied, vollzieht sich: Nasrettin denkt an den Tod.

Aber doch ist die Wirkung, die daraus entspringt, nicht eben nach Sandols Berechnung. Derart nämlich ist sie, daß Nasrettin loslachen muß, als habe er eben den Witz aller Witze vernommen. Nasrettin lacht wie am Tag seiner Geburt aus Leibeskräften. Er krümmt sich im Lachkrampf, als hätte schon einer von Sandols berüchtigten rechten Haken seinen Magen getroffen.

Des Europameisters Prozession, angeführt von seinem Manager, der ihm den Gürtel mit dem Emblem der Europäischen Boxunion wie ein Staatswappen voranträgt, erreicht das Seilgeviert.

Gravitätisch nimmt der schlanke, fast schlaksige Karibe die Stufen, denn auf seine Einbildung hat die ausklingende Weise dahin gewirkt, daß er sich auf dem Gang zu Nasrettins Beerdigung wähnt. Daß er sich bücken muß, um durchzuschlüpfen zwischen den Seilen, will überhaupt nicht passen zu der majestätischen Attitüde, mit der er sich trägt, und er zögert eine Sekunde vor dem Hindernis, macht dann eine Bewegung daraus, als habe er pantomimisch einen Kranz niederzulegen, und reißt beim Wiederaufrichten die Arme hoch zur Pose des Siegers.

Jetzt erst wird die Menge gewahr, daß der Herausforderer sich offensichtlich totzulachen versucht, und gleich, ob es nun des Champions Person und Gestalt oder die Nummerngirls seien, die sich postieren im Ring mit der Trikolore und dem schwarzrotgoldenen Banner, was Nasrettin so ins Irre belustigt, auf solches Benehmen muß verständlicherweise mit allgemeinster Empörung reagiert werden, und so entlädt sich über der blauen Ecke ein neues Gewitter aus Lästerungen und Flüchen. Das führt aber Nasrettin nicht zur Kontrolle über seinen Körper zurück, im Gegenteil: Das Abspielen der Hymnen raubt seinen letzten Widerstand gegen den Lachanfall. Das Deutschlandlied reißt ihm die Kiefer auseinander, und bei den ersten Takten der Marseillaise hüpft ihm der Mundschutz heraus.

Eddy Hoagland, der bei weit über 100 Kämpfen richtend im Ring stand und dessen britischer Sinn für Humor in den verschiedensten Lebenslagen erprobt worden ist, ist so verständnis- wie ratlos, da Nasrettin seinen Ermahnungen, die er dem Reglement gemäß den Kombattanten vor Beginn einschärfen muß, nicht zuhört, vielmehr laut dabei wiehert, als wäre das Verbot von Kopfstoß und Tiefschlag das Komischste, was die Welt sich ausgedacht hat. Der Referee unterbricht sich und denkt nach, ob Lachen nun eigentlich unter das Sprechverbot fällt oder erlaubt ist oder ob Nasrettins Aufführung vielleicht sogar das Eingreifen des Ringarztes erforderlich macht. Aber auch auf den Gesichtern des Mediziners und der Punktrichter, die er mit nach Unterstützung flehenden Blicken absucht, sieht er nur gerunzelte Stirnen und den Ausdruck völliger Hilflosigkeit, denn Nasrettins Betragen ist ohne jede Präzedenz in der Geschichte des Boxens. Immerhin schafft Nasrettin es, nach Vorschrift und Aufforderung seine Fäustlinge zur Bekundung seines Sportsgeistes gegen diejenigen Sandols zu klopfen, und auf ein dezidiertes Nicken des Matchmakers wird vom Zeitnehmer die Glocke betätigt. «Gong» also und «Ring frei zur ersten Runde» heißt das.

Nasrettin tritt, ohne Gewalt gewonnen zu haben über sein Zwerchfell, wacker hervor aus seiner Ecke, pflanzt sich mit an den herunterhängenden Armen baumelnden Fäusten ins Zentrum des Rings und lacht. Sandol, mehr als irritiert von dieser Eröffnung, schiebt sich mit äußerster Vorsicht in voller Deckung heran. Nasrettin wird, wie er den dunkel gefärbten Panzer so auf sich zurücken sieht, von einer noch stärkeren Woge erfaßt, sein Oberkörper biegt sich nach hinten, er streckt die Rechte aus, aber nicht zum Schlag, sondern um den Zeigefinger, so gut dies eben gehen will unter dem Handschuh in den Bandagen, auf seinen Gegner zu richten, der, wie vorher schon seine Anhänger im Zelt, nun ebenfalls von der Wut gepackt wird. Weiter in mustergültiger Deckung nähert er sich dem um einen halben Kopf kürzeren Türken auf schleifenden Sohlen bis zur mittleren Mensur und läßt einen linken Geraden nach dessen Kinn herausfliegen, als gelte es, zunächst zu erforschen, ob dieses Lachding ein echter Mensch aus Knochen und Fleisch ist oder vielleicht nur ein Kobold oder eine optische Täuschung.

Der Hieb pufft ins Leere, denn Nasrettin hat den Treffer mit einem Zurückwerfen des Kopfes, das aber gar nicht zu der Bewegung von Sandols Faust, vielmehr zur Mechanik seines wilden Lachgezappels gehört, vermieden. Da kein Konter erfolgt, schlägt Sandol, um nicht selbst irre zu werden am Gegenüber, gleich noch einen linken Geraden zum Kopf, aber diesmal als Finte, kombiniert mit einem rechten Geraden zum Magen. Der klatscht, da Nasrettins Kopf sich, der Finte ausweichend, wieder in den

Nacken gebogen, vollwuchtig eine Handbreit unter dem Ziel auf das lachend bebende Muskelpaket des öztürkischen Bauchs.

Das war's, was Nasrettin brauchte. Die gequetschten Eingeweide, die sich zusammenziehenden Flügel der Lunge justieren das Zwerchfell, auch er kann jetzt boxen. Und tut es, gerade stoßend mit links, plaziert auf die frankokaribische Schläfe. Ein Uppercut soll die Leber treffen, wird von Sandol mit dem Ellenbogen pariert, doch streift ein Haken von Nasrettins Führhand noch dessen, weil unter dem Kiefer zurückstehendes, schwer zu verletzendes Kinn.

Sandol steckt das ein, aber sichtlich mit dem Ausdruck der Zufriedenheit und Genugtuung, weil ihm die öztürkischen Treffer Beruhigung verschaffen darüber, daß er es mit einem Mann seines Faches zu tun hat und nicht mit einem aus der Anstalt entlaufenen Irren.

Daß der Türke sehr schnell ist, im Nahkampf wirkungsvoll und gefährlich, daß er keinen festgelegten Stil boxt, an dem man ihn taktisch aufspießen könnte, das alles hat Sandol durch seine Berater erfahren, und daß das theoretisch Analysierte und Prophezeite in diesem Moment auch physisch-wahrnehmbar zutrifft, setzt seine Routine ins Werk, die sich in der genannten Zahl erfolgreich bestandener Kämpfe bewährt hat, ihm Standvermögen schenkt und die Zuversicht, auch mit diesem aus der asiatischen Steppe heranrollenden Wirbelwind fertig zu werden.

Mit diesem «aus der asiatischen Steppe heranrollenden Wirbelwind» hat es eine Bewandtnis, die uns veranlaßt, sehr weit auszuholen, um unseren Helden, dessen Verwurzelung in Sippe und Landschaft uns schon ansatzweise beschäftigt, nun auch als nationalen Typus zu zeigen, indem wir der Geschichte und der Herkunft des Türken einiges von unserer Aufmerksamkeit widmen.

Als ein «aus der asiatischen Steppe heranrollender Wirbelwind» sind die Türken nicht erst den christlichen Völkern zwischen Schwarzmeer, Kaspisee und Persischem Golf erschienen, die also lange vor den Byzantinern Bekanntschaft mit diesen kriegerischen Nomaden zu machen gezwungen wurden, sondern schon die Chinesen wußten diese mit Regelmäßigkeit in ihre Bezirke einfallenden Scharen zu fürchten, und das umfänglichste Bauwerk in der menschlichen Geschichte, eben die endlose Mauer, welche die Westflanke des Reiches der Mitte schützt und befestigt, darf auf die Drohung von Öztürks Vorfahren ebenso wie auf diejenige der Mongolen, die wir als nahe Verwandte der Türken, aber nicht als mit diesen identisch anzuschauen haben, in seiner Initiative zurückgeführt werden.

Das Alter ihres Volkes setzen die Türken dem der übrigen biblischen Ethnien gleich, berufen sich mit selbem Recht wie diese auf Noahs Völkertafel und leiten sich von dessen Sohn Japhet her. Daß aber keine Geschichte der Frühzeit der Tataren, Turkmenen oder Türken – was Namen sind, die zu verschiedenen Zeiten verschiedenen Teilen *eines* durch gemeinsame Sprache und Einheit des rassischen Typs miteinander verbundenen Volkes gegolten haben – auf uns gekommen ist, liegt darin, daß diese erst sehr viel später als andere Gliederungen des Menschengeschlechts Schriftliches zur Aufbewahrung ihrer Begebenheiten mitgeteilt haben.

Man mag dies auf praktische Gründe zurückführen, denn die Turkvölker hatten zwar stets eine ihnen eigene und gut entwikkelte Sprache, aber nie eine eigene Schrift und waren immer genötigt, sich der Alphabete, die sie fremden Kulturen entlehnten, zu bedienen. Die Orhon-Inschriften, das erste schriftliche Selbstzeugnis der Türken, die in der Hauptsache von jener Zeit sprechen, da sie für ein halbes Jahrhundert, von 630 bis 680 nach christlichem Kalender, dem chinesischen Reich unterworfen waren, sind beispielsweise in einem soghdischen Alphabet abgefaßt.

Jener Zweig der türkischen Völkerfamilie, der später, wie wir sehen werden, in Kleinasien Wurzeln zu schlagen vermochte und auf den man sich unter Vernachlässigung seiner mittelasiatischen

Verwandtschaft bezieht, wenn man von *den* Türken die Rede sein läßt, versuchte nach Annahme des Korans seine Sprache mit Hilfe der arabischen Buchstaben darzustellen, bis Atatürk mit einer seiner kühnsten und durchschlagendsten Reformen das lateinische Alphabet zur Zeichnung des Lautbilds der türkischen Sprache anwenden ließ.

Atatürk hat selbst viel Anteil genommen an der Arbeit der von ihm zur Reformierung der Sprache eingesetzten Kommission, und wir verneigen uns gerne, ihren Errungenschaften die gebührende Anerkennung zu zollen, indem wir in diesem Roman das von der Großen Nationalversammlung am 1. November 1928 verabschiedete Gesetz No. 1355 «Über die Introduktion und Applikation der neuen türkischen Buchstaben» befolgen. Wir schreiten im Geiste von Atatürks Reform über das gesetzlich Verordnete sogar noch hinaus, wenn wir bei der Wiedergabe arabischer und persischer Ausdrücke meistenteils der neutürkischen Version den Vorzug geben vor Schreibweisen, die sich schon eingebürgert hatten ins Deutsche. Wir schreiben also «Hicret», nicht «Hedschra», «Vezir» statt «Wesir», «Şia» statt «Schia».

Auch wenn wir unserem geschätzten Leser freimütig einbekennen wollen, daß wir damit nicht ein System zur Anwendung bringen, vielmehr bloß eine Tendenz stark zu machen versuchen, bitten wir ihn zu bedenken, daß eine «Hicret», eine «Loslösung», eine «Auswanderung» wie die unter diesem Begriff zur Stunde Null muslimischer Zeitrechnung gewordene des Propheten Mohammed von Mekka nach Medina, eines der Hauptmotive unserer Romanhandlung abgibt, nämlich diejenige Nasrettins aus dem Osten Anatoliens in den Westen Deutschlands. Aus einer zwangsläufigen Sympathie für das Personal unseres Romans ist uns die Verteidigung der im Deutschen nicht gebräuchlichen neutürkischen Buchstaben wichtig, auch nicht zuletzt deshalb, weil sie einem Beitrag zu der vom Grundgesetz geforderten Beschützung der Minderheiten gleichkommt.

Selbst wenn es nicht aus Brutalität, sondern aus Ignoranz geschieht, so bleibt beispielsweise das Abschneiden der Schwänzchen unter dem ş und dem ç im Deutschen etwas Ähnliches wie eine Kastration. Nehmen wir, um dieses Argument ad hominem führen zu können, an, es hätten die Karagöz in Sulakbahçe nicht schwarze, sondern grüne Augen gehabt und diese zu ihrem Familiennamen gemacht, so hätten sie «Yeşilgöz» geheißen. Unterstellen wir weiter, nicht die Öztürks, sondern sie wären ausgewandert nach Deutschland, so hätte in ihren Papieren nicht die Verwandlung des Klangbilds in «Jeschilgös», es hätte dort «Yesilgöz» gestanden, von den Beamten «Jesilgötz» gelesen, womit für das türkische Ohr jede Erinnerung sowohl an Grünes als auch an Augen ausgelöscht worden wäre.

Beseitigen wir also, da wir nun schon einmal eingetreten sind in die Erörterung der Aussprache der neutürkischen Buchstaben, zwecks künftiger Vermeidung ungewollter Verletzungen des Namensleibes unserer türkischen Mitbürger etwa vorhandene Unwissenheit bei unserem Leser.

Die Cedille unter dem s macht es zu unserem Zischlaut sch. Das einfache c wird ausgesprochen wie das englische j in «just» oder «jump», mit der Cedille wird es, anders als im Französischen, zu tsch. Das y gibt wie im Englischen den konsonantischen i-Laut wieder, aber neben dem Vokal i gibt es noch das ı ohne Punkt, das so klingt wie unser e im Ablaut, aber betont werden kann. Zur Unterscheidung hat als türkische Besonderheit das i auch als Großbuchstabe sein İ-Pünktchen auf, damit es mit dem I nicht verwechselt werden kann. Das türkische z steht für unser stimmhaftes s, unser Diphthong ei wird als ay, eu oder äu werden als oy notiert.

Das h im Anlaut hört sich an wie das unsere, innerhalb der Silbe allerdings spricht man es wie unser ch, aber ohne Einsatz des Zäpfchens. Das türkische Wort für Garten, «Bahçe», käme verdeutscht etwa als «Bachtsche» zum Vorschein. Als letzte Buchstabenerfindung der türkischen Schriftreformer wäre das Yumuşak-g, das weiche g, nämlich das ğ zu erwähnen. Es hat hinter Vokalen Dehnungsfunktion wie unser h.

Stammvater derer, die später den Namen «türk» für sich in Anspruch genommen und das Land um den Garten Eden zu ihrer Heimstätte umschufen, war Oğuz.

Aus dem Paradies entsprangen der Überlieferung nach vier Flüsse: Pison, Gihon, Hiddekel, Euphrat. Daß mit dem Hiddekel der Tigris gemeint war, stand nie außer Zweifel, wohl aber haben frühere Gelehrte den Pison mit dem Ganges, den Gihon mit dem Nil identifiziert, während die neuere Forschung uns anhält, im Pison den Araxes zu erkennen, der ins Kaspische Meer fließt, und im Gihon den Halys, der sich ins Schwarze ergießt.

Dies Land Anatolien also war den Nachkommen Oğuz' zu erobern bestimmt, und wir wollen noch sehen, wie sich das zutrug. Vorderhand aber beherrschte Han Oğuz vom Sitz seines Hanlıks am Oberlauf des Oxus mit seinen Scharen die weite Steppe von der Chinesischen Mauer bis zu den Gestaden des Kaspischen Meeres.

Oğuz als den Auslöser dessen zu setzen, was uns als türkische Geschichte im engeren Sinne begegnen wird, ist vor allem deshalb gerechtfertigt, weil er die universalhistorische Leistung vollbrachte, die Kultur seines Volkes mit der von der arabischen Halbinsel herandrängenden zu vermitteln. Die Überlegenheit der Muslime hatte sich zuerst auf dem Schlachtfeld gezeigt, und die Annalen der arabischen Chronisten zählen vom ersten Einfall ihrer Heere in Turkestan im Jahre 35 der Hicret bis zum Aufstieg der Selçuken sechzehn große Schlachten. Bilanz: zwölfmal wurden die Türken, teils vernichtend, geschlagen, zweimal hatten die Streiter des Islams das Feld zu überlassen, zweimal trennte man sich ohne Entscheidung.

Trotzdem muß man den Übertritt der Türken zum Glauben Mohammeds als einen freiwilligen ansehen, denn er geschah, als in den Kriegen mit den Arabern sich das Blatt zu ihren Gunsten zu wenden begann. Die Übernahme der mekkanisch-medinensischen Religion schuf nicht nur für die oğuzischen Türken eine gänzlich neue Aussicht und Perspektive, es erhielt vor allem der

Islam durch den Eintritt dieser Komponente eine Dynamik und Stoßkraft, die stark genug werden sollte, um Europa in seinen Grundfesten zu erschüttern.

Derart streng war des Oğuz Frömmigkeit, daß er sich so lange weigerte, die Milch seiner Mutter zu trinken, bis sich diese zum einzigen Gott und zu Mohammed, seinem Gesandten, bekehrte, was ihr, da der Säugling selbst der Sprache nicht mächtig und außerstande von daher, ihr den Grund seiner Abstinenz verständlich zu machen, in wiederkehrenden Traumgesichten von Allah mitgeteilt werden mußte.

Es gab aber neben dem Koran und seinen Geboten auch Handfestes, was die Türken mit Oğuz von den Arabern erbten und übernahmen, so die Pferde, die größer, stärker und schneller waren als die von ihnen selbst gezüchteten Rassen.

Eine Wunderwaffe, die auf der Welt nichts Vergleichbares neben sich kannte, war ihnen stets zu eigen gewesen: der Bogen. Nämlich war dieser «türkische» Bogen, später auch apostrophiert als «taşkentischer», nicht einfach ein Stück Holz, hatte aus diesem Material vielmehr nur die mittlere, sehr dünne Schicht, die auf einer Seite mit Hornstreifen belegt und von der anderen mit Tiersehnen beklebt war. Er wies deshalb schon in diesem Zustand eine Krümmung von beinahe einem Halbkreis auf und mußte zum Behuf der Bespannung noch über die Horizontale nach der anderen Seite gebogen werden, was eines so großen Aufwandes von Kräften bedurfte, daß die Hände von sechs bis acht starken Männern es mit Mühe vollbrachten. Im Vergleich zu dem primitiven Holzbogen, der bei ihren Feinden in Gebrauch war, besaßen die Oğuzen mit dem ihrigen ein ballistisches Wunderwerk von unerhörtem Durchschlagsvermögen. Unter günstigem Schußwinkel waren mit ihm Weiten von mehr als einem Kilometer erzielbar.

Es versteht sich, daß diese Waffentechnik in Verbindung mit den erstklassigen Schlachtrossen aus der arabischen Züchtung eine Kavallerie ergab, deren militärische Überlegenheit herausragend war. Aber wenigstens ebenso einschneidend in die türkische Gesellschaft wirkte die Übernahme der Kamelzucht im großen Stile. Gestattete schon die neugewonnene Beweglichkeit der Reiterei, über immense Flächen zu manövrieren, so wurde durch den Einsatz der Flotte aus Wüstenschiffen auch die Steppe auf neue Weise befahrbar. Die genügsamen Paßgänger machten es den Oğuzen möglich, ihren ganzen Staat aus Zelten, Frauen und Kindern aufzupacken und ihn samt den Herden hinter dem Heere im Troß mitzuführen, wodurch er sich verwandelte in einen mobilen, dessen Züge keine räumliche oder zeitliche Grenze mehr kannten.

Diesen sozusagen «technologischen» Errungenschaften aus dem Verkehr mit den arabischen Muslimen gesellten sich die «ideologischen» zu, welche die oğuzischen Türken neu ins Verhältnis setzten zu den übrigen Posten auf der Völkertafel des Noah. Hatte es vor der Bekehrung unter den Bedingnissen schamanischer Geistesverfaßtheit als die höchste der Tugenden gegolten, Feinde, wo man sie traf, auf der Stelle zu schlachten, weil die Meinung diejenige war, die Entleibten würden in der anderen Welt zu Dienern ihres Vollstreckers, so griff mit der Islamisierung eine andere Auffassung Platz, die auf das Gegenteil hinauslief. Es begann unter Oğuz die Erkenntnis sich durchzusetzen, daß der Unterworfene auch zu Lebzeiten seinem Unterwerfer sehr wohl dienen kann und seinen Reichtum vermehren.

So begegneten sie neuerdings den Völkerschaften, die das Pech betraf, in den Weg der oğuzischen Reiterei zu geraten, nicht mehr mit der Unstillbarkeit ihres Blutdursts, sondern verlangten von ihnen Tribut. Dem Krieg in seiner kalten Form den Vorzug gestattend vor seiner heißen, senkte sich der unheilbringende Pfeilregen nur noch dann über den Feind, wenn dieser mit der Zahlung in Rückstand geriet oder sich gar zu der aufsässigen Ansicht verstieg, auf die Darbringungen ganz verzichten zu können.

Eine nicht den Arabern abgeguckte, im Gegenteil ganz als echte Eigenleistung einzuschätzende Neuerung des Oğuz war die von ihm vorgenommene Verwaltungsreform.

Es wird berichtet, die sechs Söhne des Oğuz hätten einmal auf der Jagd einen goldenen Bogen gefunden und drei goldene Pfeile. Die brachten sie Oğuz, damit er sie nach Gutdünken unter ihnen verteile. Die Art nun, wie Oğuz verrichtete, was seine Söhne sich wünschten von ihm, bezeugt seine staatsmännische Klugheit und den Weitblick, mit dem er sein Vermächtnis den Nachkommen, die seinen Namen durch die Zeitläufte zu uns trugen, aufgegeben hat.

Er schenkte den drei älteren Brüdern den Bogen, die drei jüngeren bekamen die Pfeile. Dazu bestimmte er, die Nachfahren der drei, die von ihm den Bogen erhalten, sollten den Beinamen «Bozuk» führen. «Bozuk» bedeutet zu deutsch «kaputt», was ausdrücken sollte, die drei könnten den Bogen, die Herrschaft, nicht unter sich teilen, ohne das Ganze des Staates zu zerbrechen. Dem zweiten Hauptstamm, dem der drei jüngeren Brüder, gab er zum Beinamen den Begriff «Üçok», drei Pfeile.

Die Söhne des Bozuk hießen der Reihe nach: Günhan, das bedeutet der Sonnenherrscher, Ayhan, der Mondherrscher, und Yıldızhan, der Sternherrscher.

Die drei Söhne des Üçok hießen der Reihe nach: Gökhan, Herrscher des Himmels, Dağhan, Herrscher der Berge, Denizhan, Herrscher der Meere.

Jeder dieser sechs Söhne des Oğuz hatte vier Söhne.

Die Söhne Günhans waren: Kayı, Bayat, Alakaroğlu und Karalevli.

Die Söhne Ayhans waren: Yazır, Döğer, Dodurğa und Yapırlı.

Die Söhne Yıldızhans waren: Afşar, Kızık, Bigdili und Karkan.

Dieses waren die zwölf Enkel des Oğuz von seinen drei älteren Söhnen, und von ihren Namen hergeleitet wurden die Bezeichnungen für die zwölf Stämme des Bozuk.

Die Söhne Gökhans waren: Bayandur, Becene, Çavuldur und Çebni.

Die Söhne Dağhans waren: Salur, Eymür, Alayuntlu und Ürkez.

Die Söhne Denizhans waren: Yiğdir, Bükdüz, Yıva und Kınık.

Dies waren die zwölf Enkel des Oğuz von seinen drei jüngeren

Söhnen, und von ihren Namen hergeleitet wurden die Bezeichnungen für die zwölf Stämme des Üçok.

Vielleicht ist es nicht über die Maßen verwunderlich, daß an dem Wort «Bozuk» immer wieder Anstoß genommen wurde, und es muß auch bis auf den heutigen Tag befremden, daß Oğuz gerade im Aufscheinen des türkischen Sternes neben dem Halbmond sich zur Beschreibung seines Glanzes und seiner Macht einer solchen Décadence-Vokabel bediente. Die Turkophilie hat späterhin den unschönen Namen, der als Makel und Menetekel erschien, auszumerzen gesucht, indem sie die arabischen Schriftzeichen auf andere Art las, was immer viel Raum zum Spielen behielt, weil die Kringel der Wüstenmänner fast ausschließlich die Konsonanten fixieren, während die Verständigung im Steppenvolk hauptsächlich durch die Vokale geschah.

Auf diesem Wege der Textexegese konnte aus «Bozuk» denn «Bozok» erzeugt werden, was «Grauer Pfeil» bedeutet. Man wird aber einräumen müssen, daß der Liebe zu den Oğuzen damit auch nicht sonderlich viel geleistet ist, da ein grauer Pfeil neben goldenen Löwen, Adlern, Sternen, Sonnen, Schwertern oder was auch immer gebraucht worden ist, Macht und Würde zu insignieren, nichts außergewöhnlich Leuchtendes oder Ehrfurchtgebietendes darstellt.

Eher schon mag man sich einem anderen Modus anschließen, die prekäre Rede vom «Bozok» zu meiden, die nicht erst der haarspalterischen Künste der Philologen bedurfte, sondern noch zu Lebzeiten der 24 Enkel des Oğuz zum Geläufigen wurde, indem sie sich nicht mehr in «kaputt» und «Dreipfeile», sondern vielmehr in «innere» und «äußere» teilten: İç-Oğuzen und Dış-Oğuzen.

Damit ist Oğuz' Reichsidee gleichfalls zu einem deutlichen Ausdruck gebracht, allein die Zuordnung muß verwirren, und man hat sich möglicherweise durch die Klangähnlichkeit von «iç» und «üç» ins Irrige hineinlocken lassen. Wir wollen es nicht mit den Deutern der arabischen Manuskripte halten und lieber annehmen, daß Oğuz ein bedeutender Han der Hane gewesen, und die politischen Implikationen seiner Gewaltenteilung näher bedenken.

Treu blieb er der Linie seiner Vorfahren insofern, als er sich die Mehrung des individuellen und des gesellschaftlichen Reichtums nicht von einer auf diese oder jene Weise bewerkstelligten Steigerung der Produktion, sondern ausschließlich von Kriegsbeute versprach. Deren Verteilung war nach der hergebrachten Methode ohne jegliche Komplikation: Jeder Kriegsmann nahm sich von den hingemetzelten Feinden das, was er an sich bringen konnte, und damit war es sein Eigen. Anders nun mit den Kontributionen, welche die Einrichtung einer Staatskasse notwendig machten und damit auch die Sorgen, das Eingenommene nach Schlüsseln gerecht und sinnvoll unter die Glieder der Gesellschaft auszustreuen und zu verteilen.

Oğuz' Hintergedanke bei der Begründung des Bozoks und des Üçoks war, um unseren Ausdruck zunächst einmal der von ihm ersonnenen Bildlichkeit zu entnehmen: Der Bogen bleibt, die Pfeile verschwinden. Eine Residenz wurde geschaffen, umgeben von einem mehr oder weniger seßhaften Staatsvolk und Volksstaat, während die Eintreibung der Tribute, die Aufrechterhaltung der Herrschaft über die unterworfenen Völker und die Eroberung zusätzlicher Satrapien den wandernden Stämmen des Üçoks überlassen blieb.

Jedoch funktionierte das Zusammenspiel von Innen und Außen nicht wie geplant. Nicht, daß Himmelshan, Berghan und Wasserhan gleich die Pfeile aufeinander gedreht hätten, um sich gegenseitig mit Krieg zu überziehen, doch waren ihre Züge nicht gleichermaßen mit Beute gesegnet, so daß beim Bogen, am Hofe, Unzufriedenheiten und Ungerechtigkeiten zur Sprache kommen und Streitereien auslösen mußten.

Das nächste war, daß das Hanlık, ein einziges Mal in gerader senkrechter Linie von Oğuz auf seinen Sohn Günhan gekommen, aus dem Stamme Bozok gerissen und dem Üçok aufgepfropft ward, so daß auf dem Thron Bayandur, der Sohn Gökhans, dem Sonnenhan nachfolgte.

Obwohl Osman ausführlich gepriesen wurde von den Oğuzen als Höchster der Gelehrten, der den Koran erneut aufzeichnen und ordnen und die alten Exemplare verbrennen ließ, haben sie sich in puncto Wein offensichtlich in jenem Buche mehr auf Sure sechzehn, Vers 67 verlassen, wo der berauschende Trunk aus Datteln oder Reben neben der lauteren Milch als köstliches Geschenk Allahs an die Menschen gefeiert wird, und den anders aufzufassenden Stellen, wie Sure vier, Vers 43, der dem Gläubigen untersagt, in trunkenem Zustand betenderweise an seinen Gott sich zu wenden, oder den deutlichen 90. Vers der fünften Sure, der den Wein nebst den Würfeln, den Orakeln und dem Götzendienst zu Produkten aus Satans Werkstätten stempelt, weniger Bedeutung und Gewicht beigemessen. Bei ihnen sind nicht nur, wie bei Homer, die einäugigen Riesen besoffen, sondern des öfteren auch die Helden.

Strömeweise floß der begeisternde Saft, wenn der Han der Hane zur alljährlichen Versammlung der Stammesoberhäupter 24 goldgeschmückte Zelte aufstellen ließ, dazu schwarze Zelte für die Beglerbegler, die Herren der Herren, und rote Zelte für die Begler, die einfachen Herren. Von den Kamelen und Pferden wurden Hengste geschlachtet zum Anlaß und von den Schafen Widder. Unter bunten Sonnensegeln auf seidenen Teppichen saß man, umweht von den Düften des an Spießen über den Feuern röstenden Fleisches, und ließ es sich wohl ergehen. Für die, denen der Wein zu stark oder nicht ganz nach Geschmack war, gab's Kımız, gegorene Stutenmilch, wovon Vorrat zisternenweise bereitstand und die, wenngleich von geringerem alkoholischem Gehalt, in ihrer Wirkung gleichfalls nicht zu verachten war.

Dieses vieltägige Gelage, dieses nur durch den sprichwörtlich tiefen und langen Schlaf der Oğuzen unterbrochene Schmausen und Zechen, haben wir uns vorzustellen, wenn von Hofhaltung und Staatsberatung die Rede ist, und es versteht sich, daß die eine oder andere Begschaft dabei aus purer Laune und Tollheit vergeben wurde. Dem Bedürfnis allmählicher Umgewöhnung bei der Verteilung der Surpluseinkünfte wurde Rechnung getragen dadurch, daß man zu Beginn der festlichen Beratung das reich mit Schätzen gefüllte Zelt des Hans der Hane freigab zum Plündern.

Die Fortsetzung der universalhistorischen Arbeit des Oğuz jedoch sollte aus den Lenden des Allerjüngsten, des vierundzwanzigsten an der Tafel der Enkel, hervorgehen, aus denen des Kınık. Seinem Stamme entsproß Selçuk, der den Gong schlug zur zweiten Runde der türkischen Geschichte und ihr überaus wertvolle Punkte erkämpfte.

Unsere Arena ist das Zelt über dem Fußballplatz von Beausoleil nahe Monaco, unsere Runde die erste, in der nach dem beiderseits erfrischenden und aufmunternden Abtausch erster Schläge Marcel Sandol seine Abwehr einstellt auf die asiatisch-steppenwindhaft heranrollenden Wirbel Nasrettin Öztürks.

Ein gewisses Gambit, was Sandol da liefert, ein Geschenk an Nasrettin, da er ihm Raum und Zeit überläßt, welches jener nur zögernd und mit berechtigtem Mißtrauen zu akzeptieren bereit scheint, denn nachdem der Effekt der Überraschung, der seine Fäuste glücklich auf Schläfe, Leber und Kinn zu bringen vermocht, einmal verbraucht ist, kommt er mit seinen Serien nicht mehr ans Ziel. Die Doppelschläge links-links zum Kopf und zum Körper, links-rechts als Seitwärtshaken mit der Absicht, an den Halsseiten die Karotis zu treffen, um kurzfristig die Blutversorgung des zu bekämpfenden Hirnes zu unterbrechen, werden von Sandol gestoppt, abgelenkt oder gedeckt mit Schultern, Oberarmen und Unterarmen, so daß die Wirbelkraft des Türken, der die Initiative zu behalten versucht, verpufft und er sich veranlaßt sieht, seine Stöße in verlangsamter Folge, aber mit vermehrter Wucht und Berechnung gegen Sandols Deckung zu richten.

Sein Opfer hat der Europameister natürlich mit List dargebracht, und er tauscht durchaus einen Vorteil ein. Nicht nur daß Nasrettin große Mengen seiner Energien verheizt bei der Unzahl seiner leer- und fehlgehenden Stöße – er ist damit ohnehin reicher versehen in der unverbrauchten Jugendlichkeit seines Körpers und nicht zu der gleichen Sparsamkeit verurteilt wie der in der Mitte der dreißig stehende Sandol –, aber er offenbart sich, verrät die Mechanik seines Bewegungsablaufs, von welcher der Franzose noch vor Ende der Runde mehr weiß als er selbst. Nasrettin dagegen kehrt, als mit Vollendung der dritten Minute der Gong ertönt, in seine Ecke zurück, ohne irgend etwas in Erfahrung gebracht zu haben von Sandols Rhythmik, von den Aktionen, die er bevorzugt, von seiner Schlagkraft, ohne irgendeine Lücke gefunden zu haben im Bollwerk seiner doppelten Deckung oder auch nur ersatzweise eine Stelle, die zu öffnen wäre durch dauernden Ansturm.

Die zweite Runde

Nasrettin hielt sich zugute, mehr als andere Boxer ein Pausenkünstler zu sein, ja, vertrat – freilich nicht jetzt, nach der ersten Runde des wichtigsten Kampfes in seinem Leben, wo nicht der Platz zu philosophisch-eitler Betrachtung, sondern, wenn einmal alles ruhig war und friedlich und er sich hingab den Gedanken, die der Frage nachgingen, was nach allem blieb als Sinn des irdischen Treibens –, dann also vertrat er gern die Auffassung, daß Stöße und Paraden schließlich ein jeder erlernen könne mit Ausdauer und Fleiß, wie auch die Schnelligkeit erhöhen, daß aber in dieser Minute der Meditation zwischen den Runden sich das wahre Talent und Genie offenbare, wenn es galt, sich aus der Situation zu erlösen, den Körper zurückzugeben an die Natur und mit dem Geist hoch über alles zu steigen, um zurückzukehren in des Kampfes Gerät aus Muskeln und Sehnen, als sei dieser Leib frisch erwählt, ihn hineinzuwerfen in eine neue Schlacht.

Da schwebte er schon, und selbst die Kommandos an Atmung und Herzschlag, die Frequenzen zu drosseln, kamen nicht mehr von ihm, der Körper war Sache, nicht seine in dieser Minute, sondern die seines Sekundanten, wie beim Reifenwechsel der Rennfahrer seinen Wagen an der Box dem Team überläßt. Man tat zu dessen Erfrischung, was nötig, wusch mit dem Schwamm das Gesicht und den Hals, öffnete der Luft Wege mit Riechsalz, reichte Wasser zur Spülung des Mundes, hielt solange den Mundschutz und fächelte mit dem Handtuch ihm Kühlung.

Erich Röder, der Mann, der ihm diese Handreichungen darbot mit Fürsorglichkeit und Geschick, war Nasrettins Trainer, und soweit hatte er Nasrettin in Kämpfen und im Sparring studiert, um gewiß sein zu können, daß dieser Boxer mehr noch als andere für kritische Eingaben nicht nur unempfänglich war, sondern durch Hinweise auf Fehler augenblicks unfähig wurde, seine Stärken zum Einsatz zu bringen. Röder hielt es für klug, Nasrettin vorzugaukeln, er bestimme das Geschehen im Ring, wobei ihm nicht entgangen, daß Sandol mit Vorteil aus der ersten Runde gestiegen und jetzt von «Dranbleiben, dranbleiben!» zu reden der reine Mumpitz war.

So hätte ihm auch Nasrettin Antwort gegeben, wäre er nicht wirklich ein großer Künstler der Pause gewesen, der wußte, daß mit dem Trainer zu hadern noch verderblicher war, als den gut gemeinten falschen Ratschlägen zu lauschen. Sein Geist war unter der Decke des Zeltes, sah, wie sein Coach seinem Körper leidlich Erfrischung verschaffte, und wußte mit Sicherheit, daß er diesen Körper einsetzen würde bis zum Letzten, wovon kein Schmerz ihn abhalten konnte.

Worauf es ankam, war, möglichst bald Sandols Schwachpunkt zu finden, ihn herauszulocken aus seiner Panzerung und ihn einige Male zu verwunden an seiner kritischen Stelle, die, wie Nasrettin glaubte, die Leber sein würde, die er ja auch schon einmal erwischt hatte. Fest stand für Nasrettin, daß er als Europameister zurückkehren würde von diesem Ausflug, er sah vor sich schon sein Bild in der Zeitung, sah, wie seine Mutter das Blatt aufschlug und wie es ihr aus der Hand glitt, weil das Gefühl des Stolzes sie überwältigen und Tränen die Zeilen verschwimmen lassen mußten vor ihren Augen …

Hier war Nasrettin, wenn schon nicht willens, sich von Röders Schönredereien blenden zu lassen, doch bereit, sich selbst zu betrügen, denn seine Mutter wäre auch klaren Blickes nicht in der Lage gewesen, die Zeitungsmeldung von seinem Sieg zu entziffern.

Anders wäre es Oktay ergangen, der allerdings schon Vater einer Familie war, als ihm auferlegt wurde, sich mit Spazierstöckchen, Häkchen und Kringeln dem Mysterium der Schrift einzuweihen.

Dies nämlich hatte sich als unumgänglich erwiesen, als Alpay die Anträge beim Standesamt eingereicht hatte: das Geburtsdatum festzulegen für die Kandidaten der Heirat, wobei er das Gutachten eines ihm befreundeten Arztes beibringen konnte, welches in Sevims Fall, die Expertise des Gerichtsmediziners in Arpaçay korrigierend, das Lebensalter auf sechzehn erhöhte und das von Oktay mit achtzehn angab.

Als unausweichliche Folge dieser Eintragungen ins Zivilregister mußte sich ergeben, daß auch die Militärbehörden auf den ins Alter der Dienstfähigkeit eingetretenen Mann aufmerksam wurden. So flatterte ihnen die fatale Epistel ins Haus, gerade als das junge Glück der Eltern im Begriff stand, sich das Andauern der Segnungen Gewohnheit werden zu lassen, so daß Sevim und Oktay, als sie die importune Nachricht vernahmen, aus allen Wolken fielen und aus dem siebenten Himmel. Der dem Soldatischen zugeneigte Alpay verlas dem Paar die Botschaft in einem Ton, dessen Feierlichkeit den Anschein erweckte, als handele es sich für Oktay nicht darum, Weib und Kind zu verlassen, um unter dem Gebrüll und den Fußtritten der Feldwebel sich im Staub eines Übungsplatzes zu wälzen, sondern vielmehr um die Erhebung in ein bedeutendes Staatsamt. So nahm Oktay die Nachricht mit gemischten Gefühlen auf, als einen Cocktail aus Galle und Balsam, während Sevim bei der Verkündigung glattweg ohnmächtig vom Stuhl fiel.

Drei Tage genau nach dem Eintreffen von Oktays Einberufungsbescheid fischte Alpay aus einem Postkasten selbst ein höchst amtliches Schreiben. Diesmal hielt er wirklich eine sehr schmeichelhafte Beförderung in seinen Händen.

Unterzeichnet war die Ernennungsurkunde vom Erziehungsminister persönlich. Alpay sollte in Ankara einer neu eingerichteten Abteilung vorstehen, welche die Aufgabe hatte, das Schulwesen in Ostanatolien zu fördern und es dem Niveau anzupassen, das im Westen des Landes schon weitgehend erreicht war.

Es übertraf dieser Posten, auf den man ihn mit sofortiger Wirkung versetzte, die Erfüllung auch des kühneren Teils von Alpays ehrgeizigen Wünschen. Das bedeutete, was im Grunde selbstverständlich war, aber, weil in der Konsequenz unangenehm, bisher von niemand bedacht, daß mit Ablauf des Monats die Dienstwohnung zu räumen und die Schlüssel dem Schulamt in Kars einzuliefern waren.

Was sollte mit Sevim werden und mit dem Kleinen?

Die Kompanie, zu der Oktay einrücken sollte, lag in Eskişehir, auf gut halber Strecke zwischen İstanbul und der Hauptstadt. Die Bahnverbindung von dort nach Ankara war gut, so daß die Brüder viel Gelegenheit haben würden, einander Besuch abzustatten. Nur bis Kars war der Weg so unendlich, daß schon der Gedanke an ihn Schmerzen hervorrief.

Sevim war untröstlich. Die Kaserne von Eskişehir dünkte ihr nichts Schlimmeres als das Gefängnis von Arpaçay, nur daß man ihr diesmal nicht allein den Geliebten, sondern auch den Vater ihres Kindes entriß, nicht auf sechs Monde dazu, sondern auf sechzehn. Zudem waren alle Wege, durch Betteln und Jammern doch die Frist noch zu kürzen, abgeschnitten und nirgends ein Richter, der Gnade hätte ergehen lassen können vor Recht.

Und es war damit das Maß an Unbill, welches das Los ihnen aufs Haupt gelegt, noch nicht voll. Himmet, als hätte er seine Kräfte nur zusammengehalten, um noch in Nasrettins glasig-verschwommenes Säuglingsauge zu blicken, hatte sich aufs letzte Lager gestreckt und nach Alpay, Şerifnur und Oktay geschickt, um Abschied von ihnen zu nehmen.

Alpay saß in der Stunde von Himmets Verbleichen im Zug nach Ankara und erfuhr vom Hinscheiden seines Erzeugers erst, als schon die sandige Erde von Sulakbahçe diesen deckte. Auch Oktay hatte haareraufend darauf verzichtet, seinen Vater auf dem letzten Weg zu begleiten, weil ihm Sevims Brüder über Yılmaz die Drohung geschickt, sie würden ihn solchenfalls aus dem Hinterhalt abschießen, der Familie die Aushebung des zusätzlichen Grabes zu sparen. Selbst Gürhan ließ sich nicht einmal durch das Anklopfen des Todes an die Türe des Altersgenossen erweichen. Er blieb Himmets Sterbebett fern.

Die Aussöhnung mit den Karagöz wurde zum dringendsten Gebot der Stunde, nicht, wie von Niyazi ausgeheckt und eingefädelt, als Bedingung für Frieden und Wohlstand, sondern schlicht zur Wahrung des Lebens, nämlich um Sevim und dem Säugling ein Dach über dem Kopf zu schaffen während der militärisch geforderten Abwesenheit des Ernährers.

Wir verstehen, daß Alpays Enthusiasmus gehörig gedämpft war, als er an einem tadellosen Maientag, dessen makellose Schönheit ihn eigentlich mit Frohsinn und Munterkeit hätte erfüllen können, seinen Schreibtisch im Ministerium zu Ankara einräumte, und daß er die neue und schöne Verantwortung in sehr schlecht dazu stehender Verfassung des Gemütes zu tragen begann. Er fand sich kaum dazu gestimmt und erst recht nicht berufen, im großen Rahmen des Staates und der Gesellschaft an der Melioration kommender Geschlechter zu wirken, wo er außerstand gesetzt war, im winzigen Zirkel seines engsten familiären Kreises für das Nötigste zu sorgen. Es blieben Oktay, Sevim und Nasrettin noch knapp zwei Wochen unter dem Dach der Direktorenwohnung gegenüber dem Schulhaus in Kars; was darauf geschehen sollte, wußte vorläufig nur Gott.

Diesem teilte Alpay in seiner Frömmigkeit sich mit, legte in Seine Hände die Lösung des ihm unentwirrbaren Knäuels der Kars-Sulakbahçeschen Verwicklungen und versprach als Gegenleistung, 1000 gut ausgebildete, feingesinnte Lehrer in die östlichen Provinzen zu schicken, Gott bei seiner Arbeit mit aller Tatkraft zu stützen und zu nützen, wenn ihm nur für Sevim und Nasrettin und auch nur für sechzehn Monate Dauer etwas Rettendes einfallen wollte.

Gott wußte nicht nur Hilfe, Er schickte sie auch, und zwar prompt.

Alpay hatte noch nicht die erste Übersicht über die seiner neuen Abteilung zugestellten Akten gewonnen, da meldete seine Sekretärin einen Besucher, der vom Generaldirektorat für Religiöse Angelegenheiten zu ihm geschickt war.

Es war ein sehr junger Mann mit dunkel gebranntem Teint, einer mächtig gebogenen Adlernase und sehr tief und ein wenig zu eng liegenden, braunen, samten schimmernden Augen. Der schwarze Bart, der sein Gesicht rahmte, war in Anbetracht seiner Jugend von erstaunlich kräftigem Wuchs und lieh ihm etwas von der Gotteszornigkeit würdiger Greise. Er trug Kaftan und Sarık, war in Ünye am Schwarzmeer geboren und entstammte einer Familie von Fischern.

Alpay bot ihm einen Sessel an, ließ Tee bringen und schwor sich, den Mann nicht eher fortzulassen, bis er seinem Anliegen, was es auch sein mochte, in vollster Weise gerecht geworden wäre.

«Es ist mehr ein Zufall, der mich zu Ihnen führt», sagte Alpays Gast, nachdem er Platz genommen und an seinem Teeglas genippt hatte, «und es ist auch eigentlich nicht der dienstliche Weg, der mich veranlaßt, Ihnen meine Aufwartung zu machen, wenngleich auch wieder nicht zutreffend wäre zu sagen, daß mein Besuch privater Natur sei. Privat schon deswegen nicht, weil wir einander ja unbekannt sind, und es gehört sich also, daß ich mich erst einmal vorstelle. Mein Name ist Erol Altun, ich war, wie Sie schon meinem Äußeren abgemerkt haben, auf der Hohen Schule und bin nun vom Ministerium bestimmt worden, eine Moschee zu übernehmen in einem Dorf, das zu der Region gehört, der man mehr Aufmerksamkeit schenken möchte, weil sich die Klagen über Vernachlässigung immer gemehrt haben, weswegen ja auch Ihre Abteilung zur Einrichtung kam.»

«Gebe Gott, daß ich Ihnen behilflich sein kann», vermerkte Alpay, «denn Sie sind die erste Partei, die ich empfange in meinem Amt.»

«Die Aufgabe, die man mir zugedacht hat», fuhr der Geistliche fort, «ist schwierig. Der vorige İmam hat um Versetzung nachgesucht, weil die Streitereien zwischen den beiden Hauptfamilien im Dorf ganz seiner Kontrolle entglitten und schließlich sogar seinem Leib und Leben gefährlich geworden sind.»

«Tja, leider ist das in den ostanatolischen Dörfern die Regel», sagte Alpay, «und das Bild, das Sie mit wenigen Strichen gezeichnet, läßt mir gleich dasjenige des Ortes vor Augen erscheinen, aus dem ich selbst herstamme. Zwar kommen sie pünktlich zu den Gebeten und drücken demütig die Stirn auf den Teppich, aber sobald sie der Moschee den Rücken gekehrt haben, vergessen sie den Koran und seine Gebote.»

«Dem Bericht meines Vorgängers», nahm der Bärtige wieder das Wort, «ist zu entnehmen, daß ein Mädchen, das entführt worden ist, die Rivalität zwischen den beiden reichsten Familien im Dorf dahin gebracht hat, daß sich diese Familien gegenseitig auf jede erdenkliche Weise zu schädigen trachten und offensichtlich auch vor Bluttaten nicht zurückschrecken. Dabei hat der Junge, der das Mädchen geraubt hat, sie inzwischen geheiratet. Auch soll dieser Ehe, wobei der Bericht, der mir vorliegt, sich in diesem Punkt nicht verbürgt, bereits ein quicklebendiger Knabe entsprungen sein, an dessen Wiege, denkt man, die verfeindeten Parteien einander die Hände reichen und Gott danken sollten.»

«Verehrter Hoca», schaltete Alpay sich ein, «mir wird bei Ihren Reden auf eine beklemmende Art heimatlich zumute. Es ist haarklein das Trauerspiel, unter dem mein jüngerer Bruder leidet, seine Frau und ihr Söhnchen, und es zermartert mir das Hirn, es zerfrißt mir das Herz, weil ich, bis ich auf diesen ehrenvollen Posten gerufen wurde, vermocht habe, ihr Schicksal etwas zu mildern. Mit unseren Dörfern scheint es allerorts die nämliche Misere zu sein, woraus, wenn Gott uns nicht hilft, wir wohl oder übel aus eigener Kraft uns lösen und herauswinden müssen. Sie brauchen Bildung. Die Kinder müssen lernen, lernen und nochmals lernen. Aber nicht mit dem Stock darf man sie erziehen, so wie mir's getan wurde vom Hoca, so daß sie bald die Schule mehr fürchten als die finstere Höhle des Löwen. Erst wenn wirklich jedes Kind in unserem Lande, die Mädchen so wie die Buben, nicht nur lesen und schreiben kann, sondern auch Mathematik, Physik und fremde Sprachen beherrscht, die Geschichte und Literatur unseres Volkes kennt, dann vielleicht ist Hoffnung. Ein langer

Weg, den wir nicht vollenden werden, aber zumindest hat uns Mustafa Kemal Atatürk die Richtung gewiesen, und wir sind auf ihm den ersten Schritt schon gegangen. Aber verzeihen Sie mir, ich rede allgemein und nach der Art, wie es die Politiker tun. Wo liegt und wie heißt dieses Dorf, in das man Sie schickt?»

«Es liegt in der Provinz Kars, Bezirk Akyaka, der frühere Name war Dilan Köyü, jetzt heißt es Sulakbahçe.»

Natürlich mußte es klingeln in Alpays Ohr, als Erol die sein Heimatlichstes bezeichnenden Silben von den Lippen entließ, und es klingelt auch hier bei uns im Zelt zu Beausoleil nahe Monaco. «Gong!» und «Ring frei zur zweiten Runde» heißt das.

Nasrettin hätte der Aufforderung durch den Glockenton im Grunde gar nicht bedurft; sekundengenau war ihm durch das vieljährige Training der Wechsel der Seinszustände im Takt drei Minuten, eine Minute, drei Minuten, eine Minute in Fleisch und Blut übergegangen. Sein Leib hätte sogar, ohne daß der Geist von der Zeltdecke zurückgekehrt wäre in ihn, den Kampf wiederaufnehmen können. Aber es ist der ganze Nasrettin, der vor uns seine Sohlen auf den Ringboden drückt und die Fäuste gegen Sandol erhebt. «Ganz» in dem Sinne, daß er mit allen Gedanken und Gefühlen, die sich eben noch mit seiner Mutter beschäftigt haben und damit, wie sie die Nachricht von seinem Sieg wohl aufnehmen wird, jetzt wieder tief drinsteckt in seinen Knochen und Muskeln, «ganz» aber auch, weil die erste Runde, die er mit Sandol gegangen, von seiner Kraft kaum etwas aufgebraucht hat und weil bislang keines seiner Organe durch Verletzung beeinträchtigt ist.

Bei Sandol verhält sich das nicht wesentlich anders, und der nimmt es strikt wörtlich mit der Verteidigung seines Titels, erwartet auch in dieser zweiten Runde in voller Deckung stehend Nasrettins Angriff. Seine Erfahrung muß aufkommen gegen die Jugend, den Elan und den Ehrgeiz des Türken. Zwei Superfedergewichte sind es, die dies Gefecht ausmachen unter sich, und es ist eher unwahrscheinlich, daß irgendein einzelner Lucky punch die Entscheidung herbeiführen wird. Bei all seinem Selbstvertrauen und bei aller Siegesgewißheit ist der Champion viel zu ausgefuchst und zu genau unterrichtet über Nasrettins Qualitäten, um auf einen K.o. in einer der ersten Runden zu rechnen.

Kondition wird in diesem Kampf eine der Hauptrollen spielen, und daß Nasrettin eine Überportion davon mit nach Beausoleil gebracht hat, ist einer der fixen Posten in Sandols Kalkül. Deshalb freut es ihn, daß der deutsche Meister jetzt um ihn herumzutanzen und Aktivität zu zeigen beginnt.

«Arbeiten! Immer arbeiten, Nasrettin!» ruft Röder von unten unserem Helden zu.

Auch Sandols Ohren, die eigentlich so eingestellt sind, daß sie nur die Anweisungen aus der eigenen Ecke durchlassen zu des Boxers Gehirn, schnappen das auf, und hätte er nicht mit ihnen gerade gänzlich anderes zu tun, so würde er sich wohl die Hände reiben, da Nasrettin die unkluge Devise seines Sekundanten blindlings befolgt.

Nasrettin nimmt also die Arbeit auf, schlägt einen linken Geraden zum Kopf, den Sandol mit der rechten Innenhand stoppt, derweil er die Linke gerade mitstoßen läßt. Die knallt auch bei Nasrettin nur auf den Handschuh, verhindert aber die Fortsetzung der Nahkampfaktion. Nasrettin muß zurück und geht abermals mit linkem Geraden wieder voran. Den fängt Sandols Schulter, und Nasrettin bekommt einen linken Haken zur Antwort.

Nasrettin zieht mit Sandol, oder Sandol zieht mit Nasrettin – so haargenau läßt sich das im Moment nicht unterscheiden – eine Grundschule der Boxtechniken auf, und weil sowohl die Angriffe als auch die Verteidigungen mit wünschenswerter Sauberkeit ausgeführt werden, haben die Fachleute im Publikum ihre Freude daran. Wir hingegen entlassen diese ersportete Gegenwart in ihre Unwirklichkeit und setzen uns auf der steinharten Vergangenheit, auf dem Geschichtlichen fest.

Selçuk, ein Oğuze aus der Linie Denizhan-Kınık, war es, der das nächste türkische Großreich in Mittelasien begründete. Im Osten die Chinesen hatten durch den Bau der Mauer die Grenze unverrückbar gemacht, im Norden die Mongolen drohten mehr, als daß sie die Selçuken zu Überfall und Eroberung luden, und so blieb dem Expansionsdrang nur die südöstliche Richtung. Auf die iranischen Dynastien stießen sie dort, und der Islam begegnete ihnen also in seiner şiitischen Ausprägung zuerst. Das hat heute noch wirksame Folgen für die Gestalt, welche die Offenbarung des Gesandten Mohammed in den türkischen Köpfen bekam, und wir wollen uns ausdauernd darum bemühen, den Charakter der Religiosität dieses Volkes durch den geschichtlichen Prozeß hervortreten, ihn neben Şia und sunnitischer Orthodoxie als eine dritte Form des Islams sichtbar werden zu lassen.

Die Rede vom «Volk» kann an dieser Stelle, wohlbemerkt, nur eine uneigentliche und vorläufige sein, und daß von ihm zu einem bestimmten Zeitpunkt der Islam als Staatsreligion eingeführt worden wäre, läßt sich schon gar nicht behaupten, auch wenn im Jahre 960 nach christlicher Zählung der von Dağhan herstammende Oğuze Salur mit sämtlichen Angehörigen seines Stammes von zweihundert Zelten sich dem Gesetz des Korans unterwarf. In der Hauptsache wurde der Islam durch die Sufiler und Dervişler unter den Türken verbreitet. Diese Mystiker und ihre Adepten hatten ihre Orden schon in Persien gegründet, und die von ihnen eingerichteten Tekkeler, Häuser, in denen sie ihr Leben in gottgefälliger, gottesnaher Gemeinschaftlichkeit zu verwirklichen suchten, ahmten die buddhistischen Klöster im östlichen Asien nach. Das stand in offenkundigem Gegensatz zum Koran, und auch in seinen Hadislern, den verbürgten Aussprüchen, auf welche die sunnitisch-orthodoxe Sittenlehre sich stützt, hatte der Prophet Mohammed seine Abneigung gegen jede Form von Klerus und Mönchstum hinreichend deutlich gemacht. Erst recht aber widersprach dem Geist und dem Buchstaben seiner Verkündigung, daß die Sufiler seine Offenbarung zu einer Geheimlehre modelten, in die denn auch vielfältiges Material aus anderen Religionen Aufnahme fand.

So wurde mancher Kam oder Schamane ohne viel Übergang zum Sufi, und das Ansehen, das er ob seiner Verbindung zu den Geistern und übernatürlichen Mächten genossen hatte, auf den einen und einzigen Gott übertragen. Aber nicht allein Verunreinigung durch den Einfluß buddhistischer und schamanischer Traditionen hatte Mohammeds Lehre im Sufitum zu ertragen, auch Elemente des nestorianischen Christentums und des Manichäismus mischten sich ein. Es ist, mit einem Wort gesagt, mehr als heikel, zwischen «türkisch» und «muslimisch» das Gleichheitszeichen zu setzen, und wir werden noch Gelegenheit erhalten, am Schwanken und Pendeln der Türken von der Şia zur Sunna und von der Orthodoxie wieder zur Heterodoxie das Staunen zu lernen.

992 wurde den iranischen Samaniden von den aus Nordosten anrückenden oğuzischen Karahaniden der Besitz von Samarkand und Buchara entrissen. In der Landschaft Horasan, im heutigen Persien gelegen, glaubte man, homöopathische Prophylaxe üben und dem aus der asiatischen Steppe heranrollenden Wirbelwind, dem verheerenden Regen der Pfeile dadurch vorbeugen zu können, daß man Sebekteğin, der ursprünglich ein oğuzischer Sklave war, zum Heerführer machte und ihn schließlich zum Statthalter im samanidischen Gazna bestellte. Sebekteğin schwang sich auf zum unabhängigen Herrscher und tauschte so den Titel eines Sklaven mit dem eines Königs. Mehmet, seinem Sohn, war selbst dies noch nicht fürstlich genug, und so kreierte er sich als erster zu einem Sultan. Wie gewonnen jedoch, so zerronnen, denn die oğuzischen Brüder aus dem Stamme Selçuk, zu seiner Unterstützung über den Oxus gerufen, setzten sich bald an seine Stelle.

In Bagdad saß noch als Kalif der sunnitischen Rechtgläubigen Kaimbiemrillah und wurde zu ebenjener Zeit, da in Europa Papst und Kaiser sich balgten um das Vorrecht der Investitur, von der şiitischen Dynastie der Buyiden bedrängt und bedroht. Es mochte ihm der Hadis des Propheten durch den Kopf gegangen sein, dem Gott wörtlich mitgeteilt hatte: «Ich habe ein Heer, das ich Türken genannt und im Osten angesiedelt habe. Wenn ich auf irgendein Volk zornig werde, so gebe ich ihnen Gewalt über dasselbe», denn er wandte sich in seiner Not an Toğrul, Selçuks Enkel.

Dieser wiederum mochte ein geflügeltes Wort aus der Epoche christlicher Religionskriege vorausgedacht und sich gesagt haben, daß Bagdad wohl einen Moscheebesuch wert sei, denn er pfiff auf Ali, Hasan und Hüseyin, auf Kerbala und die ganze Şia und erlöste den Kalifen Kaimbiemrillah von seinen buyidischen Plagen durch den Einmarsch der selçukischen Truppen. Damit war der Investiturstreit in dieser Hemisphäre beendet, denn Toğrul empfing 1055 vom Kalifen die Würde eines Emirolumera, eines Fürsten der Fürsten und obersten Gewalthabers im weiten Reiche des Kalifats. So füllte er den von Gazna mitgeführten Titel des Sultans mit den Befugnissen eines Kaisers, was zeremoniell die Gestalt annahm, daß Kaimbiemrillah im schwarzen Mantel Mohammeds, in der Hand als Zepter den Stab des Propheten, auf seinem Thron saß, während Toğrul, nachdem er die Erde geküßt und eine Zeitlang aufrecht gestanden, sich auf einen zweiten Thron neben ihn setzte, worauf man das Diplom verlas, wodurch ihn der Kalif zum unumschränkten Herrscher über alle ihm von Gott anvertrauten Länder und über alle Muslime ernannte.

Die Ehe zwischen Gewalt und Glauben, Militär und Religion ging aber noch weiter. Toğrul gab dem Kalifen seine Schwester zur Frau und heiratete nach ausgestreckten Unterhandlungen dessen Tochter.

Von nun an zeigten sich die Selçuken als die allerstrammsten Sunniten, kalifischer als der Kalif, denn ihre nächste Aufgabe bestand darin, auch in Syrien und Ägypten die şiitische Opposition auszuschalten. Eher zufällig ergab sich daraus die Kollision mit Byzanz. Man kann als gesichert annehmen, daß das Oströmische Reich sich wesentlich länger auf dem Schauplatz der Geschichte hätte festhalten können, wenn es zu dieser Zeit durch bessere

Spionage zur Einsicht gelangt wäre in die selçukischen Pläne, die eine Eroberung Anatoliens ursprünglich nicht vorsahen.

Folgenreiche Dummheit von seiten des Oströmischen Reiches war es, daß die Byzantiner glaubten, sich den Selçuken in den Weg stellen zu müssen. Schon die Einverleibung Armeniens in das byzantinische Hoheitsgebiet unter Basileios II. (976–1025), die zur Absperrung gegen den aus der asiatischen Steppe heranrollenden Wirbelwind geschah, muß als tödlicher Fehler für Konstantinopel aufgefaßt werden. Unabhängig blieben nur die kleinarmenischen Königreiche Taşır, Siumik und Kars.

1054 bereitete Toğrul dem Kleinkönig von Kars, Gagik, der sich der ersten selçukischen Einfälle sehr geschickt erwehrt hatte, eine Niederlage, bei der die Stadt in Flammen aufging.

Mochte man darüber am Goldenen Horn vielleicht noch schmunzeln, weil dieser Gagik auch dem byzantischen Heere so widerspenstig gewesen, mochte man auch die darauf folgende Eroberung Armeniens durch die Selçuken noch als zu verschmerzende Einbuße betrachten, denn schließlich hatte man es nur eingenommen, um das Eindringen der Türken in die anatolische Halbinsel aufzuhalten, so konnte das, was 1063 geschah, nicht mehr mit Gleichmut und Gelassenheit aufgefaßt werden.

Diesmal stießen die selçukischen Reiter vor bis in das anatolische Herzland hinein, unterwarfen Cäsarea, den Bischofssitz, und entführten aus der Kirche des heiligen Basileios als Trophäe den Flügel des Reliquienschranks, der mit äußerst kostbaren Perlen eingelegt war. Es ging, in diesem Bilde zu reden, ans Eingemachte bei den Herren in Byzanz, die denn auch nicht zögerten, Truppen auszuheben und in Richtung Osten marschieren zu lassen.

Das Bubenstück in Cäsarea, das heute, türkisiert, Kayseri heißt, ging schon auf das Konto von Alparslan, dem Neffen Toğruls, von dem er nach dessen Tode am 4. September 1063 das Sultanat geerbt hatte. Drei beschwerliche Feldzüge brauchte der byzantinische Kaiser Romanos IV., genannt Diogenes, der sich selbst an die Spitze des Heeres setzte, Alparslan die Stirne zu bieten, sein Kayseri zu befreien und seine Grenzfestung Malazgirt oder, griechisch, Mantzikert am Vansee zurückzuerobern.

Ob Alparslans Spionage der byzantinischen so überlegen war oder ob sein Feldherrninstinkt es ihm eingab, sei dahingestellt. Jedenfalls war ihm bewußt, daß des Diogenes 100 000 Mann starkes Heer nicht in Malazgirt stehenzubleiben gedachte, sondern bestimmt war, ihn, das Übel, mit dem Stumpf auszureißen und über den Euphrat, nötigenfalls bis in die asiatische Steppe hinein zu verfolgen, um die türkische Gefahr ein für allemal aus der Welt zu entfernen.

Alparslan zog dem Romanos mit seinen besten 40 000 Reitern entgegen. So viele Hufe hatte der Vansee an seinen Ufern noch nicht donnern gehört. Romanos hatte nicht so feine Ohren, blieb auch taub gegen die Ratschläge seiner Strategen, die ihm empfahlen, stehenzubleiben, die Türken herankommen zu lassen und die Zeit, die in ausreichender Menge noch vorhanden, da, wie sie immerhin ausgekundschaftet hatten, die Selçukenarmee sehr langsam vorrückte, zu nutzen, die umliegenden Ortschaften stärker zu befestigen und im Vorfeld die Erde zu verbrennen, um auf diese Weise dem Gegner die Versorgung seiner Mannschaften und Tiere zu erschweren. Der Kaiser von «Rum», wie das Oströmische Reich türkischerseits genannt wurde, vertrödelte seinen Vorsprung und öffnete mit seiner nachlässigen Halbherzigkeit, mit seiner miserablen Feindbeobachtung Alparslan das Tor nach Kleinasien, wo dessen Erben als die neuen Herrscher zur Unterscheidung von den «Groß»-Selçuken unter dem Namen «Rum»-Selçuken firmieren und regieren sollten für rund 200 Jahre.

In der Nacht zum 26. August 1071 wurden im Zelt des Sultans die Aufgaben verteilt für den kommenden Tag, der ein neues Kapitel im Buch der Weltgeschichte aufschlagen sollte.

Vor Sonnenaufgang verrichtete Alparslan sein rituelles Morgengebet mit den vorgeschriebenen Rakas; dann instruierte er seine Gesandten, die Romanos das Angebot, sich zu ergeben, mit allen Bedingungen zu überbringen hatten. Die Mannschaften ließ er ausschlafen, verfügte nur die Heerführer zu sich ins Zelt. Die Hauptkräfte wurden auf die Flügel gelegt, ins Zentrum kamen die schwächsten und unzuverlässigsten Teile; sie hatten keine Aufgabe, als sich von den Byzantinern aufreiben zu lassen.

Nachdem alle Aktionen ins einzelne erörtert und festgelegt waren, ließ er die ganze Armee zur Hutbe antreten, denn Alparslan hatte mit Bedacht zum Tag der Entscheidung einen Freitag gewählt. Er selbst hielt die Predigt.

«Soldaten! Muslime! Im Namen des barmherzigen und gütigen Gottes. Gepriesen sei Allah, der Herr der Welt! Gepriesen der Barmherzigste und Gütige, der regieren wird am Tag des Jüngsten Gerichts! Dir dienen wir, und Dich bitten wir um Deinen Beistand. Führe uns den rechten Weg, den Weg derer, denen Du gnädig bist, nicht derer, denen Du zürnst und die irregehen. Und bekämpft in Allahs Weg, wer euch bekämpft. Doch frevelt nicht. Siehe, Allah liebt nicht jene, die freveln. Und erschlagt sie, wo ihr sie trefft. Und vertreibt sie, von wo sie euch vertrieben. Denn die Verführung ist schlimmer als das Erschlagen. Bekämpft sie jedoch nicht bei der heiligen Moschee, es sei denn, sie bekämpfen euch in ihr. Greifen sie euch jedoch an, dann schlagt sie tot. Also ist der Lohn der Ungläubigen. So sie jedoch ablassen, siehe, so ist Allah verzeihend und barmherzig. Und bekämpft sie, bis die Verführung aufgehört hat und der Glaube an Allah da ist. Und so sie ablassen, so sei keine Feindschaft, außer wider die Ungerechten.»

Als er sehr feierlich und inbrünstig diese Verse aus dem Koran rezitiert hatte, legte er vor aller Augen ein weißes Gewand an, tauschte Pfeil und Bogen mit Keule und Schwert.

«Es gehört in die Hutbe der Name des Sultans, mein Name. Aber am heiligen Freitag gibt es auf diesem Feld der Ehre nur einen Sultan: Allah. In seinen Händen liegt unser Befehl, in seinen Händen liegt unser Schicksal. Ich ziehe in diese Schlacht als Sein Soldat. Ihr seid frei, mit mir zu kommen und für Ihn zu kämpfen oder wegzugehen. Ich denke nicht an meine Sultanswürde; alles, woran ich denke, ist mein Tod in der Schlacht. Wenn ich heute für meinen Glauben sterben darf und Märtyrer werde, laßt dieses weiße Kleid mein Leichentuch sein. Bringt Melik Şah auf den Thron und gehorcht ihm. So uns aber der Sieg wird, ich sage euch, gesegnete Zeiten werden wir leben.»

Der Kaiser kam nicht zum Beten. Als er erwachte, wartete vor seinem Zelt schon die türkische Delegation. Romanos empfing sie ungewaschen bei seinem Frühstück. Alparslan bot ihm Frieden. Romanos wollte nicht einmal die Bedingungen wissen, gab arroganten Bescheid:

«Sagt eurem Sultan, ich werde in Rey einen Frieden mit ihm verhandeln. Mit meiner Armee werde ich in Isfahan überwintern und meine Pferde in den Wassern des Hemeden tränken.»

Der türkische Bote antwortete mit respektloser Schlagfertigkeit: «Daß wir deine Pferde im Hemeden tränken werden, scheint mir gut möglich. Der Ort aber, an dem du mit deinem Heer in diesem Jahr bleibst, kennt keinen Frühling.»

Als Romanos die Gesandten zurück zu Alparslan schickte, um in sehr mißmutiger Stimmung fertigzufrühstücken, zogen die Flügel der selçukischen Reiterei in weitem Bogen links und rechts auseinander, und die türkische Armee bildete, aus der Luft besehen, die Sichel des Neumondes ab.

Romanos kam nicht auf die Idee, seinen Truppen eine Ansprache zu halten. Er wäre dabei auch in sehr großer Verlegenheit gewesen, denn die wenigsten seiner Söldner konnten Griechisch. Allerdings hätten viele von ihnen, nämlich die in Bulgarien angeworbenen Peçenegen, sehr wohl verstanden, was Alparslan seinen Kriegern gesagt.

Die Führung des Hauptheeres übernahm der Kaiser persönlich, die Nachhut und Bewachung des Lagers vertraute man Andronikos, dem Sohn des Romanos, an. Dann bewegte man sich den Türken entgegen, und um die Mittagszeit begann unter großem Lärm und Gerassel das Hauen und Stechen.

Die Kaiserlichen metzgerten zuerst gar nicht schlecht, schlugen, kaum daß sie ein Stündchen im Blutbad gestanden, den Feind in die Flucht. Der stellte sich allerdings mit verdoppelter Kraft wieder entgegen, und diesmal huben die römischen Schwerter schon nicht mehr so gut.

Um diese Zeit hatte sich etliche Kilometer westlich vom vermeintlichen Schauplatz der Halbmond geschlossen zum Kreis, und die Türken hatten das römische Lager genommen, wo die Peçenegen, die man vorsichtshalber schon ganz nach hinten postiert, überliefen und unter Alparslans Fahne den Rücken des von Bryennios kommandierten linken Flügels zu attackieren begannen.

Die Panik der Römer war heillos, als von allen Seiten die türkischen Pfeile über sie kamen. Der Kaiser an seinem Platz focht nun schon allein, wehrte sich tapfer, wurde aber, nachdem er erkannt war, umzingelt, entwaffnet und in Ketten gelegt.

Als sich diese Neuigkeit ausbreitete unter den bedrängten Streitern, war's ganz aus mit dem byzantinischen Kampfgeist. Wohl dem, der, die Eventualitäten vorausahnend, heimlich sein Sprüchlein auswendig gelernt und mit «La illah illa 'llah, wa Muhammed rasul ullah» um Pardon flehen konnte. Wer sonstwie eine Lücke fand, ein Loch, aus dem Kessel zu fliehen, tat's und ritt oder lief um sein Leben. Als sich die Sonne senkte und, was auf dem Schlachtfeld noch nicht rot war vom Blut, mit dem Purpur des Abendlichts übergoß, war ein byzantinisches Heer nicht mehr vorhanden, den Türken die Pforte des Paradieses geöffnet.

Die Karagöz-Brüder waren vier- und vollzählig zur Hut ihrer Schafe auf einer Weide in unmittelbarer Nachbarschaft der Grenze zur Union der Sozialistischen Sowjetrepubliken. Sie hielten eine kleine Vesper und taten sich gütlich an Käse, Oliven, Tomaten und Gurken.

«Weit ist es nicht mehr her mit der öztürkischen Herrlichkeit», ließ sich İlhan schmatzend vernehmen und wischte sich die Molke, die vom Käse getropft war, aus den bläulich schimmernden Stoppeln des Bartes.

«Einen Spaß wüßte ich, um dem Niyazi das Letzte zu geben, was er noch braucht», setzte er nach künstlicher Pause dahinter und ließ seine Schwarzaugen blitzen.

Nach dieser Ankündigung nahm er eine Gurke zur Hand und begann sie mit seinem fein geschliffenen Feldmesser zu schälen, so daß die Brüder weiter nichts als das Grasen und Blöken der Schafe zu hören bekamen.

«Geh, İlhan, spann uns nicht auf die Folter», meckerte schließlich Kulhan, der Jüngste, der ziemlich genau mit Yılmaz im Jahr stand und diesem auch an Fürwitzigkeit sehr wenig nachgab. «Wenn's einen Spaß gibt, wollen wir mittun!»

İlhan schnitt ungerührt Scheibchen von seiner Gurke, die er auf der Klinge zum Mund führte, wo er sie schlürfend hineinzog, und machte keinerlei Anstalt, dem kleinen Bruder Antwort zu geben.

«Wer gackert, muß legen», meinte Orhan, dem Jüngeren beipflichtend und Burhan, dem Nächstälteren, in die Rippen stoßend, damit er auch etwas sagte, İlhan, den Ältesten, endlich zur Sprache zu bringen.

«Ein Spaß wäre das also, hmm», sagte Burhan, «und wir, deine lieben, treuen Brüder, sollten nichts davon haben?»

«Es müßte eben ganz unter uns bleiben», erklärte İlhan sein Zögern.

«Das können wir schwören», beteuerte Burhan.

Solches verlangte İlhan denn auch, bevor er aus seinem Sack die Katze herausließ.

«Wir müßten dem Niyazi die Şerifnur entführen.»

«Teufel! Du hast Grütze unter der Schale, Abi», staunte Burhan und schlug sich mit der Faust vor den Kopf.

«Willst du sie heiraten?» fragte Kulhan.

«Quatsch», fertigte İlhan ihn ab.

«Wie denn? Entführen und nicht heiraten? Wozu soll das wieder nützen?»

«Tropf!» nannte ihn İlhan. «Dir steht schon der Bart im Gesicht, und du quakst wie ein Frosch. Hast du's noch nicht erfahren, wie es steif wird, das Ding, das dir runterbaumelt vom Bauch?»

«Woher weißt du das?» erkundigte sich Orhan, nicht ohne daß seine tiefgebräunten Wangen einen rötlich glühenden Farbton annahmen.

«Ich sag's euch», verkündete lehrerhaft İlhan, «bei allen ist's so, auch du, kleiner Kulhan, wirst es bald an dir spüren. Es ist die Natur. Hat einer von euch schon mal was von Einunddreißig gehört?

«Es ist eine Zahl.»

«Vielleicht ein Kartenspiel?»

«Blödsinn. Gott, mit was für Brüdern hast du mich gestraft! Ich wette, der blöde Yılmaz weiß es besser als ihr und macht sich jeden Tag seine Einunddreißig.»

«Seine was?» fragte Orhan, von einer ebenso brennenden wie unbestimmbaren Neugier gepackt.

«Besser, ich zeig's euch», verstand sich İlhan. «Wenn ich's erkläre, kapiert ihr ja doch nichts.»

Damit zog er seine Hose herunter und begann, mit Daumen und Zeigefinger die Eichel seines Geschlechts, das unter der anregenden Wirkung des Themas schon leicht ins Schwellen geraten, zu massieren.

«Das meinst du!» rief Burhan ebenso erfreut wie enttäuscht und tat es ihm nach.

Da blieb auch der Nachwuchs nicht mehr zurück, ja, Kulhan, dessen Schambein noch unbehaart war, übertraf an Eifer seine älteren Brüder.

«Einunddreißig!» stöhnte İlhan, der schon in Ekstase kam. «Das ist Einunddreißig.»

«Einunddreißig … herrlich … Einunddreißig … schön … weil die Natur es so will …», flüsterten erregt auch die anderen, während sie um die Wette masturbierten.

Die Schafe schauten auf und drehten ihnen kauend die Köpfe

zu, aber das störte die Jungs nicht. Erst das Gebell der Hunde unterbrach sie in ihrer Verrichtung.

«Die Hosen hoch!» schrie Orhan. «Es kommt jemand!»

Und wirklich sahen sie, wie von dort, von wo doch eigentlich niemand kommen konnte, vom Armenischen her, eine Gestalt sich ihnen näherte.

«Zu niemand ein Wort, es bleibt unter uns!» ermahnte İlhan – dessen Männlichkeit, die sich eben noch jugendlich geil in die Höhe gestreckt hatte, jetzt in der schnell geschlossenen Hose zu einem Zipfelchen schrumpfte – die Brüder, plötzlich von Gewissensnöten gepeinigt.

«Wer kann das sein?» bibberte der kleine Kulhan, der sich Mühe geben mußte, vor Angst nicht hineinzumachen in seine Hose.

«Gleich werden wir es wissen», meldete Burhan, der, da der Unfug nicht seinem Miste entwachsen und er nur mitgemacht hatte, vergleichsweise reinen Gewissens und bereit war, wenn nötig, an der Stelle İlhans mit dem Fremden zu sprechen.

Es war aber nicht *ein* Fremder, sondern vielmehr nur ein sehr, sehr kleiner Fremder, genauer gesagt, ein Säugling, der von einer Fremden, die in stolperndem Lauf ihnen zurannte, auf dem Arm getragen wurde.

«Eine Frau», bemerkte Orhan, was überflüssig war, da sie es alle deutlich erkannten.

Die Brüder gingen, rätselnde und auch ein wenig furchterfüllte Blicke untereinander tauschend, der Frau ein Stück entgegen. Sie schluchzte, wovon aber, wie auch von den verlegen hingestammelten Begrüßungsworten der Brüder, vorderhand gar nichts zu hören, weil für den Moment alles von dem steinerweichenden Geschrei ihres Kindes übertönt war.

Die Frau, deren in langen schwarzen Locken herabfallendes Haar kein Tuch bedeckte und deren Körper, da das Kleid an ihr nur noch in Fetzen hing, viel mehr sehen ließ, als den jungen Muslimen zu schauen erlaubt war, ließ sich erschöpft ins Steppengras sinken. İlhan trat zu ihr, den Säugling aus ihren Händen zu heben, worauf derselbe, was man kaum für möglich gehalten, ein noch lauteres Geschrei anstimmte.

«Kulhan, komm her», sagte İlhan, durch den Schreihals über Vermögen inkommodiert. «Nimm mal das Ding hier und trag es ein Stück fort, damit ich sprechen kann mit der Frau und sehen, was mit ihr los ist.»

Als Kulhan sich mit dem schreienden Baby etwas entfernt, wandte İlhan sich der Frau zu und stellte ihr höflich Fragen nach ihrem Herkommen und Befinden. Sie antwortete mit schwacher Stimme in armenischer Sprache, dann, als sie sah, daß die Jungs die Köpfe schüttelten, versuchte sie Russisch, hatte damit natürlich aber auch keine größere Wirkung.

«Es ist eine Armeniersau», resümierte Orhan.

«Ein Kommunistenschwein», ergänzte Burhan, die Diagnose noch präziser zu fassen, auch um sich mit dem Wissen zu spreizen, das er vom Hoca empfangen.

«Quatsch», widersprach aber İlhan, «die ist keine Kommunistin. Ihr seht doch, daß sie abgehauen ist.»

«Dann ist sie aller Wahrscheinlichkeit nach eine Spionin», beharrte Burhan.

Die Frau am Boden schien das Wort «Kommunist» verstanden zu haben und mühte sich ihrerseits, soweit dies ihre schwindenden Kräfte noch gestatteten, dagegen Protest einzulegen.

«Nein, ich bin keine Kommunistin, ich bin geflohen», sagte sie abwechselnd auf Russisch und auf Armenisch. «Meinen Mann haben sie eingefangen, vielleicht auch erschossen. Sie sind hinter mir her. Ihr müßt mir helfen. Rettet vor allem dem Kleinen das Leben.»

«Ich verstehe kein Wort», sagte İlhan, dann zu den Brüdern: «Habt ihr eine Ahnung, was sie von uns will?»

«Einunddreißig», sagte Orhan, der eigentlich nur einen Witz machen wollte, um den Größeren durch seine Abgebrühtheit zu imponieren, aber die Entflohene schien ausgerechnet dieses Geheimwort genau zu verstehen und bereit, für ihre Errettung alles zu geben, denn sie raffte sich auf und warf sich İlhan um den Hals.

«Helft mir, bitte, helft mir», murmelte sie, und die Brüder waren fest überzeugt, diese fremden Worte seien Floskeln der Brunft.

«Die schickt uns der Teufel», sagte Burhan, die beiden anderen zur Besinnung zu bringen.

«Mir egal, wer sie uns schickt», stellte İlhan fest, indem er sich aus ihrer Umarmung wand. «Aber ich sage euch eins: So eine Gelegenheit kommt einmal in 500 Jahren. Wir müssen nur Kulhan wegschicken mit dem Baby, der erzählt es dem Vater.»

So tat İlhan, lief hinüber zu Kulhan, in dessen Arm das Kind leidlich zur Ruhe gekommen, und gebot ihm, an einer Stelle, die auf Sulakbahçe hin lag, mit dem Wurm zu verweilen, bis die Brüder ihn abholen würden, wobei er die Erklärung für diesen Befehl auf später verschob.

Sie warteten noch, bis Kulhan außer Sichtweite war, dann nahmen sie der Frau auch die Fetzen noch von ihrem Leib, und da sie keinen Widerstand leistete, sich sogar noch verstand, ihrer Ungeschicklichkeit auf viele Weise behilflich zu sein, wurde erst İlhan, dann Burhan vom Burschen zum Mann. Orhan war kurz davor, es zu werden, als sie aufgeschreckt wurden vom Geräusch eines Motors.

Was da nun wieder herankam von der unmöglichen Seite, machte noch erheblich furchterregenderen Eindruck als die vorherige Erscheinung aus Osten. Mit Vollgas und mit einem großen roten Stern auf der Haube des Kühlers bewegte sich ein feldgrauer Kübelwagen dem Lokal ihres merkwürdigen Schäferstündleins entgegen.

«Scheiße, die Russen kommen!» entfuhr es Burhan, der es zugleich als wohltuende Bestätigung für sein rechtzeitig gemeldetes Mißtrauen empfand.

«Helft mir, helft mir», wimmerte hysterisch die Verfolgte, auf die es also die Rotarmisten im Jeep abgesehen haben mußten, und klammerte und krallte sich an Orhan, der noch über ihr lag.

«Helft mir, helft mir», schrie nun dieser zu İlhan und Burhan in der ihnen geläufigen Sprache, worauf sie ihn losrissen, und nachdem aus dem Militärauto nun auch Projektile zu ihnen flogen, taten sie's wie Romanos' Krieger und machten sich, haste, was kannste, davon.

Nur İlhan, weil er von den dreien der stärkste Läufer war und sich für die heraufgekommene Gefahr einigermaßen verantwortlich fühlte, warf bei dieser Flucht einen oder den anderen Blick über die Schulter und sah ungefähr, daß die Frau, die ihnen so leicht nicht wieder aus dem Kopf gehen würde, von den sowjetischen Soldaten in den Wagen gezerrt wurde, worauf sie mit ihr – der Teufel wußte warum – Richtung Kars davonfuhren. Nun hätten sie eigentlich anhalten und sich besinnen, vor allem sich um die Herde kümmern können, die beim Heranbrausen des Militärfahrzeuges, besonders durch die abgegebenen Schüsse aufgescheucht, auseinandergestoben und ziemlich über die Gegend verteilt war, aber der Schreck saß ihnen nicht weniger tief in den Gliedern, und so liefen sie keuchend, bis sie den jüngsten, der, wie ihm befohlen, mit dem allerjüngsten Beteiligten dieses Abenteuers an der ihm bezeichneten Stelle gewartet, erreicht hatten.

«Wo habt ihr die Frau gelassen?» verlangte Kulhan Aufklärung von seinen Brüdern.

«Die haben sie eingefangen», sagte İlhan. «Aber den Kleinen, den Kleinen haben wir gerettet.»

Mit diesen Worten nahm er das Bündel zu sich und drückte es fest an seine Brust, die sich unter dieser Berührung mit einer ihm bis dahin gänzlich unbekannten väterlichen Empfindung füllte.

«Was machen wir jetzt mit dem Menschlein?» fragte Burhan.

«Wir behalten das Kind», hatte İlhan vor jedem Diskurs schon entschieden. «Ich glaube, das sind wir der Frau schuldig.»

Die letzte Bemerkung wurde von Burhan und Orhan durch ein beifälliges Knurren bestätigt, aber Kulhan war weniger überzeugt von dem Argument.

«Warum denn das?» wollte er wissen. «Was habt ihr denn mit ihr gemacht, daß ihr ihr etwas schuldet?»

İlhan überhörte die Frage geflissentlich, was aber nicht verhinderte, daß Kulhan im stillen selbst für ihn Rechenschaft ablegte, indem ihm plötzlich ein Licht aufging über eine Geschichte vom Nasrettin Hoca, die seinem kindlichen Verstande bis dorthin dunkel geblieben war. Er hatte sie, wie nicht anders zu erwarten, von Yılmaz, seinem Altersgenossen, und in seinem Begreifen wurde ihm zusätzlich klar, daß İlhan völlig das Rechte getroffen mit seiner Erwähnung, der öztürkische Narr sei auf dem Gebiet, das mit der Zahl Einunddreißig bedeutet war, bewanderter und bei weitem kundiger als er mit seinen ungeöffneten Karagöz-Augen. Es muß an dieser Stelle erwähnt sein, daß die gegenseitige Isolation der beiden Familien, auch nach dem Verschwinden von Sevim und Oktay, keineswegs so komplett und hygienisch war, wie sich İlhan oder Gürhan das wünschten. Es gab, besonders in den untersten Rängen, sehr wohl Kanäle und Verbindungen, auf denen ein ebenso reger wie freundschaftlicher Austausch stattfand. So hatten auch Yılmaz und Kulhan, wie andererseits Emine und Şerifnur, ihre unter Vorsichtsmaßnahmen und strenge Geheimhaltung getauchten Stelldicheins. Yılmaz, der in der Verdorbenheit, wie Kulhan also zutreffend mutmaßte, weiter fortgeschritten beziehungsweise tiefer eingesunken war, wie man eben will, versuchte, sein karagözisches Pendant nach Kräften nachzuziehen, indem er ihm Schlüpfriges nahebrachte.

Die Geschichte vom Nasrettin Hoca, die Kulhan, dem Schicksal der Armenierin nachsinnend, einfiel, hatte ihm Yılmaz folgendermaßen erzählt:

Der Hoca bekommt Besuch von seinen Freunden. «Wir müssen mit dir sprechen, Hoca.» – «Das ist löblich. Seid mir willkommen. Was ist es, worüber ihr mit mir zu sprechen begehrt?» – «Es geht um deine Frau, gütiger Hoca.» – «Um meine Frau also. Und? Was ist mit ihr, daß ihr mit mir sprechen müßt über sie?» – «Sie geht viel aus.» – «Nun, liebe Freunde, sie kommt wieder heim von ihren Ausgängen.» – «Das ist es nicht, Hoca. Sie geht bald hierhin, bald dorthin.» – «Gewiß. Das ist mir sehr lieb, daß sie hierhin und dorthin geht.» – «Das ist es immer noch nicht, würdiger Hoca. Mit Fremden geht sie bald hierhin, bald dorthin.» – «Na, und ich? Bin ich denn vielleicht ihr Bruder oder ihr Vater?»

İlhan vernahm den untergründigen Vorwurf, und um wegzukommen davon, stellte er selbst, wenn es auch halb eine Antwort einschloß auf das von Kulhan zu wissen Verlangte, eine Frage:

«Wie sagen wir's dem Vater?»

Da zuckte es durch Burhan und Orhan; wie eine Peitsche wirkte das Wort, und wie aus einem Munde schoß es aus ihnen heraus:

«Die Schafe!»

Das Stichwort versetzte plötzlich alle in Panik: Schlagartig stieg sie auf in ihren Sinn, die viel wiederholte Geschichte des Großvaters, die Gürhans Leib- und Lieblingserzählung war bei passender Gelegenheit und bei unpassender. Wie die Armenier dem Großvater im Kriege die Herde von 3000 Tieren entführt hatten, wodurch die Öztürks überhaupt erst schwer werden konnten im Dorfe.

İlhan wäre fast das Kind aus den Händen gefallen, da er sich ebenso spontan wie die anderen in Bewegung gesetzt, aber er kühlte sich doch noch einmal, gab abermals die Last an den kleinsten der Brüder und hielt ihn an, das Balg nach Hause zu tragen und ihn in der Sicherheit Sulakbahçes zu bergen, derweil die älteren sich sputeten, nach den Schafen zu schauen.

Da hatten sie bis in den Abend zu tun, und als sie endlich alles beim Dorf in den Pferch hineintrieben, da kam es heraus, daß drei Tiere fehlten.

Drei Schafe fehlten damals beim Eintrieb den Karagöz-Brüdern, aber Nasrettin Öztürk fehlen jetzt und hier im Zelt zu Beausoleil nahe Monaco drei lange Hände. Eine erste, um Sandols

Deckung zu knacken, eine zweite, um ihn blitzschnell an der geöffneten Stelle zu verwunden, eine dritte, um sich aus dem Nahkampf zu verabschieden und die gefährliche Zone unbeschadet verlassen zu können.

Zwar bringt Nasrettin seine Schläge nicht an, aber er spaziert doch mit eindrücklicher Schönheit rein in den Mann und raus aus dem Mann. Hier liegt das Plus des Herausforderers; der Champ ist betagt, es hat ihn viele Jahre gekostet, bis 67 Kämpfe aufgelistet waren in seinem Profirekord, und er hat viel von seinen Lebenskräften hergeben müssen in den insgesamt 17 Titelverteidigungen, die er bisher bestand. Immer jünger erscheinen ihm seine Gegner, denn das Altern an sich selbst festzustellen ist ihm so unmöglich wie dem nichtboxenden Erdenmenschen auch. Der asiatische Steppenwind macht nun eher wieselartige Bewegungen und schießt unregelmäßig aus einer der vier Himmelsrichtungen durch eine der Pforten zur Glückseligkeit zum Wirkungstreffer vor. Röders «Arbeiten, Nasrettin! Immer arbeiten!» klingt nicht mehr gar so blöd wie am Anfang der Runde. Aber ein starker Boxer ist Sandol, denkt Nasrettin, stark wie ein Löwe, was sich in seiner Sprache nach der atatürkschen Reform in den Buchstabenleib von «Aslan» oder «Arslan» einkleiden muß, der in Verbindung mit dem «Alp», was im Türkischen nicht einen bösen Traum, sondern einen Helden bezeichnet, die Assoziation an Alparslan evoziert.

Was war mit Alparslan? Auf welche Art und Weise hatte er ihn genossen, seinen Triumph über den Kaiser von Rum auf dem blutgetränkten, leichenübersäten Schlachtfeld von Malazgirt? Alparslan behandelte seinen Gefangenen mit dem größten Respekt, und seine Gastfreundschaft hätte nicht ausgesuchter sein können, wäre Romanos im Frieden zu einem Staatsbesuch bei ihm erschienen. Es war Alparslan an der Beseitigung des byzantinischen

Staates in keiner Weise gelegen; er wiederholte nur schlicht die Bedingungen, mit denen am Morgen der selçukische Bote dem römischen Kaiser das Frühstück verdorben, und was da in Romanos' Ohr als dreiste Anmaßung geklungen hatte, nahm sich jetzt im Schein des abendlichen Lagerfeuers für den Herrscher, der nicht über ein einziges Schwert mehr gebot, milde und hochgradig rücksichtsvoll aus. Gegen einen mäßigen jährlichen Tribut und die Abtretung einiger ehemaliger muslimischer Grenzstädte sollte Romanos Diogenes nicht nur sein Leben, sondern auch seine Freiheit und sogar die kaiserliche Würde behalten. Also wurde ein Friedensvertrag ausgehandelt, mit dem der Basileios mehr als zufrieden sein mußte. Für seine Rückkehr nach Konstantinopel gab ihm Alparslan zu seiner Bedeckung gar noch einige tausend seiner besten Krieger mit auf den Weg. So trennten sie sich.

Das Schicksal war keinem von beiden mehr hold.

Romanos erreichte seine Kapitale nicht. Der Untergang der Armee hatte unmittelbar innere Wirren zur Folge. Die Aufrührer, unter denen ein normannischer Franke, Roussel de Baileul, eine höchst unselige Rolle zu spielen verstand, zogen dem Kaiser entgegen, setzten ihn fest und nahmen ihm nun doch das Leben, das Alparslan ihm geschenkt. Die Kämpfe um seine Nachfolge zerrütteten weiter den byzantinischen Staat.

Alparslan, der, wie wir gesehen, die anatolischen Angelegenheiten behandelte wie etwas, das für seine Machtpolitik nur sehr periphere Bedeutung einnahm, marschierte, nachdem er geglaubt, an dieser Grenze sich Ruhe geschaffen zu haben, mit seiner Armee wieder ins Stammland zwischen dem Aralsee und dem Kaspischen Meer, wo ihn schon im folgenden Jahr der Dolch eines Festungsbefehlshabers das Leben unrühmlich aushauchen ließ. Das Fazit steht auf dem Stein seines Grabes zu Merw in Horasan: Die Ihr Alparslans Größe bis zum Himmel erhöht gesehen, schaut hier dieselbe erniedrigt bis unter den Staub.

Bevor er jedoch die Stätte seines Triumphes verließ, um auf diese Weise zu enden, hatte er noch für die eroberten Teile Rums seine Statthalter benannt. Sivas, Kleinarmenien und Kappadokien bekam sein Heerführer Mehmet Danişment, der «Weise», der ein in den verschiedensten Glaubensrichtungen geschulter Mann war. Kilikien aber vermachte er seinem Vater Süleyman. Zu dem militärischen Wunder, das durch Alparslans Streitmacht zu Malazgirt bewirkt worden war, gesellte sich nun ein ziviles, das sich mit dem Namen Süleymans verbindet.

Von Kilikien ausstrahlend, ging binnen zweier Jahrzehnte die weitreichende Türkisierung des byzantinisch-armenischen Anatoliens vonstatten. In die einsame Bergwelt des Taurus, aber auch auf die ausgedehnten Flächen des mittelanatolischen Hochplateaus drangen aus dem Osten nachrückende Nomaden mit ihren Schafherden vor. Den ackerbauenden Sklaven unter der byzantinischen Knute erschien Süleyman als ihr Erlöser. Er befreite sie aus der Leibeigenschaft, ersetzte das Schlingwerk der Abgaben, mit dem Kaiser und Provinzherren die Bauern von allen Seiten her aussogen, durch eine einzige, insgesamt bedeutend niedrigere Steuer, und nicht zuletzt gewährte er ihnen die uneingeschränkte Ausübung ihrer Religion.

Viele von ihnen galten der byzantinischen Orthodoxie als Häretiker, und eigenartigerweise konnten sie unter der neuen islamischen Herrschaft ihrer Form des Christentums plötzlich ungestört huldigen, wenn auch die Steuer für die Christen höher lag als für die bekennenden Muslime, weswegen denn nicht wenige auch noch diesen Schritt taten, die Bibel mit dem Koran zu vertauschen.

Es jubelte aber Süleyman nicht nur die Landbevölkerung zu, auch die Städte sagten sich in großer Zahl los von Konstantinopel und erkannten das selçukische Regiment an. So reichten ihm 280 Reiter, um im Jahre 1086 Antiochia einzunehmen.

Nikäa, ein Symbol nicht nur für Byzanz, sondern für die Christenheit als Ganzes, weil unter dem Vorsitz des heiligen Konstantin hier 325 das Erste Konzil getagt, hatte er schon 1077 unter sein Zepter gebracht. Daß er dieses, die Dynastie der Rumselçuken begründend, zu seiner Residenz auserkor, war provokant, nicht nur, weil er damit das Zentrum seiner Macht an die Grenze seines Hoheitsgebietes und in katzensprunghafte Nähe zu Konstantinopel rückte; es mußte auch deshalb als Spitze empfunden werden, weil sich die Prediger des einen und einzigen Gottes zu Herren über die Stadt aufwarfen, in der von besagtem Konzil die Homousie, die Wesenheit des Sohnes mit dem Vater, verkündigt worden war.

Das Echo dieser Herausforderung, das von der Kante des Atlantischen Ozeans bis an die Ufer des vor Nikäa liegenden Ascanois-Sees zurückschlagen sollte, hörte Süleyman nicht mehr. Er nahm sich noch 1086 das Leben, als ihm durch Tutuş, der in Aleppo der Statthalter seines Enkels Melik Şah war, die Gefangenschaft drohte. Sein Thron in Nikäa wurde darauf von Regenten verwaltet, seine Söhne, David und Kılıç Arslan, holte Melik Şah nach Bagdad an seinen Hof. Dessen Tod im Jahre 1092 verdankte der damals dreizehnjährige Kılıç Arslan, daß er seine Herrschaft in Nikäa antreten konnte.

Es ergab sich glücklich, daß Gürhan am Abend des Tages, an dem seine drei ältesten Söhne zur Vergewaltigung verführt worden waren, sich so angelegentlich kümmerte um das Menschlein, daß er von seiner festen Gewohnheit, in höchsteigener Person sein Vieh beim Einpferchen Stück für Stück abzuzählen, eine Ausnahme machte, weswegen die Jungs das Malheur zumindest vorläufig vor ihm verborgen halten konnten.

Gürhan zeigte sich zur allgemeinen Verwunderung angenehmst berührt von der Ankunft des Armenierkindes, spätestens seit er dessen Geschlechtszugehörigkeit überprüft und mit starkem Wohlwollen als männlich ausgeforscht hatte. Da der Leib seines Weibes nach der Entbindung von Kulhan seine Fruchtbarkeit eingebüßt und der von ihm als «Rakısäufer aus Saloniki» apostrophierte große Staatsmann den Türken die Einehe gesetzlich zur Vorschrift gemacht hatte, war er, ebenso spontan wie İlhan, gewillt, das Baby – auch deshalb, weil es schwarzäugig war und wirklich aufs Haar dem Burhan ähnlich, wie der einst ins Leben getreten – anzunehmen, und zwar an der Statt eines eigenen Kindes.

Trotzdem schickte er der Ordnung und der Sitte halber nach dem İmam, ihm den kuriosen Fall zur Entscheidung vorzulegen. Der fromme Mann, Erol, mit dem wir in Ankara anläßlich seiner Aufwartung beim Ministerium der Erziehung, Abteilung zur Förderung des Schulwesens in Ostanatolien, oberflächlich Bekanntschaft gemacht haben, war augenblicks zur Stelle, ganz, als ob er schon erwartet hätte, daß man ihn riefe. Er beschaute prüfend das Wesen, das auf solch unübliche Manier der Population seiner Gemeinde zuwachsen wollte, und fand, daß es dringend der Säugung bedürfe, wozu es sich fügte, daß seine eigene Frau, die gerade vor Monatsfrist mit einem Mädchen niedergekommen war, der Milch mehr als reichlich hatte in ihrer Brust, wovon sie, nachdem Emine ihn ihr gebracht, dem Neuzugang großzügig spendete.

Unterdessen besprach sich Erol mit Gürhan, legte ihm unter Berufung auf verschiedene Stellen im Heiligen Buche zurecht, daß Allah diesen Kleinen nicht bei den Ungläubigen aufwachsen zu sehen wünschte und ihn unter Preisgabe der Eltern – wohl, weil sie unbelehrbar verharrten im Irrglauben an die dreifältige Gottheit – in die Umma der Muslime geführt hatte. Dies hatte Gürhan ähnlich selbst schon vermutet, ließ sich nur von dem Berufenen bestätigen, daß gegen die Aufnahme des Armenierkindes in die karagözische Sippe keine Bedenken religiöser oder juristischer Art vorlagen, und versicherte dem İmam, dieses mit ebender väterlichen Liebe aufzuziehen, wie er sie den übrigen acht Kindern zuzuteilen pflegte.

Was zuerst etwaige Skrupel des Glaubens anging, wiederholte Erol, daß solche nicht nur in keiner Weise einwendbar waren, daß im Gegenteil Gürhans Gelöbnis in hohem Maße gottgefällig und vorbildhaft sei. Andererseits nun, das Gesetzbuch betreffend, mußte er einräumen, daß möglicherweise Ansprüche der leiblichen Eltern oder sogar des Kommunistenstaates formal gültig sein mochten, aber im vorliegenden Falle das Şeriat als die maßgebende Instanz zu betrachten war. Hierzu fügte er Beispiele aus der hanafitischen, aus der malikitischen, der şafiitischen sowie aus der hanbalitischen Rechtsschule an, denen allerdings Gürhan nicht so ganz zu folgen vermochte, weswegen es ihn sehr erleichterte, als Erol an das Ende dieser Erläuterungen die Beteuerung setzte, daß, wie auch immer, für die in Hinsicht auf die juristische Zulässigkeit ihrer Handlung möglicherweise aus ihr erwachsenden Konsequenzen er, der İmam, die volle Verantwortung schon übernommen habe. Als Beisteuer auf dem Gebiet des Praktischen und Lebensnotwendigen stellte er noch die Milch der ihm verehelichten Brust in den Dienst eines gedeihlichen Aufsprießens und ansonsten den Neuling ganz der Fürsorge und Pflege der Karagöz anheim.

Sandol ist das überhaupt nicht bequem, wie Nasrettin ihn da aus allen vier Ringecken gleichzeitig bestürmt und unsanft betastet. Dem Champ wäre jetzt die gerade Fechtbahn entschieden lieber, wo es nur Vorwärts gibt oder Zurück; es ist ihm fast unmöglich, den türkischen Feger auf Distanz zu bringen, und das ist's ja, weswegen das Viereck, in dem sie stehen, doch nicht ganz so unfüglich «Ring» genannt wird.

«Deus le volt», ruft es von unten. Sandol vernimmt diese göttliche Botschaft. Übermittelt wird sie von einem monegassischen Luden, der in Nadelstreifen in der ersten Reihe gleich unter ihm sitzt. Es ist einer seiner Sponsoren, Sandol hat früher in einem seiner Klubs als Rausschmeißer gedient. Ins Zelt hat sich ein gespanntes Schweigen gelegt. Die Fanatiker starren gebannt und mit verhaltenem Atem, weil es unvermutet und ungewohnt ist, Sandol so passiv, so ohne Kraft und Konzept, mit den Armen mehr fuchteln als boxen zu sehen. Das Mitleid ist mit ihm, wie es mit einem Schauspieler wäre, der im falschen Kostüm im falschen Stück ohne Text auftreten müßte. Aber da ist noch die Riege mit den Sonnenbrillen in den Seidenhemden und den Nadelstreifenanzügen, deren Plätze der König der Bordelle spendiert hat und die es um keinen Preis zulassen will, daß ein aus Deutschland hergelaufener Türke ihrem Marcel den Titel abnimmt.

«Deus le volt!» ruft der Oberkuppler mit knapp kommandierender Stimme in die Stille, in der man nur die Schritte und das Schnaufen der Boxer vernahm und auch schon glaubte, sie schwitzen hören zu können.

«Djöslewöllt», hört's unser Held auch, was jedoch in seinem Ohr keinen Sinn ergeben kann, aber das Auge hinter den dunklen Gläsern ist scharf, denn in dieser Sekunde ist Nasrettin mit einem meidenden Sidestep genau zwischen Sandol und den Dritten im Ringe getreten. Sandol tut, was, wie ihm geheißen, von Gott gewollt ist, und stößt seinen Rechten dorthin, wo nicht mehr gedeckt wird, unter die Linie des Gürtels, genau aufs Membrum virile des Türken. Da ist zwar zwischen der attackierenden Faust und dem Ziel außer der Hose und dem Polster des Handschuhs noch der plastene Tiefschutz, aber die immense Wucht hinter dem Schlag reicht aus, die empfindlichen Organe derart zu quetschen, daß Nasrettin das Bewußtsein verliert und sich vor Sandol, der nun seinerseits mit einem Sidestep der Prostration seines Gegners ausweichen muß, hinstreckt. Das zum Glück des Betroffenen, denn der Schmerz ist so groß, daß er nicht ausgehalten werden kann; es reicht für die anschwemmenden Neuronen das zur Aufnahme bestimmte Gefäß nicht mehr aus. Aber die Nervenstränge sind auch in der entgegengesetzten Richtung blockiert, der Körper wird vom Gehirn nicht dirigiert, er liegt da wie der eines Toten.

Das Bewußtsein allerdings stellt seine Tätigkeit nicht ein, gibt zwar die Regierung auf über den Körper, bleibt aber in seinem Exil doch Bewußtsein, wird es sogar viel mehr, als das im Zustand der umweltverbundenen Wachheit der Fall ist, kommt eigentlich jetzt erst wirklich zu sich. So gelöst von sämtlichen Forderungen nicht nur der Welt, sondern auch von denen des eigenen Körpers, steigert sich das Bewußtsein, oder, besser, es tritt in eine andere Sphäre, und es ist bestimmt nicht zuviel gesagt, wenn wir vermerken, daß Selbst, Eigen, Ich sich nur in diesen Bezirken erleben.

Nasrettin hatte eine Vision, und sie hatte eigenartigerweise bereits vor dem Niederschlag eingesetzt, als er sonderbare Stoffkreuze sah auf den Schultern des Publikums, wo keine waren. Das «Deus le volt», oder «Djöslewöllt», wie es Nasrettin hörte, war allerdings von Sandols Kumpan, dem Zuhälter, wirklich gerufen, und es kehrte in der Vision tausendkehlig zurück.

Nasrettin befand sich auf einem Feld, und es umgab ihn eine große, sehr aufgeregte Masse von Menschen. Er selbst stand auf einer grob gezimmerten Tribüne, derjenigen ähnelnd, auf der er wirklich-leibhaftig hingestreckt lag.

Auch auf diesem Podium war Nasrettin nicht allein, sein Partner ein höchst merkwürdiger Kauz von zwerghaftem Wuchs, entstammend einer Gewichtsklasse, wie sie die Boxsportvereine hilfsweise für ihre Kinderabteilungen eingeführt haben. Spindeldürr war das Männlein, sein Gesicht hutzlig und dunkel verbrannt. Die Falten der Stirn setzten sich fort auf der Glatze, von der in fettigen Strähnen ein Kranz grauweißen Haares herabhing, die Zotten des noch helleren Bartes reichten hinab bis zu dem Strick, der seine Mönchskutte gürtete, aus der unten seine schrumpligen, langnägeligen, schmutzverklebten Füßchen hervorlugten. Hervorstechend unter den schwarzen, buschigen und äußerst beweglichen Brauen seine himmelblauen Augen.

Seine Sprache war Französisch, was aber in der Vision keine Schranke darstellte für Nasrettin, der sich zwar in den Tagen vor seinem Kampf darüber geärgert, dies Idiom nicht zu bemeistern, weil es seine Akklimatisierung merklich erschwerte, jetzt aber alles bis in die Nuance verstand, als ob das alte, dem Lateinischen nahe Französisch des Mönches ihm schon in die Wiege gelegt worden wäre.

Der kleine Mönch predigte:

«Niemand als der Heiland selbst und persönlich hat mir verkündet, daß er es länger nicht duldet, daß die Heiden seine heilige Stätte besudeln, und ich habe es auch schriftlich in einem Brief, der mir von den Himmeln durch den Erzengel Gabriel überbracht worden ist. ‹Ziehet denn hin in Scharen in den Heiligen Krieg wider die Türken. Schlagt sie mit dem Schwert und befreit das Land Christi. Deus le volt.› So will es Gott.

Selbst mußte ich sie an meinem eigenen Leibe erfahren, die Greuel, mit denen diese gottesleugnende Brut die frommen, wallfahrenden Pilger verfolgt. Kein Zweifel, es sind Satans Geschöpfe, und was die Juden nicht vollbracht haben, diesen dreimal vermaledeiten Türken wird es gelingen, zu vertilgen von dieser Erde die Anhängerschaft Christi, wenn wir uns nicht wehren in unserer Not, wenn wir Gottes Rat und Befehl in den Wind schlagen, wenn wir nicht das Kreuz hinnehmen und hinziehen in den Heiligen Krieg nach Palästina, wo unser Heiland ans Kreuz genagelt wurde, uns zu erlösen von unseren Sünden!

Ihr meine Brüder! Ihr meine Schwestern! Christenkinder! Unvorstellbar sind die Frevel, die den Pilger bedrohen auf seiner Reise zum Heiligen Grab. So bin ich gezogen vor Jahr und vor Tag aus meiner Klause in den Wäldern nahe Amiens durch Deutschland und Ungarn, kam durch Bulgarien in das Reich Rum, sah das herrliche Konstantinopel. Überall segneten mich die Christenbrüder und -schwestern am Rand meines Weges, labten meinen Leib mit Speise und Trank, fütterten und pflegten auch Rosalinde, meine wackere Eselin, das kluge, tapfere und ausdauernde Tier mit dem heiligen Zeichen auf seinem Rücken, das mich getragen hat all die vielhundert Meilen.

Aber schon in Konstantinopel, der prächtigen Stadt, mit deren

Glanz höchstens die Ewige wetteifern kann, warnten mich die Griechen, die unsere Brüder sind und unsere Schwestern in Christo, auch wenn sie in der Liturgie und im Dogma an einigen Punkten abweichen von uns. ‹Pilger›, so warnten sie mich, ‹frommer Mann, kehre um und ziehe nicht nach Jerusalem. Ein fürchterliches, garstiges, gottloses Volk ist über uns gekommen, das uns der Herrgott zur Vergeltung unserer Sünden geschickt. Sie haben schlitzige Augen, binden ihr langes schwarzes Haar in Zöpfe, reiten wie Teufel, und sie haben einen Bogen, aus dem schießen sie todbringende Pfeile. Sie schwören auf die Bibel der Heiden und haben unser ganzes Kaiserreich Rum überschwemmt. Drei Tage entfernt von hier liegt Nikäa, das sie erobert und zu ihrer Hauptstadt gemacht. Kein Christ ist mehr sicher vor ihnen, denn sie haben ihrem Kalifen gelobt, daß sie uns ausrotten wollen mit Stumpf und mit Stiel.›

So sprachen in Konstantinopel die Griechen und beredeten mich, meinen Weg nicht zu Ende zu ziehen. Ich aber habe ein Gelübde getan, ich habe es meinem Herrgott geschworen, daß ich niederknien werde am Heiligen Grab, von wo er Seinen Sohn zu Sich in die Himmel geholt.

Darauf setzte ich über den Bosporos auf hölzernem Floß mit meiner Eselsstute, und ihre Hufe traten auf Asiens Boden. Dort wurde ich von den Christen von einem Dorfe, das noch in tapferem Kampfe und bevorteilt durch entlegenen Sitz in unzugänglichen Bergen dem Ansturm der türkischen Horden Widerstand leistet, zum nächsten gewiesen. Weite Strecken mußte ich reiten, vier Tage oft oder fünf ohne einen labenden Brunnen oder ein Dach gegen Wetter und Wind. Aber immer wieder auch traf ich wehrhafte Christen, Griechen, Armenier. Sie hoffen auf uns. Auf die Franken.

So überquerte ich, geleitet von Gott und den Sternen, Anatoliens Rücken vom Strand des Schwarzen Meeres bis zu den Wogen der Mittelländischen See und kam vor Antiochias Tore.

Oh, meine Stimme versagt … Mir krampft sich das Herz in der

Brust bei Nennung des Namens dieser christlichen Stadt. Antiochia war es, nach der Schlacht bei Ipsus im Jahre 307 gegründet von Seleukos Nikator und seinem Vater Antiochos zu Ehren nach diesem benannt, wo der heilige Petrus die Gemeinde als erster Bischof sieben Jahre geleitet. Antiochia war es, von wo der Apostel Paulus zu seinen Missionen aufbrach. Antiochia, oh, Antiochia! Oft genannt bist du im Neuen Testament unserer Heiligen Schrift. In dir wurden die Bekenner des Glaubens auf ihren Namen in Christo getauft. Deine Kirche geschändet von Satans Brut! Deine Zitadelle in den Händen der blutrünstigen Türken, der Bestien in Menschengestalt! Antiochia, deine Mauern schreien nach Rache! Sie fordern die Christenheit auf, zu erwachen aus ihrem schlaffen Dämmer, das Kreuz zu nehmen, wie Gott es verlangt, und in den Heiligen Krieg zu ziehen wider die Türken!

Nein, ich konnte Antiochia nicht besuchen, die Vielgepriesene, die Zauberhafte, sah nur von fern ihre Dächer und Türme, und bis zu mir hin wehte der Gestank der verworfenen Türken, daß meine Eselin scheute und sich durch nichts vorantreiben ließ. Das künde ich euch von Antiochia.

Nun hört, was mir, Peter dem Eremiten, von den teuflischen Türken geschah! Zu den Gestaden des Meeres wollte ich auf meinem Reittier zurück, um vielleicht andere Pilger zu treffen auf ihrem Weg zur Heiligen Stadt und mich ihrem Zug einzuverleiben. Da geriet ich in einen Hinterhalt, wurde umzingelt von einer Horde mit wohl 200 türkischen Köpfen. Aber es waren auch 200 Bögen, und ein dichter Regen aus Pfeilen schwärzte den Himmel. Doch lag über mir Gottes schützende Hand, die Pfeile trafen mich nicht oder glitten ab, als sei ich gestählt. Nur die gute Eselin ward gleich gespickt wie ein Igel und sank unter mir hin.

Oh, ihr Heiden! Mit eurem Blut sollt ihr mir für ihres bezahlen! Auf mich stürzten sie sich, rissen mir, nachdem sie mir allen Proviant und die Notgroschen gestohlen, die Kleider vom Leib und entfachten ein Feuer, mich an Ort und Stelle zu braten. Aber der Herrgott wollte mich noch nicht, er will mich auch jetzt noch nicht, weil ich ihm helfen soll, das Heilige Land zu befreien. So machte er meinen Leib unempfindlich gegen die Flammen, nur meine Haut ist ein wenig dunkel geworden beim Rösten, ihr seht es. Solcher Beweis der göttlichen Kraft konnte auch seinen Eindruck auf die heidnischen Schlächter nicht völlig verfehlen, es klapperten ihnen die Zähne. Erst fluchten sie und drohten dem Himmel, dann warfen sie sich zu Boden und beteten zu ihren satanischen Götzen. Sie versuchten auch nicht mehr, mich auf andere Weise zu töten, sondern kleideten mich in türkische Tracht und verkauften mich als Sklaven an die nächste Karawane, die nach Damaskus abging.

In Tyros rettete mich der Herr aus diesem Schicksal und ließ einen Christen mich kaufen, dem ich mich offenbarte, worauf er mir die Freiheit schenkte und mich gegen das Versprechen, in Rom dem Heiligen Vater zu berichten, was in Asien den Pilgern von den Türken geschieht, mit einem Schiff nach Italien schickte.

Von Tarent wanderte ich zur Kurie und erhielt eine Audienz bei unserem Papst Urban. Er hörte meine Klagen mit großem Interesse und sprach lange mit mir. Er war eben zurückgekehrt auf den Heiligen Stuhl von einer Synode zu Piacenza, wohin der Kaiser Alexios Komnenos aus Konstantinopel ihm eine Gesandtschaft geschickt. Inständig hatte der Kaiser durch seine Botschafter die abendländische Christenheit angefleht, ihm Hilfe zu leisten bei der Verteidigung der heiligen Kirche, denn die Heiden waren bereits vorgedrungen bis an die Mauern von Konstantinopel. So ernst war ihm die Lage im Morgenlande geschildert, was auch ich ihm wieder bestätigt bei unserer Audienz, daß der Papst ein Gelübde getan hat, einen Kriegszug ins Leben zu rufen, wie ihn die Welt noch nicht gesehen hat. Alle christlichen Ritter, jeder Mann, jede Frau, alles, was Beine hat, soll das Kreuz nehmen und sich anschließen an die bewaffnete Wallfahrt. Zu Clermont wird es in diesen Tagen ein großes Konzil geben, wo der Papst selbst den Kreuzzug predigen will.

Mich, Peter den Eremiten, hat er privilegiert und beauftragt, in seinem Namen, wie im Namen des Vaters, des Sohnes und des Heiligen Geistes, über Land zu reisen, in jedem Dorf, in jeder Stadt die Gläubigen aufzuregen und in Bewegung zu setzen. Er hat mir dafür einen Esel geschenkt und diesen türkischen Sklaven, den die byzantinische Gesandtschaft mit nach Piacenza gebracht.

Der Heilige Vater verspricht jedem, der das Kreuz nimmt, um mit mir gen Jerusalem aufzubrechen, Vergebung all seiner Sünden. Wer auf dem Weg den Tod des Märtyrers findet, dem ist das ewige Leben gewiß. Ein reiches Land ist es, das wir zurückerobern für Jesus Christus, und fette Beute winkt jedem. Mancher, der heute ein Bettler ist hier, wird dort unten eine Grafschaft unter sich haben. Ein Land, größer als Frankreich, mit fruchtbaren Böden und von der Sonne verwöhnt, wird aufgeteilt werden unter uns, die wir die Heiden vertreiben. Ein jeder, Bauer, Handwerker oder Edler, nehme das Kreuz, damit wir Jesum Christum erlösen, so wie er uns erlöst hat an diesem Kreuz. Mit uns ist der Sieg, weil Gott es so will!

Der Sammelpunkt ist Köln am Rhein, dort sehen wir uns im Frühjahr zu Ostern. Christ wird erstehen und unübersehbar werden sein Heer. Verkauft euren Boden und eure unnütze Habe, dann kommt nach Köln mit Weibern und Kindern. Erneuern wird sich die Gemeinschaft der Christen, denn unter ihnen ist aller Zwist nun besiegelt, wir ziehen geeint und geschlossen gegen den Feind. Amen.»

In der Masse hatten sich bereits unter der Rede des Mönches verschiedene Jungfern gerührt, die Nadel, Faden und rote Stofffetzen bereithielten und allen, die sich herandrängen konnten, kleine Kreuze aufnähten geschwind und geübt, so daß, als er zu seinen Schlußworten kam, der Großteil der Anwesenden schon das Feldzeichen trug. Peter zog Nasrettin an dem langen Zopf, der ihm sehr schnell gewachsen sein mußte, zu seinem Esel, dem Papstgeschenk, wo er ihn aufpackte wie einen Weinschlauch. Dann saß auch der Prediger auf und ritt im Triumph durch die

Gasse, die sich ehrfürchtig auftat, unter dem skandierten Deus-le-volt-Gebrüll von dannen.

Sie waren kaum ein Stückchen getrabt, was für Nasrettin, der gefesselt bäuchlings über der Kruppe des päpstlichen Esels hing, sehr unbequem sein mußte, da erreichten sie ein kleines Lager von einem Halbdutzend niedrigen Zelten, oder richtiger ausgedrückt: Sie waren aus der Massenversammlung gleich dorthin versetzt, denn bei den Träumen,Visionen und Halluzinationen pflegt es bekanntlich zuzugehen wie in der Kinematographie.

Angekommen im Camp, ließ Peter Nasrettin gleich die Fesseln abnehmen und richtete, nachdem sie sich an einem Feuer niedergelassen, wo man unverzüglich begann, Forellen für sie zu rösten, sehr vertraulich und in einem zwar ein wenig gefärbten und mit Fehlern durchsetzten, aber durchaus eloquenten Türkisch seine Rede an ihn.

«Ja, mein Freund, wir stehen alle in einem Kampf, wir fechten für Christum. Wir erobern ihm seine Stammburg zurück, Jerusalem, die Heilige Stadt. Mit den Mekkanern ging's noch so leidlich, aber seit deine Türken dort eingerückt sind, ist kein Weg mehr für einen Frieden zwischen den Religionen. Aber mit dem ‹Liebet eure Feinde› und dem Backehinhalten nach dem ersten Streich für den zweiten, damit ist es aus und vorbei. Wenn der Prophet Mohammed kündet, es sei gottgefällig, das Schwert ins Blut derer zu tauchen, die nicht an ihn glauben, so muß der Prophet Christus, der Gottes Sohn ist, diesen Artikel jetzt übernehmen. In dieser Stunde ist nur der ein guter Christ, der das Blut derer vergießt, die nicht an ihn glauben. Das ist das neue Kriterium, das uns aufgezwungen ist von den Türken. So sieht es auch Odo von Lagery, der unser Papst ist, wir kennen ihn als ‹Urban›, zweiter des Namens. Ein Mann von großem Format, muß ich sagen. Meine Idee mit dem Kreuzzug hat er aufgegriffen, zu seiner eigenen Sache gemacht. Er will nicht sterben, bevor Jerusalem wieder Christo gehört.

Es sprechen für die Maßnahme haufenweise auch praktische

Gründe. Volk und Adel sind am Ende in Frankreich, und auch in Deutschland stand's niemals so arg. Seit drei Jahren pflügen die Bauern, ohne zu ernten. Anno 1093 lag der Schnee noch im Mai hinunter bis nach Lyon. 1094, im vergangenen Jahr, als in Burgund die Bauern schon aus Stroh gebackenes Brot essen mußten und ihre Töchter für ein Maß Getreide an reiche Herren verkauften, begann es im Juni zu regnen und hörte nicht eher auf, bis auch diese Ernte zunichte. Was im letzten Sommer des Regens zuviel war, bleibt in diesem Jahr aus. Wir sind im Oktober. Seit dem Mai ist nicht ein einziger Tropfen vom Himmel gefallen, so daß ich fürchten muß, daß bald die Flüsse trocknen, in denen die Fische schwimmen, von welchen ich ausschließlich meinen bescheidenen Leib nähre. Wo der Bauer vor Hunger krepiert, wird's knapp für den Edelmann auch. Es fehlt an allen Ekken und Enden an Krieg, den die Griechen den Vater genannt haben der Dinge. Das Elend betrifft auch schon den Klerus, die Not hat manchen Kirchenmann zum Fasten bekehrt. Derweil hier alles verödet, blühen die Landschaften Palästinas, das Morgenland schlemmt. Es wurde Zeit, daß der Himmel Zeichen schickt, und er hat es getan. Gleich am ersten Tag der Synode zu Piacenza erschien ein Komet mit einem riesigen Schweif und hielt sich am Firmament drei lange Wochen. Deus le volt. So, wie er einst Moses geheißen, sein Volk aus der ägyptischen Drangsal nach Palästina zu führen, so befiehlt er es Urban, befiehlt er es mir, die christlichen Scharen nach Osten zu leiten, wo wir leben werden, herrlich und in Freuden, wenn wir erst die Heiden geschlagen haben.

Das Geld für Gottes Krieg holen wir uns noch. Wir holen es uns von den Juden.»

Der Gott der Juden, Christen und Muslime war in diesem bevorstehenden Krieg der einzige, der unter keinen Umständen verlieren konnte, da alle beteiligten Parteien für ihn stritten, es sei denn, man wollte die Sache wirklich so sehen, daß allein dessen Vertrag mit Abraham Gültigkeit zukommt, um alles, was an diesem nicht teilhat, aus der Gottesbeziehung zu disqualifizieren. Unter solchem Winkel der Betrachtung allerdings war Gottes Sache bereits durch die Ausschreitungen gegen die Juden am Rhein, die den Kreuzzug einläuteten, als besiegt anzusehen. Christentum und Islam als Folgeerscheinungen aus dem jüdischen Glauben schleppen die Problematik von Universalität und Exklusivität fort, und sie ist die Quelle der Gewalttätigkeit im Ringen um Gottes Gunst.

Gott ist allmächtig, wie unablässig betont wird, das soll heißen: Der Mensch ist es nicht. Doch verbirgt sich hinter der aggressiv vorgetragenen und auf ein haarklein definiertes Dogma eingeschworenen Unterwerfung unter Gottes Wünschen und Walten nichts als das Streben ganz bestimmter Menschen nach Macht über alle übrigen.

Für die materialistische Auffassung der Geschichte besteht die ideologische Großtat des Mohammed darin, eine Religion geschaffen zu haben, welche die feudalistische Motorik, das Drängen nach Eroberung und systematischer Ausplünderung der Erde, gar nicht erst bemäntelt. Es war also der Islam für die Periode, die wir besprechen, nicht nur die jüngere, sondern auch die ungleich modernere Ideologie, das Christentum, entstanden aus einer anderen Situation, dem Zusammenbruch des Römischen Imperiums, völlig im Hintertreffen. Der Schock des Desasters von Malazgirt und der selçukischen Eroberungen in Syrien, das drohende Zupacken der muselmanischen Zange in Kastilien und auf dem Balkan mußten Europa alarmieren. Es war die Stunde der Ritter. Nicht mehr die Dornenkrone durfte das christliche Attribut sein, das Schwert mußte es werden. Die völlige Verdrehung der christlichen Lehre war unerläßlich, und die Erfindung des Kreuzzugs muß als geniale Antwort auf die drängenden Fragen der Zeit eingestuft werden. Die Vorneverteidigung hat der Festung Europa das Leben gerettet.

Es war der 30. Juli 1096.

Peter der Einsiedler, der doch besser «Zigtausendsiedler» geheißen hätte, saß beim Kaiser Alexios Komnenos, und es nahm sich seine Erscheinung hier im Thronsaal des Blachernenpalastes zu Konstantinopel ziemlich lächerlich aus. In dieser Lächerlichkeit war er für die von ihm verleiteten und aufgehetzten Volksmassen auf eine Art repräsentativ. Irgendwie soldatenähnliche Persönlichkeiten traf man in seinem Anhang kaum; alles, was im Westen Europas sein Brot nicht mehr zu finden vermocht hatte, war mit ihm gelaufen, Frauen, Kinder, Kuppler, jede Art unbemittelter Abenteurer, die den Weg ihres Aufmarschs mit den Leichen der von ihnen ausgeplünderten Christenbrüder und -schwestern durch ganz Südosteuropa kenntlich gemacht hatten.

Dieses gewaltgeile Gemengsel von Menschen, die alle Brücken hinter sich abgebrochen hatten, besaß so gut wie keine Ähnlichkeit mit dem, worum Alexios im Vorjahr den Papst gebeten. Söldner hatte er sich gewünscht zur Aufstockung seiner eigenen Truppenbestände; jetzt war der Abschaum Frankreichs und Deutschlands angeschwemmt bei ihm, und Peter, der wohl merkte, daß sich die Begeisterung seines Gegenübers in engen Grenzen hielt, beeilte sich, nachdem er sich in vorbereitenden Floskeln, in denen die Worte «Christus», «heilig» und «Jerusalem» gebetsmühlenhaft wiederkehrten, eingeführt, dem Kaiser Alexios Komnenos klarzumachen, daß sein Gefolge nichts als die Vorhut darstellte, daß die eigentlichen Ritterheere noch dabei waren, sich zu formieren, und pünktlich, wie von Urban festgesetzt, am 15. August von ihren Sammelplätzen aufbrechen würden.

Als er sah, daß der Kaiser dies mit einiger Beruhigung aufnahm, erging er sich gleich in Klagen über die Mangelhaftigkeit des von ihm angeführten Personals, jammerte über die vielgestaltige Unbill, die ihn infolge der Disziplinlosigkeit seiner Scharen unterwegs betroffen. Das wieder mußte Alexios in bedrückende Verlegenheit setzen, denn er hätte eher damit gerechnet, daß Peter ihm die Schlagkraft seiner Truppe in übertriebenen Lobreden anpreisen würde. Statt dessen verfluchte er sie als nichtsnutziges Gesocks, Verräterpack und gottlose Haufen. Unter solchen Umständen verzichtete der Kaiser darauf, ihm den Lehenseid abzunehmen.

Es war reines Mitleid und nicht das in Piacenza durch seine Boten verkündete Versprechen, an das sich der Kaiser in dieser Minute gar nicht mehr zu erinnern vermochte, was ihm die Veranlassung gab, Peter 200 goldene Byzantiner überreichen zu lassen, dazu einen Scheffel Tartaronenmünze, den er als Begrüßungsgeld unter seine Mannschaft ausschütten sollte.

Das nächste, was er zu wissen begehrte, war, ob Peter die Absicht hegte, mit seinen Volksmassen auf das Eintreffen der angekündigten Ritterheere zu warten, und man muß das Geschick bewundern, mit dem der Kaiser beim Stellen der Frage offenließ, welche Antwort ihm die liebere gewesen wäre, aber es doch näher legte, von der Gastfreundschaft, die er für den einen Fall anbieten mußte, keinen Gebrauch zu machen.

«Wir sind hergekommen», sagte Peter, «um für Gott zu kämpfen, nicht, um uns auf Kosten Eurer Majestät auszuruhen und müßig herumzulungern in Eurer Stadt. Ich denke, es wird das richtigste sein, wenn wir den Kampf mit den Heiden gleich in diesen Tagen beginnen.»

«Wenn das euer Wille ist», sagte der Kaiser, und man sah ihm an, wie erleichtert er war, «so empfehle ich euch, euer Lager in Civitot aufzuschlagen, von wo ihr Nikäa, die selçukische Residenz, angreifen könnt. Da dein Heer sehr zahlreich ist, sollten wir gleich morgen beginnen, es hinüberzuschiffen.»

Peter dankte für die Großzügigkeit des Kaisers, der anbot, ihm für das Übersetzen über den Bosporos seine Flotte zur Verfügung zu stellen, und glaubte damit und mit dem Geldgeschenk mehr erreicht zu haben, als nach Lage der Dinge hätte erwartet werden können.

In Civitot, am asiatischen Strand des Marmarameeres, konnte man endlich verschnaufen von den durchlebten Strapazen und die Erfahrungen des bisherigen Marsches überdenken. Der Kaiser ließ ihnen das freundliche Anerbieten übermitteln, einige von seinen Offizieren für sie abzustellen, sie durch einiges militärisches Training auf die kommenden Schlachten vorzubereiten, was aber ebenso strikt wie höhnisch abgelehnt wurde, da man nicht unter so großen Gefahren die halbe Welt durchwandert hatte, um sich dem Kommando höchst zweifelhafter Bekenner der Lehre Christi zu unterwerfen. Dennoch hielt man es für ratsam, auch weil Peter jetzt, wo es zur Sache ging, sich mit den kriegserfahrenen Rittern im Lager näher abzustimmen begann, mit der großen Offensive gegen die Residenz des Selçuken Kılıç Arslan noch etwas zu verharren, um vorläufig zu rekognoszieren und sich in kleineren Scharmützeln mit dem Kampfstil der ungläubigen Gegenpartei bekannter zu machen. Peters Scharen entfalteten in dem nicht unhübsch situierten Lager am Marmarastrand Leben und Alltag, was viele der Anwesenden bald vergessen ließ, weshalb man hergekommen war, oder anders gesehen: Sie begannen schon zu praktizieren, weswegen man die elende Heimat verlassen, nämlich die Wonnen des Daseins zu genießen, und verstanden kaum noch, warum dazu als Zwischenstufe das gegenseitige Schädeleinhauen mit religiös anders Verfaßten notwendig war.

Auch Peter, der von Alexios ein Bötchen hatte, mit dem er täglich zum Fischen hinausfuhr, ließ merklich nach in seinem bellizistischen Eifer und füllte seinen seelsorgerischen Beruf hauptsächlich mit Trauungszeremonien. Diejenigen, die von solcherlei zivilistischem Firlefanz abstanden, ihr mühsam erhitztes Kriegerblut nicht vollends abkühlen zu lassen gedachten und beharrlich die anstehende Schlacht mit den einen Tagesmarsch weiter residierenden Türken anmahnten, waren im Verlauf der Wochen, die man im Lager verbracht, zu einer kleinen Minderheit zusammengeschrumpft.

In dem vom Kaiser subventionierten Wohlleben nicht ganz zu verweichlichen, mit den Waffen wieder in Übung zu kommen und immerhin die Initiative zu wahren, unternahmen sie Streifzüge in die nähere Umgebung, plünderten und brandschatzten zum Auftakt erst einmal die nächstgelegenen Dörfer.

Wenn sie des Abends mit reicher Beute ins Lager heimkehrten, teilten sie davon, weniger aus Habgier denn aus pädagogischen

Motiven, den faul am Strand Herumsitzenden nichts aus. Nur gegen klingende Münze und zu deftigen Preisen waren sie bereit, von ihren Überschüssen dies oder das den Nichtkämpfenden abzulassen. Lieber aber verkauften sie an die Byzantiner, die die Schiffsverbindung nach Konstantinopel aufrechterhielten.

Als besonders erfolgreicher Anführer der Expeditionen erwies sich Rainald, ein Deutscher, und nachdem die nähere Gegend vollständig abgeräumt und von menschlichen und tierischen Bewohnern restlos gereinigt war, rief er zu einer größeren Anstrengung auf, die möglicherweise einige Tage in Anspruch nehmen mochte, dafür aber sicherlich auch reichere Beute versprach. Es waren einige Tausend, die sich zu seinem Corps meldeten. Erst terrorisierten sie ein wenig, was um Nikäa herum lag, brieten auch einige Kinder, deren sie habhaft wurden, um das Mögliche zur Anheizung kriegerischer Gelüste bei den Einwohnern zu leisten, erreichten aber nicht, daß diese aus den Mauern herauskamen, um sich mit ihnen zu schlagen. Da Rainalds Haufen sich bei aller Ansehnlichkeit keine Hoffnungen machen durfte, die Stadt erstürmen zu können, zogen sie weiter und kamen, schon tiefer im Feindlichen, zu einer Festung mit dem griechischen Namen Xerigordon.

Als sie das Bollwerk menschenleer fanden, glaubten sie sich gratulieren zu dürfen, daß der Schrecken, den sie verbreitet, ausreichend war, alles Heidenvolk in die Winde zu jagen. Die Türken hatten sogar ihren sehr reichlichen Proviant von Getreide und Fleisch zurückgelassen, selbst Wein war zur Freude von Rainald und seinen Leuten in Menge vorhanden. An dem taten sie, während sie in die Feste einzogen, sich gütlich und feierten ausgiebigst den Sieg, der ihnen kampflos in die Hände gefallen, zumal auch nach dem Kalender ein Fest fällig war, denn es geschah dies an Michaelis, dem 29. des Monats September im Jahre 1096.

Allein, das Erwachen am nächsten Morgen war mehr als schrecklich, denn zu den Malaisen als Folge des übermäßig genossenen Weines mußten sie zur Kenntnis nehmen, daß eine sehr stattliche Zahl Türken, die beträchtlich früher aufgestanden waren als sie, das gastliche Gemäuer sehr ordentlich und nach allen Regeln der Kriegskunst umzingelt hatte. Den Zernierten kam erst jetzt zu Bewußtsein, daß sich die Wasserversorgung außerhalb der Mauern befand. Die türkischen Bogenschützen, die grinsend die Zisterne umstanden, mochten wohl an Sure fünf, Vers 90 denken und finden, daß im vorliegenden Falle die Beachtung der koranischen Warnung vor dem Weingenuß den Ungläubigen einigen Verdruß erspart haben würde.

Wie Rainald mit seinen Mannen den Sieg errungen hatte, ohne zu fechten, so traf sie auch der Untergang nicht durch das Schwert. Der Durst machte sich zum grausamen, unerbittlichen Kampfgefährten der Türken. Am zweiten Tag schon begannen die Eingeschlossenen, das Blut ihrer Esel und Pferde zu trinken. Das nächste Kapitel war, daß einer den anderen anbettelte, ihm von seinem Urin in die auffangenden Hände zu spenden oder, um keinen Verlust am kostbaren Naß zu riskieren, gleich vor ihm, der noch etwas in seiner Blase aufhielt, niederkniete mit aufgerissenem Mund. Nicht weniger findige Gesellen kamen auf den Trick, Lappen in die Latrinen zu tauchen, die von der Rauschnacht noch gut versorgt waren mit Flüssigem. Die so getränkten Textilien wurden dann ausgedrückt in den Mund oder gelutscht.

Der Reuigste unter den Betroffenen war der Anführer selbst. Mit einigen auserwählten Getreuen verließ er unbemerkt den Ort des Jammers und lief über zu den sie belagernden Türken. Hier bekannten sie sich nicht nur ohne jedes Zögern zu Mohammed, dem Propheten, sie waren, nachdem sie ihren Durst gestillt hatten, auch bereit, in jeder gewünschten Form Verrat zu leisten an den Kämpfern des Kreuzes. Rainalds verdurstende Mitstreiter in den Mauern von Xerigordon wurden zum größten Teil getötet. Was in den Augen der metzelnden Türken noch irgend für den Sklavenmarkt taugte, wurde verschleppt. Die Verräter wurden als Lockspitzel nach Civitot geschickt, um dort die Nachricht zu verbreiten, Rainald hätte in glänzender Schlacht Nikäa erobert, die Stadt sei zur Plünderung offen.

Peter der Eremit war nicht mehr im Lager. Er saß zu Hofe, antichambrierte bei Alexios Komnenos, wo er sich der Verantwortung für seine Schafe und Wölfe ledig zu sprechen versuchte. Einige der Zurückgebliebenen waren sofort bereit, den ausgestreuten Gerüchten Glauben zu schenken, und machten sich auf den Weg nach Nikäa, bevor die Beute restlos verteilt war. Andere mahnten zu Ruhe und Besonnenheit, wollten wenigstens Peters Rückkehr aus Konstantinopel erwarten, bevor sie das Lager verließen. Auch hatten sich aus dem xerogordonischen Debakel einzelne errettet und zurückgefunden zur Küste, so daß auch Nachrichten über den wahren Sachverhalt kursierten und mit den Gerüchten vom Fall Nikäas im Wettbewerb lagen. Diese Konkurrenz zweier einander diametral widersprechender Meinungen über die Lage der Dinge führte aber nicht dazu, daß eine der beiden sich durchsetzen konnte; vielmehr steigerte das Hin- und Widerreden die allgemeine Hitzigkeit nur, und der Beschluß war, am nächsten Morgen vor Aufgang der Sonne nach Nikäa zu ziehen, sei's um zu plündern, sei's um Rache zu nehmen.

Der Weg von Civitot nach Nikäa führte an den Ufern des Drakoflusses durch sehr enge Schluchten und war wie geschaffen für Kılıç Arslans Bogenschützen, die, von ihren Spitzeln verständigt, an den steilen Abhängen während der Nacht ihre Positionen einnahmen. Im Morgengrauen des 21. Oktobers 1096 erblickten sie die Staubwolke, die aufgewirbelt wurde von dem sich heranwälzenden Heerwurm. Keine zehn Kilometer hatte er sich entfernt von seinem Ausgangspunkt, als auf ein Zeichen von Kılıç Arslan Tausende Pfeile von den Sehnen schnellten und die Tête des Kreuzzuges vernichteten. Nur wenige der Fliehenden erreichten das Lager. Gleichzeitig mit ihnen trafen die türkischen Reiter ein, die wahllos alles niedersäbelten, Frauen, Greise, Kinder. Einen Priester ereilte das Schicksal bei der Morgenandacht auf dem Altar. Einige wenige konnten sich retten in ein verlassenes Kastell am Ufer des Meeres. Die Türken versuchten, auch dies noch zu stürmen. Als jedoch auf dem Wasser die Schiffe des Kaisers mit der blaugoldenen Fahne heransegelten, ließen sie ab. Was übrig geblieben war, wurde von der byzantinischen Flotte zurück nach Konstantinopel gebracht. Von zehn, die aufgebrochen waren zu Ostern mit Peter von Köln, war zu Allerseelen noch einer vorhanden.

«Sie waren Sünder», resümierte Peter später. «Sie waren Frevler, und sie sind es geblieben. Urban hatte ihnen die Chance geboten, sich durch den Heiligen Krieg von aller Schuld zu erlösen. Aber sie wollten es nicht. Sie wollten ihre Brunst, ihren schäbigen Vorteil. Sie haben, wo sie konnten, die Wehrlosen erschlagen, und es waren fast ausnahmslos Christen. Es gab für sie nur noch einen einzigen Weg, die Seligkeit zu erlangen, sie mußten durch die Pfeile und Säbel der Heiden zu Märtyrern werden. Und, um ehrlich zu sein: Urban hatte mit ihnen von vorneherein nichts Besseres im Sinn. Es ging nur darum, das Land der Franken und der Deutschen vom Gesindel zu säubern, bevor der eigentliche Kreuzzug aufbrechen konnte. Denn wie hätte Urban die Ritter bereden können, ihre Ländereien in der Obhut der Kirche zu lassen, wenn all diese Verbrecher zu Hause geblieben wären?»

So sprach Peter allerdings nicht zu Kaiser Alexios Komnenos im Blachernenpalast zu Konstantinopel. Dort beklagte er vielmehr das blutige Ende seiner Scharen, denn es seien ja auch viele Fromme und Gutgesinnte mit hineingerissen worden in das Verderben. Er versuchte sogar, einen Teil seiner Schuld abzuwälzen auf den romäischen Kaiser.

Der ahnte aber, auch ohne daß Peter ihm seine wahren Gedanken und die dahinter stehenden Absichten des Papstes gestand, woran er war. Am liebsten hätte er die angerufenen Geister schon jetzt wieder zurückgepfiffen, denn dem Einsickern der Türken von Osten eine Völkerwanderung von Westen entgegenzusetzen war nicht, was ihm im Sinn gelegen hatte, als er seine Delegation nach Piacenza geschickt, und die vom Papst gesteuerten Heere, die bald bei ihm eintreffen sollten, konnten seinem Staat gefährlicher werden als die Selçuken, die zu friedlicher Koexistenz vielleicht sogar eher bereit waren als diese.

Urbans Ehrgeiz und sein administratives Genie hatten inzwischen die Kurie in eine veritable Kriegsmaschine verwandelt. In Erwägung, daß keines der einzelnen Länder Europas den Durchmarsch des ungeheuren Heeres zu verkraften vermocht hätte, teilte er es in vier Züge auf, die in zeitlichen Abständen und auf unterschiedlichen Routen gen Konstantinopel in Bewegung gesetzt wurden. Zum Oberbefehlshaber der Gesamtstreitkräfte wurde der Bischof Adhemar de Puy eingesetzt.

Die erste Gruppe, welche die lothringischen, brabantischen und wallonischen Ritter umfaßte und von Herzog Gottfried von Lothringen und Bouillon angeführt wurde, hatte sich pünktlich am 15. August aufgemacht und marschierte auf der bereits von Peters Heer blutig markierten Strecke über Ungarn nach Bulgarien.

Graf Raymond von Toulouse und Saint-Gilles, von Urban schon vor dem Konzil zu Clermont, das heißt vor der offiziellen Verkündigung des Heiligen Krieges, ins Vertrauen gezogen, hatte sich als erster Herr von Geblüt, Vermögen und Einfluß der großen Idee zur Verfügung gestellt. Jetzt übertrug ihm die oberste päpstliche Heeresleitung das Kommando über die zweite abgehende Truppe. Raymonds bestens equipierte Armee zog durch die Poebene, durchs Veneto und Friaul an die dalmatinische Küste, der es bis Durazzo folgte, um von dort über die alte römische Heerstraße Konstantinopel zu erreichen.

Der dritten Division waren die nordfranzösischen, die normannischen und die flandrischen Ritter zugeordnet. An ihrer Spitze stand Prinz Hugo von Vermandois, der Bruder des von Urban gebannten französischen Königs, neben ihm Robert, Herzog der Normandie, und Stephan von Blois, der Schwiegersohn Wilhelms des Eroberers. Dieser tief blaublütig angeführte Teil der Unternehmung startete spät im Herbst und wählte den Weg durch Italien. Weitere Verzögerung wurde bei der Ankunft in

Rom verursacht durch das Eingreifen Wiberts, eines von der deutschen Partei Kaiser Heinrichs IV. eingesetzten Gegenpapstes, der verlautbaren ließ, ein Krieg, zu dem Odo von Lagery aufrief, könne nur eine List des Teufels bedeuten, wer an ihm teilnehme, sei verflucht und jeder göttlichen Gnade verlustig, was denn auch große Mengen im Heer dahin trieb, zu desertieren, um auf Schleichwegen in ihre Heimat zurückzugelangen. Etliche, die nur verunsichert waren, sich aber doch nicht durchringen konnten, das Gelübde zu brechen, wurden noch in Apulien vor der Einschiffung im Hafen von Bari überzeugt von den eintreffenden Resten der bei Civitot niedergemetzelten Haufen, zumal sich die Adria ungewöhnlich stürmisch erzeigte. So gelangte diese Abteilung sehr spät und stark dezimiert nach Konstantinopel, etwa gleichzeitig mit den süditalienischen Normannen unter dem sagenhaften Rekken Boemund von Tarent, der letzten und kriegerischsten Abteilung, die im heimatlichen Golf die Boote bestiegen hatte.

Es war April geworden, der April des Jahres 1097, bis die Kreuzritter vollzählig eingetroffen waren vor den Toren Konstantinopels. Die Lothringer aus der ersten Gruppe unter Gottfried von Bouillon, die schon seit dem Weihnachtsfest ihr Lager auf den Wiesen vor den Mauern aufgeschlagen hielten, hatten vor lauter Langeweile schon für Zwischenfälle gesorgt und verschiedentlich Schlägereien mit der kaiserlichen Polizei provoziert. Alexios war es aber unter Aufbietung all seines diplomatischen Geschicks und unter Zuhilfenahme auch seines Charmes geglückt, die großen Herren des Abendlandes im Zaume zu halten, und er konnte sie auch, wozu er sie untereinander ausspielen und mit kostbaren Geschenken bestechen mußte, dahin bewegen, daß sie ihm nach vielem Zaudern und Zicken den Lehenseid schworen. Nur für Raymond von Toulouse und Saint-Gilles mußte eine besondere Formel ausgedacht werden, denn er hatte Urban persönlich sein heiligstes Versprechen gegeben, den byzantinischen Kaiser nicht zu seinem Lehnsherrn zu machen. Immerhin verpflichtete er sich, Alexios zu dienen.

Damit waren endlich alle Vorbereitungen abgeschlossen, die Erinnerung an den im Vorjahr bei Civitot hingeschlachteten Pöbel nur mehr ein blasser Schatten, der in Form eines kümmerlichen Häufleins, das trotz allem mit Peter den Winter in Konstantinopel durchharrt hatte, jetzt, auf die Regimenter verteilt, mitlief zum Sturm auf Nikäa.

Als die sonderbaren Eindringlinge aus Europa das erste Mal in ungeheuren Scharen in Civitot anlandeten, war Kılıç Arslan siebzehn Jahre alt gewesen. Daß er sie mit seinen Bogenschützen und Reitern innerhalb weniger Stunden zu Zehntausenden hatte hinschlachten können, hatte ihn leichtsinnig werden lassen gegenüber der fränkischen Gefahr und Bedrohung. Verständlich, daß er es auf die leichte Schulter nahm, als ihm ein halbes Jahr darauf seine Spione erneut die Ankunft eines gigantischen Heeres von Kreuzfahrern meldeten. Er sah keine Gefahr für Nikäa, ließ nur eine kleine Garnison in der Stadt und zog mit seiner Hauptstreitkraft gegen Danişment, den großen Rivalen im anatolischen Osten, der sein Geschlecht von dem im Kampf gegen die Romäer 740 gefallenen Araber Battel Gazi herleitete und den auszuschalten er für vordringlich hielt.

Das war aber denn doch etwas anderes, was diesmal, sorgfältig Kundschafter voraussendend und seinen Weg Meter für Meter absichernd, aufmarschierte zur Belagerung von Nikäa. Gepanzert waren diese berittenen Krieger am Leib mit Kettenhemden, von denen die türkischen Pfeile abprallten, die Seele abgeschottet durch die Agitation ihrer Priester, die sie unempfindlich gemacht hatte gegen jede Regung von Mitleid oder Erbarmen mit ihren Feinden und sie nichts weniger fürchten ließ als den Tod in diesem Entscheidungskampf für Christum. Schon fielen unter ihren Äxten die Bäume in der Umgebung, und die wenigen Soldaten, die Kılıç Arslan zum Schutz von Hof, Sultanin und Harem zurückgelassen in seiner Stadt, sahen von den Zinnen aus ihrem Holz Belagerungstürme aufwachsen. Noch kamen die Boten durch, aber eine volle Woche dauerte der Ritt zum Lager von

Kılıç Arslan, der mit seiner Armee bei Malatya weilte, wo er Danişment zuvorkommen wollte bei der Eroberung der armenischen Hochburg.

Natürlich, besser gesagt, über-natürlich, daß Gott allmählich die Faxen dicke hatte von alledem. Jesus und Mohammed erhielten durch Engel die Aufforderung, sich einzufinden beim Höchsten zwecks Aussprache über die kleinasiatischen Umtriebe und die syrischen Pläne; eine Nahostkonferenz wurde einberufen.

Mohammed verspätete sich, denn er wollte achtgeben, daß der Reiter von Nikäa heil nach Malatya kam und Kılıç Arslan melden konnte, was die Stunde geschlagen hatte. Vielleicht war hier ein Krieg zwischen Muslimen aufschiebbar, ein Bündnis für eine gemeinsame Front gegen die Franken zu stiften.

Aber was sind sieben Erdentage den Himmeln? Die Zeit vielleicht, die Gott, wäre er Raucher gewesen, für eine Zigarette gebraucht hätte. Jesus dagegen war, kaum gerufen, schon zur Stelle.

«Vater, Du ließest mich holen?»

«Tu nicht so scheinheilig», bekam er zur Antwort. «Und mach nicht dieses Ecce-Homo-Gesicht. Vor allen Dingen nenn Mich nicht ‹Vater›, wenn Mohammed da ist. Wo bleibt er denn? Solange also ein paar Takte unter vier Augen. Was soll dieses Heer, das Nikäa belagert? Hat dir das vom letzten Jahr nicht gereicht? Ich kann nicht mehr schlafen, man versteht nicht mehr das eigene Wort, so dröhnt der Himmel von ihren Gebeten.»

«Das ist aber das Neueste, Vater, daß Du Dich über der Frömmigkeit Übermaß ungünstig aussprichst. War's nicht sonst der Mangel an Furcht vor Dir, was Du unablässig beklagtest?»

«Warte damit, bis Mohammed kommt», schlug der Allerbarmer ihm vor. «Daß Ich nichts dawider habe, wenn die Menschen sich streiten um Mich, weißt du. Auch, daß sie handgreiflich werden in ihrem Eifer für Mich, gereicht Mir zur Wonne, deshalb verhör ich dich nicht. Obgleich es Mich, zugegeben, ein bißchen wundernimmt, denn es war bisher gar nicht dein Stil. Aber findest du nicht, daß dein Stellvertreter da unten, dieser Odo von Lagery, dein zweiter Urban, wie er sich nennt, ein gehöriges Stück zu weit geht, wenn er jedem, der sich an diesen Balgereien beteiligt, Generalabsolution erteilt und Anspruch auf Kost und Logis in meinen Hotels? Wir wissen doch schon jetzt nicht mehr, wohin mit all diesen Seelen.»

«*Dein* Stellvertreter ist Urban, von *Dir* hat er die Vollmacht, so, wie ich einst Blut wurde und Fleisch, als Dein Gesandter unter den Menschen zu wandeln, Dich zu verkünden ...»

Mohammed kam, grüßte Gott und Jesus, den er als Sohn der Maria apostrophierte, weil er diese Art der Klarstellung liebte, entschuldigte seine Verspätung, lobte und pries den Herrn für Seinen Einfall, die irdische Entwicklung zu beraten mit Seinen Propheten, und wollte wissen, warum Er Moses nicht zuzog.

«Moses spricht nicht mehr mit Jesus», erklärte ihm Gott. «Er ist, mit Recht, wie Ich finde, sehr verbittert wegen dieser Judengemetzel in Worms, Speyer, Mainz und was weiß Ich wo, besonders, weil Bischöfe beigetragen haben dazu, daß Christi Anhänger morden konnten Mein Volk ... Regt euch nicht auf!» unterbrach Er Sich. «Ich verbessere Mich: sein Volk. Aber ob es euch nun gefällt oder nicht, wenn es auch schon längst nicht mehr das einzige Volk ist, das sich zu Mir bekennt und Mir opfert, das erste war's immerhin, und Ich verdanke ihm wenn nicht alles, so doch viel. Es bleibt also, von Mir aus gesehen, ein besonderes Volk, das holen diejenigen, die ihr beiden zu Mir geführt, durch keinen Eifer mehr auf. Soviel hierzu. Moses habe Ich diesmal nicht eingeladen, weil Ich vorhabe, mit euch über Palästina zu sprechen. Den Juden will Ich es nicht zurückgeben, jedenfalls vorläufig nicht. Das ist aber eine Sache zwischen Moses und Mir. Euch habe Ich zu Mir gebeten, weil Ich von euch wissen will, wie das weitergehen soll mit den Türken und Franken.»

Die Propheten schielten verlegen zur Erde. Nach einem gedehnten, peinlichen Schweigen sagten sie wie aus einem Munde:

«*Er* hat angefangen!»

«Cäsarea», sagte Jesus.

«Du meinst ‹Kayseri›», verbesserte ihn Mohammed. «Dazu sage ich bloß: Malazgirt.»

«Ich nehme an, du sprichst von Mantzikert», korrigierte nun Jesus. «Aber bitte! Mach nur weiter mit deinen missionierten Schamanen! Du wirst schon sehen, was du davon hast!»

Mohammed holte Atem. Darauf schaute er sehr ernst dem Höchsten ins Angesicht und wandte sich dann, diesen Ausdruck noch steigernd, was eine geradezu finstere Strenge ergab, an den ewig Jungen mit der Krone aus Dornen:

«Jesus, Sohn der Maria, sehr verehrter Kollege Prophet, du weißt, daß ich deine Leistung von jeher gebührend zu schätzen verstand. Vielleicht lernst du ja doch noch Arabisch und liest die köstlichen Stellen, die ich dir in meinem Buche gewidmet. Es gibt vieles, was uns verbindet, zuallererst unsere Liebe, unsere ausschließliche Widmung und Hingabe an Ihn. Vieles habe ich übernommen von Moses, von dir. Aber ich bin von uns dreien als letzter gekommen. Meine Botschaft ist das Frischeste, das Neueste, was die Menschen da unten vernehmen konnten von Ihm. Wenn also die, welche du bekehrt hast zu Gott und die sich auf deinen Namen beriefen, sich jetzt zu mir bekennen, so ist es nichts als eine Erweiterung, ein Fortschritt, eine Festigung ihrer Bande an den Heiligen Thron. Im Koran ist sehr ausführlich vom Cihat die Rede, ich habe ihn, ihr wißt es, auch selbst betrieben und gekämpft mit dem Schwert für den Glauben an Ihn. Das kopieren jetzt deine Anhänger, dein Kalif übersetzt es in die Sprachen Europas. Es geht das Wort vom ‹Heiligen Krieg›. Sie beten ununterbrochen, öfter als ich es mit Seinen Worten den Menschen vorschrieb. Wir hören stündlich diese Gebete, sehen ihre Bußprozessionen, ihre reichsten, mächtigsten Fürsten barfuß und gekleidet in Säcke, das Haupt mit Asche bestreut. Dir, Barmherzigster und Gütiger, ist das wohlgefällig, und das ist es, worauf es ankommt. Daß dieser Kult meinem Geschmack widerstrebt, ist nicht von Bedeutung. Um was aber bitten sie Dich? Und sie bitten ja nicht nur Dich, den König der Welt, sondern sie bitten mehr und öfter, wie Du sehr genau hörst, ihn hier, den Sohn der Maria, der doch nur ein Gesandter war wie ich, und stellen ihn auf die gleiche Stufe mit Dir. Sie beten *ihn* an, einen Menschen!»

Gott ließ ein Brummen vernehmen, worin zum Teil Mißbilligung lag, denn es war dieser Sermon Mohammeds nicht sonderlich originell, vielmehr die ständige Leier, wenn sie zusammenkamen zu dritt. Andererseits war diesem Gottesgeräusch auch Zustimmung beigemischt. Er sah mit Mohammed gleichzeitig zu Jesus hinüber, der sich aufgefordert fühlen mußte, Stellung zu nehmen zu dem bekannten Vorwurf, die Gott gebührende Ehrfurcht für sich selbst beansprucht zu haben.

Jesus setzte zu seiner Rechtfertigung an: «Ehrwürdiger Vater ...»

Als das ominöse Wort gefallen, erhob sich Mohammed mit einem Ruck und machte Anstalt, sich zu entfernen.

«Mohammed, bleib!» rief Gott ihn zurück.

«Dir diene ich», sagte Mohammed, «Dich bitte ich um Deinen Beistand. Führe mich den rechten Weg, den Weg dessen, dem Du gnädig bist, nicht dessen, dem Du zürnst und der irregeht. Ich bin Dein gehorsamer Diener, Dein treuer Diener bin ich. Nicht sage ich Dein gehorsamster, Dein treuester, obwohl solcher Superlativ vielleicht sogar zutreffend wäre, aber mute mir nicht zu, dieses Dich beleidigende Gefasel anhören zu müssen. Wenn Du ihm diese Flausen nicht austreibst, ich frage Dich, wer sonst soll es tun! Wäre Moses hier, er kochte vor Wut und stampfte mit seinem Stab auf die Wolken.»

Jesus hatte sich unter Mohammeds Ausbruch besonnen und sich an einen Ausspruch erinnert, der ihm passend erschien auch für diese Situation, so daß er sein eigenes Geflügeltes anbrachte. (Darin, nebenbei, glich er dem anderen Propheten am meisten, daß er es liebte, seine eigenen klassischen Reden hervorzukramen und zu repetieren.)

«Was siehst du aber den Splitter in deines Bruders Auge, des

Balkens jedoch in deinem eignen Auge wirst du nicht gewahr? Wie kannst du zu deinem Bruder sagen: Bruder, halt, ich will den Splitter, der in deinem Auge ist, herausziehen, wenn du selber den Balken in deinem Auge nicht siehst? Du Heuchler, ziehe zuerst den Balken aus deinem Auge, und dann magst du zusehen, daß du den Splitter herausziehst, der in deines Bruders Auge ist.»

Mohammed konterte:

«Und was euch betraf am Tage des Zusammenstoßes der beiden Haufen, das geschah mit Allahs Erlaubnis und daß Er die Gläubigen erkenne und auch erkenne die Heuchler. Und gesprochen ward zu ihnen: Heran! Fechtet auf Gottes Bahn! oder: Wehrt ab! Sie aber sprachen: Wenn wir wüßten zu kämpfen, wahrlich, wir wären euch gefolgt! Einige von ihnen waren an diesem Tag dem Unglauben näher als dem Glauben. Sie sprachen mit ihrem Munde, was nicht in ihrem Herzen war. Und Gott weiß sehr wohl, was sie verbergen. Sie, die da von ihren Brüdern sprachen, während sie daheim geblieben: Hätten sie uns gehorcht, so wären sie nicht erschlagen. Sprich: So wehret von euch den Tod ab, so ihr wahrhaft seid. Und wähnet nicht die auf Gottes Bahn Gefallenen für tot; nein, lebend bei ihrem Herrn werden sie versorgt. Oder, um es mit deinen eigenen Worten zu sagen, die du ja mehr verehrst als alles: Denn es gibt keinen guten Baum, der faule Frucht bringt. Denn jeder Baum wird an seiner Frucht erkannt; von Disteln sammelt man ja keine Feigen, und von einem Dornbusch schneidet man keine Traube. Der gute Mensch bringt aus dem guten Schatze seines Herzens das Gute hervor, und der böse bringt aus dem bösen Schatze seines Herzens das Böse hervor. Denn wovon sein Herz voll ist, davon redet sein Mund. Was nennt ihr mich aber: Herr, Herr! und tut nicht, was ich sage? Und fragst du dämlich, so sage ich's dir: Das ist es ja gerade, daß sie dich Herr! nennen, denn du bist nicht der Herr, es gäbe denn zwei.»

Gott murrte wieder, aber deutlich unwilliger noch als vorhin.

«Mohammed!» sprach Er. «Ich habe es schon vorhin, als du Uns warten ließest, zu Jesus gesagt: Ich weiß nicht mehr, wo Ich sie unterbringen soll, all eure Märtyrer und Şehitler. Mir wär's mit einem Wort lieber, ihr gäbt euch die Hände und holtet, die an Mich glauben, aus diesem Krieg zwischen den Heiligen Kriegen wieder zurück. Mohammed, du liegst Mir, seit Wir uns kennen, damit in den Ohren, Ich soll's Jesus verbieten, daß er sich Meinen Sohn nennt. Aber Ich sage es dir heute schon wieder, daß Ich es weder bestätigen noch abstreiten will. Nein, schüttele nicht deinen Kopf, Ich bin dein Herr, was Ich sage, muß dir gelten, als hättest du es selber gedacht. Und du, Jesus, der Ich dich – du hörst es! – mit Absicht nicht Meinen Sohn nenne, ganz unrecht hat Mohammed nicht, wenn er deine absolute Selbsterniedrigung Anmaßung nennt. Es sollte dieses Unser Zusammentreffen ein Versuch sein zur Güte, aber ihr dient mir nicht mit eurem Gehorsam, der bei dir, Jesus, wie bei dir, Mohammed, grundaufrichtig ist, daran zweifele Ich nicht im geringsten, und das Wort ‹Heuchler› will Ich zwischen euch beiden zum allerletzten Male gehört haben, es geziemt sich nicht unter Propheten. Ja, Propheten seid ihr, der eine so gut wie der andere, weniger nicht, aber erst recht auch nicht mehr. Menschen seid ihr und deshalb, so wollte Ich es, individuell, besonders, untereinander und von allen anderen verschieden. Es konnte auf keine andere Weise gehen, ihr mußtet als Meine Gesandten dem Glauben an Mich euren ganz persönlichen Stempel aufdrücken. Gott sei's geklagt, Ich allein weiß, wovon Ich rede. Mein ist die Schöpfung, ihre Krone der Mensch. Sollen es also die Menschen ausmachen, in welcher Botschaft sie Mich besser erkennen. Meine Kreatur ist jeder einzelne von ihnen, so gut, wie es von dieser Seite ein Jesus ist, den Ich in Nazareth zur Welt kommen ließ, oder ein Mohammed, der in Mekka geboren wurde. Vielleicht schicke Ich nächstens einen ganz neuen Propheten hinunter, es wird wieder Zeit. Bis dahin: einverstanden. Es ist Mein Wille. Krieg um Mich. Er geschehe.»

Der Findling in Gürhans Obhut fühlte sich pudelwohl in Sulakbahçe und benahm sich, als sei er bei den Karagöz zu Hause und einer der Ihren, was auch wirklich der Fall war, denn selbstverständlich haben wir in dem Säugling niemand anderen vor uns als Nasrettin Öztürk.

Die Tragödie mit Geländespiel an den sowjetischen Grenzpfosten war also in Wahrheit eine Freilichtkomödie gewesen, ausgeheckt und in Szene gesetzt von Erol und Alpay. Nachdem Alpay diesem in besagtem Büro zu Ankara die Sachlage in dem Dorf, in dem als İmam zu wirken ihm aufgetragen, in all ihren Umständen und Nebenumständen dargestellt hatte, ging Erols Urteil dahin, in der öztürkischen Seite die gutgewillte zu sehen – selbst wenn er aus Alpays Bild eine unvermeidliche parteiische Färbung wieder herauszog – und in den Karagöz die Störer des Friedens, die Böswilligen, bei denen also Gottes bessernder Hobel ansetzen mußte. Dabei war Erols Auffassung, was festzuhalten gehört, nicht die, der Mensch sei im Grunde böse; in der Ethik, wie er sie sich zurechtgelegt hatte, gab es vielmehr weder das Gute noch das Böse als *Eigenschaft,* sondern beides nur als *Verhalten.* Von diesem Satz ausgehend, gelangte er zu einem Verständnis von Gottes Arbeit am Menschen, die nicht in der Überwachung des Gehorsams, Bestrafung der Abweichung und Belohnung der Unterwerfung bestand, eher darin, ihm Gelegenheit zu bieten, sich gut zu verhalten, hilfreich und edel. Welche Tätigkeit sich am sinnvollsten dadurch ergänzte, daß man Anlässe und Situationen, in denen dem Menschen kaum etwas blieb, als böse zu handeln, nach Möglichkeit und Kräften vermied und abzuschaffen versuchte. Alpay stimmte ihm zu in dieser Gesinnung, auch wenn er sie in diesen Ausdrücken sich selbst noch nicht vorgeführt hatte. Sie korrespondierte aber mit seinen persönlichen Leitsätzen für den Lehrerberuf, wobei ja der Pädagoge, wie ein Gott auch, seinen Schüler prüfen muß, aber eben doch auf eine Art, die es diesem leichter macht, zu bestehen, als zu versagen.

Zur Ausführung und insbesondere zu den Ausführenden hier

noch das Nähere, daß in die Rolle der Primadonna eine leibhaftige Armenierin besetzt war, leibhaftig auch in dem Sinne, daß die Art ihres Broterwerbs an ihrem Leib haftete, weil sie ihn nämlich gegen klingende Münze geneigter Kundschaft feilhielt. An der Inszenierung von Erol und Alpay nahm sie aber nicht teil wie an der Aufführung eines Amüsiertheaters, sondern wie an einem Passionsspiel, denn sie war vorzeiten tatsächlich auf eine sehr ähnliche Weise der Armenischen Sowjetrepublik entflohen.

Nicht ohne Kopfschütteln läßt sich an der Tatsache vorübergehen, daß Erol, zu dessen Hauptpflichten die Überwachung der Einhaltung der Gebote des Heiligen Buches gehörte, sich vermessen konnte, den Beischlaf außer der Ehe nicht nur zu dulden, sondern ihn mit Fleiß herbeizuführen und obendrein auch noch dafür zu bezahlen. Aufgeklärt werden muß ferner, welches die Herkunft des Geländewagens und wer in ihm gesessen. Den Jeep bekamen sie, was für den Außenstehenden unfaßlich scheint, jeden mit den Verhältnissen näher Vertrauten aber weniger erstaunt als die Mitwirkung der Tochter Armeniens, gegen ein Dutzend Flaschen Rakı von den Feldjägern in Kars ausgeliehen, den roten Stern für die Kühlerhaube hatten sie – Frevel über Frevel! – aus einer türkischen Fahne geschnitten, und die dreiköpfige Besatzung bestand aus Alpay, Oktay und Erol. Übrigens trugen sie bei dem Manöver türkische Uniformen, was İlhan beim Zurückschauen über die Schulter auch auf die Entfernung zu unterscheiden vermocht hätte, wäre er nicht gar so vom Schrecken gepackt und geschüttelt gewesen.

Von Sevims Verzweiflung beim Eintreffen von Oktays Einberufungsbescheid war die Rede gewesen. Durch das Kindbett geschwächt, erholte sie sich von dieser neuerlichen Erschütterung nicht mehr so recht, wurde vielmehr ernstlich krank, ohne daß der Alpay befreundete Arzt eine Diagnose zu stellen gewußt hätte. Nur so drückte er sich aus, es sei eben alles über die Kräfte der jungen Frau gegangen, sie bedürfe dringend der Ruhe und der Erholung. Erol schickte sie zu den Dienerinnen der Kultstätte von Yunus Emre auf einem Berg über seiner Heimatstadt Ünye, wo sie unter der Pflege und Zuwendung der guten Frauen genas, während die Lösung der Probleme für ihre Zukunft und die ihrer Familie von Gott mit Hilfe der erwähnten zupackenden Hände vor Ort in Angriff genommen wurde.

Oktay rückte um so leichteren Herzens ein zu seiner Kompanie in Eskişehir, als er Frau und Kind in guter Obhut wußte und die Dinge so umgestellt waren, daß die Zeit nicht mehr gegen ihn, sondern mit ihm und für ihn ihr Werk tat. Eine neue Epoche hob an in seinem Leben, die er – obgleich gewisse Parallelen zu dem, was er in Arpaçay im Kerker zu dulden gehabt, sich nicht ganz ausblenden ließen – in vielerlei Hinsicht als Befreiung empfand.

Daß er im Umgang mit Pulver und Blei als Kind seiner Zeit und seiner Landschaft keiner großen Unterweisung bedurfte, müßte nach dem, was auf diesen wenigen Seiten davon in und um Sulakbahçe bereits verschossen worden ist, gesonderter Erklärung entbehren können; es sei nur auf ihn speziell die Aussage gemacht, daß Oktay ein exquisiter Schütze und ein hervorragender Jäger war, und zwar zu Pferd wie auf der Pirsch. Diesbezüglich stand er fest in seiner Tradition, und daß er sie weiterzugeben trachtete, zeigte er darin, daß er für Nasrettin wenige Tage nach dessen Geburt, wofür er sich das Geld von Alpay auslieh, ein Pferd und eine Waffe erwarb, wie es Sitte war und Gebrauch.

Auch das Gehorchen war ihm kein frischer Lehrstoff. Die eigentlich neue Erfahrung des Lebens unter dem Dach der Kaserne war die Bekanntschaft mit Feder und Tinte, mit Tafel und Kreide zuerst, denn ganz von vorne mußte er's lernen, hatte er doch noch unter die Urkunde seiner Heirat mit Sevim nichts Besseres als seinen Daumenabdruck zu setzen gewußt.

Hier öffnete sich eine neue Welt, und ihr korrespondierend, jetzt im wörtlichen Sinne, tat sich in ihm etwas auf, tauchten Kontinente aus der gleichgültigen Flut seiner Seele. Das waren Abschüsse einer ganz anderen Art, die einen feineren, innigeren

Jägertriumph auslösten in seinem Herzen, wenn er, nachdem er durch war durchs Gröbste, das Häkleinmalen und Kringelschwingen, das Alphabetleiern und Lettern-zu-Wörtern-Verbinden, ein Wort entzifferte am Kopf einer Zeitung, wenn es zu ihm sprach, wie auch das nächste, der ganze Satz dann, der sinnreich aufstieg in seinem Verstande.

Wie gerne hätte er diese Freuden mit Sevim geteilt, seiner Geliebten! Aber in gewisser Weise geschah's ja, denn diese neue Kunst, sie erlaubte ihm auch, seine Gefühle hinzuschütten auf ein Papier, es in einen Umschlag zu stecken und der Entfernten nach Ünye zu schicken, ihr nah zu sein in ihren Händen, vor ihren Augen und aus den Buchstaben zu ihr zu sprechen. Ach! Leider! Soweit nun nicht. Mächtig zwar klopfte ihr auf dem Berge über dem Meer der Busen, wenn die guten Frauen ihr meldeten, ein Brief sei gekommen für sie, abgeschickt von Eskişehir. Es zitterten ihre Finger, wenn sie das Blatt hielten, das er, er!, ihr bemalt mit den Zeichen so stolz wie seine Stirn, so weich geschwungen wie seine Brauen, so schön wie sein Mund, aber, leider! ach! nicht so klar wie sein Auge. Die Dienerinnen des Grabes von Yunus Emre mußten ihr's vorlesen, aber sie taten es gerne. Es war ihr Leben, der Verehrung des Dichters zu dienen. Und schrieben auf, was Sevim an Oktay zur Antwort diktierte, faßten's noch schöner, poetischer, als sie es sagte, und wendeten Liebesmühe an ihre Schrift, als gelte der Brief dem eigenen Herzensgeheimsten.

So hatten Sevim und Oktay in dieser Zeit schönen Verkehr, und sie verging unter der hin- und herflatternden Post, den gegenseitigen Verheißungen auf glückliches, wiedervereinigtes Leben in der Heimat, welche Hoffnungen zusätzliche Nahrung erhielten durch die Nachrichten von Erol, der ihnen pünktlich jeden Fortschritt überlieferte von Nasrettin, ihrem wohlgeratenen Kind, in dem sie vereint waren, wenn auch für den Moment durch die Umstände von ihm und voneinander getrennt.

Von gemeldeten Fortschritten zu reden, so war ein außerordentlich bedeutsamer der, den Nasrettin an jenem Tage vollzog, an dem er, nachdem er schon ein und das andere gebrabbelt hatte und gelallt, sein Mündchen zum Doppellaut formte: Ba-ba, Papa. Er sagte es zu Gürhan, der hinschmolz vor Vaterglück, als sei Nasrettin gar nicht sein neuntes Kind, sondern er Oktay, neunzehn und zum ersten Mal Vater.

Es war der Durchbruch von Nasrettins Diplomatie, die Erfüllung von Erols durchtriebenem Plan, der Punkt, auf den er gefiebert wie unter dem Dach der Kaserne von Eskişehir Oktay, wie auf dem Berg über dem Schwarzmeer bei Ünye Sevim, der Punkt, an dem er die Schlinge zuziehen konnte, die er arglistig ausgelegt hatte zum Triumph des Guten über das Böse.

Das auf solch wundersame Weise ihm zugewachsene Reis, das in seinen Augen schon deshalb ein Wunderkind war, vollbrachte auch an Gürhan ein Wunder, so daß der alte Racker ganz vergessen zu haben schien, was sonst noch zu ihm gehörte. Nie kontrollierte er die Stückzahl der Herden, was İlhan und seinen Brüdern sehr angenehm war, denn bis auf den Tag hatten sie es nicht über sich zu bringen vermocht, den Vater davon in Kenntnis zu setzen, daß sie drei Schafe vermißten. Nach wie vor. Sie beteten, des Vaters Interesse möchte so lange gefesselt bleiben am Findling, bis auch schäflicherseits das Debet durch Neuzugänge wieder gelöscht war. Aber Gott ließ diese Sünder im Stich. Am Abend des Tages, als Gürhan wie zum ersten Mal das an ihn gerichtete «Ba-ba, Ba-ba» vernommen, entschied er, was er schon lange sich vorgesetzt, endlich zur Ausführung zu bringen, und verfügte sich, als seine aufgewachsenen Söhne die Schafe eintrieben zum Pferch, ein Lämmchen herauszusuchen, das den Opfertod gehen sollte für das ihm aus der Steppe geborene Kind. Aber doch, aus purer Gewohnheit und weil es auch sonst nach Gürhans Gemüt war, das eine zu tun, ohne das andere deshalb zu lassen, registrierte er Nummer für Nummer und kam mit der Summe zu seinem allergrößten Verdruß nicht auf das Soll. Es fehlten drei Tiere. Nach wie vor.

Da mußten die Brüder also doch etwas detaillierter berichten von dem Vorfall mit Schüssen und Jeep, balancierten aber bei diesen Eingeständnissen so listenreich herum um den dampfenden Brei, daß sie die Intimitäten mit der von Alpay geheuerten Mutterdarstellerin zu verschweigen vermochten. Vielmehr gelang es Burhan durch allmählich bei seinen Entschuldigungsreden verfertigte Gedanken, es den Soldaten der Roten Armee in die Schuhe zu schieben, wobei er sehr geschickt Gürhans tief im Fleische sitzenden Antikommunismus und Armenierhaß zu ihrer Entlastung zu mobilisieren verstand.

Strafe, fand Gürhan, gebührte den Söhnen dennoch, denn sie waren feige ausgebüxt und hatten ihren Auftrag verraten. Er verabreichte sie als Kredit. İlhan mußte ihm den entblößten Rücken darbieten, bekam zwölf mit dem Stock und zwölf mit der Peitsche. Die durfte er weitergeben an Burhan, von diesem bekam sie Orhan. Der durfte, was an Kraft noch in ihm war, zu guter Letzt an Kulhan verprügeln. Kulhan blieb als Trost immerhin, daß ihm jetzt ein Brüderlein nachwuchs, das bei künftigen Wiederholungen der Zeremonie auch ihm zur Satisfaktion dienlich sein mochte.

Zwar verschaffte sich Gürhan auf diese Manier eine starke Befriedigung seines Gerechtigkeitssinns. Andererseits brachten ihm Verkündung und Vollstreckung der Strafe nicht ein einziges der drei vermißten Schafe zurück, so daß er seine Absicht, ein Lämmchen zum Schlachtopfer aus der Herde zu nehmen, vergaß und sich stracks zur Moschee begab, dem İmam die Ungeheuerlichkeit zu vermelden.

Er verlangte von Erol nicht weniger, als unverzogen die Regierung in Ankara zu alarmieren, damit sie Moskau ein Ultimatum zur Wiederherausgabe der gestohlenen Schafe stelle, um für den Fall der Nichtentsprechung der UdSSR den Krieg zu erklären.

Erol ließ Gürhan Luft holen und Tee trinken, legte ihm dann den von seiner Frau frisch gestillten Findling ans väterliche Herz und hob an zu sprechen.

«Ich würde mich in deiner Sache nach Ankara wenden, an das Ministerium des Äußeren», meinte er. «Ich habe dazu sogar einen sehr schönen Anknüpfungspunkt, denn heute – wie es sich immer trifft! –, heute, sage ich dir, ist mir in einer Angelegenheit, die dich vielleicht mehr noch angeht als drei abgegangene Schafe, von dort ein Schreiben gekommen.»

Erol hatte das Papier vorbereitet. Jetzt zog er es gewichtig aus einer Mappe hervor und hielt es unter Gürhans fleischige, von schwarzen Härchen bestandene Nase.

«Lies!» forderte er ihn bösartig auf, ihm seine illiterate Niedrigkeit gehörig fühlbar zu machen.

Gürhan sah nur die roten Stempel mit Hammer und Sichel und die Schriftzeichen, die ihm, was er freilich auch mit letzter Sicherheit nicht beurteilen konnte, noch fremdartiger scheinen wollten als die lateinischen oder arabischen.

«Dieses Schreiben», sprach Erol gehoben-gedehnten Tones, daß es fast klang wie sein Ruf zum Gebet, «dieses Schreiben ist von Eriwan über Moskau nach Ankara gelangt. Man wirft dir Menschenraub vor. Mich fragt unser Außenminister, ob ich etwas weiß vom Verbleib eines Kindes, das besagten Tages zu besagter Stunde in unser Dorf entführt worden ist vom Boden der sowjetischen Hoheit. Unter Androhung höchster Strafe im Fall widrigen Handelns wird mir geboten, das Kind in Gewahrsam zu nehmen und es unverzüglich nach Gümrü zu befördern, um es dort der zuständigen Behörde auszuliefern und gegen Quittung zu übergeben.»

«Nein, nein! Das ist unmöglich», ereiferte sich Gürhan und umklammerte das Baby schützend mit seinen Armen, als hätten Erol, Stalin und Satan schon ihre gierigen Finger ausgestreckt nach dem Kleinen. «Nur über meine Leiche!» bekräftigte er, sprang auf und strebte schon mit seinem Schützling nach der Türe hin.

«Setz dich wieder», sagte Erol winkend und wechselte seinen Ton.

«Ich bin dein İmam, Gott hat mich auf diesen Posten befohlen, daß ich dir beistehe und helfe, nicht, daß ich das Menschenwesen, das Er in Seiner Barmherzigkeit, in Seiner Güte, in Seiner Weisheit dir anvertraut hat, wieder fortreiße von deinem liebenden Busen.»

Gürhan nahm wieder Platz und erwartete mit geweiteten Augen die nächste Eröffnung des İmams.

«Könntest du dir vorstellen, dieses liebreizende Geschöpf in deinem Arm wäre nicht ein Wechselbalg, aufgelesen unter düsteren Umständen aus dem Kot der Schafe in der kargen, unwirtlichen Steppe, sondern dein leiblicher, sagen wir nicht Sohn, denn das ist aus bekannten Gründen zumindest rechtens nicht möglich, aber dein Enkel.»

Hier mußte Gürhan doch finden, daß der Korankundige sehr ungereimt formulierte. Der Junge war nicht in der kargen, unwirtlichen Steppe, sondern auf einer seiner saftigsten Weiden an seine Söhne geraten, und im Kot der Schafe hatte er erst recht nicht gelegen.

«Aber was sprichst du, Erol, İmam? Ist er denn nicht mein Sohn? Hast du ihn mir denn nicht zugesprochen, mir Gottes Segen erteilt?»

«Schon», stimmte Erol ihm zu, «und ich bin ja dabei, zu sorgen, daß er dir erhalten bleibt, dein putziges Enkelchen, aber als ich ihn dir zusprach, hatten wir noch nicht diesen Brief, der von Eriwan über Moskau nach Ankara zu uns gekommen ist und auf den ich, das wirst du wohl einsehen, wenigstens antworten muß.»

«Ich gebe das Kind nicht heraus», fiel Gürhan ein, greinte und benahm sich überhaupt, als sei er nicht nur der Vater, sondern darüber hinaus auch noch die Mutter des Knäbleins.

«Es könnte ja sein», versuchte Erol sein Argument neu anzusetzen, erhob seine Nase und damit auch sich ein Stück über das Niveau seines Klienten, indem er ihm ein Taschentuch hinhielt. «Es könnte ja sein», begann er dann wieder, «daß dieses Kind, dieses holde Menschlein, dieses immer lächelnde Baby wirklich dein Enkel ist, Gürhan. Ich meine *wirklich*.»

«Wie meinst du das: *wirklich*?» staunte Gürhan großäugig.

Erol zögerte nicht, hinauszuschreiten über den Horizont des Erlaubten, indem er Gürhan vorschlug, betrügerisch den in Frage stehenden Sproß als Leibesfrucht seiner Tochter Sevim, gezeugt vom ihr verehelichten Oktay, auszugeben, um ihn gegen jegliche Ansprüche von Fremden zu sichern.

Gürhan, der sich angewöhnt hatte, bei Nennung von Oktays Namen auszuspucken, küßte jetzt dessen Sohn, küßte den İmam und dankte ihm tausendwörtig für seinen Witz.

«Ja, recht hast du!» rief er und ruckelte Nasrettin in seinen ausgestreckten Händen, was dem Junior Freudengluckser entlockte. «Sevims Sohn bist du, Oktay hat dich gezeugt!»

«Bist zu zufrieden, Gürhan?»

«Zufrieden?» grinste Gürhan. «Das ist doch kein Ausdruck! Heilfroh bin ich, überglücklich! Mein Fleisch und Blut ist er, der Wonneproppen, der Schlummi.»

«Damit die Sache aber vom Tisch ist», sagte Erol, «und damit wir alle Gespenster los sind, mußt du's mir schriftlich geben, und wir müssen's besiegeln, denn melden muß ich, wie es um dieses Kind steht.»

Erol öffnete erneut seine Mappe, legte das pseudosowjetische Dokument wieder hinein, entnahm ihr eine eidesstattliche Erklärung, die er mit aller Sorgfalt und Akkuratesse gefertigt, und gab sie Gürhan, der sie unterzeichnete, ohne auch nur den Wunsch geäußert zu haben, mit ihrem genauen Inhalt durch Vorlesenlassen Bekanntschaft zu machen.

«So», sagte Erol, schob das Schriftstück in die Mappe, bevor die Tinte getrocknet war, und gebärdete sich ganz wie ein Vertreter, der einem schwierigen Kunden nach zähem Ringen doch noch das vielbändige Lexikon angedreht hat.

«Damit ist es amtlich», sagte er scharf, «das bedeutet viel, aber nicht alles. Oktay gibt dir 300 Schafe, das ist der Brautpreis. Feierlich wird er Sevim heimführen ins Dorf, bei Niyazi soll sie wohnen, bis Oktay seinen Dienst abgeleistet hat bei den Soldaten. Wir gehen jetzt hin zum Niyazi, und du gibst ihm deine Hand.»

So geschah es, und Gürhan stand auch zu seinem Wort und Versprechen. Oktay konnte bei seinem ersten Urlaub Sevim abholen in Ünye und nach Kars fahren mit ihr, wo sich Alpay, der ebenfalls, um dem Ereignis beiwohnen zu dürfen, für einige Tage Dispens erlangt hatte, sich ihnen zugesellte. Alle gemeinsam bestiegen sie die Kutsche, mit der Niyazi vorfuhr, und als die Pferde den verschlungenen Weg ins obere Dorf erklommen, jubelten sie ihnen zu, die Kleinen wie die Großen.

Gürhan begrüßte seine Tochter und den Vater seines geliebten Enkels sehr herzig. Und auch İlhan, Burhan, Orhan und Kulhan sah man, wie sie tränenden Auges ihren Schwager, dem sie vor weniger als Jahresfrist noch nach dem Leben getrachtet, brüderlich umarmten und küßten.

Oktay suchte aus der öztürkischen Herde 300 der kräftigsten Tiere heraus, was Niyazi nicht nur ohne zu murren hingehen ließ, im Gegenteil, er unterstützte ihn sogar noch tatkräftigst. Noch andere Geschenke aus Gold und aus Silber bekamen die Karagöz von den Öztürks, und auch Gürhan ließ sich nicht lumpen, erweiterte die Aussteuer für seine Tochter noch um dieses und jenes und richtete ein Fest aus, das dem oben beschriebenen in Kıraç Köyü verglichen werden konnte, wenn es freilich auch keine eigentliche Hochzeit mehr war.

Die noch verbleibenden Monate von Oktays Dienstzeit vergingen wie im Flug, derweil Sevim mit Nasrettin bei Niyazi, Güler, Şerifnur und Yılmaz wohnte, aber auch regelmäßig ihre Eltern und Geschwister besuchte. Gürhan, dessen tolle Vernarrtheit in seinen Enkel immer noch zunahm, war ohnedies täglich bei ihnen zu Gast, um mit seinem Liebsten zu spielen.

Nach seiner Entlassung vom Militär kehrte Oktay nach Sulakbahçe zurück und wirkte fleißig und tapfer an seinem Platz in der Karagöz-Öztürk-Familie, die durch das Bindeglied Nasrettin unter dem Katalysator Erol-İmam zu einer einzigen großen und glücklichen ward.

60000 Christen umlagerten Nikäa, aber es ließ der Ring um die Stadt sich nicht schließen, denn da war im Westen der See, über den sie sich bestens mit jeder Art Nachschub versorgte. Nur fehlten eben Soldaten, die waren mehr als 1000 Kilometer weiter im Osten. Tatsächlich konnte Kılıç Arslan von Danişment einen Stillstand der Waffen erhandeln und führte den größeren Teil seiner Truppen zurück nach der Hauptstadt. Bei seiner Rückkehr bot sich seinen Augen ein Anblick, der sein Blut in den Adern starr werden ließ. Einem christlichen Heer von solchen Dimensionen hatte zuletzt der verblichene Alparslan gegenübergestanden. Noch waren die Belagerer mit dem Aufbau ihrer Katapulte und Schanztürme beschäftigt, noch gab es vielleicht eine Chance, den Riegel zu brechen. Im Süden glaubte Kılıç Arslan am ehesten noch, mit Glück die Feinde attackieren zu können.

Am Morgen des 21. Mai 1097, den er für den Angriff bestimmt hatte, betete der achtzehnjährige Sultan für sich und predigte dann seinen Kriegern.

Es war aber die Situation hier bei Nikäa gänzlich verschieden. Kılıç hatte es nicht wie Alparslan mit Söldnern, die zum erheblichen Teil türkischer Herkunft, sondern mit fanatisierten Glaubenskämpfern zu tun. Ein Jüngling war zudem Kılıç Arslan und nicht, wie der ermordete Sultan, ein Feldherr von großer Erfahrung. Sein Leichtsinn hatte seine Streitmacht durch Krieg an zwei Fronten auseinandergerissen, er konnte den Feind nicht in eine Falle locken, mußte vielmehr selbst sich auf ihn werfen. Auch kundschafteten diese Kreuzritter gewissenhaft und waren nicht zu überrumpeln oder wegzuspülen mit einem jäh vom Himmel brechenden Regen aus Pfeilen. Im Gegenteil hatten sie, belehrt durch den Schaden ihrer unglückseligen Vorhut, diesmal selbst Armbrustschützen mitgebracht, die mit einem Pfeil bei den ungepanzert kämpfenden Türken mehr Verderben bewirkten als hundert von deren Bögen abgeschossene bei ihnen. Beim Aufeinanderprall der feindlichen Reitereien erwies sich dann auch der leichte Sattel der Türken mit den weit vorne befestigten, sehr kurzen Steigbügeln – ideal, um aus dem schwebenden Sitz im Galopp mit Treffsicherheit Pfeile zu schießen – als schlichtweg fatal. Es wurden die Leute von Kılıç Arslan von den tief und schwer aufsitzenden Rittern mit den Lanzen ohne weiteres aus den Sätteln gehoben, sie purzelten wie das reife Obst von den Bäumen.

Die Schlacht währte bis tief in den Abend, die Selçuken kämpften erbittert, und es waren auch bei den Christen trotz der Überlegenheit ihrer Anzahl, ihrer Ausrüstung und ihrer Taktik viele, die starben. Aber Kılıç Arslan verlor an die 3000 Krieger, ohne sein Ziel zu erreichen. Ein zweiter Versuch wäre Selbstmord gewesen. Er zog sich zurück, überließ Nikäa ohne weiteren Kampf den Rittern des Kreuzes.

Die brauchten fast einen ganzen Monat noch zur Präparation der Erstürmung und blieben zu ihrem Ärger dabei angewiesen auf die Mitwirkung des romäischen Kaisers, weil Boote nötig waren, um den Bewohnern die Versorgungslinie über den See abzuschneiden. Kılıç Arslan, der mit seinen Waffen nichts mehr auszurichten vermochte, zeigte sich als gewiefter Fuchs der politischen Ränke, konspirierte mit Alexios, der zum Schein die Bitte der Kreuzfahrer erfüllte und Boote aus dem Marmarameer über die Berge herbeischleppen ließ.

Der Sturmangriff war angesetzt auf den Morgen des 19. Juni. In der Nacht vom 18. überquerten Soldaten von Alexios' Marine den See. Als mit der aufgehenden Sonne die Kreuzritter anrücken wollten, war die Tat schon vollbracht. Von den Türmen wehten die Fahnen mit dem Doppeladler des Kaisers. Kılıç Arslans Garnison hatte sich den Byzantinern ergeben.

Mit Recht fühlten sich Christi Streiter von Konstantinopel gefoppt.

«Der Kaiser hat uns *verarscht*», wertete – wenig königlich! – Hugo von Vermandois, und die übrigen Anführer waren nicht besser auf den listigen Komnenen zu sprechen.

Den Skandal himmelschreiend zu machen, ließ er die Würdenträger des Sultans mit allem Anhang und allem Besitz nach Konstantinopel eskortieren, wo zum völligen Überfluß Kılıç Arslans Gemahlin mit königlichen Ehren empfangen wurde, im Blachernenpalast. Es war kaum möglich, die aufgebrachten Mannschaften der Christen zu beruhigen, die betrogen waren um die Plünderung, auf die sie seit Wochen gefiebert. Um wenigstens die steilsten Wogen der Empörung zu glätten, gab der Kaiser Befehl, auf einem freien Platz den selçukischen Staatsschatz aufzuschütten – einen Berg aus Gold, Silber und edlen Steinen, um den sich die Eingedrungenen balgen durften. Ein blinkender Ersatz zwar für das, was ihnen entgangen, und für manche schon ein Reichtum, den sie in ihrer Heimat niemals gekannt. Aber was die Entladung der gestauten Gefühle betrifft, gab der Goldrausch beim Scheffeln doch nur ein sehr mattes Surrogat für das Vergewaltigen, Verstümmeln, Leichenfleddern und was die sonstigen Lustbarkeiten einer echten Plünderung sind. Es sollte sich ihnen im weiteren jedoch noch Gelegenheit bieten, all diesen sublimen Genüssen in Gottes Namen nach Herzenslaune zu frönen.

Die vorläufige Beschwichtigung der noblen Clique an der Spitze der Unternehmung kam den Kaiser teuer zu stehen. Für sie entnahm er die Geschenke, mit denen er ihnen dankte für die Wiedereingliederung Nikäas ins Byzantinische Reich, seinem eigenen Tresor. Ein wohlkalkuliertes Opfer war das, denn es stachelte die Gier dieser Herren, die schnell ihre Gottesfurcht überwuchs und Zwist säte zwischen Boemund von Tarent und Gottfried von Lothringen und Bouillon.

Kılıç Arslan war es nach Preisgabe seiner Residenz und der würdigen Kapitulation gelungen, den Waffenstillstand mit Danişment in einen Frieden und sogar in eine Allianz zu verwandeln. Gemeinsam riefen sie auf zum Heiligen Krieg, und stattlich wurde das vereinigte Heer, dem Krieger aus allen Teilen Anatoliens zuliefen. Was die Sieger von Nikäa im weiteren vorhatten, unterlag keinem Zweifel. Ihr erklärtes Ziel war, Jerusalem zu erobern, der Weg dahin vorgezeichnet durch die alte Heerstraße der Römer. Bei Dorylaion, das heute Eskişehir heißt, wo also später auch einmal eine Kaserne ihren Platz haben sollte, in welcher der Vater eines gewissen Boxers das Lesen lernen würde und das Schreiben, sammelten sich die Türken und erwarteten des vorgeblichen Gottessohnes Armee.

Diese war nicht geschlossen aufgebrochen, sondern in zwei mit einem Tag Abstand marschierenden Säulen. Vorne gingen die Normannen, die süditalienischen mit den nordfranzösischen, sowie die Ritter aus Flandern. Boemund führte sie an. Sie errichteten unter den Augen Kılıç Arslans und Danişments ihr Lager um einige Quellen in der Nähe von Eskişehir.

Nach Auswertung der Berichte der ausgesendeten Späher lächelten auf beiden Seiten die Führer. Kılıç Arslan und Danişment, weil sie allem Anschein nach die zahlenmäßige Stärke des Gegners doch weit überschätzt hatten und hinter sich eine sehr beträchtliche Übermacht wußten, Boemund, weil er sich gewappnet fühlte, dem zu erwartenden Angriff standzuhalten, bis die übrigen Ritter herankommen würden.

Zwar hatten die Selçuken in dieser Schlacht durchaus ihre Chance; die Normannen unter Boemund fochten schon mit dem Rücken zur Wand beziehungsweise zum Tuch ihrer Zelte. Aber Raymond und Gottfried erschienen mit ihren Rittern am Kampfplatz in so guter Sekunde, daß die Niederlage der Türken ähnlich komplett ausfiel wie ein gutes Vierteljahrhundert zuvor bei Malazgirt der Triumph – gerade, daß der Sultan und sein Verbündeter der Gefangennahme entgingen.

Die Chronisten der Kreuzfahrer, die Buchhalter ihrer Metzgereien, Expropriationen und Landnahmen, schrieben den Besiegten und in die Flucht Geschlagenen hymnische Elogen. Eigens wurden auf Schnellseglern Boten nach Italien und Frankreich geschickt, und sie hatten das Lob der Tapferkeit der Selçuken in den höchsten Tönen zu singen. Nie zuvor hätten die Normannen das Vergnügen und die Ehre gehabt, sich mit Kriegern von solch erlesenen Talenten zu schlagen, ließ man dem Papst hinterbringen, und fürwahr, der Zusatz, es sei im Angesicht ihrer zwar erfolgreich bestrittenen, aber doch außer Frage stehenden Qualitäten nachgerade zu bedauern, daß sie einem falschen Glauben anhingen, machte Urban lange Zeit grübeln.

Ja, Vergnügen und Ehre wurden beidseitig empfunden, denn auch von den türkischen Überlebenden erfuhren die in Syrien ansässigen, mehr den friedlichen Formen des Erwerbs zugeneigten Muslime, es gäbe auf der Welt zwei Sorten von Kriegern, welche die Erwähnung verdienten, nämlich Selçuken und Franken, und es bliebe an letzteren rein gar nichts zu tadeln, gelänge es ihnen, sich von ihrem irrigen Glauben zu lösen.

Später dann, als nach endlos scheinender Belagerung doch noch der Sturm auf Antiochia – oder sagen wir es gleich türkisch, obwohl bis heute arabische und christliche Ansprüche auf der Stadt lasten –, als der Sturm auf Antakya also vollbracht war, erhielten die Kreuzfahrer die ersten Glückwünsche gar nicht aus Rom, auch nicht aus Konstantinopel, das in der Geschichte, aus der wir schöpfen, erst Jahre weiter in İstanbul umbenannt werden sollte, sondern aus Kairo. Die überschwenglichsten Gratulationen stammten von al-Afdal, dem Vezir von Ägypten. Die Franken hatten ihm mit den Selçuken den schwersten Stein vom Herzen gerollt. Der Regent der Fatimiden in Kairo – wie Kerboğa ein Sklave, der zur höchsten Macht emporgewachsen war – hatte sich schon über die Ereignisse von Nikäa, heute Iznik, und Dorylaion mit der größten Zufriedenheit geäußert, und auch im Kampf um Antiochia hielten sich seine Sympathien nicht bei den Mohammedanern, standen im Gegenteil vom Anfang bis zum Ende auf seiten der fränkischen Invasoren. Daß nun zwischen dem şiitischen Kalifat in Kairo und dem sunnitischen der Abbasiden in Bagdad durch das Wirken der Christen ein – zumindest hinsichtlich des innerislamischen Schismas – neutraler Pufferstaat entstehen würde, lag ganz in seinem Sinne. Seine Offerte an Boemund, Syrien zwischen Ägyptern und Franken zu teilen, war daher kein taktisches Geplänkel, es war ein Plan von geostrategischer Klugheit.

Boemund von Tarent und Antiochia, am Ziel seiner Wünsche,

hätte sich wohl gerne eingelassen auf einen Pakt mit dem Herrscher vom Nil, aber es kann eben auch der Wirt nicht die Rechnung allein machen. Raymond von Toulouse und Saint-Gilles begann sich auf dem Standpunkt der Legalität gegenüber Konstantinopel einzurichten und erinnerte an die Lehenseide, die man dem Kaiser Alexios Komnenos geleistet hatte. Von der Gültigkeit dieser Schwüre ging auch al-Afdal aus, der gleichzeitig mit seiner Gesandtschaft nach Antiochia zum romäischen Kaiser geschickt hatte, mit ihm die antiselçukische Liga von Christen und Fatimiden zu besiegeln. Vom Goldenen Horn kam aber zu den Pyramiden Bescheid, es sei das Kreuzfahrerheer nicht mehr unter der Kontrolle des Kaisers, die Wiedereingliederung Antiochias ins Oströmische Reich nicht erfolgt.

Da al-Afdal von den Franken nichts Eindeutiges hörte, glaubte er, auf die normative Kraft des Faktischen vertrauen und auf dem schnellsten Wege Jerusalem in seine eigene Hand bringen zu müssen. Während sich in Antiochia die christlichen Fürsten wegen des Status ihrer Eroberung und der Art ihrer Verwaltung in den Haaren lagen, zog er kurzentschlossen über den Sinai und begann im Juli 1098 Jerusalem zu belagern. Sökmen und İlgazi, zwei Söhne des Artuk, die als letzte selçukische Emire in der Stadt residierten, kapitulierten schon nach 40 Tagen und überließen die Verteidigung der Basis von Mohammeds Himmelsreise den Nachkommen Fatimas.

Unterdessen verschärften sich in der Besatzungsarmee unter dem Kreuzzeichen die Spannungen weiter. Gottfried von Bouillon wenigstens beschäftigte seine Soldaten und verbrachte den Spätsommer mit Beutezügen in die weitere Umgebung Antiochias, denen er selbst präsidierte, sein Schlachtroß stets mit den Köpfen der eigenhändig abgemurksten Türken geschmückt, aber zwischen Raymond und Boemund war es ein Tauziehen wie zwischen feindlichen Mächten, ein Kleinkrieg am Verhandlungstisch um Klauseln und Absichtserklärungen, ein Feilschen um Kompetenzen und Pfründe. Dabei nahm aber der Druck aus den

Massen immer mehr zu. Es kochte die Seele der kämpfenden Truppe. Jerusalem, Jerusalem, Jerusalem!!!

Bis auf den 1. November hatten die Fürsten den Weiterzug vertagt. Als sie sich dann zu Allerseelen wieder zusammensetzten, waren sie zwar kein Stück vorangekommen in ihrem Gerangel, aber die Meuterei stand unmittelbar vor ihrem Ausbruch. Die Schiebereien der großen Herren hatten unter denen, denen wieder einmal nichts zu schieben geblieben war als Kohldampf, die letzte Geduld auch noch erschöpft. Sie allein schienen sich zu erinnern, daß es ein Ziel gab in diesem Krieg: die Befreiung der Heiligen Stadt. Auch litten sie nicht an Gedächtnisschwund, was die Behaglichkeit des Winters in dem von den wenigen überlebenden Einwohnern als «Pinkelstadt» apostrophierten Antiochia betraf. Auf, auf, auf!!! Eine gänzlich neuartige Drohung klang mit in der Formel «Jerusalem, Jerusalem, Jerusalem!!!», wenn sie aus tafurischen Kehlen kam. Ein allgemeiner Soldatenrat wurde gebildet, und in diesem führten die Tafuren das Wort. Ihnen war unter allen Kreuzfahrern die strengste und höchste Moral zu eigen. Sich an Gottes Krieg zu bereichern, lehnten sie in jeder Form ab. Sie kämpften barfuß, als Rüstung trugen sie Säcke, und als Nahrung bevorzugten sie Türkenfleisch, am Spieß gebraten, wo Brennholz vorhanden, andernfalls roh.

Der Heeresleitung wurde vom tafurisch gelenkten Soldatenrat ein Ultimatum gestellt: «Dem Manövrieren, das jene betreiben, die auf Antiochias Einkünfte spekulieren, gilt unsere tiefste Verachtung. Ebenso erfüllt uns mit Abscheu die Haltung jener, die vorgeben, den Kaiser der Romäer erwarten zu müssen. Sie mögen es tun und sich von Alexios wieder mit Gold überhäufen lassen. Wenn aber die Fürsten gegeneinander die Waffen erheben, dann werden wir unverzüglich nach Jerusalem aufbrechen. Vorher aber – und dabei wird uns Gott helfen – zerstören wir diese Stadt so, daß niemand etwas von ihr hat.»

Nolens volens kam das Konzil der Fürsten überein, doch weiter nach Süden zu ziehen. Raymond von Toulouse und Saint-Gilles und Robert von Flandern brachen am 15. November 1098 mit den unruhigsten Teilen des Heeres von Antiochia auf und trafen am 27. vor Marra südlich von Aleppo ein. Die Belagerung währte kurz; am 11. Dezember stürmten die Kreuzler die Stadt, und die Tafuren hielten eine mehrtägige kannibalistische Orgie ab. Da aber die Bevölkerung von Marra gleich bei der Erstürmung vollständig massakriert worden war, hatte man zum Weihnachtsfeste keinen frischen Braten mehr zur Hand, was die Tafuren zumindest weiter nicht bekümmerte, denn mit gutem Appetit verspeisten sie auch die Leichen, die bereits in ein fortgeschrittenes Stadium der Verwesung übergegangen waren.

Mehr als alles erschreckte die Nachricht von den kulinarischen Vorlieben der Franken und den Zutaten ihrer Nouvelle cuisine die Bewohner der Hafenstädte Palästinas, und man beeilte sich, ihnen große Mengen herkömmlicher Viktualien entgegenzutragen, bevor man ihnen die Schlüssel für die Stadttore auslieferte. So gestaltete sich der Marsch entlang der Küste zum Triumphzug für die Streiter Christi.

Doch erreichten sie die Gegend von Jerusalem erst im Juni 1099 und nicht, wie verabredet, geschlossen in barfüßiger Prozession, denn die Ortsnamen mit ihrem verstreuten biblischen Klang weckten und stachelten die Habgier derart, daß ein jeder sein Fähnlein in eines dieser Nester zu stecken und, sich über die frömmlerisch-pilgerische Übereinkunft hinwegsetzend, als erster eines dieser berühmten Dörfer zu erobern versuchte. Am 2. Juni traf man sich vor Jerusalem wieder und eröffnete am folgenden Tag die Belagerung mit einer feierlichen Großprozession, während deren man die Stadt barfüßig umtanzte.

Nach den Opfern, welche die Kreuzfahrer der Eroberung Antiochias erbracht, konnten ihnen die Schwierigkeiten bei der Belagerung Jerusalems nur noch als unbedeutende Mesquinerien erscheinen, etwa die Tatsache, daß Iftikhar ad-Daula, «der Stolz des Reiches», al-Afdals Statthalter, gewohnheitsmäßig die Brunnen der Gegend vergiften und den Baumbestand hatte abbrennen lassen. Das Fieber, welches das Kreuzheer vom nackten Tafuren bis zum edelsteinbehangenen Gottfried von Bouillon ergriff, ließ sie Baumstämme und Trinkwasser in Ochsenhäuten über viele, viele Kilometer herbeischaffen mit einer Emsigkeit und Energie wie ein Ameisenvolk bei der Arbeit.

Zwei Türme, welche die Mauern der Stadt überragten, waren zum Juli gezimmert und mit essiggetränkten Tierhäuten gegen das Griechische Feuer bespannt. In der Nacht vom 13. auf den 14. Juli 1099 wurde die Erstürmung gewagt. Im Norden war der Turm an die Mauer geschoben, von dem aus Gottfried mit den Lothringern und den Nordfranzosen operierte, im Süden versuchte es auf dem zweiten Raymond mit seinen Provenzalen. Das Glück war bei Gottfried, und am Morgen des 15. Juli 1099 gegen die neunte Stunde erkletterte aus seinem Gefolge ein Ritter namens Luitpold über eine Brücke die Mauern der Stadt.

Die Blutorgie, die folgte, hatte kein Vorbild in der Geschichte. Volle 24 Stunden währte, was mit Wörtern wie «Morden», «Metzgern», «Schlachten», von denen wir auch vorher schon Gebrauch machen konnten, nur sehr annäherungsweise bezeichnet ist.

Ein Schlußstrich wurde gezogen mit Hektolitern von Blut unter das mosaische Gesetz, von dem sich die Christen bei der Erstürmung Jerusalems endgültig emanzipierten. «Du sollst nicht töten», das war ad acta, der wahre Glaube: Töte, denn dieses Vergnügen ist erhebender noch als die ausgekitzeltste Unzucht! Bade im Blut, es ist die vollendete Wollust!

Die Juden verbrannte man mit ihrer Synagoge, wohin sie sich geflüchtet hatten. Es waren 5400 Personen. Etwa siebenmal so viele Muslime erfuhren, mit welch extraordinärer Phantasie die Anhänger der Religion der Nächstenliebe beim Ausdenken von Todesarten begabt waren, und der Katalog der Varianten, die sie insbesondere für Frauen und Kinder ersannen, nähme, wollte man sie aufzählen, kein Ende.

In den Gassen und auf den Plätzen der Stadt sah man Köpfe, Hände, Füße haufenweise umherliegen, über die Leichname von

Menschen, Pferden mußte man hinwegschreiten. Aber dies war noch das Geringste: Im Tempel und in der Säulenhalle Salomos ritt man im Blute bis an die Knie und die Zügel der Pferde. O gerechtes Gericht Gottes!

In diesem Purpurwasser badete Nasrettin kurz vor dem Erwachen aus seiner Vision. Auch ihm war dies Schwimmen im Blut eine nie genossene Wonne, wobei die Frage, ob er selbst auf die Seite der Opfer oder auf diejenige der Täter gehörte, gar keine Rolle mehr spielte. Bei aller Dunkelheit blieb die ihn umspülende Flüssigkeit transparent, so daß Nasrettin die Manipulationen, die an ihm vorgenommen wurden, in jeder Einzelheit genau beobachten konnte. Ein Wesen, halb Mensch, halb Löwe, schnitt ihm den Bauch auf, und eine junge, blonde, sehr reizende Frau nahm ihm Stück für Stück seine Organe heraus. Darauf senkte sich um ihn sehr rasch der Pegel des Blutes, und er lag auf dem Gipfel eines hohen Berges wie die gestrandete Arche beim Versiegen der Flut. Ein Adler kam zu ihm geflogen und brachte ihm neu: Herz, Lunge, Leber, Magen, Nieren und all die anderen Organe. Die setzte der Vogel ihm ein, und als sich darüber wieder die Bauchdecke schloß, strahlte aus seinem Innern ein Licht, so blendend und viel weißer als weiß, so hell, daß es kein Auge mehr faßt. Nasrettin *sah* dieses Licht nicht mehr, er *war* es.

«… acht …», zählt eben der Ringrichter über ihn hin, und Nasrettin, der die Augen aufschlägt, wird nicht geblendet von den Scheinwerfern, die über ihm hängen, eher kommt ihm hier auf dem Podest über den Reihen der Zuschauer im Zelt von Beausoleil nahe Monaco die Beleuchtung ein wenig trübe vor im Vergleich zu dem, was eben noch strahlte. Bei «… neun …» steht er fest auf den Sohlen, was ein fünftausendstimmiges «Poahh» atmen läßt, denn man hat ihn nicht aufstehen sehen.

Ein Wunder? Ein Trick? Es hält sich niemand auf bei der Frage, ein jeder nimmt es hin wie einen Sprung, einen Schnittfehler in einem Film. Am wenigsten ist es für Marcel Sandol der Moment, die Gesetze der Natur anzuzweifeln, denn der Unparteiische hat den Ring schon wieder freigegeben. Nasrettin boxt wie einer aus einer anderen Welt, mit einer Wachheit und einem Ernst, die nicht mehr zu einem Sportler gehören. Eher stellt man sich vor, daß ein Racheengel so seine Schläge austeilt. Sandol versucht auch gar nicht, sich gegen diese Hämmer zu wappnen oder sie zu vermeiden. Es sind ausnahmslos Kopftreffer, die Nasrettin plaziert, neun Stück an der Zahl, im gleichen Sekundenrhythmus verabreicht, in dem er eben angezählt worden ist. Jeder einzelne davon müßte hinreichen, den Gegner zu fällen, und Sandol weiß selbst nicht, wie er es vermag, all das einzustecken, ohne die Gegenwart zu verlieren. Nein, Sandol wackelt nicht, im Gegenteil hebt plötzlich auch ihn etwas, und er geht selbst zum Angriff in Nasrettins Angriff hinein, trifft ihn am Kopf. Die Zuschauer hat diese Peripetie des Kampfes von den Plätzen gerissen, ohne Ausnahme stehen sie und wissen schon, daß diese kurze Phase am Ende der zweiten Runde, die sie weit über die Gewöhnlichkeit ihres alltäglichen Lebens hinaushebt, diese wenn auch kurze, so doch vollkommene Anwesenheit jenseits allen Entstehens und Vergehens der Lohn ist und die Erfüllung ihrer Anhänglichkeit an diesen Sport. Auch die Punktrichter starren gebannt und vergessen, die Treffer zu zählen. Erst nach dem Gong kritzeln sie rasch auf ihre Zettel, was noch in ihrer Erinnerung ist.

Die dritte Runde

Ja, die dritte Runde ist schon im Gange. Der Cross ist Nasrettins Rezeptur für sie, und natürlich mag dies als Folge seines visionären oder wenigstens visionsmäßigen Umgangs mit den Kreuzrittern auf ihrem Zug erscheinen.

Sogar innerhalb dieses Kampfes, innerhalb der Seile, wie sie ins Quadrat gespannt sind unter dem Zelt zu Beausoleil nahe Monaco, innerhalb des aus dem Kontinuum zwecks kultischer Verehrung herausgeschnittenen Zeitstücks trägt sich jetzt etwas zu wie Ablauf, Vergangenheit und Geschichte und will unsere philosophischen Prämissen relativieren. Nasrettin hat einen Niederschlag erlitten. Das war in Runde zwei. Wie lang ist das her? Liegt es eine Minute oder ein Millennium zurück? Jedenfalls spielt bei den Berechnungen, die sich in den Köpfen der 5000 Zuschauer und vielleicht auch in dem unseres geschätzten Lesers vollziehen, aus der Geschichte des Boxsports gezogenes Erfahrungsmaterial mit hinein, wenn man die Siegeschancen unseres Helden minimiert auf eine sehr schmale Aussicht, die ihm noch bleibt.

Die zwischen der zweiten und der dritten Runde gelegene Pause hatte Nasrettin genutzt, nachträglich noch im Gebet Gottes Beistand für diesen Kampf anzurufen, weil der Tief- und Niederschlag als Bestrafung für das Versäumnis von ihm aufgefaßt worden war.

Ob die Spitze der blauen Ecke genau in Mekkas Richtung wies, hatte er nicht überprüft, auch schien ihm, da mehrere pflichteinschränkende Bedingungen zusammentrafen, nämlich Reise, Krieg und Gefahr, die Verkürzung auf eine einzige Raka zulässig, die aber ließ er sich nicht nehmen und vollführte sie der Vorschrift gemäß mit Ruku, der Beugung nach vorn, und den beiden Sucud, bei denen er niederkniete und mit der Stirn den Boden des Boxrings berührte. Das löste beim Publikum, das sich in den eigenen Pausenbeschäftigungen unterbrach bei diesem

Anblick, zu Teilen Heiterkeit, zu anderen Teilen aber die hitzigste Empörung aus, Buhrufe und Pfiffe, auch Schmähworte begleiteten Nasrettins Handlung, und Eddy Hoagland wurde sich auf die Schnelle mit den Punktrichtern nicht einig, ob und wie dies gegen die Regel verstieß.

Nasrettin scheint es gutgetan zu haben, denn er boxt munter, und er boxt fleißig.

Die fränkischen Ritter, ursprünglich, wie wir sahen, von Alexios Komnenos händeringend zur Hilfe gegen die Konstantinopel umringende türkische Gefahr herbeigerufen, entwickelten sich für das Oströmische Reich zu einer derartigen Bedrohung seiner Existenz, daß Byzanz, als im Jahre 1101 drei neue Kreuzfahrerheere unabhängig voneinander in Anatolien erschienen, deren Vernichtung durch die Selçuken, zum Teil gemeinsam mit den Danişmendiden, duldete. Diesen Erfolg durfte Kılıç Arslan, der nach der Übergabe Nikäas Konya zu seiner Residenz erwählt hatte, für sich verbuchen. Natürlich blieb das Reich von Konya der Feind von Byzanz, aber Kılıç Arslan verzichtete auf alle Versuche, sich der verlorenen Westgebiete erneut zu bemächtigen; er richtete seine Stoßkraft nach Osten gegen seine Interimsverbündeten, die Danişmendiden, entriß ihnen Malatya und Karaman. Auch dehnte er die Sphäre seines Einflusses gen Mittag, wo er Mosul eroberte.

Kılıç Arslans Nachfolger wurde sein Sohn Mesut, der zunächst Statthalter in Mosul gewesen war. 40 Jahre hielt Mesut den Thron der Rumselçuken zu Konya. Ihm war es auch vergönnt, im Jahre 1146, als unter Konrad III. ein weiteres Kreuzfahrerheer eintraf, Kaiser Manuel Komnenos, den Sohn des Alexios, dazu zu bewegen, einen geplanten Feldzug gegen Konya abzubrechen, um statt dessen mit ihm einen zwölfjährigen Friedensvertrag zu schließen.

So konnte er für die Niederlage seines Vaters Rache nehmen und die Streiter Christi mit seinen Truppen bei Eskişehir zum Stehen bringen. Dem Kreuzheer Konrads III. war damit der Durchzug durch Zentralanatolien verlegt. Auf dem Umweg über die ägäischen Küstenregionen wurde es durch Überfälle, welche die türkischen Verbände tief in byzantinisches Gebiet hineintrugen, so weit zersplittert und dezimiert, daß nur klägliche Reste das Königreich Jerusalem zu erreichen vermochten.

Im Jahre 1156, 551 der Hicret, starb Sultan Mesut, Erbauer von Tekkelern, Moscheen und dem bei Amasya gelegenen Ort Samara, wo sich über seiner Grabstätte ein Dom wölbt. Sein Sohn und Nachfolger, İzzettin Kılıç Arslan II., das bedeutet Ehre des Glaubens Schwert Löwe, sah sich nach Ablauf des Friedensvertrages neuerlich vom romäischen Kaiser Manuel angegriffen, der diesmal mit dem Danişmendiden Yağı Basan gegen ihn paktierte. In die Enge getrieben, reiste der Sultan 1162 nach Konstantinopel und schloß mit dem Kaiser einen dauerhaften Frieden, der ihn verpflichtete, alle eroberten Städte zurückzugeben und einen Vasallenstatus zu akzeptieren. Dieser Schachzug erwies sich für İzzettin als um so geschickter, weil er ihm den Rücken freihielt für die endgültige Unterwerfung der Danişmendiden. Anfang der siebziger Jahre konnte er Amasya, Tokat, Sivas und Kayseri besetzen, und nachdem er Zu'l Nun, den letzten Fürsten der Danişmendiden, hatte vergiften lassen, durfte er dessen Territorium seinem Reich einverleiben.

Das wiederum reizte den byzantinischen Kaiser, und Manuel zog ein letztes Mal gegen Konya zu Felde, was 1176 mit dem Desaster von Myriokephalon in den phrygischen Bergen endete, wo seine Truppen von den Selçuken umzingelt wurden und er selbst in Gefangenschaft geriet. Wie einst Alparslan dem Diogenes Romanos, so schenkte auch İzzettin Kılıç Arslan II. dem Komnenen die Freiheit und entließ ihn gegen geringfügige Konzessionen.

Aber schon 1180 erlosch das Lebensflämmchen des Manuel Komnenos, weitere fünf Jahre darauf die Dynastie.

Während in Byzanz die Thronstreitigkeiten wüteten, eroberte der inzwischen nach blutiger Unterdrückung der şiitischen Herrschaft des Fatimidengeschlechtes in Kairo zur Macht gelangte Saladin 1187 Jerusalem von den Christen zurück und nahm unverzüglich mit Konstantinopel Bündnisverhandlungen auf.

Gleichzeitig rüstete in Deutschland Kaiser Friedrich Barbarossa zum nächsten Kreuzzug. Kılıç Arslan II. schickte zu dem Reichstag des Jahres 1188, der diese Operation Barbarossas beratschlagte und beschloß, seine Gesandten mit Geschenken. Sie wurden in Ehren empfangen und gehört.

Isaak Angelos, der bei dem Gerangel um die Nachfolge der Komnenen im Blachernenpalast die Oberhand behalten hatte, geriet, als im folgenden Jahr das deutsche Heer sich im Anzug auf Konstantinopel befand, in die allergrößte Besorgnis. Die deutschen Botschafter ließ er einkerkern, weil ihm zu Ohren gekommen war, Barbarossa hege die Absicht, sich seiner Residenz und Kapitale zu bemächtigen.

So aus der Luft gegriffen, wie dies auf den ersten Blick scheint, war Isaaks Vermutung durchaus nicht, denn tatsächlich hatte der serbische Fürst Nemanja Kaiser Friedrich bei dessen Ankunft auf seinem Terrain das Gesuch unterbreitet, sich von den Romäern lossagen zu dürfen, um sich dem Deutschen Reich anzuschließen. Walachen und Bulgaren zeigten sich zu einem ähnlichen Schritt bereit.

Nie zuvor oder danach ist einem deutschen Machthabenden eine Frage von solch historischer Tragweite vorgelegt worden, und gewiß hätte sich die Geschichte Europas komplett anders entwickelt, wäre Friedrich auf diese balkanischen Insinuationen eingegangen. Er aber wies das Anerbieten von sich und mußte bei seiner Ankunft am Goldenen Horn erleben, wie die zeitgleich eingetroffenen Sendlinge Saladins die erste Moschee Konstantinopels feierlich einweihten.

Den Weitermarsch der Kreuzfahrer durch sein Gebiet konnte Isaak, wie er Saladin in Depeschen mit dem Ausdruck seines tiefsten Bedauerns mitteilte, aufgrund der Inferiorität seiner Streitkräfte nicht aufhalten. Beim Betreten der selçukischen Erde wurden die deutschen Truppen von Kılıç Arslan II. getreu seiner Botschaft an den Reichstag als Gäste und Freunde empfangen. Von den Türken geleitet, gelangte das Heer zu den Mittelmeerstränden, jedoch ohne seine Spitze, sein Haupt, den Kaiser.

Friedrich hatte, die Strapaze seiner Überquerung des hohen Gebirgs in der sengenden Hitze zu meiden, den Entschluß gefaßt, sich in den Fluten des Kalykadnos, türkisch Göksu, zu erquicken und unter Einsparung des bedeutenden Umwegs den Fluß zu durchschwimmen. Einmal mehr erwies sich das Nomen als Omen, weil Göksu, zu deutsch «Himmelswasser», ihm dabei in der Tat zu einem Wasser wurde, aus dem er ohne jeden weiteren Zwischenaufenthalt in den Himmel gelangte, wo er Vergebung erhielt für seine Sünden, für die mitgebrachten wie auch für die zuletzt auf dem Wege begangene, die unterlassene Einnahme der byzantinischen Metropole.

Allein, durch den Unfall des Kaisers war auch dieser Kreuzzug wie die voraufgegangenen zum Scheitern verurteilt. Seinen Gastgeber Kılıç Arslan II. ereilte sein Schicksal zwei Jahre später, 1192, am Ende einer über dreieinhalb Dezennien währenden, glücklichen und eroberungsreichen Regierung; doch wie sehr er sein Reich nach außen zu vergrößern vermocht hatte, so sehr schwächte er es von innen durch die Verfügungen seines Testaments. Dessen Vollstreckung zerriß das Sultanat in elf Teile, von denen neun an seine Söhne, der zehnte an seinen Bruder und der elfte an seinen Neffen fielen.

Kriege entflammten zwischen den Brüdern um die Alleinherrschaft. Erst schlugen sich Mehmet und Kutbettin darum, doch dieser starb bald, nachdem er jenen unter dem geheuchelten Schein der Bruderliebe gefangengenommen und getötet hatte. An ihre Stelle traten als Hauptpersonen des blutigen Schauspiels Giyasettin Kayhosrev I., der Herrscher von Konya, und Ruknettin, der Gebieter über Tokat. Kayhosrev unterlag und nahm sein

Exil am Ende einer langen Flucht, die ihn über Elbistan, Aleppo, Armenien und Trapezunt geführt hatte, am Hof des romäischen Kaisers. Dort verharrte er, bis sich die Wirren entschieden, verließ dann sein Asyl bei Alexios III. und zog, von Konstantinopel kommend, 1204 wieder als Sultan in Konya ein.

Aber es verging kein Jahr, bis der Wechsel des Weltgeschicks ihm die Gelegenheit schuf, sich für den genossenen Schutz dankbar zu zeigen. Die Eroberung Konstantinopels durch die Venetianer verjagte Alexios III. aus seinem Palast, und nun durfte er bei seinem gewesenen Asylanten selbst um Zuflucht bitten. So fand der romäische Kaiser Unterschlupf beim türkischen Sultan in Konya, während die italienischen Krämer und Krieger aus der Lagunenstadt das Oströmische Reich in Stücke hieben.

Das war eine Situation, wie sie sich günstiger für die Selçuken nicht mehr bieten sollte. 1207 gelang Kayhosrev Antalyas Eroberung, aber der Versuch der Endabrechnung mit den Byzantinern mißriet gründlich. Ort des Fiaskos war der Mäander, das Jahr 1210. Kayhosrev verlor nicht nur die Schlacht, sondern auch das eigene Leben durch das Schwert eines Christen, der ihn allein überraschte.

Sein älterer Sohn, İzzettin Kaykaus I., bat die Byzantiner um Stillstand der Waffen und handelte mit ihnen einen dreißigjährigen Friedens- und Beistandspakt aus. 1215 konnte er für Konya zu dem Mittelmeerhafen Antalya den von Sinop am Schwarzmeer gewinnen, und fortan lautete der Titel seiner sultanischen Würde: «Herr des Festlands und der beiden Meere».

Damit war der Grundstein für einen rasanten Aufstieg zur wichtigsten Handelsmacht des Vorderen Ostens gelegt, dem 1220 ein Vertrag mit Venedig zusätzlich Beschleunigung gab. Unterzeichnet war dies Abkommen auf der türkischen Seite bereits von Alaettin Keykubat, dem zweiten Sohne Kayhosrevs I., der aus dem Gefängnis, worin ihn sein Bruder bis zu dessen Tode eingesperrt gehalten hatte, den Thron des Sultans von Konya bestiegen. Unter seiner Ägide wuchs aus dem Land zwischen den Meeren ein dichtes Netz von luxuriösen Kervansaraylarn, und auf den sie verbindenden Fernstraßen herrschte ein Kamelverkehr von einer Regheit, die dem Planeten bis dahin unbekannt gewesen war. Die Prachtbauten in seiner Hauptstadt Konya, die Zeugen dieser Prosperität, lassen sich zum Teil noch heute bewundern.

Sechzehn Jahre betrug das Maß der Regierungszeit dieses durch einen elfjährigen Aufenthalt in Konstantinopel und einen siebenjährigen in der Haft seines Bruders innerlich geläuterten Fürsten, von seinen christlichen wie von seinen mohammedanischen Untertanen in gleicher Weise gepriesen. Alaettin Keykubat verdiente die Huldigung der Dichter und Gelehrten durch den Schutz, den er ihnen angedeihen ließ, und durch die Liebe, mit der er selbst den Wissenschaften oblag. Den Ruhm und das Ansehen, die er sich erwarb, verdankte er der strikten Beobachtung der Gliederung seines Tagwerks in die verschiedenen Richtungen seiner Existenz. Der erste Dritteil des Tages war den Regierungsgeschäften gewidmet, den zweiten brachte er in der Gesellschaft von Gelehrten und Mystikern zu, der dritte galt dem Studium der Geschichte. Von der Nacht gönnte er nur ein Drittel dem Schlaf, die beiden übrigen, die er abknapste davon, weihte er Übungen der Andacht und der Lesung ethischer Werke.

In Sulakbahçe blieb, nachdem Nasrettin durch seine doppelte Ankunft zwischen der Mutterfamilie und der Vaterfamilie Frieden gestiftet, das Zeitalter der Liebe und der gegenseitigen Achtung kurz von Dauer. Heimtücke und Gewalt schlichen sich bald auf ihre alten Herrscherposten zurück.

Im vierten Jahr von Nasrettins Leben hatte Sevim einen zweiten Knaben geboren, Şerafettin, der schon unter einem Schatten von finsteren Wolken zur Welt kam und in jüngsten Jahren an Kinderlähmung erkrankte, die ihn belasten sollte die ganze Zeit seiner irdischen Tage. Mit einem dritten Kinde wurden Sevim und Oktay gesegnet, das war ihre Tochter Arzu. Sie machte gerade ihre ersten Schrittchen auf den sandigen Wegen des Dorfes, als donnernd das Unglück wieder hereinbrach und trennte und zerriß, was doch zusammengehörte und fast schon zusammengewachsen war.

Yılmaz war fünfzehn, als das Fatale geschehen sollte durch ihn.

Seine Verehrung für den komischen Hoca – falls der Ausdruck «Verehrung» hier zutreffend ist, was fraglich erscheint, da die Ehre sowohl für den Verehrten als für den Verehrer die vorzügliche Zielscheibe ihres gleichgerichteten Spottes abgibt – hatte automatisch eine tiefe Zuneigung und Sympathie für seinen Neffen zu ihrer Folge, schon weil er durch den Namen jenen als Patron für diesen durchzusetzen gewußt.

Klein Nasrettin hatte sich den Onkel Yılmaz zum Vorbild erkoren, und man muß das aus seiner kindlichen Warte verstehen. Soweit Nasrettin die Erwachsenen sah und erkannte – und aus seiner Perspektive gehörte Yılmaz, wenn wir ihn auch weiter als Kindskopf betrachten, selbstredend dazu –, mußte ihm der Onkel als der mit Abstand Vernünftigste scheinen, weil eben der Kindervernunft die Erwachsenenvernunft das schlechthin Unvernünftige ist. «Das darfst du nicht!», «Laß das!», «Das verstehst du, wenn du groß bist!» und so weiter und so fort. Das sind dem Kinde die Formeln des erwachsenen Obskurantismus und Mystizismus, die das entzündete Flämmchen seines sich und die Welt zurechtlegenden Illuminismus bedrohen.

Das mit Eifer Kindische des Opas Gürhan schien Nasrettin, ob er schon Aufrichtiges und Echtes einer ins Ursprüngliche regredierenden Senilität darin erblickte und würdigend annahm, in summa verdächtig, und das geheuchelt Infantile ärgerte ihn um so mehr, als er in das Dunkle der Erwachsenenvernunft keinen Eingriff besaß.

Nicht, daß er ihn nicht geliebt hätte, den Vater der Mutter, auch war er schon durchaus empfänglich für die süßen Gifte der Schmeichelei und genoß es, sich an der Seite des geehrten Greises durchglühen zu lassen von den Respekt und Tribut zollenden Blicken der Dörfler, wenn er mit seinem Händchen in Gürhans schwieliger Pranke einherschritt, aber Nasrettin litt auch auf eine Weise unter der Verfolgung der eifersüchtigen Liebe und floh zu Yılmaz.

Der hatte einen richtigen Beruf, genauer noch, in Nasrettins Augen hatte Yılmaz *den* richtigen Beruf, was hier heißen soll: Er führte die Bakkaliye, er war der Bakkal.

So hatten es Niyazi und Oktay nach langem Erwägen entschieden. Oktays Zeit war zu kostbar geworden, den guten Tag herumzusitzen im Laden, auf Kundschaft zu warten. Sein Wirken ging ins Große, denn seine Anhänglichkeit ans Geschriebene und Gedruckte, die in Eskişehir in ihn gepflanzt worden war, wuchs noch. Er trieb Studien in Agronomie, besserte und mehrte die Ernten, entwarf ein System der Bewässerung, hatte sich auch schon hineingelesen in die Grundzüge der Veterinärmedizin.

Niyazi, gewählter Bürgermeister inzwischen, führte mit großem Geschick die Verhandlungen mit der staatlichen Stelle, die dem Dorf die Überschüsse abnahm, es mit Saatgut und Maschinen versorgte. Endlich konnten auch die Karagöz und die übrigen Familien profitieren von der öztürkischen Vetternwirtschaft, denn natürlich nutzte man die enge Blutsverbindung zur Bürokratie in der Hauptstadt. Daß die Abteilung des Erziehungsministeriums, die das Schulwesen in Ostanatolien zu fördern bestimmt war, ihre erste mustergültig-zukunftsweisende Einrichtung in Sulakbahçe öffnete, den rund einhundert Grundschulpflichtigen gleich zwei Lehrkräfte zuteilte, und zwar die jahrgangsbesten Absolventen der Pädagogischen Hochschule in Ankara, erstaunt kaum. Eher schon ist zu bewundern, wie Alpay es bewerkstelligen konnte, daß Sulakbahçe vor allen Dörfern in der Provinz zuerst Anschluß an das Strom- und Telefonnetz bekam. Es ging nicht ab, ohne daß Niyazi, wohl auch mit einem oder dem anderen Geschenk im Gepäck, nach Çankaya reiste und bei den Zuständigen vorstellig wurde. Keine Zeit also, sich in der Bakkaliye die Beine in den Bauch zu stehen, wozu man denn Yılmaz bei aller Bedenklichkeit gut genug finden mußte.

Die Faszination, die für Kinder gerade in Nasrettins Alter vom Kaufmannsladen ausgeht, ist bekannt, und sie liegt interessanterweise sehr nahe zusammen mit jener Periode, in der Schwerter und Panzer, Pfeile und Bogen die Buben begeistern, ja, diese Passionen überlappen einander sogar in der Regel, so daß sich entwicklungstheoretisch die aufschlußreichsten Betrachtungen an dieses Phänomen anknüpfen ließen. Für uns ist allein bedeutsam, daß sich Yılmaz' Anziehungskraft auf unseren werdenden Helden durch seinen würdigen Platz hinter der Theke vor den Regalen, die durch das kleine sulakbahçische Wirtschaftswunder mit einem neuerlich stark diversifizierten Angebot prunkten, geradezu ins Unermeßliche steigern mußte. Hier war Nasrettins eindeutiger Lieblingsaufenthalt.

Zur Genüßlichkeit der Düfte von Tee, Rosinen, Waschpulver, Öl und so weiter kam der Ernst der Pflichten, mit denen der Knirps von seinem Onkel Yılmaz beehrt worden war. Hierzu gehörten Ämter, die für den Gesamtbetrieb von Bedeutung, wie etwa das Ausfegen des Kundenbereichs und das Abräumen ausgetrunkener Teegläser von dem Tischlein bei der Bank, wo man auf einen Anruf von fernen Verwandten wartete oder auch nur zum Zeitvertreib niedersaß. Aber es war auch eine ganze geschlossene Abteilung unter die Obhut des Vierjährigen gestellt, nämlich das Regal mit den Schulheften, Stiften, Radiergummis und mit den neu eingeführten Spielzeugartikeln. Auf diesem Quadratmeter regierte Nasrettin mit der Übersicht und Strenge eines bedeutenden Potentaten, gab das Gewünschte heraus und beriet kundig die Klientel, ob nun ein Erwachsener nach einem Geschenk suchte für seinen Nachwuchs oder ob ein Gleichaltriges einen ihm zugewendeten Kuruş umzusetzen verlangte in ein Konsumgut.

Auch Sevim wußte zu schätzen, daß ihr Sohn so früh den Wert des Geldes erfuhr und Unterweisung im Kehren und Geschirrabräumen erhielt. Ganz besonders gefielen ihr die altklugen Einsprengsel in dessen kindliche Rhetorik, die der ständige Umgang mit dem Onkel zeitigte, der ihn ja, wenn auch nicht gleichrangig, so doch als seinesgleichen behandelte und ihn, was er aufgrund der Namensgebung als verpflichtend empfand, Schwänke vom Nasrettin Hoca auswendig lernen und hersagen ließ.

Darunter auch die philosophischen Witze, die er, wie wir unterstellen, selbst nicht begriff, wie zum Beispiel den, wo der Hoca mit einem Becher Yoghurt am Teich sitzt und daraus ins Wasser löffelt. «Was machst du, Hoca?» fragt ihn ein Nachbar, der zufällig vorbeikommt. «Siehst du denn nicht, guter Nachbar?» gibt ihm der Hoca Bescheid. «Ich mache Yoghurt.» – «Aber, Nasrettin Hoca, bist du gescheit? Wie willst du denn mit so wenig Löffeln das viele Wasser zu Yoghurt machen? Das kann doch nicht klappen!» Darauf der Hoca: «Wahrscheinlich hast du recht, aber wenn's doch klappt?»

Yılmaz war aber noch auf einem anderen Gebiet Nasrettins Lehrmeister, was Sevim weniger gern sah, denn er brachte ihm das Reiten bei auf dem Pferd, das ihm Oktay bei seiner Geburt gekauft hatte, und in äußerster Heimlichkeit gewöhnte er den kleinen Ritter auch schon an das zweite Attribut kriegerischer Männlichkeit, das der Vater seinerzeit mit dem Wallach zusammen erworben hatte.

Oktay ahnte das und kombinierte es auch unzweideutig aus verschiedenem, was sein Sohn ihm erzählte, auch wenn Nasrettin streng das Gelübde einhielt, das er Yılmaz geleistet, und sich nicht offen verriet. Es war aber nach Oktays Sinn, da es der Weisheit nach nie zu früh sein konnte, eine Sache zu lernen. Unwohl war ihm nur bei dem Gedanken, daß er die Unterweisung ausgerechnet von Yılmaz erhielt. Aber, so sagte er sich, der wird nun auch langsam erwachsen, ich habe ohnehin zuwenig Zeit für das Kind, und besser ist's noch, er lernt es von ihm, als er lernt's überhaupt nicht.

Sevim gestand er nichts von seiner Vermutung, denn gewiß würde sie's mit einem hysterischen Anfall aufnehmen und Nasrettin jeglichen Umgang mit Yılmaz verbieten, da ihr ja schon zuviel war, daß der Junge herumgaloppierte auf seinem Klepper wie ein oğuzischer Reiter. Oktay dagegen fand diese Kur angebracht, indiziert gegen die Verhätschelung durch die Mama und den Großpapa.

Als nun der Hochsommer kam, die Zeit des Viehauftriebs aus den ausgedörrten Tälern zu den immer noch saftigen Almen der Höhe, ging's darum, ob Nasrettin mitziehen sollte mit seiner Mutter oder im Dorf bei Yılmaz zurückbleiben. Gürhan konnte das nicht behagen, aber noch unerträglicher wäre ihm erschienen, die Gegenwart seines Lieblings auf Wochen oder Monate ganz zu entbehren, denn mit auf die Yayla zu ziehen, dazu fühlte er sich schon zu alt und gebrechlich. Also wurde beschlossen, auch weil Nasrettin mit Händen und Füßen, mit Brüllen und Weinen sich dagegen stemmte und widersetzte, mit in die Berge zu ziehen, wo es keinen Kaufmannsladen gab, nur Langeweile und blöde Tiere, ihn mit den Alten im Dorfe zu lassen. Bei Gürhan sollte er schlafen, und tags, so ergab's sich zum Leidwesen des Opas, hing er mit Yılmaz in der Bakkaliye.

Da blieb nun wenig zu tun für die drei Dutzend Menschlein, die nicht mitgegangen waren zur Yayla. Immerhin hatte Gürhan, sei's aus einem Willen zur Symmetrie, sei's aus dem Gedanken, Yılmaz zu beschäftigen und den Kleinen öfter frei und für sich zu bekommen, sei's, weil er selbst sich besseren Zeitvertreib durch diesen versprach, bestimmt, daß in diesem Sommer auch Kulhan unten bleiben mußte.

Kulhan war damit mehr als einverstanden, denn Yılmaz war er auch schon in den fast vergessenen Zeiten der Fehde immer zugetan gewesen und seit dem Ausbruch des Friedens ihm näher als den eigenen Brüdern, die er gerne hinaufziehen ließ, um unten mit seinem Freunde das Gefühl zu genießen, im ganzen Dorf der Kräftigste und Wehrfähigste zu sein.

So kam es, daß sie den ganzen langen Tag beim Laden herumsaßen, den einzigen Kunden, wenn überhaupt einer kam, zu erwarten, und nahe davor waren, an Langeweile zu sterben. Fliegenjagd gehörte noch zu den großen Abwechslungen, und selbst der

Leiter der Abteilung Schreib- und Spielwaren nahm ausgedehnt Urlaub, sich mit den zurückgebliebenen kleinen Mädchen beim Bächlein oder im Sonnenblumenfeld leidlich zu amüsieren oder sich vom Großvater herzen zu lassen und ihm beim Totschlagen der Zeit behilflich zu sein.

Eines brütend heißen, staubtrockenen, stinklangweiligen Mittags waren sie aber doch alle drei auf ihrem verlorenen Posten, Yılmaz, Kulhan und Nasrettin. Sie saßen drinnen im Laden, weil es im Schatten immer noch eher auszuhalten war als unter der sengenden Sonne. Yılmaz und Kulhan nahmen ihr zweitliebstes Thema durch: Waffen. Sein ausgeprägter Hang zur Aufschneiderei, aber auch die schier unerträglich gewordene Abwechslungslosigkeit dieser Tage verleiteten Yılmaz zur Preisgabe des strengstens zu hütenden Familiengeheimnisses: des Revolvers im Schub.

«Wenn ich jemanden zur Hölle schicken will, kann ich's gleich jetzt tun», brüstete er sich vor Kulhan. «Nasrettin, schließ doch bitte die Tür ab.»

«Ei, was soll's plötzlich damit», meinte Kulhan. «Eh will keiner und niemand nichts haben und wissen von uns, man fühlt sich schon bei offener Türe verknastet ohne Grund und Verschulden.»

«Schweige, mein Freund, ich weiß genau, was ich tue.»

«Einunddreißig?»

«Vergiß es», prahlte Yılmaz. «Das habe ich hinter mir. Wozu gibt es Frauen? Ich zeige dir jetzt einen ganz anderen Kolben, wenn es dich zufällig interessiert. Aber du mußt mir hoch und heilig versprechen, daß du dein Maul hältst und kein Sterbenswörtchen verlierst. Es kommt mich sonst teuer zu stehen. Für Nasrettin garantier ich. Aus dem wird einmal was. So klein, wie er ist, dicht hält der Knirps wie Schwefel und Pech. Schwör also!»

«Gottogott, du machst es spannend, Yılmaz. Das muß ja etwas ganz Sensationelles sein, was du mir vorführst. Gut also denn, ich schwöre.»

Yılmaz hatte schon unter die Theke gegriffen und hielt seinem Freund den blinkenden Lauf der Waffe unter die Nase.

«Donner!» staunte Kulhan. «Und so was habt ihr also im Laden?»

«Weißt du», klärte Yılmaz ihn auf, «es gab Zeiten, da waren deine Leute und unsere Leute nicht so gut Freund miteinander. Ja, Nasrettin, reiß nur die Augen auf und wundere dich! Du warst noch nicht auf der Welt, mein Kleiner. Jedenfalls, Kulhan hier und seine Brüder, die wollten deinem Vater ans Leder. Der Grund dafür warst du, kleiner Narr. War schon nicht unklug damals von Himmet, daß er für alle Fälle so ein Ding deponiert hat im Schubfach. Was ist, Kulhan? Erinnerst du dich noch, wie ihr aufs Dach geklettert seid und in den Schornstein geballert habt? Wie ihr versucht habt, uns den Himmel zu öffnen? Beileibe, auch mich hätte es treffen können damals. Wir wollen nicht hoffen, Kulhan, mein Freund, daß es wieder so kommt, wie es war. Aber wir sind vorbereitet, wir haben genug von den Dingern, und, Teufel, wir wissen umzugehen damit. Selbst der kleine Nasrettin kann's schon. Soll er dir's zeigen?»

Es wurde gar nicht abgewartet, daß Kulhan verlangte, der Demonstration beiwohnen zu dürfen, vielmehr übergab Yılmaz, nachdem er die Kugeln aus der Trommel genommen, Nasrettin den Revolver, reichte ihm dann auch die Munition, worauf der Stöpsel mit seinen kleinen Fingerchen in aller Gelassenheit und Seelenruhe die Waffe wieder lud. Als er mit diesem Geschäft, das ihn denn doch eine Weile in Anspruch genommen, fertig war, hob er mit beiden Händen das Eisen und richtete den Lauf gegen Kulhan.

«Yılmaz, laß gut sein», sagte der Bedrohte. «Ich will's zugeben, daß wir's recht fad hatten bis eben, aber das hier ist mir doch entschieden *zu* interessant. Tu mir die Güte und nimm dem Kind das Ding aus der Hand.»

Yılmaz rührte sich nicht von der Stelle. Klein Nasrettin kniff sein linkes Auge zu, während der Zeigefinger der Rechten sich nach dem Abzugshahn streckte.

«Du wolltest meinen Vati erschießen», sagte er mit einem kindlichen Ernst, den auch Yılmaz an ihm noch nicht kennengelernt.

Kulhan sprang auf und machte einen Schritt auf Nasrettin zu.

«Gib mir sofort den Revolver!»

«Nein», war die Auskunft.

«Yılmaz, mach endlich was!!» kam tief aus Kulhans Eingeweiden ein Schrei, gedrosselt durch die Enge am Hals und heiser verzerrt.

Yılmaz spürte nichts von den Todesengeln, die sie umschwebten, er sah die Szene von ihrer erheiternden Seite, und er schmunzelte, als er fand, er habe seinem Herzensbruder den Schrecken tief genug eingejagt, und Nasrettin bat, ihm die Waffe wiederzugeben. Der gehorchte aber nicht, blieb, wie er war, und zielte auf Kulhan. Erst diese Unbotmäßigkeit seines Neffen ließ Yılmaz energischer werden.

«Hast du mich nicht gehört? Sofort kommst du her und gibst mir den Revolver!»

Aber der kleine Ritter machte auch jetzt keine Anstalt, die Macht über Leben und Tod aus den Kinderhändchen zu lassen, was Yılmaz in Rage versetzte. Er ging zu ihm, entriß ihm die Knarre und verpaßte ihm eine Schelle mit deftigem Knall für seine Aufsässigkeit gegen die Onkel. Die Züchtigung steckte er ein, der künftige Boxer, ohne auf irgendeine Weise beeindruckt zu sein, und rangelte nach dem Gerät, das Yılmaz beim Griff hielt. So blieb diesem nur noch die linke Hand frei, den wütenden Bengel unter Kontrolle zu bringen, was ihm nicht auf Anhieb gelang, und Kulhan, jetzt gar nicht mehr in Sorge um sein eigenes Leben, sondern um das des Amok laufenden Sohns seiner Schwester, versuchte, Yılmaz den Revolver, den er von Nasrettin weghielt, abzunehmen. Da nun aber Yılmaz auch ganz plötzlich in glühender Wut war und seine Bewegungen nicht perfekt koordinierte, lösten sich seine Finger nicht gleich vom Griff, als Kulhans Hand den Lauf faßte. Kulhan, endlich die Waffe freizubekommen, packte Yılmaz am Handgelenk, worauf dieser die Faust öffnete, aber gleichzeitig mit einem Ruck seinen Unterarm aus der Umklammerung riß. Und in dieser Bewegung löste sich der Schuß.

Das Licht der Sonne kam Alaettin von Osten entgegen, aber es sollte von dort auch die Finsternis über ihn fallen. Mit dem großen, Helligkeit spendenden Stern zu beginnen, so ist die Rede hier von einem gewissen Celalettin, der, von Buchara kommend, in Begleitung seines Vaters Behaettin Anatolien erreichte. Es war dieser Derviş und Gottesmann einer unter vielen, die, von der Expansion der Mongolen aus der Heimat vertrieben, die Landschaften Kleinasiens allerorten überströmten.

Der über mehr als ein Jahrhundert sich erstreckende Krieg um den wahren oder wenigstens wahreren Propheten hatte auf beiden Seiten nicht nur die Schwertklingen abstumpfen lassen, auch der Glaubenseifer mußte, je mehr taktisch-strategische Kalküle vor den konfessionellen Verbundenheiten den Ausschlag für das Eingehen von Allianzen gaben, um so stärkeren Abbruch erdulden. Die göttliche Außen- beziehungsweise Welt- beziehungsweise Erdpolitik hatte sich gezwungen gesehen, eine frische Doktrin anzunehmen, wie sich in diesem 13. Jahrhundert in Anatolien, im Verlauf des 14. Jahrhunderts dann auch in Europa offenbarte. Der Himmel schickte die Verkünder der göttlichen Botschaft nicht mehr als Einzelreisende mit Vollmachten für endlose Geschlechter und Gebiete, er sandte sie gleichzeitig und scharenweise aus, flächendeckend gewissermaßen.

Diese Sekten, deren Zahl in den separaten Ländern in die Hunderte ging, hatten bei aller Unterschiedlichkeit ihrer Katechismen, bei der weit gefächerten Diversifikation ihrer Rituale und Praktiken doch eines gemeinsam: die Auflehnung gegen ein unter Berufung auf die Heiligen Schriften von menschlichem Geist und Interesse zurechtgebasteltes System von Vorschriften und Verboten; das Aufbegehren gegen einen Quasiklerus, der das Gotteswort zur Phrase erniedrigt und sich mit ihm in den Dienst der Grundherren gestellt hatte, die rücksichtslose Ausbeutung der Bauern zu legitimieren. Gott wollte den gierigen Händen der Heuchler und Profiteure wieder entrissen werden und in die Gemeinde der Werktätigen zurückkehren.

Was nun den Sufi Celalettin angeht, so wurde seine Ankunft in Anatolien trotz des massenweisen Auftretens von Verkündern göttlicher Botschaft als Sensation gefeiert. Die Ausstrahlung seiner Weisheit und Gottesnähe umgab ihn mit einer Aureole von solcher Leuchtkraft, daß ihm die Ehrennamen von allen Seiten zuflogen. Çelebi nannte man ihn, und Mevlana, «Unser Herr», aber auch, so großartig wie schlicht, den Celalettin von Rum. Aufhorchen erregte die Musik, die er aus dem mittleren Asien hergebracht hatte, Aufsehen der Tanz, den er zu diesen Klängen vollführte, bis zur Ekstase um die eigene Achse rotierend.

Gemeinsam mit seinem Vater war er nach Konya gekommen und in die Dienste des großen selçukischen Sultans getreten. Wenn man bedenkt, daß seine Familie sich auf ihre Abstammung von dem anstelle Alis zum ersten Kalifen gewordenen Ebu Bekir berief, wundert es kaum noch, daß Celalettin Rumi, der Mevlana, seinen Orden unter der Schirmherrschaft und der Aufsicht Alaettin Keykubats gründete.

Soll man Keykubat für seine Staatsklugheit preisen, die ihn die revolutionäre Energie des Mevlanas einfangen und aus den Wirbeln des Derviş Treibstoff für seine imperiale Maschine gewinnen ließ, etwa im Sinne der Worte seines Zeitgenossen Friedrich II., des Enkels von Barbarossa, der aus seinem Hof zu Palermo an seinen Schwiegersohn Dukas Vatatzes, den Kaiser von Nikäa, schrieb: «O glückliches Asien! O glückliche Herrscher des Ostens, die der Untertanen Waffen nicht fürchten und die Erfindungen der Priester nicht scheuen»? Soll man den Mevlana für seine Charakterlosigkeit und seinen gottlosen Aristokratismus und Opportunismus verabscheuen, die ihn den Kompromiß mit den sunnitischen Ulema suchen und seine gottergebenen Verse in der dem Volke unverständlichen Sprache Persisch singen ließen? Oder soll man ihn für seine Toleranz gegen die verschiedenen Glaubensrichtungen preisen, die er noch nach seinem Tode darin bewies, daß er seine Ruhestätte an der Seite eines Christengrabs wählte?

Lassen wir dies für einen Augenblick dahingestellt und schauen wir, welches auf dem militärischen Plan Keykubats weiteres Schicksal war. Daß von Osten dem Reich der Selçuken der Untergang drohte, erkannte er richtig, nur täuschte er sich im Gegner, und wäre nicht das Tier so unpassend ausgesucht für den Vergleich, kaum könnte man der Versuchung widerstehen, Keykubat im Anschluß an den größten Sieg seines Lebens den berühmten Ausspruch Churchills nach Beendigung von World War Two in den Mund zu legen: «Wir haben das falsche Schwein geschlachtet.»

Die Sache wollte es nämlich so, daß Şah Mengübirti, größter und letzter Beherrscher Horezmiens, dem Vordringen der Horden des Cengizhan nach Südwestasien wie ein Fels in der Brandung entgegenzustehen gewußt hatte. War sein Geschick als Feldherr herausragend, so war sein Vermögen auf dem Gebiet der Diplomatie weniger als unzureichend, denn er hatte zeit seines Lebens Händel mit den Meliks in Syrien und sonderlich mit Keykubat, was sich bitter rächte, als sich im Jahre 1229 in seinem Rücken eine neue mongolische Großoffensive vorbereitete. Wer einmal lügt, dem glaubt man nicht, und wenn er auch die Wahrheit spricht, weiß der Volksmund und behält in Mengübirtis Fall recht. Er ließ an die muslimischen Herrscher im Vorderen Orient ein Rundschreiben folgenden Inhalts gehen: «Das Heer der Mongolen ist äußerst zahlreich und dieses Mal noch größer als sonst. Wenn Ihr mir nicht mit Menschen und Ausrüstung zu Hilfe kommt, dann falle ich, der ich wie eine Mauer stehe, und auch Ihr werdet keine Möglichkeit mehr finden, Euch ihm zu widersetzen. Wenn Ihr Euch, Eure Kinder und die muslimische Menschheit retten wollt, sende jeder von Euch eine Abteilung Soldaten mit Fahnen, damit, wenn zu den Mongolen das Gerücht von unserem Einverständnis gelangt, sie annehmen, eine nicht geringe Gegenwehr zu finden, auch daß unsere Krieger neuen Mut schöpfen. Solltet Ihr Euch in dieser Hinsicht die geringste Unterlassung erlauben, dann werdet Ihr selbst sehen, was geschieht, und das erhalten, was Euch gebührt.»

Keykubat, an den sich Mengübirtis Hilferuf in erster Linie richtete, antwortete damit, daß er ihm mit seinen Truppen in feindlicher Absicht entgegenzog. Bei Erzincan kam es 1230 zur Schlacht, in der Keykubat den erwähnten glänzenden Sieg erfocht, dessen Ergebnis aber vor allem darin bestand, daß den Horden Cengizhans Tür und Tor Anatoliens geöffnet wurde. Auf welche Art und Weise sie von seiner Einladung Gebrauch machten, brauchte Keykubat nicht mehr zu erleben, und so liegt etwas Tröstliches darin, daß ihm in dem von ihm erbauten Palast Kobadice nahe Erzurum der eigene Sohn schon 1236 durch Gift das Leben verkürzte.

Dieser war Giyasettin Kayhosrev, der zweite des Namens. Anstifter zu dem Vatermord war der Mevlana persönlich gewesen, dessen Orden die Erziehung des Prinzen oblag. Kayhosrev II. stellte damit den gegen seinen Mürşit geforderten Gehorsam unter einen nicht weniger extremen und eindeutigen Beweis, als es Abrahams Bereitschaft gewesen, seiner Treue zu Gott den eigenen Sohn zum Opfer zu bringen.

Hintergrund für die Beseitigung des glorreichsten Sultans der Rumselçuken war dessen Annäherung an Baba İlyas, einen Vorläufer des Hacı Bektaş, von dem wir noch hören werden – wie dieser aus Horasan abstämmig und der Schule des Ahmet Yesevi, des eigentlichen Begründers der türkischen Mystik, zugehörig. Baba İlyas wirkte in der Nähe Amasyas und verbreitete die Lehren der Şia unter den Nomaden.

Wie jeder Mensch, der sich ernsthaft bemüht, seine Erfahrung dem Allgegenwärtigen zu öffnen – und wir hörten ja, daß er solchen Zuständen und Forschungen mehr von seiner Lebenszeit einräumte als den Regierungsgeschäften und dem Schlaf –, mußte Keykubat zwangsläufig zu dem Resultat gelangen, daß die sunnitischen Orthodoxien ebenso absurd wie unhaltbar sind und ihren Anhängern und Vertretern nichts sicherer verwehren als den Zugang zu Gott, eben weil ihr ganzer scheinbar heiliger Kodex nichts anderes darstellt als eine Panzerung der Seele gegen das Erlebnis der Unio mystica. Hinzu kam für Keykubat, weil er Perfektion in der Lenkung des Staates anstrebte – und wir betonen es noch einmal, daß er in der gesamten selçukischen Dynastie in jeder Hinsicht der Bewunderungswürdigste war und daß man die verhältnismäßig kurze Zeit seiner Herrschaft mit großem Recht die halkyonischen Tage des rumselçukischen Reiches genannt hat –, die Einsicht in die sozial ebenso ungerechte wie fortschrittsfeindliche Tendenz der sunnitischen Dogmatik und Scholastik.

So konnte nichts weniger verwunderlich sein als seine Bereitschaft, auf die Ideen des Baba İlyas einzugehen. Höchstens wäre es noch erstaunlicher gewesen, hätten der Mevlana und seine Adepten dem tatenlos zugeschaut. Einmal korrumpiert und geblendet von ihrem politischen Einfluß, war ihnen jedes Mittel recht, das Erreichte für die Zukunft zu sichern, und sie zögerten nicht, den halbwüchsigen Giyasettin Kayhosrev zum Assassinen am eigenen Vater zu machen, um sich durch den wohlklingenden Namen seines Großvaters mit ihm auf dem Sultansthron ein ihren Händen gefügiges Werkzeug zu schaffen.

Wie groß aber die Macht der Şia und Baba İlyas' in Anatolien bereits war, zeigten die Aufstände, welche die Nachricht von der Ermordung Sultan Keyubats nicht nur auf dem Land, sondern auch in den Städten, in Konya, Antalya, Amasya und Diyarbakır auslösten. Die Revolten und die anhängige Verfolgung der şiitischen Rotköpfe, Kalendari und Hayderi, sollten von nun an die Blätter der türkischen Geschichte wie ein blutiger roter Faden bis in unsere jüngsten Tage durchziehen.

Giyasettin Kayhosrev II. genoß den mit dem Tod des Vaters und dem der hingeschlachteten Empörer erkauften Triumph, praßte und weihte die Zeit, die er den Regierungsgeschäften, dem gelehrten Verkehr, den historischen Studien, der Andacht und der Lektüre der Philosophen absparte, exklusiv seinen Ausschweifungen und dem Schlaf, in welchem er sich von denselben erholte. Auf diese Art setzte er all seinen Ehrgeiz darein, den Mangel an Würde, der seiner Jugend geschuldet, durch lästerliche Lebensführung ins Unerträgliche zu steigern und das leuchtende Bild des tadellosen Sultans, seines Großvaters, durch dasjenige des aus seinen Lenden hervorgegangenen allerverwerflichsten Enkels nach Kräften zu verfinstern. Drei Jahre der Gärung benötigte die von der Kanaille und den aus der Hinterbühne die Drähte ziehenden Mevlevi unterdrückte Volksbewegung, sich mit potenzierter Vehemenz erneut zu erheben.

An der Spitze stand nun Baba İshak, der nächste Vertraute des Baba İlyas, und wieder schlug in Amasya der Funke, der die Herzen der Massen in Brand setzte. Der Engel, der den göttlichen Auftrag überbrachte, erschien dem Baba İshak als Bauer verkleidet. Baba İshak hatte den Sohn dieses vermeintlichen Bauern unter Einsatz des eigenen Lebens vor den Wölfen gerettet. Darauf ließ der Engel ihn wissen, er solle gehen und öffentlich verkünden, Gott sei ihm erschienen und werde ihn zum Sultan erheben.

Baba İshak bewies den Leuten seine Übermenschlichkeit durch das Schreiben von Amuletten, die, wenn über jemanden Gram hereingebrochen oder zwischen Eheleuten Mißhelligkeiten entstanden waren, alles in Wohlgefallen auflösten. Seine Jünger waren ihm nicht nur ohne die geringste Einschränkung ergeben, Baba İshak wußte sie auch so geschickt zu dirigieren, daß an dem Tag, an dem er die Losung ausgab, das ganze Volk aufstand wie ein einziger Mann, dem Mörderregime in Konya die Stirne zu bieten. Der Reichsfeldherr Muzaffarettin, ausgerückt, die Revolte zu ersticken, kassierte eine herbe Niederlage und verlor Trommel und Fahne, die Symbole der Macht.

Nach dieser Schlappe verstärkte Muzaffarettin die Reihen seiner Schergen durch gedungene Kurden, aber die Aufständischen, unter denen die Frauen mit der gleichen Tapferkeit kämpften wie ihre Männer, blieben siegreich, konnten Sivas und Tokat erobern. Als nächster versuchte sein Glück Hacı Armaganşah, der Truppenkommandeur von Amasya. Dreihundert schwerbewaffnete französische Söldner halfen ihm zur Viktoria über die Insurgenten.

Die abgeschlagenen Köpfe zählte man nicht, es waren über 4000. Nur Säuglinge ließ man am Leben – und Baba İshak, der in Konya des Sultans Gefangener wurde, wo er allerdings in kurzer

Zeit doch so etwas wie ein Wunder vollbrachte, da er dessen Sinn änderte, sich aufschwang zum Lehrer und Meister seines Besiegers, was die Mevlevi, die dies nicht zu verhindern verstanden, dazu bringen mußte, sich mit dem von ihnen kreierten Herrscher zu überwerfen.

Aber Giyasettin Kayhosrev II. fand nicht die Zeit, sich unter İsaks Einfluß zu läutern und die verursachten Schäden der Reparatur zuzuführen, denn die Mongolen, die den Aufstand der Babas mit vergnügtem Interesse verfolgt hatten, brachen ins Land. Ahlat und Amid nahmen sie im Handstreich, und als ihnen 1243 am Közedağ zwischen Erzincan und Sivas das Heer des Sultans gegenüberstand, reichte der Schrecken, den ihr bloßer Anblick verbreitete, aus, die selçukischen Krieger in die Flucht zu schlagen.

In Sivas massakrierten sie die Bevölkerung. Die Furcht des Sultans ging so weit, daß er sich auf eine Insel zurückzog, von wo er Hülagü, dem mongolischen İlhan, die Botschaft seiner Unterwürfigkeit schickte.

Damit war es um die Unabhängigkeit der Selçuken Kleinasiens geschehen.

Der Landesverrat Giyasettin Kayhosrevs II. brachte nach den Mevlevi auch die Emire gegen ihn auf, die ihn erwürgten und seine minderjährigen Söhne Ruknettin Kılıç Arslan und İzzettin Keykavuş auf den Thron setzten. Diese beiden waren die Söhne einer Christin, denn zwar hatte Giyasettin Kayhosrev II. bei seiner Thronbesteigung in einer Doppelvermählung dem Fürsten von Aleppo, Melek Aziz, seine Schwester zur Frau gegeben und gleichzeitig dessen Tochter geheiratet, worauf im Norden Syriens sein Name in die Hutbe aufgenommen worden war, seine ganze Zuneigung aber seiner zweiten Frau, der Tochter des georgischen Königs, geschenkt.

1258 konnten die Mongolen Bagdad erobern, 1261 war es den Byzantinern vergönnt, die Venetianer wieder aus Konstantinopel zu vertreiben.

Ruknettin Kılıç Arslan und İzzettin Keykavuş wurden zum İlhan Hülagü nach Bagdad geschickt, wo er sie einige Zeit behielt, um sie anschließend in Begleitung des von ihm bestellten Reichsverwesers Süleyman Pervane nach Konya zurückzusenden. Hier teilten sich die Brüder die Sultanswürde nur kurz, bis Ruknettin sich alleine der Herrschaft bemächtigte und İzzettin über Alanya nach Konstantinopel entfloh.

Die nächste Welle der Erhebung gebärdete sich als Partei İzzettins, dem sie gegen Ruknettin den Sultansthron erfechten zu wollen vorgab. Die Führung dieser neuen Bewegung hielt Karaman Beg inne, der bei dem Aufstand des Baba İshak in Sivas die hervorragende Rolle gespielt, und er wurde zum Begründer einer Dynastie, die zeitgleich mit derjenigen Osmans aus den Trümmern des Selçukenreichs steigen und sich zwei Jahrhunderte lang als eine gefährliche Nebenbuhlerin derselben aufrechterhalten sollte.

Zwar übertrug Ruknettin 1261 Karaman Beg das Vilayet İçel mit der Hauptstadt Mersin und die Würde eines Emirs, ernannte dessen Bruder Bunyus gar zum Kommandeur seiner Leibwache, aber gleichwohl zog er noch im nämlichen Jahr mit den Emiren von Ermenek und Zeynulnağ im Gefolge auf Konya, um die Sache Sultan İzzettins zu vertreten. In der Ebene von Kavala kam es zur Schlacht. Sie wurden geschlagen, Karamans Bruder sowie der Emir von Zeynulnağ gefangengenommen und aufgehängt.

Der Kampf der Karamaniden richtete sich gegen Sultan Ruknettin, aber vor allem gegen die mongolische Besatzungsmacht, mit der dieser kollaborierte. Gleich nach ihrem Sieg am Közedağ hatten die Mongolen von den Türken «Geschenke» verlangt: 360 000 Dirhem in bar, 10 000 Schafe und 1000 Pferde. Die jährliche Kontribution war im Friedensvertrag von 1245, der das Vasallenverhältnis des Sultanats zum İlhanreich regelte, wie folgt festgesetzt worden: 1 200 000 Dirhem, 500 Ballen Seide, 500 Pferde, 500 Maultiere, 5000 Schafe und Getreide im Wert von 3000 Goldbarren. War dies schon an sich eine Belastung, die in keinem Verhältnis stand zu dem Tribut, der anderen dem İlhanreich unterworfenen Provinzen auferlegt wurde, und geeignet, das Land zu erdrücken, so wurde die Lage der Bevölkerung noch weiter durch die Willkür und Habgier der Steuerpächter und der mongolischen Gouverneure erschwert.

Inzwischen erging es auch İzzettin bei Michael, dem Kaiser in Konstantinopel, sehr schlecht. Dessen Liebedienerei gegen die Mongolen hatte ihn dahin gebracht, seine Tochter, Prinzessin Maria, die schon vorher dem Hülagü verlobt war, dessen Bruder und Nachfolger Abakahan zu vermählen. Es ist deshalb verständlich, daß ihm nicht viel daran lag, İzzettin, das Symbol des selçukischen Unabhängigkeitskampfes gegen die Mongolen, an seinem Hofe zu beherbergen.

Daß İzzettin sich bei jeder Gelegenheit dem christlichen Glauben sehr zugeneigt zeigte und die größte Verehrung für Heiligenbildchen und sonstige Devotionalien an den Tag legte, nützte ihm nichts. Der Sohn der georgischen Christin wurde von Michael unter dem Vorwurf der Konspiration gefangengenommen und fern vom Hof in die Festung Ainos gesperrt, woraus ihn interessanterweise ein Enkel des Cengizhan, Berkehan, der Beherrscher der Tataren von Kıpçak und der Krim, befreite. Von dort führte er İzzettin über die gefrorene Donau in die türkische Kolonie in der Dobrudža. Mitsamt der kompletten Siedlung zogen sie gemeinsam auf die Krim, wo İzzettin von Berkehan dessen Tochter zur Gemahlin und die Distrikte Solçak und Sundak zu Lehen erhielt.

Unterdessen hatte sich in Konya das Schicksal seines Bruders Ruknettin noch bedeutend ungünstiger entwickelt. Er war bei den Mongolen in Ungnade gefallen und 1267 auf Befehl Abakahans vom Reichsverweser Pervane erwürgt worden. Sein vierjähriger Sohn Giyasettin Keyhosrev, der dritte seines Namens, wurde an seiner Stelle zum Sultan erhoben.

Die Regierungsgeschäfte führte als ein gefügiges Werkzeug der Mongolen sein Schwiegervater, der die Gemahlin des Gemeuchelten zur Frau genommen hatte. Gegen dieses Regime entrollte im Jahre 1277 Mehmet Beg, der Enkel Karamans, das Banner der Empörung, verweigerte Sultan und Mongolen die Entrichtung von Steuern und Abgaben. Er trat im Namen der ägyptischen Mamluken auf, die 1260 in der Schlacht bei Ain Çalut die Mongolen besiegt und ihnen den Weg nach Afrika verlegt hatten. Baybars, der Mamlukensultan von Kairo und Bezwinger der Mongolen, stand, von den Emiren gerufen, schon in Anatolien und hatte den Mongolen gerade in Elbistan eine frische Wunde gehauen. Mehmet Beg nun führte die Fahne der Mamluken nicht, um sich mit ihnen bei Kayseri der Entscheidungsschlacht gegen die Mongolen zu stellen, sondern schwang sie vor den Toren Konyas, solcherart die Stadt zur freiwilligen Übergabe zu bewegen. Da er nicht durchkam mit diesem Trick, kehrte er zur vormaligen karamanischen Praxis zurück und brachte einen Thronprätendenten zum Vorschein, Cimri mit Namen, angeblich ein Sohn des auf der Krim verblichenen Sultans İzzettin Keykavuş. Dessen Marsch auf Konya endete mit der Eroberung der Hauptstadt. Cimri usurpierte den Herrschertitel, ließ seinen Namen in der Hutbe nennen und auf Münzen schlagen. Aus dem Grab Alaettin Keykubats II. holte er sich die Insignien und heiratete eine Tochter Ruknettins. Mehmet Beg wurde Vezir und machte Epoche durch eine Verordnung, die es fortan untersagte, sich des Arabischen oder des Persischen in Wort und Schrift zu bedienen. Die neue Amts- und Verkehrssprache wurde das Türkische.

Aber es war dem Sultanat des von den Karamaniden gestützten Pseudo-Selçuken nicht gegönnt, das zerfallende Reich zu erneuern. Abakahan sandte dem geflohenen Keyhosrev III. seine Truppen unter der Führung seines Sohnes Oğuzhan und seines Vezirs Fahrettin Ali Şah zu Hilfe. Unter dieser mongolischen Bedrohung zerbrach das Bündnis zwischen Mehmet Beg und Cimri, der erste nannte den zweiten öffentlich einen Betrüger, womit er freilich recht hatte, nicht nur, was das falsch behauptete Selçukenblut anlangte, denn er zeigte sich auch darin als Verräter, daß er Mehmet Beg die gänzlich aussichtslose Verteidigung seiner Hauptstadt überließ und nach Südosten auswich. Mehmet Beg verlor dabei sein Leben. Cimri wurde von den vereint operierenden Mongolen und Selçuken verfolgt, aber nicht gestellt. So sammelte er im Taurus seine Anhänger. Er scheiterte mit dem Versuch, Konya wiederzuerobern. Bei Karahisar kam es endlich zur Entscheidungsschlacht, in der nach erbittertem und für beide Seiten äußerst verlustreichem Ringen Cimri in die Hände der Mongolen geriet. Sultan Keyhosrev III. verhängte über ihn eine Strafe von höchster Abschreckungswirkung, denn die Haut, die dem Prätendenten bei lebendigem Leib vom Scheitel bis zu den Sohlen abgezogen wurde, ließ er ausstopfen und auf einem Esel durch die Städte seines Reiches führen.

Mag sein, daß an dem Stroh in der Hülle des Usurpators mehr Wahrheit war als an unserer Formulierung «durch die Städte seines Reiches», denn eigentliche Rede konnte von einem solchen längst nicht mehr sein; der «legitime» Sultan besaß wenig mehr Vitalität und Machtfülle als die Haut des Geschundenen, die zum Schaureiten auf dem Grautier saß. Was in der ersten Hälfte des 13. Jahrhunderts ein prosperierendes Imperium gewesen, zerfiel gegen dessen Ende in ein Dutzend Fürstentümer, die an der Peripherie der mongolischen Erpressungsmaschine ihre Unabhängigkeit übten, auch wenn sie diese nicht wie die Karamaniden erklärten und blutig zur Geltung zu bringen suchten.

Keyhosrev III. wurde, nachdem ihn die Mongolen wieder in Konya installiert, 1283 von Abakahans Nachfolger Arğunhan hingerichtet, worauf Mesut, der wirkliche Sohn İzzettins, den Thron bestieg, wo er sich fünfzehn Jahre lang als ein Spielball zwischen den mongolischen İlhanen und den oströmischen Kaisern zu halten vermochte. Sein Neffe Alaettin II. wurde 1297 der letzte Sultan aus dem Geschlecht Selçuks, und es flackerte in ihm das Licht der Herrschergröße Alaettin I. Keykubats unmittelbar vor dem Erlöschen der Dynastie mit ersterbendem Schimmer noch einmal auf. So konnte er einige der nur noch formal seinem Reiche anhängenden, in Wirklichkeit aber bereits independent waltenden Begler zum Waffendienst unter seiner Fahne sammeln und verschiedene Coups gegen den İlhan führen, was ihm freilich wenig bekam, da der ergrimmte Hasanhan 1307 seinem Leben und damit der Herrschaft der Selçukiden ein Ende machte.

Es wäre aber doch um die Geschichte ein allzu Banales, erfüllte sie sich exklusiv in diesem Aufstecken von Fahnen, in der Verdrängung des einen Herrschers durch den anderen, im Aufstellen und Niederreißen von Grenzen, im fortgesetzten Massenmord auf Geheiß und Kommando der jeweiligen Spitzen jener «Gesellschaft» genannten, menschlichen Unterdrückungssysteme, wäre sie, mit einem Wort, ganz und gar das Produkt jener Individuen, für die unser modernes Zeitalter den Ausdruck «Politiker» geprägt hat. Sicher ist die Politik die Fortführung des Krieges mit anderen Mitteln, die Kunst, bestimmte kollektive Interessen gegen die Interessen anderer Kollektive unter Umgehung der Anwendung unmittelbarer physischer Gewalt durchzusetzen. Auf der anderen Seite sind immer wieder einzelne aufgetreten, die ihren Einfluß über viele Geschlechter hinweg auf große Massen üben konnten, nicht weil sie deren Interessen auf ausgesucht raffinierte oder brutale Manier zu vertreten wußten, sondern weil sie eine Reformulierung dessen herbeizuführen vermochten, was denn nun eigentlich das menschliche Interesse ausmacht.

Die Geschichte als das Wissen der Menschheit von ihrer Entwicklung, die als diese Kenntnis vom Gang der Ereignisse selbst auf eine Evolution zurückblicken kann und von daher mit Recht den Namen «Wissenschaft» für sich in Anspruch nimmt, ist nie zu einer befriedigenden Einordnung jener Männer, die, den Naturgesetzen zuwiderhandelnd, die Abkehr von den materialistischen Grundsätzen predigten, in ihre respektiven Konzepte gelangt. Man behandelt sie als Propheten quasi auf einem anderen Plan als dem der realen Historie, auf dem als die großen Figuren die Feldherren, die Gesetzgeber und die Erfinder verbleiben. Man mißt ihnen eine übersinnliche Existenz an, vergöttlicht sie gewissermaßen, um von der Vermenschlichung des Göttlichen, für das sie stehen, um so geflissentlicher absehen zu können. Man verbucht wohl die Sonnenumläufe der Erde ab der Geburt Christi, so daß die Jahreszahlen, die der historischen Wissenschaft ja nicht alleine die Koordinaten, sondern mehr schon die Vokabeln und damit die Form des Denkens abgeben, zwar unablässig auf dessen Existenz hindeuten, ist aber deswegen noch lange nicht bereit, ihm in den Annalen den Platz zuzugestehen, der darin beispielsweise von einem Julius Cäsar eingenommen wird. Daß Jesus von Nazareth als geschichtliche Persönlichkeit schlicht nicht vorkommt, hindert dann aber wiederum nicht daran, in aller Gelassenheit vom «Christlichen Abendland» oder vom «Zeitalter der Reformation» zu sprechen. Anders schon der Fall bei Mohammed, weil er persönlich in der Rolle des Feldherrn und in der des Gesetzgebers aufgetreten ist, aber auch hier liefert uns die historische Betrachtung das absurd anmutende Bild, das ihn in die Sphäre des Himmlischen entrückt und uns seine Kalifen, Ömer etwa, als die wirklich Geschichtsmächtigen präsentiert.

Mohammeds Vetter und Schwiegersohn Ali mußte nicht nur zu Lebzeiten dulden, daß ihm Ömer die Nachfolge, zu der er vom Propheten designiert und präpariert war, streitig machte, indem ein politisches Amt, nämlich dasjenige des Kalifats, erschaffen und mit Ebu Bekir besetzt wurde, bis die Erinnerung an den Stifter der Religion ausreichend verblaßt schien, daß Ömer glaubte, sich selbst zum Obersten der Muslime aufschwingen zu dürfen. Auch auf seine Verewigung in den Werken der Geschichtswissenschaftler, wo er bestenfalls als Eiferer und Fanatiker Erwähnung findet, wartet Ali, dessen Anhängerschaft sich mit dem arabischen Wort für Partei als Şia bezeichnet, bis heute vergeblich. Doch ist der Gegensatz zwischen der Botschaft des Glaubens, die gerade und besonders die Abschaffung der Vorrechte bestimmter Klassen und Rassen beinhaltet, und der Umbiegung der Offenbarung zu einer Legitimierung der Akkumulation aller Reichtümer in den Händen einer scheinheiligen Clique, an dem sich nach Mohammeds Ableben der Bürgerkrieg entflammte, eine unvermindert fortwirkende Triebfeder des universalhistorischen Prozesses geblieben.

Es gehört zu den Gemeinsamkeiten in den Schicksalen Mohammeds und Jesu, daß diejenigen, die sich als die treuesten Bewahrer der jeweiligen Lehre aufgespielt haben, jederzeit bereit waren, die Abweichler, die Übertreter der von ihrer pervertierten Phantasie ersonnenen Verbote mit Feuer und Schwert zu vernichten. Schauplatz dieser Auseinandersetzung zwischen den unversöhnlich gegeneinander gerichteten Bekenntnissen zum Einen und Einzigen Gott und zu Mohammed, seinem Propheten, war auch und in sehr besonderer Weise Anatolien. Das 13. Jahrhundert verlegte mit der Vertreibung der Türken aus ihren Stammlanden am Oxus durch den Sturm der Mongolen den Schwerpunkt ihrer Spiritualität und Gelehrtheit nach Westen.

Horasan'dan Rum'a teşrif eder, reft, so lautet einer der vier Merksprüche, mit deren Hilfe sich die türkischen Parteigänger Alis, die sich zur Abgrenzung von den Şiiten in anderen Völkern lieber Aleviten nannten, in folgenden Jahrhunderten die Lebensdaten des Mannes, von dem nun die Rede sein wird, ins Gedächtnis zu rufen pflegten. Deutsch läßt sich der Sinn der Zeile wiedergeben mit den Worten: «Von Horasan nach Rum kam er, der ausgezogen war», aber es ist darin noch eine kabbalistische Spielerei eingebaut. Das letzte Wort *reft* besteht in seiner arabischen Notierung aus den Buchstaben re, fe und te. Den Lettern entsprechen Zahlenwerte, 200 für das re, 80 für das fe und 400 für das te, was eine Summe von 680 ergibt. Dem Jahre 680 der Hicret entspricht 1281 nach Christus, das Jahr seiner Einwanderung nach Anatolien.

Bektaş, wie gesagt, in Horasan geboren, war ein veritabler Nachfahre Alis und damit automatisch auch ein Abkömmling Mohammeds, denn bei aller Heiratsfreudigkeit des Propheten ist nur seine erste Ehe mit Hatice gesegnet gewesen, seinen Stamm fortzusetzen. Deshalb mutet Bektaşs im Säuglingsalter bereits sich kündende Frömmigkeit vielleicht nicht so außer allen Maßen verwunderlich an. Der frischgeborene Bektaş weigerte sich, die Milch seiner Mutter Hatim zu trinken, die überhaupt erst durch angestrengte Koranrezitationen der Gelehrten und wochenlanges

Beten der Dervişler mit der in 24 Ehejahren schmachtend ersehnten Leibesfrucht beschenkt worden war. Sooft sie dem Kleinen die Brust bot, so oft verbat er sich durch Heben des Zeigefingers diese Labung, weil er irdische Speise nicht anzunehmen gedachte, bevor er das Glaubensbekenntnis gesprochen, das ihm denn auch nach Vollendung der sechsten Lebenswoche von den Lippen kam.

Angesichts solch vorzeitigen Reifens erscheint es geradezu als eine pädagogische Nachlässigkeit, daß sein Vater İbrahim seinen Sohn erst im Alter von vier Jahren das Koranstudium aufnehmen ließ. Unterrichtet wurde er hierbei von Lokman Perende, der ein großer Gelehrter, wunderkräftiger Gottesmann und ein Schüler des berühmten Mystikers Ahmet Yesevi war.

Einmal überraschte Lokman Bektaş, der schon vor ihm ins Schulhaus gekommen war und über dem Koran saß. Deutlich wurde Lokman zweier Lichtgestalten zu den beiden Seiten Bektaşs gewahr, die jedoch bei seinem Eintreten sogleich entschwanden. Nach diesen Erscheinungen befragt, antwortete Bektaş, es seien seine Urväter Mohammed und Ali gewesen, die ihn den Koran lehrten, der erste nach seiner offenkundigen, der zweite nach seiner geheimen Bedeutung.

Vollends verkehrte sich das Verhältnis zwischen Lehrer und Schüler, als Lokman einmal Bektaş auftrug, für die rituelle Waschung einen Krug Wasser zu holen. Dies Begehren seines Erziehers lehnte Bektaş aufmüpfig ab und verlangte statt dessen, Lokman möchte mit einem «Nefes», einem Spruch zur Belebung durch die Feinheiten der verborgenen Dinge, an Ort und Stelle einen Brunnenquell entspringen lassen. Lokman, halb belustigt über den arbeitsscheuen Witz seines Studenten, halb verärgert über die Unbotmäßigkeit seines Zöglings, murmelte zwischen Schmunzeln und Grollen etwas über das Unmögliche der Realisierung solcher Wunschgedanken, wurde aber im nächsten Moment überwältigt, weil Klein-Bektaş ein inbrünstiges Gebet anstimmte, worauf dort, wo sie standen, das Wasser aus dem Boden schoß. Sogleich warf sich der hochbetagte Glaubensschwache dem wunderwirkenden Kind zu Füßen und sprach es mit «Hünkar», König, an.

Auch das Prädikat des «Hacı», des Pilgers zu den heiligen Städten, empfing Bektaş, lange bevor er die Wanderung nach Medina und Mekka leibhaftig vollzog, als Bestätigung einer Wundertat aus dem Mund seines Lehrers. Die Sache war nämlich die, daß Lokman, seiner Glaubenspflicht nachstiefelnd, die vorgeschriebene Rundenzahl um die Kaaba absolviert hatte und nun auf dem nahe Mekka gelegenen Berg Arafat Station einlegte. Lokman kam die alttestamentarische Erinnerung an das Opferfest im Andenken Abrahams, das in den islamischen Kalender als «Kurban Bayramı» einging und auf selbigem unmittelbar vorstand.

«Morgen also ist das Opferfest», bemerkte er daher zu seinen Gefährten, «und wir, die wir jetzt Hacılar geworden sind durch die genaue Beobachtung all der Obligationen, die uns der Koran auferlegt, haben darauf vergessen und kein Lamm zur Hand, es zu schlachten, kein Fleisch, es untereinander zu teilen.»

Diesen Seufzer hörte durch ein Wunder Bektaş in Horasan und erschien nächstentags durch ein weiteres Wunder mit den gebratenen Stücken auf dem Arafat vor Lokman und seinen Gefährten. So erhielt Bektaş den Titel Hacı, denn durch ein Wunder war er in Mekka erschienen.

Lokman Perende spürte das nahende Ende seiner irdischen Tage und mußte entscheiden, welchen seiner Adepten er mit den Attributen des Derviştums, die er von Ahmet Yesevi bewahrte, ausstatten wollte. Selbige waren: die hohe, eine Elle lange, aufrecht stehende Mütze, die berühmte Alifi Tac, die Ahmet Yesevi getragen, item der Dervişmantel, die Hırka, die Kerze, Cırağ, der Tisch, Sofra, das Banner, Alem, und der Gebetsteppich, Seccade. Es waren diese Attribute ursprünglich vom Erzengel Gabriel dem Mohammed überreicht worden. Dieser hatte sie samt der zugehörigen Satzung an Ali weitergegeben. Von Ali waren sie erst über die Stammlinie an den İmam Zeynülabidin, darauf an den İmam Muhammed Bakir, weiter an den İmam Musa Kazım und schließlich an den İmam Ali Reza gelangt, aus dessen Händen sie Ahmet Yesevi empfangen. Auf diese Weise stellten jene Utensilien und Devotionalien die äußeren Zeichen des Bewahrers der Tarikat, der geheimen Bedeutung der Lehre, und Trägers des Nur, des göttlichen Lichtes, dar.

Dem Lokman Perende erschien im Traum Ahmet Yesevi. Im großen Meydan ließ dieser Hirse ausschütten. «Welcher von euch über der Hirse ein Gebet von zwei Rakas ausführen kann», sprach er, «ohne dabei ein einziges Korn von seinem Platz zu verschieben, der sei fortan der Träger der Attribute und Bewahrer der Tarikat.»

Lokman Perende versammelte also alle Anwärter im großen Meydan, ließ Hirse ausschütten und wiederholte die Worte des Ahmet Yesevi. Nun war unter ihnen dieser oder jener von ausgezeichnetem Feingefühl und bemerkenswerter Beherrschung des Körpers, aber doch gelang es niemandem, wie sie's auch versuchen wollten, ob mit oder ohne Teppich, sein Gebet zu verrichten, ohne dabei das Getreide zu drücken und zu bewegen, und man wurde sich einig, es sei unmöglich, der Forderung des Ahmet Yesevi zu genügen. Da aber warf Hacı Bektaş seinen Teppich, und siehe, er schwebte zehn Zoll über der Hirse und hielt sich auch dort, während sein Besitzer auf ihm seine Rakas vollführte. Die Attribute des Derviştums brauchten ihm, der sich hier als der rechtmäßige Erbe bewies, gar nicht ausgehändigt zu werden, denn sie flogen ganz von selbst zu ihm auf den schwebenden Teppich.

Angewiesen wurde ihm der Ort Soluca Kara Üyük, denn auch diese Bestimmung war Lokman Perende im Traum von Ahmet Yesevi mitgeteilt worden. Es war das Jahr 1281, Hacı Bektaş wurde 34. Nicht ohne zusätzliche Wunder absolvierte er seine Pilgerreise nach Mekka und Medina und begab sich von dort über Damaskus und Aleppo nach Anatolien.

In der Nähe des Dorfes Soluca Kara Üyük, das zur Stätte seines Wirkens erkoren war und später seinen Namen tragen sollte, kam er an einen Fluß, den Kızılırmak oder Roten Fluß, Halys oder

Gihon, unter welchem Namen er im Buch Genesis anläßlich der Beschreibung des Paradieses erwähnt wird. Dort sammelten sich am Ufer die Fische und begrüßten ihn mit poetisch gesetzter Rede in türkischer Sprache.

Es war, wie bereits dargelegt, die Periode des Zusammenbruchs des selçukischen Reiches, die Phase der mongolischen Besatzung und des Entstehens unabhängiger Beylikler an den Küsten. Soluca Kara Üyük befand sich auf dem Gebiet des Reiches der İlhane. So außerordentlich rasch und weit verbreitete sich der Ruf des mit Wunderkraft begabten Gottesmannes aus Horasan, daß man den Eindruck gewinnt, die Fische und auch die Vögel mochten zu dieser Propaganda nicht unerheblich beigetragen haben, zumal die Rede davon geht, Hacı Bektaş habe bei einer Gelegenheit selbst sich in einen Vogel verwandelt. Bücher füllt die Aufzählung der Wunder, die er sonst noch vollbrachte; das Versteinern von Feldfrüchten, von Löwen sogar, sowie das Erweichen von Steinen gehören unter diesen Übungen noch zu den leichteren. Doch sollten die überlieferten Außerkraftsetzungen der Naturgesetze durch Hacı Bektaş nach unserem Dafürhalten nicht so sehr wortwörtlich als vielmehr sinnbildlich aufgefaßt sein. Wofür der Name Hacı Bektaş in der Türkei auch heute noch geradezu wie eine Formel Anwendung findet, ist der Grundsatz der durch ihn aus der Schule des Ahmet Yesevi nach Anatolien verpflanzten Lehre, der besagt, daß es dem Göttlichen wesentlich ist, sich zu offenbaren, daß Gott notwendig Adam schaffen, Adam werden mußte. Und das türkische Wort «Adam» ist eine Vokabel für: Mensch. Das mystische Erlebnis entsteht im Moment der Umkehrung, wo der Mensch sich als Gott empfindet. Zur theoretisch-theologischen Verankerung dieser These und für ihre Praktizierung im Streben nach der Einheit bietet, wie unumwunden zugegeben werden muß, der Koran wahrlich nicht den bestgeeigneten Grund und Boden, und die grausame Hinrichtung des berühmten Sufis Mansur al-Hallaj, der als erster in der Ekstase das «Ana-al-hak», das «Ich bin Gott», das «Ich bin das All» ausstieß, ist von daher gesehen, wenn schon nicht mit Recht, so doch im Sinne des Şeriats geschehen.

Zwar findet auch im Bektaşismus das Şeriat seine Anerkennung als ein möglicher Weg zur Erlangung der Einheit, aber nur als das erste unter den vier Toren, die ins Haus der Glückseligkeit führen. Während dieses jeder durchwandeln mag, der guten Willens ist und bereit, die Gebote zu halten, ist der zweite Zugang schon eine Türe, die nicht jedem offensteht, ja, von den meisten gar nicht gesehen wird. Es ist die genannte Tarikat, und sie entspricht in unserer Auffassung annähernd dem, was wir unter einem Orden samt seinen geheimen Lehren und Ritualen verstehen. Aber auch die Beobachtung der Disziplin des Ordens zusätzlich zur Befolgung der Gebote des Şeriats, voran die Unterwerfung des Müriden unter den Mürşit, des Schülers unter den Lehrer, ist nur ein Stadium und führt nicht zum Ziel, bevor nicht die dritte Tür durchschritten wird: Marifet, das ist das mystische Wissen von Gott. Wie zu den übrigen, so führen auch zu dieser Tür zehn Stufen. Die Schritte zur Marifet sind: Disziplin – Furcht – Enthaltung – Geduld – Demut – Großherzigkeit – Armut – Wissen – Weisheit – Selbsterkenntnis. Hier angelangt, erscheint die vierte und letzte Türe: Hakikat, die wiederum über zehn Stufen erreicht wird, deren letzte die Schwelle zur Vollendung ist, die Vision, die komplette Auflösung des Ichs im All, der Zustand absoluter Realität.

Im Koran findet die Lehre von den Vier Türen, wie gesagt, keine Stütze und muß sich mit einem Hadis begnügen, in dem Mohammed sagt: «Das Gesetz, Şeriat, ist mein Wort. Der Weg, Tarikat, ist mein Handeln. Wissen, Marifet, leitet mich in allen Dingen. Die Wahrheit der Wirklichkeit und die Wirklichkeit der Wahrheit, Hakikat, das ist mein spirituelles Niveau.»

Dennoch ist «Hak» nicht nur ein anderer Name für Gott, es unterscheidet sich diese Konzeption sehr merklich von Allah, der uns im Koran als all- und übermächtiger Schöpfer vorgestellt wird, unablässig mit drastischer Bestrafung der Ungläubigen und reichlicher Belohnung der Unterwürfigen und Rechtgeleiteten beschäftigt. «Hak» denkt Gott als identisch mit seiner Schöpfung, in uns wie in allem Geschaffenen anwesend. Für den Alliebenden existiert nichts außer dieser Kreation. Das Böse, die Lüge, der Betrug, die Sünde, all dies ist für ihn schlicht unwirklich.

Wenn also schon von der Seite der bektaşischen Dogmatik eine gravierende Abweichung vom Text des Korans als dem islamischen Grundbuch statthat, so muß dies für die Seite der rituellen Praktiken erst recht festgestellt werden. Sonderlich ist von seiten der sunnitischen Orthodoxie den Aleviten immer wieder die Vernachlässigung der muslimischen Pflichten des Betens und Fastens nach Uhr und Kalender angekreidet worden. Daß diese Vorwürfe nicht gegenstandslos sind, ja, daß sogar eine Überheblichkeit und Spötterei gegen die Bravgläubigen – die von den Sprossen des Leiterchens des Şeriats, welches kaum sie selbst überragt, den Himmel zu erklimmen versuchen – die gewöhnliche Antwort der Anhänger des Hacı Bektaş auf die Vorhaltungen der Sunniten darstellt, soll hier keineswegs übergangen werden. Recht deutlich wird die generelle Haltung der şiitischen Opposition in Anatolien zu diesem Thema durch eine Anekdote aus dem Kreis jener witzigen Kurzerzählungen, die gleich den Geschichten vom Nasrettin Hoca als eine unterirdische Volkstradition bis in die Gegenwart am Leben gehalten worden sind. Held dieser Histörchen ist, wo nicht der Hoca seine Stelle ganz übernommen, Hacı Bektaş selbst, der in diesen volkstümlichen Schwänken zu einem sophistischen Fechter wider die Abstrusitäten der Rechtgläubigkeit stilisiert wird, oder auch ein namenloser Derviş, ein Bektaşi. Dieser nun ist in der Anekdote, auf die es uns ankommt, zu Besuch bei einem strenggläubigen Molla und bittet seinen Gastgeber alle naselang um einen Schluck Wasser, den zu holen der Hausherr immer wieder den sehr umständlichen Weg zu der etwas abgelegenen Zisterne gehen muß. Das Spiel repetiert sich ad ultimo, bis schlußendlich der Entnervte aus seiner gastfreundlichen Haut fährt und erklärt, er habe jetzt einmal genug von der dämlichen Lauferei.

«So!» versetzt der Bektaşi, der nur auf diesen Moment gelauert hat, «aber Allah glaubst du die allerhöchste Verehrung zu erweisen, wenn du ihn fünfmal am Tag um irgendeine Nichtigkeit angehst!»

Hacı Bektaş war kein Poet, und er hatte unter seinen Aposteln auch keine qualifizierten Sprüchesammler und Biographen, aber es geriet in seinen Bann der gedanken-, gefühls- und wortmächtigste Dichter türkischer Sprache: Yunus Emre.

Als in Karaman eine große Hungersnot herrschte, erinnerte sich Yunus an die Wundertaten des Hacı Bektaş, von denen er gehört hatte, und beschloß, ihn in Soluca Kara Üyük aufzusuchen, um einige Lebensmittel von ihm zu erbitten. Er lud auf einen Ochsen eine Last wilder Pflaumen und machte sich auf den Weg.

Hacı Bektaş empfing ihn mit großer Freundlichkeit und erkundigte sich nach seinem Begehren. Yunus schilderte ihm darauf sehr ausführlich die drückende Lage im Beylik Karaman und bat Hacı Bektaş, ihm im Tausch für die Pflaumen einige Säcke Weizen aus seinen Vorräten abzulassen.

Bektaş ließ die Pflaumen, die Yunus ihm gebracht hatte, auftragen und lud den Spender als Gast in seine Tekke. Hier blieb Yunus für einige Tage und genoß sehr die Gesellschaft des Hacı Bektaş und seiner Gemeinde. Doch ließ ihm die Sorge um die daheim Hungernden keine Ruhe. Als er aufbrechen wollte, verabschiedete ihn Bektaş und fragte ihn, was er mitzunehmen wünsche: Weizen oder lieber für jede Pflaume ein Nefes, einen Spruch. Yunus gab hierauf zurück, er selbst zöge wohl die himmlische Speise der irdischen vor und gäbe jedenfalls den Sprüchen den Vorzug, aber er sei nicht um seiner selbst willen gekommen, sondern mehr der Kinder wegen und auch wegen der Frau, so daß er höflich bitte, auf den Ochsen Weizen zu laden. Das ließ aber Bektaş so noch nicht gelten, vielmehr steigerte er sein Gebot, wollte Yunus für jede Pflaume nicht nur einen Spruch geben, sondern gleich zwei. Aber selbst die Verdoppelung stimmte den von weit her Gereisten nicht um; so wurde auf den Ochsen der Weizen geladen, und Yunus zog heim.

Als er aber fast angelangt war bei seinem Dorf, vom Hügel schon die Schreie der Hungernden hörte, reute ihn seine Entscheidung. Er zerrte den Ochsen am Zügel zurück, zu erstatten dem Bektaş den Weizen und doch um die Sprüche zu flehen. Jedoch bei seiner erneuten Ankunft empfing ihn Bektaş nicht mehr.

In der Nähe war eine Schmiede. Yunus wurde Köhler. Tag für Tag schlug er Holz aus dem Wald und brannte Kohle daraus. Jahre vergingen so im Gleichmaß der Arbeit, bis er eines Abends die Stimme des Hacı Bektaş hörte, der ihn beim Namen rief und sagte:

«Sprich! Deine Zeit ist gekommen. Jetzt sprich!»

Da fielen von Yunus die Schleier, und das Meer der Gottesleidenschaft wallte in ihm auf.

Von diesem Tag an sang Yunus Emre, und sein Lied ist Tanri Aşık, Gottesverliebtheit. In seiner Lyrik hat Gott gelernt, Türkisch zu sprechen; sie ist nicht nur die Bibel der Bektaşi, sie ist gleichzeitig der Grundstein der türkischen Literatur, denn bis dahin war diese Sprache dem Landvolk und den wandernden Züchtern des Viehs das Werkzeug ihrer Verständigung, während die Verwaltung, wenigstens bis zur erwähnten Reform Mehmet Begs, des Karamaniden, Persisch schrieb, so auch die am Hofe des Sultans gehaltenen Dichter. Auf nicht weniger als 3000 Gedichte schwoll er an, der Divan des Yunus, aber nur 1000 davon sind auf uns gekommen, eine gleich große Anzahl übergab er dem Feuer, sie wurden den Engeln Geschenk, und weitere 1000 warf er ins Wasser, die Fische lernten sie eifrig und sorgten für ihre Verbreitung über die Meere.

Nachdem Yunus eine Zeit als sorgender Familienvater, eine als fronender Derviş und eine als göttlicher Barde verbracht hatte, folgte eine Periode, die ihn am Hofe des Karamanfürsten Alaettin Ali sah, wo er nicht nur als weiser Sänger den Glanz der Bankette vermehrte, sondern auch die Erziehung der Prinzen überwachte. Ähnlich dem Mevlana, in dessen Divan der junge Yunus einmal namentlich vorkommt und mit dem sowohl ihn als auch Bektaş über die Feindschaft im Politischen hinweg viele gemeinsame

Züge verbinden, konnte Emre der Versuchung nicht widerstehen, den Einfluß, der ihm aus der hohen Reputation seiner Dichtkunst gewachsen, gültig zu machen. So beteiligte er sich, als Alaettin Ali 1320 einen Feldzug gegen Aleppo anführte, an einer Verschwörung im Karamaner Saray. Die Revolte schlug fehl, die Konspiration wurde aufgedeckt und Yunus Emre mit dem Rest der Empörer dem Henker überstellt.

Zwar starb Nasrettins Onkel Kulhan, an seinem Membrum virile von der Kugel aus dem öztürkischen Familienrevolver getroffen, nicht gleich in der Bakkaliye. Yılmaz konnte ihn noch notdürftig verbinden und den bewußtlosen Körper auf seinem Pferd nach Akyaka zum Doktor transportieren. Auch wurde der Verletzte von dort noch lebend mit der Ambulanz in die Rettungsstation des Staatskrankenhauses in Kars eingeliefert. Hier aber schloß er nach wenigen Tagen für immer die Augen.

Der kleine Nasrettin war mit sich selbst im Laden zurückgeblieben und mit einer Veränderung, deren Eigenart sich schwer beschreiben läßt. Will sich schon nicht ohne Anstrengung sagen lassen, *wie* diese Modifikation beschaffen war, so wird ihre Aufzeichnung nahezu unmöglich gemacht dadurch, daß nicht einmal genau festzustellen ist, *woran* sie sich vollzog. In seinem Fall zum fraglichen Termin von Seele, Bewußtsein, Charakter oder ähnlichem zu sprechen zögern wir, denn bestenfalls war das in Rede stehende Erlebnis der Anlaß zur Entstehung derselben.

Das Kind weinte nicht, was es zuvörderst als erstaunlich festzuhalten gilt. Nasrettin war ganz ohne Hilfe und Zuflucht unter dem Eindruck des Schrecklichsten und dabei doch ohne Angst. Yılmaz hatte ihm eingeschärft, die Türe hinter ihm wieder zu verriegeln, niemanden hereinzulassen, ja, selbst mit niemandem zu sprechen, bis er zurück wäre. Daran hielt sich Nasrettin voll Tapferkeit, auch wenn alles in ihm danach verlangte, hinunter zu Opa

Gürhan zu rennen, um das übervolle Herz bei ihm auszuschütten. Er bemühte sich sogar, so gut es eben ging, das Blut vom Holzboden zu schrubben, und er hatte Yılmaz weit über den Sinn der wenigen ausgesprochenen Worte hinaus verstanden, denn er versteckte die Waffe in einem Sack Linsen. Er spürte, was auch diese seine äußeren Handlungen bezeugen, Schuld.

Ob Kulhan wieder gesund werden würde?

So fragte sich der kleine einsame Mensch, warf sich auch zu Boden, wie er es bei den Erwachsenen in der Moschee beobachtet, und flehte inständig zu dem, den sie Gott nannten, um die Erfüllung dieses Wunsches, ahnte dabei aber doch, daß er den Bruder seiner Mutter nie wiedersehen würde.

Während die Sonne hinter den Hügel über der Moschee rutschte, hatte Nasrettin gesteigerte Qualen durchzustehen, da immer wieder das Telefon in der Bakkaliye läutete. Hier war nun das kleine und weit über die Kapazität belastete Gewissen des Jungen vorm Bersten. Den Hörer abzunehmen bedeutete der Wahrscheinlichkeit nach einen Verstoß gegen das von Yılmaz verhängte Sprechverbot und damit den Verlust der letzten Moralität und Loyalität. Ebensogut konnte es aber der Onkel selbst sein, um neue, wichtige Verhaltensregeln durchzugeben.

Selbiger befand sich bereits in Polizeigewahrsam, und es war der Vorsteher der Wachstube in Akyaka, der versuchte, Kontakt zum Dorf herzustellen, um die Angehörigen über das Vorgefallene in Kenntnis zu setzen. Da aber Nasrettin starr blieb, gab der Sergeant diese fernmündlichen Versuche auf mit dem Beschluß, am folgenden Morgen Sulakbahçe einen Besuch abzustatten und die fälligen Ermittlungen einzuleiten.

Gürhan schlief in dieser Nacht nicht. Erol saß bei ihm, Tee um Tee, Stunde um Stunde. Die Theorie, auf die sie sich zuletzt geeinigt, war die, daß Nasrettin fortgelaufen sein mußte, womöglich aus Sehnsucht nach Mami und Vati, zur Yayla also, wobei er sich zwangsläufig verirren mußte, und daß die beiden Großen unterwegs waren, ihn zu suchen.

Der Tag und die zu früher Morgenstunde anrückenden Polizisten brachten alles ans Licht und ermüßigten weitere Mühen der Spekulation. Gürhan, vor Entsetzen bleicher denn je, vergaß, nachdem er die Unglücksbotschaft vernommen, völlig, daß dies alles ja nicht erklärte, wo sein geliebter Enkel, dem seine ganze nächtliche Sorge gegolten, abgeblieben war, und der Sergeant mußte ihn daran erinnern, daß nach Yılmaz' Aussage Nasrettin einziger Zeuge des Vorfalls gewesen sei.

Unser Held war nach Einbruch der Nacht irgendwann eingenickt, um mit dem Eindringen der ersten Sonnenstrahlen in die Luke am Dach zu erwachen und den Druck des Himmels doppelt so schwer auf sich zu finden wie vor dem Einschlafen. Als jetzt die Polizisten sich an der Tür zu schaffen machten, um den Zugang zum Tatort zu öffnen, verkroch er sich hinter die Säcke mit den Bohnen und Linsen und wäre in diesem Versteck wohl auch unentdeckt geblieben, hätte nicht der detektivische Scharfsinn des Sergeanten aus dem Umstand, daß die aufgebrochene Pforte von innen verriegelt gewesen, kombiniert, daß notwendig ein dazu fähiges Wesen in dem Raum noch vorhanden sein mußte.

Nasrettin hielt treu und tapfer durch bis zur letzten Sekunde, verharrte, ohne den geringsten Laut von sich zu geben, fast ohne zu atmen, in seinem Schlupfwinkel hinter den Bohnen, ließ sich durch die zuckersüßesten, schmeichelndsten Worte nicht locken und erst recht nicht durch die bitteren, drohenden. Auch als ihn nach gut einer halben Stunde einer der Polizisten mehr zufällig aufspürte und zwischen den Säcken hervorzerrte, blieb er stumm wie das Grab, das sich bald über dem Leichnam seines Onkels Kulhan schließen würde. Der Sergeant, der immerhin über ein sehr reichliches Arsenal zwar nicht den Vorschriften entsprechender, dafür aber um so wirkungsvollerer Mittel gebot und sich rühmen durfte, aus den verstocktesten Verschwörern die umfänglichsten Geständnisse herausgeholt zu haben, sah bald ein, daß er in Nasrettin ein Gegenüber gefunden, an dem selbst sein Repertoire versagen mußte.

Gürhan erlitt bei der Szene, nicht ganz unverständlich, einen klassischen Tobsuchtsanfall.

«Ihr geht ja ganz falsch um mit dem Jungen! Laßt mich das machen! Ich bin doch sein Opi, zu mir hat er Vertrauen …» So hatte es angefangen, und nachdem der Sergeant, der sich unfähig zeigte, den Kindermund zu öffnen, Gürhan obendrein noch seinen bartumstandenen verboten hatte, nicht ohne den Hinweis auf die Strafen und Paragraphen, mit denen das Gesetz die Vernachlässigung der Höflichkeitsformen gegenüber Amtspersonen bedroht, war dieser nach kurzfristiger Wirkung der Einschüchterung geplatzt, hatte seinen Wonneproppen am Schlafittchen gepackt und in der Luft geschüttelt: «Was habt ihr mit meinem Kulhan gemacht?! Ihr Mörder! Los, raus mit der Sprache! Sag es der Polizei, daß Yılmaz, das Höllengewächs, meinen guten Jungen einfach abgeknallt hat …», worauf der Sergeant ihn von der Vernehmung ausschließen mußte.

Das konnte freilich Gürhans Tobsucht nur steigern, und so lief er vom Fleck weg, «Mörder!, Mööörder!!» krakeelend, durchs Dorf, wechselte dann, mit schwappendem Bauch den Laufschritt beibehaltend, in ein durch die Zähne gestoßenes: «Ich mach dich kalt! Kalt mach ich dich!» und schlug auf der Landstraße die Richtung nach Akyaka ein. Hier stoppte er aber nach dem ersten Kilometer, besann sich besser, kehrte ins Dorf zurück, lieh sich vom Hoca den Esel, saß auf und lenkte das Grautier unverzüglich den Weg zur Yayla hinauf. Es schien ihm egoistisch, die Rache für Kulhan zu vollziehen, ohne dessen Brüder daran teilhaben zu lassen.

Der Sinn des Sergeanten richtete sich ebenfalls nach der Hochalm. Vielleicht konnten die Mutter oder der Vater das Kind doch noch dazu bewegen, den Hergang zu schildern. Ohnehin durften sie Nasrettin nicht unbeaufsichtigt lassen. So schickte er zwei seiner Untergebenen, die nach kurzem den Rach- und Tobsüchtigen einholten, der fürs erste seine Wut an dem phlegmatischen Vierbeiner ausließ, den er zu seiner Beförderung auserwählt hatte, aber ohne Bedenklichkeit auch die Gelegenheit wahrnahm, davon an die Vorbeireitenden auszuspenden.

«Ja, beeilt euch nur! Warnt die Mörderbande! Schützt die Verbrecher! Tut euren Beruf!» rief er ihnen hinterher, und es hätte ihren Gewohnheiten entsprochen, den Mann vom Esel zu reißen und ordentlich durchzuprügeln, denn zwar kannten sie die Paragraphen nicht so gut wie ihr Vorgesetzter, waren aber von dem ihnen gesund scheinenden Rechtsempfinden erfüllt, daß Beamtenbeleidigung niemals ungesühnt bleiben sollte.

Dennoch verzichteten sie für diesmal darauf, wohl, weil sie dem Alten auch ohne präzises juristisches Wissen mildernde Umstände einräumen mußten.

Das hochsommerliche Idyll auf der Yayla hätte durch eine Bombe nicht gründlicher zerstört werden können als durch das Eintreffen der Repräsentanten der Staatsmacht. Es ist sogar anzunehmen, daß, wären die Nachrichten nicht von ihnen, sondern von Gürhan überbracht worden, das Gemetzel gleich dort oben eingesetzt hätte.

Am geringsten beeindruckt zeigte sich Niyazi. Er nahm es fast als Beruhigung auf, denn endlich war feste, klare und furchtbare Wirklichkeit geworden, was bis dato nur als finstere Ahnung in ihm gezittert hatte. In aller Kühlheit erkundigte er sich, ob Kulhan bereits tot oder noch am Leben war. Auf die Auskunft hin, daß er, zumindest beim Aufbruch der Untersuchungskommission, zwar nicht das Bewußtsein wiedererlangt, aber es auch noch nicht ausgehaucht hatte, schwang sich Niayzi in den Sattel und ritt nach Kars.

Was Karagöz hieß, hegte nicht den geringsten Zweifel an Kulhans Aufenthalt im Paradies. Die männlichen Vertreter der Familie steckten die Köpfe zusammen, die weiblichen rissen die Hälse auf und bejammerten den Toten. In dieses entrückte Klagegeschrei stimmte auch Sevim ein und vergoß Tränenströme um ihren Bruder. Oktay hatte große Mühe, sie dahin zu bringen, mit ihm der polizeilichen Aufforderung Folge zu leisten und gemeinsam mit den Beamten ins Dorf zurückzukehren.

Der Aufbruch war allgemein. Ohne jede Ordnung, ohne sich um das Schicksal des Viehzeugs zu kümmern, strebte alles schreiend, schimpfend, jammernd dem Tale zu, und wäre nicht die lasisch-kaukasische Familie gewesen, die außerhalb der Parteien stand und aus Vernunft und Erfahrung einen Unfall – sicherlich bedauerlich, aber ungeeignet, seinetwegen die erprobten Lebensregeln umzustoßen – für das Wahrscheinliche hielt, gut möglich, daß das Dorf nicht nur den Kulhan, sondern auch seine Herden noch verloren hätte.

Es war bereits wieder später Abend, als Nasrettins Eltern in Begleitung der Polizisten in Sulakbahçe eintrafen. Der Sergeant hatte den ganzen Tag mit dem Jungen verbracht, ohne ihm die Lippen öffnen zu können. Nasrettin hatte nicht nur stolz sein Gelübde bewahrt, sondern auch die Aufnahme jeglicher Form von Nahrung strikt verweigert. Jetzt konnte er seiner Mutter um den Hals fallen und mit ihr weinen.

Da der Sergeant sie allein ließ, dauerte es nicht lange, bis er ihr schluchzend und stotternd erzählte, was er wußte. Zwar vermochte sich Sevim sowenig wie Oktay und der Sergeant, denen er es nachher wiederholte, ein Bild davon zu machen, wie genau der Schuß sich aus der Waffe gelöst hatte, aber so viel war deutlich, daß, wenn der Junge nicht der abgefeimteste Schauspieler und Lügenbold der Welt war, was ihm niemand zutrauen wollte, jedenfalls von Mord oder auch nur von einer Tötungsabsicht bei Yılmaz die Rede nicht sein konnte.

Dies bestätigte auch das Opfer selbst, als es am folgenden Morgen aus dem Koma erwachte. In Begleitung eines Beamten der Kriminalpolizei in Kars durfte Niyazi mit Kulhan sprechen. Zwar bereitete es ihm große Anstrengung, Antwort auf die Fragen zu geben, die man ihm stellte, auch war er offensichtlich nicht bei klarem Verstand, sein Bewußtsein vielmehr fiebrig getrübt, aber unzweideutig wiederholte er immer wieder das Wort «Unfall» und: «Laßt Yılmaz in Ruhe ... Er konnte nichts dafür ... Armer Yılmaz ...» Das alles wurde von dem Kripobeamten protokolliert.

Niyazi, in der Ungerührtheit, die wir an ihm schon kennengelernt, bestand noch darauf, daß der Sterbende seine Aussage unterschrieb. Kulhan zeigte sich sehr willig, diesem Wunsch zu entsprechen, konnte aber den Stift, den Niyazi ihm immer wieder aufhob und hinreichte, lange nicht fassen. Erst als Niyazi sein Handgelenk festhielt und ihm den Ellenbogen stützte, gelang es Kulhan, sein Zeichen auf das Papier zu huschen, was ihn aber so ermattete, daß er darauf gleich wieder ins Koma versank. Es sollte sein letzter Schlummer werden, denn keine drei Stunden darauf stellten die Ärzte den Exitus fest.

Niyazi, kaum daß er dem Todeskandidaten mit der letzten Kraft die seiner Meinung nach so unentbehrlichen Kreuzlein abgerungen, machte sich auf den Weg zum Polizeigefängnis von Akyaka, seinem Bruder von dem ergatterten Entlastungsmaterial zu berichten, ihn bei derselben Gelegenheit aus der Familie zu verstoßen und ihn aus dem weiteren Umkreis zu verbannen. Synchron bewegten sich von Sulakbahçe aus Kulhans Brüder mit dem Vater auf dieses Ziel zu, in der gleichen Absicht, in der sie – noch gemeinsam mit dem Hingemordeten – vor Jahr und Tag auf das Gefängnis zu Arpaçay gezogen waren: Rache an den Öztürks!

Yılmaz aber, zu seinem Glück – und er war in der Tat fähig, es trotz allem so zu betrachten –, wurde aufgrund der am Tatort durchgeführten Ermittlungen und des telefonischen Berichts von der Vernehmung des Opfers auf der Rettungsstation durch das Kriminalkommissariat Kars auf freien Fuß gesetzt, bevor noch Freund oder Feind nach Akyaka gelangte. Er brauchte nicht einmal fünf seiner Finger, um zu errechnen, was ihn im Falle der Rückkehr in sein Dorf erwartete. Querfeldein stiefelte er gen Westen. Den Seinigen galt er seitdem als verschollen.

Es konnte nach dem, was man von karagözischer Seite in der Folge von Sevims Entführung durch Oktay erlebt hatte, keinerlei Zweifel unterliegen, daß Gürhan, Orhan, İlhan und Burhan sich nach dem Tod Kulhans als dessen Blutanwälte fühlen mußten. Für die Karagöz hatte die Türkische Revolution nie stattgefunden, sie waren nie auf dem Boden der republikanischen Verfassung gelandet. Das Gesetz bedeutete ihnen nur einen von außen aufgesetzten Zwang, dem man sich fügte, um Repressalien zu entgehen. Innere Gültigkeit und seelisch-gesellschaftliche Wahrheit aber besaß in ihren Augen allein das Şeriat. Dieses nun billigt die Blutrache nicht nur, es bestätigt ausdrücklich den Grundsatz, der vom Römischen Recht als «Talion» bezeichnet worden ist, und macht die Vergeltung zur Pflicht. Mit den Worten des Propheten Mohammed, zweite Sure, Vers 173 bis 175: «O ihr, die ihr glaubt! Vorgeschrieben ist euch die Wiedervergeltung im Mord: Der Freie für den Freien, der Sklave für den Sklaven und die Frau für die Frau! Der aber, dem von seinem Bruder etwas verziehen wird, bei dem lasse man Güte walten; doch Entschädigung sei ihm reichlich. Dies ist eine Erleichterung von eurem Herrn und eine Barmherzigkeit. Und wer sich nach diesem vergeht, den treffe schmerzliche Strafe. Und in der Wiedervergeltung liegt Leben für euch, o ihr Leute von Verstand; vielleicht werdet ihr gottesfürchtig.»

Dagegen mochte Niyazi, noch auf dem Boden des Şeriats, Sure vier, Vers 94 und 95 in Anschlag bringen: «Ein Gläubiger darf keinen Gläubigen töten, es sei denn aus Versehen; und wer einen Gläubigen aus Versehen tötet, der soll einen gläubigen Sklaven befreien, und das Sühngeld soll seiner Familie gezahlt werden, es sei denn, sie schenken es als Almosen. Und so er ein Gläubiger ist aus einem euch feindlichen Volk, so befreie er einen gläubigen Sklaven; ist er aber aus einem mit euch verbündeten Volk, so zahle er das Sühngeld an seine Familie und befreie einen gläubigen Sklaven. Und wer nicht die Mittel findet, der faste zwei Monate hintereinander. Dies ist eine Buße von Allah, und Allah ist wissend und weise. Und wer einen Gläubigen mit Vorsatz tötet, dessen Lohn ist Cehennem; ewig soll er darin verweilen, und Allah zürnt ihm und verflucht ihn und bereitet für ihn gewaltige Strafe.»

Mit dieser Koranstelle Gürhan und seine Söhnen von der Vergeltung abzuhalten, hätte es aber des Nachweises der fehlenden Tötungsabsicht bedurft. Um diese wiederum zu erbringen, wäre ein ordentliches Gerichtsverfahren vonnöten gewesen, wozu aber weder Anklage noch Angeklagter vorhanden waren. Doch selbst Yılmaz' Freispruch wegen erwiesener Unschuld hätte für die Karagöz ihre Pflicht, den Tod Kulhans mit Mord zu vergelten, in keiner Weise moderiert. Der Spruch eines islamischen Gerichts, der für sie bindend gewesen wäre, konnte aber infolge der Abschaffung dieser Einrichtung, zumindest in der Türkei, gleichfalls nicht erlangt werden.

Ein Argument blieb dem Niyazi gegen Kulhans Blutanwälte. Zu destillieren ist es aus den vorher angeführten Versen der «Kuh», das ist die zweite Sure. Wohlwollenden Interpreten des Korans ist es nämlich gelungen, aus diesen Worten Mohammeds nicht so sehr eine Sanktionierung der Blutrache, sondern vielmehr deren Einschränkung herauszulesen. Daß Mohammed eine Neuerung in Form der Möglichkeit, die Blutschuld durch Geldzahlung zu tilgen, eingeführt hat, springt wohl ins Auge, aber daß die Vergeltung Blut gegen Blut auf den Täter persönlich eingeschränkt und dessen Angehörige von der Haftung ausgeschlossen hat, das wahrzunehmen bedarf schon feinerer Instrumente. Immerhin befand sich Niyazi bereits auf der Höhe der Ulema, als er beschloß, das şeriatisch einzig zulässige Objekt des karagözischen Blutdurstes dem Zugriff zu entziehen; er wußte aber auch, daß deren Feinheit bei der Zerspaltung der prophetischen Worte mitnichten dem neuesten Entwicklungsstand entsprach, daß sie es gut altarabisch aufnehmen und sich nach Yılmaz' Flucht an seine nächsten Blutsverwandten halten würden, womit sich Niyazi denn also selbst aufs Korn ihrer Jagdflinten gab, was man wohl weder hartherzig noch egoistisch nennen darf. Quod erat demonstrandum.

Für die Karagöz war Niyazi, obwohl vollkommen befähigt zu ihrer Satisfaktion, erst die zweite Wahl. Oktay schien ihnen aus zweierlei Gründen geeigneter zur Entrichtung des fälligen Zolls. Einmal war durch die veränderten Umstände dessen alte Rechnung wieder offen, zum zweiten hatte man Sevim erneut verstoßen müssen, weil man ohne Beachtung dieser Formalität gezwungen gewesen wäre, das Blut Kulhans an der eigenen Familie zu rächen, weshalb die Beseitigung ihres Gatten den Weg zu ihrer Neuvermählung und endgültigen Rückkehr geöffnet haben würde.

Daß Gürhan sich im Zuge dieser Wandlung der Verhältnisse auch den geliebten Wonneproppen aus dem Herzen zu reißen hatte, bedarf der gesonderten Erwähnung eigentlich nicht; festgehalten sei nur die Leichtigkeit, mit der es geschah. Nasrettin hielt sich nach der Katastrophe, ohne daß er von irgend jemandem dazu angehalten worden wäre, fern von seinem Großvater. İmam Erol, vielleicht von allen derjenige, den Yılmaz mit seinem Finger am Abzugshahn in die tiefste Verzweiflung und Ratlosigkeit gestürzt hatte, unternahm den müßigen Versuch, die beiden in seinem Haus noch einmal zusammenzubringen, in der offenkundigen Hoffnung, nach dem bewährten Schema ein zweites Versöhnungswunder zu zeitigen. Kind und Greis lehnten mit gleicher Entschiedenheit jede Berührung ab. Erol, der in der besten Absicht handelte, konnte nicht verhindern, daß sie das böseste Resultat hervorbrachte.

«Wenn wir Oktay nicht kriegen und nicht den Niyazi, wenn uns Fevzi entwischt und der Alpay, wisse es, Nasrettin, du bist der nächste.» So sprach Gürhan zu seinem Enkel.

«Ich habe keine Angst, nicht vor euch und nicht vor dem Tod. Mein Vater ist stärker als ihr alle zusammen. Wenn ihr uns zwingt, werden wir kämpfen.» So sprach Nasrettin zu seinem Großvater.

Was der İmam ihnen zu sagen hatte, wollte keiner von beiden hören; sie kehrten einander den Rücken und gingen von dannen, ein jeder in seine Richtung.

Der alte Vorsatz, Oktay zu töten, wurde mit neuen Schwüren bekräftigt. Kein Hindernis sollte mehr gelten als Entschuldigung für das Versäumen der heiligen Pflicht. Doch mischte sich allerlei Vernünftiges in die bluträcherischen Pflichtgefühle ein, so daß die Brüder sich mit dem Vater darüber verständigten, mit einer offenen Hinrichtung Oktays sei wenig gewonnen, weil nach der abzusehenden Verurteilung ihres Vollstreckers die nächste Pflicht auf sie zukommen würde, nämlich vom Staat die Begleichung dieser neuen Schuld zu erwirken, sprich, einen Polizisten oder Soldaten umzubringen – frei nach der Nasrettin-Hoca-Geschichte, in welcher der Hoca den Jungen mit dem Krug zum Brunnen schickt und ihm zuvor eine kräftige Ohrfeige verabreicht. Vom Nachbarn befragt, was das soll, antwortet der Hoca: «Wenn der Kerl meinen Krug erst zerdeppert hat, dann nützt es doch nichts mehr, daß ich ihn strafe!»

Also ward zur Umgehung der unausweichlichen Konsequenz des Bürgerkrieges der Beschluß, die Erledigung der koranischen Obliegenheiten habe mit List und Heimtücke zu geschehen. Dies wiederum ist auch leichter gesagt als getan, besonders dann, wenn das designierte Opfer über die Absicht bestens im Bilde ist und dazu noch das bessere Material, überlegene Strategie und Taktik sowie den größeren Mut zu seiner Verfügung hat. So nahm also das karagözische Blutracheunternehmen vorläufig die Form mehr oder weniger regelmäßiger nächtlicher Überfälle auf die öztürkischen Häuser an.

Klein Nasrettin wurde der Horror schon fast zur Gewohnheit. Vom Geballer aus dem Schlaf gerissen, hieß es, sich mit der Mutter, dem Brüderchen und dem Schwesterchen draußen an die Hauswand zu pressen, derweil der Vater aus seiner Deckung hinter der großen Platane auf dem Vorplatz das Feuer aus den Flinten der Karagöz-Brüder auf dem öztürkischen Dach erwiderte. Was Nasrettin über die Maßen verbitterte, waren nicht so sehr die Prügeleien, die ihm die größeren Jungen der Gegenpartei auch am hellichten Tag zu liefern versuchten. Diese bestand er teils, und diejenigen, die er nicht bestand, waren ihm vorwiegend Ansporn, sich beim nächsten Treffen besser zu behaupten. Richtig verbittert wurde er erst und infiziert mit dem Keim des Hasses, als die Angreifer eines Nachts zur Erhöhung des Überraschungseffektes den Wachhund an der Kette vor dem Haus vergifteten, denn Nasrettin hing sehr an dem Tier.

Kurz und gut, es war für Oktay und seine Familie kein Zustand mehr und auch keine Frage, daß früher oder später, auf dieser Seite oder auf jener, der Kampf seine Opfer fordern würde, ganz abgesehen davon, daß selbstverständlich die vormalige wirtschaftliche Blüte sich unter dem Krieg in ihr Gegenteil kehren mußte. Oktay beriet sich mit Sevim, er redete mit Niyazi, und er sprach auch mit Erol darüber. Das Ergebnis all dieser Diskussionen war immer dasselbe: Die Öztürks mußten Sulakbahçe verlassen.

Niyazi siedelte mit seinem Anhang, zu dem sich auch Şerifnur gesellte, nach İstanbul über. Es sei gesagt, daß er in Beşiktaş nach Überwindung der Schwierigkeiten des Anfangs sich einen sehr guten Stand zu verschaffen wußte, indem er ein Studium der Rechte hinter sich brachte und später eine florierende Anwaltskanzlei aufbauen konnte.

Für Oktay, der die Stadt von Besuchen während seiner Soldatenzeit kannte, kam İstanbul nicht in Frage, ebensowenig Ankara, wo er mit Alpay immerhin einen hervorragenden Anlaufpunkt hatte. Er wollte sein Werk, die agronomische Reformierung des Dorfes, nicht ganz im Stich lassen, sondern bessere Zeiten erwarten, um an das jetzt wegen des Unglücks Abgerissene später wieder anknüpfen zu können. Nach dem Vorbild Noahs wollte er von den Schafen, den Rindern, den Ziegen, den Pferden, den Eseln und den verschiedenen Sorten Gefieders je das Beste von den männlichen und von den weiblichen mit sich nehmen und ein kleines Grundstück in Kars erwerben.

Nachdem man so diese neuen Ziele ergriffen, wurde auch nicht mehr gezögert. Den Verkauf der Liegenschaften und Herden übernahm Erol, dessen Hand hierbei auch wieder glücklicher wurde. Er machte aus dieser Kommission ein hochgeschicktes Werkzeug seiner Dorfpolitik und konnte in Abstimmung mit Ankara unter anderem Azeri-Familien in Sulakbahçe ansiedeln, deren Fleiß bald wieder Wohlstand und Frieden ins Dorf brachte, welcher sogar einen der beiden während der Schießereien entflohenen Lehrer zurückkehren ließ.

Der Umzug glich einer Flucht. Bei Nacht und buchstäblich bei Nebel, der äußerst gelegen kam, ritten auf den auserkorenen Pferden Oktay mit Şerafettin, neben ihm Nasrettin; hinter ihnen trotteten, auf der erbgutsichernden Stute, die kleine Arzu in ihrem Arm, Sevim und, mit dem Allernotwendigsten beladen, der zum Stammvater der Zucht auserlesene Eselhengst. Niyazi war mit Schwester, Frau und Kindern bereits zwei gute Stunden vor ihnen verschwunden.

Kurz vor Sonnenaufgang erschien mit ratterndem Motor ein Laster im Dorf, die verkleinerte Arche. Auf seine Ladefläche wurden unter den Anweisungen Erols je ein Paar Schafe, Rinder und Ziegen gehievt, den übrigen Platz teilten sich Herr und Frau Truthahn, Henne und Gockel, Gans und Ganter in ihren Käfigen mit wenigem vom Hausrat der Öztürks. Gürhan, der nach dem Aufstehen nur noch sah, wie der Kraftwagen mit seiner Fracht schaukelnd die Brücke über das Rinnsal querte, rieb sich die Hände.

Nun also Kars, der neue Lebensschauplatz unseres Helden. Und was für einer! Nein, Heimweh konnte da nicht aufkommen in Nasrettins kindlicher Brust, dazu blieb gar keine Zeit, so sehr war seine heranreifende Aufmerksamkeit gefangen von all den Wundern der Stadt. Heimweh? Wonach auch? Nach morddrohenden Großvätern, hundevergiftenden Onkeln, prügelnden Vettern? Hier war die Stadt, hier war das Leben.

Einen echten großen Bazar gab es, die Stände beladen mit Teppichen, Besteck und Geschirr aus Gold, Silber und Bronze, Stoffen in allen Farben, Schuhen, Stiefeln, Pantoffeln seltsamster Machart, allen Sorten von Kleidern, Mützen und Mänteln, dazu hochgetürmt Melonen, Feigen und Granatäpfel, zu mächtigen Haufen auch die Auberginen in der Farbe der fernen Berge im Gegenlicht der untergehenden Sonne, die Okra grün wie das frühlingsfrische Gras, Tomaten prall und groß wie Orangen und gläsern rot wie der Kuß von Sevim zur guten Nacht! Fleisch, in ganzen Leibern hängend von riesigen Haken, abgehäutete Schädel von Schafen mit frech grinsenden Zähnen, die Höhlen der Augen von glitzernden Fliegen besetzt. Zuckerwerk, Helva, gigantische Töpfe voll gemahlenen Würzwerks, in Farben abgestuft wie auf der Palette des Malers und Düfte verströmend, die aus den entlegensten Gegenden herkommen und eine Ahnung geben von der Weite der Welt …

Aber das ist nur der Bazar, wo sich das Volk drängt, Händler schreien, die Weiber feilschen mit schriller Stimme und wo neben einem Teppich, auf dem kupferne Kannen und Tiegel goldrot mit dem reflektierten Sonnenlicht blenden, ein Kamel wiederkäuend hinein in den Tag döst, bis es sich abends erhebt, um all diesen Trödel seinem Besitzer in den Schuppen zu tragen, der unten am Fluß steht. Denn einen Fluß gibt es hier wirklich! Nicht so ein Rinnsal, wie es die Ahnungslosen oben im Dorf haben, nein, einen richtigen rauschenden Fluß mit Ufern aus gemauerten Kais. Und daran Teegärten, in denen man die Kühle genießt.

Hoch ragt der Berg am Ufer des Flusses und auf ihm thronend die Burg im von Sonne und Wind nobel gebläßten Karmin ihres Steins. Weit, weit in die Runde überschaut sie die Landschaft, tagelang vor seiner Ankunft sähe man den Feind, wenn einer es wagte, herauszukommen aus seinem Winkel. Und die Moschee? Nicht eine, viele gibt es hier in der Stadt. Die Müezzinler fallen sich gegenseitig ins Wort und überschreien einander wie die Händler auf dem Bazar. «In meine Moschee kommt, hier betet sich's besser», fast so versteht man die Rufe. An allen Ecken und Enden ragen über den Kuppeln die Minarette.

Korankurse gibt es fast bei jeder zweiten Moschee, wo man sie auswendig lernt, die Suren des Heiligen Buches, bis man sie alle hersagen kann und Hafiz wird. Aber da sind auch richtige Schulen, die der Staat eingerichtet hat, mit sauberen Höfen und schönem Gemäuer. «Wann komme denn ich endlich zur Schule?» fragt Nasrettin den Vater, der ihn an seiner Hand führt und ihm dies alles zeigt. «Bald, mein Sohn, bald. Alles sollst du lernen, und später wirst du studieren.» – «Baba? Bekomme ich dann auch so einen Anzug, ein weißes Hemd und eine Krawatte, wie sie die Schuljungen tragen?» – «Aber gewiß, mein Sohn, gewiß doch …»

Zwar mußte man aus der Poesie solcher sonntäglichen Spaziergänge und Besichtigungen wieder zurück in die Prosa der alltäglichen Verrichtungen, lebte auch fürs erste auf dem kaum schulhofgroßen Grundstück sehr provisorisch unter einem Stangengerüst mit darübergeschlagener Plane, aber es waren die Jahreszeit warm, die Nachbarn freundlich und hilfsbereit, Geld aus dem Verkauf der Landwirtschaft vorerst in beruhigender Menge vorhanden, die Handwerker geschickt und in ihren Ansprüchen bescheiden, und so wuchs der einfache, ebenerdige Bau unter Oktays Aufsicht und seiner unermüdlichen Mitarbeit bei allen Gewerken rascher als der Mais auf den Feldern. Auch der kleine Nasrettin schwitzte und schuftete das Seinige zu, fühlte sich stolz und den erwachsenen Arbeitern gleich, wenn er mit ihnen in der Pause das Brot brach, aus Käse, Gurken, Tomaten, Oliven die Kraft holte, mit der man das Werk von neuem begann. Hier war er unsicher, ob er wirklich gestriegelt, mit Blazer und Krawatte am weißen Kragen zum Schulgänger werden wollte und zum Gelehrten. Beneidete er nicht im Grunde die Jungen, die arbeiteten so wie er, die mit Teegläsern auf großen Tabletts, mit Körben voll Simit, mit gekühlten Säften oder Melonen durch die Gassen liefen und Geld verdienten, echtes Erwachsenengeld, mehr als die Pinkels mit den unter die Arme geklemmten Bücherpaketen? Man mußte sich nur einmal einen solchen Melonenverkäufer angucken, wie er, den Korb mit der Ware neben sich abgestellt, lässig an einer Wand lehnte und, Sonnenblumenkerne kauend, die Schalen meterweit von sich spuckend, seine Kundschaft erwartete. Möglich, sagte sich Nasrettin dann, daß man beides miteinander verbindet, man kann schließlich zur Schule gehen und trotzdem nebenher ein wenig arbeiten …

Pünktlich und damit eine ganze Zeit vor Einbruch des legendären bitterkalten Karser Winters konnte man die Stangen des Zeltgerüstes zusammenlegen und es sich im neuen Heim gemütlich machen. Der Tag des feierlichen Einzugs war der 31. Oktober des Jahres 1966. Weder dem Hausherrn und seiner Familie noch irgendeinem der Gäste der Festtafel war es bewußt, daß die türkische Regierung auf den Tag genau fünf Jahre zuvor ein höchst folgenreiches Abkommen unterzeichnet hatte, und niemand von denen, die sich am Kebap des erstgeborenen Lämmchens aus der sulakbahçischen Exilzucht, das Oktay zum Anlaß geschlachtet, gütlich taten, ahnte, daß die Auswirkungen jenes Vertrages auch die Anwesenden nächstens nur allzusehr betreffen sollten. Verursacht hatte den deutsch-türkischen Kontrakt ein Bauwerk, das allerdings in einer noch weit erstaunlicheren Frist aus dem Boden geschossen war als das öztürkische Haus, nämlich im Verlauf einer einzigen Nacht. Wer hätte es fünf Jahre zuvor vermuten wollen, daß ein Vorgang, dessen Schauplatz Tausende von Kilometern entfernt lag, auf einem anderen Kontinent, in einem Land, zu dem die Türkei nach Beendigung der unglückseligen Waffenbrüderschaft im Ersten Weltkrieg nur sehr lose Beziehungen gepflegt, dem sie wenige Tage vor seiner Kapitulation im Zweiten selbst noch den Krieg erklärt hatte, bis in den hintersten Winkel Anatoliens sich bemerkbar machen würde?

Der Welt war es als ein Wunder erschienen, daß eine Mauer von weit über einhundert Kilometern Umfang innert weniger Stunden zu entstehen vermochte, und provoziert war ihre Errichtung ebenfalls durch ein Wunder. Es tut sich die historische Wissenschaft, wie die Wissenschaft überhaupt, eigentlich schwer mit der Anerkennung von Wundern, weil diese als Verspottung sämtlicher Nomothesien erscheinen, aber dem westdeutschen Wirtschaftswunder der fünfziger Jahre des 20. Jahrhundert ist es gelungen, die Apostrophe «sogenannt» abzustreifen und sich als von der Forschung beglaubigtes neben den erklärbaren Phänomenen in die Lehrbücher und Nachschlagewerke einzubürgern. Jedoch sah man die initiierenden Magier in ihren Ministerien und im Kanzleramt zu Bonn am Rheinstrome wie Kreide so bleich, als sie die Kunde vom kommunistisch gesteuerten Gegenwunder, dem über Nacht aufgeworfenen antiimperialistischen Schutzwall, ereilte. Der Ziegenbart in Ostberlin hatte durch diesen Pioniercoup den wunderwirkenden Zufluß von Arbeitskraft in das Westberliner Auffangbecken hermetisch verstopft. Im Interesse von Wirtschaft, Wunder und Westen mußte, wollte man den Kollaps der Industrien verhindern, schneller als schnell ein neuer Zustrom von Arbeitskraft aus- und aufgemacht werden.

Nun waren aber die Zauberer vom Rhein der Auskunftsmittel nicht gänzlich bar, hatte man doch an den weiten Gestaden des Mittelmeeres schon reichlich Erfahrung und gut sich verwertende Arbeitskräfte gesammelt. Mit den Portugiesen und den Spaniern bestand das Problem, daß der Zustrom dieses arbeitskräftigen Flusses zu seinem größeren Teil schon unterwegs in der gallischen Erde versiegte. Im italienischen Norden kam das Kapital selbst auf die Beine, so daß es mehr und mehr die überzähligen Hände aus seinen meridionalen Provinzen in den Fabriken der eigenen Nation zu verwerten vermochte, weswegen die Anwerber der germanischen Industrie sich schon gezwungen gesehen hatten, ihre Trommeln auf dem Balkan bei den Jugoslawen und Griechen zu rühren.

Aber das reichte nicht hin, es blieb der Bundesrepublik nichts weiter übrig, als ihre Gastfreundschaft einem neuen Arbeitervolke zu künden, um dieses auf das herzlichste in seine Werkhallen zu laden. Welches das Land war, aus dem die erforderten Mengen von Arbeitskraft herbeifließen würden, stand schon geschrieben. Ein Blick in den Atlas genügte, mit Ankara das Gespräch zu eröffnen.

Hier erschienen die Emissäre aus Bonn wie gerufen, zerbrach man sich doch schon lange den Kopf darüber, wohin der Strom der anatolischen Landflucht zu lenken sei. Und schneller, als Oktay sein Haus bauen konnte, zimmerten die deutschen und türkischen Staatssekretäre das «Abkommen zur Anwerbung türkischer Arbeitskräfte für den deutschen Arbeitsmarkt». Das Datum seiner Ratifizierung, wie schon bekannt, der 31. Oktober 1961.

Wir müssen dem von Adenauer so ausdauernd geschmähten Zonenregime, das die Geschicke des ersten und vorläufig letzten Arbeiter-und-Bauern-Staates auf deutschem Boden lenkte, unsere Erkenntlichkeit zeigen, da es, sehr indirekt zwar, deshalb aber nicht minder intensiv auf den Lebensgang unseres Helden eingewirkt hat, weswegen es möglich wurde, daß derselbe hier im Zelt zu Beausoleil nahe Monaco vor unseren Augen den Europameister im Superfedergewicht attackiert. Was ein Mann seiner Statur überhaupt aus sich herausgeben kann, das arbeitet, angekurbelt von Röders Litanei unter dem Ring, Nasrettin in seinen Gegner hinein.

Sandol ärgert nicht nur die Energie, die Nasrettin an ihm entfaltet und der sein Temperament für den Augenblick nichts entgegenzustellen vermag. Zusätzlich nervt ihn, daß er so allseitig von Fäusten umflattert wird, als ginge ein Schwarm schwerer Vögel auf ihn nieder. Der Champ macht also die Schotten dicht und legt Doppeldeckung vor.

Dabei hat er den Türken doch am Ende der zweiten Runde schon in die Hoden und damit zu Boden gehauen! Wo nimmt dieser Kerl bloß seine Kräfte her? Schließlich kann der Karibofranzose nicht ahnen, daß Nasrettin visionshalber das Blut der Kreuzritter getrunken und eine schamanische Zerstückelung mit Rekomposition hinter sich hat.

Es liegt für die Punktrichter offen und klar, daß sie für diese dritte Runde die Vorteile Nasrettin zubuchen müssen, ja, einer von ihnen hatte gar Sandols regelwidrigen Tiefschlag gesehen und dessen Disqualifizierung und den Abbruch des Kampfes gefordert. Sandol darf es nicht zulassen, daß sich dies Überwiegen von Nasrettins Aktivität festsetzt, er muß das Ruder wieder herüberziehen zu sich, muß in den Angriff. Doch fällt ihm nur sehr wenig ein, denn die Doppeldeckung bietet zwar Schutz, hat aber den verzwickten Nachteil, daß sie als Ausgangsstellung für einen Angriff fast überhaupt nicht taugt. Deshalb ist sie bei Boxern, die auf ihren Ruf als Techniker halten, unbeliebt bis verpönt. Es buht auch schon leise auf den hinteren Rängen, seine Fans wollen den Champ nicht versteckt hinter Handschuhen sehen.

Im Moment allerdings ist es Nasrettins Faust, die ihn verdeckt, aber wieder einmal nicht ganz die Deckung durchbrechen kann, dennoch den Punkt holt und Sandols Gesicht leicht touchiert. Das alles tut auch ein bißchen weh, und Sandol besinnt sich auf die Unfehlbarkeit von Primitivmitteln, dreht in die Rechtsauslage, macht seine Schlaghand zum Führungshammer und rammt rechte Gerade, die schon mehr fechterische Flêches sind, auf schwach verteidigte Stellen von Nasrettins Körper. Der muß diesen großkalibrigen, kurz abgefeuerten Bomben ausweichen und hat auch nicht sogleich Konterschläge, die er anbringen könnte. Sandol fängt sich, obwohl er seine Ziele verfehlt, doch immer, ohne nach vorn zu kippen, in seinem Gegner, lädt seine Kanone gleichsam in der Luft nach und schießt sie wieder auf Nasrettin ab. Da zeichnet sich deutlich die böse Überraschung auf Nasrettins Pokergesicht, er rudert volle Kraft zurück, sucht mit dem Hintern die Seile und ist erleichtert, als die letzten zehn Sekunden angeklopft werden. Ja, er drückt sich wieder ab vom Seil und schwingt Sandol von links und von rechts ein paar Haken auf die Blumenkohlohren, bis sie läutet, die zeitzerschneidende Glocke.

Die vierte Runde

Der eigentliche Kampf beginnt jetzt, da das «Ring frei! und Gong zur vierten Runde» aus den Lautsprechern schallt. Als ein Duell gepolsterter Amateurköpfe, als ein Vergleich der Geschicklichkeit zweier Athleten im Fechten mit den Fäusten hätte sich die Angelegenheit mit der vorigen Runde erledigt. Doch Nasrettin und Sandol gehen weiter, sie sind berufene Boxer. Sie wollen uns nicht vorführen, wie schön sie ihre Angriffs- und Verteidigungsaktionen im Training eingeübt haben, sie wollen den Kampf als Entscheidung über das eigene Schicksal. Untergang oder Triumph – was dazwischen liegt, gehört anderen, wie im Leben, so zwischen den Seilen. Dafür haben die 5000 hier im Zelt zu Beausoleil nahe Monaco ihren Eintritt bezahlt, sie wollen es sehen mit ihren Augen, wie ein Mensch sich Frieden schafft, obwohl das dem bösen Nachbarn überhaupt nicht gefällt.

Vielleicht hat Sandol noch beim Aufwärmen dem Glauben angehangen, den Raum des Vierecks mit seinen langen Armen zwischen sich und Nasrettin aufteilen und, in aller Gemütlichkeit die nötigen Punkte einsammelnd, die zwölf Runden durchspazieren zu können. In solcher Laune jedenfalls kommt er in diese vierte Runde herein, grad als hätte während der ersten drei Runden in seiner Haut jemand anders gesteckt, puncht mit der Führhand in behäbigem Takt auf Nasrettins Deckung, in dieser erprobten Manier seinen Gegner in der Distanz zu fixieren.

Wenn dieser böse Nachbar mich unbedingt aufstören will, so geht Sandols Berechnung, dann soll er gefälligst was dafür tun. Die Kräfte, die er verbraucht, mich in den Infight zu ziehen, die werden ihm fehlen in den späteren Runden. Also immer locker und gerade heraus mit der Linken, bis sich der Wirbelwind ausgetobt hat.

Nasrettin hält von diesem Arrangement nichts. Er denkt nicht daran, sein Durchhalte- und sein Einsteckvermögen in den Spalten eines Haushaltsbuchs zu verzeichnen, um die Ersparnisse von

Runde zu Runde zu tragen. Er schreitet forsch hinein in den Mann. Daß er dabei an der gegnerischen Sperrlinie Treffer abbekommt, ist ihm egal, wenn er nur selbst eine oder die andere Hand auf die empfindlichen Stellen des Nachbarn aufsetzen kann. Nasrettin boxt, als wolle er sich regelrecht hindurchschlagen durch Sandols Körper. Restlos alle Kraft, die in ihm wohnt, ist entfesselt und eingesetzt in seinen Angriff, er würde durch jede Wand gehen mit diesem Antrieb. Leider sind die Attacken ungeordnet in ihrer Wildheit, die Schläge zwar extrem hart, aber unsauber plaziert. Besonders ein linker Haken, der Sandols Rippen einbiegt, hätte, um eine Handbreit nach unten versetzt, die Leber des Europameisters mit optimaler Wirkung getroffen.

Außer diesem Mangel an Präzision kranken die Sturmangriffe, von denen Nasrettin in dieser vierten Runde mehr als ein Dutzend vortragen kann, daran, daß nicht kunstvolle Technik, vielmehr Mutwille und Aufopferung die Breschen eröffnen, weswegen unser Held nach vollbrachter Zerstörungsarbeit im gegnerischen Fleische aus demselben nicht wieder herausfindet und immer wieder eingefangen wird von Sandols langen Klammerarmen. Wenn man dem Champion auch dabei, wie er ein ums andere Mal Nasrettin auflaufen läßt, ihn wie eine Partnerin zum Stehblues empfängt, die Eleganz nicht absprechen mag, so macht sich in den Zuschauerreihen doch Mißbilligung laut, weil die Fans diesen Stil mit Recht als profihaft höchstens in einem despektierlichen Sinne empfinden. Die Punktrichter lassen sich täuschen, und selbst Eddy Hoagland durchschaut Sandols Machenschaften nicht ganz, trennt wiederholt mit großer Verspätung und spricht die überfällige Verwarnung nicht aus.

Als Erol sämtliche Verkäufe in Sulakbahçe abgewickelt hatte – ein einziger Acker blieb im Besitz der Familie Öztürk, als Symbol und Pfand für die Rückkehr –, stellte sich heraus, daß

Oktay mit dem Erlös sich und seine Familie nicht, wie gedacht, über Jahre und Jahrzehnte hinaus unterhalten konnte, daß die Reserven vielmehr bestenfalls hinreichten, sie über den Winter und ein Stück in den Frühling hinein zu bringen. Noch dazu waren in den frisch errichteten Stallungen Kuh, Schaf, Ziege, die Pferdesowie die Eselstute trächtig geworden, und Sevim war ebenfalls guter Hoffnung. Alles hocherfreuliche Tatsachen, wären nicht die Umstände so widrig gewesen.

Unbedingt mußte Oktay eine ergiebige Einnahmequelle finden, bevor es zum Bankrott kam und das Elend an die Türe des neuen Heims klopfte. Wenn auch die Summe aus dem Verkauf der ehemals blühenden Landwirtschaft zu gering war, das Auskommen der Familie dauerhaft zu sichern, sagte sich Oktay, stellte sie doch immer noch ein respektables Handelskapital dar, so daß er im Prinzip nur zu klären hatte, in welche Branche er einsteigen wollte.

Es pflegt nun im Leben sich so zu ereignen, daß dort, wo von innen ein Bedürfnis drängt, bald auch die äußere Gelegenheit zur Stelle ist, es zu befriedigen. Eines unscheinbaren Nachmittags begegnete Oktay auf der Straße zufällig seinem ehemaligen Kameraden Faruk von der Ausbildungskompanie in Eskişehir. Natürliche Freude über dies unverhoffte Wiedersehen, die unwirtlich eisige Kälte der Straße und die trübe Dämmerstimmung, die seit dem Morgen über der Stadt hing und sich nicht hatte entscheiden können, es ordentlich Tag werden zu lassen, veranlaßten Oktay gegen Prinzip und Gewohnheit, mit dem alten Kumpan in eine hell illuminierte Lokanta zu treten, und er protestierte auch nicht, als Faruk dem Kellner auftrug, ihnen eine große Flasche Rakı zu bringen.

Geheimnisvoll wie eh und je mischte sich in ihren Gläsern der durchsichtige Schnaps mit dem durchsichtigen Wasser zum fahlen Weiß der Löwenmilch, die schon nach den ersten Schlukken das beladene Herz erleichtern. Doch während Oktays Erzählung sich als eine Kette verhängnisvoller Mißgeschicke darstellte, präsentierte sich Faruks Lebensverlauf seit seiner Entlassung aus der Kaserne als eine ununterbrochene Reihe von Siegen und Triumphen.

Mit einem Startkapital, das zu Anfang, neben einem geringfügigen Zuschuß seiner ansonsten mittellosen Eltern, allein aus dem gespeist war, was er sich während der Armeezeit von seinem Sold hatte absparen können, war es ihm gelungen, einen voluminösen Handel mit Textilien zu entwickeln. Vom fabelhaften Zustand seiner Geschäfte sprach Faruk nicht nur, er stellte ihn auch umgehend unter Beweis, indem er aus der Hosentasche ein dickes Bündel mit großen Scheinen zog, die erste Flasche dem Kellner mitsamt einem saftigen Trinkgeld bezahlte, um gleich die nächste zu ordern, dazu alles, was das Haus an Speisen zu bieten hatte.

Oktay kam in dieser Nacht spät und volltrunken nach Hause. Sevim, die sich Sorgen gemacht hatte und aufgeblieben war, empfing ihn mit Vorhaltungen. Oktay schimpfte nicht, versuchte mit keinem Wort, sich gegen die laut erhobenen Vorwürfe zu wehren. Er sang und tanzte im Zimmer, überhörte auch Sevims Mahnungen, die Kinder nicht aufzuwecken.

«Ja, glaubst du denn etwa, ich dächte nicht ohne Unterlaß an die Kinder, mein Herz?» sagte er, strich sich den Schnurrbart und versuchte Sevim zu küssen.

«Du stinkst nach Schnaps», meckerte Sevim, «und geraucht hast du auch.»

«Ja, das stimmt», bestätigte Oktay, «ich habe ein Gläschen getrunken, und geraucht habe ich auch. Aber das ist noch nicht die ganze Wahrheit, mein geliebtes Weib, das sich nicht küssen lassen will von ihrem Mann. Solche gibt es, ja, ja, die in der Kneipe sitzen und den letzten Kuruş versaufen, während daheim ihre Frauen und Kinder am Hungertuch nagen. Fürwahr, es gibt sie. Aber dein Oktay gehört nicht zu dieser Sorte. Er trinkt und raucht mit seinen Geschäftsfreunden, bespricht dabei aber Sachen mit ihnen, die Geld ins Haus bringen.»

Hier unterbrach er sich, richtete sich auf und schaute ernst.

«Viel Geld, Sevim. Mach dich gefaßt: Wir werden reich.»

Das hatte er so würdig und ruhig, so ganz im Vollbesitz der geistigen Kräfte gesagt, daß Sevim glauben mußte, ihm unrecht getan zu haben. Daher lächelte sie jetzt und ließ zu, daß er sie küßte.

«Die Sache ist die», erklärte Oktay, als er am nächsten Morgen ernüchtert mit ihr beim Frühstück saß, «daß mir Faruk, der in Eskişehir einer meiner allerbesten Freunde war und der einzige, der mir, zwar nicht im Reiten und Schießen, auch nicht im Lesen und Schreiben, aber im Rechnen und in der Ballistik voraus war, gestern durch Gottes Führung über den Weg lief. Du glaubst es nicht, Sevim, und mir selbst kommt es ebenfalls wundersam vor, er hat sich hochgearbeitet, hat selbständig so einen Handel mit Textilien aufgezogen, der sich in alle Teile des Landes verzweigt. Sein Vermögen ist schon heute beträchtlich, und seine Aussichten sind, besonders, wenn man seine Jugend bedenkt, kolossal. Nun ist er in einen vorübergehenden Engpaß geraten, weil sein ganzes Kapital festliegt. Für ihn ist das, wie er mir auseinandersetzt, über jedes Maß ärgerlich, weil sich ihm gerade jetzt eine phantastische Chance bietet, mit einem Schlag seinen Besitz so gut wie zu verdoppeln. Ihm wurde in İstanbul aus der Konkursmasse einer zahlungsunfähigen Fabrik ein Posten von 35 000 Hemden angeboten, zu Konditionen, die irrwitzig sind und im Grunde darauf hinauslaufen, daß ihm der ganze Krempel geschenkt wird. Aber ‹Krempel› ist nicht das richtige Wort, Sevim. Die Hemden sind aus Seide gefertigt und, wie er sagt, in bester Qualität verarbeitet. Sie haben in Europa einen Ladenpreis von bis zu 20 Lira, auch bei uns kriegt man sie nirgends unter 10 Lira. Du mußt dir das vorstellen, Sevim! Faruk bieten sie das Hemd für 77 Kuruş das Stück an. Weißt du, was das bedeutet? Das Problem besteht darin, daß er diesen Preis nur bekommt, wenn er die Lagerbestände komplett übernimmt. Das wäre von seiner Seite das Sinnvollste, weil er damit auch von dem guten Namen noch profitiert und die ganze Ware absetzen kann, bevor irgend jemand Wind davon kriegt, daß die Firma Konkurs anmelden mußte. Da wäre also Faruk das Geschäft seines Lebens entgangen, wenn nicht … ja, wenn nicht Gott nach all diesen Jahren uns in dieser für uns beide so günstigen Schicksalsstunde wieder zusammengeführt hätte. Etwas mehr als 20 000 Lira haben wir noch, und den Rest gibt mir ohne weiteres die Bank als Hypothek auf das Haus. Das ist ganz unkompliziert, Faruk hat mir genau erklärt, wie das geht. Jeden Tag kann ein anderer kommen und schnappt uns die Hemden weg vor der Nase. Faruk ist nächste Woche wieder in İstanbul, bis dahin sollte das Geld auf dem Tisch sein. Ich glaube, das ist unsere Chance. Aber ich rede die ganze Zeit, jetzt sag endlich, Sevim, was du denkst von der Sache.»

«Ich habe solche Angst, Oktay, solche Angst», flüsterte Sevim und sah ihn mit weit aufgerissenen Augen an.

Ihr Mund stand offen, die Unterlippe bebte.

Oktay glaubte zuerst, ein Déjà-vu zu erleben, erinnerte sich dann aber genau, wo und wann Sevim dieselben Worte schon einmal zu ihm gesprochen hatte. In der Steppe nahe der sowjetischen Grenze war es gewesen, wenige Minuten nach ihrer allerersten Umarmung.

«Wir müssen die Sache miteinander besprechen», sagte er. «Ernsthaft besprechen. Daß die Preise gestiegen sind, wie kein Mensch das vorausahnen konnte, brauche ich dir nicht zu erklären, du selbst weißt es am besten, denn du gehst jeden Tag auf den Markt. Daß uns aber das Haus und die Ställe … Sevim! Tu mir den Gefallen und hör auf, so nervös an dem Brot rumzufummeln, schau mich bitte an! Du mußt jetzt aufpassen. Es ist sehr wichtig, daß du genau verstehst, was ich dir auseinandersetze, und daß du es aufnimmst. Es hängt nämlich von dem, was wir jetzt an diesem Tische besprechen, unser ganzes weiteres Leben ab und erst recht das der Kinder.»

Sevim hatte die Hand, mit der sie die Brotkrümel verknetete, ruckartig weggezogen und dabei den angeschnittenen Laib von der Tischkante gestoßen. Jetzt hob sie ihn wieder auf, wischte mit dem Ärmel den Staub davon ab und legte ihn zurück an seinen Platz.

«Gleich wird ein Gast kommen», sagte sie dann. «Wußtest du, daß Gäste ins Haus stehen, wenn einem das Brot vom Tisch fällt?»

Oktay machte eine Bewegung, die anzeigen sollte, daß ihm solche Zusammenhänge für das zur Verhandlung Stehende von sehr niedriger Bedeutung schienen, überhaupt Abergläubisches den Weg der Entscheidungsfindung nur ungünstig beeinflussen konnte.

«Ich habe dir die ganze Zeit zugehört», sagte Sevim weiter, schob dabei die Finger ihrer Hände ineinander, preßte die Daumenspitzen zusammen und versuchte, ihm so gefaßt und gelassen wie möglich entgegenzublicken. «Ob ich etwas verstanden habe, wirst du selber entscheiden. Aber eines weiß ich aus dem Koran: Der Trunk, das Orakeln und das Hasardspiel sind unzertrennliche Brüder. Zu deinem Freund Faruk darf ich mich schon deshalb nicht äußern, weil ich ihn niemals kennengelernt habe. Auch erinnere ich nicht, ob du mir je etwas von ihm erzählt hast. Noch weniger steht es in meinem Ermessen, ein Urteil über die Güte seiner Geschäfte zu fällen. Aber vielleicht ist mir, weil die Herstellung oder der Kauf, hernach auch die Pflege und Ausbesserung unserer Kleidungsstücke bisher in meinem Bezirk lagen, die Bemerkung gestattet, daß nicht ein einziges von ihnen uns mehr gekostet hat als 60 Kuruş. Leider bin ich eine Frau, ich war nicht bei der Armee und bin nicht so gebildet wie du. Deshalb kann ich das auch nicht mit 35 000 multiplizieren, mir wird nur schwindlig bei dieser Mathematik. Aber ich weiß, daß ganz Kars keine 35 000 Einwohner hat, und ich habe außer dem Bürgermeister niemand gesehen, der ein seidenes Hemd trug, und zweifle sogar, ob der Bürgermeister für die seinigen mehr als 5 Lira bezahlt. Da hast du also meine Meinung zu diesem Geschäft, und weiter frage mich nicht.»

Es war für Oktay dazu auch keine Gelegenheit mehr, denn Sevims Weissagung traf ein. Es klopfte, und vor der Türe stand Faruk mit Blumen für Sevim. Für die Kinder hatte er ausländische Schokolade dabei. Nasrettin, der mit seinem kleinen Bruder im Pferdestall spielte, wurde gerufen, und artig stellten die Knaben sich dem weltmännisch feinen Besuch vor. Auch die in ihrer Wiege schlummernde Arzu wurde beäugt. Faruk fand schöne Worte, den stolzen Eltern vielerlei Lob für die wohlgestalteten Kinder zu spenden. Er wollte sich aber nicht lange aufhalten, machte, nachdem er der Höflichkeit zuliebe ein Gläschen Tee zur Hälfte geschlürft, Oktay den Vorschlag, ihn im Automobil nach Ardahan zu begleiten, eine kleine, neu errichtete Spinnerei zu besichtigen.

Während der Fahrt knüpfte er an ihr Gespräch vom Vorabend an. Oktay druckste und zog sein beim Rakı großspurig gegebenes und schon mit Handschlag besiegeltes Versprechen Schrittchen für Schrittchen zurück.

«Du hast mit deiner Frau gesprochen, stimmt's, alter Hase?» resümierte Faruk und zwinkerte ihm vom Lenkrad aus zu.

Oktay wollte sich rechtfertigen, aber Faruk hob abwehrend die Hand:

«Nein, laß nur Oktay, es ist schon in Ordnung. Glaub mir, ich beneide dich sehr um die Kinder. Auf der anderen Seite hat es doch auch sein Gutes, daß ich noch nicht verheiratet bin. Sicher wäre ich nicht das, was ich bin, wäre ich nicht ein und das andere Mal aufs Ganze gegangen und sogar, unter uns gesagt, verschiedentlich darüber hinaus. Du brauchst dich nicht zu schämen, denn es ist doch nicht mehr als normal, daß ein Familienvater, der eine ganz andere Verantwortung trägt, auch andere Vorsichten walten lassen muß. Ich wäre nicht Faruk, wäre nicht dein Freund, wollte ich dir's verübeln. Für die Hemden finde ich jemand, das kann ruhig meine Sorge bleiben. Kein Wort mehr darüber. Wenn ich nachdenke, fällt mir etwas ein, das viel besser zu dir paßt als seidene Hemden und sich auch besser mit deiner momentanen Einrichtung verträgt. Mir ist bei dir der Kalpak aufgefallen, der an der Wand hängt. Weißt du zufällig noch, was du für ihn bezahlt hast?»

«Oh», antwortete Oktay, «den habe ich damals teuer erworben.

Es war ein sehr komplizierter Tauschhandel, einen genauen Preis kann ich dir leider nicht sagen. Aber warum fragst du danach?»

«Ich hatte gesagt», erklärte ihm Faruk, «wir fahren nach Ardahan, um eine Spinnerei anzuschauen. Aber das ist nicht der eigentliche Grund für diesen Ausflug. Ich möchte nämlich mit dir in der Nähe einen ganz anderen Lieferanten besuchen. Aber bevor ich weiterrede, mußt du mir versprechen, daß niemand etwas erfährt von dem, was du heute sehen wirst, wie auch immer du dich entscheidest. Nicht einmal deiner Frau darfst du ein Sterbenswörtchen verraten. Abgemacht?»

«Geht in Ordnung», bestätigte Oktay.

«Soldatenehrenwort?» verlangte Faruk.

«Soldatenehrenwort», sagte Oktay und gab seine Hand.

«Du kannst dich auf mich verlassen, Faruk», setzte er noch hinzu, denn mit einer schwitzigen Hitze in der Muskulatur unter dem Nacken war ihm sein nachts gegebenes, mittags bereits wieder gebrochenes Versprechen bezüglich der Seidenhemden eingefallen.

«Ich verlasse mich auf dich», nahm Faruk seinen Faden wieder auf. «Ein Kalpak, das brauche ich dir nicht zu erklären, ist etwas anderes als bloß eine Kopfbedeckung. So ein Kalpak – und deshalb hat mich, was du mir eben auf meine Frage geantwortet, auch nicht enttäuscht, es bestätigt im Gegenteil das, was ich sage –, ein Kalpak hat im Grunde gar keinen Preis. Er ist eine Anschaffung fürs Leben. Überall, von Edirne bis zum Ararat, von Sinop bis Hatay, siehst du ihn auf den Fotos, beim Frisör, auf dem Paßamt, beim Arzt und im Fahrkartenschalter am Bahnhof. Überall siehst du den Kalpak auf dem Kopf unseres unsterblichen Mustafa Kemal. Aber jetzt versuche einmal, deinen eigenen Schädel nach Atatürks Art zu schmücken! Wo willst du ihn herkriegen, deinen Kalpak? In einem Geschäft findest du so etwas nicht. Den Kalpak, wenn du Glück hast, bekommst du beim Alten vom Berge. Und den lernst du gleich kennen.»

Bei der nächsten Kreuzung bog Faruk auf einen holprigen

Bergpfad. Nach etwa zwanzig Kilometern kamen sie zu einem Dorf, das Oktay in vielem an Sulakbahçe erinnerte, und er wurde sehr melancholisch gestimmt, als sie dort hielten. Zwar gehe die Straße noch bis zu der Hütte, zu der sie müßten, hinauf, meinte Faruk, aber der Weg sei so schlecht, daß er ihn seinem Auto lieber nicht zumuten wolle.

Die Bewohner des Dorfes begrüßten Faruk sehr herzlich; sie wurden eingeladen, Tee zu trinken und zu essen. Faruk erklärte, er habe es heute sehr eilig, er müsse dann und dann in Ardahan sein, wolle nur auf einen Sprung mit dem Freund zum Alten vom Berge hinauf. Trotzdem lehnte er die Esel, die man ihnen anbot, mit derselben Freundlichkeit ab wie die Bewirtung. Oktay war es recht so, und während sie zu der Hütte hinaufstiegen, fiel ihm auf, daß er sich seit dem Umzug nicht mehr im Freien bewegt, die ganze Zeit stickige Stadtluft geatmet hatte.

«Wenn wir bei dem Alten sind», instruierte ihn Faruk, «sprich so wenig wie möglich, laß mich mit ihm reden. Stell keine Fragen, er ist sehr mißtrauisch.»

Der «Alte vom Berge», wie ihn Faruk genannt hatte, erwartete sie auf der Schwelle seiner Hütte. Er empfing Faruk mit einem Grußwort in einer Sprache, die Oktay unbekannt war, und es verblüffte ihn nicht wenig, daß sein Freund flüssig und wendig im selben Idiom Antwort gab.

Sowenig er den Inhalt dieser Konversation ausmachen konnte, wurde er doch gewahr, daß ihr Gegenstand niemand anders war als er selbst, was ihn peinlich berühren mußte. Oktay wollte sich einbilden, der Alte sei über Faruk erbost, weil er einen Fremden hergebracht hatte, und wirklich sprach er mürrisch und machte mehrfach über seine Mokkatasse hinweg die Handbewegung des Wegwerfens in die Richtung des unangemeldeten Besuchers.

Oktay gab sich alle erdenkliche Mühe, unbefangen zu lächeln, merkte aber, daß sich die Züge seines Gesichts unter dieser Anstrengung zur Grimasse verzerrten. Faruk bewahrte bei alledem die größte Ruhe und gab sich den Anschein, weder den Zorn des

Alten noch Oktays Kalamitäten überhaupt zu bemerken. Er schilderte geduldig die Persönlichkeit seines neuen Kompagnons, griff, wie Oktay ahnte, zurück in die Zeiten von Eskişehir und brachte mit einer Kasinoanekdote den würdigen Greis endlich sogar zum Lachen. Jetzt erst sah man, in wie viele Fältchen die sonnenverbrannte Haut zwischen dem schlohweißen Bart und dem gleichfarbig struppig stehenden Schopf sich zu legen vermochte. Immer noch lachend, beugte er sich zu Oktay, klopfte ihm mit der Hand auf die Schulter und schlug sich anschließend mit der Faust auf die Brust, was bedeuten mußte, daß er den neuen Partner akzeptiert und das Vertrauen in Faruk auf diesen ausgedehnt hatte.

Als nächstes erhob er sich und führte die beiden zu seinem Lager, das er ein Stückchen von der Hütte entfernt und weiter den Berg hinauf in einer Höhle untergebracht hatte, deren Eingang so vollkommen getarnt war, daß auch Ali Baba seine Schätze den Blicken der Welt nicht sicherer zu entziehen vermocht hätte. Als sich ihre Augen den Lichtverhältnissen angepaßt und die Pupillen ausreichend geweitet hatten, präsentierte sich Oktay ein einzigartiges Bild. Er stand in einem monströsen Lammfellmützendepot, und die wellige Pelzhaut der schwarzen Kalpaklar, welche die Felswand bis über Mannshöhe verbarg und die Eingetretenen von allen Seiten umschloß, rief in ihm eine sonderliche Stimmung hervor, eine ungekannte Behaglichkeit und das Gefühl eines warmen, sympathischen Todes, einer wunschlosen Geborgenheit, die ein Psychologe gewiß als Sehnsucht nach der Rückkehr in den Uterusfrieden ausgedeutet hätte.

Faruk und der Herr über Höhle und Mützen überließen Oktay lächelnd für eine Zeit seinem Staunen, und es bedurfte wiederholt der Aufforderung, mit ihnen zu kommen, den von der Zauberkraft Angewurzelten seinem Fleck zu entreißen.

Vor dem Abschied zählte Faruk ihrem Gastgeber einen Stapel Banknoten ab, und der Betrag belief sich, wenn Oktay aus dem Augenwinkel richtig sah und mit dem sprachunkundigen Ohre richtig verstand, auf 100 Lira. Der Grund dieser Zahlung war Oktay nicht klar, doch fand er es unter seiner Würde, Faruk während ihres Abstiegs zum Dorf danach zu fragen. Auch war er, als ihr Fahrzeug schon wieder über die holprige Bergstraße ruckelte, viel zu sehr mit sich selbst und der Verarbeitung des Eindrucks beschäftigt, um mit seinem Freund das Gespräch zu eröffnen.

Auf der Rückfahrt nach Kars erfuhr Oktay von Faruk, der endlich das erfüllte Schweigen brach, was ihm nötig zu wissen. Von der Besichtigung der Spinnerei, die ohnehin nur ein Vorwand gewesen zu dem Besuch, den sie hinter sich hatten, war nicht mehr die Rede.

«Ich habe von ihm 100 Mützen gekauft», sagte Faruk, «sie sind im Kofferraum. Es geht bei diesen Transaktionen immer so verschämt zu, denn er legt Wert darauf, daß der kommerzielle Aspekt der Angelegenheit nicht in den Vordergrund tritt. Ja, doch, er ist ein seltsamer Mensch und wohl auch eine Art Mystiker. Er ist, das darfst du erfahren, in der Sowjetunion aufgewachsen, in Dağestan, nicht weit vom Kaspischen Meer, eben ein Karakalpak. Woher auch sonst dieser Kult mit den Mützen? Die werden dort drüben gemacht, in der Gegend, aus der er kommt. Aber das müssen sie streng geheimhalten vor den Russen und auch vor den Georgiern, schon weil es als private Produktion und Sabotage an der sozialistischen Wirtschaft eingestuft wird. Wie sie die Dinger über die Grenze befördern, danach, Oktay, frage mich nicht. Ich weiß es selbst im einzelnen nicht, und das wenige, was mir davon mitgeteilt wurde, dürfte ich nicht einmal meiner Mutter gestehen. Das habe ich bei meinem Leben geschworen, und diese Leute nehmen solche Eide sehr streng. Der Handel mit diesen Kalpaklarn gehört für mich zum Lukrativsten in meinem Gewerbe, auch wenn ich ihn, wie du kapierst, in meinen Büchern nicht führe. Der Umsatz beläuft sich zur Zeit auf rund 2000 Stück per anno, was in Geld ausgedrückt heißt: 5000 Lira, nach Abzug der Unkosten und des Einkaufs ein Reingewinn von über 2000 Lira. Das ließe sich aber meiner Einschätzung nach durchaus auf das Zehnfache steigern, wenn sich jemand fände, der hier ansässig ist und die Distribution übernimmt in den Provinzen Kars, Ardahan, Artvin und Rize, wo schon jetzt meine Stammkunden sitzen und wo die Nachfrage am erheblichsten ist. Karakalpaklar gibt es aber nicht nur in den Grenzregionen, sie haben ihre Kolonien in Ağrı, Muş, Mersin, Kayseri, Tokat und Amasya, um nur einige der potentiellen Absatzgebiete zu nennen, die nach der Aufteilung, wie sie mir vorschwebt, östlich von Ankara liegen und damit in dein Gebiet fielen. Ja, jetzt schaust du mich an wie ein Ochs vor dem Berg; ich hätte auch nie geglaubt, was es für den Menschen bedeuten kann, womit er sich die Haare zudeckt. Aber wenn es schon eine Revolution wert war, den Fes mit dem Hut zu vertauschen, eine Revolution, die jedem Schulbub extra hinter die Ohren geschrieben wird, damit er sich nicht versehentlich etwas Falsches auf den Kopf setzt, ist das Ganze nur noch halb so erstaunlich. Übrigens wäre ich sehr gerne schon damals auf dieser Erde gewesen. Stell dir vor, Oktay, ich hätte von Atatürk ein paar Wochen vor seinem Auftritt in Kastamonu erfahren, daß er den Türken befehlen würde, Hüte zu tragen ... Na, wahrscheinlich hätte ich dann doch das nötige Kapital nicht gehabt, eine Hutfabrik aufzumachen. Hut hin, Fes her, der Kalpak ist ein Dauerbrenner. Wirst du dabeisein?»

Das aber hatte Oktay mit sich unter Faruks Vorträgen schon zu Ende geklärt und auch unumstößlich beschlossen, von Sevim in dieser Sache keinen Rat einzuholen. Jetzt interessierten ihn nur noch die Details, die Gewinnverteilung zwischen Faruk und ihm, wie sich die Belieferung durch den Alten in der Zukunft gestalten, in welchem Takt und in welchen Mengen er einkaufen würde.

Die Konditionen, zu denen Oktays Einstieg in die Unternehmerkarriere erfolgen sollte, konnten sie noch dort in Faruks Wagen auf der Strecke zwischen Cıldır und Kars miteinander verhandeln. Wieviel Oktay einkaufen wollte, das blieb ihm selbst überlassen, aber von jeder Warenannahme mußte er Faruk den

Zehnten in natura als Tribut nach İstanbul senden. Den Alten hatte Faruk schon vorbereitet darauf, daß Oktay ihn nun öfter besuchen würde, und er verriet seinem Freund allerlei kaukasische Sitten und Bräuche, auch kleine Aufmerksamkeiten, mit denen er den Alten umgänglicher stimmen konnte. Den Start sollte die Ladung im Kofferraum machen, die Oktay, als sie wieder bei seinem Hause waren, Faruk mit 100 Lira Bargeld bezahlte und die, abzüglich der vertraglich geregelten 10 Stück Provision, im Heuboden des Pferdestalls zur Einlagerung kam.

Daß er die Ware nicht im Hause, sondern im Stall und dazu noch unter dem Heu versteckt aufbewahrte, erklärte Oktay Sevim auf ihre mit bohrendem Blick vorgetragenen Fragen einerseits mit Platzgründen, was die Bequemlichkeit der Wohnräume anging, die Tarnung andererseits sei eine nötige Maßnahme zum Schutz vor Dieben, denn die Kalpaklar stellten schließlich, wenn auch durch Faruks Vermittlung unfaßbar wohlfeil erworben, jeder für sich eine Kostbarkeit dar. Auch wußte er ihren Argwohn durch Belobigungen und Danksagungen für ihre klugen Warnungen vor dem halbseidenen Hemdengeschäft von der Fährte zu lenken.

Wirklich war Sevim tief überzeugt, ihren Mann, wie es sich nach ihrem Verständnis für eine gute Ehefrau gehörte, auf den Pfad der Rechtschaffenheit und des vernünftigen Handelns geleitet zu haben, was sich auch bald durch sein vortreffliches Einkommen verifizierte. Denn der Absatz der Fellmützen war, man kann es nicht anders sagen, reißend, nachdem Oktay seine anfängliche und nur zu begreifliche Scheu überwunden und sich an das Tagewerk des Hausierens nicht nur gewöhnt, sondern sich regelrecht angefreundet hatte mit ihm.

Eine Woche ging hin, bis er den Bogen raushatte. Danach ließ er sich nur noch von einem Dorf zum nächsten empfehlen. Am Ende des ersten Geschäftsmonats kam er mit leerem Koffer zurück und hatte die Taschen voll Geld.

Das steckte er gleich wieder in den Betrieb, indem er sich einen einfachen Bauernwagen anschaffte, auf dem er die Mützen unter Heu oder Gemüse unauffällig nach Kars führen konnte. Im Dorf empfingen ihn die Bewohner, die Hunde und auch der weißbärtige Griesgram wie einen guten alten Bekannten. Er nahm 500 Mützen und zahlte 500 Lira in bar.

Für den Januar plante er eine Reise auf großer Route und nahm Nasrettin mit. 50 Mützen legte er für Faruk zurück, dann kaufte er drei Koffer und verstaute die gesamte Ware darin. Damit konnte die Fahrt losgehen.

Sevim sträubte sich heftig dagegen, Mann und Sohn fortziehen zu lassen, weinte beim Abschied so sehr, daß Oktay den Aufbruch noch einmal um 24 Stunden verschob und sie den Tag und die halbe Nacht lang beschwor, daß nichts zu befürchten war und daß im übrigen auch gar nichts anderes zur Wahl stand, wollten sie nicht nächstens alle miteinander verhungern.

Vielleicht hätte sie Oktay noch davon abgebracht, sie so lange allein zu lassen, aber Nasrettin, der sich auf das Abenteuer mit allen Fasern seines Kinderherzens gefreut und den Tag der Abreise kaum hatte erwarten können, wurde so bockig und drängelte so, daß sie schließlich die beiden zur Bahn geleitete, ihnen noch einen Mundvorrat zusteckte, ihnen viel Glück und guten Erfolg wünschte und ein lachendes Gesicht zeigte, als sie mit ihrem Kopftuch hinter dem abfahrenden Zug herwinkte.

Jetzt öffnete das Universum sich ihnen. Schon als Mutter, Bahnsteig, Station und Kars ihnen nacheinander zu Punkten geschrumpft und entschwunden waren, hüpften ihre Herzen im Rhythmus der unter ihnen ratternden Eisenbahnräder, ein Glücksgefühl nahm von ihren Leibern Besitz, durchströmte sie bis in die Spitzen ihrer Zehen. Und wer wollte sich vermessen, nur der Euphorie die Worte zu geben, die das Vater-und-Sohn-Gespann umschwamm, als es beim ersten Frühstück außer Haus in Sarıkamış in einer Lokanta bei der Bahnstation saß, während die aus den Bergen tauchende Sonne mit ihren über den Schnee gleißenden Strahlen alle Gegenstände aus ihrer nächtlichen Indifferenz hob und sie in ihrer Individualität wiedergebar?

Obwohl die Tage kurz, der Himmel meistens verhangen, Kälte, Regen, Hagel und Schnee ihre treuesten Begleiter, war es auf ihrer Reise doch so, als hätte man allerorten ihrer Ankunft schon lange geharrt. Sie waren noch gar nicht fertig mit ihrem Frühstück, da sprach sie ein Ausländer an, der sich für die großen Koffer interessierte und neugierig war, was sich darin befand. Ein Holländer war es, der einen schweren Lastwagen fuhr mit einer großen Maschine als Ladung, die er in Ağrı in einem Werk abliefern sollte. Ağrı war ihr vorgenommenes Ziel, und freundlich bot der Trucker ihnen die Beifahrerplätze an.

Sein Türkisch war arm an Worten, und er stellte sie nach einer Oktay unbekannten Grammatik, doch hatte diesen der Abenteuergeist so weit geöffnet, daß die Verständigung vorzüglich klappte und sie sich sogar angeregt miteinander besprachen. Oktay gab dem neugierigen Drängen nach und öffnete einen Koffer. Der Fahrer konnte nun schlecht ein Karakalpak sein oder überhaupt nur etwas wissen von Bedeutung und Tradition dieser Mützen, aber er zeigte sich hochbegeistert von dem Erzeugnis, fragte Oktay gleich nach dem Preis und begann schon mit ihm zu handeln.

In Ağrı kamen sie, um einen Koffer erleichtert, in einer schmuddeligen, sehr spärlich beheizten Pension unter, aber in ihrer globetrotterischen Hochstimmung schien ihnen das fensterlose, nur mit Pritsche und Spind ausstaffierte Zimmerchen nachgerade gemütlich.

Als sie über Tutak, Patnos, Erciş und Tımar nach Van gekommen waren, wo es internationale Hotels gab, hatte ihr Zimmer ein eigenes Bad, und der Blick ging hinaus auf den meerweit sich streckenden See. Es war seine ganze riesige Fläche vereist, und Oktay erklärte Nasrettin, daß es im Sommer ein Fährboot gab, auf dem man den See kreuzte und am gegenüberliegenden Ufer in Tatvan ankam. Wegen des Eises setzten sie ihren weiteren Weg am Ufer mit Bussen und Lastautos fort, die für sie hielten. Von Tatvan hatten sie wieder Eisenbahnverbindung bis nach Muş, wo nach Faruks Auskünften Karakalpaklar siedelten. Das erwies sich als richtig. Sie blieben drei Tage, und auf ihren Abstechern in die umliegenden Dörfer wurden ihnen die Mützen quasi aus den Händen gerissen.

Oktay sah sich gezwungen, zu einem neuen System überzuwechseln. Morgens wurden nur fünf, höchstens zehn Kalpaklar in einen Rucksack gesteckt, den sich Nasrettin gewünscht hatte, und so zogen sie los. Es war die Regel, daß pro Dorf nur noch ein einziger abgegeben werden durfte, und auch das nur, wenn jemand mindestens 15 Lira für ihn bot. Darüber hinausgehende Wünsche wurden notiert und die Belieferung für den nächsten Monat versprochen. Das Auftragsbuch führte Nasrettin, der inzwischen das kleine und große Einmaleins spielend beherrschte. Auch das Alphabet konnte er hinaufbeten und hinunter, selbst im Schlaf sagte er es auf. Mit dem Buchstabieren haperte es dennoch, so daß Oktay vorläufig die Namen der Kunden und die der dazugehörigen Ortschaften in Nasrettins Notizen eintrug. Die Stückzahl aber und den vereinbarten Preis setzte Nasrettin dahinter und berechnete auch am Fuß jeder Seite die Zwischensummen in beiden Kolonnen.

Die vorgenommene Drosselung des Warenabsatzes erwies sich als vorausschauend, denn als sie die Gegenden zwischen Tokat und Amasya abzugrasen begannen, mußten sie gar ein zweites und ein drittes Heft anschaffen, und die, die nicht auf die versprochene Lieferung warten wollten, zahlten für den begehrten Kalpak schon 25 Lira und mehr. Nachdem der letzte verkauft war und Nasrettin schon über 2000 Aufträge in seinen Büchern verzeichnet hatte, tauschten sie in Amasya, wie sie es zuvor schon in Sivas getan, die Bündel mit dem Bargeld bei einem Juwelier in Goldmünzen um und nähten sie in das Futter ihrer Mäntel.

Sicher wurden sie von Sevim seit langem sehnsüchtig erwartet, aber Oktay verkündete Nasrettin, daß sie zum krönenden Abschluß ihrer über jede Erwartung erfolgreich verlaufenen Unternehmung noch nach Samsun ans Meer fahren würden.

So wandelten sie also in Atatürks Fußstapfen, in denen sie

schon seit Sivas getreten, zurück bis zu dessen Landungsstätte am Schwarzmeer. Den Hafen besichtigten sie, wo Schiffe lagen, riesiger als Moscheen, mit Schornsteinen, höher als Minarette. Auch besuchten sie das Museum, in dem sie lange vor einem Glaskasten standen, der den auf einem purpurnen Kissen ruhenden Kalpak des Vatertürken beschützte.

Tage vergingen, bis sie Sevim die Wunder erzählt hatten, die ihnen auf ihrer Reise begegnet waren. Die blinkenden Goldmünzen, der Schmuck, den Oktay für sie besorgt, ließen sie alle die Sorgen, die sie ausgestanden, den Kummer der schlaflosen Nächte vergessen. Sie lobte Faruk und zieh sich des geringen Vertrauens, das sie ihm vorher entgegengebracht hatte.

Hier wieder die Bühne des Historischen zu erklimmen, sei erinnert an den Niedergang des Reiches der Selçuken am Ende des 13. Jahrhunderts nach christlicher Rechnung der Zeit. Elf Namen enthielt die Liste der Beylikler, die sich vom Reichsgebiet, das unter der Fuchtel der mongolischen İlhane stand, losgesagt hatten. Zu einem Teil nur waren diese neu entstehenden Fürstentümer Spaltprodukte aus dem, was der Staat der Rumselçuken zusammengehalten hatte; bei anderen handelte es sich um Gründungen durch von den Mongolen vertriebene und jetzt nach Anatolien hereinwandernde Clans.

Ziehen wir den Fokus aus der Weite des Landes zwischen Ararat und Ägäis auf den kleinen, unscheinbaren Flecken, an dem sich einer der von den Mongolen in Horasan entwurzelten Stämme anpflanzen konnte, um aus diesem Grund in den heraufkommenden Jahrhunderten als die Krone der türkischen Herrschaft die Zweige seiner Macht über drei Kontinente sich ausbreiten zu lassen: das Beylik Osmans.

Schon in der Mitte der ersten Hälfte des 13. Jahrhunderts war Süleyman Şah, der Sohn Kayalps aus dem Geschlecht Kayıs, den wir als einen der 24 Enkel des Oğuz kennengelernt haben, dem mongolischen Druck weichend, von Mahan in Horasan nach Westen gezogen, wo er sich als Haupt eines vieltausendköpfigen Stammes in der Gegend zwischen Erzincan und Ahlat niederließ. Nach seinem Tod entschied sich sein Sohn Ertuğrul, mit 400 Zelten nach Westen zu ziehen, um im Staat Keykubats eine Heimat zu finden.

Ertuğrul diente mit seinen Kriegern in des Sultans Armee und erhielt die Schwarzen Berge westlich von Ankara zu Lehen. In den Wirren nach der Ermordung des größten Sultans der Selçuken zu Rum konnte Ertuğrul von den Byzantinern die kleine Festung Karacahisar erobern, am Porsuk gelegen, unweit der Stadt Eskişehir, die uns in diesem Buch schon mehr als einmal beschäftigt hat. Von hier aus betätigte er sich mit seinen Männern als Akıncı, was bedeutet, daß sie als irreguläre Renner und Brenner die Gegend noch unsicherer machten, als sie es ohnedies war.

Ungleich talentierter beim Rauben und Morden als seine Brüder Gündüzalp und Sürüyatü zeigte sich Ertuğruls ältester Sohn, der das Licht der Welt im Jahre 1258 erblickte. Dieser war Osman, oder er war es zunächst *nicht,* denn der Name, den ihm sein Vater gegeben, war so gut alttürkisch wie der seiner Brüder und anderen Verwandten: Ataman.

Wie und warum nun ist aus Ataman Osman geworden?

Die Namen kommen vom Himmel, sagt der Koran, und auch der Lateiner ist gewohnt, im Nomen nach dem Omen zu suchen. Wir übertreiben daher nicht mit der Feststellung, daß insbesondere der Muslim Hybris und schlimmsten Frevel begeht, wenn er eigenmächtig Operationen am Buchstabenleib seines Namens vornimmt, denn er bastelt mit seiner unbefugten menschlichen Hand an dem, was ihm göttlicherseits als sein Los und somit als sein Schicksal und als der Weg seines Lebens zugeteilt ist.

Das ist die eine Seite, das absolut Verwerfliche, soweit es sich auf das Bekenntnis zu Mohammeds Lehre im allgemeinen bezieht. Wie aber soll man nennen, was Ataman mit dem Tausch seines

Namens an den Parteigängern Alis verübte? Denn wer war der ursprüngliche Osman, nach dem er sich benannte? War nicht dieser Mann der dritte Kalif, die Kreatur seines Vorgängers Ömer, der erbittertste Feind Alis gewesen? War es nicht Osman gewesen, der seine Macht dazu mißbraucht hatte, eine Fassung des Korans zusammenzustellen, die all die Passagen, welche das Egalitäre und Demokratische des neugeschaffenen Glaubens enthielten, ausschied und unterdrückte? War er nicht der Mann gewesen, der den Islam erniedrigte zum Werkzeug der Raffgier und der imperialen Gelüste seiner Familie, der Umayyaden, die zu seinen Lebzeiten den Propheten mit allen Mitteln bekämpft hatte? Hatte es nicht des Tyrannenmordes an diesem Scheusal bedurft, damit das Kalifat überhaupt noch übergehen konnte an Ali, den durch Mohammed von allem Anfang an dafür Bestimmten? Nein, wer glaubt, es habe Ataman, dem Sohn Ertuğruls von Horasan, im Sinne gelegen, in die Fußstapfen des dritten Kalifen, dieses Büttels der mekkanischen Oligarchie, zu treten, als er dessen Namen zum seinigen machte, der täuscht sich.

Sehen wir aber, bevor wir genau die Gründe aufführen, die ihn veranlassen konnten, seinen Namen zu ändern, welchen Ruhm Ataman als Ataman sich erwarb. Die deutsche Bedeutung von «Ataman» läßt sich mit der «Ernannte» oder der «Berufene» angeben, und es gehört keine übergroße Spitzfindigkeit dazu, darin Ali in seiner Beziehung auf Mohammed zu erkennen und die Polemik gegen Ömer und seine Schachfiguren Ebu Bekir und Osman, die das Kalifat usurpierten. Man kann es aber auch platter in der Bedeutung als Hauptmann verstehen, so, daß einfach Ertuğrul den Erstgeborenen als Nachfolger bei der Führung seiner Räuberbande bestimmte, wie Ataman denn auch im Jahre 1288 beim Tode des Vaters das Kommando über die Çete erhielt.

Es verdient die Erwähnung und trägt erheblich bei zum Verständnis des imposanten Aufstiegs des Beyliks, daß der engste Kampfgefährte und wichtigste Partner Atamans weder Türke war noch Muslim, sondern Grieche und Christ, Köse Mihal, der Herr der Festung von Harmankaya oder, in der vertürkten Version, Hirmencik. Generell war das Verhältnis der Atamanen zu den benachbarten griechischen Burgherren von freundschaftlich-kollegialem Gepräge. Erst allmählich wuchsen gegenüber dem türkischen Neuling und seiner Bande die Mißgunst und die berechtigte Furcht, à la longue wider ihn nicht bestehen zu können.

Durch die gleichzeitige Eroberung dreier kleiner Festungen im letzten Jahre des 7. Jahrhunderts der Hicret und des 13. der christlichen Rechnung der Zeit wurde Atamans Macht erst stabilisiert. Den Termin der osmanischen Staatsgründung in das Jahr 1299 zu setzen will auch deshalb gerechtfertigt scheinen, weil Ataman von da an mit dem Bau einer Lehenspyramide begann, indem er sein vergleichsweise immer noch lächerlich kleines Gebiet in Distrikte aufteilte und die verschiedenen errungenen Festen an seine Unterführer vergab. Besonders hervorgehoben soll sein, daß er die Burg Bilecik seinem Schwiegervater, dem Şeyh Ardabili, seiner Frau Malhatun und seinem jüngeren Sohn Alaettin zum Aufenthalt anwies und die Einkünfte der zugehörigen Pfründe zu deren Unterhalt sowie zu dem der Dervişler und Şeyhler bestimmte.

Seine Residenz schlug Ataman an der nördlichen Grenze seines Beyliks zu Yenişehir auf. Bis zum Jahre 1317 hatte dieses Beylik, teils unter der Führung seines Sohnes Orhan, teils unter der des Köse Mihal, der 1308 auch zum Islam konvertierte, alle Befestigungen rund um Nikäa erobert. Um Bursa auf dieselbe Art zu umzingeln, befahl Ataman den Bau zweier Burgen in unmittelbarer Nähe der Stadt.

Immer noch war das von ihm kontrollierte Gebiet nur ein winziger Zipfel der weiten anatolischen Erde, keine größere Stadt in seiner Gewalt und das Verzeichnis der Burgen, die er im Lauf zweier Jahrzehnte zum Großteil nicht einmal erobert, sondern schlicht einkassiert hatte, wenig geeignet, auch nur im Vorübergehen etwas von unserem Interesse zu zweigen, wäre nicht in das

Jahr 1320 jenes Ereignis gefallen, das sich zu Karaman begab und Ataman veranlassen sollte, Osman zu werden.

Das Fürstentum der Karaman Oğulları war zu diesem Zeitpunkt ein wahrer Koloß im Vergleich zu dem winzigen Terrain, über das Ataman sein Regime zu dehnen vermocht. Unter normalen Umständen hätte jener und nicht dieser Staat die Nachfolge desjenigen der Selçuken antreten müssen. Das Gemeinwesen unter den Karamaniden entstand als ein Produkt jener revolutionären Erhebung, welche die Grundpfeiler des rumselçukischen Reichsgebäudes derart erschüttert hatte, daß die Mongolen leichtes Spiel bekamen, das Zerstörungswerk zu vollenden.

Zum Stichtag der Jahrhundertwenden in beiden Kalendern war Karaman unter den elf türkischen Beyliklern in Anatolien nicht nur das größte, es konnte seinen Umfang auch in den beiden Dekaden, die Ataman damit verbracht hatte, zwei Dutzend kleinerer Schlösser an sich zu reißen, erheblich auf Kosten der Nachbarn erweitern und namentlich Konya, die gewesene Kapitale der Sultane aus der Dynastie Selçuks, nach der vermeldeten kurzfristigen Rückeroberung durch die mongolische Streitkraft in sein Gebiet eingliedern. Daß Karaman zu Beginn des 14. Jahrhunderts einer ganz anderen Kampf- und Gewichtsklasse angehört hat als der Ministaat Atamans, dieser Blutegel am auf die Ufer des Marmarameers zusammengeschrumpften asiatischen Teil des Byzantinischen Reiches, zeigt sich vorzüglich daran, daß es, wovon schon die Rede war, gegen die Mamluken in Aleppo einen Feldzug ausrichten konnte. Unter normalen Umständen, sagten wir eben, hätte das Erbe der Selçuken den Karamaniden zufallen müssen; aber normale Umstände gibt es eben in den Vorgängen des Geschichtlichen nicht.

Das Anatolien des 13. Jahrhunderts hatten wir dem Leser vorgestellt als den Schauplatz einer durchgreifenden religiösen Erneuerungsbewegung, die, şiitisch akzentuiert, den synkretistischen Ansatz von Mohammeds Lehre zugleich radikalisierte und elaborierte. Im übrigen betraf diese Welle unter anderen Vorzeichen auch die ansässigen Christen und schwappte schon vor dem ersten Übergang der Türken unter dem zur Parole werdenden Namen Bogomils von Kleinasien auf den Balkan hinüber.

Das Tragische an den Aufständen der Babalar waren vielleicht weniger die Blutbäder, die Keykubat in Staatsnotwehr im eigenen Volk anrichten ließ, als die Tatsache, daß all diese Opfer nicht zu einer verbesserten Herrschaft im Sinne sozialer Gerechtigkeit führten und mit der Vertreibung des Teufels nur der Beelzebub herbeigelockt wurde, indem die endgültige Zerschmetterung des Selçukenreiches geschah und der Despotismus durch Tyrannei und Terrorismus ersetzt wurde.

Hacı Bektaş, dem das Erbe der Revolution zufiel, oblag es auch, aus ihrem doppelten Scheitern die Lehren zu ziehen. Das Feuer des Aufstands neu zu entfachen war sinnlos geworden. Man hätte, um ihn stürzen zu können, erst einen neuen Sultan gebraucht.

So erhielt die Rolle des Dervişs im sozialen Prozeß einen neuen Zuschnitt durch Hacı Bektaş. Aus den umherschweifenden Agitatoren und Propagandisten zur Sammlung und Vereinigung der Bauern, Handwerker und Nomaden unter dem Banner der Rebellion wurden Gaziler, Apostel der Expansion des islamischen Staates. Wo aber war dieser islamische Staat? Ohne Zweifel für die Bektaşi zunächst in nuce das Beylik der Karamaniden. Hier war durch Yunus Emre, den Adepten Bektaşs, im Saray direkter Einfluß auf die Träger politischer Entscheidung geschaffen worden.

Allerdings zeigte sich Alaettin Ali, der Emir, der Strategie, die ihm seine bektaşorientierten Berater aufzwingen wollten, nicht sehr gewogen. Zum Zerwürfnis kam es wegen Alaettin Alis Vorbereitungen zum Krieg wider die Mamluken, die er 1320 in Aleppo anzugreifen beschloß. Sehr richtig stemmten sich Yunus Emre und seine Freunde im Saray gegen das schon kurz erwähnte, vollkommen perspektivlose Projekt, von Karaman her Syrien aufrollen, den Sinai überqueren und Ägypten erobern zu wollen. Eine Aggression gegen den Statthalter der Mamluken in Aleppo konnte allenfalls das Ende jeder Aspiration auf eine Restauration türkischer Großmacht bewirken. Nicht nur machte man sich damit den wichtigsten potentiellen Partner für ein Bündnis zur anstehenden Vertreibung der Mongolen zum Feind, sondern man benahm sich auch der durchaus nicht aussichtslosen Option, die sunnitische Macht in Kairo durch gezielte bektaşische Infiltration der şiitischen Richtung zurückzugewinnen. Keinem dieser drei Argumente, eines so sonnenklar wie das nächste, schenkte Alaettin Ali Gehör und warf in seinem Starrsinn jeden waffenfähigen Mann und all sein Gerät gegen Aleppo. Im Saray von Karaman sahen die Vernunftbegabten ihre letzte Rettung in einer Verschwörung zum Zwecke des Sturzes von Alaettin Ali mit dem bekannten Ausgang der Aufdeckung der Konspiration, des Abbruchs der syrischen Kampagne, der Rückkehr des Feldherrn auf seinen Thron und der Hinrichtung der Bektaştreuen vor seinen Augen.

Yunus und die Genossen seiner Gesinnung mochten im Jenseits die Lektion bedenken, die Alaettin Ali ihnen erteilt, und sich an den 191. Vers der Sure «Kuh» erinnern, wo es heißt: «... und stürzt euch nicht mit eigener Hand ins Verderben.» Hacı Bektaş aber, immer noch am Leben, hatte aus dem Abenteuer Karaman diesseitig Konsequenzen zu ziehen.

Erstens mußte von den Beyliklern nach dem Ausfall Karamans ein anderes ausgesucht werden, das sich als Ausgangspunkt eignete für die Betätigung seiner Anhängerschaft. Zweitens benötigte das neuerliche Engagement der Bektaşi für einen der verbliebenen Emire spätestens jetzt den Schutz durch eine Fassade mit sunnitischem Anstrich. Es gehört hierhin die Bemerkung, daß jener Artikel des Glaubens, der das Recht gewährt, so es die Situation erforderlich macht, die eigene Überzeugung zu leugnen und sich als Sunnit auszugeben, nicht dem findigen Geist des Hacı Bektaş entsprungen, sondern seit der Entstehung des Schismas von den meist in Sekten organisierten Şiiten in Anspruch genommen worden ist. Dogmatisch beruft sich diese Freiheit auf die eben zitierte Stelle aus dem Koran und ist unter dem arabischen Wort

Takıyye, das bedeutet «Dissimulation», Begriff. Die Verfolgung der Aleviten und der übrigen Şiiten, von der in diesem Buch mehr als einmal die Rede war und noch öfter sein wird, hat die Anhänger dieser Richtung immer mehr dahin geführt, die Takıyye, ursprünglich nur ein Recht für den Notfall, sich gegenseitig als Pflicht und Regel allgemeinen Verhaltens aufzuerlegen.

Wenn wir nun zu den Gründen kommen, die bei den Bektaşi den Ausschlag gaben, sich für Ataman zu entscheiden und nicht für Germiyan, Aydın, Menteşe oder sonst eines der noch verbleibenden Herrscherhäuser, so muß zuvörderst die Gunst der geographischen Lage aufgeführt sein. Die westlichen Nachbarn Karamans standen erst gar nicht zur Wahl, weil es im Schatten von dessen Übermacht keinerlei Aussichten gab, sich durch Wachstum in irgendwelche Richtung auf eine Stellung der Vormacht zu schwingen. Denn hierin lag unabweisbar für den Erfolg das Rezept, daß man, bevor man zur Regelung der Verhältnisse auf dem Subkontinent schritt, ohne Kollision mit den anderen türkischen Fürsten schwerer zu werden versuchte, wozu in praxi keine andere Möglichkeit blieb, als den eigenen Herrschaftsbereich auf die Länder der Christen auszudehnen. Die Aydın Oğulları, die mit Smyrna, heute İzmir, über den neben Saloniki wichtigsten Hafen in der Ägäis verfügten, hatten zwar schon 1307 gemeinsam mit den berüchtigten Katalanen unter Roger de Flor auf europäischem Boden gegen byzantinische Truppen gekämpft und waren auch Şiiten sauberster Prägung, denn sie bedienten sich der grünen Fahne und schworen bei den Märtyrern Ali, Hasan, Hüseyin und Cafer, aber das Verdienst, nach Salamitaktik oder, passender formuliert, nach der des Döner Kebap, wirklich damit begonnen zu haben, Häppchen für Häppchen vom Rand des griechischen Römerreiches zu schnippeln, kam Ataman zu.

Besonders qualifizierend für Ataman war, daß er bei aller Kühnheit Mäßigung wahrte und seinem Landhunger nie mehr unterwarf, als der Verdauungsapparat seiner Administration bewältigen konnte. Auch war der Umstand, daß die Aydın Oğulları ihren şiitischen Glauben so heraushängen ließen, für die Bektaşi inzwischen eher ein Grund, sich ihnen gegenüber in Distanz und Reserve zu halten. Sehr viel mehr dagegen versprach Atamans diskrete Manier, die Dervişler zu sich zu laden, durch die Zuweisung der Pfründe von Bilecik für Şeyh Ardabili, der als gottesgelehrter Großvater hier in aller Stille den Prinzen Alaettin im Geiste der Şia erzog.

Damit waren die Würfel eigentlich schon für Ataman gefallen, und der Grund, daß man dies welthistorisch so eminente Junktim von Kaserne und Kloster, von Militär und Mission, von Politik und Prophet an keine große Glocke gehängt hat, ist ausschließlich in der Doktrin der Takıyye zu suchen, die dreist unter dem Banner der Sunna den Zeugungsakt des osmanischen Weltreichs verbarg. Der türkische Name des Stammherrn wurde auf Anraten von Bektaş gelöscht. Eine winzige Korrektur an dem arabischen Schriftbild des Namens, ursprünglich inspiriert durch einen Lapsus, der bei der Ausfertigung eines Tımars für einen Sipahi unterlief, ließ Ataman wie durch Magie von der historischen Bühne verschwinden, und dieselbe Manipulation zauberte an seinem Platz Osman hervor, den die lange Stafette seiner Nachfolger über 600 Jahre forttragen sollte.

Etwas von dem künftigen Glanz und Ruhm durfte Osman selbst noch erleben, denn 1326 erreichte ihn auf seinem Sterbebett in Söğüt zweierlei Nachricht, die ihn in dem beruhigten Gefühl, sein Werk vollendet und für seine Nachkommen gesichert zu haben, dem Zeitlichen entsteigen ließ. Die erste Freudenbotschaft war die, daß sich Bursa dem Köse Mihal ergeben hatte, daß mit dem Fall der Hauptstadt Bithyniens die Grabstätte für ihn, die Residenz für seine Nachfolger gewonnen war. Nicht weniger trostreich war die andere Meldung, kündend die Geburt seines Enkels Murat.

Oktays nächster Besuch bei dem Alten vom Berge brachte Ernüchterung. Bei der Begrüßung schien ihm die Freundlichkeit der Dorfbewohner merklich gedämpft, und selbst die Hunde wedelten nur auf halbmast, so daß er schon vorbereitet war und nicht gar so erschrocken, als der Alte, der ihm seine Türe erst nach wiederholtem, fast schon impertinentem Klopfen geöffnet, ihn mit einem barsch hingeknurrten Fluch empfing. Es schien, als wolle er Oktay nicht einmal zum Kaffee auf seinen Teppich einladen, sondern ihn gleich hier an der Schwelle bescheiden. Oktay hob zu einer schwungvollen Begrüßungsrede an, in die er eigens zwei von Faruk erlernte georgische Floskeln einwob, aber der übelgelaunte Weißbart unterbrach ihn dabei.

«Ich habe 2500 Lira bei mir», sagte Oktay schnell, denn er vermutete schon, daß der Alte ihm im nächsten Moment die Tür vor der Nase zuschlagen wollte.

Entgegen allen Behauptungen Faruks, die Verschämtheit ihres Partners beim Kommerziellen anlangend, sah Oktay deutlich, wie die Nennung der Summe das finstere Gesicht aufheiterte für ein, zwei Sekunden. Oktay wurde doch auf den Teppich gebeten, während sich der Alte daranmachte, den Beduinentrunk über dem Feuer zu brühen.

Oktay hütete sich, das Gespräch zu eröffnen. So verstrich eine Weile, bis schließlich der andere, sehr schleppend und mit ostentativer Anstrengung, eine längere, blumige Rede begann, der Oktay das Ergebnis entnahm, daß – an der Grenze vermutlich – ein Zwischenfall sich ereignet, wodurch der Nachschub vorläufig unterbrochen war. Unklar sei, wann und ob überhaupt noch das Lager in der Höhle sich wieder auffüllen würde. Oktay mußte sich anhören, er sei bei weitem nicht der einzige Liebhaber der schwarzen Kalpaklar, ja, unter den Abnehmern sogar der unbedeutendste und als der, der als letzter hinzugekommen, derjenige, der den geringsten Anspruch geltend machen durfte, denn freilich müßte die Abgabe strengstens kontingentiert werden, wie die Bedingungen neuerdings waren.

Wie vor den Kopf geschlagen fühlte sich Oktay bei diesen Worten. Als nächstes war die Rede davon, der alte Abgabepreis von 1 Lira pro Stück könne, woran selbstverständlich nicht der Alte die Schuld trug, weiter keine Gültigkeit haben, ja, es müsse nun in Umkehrung der Gepflogenheiten mit der Menge der Stückpreis proportional steigen.

Oktays Blutzirkulation erlahmte, als er diese Botschaften vernahm. Ohne seine Worte noch mit Schmuck zu umwinden, forderte er den Alten auf, die angekündigte Teuerung in Ziffern auszudrücken, was ihm einen tadelnden Blick und ein minutenlanges, strafendes Verstummen der Gegenseite eintrug.

«Du bist jung und unerfahren im Leben, und erst recht in Geschäften», sagte endlich der Alte mit einer plötzlich veränderten Stimme, die ihn um ein halbes Jahrhundert verjüngte. «Es wäre leicht für mich, das auszunützen. Du glaubst, ich will dich betrügen. Hat nicht dein Freund Faruk dir gesagt, daß ich die Gedanken lese und den Verkehr sofort abbreche, wenn mir jemand mißtraut? Gott gebe dir Licht, Licht von seinem Licht, daß du erfahren magst, um wieviel klüger es ist, den Worten eines Vaters zu trauen als dem Trugbild, das deine Augen dir liefern. Komm mit mir und sperr sie auf, deine unbestechlichen Zeugen!»

Oktay wurde zu der Höhle geführt. Sie war leer. Oktay, in dessen Erinnerung sich das pelzige Nest noch weiter verklärt hatte, erkannte den Platz nicht mehr wieder und glaubte, der Alte habe ihm, um ihn zu täuschen, eine andere Höhle gezeigt. Tatsächlich antwortete der mystische Alte auf das von Oktay Gedachte wie auf einen gesprochenen Satz.

«Nein. Es gibt nur diese Höhle. Hier war das Lager.»

Dies war der Moment für Oktay, unter das ganze Thema «Kalpak» den Schlußstrich zu ziehen und dieses Kapitel seines Lebens mit dem erreichten, fabelhaften Bilanzgewinn enden zu lassen.

Schweigend gingen sie nebeneinander von der Höhle zur Hütte zurück, und Oktay rechnete fest damit, daß der Alte ihm nun auf Nimmerwiedersehen das Ade geben würde, ohne ihm Gutes zu wünschen und ohne das Wort «Kalpak» noch einmal zu benutzen, aber im Gegenteil hielt er ihm die Tür seiner Behausung auf, wies ihn mit der Hand, seinen Platz auf dem Teppich wieder einzunehmen, und kochte frischen Kaffee.

«Reden wir ausnahmsweise offen miteinander und ehrlich», begann er das neue Gespräch, nachdem er Oktay bedient und sich zu ihm gesetzt hatte. «Du hast halb Anatolien bereist, hast 450 Mützen verkauft, für weitere 2000 hast du Bestellungen und bist sicher, bei deiner nächsten Reise wenigstens noch einmal so viele unter die Leute zu bringen. Ich habe das Lager geräumt, nicht nur, weil meinen Leuten, die sich von der Herstellung der Kalpaklar bisher ernährten, ein Unglück zugestoßen ist, das auch mich treffen könnte. Es sind hier nach und nach an die zwei Dutzend wildfremder Menschen aufgetaucht, Gesichter, die ich nie im Leben gesehen, die hier an meine Tür geklopft und unter Berufung auf deinen Freund Faruk mit mir über Fellmützen zu sprechen verlangten. Die Kalpaklar, die ich dir bei deinem letzten Besuch zeigte, sind nicht vom Erdboden verschluckt. Sie sind auf verschiedene Orte verteilt und sicher versteckt. Die letzten 50 liegen schon unten im Dorf auf deinem Fuhrwerk unter dem Heu. Ich lasse sie dir auf jeden Fall zum alten Preis, damit du den Weg nicht umsonst gemacht hast. Die abgezogen, sind jetzt noch 5525 Mützen in meinem Besitz. Ob dein Freund Faruk in İstanbul den Verstand verloren hat, ob ihm der Rakıteufel einen Streich spielt oder was sonst mit ihm los ist, kann ich von hier nicht beurteilen, denn ich lese zwar die Gedanken der Menschen, aber nicht auf eine solche Distanz. Immerhin wirst du mir zugeben, daß ich allen Grund habe, ihm böse zu sein, und auch das Recht, mich an dir als seinem Partner schadlos zu halten. Ich habe den Handel mit den Kalpaklarn angefangen, weil es ein guter Weg schien, meinen Leuten in Dağestan zu helfen. Jetzt ist es anders gekommen, und ihre Lage ist durch ihn schwieriger geworden, als sie ohnehin war. Du hast vorhin daran gedacht, unter die Angelegenheit einen Schlußstrich zu ziehen. Auf der anderen Seite sagst du dir, daß du gerade auf dem Wege warst, dir und deiner Familie ein Vermögen zu schaffen, hast ‹Blut geleckt›, wie die Jäger von den Hunden sagen, die sie deshalb nicht mehr auf ihr Wild hetzen können. Deine Gedanken zu *lesen*, dazu bin ich wohl in der Lage, aber vorschreiben kann ich sie dir nicht. Es ist das, nebenbei bemerkt, auch gar nicht mein Wunsch. Von mir zu reden, was ich ungern tue und selten ... Also dieses Wort ‹Schlußstrich› werde ich, jetzt, wo es einmal aus deinem jugendlichen Schädel unter meine runzlige Stirn geschlüpft ist, gar nicht mehr los. Jung, wie du bist, kannst du dir's wohl doch schon selbst reimen, daß es aus mehreren Gründen günstiger wäre, wenn ich diese Hütte mitsamt der Höhle, und zwar eher heute als morgen, verließe, so daß aus dem «Alten vom Berge» fürs erste der «Alte vom Tale» würde. Oh, es ist mir durchaus bekannt, daß mich alle so nennen, und ich trage gewiß nicht zufällig den ehrwürdigen Namen. Du denkst wahrscheinlich – aber was rede ich?! Als ob ich's nicht präzis wüßte, was du so denkst –, also: du *denkst,* ich hieße so, nur weil ich alt bin und meine Hütte hoch auf dem Berg steht. Aber du hast ja schon mehr als ein Buch gelesen, und vielleicht fällt dir einmal eins in die Hände, aus dem du erfährst, wer er war, dieser Alte vom Berge. Ohne dich dagegen wehren zu können, wirst du dich, wenn dieser Tag kommt, an mich erinnern und an das Gespräch, das wir jetzt miteinander führen, weil mich nämlich mit dem berühmten ‹Alten vom Berge› einige Dinge mehr noch verbinden als meine Liebe zu Ali und dem Gesandten, mein Haß gegen Ebu Bekir, Ömer und Osman, mein Zorn über die ruchlose Schandtat von Kerbala. Aber es ist schon gut so, daß du in deiner sunnitischen Verblendung von alledem nicht die leiseste Ahnung hast. Sicherlich fürchtetest du dich sonst grauslich und säßest nicht so ruhig auf einem Teppich mit mir und tränkest nicht meinen Kaffee.»

Oktay war's wirklich lieber so; der Alte war sonderbar und furchterregend genug, auch ohne daß er diese letzte krause Rede verstand.

«Noch mal», setzte der Alte wieder an, «ich werde den Ausdruck ‹Schlußstrich› nicht los, und ich will meinen, es wäre für uns beide von größerem Vorteil, ich zöge ihn, und du wickeltest das Geschäft ab bis zum Ende. Du hast Geld, ich habe Geld nötig. Nicht, weil ich gierig bin, nicht, weil Besitz für mich irgendeine Bedeutung hätte. Ich brauche das Geld, um meinen Leuten zu helfen, was ich, so gut ich konnte, versucht habe von hier, was aber jetzt von anderswo geschehen muß und in einer anderen Form. Wenn du so versessen darauf bist, die noch vorhandene Ware an dich zu bringen, und zwar soviel davon, wie nur möglich: Du bekommst sie komplett. Alle 5525 Stück. Alles, bis auf den letzten Kalpak, nur meinen eigenen, den läßt du mir bitte. Es war doch das Monopol, was du wolltest. Aber alles hat seinen Preis. Meiner ist 15 000 Lira, und zwar im voraus. Du zahlst sie noch heute, sonst ist dieser Handel gestorben für mich.»

«Ich sollte also nicht eine Woche Frist haben, es für mich zu durchdenken?»

«Nein.»

«Nicht einen Tag? Nicht eine Stunde?»

«15 000.»

«15 000? Nicht einen Kuruş weniger?»

Der Alte erhob sich, um Oktay die Türe zu weisen.

«Ich bin einverstanden», sagte Oktay.

Die mitgebrachten 2500 Lira übergab er als Anzahlung. Nach Kars sollten ihn aus dem Dorf zwei Jungen begleiten, wovon der eine gleich bei ihrer Ankunft die übrigen 12 500 Lira in Empfang nehmen, während der andere bei Oktay verbleiben würde, um ihm die Verstecke zu zeigen.

«Und versuch nicht, mit den Burschen zu reden, sie sind nämlich taub. Und stumm sind sie nebenbei auch.» Das waren die letzten Worte des Alten.

Als Oktay hinunter zum Dorf ging, wurde ihm klar, daß er sich mit Haut und Haar in die Hände des Alten geliefert und nicht die geringste Sicherheit hatte. Aber deswegen umzukehren und Garantien zu fordern, dazu reichte sein Mut nicht mehr aus.

Die beiden gehörlosen Hörigen des Alten saßen schon hoch auf dem Heu, als Oktay zum Dorf zurückkam, um auf den Bock seines Wagens zu steigen. Er schätzte sie etwas jünger als Yılmaz. Als er sie anschaute, um wenigstens mimisch eine Art von Begrüßung mit ihnen zu tauschen, nickten sie nur, ohne dabei mit der Wimper zu zucken. Oktay wandte sich nach vorne und setzte mit einem Peitschenknall seine Pferde in Trab.

Wie er sich freute, daß Sevim bei ihrer Ankunft zufällig aus dem Haus war! Und wie irrtümlich war diese Freude, hätten doch gerade ihr Instinkt und ihre weibliche Resolutheit das Schlimmste der sich vollziehenden Katastrophe noch von ihnen gewendet!

Es war förmlich Haus und Hof, ein großer Teil des Erlöses aus dem sulakbahçischen Erbe, was Oktay in bar und in Gold dem einen der beiden Taubstummen, der sich als der Geldkurier dadurch bezeugte, daß er ein paar Schritte vor den anderen trat und die Hände aufhielt, überreichte.

Wie aber nun Sevim, als sie von ihren Einkäufen wieder nach Haus kam, die Anwesenheit des anderen Sprachlosen begreiflich machen? Wohl ahnend, welches verheerende Unwetter er mit der Wahrheit auf sich beschwören mußte, log er, den Bedauernswerten hätten seine armen Eltern ihm anvertraut, damit er ihn, wenn er in den nächsten Tagen wieder nach Sivas führe, dort bei betuchten Verwandten abgäbe, die sich um ihn kümmern wollten.

Die Sonne war kaum aufgegangen am nächsten Morgen, da sattelten sie Oktays Pferde. Oktay schwante Böses, als ihm nach einer Weile aufging, daß sein Führer in schnurgerader Linie auf Sulakbahçe zuritt. Seine Rufe «Halt!», «Zurück» und so weiter waren natürlich ganz zwecklos, weil der Reiter, der die Stute, kaum daß sie den Rand der Stadt hinter sich hatten, zum schärfsten Galopp trieb, der Funktion des zur Aufnahme dieser Schreie nötigen Organs nun einmal entbehrte. Oktay gab seinem Hengst die Sporen und schloß zu dem taubstummen Jüngling auf. Der aber ließ den letzten Schein der Gutartigkeit fallen, indem er Oktays Vorbeugen beim Angeln nach den Zügeln seines Pferdes dazu ausnutzte, ihm einen Stoß in den Rücken zu verpassen, der hinreichte, den Betrogenen und Beraubten stürzen zu lassen, worauf der Schurke auf Nimmerwiedersehen davongaloppierte.

Ritzen wir Oktays Ehre und seinem Stolz einen Kratzer ein, wenn wir verbuchen, daß er die Verfolgung nicht aufnahm, daß er gar nicht erst den Versuch anstellte, das ihm mit roher Gewalt Entrissene mit demselben Mittel zurückzuerobern? Eher müssen wir seiner Klugheit, an der unter dem vorher Mitgeteilten berechtigter Zweifel aufgekommen sein mag, das Kompliment zugestehen, eine Bataille, die nicht die geringste Aussicht versprach, gemieden zu haben. Sollte es etwa der Reinheit des Zufalls entspringen, daß zum Ort für das angebliche Versteck der von ihm teuer bezahlten Kalpaklar Sulakbahçe ausgewählt worden war, oder war nicht viel eher davon auszugehen, daß eine Partei, die von schmeichelnder Rede bis zur rücksichtslosesten Brutalität alles zum Einsatz gebracht hatte, ihn seiner Habe ledig werden zu lassen, ihr satanisches Werk nur zur sinnreichen Vollendung führte, wenn sie ihm zu guter Letzt noch das Lebenslicht ausblies?

Oktay durfte froh sein, daß er nach wiederholten vergeblichen Bemühungen seinen beim Sturz lädierten Körper überhaupt wieder auf den Rücken seines Pferdes zu hieven vermochte.

Ebenfalls dankbar mußte er sein für die Rücksicht, die sein Eheweib übte, das ihn, als er bei der Rückkehr vom Pferd sank, nachdem sie ihrem Entsetzen durch einige Schreie Luft verschafft hatte, stützte und zum Bett geleitete, ohne ihn auch nur stumm mit irgendwelchen Vorwürfen oder Fragen zu traktieren.

Oktay übertrieb seine Leiden, um Sevims krankenpflegerische Fürsorge über die Gebühr genießen und den Zeitpunkt, an dem er mit seinen fälligen Geständnissen herausmußte, weitestmöglich hinauszögern zu können.

Nach vier Tagen, die er im Bett verbracht, rief er Sevim zu sich, entschuldigte sich für den ausgedehnten Dispens, den sie ihm gegönnt, bedankte sich ebenso ausgiebig wie aufrichtig bei ihr für all die Rücksicht und die pflegerische Teilnahme, die sie ihm gewährt, und suchte mit der erdenklichsten Vorsorge die Offenbarung jener Unerfreulichkeiten vorzubereiten, deren Kenntnis er vor ihrem Auge noch immer verborgen gehalten hatte.

Oktays Revelation war, nachdem das erste Wort sich gefunden, komplett, und er schloß sein Geständnis, indem er Sevim freistellte, sich von ihm scheiden zu lassen.

Aus purer Dankbarkeit bestand er in den Wochen, die folgten: für die Gesundheit, die Gott seiner Frau und seinen Kindern bewahrt und auch ihm mit dem letzten Rest wiedererstattet hatte; für die Treue seines Weibes, das ohne zu murren gefaßt war, die ihnen bevorstehende Not tapfer und gemeinsam mit ihm zu meistern.

Mit Nasrettin und Şerafettin beschäftigte er sich hingebungsvoll, trug auch Arzu spazieren im Haus, im Garten und in den Ställen, versuchte auf diese Art nach Kräften durch die Vervielfachung seiner Betätigung als liebender Vater sein desaströses Versagen als Kaufmann und Ernährer seiner Familie zur Seite zu drängen. Das war auch der Grund, warum im Haus ein strenges Verbot galt, den Namen «Faruk» oder das Wort «Kalpak» auszusprechen.

Gleichsam zwischen dem Grab seines Vaters Osman und der Wiege seines Sohnes Murat bestieg Orhan den Thron. 36 lange Jahre sollten der Zeit seiner Regierung gegönnt sein, und daß er sie in jeder Hinsicht klug und von schönen Erfolgen gekrönt zum Ausbau von Osmans Hinterlassenschaft anwenden konnte, beruht vornehmlich, wenn nicht ausschließlich auf dem Abkommen und der Zusammenarbeit, die er mit seinem Bruder Alaettin schloß und einging.

Wie sie auf ihre jeweilige Rolle durch ihre Erziehung als Prinzen präpariert waren, so übten sie jetzt ihre respektive Funktion bei der Lenkung des Staates aus. Alaettin, zurückgezogen im Hintergrund, die des Ideologen und Visionärs, Orhan, der Tatmensch, die des würdentragenden Repräsentanten und charismatisch siegenden Herrn auf dem Schlachtfeld. Zwar führte Orhan noch nicht wie später sein Sohn Murat den Titel des Sultans, aber Alaettin war schon der erste Vezir und somit der Stifter dieses für die Dynamik der osmanischen Staatsmaschine so bedeutsamen Amtes.

Sprechen wir also von Alaettin und der Heereskonstitution, die er schuf, bevor wir schauen, was Orhan mit ihrer Hilfe bewerkstelligen konnte. Ein selçukisches Amt, das er wiederbelebte, war das des Kadıaskers, eines obersten Richters des Heeres, bekleidet von Kara Celil Çendereli. Innovativ nicht nur für Anatolien oder die Türken, sondern für die Welt überhaupt und grundlegend für alles, was kommen sollte und kam, war Alaettins Erschaffung eines stehenden, fest besoldeten Heeres. Ein volles Jahrhundert somit vor Frankreichs siebentem Karl kreierte Alaettin aus den rennenden und brennenden Haufen eine durchgegliederte Armee professioneller Soldaten. Die Introduktion der Infanterie in das Militär trug den Bedürfnissen Rechnung, welche die veränderten Bedingungen bei der Führung künftiger Kriege erzeugten. War schon diese Einführung von Fußtruppen ein avantgardistischer Akt, so ist die Schaffung einer schlagkräftigen Sondereinheit in ihrer Mitte nicht anders denn als originell zu bezeichnen, ein Unikat, so genial wie perfide ertüftelt, das für alle Zeiten und Länder ohne Vorbild und Nachahmung steht.

Ausgebrütet hatte die Idee zu dieser in ihrer kulturellen nicht weniger als in ihrer militärisch-logistischen Dimension makabermerkwürdigen Institution der erwähnte Kadıasker Kara Celil Çendereli, und da «kara» zu deutsch so viel bedeutet wie «schwarz», verkennt man schwer den kuriosen Verweis auf den Franziskanermönch Niger Bertholdus, der im nämlichen Jahrhundert, im *Schwarz*wald dazu, etwas ähnlich Finsteres auszuhecken vermochte mit seiner Erfindung des Pulvers.

Der Koran enthält eigens eine Sure, die sich mit dem Thema

der Kriegsbeute beschäftigt, in der Zählung die achte, und es heißt dort im 42. Vers: «Und wisset, wenn ihr etwas erbeutet, so gehört der fünfte Teil davon Allah und dem Gesandten und seinen Verwandten und den Armen und Waisen und dem Sohn des Weges.»

Die Stelle brachte Kara Celil Çendereli Alaettin in das Gedächtnis und wies den Vezir dabei auf den Punkt, den seine Spitzfindigkeit aufgespürt hatte. Der Allah zustehende Fünftteil war zu Lebzeiten Mohammeds einkassiert worden vom Propheten persönlich, mutatis mutandis mußte er jetzt eingezogen werden vom osmanischen Fiskus. Das hielt man auch so. Nur hatte man bislang in unverantwortlicher Weise den Schatz des Staates geschädigt, weil regelmäßig versäumt worden war, ihm auch von dem kostbarsten, wertvollsten Artikel auf der Liste der verschiedenen Sorten von Beute den korangesetzlich vorgeschriebenen Anteil zu sichern. Der Vezir verstand noch nicht ganz, worauf der Schwarze Celil hinauswollte mit seinem Getüftel.

«Na, die Gefangenen!» half dieser dem Stutzigen auf die Sprünge.

«Doch, doch», räumte Alaettin ein, «du hast recht, Çendereli, mit dem, was du sagst. Wir könnten ein Fünftel davon als Sklaven an Venedig verkaufen.»

«Quatsch!» fuhr Çendereli dazwischen, entschuldigte sich aber doch für die Freiheit und den kräftigen Ausdruck, die er sich gegen den Vezir der Osmanen erlaubte. «Das soll heißen: Ja, hochgeschätzter Alaettin, freilich können wir sie auf den Sklavenmarkt werfen. Aber das ist es nicht, was ich meine. Mir schwebt etwas ganz anderes vor. Nämlich, wir ziehen aus den Gefangenen nur die Knaben heraus, so im Alter von, sagen wir, zehn bis zwölf oder dreizehn Jahren, die also, die kurz vor dem Stimmbruch sind, und unter diesen wieder nur die am besten gebauten, die ansprechenden, wohlgeformten. Und wir achten auch auf verständige Augen, auf Geschicklichkeit und kluge Hände.»

«Çendereli!» stieß Alaettin hervor.

Der Vezir, der den Großteil seines Lebens in frommer Andacht verbracht hatte, fühlte sich nahe davor, in Ohnmacht zu fallen.

«Alaettin», bat ihn Kara Celil, «auch diese Freiheit verzeihe mir, aber nicht meine Phantasie ist verderbt, sondern die unseres hohen Vezirs, denn nichts liegt von meinem Plane weiter entfernt als das, wohin er gerade sinnt. Höre, was fürderhin meine Absichten sind mit den auserlesenen Knaben. Nicht einmal gedacht habe ich daran, und es würden mir wohl selbst im Traume solche Ideen nicht kommen, die Buben etwa für den Dienst an irgend jemandes Lust zu mißbrauchen. Wir schicken sie aufs Land zu den Dervişlern von Hacı Bektaş. Die machen Türken aus ihnen und erziehen sie zur Wahrheit des Glaubens. Mit unseren Bauern sollen sie arbeiten auf den Feldern, ausdauernd und hart; davon werden sie kräftig und fähig, große Strapazen zu ertragen. Nach einigen Jahren holen wir sie wieder zurück und bilden sie gründlich in allen Kriegskünsten aus.»

Stille füllte den Raum unter der in kunstvoller Wölbung gemauerten Decke, als Alaettin, der den Kopf mit geschlossenen Augen in den Nacken gelegt hatte, in seiner Einbildung Çenderelis Saat aufwachsen sah. Zu einem Lächeln zogen sich ihm unwillkürlich die Lippen, ihm klopfte das Herz, und die Luft, welche die Lungen hervorstießen aus seinem Körper, der bis in die Fasern erregt war unter dem Eindruck des ungeheuerlich Neuen, verursachte beim Passieren des verzückt verzogenen Mundes ein leises Geräusch zwischen Zischen und Pfeifen.

«Yeniçeri!» sagte Alaettin, als nach einer gehörigen Zeit die Säfte wieder mehr ihrer Regel gemäß in ihm kreisten.

Er hob den Kopf und die Lider, schaute Çendereli an mit Augen, die glühten von den Bildern, in denen er vorträumend seine Eliteeinheit siegreich inmitten des Schlachtgetümmels erblickt.

«Der Name ist gut», stimmte ihm der Schwarze Celil mit einem Kopfnicken bei.

«Er ist ebenso treffend wie schlicht», lobte Alaettin seine eigene Findung. «‹Yeniçeri›, ‹Neue Truppe›, das ist Begriff und Name in einem, so werden sie heißen. Wir wollen gleich morgen unsere Gefangenen sichten und mit der Lese beginnen.»

Das letzte hatte Alaettin mit amtlicher Stimme gesprochen, es war dekretiert. Damit waren die *Janitscharen*, wenn schon nicht geboren, so doch nach ihrem Wesen kreiert und gezeugt, und abweichend von unserem Versuch möglichster Angewöhnung an türkische Weisen des Schreibens wollen wir sie auch im weiteren mit diesem verdeutschten Schriftbild erwähnen. Schließlich waren es die geraubten Kinder von Europäern und Christen, die diese Garde bilden sollten, und es gehört sich, daß wir unsere besondere Verbundenheit mit diesem Element in der türkischen Geschichte betonen.

Es wiederholte sich das Gespräch in leicht veränderter Form während der nächsten Konferenz zwischen Emir und Vezir, zwischen Orhan und seinem Bruder, nur daß hierbei Alaettin in die Rolle des Inspirierenden und Insinuierenden trat. Orhans Beredsamkeit reichte nicht hin, seiner Faszination den entsprechenden Ausdruck zu geben.

«Oh, Weisheit unseres Vaters! Blitzgescheitheit und Weitsicht Atamans ... Osmans, wollte ich sagen», begann er, etwas unglücklich dennoch nach Worten zu suchen. «Daß er sich den Şeyh Ardabili zum Eidam gemacht, durch den wir mit dem Çendereli verschwägert!»

Orhan umschlang mit den muskelstrotzenden Armen die schlanke Figur seines Bruders, hob ihn zwei Spannbreit vom Boden, schleuderte ihn tanzend herum und kommunizierte ihm so jenen Schwindel und Taumel, der im Angesicht der militärtechnischen Revolution Besitz ergriffen hatte von ihm. Indigniert ordnete Alaettin sein Gewand, nachdem Orhan ihm die Festigkeit des Erdbodens wiedererstattet. Obwohl Alaettin seinen vergleichsweise gebrechlichen Leib nie den wankenden Planken eines Wasserfahrzeugs anvertraut hatte, glaubte er jetzt in der Nausea, die ihm Orhans Wirbeltänzchen bewirkt, Seeluft zu wittern.

«Wir werden das Meer überschreiten», sagte er deshalb, die

Eingebung als Vorzeichen deutend. «Und wir werden mit Hilfe der Janitscharen die Länder der Christen erobern.»

«İnşallah!» rief vollhalsig Orhan dazu, indem er die Floskel nicht, wie der Koran sie empfiehlt, zur vorsichtigen Einschränkung der auf die Zukunft gehenden Aussage nutzte, sondern vielmehr als Bekräftigung von Alaettins antizipierenden Worten.

«So es Sein Wille ist», bemerkte Alaettin trocken, «werden wir die Länder der Ungläubigen erobern. Aber, Orhan: *erobern,* nicht verwüsten. Denn das ist es und bleibt es, was uns unterscheidet von den übrigen Beyliklern. Aydın, Saruhan, Karası, sie setzen über, rennen und brennen, was das Zeug hält, beladen ihre Boote mit Beute und segeln zurück. Wenn Allah durch Çendereli uns den Fingerzeig gibt, diese Neue Truppe zu bilden aus den vornehmsten unter den Halbwüchsigen der von uns gefangenen Christen, so gilt es vor allem, diese Empfehlung in ihrer Richtung und in ihrer Tiefe genau zu verstehen. Unnütz und schädlich ist das Schwert dem, der es nicht zu führen vermag, Ballast und Bürde ist der Koran für den, der nicht über den Schlüssel zu seiner Botschaft verfügt. Schrecken verbreitende Krieger und dabei gleichzeitig hochdisziplinierte Soldaten werden wir uns, wenn wir Çenderelis Plan folgen, mit den Janitscharen erziehen. Du ahnst es, du weißt es, ich sehe es an deinen glänzenden Augen, mir ging es, als ich die Sache zum ersten Mal fühlend bedachte, nicht anders. Aber es ist nicht unser Ziel, die Länder der Christen in Trümmer zu schlagen, ihre Dörfer und Städte in Schutt und Asche zu legen. Es ist das Vermächtnis Osmans, das uns anhält, ihnen den Weg in unsere Gemeinschaft zu öffnen. Denk an Köse Mihal, der uns so vieles erstritt, als er den Propheten İsa noch für den Sohn Allahs gehalten, wie er sich dann zum einzigen Gott aus freiem Willen bekehrte und Mohammed als den Gesandten erkannte. Und sieh, wie leicht ist uns durch ihn die Einnahme Bursas geworden. Hacı Bektaş hat unser Beylik geweiht, er war es, der unserem Vater den Namen Osman gegeben. Nur in Verbindung mit ihm und seinen Müriden kann sich unser Traum von einem großen und einigen Reich im Namen Osmans erfüllen. Niemand sonst kann in unseren Janitscharen das Feuer des Glaubens entzünden, ihnen den Lebensweg weisen, fern von privatem Interesse allein der Sache des Kampfes für Allah und die Söhne Osmans zu dienen.»

«Geliebter Bruder, kluger Vezir», sprach mit Bedachtsamkeit Orhan, «noch einmal sei unser Vater gepriesen – und vergib mir, wenn ich ihn bei mir immer noch Ataman nenne –, gepriesen, weil er die Regierung unseres Beyliks nicht mir allein auf die Schultern geladen, sondern in weiser Verteilung uns beiden gemeinsam aufgab, so daß, wenn oftmals über mir die Pfeile den Himmel geschwärzt, dir über den Büchern das Gotteslicht der Erkenntnis aufging. Recht tust du und den Willen des Vaters, wenn du mich erinnerst an das Kostbarste in unserem Vermächtnis, die Einheit, die er mit Hacı Bektaş, mit dem Propheten und mit den İmamlar gestiftet. Mein Vorschlag daher, vom Pir persönlich den Segen für unsere Neue Truppe zu holen. Gern möchte ich selbst mit den ersten Knaben, die wir erwählen, die Reise antreten nach Soluca Kara Üyük, den Hochbetagten noch einmal zu sehen.»

«Wohl sprichst du, Orhan, mein Bruder, Emir», gab Alaettin darauf zu hören. «Säume nicht und brich auf mit den Jungen, auf daß unsere ersten Janitscharen ihren Schutzherrn noch lebend erblicken.»

Hiermit war das Thema fürs erste erschöpft, der Beschluß gefaßt, und das Gespräch zwischen Osmans Söhnen wechselte auf andere Punkte des Regierungsgeschäfts.

Doch wurde Orhans Visite bei Hacı Bektaş noch verzögert durch den Fall Nikäas im Jahre 731 der Hicret, 1330, christlich gerechnet. Wir hatten schon sehr ausgiebig Beschäftigung mit dem wechselhaften Geschick dieser Stadt und gesehen, wie Kılıç Arslan, der sich gegen das übermächtige Heer der Kreuzritter nicht verteidigen konnte, sie dem Basileios in die Hände gespielt. Auch jetzt, als die versammelte Streitmacht der Osmanen anrückte, verzichtete man darauf, mit Heldenmut die Mauern gegen die Türken zu halten. Lieber folgte man dem Beispiel, das Bursa gegeben, und lieferte sich aus zu milder Bedingung. Nur wenige machten von dem freien Abzug, den Orhan gewährte, Gebrauch, der Großteil des Volkes zog durch das Tor von Yenişehir dem Sieger zur Begrüßung entgegen.

Ein Wermutstropfen bei der kampflosen Einnahme Nikäas für Orhan mochte es sein, daß es auf diese Art keine Gefangenen gab, folglich kein Material für die Neue Abteilung des Heeres. Vorrat war ja wegen besagter, von Çendereli aufgedeckter Fehlinterpretation des 41. Verses von Sure acht ebensowenig vorhanden. Guter Rat war nun teuer, und er kam, wie zu erwarten, von Kara Celil. Eigens zu dem Zweck, sich die benötigte Schar von Eliteknaben zu verschaffen, einen Kriegszug vorzubereiten und Summen in die Rüstung zu stecken, schien ihm zu schief im Verhältnis des Aufwands zum Effekt. Das in späteren Zeiten praktizierte Verfahren, Devşirme benannt, nach dem die nichtmuslimischen Untertanen auch im Frieden verpflichtet wurden, Knaben für die Janitscharen zu stellen, lag noch jenseits seiner schwarzen Imagination, und so half er sich und den Osmanen kurzerhand aus der Klemme, indem er schlicht für den Anfang zwei Dutzend geeignete Buben aus der thrakischen Beute von den Sklavenhändlern Aydıns erwarb.

Diese Burschen machten Orhans Begleitung auf der Reise nach Soluca Kara Üyük. Freudig spendete Hacı Bektaş der Neuen Truppe den Segen, um den Orhan ihn bat. Er legte einem der Jungen, der durch die Gefangenschaft schon etwas Türkisch verstand, den Arm über den Kopf, wobei der Ärmel seines Filzmantels dem Gesegneten bis in den Nacken herabhing, und sprach: «Ihr Name sei Yeniçeri, ihr Angesicht weiß, siegreich ihr Arm, schneidend ihr Säbel, durchstoßend ihr Speer! Stets sollen sie zurückkehren wohlbehalten und ungeschlagen!»

Es blieb aber nicht bei diesen guten Wünschen fürs Kriegsglück, Hacı Bektaş adoptierte die Janitscharen als seine Familie und versprach, sie durch die Anhänger seines Ordens zu unterweisen und allzeit mit Moral zu versorgen. Als äußeres Zeichen erhielt die weißfilzene Uniformmütze der Janitscharen einen in den Rücken hängenden Zusatz, der den Ärmel des Hacı Bektaş vorstellen sollte. Vorne wurde anstelle eines Feldzeichens ein hölzerner Löffel aufgesteckt, hindeutend auf die Kontrolle über die Verpflegung der Truppen, die den Janitscharen zugedacht war, und auch die Ränge wurden nicht nach martialischen, sondern nach kulinarischen Verdiensten benannt. Der oberste war der des Çorbacı, des Suppenmachers, nach ihm kam der Aşçıbaşı, das ist der Kochchef, darauf der Sakabaşı, das ist der Wasserträger, und so fort. Dazu paßte auch das von Hacı Bektaş geweihte Heiligtum der Janitscharen, der Kazan, der große Fleischkessel, an dem sie nicht allein zur Mahlzeit, sondern auch zur Beratung zusammenkamen.

Gut Ding will Weile haben, und es erstaunt keineswegs, daß das Schmieden der Wunderwaffe der Janitscharen zwei volle Jahrzehnte beanspruchen konnte.

Nach der Einnahme Nikäas kam Orhans Eroberungspolitik zu einem vorläufigen Stillstand. Gefüllt war diese Zeit bis zum Angriff auf den Balkan durch einen emsigen Aufbau im Innern, nicht allein investiert in Konstruktion und Durchbildung der Heeresmaschinerie, sondern auch in Einrichtungen der Wissenschaften und Künste sowie in die Schaffung zahlreicher Tekkeler zur Ansiedlung der Dervişler in der Gegend um Bursa, der osmanischen Hauptstadt.

Die Kosten für ihren Unterhalt bestritten die Öztürks im Anschluß an die Pleite mit Faruk aus sukzessiven Verkäufen. Die Reihe kam zuerst an das einfache Fuhrwerk, dann an das übriggebliebene Pferd, die Esel, die Rinder mit dem inzwischen geborenen Kälbchen, schließlich an die Schafe. Das Federvieh sah den Markt nicht, es wanderte gleich in den Kochtopf.

Das Haus wurde beliehen. Für Oktay wäre es besser gewesen, hätte ihn der Alte auch um das Geld aus der Hypothek noch erleichtert, denn wir müssen zu seiner Schande verzeichnen, daß er es zum größten Teil in die Wirtshäuser trug.

Arme Sevim! Wie oft hallten in ihren Ohren die Worte nach, die Oktay zu ihr gesprochen, als er zum ersten Mal spätnachts und volltrunken zu ihr nach Hause gekommen war von dem fatalen Gelage, mit dem das Elend seinen Anfang genommen: «Solche gibt es, ja, ja, die in der Kneipe sitzen und den letzten Kuruş versaufen, während daheim ihre Frauen und Kinder am Hungertuch nagen. Fürwahr, es gibt sie. Aber dein Oktay gehört nicht zu der Sorte ...»

Man konnte zusehen, wie er verfiel. Es dauerte nicht lange, da kamen sie mit den Zinszahlungen für die aufgenommene Hypothek in Verzug. Auch der Bakkal, in dessen Heft ganze Seiten vollstanden mit Zahlen hinter dem ehemals ehrwürdigen Namen ihrer Familie, weigerte sich, ihnen weiter zu borgen. Wo Sevim das Brot und die Zutaten für ihre Suppe herholte und womit sie bezahlte, danach fragte Oktay sie nicht. Mehr zufällig machte er eines Tages die Entdeckung, daß das Kästchen, in dem Sevim ihren Schmuck aufbewahrte, geleert war.

Es war dieser Anblick, der ihn zur Reue brachte und zur Besinnung. Über der Kommode zeigte der Spiegel ihm sein Gesicht. Die Stoppeln am Kinn standen schon fast so lang wie der Schnäuzer. Schwarze Ränder trugen die Augen, unter ihnen hatten sich Säcke gebildet.

Was ist aus dir geworden? fragte Oktay im Spiegel sein Bild.

Es hing daneben das Foto von ihrer Hochzeit. Oktay fand die Ähnlichkeit zwischen dem strahlenden Antlitz des jugendlich-energischen Bräutigams und der verkommenen Fratze, die der Spiegel ihm vorhielt, so entfernt, daß sie kaum noch der Rede wert schien. Er schlug die Augen nieder, und sein Blick fiel wieder auf das ausgeweidete Schmuckkästchen seiner Frau.

Bist du überhaupt noch ein Mensch? fragte er sich. Warum hast du die Schatulle geöffnet? Wolltest du ihr den Schmuck wegnehmen? Ihn verkaufen? Versaufen? Er schämte sich noch mehr als zuvor. Arbeit. Kohlen schleppen, Steine tragen, egal. Arbeit!

Freilich war nun das Terrain für die Umsetzung solch lobenswerter Vorsätze nicht sonderlich geschaffen. Einmal rächte sich, daß Oktay ein Handwerk zu erlernen nicht eigentlich versäumt, vielmehr sein Lebtag nicht einen einzigen Gedanken hieran verschwendet hatte. Von qualifikationslosen Tagelöhnern aber wimmelt es geradezu in Kars, und es standen den Unternehmern weit kräftigere als Oktay zur Auswahl. Selbst wenn es Oktay vergönnt gewesen wäre, das große Los zu ziehen und eine Arbeitsstelle zu finden, womöglich gar noch eine feste: Mit der Entlohnung hätte er wohl kaum die jüngst neuerlich um eins angestiegene Zahl seiner hungrigen Mäuler zu stopfen, geschweige denn seine pekuniäre Misere einer Lösung zuzuführen vermocht. Es hätte in dieser Hinsicht keinen allzu großen Unterschied ausgemacht, wäre er gleich beim Sumpfen und Saufen geblieben.

So wäre es denn also gewesen, wenn nicht … ja, wenn da nicht vor Jahr und Tag jenes Abkommen zwischen der türkischen Regierung und den Bonnern in Kraft getreten gewesen wäre und wenn es sich nicht im Sinne seiner Urheber so glänzend bewährt gehabt hätte. Oktay hatte schon verschiedentlich in den Kneipen die Geschichten der Pioniere dieser Gastarbeiterschaft vernommen, die allein durch das Werk ihrer Hände zu märchenhaften Reichtümern gelangt waren in fernen Städten, zu denen man Tage und Wochen unterwegs war.

Diese Variante war es auch, die ihm vorschwebte, als er mit dem Beschluß rang, aus dem verkommenen Element im Spiegel wieder einen rechtschaffenen Menschen zu machen. Fleißig, ehrlich, türkisch. Hieß es nicht so?

Mit Sevim brauchte darüber nicht lange debattiert zu werden. Keine Rede von Trennungsängsten, keine Szenen wie vor dem Aufbruch zur Verkaufsreise mit Nasrettin. Kein Oktay war ihr schon lieber als der, mit dem sie es zuletzt hatte aushalten müssen.

So tief war ihr Angebeteter gesunken in so kurzer Frist, daß ihr keine Chance geblieben war, sich der Veränderung anzupassen. Sie lobte ihn, als er ihr sagte, was sein Beschluß war, und versicherte ihm, daß er sie noch nie mit einem Wort so glücklich gemacht habe.

Die Frage war nur, ob Oktay vor den Deutschen bestehen würde, die eine Kommission geschickt hatten, welche die Aspiranten umfangreichen Prüfungen unterzog und die strengste Selektion vornahm unter ihnen. Das war auch nur allzu verständlich, daß nicht jeder x-beliebige angenommen werden konnte, wenn es sich darum handelte, einer so hoch entwickelten Industrie zu dienen, die einen dafür mit Einkünften belohnte, wie sie der hartherzigste Ağa seinem Dorf nicht abzupressen vermochte.

Auch über diese Auswahlgremien gab es Geschichten zu hören, die einander in vielerlei widersprachen, aber jedenfalls in dem Punkt übereinstimmend waren, daß ein tadelloses Gebiß zu den Grundvoraussetzungen zählte, wollte man eine der begehrten Fahrkarten nach Deutschland ergattern, die man als Vorschuß bekam und die einem erst später vom Lohn abgezogen wurden. Oktay wurde, als er dies erfuhr, wieder dankbarer gegen sein Schicksal. Mit großer Wahrscheinlichkeit stand es geschrieben, daß er aufgespart war, um akzeptiert werden zu können als Gastarbeiter für Deutschland. Immerhin hatte er Zähne, und zwar ausnahmslos eigene, und die würden ihm, wenn sie ihn, İnşallah, annahmen, viel Geld einbringen.

Aus den Legenden, die sich um jene rankten, die schon in diesem sagenhaften Land der Deutschen waren, schien sich unter anderem als eine unglaubliche, aber deshalb nicht weniger wahre Tatsache herauszukristallisieren, daß man dort, wenn man einen Unfall hatte oder auch nur krank wurde, keinen Kuruş für den Doktor bezahlte. Sogar die Medizin bekam man geschenkt, wie es hieß.

Die Prozedur, der man ihn unterzog, erinnerte stark an das Verfahren, durch das die Musterungskommission seine Eignung zum

Militärdienst festgestellt, aber mehr noch an die Art und Weise, in welcher der Käufer seines Hengstes dessen Wert geprüft hatte. Tatsächlich spielte das Gebiß die allergrößte Rolle. So genau wurde dem designierten Gastarbeiter ins Maul geschaut, daß jede Mogelei beim Geburtsdatum sofort entlarvt werden konnte. Aber auch ein Versagen im Sehtest, ein zu hoher oder zu niedriger Blutdruck, selbst verfrühter Haarausfall oder Plattfüße konnten den Ausschlag zur Ablehnung geben.

Von alledem war bei Oktay zu seinem unaussprechlichen Glück keine Rede, es wurde ihm im Gegenteil von den weißbekittelten Menschenprüfern attestiert, daß ihnen der Fall eines wahren Prachtexemplars von einem hinteranatolischen Kraftburschen vorlag.

Auch hatte er es nicht unterlassen, sich auf die Begegnung mit den examinierenden Händen und Gerätschaften in sprachlicher Richtung vorzubereiten. Es erwies sich jedoch, daß dies für das Bestehen oder Nichtbestehen unerheblich war. Immerhin gewährte ihm die Beherrschung der beiden Basisvokabeln zum Eintritt in deutsche Sprache, deutschen Geist und deutsches Wesen, nämlich «Yavolçef» und «Çuldigung», beim Durchlaufen der verschiedenen Untersuchungsstationen eine spürbar gnädigere Behandlung durch die erlauchten Doktoren.

Oktay, wie gesagt, reüssierte und verließ nach Umschiffung der Klippen das Prüfungslokal mit einem deutsch verfaßten Diplom, auf das hin ihm von der Stadtverwaltung binnen 24 Stunden ein Paß ausgestellt wurde.

Hatte sich die Zeit während der voraufgegangenen Einkommens- und Ratlosigkeit ins Grenzenlose gedehnt, mühelos Minuten wie einen Hefeteig zu Stunden und Tagen ausgerollt, so überschlug sie sich jetzt, und bevor dem Hauptagenten oder einem der mittelbar Beteiligten klargeworden wäre, welcher Revolution ihre Existenz unterlag, saß Oktay schon im Zug nach İstanbul, wo ein Bedienter des deutschen Konsuls ihm auf dem Bahnsteig einen Adler in seinen Paß stempelte und ihn zu seinen Schicksalsgenossen aus anderen Teilen des Landes in einen Waggon schob, an dem verheißungsvoll das Schild mit den Namen der Städte prangte, deren Kette «Sofia–Belgrad–Zagreb» mit der Perle «München» abschloß.

Nasrettin, für den Oktay eigens aus der explodierenden Zeit noch ein besonders großes Stück festgehalten hatte, um ein langes und ernstes Gespräch unter vier Augen mit ihm zu führen, war sich wohl schon bewußt, daß er früher als andere in die Rolle eines Stellvertreters des Oberhaupts der Familie hineinwachsen mußte, allein, was «Deutschland», «Arbeit» oder «Fabrik» bedeutete, dafür hatte sein Verstand, wenn auch durch die Reise mit dem Vater erheblich über den Umfang desjenigen seiner Altersgenossen geweitet, keinen Begriff.

Aber je realer und alltäglicher Oktays Abwesenheit wurde, um so mehr wuchsen in Nasrettin Gewicht und Ernst seiner Worte aus dem Abschiedsgespräch. Neben dem Schmerz, den Oktays Fernsein, natürlich sehr bald auch wieder in Sevims Busen, hervorrief, standen die segnendsten Wirkungen. Man hatte es noch gar nicht richtig erfaßt, noch gar nicht körperlich und nicht einmal vollgeistig wahrgenommen, daß er fort war, fort, ohne daß für die Heimkehr irgendein auch noch so entfernter Termin genannt worden wäre, da traf schon die erste Geldsendung ein, buchstäblich in der letzten Sekunde, damit Sevim für Nasrettin die Schuluniform anschaffen konnte.

Einmal im Monat, mit einer Pünktlichkeit, die selbst die Sterne am Himmel nicht präziser beobachten konnten, ergoß sich von da an der Geldregen über dem Haus, und Sevim zweifelte lange daran, daß Oktay diese Summen tatsächlich mit der ehrlichen Arbeit seiner Hände erwarb. Ihre Übersicht und Sparsamkeit im Umgang mit den Wohltaten aus Deutschland lenkten im Hause bald alles in die Geleise zurück. Es wurden die Kinder neu eingekleidet, es gab jeden Morgen zum Frühstück ein Glas Milch für jedes von ihnen, auch Leckereien und kleine Geschenke bekamen sie von Zeit zu Zeit, und Sevim leistete sich, wenn nach Bezahlung der Zinsen und Tilgungsraten für die Hypothek immer noch etwas übrigblieb, ein oder das andere Kettchen, manchmal einen Armreif oder einen Ring.

Daß tatsächlich alles mit rechten Dingen zuging, daß keine finsteren Geschäfte im Spiel waren, erfuhr sie aus Oktays Briefen, die er nicht weniger regelmäßig abschickte als den Inhalt seiner Lohntüte. Und welcher Ansporn waren sie für Nasrettin, sich mit der Unterwerfung der Orthographie unter das Diktat seiner Feder zu sputen! Während seine Klassenkameraden noch nicht alle 29 von Atatürks berühmter Kommission zur Notierung der türkischen Sprache bestimmten Zeichen tadellos konnten, las er seiner Mutter die Post aus Deutschland vor und schrieb ihre Antworten auf, nicht ohne darunter noch einen persönlichen Gruß und ein paar Zeilen in eigener Sprache zu setzen.

Schon Oktays verläßliche Führerschaft bei der Durchquerung des Unbekannten und Gefahrvollen auf ihrer Reise ins anatolische Kernland hatte ihn in den Augen seines Sohnes mit der Aureole des Göttlichen umgeben. Die Subsumption von Oktays Arbeitskraft unter das variable Kapital der westdeutschen Industrie hatte auf Nasrettin vorderhand den Effekt, daß die Ähnlichkeit seines Vaters mit dem einen und einzigen Schöpfer und Bewahrer der Welt eine nächste Stufe erklomm und sich als eine neue Qualität offenbarte. Den einen der beiden Faktoren in dieser Wirkung machte der Entzug von Oktays physischer Präsenz aus, der den Vater für die zurückgelassene Familie in ein Abstraktum verwandelte; der andere bestand darin, daß seine Briefe dennoch den Glauben an seine Existenz nährten, ja, dieselbe als ein positiv Gewußtes beweiskräftig belegten und seinen Anhang aus der Entfernung den rechten Pfad leiteten.

Es konnte nicht anders sein, als daß Nasrettin dabei unter den Mitgliedern der Familie eine gesonderte und herausgehobene Stellung zufiel, die sich in seiner Eigenschaft als Kenner der Zeichen und Besitzer der Schrift begründete. Die Treue zu jedem Buchstaben der aus Deutschland herabgesandten Schriften beförderte Nasrettin zunehmend in die Rolle eines wirklichen Stellvertreters und Botschafters des Vergötterten, der seine Dankbarkeit und Barmherzigkeit den Gläubigen gegenüber zudem mit wesentlich handgreiflicheren Zuwendungen unter Beweis stellte, als dies der wahre Gott tut.

Die Zusätze, die Nasrettin unter die Niederschrift des von der Mutter Diktierten zu setzen pflegte, wurden von Brief zu Brief umfänglicher und konkreter und bewirkten, daß auch Oktay sich in seinen Antworten immer ausführlicher auf die Nöte und Sorgen seines Sprößlings einließ, bis irgendwann die Korrespondenz zwischen Vater und Sohn von der sozusagen offiziellen zwischen Ernährer und Familie, zwischen dem Hirten und seiner Herde, sich ablöste und selbständig wurde. Es gehört ebenfalls unter die Analogien zum Verhältnis von Gott und Gesandtem, daß Oktay Nasrettin darin das Paradies kündete und ihm seinen späteren Aufenthalt in demselben verhieß. Nur hatte das Paradies in Oktays Briefen einen anderen Namen, es nannte sich nicht «Cennet», auch nicht «Garten, durcheilt von Bächen», für welche Umschreibung sich der Koran an diversen Stellen entscheidet und was sich in der türkischen Sprache zutreffend mit dem Wort «Sulakbahçe» ausdrücken läßt, nein, die neue Vokabel war: «Almanya».

Aber, wie bei Mohammeds Gott, so fanden sich auch bei Oktay die künftige Übersiedlung in das Land, wo Milch und Honig fließen, und der Genuß der unsäglichen Freuden an die Erfüllung genau definierter Auflagen geknüpft. Es war jedoch nicht Beten, Fasten und Wallfahren, was Oktay zur Pflicht machte. Noch weniger dachte er daran, seinem Sohn die Erlegung von Armensteuern oder die Austeilung von Almosen abzuverlangen. Seine Ermahnung drückte sich in den Worten des wenig gottesfürchtigen Wladimir Uljanow aus: Lernen, lernen, lernen.

Und Nasrettins Lerneifer kannte keine Grenzen. Vom ersten Schultage an war er in allen Fächern der Beste in seiner Klasse. Gegen Ende des dritten Schuljahres war sein Vorsprung gegen die Mitschüler so bedenklich gewachsen, daß sein Lehrer dem

Kollegium den Vorschlag unterbreitete, Nasrettin die Absolvierung der vierten Klasse zu erlassen, um ihn gleich in die fünfte zu versetzen. Daß der Pädagoge sein angekündigtes Vorhaben dann doch nicht zur Ausführung brachte, sondern es auf andere Manier unternahm, den Primus an das Niveau der Klasse zu passen, entsprang derselben Quelle, aus der sich Nasrettins außer jeder Gewohnheit stehender Fleiß und seine abnorme Gelehrigkeit speisten.

Es war nicht einmal in der Religionsstunde – denn solchen Unterricht hatte der laizistische Grundsatz der Republik längst aus den öffentlichen Schulen verbannt –, sondern bei einer Lektüreübung, daß aus irgendeinem Zusammenhang der Lehrer an die Klasse die Frage richtete, wie man sich das Paradies vorzustellen habe. Da nun aber keines der Kinder das Fingerlein hob, rief Ramazan Bey, wie sie ihren Erzieher anredeten, schon leicht verärgert über diese Stockung in seiner Lektion, einer alten Gewohnheit folgend Nasrettin auf, auf den er sich verlassen konnte, auch wenn der das Aufzeigen, worin vielleicht eine Spur anmaßender Überheblichkeit lag, seinen Mitschülern überließ.

«Ehrwürdiger Ramazan Bey, ich möchte auf diese Frage lieber nicht antworten», war Nasrettins Auskunft, die seinen Lehrer zunächst einer mittleren Konfusion aussetzte.

«Ei, was», sagte er zu Nasrettin, als er nach einer Weile endlich auf die Antwort die passende Frage gefunden hatte, «das ist ja etwas ganz Neues, was, wenn ich mich recht besinne, überhaupt noch nicht vorkam. Hört, hört, Kinder! Nasrettin weiß die Antwort auch nicht! Woran liegt es denn, Nasrettin, daß du keine Ahnung vom Paradies hast?»

Nasrettin wollte stark sein und nicht zulassen, daß die Worte des Lehrers seinen Stolz herausforderten, aber zu seinem Verhängnis kam ihm eine Briefstelle von Oktay in den Sinn: «Wenn ein Mann seinen Stolz verliert, verliert er Gott und wird wie ein Blatt im Wind.»

Nasrettin hörte, wie seine Stimme das Gekicher um ihn herum

übertönte. Daß in ihr der Geist der Auflehnung mitschwang, vor dem nun wieder Hunderte anderer Stellen in den Oktay-Briefen ihn eindringlich gewarnt hatten, das hörte er nicht.

«Ich habe nicht gesagt, daß ich die Antwort nicht weiß. Ich habe lediglich gesagt, daß ich auf diese Frage lieber nicht antworten möchte.»

«Hört, hört, Kinder!» frohlockte Ramazan Bey und schlug vor Vergnügen mit seinem Stock einigemal auf das Katheder. «Es wird noch interessanter! Es ist keineswegs so, daß Nasrettin die Antwort nicht weiß. Es hätte dies in diesem Raume auch wahrhaftig niemand für möglich gehalten.»

Mit dem letzten Satz hatte er Stimme und Kopf vertraulich zu den Strebern in der ersten Reihe unter seinem Pulte gesenkt, womit er zur Abfeuerung der nächsten Lachsalve auf Nasrettin einlud.

«Nein!» zog er Haupt und Stimme wieder empor. «Der Fall ist ganz anders. Nasrettins Wissen hat eine Höhe erreicht, die ihm verbietet, uns die Früchte seiner Gelehrtheit herunterzureichen.»

Im Gegensatz zum Rest der Klasse verstand Nasrettin den Vorwurf seines Lehrers sehr wohl, und da er ihn jetzt nicht mehr an seinem Stolz verletzte, sondern an seiner Demut, die erst das Bedingnis für jenen darstellt, hielt er den Schmerz nicht mehr aus.

«Wenn Sie mich also nötigen, meine Antwort zu geben», sagte Nasrettin, und das klang jetzt schon frech, so daß das Gejohle der Meute verstummte und alles sich abduckte, um nach dem Aufleuchten des Blitzes den unausweichlichen Donner zu erwarten.

«Wenn Sie mich also nötigen», sagte Nasrettin noch einmal, «darf ich meine Antwort nicht schuldig bleiben. Es ist aber nur meine Meinung und die meines Vaters.»

Noch zögerte Nasrettin.

«Spannender kann es nicht mehr werden, Nasrettin», sagte Ramazan Bey. «Habe also die Güte, uns mitzuteilen: Was ist nach deiner Meinung und nach der deines Vaters das Paradies?»

«Das Paradies ist Deutschland.»

«Komm nach vorne und wiederhole es vor der ganzen Klasse,

daß jeder es hört», sagte der Lehrer, und nachdem Nasrettin dieser Bitte entsprochen, schlug er ihn mit solcher Wucht ins Gesicht, daß unser Held und späterer Champion sehr nahe vor seinem ersten K.o. war.

Nasrettin wurde aus dem Klassenzimmer geschickt, und seinen Mitschülern kam ein längerer Vortrag über Deutschland, den Tummelplatz der Ungläubigen, das Vaterland der Schweine, die Heimat der Verbrecher von Sewastopol und ähnliche Dinge mehr zu Gehör, wovon ihnen höchstens Fetzen eingehen konnten, den sie aber nicht ohne Interesse verfolgten, denn nie hatten sie Ramazan Bey so aus seiner Rolle fallen gesehen.

Während Nasrettins ganzem vierten Schuljahr blieb dieser Vorfall der Gegenstand seiner Korrespondenz mit dem Vater. Zunächst galt es, auf Nasrettins Seite den gravierenden dogmatischen Irrtum aufzuklären. Oktay schrieb ihm, daß, sollte es ihm tatsächlich in einem seiner Briefe, woran er sich aber beim besten Willen nicht erinnern könne, unterlaufen sein, daß er expressis verbis in einem Vergleich Deutschland mit dem Paradies zusammengestellt habe, dies doch nicht wörtlich, sondern eben nur sinnbildlich aufzufassen sei. Deutschland sei Deutschland, und das Paradies sei das Paradies.

Oktays Erläuterungen gingen Nasrettin ein, soweit sie Grammatisches und Eschatologisches betrafen, wie seine Antworten zeigten. Schwieriger wurde die Verständigung über Nasrettins Fehlverhalten in moralisch-ethischer Hinsicht.

Nasrettin berichtete von den Schikanen, denen er neuerdings ausgesetzt war: wie Ramazan Bey keine Gelegenheit ausließ, ihn zu quälen und vor den übrigen Schülern zu demütigen, wie er ihn für die Vergehen anderer bestrafte und sogar, wenn zufällig einmal die Rede auf Deutschland kam, mit höhnischen Bemerkungen die Ehre seines Vaters beschmutzte.

Oktay tadelte Nasrettin für seine Beschwerden. Schon daß Nasrettin auf die Frage nach dem Paradies, wie er ja wußte und durch sein Zögern kundgetan hatte, eine andere Antwort gegeben als die vom Lehrer gewünschte, mußte er als schwerwiegenden Fehler erkennen. Selbst unter der Voraussetzung, daß er im Besitz der unumstößlichen Wahrheit gewesen wäre, hätte er sich unter keinen Umständen dazu verleiten lassen dürfen, sich dem Zorn und der Rache der Autorität auszusetzen, indem er sie aussprach. Wenn er jetzt die Folgen seiner Unbedachtsamkeit zu spüren bekam, durfte er erst recht nicht daraus die Veranlassung entnehmen, seinen Widerstand zu verschärfen. Sein Teil war: Lernen, lernen, lernen. Wenn er dabei den Beistand und die Unterstützung des Lehrers verspielt hatte, erlaubte ihm das in keiner Weise, seinen Eifer erlahmen zu lassen und sich in eine Auseinandersetzung zu begeben, die den entstandenen Schaden lediglich zu vergrößern vermochte.

Das alles paßte für Nasrettin schlecht zum Grundsatz der Ehre, den Oktay ihm eingeschärft hatte. Es benötigte einiges an Selbstüberwindung, das unbändige Verlangen, seinen Vater auf diesen Widerspruch aufmerksam zu machen, abzutöten.

Nasrettin hatte schon eine dahingehende Erörterung aufgesetzt, vernichtete sie aber, beim Überlesen selbst erschrocken über die pamphletischen Anflüge in diesem Brief an den Vater, sogleich wieder. Wie sehr hätte er sich gewünscht, im Gehorsam gegen seinen Erzeuger bis in den letzten Winkel seines Denkens und Fühlens treu bleiben zu können, wozu nur gehörte, daß Oktay ihn zum Cihat gegen Ramazan Bey aufrief. Aber im Gegenteil hielt der Gottgleiche ihn an, aus der Wahrheit ein Geheimnis zu machen und sich der ungerechten Herrschaft zu beugen. Es war ein langes Ringen, bis Nasrettin sich damit abfinden konnte.

Abfinden mußten sich auch die Griechen mit der sukzessiven Türkisierung Kleinasiens bei fortschreitender Destabilisierung des Byzantinischen Reiches. Die Türken brauchten sich auf eigene Hand gar nicht einzumischen in die Konflikte, sie wurden von den einander bekämpfenden Parteien eingeladen dazu.

Kantakuzenos, der Herrscher in Konstantinopel, war nur mit Hilfe von Söldnern aus Aydın auf den Thron des oströmischen Kaisers gelangt. Nachdem Umur Bey, der Herrscher von Aydın, bei der Verteidigung des Hafens von İzmir gegen die Kreuzritter gefallen war, brauchte Kantakuzenos neue Bündnistürken, um seine Position zu stärken und Einzug in Konstantinopel halten zu können. So suchte er sich Orhan zu nähern. Osmanische Beteiligung am byzantinischen Bürgerkrieg konnte für Orhan ausschließlich vorteilhaft sein, und er schloß sein Übereinkommen mit Kantakuzenos so fest, daß er dessen schöne Tochter Theodora zur Frau nahm und sich ihm damit sogar familiär und dynastisch verband.

Auch für Kantakuzenos erwies sich das Junktim mit Orhan zunächst als sehr glücklich, konnte er doch 1347 in Konstantinopel als Sieger einziehen, und als im selben Jahr der Serbenzar Stephan Dušan gegen Byzanz mobilisierte, schickte sein Schwiegersohn ihm ein Heer von 10 000 Mann unter der Führung von Süleyman Paşa, Murats älterem Bruder, der nach dem Tod seines Oheims Alaettin auch das Amt des Vezirs der Osmanen betraute.

Allerdings waren die Nachrichten von den Aktionen, welche die osmanischen Hilfstruppen auf dem thrakischen Boden vollführten, wenig geeignet, Kantakuzenos' Gemüt zu erheitern. Es schien der serbisch-byzantinische Konflikt Orhans Leute herzlich wenig zu kümmern. Wie in Feindesland wüteten sie auf dem Terrain des Verbündeten, plünderten und führten eine große Zahl von Gefangenen fort, wovon sie jedoch die Frauen, die Mädchen und die erwachsenen Männer noch auf dem Weg losschlugen unter dem Wert, um nur die Jünglinge nach Asien zu bringen ...

Noch mehr Grund, an der Treue seines Eidams zu zweifeln, erhielt Kantakuzenos, als er 1352 mit Venedig die Genueser bekriegte und feststellen mußte, daß Orhan mit dem Feind kooperierte. Die Jahreszahl sei unterstrichen nicht nur deshalb, weil sie die Wende in Orhans Verhältnis zu seinem Schwiegervater bezeichnet, sondern auch, weil mit der Eroberung der kleinen Feste Cemenlik auf der Halbinsel Gelibolu durch Süleyman Paşa die Epoche osmanischer Beherrschung immer größerer Teile Europas hier ihren Ausgangspunkt hat.

Kantakuzenos unterhandelte zwar mit Süleyman um die Rückgabe Cemenliks, wurde sich auch einig mit ihm über den Preis, aber dann platzte der Handel, weil nach den politischen Wirren, die es den Osmanen leichtgemacht, festen Fuß in Europa zu fassen, zu guter Letzt noch eine Naturkatastrophe kam, die ihren ehrgeizigen Plänen unerwartet Gunst zuteil werden ließ. 1354 wurde die Halbinsel Gelibolu von einem Erdbeben erschüttert, das nicht nur Menschen und Tiere unter ihren Häusern und Ställen begrub, sondern auch die Mauern der gleichnamigen Stadt aufbrechen ließ.

Fazıl Gazi und Acıbey, die Süleyman zurückgelassen hatte, damit sie mit ihren Leuten von Cemenlik aus Gelibolu zernierten, drangen durch die geborstenen Mauern ein in die Stadt, aus der die Einwohner entflohen, und bemächtigten sich auf diese Art auch der übrigen Plätze auf der Halbinsel.

Süleyman Paşa, der von der Neuigkeit in Biga, der Hauptstadt seiner Provinz Karası, erfuhr, brach sofort seine Verhandlungen mit Kantakuzenos ab, verzehnfachte die Stärke der Dörfer und siedelte für die Urbarmachung der Länder Tausende Türken an das andere Ufer der Dardanellen. Zufällig waren gerade arabische Wanderhirten nach Karası gekommen, die verschiffte er ebenfalls mit ihren Tieren dorthin.

Auf Süleyman hat vielleicht der Titel des Paşas, unter allen, die ihn getragen, am meisten gepaßt, weil das Wort, zusammengezogen aus dem persischen Pay-ı Şah, ins Deutsche getragen soviel wie «Fuß des Herrschers» bedeutet, und schließlich war es Süleyman, der den Fuß osmanischer Herrschaft nach Europa gesetzt. Jener Zipfel der dem Kontinent von ihm abgerungenen Erde sollte auch zur Heimstatt seiner sterblichen Überreste werden. Er, der bestimmt war, in die Nachfolge Orhans zu treten, stürzte bei einem Jagdunfall, dem Falken nachpreschend, so unglücklich von seinem Rappen, daß es auf der Stelle aus mit ihm war. Seinen Leichnam überführte man nicht nach Bursa, damit die neue Familiengruft der Osmanen zu füllen, sondern setzte ihn am westlichen Dardanellenstrand bei, auf einem Hügel, aufgeschüttet, das Gedächtnis Süleyman Paşas in die Höhe zu heben.

Vier Jahre überlebte der Vater den Sohn. 75 Jahre hatte sein irdisches Dasein gewährt, wovon er 36 in der Regierung verbracht. 1360 starb Orhan zu Bursa friedlich in seinem Bett. Wenn Hacı Bektaş Ataman den Namen Osman gegeben hatte, so war es Orhan, der einen Begriff daraus machte und die Grundlagen schuf für den bevorstehenden Aufstieg des winzigen Beyliks zu der multikontinentalen Großmacht unter der Herrschaft der 34 Sultane aus Osmans Geschlecht, die ihm nachfolgen sollten, der Dynastie aller Dynastien.

So ist es also an diesem Punkt feinstens bestellt um die türkische Weltposition und um die Haushaltskasse der Öztürks. Wie aber schaut's aus unter dem Zelt zu Beausoleil nahe Monaco? Daß mit der vierten Runde der eigentliche Kampf erst beginnt, wurde gesagt. Nasrettin kämpft nicht mehr gegen den Champ, er kämpft gegen sich selbst. Er kämpft gegen den Schmerz. Das Festlichste des Zuschauervergnügens am Boxsport liegt hierin. Der Boxer ist jetzt der Zauberer, wir schauen gebannt. Einer der berühmten rechten Geraden von Sandol trifft sein Ziel – ein Stoß, dessen Wucht einen kleineren Baum gefällt haben würde. Sandols Sensoren orten die Lücke in Nasrettins Deckung, und er kann seine Faust ungehindert herausschleudern auf freier Bahn. Mit seiner Backe fängt Nasrettin diesen Hammer. Wäre das ohne Handschuh und Mundschutz auf der Straße geschehen, hätte er im linken Oberkiefer sämtliche Zähne verloren, sein Jochbein und Sandols Mittelhandknochen wären zersplittert.

Ist dies nicht im Grunde einer jener Momente im Leben, wo

sich der vernünftige Mensch fragt: Warum mache ich das hier überhaupt? Beim Auftreffen der gegnerischen Faust wird sein Gehirn mit einer Geschwindigkeit, die ein Automobil nicht erreicht, gegen die Schädeldecke katapultiert. Wir erleben ein Wunder, denn der Mann, dem dies widerfährt, ist nicht tot, er fällt nicht einmal um.

Empfindet Nasrettin den Schmerz etwa nicht? Er macht es wie die Kunst. Er hebt die Wirklichkeit auf, nimmt die Zeit aus ihren Angeln und stellt sie beiseite. Von hierher der Zusammenhang mit der ordenshaften Klösterlichkeit, wie sie jeder Vereinigung von Boxern anhaften muß. Das Leben besteht aus Schmerzen, noch die geringste Lustbarkeit haben wir mit Leid zu bezahlen, und deshalb war es die Lehre des Buddhas, daß wir den Schmerz besiegen sollen, indem wir in unserem Dasein dessen Quellen verstopfen.

Aber jemand, der sich, für welche Summe auch immer, hinstellt und auf sich einschlagen läßt, der tut doch das genaue Gegenteil! möchte der Leser einwenden. Eher wäre zu denken, daß ein solcher Mensch verliebt in den eigenen Schmerz ist, wenn er ihm wie ein Süchtiger nachläuft und sich, während die Hodenquetschung vom Tiefschlag aus der dritten Runde noch nachwirkt, nach dem Volltreffer mitten in das Gesicht nicht nach friedfertigeren Vergnügungen umsieht.

Aber Nasrettin empfindet den Schmerz nicht. Er will jetzt nicht Schmerz, er will den Sieg. Der Schmerz kommt sozusagen gar nicht zu Wort, darf sich nicht in die Zeit ausbreiten als Leid. Das war die Vorbereitung, war die Konditionierung, und in dem Maße, in dem sie es war, *ist* sie es jetzt. Nasrettin hat nicht Wochen der Abgeschiedenheit und Introspektion hinter sich gebracht, um sich hier dem Schmerz hinzugeben. Er ist in einen veränderten psychochemischen Zustand gelangt, sein Adrenalinspiegel hat den Höchstwert erreicht.

Sandol, dem das Durchziehen mit Volltrefferwirkung gutgetan hat, ist noch nicht auf diesem Niveau. Er hat sich noch nicht wirklich zurechtgefunden in diesem Kampf, stellt immer deutlicher fest, daß Nasrettins Boxweise ihm unbequem ist. Er hat die Angst noch nicht ganz abgelegt und scheut den Infight. Sandol riecht es an dem Schweiß auf Nasrettins Haut, wenn der sich unter der Deckung wie ein Maulwurf in ihn hineinwühlt, daß der Herausforderer ihm hormonell gesehen um zwei oder drei Runden voraus ist. Sandol weiß, daß Nasrettin von nun an restlos alles, was er ihm verabreicht, einstecken und sich nicht mehr hinlegen wird.

Ein Seufzer des Erstaunens geht durch die Reihen. Nasrettin, dessen Kopf durch den Treffer tief in den Nacken abgerutscht ist, kommt mit einem plazierten, kräftigen Aufwärtshaken zu Sandols Kinn wieder nach vorne, und daran hängt noch ein rechter Gerader zum Herz. Bei Sandol ist der Reim darauf Schmerz, und zwar ein empfundener, sowie eine Verteidigungsunfähigkeit für lange Sekunden, die der Routinier aber mit Klammern kaschiert, bis der Gong ihn erlöst.

Die fünfte Runde

Wird der Schmerz jetzt, da wir den Gong gehört haben, hervorpreschen aus seinem Hinterhalt und Nasrettin überfallen mit all seiner Wut? Nein, Nasrettin baut ihn um, seinen Schmerz. Die Pause schenkt ihm die Zeit, die nun doch einfließen muß, an diesem psychochemischen Prozeß diverse Regulierungen und Nachdestillationen vorzunehmen. Er sinkt auf den Schemel, als falle er aus hohem Himmel in ein endloses, wattebauschiges Meer. Er schuckelt und ruckt in seinem Leib die Organe zurecht. In seinem Innern gehorcht noch alles stumm den Befehlen. Leber, Magen und Milz, auch Nieren und Herz, alles hat sich über die ersten vier Runden gut erhalten und ist zu weiterem Fechten bereit. Der Kopf war es, der den letzten wüsten Treffer hat aufnehmen müssen, und hier dröhnt es denn auch lauter als alles Gebrüll und Gekreisch unter dem Zeltdach.

Röder zieht Nasrettin den Mundschutz heraus, unwillkürlich zuckt dabei seine Hand, als ob die Energie von Sandols rechtem Geraden sich in diesem nach dem Gebiß unseres Helden geformten Stück Kunststoff befinde. Wie bei einem Rennpferd, dem man die Kandare herausnimmt, löst es Nasrettin aus dem Kampfzwang. Sandols Hieb hat allen Forderungen der Boxschule genügt, Nasrettins Backe schwillt auf, die Haut über dem Knochen färbt sich mohn- und burgunderrot ein, und der Sekundant schätzt, als er die Stelle kühlt mit dem Schwamm, daß sie beim nächsten Treffer aufplatzen wird.

Das Gehirn ist nach der schweren Erschütterung auch nur noch ein Organ, das seine Qualität daran erweist, ob es bis zum Sieg durchhalten wird oder nicht. Großartige Denkleistungen darf Nasrettin von ihm nicht mehr erwarten, muß ihm eher dankbar sein, daß es nicht schmerzt, vielmehr das Empfangene umwandelt in auszuspendende Energie, die man Sandol aufdreschen wird. Der Mundschutz muß reichen, um, sobald er eingesetzt wird, in allen Fasern dieses Körpers den Alarm auszulösen und ihnen den Befehl zu erteilen, in den eingeschliffenen Bewegungsabläufen für die Rettung dieses Lebens zu boxen. Es ist auch schon wieder soweit, «Ring frei» heißt es, der Gong zur fünften Runde ertönt.

Auch bei Sandol sind mit dem Biß auf den Mundschutz wie durch Automatismus die Fäuste oben, die Beine tanzen ungefährliche, aber sehr persönliche Schritte. Indessen hat Nasrettin jetzt nicht die Muße, sich der Schönheit karibischer Choreographien zu widmen; er muß höllisch achtgeben, daß er dem rechten Geraden des Gegners den Weg nicht wieder versehentlich öffnet. Nasrettin gibt nichts auf Sandols Schrittchen, er hält ihn Auge in Auge, und in diesem Blickkontakt widerfährt unserem Helden das Fatale, daß ihm die Psyche einen Streich spielt und ihm das Gesicht seines boxerischen Gegenübers überblendet und amalgamiert mit einem Bild aus der Erinnerung, und weil es sein Jugendfeind Hakan ist, der ihm geisterhaft aufscheint, trifft es sich günstig, daß unsere Erzählung von Nasrettins Geschicken sich der Szene ihres ersten Zusammenkommens anzunähern beginnt.

Das Thema Ramazan Bey erledigte sich bald, denn der Lehrer quittierte am Ende des Schuljahrs aus Altersgründen den Dienst. Jedoch blieb Nasrettin ein fader Nachgeschmack aus der Affäre, und in seinen nächsten großen Lebenskonflikt weihte er den Vater überhaupt nicht mehr ein, berichtete Oktay in seinen Briefen nach Deutschland nur von seinen bei dem neuen Lehrer wieder unbeschattet glänzenden schulischen Erfolgen.

Şerafettin, in seinem siebten Lebensjahr stehend, war durch seine Kinderlähmung in den Varianten seiner Lokomotion so stark behindert, daß der Schulbesuch für ihn einzig und allein möglich wurde, indem Nasrettin ihn trug.

Huckepack nahm Nasrettin seinen jüngeren Bruder morgens

nach dem Frühstück mit in die Schule, stieg mit dieser Last die Treppe zu Şerafettins Klasse hinauf und setzte ihn auf seinen Platz. Von dort holte er ihn in den Pausen und trug ihn zum Schulhof. Mittags saß Şerafettin wieder auf und ließ sich auf Nasrettins Rücken nach Hause befördern. Dies nahm im Laufe der Jahre die allergrößte Selbstverständlichkeit an, und es gehörte der Anblick der doppelkörperigen Kindergestalt zum gewohnten Stadtbild von Kars.

Einmal, als das Gespann nach Absitzen der Unterrichtsstunden so den mütterlichen Tellern entgegentrottete, ereignete sich ein höchst folgenreicher Zwischenfall. Nasrettin, der, sich unter der brüderlichen Last so bequem als möglich bewegen zu können, seinen Blick auf das Stück Boden vor ihm geheftet hielt, sah plötzlich vor sich ein Paar schmutziger, abgetretener Schuhe, das ihnen die Straße versperrte. Diese erneuerungsbedürftige Fußbekleidung gehörte einem Burschen, der sich mit dem Namen Hakan rufen ließ. Hakan war, obgleich kaum zwei Jahre älter als Nasrettin, von so bedeutendem Wuchs, daß seine Augen sich jetzt auf gleicher Höhe mit denjenigen Şerafettins befanden. Dorthin richtete er seinen Gruß, als er die beiden aufeinandergestapelten Brüder mit einem sehr unflätigen Wort als einen einzigen Menschen ansprach.

Hakan gehörte, wenigstens dem Papier nach, Nasrettins Schulklasse an, die er aber nicht besuchte, weil er nach seiner Meinung, der übrigens auch diejenige seiner Eltern entsprach, seine Zeit nicht im stickigen Klassenzimmer zu verplempern, sondern auf verschiedene gewinnbringende Art in der Stadt anzuwenden hatte. Aus der Brusttasche von Şerafettins Schuluniform blitzte Hakan Silber entgegen. Das war ein kostbares Schreibgerät der Marke «Pelikan». Ursprünglich war es ein Präsent der Firma, bei der Oktay arbeitete, zu seinem fünften Betriebsjubiläum gewesen. Oktay hatte es aber Nasrettin geschickt, ihn für seinen Lerneifer auszuzeichnen und zu belohnen. Dieser wiederum hatte die schöne Füllfeder Şerafettin überlassen, ihm damit ein wenig Balsam gegen die unausgesetzten Bespöttelungen seines körperlichen Defektes durch die Gleichaltrigen zu spenden, und lieh sie nur gelegentlich zurück, um mit ihr Briefe an den Vater zu schreiben.

«Einen sehr schönen Stift hast du da, Professor Doppelkopf», sagte Hakan, indem er die Hand ausstreckte. «Darf ich mir den vielleicht mal anschauen?»

Şerafettin hätte, selbst wenn er dazu bereit und willens gewesen wäre, Hakan diese Bitte nicht erfüllen können, weil er beide Arme dazu benötigte, sich an Nasrettins Schultern zu halten. Da Hakan sich nicht zu der Sorte zählte, die gerne alles zweimal sagt, bediente er sich selbst.

«Spitzengerät», befand er nach kurzer, wenig fachmännischer Prüfung. «Wohl aus Deutschland?»

Darauf ließ er die geheiligte Füllfeder in den Tiefen seiner ausgebeulten Hosentaschen verschwinden, womit sie erneut ihren Besitzer gewechselt hatte.

«Sofort gibst du den Füller zurück», sagte Nasrettin. «Er gehört dir nicht.»

«Aha», machte Hakan. «Ich weiß zwar nicht, wovon du sprichst, aber angenommen, ich wüßte es: Wem gehört er denn, wenn er nicht mir gehört?»

«Der Füller gehört mir», sagte Nasrettin, «besser gesagt, er gehört meinem Bruder, oder eigentlich gehört er sogar unserem Vater.»

«Soso, Bauchredner», meinte Hakan, indem er Şerafettin mit den Augen fixierte, «langsam kommen wir der Sache schon näher. Du kannst es also selber nicht genau sagen, wem dieses Ding – wovon du sprichst, weiß ich immer noch nicht – eigentlich gehört. Wahrscheinlich weißt du auch nicht, ob dein Bauch dir gehört oder ob du deinem Bauch gehörst. Zum Glück bin ich ja da, und ich weiß genau, was einem Bauch, der die Klappe nicht halten kann, gehört!»

Mit diesen Worten senkte er seinen Blick zu Nasrettin und spie ihm mitten ins Gesicht.

Ist es noch nötig zu beschreiben, was sich in Nasrettins Gemüt abspielte bei dieser Szene?

War die Körperkraft des anderen der seinigen auch drei- oder sogar vierfach überlegen, ohne Frage hätte er sich als David gegen diesen Goliath geworfen, wäre nicht Şerafettin auf seinem Rükken gewesen. Sonnenklar war, daß Hakan, sobald er nur irgendwie mit Nasrettin fertig geworden wäre, seine Gewalt an dem Wehrlosen ausgelassen hätte. Festgewurzelt stand Nasrettin und versuchte nicht einmal, die Spucke aus seinem Gesicht zu wischen. Nur einen Blick schickte er Hakan hinauf, mit dem er ihn zwar an dieser Stelle nicht töten konnte, aus dem der andere aber lesen mußte, daß er diese Sekunden teuer, teuer bezahlen würde.

Hakan zauberte aus derselben Tasche, in der das Kleinod versunken war, ein Päckchen Zigaretten hervor und zündete sich mit einem ebenfalls versilberten Feuerzeug, das der anderen Tasche entstieg, daraus eine an.

«Würde dir auch gerne eine anbieten, Doppelkopf», sagte er, genüßlich den Rauch ausblasend. «Aber ich nehme an, das erlaubt dir dein feiner Papi noch nicht. War übrigens schön, mit dir gesprochen zu haben. Hoffentlich sehen wir uns bald wieder, denn ich interessiere mich sehr für deine Neuigkeiten aus Deutschland.»

Sprach's und stolzierte davon.

Und stolziert jetzt, mehr als einundeinhalbes Jahrzehnt nach diesem Vorfall, wieder herbei. Nicht unsere Augen sehen dies hier im Zelt zu Beausoleil nahe Monaco, aber die unseres Helden, die ihm Sandol als Hakans Gestalt vorspiegeln und den Haß aufwühlen in ihm, ebenjenen Haß, der damals auf der Straße in Kars mit Şerafettin auf seinem Rücken und Hakans Speichel auf seiner Wange in ihm gekocht. Nasrettin hat ihn vor sich, den, der ihn gedemütigt hat wie niemand auf dieser Welt. Völlig unerwartet ist der Moment der Rache und der Vergeltung gekommen. Nasrettin hat keinen Bruder auf seinen Schultern, er kann zuschlagen, frei und nach Belieben. Er stürmt los auf Sandol, der Hakan ist für ihn in dieser Sekunde, welche die Sekunde ist, in der jener ihm den Füller geraubt hat und ihn bespuckt; er stürmt los wie ein bluttrunkener Janitschar, nachdem die Mauern der feindlichen Festung gefallen.

Natürlich zeigt sich der Unterschied gleich, denn die Attacke, die vom Haß gelenkt wird und nicht vom Boxverstand, pariert Sandol mit links. Wieder steht Nasrettins Gesicht wie ein Scheunentor offen, einladend funkelt der Bluterguß Sandol entgegen. Zu Nasrettins Glück kommt die Entblößung für Sandol zu überraschend. «Hau ab! Hau ab!» brüllt unten Röder, der schon das Handtuch bereithält. Nasrettin findet den Rückwärtsgang nicht, er will die Rache, will Genugtuung für Şerafettin und für sich. Der gefährliche Wahn, in den Nasrettin fällt in dieser fünften Runde, ist angelegt worden durch die Art, wie er seinerzeit die erlittene Schmach zu verarbeiten suchte.

Den Fingerzeig für die Umlenkung seines Lebenswegs in eine komplett neue Bahn erhielt Nasrettin durch ein Plakat, das Şerafettin, der sich auf seinem Rücken just in der passenden Höhe befand, ins Auge stach. Es war die Ankündigung eines Jugendturniers durch die neugegründete Boxabteilung des Sportvereins Kars.

Das, was Nasrettin bei den Kämpfen um die Stadtmeisterschaft der Junioren sah, hätte überhaupt nicht überzeugender sein können, um den insgeheim gefällten Entschluß endgültig zu festigen. Die Körpergröße der Boxer schien nicht den geringsten Einfluß auf die Entscheidung über Sieg oder Niederlage zu besitzen, ja, Nasrettin durfte zu seiner großen Genugtuung die Beobachtung machen, daß in neun von zehn Kämpfen sogar der kleiner gewachsene den Lorbeer davontrug. Gleich zum nächsten Termin kam er zum Übungsraum des Vereins und meldete sich für das Training an.

Aber sehr bald nach Nasrettins Aufnahme in den Club zeichnete sich ab, daß für den ersehnten Zuwachs abschreckungswirksamen physischen Vermögens gänzlich andere Zeitmaßstäbe angelegt werden mußten als jene, die sich die Brüder beim Lesen des Plakats erträumt hatten, und daß sie damit auch die Rache an Hakan auf eine wesentlich längere Bank zu schieben hatten, als ihnen wünschenswert sein konnte.

Schon das Interieur, das der Verein seinem Faustkämpfernachwuchs zur Herberge gewiesen, entsprach wenig dem, was ein Laie oder ein Fachmann sich unter einer Boxschule vorstellen mag. Freilich hatte Nasrettin erwartet, einen Boxring anzutreffen, in den er, nach etwaigen Instruktionen durch einen Anleitenden, zu klettern hoffte, um die Wunderwirkung der Kunsthiebe sogleich zu erproben.

Doch nichts, nichts in dem schlauchartig langgestreckten unterirdischen Raum, in dem sich die Neophyten versammelten und die Ankunft ihres Trainers erwarteten, deutete darauf hin, daß er dazu eingerichtet gewesen wäre, sie die Anfangsgründe des Faustfechtens erlernen zu lassen. Kein Sandsack, keine Lederbirne, nicht einmal ein Sprungseil war zu entdecken. Das unverputzte, nur mit weißer Farbe getünchte Mauerwerk war mit einer Unzahl von Spruchtafeln überpflastert, welche die Jungs jedoch nicht zu entziffern vermochten, teils schon deswegen nicht, weil die meisten davon Kalligraphien in arabischer Schrift waren; die lateinischen konnten sie deshalb nicht lesen, weil die ganze Beleuchtung der etwa fünf Meter breiten, an die zwanzig Meter langen Räumlichkeit aus drei Kerzen in hohen Kandelabern auf einer vierstufigen Treppe am Kopfende bestand. Darunter war ein weißes Schaffell gebreitet, und sie errieten, ohne daß irgend jemand sie darauf hinweisen mußte, daß dieser Platz ihrem Meister gehörte.

So gruppierten sie sich in respektvollem Abstand und ließen sich auf dem kahlen Estrich nieder. Nasrettin zählte, daß, wenn er sich selbst einrechnete, zwölf Jungen erschienen waren. Er hatte keinen von ihnen vorher je gesehen, und auch die anderen schienen unbekannt untereinander, denn es wurde überhaupt nicht gesprochen, wozu aber auch die einschüchternde Mysteriösität der Katakombe beitragen mochte.

Wie ihr Meister eingetreten war, blieb den Schülern ein Rätsel, das Nasrettin auch in späterer Zeit nicht zu lösen vermochte, in der er immer wieder die Gelegenheit wahrnahm, verstohlen Wände, Decke und Boden auf ihre Festigkeit zu prüfen. Daß es jedenfalls geschehen sein mußte, spürten sie alle gleichzeitig, noch bevor sie ihn mit den Augen erblickten. Unwillkürlich erhoben sie sich, als er sich aus der Tiefe des Raumes der Gruppe von hinten näherte, und bildeten ein Spalier, durch das er zu seinem Schaffell unter den Kerzen schritt.

«Aşıklar», redete er sie an, «ich bin euer Mürşit.» Alle die Assoziationen, die sich, ob man will oder nicht, mit dem Begriff des Boxers verbinden, muß man sich zuerst einmal wegdenken, wenn man wünscht, sich das Bild Muharrem Güneşs vor Augen zu stellen. Wäre man dem Menschen zufällig auf der Straße begegnet und aufgefordert worden, seine Lebensspezialität zu erraten, hätte man vielleicht auf einen Floristen oder Kunsterzieher getippt und wäre als letzte der Möglichkeiten darauf gekommen, daß man jemandem gegenüberstand, der sich berufsmäßig mit dem Boxsport beschäftigte. Erst mit diesem Wissen um seine Profession hätte man sich anhand der obligatorischen Verunstaltung seines überdurchschnittlich großen Riechorgans, anhand des nach den Brüchen des Nasenbeins nicht mehr in der genetisch vorgesehenen Weise nachgewachsenen Knorpels als einem unzweideutigen Indiz das erstaunliche Faktum glaubhafter zu machen vermocht.

Sein Gesicht war mit großen, klaren Linien gezeichnet. Über den weit auseinanderliegenden, grünbraunen Augen spannten sich lange, tiefschwarze, sehr buschige Brauen, deren Bögen einander an der Nasenwurzel beinahe berührten und nur durch eine kleine senkrechte Falte separiert waren. Die Stirne zeigte drei tief gefurchte waagrechte Falten und wurde vom jugendlich ansetzenden, voll wachsenden, aber kurz geschnittenen schwarzen Haar abgeschlossen, das an den Schläfen angegraut war. Besonders charakteristisch in seinem Gesicht waren die vielen tief geschnittenen Lachfältchen, welche die stark markierten Bögen der Brauen neben und unter den Augen wie Speichen eines Wagenrades zu Dreiviertelkreisen ergänzten. Die blutvollen Lippen waren wie die Muscheln der Ohren sehr fleischig, was sich aber nur manchmal beim Sprechen offenbarte, denn wenn er schwieg, hielt er sie geschürzt und an den Mundwinkeln leicht nach oben gezogen, was ihm einen schalkhaften Anflug verlieh, welcher Ausdruck jedoch durch die krasse Gegensätzlichkeit der Augen, wovon das linke rund und einladend geöffnet stand, während die Lider des rechten nur einen Spalt freigaben, ins Dämonisch-Mephistophelische einschlägig wurde.

Zu der Örtlichkeit, die von Muharrem Güneş in voller Absicht nach dem Vorbild des Meydans in der Tekke eines Dervişordens ausgeschmückt war, hätten sehr gut Kaftan, Vollbart und Sarık gepaßt, aber er war, auch auf der Oberlippe glatt rasiert, in einer einfachen schwarzen Hose und in einem hellblauen Baumwollhemd gekommen, dessen Kragenknopf aufstand und seine starke Brustbehaarung sehen ließ. Die Ärmel hatte er bis zu den Ellenbogen aufgekrempelt, am Gelenk seiner Linken trug er eine vergoldete Armbanduhr, die er jetzt abnahm und vor sich auf dem Schaffell plazierte.

Nasrettin, erst verblüfft über das Erscheinen ihres Mürşits aus dem Nichts, war erleichtert, aus seinem Munde wenigstens das Wort «Boxen» zu vernehmen, denn er hatte schon befürchtet, durch ein Versehen in die falsche Veranstaltung geraten zu sein. Wie sehr verstehen wir aber seinen Verdruß, als er erfuhr, daß jeder, der fortan außerhalb eines Boxrings versuchen sollte, seine Fäuste einzusetzen, mit sofortiger Wirkung aus dem Verein ausgeschlossen war. Immerhin knüpfte der Mürşit allen zum Troste an diese Feststellung die Bemerkung, er wisse wohl, daß der Wunsch, sich für Zweikämpfe zu rüsten, bei allen der Antrieb gewesen sei, der sie zu ihm geführt habe. Aber das Boxen sei eine Kunst und eine Technik, ein Weg, sich selbst kennenzulernen. Die Streitsucht habe, wie die Boshaftigkeit, der sie entspringe, stets und überall auf der Welt eine einzige Ursache, und diese wiederum bestehe darin, daß der Mensch sich selber nicht finde. Vorteile in privaten Auseinandersetzungen dürfe sich niemand erhoffen, aber der Sieg im alles entscheidenden Kampf mit sich selbst, die Erlösung aus den Irrungen und dem falschen Streben, sei jedem gewiß, der den Weg gehe, ohne zu ermüden und ohne das Ziel zu verlieren. Er sei ihr Führer, ihr Mürşit, und die Pflicht des Aşıks die Unterwerfung ohne Bedingung. Der Mut, den er von ihnen fordere, liege darin, die Übungen, die ihnen am Anfang so mühselig wie unsinnig vorkommen müßten, mit Fleiß und Hingabe zu praktizieren.

Nasrettin fühlte sich gleich bei den ersten Sätzen mit einer wohligen Kraft hingezogen zu seinem neuen Mürşit und war, lange bevor er an diesem Tag den Versammlungsort wieder verließ, willig, Muharrem Güneş zu folgen.

Wo ist in diesen hochkritischen Sekunden der fünften Runde die Erkenntnis geblieben, daß von Liebe erfüllt sein muß, wer als Sieger aus dem Ring steigen will? Der Haß hat Besitz ergriffen von Nasrettin und läßt ihn Fehler auf Fehler begehen. Wie ein Schwimmer krault er sich in den Nahkampf hinein. Sandol legt seinen langen Arm in Nasrettins Rücken und hält den explodierenden Terrier unter seine Achsel geklemmt. Der Ringrichter trennt aber nicht, und Nasrettin, hätte er nicht den Mundschutz auf seinen Zähnen, würde in seiner Blindwut sich vielleicht sogar in die Rippen verbeißen, die er immer noch als diejenigen Hakans ansieht, trommelt aber statt dessen mit den Handgelenken auf Sandols Hüftknochen herum. Da muß Eddy Hoagland denn doch eingreifen und Nasrettin mit einer Ermahnung bestrafen.

«Box!» gibt der Weißgekleidete darauf sein Kommando.

«Beweg dich! Hau ab!» ruft Röder von unten, denn ihm ist klar, daß die Punkte für diese Runde auf Sandols Konto zu Buch schlagen werden. Es kommt nur noch darauf an, daß sein Boxer auf den Beinen bleibt bis zum Gong.

Wie sehr Murat gewillt war, die ihm durch den Unfall seines Bruders Süleyman zugeflossene Macht ohne Einschränkung von irgendwelcher Seite zu üben, machte er gleich mit seiner Inthronisation und Schwertumgürtung bekannt, bei der er sich nicht in der Bescheidenheit Osmans und Orhans als Emir, sondern als Han, Sultan, Hüvendigar ausrufen ließ. Am heftigsten blies dieser Wind den Gelehrten, den Dichtern und den Bektaşi entgegen.

Wenn auch Murat, der sich lebenslang und konsequent der Schreibkunst enthielt, gezwungen war, seine Fermane mit dem Abdruck seiner Hand zu autorisieren, so sind ihm doch solide Reformen in seiner Verwaltung, eine durchgreifende Regelung und sorgfältige Überwachung des Lehenssystems sowie die Vervielfachung des osmanischen Staatsgebiets in unablässigem Eroberungskampf zu verdanken.

Noch in den sechziger Jahren fiel Adrianopel, die größte Festungsanlage im europäischen Teil des Byzantinischen Reiches, wiederum kampflos in seine Hände. In die fortan Edirne genannte Stadt verlegte er 1377 auch von Bursa den Sitz der Regierung und bezeugte damit den veränderten Schwerpunkt des zum rumrumelischen Reich der Osmanen aufwachsenden Beyliks. Schon 1371 hatte Murat den inzwischen altehrwürdigen Kara Celil Çendereli vom Kadıasker ins höchste Staatsamt befördert. Die Würde des Vezirs zu tragen, wählte der Schwarze Celil den Namen Cayrettin Paşa, den er mitsamt dem Amte seinen Söhnen und Sohnessöhnen vererbte.

Daß Murat auf dem Balkan die ehemaligen Trabanten Konstantinopels sich Stück für Stück untertan machte, bedeutete aber mitnichten, daß er etwa gedachte, Anatolien den dort nach dem Sturz der selçukischen Macht aufgestiegenen Kleinfürsten zu überlassen, auch wenn die Annexion hier nach anderen Methoden verfuhr als in den Ländern, in denen die Ungläubigen wohnten.

Durch Verheiratung seines Erstgeborenen Bayezit kam er 1381 in den Besitz des Löwenanteils von Germiyan, womit sein Reich auf Tuchfühlung zu den Karamaniden rückte.

Alles, was die Türken nach der Umwandlung von Adrianopel in Edirne auf europäischem Boden unter ihre Fänge gebracht, hatten sie nicht Byzanz, sondern anderen Herrschern entrungen, und Johannes V., der romäische Kaiser aus der Dynastie der Paläologen, besah das Vordringen der Osmanen sowohl mit einem weinenden als auch mit einem lachenden Auge. Der erheiternde Aspekt bestand für ihn in der Tatsache, daß der tobende Beelzebub immerhin einen Teufel wenn schon nicht austrieb, so doch von seinem Leib hielt, denn einen weit größeren Teil seines Reiches als die Osmanen hatten zur Mitte des Jahrhunderts die Serben gefressen. Ihnen gehörte schon ganz Albanien und der überwiegende Teil des griechischen Festlands. Daß so viele bulgarische, walachische und griechische Städte, wie dann auch Saloniki im Jahr 1387, sich aus freiem Willen der osmanischen Kuratel unterstellten, hing wesentlich damit zusammen, daß sie das Regime ihrer serbischen Brüder im Glauben mehr fürchteten als das der Muslime.

Nur Konstantinopel blieb standhaft. Die friedliche Koexistenz mit den Osmanen war im Gegensatz zu der mit den Serben nicht allein denkbar, sie war erprobt und basierte seit neuestem auch wieder auf vertraglich geregelten Grundlagen, die einmal mehr den romäischen Kaiser zum Vasallen der Türken gemacht und ihn verpflichtet hatten, Murat Tribut und Heeresdienste zu leisten.

Nicht also Byzanz war die Kraft, die der imperialen Ausbreitung des osmanischen Kriegerstaates mit grenzendem Damm Gegenwehr bot; Serbien und Karaman standen im Nordwesten und im Südosten als die Prellböcke, die weiteres Vordringen hemmten. Es klingt unwahrscheinlich, gehört aber zur Kenntnis genommen, daß all die bisher vermeldeten Zugewinne Murats ohne eine größere Schlacht über die Bühne der Geschichte gegangen, und der Spektator im Theater dieser Historien empfände an seinem Auftritt unter Trompetengeschmetter und Paukengeknall bei Besteigung des Throns im nachhinein einen schalen Geschmack, wäre nicht der letzte Akt, der mit schwarzem Vorhang seine Regierung und sein Leben beschloß, mit zwei Gemetzeln von gigantischen Maßen gefüllt.

Die Karamaniden mußten natürlich den Übertritt ihrer Nachbarn im Westen unter die osmanischen Fahnen als manifeste Bedrohung ihrer eigenen Selbständigkeit gewahren. Eingekeilt zwischen dem Großreich der Mamluken im Morgen und der innerhalb von Jahrzehnten märchenhaft aufgeschossenen und nun unmittelbar an ihrer Grenze im Abend lauernden Macht der Osmanen, blieb ihrer Staatsräson kein Mittel, das Überleben zu sichern, als ein Angriffskrieg gegen einen der beiden Kolosse. Es ist eine von jedermann nachzuvollziehende Logik, daß hierbei die Wahl auf den vergleichsweise schwächeren fiel.

Für den geeigneten Zeitpunkt zum Überfall auf das von den Osmanen gekaufte Hamit Eli hielt Alaettin, Herrscher von Karaman, den Tod des vielerwähnten Kara Cecil Çendereli, Garant einer osmanisch-orhanischen Kontinuität innerhalb von Murats Regierung. Alaettin Karamanoğlu setzte in der Tradition seiner Väter auf die sozialrevolutionäre Karte und baute auf den wachsenden Unmut der şiitisch orientierten Brüderschaften, in denen sich die Handwerker organisierten, und des von Kızılbaşlarn und Bektaşilern beeinflußten Landvolkes gegen die sich schleichend immer stärker ulemisierende osmanische Bürokratie. Ihnen wollte er als Rächer und Befreier erscheinen.

Murat unterschätzte die Gefahr nicht eine Sekunde, zog seine gesamte europäische Streitmacht unter dem Beglerbeg Timurtaş ab, vereinigte sie mit den anatolischen Kontingenten und hielt Heerschau in Kütahya. Schauplatz der Schlacht zwischen Osmanen und Karamaniden war die Ebene, die Konya umgibt und deren Erde an diesem Tag nicht zum ersten Mal Ströme von Menschenblut trank. Murats Aufstellung war die, auf dem rechten Flügel die asiatischen Truppen unter dem Befehl von Prinz Yakup, auf dem linken die europäischen unter Prinz Bayezits Order sich postieren zu lassen. Er selbst stand im Zentrum, hinter den Janitscharen und von den Sipahilern umringt, während Timurtaş, der Beglerbeg, in seinem Rücken die Nachhut anführte, welche Schlachtordnung fürderhin die klassische osmanische blieb.

Murats Heer war noch dabei, in dieser Gruppierung Stellung zu nehmen, da stürmte schon der rechte Flügel der Karamaniden auf seinen linken, und es begann das Hauen und Stechen. Die Entscheidung aber fiel, anders als in den Schlachten der Türken, denen wir bisher Augenmerk liehen, nicht auf den Flügeln, sondern im Zentrum, wo die Janitscharen eine Bresche zu schlagen vermochten, durch die Timurtaş direkt an den karamanischen Fürsten herankam, dem nur noch die Flucht blieb.

Vom Feld des Sieges zog das osmanische Heer vor die Tore der Stadt Konya. Es hatte aber ein Vernichtungskrieg gegen die Karamaniden von vornherein nicht in Murats Absicht gelegen, und so durfte Alaettin Karamanoğlu, nachdem er dem Sultan als seinem Oberherrn gehuldigt und die Entsendung von Hilfstruppen für dessen nächsten europäischen Feldzug gelobt, nicht nur Konya, sondern auch den Rest seines Besitzes behalten.

Als diese Nachrichten bei den Emiren die Runde gemacht, beeilten sich die Fürsten von Tekke, Menteşe, Aydın und Saruhan, vorbeugend Murats Hegemonie anzuerkennen, und schickten ihm freiwillig Truppen für die bevorstehende Auseinandersetzung mit der starken und vielköpfigen Armee der Serben.

Der serbische Kral Lazar hatte während Murats Abwesenheit

vom balkanischen Kampfschauplatz gleichfalls Alliierte gewonnen. Der Kral von Bosnien und der bulgarische Zar hatten sich zu seinen Waffenbrüdern erklärt, und auch die osmanischen Vasallen in der dobrudžischen Tatarei waren untreu geworden.

Sein vergrößertes Heer bewegte sich schon wieder nach Europa, aber Murat feierte in Yenişehir zunächst noch eine dreifache Hochzeit. Von drei byzantinischen Prinzessinnen vermählte er je eine seinen Söhnen Yakup und Bayezit, die dritte sich selbst. Er entsandte auch einen Botschafter an den ägyptischen Hof. Schon bei seinem Aufmarsch gegen Karaman hatte er sich mit den Mamluken ins Einvernehmen gesetzt und war von Kairo ausdrücklich ermuntert worden zu diesem türkisch-türkischen Krieg.

Nachdem Murat in dieser Weise die familiären und die zwischenstaatlichen Bande geordnet, stieß er zu seinem Heer, dessen Vormarsch zum Amselfeld, wo die große Schlacht um die Macht auf dem Balkan im Jahre 1389 stattfinden sollte, zwangsläufig die vollständige Unterwerfung der Bulgaren mit einschloß, was denn im Vorübergehen auch bewerkstelligt wurde. Dort auf dem Kosovo Polje wurden die Türken von dem vereinigten Heer der Serben, Bosnier und Bulgaren, zu denen sich zwischenzeitlich auch noch die Albaner und andere Helfer gesellt, erwartet, und dort kam es, wenn schon nicht zum Kampf Kral gegen Sultan, so doch immerhin dazu, daß die beiden mächtigsten Männer in der Sphäre zwischen Alpen und Taurus, die ihre Heere in die Schlacht führten, Aug in Auge ihr Leben aushauchten.

Die Aufstellung des osmanischen Heeres folgte dem Schema, das man in der Ebene von Konya so glücklich erprobt, mit der Modifikation, daß man vor dem Sultan im Mittelpunkt zwischen den Janitscharen die Kanonen aufbaute, womit denn die Erfindung des Schwarzen Celil aufs wirklichste und wirksamste synthetisiert war mit der des Franziskanermönchs Schwarz.

Der Himmel war wolkenlos blau, als am Morgen die Trommeln schlugen und die Fanfaren ertönten. Schon waren durch Ströme von Blut die diamantenen Klingen in hyazinthene, der

Speere spiegelnder Stahl in Rubin, durch die Menge abgeschlagener Köpfe das Schlachtfeld in ein Beet purpurner Rosen verwandelt, da erhob sich in der Nähe des Sultans einer der Körper, von oben bis unten bedeckt mit dem ausgeflossenen Saft, als habe ihn jemand in rote Tinte getaucht. Die Überraschung seiner scheinbaren Auferstehung nutzend, drängte sich dieser Christ durch die Reihen der Leibwache vor und machte Murat ein Zeichen, als habe er ihm ein Geheimnis anzuvertrauen. Murat winkte den Janitscharen, den bluttriefenden Geist vor ihn zu lassen. Da flog der schon wie ein abgeschossener Pfeil und bohrte seinen Dolch dem Sultan ins Fleisch. Sofort stürzten die Janitscharen hinzu, aber dreimal entwand der Meuchler sich ihren Händen, dreimal sprang er davon, bis sie ihn packten und augenblicklich Schluß mit ihm machten. Das war die Tat des Miloš Kobilovič, für die ihn das serbische Volkslied noch heute als Helden besingt.

Murat, sterbend, besaß noch die Kraft, die Befehle zur Vollendung des Siegs zu erteilen. Er war noch am Leben, als man ihm in Ketten den Serbenkral brachte. Seine Stimme war schon gebrochen, das Todesurteil für Lazar nur noch Geflüster, doch wurde es prompt exekutiert, was Murats Trost war, einen Atemzug über den Widersacher hinaus am Leben gewesen zu sein.

Der Sultan ist tot, es lebe der Sultan. Hervorstechend ist Bayezits Inthronisation nicht durch die Anhäufung neuartiger Titel, er begnügte sich schlicht, die vom Vater angemaßten des Hüvendigars und des Sultans weiter zu tragen, wobei er den oğuzischen eines Hans sogar großzügig unter den Tisch fallenließ, aber Wert darauf legte, mit dem Beinamen Yıldırım, das heißt «Blitzstrahl», den intendierten Stil seiner Politik zu umreißen. Nein, Bayezits Regierungsantritt ist unrühmlich, aber erinnernswert gekennzeichnet durch den Mord an seinem Bruder Yakup, den er gleich nach Murats Tod auf dem Schlachtfeld hinrichten ließ. Die Notwendigkeit, ihn aus dem Leben zu schaffen, wurde begründet mit lehrreichem Beispiel, und so zwingend erschien die Argumentation den folgenden Erben der Macht, daß später unter Mehmet dem Eroberer die Hinrichtung aller Sultansbrüder gesetzliche Festlegung fand und fortan zu den Ritualen und Zeremonien der Thronbesteigung gehörte.

Stephan, der Sohn von Kral Lazar, erhielt Frieden durch die Erfüllung dreier Bedingungen, die ihm Sultan Bayezit stellte. Er mußte in allen Kriegen der Osmanen die Pflichten eines Bündnispartners erfüllen, Bayezit seine Schwester vermählen und aus den Erträgen seiner Silberbergwerke Kontributionen entrichten.

Naheliegend wäre es erschienen, hätte Bayezit den Fürsten an der Ägäis und an der türkischen Riviera Dank gewußt, da die Hilfskontingente, die sie gestellt, auf dem Amselfeld zum Triumph der Osmanen nicht unwesentlich beigetragen hatten. Das präzise Gegenteil war der Fall, sie wurden für ihre Liebedienerei bitter gestraft. Von einer Rolle als Primus inter pares, wie Murat sie für den osmanischen Sultan herausgespielt hatte, wollte der tollwütige Bayezit nichts mehr wissen: Anatolien sollte ganz und direkt seiner Knute gehorchen.

Der erste Streich wurde gegen Aydın geführt. İsabey mußte Bayezit den Vasalleneid leisten und sein Stammland verlassen. Das war noch vergleichsweise gutmütig, denn Saruhan wurde gewaltsam osmanisiert. Mehmet Bey, der Emir von Menteşe, konnte entfliehen, bevor Bayezit seine Länder und Städte dem Osmanenreich einverleibte. Im selben Rutsch wurde auch Yakup II. erledigt, der zu Bayezits Schwiegervätern zählte. Auch seine Landschaft, Germiyan, wurde von den Osmanen erobert.

Nun gab es auch für Karaman nicht länger Pardon. 1392 rückte Timurtaş gegen Konya, besetzte die Stadt, und Bayezits Schwager Alaettin wurde um einen Kopf kürzer gemacht. Kastamonu blieb übrig. Doch auch Süleyman Paşa, der einen Teil des Beyliks beherrschte, zahlte im Kampf gegen das osmanische Heer mit dem Leben.

Damit glaubte Bayezit, die anatolische Frage gelöst zu haben, und er gab sich fortan den angenehmeren Seiten des Lebens eines großmächtigen Gewaltherrschers hin. Saufgelage und schwule Orgien füllten nun Tages- und Nachtordnung am Hofe des Machthabers der Muslime Anatoliens und Südosteuropas.

Den Freibrief für diesen wenig im Einklang mit dem Şeriat stehenden Stil seines Lebens und die Massenmorde an seinen Brüdern im Glauben hatte sich der gescheite Blitzstrahl schon 1394 vom Kalifen Al Mutwakkil in Kairo verschafft, der ihm mit der ausdrücklichen Zustimmung des Mamluken Barkuk die Bestätigung für den Titel des Sultans zustellen ließ. Dies Zugeständnis Sultan Barkuks mußte Bayezit um so mehr freuen, als die Doktrin im Prinzip die Anerkennung eines zweiten Sultans mit derselben Stringenz ausschloß wie die eines Gottes neben Allah. Daß dem Trunkenbold und Päderasten solche Konzilianz die sunnitisch-rechtgläubigen Ulema sympathischer machte als die erleuchteten Asketen, ist verständlich.

Wollte man glauben, Bayezit hätte in seinem Vezir Ali Paşa, dem Sohn Çenderelis, immerhin noch ein Gegengewicht und einen Sachwalter der alten osmanisch-orhanischen Ideale besessen, so täuschte man sich gründlich. Ali war nicht nur der ausdauerndste Saufkumpan seines Gebieters, er erniedrigte auch die von seinem Vater ersonnene Idee der Janitscharen zu einem Werkzeug der pervertierten Lüste des Sultans. Neben dem eigentlichen Dienst wurde per Dekret ein sogenannter innerer eingeführt, und man suchte neben den zukünftigen Soldaten für die Neue Truppe aus den Gefangenen Pagen heraus, die man nicht zum kunstfertigen Gebrauche des Säbels, sondern zur sachgerechten Behandlung der hochherrschaftlichen Genitalien erzog.

Byzanz, dem Murat die Überlegenheit türkischer Militärdisziplin vor Augen geführt, mußte nun erleben, wie Bayezit auch die alten griechischen Spezialitäten des Weintrinkens und der Knabenliebe zu neuen Höhen der Könnerschaft führte. Neidesblaß war man kurz davor, ihm mit Konstantinopel noch den verbliebenen Rest des Reiches in die Hände zu liefern, da näherte sich von Osten der Donner, der den Romäern für ein halbes Jahrhundert ihre Hauptstadt beließ und das frivole Treiben an Bayezits Hof mit schrecklichem Ende bestrafte: Timur.

Dieser nun war ein Eroberer und ein Herrscher aus ganz anderem Holz als der Brudermörder und Kinderschänder, der das Reich der Osmanen geerbt. Selbst nicht vom Stamm des völkerverheerenden Cengiz, nahm Timur für sich den Titel des Hans nie in Anspruch, nannte sich nur, nachdem er 1370 eine Prinzessin des Hauses Çagatay in seinen Harem geführt, «Gurhan», Schwiegersohn des Hans. Seine Laufbahn begann Timur im kriegerischen Dienst für diesen Schwiegervater Kazan, den damaligen Herrn in Horasan, und er nahm von ihm nicht nur die Tochter, sondern nach dessen Tod auch den Thron. Zu seiner Residenz bestimmte Timur, der, weil er sich in einer für seinen Schwiegervater gefochtenen Schlacht eine schwere Beinverletzung zuzog, den Beinamen «Lenk», «Der Lahme», erhielt, Samarkand, das noch heute vom Glanz seiner Herrschaft Zeugnis ablegt. Von hier aus eroberte er Asien nahezu vollständig.

Den Mann uns ein bißchen gegenwärtig zu machen, sei hier gesagt, daß der Hinkende auffällig groß gewachsen war, sein Gesicht von hellem Teint, die breite Stirn von langem, von Geburt an weißem Haare umflort. Persönliche Note waren die Ohrringe mit äußerst kostbaren Steinen, die er stets trug, und sein Spleen das Schachspiel, dem er mit solcher Begeisterung und Hingabe frönte, daß sein Lieblingssohn den in unserem Wort Rochade nachklingenden Namen «Şahroh» erhielt.

Einer extremen Grausamkeit und einem langen Register von Massakern, die mit den unvergessenen Greueln seines Vorbildes Cengizhan wetteifern konnten, verband sich bei Timur eine ausgeprägte Neigung für die Gelehrten und Şeyhler, deren Wohnquartiere von seinen Verheerungen stets ausgespart blieben und mit denen er gerne in den drei von ihm beherrschten Sprachen Persisch, Türkisch und Mongolisch disputierte.

Nach der Unterwerfung von Indien, Persien, Kurdistan und Mesopotamien war Timur im Jahre 1399 am westlichen Ufer des

Kaspischen Meeres in die Ebene von Karabağ gekommen, wo er sein Winterlager aufschlagen ließ. Ähnlich wie Alparslan 328 Jahre zuvor überlegte Timur hier, in welche Richtung er seine Eroberung fortsetzen sollte.

Seinem schon während seiner Jugend in Horasan begründeten und bis zu seinem Tode immer weiter gepflegten und vertieften Verhältnis zu den şiitischen Dervişlern und Şeyhlern dankte Timur ein exquisites, weitverzweigtes und den asiatischen Kontinent von der Ägäis bis zum Chinesischen Meer überziehendes Nachrichtensystem, das ihn zu dem am besten informierten Menschen seiner Zeit werden ließ, so daß die Welt vor ihm lag wie ein Schachbrett, auf dem er in seiner winterlichen Muße den nächsten Zug vordenken konnte mit all seinen Implikationen, Risiken und Chancen. Wie Alparslan ursprünglich nicht vorgehabt hatte, sich mit den Romäern zu schlagen, so lag auch Timur nichts an einer Konfrontation mit Bayezit und den Osmanen. Seine Tendenz ging auf einen Zug gegen die Mamluken in Syrien, doch kamen ihm über die erwähnten Kanäle aus Anatolien und vom Kaukasus Dinge zu Ohren, die ihn zu einer vorläufigen Verschiebung dieses Planes bewogen.

Was Timur über Bayezits Vorgehen wider die anatolischen Emire schon seinen geheimdienstlichen Quellen entnommen, bestätigte sich durch das Erscheinen der Fürsten von Aydın, Menteşe und Germiyan in seinem Winterlager zu Karabağ. Sie klagten ihm ihr Leid und forderten den Hinkenden auf, mit seiner Armee die Macht der Osmanen zu brechen. Dies und die kaukasische Meldung, daß sich Georgiens Melek Gurgin wider seine Herrschaft empörte, veranlaßten Timur, nicht wie geplant nach Südwesten, sondern nach Norden zu ziehen.

Sobald ihm der Frühling des Kaukasus' Pässe geöffnet, hielt Timur mit dem Insurgenten Gericht, und nachdem er die Festungen geschleift, die Städte zerstört und die Bevölkerung so gut wie ausgerottet hatte, verließ er Georgien wieder mit Marschrichtung Erzincan, der östlichsten Stadt in Bayezits Reich.

Diese war von den Osmanen erst kürzlich gewonnen und der von Timur mit allen Würden beliehene Vasall Taharten aus ihr vertrieben worden, was einer Kriegserklärung gleichkam an den Tataren, der sich wohl sonst mit Erzincan als westlichstem Grenzstein seiner Gemarkungen begnügt haben würde. So aber fiel das mongolische Heer in Erzincan ein, und ähnliche Motive ließen es Timur ratsam erscheinen, auch noch Sivas zu nehmen. Nicht weniger als 8000 Sappeure schickte er ans Werk, an der Westseite die sonst durch einen Wassergraben gesicherten Mauern zu unterminieren. An die eingefügten Stützbalken wurde Feuer gelegt und auf diese Weise das Mauerwerk zum Einsturz gebracht. Das Blutbad bei der Erstürmung und die anschließenden Martern bei der Hinrichtung der größtenteils armenischen Garnison, aber auch ziviler Einwohnerschaft einschließlich der Frauen und Kinder, sollten Bayezit eine letzte Warnung sein, Timur nicht weiter zu reizen, sondern alles für eine friedliche Einigung mit den Tataren zu tun.

Deren Heer nahm von Sivas die südliche Route, eroberte Malatya am Tag der Ankunft im Sturm, Besni nach kurzer Verteidigung, worauf Anteb ihm seine Tore freiwillig auftat. Vor Aleppo kam es zum Treffen mit dem aus allen Teilen Syriens zusammengezogenen mamlukischen Heer. Timur dirigierte das seine hinter einem Wall aus Elefanten, auf deren Rücken Bogenschützen saßen. Die Dickhäuter gehorchten ihren Reitern zum Auftakt der Schlacht, gerieten aber, je heißer es wurde, immer mehr aus ihrer sprichwörtlichen Patience und legten selbst Rüssel an Timurs Feinde, schleuderten die einen hoch in die Luft und trampelten die anderen tief in den Boden. Die panische Flucht der Mamluken vor die Tore der Stadt leistete den Tataren die Vorbereitung zur Erstürmung der Mauern, indem die Besiegten reihenweise sich in die Gräben hineinstürzten, wo ein Speer der Angreifer gleich vier oder fünf der in dichten Stapeln Liegenden durchbohrte.

Die Plünderung war allgemein, verschont wurden wieder nur

die Gelehrten, mit denen Timur sich die Zeit seines zweitägigen Aufenthalts auf dem Schlosse verkürzte. Er betete sogar Seite an Seite mit den Sunniten, was aber wohl mehr als eine Geste herablassender Toleranz denn als Zeichen echter Würdigung zu betrachten ist, denn wäre das letztere der Fall gewesen, so hätte der Gurhan gewiß nicht versäumt, nach seiner festen Gewohnheit auch von Aleppo die Intelligentsia nach Samarkand zu verfrachten.

Auf dem Weg nach Damaskus, wo sich der ägyptische Sultan in persona befand, wurden Hama und Homs sowie einige weitere Festen kassiert. Die Belagerung von Damaskus selbst geschah nur noch symbolisch, gleichzeitig mit ihr begannen die Verhandlungen um die Bedingungen zur Übergabe der Stadt an die Mongolen. Der Preis wurde auf die Summe von einer Million Dukaten verhandelt, und zu ihrer Erhebung ließ Timur von den acht Stadttoren sieben verschließen und postierte seine Einnehmer an dem, das offengehalten. Anschließend wurde Damaskus aber doch zum Opfer der Flammen, und auch sein prunkvollstes Bauwerk, die Moschee der Umayyaden, die Timur noch zu retten versuchte, litt Schaden, indem das Blei, mit dem sie gedeckt war, in glühenden Strömen herabfloß. Nur das Minarett Arus blieb, wie durch Wunderhand geschützt, unversehrt, was gläubiges Staunen hervorrief, weil nach der islamischen Tradition dem Mehdi zum Jüngsten Gericht genau auf diesem Turm zu landen vorbestimmt ist.

Aber es widerfuhr Damaskus durch die Tataren nicht nur Zerstörung. Timur ließ sogleich die vor der Stadt gelegenen Gräber von Umm Selma und Umm Haliba, zweier Gemahlinnen des Propheten, sowie dasjenige von dessen Müezzin Belal mit prächtig verzierten Kuppeln überwölben und machte bei seiner auch hier abgehaltenen Plauderstunde mit den Gelehrten denselben bittere Vorwürfe wegen der eklatanten Vernachlässigung und groben Mißachtung von Mohammeds Familie. Wütend trug er seine Beschwerde betreffs der Mißhandlung von Ali und Hüseyin durch die Umayyaden und das sie tragende Volk von Damaskus vor.

Man hatte von ihm nie solch klares Bekenntnis zur Şia gehört wie jetzt auf dem syrischen Feldzug, was auch in seinem Gefolge den einen und den anderen verstörte, zumal zwei Enkel Timurs die Namen Ömers und Ebu Bekirs trugen. Andererseits erinnerte man sich, daß der Gurhan schon früher über dem Grab des Ahmed Yesevi, des Urvaters der türkischen Mystik, eine Kuppel gebaut und dasselbe so zur Wallfahrtsstätte gemacht hatte. Seine jetzt in der Konfrontation mit den Mamluken besonders krass hervortretende Anhänglichkeit an Alis Partei war dabei, ähnlich wie im Bektaşismus, mit Elementen des altaiisch-sibirischen Schamanismus verquickt; doch unterschied sich sein Glaube ganz erheblich von der anatolischen Variante, weil in deren Heterodoxie zusätzlich noch Christliches und Buddhistisches eingebaut ist.

Der allererste Artikel in Timurs Glauben jedoch war der Grundsatz, daß, gleichwie nur ein einziger Gott existiert, auf Erden auch nur ein einziger Herrscher zu walten bestimmt sei, der Sohn des Himmels, der nur ein Mongole sein konnte, dazumal Cengizhan und jetzt Timur der Lahme. Diesem Axiom hatte er die Wirklichkeit mit der Eroberung Syriens ein gutes Stück nähergebracht, sich selbst aber in eine militärisch prekäre Situation hineinmanövriert.

Nach dem Fall von Damaskus verbündete sich der Mamlukensultan vertraglich mit Bayezit, den man in Kairo vor dem Erscheinen Timurs für den gefährlichsten Rivalen gehalten. Bayezit verpflichtete sich zur Rückgabe einiger Städte, die er in der Gegend von Malatya und Diyarbakır den Mamluken geraubt, und erhielt dafür deren volle Unterstützung im Kampf gegen Timur.

Für den Tataren ergab sich aus dem osmanisch-mamlukischen Pakt die Gefahr eines schwierigen Kriegs zwischen zwei Fronten. Ein weiteres Vordringen Richtung Ägypten konnte leicht dazu führen, daß seinem Heer von mehr als 100 000 Köpfen und Bäuchen im Norden die Osmanen die Versorgung abschnitten.

Im Winter 1401/2 schlug er erneut in der Ebene von Karabağ sein Quartier auf. Von hier aus leitete er die Präludien zu seinem Krieg mit Bayezit ein. Eine Gesandtschaft wurde abgeschickt, reichlich ausgestattet mit kostbarsten Geschenken für den türkischen Sultan und mit einem Schreiben Timurs, in dem er Bayezit als seinen Sohn ansprach und ihn nochmals ermahnte, seine militärische Kraft für den Eroberungskrieg gegen die Ungläubigen, nicht aber zur Unterjochung der anatolischen Emire zum Einsatz zu bringen.

Timur diktierte: «Sei mit dem zufrieden, was Allah dir gegeben und was du den Ungläubigen entrissen hast. Die Provinzen aber, die du den anderen Emiren geraubt, gib sofort heraus, damit dir Gott gnädig sei. Wenn nicht, dann werde ich mit Gottes Beistand ihr Rächer sein.»

Zunächst erhielt er aber von Bayezit keine Antwort, es erreichte ihn nur die Nachricht von der Mißhandlung seiner Emissäre. Der Blitzstrahl war bei deren Empfang in Wallung geraten, hatte sich insonderheit über die Anrede «Mein Sohn» furchtbar erhitzt und Timurs Boten die Bärte abschneiden lassen.

Timur seinerseits, der zwar Schädelpyramiden als Denkmal für das Schicksal unbotmäßiger Städte liebte und auch sonst beim Ersinnen von Greueln nicht faul genannt werden kann, hielt die Immunität von Gesandten als Gesetz im Verkehr zwischen Staaten heilig und hoch. Bayezits diesbezüglicher Frevel war ihm Anlaß genug, den Befehl zum Abbruch der Zelte und zum Marsch nach Westen zu geben.

Erst nach der Tataren Ankunft in Sivas, oder vielmehr in dem, was nach ihrem letzten Besuch von Sivas noch übriggeblieben war, erhielt Timur Bayezits Gegenbotschaft. Auch er bekam vom Sultan Geschenke, Pferde, Kleider und Schmuck, doch jedes Item in einer Stückzahl von zehn, was schon herausfordernd war, da weltbekannt, daß der mongolische Brauch die Neunzahl verlangt. Die nächste Verletzung diplomatischer Form war, daß Bayezit im Briefkopf seinen Namen nicht nur über den Timurs gesetzt, sondern den eigenen zum Überfluß in Gold und den des Gurhan schwarz hatte schreiben lassen.

War alles der Form nach respektlos, so bestand der Inhalt von

Yıldırıms Epistel in einer Beleidigung des Empfängers der niedrigsten und bösesten Art. Schnellstens habe Timur vor ihm, dem Sultan, dem Hüvendigar, zu erscheinen. Wo nicht, sollten seine sämtlichen Frauen dreimal geschieden und los von ihm sein. Er selbst, Bayezit, wolle vom eigenen Harem dreimal geschieden sein, falls Timur ihn bei seinem Kommen nicht zur Schlacht gerüstet anträfe.

Außer den schon aufgeführten Gründen gab es für Timur noch einen sehr triftigen, mit dem Osmanen die Klingen zu kreuzen. Bayezit sei, so verkündete Timur, durch die Vermischung mit den Dynastien der Christen entartet, wohingegen er, der Mongole, von reinem Irk, von unverdorbener Rasse und auch von daher berufen und berechtigt, den Halbgriechen von seinem Throne zu stoßen. Dies Argument besonders leuchtete den von Bayezit entmachteten Kleinfürsten ein.

Timurs Musterung nahm einen ganzen Tag vom frühen Morgen bis zur Abenddämmerung in Anspruch, und da er über Zustand und Umfang von Bayezits Streitkraft genaue Informationen besaß, schlief der Gurhan ausgezeichnet in der folgenden Nacht. Obwohl Bayezit über ein Heer gebot, das nicht weniger zahlreich war als jenes, welches auf dem Amselfelde gesiegt, machte es doch nur einen Bruchteil des tatarischen aus.

Timurs erwähnte Kanäle spielten ihm nicht nur jede Einzelheit aus dem osmanischen Lager zu, er konnte über dieselben auch in umgekehrter Richtung einstreuen, was er weidlich ausnutzte, um auf die Truppenteile aus den Ländern der auf tatarischer Seite kämpfenden Emire Einfluß zu üben.

Der Samen von Timurs Infiltration fiel auf einen Boden, der von Unzufriedenheit schon gepflügt war, denn Bayezit, der seinen Namen durch Prassereien und überkandidelten Luxus ewig gemacht, zeigte sich gegen sein Militär knauserig über jedes Gefühl, was insofern verständlich war, als er das, was er aus den Fenstern seines Sarays hinauswarf, andernorts einsparen mußte. Vergeblich die Insinuationen seines Vezirs, wenigstens den Offizieren den ausstehenden Sold zu bezahlen, ebenso fruchtlos auch die Vorstellungen, die seine Paşalar ihm machten. Nur wenn es gelang, das meerweite, unerschöpfliche Heer Timurs in Wäldern und Schluchten in tausend Kleinkriegen auseinanderzuzerren, wäre ein Sieg der Osmanen überhaupt denkbar gewesen.

Das sah Timur genau. Als ihm gemeldet wurde, Bayezit stehe in Tokat, wich er, weil die Gegend zwischen Tokat und Sivas gebirgig und überwaldet war, nach Kayseri aus und ging von dort in nordwestlicher Richtung in die Ebene von Ankara hinein. Timur verließ sich nicht auf den Vorteil von Gelände und Zahl, er verstand es auch, das osmanische Heer durch Vergiftung von Quellen jeder Versorgung mit Wasser zu berauben, womit er bewirkte, daß Bayezit die für ihn in jeder Hinsicht ungünstige Schlacht nicht nur annehmen, sondern, bevor seine Leute umfielen vor Durst, noch wünschen und suchen mußte.

Mit vier Söhnen und fünf Enkeln des Gurhans und fünf Söhnen des Sultans waren vierzehn Prinzen, jeder von ihnen ein erprobter Feldherr, und außerdem Stephan, der Serbenkral, an dem Treffen beteiligt. Die Zahl der teilnehmenden Krieger betrug nahezu eine Million.

Daß die Niederlage bei Ankara noch kompletter ausfallen sollte als der dreizehn Jahre vorher errungene Sieg auf dem Kosovo Polje, war nicht gleich zu erkennen, denn auf dem linken Flügel drangen die Serben unter Kral Stephan mit todesverachtender Tapferkeit vor, als gelte es, für das Amselfeld Rache zu üben. Daß übrigens die Serben 1402 für die Türken energischer fochten als 1389 für den eigenen Staat, war nicht Verwirrung, sondern auf die klare Analyse gegründet, daß sie à la longue ihre Überlebenschancen gegen die oder mit den Osmanen höher einschätzten als die gegen Timur und die Mongolen. Doch nutzte es den Osmanen nicht sonderlich viel, daß unter den serbischen Säbeln auf dem linken Flügel die Tatarenköpfe kullerten wie Erbsen aus einem umgestoßenen Topf, weil zur selben Zeit auf dem rechten Flügel die Türken von Saruhan, Menteşe und Germiyan Hundertschaft für Hundertschaft dem Ruf ihrer Fürsten gehorchten und auf die Seite der Mongolen übergingen.

Schon waren die Serben isoliert und von Tataren umringt, da riet die Vernunft ihrem Kral, der es gegen eine bloß zehnfache Übermacht wohl noch hätte ankommen lassen auf Gedeih oder Verderb, gegen die hundertfache nicht das Blut seiner Leute zu setzen. Unter großen Verlusten schlug er sich durch zu den Resten des Hauptheers und riet dem Sultan zur Flucht. Bayezit, der sich mit seinen Janitscharen auf einem Hügel festgesetzt hatte, hielt sich weiterhin für den Fels und glaubte, die Brandung nicht fürchten zu müssen. Stephan gab den Sultan verloren und rettete immerhin den Prinzen Süleyman, Ali Paşa, den Vezir, den Janitscharen-Ağa Hasan und Aynebeg, den Subaşı, damit den osmanischen Staat. Dem Emir von Amasya hatte ein weiterer Sohn Bayezits das Leben zu danken, weil er Stephans löbliches Beispiel befolgte und den späteren Sultan Mehmet aus der verlorenen Schlacht evakuierte.

So stand Bayezit auf seinem Hügel allein mit seinen über alles geliebten Janitscharen, die ohne einen Schluck Wasser in der sengenden Hitze den ganzen Tag aushielten mit ihm. Aber mit hereinbrechender Nacht wurden auch die, welche nicht vor Durst und Erschöpfung aus den Stiefeln gekippt waren, von den Tataren zusammengehauen. Bayezit wurde gefangengenommen und zu Timur gebracht.

«Yıldırım!» begrüßte Timur ihn und schritt ihm mit geöffneten Armen entgegen. «Hast dich also am Ende selbst ausgeblitzt.»

«Es ist das Schicksal des Blitzes», führte Bayezit das Wortspielchen fort, «vom Eisen in die Erde geleitet zu werden.» Das bezog sich auf die Bedeutung des Namens des Siegers: Timur, Demir, das heißt Eisen.

«Es freut mich», sagte der Gurhan, «daß, wie es scheint, der osmanische Sultan in der Gefangenschaft seinen Sinn für gewitzte Konversation nicht verliert, denn wir werden viel Gelegenheit haben, miteinander zu plaudern. Leider wird er auf einige Annehmlichkeiten seines Sarays verzichten müssen in unseren Zelten. Er wisse schon jetzt, daß wir bedauern, die Lustknaben, an die er gewöhnt, nicht liefern zu können. Wir wollen aber – auch wenn er eine in dieser Hinsicht sehr beleidigende Post an uns gerichtet, unseren Harem ihm nicht verschließen, und wer weiß, vielleicht findet er neues Vergnügen am Verkehr mit weiblichen Wesen. Auch sind wir nicht sonderlich gut bestückt mit griechischen Weinen, aber der Kımız, kann ich versichern, bringt einen gesunden Rausch sehr wohl zustande.»

Kurzum, Timur war willens, seinen Gefangenen gut zu behandeln. Ebenso wie Bayezit rechnete er damit, daß man ihm den wertvollen Fang bald abkaufen würde, aber zu beider Entsetzen begehrte nicht ein einziger der Söhne des Sultans zu wissen, welchen Betrag die Tataren für seine Auslösung verlangten.

Es wäre Timur ein leichtes gewesen, für immer das Osmanentum auszuradieren aus der politischen Karte der Welt, doch tat er das nicht. Er setzte als erstes getreu seinem Versprechen die von Bayezit gedemütigten Emire wieder in ihre Rechte. Das osmanische Stammland samt seinen europäischen Eroberungen verteilte er mit zynischem Kalkül an Bayezits Söhne Süleyman, İsa und Mehmet.

Timur selbst schritt mit seiner Armee nach İzmir an die ägäische Küste, um diese Bastion der Ungläubigen zu räumen. Es hatten sich dort seit einiger Zeit die Ritter vom Orden der Hospitaliter eingenistet und bestens befestigt. Dennoch konnten die frommen Krieger der tatarischen Belagerung gerade zwei Wochen lang trotzen. Bevor İzmir fiel, retteten sich die Hospitaliter zum größten Teil über das Meer auf in der Nähe kreuzende christliche Schiffe. Timur, unkundig des Kriegs auf den Fluten und nicht im Besitz eines einzigen Bötchens, befahl ergrimmt, die abgeschlagenen Köpfe der Einwohner mit Katapulten nach den Galeeren zu schleudern, was zwar jene vertrieb, dann aber den Gurhan erst recht ärgerlich stimmte, weil nicht genug übrigblieben, um daraus eine sehenswerte Pyramide zu bauen. So wurde für dieses Mal das tatarische Eroberungsdenkmal abwechselnd aus Steinen und Schädeln in die Höhe geschichtet.

İzmir blieb die westlichste Eroberung, seine Gier war nach China gerichtet. Gemächlich wanderte er ostwärts, zunächst mit Marschrichtung Konya. Der Weg dorthin führte durch das Städtchen Akşehir. Selbst wenn jetzt Friedenszeit war, mußte doch die Bevölkerung dieses Fleckchens in Panik geraten, als man erfuhr, das Mongolenheer bewege sich direkt auf Akşehir zu. Wohl hatte man von Timurs Vergnügen an Obelisken aus Schädeln gehört, doch hatte die Fama auch mitgeteilt, daß der Gurhan gelehrten und unabhängigen Geistern zuweilen mit Wohlwollen und Freundlichkeit zugetan war, ihnen gelegentlich sogar Geschenke zukommen ließ.

Nun konnte Akşehir mit Großen der Jurisprudenz oder der Geschichtswissenschaft nicht zur Verfügung stehen, und die Verlegenheit der Stadtväter war die allergrößte. Schließlich verfiel man darauf, sich bei Timur durch die exzentrischste Persönlichkeit der ganzen Stadt zu repräsentieren.

Der Nasrettin Hoca war's, ganz wie er leibte und lebte, der vor Akşehir aus den Toren trat, sich dem mongolischen Heer entgegenstellte und den Mächtigsten der Mächtigen unter vier Augen zu sprechen verlangte. Schon dieses Begehren wurde schmunzelnd an Timur weitergeleitet, und da der Hinkende sich in einer seiner lustigen Launen befand, gewährte er dem Hoca Audienz.

Auf Anhieb gefielen Timur der witzige Mann und seine Einladung, sich in Akşehir wie im eigenen Hause zu fühlen, wo man aus guten Gründen die Tür in den Angeln, das Geschirr auf den Regalen und die Köpfe der Bewohner auf deren Schultern beläßt. Timur folgte der Invitation, vom Heer wurde jedes Ei und jede Gurke bezahlt, und so war es Akşehir für eine Zeit vergönnt, sich im Glanz der Residenz eines Weltenbeherrschers und eines osmanischen Sultans zu sonnen.

Um so herzlicher gestaltete sich die Beziehung zwischen Nasrettin Hoca und Timur, als der erste dem zweiten mit seinem

Schalk täglich gesundheitsförderndes Gelächter die Menge entlockte und, was weit gewichtiger war, ihm auf dem Schachbrett Paroli zu bieten verstand.

Den größeren Teil seines Heeres schickte Timur weiter ins Innere Asiens, er selbst aber blieb in Akşehir, denn Nasrettin Hoca lehnte das wiederholte Angebot, an den Hof in Samarkand zu gehen, mit stets wechselnden und immer lustigeren Gründen so erfolgreich ab, daß Timur, sich in seiner Gesellschaft zu halten, seine sämtlichen Pläne Woche um Woche, Monat für Monat verschob.

Schließlich war es der kleine Hoca, der dem großen Timur nahelegte, es sei an der Zeit, Akşehir und das Schachbrett hinter sich zu lassen und sich wieder der Unterwerfung von Ländern und Völkern zu widmen. Tatsächlich hatte die Dauer des Aufenthaltes gereicht, Sultan Bayezit an Gram und Kummer hinscheiden zu lassen. Timur hätte aus Trotz oder Laune vielleicht dennoch länger verweilt, wäre es Nasrettin Hoca nicht gelungen, die Ermüdung Akşehirs unter der tatarischen Präsenz in einen Witz zu verkleiden, der ihm einen Abschied in Tränen des Gelächters gewährte.

Nasrettin Hoca hatte Timur einmal heimlich vor dem Spiegel beobachtet, wo der Gurhan vor der Häßlichkeit seines Gesichts so sehr erschrak, daß er zu jammern und zu weinen begann. Abends beim Schach liefen dem Hoca ununterbrochen die Tränen, was der ganz auf das Spiel konzentrierte Gurhan jedoch nicht bemerkte, bevor einige Tropfen die Felder von Nasrettins Grundlinie näßten.

«Was hast du?» fragte ihn Timur.

Darauf brach Nasrettin Hoca in das lauteste, bitterste Schluchzen aus und war lange Zeit nicht zu trösten. Aber der mitleidende Tatar ließ nicht nach, bis endlich der Hoca den Grund seiner Verzweiflung gestand.

«Du, großer Timur», sprach er, «weinst, wenn du im Spiegel dein Gesicht anschauen mußt. Ist kein Spiegel da, so mußt du nicht weinen. Ich aber, ich sehe dein Gesicht jeglichen Tag von morgens bis abends, ist es da nicht logisch, daß ich ununterbrochen weine?»

Das ließ sich Timur gesagt sein und brach mit seinen restlichen Truppen auf, am anderen Ende des Kontinentes China unter sein Zepter zu beugen. Daß ihm die Lebenszeit dazu nicht mehr reichte, haben die Chinesen Sultan Bayezit und Nasrettin Hoca zu danken, die Timur so lange in Anatolien aufhalten und beschäftigen konnten.

Aufhalten und Beschäftigen, das waren auch Programm und Parole, mit denen Sandol in diese fünfte Runde gegangen. Doch kann er sich ganz mit solider Deckung, schlichten Paraden und schulbuchmäßigen Riposten begnügen, denn Nasrettin in seiner Verblendung drischt herum wie ein Trunkener bei einer Wirtshauskeilerei. Die Punktrichter könnten sich jetzt eigentlich das Notieren der Treffer auf ihren Zetteln ersparen, denn mit Nasrettins Blut auf seinem Handschuh stempelt Sandol seinen Herausforderer ab, vom Gürtel bis zum Scheitel hinauf. Es ist nicht schön, das anschauen zu müssen, und wir wünschten uns, Şerafettin hätte nie das Plakat erspäht, Nasrettin wäre nie in Muharrem Güneşs Schule gegangen …

Zu Sevim kam eines Morgens ihre Nachbarin Semra, die Gemahlin von Nasrettins und Şerafettins Lehrer Abdurrahman, unter dem Vorwand, eine große Pfanne ausleihen zu wollen. Sevim konnte die Pfanne nicht gleich hergeben, weil sie sie erst noch reinigen mußte, denn sie hatte darin für das Frühstück Eierkuchen gebacken. Sie bat ihre Nachbarin, sich für einen Augenblick auf das Sofa zu setzen und sich an einem gut gesüßten Tee zu erquicken. Dazu wurde Semra aus einer Schachtel von Blech, deren Deckel ein Porträt des Selçukensultans Keykubat zierte, Salzgebäck dargereicht von Ebru, dem vierten, jüngsten und letzten Sproß aus Sevims Ehe mit Oktay. Auch Ebru war inzwischen längst den Windeln entwachsen, hatte, wie sie jetzt Semra artig und ohne zu überlegen auf deren Frage beschied, das sechste Jahr ihres Lebens erreicht. Ihren Vater kannte sie nur von der Fotografie in dem goldenen Rahmen, der auf dem Rundfunkgerät stand, denn von dem Gesicht, das sich in den ersten Wochen ihrer irdischen Anwesenheit – manchmal lächelnd und strahlend vor Freude und Stolz, manchmal trüb und verfinstert von Sorgen und Angst um die Zukunft – über die Wiege gebeugt, in der schon ihre ältere Schwester Arzu geschlummert, hatte ihre Erinnerung kein Bild festzuhalten vermocht.

«Tjaja, irgendwo ist sie doch ein bemitleidenswertes Geschöpf, deine Ebru», begann Semra, die unangenehm schnell sprach und ohne, was sie äußerte, zuvor im Hirn zu bewegen. «Da kennt sie nun ihren Vater nur von dem Foto und von dem, was ihr die Mutter und die großen Brüder erzählen …»

«Nasrettin, das weiß ich von Abdurrahman, von dem ich dir übrigens einen sehr herzlichen Gruß sagen soll», fuhr Semra, ohne den Pegel zu senken, fort, als Sevim sich zu ihr gesetzt und ihr das blitzblanke Küchengerät hingestellt hatte, «Nasrettin spricht ja auch in der Schule ununterbrochen von Oktay …»

Sevim schwieg und gab durch ein Spitzen der Lippen nur zu verstehen, daß sie nicht geneigt war, die besonderen Umstände, unter denen ihre Kinder aufwuchsen, zum Gegenstand öffentlicher Verhandlung zu machen.

«Wo wir schon bei Nasrettin sind», hob Semra erneut an und nahm dabei ihr Türban ab, worin keine Verletzung ihrer Strenggläubigkeit lag, da sie sich exklusiv in Gesellschaft von Genossinnen ihres Geschlechts befand, was Sevim aber doch in Alarmbereitschaft versetzte. Sie selbst trug, seit Oktay in Deutschland war, das Kopftuch nicht mehr.

«Wenn es dich nicht allzusehr aufhält», plapperte Semra fort, «möchte ich gerne über Nasrettin reden mit dir. Darüber, daß Nasrettin fast schon ein Mann ist und daß ihr an ihm den entscheidenden Schnitt, den uns die Religion einmal vorschreibt, noch immer nicht durchgeführt habt. Das ist eine Schande nicht nur für ihn und für die Eltern, die die Verantwortung tragen, es ist ein Skandal für die Nachbarschaft. Ja, ich gehe so weit, eine Beleidigung der Umma als Ganzes ist dieser Zustand!»

«Und ich dachte, du wärst gekommen, dir die Pfanne zu leihen», sagte Sevim.

«Gut», entgegnete Semra, «das ist liebenswürdig von dir, daß du sie mir ausborgst. Trotzdem muß ich dir sagen – und bei Allah sag ich es dir! –, daß ich sie nicht mitnehmen werde, wenn du mir nicht befriedigend Auskunft gibst darüber, wie es zu diesem Zustand kommen konnte und wie und vor allem wann du Abhilfe zu schaffen gedenkst.»

«So beruhige dich, liebste Nachbarin», sagte Sevim, und man konnte dem Beben in ihrer Stimme anmerken, daß sie von beiden die Aufgeregtere war. «Gerne bin ich, wie du von mir verlangst, bereit, dir Rede und Antwort zu stehen, denn glaube nicht, daß das, was du ansprichst, nicht meine Nächte schlaflos gemacht hat. Aber was soll das für ein Beschneidungsfest sein, zu dem der Vater nicht einlädt?»

«Da liegt also der Hase im Pfeffer!» brach es aus Semra. «Ich ahnte es längst!»

«Fünf lange Jahre», seufzte Sevim, «fünf Jahre, das sind 60 Monate oder 260 Wochen, bestehend aus 1824 Tagen. Du wirst es mir nicht glauben, Semra, aber ich habe sie wirklich gezählt. Als er das erste Jahr fort war, habe ich ihm geschrieben, er möchte heimkommen, wenn schon nicht, um meine Sehnsucht zu stillen, dann Nasrettins wegen, damit er wie die anderen Jungen sein Beschneidungsfest feiern kann. Oktay versprach es mir fest, hatte bei seiner Firma schon den Urlaub beantragt. Es kam aber anders, sie hatten viel Arbeit, sie haben ihn überredet, zu verzichten auf den genehmigten Urlaub. Ich war einverstanden damit, es konnte die

Sünnet auch ruhig noch warten ein Jahr. Im nächsten Jahr schrieb ich dringender. Diesmal antwortete Oktay, es sei alles bereit, wir sollten hinüberfahren und hier alles verkaufen. Aber dann gab dafür der deutsche Staat die Genehmigung nicht. Wieder und wieder schrieb ich ihm, er solle im nächsten Jahr wirklich, wirklich kommen und für eine längere Zeit. Er versprach's mir, so fest er nur konnte. Im vergangenen Jahr hätte es sein sollen. Mitten in den Vorbereitungen war ich, als Oktay mir schrieb, daß nichts daraus würde. Du hast recht, Semra, der Zustand ist untragbar geworden, ich sehe nicht mehr durch.»

So ungewohnt war für Semra der Gebrauch ihrer Ohren, daß, als Sevim abgesetzt hatte, die Automatik, mit der sonst die Gedanken unter ihrem Türban den Sprechapparat zum Arbeiten brachten, für lange, lange Sekunden versagte.

«Nun ...», kam es schließlich, und nach einer weiteren Pause: «Dann werden wir ihn *zwingen*. Und vielen Dank für die Pfanne.»

Die Konsequenz dieses morgendlichen Gesprächs unter Frauen ließ nicht auf sich warten. Vorderhand bestand sie in einer ebenso ernsten wie langen Epistel, deren Verfasser und Absender der Grundschullehrer Abdurrahman war, ihr Empfänger der türkische Industriearbeiter Oktay Öztürk im Rheinland. Selbigentags noch wurde seinerseits der Adressat zum Expedienten, und zwar eines Telegramms, gerichtet an seine Frau, enthaltend die dringende Bitte, das Beschneidungsfest vorzubereiten, sowie den genauen Termin seiner Ankunft in Kars.

Nie hatte Nasrettin seiner Mutter mit seinen Vorlesekünsten eine größere Freude beschert.

Genau 45 Stunden weilte Oktay in Kars, was gegenüber den inzwischen schon mehr als 45 000 Stunden, während deren sein Weib, seine Söhne und seine Töchter ihn schmerzlich und nur durch den seiner Abwesenheit gedankten Wohlstand getröstet hatten vermissen müssen, eine sehr dürftige Zahl ist. Und auch die 45 Stunden, die er seiner Familie gönnte, waren, jede für sich, eine herbe Enttäuschung. Es war Sevim in den mit großer Spannung herbeigesehnten Tagen und mehr noch in der folgenden Zeit, als sei gar nicht er, sondern ein Fremder zu ihnen gekommen.

Daß fünf Jahre einen Menschen verändern, war ihr allein schon aus der Selbstbeobachtung klar und galt natürlich viel mehr noch für jedes ihrer vier Kinder. Auch war ihr, was sie an Oktays Briefen bemerkte und an Fotos, die er gelegentlich schickte, nicht entgangen, daß er sich schrittweise fortentwickelte von dem Mann, der ihr Haus gebaut, ihre Kinder gezeugt und im Garten die Bäume gepflanzt hatte, die nun auch schon langsam über ihren Kopf hinauswuchsen; daß aber ein gänzlich Verwandelter heimkehren würde, der höchstens Spuren noch trug von ihrem Geliebten und Gatten, damit hatte sie nicht gerechnet.

Das Beschneidungsfest war ein Reinfall. Oktay meckerte an allem und jedem herum: an den Gästen, die er zum größeren Teil gar nicht kannte, von denen viel zu wenige erschienen waren, dazu noch die falschen; an dem Lokal, das Sevim ausgesucht hatte; an der Dekoration, die er lächerlich fand; an dem Essen, das einem Vergleich mit den Produkten deutscher Kochkunst nicht standhalten konnte.

Als er gewahr wurde, welch allgemeinen Verdruß seine miesepetrige Laune erzeugte, suchte er durch übermäßigen Genuß von Spirituosen seine Stimmung zu heben, wobei er snobistisch den Rakı verschmähte und, großspurig mit Banknoten wedelnd, vom Gastwirt verlangte, für ihn aus einem Spezialgeschäft Whisky zu bringen. Er wurde aber von dem schottischen Malzbrand nur noch unangenehmer und schreckte auch nicht davor zurück, seine Frau zu verletzen mit herabsetzenden Reden vor den Augen und Ohren der geladenen Gäste. Am Ende mußte er von seinen Brüdern nach Hause getragen und in sein Bett gelegt werden.

Nasrettin war der mißliche Verlauf des angeblich so bedeutenden Tages in seinem Leben herzlich schnurz, er fühlte sich auf der Feier kaum weniger deplaziert als sein Erzeuger. Es war ihm mehr als unwohl in seinem Prinzenkostüm, höchst lächerlich kam er sich vor mit den zu kurz gewordenen Hosenbeinen und Ärmeln.

Vor all dem widerwärtigen Drumherum war es aber der Anlaß selbst, den Nasrettin nur als äußerstes Martyrium mit hochgeröteten Wangen, zusammengekniffenen Augen und fest zusammengebissenen Zähnen über sich ergehen lassen konnte. Kein Europameister sollte ihm je wieder solche Scham und solche Schmerzen verursachen können wie der Beschneider mit seiner Zange.

Oktay verbrachte den folgenden Morgen bis spät in den Vormittag hinein zu Bett, wo ihn sein Katzenjammer festhielt. Nasrettin tat zwar nicht der Kopf weh, dafür aber ein Organ, das, wie wir es im Zelt zu Beausoleil nahe Monaco mit anschauen mußten, für den Schmerz noch weit empfänglicher ist. So kam es, daß Oktay und Nasrettin von den besagten 45 Stunden überhaupt nur sehr wenige miteinander verbrachten, noch dazu in einem beiderseits durch körperliche Leiden sehr gedämpften Bewußtseinszustand. Deshalb war Nasrettin auch ziemlich schnuppe, was von Şerafettin, der im übrigen über keinerlei Beeinträchtigung klagte, unter Tränen und lautstark beanstandet wurde, daß nämlich Oktay den Jungen keine Geschenke mitgebracht hatte. Auch das geriet Şerafettin nicht zum Trost, daß der Vater statt dessen am Nachmittag bei einem Karser Juwelier Kettchen und schwere goldene Ringe mit schön geschliffenen Steinen erwarb, für Nasrettin einen Rubin, für ihn einen Opal, denn ihr Durchmesser war auf den Umfang der Finger berechnet, die sie später einmal als Erwachsene haben würden, und selbst die Kettchen kamen gleich nach der Anprobe wieder in den Gewahrsam der Mutter.

Timur konnte nicht daran liegen, den von ihm durchwühlten Vorgarten Asiens einer Wiedereroberung durch die im Abend lauernden Christen zu öffnen. Den von Bayezit entmachteten Emiren löste er sein Versprechen ein und schenkte den Fürsten von Aydın, Menteşe, Tekke, Germiyan und Karaman ihre Länder zurück. Aber zu dieser Regelung der Verhältnisse im kleinasiatischen Rum und im europäischen Rumelien, wie er sie vor seinem endgültigen Abzug vornahm, hatte es eben auch gehört, daß er Bayezits Söhnen die Verfügung über drei unabhängige Beylikler gab.

Timurs Kalkül dabei war, die durch sein Auftreten unterbrochene Unterwerfung des Balkans unter den einzigen Gott und seinen Propheten nicht völlig abreißen zu lassen, gleichzeitig jedoch dem Wiedererstehen eines osmanischen Großreiches vorbeugend entgegenzuwirken. So war es Süleyman, der älteste unter den Prinzen, der von ihm die in Europa gewonnenen Landschaften zum Gebiet seiner Herrschaft erhielt und dem er erlaubte, in Edirne seinen Einzug zu halten.

Wenig mehr als zehn Jahre mußten verstreichen, bis Mehmet als jüngster unter den Brüdern in schöner Bewahrheitung seines Beinamens Güreşçi, der «Ringer», siegreich aus dem allgemeinen Getümmel hervorging und dem eingestürzten Haus Osmans abermals ein Fundament erschuf, das standhalten sollte, bis es von seinen Nachfahren zu seinem obersten Giebel hinaufgeführt war, und noch Jahrhunderte darüber hinaus.

Widmen wir unsere Aufmerksamkeit einer Gestalt, die inmitten dieser Wirren Profil gewann, einem Mann, dessen Name bis heute wieder und wieder stellvertretend genannt worden ist für die antisunnitischen Volksaufstände, die in diesen ersten Dekaden des 15. Jahrhunderts, wahrlich nicht zum ersten und ebensowenig zum letzten Mal, den Boden osmanischer Herrschaft in Zittern und Beben versetzten.

Şeyh Bedrettin war von nobelster Prominenz, mit dem letzten Sultan der Selçuken verwandt, und sein Bildungsgang begann wie der so vieler berühmter Sozialrevolutionäre mit der Juristerei. Das lag in der Familie, denn sein Vater wurde nach der Eroberung Edirnes 1361 aus dem in der Nähe gelegenen Sımavna, wo drei Jahre zuvor Bedrettin das Licht der Welt erblickt hatte, von Murat zum Kadı der neuen Hauptstadt berufen. Hier verbrachte Bedrettin seine Jugend, und hier erhielt er vom Vater und von weiteren

Juristen Unterweisung in den Anfangsgründen von Recht und Theologie. Diese Studien wurden fortgesetzt und vertieft in Bursa, von wo der Weg ihn weiterführte nach Konya. Logik und Astronomie waren die Fächer, auf die in dieser historisch bedeutenden Stadt seine Kenntnisse sich ausstrecken durften. Über Jerusalem kam er schließlich nach Kairo und studierte hier bei den großen Autoritäten der Medizin und der Philosophie. Der Ruf seiner Weltgewandtheit und Gelehrsamkeit drang bis an die Ohren des mamlukischen Sultans Barkuk, der ihm die Erziehung des Kronprinzen Faraj anvertraute. Ein Staatsbankett war es, wo er Şeyh Huseyn Ahlati begegnete, der ihn mehr als faszinierte. Unter dessen Einfluß löste er sich von der sunnitischen Dogmatik und der juristischen Auslegung des Korans, auch förmlich, indem er zwar nicht diesen, aber alle übrigen Bücher aus seinem Besitz den Fluten des Nils übergab. Außerdem vertauschte er seine elegante Garderobe mit dem einteiligen Wollkleid des Sufis. Eine Zeit erneuter Suche und Wanderschaft setzte für ihn ein, und es erscheint logisch und konsequent, daß sein Sinn sich zunächst nach Ardabil hin orientierte, wo die radikale Şia sich ihr Zentrum geschaffen. Jedoch gelangte er nicht bis ans Ziel, denn in Tebriz wurde er aufgehalten von Timur, der hier auf dem Rückmarsch aus Anatolien Station eingelegt hatte.

Lang und herzlich war der Austausch zwischen den beiden, Timur fühlte sich durch die Frische und Aufrichtigkeit von Bedrettins Anschauungen auf das angenehmste erinnert an den schalkhaften Hoca, mit dem er zu Akşehir so viel und gern diskutiert. Wieder hatte Timur Anlaß, sich vor Lachen zu schütteln und den Schenkel seines gesunden wie auch den seines erlahmten Beines zu klopfen, wenn Bedrettin ihm die gotteslästerlichen Skurrilitäten aufwies, zu denen die Ulema die Botschaft des Propheten verbog. Anders aber als Nasrettin Hoca blieb Şeyh Bedrettin nicht stehen bei der erbarmungslosen Verspottung von Heuchelei und Bigotterie. Er kehrte zurück zum bitter-heiligen Ernst, forderte die Wiederherstellung des ursprünglichen Glaubens und seine

Durchsetzung im Irdisch-Realen. Auch hierin war der lahmende Gurhan mit ihm voll und ganz einer Meinung, und er schätzte sich glücklich, den Reformator des Islams, den aufzustöbern, wie er Bedrettin jetzt im stillen vertraute, der wahre Antrieb zur Eroberung so vieler Länder und Völkerschaften gewesen, in ihm schlußendlich doch noch gefunden zu haben. Bedrettin blieb aber in kluger Reserve bei dem Gedanken an die Schreckenstaten, an die ungezählten und beispiellosen Massaker, die ausgeführt worden waren auf Befehl des Weißhaarigen mit den putzigen Ohrringen, der ihm gegenübersaß und in der selbstverständlichsten Jovialität beim Tee seinen Plausch mit ihm hielt.

«Du kommst mit mir nach Samarkand», war dessen Beschluß. «Du, Bedrettin, schaust mit deinem fühlenden Auge tief hinein in meine Brust, und sonnenklar liegt sie vor dir, meine Gesinnung. Unnötig ist's, daß ich meine Überzeugung dir offenbare, dir sage, daß diese verkommene Menschheit nicht durch das Schwert sich erneuern läßt, sondern nur durch den Glauben. Aber daß man die Sturen und Ungläubigen allein mit dem Wort zur Besinnung und Einkehr nicht zwingt, darüber muß zwischen uns ebenfalls Einigkeit sein, das ist nun einmal die unmißverständliche Lektion, wie der Prophet sie uns mit jeder Sure des Korans eingebleut hat. Und deshalb: Verbinde deinen Geist mit der Macht, schlag ein in die Hand, die ich dir reiche!»

Im Grund hätte es Şeyh Bedrettin nicht wenig gereizt, auch von Samarkand Eindrücke in seine Sammlung zu nehmen, die dortigen Wissenschaften zu vergleichen nach Richtung und Stand mit den hohen Schulen zu Kairo, Konya, Jerusalem, Bursa und neue Verbindungen herzustellen mit Menschen und zwischen Gedanken; aber es widerstrebte ihm zu sehr die Alleinherrschertheorie Timurlenks, die jener aus dem Koran folgern wollte. Dennoch beeilte er sich, für das freundlich-gütige Anerbieten zu danken, und bat, vorderhand nach Ardabil weiterreisen zu dürfen, um bei den dort versammelten Şeyhlern seine Vervollkommnung fördern zu können.

«Das untersage ich strengstens», antwortete darauf schroff der Herrscher der Herrscher und machte mit der Hand, die er Bedrettin zuvor entgegengestreckt, eine wegwerfende Bewegung, die anzeigte, wo er seiner Spaßfreudigkeit die Grenze gesetzt hatte. «Das sind Spinner. Du hast eine Verantwortung für all das kostbare Wissen und die kristallklaren, gottgefälligen, menschenfreundlichen Gedanken, die sich, durch Demut und Fleiß angezogen, eingenistet haben in deinen Schädel.»

Was seine Verantwortung anging, so konnte Bedrettin Timur nur stillschweigend beipflichten, und er nahm sie derartig ernst, daß er unverzüglich auf flinken Füßen der Stadt enteilte und sich der nächsten Karawane anschloß, um in höchstmöglicher Geschwindigkeit seinen Schädel und den zugehörigen Körper der Wohltätigkeit des gastfreien Despoten zu entziehen. So kam es, daß Şeyh Bedrettin aus Furcht vor Timur die Ardabil-Erfahrung versäumte.

Anatolien, das er noch zur Zeit leidlich geordneter Verhältnisse unter dem Regime von Sultan Bayezit Blitzstrahl verlassen, fand Şeyh Bedrettin bei seiner Heimkehr in einem Zustand allgemeiner Auflösung und fortgeschrittener Gärung. Allerorten entrang sich den Kehlen des geplagten Volkes der verzweifelte Ruf nach dem Mehdi, dem Erlöser. Ohne daß Şeyh Bedrettin durch irgendwelche Zeichen oder Wunder solchem Glauben rechtfertigende Nahrung geliefert hätte, wurde er als der aus der Verborgenheit Wiedergekehrte gefeiert.

Dabei erklärte er den Haufen, die ihm von überall zuströmten, nur in sehr schlichten und vernünftigen Worten, wie zwecklos es sei, auf einen Retter und Befreier zu hoffen. Gerade darin, daß das hundertjährige Gebäude osmanischer Herrschaft eingestürzt war, sollten sie ihre Chance erblicken und aus dessen Trümmern die Gesellschaft Freier und Gleicher formen, bevor eine neue Hierarchie sie wieder am Boden zerdrückte.

Eigenartig, je klarer er ihnen auseinandersetzte und vorführte mit der unwiderlegbaren Kraft des Beweises, daß Gott die Welt erschaffen hatte für die Menschen, daß die Früchte dieser Erde den Menschen gemeinschaftlich gehörten, daß die Menschen gleich seien und Brüder, daß es nicht die Absicht Gottes gewesen, daß sich einige wenige beständig bereicherten, während die übrigen litten und darbten, daß es daher an diesen Leidenden und Darbenden sei, die Gierigen und Machtbesessenen daran zu hindern, sich über sie zu erheben, um ihnen das Produkt ihrer Arbeit zu entreißen, um so unkritischer jubelten sie ihm zu, verneigten sich vor ihm und legten ihm, was sie besaßen, zu Füßen. Die viehtreibenden Nomaden, die der Hauptsache nach noch immer der Lebensweise und den aus den Steppen Transoxaniens mitgebrachten Traditionen anhingen, unterstellten sich ihm gleich stämmeweise, ernannten ihn zu ihrem uneingeschränkten Gebieter und wollten von ihm nur, daß er ihnen den Feind zeigte, um gegen diesen Leib und Leben zu werfen.

Ihr selbst seid euer ärgster Feind, hätte er ihnen gerne gesagt, der unausrottbare Trieb tief in eurem Innern, etwas, das weniger sündig ist, nicht gar so dumm und verlogen, wie ihr selbst euch empfindet, anzuhimmeln und vor ihm zu buckeln.

Aber Şeyh Bedrettin hütete seine Zunge.

«Alles ist für uns alle da und gehört uns allen», wiederholte er seine Botschaft. «Jeder begreift Gott nach den Maßstäben seiner eigenen Vernunft. Weil daher der Umfang des Gottbegreifens des einen notwendig abweicht von dem eines anderen, darf der eine nicht den anderen tadeln oder gar verurteilen.»

Bedrettin schwankte zwischen der Versuchung, als Führer im Namen Gottes den Massen sein Ideal aufzudrücken, und dem Zynismus, der ihn in den Stunden kühler Betrachtung der Natur und ihrer Gesetze überkam und ihm riet, den großen Haufen mit seinem an sich trostlosen Schicksal sich abfinden zu lassen, wozu ja die von der Ulema zurechtgemodelte Religion ein vorzüglich geeignetes Mittel darstellte. Hin und her schaukelte Bedrettin zwischen diesen beiden Alternativen, die ihm gleichermaßen tödlich erschienen, und da er sich selbst keinen Rat mehr wußte, verbot er sich, solchen ins große Rund auszuspenden.

Er kehrte an den Ort seiner Herkunft zurück und versuchte, in Edirne seine Ruhe wiederzufinden. Dabei boten ihm überraschend die Eltern die dringend benötigte Hilfe. Er fand die beiden, ergraut zwar und zahnlos, siech auch, mit gekrümmtem Rücken und schwer gehorchenden Gliedern, aber glücklich und enger verbunden denn je am Abend ihrer Tage und ohne Furcht vor der anbrechenden Nacht. Bedrettin, der die Welt ja nicht nur im geographischen Sinne von oben nach unten, von unten nach oben bereist, sondern auch mit Bettlern und Königen auf selber Stufe gestanden, mit diesen wie mit jenen in vertrautem Gespräch das enge Menschenherz zur Weite Gottes aufgetan hatte, folgte nun bedenkenlos dem schlichten Vorbild seiner Erzeuger, heiratete und kaufte ein Haus. Er verlegte sich darauf, das Gut seiner Gedanken für den Gebrauch späterer Generationen zu konservieren, indem er es zu einer Reihe gegliederter und aufeinander bezüglicher Schriften ausformte.

Sieben Jahre vergingen unter dieser ihn vollauf zufriedenstellenden Tätigkeit, und Şeyh Bedrettin enthielt sich nicht allein strikt jeder Einmischung in das akute politische Treiben, er überließ auch die Erziehung seiner eigenen Kinder einem Hofmeister, den er zu diesem Behuf in sein Haus lud. Dieser wurde Börklüce Mustafa genannt und stammte aus Karaburun auf der erythräischen Halbinsel, die nach Osten über die Bucht von İzmir und westwärts auf das griechische Eiland Chios hinschaut. Es mochte Şeyh Bedrettin gefallen, daß er der Welt mit ihren Ansprüchen entschwunden und zur Gänze in seine Bücher abgetaucht war, gleich als läge er mit jenen, deren er sich in Kairo beim Übergang von der Dogmatik zur Mystik entledigt, auf dem Grunde des Nils. Aber zu heftig, zu gewaltsam waren die Stürme, welche die Thronstreitigkeiten unter Bayezits Söhnen entfachten, um nicht auch Bedrettin emporzuwirbeln und ihn in den Strom der Geschichte zu zerren.

Musa, von Bayezit Blitzstrahls Söhnen derjenige mit der stärksten plebejischen Tendenz, konnte sich, nachdem sein Bruder Süleyman auf der Flucht vor ihm von Bauern gelyncht worden war, 1411 zum Herrscher über Rumelien aufschwingen, und sein erstes war, Şeyh Bedrettin aufzusuchen, um ihn zu bitten, oberster Heeresrichter zu werden.

Bedrettin wies dies Ansinnen zunächst mit Entschiedenheit von sich, aber Prinz Musa war glücklicher in seiner Persuasion, als es vormals bei seinem Versuch Timur gewesen. Er konnte den Şeyh mit der Beteuerung seiner treuesten Anhänglichkeit an den Vordenker und seine Visionen bestechen und erreichte schließlich sein Ziel: Şeyh Bedrettin wurde Kadıasker.

Musa hegte keinen Zweifel daran, daß das Erbe Osmans, Orhans, Murats und Bayezits am Ende demjenigen zufallen mußte, der es fertigbrachte, die Janitscharen auf seine Seite zu locken, und hierfür war Şeyh Bedrettin ein überaus dienliches Werkzeug, qua Amt eingesetzt an der sensibelsten Stelle. Musa hatte aus dem unentschuldbaren Fehler seines Vaters, der ihn geradewegs ins Verderben geführt, die Lehre gezogen: Er war bei der Besoldung seiner Janitscharen nicht nur nicht knauserig, nein, er ließ an den Zahltagen das Gold, das er unter sie verteilte, mit Mützen abmessen. Doch trotz dieser unerhörten Freigebigkeit konnte er es nicht verhindern, daß Hasan, der oberkommandierende Ağa der Janitscharen, ihm den Rücken kehrte und zu Musas Bruder und Rivalen Prinz Mehmet nach Asien hinüberging.

Musa ahnte, daß dieser Verlust schon die Anbahnung für den kompletten und endgültigen abgab, und so verwirklichte sich's auch, als nach zweieinhalb Jahren des Regierens und Residierens im Saray zu Edirne seinen Sultansträumen der Garaus gemacht wurde, weil Mehmet ihn zur Entscheidungsschlacht rief. Çamurlu ist der Name der Walstatt, wo Musa sein Heer nicht nur gegen die Truppen seines Bruders, sondern auch gegen die serbischen unter dem Befehl von dessen Verbündeten Stephan aufstellen mußte. Vor Erklingen der Angriffsfanfaren ritt Hasan allein den Feinden entgegen, rief mit lauter Stimme seine vormaligen Waffengenossen an und forderte sie im Namen von Hacı Bektaş auf, seinem Beispiel zu folgen, sich nicht für Musa, sondern für Mehmet zu schlagen.

Musa, in dem deutlichen Gefühl, aber auch in dem klaren Bewußtsein, daß seine Rettung einzig in einem Akt todesmutiger Tapferkeit gesucht werden konnte, gab seinem Pferde die Sporen und preschte auf den Verräter und Abwerber zu. Hasan floh, doch holte Musa ihn ein, traf mit dem Säbel. Der zweite Streich, zu dem er die Waffe gehoben, hätte Hasans Ende bedeutet, doch wurde er von einem hinzugeeilten Beschützer des Janitscharen-Ağas pariert, aber nicht an der Klinge, sondern am unteren Arm, weshalb Musas Säbel, als er zu Boden fiel, am Griff noch festgehalten wurde von seiner abgehauenen Hand.

Da wendete Prinz Musa sein Roß und galoppierte zurück zu den eigenen Reihen, wo aber das mit dem blutverspritzenden, säbel- und handlosen Arm gegebene Zeichen zum Angriff nicht angenommen wurde. Bevor seine Soldaten sich schlüssig werden konnten, den eigenen Feldherrn zu überfallen, drückte er abermals seinem Pferd die Sporen in den Bauch und suchte sein Heil in der Flucht. Er wurde gefangen und mittels einer seidenen Schnur erwürgt.

Das war 1413 bei Çamurlu. Mehmet entließ den Kadıasker. Darauf hatte Hasan, der Mehmet so ungewöhnlich hilfreiche Ağa der Janitscharen, bestanden, da Bedrettin der Dorn gewesen war in seinem Auge.

Şeyh Bedrettin gelang es nie, den verständlichen Groll gegen Mehmet und dessen Regime in sich zu besiegen. Doch wenn es, wie sich alsbald erwies, ein grober Fehler gewesen war von Sultan Mehmet, den Şeyh am Leben gelassen zu haben, so hatte ein noch gröberer darin bestanden, den Börklüce Mustafa um seine gute Stellung als Bedrettins Hofmeister zu bringen. Der nämlich ging von Edirne zurück nach Karaburun, wo er, ohne daß dies in dem entlegenen Zipfel des sich neu formierenden Reiches auffällig wurde, den Kommunismus predigte und die Revolution. «Predigen» ist dabei eher wörtlich zu nehmen, denn es geschah in

Sichtweite der Insel Chios, in einer Zone des Kontakts zwischen Muslimen und Christen mithin; die Mönche kamen bisweilen herüber auf ihren Bötchen und hatten auf den Versammlungen manche Bibelstelle parat, die neuen Lehren zu stützen.

«Unterschiede entstanden durch unwissende, ungebildete Geistliche; ohne sie wären die Religionen gleich und eins», verkündete Börklüce Mustafa jetzt Bedrettins Wort. Inzwischen trieb er die Vereinigung seiner Scharen unter den von ihm ausgegebenen Waffen und unter seinem Kommando voran. Gleichzeitig entzündete und entfachte sich der Aufstand in der Umgebung Manisas. Mehmets Statthalter in Aydın, ein bulgarischer Renegat namens Şişman Paşa, ausgesandt, die Revolte niederzuschlagen, kam mitsamt seinem Aufgebot um. Bevor hiervon der Sultan Kunde erlangte, hatte es Şeyh Bedrettin in İznik erfahren und sich ebenso klüglich wie hurtig abgesetzt, um in Kastamonu unterzuschlüpfen.

Der Aufstand blieb auf die erythräische Halbinsel beschränkt, und Mehmet vermeinte, die Angelegenheit durch Einsatz seiner in der Provinz stationierten Kräfte ins reine bringen zu können. Aber Ali Beg, dem Statthalter von Saruhan, der als nächster gegen die Aufrührer losgeschickt wurde, erging es kaum besser als Şişman; er rettete mit Mühe und Glück das eigene Leben. Jetzt erst merkte der neue Sultan in Edirne, daß das eben restaurierte osmanische Staatswesen bereits wieder einer Bedrohung seiner Existenz ausgesetzt war. Ihm stand mahnend das Beispiel des Vaters vor Augen, und so rüstete er, als gälte es, die Armee eines mächtigen Reiches niederzuwerfen. Beide Heere, das rumelische und das von Rum, zogen unter dem Vezir Bayezit gegen die kleine Halbinsel vor İzmir, und es wurde trotz hundertfacher Überlegenheit alles andere als ein Spaziergang.

Die Anhänger Börklüce Mustafas schlugen sich mit äußerstem Grimm, die Juden und Christen so wie die Muslime, die Kinder und Frauen so wie die Männer, denn ein Rückwärts gab es für niemand. Die Halbinsel, die sie erobert, entpuppte sich als Falle, und sie wurde ihnen allen zum Grab. Nur den Anführer Mustafa packte man lebend, um ihn nach Efes schleppen und ihn den Bewohnern der Stadt zur Abschreckung als ein Exempel ins Gedächtnis prägen zu können. Hier wurde er, nachdem man ihn ausgiebigst durchgefoltert hatte, an ein Kreuz genagelt, dieserart es sinnfällig werden zu lassen, was der Muslim sich verdient, wenn er es unternimmt, mit den Christen gemeinsame Sache zu machen, um seinen Sultan zu stürzen.

Der Beg von Kastamonu mußte sich Vorhaltungen derbster Sorte anhören von Şeyh Bedrettin, weil er stillgehalten und seine Chance versäumt hatte, durch Unterstützung des Aufstands auch sich und sein Beylik wider die sich erneut erhebende Pranke der osmanischen Furie zu schützen. Der Gescholtene mochte Bedrettin vielleicht sogar recht geben, indessen war es zu spät, und da er annehmen mußte, daß der neue Repräsentant des osmanischen Hauses keinen Unterschied machen würde zwischen den eigentlichen Terroristen und denen, die ihnen Obdach gewährten, drängte er den Şeyh, Kastamonu schleunigst zu verlassen, um über das Schwarzmeer zu segeln und sich unter die Kuratel des Krimhans zu stellen.

Manöver der venetianischen Flotte ließen es Bedrettin ratsam erscheinen, beizudrehen und sicherheitshalber Kurs auf die walachische Küste zu nehmen. Hier verbreitete sich rasch die Kunde seiner unvermuteten Ankunft, und es scharten sich die ehemaligen Parteigänger des Prinzen Musa um ihn.

Es kam zum Treffen nahe der Hauptstadt, doch Sieger blieb Mehmet, und Bedrettin sah sich gezwungen, sich in den dichten Wäldern des Deli Orman im heutigen Bulgarien nach einem Versteck umzutun. Der größere Teil seiner Anhängerschaft, diejenigen zumal, die mehr zu verlieren hatten als ihr Leben, ließen ihn nach der Niederlage im Stich und wurden in der Folge wieder zuverlässige Getreue des osmanischen Sultans. Die Mühseligen und Beladenen waren es, die aushielten bei ihm, ja, in immer wachsender Zahl zu ihm stießen in seinem Versteck und warteten, in einem letzten, entscheidenden Kampf doch noch das Haus Osmans für alle Zeiten in Schutt und Asche legen und die neue Gesellschaft aufbauen zu dürfen. Jedoch kam Şeyh Bedrettin nicht mehr dazu, das Signal auszugeben für diese finale Attacke, denn er wurde verraten und von Mehmets Schergen gefangengenommen.

Anders als Börklüce Mustafa wurde Bedrettin, als man ihn nach Edirne brachte, nicht gefoltert, und man legte gesteigerten Wert darauf, dem weltweit geachteten Şeyh einen Prozeß nach den Regeln des Şeriats zu machen. Pikanterweise war es ein Angehöriger von Mevlanas Orden, der jetzt das Fetva sprechen durfte über den überführten Hochverräter Bedrettin, den Sproß des letzten selçukischen Sultans.

Das Urteil über den ehemaligen Heeresrichter fiel vergleichsweise mild aus, denn sein Besitz sollte seinen Erben erhalten bleiben, was einen ironischen Zug an der Bedrettin-Geschichte darstellt, da schließlich er derjenige war, der den privaten Besitz und insonderheit dessen Vererbung hatte abschaffen wollen. Auch bei der Bestimmung der Todesart wurde auf seine Würde und Abstammung Rücksicht genommen, denn die Hinrichtung geschah nicht durch das Schwert; es wurde ihm das Privileg zugestanden, am Strick hängen zu dürfen. Vollstreckt wurde das Fetva zu Serres am 18. Dezember 1416, und als eine besondere posthume Vergünstigung wurde es den trauernden Dervişlern gestattet, den Leichnam ihres Şeyhs vom Galgen zu schneiden, ihn zu bestatten und über dem Grab eine Türbe aufzurichten, die ein vielbesuchter Wallfahrtsort blieb.

Zum ersten Mal war das Feuer der Revolution im äußersten Westen Anatoliens aufgelodert und hatte sogar Rumelien, die in Europa eroberte Erde, in Brand zu setzen vermocht. Das Zusammengehen von Christen und Muslimen unter gemeinsamer Losung, wie der Reformator Bedrettin es bewerkstelligt hatte, fand nach seinem Tod keine Fortsetzung mehr, zumindest nicht als eine Bewegung von unten. Die blutige Unterdrückung der Erhebung im Westen verlagerte den Kern der Opposition wieder in östliche

Richtung. Urtürkische, nicht christliche Zusatzstoffe waren es, die als Gärmittel einen şiitisch akzentuierten Islam zum hochexplosiven Gebräu einer Ideologie des Umsturzes aufgehen ließen. «Kızılbaşlar», «Rotköpfe», nannte man jetzt wieder die Gefäße, in denen diese staatsgefährdende Substanz aufbewahrt wurde.

Oktay war nach Deutschland verschwunden, ohne recht in Kars gewesen zu sein. Sevims Respekt in der Nachbarschaft war restauriert, doch ihre Welt begann jetzt erst recht aus den Fugen zu rutschen. Der Postbote brachte den ersten Brief von Oktay seit seiner geisterhaften Erscheinung in Kars, die bereits dreizehn Wochen zurücklag, und Sevim spürte gleich, als ihre Hand das Kuvert in Empfang nahm, in den Spitzen der Finger ein Zucken.

Dieses Vorzeichen bestimmte sie, sich das Schreiben nicht wie üblich von Nasrettin vorlesen zu lassen. Sie trug den unheilverkündenden, ungeöffneten Umschlag in ein Büro der Stadtverwaltung von Kars, das eigens zu dem Zweck installiert war, den Angehörigen jener Arbeitskräfte, die man nach den europäischen Kernlanden hin exportiert hatte, im Falle nicht vorhandener Buchstabenkenntnisse mit der Dienstleistung des Vorlesens eingehender Briefe oder sonstiger Schriftstücke behilflich zu sein.

Als Glück in dem Unglück betrachtete Sevim, daß der amtliche Vorleser hinter dem Schreibtisch ihr gänzlich unbekannte Gesichtszüge hatte. Ohne weiteres Zaudern reichte sie ihm Oktays neueste Nachrichten über den Tisch. In kurzen, schmucklosen Sätzen wurde ihr übermittelt, Oktay habe sich in Deutschland verliebt. Der Name des Wesens, für das sein Herz neuerdings schlage, sei zwar Helga, doch habe sie mit der unter demselben Namen bei den in Deutschland lebenden Türken berühmt und berüchtigt gewordenen Klischeefrau, der blonden, sexsüchtigen Männerfresserin, nicht das geringste gemein. Ihr Haar sei von dunkler Farbe, und nicht der Reiz des Fremdartigen, sondern, im

Gegenteil, gerade ihre Ähnlichkeiten mit Sevim, besonders die braunen und in der Tiefe schimmernden Augen, seien für Oktays Schwäche ausschlaggebend gewesen.

Er habe den festen Vorsatz gehabt, Sevim dies schon anläßlich seines Besuches in Kars offenzulegen, aber seinerzeit einfach den dazu notwendigen Mut nicht besessen. Selbstverständlich sei er weiterhin ohne jede Einschränkung bereit, für den Unterhalt der Familie zu sorgen, was ihm um so leichter falle, als Helga ihrerseits über ein eigenes Einkommen verfüge. Auch dränge Helga ihn keineswegs, seine bestehende Ehe zu lösen, weshalb einem Fortbestehen des augenblicklichen Zustands kein Hindernis in den Weg gelegt sei. Im Äußerlichen alles beim alten zu lassen sei, Sevims Einverständnis einmal vorausgesetzt, auch im Sinne der Kinder das beste, und wenn Oktay schon zugeben müsse, seiner Rolle als Ehemann nicht mehr wie vorher gerecht werden zu können, so sei doch sein Ehrgeiz in derjenigen des Vaters dadurch, daß in sein Leben Helga getreten, eigenartigerweise gewachsen. Er mache sich große Vorwürfe ob der Versäumnisse, unter denen im vergangenen Jahrfünft die Erziehung seiner Kinder gelitten habe, weshalb sein Kopf zurzeit vor Plänen und Einfällen sprühe, vieles hiervon wieder in die Ordnung zu bringen.

Nur Stunden benötigte Sevim, dies zu verdauen und von der Höhe kreatürlich-stolzer Erregung hinabzusteigen auf die Ebene kühl berechnenden Handelns. Schon galt ihre Sorge der Auswahl des geeigneten Rechtsbeistands zur Durchsetzung ihrer Ansprüche. Man kann sich jedoch kaum des Eindrucks erwehren, daß sie den Weg gerichtlicher Klärung nur mit halbem Herzen oder, anders betrachtet, immerhin noch mit halbem Herzen beschritt, indem sie ihr Mandat ausgerechnet Niyazi erteilte, dem Bruder des Inkriminierten, von dessen einträglichem Advokatengeschäft in İstanbul Alpay beim Beschneidungsfest berichtet hatte. Eher glaubt man, daß Sevim damit doch auf Oktays Rückgewinnung hinaus war. Dazu paßte auch ihr Beschluß, Nasrettin auf die Fahrt nach İstanbul mitzunehmen.

Nun traf es sich so, daß von Muharrem Güneş das erste kleine Übungskämpfchen angesetzt war, für das er außer Nasrettin einen Jüngling von etwa Hakans Statur ausgesucht hatte. Ging es nach dem Kopf seiner Mutter, würde Nasrettin sich weit, weit hinter dem Ende der ihm bisher bekannt gewordenen Welt aufhalten müssen, wenn seine Vereinskameraden die Seile aufspannten, zwischen denen er gegen den um zwei Spannen größer Gewachsenen antreten sollte. Dieses war aber nur einer der beiden Gründe, die ihn bei Sevims Ankündigung in alles andere als Jubel ausbrechen ließen.

Zudem hatte ihn ein Frisör am anderen Ende der Stadt ohne Sevims Wissen als Burschen in seinen Salon aufgenommen. Vermittelt war diese Stellung durch einen von Nasrettins Boxkumpanen, den Sohn jenes Barbiers, der gleichfalls im Laden beim Haareschneiden und beim Rasieren assistierend zur Hand ging. Die Entlohnung, die Nasrettin mit seinem Arbeitgeber verhandelt, war verschwindend; dennoch bot ihm der Teilzeitjob Einkünfte, welche die Perspektive eröffneten, in gemessener Zeit die Summe zum Ankauf einer mehr oder minder kompletten Boxausrüstung zusammenzusparen.

«Ich kann nicht mit dir nach Beşiktaş fahren», erklärte er also strikt, als Sevim ihre Kinder um sich geschart und ihnen die neuesten Planungen offengelegt hatte.

«Und ich will nicht zu Tante Semra», behauptete Ebru nicht weniger steif.

«Es ist ganz unmöglich, daß Nasrettin fortgeht», schloß sich Şerafettin an. «Es sind noch drei Prüfungen in dieser Woche! Wie denkst du dir, Mutti, komme ich ohne Nasrettin in die Schule?»

«Es bleibt so, wie ihr's gehört habt», sagte Sevim in energischem Ton, denn sie bereitete sich schon darauf vor, ihnen künftig zur Güte der Mutter auch die Strenge des Vaters bieten zu müssen. «Ihr verbringt die nächsten Tage bei Semra und Abdurrahman», wiederholte sie, «und Nasrettin, du kommst mit mir.»

«Warum mußt du denn unbedingt nach İstanbul fahren?» versuchte es Nasrettin auf eine andere Art.

«Weil etwas passiert ist mit Papa», ließ Sevim ihn wissen.

«Aber unser Papa ist doch in Deutschland», meine Arzu dazu.

«Ist Papa denn krank?» äußerte sorgenvoll Ebru.

«Ja», gab Sevim die Antwort. «Euer Vater ist in Deutschland, und er ist krank, sehr krank.»

«Was hat er denn?» erkundigte sich Şerafettin.

«Eine Krankheit», sagte Sevim, «die ihr nicht einmal dem Namen nach kennt. Eine Krankheit, die Kinder überhaupt nicht bekommen, und bei den Erwachsenen auch nur die Männer.»

«Aber Vater hat uns ja gar nichts davon geschrieben, daß er krank ist», sagte Nasrettin, der immer mißtrauischer wurde. Sein Instinkt ließ ihn spüren, daß dies der Moment war, mit einem beherzten Schritt das ihm drohende Unheil von sich zu wenden. Sevim musterte streng ihren ältesten Sohn und wurde plötzlich von einem ungeheuren Schrecken ergriffen, als sie gewahrte, wie Oktays Züge gleich einer Maske sich auf das Gesicht von Nasrettin legten. Sie glaubte zu träumen, als sie sah, wie Nasrettin aufstand und mit der Faust auf den Tisch schlug.

«Ich fahre nicht mit.»

«Du wirst tun, was deine Mutter dir sagt.»

Damit erhob sich auch Sevim, und es fiel ihr jetzt auf, daß Nasrettins Wachstum seinen Scheitel schon bis zu ihrer Kinnspitze heraufgestreckt hatte.

«Nein», faßte Nasrettin sämtliche Kräfte der Insubordination in der einzigen Silbe zusammen.

Das durfte Sevim nicht durchgehen lassen, wollte sie irgendwie noch die Oberhand behalten über ihre aufsässige Brut. Sie packte den Bengel kurzum am Schlafittchen, zerrte ihn aus dem Haus über den Hof und sperrte ihn in den Stall, den der Vater einmal zur Beherbergung der Ziegen erbaut hatte. Die abschreckende Wirkung blieb nicht aus, denn als Sevim in die Stube zurückkam, waren die Kleinen schon beschäftigt, ihre Siebensachen zusammenzusuchen und für den bevorstehenden Aufenthalt bei den Nachbarn ihr Bündel zu schnüren.

Die mitläuferische Mehrheit wurde also glücklich in fremde Obhut verbracht, und Sevim konnte ihre Kräfte ganz auf die kleine, radikale Minderheit in dem Ziegenstall konzentrieren.

«Wenn du brav bist, laß ich dich wieder raus», war ihr Amnestieangebot.

Nasrettin lag flach auf dem Boden, die Wange auf den kühlen Estrich gepreßt. Wirklich fühlte er sich mehr unter der Erde als auf ihr. Größeres Leid war einem Menschen wohl nie zugefügt worden als das, was er dort im Ziegenstall litt, dachte er bei sich. Alles, was er sich mühselig aufgebaut hatte, zerstört und zertreten von der eigenen Mutter. Und *sie* wollte *ihm* Verzeihung anbieten! Welcher Hohn! *Sie ihm!* Er blieb stumm.

«Wenn du so bockig sein willst», meinte Sevim, «ist wohl der Ziegenstall für dich der richtige Ort. Ich bringe dir dann, damit du nicht hungerst, nachher etwas Gras und vom Brombeerstrauch ein paar Blätter. Dabei hatte ich mir schon vorgenommen, für dich ein Gulasch zu kochen, damit du dich stärkst für die Reise.»

Nasrettin zeigte auch auf diese Lockung nicht die leiseste Reaktion. Was hätte es auch für einen Sinn gehabt, einen Leib, den man loswerden wollte, erst noch zu stärken?

Seine Beharrlichkeit nötigte Sevim erneut zum Aufziehen härterer Saiten:

«Glaube mir bloß nicht, mein Früchtchen, daß du mit deinem Starrsinn durchkommst! Wir nehmen den Nachtzug, daran führt kein Weg vorbei, und wenn ich dich zum Bahnhof an einem Strick zerre wie ein störrisches Vieh. Gewiß fehlt dir die starke Hand deines Vaters, die dir die Strafe verabreichen könnte, nach der du verlangst. Wenn wir erst in İstanbul sind, bitte ich seinen Bruder Niyazi, Vaters Stelle bei dir zu vertreten. Bis dahin nichts als Wasser und Brot, ich schwöre es dir!»

Dabei wäre es wohl auch geblieben, hätte sie nicht auf dem Markt, wo sie für Proviant und Hygiene rasch noch Diverses einkaufen wollte, durch Zufall Erol getroffen. Er hatte allerlei Neuigkeiten aus Sulakbahçe bereit, aber mehr beeindruckte ihn, was er von der jüngsten Entwicklung in der von ihm protegierten Ehe erfuhr. Zwar begnügte sich Sevim mit sehr vagen Andeutungen, doch Erols Vermögen der Einfühlung und Kombination ergänzten das wenige zu einem recht vollständigen Bild.

«Ich kann es einfach nicht glauben», sagte er fassungslos. «Das ist der Oktay nicht, den ich kenne.»

Gleich bot er an, als Vermittler zu wirken.

«Erol, das ist sehr freundlich von dir, und freundschaftlich ist es auch», meinte Sevim. «Aber ich habe mich schon anders entschlossen. Ich gehe zum Anwalt und lasse mich scheiden.»

Das erschreckte Erol noch mehr, aber als er hörte, wen sich Sevim zum Beistand erkoren, beruhigte er sich und glaubte, zuraten zu dürfen.

«Wenn du mir also zustimmst», sagte Sevim, «und den Weg, den ich gehe, für den richtigen hältst, so gäbe es aber doch eine Gefälligkeit, die ich liebend gerne erbitten würde von dir.»

Erol gewährte im voraus, was immer Sevim von ihm verlangte. Sie nahm ihn beim Wort und forderte ihn auf, Nasrettin, ganz gleich auf welche Art und Weise, zum Bahnhof zu schaffen. Das gelang ihm denn auch, und zwar, wie es sich für einen Mann des Glaubens gehörte, ohne Gewaltanwendung zwischen Muslimen.

Im Abteil mit seiner Mutter sprach Nasrettin nicht ein einziges Wort, verschmähte bis Erzurum das zugestandene Wasser, das Brot sogar noch bis Sivas. In Ankara, wo sie umsteigen mußten, hob Sevim mit einer weiteren Offerte des Friedens ihre Sanktionen vorzeitig auf. Nasrettin lenkte ein und verschlang im Bahnhofsbuffet ein ganzes Brathuhn mit drei Schüsseln Reis.

Bis ihr Zug endlich in der Endstation Haydarpaşa einlief, hatte ihre Fahrt 56 Stunden gedauert. Nasrettin sah ein, daß man, wenn einen das Schicksal, dem man ausweichen wollte, schon ereilt hat, am besten daran tut, mit ihm Freundschaft zu schließen, bot seine Reiseerfahrungen auf und wurde seiner von der endlosen Zugfahrt völlig erschöpften und durch die Menschenmassen der Riesenstadt verängstigten Mutter zum Führer. Zwar unterlief ihm noch der Lapsus, daß er ihre Koffer und die Taschen, in denen große Mengen Käse und Honig als Geschenk für Niyazis Familie waren, auf das falsche Boot schleppte, wodurch sie den europäischen Kontinent nicht wie geplant in Beşiktaş, sondern in Karaköy betraten, machte den Fehler aber gleich wieder wett, indem er die Busverbindungen so klug erfragte, daß der dritte, in den sie stiegen, direkt vor dem Haus hielt, in dem die Büros von Niyazis Kanzlei untergebracht waren.

Niyazi selbst war aber gar nicht zugegen, denn er hatte einen Termin bei Gericht. So leitete einer seiner Gehilfen die Gäste zu seiner Wohnung, wo ihnen Güler, seine Frau, Betten machte und sie erst einmal ausschlafen ließ.

Als sie sich am nächsten Morgen an den liebevoll gedeckten Frühstückstisch setzten, war Niyazi schon wieder in seiner Kanzlei. Dafür aber war Şerifnur erschienen, die auf die Kunde von Sevims Besuch sofort ihren Dienst getauscht hatte, um mit ihrer Jugendfreundin und jetzigen Schwägerin frühstücken zu können.

Şerifnur arbeitete seit einigen Jahren als Telefonistin in einem Krankenhaus auf der asiatischen Seite, hatte sich vor kurzem mit einem jungen Mediziner verlobt, und freudestrahlend erklärte sie Sevim, daß sie bald heiraten werde.

«Şerifnur, überleg es dir gut», schärfte Sevim ihr ein.

«Ei, was?» wunderte sich Şerifnur. «Ausgerechnet du mußt mir das sagen! Was haben wir nicht damals alles ausgeheckt und angestellt, nur damit du heiraten konntest ...»

«Wir reden später darüber», lenkte Sevim von dem Thema gleich wieder ab und bedeutete Şerifnur mit Blicken und Stirnrunzeln, es sei das Gespräch hierüber nicht für Nasrettins Ohren bestimmt.

Es entstand ein kurzes, peinliches Schweigen, das sich jedoch alsbald in das munterste Geplapper aufzulösen begann, in dem mit «Weißt du noch, wie ich ...», «Erinnerst du dich noch, als ...» und

«Fast hätt' ich's vergessen, wie du …» die alten Zeiten heraufgeführt wurden. Das war, mehr als für die endlich wieder einmal vereinten Jugendfreundinnen, für Nasrettin von Interesse, erfuhr er doch viel von jenen Entwicklungen, die einst seine Geburt zu ihrem Resultat gehabt hatten.

Was er nicht hören sollte, sparte Sevim auf für die nächste Unterredung, zu der sie am Nachmittag über den Bosporos zu Şerifnur ins Krankenhaus fuhr. Nasrettin wurde währenddessen von Cengiz, einem seiner Vettern, in Beyoğlu spazierengeführt.

Am nächsten Morgen begleitete Şerifnur ihre Freundin in die Kanzlei ihres Bruders. Daß Niyazi Schwägerin und Schwester warten ließ, gefiel Sevim. Es nahm der Affäre etwas vom Charakter der reinen Familienangelegenheit und reihte sie ein in die übrigen Prozesse, deren Führung Niyazi und seinen Angestellten oblag. Als der Gehilfe sie endlich in Niyazis Büro führte, gewann Sevim den Eindruck, daß eine sonderbare Mechanik der Gene oder des Schicksals nicht nur ihren Oktay ausgetauscht hatte, sondern daß auch in Niyazis Haut nicht mehr der steckte, der ihr bekannt war. Wenn es ihr auch eben im Wartezimmer noch wohlgetan hatte, auf die gleiche Weise behandelt zu werden wie die übrigen Parteien, so verstörte sie jetzt, daß Niyazi sie mit der distanzierten Kühle eines Fremden empfing. Es fehlte bloß noch, daß er in seiner Anrede an Sevim die Höflichkeitsform verwendet hätte. Nachfragend unterbrach sie ihn bei fast jedem Satz, weil ihr nicht nur der juristische Jargon wie eine fremde Sprache erschien, sondern auch das Idiom der Bosporosstadt mit seinem osmanischen Zierwerk, dessen Niyazi sich prätentiös näselnd bediente, nur schwer eingängig war. Sevim fühlte sich beleidigt, schaute hilfesuchend zu Şerifnur, und Niyazi, der dies bemerkte, wechselte in einen Ton, den sie von Sulakbahçe her kannte.

«Sevim, du besuchst mich in meiner Wohnung, dort bin ich dein Schwager. Aber heute kommst du in meine Kanzlei. Hier bin ich Anwalt. Du willst, wenn ich dich richtig verstehe, bei Gericht die Scheidung einreichen, und ich soll dich in dieser Sache vertreten. Gut. Nein, was sage ich! Gut ist es natürlich überhaupt nicht, daß du dich scheiden lassen willst, und gut ist es erst recht nicht, was du uns, wenn es stimmt, von Oktay erzählst. Es soll nur heißen, prinzipiell ist es möglich, daß ich deinen Fall übernehme, auch wenn zunächst, weil Kars der Ort deines gewöhnlichen Aufenthalts und der Schließung der Ehe, das dortige Gericht zuständig ist. Ich genieße sogar, was dir wahrscheinlich unbekannt ist, auf dem Gebiet des Scheidungsrechts einen kleinen Ruf als Experte. Ich muß aber betonen, daß ich deinen Fall anzunehmen bereit bin, nicht als dein Schwager, sondern nur als dein Anwalt, was dann auch einschließt, daß ich das übliche Honorar von dir verlange. Ist dir das klar?»

Klar war Sevim das keineswegs, jedenfalls längst nicht so klar, wie sie jetzt vorgab. Als nächstes hatte sie unter die üblichen Vollmachten ihr Zeichen zu setzen. Als dies erledigt war, ordnete Niyazi die fällige Kollisionskontrolle an, was Sevim, bis sie verstanden, warum das geschah, für eine Zumutung hielt. Es konnte sich dabei natürlich nur um eine Formsache handeln, denn Niyazi wußte ja selbst am besten, daß er für Oktay, als Anwalt zumindest, noch nie tätig geworden war.

«Damit, Sevim», sagte Niyazi, als man all dies hinter sich hatte, «bist du ordnungsgemäß meine Klientin, und ich darf dich um die Übergabe des Beweismaterials bitten.»

Da zeigte sich erst, wie unzutreffend Sevims Vorstellungen vom Getriebe der Rechtsprechung waren, denn nicht einmal gedacht hatte sie daran, die Heiratsurkunde mit in einen der Koffer zu legen. Am nächsten Vormittag bat man sie, das Haus nicht zu verlassen, man erwarte jemanden, der ganz neues Licht in die Angelegenheit zu bringen vermöge. So wurde es eingerichtet, daß Sevim ganz allein in der Wohnung war, als der mysteriös annoncierte Besucher den Knopf der Türglocke drückte.

«Du?» sagte sie stumpf, und es klang, als gälte ihr Vorwurf seiner Untreue nicht, sondern dem, daß man sie ganz unnötig auf die Folter gespannt hatte.

«Sevim», sagte Oktay.

Es war doch der, den sie kannte und liebte, und es berührte Sevim unangenehm, daß sie keinen Ekel vor ihm, nicht einmal die vormalige Fremdheit empfand.

«Willst du mich denn nicht hineinlassen, Sevim?» fragte Oktay in dringendem Ton.

Sevim schloß vor seiner Nase die Tür.

«Sevim! Du tust mir unrecht», rief Oktay und rüttelte dabei hilflos am Türknopf. «Jetzt öffne doch endlich, daß ich dir alles erkläre! Es gibt keine Helga mehr.»

Oktay sprach mit gepreßter Stimme, um die Aufmerksamkeit der Nachbarn nicht noch mehr zu erregen.

«Şerifnur hat gestern angerufen in meiner Fabrik. In das Büro des obersten Chefs wurde ich geholt, um mit ihr zu sprechen. Gleich das erste Flugzeug hab ich genommen. So mach doch endlich die Tür auf!»

Oktay drückte sein Ohr an das Türblatt. Von Sevim war kein Mucks mehr zu hören.

«Sevim, bist du noch da?»

Oktay glaubte, als auch nach mehreren Rufen von ihr keine Antwort mehr kam, sie sei einmal mehr in Ohnmacht gefallen, fürchtete gar Schlimmeres noch und warf sich mit all seiner Kraft gegen die Türe. Sevim, in der Meinung, Schwager und Schwägerin schon genügend Umstände bereitet zu haben und das Recht nicht zu besitzen, zum Überfluß ihrer Ehekrise auch noch deren Wohnungstüre zu opfern, öffnete, was den slapstickhaften Effekt produzierte, daß der anrennende Oktay sie wie einen Kegel umwarf, um dann auf ihr wie auf einem Rodelschlitten bis zum Ende des Korridors über den Teppich zu rutschen. Nachdem sie einander versichert, daß sie sich nicht gestoßen oder sonstwie weh getan hatten, fragte Sevim Oktay mit kokettem Augenaufschlag:

«Hast du das in Deutschland auch schon verlernt, daß man bei uns die Schuhe auszieht, bevor man eine Wohnung betritt?»

Oktay, überglücklich, daß Sevim so schnell zu dem Humor zurückfand, den er an ihr so schätzte, holte dies nach und entledigte sich, als er die Tür von innen verriegelt, in rascher Folge auch der übrigen Stücke seiner Bekleidung. Mit solcher Ursprünglichkeit des Begehrens umschlang Oktay Sevim, so ganz und genau ihre Lust kennend und beantwortend war seine Liebkosung, so unstillbar sein Verlangen nach ihrem Körper, daß sie ihm verzieh und ihm neu ihr Herz schenkte, als er schwor, die andere Frau aus seinem Leben zu verbannen und ihr fortan unbedingte Treue zu halten.

1421 erlag Mehmet den Folgen eines Schlaganfalls, und sein Sohn Murat bestieg als der zweite Sultan des Namens den Thron. Was Murat II. von Mehmet ererbte, war zwar in sich noch immer wenig stabil und nach seinem äußeren Umfang im Vergleich zu des Großvaters glücklichen Zeiten stark reduziert, aber es war doch schon wieder ein Reich.

Konstantinopel, das sich während der Bruderkriege einigermaßen erholt und durch mehr oder minder geschicktes Eingreifen, durch Stillhalten hier, Mitwirken da, beträchtliche Gebiete zurückerhalten hatte, zog jetzt seinen Trumpf aus dem Ärmel und ließ den letzten am Leben befindlichen Sohn Bayezit Yıldırıms, Mustafa, der seit der Schlacht von Ankara auf der Insel Lemnos gefangengehalten worden war, frei. Sultan Murat II. bestritt die Identität dieses Mustafa mit seinem in Ankara abhanden gekommenen Onkel, und so heißt er noch heute nicht anders als Düzme Mustafa, der «falsche» Mustafa. Düzme Mustafa beanspruchte dennoch den wirklichen Thron, und Murat II. hatte also auch hierin den Fußstapfen seines Vaters zu folgen und Krieg gegen den letzten von dessen Brüdern zu führen.

Düzme Mustafa fand in Cüneyt, dem Herrn von İzmir, einen starken Verbündeten, und er durfte sich auch in Rumelien auf Teile des Heeres stützen, auf die Azab und die Akıncılar, die schon mit Musa gegen Mehmet gekämpft hatten, weshalb es ihm gelang, während Murat II. auf einem Feldzuge in Anatolien weilte, wo er mit den von Timur ermunterten Emiren aufzuräumen begann, die Hauptstadt Edirne in seine Gewalt zu bringen. Doch wurde er bei dem Versuch, in Asien einzudringen, von dem umkehrenden Murat gestoppt, sein Heer zurückgedrängt und aufgerieben, er, der falsche Mustafa, gefangen und in Edirne gehenkt.

Damit schloß Murat II. dies letzte Kapitel der Bürgerkriege, die über ein knappes Vierteljahrhundert den Wiederaufstieg des Reiches bedroht hatten. Ansonsten begnügte er sich damit, dem kommenden Eroberer das Feld zu bestellen und künftigen Expansionen des Reiches die Voraussetzungen zu schaffen. Immerhin holte er 1430 das zwischenzeitlich an Byzanz abgetretene und von diesem an Venedig verkaufte Saloniki zurück. Im wesentlichen aber blieb seine Politik auf Beruhigung ausgerichtet und auf Integration. Den Dervişlern kam er entgegen, indem er alttürkische Bräuche aufleben ließ; gleichzeitig kreierte er in Edirne die Funktion eines obersten Richters in Şeriatangelegenheiten, den Şeyhülislam, später Müftü genannt. Eine von Mehmet begonnene Praxis führte er fort, indem er Tımarlar an Christen vergab, dieselben also einfügte in das osmanische Lehenssystem, wobei er denn auch heimliche Lehren aus der Bedrettin-Bewegung in die staatsfördernde Richtung lenkte und nutzte.

Das Erstarken der feindlichen Nachbarn im Nordwesten, die vorübergehende Koalition der christlichen Mächte, ihr Aufbruch zum soundsovielten Kreuzzug unter Führung des für den Türkenkrieg militärisch so außerordentlich begabten ungarischen Bans Janos Hunyadis kam, trotz der empfindlichen Niederlagen, die der Sultan einstecken mußte, der von Murat II. vorbestimmten Entwicklung zustatten.

Zu einem Kuriosum in der Galerie osmanischer Sultane macht den zweiten Murat vor allem dies, daß er sich zu Lebzeiten zurückzog vom Thron und, eben in die Blüte seiner Jahre tretend, es dem Sohn überließ, die anstehenden Eroberungskriege zu führen. Im Herbst 1443 errang Ban Hunyadi in einer ganzen Reihe von Schlachten glorreiche Siege über die Türken, die am Ende Sofia gar nicht mehr verteidigen, sondern vor ihrem Abzug nur noch in Brand stecken konnten. Im Juni 1444 bot Murat II. dem Ban und dem ungarischen König Wladislaw gegen den Verzicht auf Serbien, die Herzegowina und die Walachei einen auf zehn Jahre befristeten Stillstand der Waffen an. Der Vertrag wurde angenommen, unterzeichnet und zu Szeged vom Sultan und vom König der Ungarn mit feierlichen Eiden beschworen.

Dieser Friedensschluß hätte nach Murats Wunsch den letzten Akt seines Sultanats darstellen sollen. Er übergab die Regierung seinem dreizehnjährigen Sohn Mehmet und dem Vezir, der nach einem seiner Vorfahren, welcher uns schon beschäftigt, Celil Çendereli hieß. Er selbst zog sich nach Manisa zurück. Vierzigjährig, wollte er den Rest seiner Tage in beschaulicher Ruhe zubringen, wozu er sich die Einkünfte aus den Statthalterschaften von Aydın, Menteşe und Saruhan vorbehielt. Daß er sich ausgerechnet diese Gegenden, in denen der Aufstand der Bedrettinisten zuerst aufgeflammt war, zum Ort seiner Resignation erkor, verrät die Absicht, jenen Ereignissen, die durch ihn zu Vergangenheit gemacht worden waren, nachzusinnen und zusätzliche Lehren aus ihnen zu ziehen. Doch wurde er sehr bald aufgeschreckt aus solchen Betrachtungen der staatsphilosophischen Art.

Julian Cesarini, seines Zeichens Kardinal und päpstlicher Legat in Edirne, hielt, als er die Kunde von Murats Abdankung vernahm, den Moment für gekommen, unter die leidige Türkenfrage ein für allemal den Schlußstrich zu ziehen, und deshalb wirkte er so lange ein auf Waldislaw, bis er den ungarischen König dahin gebracht hatte, daß dieser seinen Eid brach und auf das Versprechen Venedigs hin, mit seiner Flotte die Dardanellen zu sperren, zu einem Überfall ausrücken ließ, nachdem am 1. September die Türken vertragsgemäß und pünktlich die Festungen in Serbien übergeben hatten.

Murat, von Çendereli alarmiert, stellte augenblicks ein Heer von 35 000 Mann auf die Beine und kümmerte sich wenig um die Seeblockade, die von der Markusrepublik nicht sonderlich energisch gehandhabt wurde, was dieser späterhin böse Rüffel einbrachte, sowohl aus dem Vatikan als auch von seiten der angeschlagenen Fürsten. Die zahlreichen Truppen des Sultans wurden von genuesischen Booten gegen mehr als angemessenen Preis ebenso willig wie komfortabel am Bosporos übergesetzt, und in einigen Eilmärschen hatte man das feindliche Lager bei Varna Anfang November erreicht.

Am Zehnten desselben Monats kam es zur Schlacht, und daß Murat II. bei seinen manisischen Spekulationen allzu große Erleuchtung noch nicht zuteil geworden war, mag man daraus ersehen, daß er bei dem vor Eröffnung der Kampfhandlungen üblichen Gebet nicht nur Allah, sondern auch den Gott der feindlichen Partei anrief, um ihn auf den Vertragsbruch seiner Anbeter aufmerksam zu machen und ihn zu bitten, den Meineidigen in keiner Weise Unterstützung zu leisten. Für den Fall, daß jener nach des Sultans Meinung mit dem seinigen nicht identische Gott türkischer Sprachkenntnisse entbehrte, hatte er die lateinische Ausfertigung des fraglichen Schriftstücks hinter der Palisade, wo er mit den Janitscharen stand, auf eine Lanze aufspießen lassen.

Der Allmächtige, zwar brüskiert über die doppelte Anrede und den lästerlichen Versuch, Ihn wieder Sich Selbst hetzen zu wollen, war im Begriff, nach Jesus und Mohammed zu schicken, um den beiden einmal mehr eine gehörige Standpauke zu halten. Da aber unten die Ungarn mit ihren Gefolgsleuten schon im gestreckten Galopp zur Attacke ausritten, womit sie das Unrecht durch Dummheit noch verschlimmerten, weil sie in ihrem bestens befestigten Lager günstiger den Angriff der Türken hätten abwarten können, besann Er Sich, vorderhand mit einem rasch gefällten Urteil dem verbrecherischen Anmaßer auf dem Papststuhl und denen, die sich von ihm anstiften ließen, einen Denkzettel zu verpassen.

König Wladislaw, unkundig des soeben erfolgten höheren Ratschlusses, glaubte das Kriegsglück durchaus auf seiner Seite, denn er war mit seiner Leibgarde von 500 Reitern zwischen den beiden Flügeln des osmanischen Heeres vorgedrungen bis an das mit Graben und Zaun gesicherte Zentrum der Janitscharen. Von dem Hochmut des Königs, die Janitscharen angreifen zu wollen, bis zu seinem Fall war es ein einziger Sprung, nämlich der seines Pferdes über Graben und Palisade, denn bei der Landung strauchelte es, und Wladislaws von einem flinken Säbel abgehauener Kopf kullerte Sultan Murat II. vors Zelt, derweil der Rest von Ungarns Monarchen unter dem Leib des gestürzten Kleppers zerquetscht ward.

Dem Sultan kam der didaktisch löbliche Einfall, Wladislaws Kopf auf eine Lanze zu spießen und diese neben jener mit der von ihm gesiegelten Urkunde zu plazieren, was seine moralische Wirkung nicht verfehlte. Als der schlachtenerprobte, siegesgewohnte Hunyadi das sah, nahm er mit seinen walachischen Reitern Reißaus.

Das war 1444, in Varna. Umglänzt vom Sieg in dieser Schlacht, dankte Murat II. abermals ab. Aber Çendereli, der Vezir, der mit gutem Recht den jungen Mehmet fürchtete und dessen Ambitionen, die er für jugendlichen Größenwahn hielt, spinnefeind war, wollte Murat die wohlverdiente Ruhe auf seinem Schlößchen zu Manisa nicht gönnen. Im Divan an den Rand gedrängt, besann sich Çendereli auf seinen Vorvater gleichen Namens und darauf, daß dieser es gewesen, der sich die Einrichtung der Janitscharen ausgedacht hatte. Er setzte die Existenz des Reiches aufs Spiel, indem er diese aufstachelte, dem jugendlichen Sultan die Stirne zu bieten, aber ein anderes Mittel, Murat dazu zu bewegen, aus Manisa ein weiteres Mal zurückzukehren und die Zügel der Macht wieder fest in seine Hände zu nehmen, sah Çendereli nicht mehr.

Die Janitscharen also wurden vom Vezir zu der Meinung gebracht, daß Mehmet II. sie nicht hinreichend entlohnte für ihre

Dienste; es sollte die Erhöhung des täglichen Soldes von drei auf dreieinhalb Akçe stattfinden. Doch wohin sollte es führen, wenn Mehmet II., bevor er noch irgendeine rühmliche Waffentat ins Werk gesetzt hatte, sich derlei Erpressungen fügte? Das sah er mit Schärfe umrissen vor seinem weitblickenden Auge, daß die Gier der Janitscharen über ein kurzes den Ruin der Staatsfinanzen einzuleiten vermochte, und ergo war es das richtige, sich gleich zu Beginn unerbittlich zu zeigen und solchem Begehren den Riegel vorzuschieben.

Die Janitscharen, sehr verständlich, waren entgegengesetzter Meinung, und da es ihnen vom Felde her in Fleisch und Blut saß, sich vom Widerstand des Gegners nicht zurückdrängen zu lassen, benahmen sie sich nach diesem Muster auch hier im Saray. Aber Mehmet II. versteifte sich ebenfalls mit der ganzen Macht seines Titels auf den eingenommenen Standpunkt, wissend, es ging nicht um den halben Akçe, es ging um das Prinzip und um die Frage, ob der Sultan über die Janitscharen, seine Sklaven schließlich, gebot oder ob umgekehrt diese Sklaven ihrem Großherrn vorschreiben durften, was er tat und was er ließ.

Der Kampf um den halben Silberling weitete sich zu einem Kampf um den Staat.

Es hatte zu den klugen Verschiebungen in der Staatsarchitektur unter Murat II. gehört, die Janitscharen auch mit Aufgaben ziviler Art zu betrauen, welche beispielsweise die einer Feuerwehr einschlossen. Nun weiß man's aus Volkes Weisheit, daß es ein überaus vertracktes Ding ist, wenn man, und sei es selbst als Ausfluß allerhöchster Raison d'Etat, den Bock zum Gärtner ernennt.

Als Mehmet II. sein Machtwort gesprochen und jede weitere Verhandlung über eine Erhöhung des Soldes klipp und klar abgelehnt hatte, begannen an allen Ecken und Enden des großen Marktes von Edirne Flammen zu züngeln, die Minuten später, den schönsten und reichsten Bazar des Landes mit sämtlichen Ständen und Lagern verzehrend, über die Spitzen der Minarette hinaus himmelwärts schlugen. Die zum Löschen beauftragten Janitscharen zogen zu dem die Stadt überschauenden Hügel Buçul und bauten sich dort in Schlachtordnung auf.

Mehmet II. gewährte ihnen, durch diese Form der Argumentation zur Einsicht gelenkt, die Erhöhung des Solds. Es war die bitterste Niederlage seines Lebens, und er erhielt Muße, sein Fehlverhalten zu analysieren.

Murat II. kam nämlich, ganz wie von Çendereli mit seiner waghalsigen Intrige bezweckt, nochmals in die Hauptstadt zurück und schickte seinen Sohn an seiner Stelle in die westanatolische Küstenprovinz, behielt auch bis zu seinem Tod das Ruder des Staatsschiffs in seiner Hand, derweil Mehmet, abgeschoben auf den Altersruhesitz seines Vaters, in Vorbereitung auf den Tag X die Pläne für seine kommende Regierung ausspinnen und ausschmieden konnte.

1451 ließ Murat II. die lästige Kriegerei, das Blutvergießen, die Ränke in Harem und Divan, den Ärger mit vertragsbrüchigen Monarchen und was sonst Unlustiges ihn bedrängt hatte, endgültig hinter sich und genoß die ungetrübten Freuden des Paradieses.

Gleich einem schrulligen Greis sperrte der zwanzigjährige Mehmet nun, da er endlich, endlich die Hebel der Macht mit eigenen Händen bedienen durfte, sich nächtelang ein und brütete über Lageplänen und Skizzen. Diese emsigen Vorbereitungen galten, wie man nächstens erfuhr, der Eroberung von Konstantinopel. Mehmet II. gefiel es in Edirne nicht, er gedachte umzuziehen in eine größere Wohnung.

Die Vorbereitung und Durchführung der Belagerung, die Anfertigung der kolossalen Kanone, ihr Transport aus Edirne vor die Mauern Konstantinopels, die Beförderung der osmanischen Flotte über den Berg in den gesperrten Hafen hinein, die Zähigkeit der aussichtslosen Verteidigung, Treue und Verrat auf beiden Seiten, die schließliche Erstürmung der Stadt und ihre Plünderung durch die siegreichen Türken, die Metzeleien und die Schändung der Heiligtümer, all das sind Motive, welche die Federn Tausender Schriftsteller der unterschiedlichsten Nationen angeregt haben.

Der 29. Mai 1453 ist in die Sternstunden der Menschheit eingereiht worden, und die Poetisierung der Eroberung Konstantinopels hat es dahin gebracht, daß man bei Erwähnung der schlichten topographischen Bezeichnung «Das Goldene Horn» unwillkürlich meint, die Trommeln der anstürmenden Janitscharen zu hören.

Es soll hier nicht etwa mit Hinweis auf das zarte Alter des Eroberers gesagt werden, das Ganze sei nur ein albernes Kinderspiel gewesen. Gewiß nicht. Das Ereignis aber aufzuwerten zum Markstein der Epochenwende, mit Konstantinopel das Mittelalter untergehen und mit İstanbul die Neuzeit anbrechen zu lassen, wie es viele Historiker tun, das ist, einmal abgesehen von der generellen Fragwürdigkeit dieser Begriffe, mit Sicherheit Unfug. Byzanz war fast 400 Jahre vorher untergegangen in der Schlacht von Malazgirt, wo die Selçuken die Untertanen des Oströmischen Reiches von der Leibeigenschaft befreiten. Daß es mit der vermeintlichen Uneinnehmbarkeit Konstantinopels nichts war, das hatten schon die Kreuzfahrer und bei ihrer Rückeroberung die Romäer selber gezeigt.

Konstantinopel spielte für das Osmanische Reich eine Rolle nicht unähnlich derjenigen, die Hongkong einnahm in seinem Verhältnis zur Chinesischen Volksrepublik. Es war den Osmanen lieb und wert, und es wurde von ihnen weniger bekriegt als behütet. Die Türken waren angewiesen auf diese Stadt zwischen den Meeren, da ihnen das Wasser, was sich aus ihrer Herkunft erklärt, ein fremdes und feindliches Element bleiben mußte. Andererseits war aber dieser verbliebene Rest des Römischen Reiches auch so etwas wie der vielzitierte Stachel im Fleisch, der als um so störender und schmerzender empfunden werden mußte, je mehr der osmanische Staat seine Muskulatur festigte und organisierte. Spätestens mit dem Ende des 14. Jahrhunderts hielt der Nutzen, der Konstantinopel den Osmanen ökonomisch einbrachte, den Nachteilen in strategischer Hinsicht nicht mehr die Waage, und die Stadt wäre ohne das Auftreten Timurs mit der größten Wahrscheinlichkeit schon von Bayezit einkassiert worden. Etwas Überfälliges also war es, was Mehmet II. zur Erledigung brachte.

Er, der sich nunmehr mit dem Beinamen Fatih, der «Eroberer», schmückte, bereute, als er am dritten Tag nach der Erstürmung das Innere der gefallenen Metropole betrat, zutiefst, daß er sie zur Plünderung freigegeben, weil er geglaubt hatte, anders den erbitterten Widerstand nicht brechen zu können. Die Erstürmer der Stadt, deren Anzahl diejenige ihrer Bewohner um ein Vielfaches überstieg, hatten innert der 72 ihnen zugestandenen Stunden ein Werk der Zerstörung vollbracht, zu deren Reparatur er, wie er jetzt gewissenhaft überschlug, Jahre, wenn nicht Jahrzehnte würde aufbringen müssen.

Konstantin, der als letzter byzantinischer Kaiser den Namen des Gründers dieser «Stadt der Städte» getragen, war gefallen mit dem Schwert in der Hand, was sonst an Adligen noch faßbar, wurde auf Anordnung des Fatihs liquidiert. Die Hagia Sophia wurde nach Entfernung der verbotenen Bilder zur Moschee umgeweiht. Vorher aber noch, an ebenjenem Tage seines feierlichen Einzuges nämlich, führte Mehmet II. den von den wenigen verbliebenen Priestern und von den Laien zum Patriarchen gewählten Gennadies in sein Kirchenamt ein, und zwar nach dem althergebrachten Ritual, wobei er Wert darauf legte, bei dem Zeremoniell den Part, den darin bislang der christliche Kaiser gespielt, nachzuahmen bis ins Detail. Zwar mußte der Patriarch anstelle der nunmehr islamisierten Aya Sofya mit der Kirche der heiligen Apostel vorliebnehmen, aber die alten Privilegien und Steuerbefreiungen wurden erneuert, die Christen seiner Gerichtsbarkeit unterstellt. Wem es gelungen war, der Plünderung zu entfliehen oder sie in einem Versteck zu überstehen, der wurde nun aufgefordert, zurückzukehren in sein Haus und in die gewohnte Form seines alltäglichen Lebens.

Am späten Abend des Tages der Versöhnung zwischen Sevim und Oktay und der Bekräftigung ihres lebenslänglichen Bundes lauschte Nasrettin mit gespitzten Ohren einem Dialog, den sie, ihn schlafend wähnend, im Bett am anderen Ende von Niyazis Gästezimmer flüsternd miteinander führten.

«Das beste wird sein, ich nehme den Jungen gleich mit», hörte er seinen Vater sagen. «Er muß Deutsch lernen, eine deutsche Schule besuchen.»

Sevim schien von Oktays Vorschlag wenig zu halten. Schon die Vorstellung, die weite Strecke nach Kars allein zurückfahren zu müssen, füllte ihr Herz mit Unbehagen und Furcht.

«Es ist nur für kurze Zeit», gab Oktay ihr zu bedenken, «daß ich dir den Jungen entführe. Wenn *ein* Kind erst bei mir lebt, wird es leichter, die Genehmigung für den Zuzug auch der übrigen und natürlich den deinen vom Ausländeramt zu bekommen.»

Sevim wimmerte leise.

«Was hast du denn nun schon wieder, meine Herzallerliebste!» flüsterte Oktay. «Nimm dich zusammen, wir wecken ihn auf.»

«Ich will nicht nach Deutschland», stöhnte Sevim und wischte mit einem Zipfel des Lakens die Tränen aus ihren im Mondlicht schimmernden Augen.

«Keine Angst, es wird dir gefallen», schnitt Oktay das Gespräch ab. Er fand es sinnlos, mit Sevim zu argumentieren, wo seine Erfahrung gegen ihr Vorurteil stand. Auch fürchtete er, sich bei solch müßigem Streit unnötig in Erregung zu setzen und den Schlaf zu verscheuchen. «Einen süßen Schlummer wünsche ich dir und wohlige Träume», sagte er noch und drehte sich dann auf die Seite.

Lange hörte Nasrettin das Schnarchen des Vaters wie das Geräusch der scharfzackigen Säge, die, gelenkt von kräftiger Hand, vor und zurück durch knorriges Holz fährt, dazwischen die Seufzer der Mutter, die, von dem ungewohnten Lärm neben ihr immer wieder aus kurzem, schlimmem Traume geschreckt, sich im Bett herumwälzte, ohne Schlaf finden zu können.

Am nächsten Tag wurden in Beyoğlu erst einmal auf der İstiklal

Caddesi bei einem Herrenausstatter zwei neue Anzüge gekauft, und zwar im selben Muster für Vater und Sohn und in ähnlichem Schnitt, dazu weiße Hemden und, ebenfalls gleich gemustert, zwei Seidenkrawatten. So aufgeputzt ging Oktay mit Nasrettin in einer der Seitengassen zu einem Frisör. Hier ließ sich Oktay rasieren, aber Nasrettin fand das Gewerbe in der vielgepriesenen und größten Stadt seines Landes nicht auf dem Stand seiner hier nur als hoffnungslos zurückgeblieben belächelten Provinz.

«Weißt du, Nasrettin», sagte Oktay, als sie den Laden verließen, «in Deutschland rasieren einen die Frisöre nicht mehr. Entweder sind sie sich dazu zu fein oder zu blöd, oder sie haben es einfach niemals gelernt. Tja, mein Sohn, so ist das eben. Du wirst sehen, es gibt in dem Land Luxus, den du dir jetzt noch gar nicht vorstellen kannst, aber rasieren müssen sich die Männer dort selbst, noch dazu am frühen Morgen, wo man am wenigsten Lust hat, die eigene Haut mit einem scharfen Messer zu kratzen.»

Zwar wußte Nasrettin noch nicht, wer İsmet İnönü war, aber in dieser nach dem Kampfgefährten Atatürks benannten Straße lag ihr Ziel, das Generalkonsulat der Bundesrepublik Deutschland. Eine dicke Menschentraube hing vor dem Zaun der Visaabteilung, die hinter dem Prunkbau mit der schwarzrotgoldenen Fahne in einer Baracke untergebracht war.

«Siehst du, Nasrettin», sagte Oktay, «so viele Menschen wollen nach Deutschland. Aber sie lassen nicht jeden hinein. Nur die Fleißigen und Ehrlichen, die guten und richtigen Türken eben. Sie prüfen jeden genau.»

Kurz nur besah der Beamte des Auswärtigen Amtes Oktays Reisepaß und die Anträge, die sie ausgefüllt hatten.

«Alles Quatsch», sagte er dann. «Das haben Sie für den Papierkorb geschrieben.»

Damit gab er ihnen die Dokumente zurück. Oktay wußte nicht recht, wie ihm geschah.

«Was bitte Quatsch?» stammelte er. «Das meine Sohn. Jetzt mit mich Deutschlan fahre.»

Die Miene des Mannes, dessen grauer Anzug neben den nagelneuen von Oktay und Nasrettin sehr abgetragen wirkte, ein wenig schäbig sogar, verfinsterte sich. Er ließ merken, daß ihn schon der bisherige Dialog zuviel von seiner wertvollen Zeit gekostet hatte.

«Du nix Visum», belehrte er Oktay. «Du Aufenthaltsgenehmigung. Aufenthaltsgenehmigung gültig, nix abgelaufen. Dein Sohn Kars wohnen. Hier İstanbul. Konsulat nix zuständig. Ankara Botschaft zuständig. Du verstehen? Aber du erst Einladung schreiben für Sohn. Aber das nix hier abgeben, sondern in Deutschland, in Wohnort, bei Ausländeramt.»

Daß die Bundesrepublik Deutschland ihr Generalkonsulat nicht für Oktay persönlich eröffnet hatte, wurde ihm nach diesen Worten auch von den Leuten hinter ihm in der Schlange recht deutlich gemacht, die durch Ächzen und knurrende Laute signalisierten, er habe den Betrieb schon mehr als genug aufgehalten. Ohne weiter Protest einzulegen, ließ er sich deshalb von einem der Uniformierten am anderen Ende des Hofes zu einem Törchen führen, durch das er und Nasrettin mit einem einzigen Schritt wieder türkisches Hoheitsgebiet unter die Füße bekamen.

Sevim war sehr erleichtert, als sie von Oktays Schlappe im Kampf um Nasrettins Visum erfuhr. Dadurch blieb ihr der Junge doch noch ein Weilchen erhalten. Beschluß war, daß Oktay in einem neuen Anlauf versuchen würde, Nasrettin erst einmal während der großen Ferien nach Deutschland zu holen. So trennten sie sich, Oktay nahm den nächsten Flieger nach Frankfurt, Nasrettin kehrte mit seiner Mutter auf dem endlosen Schienenwege zu seinem Bruder und den kleinen Schwestern zurück.

Nach der deprimierenden Abfuhr, die er sich auf der Inonü Caddesi vor den Augen seines Sohnes geholt hatte, entwickelte Oktay bei seiner erneuten Einreise nach Deutschland einen ganz neuen Schwung bei seinem Verkehr mit dem Ausländeramt. Diesmal war er es, der gegenüber den Bürokraten auf Erfüllung der Vorschriften pochte. Er brachte Verdienstbescheinigungen, Anmeldebestätigung und auch sonst jeden verlangten Zettel und Stempel herbei, bis die Genehmigung zur Einreise seines Sohnes zu Besuchszwecken für die Dauer der Schulferien erteilt und von der Botschaft in Ankara mit Fernschreiben bestätigt war.

Aber er gab auch für Sevim, Şerafettin, Arzu und Ebru von seinem Urlaub und traf eine Woche vor Beginn der Ferien in Kars ein.

Als er die dritte Nacht unter dem selbsterrichteten Dach an der Seite von Sevim geruht, sprach er des Morgens zu ihr:

«Heute rechne beim Essen nicht mit Nasrettin und mir. Auch müßt ihr in der Nacht ohne uns schlafen, denn wir gehen auf einen Ausflug und kehren erst morgen gegen Mittag zurück.»

«Bist du nicht vielleicht, mein Geliebter, ein bißchen gar zu vernarrt in den Jungen», wandte sie ein. «Daß du ihn mir vorziehst und dich mit deinem Sohne mehr beschäftigst als mit deinem Weib, will ich verzeihen. Es haben die Jahre an mir ihre Spuren gelassen, und ich locke dich nicht mehr so wie in früherer Zeit. Aber denkst du auch einmal an seine Geschwister? Şerafettin, dem sein Schicksal den Genuß so vieler Freuden verwehrt, hätte er nicht wenigstens im gleichen Maß wie Nasrettin Anspruch auf deine Liebe? Da predigst du unentwegt deinen Kindern, nicht eine Minute vom Schulunterricht zu versäumen, und jetzt nötigst du Nasrettin, seine Stunden zu schwänzen! Und, schlimmer noch, zwingst Şerafettin, seine Pflicht zu verletzen, der er aus eigener Kraft gar nicht nachkommen kann. Hast du schon einmal nachzufühlen versucht, was vorgeht in ihm, wenn er, verdammt dazu, bei mir in der Stube zu hocken, weiß, daß sein Bruder mit dem Vater hinausgeht in die Welt? Und hast du nur Söhne? Nicht auch zwei reizende Töchter?»

«Recht hast du, Sevim, mit allem, was du gesagt», gestand Oktay ihr ein. «Und bessern will ich mich, das ist versprochen. Nur heute, heute bleibt es dabei: Ich gehe mit Nasrettin und laß euch allein. Denn der Weg, den ich vorhab mit ihm, der muß einmal gegangen und hinter uns sein, um unser aller Zukunft und Glück willen. Nur, Sevim, frag mich nicht mehr. Morgen, wenn wir zurück sind, will ich erzählen.»

Sie gingen zum Bahnhof. Seinen Rucksack trug Nasrettin wie in den Tagen des Hausierens mit den Kalpaklar. Der Beutel war kaum zur Hälfte gefüllt, und so fiel es Nasrettin schwer zu verstehen, warum er mit solchem Gewicht die Riemen anzog. Das kam, weil Oktay zu dem kleinen Mundvorrat jenen Revolver gepackt, den er bei Nasrettins Geburt für diesen gekauft und zuletzt in einem sicheren Versteck in seinem Pferdestall aufbewahrt hatte. Oktay hatte heimlich am Vortag die Waffe gereinigt und zwei Schuß Munition zum Kleingeld in seine Hosentasche gesteckt. Erst als Oktay beim Schaffner die Fahrkarten löste, durfte Nasrettin wissen, daß ihre nächste Station Akyaka war. In Akyaka fragten sie nach einer Kutsche für den Weg nach Sulakbahçe hinaus. Es war aber jedes Pferd für die Weizenernte eingespannt. Oktay versprach dem Kutscher sehr reichlichen Lohn, so schickte man sie ins Kaffeehaus, hieß sie dort warten und hatte nach einigen Stunden Pferd und Wagen für sie bereit.

Wesentlich gehörte zu Oktays Inszenierung dazu, daß sie sich nicht als Fußgänger verstohlen heranschlichen ans Dorf, sondern in der Kutsche einliefen und wie Herrschaften vorfuhren auf dem Platz vor den Häusern, in denen die Karagöz wohnten.

Die Türe von Gürhans Haus stand offen. Davor stellte, als er den Kutscher bezahlt und fortgeschickt hatte, Oktay sich mit Nasrettin auf. Er klopfte laut, aber nicht Gürhan erschien in dem Rahmen, denn Nasrettins Großvater war nicht mehr am Leben, sondern İlhan, der jetzt mit seiner Frau und den inzwischen geborenen Kindern hier wohnte. Offensichtlich hatten sie İlhan bei seiner Siesta gestört, denn er rieb sich die Augen und gähnte, bis er ein Wort fand, die Fremden vor seinem Hause zu grüßen.

«Aleykümselam», antwortete Oktay.

İlhan, dem etwas bekannt vorkommen mochte an der Stimme, die ihn zurückgegrüßt hatte, blinzelte gegen die schmerzhaft in seine Augen hineinstechende Sonne, wölbte dann mit der Hand an der Stirne ein Dach und linste angestrengt in die Gesichter der ungebetenen Gäste.

So sehr vertiefte sich İlhan in sein Studium der Physiognomien von Oktay und Nasrettin, daß er dabei ganz darauf vergaß, den Mund geschlossen zu halten, was fast eine Fliege ausgenutzt hätte, die vom Blinken eines vergoldeten Backenzahns angelockt war.

«Nasrettin», sagte er halblaut und unsicher betonend.

Er räusperte sich, seinen Ton auf die rechte Frequenz zu justieren.

«Was wollt ihr von mir?» fragte er dann.

«Reinkommen», sagte Oktay und war schon mit Nasrettin im Innern der Hütte, ohne die Antwort von İlhan abgewartet zu haben.

Oktay setzte sich an den Tisch, und İlhan blieb sprachlos an seiner Türe, als wäre plötzlich er der Besuch, der darauf wartete, hineingerufen zu werden. Tatsächlich forderte Oktay, nachdem eine ganze Weile keine menschlichen Worte, sondern nur Gänsegeschnatter, entferntes Hundegebell und das Yok-Yook der Truthähne zu hören gewesen, İlhan auf, näher zu treten.

«Hol deine Brüder», sagte Oktay, «denn es geht euch allesamt an, was ich heut mit euch abmachen will.»

«Wo denkst du hin», sagte İlhan, der es immer noch nicht wagte, über seine eigenen Schwelle zu treten. «Burhan ist bei den Tieren, Orhan mit der Kutsche nach Akyaka, bringt Weizen zum Speicher. Bildest dir wohl ein, sie lassen gleich alles stehen und liegen, bloß weil du hier mit deinem Früchtchen und ich weiß nicht was für einem Mut auf unserem Erdboden aufgetaucht bist?!»

«Beruhige dich, İlhan», sagte Oktay vom Tisch, auf den er, nachdem sich Nasrettin zu ihm gesetzt, den Rucksack plazierte. «Daß ich hergekommen bin und Nasrettin mitgebracht habe, in eurem Sinne geschieht das. Wir sind hier, um euch die Blutschuld zu zahlen. Geh also und hol deine Brüder. Und!» rief er İlhan, der sich schon auf den Weg machen wollte, noch hinterher. «Da es, wie du sagst, lang dauern kann, bis du sie findest, sei so gut,

Schwager, uns mit einer Kleinigkeit zu bewirten. Wir wollen dann hier auf euch warten.»

«Es geziemt sich zwar nicht für den Gast, den Wirt an seine Pflicht zu erinnern», wendete Oktay sich Nasrettin zu, «aber mit leerem Magen stirbt's sich nicht gut.»

Das schockierte Nasrettin nicht, im Gegenteil war er nie im Leben so stolz auf sich und seinen Vater gewesen.

Ein Junge, etwa in Nasrettins Alter, brachte ihnen kühles Wasser vom Brunnen. Er trug ihnen noch Tee auf und überließ sie sich selbst, um hinter dem Nachbarhaus, wie İlhan es angeordnet, für die Gäste ein Hühnchen zu schlachten.

Es dauerte seine Weile, bis das Fleisch in einer Soße mit Rosinen und Mandeln gegart war, doch Oktays und Nasrettins Geduld behielt recht, denn nicht nur das Geflügel mundete ihnen auf unvergleichliche Weise, auch der Bulgur, mit Safran und scharfem Paprikapulver zu einer Farbe von Gold und Purpur gekocht, die kleingehackten Tomaten, mit Petersilie, Dill und Zwiebeln vermischt, die frischgebackenen Fladen, selbst der Ayran und die tiefroten Scheiben der Wassermelone schienen ihnen erquickender als irgend etwas, das sie vorher genossen.

Man sagt wohl, es sei unter den Köchen der Hunger der beste, aber diesmal hatte er nicht das Hauptverdienst an der Labung, die ihnen die Mahlzeit verschaffte. Zumindest für Oktay entsprang die Verzückung beim Beißen, Kauen und Schlucken dem Bewußtsein, seinem diesseitigen Gelüst vielleicht ein letztes Mal die Befriedigung zu geben. Er fühlte sich frei gegen seinen Leib, den er mit dem guten Essen für die geleisteten Dienste noch einmal entlohnte und so in gutem Gewissen entließ. Kein Gedanke galt mehr seiner Frau, der er erst am Morgen versprochen hatte, am nächsten Tag zurückzukehren.

Nasrettin wiederum war hingerissen von dem Heroismus des Vaters, der sein Leben nicht festhielt wie der Krämer den Groschen, und so befreite sich auch der Willen des Sohnes in den Wunsch, sich von allem Wollen zu lösen.

Es legte schon die Dämmerung ihre Fänge über das Dorf, als İlhan und seine Brüder erschienen. In den Türrahmen malte sich im matten Abendlicht gräulich İlhans Gestalt, über seinen Schultern wuchsen die Köpfe von Orhan und Burhan und die Mündungen ihrer Flinten hervor.

«Da sind wir», sagte İlhan, dessen Stimme jetzt mit den Brüdern im Rücken sehr sicher und männlich erklang. «Was aus des Vaters Haus an Söhnen geblieben. Sprich also, Oktay: Was willst du von uns?»

Oktays Schweigen und seine ganz und gar friedfertige Gelassenheit verwirrte die Brüder. Sie setzten sich zu ihm und Nasrettin an den Tisch und stellten sogar ihre Waffen beiseite.

«Zuallererst», sagte Oktay, «sei unser Dank für die freundliche Aufnahme, die wir bei euch gefunden, für die köstlichen Speisen und den erquickenden Trunk, mit dem ihr uns eure Gastfreundschaft bewiesen. Dem Geist der Feindseligkeit ein Ende zu machen ist auch für unser Kommen der Grund. Burhan, tu uns den Gefallen, öffne den Rucksack und sieh, was wir euch mitgebracht haben.»

Obwohl Burhan sich überrumpelt fühlte, folgte er Oktays Anweisung.

«Nimm ihn heraus», bat Oktay.

Burhan tat, was Oktay sich wünschte, und reichte den Revolver dann weiter an İlhan, der die Hand danach streckte.

«Ganz schön altmodisch, das Ding», urteilte nach eingehender Untersuchung İlhan über das Mordinstrument. «Türkische Fabrikation. Aber sehr gut gepflegt, das muß man sagen.»

«Wäre es unsere Absicht gewesen», knüpfte Oktay daran, «euch bloß eine Waffe zu schenken, hätten wir gewiß das Neueste und Beste besorgt. Diesen aber kaufte ich bei seiner Geburt für Nasrettin, wie sicher auch ihr es für eure männlichen Nachkommen getan. Nasrettins Hand war im Spiel, und die meines Bruders, als der Schuß fiel, der Kulhan das Leben genommen. Ihr habt seitdem Vergeltung gefordert von uns für den Tod eures Bruders.

Yılmaz, obwohl freigesprochen von der Schuld durch das Gericht, hatte den meisten Grund, eure Rache zu fürchten, und ist damals untergetaucht; wir haben nie wieder etwas von ihm gehört. Auch Niyazi und ich haben, weil ihr uns keine Ruhe gegeben, am Ende Sulakbahçe verlassen, obwohl es zu einem guten Teil unser Werk war und das unserer Väter. Das alles wißt ihr. Unser Leben ist durch die Preisgabe des Sitzes unseres Stammes, unserer Erde und unseres Himmels nicht leichter geworden. Doch konnten wir in der Ferne Meister werden über das Schicksal, uns und unsere Familien ernähren. Aber wer daheim keinen Frieden hat, der findet auch in der Welt keinen. Ob ihr noch damit gerechnet habt oder nicht, heut ist der Tag, an dem wir euch die Blutschuld für Kulhan erstatten.»

Oktay unterbrach sich und fischte aus dem Kleingeld in seiner Tasche die beiden Projektile heraus.

«Hier sind zwei Kugeln», fuhr er dann fort, «eine für mich und eine für meinen Sohn. Unter eurem Dach legen wir uns heute zur Nacht, und auf unserer Lagerstatt sollt ihr uns töten. Mit diesem Revolver.»

Daß Oktay in dieser Manier die Karagöz in aller Form bewaffnete, um an ihm und Nasrettin ihre Vergeltung zu üben, mußte in seiner Wirkung das Allerentwaffnendste sein. Ob die Variante, in der İlhan und seine Brüder tatsächlich eingegangen wären auf die Offerte, ihn und den Sohn hinzurichten in ihren Betten, nur ein Risiko war, das Oktay als geringfügig einkalkuliert hatte, oder ob er anders von ganzem Herzen und von ganzer Seele bereit war zu sterben, ist eine Frage, die sich so, wie sie sich stellt, nicht beantworten läßt. Es traf nämlich, auch wenn sich dies nicht mit den Gesetzen der Logik vereint, beides gleichzeitig zu.

In dem Maß, in dem Oktay mit seinen Worten sich selbst überzeugte, überzeugte er die übrigen Anwesenden auch. İlhan nahm Munition und Revolver vom Tisch, auch Burhan und Orhan erhoben sich von den Stühlen, und so ließen die Karagöz Oktay mit Nasrettin in ihrem Hause allein.

Und kein Gespräch war mehr zwischen den beiden. Oktay holte den Koran von seinem Platz an der Wand und las die Sure Ya Sin. Darauf legte er sich im Nebenzimmer auf das größte der Betten. Nasrettin kroch unter die Decke in einem der kleineren. Ohne Angst und in großem Frieden schliefen sie ein.

Wer keine Ruhe fand in dieser Nacht, das waren die Karagöz.

Der erste, strikt nicht nur die Annahme des dargebotenen Opfers zu verweigern, sondern Oktay und den Seinen für alle Zukunft die Absolution zu erteilen, war İlhan.

«Wenn du zu feige bist, Abi, gib mir den Revolver», meinte Burhan, als sie sich in seiner Wohnung beim Essen berieten, das ihnen, obwohl es haargenau aus den Gerichten bestand, an denen sich Oktay und Nasrettin ergötzt, überhaupt nicht schmecken wollte an diesem Abend.

Burhan brauchte aber das Schießeisen nur eine Minute in seinen Händen zu halten, um sich darüber klarzuwerden, daß er bei aller Niederträchtigkeit und bei der finstersten Heimtücke, mit der sich gerade seine Vorschläge bei den stattgehabten Mordplanungen auszeichnen konnten, nicht imstande war, hinüberzugehen und auf das schlafende Kind abzudrücken.

«Wir müssen an Kulhan denken», unternahm Orhan, der übrigblieb, seinen Vorstoß, bevor das rapide Absinken der Moral bei seinen Brüdern auch ihn paralysierte.

Obwohl es im Grunde seiner Art nicht entsprach, gab İlhan sich Mühe, nach dem Rat des jüngeren Bruders zu handeln, um sich das Bild des jüngsten, von den Öztürks aus ihrer Mitte gerissenen ins Gedächtnis zu rufen. Es wurde dieser Anstrengung aber kein Lohn, denn, sei es der Überreizung seines Nervensystems oder anderer Veranlassung wegen, es wollte ihm in keiner Weise gelingen, die Vorstellung von dem teuren Toten in sich zu erwecken.

«Ich habe den Eindruck», richtete İlhan das Wort an Burhan und Orhan, die weiter ihre Augen geschlossen hielten, um sich besser auf den Gedanken an den Getöteten konzentrieren zu können, «von uns allen steht in der nächsten und stärksten Verbindung zu Kulhan momentan Oktay.»

«Verflucht!» brummte Burhan. «Mir geht es genauso, ich habe dasselbe Gefühl. Aber wie ist es denn möglich? Mit welchem Şeytan steht er im Bunde?»

«Eigentlich habe ich mir geschworen, euch nichts davon zu erzählen», kam Orhan mit seiner Sprache heraus. «Aber vor einiger Zeit erschien mir Kulhan im Traum, und an seiner Seite war Yılmaz. Sofort beschimpfte ich Yılmaz und wollte ihn prügeln, aber meine Arme waren von schweren, unsichtbaren Gewichten gelähmt. Vergeblich suchte ich, sie zu heben und mit ihnen nach Yılmaz zu stoßen. ‹Siehst du, Orhan›, sprach in meinem Traume Kulhan mich an, ‹du kannst Yılmaz nicht schlagen. Es ist nämlich Yılmaz mein Bruder geworden, und ihr habt aufgehört, zu mir in diesem Verhältnis zu stehen.› Nachdem Kulhan mir diese Worte gesagt, war ich ganz zur Säule versteint, konnte nur mit äußerster Kraft die Zunge noch rühren. Ich erkannte aber dies nicht als ein Zeichen dafür, daß alles nur im Traume geschah. ‹Bist du nicht tot?› fragte ich Kulhan daher. ‹Urteile selbst›, nasführte mich das Traumgesicht. ‹Wirke ich vielleicht wie ein Toter? Nimm es nicht übel, Orhan, gewesener Bruder, aber bist du in deiner Starrheit nicht möglicherweise toter als wir? Du mußt versuchen, zurückzufinden ins Leben. Sag es auch İlhan und Burhan. Ihr müßt Yılmaz verzeihen. Nasrettin müßt ihr lieben, den Sohn eurer Schwester, und Oktay verehren, der nicht euer Feind ist, sondern euer Freund und Beschützer.›»

«Flunkerst du?» fragte İlhan sehr streng. «Oder hat Kulhan das wörtlich gesagt?»

«Im Traum», antwortete Orhan.

«Und warum durften wir bislang davon keine Silbe erfahren?» setzte İlhan nach.

«Ich habe mich geschämt», gestand Orhan, «und wollte vor euch nicht als ein Feigling erscheinen.»

«Das warst du aber», urteilte İlhan schnell und entschieden.

«Wir müssen unsere Auffassung wandeln, Brüder, unser Sinn muß sich ändern, auch wenn es uns schwerfällt. Wenn aus dem Paradies Kulhan eine so deutliche Botschaft uns sendet, dürfen wir nicht festhalten an unserem Haß und an der Verfolgung von Yılmaz und seinen Brüdern. Kein Mut gehört mehr dazu, Oktay zu töten. Jetzt brauchen wir all unsere Courage und all unseren Schneid, um ihm die Hand zu schütteln.»

«Es sieht der Koran», gab Burhan zu bedenken, «wenn ich mich recht erinnere an das, was uns Erol damals gepredigt, eine solche Regelung doch ausdrücklich vor. Ich weiß jetzt leider nicht mehr den Vers und die Sure, aber von Entschädigung war dort die Rede, und zwar in reichlicher Form, das hab ich behalten.»

«Selbst das können wir nicht mehr von ihm verlangen», meinte İlhan. «Er bietet uns ja sein Leben und noch dazu das seines Sohnes.»

Auf diese Art schleppte ihre Diskussion sie durch die Nacht, und als das Zwitschern der Vögel, das Krähen der Hähne ihnen verriet, daß die Sonne schon ihr Licht über den fensterlosen Bau goß, war ihre Unterredung dahin gediehen, Oktay aufwecken zu wollen, um ihn zu bitten, mitsamt seiner Familie zurückzukehren ins Dorf und die Plagen und Freuden des Daseins mit ihnen zu teilen.

Oktay rieb sich voll Unglauben den Schlaf aus den Augen und sprach mit gerunzelter Stirn: «Entweder ich bin schon aufgenommen ins Paradies, dann gleicht es aber nicht dem, was der Prophet uns beschrieben, sondern alles schaut grad so aus wie auf der Erde, mit dem Unterschied nur, daß die Finsterlinge engelsüß reden, oder aber ich befinde mich immer noch dort, wo ich mich zur Ruhe gelegt, ihr seid die Brüder Karagöz und weckt mich, euren Hohn und euren Spott mit mir zu treiben.»

«Nein», sagte İlhan zu ihm. «Keins von beiden trifft zu. Auf unserer guten alten Erde sind wir, in unserem gesegneten Dorf, in dem wir alle, die wir hier stehen, geboren. Niemand will dich verspotten. Bei Allah schwören wir es, bei Allah, dem Barmherzigen, dem Erbarmer, daß wir euch verzeihen den Tod unseres Bruders. Und wer sich nach diesem vergeht, den treffe schmerzliche Strafe.»

Als Oktay etwas wacher geworden, zeigte er sich doch glänzend gestimmt über den Verlauf und den Ausgang, den die Dinge genommen. Gleichermaßen war Nasrettin froh, fürs erste am Leben geblieben zu sein. Zwar wollte Oktay nicht sogleich sein Versprechen abgeben, mit Sack und Pack zurückzukehren ins Dorf, um in alter Beschaulichkeit wieder von Ackerbau und Viehzucht zu leben, doch ließ er diesen Tag der Versöhnung mit einem schönen und großen Fest enden, welches das ganze Dorf zusammenführte und dem feierlichen Abschwur der Karagöz von ihrem Blutracheansinnen gegen die Öztürks einen würdigen Rahmen verlieh.

Versöhnungsgeist ist von Nasrettin gefragt auch hier im Zelt zu Beausoleil nahe Monaco. Er muß die Hakan-Projektion von Sandol abstreifen, muß aus dem Haß und der Aggression in den Sport und in die Technik zurück. Sandol wittert seine Chance, füttert noch das Animalische, von dem unser Held besessen ist zu seinem Nachteil, durch Grimassen und Mätzchen. Auf diese Weise bringt Sandol sein afrikanisches Erbe ins Spiel und arbeitet dem Geist, der in Nasrettin tobt, zu mit Urlauten, die seine Schläge begleiten. Das führt aber, der Absicht entgegen, Nasrettin in vernünftiger organisierte und kühlere Regionen seines Bewußtseins und erlöst ihn aus seiner Verwechslung. Was hat Hakan mit Sandol zu tun? Gar nichts mehr in den Augen Nasrettins, für den der Champ den wilden schwarzen Mann abzugeben versucht, um so mehr aber für unser Gefühl, denn beide erscheinen uns als Charaktere des Negativen, die nur darauf aus sind, der Gestalt, mit der wir uns identifizieren, zu schaden. Und leider hat Sandol hier am Ende der fünften Runde mit Hakan auch das noch gemein, daß er Nasrettin überlegen ist. Jetzt muß Nasrettin, zu seinem Glück wieder bei boxerischen Sinnen, die Fäuste zur Doppeldeckung hochschieben. Wie Nasrettin sich von der Obsession aus der Kindheit, von seinem Hakan-Trauma befreit, so legt auch Sandol seinen aus der Naturreligion entlehnten Mummenschanz wieder ab und betätigt sich an seinem muslimischen Gegenüber als christlicher Missionar. Da Nasrettin, dem die linke Backe angeschwollen ist nach dem Treffer aus der vorigen Runde, freiwillig die andere Wange nicht dem Streich darbieten mag, stößt Sandol mit linkem Geraden gegen die deckende Faust und setzt einen gepfefferten rechten auf die geöffnete Stelle. Das wird im Gesicht unseres Helden die Symmetrie wiederherstellen, aber weil er sich ganz darauf konzentriert, seinen leuchtenden, vor Schmerzen glühenden Kopf vor weiteren Treffern zu schirmen, kann Sandol noch einen Aufwärtshaken zum Magen und einen von der Seite hereingezogenen zur Milz landen, bevor der rettende Gong kommt.

Die sechste Runde

Wie Einheit und Wucht des aufstrebenden Osmanentums vernichtet schienen nach Timurs Triumph über Bayezit Blitzstrahls Armeen auf Ankaras Walstatt, so wirkt Nasrettin auf dem Schemel in seiner Ecke gebrochen in seiner Kraft, entfernt von seinem Geist. Aber war nicht jene scheinbar so endgültige Niederlage im Herzen Anatoliens nach dem Interim der Wirren und der Bruderkriege zwischen den Prinzen gefolgt von neuer Konsolidierung, überraschender Okkupation guter und großer Teile Europas, vom nun wahrhaften und noch steileren Aufschwung osmanischer Macht bis hin zur Einverleibung der byzantinischen Hauptstadt? Und muß Nasrettin überhaupt so tief hinabschauen in den Schlund der Geschichte zu einer Erfahrung, die lehrt, daß nach Regen Sonnenschein kommt? War nicht jene verbitternde und deprimierende Periode nach dem tränenreichen Abschied von Oktay abgelöst worden von einem Zustand unerwarteter Gnade, von seinem ersten Besuch beim Vater in Deutschland, vom Auftauchen einer neuen Welt und von ungeträumten Möglichkeiten des Daseins?

Schon daß der elfjährige Knirps Nasrettin mit lauter Erwachsenen in ein veritables Luftschiff einsteigen durfte, dessen Hunderte von Tonnen wiegender Eisenleib leichter als eine Feder dem Himmel zuschwebte und so seinen Spott trieb mit der Gravitation, schon das allein war geeignet, unseren jungen Helden den Lästigkeiten und Begrenzungen seines voraufgegangenen Lebens die Gesetzmäßigkeit aberkennen zu lassen. Aber selbst nachdem die unbegreifliche Maschine, etwas ruckelnd zwar, doch in Anbetracht der im Spiel befindlichen Kräfte unglaublich sacht und präzis wieder aufgesetzt hatte auf den Rücken von Mutter

Erde, scheiterten Nasrettins Maßstäbe an beinahe jeder Erscheinung, und er kam für die Zeit seines Aufenthaltes in Deutschland so gut wie nie aus dem Staunen heraus. Immerhin, der Vater war noch der Vater, es waren der ersehnte Geruch und die Wärme, was ihn umschloß, als Oktay, der hinter der Zollsperre nicht ohne größere Nervosität gewartet hatte auf seinen Sproß, sich zu ihm beugte und ihn mit zitternden Armen umschlang. Wohl entging es Nasrettin nicht, daß der Wagen, in dem Oktay ihn jetzt heimführte vom Frankfurter Flughafen, hier im ebenso rasenden wie störungsfrei fließenden Verkehr auf der Autobahn sich eher lahm und klapprig verhielt. Aber das schmälerte kaum die vergötternde Achtung vor seinem Vater; seine Bewunderung für das Land, das durch immer vorangetriebene Technik die Plagen der Natur und der Armut hinter sich ließ, wurde weiter gestärkt.

Das Ziel dieses letzten Abschnitts von Nasrettins Reise bildete eine bei Bonn gelegene «Industriestadt im Grünen», wie sie sich nannte. Das Gebäude, vor dem Oktay seinen altersschwachen Ford Taunus jetzt anhielt, wurde von drei vollzähligen türkischen Familien sowie von acht, gleich Oktay das deutsche Arbeitergastrecht allein in Anspruch nehmenden Männern bewohnt. Es hatte vorzeiten einer kleinen bäuerlichen Wirtschaft gedient und war dann irgendwann von jenem um sich greifenden chemischen Großunternehmen aufgekauft worden, für das Oktay arbeitete. Letztlich hatte es die Immobilienverwaltung des Konzerns bis zur Ausführung des geplanten Abbruchs Oktays Kollegen und Vermieter Bülent überlassen zu günstigen Bedingungen, in welche die Genehmigung zur Weitervermietung einzelner Räumlichkeiten an Landsleute eingeschlossen war.

Der Oktay zugefallene Teil von Bülents Reich bestand aus einem Kämmerlein unter dem Dach mit dem Ausmaß von drei Metern im Geviert. Ein Gaubenfenster gab Aussicht auf die ehemaligen Felder des Hofs, auf denen nun ausgemusterte Kräne und Stahlträger vor sich hin rosteten, und dahinter auf die rauchenden Schlote und Werkhallen der Fabriken. Oktays schlichte Einrichtung setzte sich aus einem Schrank, einem Bett, einem Tisch und einem Stuhl zusammen. Ein Waschbecken war eigens auf seinen Wunsch und auf seine Kosten installiert worden, und von der Decke hing schmucklos eine Glühbirne in ihrer Fassung. Für Nasrettin hatte er eine zweite Matratze angeschafft, die schoben sie tagsüber hinter den Schrank und legten sie erst zum Schlafengehen neben das Bett.

Ganz ähnlich waren im Dachgeschoß die übrigen Strohwitwer und Junggesellen untergebracht. Im ersten Stock lebten zwei Familien aus Erzurum und aus Kars, das Parterre wurde von einer neunköpfigen bewohnt, die aus Erzincan stammte. Zu ebener Erde befand sich auch gleichsam das Herzstück, die Seele des Hauses, die vormalige Waschküche, in der Hülya, Mutter von sieben Kindern, stämmig und stark wie ein Ackergaul, vom frühen Morgen bis in den Abend mit heiserem Geschrei ihr Regiment führte. Sie allein nährte 29 Personen aus ihren gigantischen Töpfen, denn die beiden Mütter aus dem oberen Stock arbeiteten in der Fabrik, die heranwachsenden Mädchen gingen zur Schule und kamen ihr erst am Nachmittag beim Waschen und Kochen zu Hilfe.

Der dreißigste nun, der gespeist wurde aus den von Hülyas fleißigen Händen gefüllten Schüsseln, war Nasrettin, und obgleich er jedes einzelne der Gerichte kannte von Sevim, so schmeckte doch plötzlich Bulgur nicht mehr wie Bulgur, Börek nicht mehr wie Börek. Worin der Unterschied lag, das hätte Nasrettin genau nicht zu bestimmen gewußt, aber der leise Widerwillen gegen die gewohnten und doch nicht gewohnten Speisen aus Hülyas Küche bereitete seinen Gaumen schon vor auf den sensationellen Eintritt in eine komplett neue Geschmackswelt, den er noch in der ersten Woche seines Aufenthaltes vollziehen sollte.

Es hatten die Sommerferien noch nicht begonnen, und so sah Nasrettin sich während der Vormittagsstunden ganz auf sich selbst gestellt. Diese Zeit der Aufsicht der Kleinkinder zu widmen, wie Hülya ihm vorschlug, dazu wollte Nasrettin sich nun doch nicht verstehen. Da wäre er lieber gleich in Kars geblieben, um die eigenen Geschwister zu hüten. Deutschland kennenzulernen, sich mit dessen Einrichtungen vertraut zu machen, die Denkweise dieses Volkes zu erkunden, das waren seine Absichten. Wer aber sollte den Jungen herumführen und unterweisen, da in Bülents Hause scheinbar niemand abkömmlich war?

An Hülya wandte sich Nasrettin mit dieser Frage, da er aus lauter Langeweile doch bei ihr gelandet war in der Küche, wo sie vorgekochte Weinblätter mit Gemüsereis füllte und nebenbei mit Ellbogen und Füßen drei Wiegen mit Säuglingen am Schwingen hielt. Daß sie, obgleich sich bald das zehnte Jahr füllte, das sie unter dem wolkenreichen Himmel Deutschlands verbracht, noch nicht ein einziges Gespräch mit einem Deutschen geführt, war ihr Geständnis. Es hätte ihr dazu, wie sie erklärte, die Fähigkeit, nämlich eine Zunge, die Worte nach deutscher Weise zu formen, gefehlt; andernteils wäre aber auch der Mangel an Gelegenheit vollständig gewesen. Wo der Kontakt mit Deutschen nicht zu vermeiden, bei den Behörden oder beim Arzt, hätte ihr Mann sie begleitet und an ihrer Stelle gesprochen. Selbst ihre in Deutschland geborenen Kinder hätte sie zur Welt gebracht, ohne in der Klinik ein Wort mit den Hebammen und Pflegerinnen zu wechseln.

«Tja, Nasrettin», sagte sie halb resigniert, halb trotzig und schob ihre fertiggewickelten Dolmalar vom Brett in den Topf. «Bei mir bist du an keiner guten Adresse. Einen hätten wir ja, der – sehr zu meinem Leidwesen! – mit uns ist in diesem Hause, der Deutsch spricht und versteht und viel Umgang hat mit ihnen, wenigstens mit einer ganz bestimmten Sorte davon. Und er hätte auch Zeit für dich, kleiner Nasrettin, im Gegensatz zu uns anständigen Menschen. Zeit, o ja, Zeit! Zeit hat er die Menge, er besteht sozusagen aus Zeit, denn Dinge, die sinnvoll wären, bei denen irgend etwas Ordentliches und Vernünftiges herauskommen könnte, die faßt er gar nicht erst an. Schule? Wo käme man hin? Arbeit? Pfui! Da wälzt er sich lieber auf dem Sofa bei seinen Eltern. Ein böses Ende wird es nehmen mit ihm. Aus dir, Nasrettin, soll eines Tages was werden. Also nimm dich in acht. Sehe ich dich auch nur ein einziges Mal zusammen mit diesem Burschen, ich gehe schnurstracks zu deinem Vater.»

Es war zwangsläufig, daß Hülya mit jedem ihrer Worte den Gegenstand ihrer Verachtung anziehender machte für Nasrettin. Daß er im Begriff stand, vom Pfad der Tugend abzuzweigen, auf dem er bislang so beispielgebend gewandelt, und sich in Richtung auf das moralisch Seichte bewegte, läßt sich schon daran ablesen, daß er nicht freiheraus sprach, was er dachte, als Hülyas kleine Predigt gewirkt hatte auf ihn, sondern vielmehr sich verstellte, nur ganz beiläufig und ohne jede Betonung, als handele es sich einzig darum, für den Fall einer etwaigen Begegnung gewappnet zu sein, nach dem Namen desjenigen fragte, den man meiden mußte um jeden Preis.

«Hakan», gab sie zur Antwort.

«Das ist ja ulkig», sagte Nasrettin, «wir hatten in Kars auch so einen bösen Jungen, der hieß genauso.»

Die Erinnerung an den Vorfall, der ihn den Besitz von Oktays Füllfederhalter gekostet, versetzte ihn ohne Übergang in eine Stimmungslage von bedrückender Ernsthaftigkeit.

«Ist es eventuell möglich, daß die beiden, also dieser Hakan hier, von dem du sprichst, und unser Hakan in Kars, daß sie einer sind, und zwar derselbe?»

«Aus Kars sind sie jedenfalls beide», sagte Hülya.

«Ist er stark?» fragte Nasrettin deshalb, um vielleicht von dieser Seite einen Anhaltspunkt zu gewinnen.

«Sehr stark», antwortete Hülya, «das ist ja gerade das Furchtbare an ihm. Man traut ihm zu, daß er Bäume ausreißt, und dabei ist er längst nicht ausgewachsen. Ich glaube, er ist eben erst fünfzehn geworden. Woher er diese Kräfte hat, weiß sein Freund, der Teufel. Von harter Arbeit jedenfalls nicht, soviel steht fest.»

Nasrettin sah schon, daß es keinen Zweck hatte, durch fortgesetzte Befragung Hülyas die Identität der beiden Hakans gültig klären zu wollen, und weil sich in diesem Moment aus einer der Wiegen Geschrei erhob, das Hülyas Aufmerksamkeit fürs nächste ganz in Anspruch nahm, entfernte er sich ohne Abschied, um hinter dem Haus im Freien die aufregende Neuigkeit mit sich zu beraten.

Nein, bei Lichte besehen, kam es eigentlich doch nicht in Frage. Die deutschen Entsandten hatten doch dort im türkischen Osten einen jeden der Kandidaten auf Herz und Nieren geprüft. Ausgeschlossen, daß der Vater eines solchen Schurken sich bei all diesen Tests hätte durchmogeln können. Andererseits, zwang Nasrettin sich zu bedenken, war Mogeln und Vortäuschen ebendas, worauf sich diese Leute am besten verstanden. Wer wollte sich dafür verbürgen, daß man nicht auch die Deutschen, wenn man es darauf anlegte, betrügen und hinters Licht führen konnte, ja, unter Umständen eher sogar als die türkischen Amtsleute, die nicht selten selbst einen Einschlag ins Spitzbübische zeigten.

Ein Skandal jedenfalls war's, falls es sich so verhielt. Das allerdings mußte zuerst einmal sichergestellt werden. Nasrettin gab sich einen Ruck und lief hinauf in den ersten Stock, wo die Familie aus Kars wohnte. Nur versuchsweise probierte er die Klinke und wurde erschreckt von seiner Courage, als die Tür sofort nachgab und ihn ins Innere lud. Das Domizil des mutmaßlichen Kriminellen und seines Anhangs war von einer ins Auge stechenden Reinlichkeit, und es roch hier seltsamerweise gar nicht wie bei Leuten zu Haus, sondern mehr wie in einem Geschäft.

Vor der Schrankwand in Buchenholzimitat auf der Couch der wohnzimmerlichen Polstergarnitur lag Hakan.

Es war dies der Moment, da sich die Frage nach der Identität des vormaligen Füllfederräubers mit dem jetzigen Parasiten von selbst beantwortete – oder höchstens noch als philosophisches Problem fortbestand. Denn freilich war der, der da vor Nasrettin in bis auf die Schuhe vollständiger Straßenkleidung unter einer dünnen Wolldecke die Süßigkeit mittäglichen Schlummers genoß, nicht mehr der, der vor Jahr und Tag Şerafettin und ihm aufgelauert hatte. Nasrettin konnte, da Hakan sich im Schlaf wälzte und ihm das Gesicht zudrehte, bereits Ansätze von Bartwuchs erkennen. Um den Überraschungseffekt nicht zu vertun, rückte er den schweren Couchtisch mit der Platte aus falschem Marmor beiseite und baute sich vor Hakan in Kampfstellung auf. Der, geweckt von diesem Manöver, blinzelte ungläubig, aber in keiner Weise erschrocken nach den ihn bedrohenden Fäusten.

«Wag es noch einmal, nach mir zu spucken!» sprach ihn Nasrettin an. «Und zuallererst: Gib den Füllfederhalter heraus!»

Hakan schien dem, was er da mit halbgeöffneten Wimpern sah, nicht mehr Realität beimessen zu wollen als einem Traum und legte den Kopf zurück auf sein Kissen. Diese Mißachtung machte Nasrettin so wütend, daß er den anderen am Hemd packte und ihn wild zu schütteln begann.

«Wach endlich auf, du schlaffer Sack, und kämpfe mit mir», knirschte er.

«Kämpfen?» wiederholte Hakan, dessen Besinnung allmählich vollständiger wurde.

Nasrettin löste seine Hände aus dem Stoff von Hakans Hemd, machte einige Schritte rückwärts und nahm wieder Kampfpositur ein.

«Aha! Ein Boxer», war alles, was Hakan dazu einfallen wollte.

An der Rückenlehne des Sofas zog er seinen Oberkörper hinauf, schenkte seine Beachtung aber immer noch nicht Nasrettin, sondern ließ vielmehr suchend seine Blicke über das frei gewordene Stück Teppich vor ihm gleiten, derweil er sich sein Hemd zurechtzupfte. Es war die Schachtel mit seinen Zigaretten, wonach er fahndete. Sie war vom Couchtisch gefallen und neben der Armlehne des Ruhemöbels gelandet. Hakan konnte sie mit ausgestrecktem Arm vom Boden angeln, ohne deshalb vom Sofa aufstehen zu müssen, und Nasrettin erkannte sorgenvoll, wie beträchtlich seine Reichweite war.

Hakan nahm eine Zigarette aus dem Paket und steckte sie sich in den Mund. Um sie anzünden zu können, wäre ihm sein Feuerzeug vonnöten gewesen, doch fühlte er sich zu schläfrig, um eine neue Suche zu starten, und so wandte er sich an Nasrettin mit

Geste und Blick. Nasrettin blieb starr hinter seinen deckenden Fäusten.

«Hast du etwa kein Feuer?» sagte Hakan in einer Mischung aus Tadel und Mitleid. «Oder willst du mir vielleicht sagen, du rauchst immer noch nicht?! Du hast dich doch sonst nicht übel entwickelt, seit wir uns das letzte Mal sahen.»

«Ich bin hergekommen, um Rechenschaft von dir zu fordern, nicht um mit dir zu plaudern. Übrigens bin ich Sportler, und deswegen rauche ich nicht.»

Nasrettin bedauerte, überhaupt gesprochen zu haben. Er spürte, daß seine Gefechtsbereitschaft sich schon aufgeweicht hatte dadurch.

«Rechenschaft, Sportler, soso», nahm Hakan die Stichworte auf mit spöttischer Miene. «Großartig! Wirklich großartig! Wäre es möglich, daß du vorher mir in aller Sportlichkeit ein wenig von dieser Rechenschaft ablegtest? Denn üblich scheint es mir nicht, daß man am hellichten Tag in die Wohnung fremder Menschen eindringt und dort die Möbel verrückt. Und wie, zum Henker, bist du überhaupt nach Deutschland gekommen? Woher kanntest du meine Adresse?»

Hakan erhob sich von seinem Lager, und Nasrettin, der mit einem schnellen Schritt rückwärts darauf reagierte, wurde gewahr, daß der Größenunterschied zwischen ihnen sich nicht verkürzt hatte, sondern im Gegenteil noch angewachsen war seit ihrer letzten Begegnung.

«Steh da nicht so albern herum», sagte Hakan. «Du stößt gleich noch die Vase aus dem Regal. Komm lieber her und hilf mir, den Tisch wieder dahin zu stellen, wohin er gehört.»

Obwohl zögernd, kam Nasrettin, und gemeinsam trugen sie den Couchtisch zurück an seinen Platz. Dabei trat auch das vermißte Feuerzeug wieder zutage.

«Was ist mit meinem Füllfederhalter?» sagte Nasrettin, fast schon mehr, um sich selbst, als um sein Gegenüber daran zu erinnern.

«Du wirst es nicht glauben», erwiderte Hakan, «aber es tut mir aufrichtig leid, denn es war wirklich ein ganz erlesenes Stück. Aber was soll ich machen? Ich hab ihn nicht mehr. Paß auf … Wie heißt du eigentlich?»

Hakan brach in Heiterkeit aus, als er den Namen seines Anklägers hörte.

«Nasrettin? So heißt man doch nicht. Das ist eine Witzfigur. Kennst du den, wo der Nasrettin Hoca sich einmal eine ganz besonders schöne Leber gekauft hatte? Du mußt wissen, daß der Hoca, von dem du den Namen hast, für sein Leben gern Leber aß, nichts ging ihm darüber.»

«Das weiß jeder», unterbrach Nasrettin. «Ich kenne allein fünf Geschichten, die so anfangen, daß der Hoca sich ein Stück Leber gekauft hat.»

Jetzt spreizte sich Nasrettin schon vor Hakan und arbeitete sich auf diese Weise aktiv voran in sein Verhängnis.

«Gut», meinte Hakan, «die erzählst du mir dann. Doch hör zuerst meine. Der Nasrettin Hoca hatte sich also eine Leber gekauft und war diesmal besonders glücklich, nicht nur, weil sie ausnehmend frisch und wohlriechend war und er sie außerdem noch selten günstig erstanden hatte, sondern vor allem deshalb, weil er gerade an diesem Tag von einer neuartigen und sehr vielversprechenden Zubereitungsart erfahren hatte, die er gleich auszuprobieren gedachte. Auf dem Nachhauseweg kam er jedoch an einem Baum vorbei, auf dem ein Rabe saß, der ebenfalls ganz außerordentlich für frische Leber schwärmte. Und ehe der Hoca sich versah, hatte der Rabe ihm die schöne Leber aus den Händen gepickt und flog damit fort. Aber der Hoca lachte nur und rief dem Raben schadenfroh hinterher: ‹Du hast zwar die Leber, aber was nützt sie dir denn?! Das Rezept, das habe ich!›»

Damit hatte Nasrettin am allerwenigsten gerechnet, daß Hakan ihm Schwänke seines Namenspatrons auftischen würde, noch dazu solche, die in seinem Inventar nicht aufgeführt waren.

«Du lachst ja gar nicht», stellte Hakan mit Betroffenheit fest.

«Hat sie dir nicht gefallen, meine Geschichte? Du kanntest sie schon. Oder hast du sie am Ende gar nicht verstanden?»

Soweit käme es noch, dachte Nasrettin mit Ingrimm bei sich, daß du mich zum Lachen brächtest mit deinen Witzen. Zu seinem Mißbehagen hatte er für den Moment keinen Schwank vom Nasrettin Hoca parat, mit dem er Hakan ausstechen konnte.

«Schau, Nasrettin», sagte Hakan mit sehr warmer Stimme, «es ist doch ganz einfach: Die Leber, das ist dein Füller, der Rabe bin ich. Und du, steh zu deinem Namen und mach nicht ein so saures Gesicht. Was hätte mir dein Füller schon nützen können, wo ich es doch niemals erlernt hab, das Lesen und Schreiben?»

Tatsächlich ging Nasrettin das Fabula docet erst jetzt, nach Hakans Erklärung auf, aber zum Lachen war ihm deshalb noch immer nicht.

«Sei nicht traurig, mein Freund», wurde er von Hakan getröstet. «Ich sagte dir ja, daß ich diesen Füller nicht herzaubern kann, soviel er dir auch bedeutet. Aber ich möchte dir etwas anderes schenken.»

Aus der Tiefe seiner Hosentasche zauberte Hakan jetzt ein Taschenmesser hervor und hielt es Nasrettin hin.

«Was soll ich damit?» fragte Nasrettin.

«Nimm es», bat Hakan. «Als wir uns das letzte Mal trafen, wäre es dir von größerem Nutzen gewesen als dein Schreibgerät.»

Es war ein Schweizer Offiziersmesser, und Hakan führte es Nasrettin vor wie ein begabter Handelsvertreter, demonstrierte die Säge, wies den Korkenzieher vor und erklärte, wie er mit dem Spezialwerkzeug, das er zum Schluß herausklappte, sollte es ihn einmal in die Wildnis verschlagen, sich aus dem Fell eines Tieres Kleider nähen konnte. Nasrettin hatte das bestimmte Gefühl, sich unmittelbar vor einem Sündenfall zu befinden mit unabsehbaren und nicht revidierbaren Folgen, deswegen blieb er stur und hielt, statt nach dem Messer zu greifen, die Arme weiter gekreuzt vor der Brust.

Hakan pfiff anerkennend.

«Also, diese Probe bestehst du besser als die mit dem Gleichnis vom Raben und von der Leber. Bist doch nicht gar so unbedarft, wie du tust. Du hast recht, ein Messer gibt man nicht von der Hand in die Hand. Das bringt Unglück.»

Sprach's und legte es mit offenstehender Klinge zwischen Nasrettin und sich auf den Tisch.

Eigentlich nur, um Hakan zu demonstrieren, daß er mit den diversen Artikeln des Aberglaubens bestens vertraut war, aber ein wenig doch aus Neugierde auch, hob Nasrettin die Errungenschaft des eidgenössischen Militärwesens vom Tisch und nahm nun eigenhändig seine Inspektion daran vor. Anschließend legte er die Danaergabe zurück auf den Tisch.

«Du willst es nicht annehmen als mein Geschenk», schloß Hakan daraus. «Ich muß zugeben, du steigst von Minute zu Minute mehr in meiner Achtung. So jung, wie du bist, hast du es dennoch zu einer mehr als bemerkenswerten Kenntnis jener Gesetze gebracht, die man nur durch die Erfahrung und den Umgang mit gestandenen Männern erwirbt. Abermals handelst du klug, denn eines dieser Gesetze besagt, daß derjenige ein Mißgeschick auf sich herabbeschwört, der von einem anderen ein Messer nimmt, ohne dafür zu zahlen. Gib mir also eine Mark, dann hast du es von mir gekauft und kannst dich unbesorgt daran erfreuen.»

«Nein», sagte Nasrettin kurz und gefiel sich darin, daß er Hakan klipp und klar etwas abschlagen konnte.

«Also gut», ging Hakan auf diese Weigerung ein. «Dann gibst du mir eben fünfzig Pfennig. Die Höhe der Summe spielt keine Rolle dabei.»

«Fünfzig was?» fragte Nasrettin erstaunt.

«Na, du bist mir recht», lachte Hakan auf, «was eine Mark ist, das weißt du, aber für die Pfennige interessierst du dich nicht. Paß auf: die Pfennige, das sind die Kleinen. Hundert davon sind eine Mark. Du hast wohl überhaupt noch kein deutsches Geld in den Fingern gehabt?»

«Ehrlich gesagt, nein», gab Nasrettin zu.

«Dann kannst du mir natürlich auch nicht das Messer bezahlen. Nasrettin, das ändern wir gleich. Geld ist hier das Wichtigste, alles dreht sich in Deutschland ums Geld. Sie haben da so ein Sprichwort: Hazde vaz, bizde vaz. Komm jetzt, wir müssen meiner kleinen Schwester, die eine Sau mästet in ihrem Zimmer, Visite abstatten, denn das Tier leidet an seinem Übergewicht.»

Hakan war bereits aufgestanden.

«Was ist mit dem Messer?» fragte er ungeduldig. «Nimmst du es endlich? Wir können es mit deinem Füller verrechnen.»

«Nein!» rief Nasrettin voll der Empörung. «Das kommt überhaupt nicht in Frage! Die Feder zu geben im Tausch gegen das Schwert! Hast du vor, einen Banditen zu machen aus mir?»

«Beruhige dich, Nasrettin», beschwichtigte Hakan. «Steck das Messer ein. Ich habe keine Lust, es länger herumliegen zu sehen.»

Zwar machte Nasrettin sich noch leise Vorwürfe ob seiner Weichherzigkeit, doch gab er Hakans Drängen am Ende nach und nahm das Messer zu sich.

«Den Füller bleibst du mir trotzdem schuldig», stellte er vorher noch zur Bedingung.

Hakan führte Nasrettin in das Schlafzimmer seiner kleinen Geschwister. Das Gemach war kaum geräumiger als jenes, das Oktay im Dachstuhl bewohnte, und beherbergte sechs Betten. Auf der schmalen Fensterbank stand ein Sparschwein, das Hakan von seinem Platz holte, bevor er sich damit auf eines der Bettchen setzte, wozu er den Kopf einziehen mußte.

«Alles Schweine, die Deutschen», sagte er, indem er das Porzellantier in beide Hände nahm und Nasrettin dessen Schnauze vor das Gesicht schob. «Und unsere Leute haben nichts Besseres in ihrem Kopf, als von ihnen die Schweinesitten abzugucken und fleißig nachzuahmen.»

Das gesprochen, rüttelte Hakan das Sparschwein und pfiff vergnügt, als er die Münzen schwer darin rasseln hörte.

«Sei ein Lieber», sagte er zu Nasrettin, «und borg mir eben dein Messer.»

Nasrettin merkte wohl, daß er in einen Sumpf hineingerutscht war, spürte aber auch, daß er durch heftige Gegenbewegung nur noch tiefer hineinsinken konnte. Was war nun schlimmer? Daß sie das ekelhafteste der Tiere zum Götzen erhoben und ihm den Bauch füllten mit dem angebeteten Geld oder daß Hakan darangging, die Ersparnisse seiner kleinen Schwester zu plündern? Daß er von seinem Todfeind ein Geschenk angenommen oder daß er dies wieder auslieh, damit es einem Verbrechen als Werkzeug dienen konnte? Es hat keinen Sinn, dachte er sich, das Böse nicht sehen zu wollen, den Kopf wegzudrehen, die Augen zu verschließen davor, denn es geschieht. Wie soll man bekämpfen, was man nicht kennt? Ist nicht auch die Polizei gezwungen, intimste Bekanntschaft mit dem Verbrechen zu schließen, um es aus der Welt verbannen zu können? Wichtig in alledem ist, sich nicht zu verwechseln und zu wissen, wer man selber ist ...

«Träumst du?» riß ihn Hakan aus diesen Reflexionen. «Ich brauche das Messer.»

Nasrettin entschuldigte sich sogar für seine Unaufmerksamkeit, bevor er es aus der Tasche zog und es neben Hakan auf die Decke des Kinderbetts legte.

«Dieses Spezialwerkzeug», dozierte Hakan, indem er es hervorklappte und sich damit am Schlitz des Sparschweins zu schaffen machte, «ist nicht nur gut, um sich damit im Dschungel einen Smoking zu schneidern, es ist auch vorzüglich geeignet zur Operation bestimmter übermäßig gemästeter Tiere. Wir sind gerade zur rechten Zeit gekommen, Sportsfreund!»

Hakan hatte schon die erste Münze aus dem Leib des Schweinchens befreit.

«Numismatik!» sagte er stolz und hielt Nasrettin zwischen Zeigefinger und Daumen das Geldstück vor die Nase. «Das ist ein Fünfmarkstück, auf deutsch gesagt: Heiermann. Merk's dir: Hayer-Man.»

Nasrettin sprach es ihm nach.

«Und das von vorhin?» prüfte Hakan.

«Hazde vaz, bizde vaz.»

«Da hätten wir doch schon einiges», sagte Hakan, der innerhalb kürzester Zeit ein ansehnliches Häuflein von Münzen aus dem Leib des Sparschweins auf das Kopfkissen seiner Schwester gefördert hatte. Das Kupfer und die Groschen steckte er wieder zurück in den Schlitz, das Silber ließ er, ohne es durchgezählt zu haben, in die Tiefen seiner Hosentasche gleiten.

«Was macht es für einen Unterschied, ob meine Schwester nur *glaubt,* ihr Erspartes sei in dem Topf, oder ob es sich auch realerweise darinnen befindet, wenn sie es hineintut, weil sie es auf gar keinen Fall anrühren will? Na, besser ist es schon, wenn wir uns ein wenig bedienen und etwas davon zurückbringen in die Zirkulation. Deshalb hinein in die Schuhe, und ab ins Vergnügen.»

Hinein mit dem Mundschutz, und ab ins Geprügel, heißt es auch jetzt und hier im Zelt zu Beausoleil nahe Monaco, denn «Ring frei!» hat der Sprecher verlangt. Sandol durchmißt die Diagonale von seiner roten Ecke zu Nasrettins blauer in dem geschäftigen Schritt eines Zirkusdieners, der geschwind ein stehengebliebenes Gerät der voraufgegangenen Nummer aus der Manege entfernt, denn er ist überzeugt, seinen Gegner so weichgeklopft zu haben, daß er bei der leisesten Berührung umkippen muß. Weil er glaubt, daß es sich bloß noch um die Formsache des Todesstoßes handelt, bereitet er nicht einmal mehr vor mit der Führhand, will nur mit einem finalen rechten Geraden zum Kopf Nasrettin in die Dunkelheit schicken. Nasrettin duckt diesen Stoß ab, und bevor Sandols Faust das Ende des langen Luftwegs erreicht, jagt Nasrettin ihm im Takt des Preßlufthammers und mit durchaus vergleichbarer Intensität auf die Leber drei linke Haken.

Kaum sind die ersten zehn Sekunden der sechsten Runde geboxt, da zeigt sich das Blatt zur Gänze gewendet. Nasrettin, auf den vor dem letzten Gong keiner der 5000 Anwesenden noch einen Franc hätte wetten wollen, ist obenauf. Sieht die sechste Runde unseren Helden als den Eroberer, als den Fatih, der ungekannte Geschütze aufführt und jedes Bollwerk zerbombt?

Von dem historischen Fatih zu reden, so wäre für Mehmet II. «Der Umsiedler» als Beiname vielleicht nicht weniger passend gewesen. So wurde bei der Einnahme von Aksaray durch die osmanischen Truppen, die ihren Sieg wie stets den Janitscharen verdankten, nahezu die komplette Einwohnerschaft gezwungen, zur Bevölkerung des auf den Trümmern Konstantinopels aufwachsenden İstanbuls ihren Beitrag zu leisten. Das Viertel, das ihnen seinerzeit angewiesen wurde als Heimstatt, trägt bis heute den Namen der von ihnen verlassenen karamanischen Stadt.

Karaman war neben Konstantinopel für Mehmet II. der stärkste der von ihm niederzuringenden und niedergerungenen Feinde. Wir teilen des Fatihs hohe Einschätzung seines Sieges über die Macht von Konya, schon weil die Ausschaltung dieses Rivalen um die Kontrolle über Kleinasien nicht wie die Eroberung Konstantinopels auf den ersten Rutsch glückte, sondern erst in einer Folge von nicht weniger als vier Kriegen zu ihrer Entscheidung gebracht werden konnte. Die Unterwerfung und Auflösung der karamanischen Dynastie, ihre gewaltsame Einfügung in den osmanischen Staat, das war für Mehmet II. nicht allein ein Gebot erster Ordnung in geopolitischer Hinsicht, da die Karamaniden ihre Bündnispartner vorzugsweise unter den Ungläubigen erwählten und immer wieder Geheimabkommen mit der päpstlichen Liga schlossen. Es verschob sich in der Folge auch glaubenspolitisch-islamisch der Akzent. Waren die Einvernahme Konstantinopels und die spätere Verlegung des Regierungssitzes von Edirne nach İstanbul notwendig verbunden mit einer Aufwertung der Stellung von Christen und Juden im Reich, so mußte mit den erbitterten Kriegen gegen das kızılbaşisch-şiitische Karaman zwangsläufig eine starke Sunnitisierung des osmanischen Staatsgeistes einhergehen, von der subkutanen Byzantisierung durch den Antritt des Erbes des Römischen Reiches zu schweigen. Es soll nicht vergessen werden, daß Mehmet II. sich als legitimer und logischer Nachfolger Alexanders des Großen fühlte, und schon von hier versteht sich, warum der Fatih solches Augenmerk hatte auf das beständige Durcheinanderwirbeln und Umschichten der Völkerschaften in seinem Reich. Gepaart mit den Zwangsumsiedlungen war schon jetzt eine Strategie der Auflösung şiitischer Knoten und Verbindungen, während gegen die nichtmuslimischen Religionen tolerantes Verhalten zur Staatsräson wurde. Mit der Einführung des Millet-Systems ging der Fatih über das, was Toleranz zu nennen ist, sogar noch hinaus um einen bedeutenden Schritt. Angefangen mit den Griechisch-Orthodoxen erhielten peu à peu alle Konfessionen der Christen und Juden ihr eigenes Millet, in dessen Schranken sie ihre Angelegenheiten selbst verwalten durften. Die Patriarchen und obersten Rabbiner wurden zu tragenden Stützen des osmanischen Herrschaftsgefüges.

Es war Mehmet II. eine Maxime, dem Gegner unter allen Umständen seine Absichten bis zum Augenblick des Zustoßens verborgen zu halten. Auch seinen eigenen Leuten war es strengstens verboten und verschiedentlich mit dem Tode bezahlt, den Fatih nach dem Kriegsziel zu fragen, wenn er das Heer mobilisierte. Ein Kadıasker, nachdem er einige Stunden neben dem Sultan geritten, war in eine vertraute Stimmung mit ihm geraten, und es entschlüpfte ihm die am strengsten verbotene Frage. Darauf Mehmet II.: «Wüßte um meine Anschläge ein einziges Haar meines Bartes, ich würde den ganzen Bart ausreißen und ihn verbrennen.»

Italien mußte gleichermaßen auf der Hut vor ihm sein wie Ägypten. Nicht zufällig hatte er dem Sohn, der sein Sultanat erben und fortführen sollte, den Namen Bayezits gegeben, der Yıldırım genannt worden war ob seines Vermögens, wie ein Blitz zwischen dem europäischen und dem asiatischen Kampfschauplatz zu wechseln. Solcher Beinarbeit wollte der Fatih sich erst recht rühmen dürfen. Daß er nie stürzte, obgleich er etwa durch den ärgerlichen Skenderbeg, der ihn zeit seines Lebens in Guerillakriege verwickelte, im albanischen Hochgebirge schmerzlichste Niederlagen hinnehmen mußte, lag daran, daß er im Unterschied zu seinem Urgroßvater Bayezit nie dem Größenwahn verfiel. Er war Päderast und dabei durchaus kein Weichling, sondern im Gegenteil berüchtigt für sein Vergnügen an Massenermordungen von Gefangenen und Zivilisten, zudem jedoch ein Beschützer der Weisen und großzügiger Stifter von Heimen für Waisen. Selbst ein Gelehrter und Verfasser von Versen, ein Dichter in seinen Maßen sogar.

1481 ließ der Fatih noch einmal sein ganzes Heer hinübersetzen von İstanbul nach Üsküdar. Keines der Haare in seinem Bart wußte, wem dieser Anschlag galt, und auch der Nachwelt ist die Absicht dieses Feldzugs verborgen geblieben, denn schon wenige Tage nach dem Aufbruch aus der von ihm eroberten und mit Menschen aus allen Teilen des Reiches bevölkerten Stadt entstieg die Seele dem Leib des ruhmreichen Sultans und überlieferte sich der Gnade Allahs.

Durch dies unvermutete Ableben fanden sich nicht allein seine Heerführer in die erheblichste Verlegenheit gebracht, da ja keiner von ihnen eine Ahnung besaß, auf welchen Feind sie angesetzt waren; es hatte auch für Bayezit und Cem, die beiden Prinzen, die stets mit Grauen erwartete Stunde geschlagen, denn was Bayezit Blitzstrahl aus Eingebung noch auf dem blutgetränkten Amselfelde abgetan, nämlich die Ermordung des eigenen Bruders, das war, neben vielerlei Bestimmungen für die Administration, durch Mehmet II. zu einem Gesetz geworden, das dem Thronfolger vorschrieb, die gleichberechtigten Anwärter aus dem diesseitigen Teil der Welt zu entfernen. Nicht ohne Recht hat man die Einführung dieses Artikels in die Staatsverfassung als einen der unmenschlichsten Züge im Wesen des Fatihs betrachtet, auch wenn man nicht verkennt, daß er diese Maßregel als Antwort auf die bitteren Erfahrungen der Bruder- und Bürgerkriege im Anschluß an die Niederlage gegen Timur getroffen hatte.

So standen die Dinge am 3. Mai 1481, als Mehmet II. seine Erobereraugen schloß. Praktisch war die Entscheidung darüber, wer regieren und wer sterben sollte, in die Hände des Großvezirs gelegt, da ihm die Aufgabe zufiel, die Söhne vom Hinscheiden ihres Erzeugers zu unterrichten. Wer als erster die Nachricht empfing, hatte die größere Chance, als erster in İstanbul zu erscheinen, um seinen Ansprüchen Geltung zu verschaffen.

Auch was das höchste Amt im Staate betraf, hatte sich Mehmet II. als ein Neuerer gezeigt, denn unter seiner Herrschaft war es erstmals nicht nur zur Absetzung und Wiederberufung, sondern sogar zur Hinrichtung von Großvezirlern gekommen. Es ist daher ausgesprochen verständlich, daß Karamanlı Mehmet Paşa, der beim Tod des Fatihs den Posten innehielt, alles daransetzte, den ihm gewogeneren Kandidaten zu begünstigen, indem er Sorge trug, daß er den dezisiven Vorsprung erhielt.

Vorderhand galt es, den Erbfall in Geheimnis zu hüllen, schon um Unruhen der Janitscharen vorzubeugen und ihre Einmischung in die Frage der Nachfolge zu unterbinden. Der Großvezir ließ daher verlauten, der Sultan sei plötzlich erkrankt und müsse zum Zweck seiner Genesung in die Hauptstadt zurück, wohin er dessen Leichnam im geschlossenen Wagen transportierte. Sobald er mit der Sultansleiche im Gepäck dort angelangt war, ordnete er die Konfiskation sämtlicher Schiffe auf dem Bosporos an, um die Verbindung zum Heerlager in Üsküdar zu kappen.

Von İstanbul befanden sich beide Prinzen in etwa gleicher Entfernung. Cem war nach der endgültigen Niederwerfung Karamans zum Statthalter ernannt worden und residierte in Konya, derweil Bayezit den traditionellen Prinzensitz zu Amasya innehielt. Schon weil er aus Karaman stammte, wo der zweiundzwanzigjährige Cem als Repräsentant der verhaßten Osmanen sein Regiment auf solche Art führte, daß er die Vorurteile seiner Untertanen in kürzester Zeit zerstreute und sich außerordentlicher Popularität erfreute, versprach sich Mehmet Paşa von diesem Sohn des Eroberers alles, von dem erstgeborenen in Amasya hingegen weniger als nichts, weswegen der Bote nach Konya zwei Tage vor demjenigen abging, der Bayezit über den Tod des Vaters verständigen sollte. Um auch den letzten Eventualitäten zu wehren, kommandierte Mehmet Paşa noch die in der Hauptstadt verbliebenen Einheiten der Janitscharen über das Wasser an das asiatische Ufer mit dem Auftrag, an der Elefantenwiese eine baufällige Brücke instand zu setzen, was sich jedoch als Verhängnis erwies, da die Betroffenen alles durchschauten und die eben vom abgebrochenen Feldzug heimkehrenden Kameraden mit der Nachricht vom Tod des Fatihs empfingen. Das nächste war, daß die Janitscharen sich gewaltsam Zugang zu den beschlagnahmten Booten verschafften, übersetzten und plündernd in ihrer Hauptstadt wüteten, gerade als wären eben die Mauern Konstantinopels gefallen. Karamanlı Mehmet Paşa holten sie aus dem Palast und erschlugen ihn auf offener Straße.

Es hätte ihn aber auch in anderem Falle sein Schicksal baldigst ereilt, da der Bote, der zu Cem unterwegs war, von einem Schwager Bayezits eingeholt und aufgehalten wurde. Bayezit konnte, von den Truppen des Bruders unbehelligt, in İstanbul einziehen und den Vater bestatten, worauf er nach allen Regeln des Zeremoniells zum zweiten Sultan des Namens gekürt wurde. Cem raffte auf die Schnelle seine verfügbaren Waffenmänner zusammen und zog gegen Bursa. Die Stadt, in welcher der Gründer und Namensgeber der Dynastie beerdigt war, ergab sich dem Prätendenten, und es sah ganz danach aus, als sollten sich die Schreckensszenen wiederholen, mit denen das Jahrhundert begonnen hatte. Jedoch war es Bayezit II. bei Antritt seiner Regierung gelungen, sich die Janitscharen zu verpflichten, indem er ihnen die erbetene Verzeihung für die Ermordung des Großvezirs gewährt und die gleichzeitig erhobene Forderung nach einem Geldgeschenk ohne Zögern erfüllt hatte. Sie dankten es ihm, indem sie mit vermehrter Tapferkeit gegen die Anhängerschaft Cems fochten. Diesem blieb nur der Rückzug in südöstlicher Richtung, woraus bald eine Flucht gen Syrien wurde.

Der überaus freundliche Empfang, der Cem in Damaskus und darauf noch ehrenvoller, noch glänzender in Kairo bereitet wurde, von wo aus er seine Wallfahrten nach Mekka und Medina unternahm, mußte die Mamluken von İstanbul aus gesehen natürlich in die denkbar ungünstigste Beleuchtung stellen, und es war diese Protektion des Thronnebenbuhlers der erste Schritt auf dem Weg, der in rascher Beschleunigung zur Auslöschung des Geschlechts tscherkessischer Herrscher am Nil führen sollte. Ermutigt durch den Sancakbeg von Ankara, der ihm anbot, gegen Bayezit II. gemeinsame Sache zu machen, startete Cem von Aleppo aus einen neuen Versuch, Anatolien unter seine Kontrolle zu bringen, doch wurde der Überfall mit solcher Wucht zurückgeschlagen, daß dem Glücklosen, an die Küste Kilikiens gedrängt, wiederum die Frage vorlag, bei welchem Feind der Osmanen sich wohl der sicherste Unterschlupf finden ließe.

Sein Instinkt riet ihm zur Flucht nach Iran, jedoch überredeten ihn seine Berater, sich an das Beispiel Musas zu halten, was bedeutete, die Anstrengung darauf zu richten, im europäischen Teil des Reiches Fuß zu fassen, um von dort zu gegebener Zeit den Sturm auf die Kapitale zu wagen. Als eine erste Station bot Rhodos sich an.

Nun hatten die frommen Ritter dort sich und ihr Eiland seit je in kluger Mischung aus List und Gewalt gegen die Osmanen zu erhalten vermocht, und so kamen sie im Kapitel überein, daß die Anwesenheit Cems für den frischgebackenen und in seiner Verhaltensart durchaus nicht einzuschätzenden Sultan eine Provokation darstellen mußte, die den Orden leicht seine Existenz kosten konnte. Ratschluß war, das ebenso kostbare wie gefährliche Pfand in eines ihrer Klöster nach Frankreich zu expedieren, während der Großmeister gleichzeitig einen Geheimvertrag mit der Pforte aushandelte, der den Johannitern jährlich einen Betrag von 45 000 Dukaten zusicherte als Gegenleistung dafür, daß der Sultansbruder im Gewahrsam des Ordens verblieb. Wir erkennen hierin das diplomatisch-weiche Gemüt Bayezits II., dessen Sinn, sehr im Gegensatz zu dem seines Vaters, stets auf Ausgleich und Vermeidung von Konfrontation gerichtet blieb. Kein Zweifel, daß, wären die Johanniter etwa auf den Gedanken verfallen, einen Bruder des Fatihs mit Thronansprüchen bei sich zu beherbergen, jedes einzelne Haar im Bart des Eroberers bestens gewußt hätte, was zu tun gewesen wäre, nämlich eine Flotte zu rüsten, die versammelte Streitmacht die paar Seemeilen hinüber auf die Insel zu werfen und nicht eher zu ruhen, bis der letzte Christ von ihr vertilgt worden wäre.

So also wurde Cem nach Nizza verschifft, sein Gefolge aber hielt man auf Rhodos zurück. Als der Gesandte des Padişahs eintraf, das vereinbarte Kostgeld für den Gefangenen zu erlegen, zog er zusätzlich ein allerniedlichstes Präsent aus seinem Gepäck. Der Großmeister wäre beinahe in Ohnmacht gefallen vor Staunen und Glück, als er das schmucke Kästlein aus Zypressenholz öffnete und darin das Seidentüchlein aufschlug. Was machte der Sultan, das Oberhaupt der vermaledeiten Muselmanen, ihm da für ein Geschenk?! Die rechte Hand des heiligen Johannes wurde ihm überreicht! Selbige hatte bis zum Fall Konstantinopels über fünf lange Jahrhunderte ihre Obhut im Kloster Petreion gehabt und war nach der Eroberung, da sich der Respekt vor Reliquien durchaus verträgt mit dem Islam, sichergestellt worden. Nun kam durch göttliche Fügung diese rechte Hand, genauer, die Knochen, welche übrig von ihr, in die rechten Hände, will sagen, in diejenigen des Ordens, der ihren ehemaligen Besitzer zu seinem Patron erklärt hatte. Und war nicht das kriegerische Gefolge Cems im übertragenen Sinne seine rechte Hand gewesen, die man jetzt abgehackt seinem Bruder als Zeichen der Dankbarkeit zurücksenden konnte?

Cem hätte vielleicht gerne seine veritable Hand im Tausch für die Freiheit gegeben, aber er saß in Nizza fest und erfreute sich ihres Gebrauchs, indem er sie Verse zu Papier bringen ließ. Doch interessierte man sich für ihn in Europa nicht so sehr ob seiner lyrischen Qualitäten, vielmehr schien er geeignet, die Galionsfigur abzugeben für den soundsovielten, jetzt aber endlich erfolgreichen Kreuzzug wider das Türkengeschmeiß. Zu gleicher Zeit traten der König von Frankreich, die Souveräne von Ungarn und Neapel sowie der Papst mit dem Johanniterorden in Verhandlungen ein. Das war eine geradezu satanische Verlockung für dessen Großmeister d'Aubusson, die Versteigerung zu eröffnen, aber seine mit Frömmigkeit vereinigte Ritterlichkeit hielt seinen Widerstand aufrecht, und er begnügte sich vorläufig mit den 45 000 Dukaten, wie sie alljährlich aus İstanbul kamen.

Bayezit II. bot dem König von Frankreich Preziosen aus seinem Reliquienschatz, den Schwamm und die Lanze der Kreuzigung, die Dornenkrone sogar, aber Karl VIII. wollte hiervon nichts wissen und ordnete an, Cem, der inzwischen sieben Jahre in einem von den Johannitern eigens für ihn erbauten Turme geschmachtet, nach Italien zu überführen und dem Gewahrsam des Papstes zu überlassen. Der Großmeister gab seinen goldbringenden Gefangenen nur ungern heraus, erhielt aber als Kompensation für die ausfallenden Zuwendungen der Pforte vom Papst umfängliche Privilegien für seinen Orden und einen Kardinalshut für sich persönlich.

Als Geisel und Drohung wider den übermächtigen Herrn im Osten, nun nicht mehr in den Händen der schwertführenden Mönche, sondern in denen von Gottes Stellvertreter auf Erden, überlebte Cem seinen neuen Besitzer. Der nachfolgende Papst, Alexander Borgia, in der Bemühung, die vatikanische Politik dem Gepräge der Renaissance anzupassen, gab das Konzept der Kreuzzüge mit allen vorhandenen Plänen in die Archive und suchte das Problem des unter Arrest befindlichen Sprosses des Eroberers von Konstantinopel einer sachlich-praktischen Lösung zuzuführen. Er tat, was unter seinen Vorgängern als verwerflichster Frevel gegolten hätte und nach ihm nicht wiederholt worden ist: Er schickte einen Botschafter an den Stellvertreter Satans ober der Erde, sprich, an den Sultan. Die Offerte, die er unterbreiten ließ, lautete dahin, entweder zu der früher mit dem Großmeister der Johanniter getroffenen Vereinbarung zurückzukehren und gegen ein jährliches Entgelt von 45 000 Dukaten Cem sein verwirktes Dasein hinter Schloß und Riegel im Vatikan fristen zu lassen oder aber gegen Zahlung einer Summe von 300 000 Dukaten den Zankapfel gleich jetzt zu beseitigen.

Bayezit II., aufs angenehmste überrascht durch solch offenherzige und realistische Rede gerade von dieser Seite, zögerte nicht mit seiner Einwilligung und votierte für die zweite der zur Auswahl gestellten Optionen. In vorbildlicher Vertragstreue brachte man denn das zweibeinige Politikum zu einem Ende, das für alle Betroffenen, ausgenommen den Allerbetroffensten selbst, das friedliebendste war: Cem wurde vergiftet. Der Gesandte Bayezits II. übergab die 300 000 Dukaten und durfte dafür den Leichnam mitnehmen. So wurde Cem die Ehre eines zweiten feierlichen Einzugs in Bursa zuteil, diesmal allerdings mit den Füßen voraus. Hier wurde er an der Seite Murats II. zur ewigen Ruhe gebettet.

Vielleicht nicht gerade zur ewigen, aber wenigstens doch zu einer zehnsekündigen Ruhe könnte Nasrettin den Europameister jetzt betten. Die Lebertreffer zeigen Wirkung. Sandol deckt das angeschlagene Organ, indem er den rechten Ellenbogen herunterzieht, was seine Schulter verkrampft.

Nasrettins Doppelschläge kommen so schnell, daß Sandol glauben muß, einen vierarmigen indischen Gott vor sich zu haben. Der linke Haken zur Schläfe, gegen den Sandol im Reflex seine Rechte hochreißt, wird praktisch gleichzeitig mit dem geschlagen, der die entblößte Leber trifft.

«Nachsetzen!» ruft Röder hinauf, und das tut Nasrettin schon. Sandol müßte ausweichen, aber die Seile schneiden ihm hinten den Weg ab. Wie ein großes Tuch möchte er sich über Nasrettin stülpen. Schärfer als je in einem Kampf erkennt Nasrettin die Schwachstellen seines Pendants, und bevor dessen Krakenarme seine Schultern umschließen, bringt er dem vorgebeugten Sandol einen rechten Aufwärtshaken unter das Kinn. Sandols Kopf wird nach oben katapultiert, und der Schrei, der aus 5000 Kehlen wie ein einziger fährt, scheint das Zelt über der Arena in die Luft heben zu wollen.

Als hätte ein jeder der Zuschauer einen öztürkischen Uppercut unter die Kinnlade bekommen, hebt es sie aus den Stühlen, ein Höllengekreisch sich überschlagender Stimmen zieht wie ein apokalyptischer Strudel alle Anwesenden mit in das Gemetzel hinein. Frontal und nur noch von den Seilen gehalten hat Nasrettin Sandol vor sich, was heißt, daß er dessen Leber jetzt auch mit seiner starken Rechten erreicht, was, kaum daß er's gesehen, auch schon passiert ist. Für Sandol gibt es keinen Rückzug mehr und keinen Gegenangriff. Nasrettin trommelt wie auf einem Sandsack auf ihm herum. Sandol kann nicht mehr stehen, kann auch nicht fallen, weil das die Seile und Nasrettins Serienschläge verhindern.

Nicht, daß wir's ihm nachfühlen möchten, was er in diesen Sekunden erlebt, was uns ja auch weder moralische noch literarische Pflichten abnötigen können, da schließlich nicht er, sondern Nasrettin unser Held ist, aber verständlich ist's irgendwie, daß er von seinem letzten Mittel Gebrauch macht und mit dem Kopf stößt, mit der Stirn Nasrettins Nase einhaut.

Derlei Situationen bringt das Leben nun einmal hervor, und um uns selbst davor zu schützen, daß wir in solchen Zwangslagen wie Sandol instinktiv das Verbotene wählen, müssen wir uns beizeiten, solange wir nämlich noch über eine Entscheidung verfügen, an das Verzichten gewöhnen.

Damals auf der Treppe in Bülents Haus zeigten sich die Kräfte der Verlockung denen der Beherrschung des Selbst überlegen, denn Oktays hoffnungsvoller Sohn stiefelte los, und weil er bis dahin aus dem Bereich des ehemaligen Bauernhofs kein einziges Mal herausgekommen war, prickelte, als er zwischen Brennesseln und blühenden Holundersträuchern Hakan auf dem Trampelpfad zu ihrer Bushaltestelle folgte, in ihm die Erregung. Fast gleichzeitig mit ihnen traf auch der Omnibus ein. Nasrettin hatte den Eindruck, das Fahrzeug käme frisch aus der Fabrik, so blitzblank glänzten der Kunststoff der Sitze und das Chrom der Haltestangen und Griffe. Motor und Stoßdämpfer machten so gut wie keine Geräusche, und Nasrettin glaubte eher auf einer Wolke zu schweben, als in einem Bus über den Fahrdamm zu rattern. Die Fensterscheiben waren so sauber geputzt, daß er sie anfassen mußte, um sicherzugehen, daß es sie gab. Sonderbare Kästen aus grünlackiertem Metall fielen ihm auf, und er fragte Hakan, was deren Aufgabe war. Der machte aber nur mit der Hand eine Bewegung, um zu bedeuten, es lohne sich nicht, daran Interesse zu wenden. Trotzdem brachte Nasrettin es in Erfahrung, denn über den Kästen war eine Tafel angebracht, welche die Fahrgäste nicht nur in deutscher, sondern unter anderem auch in türkischer Sprache belehrte, man habe die Fahrausweise selbst zu entwerten.

«Lies mal, was da steht», sagte Nasrettin, nicht wenig befriedigt, bei der Erforschung der Landessitten Hakan so schnell etwas vorausgewonnen zu haben, und wies mit dem Finger nach der Spalte unter dem roten Viereck mit Halbmond und Stern.

«Du weißt ja, Nasrettin», sagte Hakan, «ich bin nie so ein großartiger Leser gewesen.»

Nasrettin trug ihm den Passus aus den Beförderungsbedingungen vor.

«Siehst du», reagierte Hakan darauf, «manchmal ist es gar nicht so schlecht, sich mit dem Buchstabenkrempel nicht zu belasten. Ein schöner Idiot müßte ich sein, wenn ich eine Fahrkarte kaufte, und womöglich dazu gleich noch eine für dich. Es fragt ja keiner danach.»

«Wer ohne gültigen –», wollte Nasrettin von seinem frisch erworbenen Wissen über rechtliche Folgen noch weitergeben an Hakan, aber sie waren schon zum Bahnhofsvorplatz gekommen.

«Hier steigen wir aus», sagte Hakan und schwang sich zur Türe.

«Das ist also die Stadt», sagte Nasrettin ein wenig ungläubig, als er sich umgeschaut hatte.

Er hatte sich die Häuser etwas höher, die Straßen etwas breiter vorgestellt. Menschen waren nur sehr spärlich zugegen, auch Autos fuhren nur hier und da.

«Ja», klärte Hakan ihn auf. «Es nennt sich Stadt, aber es ist nur ein elendes Kaff. Das Beste siehst du hier vor dir. Es ist der Bahnhof, denn von da fährt der Zug in die richtige Stadt. Den nehmen wir jetzt.»

Als sie das dürftige Stationsgebäude betraten, kam Nasrettin das Gewissen zurück.

«Nein, Hakan», sagte er, «ich kann nicht mit der Eisenbahn fahren. Ich habe doch kein Geld und kann mir deshalb keine Fahrkarte kaufen.»

Hakan wollte wissen, ob sein Begleiter unter einem Gehörschaden litt. «Außerdem», führte er fort, «siehst du selbst, daß es nicht vorangeht am Schalter, und unser Zug muß jeden Moment kommen.»

Er hatte es noch nicht zu Ende gesprochen, da hörten sie schon, wie er einlief ins Gleis, und sie mußten rennen, um ihn zu erreichen. Mit Bedacht wählte Hakan für sie die Plätze am hintersten Ende.

«Dies hier ist ein D-Zug», setzte er Nasrettin auseinander, als sie ausgeschnauft hatten. «Von hier ab fährt er durch bis in die richtige Stadt. In der Regel kontrolliert der Schaffner auf diesem letzten Stück seiner Strecke nicht mehr. Falls wir Pech haben und er herkommen sollte, um uns Scherereien zu machen, rede los, was dir einfällt, und streite mit mir. Ich brülle zurück, weil du behauptest, daß ich die Fahrkarten habe, während ich dem Schaffner Stein und Bein schwören kann, daß du sie eingesteckt hast. Du darfst bloß nicht lachen dabei. Entweder gibt er auf nach einer

Weile, oder wir müssen das Spielchen forttreiben, bis der Zug in den Bahnhof einfährt. Da muß der Schaffner sowieso runter zum Bahnsteig, und wir machen ebenfalls unseren Abgang, und zwar möglichst hurtig und in die andere Richtung. Kapiert?»

Ja, Nasrettin hatte kapiert, nämlich daß er sich Hakan ausgeliefert hatte auf Gedeih und Verderb.

In der großen Stadt wurden sie aus den Lautsprechern auf dem Perron willkommen geheißen. Hier nun, in der auf mächtigen Stahlbögen mit Glas bedeckten Halle, konnte man sich über Mangel an Getriebe nicht mehr beklagen. Tausenderlei Stimmen und Zungen schwirrten durcheinander, ununterbrochen wurden ein- und ausfahrende Züge gemeldet, von allen Seiten schoben und drängelten Menschen heran. Nasrettin hatte seine liebe Not, Hakan in dem Gewühl nicht zu verlieren. Obwohl die Menge ihn mehrere Male verschluckt hielt für lange, bange Sekunden, konnte Nasrettin sich doch immer wieder an ihn heranarbeiten und gelangte glücklich mit ihm auf den Platz vor dem Bahnhof.

«Ich muß zuallererst etwas Eßbares haben», sagte Hakan, «bevor ich meine gute Laune verliere, und du könntest, glaube ich, auch mal was andres vertragen als den Fraß, den ihr von Hülya vorgesetzt kriegt.»

Dem pflichtete Nasrettin bei, und so schlossen sie sich nicht dem Menschenstrom an, der sich aus dem Bahnhofsgebäude an der Kathedrale vorbei in die Schlucht zwischen den Kaufhäusern ergoß, sondern schlugen ihre Richtung entgegengesetzt ein, wo sie durch eine Unterführung auf eine kleine Straße gelangten, die von Trödelläden, schmuddeligen Speisegaststätten und Spelunken gesäumt war.

Hatten die Menschen, die vom Bahnhof nach den Kaufhäusern strebten, mit ihren gepflegten Anzügen, den modisch geschnittenen Röcken und Blusen, den Schuhen aus wertvollem Leder und mit den süßherben Parfüms bei Nasrettin einen Eindruck mondäner Eleganz hinterlassen, so war auf dieser Seite das Publikum auffallend ärmlich gekleidet. Besonders der fahle, manchmal rotstichige Teint der Gesichter fiel Nasrettin auf.

«Ist es wahr», sagte er zu Hakan, während sie an den Wirtshäusern entlangschlenderten, aus deren geöffneten Türen und Fenstern die Musik schmalziger Schlager zu ihnen drang, «daß die Deutschen Schweinefleisch essen? Daß sie diese Tiere regelrecht züchten und mästen, um sie zu schlachten und zu verspeisen?»

«Schau sie dir an», bemerkte Hakan dazu. «Sie futtern das unreine Fleisch von morgens bis abends. Kein Wunder, daß sie irgendwann aussehen wie Schweine. Und vor allem so riechen. Selbst die Kinder.»

«Und sie werden nicht krank, wenn sie Schweinefleisch essen?» wollte Nasrettin wissen.

«Na», meinte Hakan, «sagen wir mal, sie sterben nicht gleich davon. Aber besonders gesund wirken sie nicht.»

«Hast du es probiert?» fragte Nasrettin.

«Niemals», antwortete Hakan, und es freute und beruhigte Nasrettin sehr, daß er sich wenigstens in diesem Punkt so grundsätzlich zeigte.

«Aber versteh mich nicht falsch», erläuterte Hakan. «Das heißt nicht, daß ich das deutsche Essen in Bausch und Bogen verabscheue. Nein, ganz im Gegenteil. Sie haben da einige Dinge hervorgebracht, die ich mein Lebtag nicht mehr missen möchte. Eine dieser Speisen sollst du gleich kosten.»

Die Imbißstube, die Nasrettins Guide anvisiert hatte, war schon zu ihrer Linken. Hakan schien mit dem Pächter, dessen aufgequollene, satt rosafarbene Wangen mit dem auffällig schweinsartigen Rüssel dazwischen die eben aufgestellte ernährungsphysiologische These geradezu erschreckend mit Exempel belegten, in sehr vertrautem Verhältnis zu stehen, denn der Mann wischte sich eigens an seinem über und über mit Fett bespritzten, ursprünglich wohl weißen Arbeitskittel die Hand ab, bevor er sie zu freundlichster Begrüßung über die Glastheke reichte.

Auf Hakans Order schüttete der Gastronom aus einem Plastiksack einen Haufen kleiner blaßgelber Stangen in einen Drahtkorb, den er in eine farblose, mit lautem Zischen sprudelnd Blasen aufwerfende Flüssigkeit senkte.

«Und du bist sicher, daß du auch heute meine Currywurst nicht probierst?» richtete der Wirt an Hakan das Wort, wobei er sich mit dem Handrücken den Schweiß von der Stirnglatze rieb. «Du weißt nicht, was dir entgeht. Von Nippes und Kalk, von Mühlheim und Porz kommen die Leute zu mir, nur um eine Currywurst zu essen. Das ist also eine Spezialität und wird nächstens in den Reiseführern erwähnt.»

«Da ist Schweinefleisch drin», konstatierte Hakan.

«Allerdings ist da Schweinefleisch drin», gab der andere zurück. «Deswegen schmeckt sie so gut. Was du überall kriegst, das ist Knochenmehl mit aufgeweichtem Brot, in ein Stück Plastik gequetscht. Meine ist aus echtem Darm, und der ist mit feinstem Fleisch hausgemästeter Schweine gestopft. Wenn du schon nicht weißt, was gut ist und schmeckt, sollte doch wenigstens dein kleiner Freund erfahren dürfen, was eine leckere deutsche Currywurst ist.»

Nasrettin sah, wie er mit flinkem Griff den Drahtkorb heraushob aus dem siedenden Fett. Die Stangen hatten ihre Farbe verändert, und Nasrettin hätte selbst im Laboratorium eines Alchimisten nicht mehr zu gaffen gehabt, denn sie waren unter der Prozedur wahrhaftig golden geworden. Der Magier schwenkte und rüttelte die veredelten Stäbe in ihrem Korb, bis das Fett abgetropft war, stürzte sie dann in eine Plastikschüssel, die er mit der Linken ergriff und gleichfalls rüttelte und schwenkte, während seine Rechte darüber Salz rieseln ließ.

Auch die Verteilung der Delikatesse auf die beiden Schalen, deren gestanzte Ränder an den vier Ecken zierliche Wellenform zeigten, geschah mit solcher Übung, daß es weder etwas zu korrigieren gab, noch daß ein einziges Stäbchen in der Schütte zurückgeblieben wäre. Schon hatte der Eskamoteur beide Hände in eine Blechschachtel getaucht, aus der sie mit winzigen Gabeln aus farbigem Kunststoff zwischen den Daumen und den Zeigefingern in die Höhe stiegen, um auf die jeweils zuoberst liegende Fritte niederzusausen wie bei der Corrida die Banderillas in den Rükken des Stiers.

Wie man den kleinen plastenen Dreizack einsetzen konnte, das demonstrierte Hakan Nasrettin einzig, um ihn sogleich beiseite zu legen.

«Das beeinträchtigt bloß den Geschmack», kommentierte er dies. «Die richtige Art, Pomfrit zu genießen, ist, sie mit den Fingern zu essen. Die Deutschen machen es inzwischen auch fast alle so. Obwohl, du wirst es noch beobachten können, sie haben eine eigenartige Hemmung, ihre Nahrung mit der Hand zum Munde zu führen. Ich habe sogar schon welche gesehen, die ihr Brot mit Messer und Gabel verspeisten.»

«Und? Wie schmeckt's?» Fasziniert beäugte Hakan das hurtige Verschwinden der gesamten Portion in Nasrettins Mund.

Traurigkeit schlug auf Nasrettin nieder, als er sein Schälchen leer vor sich sah, und mit solch erbarmungswürdiger Deutlichkeit malte sie sich auf seinem Gesicht, daß Hakan, ohne ihn noch zu fragen, gleich die nächste Portion für ihn bestellte.

Nasrettin erkundigte sich, was eigentlich der Grundstoff für diese alles Dagewesene aus dem Feld schlagende kulinarische Kreation sei.

«Kartoffeln», sagte Hakan, ohne erst diejenige, auf der er kaute, hinunterzuschlucken.

«Aber das ist ja nicht möglich», hielt Nasrettin dagegen, «Kartoffeln schmecken doch ganz anders.»

«Wenn man sie kocht.»

Nasrettin wäre ohne weiteres in der Lage gewesen, noch eine dritte, vierte und viele weitere Schalen in sich hineinzustopfen, aber Hakan griff in seiner Hosentasche nach Schwesterleins Kleingeld und beglich ihre Rechnung.

Als die beiden jungen Türken sich entfernt hatten aus seinem Laden, da grinste der Imbißverkäufer sehr verschmitzt, und dem nächsten Kunden, der hereinkam, um eine Taschenflasche Doppelkorn von ihm zu erwerben, vertraute er den Grund seines Triumphgefühls an.

«Wissen Sie», sagte er zu dem Gast, «warum die Muselmänner aus der ganzen Stadt ausgerechnet zu mir pilgern, wenn sie Gelüst haben auf eine Schale Pommes? Es sind nicht die Kartoffeln. Den Geschmack beim Fritieren, den macht das Schweinefett.»

Hakan und Nasrettin wußten nichts von dem Schweinefett, das mit trojanischer List Eingang in ihre Mägen gefunden; sie fühlten sich ausgezeichnet nach der kleinen Stärkung und setzten vergnügt ihren Stadtbummel fort. Willig schloß sich Nasrettin an seinen Führer an und fragte sich, was er wohl als nächste Sensation bereithielt für ihn. Doch als sie auf ihrem Weg eine Schreibwarenhandlung passierten, deren Schaufenster Nasrettins neugierige Blicke anlockte, gefror ihm für eine Sekunde das Blut, weil dort nämlich Füllfederhalter ausgelegt waren.

«Ich muß sofort zurück», sagte er mit bebender Stimme zu Hakan. «Wenn mein Vater aus der Fabrik kommt, und er findet mich nicht zu Hause, dann gibt es ein Unglück.»

«Quatsch», meinte Hakan. «Wir gehen jetzt ins Kino, oder wir schauen uns auf dem Boulevard die Mädchen an.»

«Ein andermal, Hakan, nicht heute», flehte Nasrettin mit Inständigkeit.

«Das ist wohl noch nichts für dich», sprach Hakan streng, «die Stadt und das wirkliche Leben. Hock dich in die Küche unter Hülyas Röcke, da wirst du bestimmt am schnellsten erwachsen.»

«Gut denn, Hakan», sagte Nasrettin, als er sich einigermaßen wieder in Fassung gebracht. «So lasse ich dich hier allein. Erklär mir, wie ich zum Bahnhof zurückfinden kann.»

Ein gar so ausgemachter Unmensch wollte Hakan nun auch wieder nicht sein, und er erbot sich, Nasrettin noch bis zu seinem Zug zu geleiten. Es erleichterte Nasrettin stark, daß Hakan, bis sie den Bahnhof erreicht, es sich anders überlegt hatte. «Du hast mir die Lust schon verdorben», sagte er mürrisch. «Fahren wir also gemeinsam.»

Auf der Rückfahrt geschah das Unwahrscheinliche. Es erschien von unvermuteter Seite der Schaffner und verlangte, ihre Fahrausweise zu sehen. Nasrettin spielte die ihm von Hakan zugewiesene Rolle miserabel, und der Bahnbeamte durchschaute die Intrige im ersten Moment. Er war aber weit davon entfernt, deswegen von Pasaporten und Polis zu schwadronieren, faßte sich im Gegenteil deutsch und knapp in dem einzigen Wort:

«Raus!»

Der Zug hielt eben an einer kleinen Nebenstation. Da Nasrettin den Befehl nicht verstand und Hakan keine Anstalten machte, ihm Folge zu leisten, beschloß der patente Mensch kurzerhand, den kleineren der beiden Schwarzfahrer beim Schlafittchen zu packen und ihn vor die Tür zu setzen.

«Das dürfen Sie nicht!» krakeelte Hakan, der ihnen nachfolgte, aber auf dem Trittbrett verharrte, während unter ihm auf dem Perron der Schaffner Nasrettin dringendst ermahnte, sich nie wieder erwischen zu lassen von ihm.

«Wir sprechen also auch deutsch», wandte er sich darauf an Hakan. «So komm einmal zu mir herunter, damit ich dir sagen kann, was ich darf und was nicht.»

Hakan fiel darauf herein, stand neben Nasrettin und schaute ebenso verdutzt wie dieser dem Zug hinterher, dem der Schaffner das Signal gegeben und auf den er sich beim Abfahren wie ein Voltigierer geschwungen hatte.

«Na, der hat uns schön angeschmiert.»

Es lag in Hakans Stimme mehr anerkennende Hochachtung denn Verdruß oder Scham, als er das sagte. Um Nasrettins Contenance aber war es endgültig geschehen.

«Halt's Maul, Hosenscheißer», wies ihn Hakan zurecht. «Durch dein Geplärre kommen wir gewiß nicht schneller nach Hause.»

«Wie weit ist es denn noch?» fragte Nasrettin, nicht mehr weinerlich.

«Mit der Bahn wären es vierzehn Minuten», gab Hakan ihm Auskunft. «Zu Fuß sind es schätzungsweise zwei bis drei Stunden.»

«Dann bin ich verloren», stellte Nasrettin fest.

«Unsinn», widersprach Hakan. «Man ist nicht verloren, solange man lebt. Leben, das bedeutet: Eine Tür schließt sich, und eine andere geht auf.»

Diese Weisheit war Nasrettin für den Augenblick zu abstrakt, er sah nicht die Anwendung auf die Situation, in der sie steckten.

«Vorwärts, mein Kleiner», trieb Hakan ihn an. «Dieser Bahnsteig ist nicht der Platz, an dem ich alt werden möchte. Wer wagt, gewinnt. Es wird uns schon irgend jemand über den Weg laufen, der uns weiterhilft.»

Sie kamen in eine Neubausiedlung. Zwanzigstöckige Betonburgen ragten in den Himmel hinauf und schauten auf Parkplätze, Grünanlagen und Kinderspielplätze herunter. Auch einen umzäunten Bolzplatz gab es, auf dem ein Dutzend Jungen in Nasrettins Alter kickten und sich dabei mit den Namen berühmter Fußballer riefen. Diesen hatte Hakan von ferne erspäht und schritt mit Nasrettin zielstrebig hinzu. Auch ihr Erscheinen wurde von weitem bemerkt und führte auf den Ruf «Achtung, da kommen Türken!» zu einer prompten Unterbrechung des Matchs.

Als sie schlendernden Schrittes das Innere der Käfigarena betraten, sicherte einer der Torhüter den wertvollen Lederball, und die übrigen postierten sich wie beim Freistoß als Mauer davor. Ehe Hakan das Wort an die Fußballer richtete, hatte er fachmännischen Auges die an dem Zaun lehnenden Fahrräder gemustert, darunter den wackersten Drahtesel ausgemacht und ihn zum Vehikel ihrer Heimkehr erkoren.

«Wir würden gerne mitspielen», sprach er scheinheilig zu der Riege, die sich vor ihnen aufgestellt hatte.

So viele Kehlen darin, so viele Einwände machten sich Laut. Hakan hatte nicht Hände genug, sie einzeln zu stoppen.

«Schon gut, schon gut», sagte er einlenkend. «Dann spielt eben ohne uns weiter. Aber zuschauen dürfen wir wohl.»

Dagegen zu lamentieren fiel schwer, und Hakan zog sich mit Nasrettin, dem Spielfluß nicht länger hemmend im Wege zu sein, an den Rand des Feldes zurück, wie zufällig dorthin, wo die Fahrräder standen. Die Jungen nahmen das Spiel wieder auf; man stritt sich nur, welche der Mannschaften vor der Unterbrechung im Ballbesitz gewesen war. Nasrettin, der erst jetzt Gelegenheit fand, Hakan ob der Vergeudung der ihm so kostbaren Zeit heftige Vorhaltungen zu machen, wurde energisch Schweigen geboten.

«Sei still und tu genau, was ich dir sage.»

Hakan wartete nur noch auf eine Situation, die seinem Vorhaben günstig sein konnte, und eine solche trat auch bald ein, als vor dem entfernteren Tor eine Meinungsverschiedenheit über ein vermeintliches Handspiel ausbrach.

«Lauf, was du kannst», erging an Nasrettin das Kommando, dann schwang Hakan sich auf den Sattel des Rads, das er sich ausgeguckt hatte. Bis ihre Tat bemerkt wurde von dem Jungen, der des Handspiels angeklagt war und nun aus vollem Halse «Overath, die Türken klauen dein Fahrrad!» schrie, hatte Nasrettin mit einer Geschicklichkeit, welche die zuvor bei dem Schaffner bestaunte noch übertraf, sich auf den Gepäckträger voltigiert, und Hakans starkem Antritt dankten sie es, daß die unverzüglich aufgenommene Verfolgung sehr bald das Nachsehen hatte.

Im nachhinein mußte es Nasrettin wurmen, daß er Hülyas Warnungen in den Wind geschlagen hatte. Statt sich an Hakan zu rächen, hatte er mit ihm gemeinsame Sache gemacht, war zum Fahrradräuber, ja, noch ärger, zum Handlanger eines Fahrradräubers geworden. Immerhin wehrte er sich energisch, als Hakan, der das Beutestück für zwanzig Mark an einen deutschen Schuljungen verkaufte, die Hälfte davon Nasrettin als den ihm zustehenden Anteil anbot.

«Du glaubst, es sei schmutziges Geld, und deshalb nimmst du es nicht», sagte Hakan dazu. «Dabei ist Geld an und für sich eine schmutzige Sache, so schmutzig, daß die feinen Leute, die zuviel davon haben, sich sogar schämen, darüber zu sprechen. Ich bin vorläufig noch so unanständig, mit dir darüber zu reden. Wenn du deinen Zehner partout nicht einstecken willst, nehme ich ihn eben wieder zurück. Du mußtest mir ja ohnehin noch das Messer bezahlen.»

Nasrettin wurde gequält von seinem Gewissen; es drängte ihn, seinem Vater die Fehltritte einzugestehen, und willig hätte er jede Strafe getragen. Aber Oktay interessierte sich gar nicht für das, was Hülya ihm hinterbrachte. War es Oktay etwa gleichgültig geworden, ob Nasrettin sich auf dem Tugendpfad hielt oder unter Hakans Anleitung im Morastigen stakte?

Auch wenn Nasrettin für den Rest seines Aufenthalts im bülentschen Hause Hakan mied, wo er konnte, kehrte er doch mit einem geschädigten Gewissen und einem lädierten moralischen Maßstab nach Kars zu Sevim und seinen Geschwistern zurück. Dabei bestand die Verletzung seiner Integrität weniger in den eigentlichen Verfehlungen, die er sich vorwerfen mußte, als darin, daß niemand ihn zur Rechenschaft gezogen hatte.

Bayezit II.: Sehr unähnlich erscheint er uns dem Blitzstrahl, von dem er seinen Namen erbte, und auch von seinem Vater stach er sehr ab in Wesensart und Physiognomie. Hatten des Fatihs markante Züge, die schlanke Adlernase, die hohe Stirn, die bohrenden Augen unter den buschigen Brauen, das spitze Kinn unter den zum Strich gekniffenen Lippen eine Ausstrahlung schon mehr furchterregender als ehrfurchtgebietender Prägung gehabt, so war die Aura des Sohnes das Gegenteil davon. Die alte türkische, die oğuzische Ader, die unter all dem eingeflossenen Blut griechischer und serbischer Provenienz aus den Sultansmüttern schon beinahe unkenntlich geworden war, schlug bei ihm wieder durch und ließ die Backenknochen vorspringen aus dem mondrunden Gesicht. Allerdings wurde dies asiatische Kennzeichen so ziemlich verborgen von den fleischigen Wangen darüber, die andererseits den schlitzigen Schnitt seiner Augen noch weiter verstärkten.

Ein melancholischer Pummel, der sich aus lauter Traurigkeit

überfraß, das war der erste Eindruck, den man von ihm empfing, und er traf der Hauptsache nach zu. Nichts hätte ihm ferner gelegen, als nächtens über Stadtplänen und Feldskizzen zu brüten, um neue Raffinessen der Zernierung und effektivere Methoden des Sturmangriffs auszuhecken. Beschäftigungen, die ihm Glück und Seligkeit spendeten, bisweilen bei ihm auch ins Manische ausarten konnten, waren Steinschneiden, Silbertreiben und Drechseln, und die gelungene Ausführung einer solchen Bastelarbeit galt ihm bei weitem mehr als die Eroberung einer Provinz. Seine Stimme, piepsig wie die der Eunuchen im Harem, war wenig fürs Kommandieren geeignet und mehr als unpassend für einen Feldherrn; und wenn er auch dem Genuß des Weines schon zu Zeiten seiner Statthalterschaft in Amasya abgeschworen hatte, so hing er doch, wie schon Bayezit I. und Mehmet II., der griechischen Sitte der Knabenliebe sehr an. Der Fatih hatte manchmal einen seiner Bettgenossen aus dem inneren Dienst der Janitscharen für herausragende Liebesdienste mit einem Sancak belohnt, den, der seinen Neigungen am geschicktesten zu willfahren verstanden, bis zum Großvezir aufsteigen lassen. Von Bayezit II. bekamen sie selbstgeschmiedete Ringe.

Cem, der von seiner serbischen Mutter das stark wachsende, strohblonde Haar geerbt hatte, war von athletischem Bau gewesen und wie Mehmet I. ein Ringkämpfer von großem Format, was er auch bei öffentlichen Wettkämpfen in Karaman unter Beweis gestellt hatte. Bayezits II. ganzes sportlich-martialisches Vermögen erstreckte sich auf den Umgang mit Pfeil und Bogen, die er mit seinen kurzen, dicken Fingern vortrefflich handhaben konnte. Von des Eroberers Interesse für Weltgeschichte und für Ballistik war so gut wie nichts übergegangen auf diesen Sohn; statt dessen begeisterte Bayezit II. sich für Astrologie, auch hatte er große Obacht auf Fragen der Theologie. Ja, seine Gottesgelehrsamkeit trieb er so weit, daß er in die Galerie osmanischer Herrscher eingegangen ist mit dem Beinamen «der Fromme», gelegentlich hat man ihn auch als «Sufi» bezeichnet.

Er war schon dabei, die von Mehmet II., dem Zyniker, eingeleitete Aufwertung der Ulema und der Orthodoxie rückgängig zu machen und die volkstümliche Spiritualität und Heterodoxie wieder zu ihrem Recht kommen zu lassen, aber 1492, im elften Jahr seiner Regierung, verübte in Makedonien ein Haydari ein Attentat auf ihn, dem er knapp entging. Der Ruf, mit dem dieser Derviş den Dolch unter seiner Kutte gezückt hatte, klang dem frommen Bayezit noch Jahre später im Ohr: «Ich bin der Mehdi!» Dieser Anschlag auf sein Leben kühlte sehr seine Sympathien für die alevitischen Strömungen im Land, und şiitische Losungen war er fortan nur noch bei den von den Bektaşi indoktrinierten Janitscharen zu dulden bereit.

Nicht nur im Leben Bayezits II., auch in der Geschichte des Osmanischen Reiches markiert jenes fehlgeschlagene Attentat auf den Sultan einen Punkt der Wende. Das Glaubenskämpfertum, der Motor für die Entstehung des osmanischen Staatswesens und für seine Expansion über den Balkan, das von Anbeginn als ein unauflösliches Junktim und als eine Mixtur von Religion und Politik, von Praxis und Ideologie aufgetreten war, kam zu seinem Stillstand. In Europa vermochte das Reich sich in den folgenden Jahrhunderten nur noch sehr geringfügig über die von Mehmet II. gesteckten Grenzen zu dehnen, und es ist kurios und eine der Ironien der Geschichte, daß die Türkenfurcht, ja, die Türkenhysterie auf dem Kontinent sich in dem Augenblick zu entwickeln begann, da die Eroberung christlicher Länder im wesentlichen abgeschlossen war.

Die beispiellose Biegsamkeit und Konzilianz Bayezits II., die man ihm zum Vorwurf gemacht und die schließlich zum Motiv und zur Begründung seiner Absetzung wurde, darf, wenn man einen anderen Gesichtswinkel anlegen will, als Befähigung zur Diplomatie angeschaut werden. Denn wenn wir uns auch aus guten Gründen nicht der gemeinplätzlichen Terminologie von «Mittelalter» und «Neuzeit» bedienen, so muß doch anerkannt bleiben, daß mit der Wende vom 15. zum 16. Jahrhundert, in welcher Periode gerade ihm die Lenkung des osmanischen Staats anvertraut war, tiefgreifende Veränderungen wirtschaftlicher und sozialer Natur sich vollzogen, die das Verhalten der verschiedenen Staaten untereinander nicht unberührt lassen konnten.

Das berühmte Wort, das einer späteren Zeit angehört und dem zufolge der Krieg nichts anderes ist als die Fortsetzung der Politik mit anderen Mitteln, mag, gewendet, beitragen zum Verständnis und zur Würdigung der historischen Leistung Bayezits des Frommen. Seine Politik, seine Diplomatie, war die Fortsetzung des Krieges mit anderen Mitteln. Er verlängerte die Friedensverträge mit Venedig und Ungarn, setzte den Vasallen die von Mehmet II. hochgeschraubten Tributzahlungen wieder herunter auf sehr moderate Maße, und er stellte sogar, wie wir gesehen, mit dem Vatikan als dem geschworenen Todfeind der Türken Beziehungen diplomatischer Art her. Daß er dennoch einige wenige Gegenden und Städte bekriegte und dem Reich einverleibte, wie etwa am Golf von Korinth, entsprang mehr einem religiösen Pflichtgefühl als Motiven einer strategischen Reichsarchitektur. Die mehrfachen Kriege mit Ägypten, die er mit Einbußen bestritt, wurden ihm aufgezwungen von der mamlukischen Seite, und er hätte, sosehr auch die Konfrontation mit dem Sultan in Kairo zur sachlich dringenden Notwendigkeit wurde, bei weitem lieber friedlich koexistiert.

Diesem Grundzug seiner äußeren Politik entsprach die Linie zur Befriedung und Glättung der sozialen Konflikte im Innern. Die von Mehmet II. zur Ernährung seiner aufgeblähten Eroberungsheere eingeführten Sonderabgaben nahm er zurück, und ähnlich wie bei Murat II. war sein vornehmstes Augenmerk darauf gerichtet, daß den Raya, den unmittelbaren Produzenten, Bedingungen garantiert wurden, die deutlich günstiger blieben als die der leibeigenen Bauern unter den Regimen der feudalistischen Christen. Die Sipahiler, die am ehesten Ähnlichkeit mit einer sozialen Klasse im westlichen Sinne besaßen und immer auf dem Sprung blieben, sich als solche zu formieren, brauchte er nicht wie Mehmet II. mit Verkürzungen und Einschränkungen niederzuhalten; er reduzierte sie schon dadurch, daß mangels Eroberungen so gut wie keine neuen Tımarlar mehr an die berittenen Krieger verteilt werden konnten.

Soviel zu den Verdiensten Bayezits II., zur Übereinstimmung seines Stils mit den Erfordernissen der Epoche. Die Ursachen dafür, daß er das angestrebte stabile Gleichgewicht schlußendlich nicht herzustellen vermochte, sucht man zu Unrecht in den Unzulänglichkeiten seiner Person. Sie lag begründet in der nicht von ihm und nicht damals zu verändernden Struktur des osmanischen Staats, dessen Rückgrat nicht die hervorbringenden Teile der Gesellschaft waren, sondern das Militär, der seine Dynamik und Existenz nicht der Entfaltung von Produktivkräften, sondern nahezu ausschließlich der gewaltsamen Eroberung dankte, ein Gemeinwesen mithin, das den Surplus, den es verschlang, nicht selber erzeugte. Eine Crux, die der osmanische Staat forttrug bis in das vergangene Jahrhundert und unter der er trotz der verspäteten Reformversuche zerbrach; eine Crux, die selbst die Revolution nicht abzuwerfen vermochte und unter der die aus dem Osmanenreich hervorgegangene Republik ächzt bis auf den heutigen Tag.

Auf der Ebene geschichtlicher Ereignisse manifestierte sich das aufgezeigte Dilemma, in das Bayezit II. gespannt war, als Krise seiner Regierung in Formen, wie wir sie bei seinen Vorgängern schon kennengelernt haben, aber doch mit Zuspitzungen und Modifikationen, die neuartig waren. Erhebungen der Kızılbaşlar gehörten zu den Herausforderungen, mit denen ein jeder der osmanischen Sultane sich konfrontiert sah; unterschiedlich waren hauptsächlich die jeweiligen Mengen von Blut, in denen die mehr oder weniger regelmäßig wiederkehrenden Insurrektionen ertränkt wurden. Eine ungeahnte Dimension und Qualität aber gewann die şiitische Drohung durch den Machtwechsel, der sich in Persien mit dem fünfzehnhundertundersten Jahre nach christlicher Zählung vollzog.

İsmail, Sproß eines Geschlechtes von Şeyhlern zu Ardabil, das sich nach seinem Ahnherrn Safiettin Ebu Işak den Namen Safaviden gegeben, hatte an der Spitze eines Heeres şiitisch fanatisierter Volksmassen den Hauptteil der iranischen Landschaften erobert und seinen Thron im azerbaycanischen Tebriz erhoben, wo er abgöttische Verehrung genoß. Daß nun endlich, endlich dort in Persien das gelungen, was in Anatolien so viele Male mit dem immer gleichen Ausgang versucht worden war, das mußte eine unglaubliche Ermunterung sein für die Anhänger des Ali im Reich der Osmanen und eine Beunruhigung von nicht geringerer Unglaublichkeit für den frommen Sultan Bayezit II., der seinen Heiligenschein durch den vom Şeyh zum Şah Emporgekommenen gleichsam ausgeknipst fand. Zentrum der Sympathisanten war die Provinz Tekke im Südwesten und eines der ersten Geschäfte Şah İsmails eine Botschaft an Bayezit II., welche die Beteuerung friedlicher Absichten und die Hoffnung auf Pflege und Entwicklung gutnachbarschaftlicher Relationen mit der Bitte verband, allen Kızılbaşlarn die Auswanderung in den Iran zu gestatten.

Bayezit II. schickte den Gesandten mit abschlägiger Antwort nach Tebriz zurück und siedelte die Bekenner der Şia von Tekke zwangsweise über in die frisch eroberten Städte am Golf von Koron auf dem Peloponnes. Mochten sie dort die Griechen belemmern und ihnen predigen von Alis Schwert, von Hasan und Hüseyin, von Kerbala und von den İmamlarn.

Aber nicht vom neuen Oberhaupt der Şiiten kam die Aufforderung, den Thron zu verlassen, sondern von den eigenen Söhnen Korkut, Selim und Ahmet. Şah İsmail schickte weiterhin Geschenke und Glückwünsche, höchstens dann und wann verbunden mit einer höflichst formulierten Beschwerde, Prinz Selim anlangend, der von seiner Statthalterschaft in Trabzon gewohnheitsmäßig einfiel in persisches Gebiet und İsmails Grenzmarken unsicher machte.

War es Bayezit II. dank des diplomatischen Geschicks, das ihn auszeichnete, gelungen, die Beziehungen zu den umliegenden, zu den abhängigen, zu den befreundeten und zu den feindlichen

Staaten im großen und ganzen auskömmlich zu gestalten, so versagte dies Talent in den Reihen seiner eigenen Familie komplett.

Dies gilt auch und besonders, wenn wir die Bezeichnung «Söhne des Sultans» etwas weiter fassen, denn es war ja üblich geworden, daß der Padişah die Janitscharen, die streng rechtlich genommen nichts als sein Eigentum waren und seine Sklaven, mit diesem Kosewort anzureden pflegte. Schon Mehmet der Eroberer hatte, wie wir sahen, mit diesem Herzstück seiner Armee, mit der Hauptstütze der militärischen Potenz der Osmanen, seine Schwierigkeiten gehabt und durch Einfügung anders rekrutierter Einheiten ihre Eigenmächtigkeit zu zügeln versucht. Daß aber ein Friedenspolitiker wie Bayezit II., der sie mit seiner Vorliebe für Bastelarbeiten und Theologie bei kärglichem Sold in ihren Kasernen dahinvegetieren ließ, unmöglich das sein konnte, was sich die Janitscharen unter einem guten Sultan vorstellen mochten, liegt auf der Hand. Daß er kaum Kriege führte und ihnen so gut wie keine Gelegenheit bot, das zu tun, wozu man sie geschaffen hatte, war arg genug, aber vollends brachte er sie gegen sich auf, als er, zumindest in seiner Jugend selbst ein schlimmer Säufer, auf den hochverräterischen Gedanken verfiel, die Schließung der Schenken anzuordnen und den Genuß stimulierender Getränke mit dem Tod zu bedrohen. Ganze drei Tage blieb diese Verordnung in Kraft, und schon wurde dieses Dämmlein überschwemmt vom Durst der Janitscharen, die in die Stadt strömten, die Bretterverhaue vor den Tavernen entfernten und allerorts die besten Fässer anstachen.

Den nächsten gravierenden Fehler beging der fromme Bayezit, als er seinem Enkel Süleyman, dem Sohn Selims, die Statthalterschaft über Bolu verlieh. Damit hatte er den Stein ins Rollen gebracht, der ihn zermalmen sollte. Gegen diese Maßnahme protestierte nämlich sehr zur Recht Selims Bruder Ahmet, der in Amasya saß und für den zu erwartenden Fall des Rücktritts oder des Todes des siechen Sultans nicht zu dem Rivalen im Nacken noch zusätzlich dessen Sohn in seinen Weg nach İstanbul gelegt haben wollte. Bayezit II. gab nach und machte Süleyman zum Statthalter von Kaffa auf der Krim. Damit war Ahmet zufrieden, jedoch mißfiel es um so mehr Selim.

Bayezit II. schätzte sich weise und staatsklug darin, daß er zu Lebzeiten Ahmet anstelle des älteren Korkut zu seinem Nachfolger und Thronerben bestimmte und hoffte, auf diese Art den allfälligen Bruderkriegen und gesetzlich geforderten Brudermorden den Riegel vorgeschoben zu haben. Aber er ermutigte nur Selim, den Jüngsten, auf eine Abänderung dieser Regelung zu seinen Gunsten zu wirken, was dieser damit begann, für sich eine Statthalterschaft in Europa zu reklamieren. Das wurde verweigert, erneut gefordert, wieder abgelehnt, nochmals verlangt, abermals zurückgewiesen, bis schließlich Selim seine Heeresmacht über Kaffa rund um das Schwarze Meer herum vor die Tore Edirnes führte. Zwar schickte Bayezit II. diesem aufbegehrenden Sohn seinerseits Truppen entgegen, doch zu einer Entscheidungsschlacht ließ er es nicht kommen, zeigte sich vielmehr auch hier wie vorher schon nachgiebig und setzte Selim als seinen Statthalter in Semendria an der Donau ein. Darüber hinaus erhielt Selim von seinem Vater die schriftliche Versicherung, daß dieser zu Lebzeiten seinen Thron nicht an Ahmet abtreten werde.

Hierdurch wiederum mußte mit Zwangsläufigkeit Korkut aufgeschreckt werden, der sich als Herr über die Provinz Tekke durch die von den Deportationen mehr geförderte als gedämpfte revolutionäre Gärung ohnehin auf äußerst unsicherem Posten befand. Er hätte in seiner schöngeistigen Veranlagung wohl liebend gerne, wie es dem frommen Bayezit vorschwebte, nach dem Beispiel von Orhan und Alaettin neben seinem Bruder Ahmet die Rolle eines stillen und zurückgezogenen Beraters gespielt, doch war es jetzt überdeutlich, daß Selim solche Rechnung nicht nur zu durchkreuzen wünschte, sondern daß er allem Anschein nach dazu auch die Macht und die Fähigkeit hatte. Korkut mußte, sich seinem drohenden Untergang zu entziehen, selbst hurtigst sägen am Throne des Vaters, und so verließ er Anfang des Jahres 1511 seine Residenz Antalya, um die Provinz Saruhan, die er mehrfach vergeblich für sich beansprucht hatte, gewaltsam in Besitz zu nehmen. Folgerecht wurde zur nächsten Reaktion in dieser Kette der Aufstand der Kızılbaşlar in Tekke, nach dem Motto: Ist die Katze aus dem Haus, tanzen die Mäuse auf dem Tisch.

An die Spitze der Parteigänger İsmails setzte sich der Sohn eines gewissen Karabıyık, der sich den Kriegsnamen Şahkulu, «Sklave des Şahs», zulegte und sich als dessen Bevollmächtigter ausgab. Osmanischerseits wurde er kalauernd Şeytankulu, «Sklave des Teufels», genannt. Dem Şahkulu schlossen sich nicht nur in großer Zahl die viehzüchtenden und ackerbauenden Landleute an, er hatte bedeutenden Zulauf oder, wenn man will, Zuritt auch aus den Reihen der Sipahiler, deren Deklassierung so weit vorgeschritten war, daß sie ihre Hoffnungen schon eher in die Revolution setzten als in die Herstellung des Status quo ante.

Die Revolte begann mit einem schmetternden Auftakt. Im März 1511 überfielen die Insurgenten die Karawane, die Ahmet seinen bei dem eiligen Aufbruch zurückgelassenen Schatz nach Manisa in Saruhan hinterhertransportieren sollte. Die 3000 Mann, die der Subaşı von Antalya zusammengeschart hatte, um das Gepäck des Prinzen zu retten, liefen nahezu vollständig zu den Rotköpfen über, die mit solcher Verstärkung leichtes Spiel hatten, das Nähere der Umgebung unter ihre Kontrolle zu bringen. Man verlor aber nicht Zeit und Kraft mit einer Belagerung von Antalyas Feste, vielmehr entwickelte sich die Revolte zum regelrechten Kriegszug. Elmali, Gölhisar und Burdur wurden kassiert, und als hiervon die Nachrichten zur Hohen Pforte gelangten, sah man schon in Verlängerung dieser Route, wie die Gefahr sich auf Bursa und İstanbul zubewegte.

Karagöz Paşa, der Beglerbeg von Anadolu in Kütahya, erhielt Befehl, den Aufständischen diesen Weg zu verlegen. Es kam zum Treffen, bei dem Karagöz Paşa nicht nur seine Soldaten einbüßte bis auf den letzten Mann, sondern auch den eigenen Kopf hergeben mußte. Damit war die Unterdrückung der Erhebung zur

Chefsache geworden, und es wurde an den Großvezir Ali Paşa Auftrag erteilt, mit Hilfe der Janitscharen und unter Einsatz der Hauptabteilungen des Heeres dem Spuk ein Ende zu machen. Es gelang auch, die Rotköpfe nach Tekke zurückzutreiben und sie im Tal von Kızılkaya an der Grenze zu Karaman einzukesseln. Bevor man sie aber zu Paaren treiben konnte, glückte Şahkulu der Ausbruch, der vom Großvezir erst mit zweitägiger Verspätung bemerkt wurde.

Es stand zu erwarten, daß die flüchtigen Rotköpfe versuchen würden, auf dem schnellsten Weg persisches Gebiet zu erreichen, und um ihnen mit einiger Aussicht auf Erfolg nachjagen zu können, nahm der Großvezir den Sipahilern, die sich als ausgesprochen unzuverlässig erwiesen hatten, die Pferde ab und ließ die Janitscharen aufsitzen. Tatsächlich konnten sie nach einem vierzehntägigen Gewaltritt quer über das anatolische Hochplateau die Fliehenden noch vor der persischen Grenze einholen. In Çibuk bei Sivas griff der Großvezir trotz zahlenmäßiger Unterlegenheit und ungeachtet der Erschöpfung seiner im Reiten ungeübten Janitscharen an. Auf beiden Seiten wurde mit Erbitterung und ohne die geringste Schonung gekämpft. Sowohl Ali Paşa als auch Şahkulu fanden auf der Walstatt den Tod. Was von Janitscharen und Rotköpfen am Leben blieb, zog führungslos von dannen.

In Erzincan, auf der persischen Seite, sammelten sich die ungeschlagenen, aber dennoch besiegten Rebellen. Auf dem Weg nach Tebriz, wo sie, triumphal, wie sie dachten, einziehen wollten, überfielen sie aus alter Gewohnheit eine große persische Karawane, begnügten sich aber nicht damit, die Kaufleute zu plündern, sondern töteten sie ausnahmslos. Der Empfang bei İsmail, wo sie sich nicht entblödeten, sich dieses ruchlosen Verbrechens als einer der glorreich begangenen Heldentaten zu rühmen, fiel dann unerwartet kühl, anders gesehen unerwartet heiß aus, wenigstens für ihre beiden neuen Anführer, die sich dem Şah unter den Titeln Sultan und Vezir präsentierten.

Zwei große Kessel standen auf prasselnden Feuern, zur Bereitung eines Festschmauses aus gegebenem Anlaß, wie die Geladenen wähnten, jedoch in Wahrheit zu anderer Bestimmung. Als İsmail vor sie trat, überschüttete er sie keineswegs, wie angenommen, mit Belobigungen und Auszeichnungen, im Gegenteil ging ein Hagel von Flüchen und Verwünschungen nieder auf sie. Der härteste Vorwurf des Şahs war zu ihrer übergroßen Verwunderung der der Untreue gegen ihren Herrn, Sultan Bayezit II. Daß die Anführer sich reumütig zu Boden warfen, half ihnen nichts, İsmail ließ sie binden und vor den Augen der versammelten Helden in den dampfenden Kesseln brühen.

Doch war damit diese neueste Erschütterung der Grundfesten des osmanischen Staates noch nicht an ihrem Ende. Kaum war Ruhe eingekehrt in Tekke, da erhob sich das Banner der Empörung in der Provinz Rum. Auch hier verschränkte sich die Volkserhebung mit den Thronfolgekämpfen. Ein Versuch Selims, von Europa aus İstanbul zu erobern, scheiterte im August dieses ereignis- und entscheidungsreichen Jahres 1511 in einer Schlacht bei Çorlu, wo er Bayezits II. Streitmacht unterlag. Ahmet hielt seine Stunde für gekommen, überließ die Statthalterschaft seinem Sohn Murat und setzte seine Truppen von Amasya in Marsch gegen die Hauptstadt. Doch kam er nicht dazu, seinerseits die eigenen Kräfte mit denen des Vaters zu messen, denn bevor er dort eintraf, fällten die Janitscharen durch eine Demonstration das gültige Urteil über die Nachfolge von Bayezit II. und stellten damit klar, wer im Grunde die Geschicke des Osmanischen Reiches in seiner Hand hielt.

Die Janitscharen waren entschlossen und für dieses Mal einig mit den Sipahilern, es kam für sie als Sultan einzig Selim in Frage. Die Schlappe, die dieser sich bei Çorlu eingehandelt, änderte dies Votum nicht ab. Der nach dem Tod Ali Paşas wieder eingesetzte Großvezir Hersek Ahmet Paşa, zwei weitere Vezire, der Kadıasker und der Nişançi, das war die ansehnliche Lobby, auf die sich Prinz Ahmet verließ und die bereitstand, die Tore İstanbuls für ihn zu öffnen. Alle diese fünf hohen Würdenträger bewohnten prachtvolle Paläste, und alle fünf Paläste wurden in der Nacht des 21. Augusts von den Janitscharen geplündert. Wie es bei dergleichen Janitscharen-Aufruhr Usance, wurden im Anschluß auch wieder die Buden der Kaufleute heimgesucht. Zur Abwechslung waren diesmal weder die Griechen noch die Juden betroffen; die Florentiner wurden zur Ader gelassen.

Unter derartigen Voraussetzungen mußte Ahmet seine Thronaspirationen begraben. Er zog ab und eroberte fürs erste Karaman, um sich von hier gegen seinen Bruder Selim, den von den Janitscharen designierten Sultan, zu behaupten. Von dieser Retraite Ahmets war natürlich auch sein in Amasya zurückgelassener Sohn Murat tangiert. Dieser griff, da er von seinem Onkel nichts als den Tod zu erwarten hatte, nach dem, was nahe lag in geographischem Betracht, aber auch in sachlich-politischer Hinsicht angezeigt war: er suchte das Bündnis mit dem Şah und den Kızılbaşlarn. Die Rotköpfe zogen in Amasya ein, dem Kadı wurde von Murat die rote Mütze geschickt, und dieser setzte sie auf mit den Worten: «Es ist Befehl des Padişahs», in dieser spöttischen Erhöhung seines Regenten wenigstens einen letzten Rest von ironischer Distanz zu seinem unpassenden Kopfschmuck zu wahren.

Dahin also hatte es Bayezit II. gebracht mit seiner diplomatischen Kunst, daß Rum und Karaman, die beiden bedeutenden Provinzen im Osten, seiner Botmäßigkeit entwunden waren und kurz vor dem Anschluß an Persien standen. Kein Zweifel, daß, wäre es mißlungen, dieses Blatt wieder zu wenden, die Dynastie der Osmanen von der safavidischen abgelöst worden wäre. Genauso analysierten die Janitscharen die Lage, und wenn überhaupt noch die Chance zu einer Rettung bestand, dann in der schnellstmöglichen Abdankung des Frommen zugunsten Selims und unter dessen Führung die sofortige Aufnahme des rücksichtslosesten Krieges gegen die rote Gefahr.

Am 6. März zogen sie im Tumult durch İstanbuls Straßen, sammelten sich vor des Sultans Saray und skandierten die Losung: «Selim, Sultan, Krieg!» Fürs Martyrium reichte die Frömmigkeit

Bayezits II. nicht hin; er wollte nicht der erste Sultan sein, den die Janitscharen erschlugen, und so übte er wieder einmal, was er am gründlichsten beherrschte, nämlich die Nachgiebigkeit.

Die Janitscharen jubelten, und ihre Eilboten flogen Selim entgegen, der in weiser Voraussicht schon von der Krim, wohin er sich nach dem Debakel von Çorlu zurückgezogen, aufgebrochen war und bei Akkerman über die Donau gesetzt hatte. Am 19. April 1512 traf er in İstanbul ein, am 15. April sprach in großer Massenkundgebung Bayezit II. seine letzten Worte als Sultan, wie sie ihm von den meuternden Janitscharen abgepreßt waren: «Ich übergebe das Reich meinem Sohn Selim. Möge Gott es ihm segnen und lange erhalten.»

Gott dachte nicht daran, es ihm zu segnen, auch war Er nicht gesonnen, diesem Selim jenes Reich, bei dessen Entstehung und Wachstum Er Sich verschiedentlich aktiv beteiligt, länger als notwendig zu überlassen. Er mußte sich jetzt Vorwürfe machen, daß Er Bayezit II., der sich so ausdauernd bemüht hatte um Seine Gunst, im Stiche gelassen und es versäumt hatte, die durchaus Ihm gefällige Lösung eines Gespanns Ahmet-Korkut, wie der fromme Sultan sie Ihm nahegelegt, durchzusetzen gegen die Anmaßungen des Wüterichs Selim.

Selbstredend war dies kein Fehler im eigentlichen Sinne, schließlich ist Er der Inbegriff der Unfehlbarkeit, aber eine gewisse Nachlässigkeit war es doch. Es liegt auf gar keinen Fall in unserer Absicht, Entschuldigungen dafür liefern zu wollen, warum Er etwas, was menschlicherseits billig erwartet werden durfte von Ihm, nicht zur Ausführung brachte. Es soll lediglich zum besseren Verständnis Seiner Ratschlüsse und Maßnahmen dienen, wenn wir darauf aufmerksam machen, daß Er, als sich in Kleinasien die Fäden verwirrten, wie kaum in den Tagen der Schöpfung in Anspruch genommen war durch Vorgänge im Herzen Europas, die Er unmöglich sich selbst überlassen konnte. Ein Mönch im sächsischen Wittenberg fesselte seine Anteilnahme, der mit großer Tapferkeit und immensem Fleiß an seiner Auffrischung und Erneuerung des Glaubens an Ihn und Seinen Propheten İsa wirkte, der herabgesunken war zu einem hohlen Formalismus und von den Heuchlern mißbraucht wurde als ein Deckmantel, unter dem sie stahlen, raubten, mordeten und ohne jedes Gewissen tagtäglich verstießen mit Eifer wider Seine Gebote, wie Er sie mitgeteilt hatte durch Musa, Seinen Propheten. Diesem Mönch also, Martin Luther mit Namen, mußte Er beistehen, weil er sich angelegt hatte mit der ins Gigantische angewachsenen Verbrecherorganisation und mit deren Oberhaupt, dem Papst, der von Rom aus überall das Arbeitervolk bedrängte und auspreßte, sich dabei unablässig auf Seinen Namen berufend und die wahrhaft Gläubigen verfolgend mit Feuer und Schwert.

So also war es gekommen, daß Selim sich von Ihm unbemerkt zum Sultan aufschwingen konnte. Daß es Selim gelungen war, Gott vielleicht nicht gerade zu übertölpeln, aber zu überrumpeln, war ihm der sichtbarste Beweis dafür, daß Er Seine Macht ausgespielt hatte auf Erden, daß nun er, Selim, die Schwelle überschritten hatte zu einem Zeitalter, wo der Mensch ganz auf sich gestellt war und seine Erfolge und Niederlagen einzig aus sich selbst heraus produzierte. Nicht, daß Selim ein Werkzeug in den Händen des Teufels gewesen wäre. Unfüglich und irreleitend wäre solche Behauptung, von einem Pakt mit Satan, selbst von einer stillschweigenden Übereinkunft zwischen den beiden, ist nicht zu sprechen, denn Luzifer, der gefallene Engel, ist ein Teil Gottes oder doch ein Kommis der göttlichen Firma, und er handelt in ihrem Auftrag, wenn er die Menschen versucht. Anders liegt der Fall Selims. Er war nicht berufen zum Sultan, er hatte sich selbst dazu gemacht, und warum sollte nicht der, in dessen Ermessen es lag, den Vater abzusetzen, auch kräftig genug sein, Gott das Mandat zu entziehen? Er war der Mensch, der Gott auf die Probe stellte und Ihm seine Nichtigkeit nachwies; und so wollen wir Selims Lebensgang und die Tage seiner Regierung betrachten.

Nehmen wir aber zuerst einen Moment, uns seine physische Erscheinung vor Augen zu stellen. Er war kurzbeinig, hatte jedoch einen sehr massigen Rumpf, die kurzen, muskelbepackten Arme hingen an breiten Schultern, und wenn er sie hob, so ragten die Finger mit den flachen Kuppen und den quadratischen Nägeln kaum über die Spitze des Sarıks hinaus. Sein Kopf hatte die Form einer Kugel, unter sehr dichten schwarzen Brauen standen die stets blutunterlaufenen Augäpfel mit einer Iris von trübbläulicher Färbung hervor. Die Nase war stummelig, die aufstehenden Nüstern wurden zur Hälfte von einem kolossalen Knebelbart verdeckt. Damit, daß er sich die Kinnpartie und die blauroten Wangen rasieren ließ, trat er auf eine geradezu provozierende Weise heraus aus der Reihe seiner illustren Vorfahren, und zusätzlich irritierte er seinen Hofstaat, indem er nicht den herkömmlichen, um eine walzenförmige grüne Mütze gewickelten Sarık der osmanischen Herrscher trug, sondern denselben zu einer Kugel um sein Haar schlang.

Als eine makabre Reminiszenz an die Dervişler hatte er seine Ohren mit goldenen Ringen behängt, und wie häufig Menschen von unvorteilhafter Statur war er von großer Extravaganz in der Wahl seiner Garderobe, die er mehrfach täglich zu wechseln liebte. Dieser Hang zur Kostümierung kam ihm zustatten, da er es zu seiner Gewohnheit machte, in immer veränderter Verkleidung sich unter das Volk zu mischen, die Bazare zu durchstreifen, wo an allen Ecken seine Spitzel postiert waren, deren Berichte über die jeweilige Stimmungslage seiner Untertanen er gerne unverfälscht und mit eigenen Ohren vernahm. Durch dies von ihm persönlich überwachte Netz von Zuträgern und Sykophanten, das nicht allein seine Residenz überspannte, sondern bis in den letzten Winkel seines Hoheitsgebiets verzweigt war, schaffte er sich die Voraussetzung zur Durchführung des größten Massenmordes, den je ein Sultan verübte.

Daß er seine Brüder Ahmet und Korkut einfangen und umbringen ließ, war, wir wiederholten es mehrfach, weiter nichts als die Erfüllung einer gesetzlichen Pflicht. Mit der Verfolgung und Ermordung von fünf seiner Neffen ging er bereits sehr eigenmächtig über das Vorgeschriebene hinaus. Nur Ahmets Sohn Murat konnte sich zum Şah nach Persien retten. Den Beinamen Yavuz, «der Grausame», unter dem Selim berühmt wurde, hätte er sich eigentlich schon mit dieser Untat verdient gehabt. Das war aber für ihn sozusagen nur eine Fingerübung, denn nicht fünf, sondern fünf mal 1000 Bürger des osmanischen Staates verloren auf sein Geheiß gleich im ersten Jahr seiner Regierung ihr Leben.

Erklärtes Ziel des diesbezüglichen Fermans war die systematische und vollständige Ausrottung der Aleviten im Lande. Für jede Denunziation eines Bekenners der Şia wurde eine ansehnliche Belohnung ausgesetzt, der Beschuldigte ohne jede weitere Untersuchung und Inquisition dem Henker überantwortet. Kinder wurden nur bis zur Erreichung des siebenten Lebensjahres verschont. Daß durch die Prämien der Eifer der Denunzianten auf eine Art angestachelt wurde, daß zu Tausenden auch solche an den Galgen gerieten, die sich über die Rechtmäßigkeit oder Unrechtmäßigkeit der drei ersten Kalifen nie einen Gedanken gemacht hatten, versteht sich von selbst.

Selims I. Verhältnis zur Gewalt war erotisiert, er gehörte jenem Typus an, der seinen Namen von dem berühmten Marquis de Sade erhalten sollte. Er ordnete mit diesen Massenmorden die systematische physische Vernichtung der Anhänger der sozialrevolutionären Tendenz des Islams an. Auf ihn gehen die Gesinnungsschnüffeleien, die Entladung primitivster animalischer Triebe im Namen höchster religiöser Gesittung zurück. Die Pogrome des sunnitischen Mobs, der bis heute die auf Gewissensfreiheit gegründete Zivilisation an ihrem Lebensnerv bedroht, sind seine Erfindung. Er hat die Verbiegung von Mohammeds Offenbarung zu einer Ideologie der Legitimation von Herrschaft und Krieg durch die Kalifen vor Ali betoniert, hat die türkische Variante des Islams durch ihre Unterdrückung zur Unkenntlichkeit deformiert, durch Aufzwängung der arabischen Orthodoxie die geistigen und kulturellen Quellen der nach Anatolien eingewanderten Türken verstopft und eine eigenständige nationale Entwicklung aus diesen Quellen abgeschnitten für die Dauer des Bestehens des Osmanischen Reiches. Auch hat die von ihm betriebene Şiitenverfolgung zur Dogmatisierung und Versteifung dieser Richtung in ihrer neuen Rolle als iranische Staatsreligion geführt, in der sie später die Sunna an Intoleranz, Denk- und Lebensfeindlichkeit weit übertreffen sollte.

Das Wort, das am Anfang war, ist im Angesicht dieses Vorgangs am Ende. Gott hätte nur antworten können mit einer Sintflut. Er tat es nicht. Selim hatte Ihn auf die Probe gestellt. Er bestand sie nicht. Selims Leben und das seiner ungezählten Häscher und Komplizen ging weiter. Das nächste war konsequenterweise der Überfall auf Persien, und da der Koran den Krieg gegen Muslime verbietet, mußten Fetvalar her, welche die Şiiten zu Ketzern und Feinden des Glaubens stempelten. Das gottlose, mordlustige Geschmeiß der Ulema drängelte sich, aus Suren und Hadislern Beweis um Beweis zu fabrizieren.

Das also war Kinkerlitz und Firlefanz, Selim brauchte sich nicht aufzuhalten damit. Durch und durch Atheist, hatte für ihn die Ausfertigung der einschlägigen Fetvalar hauptsächlich den Zweck, in Ägypten die Mamluken zu beruhigen, die sich zu einer Intervention an der Seite İsmails gedrängt fühlen mochten. Ein ernstes Problem waren die Janitscharen. *Ihr* Sultan war Selim, der erste, der den Thron ausschließlich ihnen verdankte. Eine Aufstockung ihres täglichen Solds hatte er ihnen versprochen. Dieses Versprechen war pünktlich eingelöst worden. Das Thronbesteigungsgeschenk hatte er von 2000 unter Bayezit II. auf 3000 Akçe für jeden einzelnen Janitscharen erhöht. Selim wollte Krieg und nur Krieg. Das waren für die Janitscharen allerbeste Gründe, diesem Sultan weit feuriger und ergebener als den vorherigen zu dienen.

Aber der Glaube, zu dem die geraubten Christenkinder herangezogen wurden von den Bektaşi, war şiitisch geprägt. Wohlweislich hatte Selim die Janitscharen herausgehalten aus der allgemeinen Alevitenhatz. Darauf, etwa einem Janitscharen ob seiner şiitischen Erziehung und Überzeugung ein Härchen zu krümmen, war inmitten all des tollwütigen Schlachtens kein einziger der Sykophanten und Henker auch nur im Traume gekommen.

Krieg, endlich wieder Krieg! Das war gut. Aber gegen Şah İsmail? Mit Fetvalarn hätte Selim nicht einen einzigen von ihnen für seine Sache gewonnen, die Janitscharen kümmerten die Sudeleien der Hosenscheißer und Hetzer noch weit weniger als ihn selbst. Eisig war das Schweigen, als nach der Musterung in der Ebene von Yenişehir Selim dem versammelten Heer seine Ansprache hielt. Das hatte nichts mehr zu tun mit den aufwühlenden Reden, der mitreißenden Agitation eines Fatih Mehmet oder Bayezit Yıldırım für den Heiligen Krieg. Es war ein schales Gemisch aus Tüfteleien, Anklagen gegen die Ketzer und Berufung auf die Notwendigkeit der Reinerhaltung der Religion, an das der Vortragende selbst am wenigsten glaubte. Erst recht stieß das mit arabischen Floskeln durchsetzte Gezeter der Mollas, denen Selim in seiner Verlegenheit das Wort überließ und die sich mit schäumenden Lippen und fuchtelnden Armen in Ekstase zu kreischen versuchten, bei den Janitscharen auf taube Ohren. Eingang in ihr Gehör fand Sultan Selim erst, als er Gratifikationen in Aussicht stellte und ihnen den Reichtum und die Pracht der persischen Städte pries, die er ihnen zur Plünderung freigeben würde, was insonderheit deswegen nicht die lockende Wirkung verfehlte, weil der Grausame en passant sehr geschickt die unvergleichlichen Reize der persischen Mädchen herausstrich und die Vergewaltigungen seit je die Herzen der Janitscharen, die nicht heiraten durften, mehr noch als die Gier nach Beute entflammten zu Attacke und Sturm.

Da war denn endlich ein einfacher Janitschare ohne Rang und Verdienst gewonnen und begeistert für diesen Krieg. Sein Name war Abdullah und wurde von den Panegyrikern der späteren Osmanen bewahrt, weil er Geschichte gemacht. Er streckte sich auf den Boden vor Selim, küßte ihm die Füße und dankte ihm überschwenglich im Vorgeschmack auf die persischen Schöße, daß er sie nun endlich in den Krieg gegen Şah İsmail führe.

Solcher Tapferkeit konnte Selim seine Anerkennung unmöglich versagen, und er beschenkte den braven Mann, der das Eis für ihn gebrochen, auf der Stelle mit dem Sancak von Saloniki. Die nächste Heerschau wurde zu Sivas gehalten. Es war das größte Aufgebot, das je ein osmanischer Sultan ins Feld geführt hatte, wenn wir von Fatih Mehmets Belagerung von Konstantinopel absehen wollen. Selbst die Sieger vom Kosovo Polje unter dem ersten Murat und die Armee, die bei Ankara der Blitzstrahl ins Verderben gestürzt, waren nicht so zahlreich gewesen. Ein Meer von 140 000 Kriegern bot sich dem Auge des Grausamen dar, und er glaubte, mit solcher Streitmacht in seiner Hand keinen Gott und keinen menschlichen Gegner fürchten zu müssen. Und sollte auch die Motivation der persischen Kämpen, ihre todesmutige Hingebung an den über alles verehrten und geliebten Şah, einen von ihnen gegen fünf der eigenen wiegen, so war da immer noch seine Artillerie, die bestbestückte der Welt, die, seit sie die Mauern Konstantinopels erbrochen, immer noch ergänzt und auf den allerneusten technischen Stand gebracht worden war, während die Rotköpfe, wie Selim sehr genau wußte, nicht über eine einzige Kanone verfügten. Nicht einmal mit Gewehren oder Handfeuerwaffen hatte der Feind sich gerüstet, wohingegen ein jeder seiner Janitscharen nebst dem Säbel eine weitreichende und treffsichere Muskete sowie reichlich Munition mit sich führte.

Aber zwei Generäle gab es doch, die Selim Kopfzerbrechen bereiteten, weil sie sich allzuleicht mit İsmail zu verbünden und diesem überaus hilfreich zu werden vermochten. Ihre Namen waren Hunger und Durst. Wieviel Grund er hatte, diese gefährlichen Feinde zu fürchten, das hatte sich ihm schon auf dem Marsch von Yenişehir über Kayseri hierher nach Sivas offenbart. Die iranischen Renner und Brenner hatten, in sein Gebiet einfallend, unter ihrem Anführer Ustaçlü die an und für sich außerordentlich fruchtbaren Täler zwischen den İncebel- und den Kulmacbergen in eine Wüste verwandelt, auf der kein Halm und kein Gräslein mehr sproß. So hatten sich Engpässe in der Versorgung schon hier beim Aufmarsch und im Gebiet der eigenen Herrschaft fühlbar gemacht. Selim, in seiner kaltblütigen Grausamkeit ein exzellenter Rechner, ließ sich dies zur Warnung gereichen und zögerte den Aufbruch hinaus, um Nachschub abzuwarten, der von İstanbul mit der Flotte nach Trabzon und von dort auf dem Rücken von zigtausend Maultieren herangeführt wurde. Ihm war klar, daß sein Erfolg gegen İsmail wesentlich vom Funktionieren seiner Logistik abhängen würde. Vor ihm lag Feindesland in einer schier unendlichen Weite, und klüger war's in jedem Falle, darauf sich gefaßt zu machen, daß er dort nicht ein einziges Ei für das Frühstück seiner Soldaten, nicht ein Büschel Heu für die Pferde seiner Kavallerie würde requirieren können.

Nicht weniger als 50 000 Kamele und 5000 Marketender umfaßte sein Troß, aber die Furiere, die bei den von seinen Vorgängern in Europa geführten Kriegen stets Unglaubliches vollbracht hatten und sich nach den Janitscharen den bedeutendsten Anteil an den errungenen Siegen zurechnen durften, äußerten sich skeptisch und wollten keine Garantie übernehmen für die Lückenlosigkeit der Versorgung. Selim nahm diese Vorstellungen ernst und musterte 40 000 Mann aus, die den Auftrag erhielten, die verletzliche Flanke zwischen Kayseri und Sivas zu decken.

Je weiter er den Şah nach Westen herauslocken, je früher er ihn zur Schlacht reizen konnte, desto gewisser wurde Selims Erfolg, und er tat das Seinige, diese Strategie zu befördern, indem er versuchte, durch herabsetzende Sendschreiben İsmail bei seiner Ehre zu packen und ihn durch kunstvoll abgeschossene Pfeile der Injurie zu provozieren. Die Kriegserklärung hatte er schon am 23. April 1514 von İstanbul abgeschickt. Sie enthielt als Begründung wenig mehr als den variierten Vorwurf der Ketzerei und bot großmütig İsmail zur Abwendung des Blutvergießens eine letzte Gelegenheit, seinen Irrlehren abzuschwören und ein Bekenntnis zur Sunna abzulegen. Dies Schreiben war unbeantwortet geblieben. Ein zweites, ebenfalls in persischer Sprache, aber schärfer abgefaßtes ließ Selim in Sivas aufsetzen. Es wurde dem Şah in Begleitung von Geschenken überbracht, als da waren: eine Kutte, ein Stock, ein Zahnstocher und ein Rückenkratzer. Diese Derviş-Requisiten sollten İsmail an die Niedrigkeit seiner Herkunft erinnern. Indessen kränkten diese Präsente nicht, wie beabsichtigt, ihren Empfänger, sie bestätigten ihm im Gegenteil nur seine göttliche Mission, und er verzichtete auch diesmal darauf, zu reagieren mit Wort oder Tat.

Dies fortgesetzte Stillhalten nun provozierte heftig den Provokateur, und zu seinem äußersten Mißfallen mußte Selim registrieren, wie gegen seine Natur, seine Gewohnheit und seine Maximen sein sprichwörtlich kaltes Blut in zornige Wallung geriet. In Erzincan angekommen, versuchte er es mit einem dritten Brief, diesmal in türkischer Sprache, in welcher er glaubte, seine Bosheiten und Schmähungen zu wirkungsvollerem Ausdruck bringen zu können. Er solle entweder kämpfen mit ihm, verkündete Selim dem Şah, sich ihm stellen und auf dem Schlachtfeld erscheinen oder aber aufhören, sich einen Mann nennen zu wollen. Das fruchtete. Şah İsmail ließ sich zu einer Antwort herab, mit dem Vorwurf der Memmenhaftigkeit hatte Selim endlich sein Selbstwertgefühl anzurühren vermocht. Überbracht wurde sie in Çemen, wo das osmanische Heer rastete, und es war ihr sogar ein Geschenk beigegeben für Sultan Selim. Eine schmucklose Dose, bis an den Rand gefüllt mit Haschisch aus den vorzüglichsten Anbaugebieten Irans, sandte ihm İsmail zum Dank für die empfangenen Accessoires.

Die aufmerksame Nettigkeit von seiten des Şahs brachte Selim gänzlich außer Rand und Band, ja, er rastete förmlich aus und hieb den Boten, der sie ihm übergeben, mit dem Säbel eigenhändig in Stücke. Dieser Frevel an der diplomatischen Immunität, den der Koran sehr ausdrücklich brandmarkt und dessen Selim sich in der Folge noch häufiger schuldig machte, wurde ihm späterhin sogar von seinen eigenen, als Chronisten bestallten Speichelleckern, die seine Massenmorde und Massaker mit frenetischem Beifall beklatschten, angekreidet. In seiner grenzenlosen

Wut darüber, daß sein Penchant für dieses bevorzugte Rauschmittel der Assassinen nun offenlag vor aller Welt, konnte Selim aber doch nicht umhin, das Eingetroffene einer kleinen prüfenden Verkostung zu unterziehen, und die Droge entfaltete gleich bei den ersten Zügen eine Wirkung von solcher Stärke, daß es ihm vorkam, als höbe sich das Zelt über ihm zu einem Gewölbe von himmlischen Maßen.

Stoned also, um es neudeutsch zu sagen, bis über die Ohren entrollte er das eingelieferte Dokument, verzückte sich über den Arabesken der Kalligraphie, und mit weit aufgerissenem Mund und noch mehr als sonst hervortretenden Augen schlürfte er die Prosa seines Gegenspielers. Dabei stand er unter dem Eindruck, nie im Leben etwas stilistisch Vollkommeneres gelesen zu haben, obgleich das, was Şah İsmail ihm schrieb, unter weniger greller Beleuchtung eher zurückhaltend und modest war. Er hoffe nach wie vor, teilte ihm İsmail mit, auf eine Andauer der unter seinem Vater Bayezit II. beobachteten Pflege friedsamer und auskömmlicher Nachbarschaft zwischen Osmanen und Safaviden. Die Botschaften, die er von Selim erhalten, habe er bislang in der Überzeugung, daß es sich um Fälschungen handle, nicht für bare Münze genommen. Er weigere sich auch weiterhin, bis davon das Gegenteil bewiesen, wegen der Wortwahl und des Geistes der niedergelegten Phrasen an die Urheberschaft eines Sultans von Atamans edlem Blute zu glauben. Höchstens sei er zu der Annahme bereit, die Briefe seien von seinen Sekretären im exzessiven Haschischrausch ausgeheckt und ohne Kenntnisnahme des Sultans losgeschickt worden. Was Gott bestimmt habe, werde sich zeigen, die Reue jedoch dann vergeblich sein. Er schreibe dies auf der Jagd bei Isfahan, bereite sich aber darauf vor, im Fall, daß seine freundschaftliche Antwort nichts fruchte, ihm entgegenzugehen. Wenn er bisher mit der Annahme der Kriegserklärung gezögert, so sei dies aus reifem Vorbedacht des Endes der Dinge geschehen.

Am nächsten Tag schauten Selim die Dinge nüchterner an. Er neidete İsmail nicht mehr das Graziöse seiner Diktion und fand, daß er summa summarum genau das erreicht hatte, was in seinem Sinne gelegen. Er hielt den Fisch an der Angel, es galt jetzt nur noch, ihn an Land zu zerren, was mit den Kräften, die er vereint, wohl möglich sein würde. Der eingeschlagene Kurs, sagte sich Selim, war der rechte, es kam nur darauf an, ihn konsequent zu verfolgen. Er diktierte eine vierte Botschaft an İsmail in noch derberen Worten, und um die Stelle, an der sein Gegenüber sich so verletzlich gezeigt, gehörig zu salzen, wählte er als Beigabe Weiberkleider, ein modisches Häubchen und einen putzigen Sonnenschirm.

Selim befand sich, was den Fisch und die Angel betraf, im richtigen Bilde; überhaupt nicht gut bestellt jedoch war es um die Einigkeit und den Zusammenhalt der von ihm befehligten Kräfte. Die Unzufriedenheit der Janitscharen war wegen der Knappheit der ausgeteilten Rationen mit jedem Tagesmarsch über verbrannte Erde in brütender Hitze beständig angewachsen, und die offene Meuterei stand kurz vor ihrem Ausbruch.

Das war ganz ohne Vorbild, denn wenn sie auch das eine um das andere Mal die Hauptstadt des Reiches in Aufruhr versetzt hatten, so waren sie doch auf dem Feldzug dem Padişah, ihrem Herrn und Eigner, immer treu gewesen bis zur Selbstvernichtung und hatten es stets vorgezogen zu sterben, anstatt sich dem Kampf zu entziehen. Daß jetzt ihr Ağa beim Divan im Sultanszelt den Abbruch der Kampagne und die Heimkehr verlangte, war wohl veranlaßt von ihren knurrenden Mägen, ihren ausgetrockneten Kehlen und von der Tatsache, daß sie seit Tagen und Wochen durch persisches Land zogen, ohne auch nur von ferne ein weibliches Wesen zu sehen. Vor allem aber hatten sich in der Übermenge von Zeit, die zu nachdenklichen Grübeleien einlud, ihre Zweifel in Betreff der Gottgefälligkeit und der Rechtmäßigkeit des ausgerufenen Kriegszieles vermehrt.

Selim, der selbst die Janitscharen als Instrument benutzt hatte, um seinen Vater vom Throne zu stoßen, machte sich keine Illusionen über die Gefahr, in der er schwebte; schließlich hielt İsmail mit Ahmets Sohn Murat einen echtblütigen Osmanen in petto. Er ließ die Janitscharen antreten in Reih und Glied und hielt eine flammende Rede. Diesmal hatte er die Saiten seiner Saz richtig gespannt, und er zupfte und schlug sie im passenden Takt. Er bezog sich auf die Ideale der Männlichkeit, wie sie ihnen eingeimpft waren, erinnerte an die Bedingungslosigkeit der Treue, die sie ihm geschworen, um in einem plötzlichen Schwenk seiner Rhetorik es jedem einzelnen von ihnen freizustellen, entweder tapfer bis zum bitteren oder süßen Ende an seiner Seite zu fechten oder aber, falls der nötige Schneid und das noch unverzichtbarere Durchhaltevermögen fehlten, sich der Uniform zu entkleiden und ihm aus den Augen zu treten.

Das war Janitscharen-Musik, genau das wollten sie von ihrem Padişah hören. Lauter noch als bei seiner Thronübernahme erscholl der zehntausendkehlige Jubel. Und wie auf Verabredung tauchte am östlichen Horizont eine Staubwolke auf. Das war noch nicht der sehnsuchtsvoll erwartete Feind, aber es war der Anführer der Akıncılar, der heranpreschte in donnerndem Galopp mit der Nachricht, die Perser rückten vor und seien schon in Hoy, was nur noch wenige Tagesmärsche entfernt von ihnen lag.

Aufeinander trafen die beiden Heere in der Ebene von Çaldıran am 23. August 1514. İsmails Aufgebot hielt zumindest an Reiterei dem osmanischen beinahe die Waage, außerdem waren seine Leute in der Tat von jener Kampfbereitschaft, wie man sie gerne als fanatisch bezeichnet, und nicht, wie Selims Truppen, ausgezehrt und geschwächt durch mangelhafte und verdorbene Nahrung. Auch hatte er die Positionierung und die Taktik der gegnerischen Artillerie auszukundschaften vermocht, was ihm die Aufstellung eines Gegenplanes erlaubte.

So sah es während der ersten Stunden der Schlacht danach aus, als ob den Rotköpfen das Kriegsglück winke, denn es gelang ihnen gleich im ersten Ansturm, den linken Flügel mit der europäischen Reiterei unter dem Beglerbeg von Rumeli zu werfen. Deshalb ging Selims Kalkül, seine Artillerie im Zentrum hinter den

Azaben zu verstecken, die ihre Reihen im günstigen Moment öffnen sollten, um den Feind dem Kanonenfeuer preiszugeben, nicht auf. Der vom Şah persönlich angeführte rechte Flügel der persischen Reiterei, der soeben den linken der osmanischen überrannt, bedrohte schon von der Flanke her die Wagenburg, welche die Janitscharen wie üblich aus dem Gepäck und aus den Kamelen um sich errichtet hatten. Doch die eröffneten jetzt das Feuer und nahmen die persischen Reiter und Pferde so unter Dauerbeschuß, daß sie Minuten später nur noch eine einzige blutige Masse darstellten.

Der Şah war zwar verwundet, kam aber mit dem Leben davon. Auch der Rest seines Heeres floh unter Zurücklassung des Trosses, der mitgeführten Kriegskasse und, besonders schwer zu verwinden, des Harems. Selim befahl aber nicht die Verfolgung, vielmehr gönnte er seinen erschöpften Mannschaften einen Tag Rast.

Nach dieser vernichtenden Niederlage unternahm İsmail nicht mehr den Versuch einer Verteidigung seiner Residenz Tebriz, wo Selim, der nun keine sonderliche Eile hatte, dreizehn Tage nach der Schlacht von Çaldıran im Triumph einziehen konnte. Da die Bevölkerung und die Honoratioren der Stadt ihn zwar skeptisch, aber ohne jede Form von Widerstand in ihren Mauern begrüßten, erwies Selim sich als gnädig und tat ausnahmsweise auf alle Arten von Metzeleien Verzicht, zumal ihm die reichgefüllten Magazine und Schatzkammern ohne Zögern und Murren aufgetan wurden.

Durch seine gönnerische Behandlung der Einwohnerschaft und die Überführung der vorgefundenen Kostbarkeiten in die Depots seines İstanbuler Sarays mußten aber die Janitscharen schon wieder gepeinigt sein bis an den Rand des Erträglichen, denn sie fühlten sich vom Sultan gefoppt und betrogen um die Plünderung, mit deren Versprechung er sie hergelockt hatte, und es war daher die nächste Revolte vorprogrammiert.

Nur eine Woche hielt Selim sich auf in Tebriz, dann befahl er den Aufbruch, aber nicht in die westliche Richtung, aus der sie gekommen, sondern gen Norden, denn es war seine Planung, nach der Gepflogenheit Timurs mit seinem Heer den Winter in Karabağ zu verbringen. Die Janitscharen verstanden sehr wohl, was damit gemeint war, nämlich die erneute Aufnahme des Kriegs gegen İsmail für das kommende Jahr, und sie waren auf eine Wiederholung des Erlebten überhaupt nicht erpicht.

Sie warteten mit der Kündigung ihres Gehorsams nur noch, bis das Heer sich ausreichend entfernt hatte von Tebriz, denn es lag nicht in ihrem Interesse, das persische Volk mit dem Schauspiel der Demütigung des osmanischen Sultans durch seine eigenen Sklaven etwa auf falsche Gedanken zu bringen. Mitten auf dem Marsch, im Lager zu Nahçivan, wo sich die Straße rechts nach Karabağ und links nach Erzurum zweigte, umstellten sie das Zelt ihres Großherrn und schossen ihm das Dach über dem Kopf zu Fetzen.

Diesmal war es der Grausame, der Unnachgiebige, der beilenkte und umschwenken ließ auf den Weg linker Hand, welcher sie zurückführte in mehr heimatliche Gefilde. So endete im Oktober des Jahres 1514 Selims Feldzug gegen Şah İsmail, der ihm zwar die Provinzen Erzurum und Erzincan eintrug und die Grenzen des Reiches beträchtlich gen Osten verschob, das eigentliche Ziel aber, nämlich die Auslöschung des Feindes und die restlose Vertilgung der Rotköpfe, verfehlte.

Ist es erlaubt, in einem Boxkampf, wenn man, vom Gegner an die Seile gedrängt, dem Hagel von dessen Schlägen weder zu entfliehen noch ihm Gegenwehr zu leisten vermag, die eigene Gesundheit zu schützen, indem man den Angreifer mit einem Kopfstoß verwundet?

Kein Zweifel, daß Selim der Grausame ein dies bejahendes Fetva von seinem gefügigen Şeyhülislam im Bedarfsfall zur Hand gehabt hätte. Nun ist es aber nicht der Muslim im Ring, sondern

Marcel Sandol, der zu dem extrem unsportlichen und betrügerischen Mittel greift, um den Kampf für sich zu retten, und gar so leicht wie der Grausame wird er eine Rechtfertigung für seine Handlung nicht beibringen können.

Generell gilt ja denjenigen, die das Boxen als Institution verachten, die Veranstaltung samt und sonders als bestialisch, und es leuchtet diesen Leuten nicht ein, warum die vom Gesetz verbotene Gewaltanwendung erlaubt sein soll, nur weil man sie unter bestimmte Bedingungen stellt und als Spektakel aufzieht. Aus dieser Sicht ist es freilich ganz unverständlich, daß die zuschauend Beteiligten in Jubel ausbrechen, wenn ein Mann dem anderen mit seiner gesammelten Kraft ins Gesicht haut, sich aber im nächsten Moment mit echter moralischer Empörung darüber ereifern, daß der Getroffene sich mit einem Schlag auf die Testikel oder, wie jetzt, mit einem Kopfstoß zur Wehr setzt.

Wir hingegen teilen das Empfinden der unter dem Zeltdach vereinigten Freunde des Sports, die die Gewaltanwendung im Zweikampf nicht nur billigen, sondern sogar dafür bezahlen, daß sie stattfinden kann und daß sie ihr beiwohnen dürfen. Wie sie legen wir den höchsten Wert auf die Kultivierung der rohesten, tierischen, ja bestialischen Triebe im Menschen, doch damit zunächst einmal auf die allerstrikteste Einhaltung der Regeln. In diesem Belang ist oben im Ring Eddy Hoagland unser Vertreter und Anwalt, Staatsanwalt in gewisser Beziehung, und es beleidigt unseren Gerechtigkeitssinn ungeheuer, daß Sandol, der Schurke, seinen brutalen Nicker so tückisch ausgeführt hat, daß die Argusaugen des dritten Mannes im Seilgeviert davon erneut nichts mitgekriegt haben.

Hatten wir mit Grusel und Staunen registriert, wie Nasrettin den Schlag in den Unterleib in der dritten Runde und in der vierten den Volltreffer ins Gesicht wegzustecken vermochte, ohne gelähmt zu werden vom Schmerz, so gab es für dies Verwunderliche noch die vernünftige Aufklärung durch unser Wissen über die Wirkung des Adrenalins auf das zentrale Nervensystem. Warum versagt aber jetzt das von Nasrettins Nebennierenmark in Höchstmengen ausgestoßene Hormon in seiner Aufgabe, die Schmerzempfindung zu unterdrücken? Seine Nase tut ihm weh, als hätte auf der Straße unversehens ein Passant einen Hammer aus der Tasche gezogen und ihm damit einen Nagel in den Knochen getrieben. Jault er auf? Nein. Nasrettin reißt die Arme in die Luft, denn für diesen Schmerz wird er mit dem Gürtel des Europameisters entschädigt werden. Es ist sein Sieg, denn der Champion hat sich disqualifiziert. Glaubt Nasrettin. Aber Hoagland unterbricht nicht einmal, als Sandol dem ohne Deckung Dastehenden jetzt auch noch mit seinen Fäusten die Fraktur nachzubehandeln versucht. Erst das Pfeifkonzert aus dem Publikum, das sich nun doch entschieden distanziert von seinem Liebling, und der wütende Protest von Röder und seinen Gehilfen aus Nasrettins Ecke veranlassen den Referee dazu, die beiden Boxer auseinanderzurücken.

Nasrettin reklamiert den Regelverstoß, aber die Haut auf seinem Nasenrücken ist nicht geplatzt, auch zeigt sich auf Sandols Stirn kein Blut und keine Schwellung, was Indizien im Sinne der Anklage wären. Hoagland schließt es aus, daß Sandol ihn derart zu täuschen vermochte, glaubt im Gegenteil, daß Nasrettin simuliert, und ohne das Punktgericht zu befragen, läßt er weiterboxen. Sandol hätte das schonungslos ausgenutzt, aber er steht selbst noch unter der Wirkung von Nasrettins Treffern, und so erobert er nicht einmal die Punkte für diese Runde zurück. Es bleibt ein wechselseitiges Schieben und Klammern bis hin zum Gong.

Die siebte Runde

Mit dem Nagel im Knochen unter der Stirn würde Nasrettin auf diese Pause liebend gerne verzichten. Er, der Entspannungsartist, dessen Lebensübung zum guten Teil darin bestanden hat, diesen Rhythmus von drei Minuten letzter Verausgabung der Kräfte, an welche die Minute völliger Rekreation und Gelöstheit sich schließt, tiefer, immer tiefer sich einzuschleifen ins Blut mit Exerzitien, die er dahin zu bringen vermochte, daß er im Bett nach gezählten 180 Sekunden einschlafen und exakt 60 Sekunden darauf wieder aufwachen kann. Kein Dempsey, kein Hagler, kein Sugar Ray, kein Muhammad Ali hat je solche Künste beherrscht. Aber plötzlich hat seine Autosuggestion kein Mittel mehr zu ihrer Verfügung, um abzuschalten, um die Energien zu regenerieren, die er doch braucht für sechs schwere Runden, die ausstehen. Nein, sein längstes, sein härtestes Konditionstraining, das er investiert hat in diesen Kampf, es ist für die Katz, er wird sie nicht durchstehen können, diese sechs Runden.

Nasrettin kickt mit dem Fuß den Hocker, den Röder ihm hinstellt, zur Seite. Er bleibt stehen mit dem Rücken zum Ring und preßt seine Stirn am Eckpfosten in das blaue Polster. Er muß jetzt durch die Wand mit diesem Kopf, den der Schmerz zu einer brennenden Fackel gemacht hat. Er wird Sandol bestrafen. Gott ist nicht so blind wie Eddy Hoagland. Gott hat Sandols Kopfstoß gesehen. Er wird Nasrettin zum Werkzeug Seiner Gerechtigkeit machen.

«Dreh bloß nicht durch, Nasrettin», versucht Röder ihn zu beschwören. «Der Mann ist ein Stinker. Erst der Tiefschlag, nun auch noch der Kopfstoß. Mach Schluß mit ihm, Nasrettin, hol dir den Gürtel. Aber schön kontrolliert. Zweimal links, einmal rechts, dann wieder raus aus dem Mann. Du hast es doch goldrichtig gemacht ...»

Röder spricht das alles in Nasrettins Nacken, denn unser Held ist wie festgeklebt an seinem Pfosten. Aus lauter Verlegenheit schrubbt Röder mit dem Schwamm seinen Rücken, wie er einen unberechenbaren Hengst striegeln würde. Nasrettin gibt nicht einmal den Mundschutz heraus, er beißt darauf.

«Wenn endlich der Gong kommen würde», denkt er, «daß ich ihn umhauen kann, diesen Mörder.»

Aus einem Grund fühlte Nasrettin sich erleichtert, aus dem industriellen Herzen Europas wieder in das hinterste Anatolien versetzt worden zu sein. Hakan war in eine Ferne gerückt, aus der er Nasrettin eigentlich nichts mehr anhaben konnte. Aber sonderbar genug: jenes Gift, das die über Generationen hin aufgebauten moralischen Prinzipien in seinem Organismus mit furchterregendem Tempo zersetzte und zu ihrer Auflösung brachte, entfaltete seine hauptsächliche Wirkung erst jetzt, da er wieder allein mit sich war. Nasrettin zeigte sich in seinem dreizehnten Lebensjahr als ein erwachsener Mann darin, daß er ohne viel Überlegung und ohne sich von irgend jemandem Rat einzuholen begriff: Gegen diesen inneren Feind war nur eine Verteidigung möglich, die selbst eine innerliche sein mußte.

Vermehrter Eifer, erhöhte Aufmerksamkeit in der Schule, hingebungsvolleres Training beim Boxen und Pflege des Gerechtigkeitssinns waren seine Maßregeln, den verderblichen Einfluß wieder hinauszujagen aus Körper und Seele. Es traf sich aber, daß auch in jenem vermeintlich so abgelegenen und uninteressanten, am Eisernen Vorhang verdörrenden Provinzstädtchen Kars, wie auf der ganzen Welt, plötzlich allerorten vom großen Ringen zwischen Sozialismus und Kapitalismus die Rede war. Selbst in der Mittelschule, wo er sich bewähren und auszeichnen wollte, sprach niemand mehr von Physik und Chemie, das Gespräch drehte sich nahezu ausnahmslos um die Theorien von Marx und Engels. Da augenscheinlich Nasrettin der Klasse der Kapitalisten nicht zugehörte, stand für ihn bald fest, daß sein Platz sich in den Reihen der Streiter für den Sozialismus befand. Ebensowenig stutzte er darüber, daß die Lehre von der gesellschaftlichen Umwälzung sogar durch die Obrigkeit vom eigenen Katheder herunter doziert wurde. Nicht nur die Unterhaltungen während der Pausen, auch die Unterrichtsstunden hatten zu ihrem Gegenstand solche Begriffe wie «Demokratie», «Gerechtigkeit» und «Emanzipation». Ankara war eben fern, die große Sowjetunion nah.

Es galt, gute Taten zu vollbringen. Der Reiche war von seinem Kapital zu trennen, sein Besitz unter die Armen zu streuen. Nasrettin fühlte sich in der Haut von Robin Hood, was zu dem Ort, der von der Burg aus der Zeit der Selçuken beherrscht wird, gar nicht schlecht stimmte. Daß er solche Ansichten auch in Briefen, die er Oktay nach Deutschland schickte, niederlegte, versetzte den Vater, wie wir verstehen, in eine nicht geringe Beunruhigung.

Übrigens war auch auf dieser Seite eine bedeutsame Veränderung im Vollzug, denn Oktay wechselte seinen Wohnort. Er gab die Arbeit in der Fabrik auf.

Das chemische Werk, eine der Hauptniederlassungen eines weltweit operierenden Konzerns, erzeugte am Ort große Mengen eines Polyvinylchlorid geheißenen Materials, das in vielfältigen Industrien der Weiterverarbeitung diente. Es hatte sich aber erwiesen, daß die bei der Herstellung entstehenden Gase die Gesundheit der am Prozeß beteiligten Arbeiter auf das entschiedenste angriff. Die Ärzte begannen bereits, eine sogenannte PVC-Krankheit zu diagnostizieren, ein Fall hatte einen tödlichen Ausgang genommen. Der Ruf des Konzerns stand auf dem Spiel, der Aktienkurs zitterte schon.

Die Angelegenheit hätte betriebsintern geregelt werden können und wäre nie ans Licht der Öffentlichkeit gelangt, jedoch hatte die zuständige Abteilung, wie sich jetzt zeigte, einen folgenschweren Fehler begangen, indem sie nur den amtierenden Betriebsratsvorsitzenden und nicht auch seinen Rivalen, dem ein kommunistischer Hintergrund nachgesagt wurde, mit Geschenken aus dem bereitstehenden Fonds versorgt hatte. Zusätzlich verlor die Gewerkschaft bei der entscheidenden Abstimmung die Kontrolle über ihre Mitglieder, und schwupp! war der versehentlich unbestochene, politisch nicht eindeutig fixierbare Hetzer gegen die Konzernspitze zum neuen Vorsitzenden gewählt.

In der Chefetage erwog man ernsthaft die Schließung des Standorts, ließ die Variante aber schnell wieder fallen, denn das hätte bedeutet, Öl auf die schon entzündete Flamme zu gießen. Es hieß nun, in höchstem Tempo die erkrankten Arbeiter aus dem Werk zu entfernen, bevor sie der gierigen Meute der Journaille in die Fänge gerieten. Teuer war der Rat, aber, auf die Verhältnisse des Konzerns hin betrachtet, gar so teuer nun auch wieder nicht. Große Belobigung wurde dem Personalchef zuteil, der in weiser Voraussicht die fraglichen Arbeitsplätze exklusiv für in Anatolien angeworbene Kräfte reserviert hatte. Das sparte dem Konzern in dieser höchst diffizilen Situation die Hauptsache des Ärgers und hohe Summen von Bargeld bei der Abfindung der Betroffenen und ihrer Familien.

Immerhin, für Oktay, der allerdings mit sämtlichen Symptomen des Syndroms geschlagen war, nahm sich der Betrag, wo er ihn auf seine Verhältnisse hin ansah, doch eher schmerzstillend und verheißungsvoll aus. Die kleine Gegenleistung, die von ihm erwartet wurde, bestand darin, binnen 48 Stunden das Land zu verlassen und weder hier noch dort irgendwie geartete öffentliche Äußerungen über das in der Fabrik Erlebte zu tun, wogegen sich die Arbeitgeberseite verpflichtete, etwa noch anfallende Arzt- und Krankenhauskosten auf Heller und Pfennig zu erstatten.

Oktay glaubte, sich einen Hans im Glück nennen zu dürfen. Gut, die Knöchel seiner Finger waren geschwollen und leicht bläulich verfärbt; dafür steckte aber ein kleines Vermögen in seiner Tasche, das er, auf die gewöhnliche und ehrliche Art schuftend, sich in einem ganzen Jahrzehnt nicht hätte wegsparen können von seinem Lohn.

Mit Gründlichkeit erwog Oktay, in Kars dieses oder jenes Geschäft zu beginnen, eventuell auch in Sulakbahçe gemeinsam mit den Karagöz einen modernen landwirtschaftlichen Betrieb aufzuziehen. Solchen Plänen standen aber besorgniserregende Nachrichten entgegen, die aus der fernen Heimat zu ihm gelangten. Auf der Bahnhofsstraße der Industriestadt im Grünen hatte unter dem Namen «Arkadaş» eine Teestube eröffnet, in Wirklichkeit ein politischer Debattierklub. Was Oktay hier über die türkischen Zustände erfuhr, lautete derart, daß das Land unmittelbar vor dem Bürgerkrieg stehe, möglicherweise bereits eingetreten sei in die Präliminarien eines solchen.

Oktay, der sich nicht im eigentlichen Sinne für Politik interessierte und hauptsächlich das für ihn persönlich Bedeutsame herauszulesen versuchte, glaubte, schleunigst seine Frau und seine Kinder aus der Gefahrenzone evakuieren zu müssen. So empfand er für die Zuspitzung der politischen Situation in der Türkei sogar Dankbarkeit auf eine Weise, denn sie zwang ihn, das Verhältnis zu seiner deutschen Geliebten, das er entgegen seinen anderslautenden Schwüren vor Sevim doch niemals vollständig abgebrochen hatte, endlich zu lösen und seine gesetzliche und natürliche Rolle als Oberhaupt der von ihm gegründeten Familie wieder einnehmen zu können. Als ein Kismet im guten Sinne redete er sich jenen Passus in dem Vertrag ein, der ihm die Wiedereinreise und den Aufenthalt in der Bundesrepublik Deutschland für die nächsten zehn Jahre ausdrücklich verbot, weil damit der Schlußstrich gezogen wurde unter das elende Versteckspiel, das Helga betrieben hatte mit ihrem Gatten wie er mit Sevim über so viele Jahre. Gerne würden wir Oktay gratulieren zu seiner Vernunft, doch sollte sich sowohl bei ihm als auch bei Helga zu beider Verhängnis die Liebe als stärker erweisen.

Oktay mußte aber in Deutschland bleiben, wollte er seinen Anhang retten aus der vom Bürgerkrieg bedrohten Heimat, und es gab dafür auch ein Schlupfloch im Text seines Kontrakts.

Im «Arkadaş», wo man auch den PVC-Skandal in all seinen Facetten ausdiskutiert hatte, war ihm zu Ohren gekommen, daß Westberlin zwar praktisch, nicht aber juristisch zum Gebiet dieses Staates gehörte. Auch die Vertrauensanwälte des Betriebsrats hatten bestätigt, daß die Klauseln des Vertrags nicht verletzte, wer sein Domizil in der Mauerstadt nahm. So bestieg Oktay zwar am Rhein-Main-Flughafen die Maschine, die nach İstanbul ging, doch landete er noch selbigentags in Berlin.

Tisch, Schrank, Bett und Stühle blieben bei Bülent zurück, Oktays sonstiges Inventar war auf zwei größere Koffer verteilt. Seine Abfindung trug er in einem Bündel aus Tausendmarkscheinen in der Brieftasche in seinem Jackett.

Die Zeit zwischen den beiden Flügen vertrieb Oktay sich an des Bosporos' Ufern. Klar, daß er die rare Gelegenheit einer Seefahrt von Europa nach Asien mit dem städtischen Vapur nicht versäumte. Aber weder in Kadıköy noch in Üsküdar, wo er sich in der schon leicht schwülen Mittagswärme vom Strom der Passanten durch die Straßen ziehen ließ, machte er Besuche.

Im übrigen wußte er gar nicht, daß in Üsküdar sein ehemaliger Geschäftspartner Faruk inzwischen mit seiner wunderhübschen Frau, einer fünfjährigen Tochter und einem dreijährigen Sohn ein großzügig eingerichtetes und sehr geräumiges Penthouse bewohnte. Längst hatte sich Faruk herausgezogen aus dem schwarzen Handel mit den Kalpaklarn und bekleidete seit neuestem den Posten eines Verkaufsleiters bei einer japanisch-türkischen Firma, die Industriekleber fabrizierte.

Nur in Kadıköy suchte Oktay in den Gassen beim Hafen ein paar der zweifelhaften Spelunken auf, aus denen, unbeeindruckt vom Ruf zum Mittagsgebet, die Besoffenen mit Bier- und Rakıfahnen heraustorkelten, weil er insgeheim hoffte, an einem dieser Orte seinen Bruder Yılmaz wiederzusehen. Doch dieser Wunsch erfüllte sich nicht. Den Abstecher nach Beşiktaş konnte er sich von vornherein sparen, da Niyazi seine Kanzlei seit etlicher Zeit bereits nach Amsterdam verlegt hatte, wo er auf Fälle von Ehestreit zwischen Staatsbürgern Hollands und der

Türkei spezialisiert und über die Maßen mit Klienten eingedeckt war.

Der Start der Maschine der Interflug, welche die Route İstanbul–Ostberlin einmal pro Woche bediente, war für den späten Abend angesetzt, aber Oktay machte sich doch zeitig auf den Weg zurück ans europäische Ufer. Obwohl er sich mit der Abfindung in seiner Brieftasche, mit der er nicht ohne Leichtsinn durch die sehr volkstümlichen Bierstuben Kadıköys spaziert war, als reicher Mann fühlen durfte, hielt er an der Sparsamkeit, die ihm die Gastarbeiterschaft in Deutschland zur zweiten Natur gemacht hatte, fest, wollte nicht mit dem Taxi, sondern mit dem Havaş-Bus zum Flughafen hinaus. Den gedachte er am Taksim-Platz zu besteigen, und so nahm er von Karıköy die Tunnelbahn nach Beyoğlu hinauf.

Als er auf der İstiklal Caddesi wieder ins Freie trat, fand er die Einkaufsstraße von einer Menschenmenge bevölkert, die aufgeregt durcheinanderlief. Teils panisches, teils aggressives Geschrei und Gebrüll erfüllte die Luft, und aus geringer Entfernung mischte sich das Geheul von Polizeisirenen darein. Ein junger, langhaariger, glatt rasierter Mann drückte ihm ein Flugblatt in die Hand, aber Oktay hatte nicht Muße, den Text zu studieren, sah nur am Kopf der Seite Hammer und Sichel und die fett gedruckte Überschrift: Tod den Faschisten! Im nächsten Moment hatte ihm ein anderer junger Mann, der sein Haar kurz geschoren und einen Knebelbart à la Selim Sultan Yavuz trug, das Pamphlet wieder entrissen und ihm statt dessen ein Papier aufgedrängt, das von drei Halbmonden geziert war und auf dem die Parole «Tod den Kommunisten!» als Schlagzeile prangte.

Auch dem Aufruf der Grauen Wölfe widmete Oktay sich nicht, sein Problem war einzig, wie er sich durch dies mörderische Getümmel bis zum Taksim durchboxen sollte, wo sich ja nicht nur die Haltestelle für den Flughafenbus, sondern auch sein Gepäck befand, das er am Morgen einem freundlichen Bakkal anvertraut hatte. Die Bimmelbahn, die er hatte benutzen wollen, stand ausgebrannt an ihrer Kopfstation.

Nun haben wir Oktay kennengelernt als einen Mann der furchtlosen Sorte, und wenn auch die Anpassung an das Fabriksystem in Deutschland diesen starken Charakterzug ziemlich abgestumpft hatte, so behielt er doch die Nerven inmitten des Tumults, in den er so unversehens geraten. Aber er war kaum 200 Schritte in Richtung Taksim gegangen, als er Schüsse knallen hörte. Das war also kein Papierkrieg, der hier zwischen den radikalisierten politischen Lagern zur Ausfechtung kam.

Wir haben es selbst miterlebt, wie seinerzeit die Karagöz-Brüder Niyazis Dach, unter dem Oktay mit Sevim seine Zuflucht gesucht, unter Beschuß genommen hatten, auch war bei verschiedenen Übungen während seiner Militärzeit in Eskişehir scharfe Munition ausgeteilt worden, aber jetzt rutschte ihm bei diesem Geräusch doch das Herz ein Stückchen der Hose entgegen.

Er befand sich in direkter Reichweite der abgefeuerten Waffen, sah sogar hinten über den Köpfen die Rauchfäden aufsteigen. Zu überlegen blieb ihm nicht viel, denn die Schüsse lösten eine Fluchtwelle aus, die ihn mitriß und ihn dahin zurückspülte, von wo er gekommen. Er wurde von der rasenden Menge an den Rand der breiten Straße gedrängt und ohne seinen Willen durch die Ladentür in das Innere einer Buchhandlung geschoben. Der Inhaber war eben dabeigewesen, die Pforte seines Geschäfts zu verriegeln, doch ließ er Oktay, den die in Todesfurcht Drängelnden beinahe durch die Glasscheibe gepreßt hätten, noch hinein, bevor er seine Bücherstube verschloß.

Als Oktay sich ein wenig erholt hatte und sich umzuschauen begann, klärten die Rücken der Bücher in den Regalen ihn darüber auf, daß es İstanbuls deutsche Buchhandlung war, wohin er sich gerettet aus der Straßenschlacht, die draußen vor dem Schaufenster tobte.

«Sonderbar», sprach er den Buchhändler an, «da lebe ich schon so viele Jahre in Deutschland und muß erst nach İstanbul kommen und zwischen die Fronten geraten, um einen Laden mit deutschen Büchern von innen zu sehen.»

«Dann bringt also diese furchtbare Wirrnis, diese blinde Gewalt doch ihr Gutes hervor», gab ihm der Händler, der überhaupt nichts von einem Bücherwurm hatte, mit einem frischen Lächeln zurück.

Weil er ihn freundlich aufforderte, sich mit ihm neben der Kasse bei seinem Schreibtisch niederzusetzen, ihm Tee anbot und auch das dunkle, gekräuselte, nach hinten gekämmte Haar ihm einen Anflug von Orientalischem lieh, zweifelte Oktay, einen Deutschen vor sich zu haben.

«Nein, ich bin kein Landsmann von Goethe und Schiller», antwortete der Menschenfreund bereitwillig, nachdem Oktay ihm die Frage gestellt. «Ich bin Schweizer. Die Stadt meiner Heimat heißt Bern, und ich bin zu den Büchern und zu diesem Geschäft noch weit zufälliger gekommen als Sie, denn eigentlich hätte mein Beruf Rennfahrer sein sollen.»

«Rennfahrer?» fragte Oktay nach und legte die Stirn ungläubig in Falten.

Eine Fahnenstange schlug gegen die Schaufensterscheibe. Der Wahl-İstanbuler aus Bern sah, mit einem Stirnrunzeln, als wolle er Oktay parodieren, nur kurz hinüber, und da das Glas standhielt, fuhr er ungerührt fort in seiner Rede.

«Mit einundzwanzig habe ich mein erstes Rennen gefahren. In der Formel 2, aber der Wagen war teuer genug. Mit einundzwanzig ist in der Regel jeder Mann überzeugt von sich selbst, aber ich war es besonders und meine Ausstrahlung von solcher Siegesgewißheit getragen, daß es nur wenige Wochen gebraucht hatte, in der Verwandtschaft das Geld für den Rennwagen zusammenzupumpen. Das waren damals rund eine Viertelmillion Franken. Aber es lief nicht so, wie ich es in meiner jugendlichen Selbstüberschätzung vorausgedacht hatte.

Die anderen Fahrer hatten mehr Schneid oder mehr Routine, vielleicht auch mehr Können, und wenn das nicht, ganz einfach das schnellere Auto. Jedenfalls konnte ich nie zur Spitze vorstoßen. Die Unkosten wuchsen und wuchsen, aber von den Prämien, auf die ich so sicher gerechnet, sah ich nie auch nur einen einzigen Rappen. Die Gläubiger murrten. Je näher die Verwandtschaft, je lauter. Mein Selbstwertgefühl sank von Rennen zu Rennen, ich scheute das Risiko, und wenn ich mir dann doch einmal den Ruck gab, war es gleich für mich und andere lebensgefährlich. Meine Bilanz lag so weit hinter meinen Versprechungen zurück, daß ich niemandem mehr ins Gesicht schauen mochte. Ich mied auch den Blick in den Spiegel.

Mein Vater, Studienrat am Berner Gymnasium, der von Anbeginn kein Hehl daraus gemacht, daß er mir auf der Rennstrecke nicht den geringsten Erfolg zutraute und meinen Ehrgeiz für eine feige Art des Selbstmördertums hielt, hatte darauf bestanden, daß ich mich an der Universität für ein Studium einschrieb, und da er mir bei der Wahl des Fachs freie Hand ließ, fiel meine Entscheidung auf die Archäologie, vielleicht nur, weil sie in dem alphabetisch geordneten Katalog obenan stand.

Nachdem meine kühnen Pläne gescheitert, nachdem mir wieder einmal die Zielfahne als letztem gewinkt hatte, trieb mich das schlechte Gewissen eines Tages doch in die Alma mater, die ich bis dahin gescheut hatte wie der Teufel das Weihwasser. Am Schwarzen Brett, wo ich nach einer einführenden Vorlesung für die Anfänger suchte, fiel mein Blick auf einen Aushang, der für die Mitarbeit bei einer Expedition in den Südosten Anatoliens warb.

Das liegt so ziemlich genau ein Dezennium zurück, Sie werden sich erinnern, die Türkei steckte damals wenigstens ebenso tief im politischen Schlamassel wie heute. Die Berner Bürgertöchter, welche die meisten der archäologischen Studienplätze besetzten, zeigten wenig Neigung, unter solchen Umständen an den Ufern des Vansees nach den Spuren der Selçuken zu graben, und so war die Auswahlkommission heilfroh über meine Meldung; nach meinen vorherigen Leistungen im Fach wurde nicht weiter gefragt.

Ich konnte aber nicht gemeinsam mit dem Professor und den Kommilitonen aufbrechen, denn ich war noch gebucht für ein großes Rennen auf dem Hockenheimring. Aber selbst damit war man einverstanden, daß ich nachkommen würde, zu allem Überfluß wurde mir noch ein Vorschuß auf die Reisekosten gezahlt. Das war auch alles Geld, was ich hatte, als mein letztes Rennen hinter mir lag. Obwohl wie stets aus der hintersten Reihe gestartet, hatte ich mich auf den vierten Platz nach vorne gearbeitet, steuerte souverän wie nie zuvor, ging aber in der vorletzten Runde, weil ich unbedingt dies eine Mal doch auf dem Treppchen zu stehen wünschte, eine Haarnadelkurve um zwei oder drei Kilometer zu scharf an und flog hinaus. Mehrfach überschlug sich mein Wagen, aber wie durch ein Wunder kam ich ohne die kleinste Schramme heraus, bevor der alte Schlitten, der mir nie das erhoffte Siegerglück gebracht hatte, in Flammen aufging.

Vom Rennplatz weg machte ich mich per Autostop auf den Weg in die Türkei. Nach einer abenteuerlichen Reise angekommen in Ahlat, stieß ich weder auf Spuren der Selçuken noch auf solche meiner Ausgrabungsgruppe. Ich hatte mir mit einem Lehrbuch, das ich mir bei der Durchfahrt in Wien gekauft hatte, unterwegs etwas Türkisch beigebracht, konnte aber nichts in Erfahrung bringen über den Verbleib meines Professors und meiner Kommilitonen. Ich hatte eben noch fünfzehn Franken in der Tasche, und die Polizeibeamten, bei denen ich mich nach meinen Leuten erkundigen wollte, wurden plötzlich unverhältnismäßig freundlich, als sie meinen Schweizer Paß sahen, redeten von İnönü und Lausanne, was ich erst sehr viel später verstand, und setzten mich auf einen Fernbus, der bis nach İstanbul fuhr, wo ich mich beim Schweizer Konsulat melden sollte.

Das tat ich auch, wurde aber von meinen Eidgenossen dort sehr viel unhöflicher behandelt als von der türkischen Polizei. Was man mir anbot, war ein Kredit für die ‹Rückschaffung› in meine Heimat, aber Sie verstehen schon aus dem Gesagten, daß mir an einer solchen Lösung nichts lag. Meine fünfzehn Franken waren nun auch aufgebraucht, ich stieg von Beyoğlu hinunter zur Galata-Brücke. Mein letzter Plan war, mich im Goldenen Horn zu ertränken. Alle Welt, das war mein endgültiger Eindruck, hatte die Geduld mit mir verloren.

Einer war aber doch da, der mir Gelegenheit schenken wollte, mein allzu früh verpfuschtes Leben zu ordnen, und ich habe Seine Existenz seit jener Stunde nie wieder in Zweifel gezogen. Der Barmherzige schickte mir einen Engel. Es war ein sehr stattlich gebauter Herr in den Siebzigern mit schlohweißem Haar in einem altmodisch geschneiderten mausgrauen Anzug, der seinen Abendspaziergang machte, als er mich zum Sprung bereit am Geländer der Galata-Brücke stehen sah. Nicht, daß ich etwa behaupten möchte, Gott sei Schweizer –»

Hier unterbrach sich der Erzähler und blinzelte Oktay spitzbübisch an.

«Aber der Mann, den Er mir schickte in meiner höchsten Not, war einer. Ein Bündner, und er hatte, ich weiß nicht woran, in mir auf den ersten Blick nicht nur den Landsmann erkannt, er schien auch zu wissen, was in meinem Inneren vorging und wozu ich bereit war. Er sprach mich in seinem Dialekt an und nahm schon damit die Hälfte der Last von meiner Seele. Er sei Antialkoholiker, waren seine ersten Worte an mich, aber alle Jubeljahre überkomme ihn doch das Gelüst auf einen Schoppen Burgunder, und ebendieser sei so ein verflixter Tag. Mit übertriebener Höflichkeit lud der gesetzte Herr mich, den verzweifelten und abgerissenen Jüngling ein, ihm bei einem Gläschen Gesellschaft zu leisten. Mehr als willig verschob ich meinen Freitod um einige Stunden und folgte diesem rüstigen Greis, der sich bald als mein Retter erwies. Zu der Weinstube, die er im Sinn hatte, mußten wir wieder nach Pera hinauf, und im Gehen erzählte er mir, er sei im Auftrag der Migros in der Türkei, habe für das Unternehmen beim Ministerium in Ankara so weitgehende ‹Kapitulationen› erwirkt, daß alles danach ausschaute, als sollte es in abzusehender Zeit zwischen Edirne und Kars mehr Migros-Märkte geben als in der Schweiz. Beim Wein dann schüttete ich auf seine einfühlenden Fragen mein ganzes Herz vor ihm aus.»

Der gescheiterte Rennfahrer und derzeitige Buchhändler hatte, indem er diese Szenen aus der Erinnerung vor sich aufsteigen ließ, feuchte Augen bekommen.

«Ach», sagte er zu Oktay, «wären nicht ausgerechnet heute unsere lieben Türken gar so verrückt, sich gegenseitig vor meiner Tür den Schädel einschlagen zu wollen, weil sie nicht wissen, welches Ausland sie nachahmen und welches sie aussperren sollen, ich ginge gerne mit Ihnen die paar Schritte hinüber zu der Taverne, um mit Ihnen das Andenken jenes Abends zu feiern. Aber mir fällt ein, ich habe da ein Fläschchen Kirschwasser aus dem Berner Oberland, das mir neulich eine Kundin geschenkt hat. Tun Sie mir den Gefallen, stoßen Sie an mit mir auf den Zufall und auf den Lenker der Wege.

Der Rest ist in wenigen Worten erzählt», fuhr Oktays neuer Bekannter fort, als die Gläser auch zum Lob der Schweizer Berge, zum Lob der Archäologie, zu dem der Selçuken und dem der Migros geklirrt hatten. «Der gute Mann quartierte mich für die Nacht ins Pera Palas ein, ich schlief in Atatürks Zimmer, er schenkte mir Geld, holte mich am folgenden Morgen vom Frühstück ab und führte mich hier in den Laden. Der damalige Besitzer war ein enger Freund meines Gönners und bot mir, kaum daß wir ein paar Sätze miteinander gesprochen, an, in seine Dienste zu treten. Mein Gehalt war in der ersten Zeit etwas knapp, aber es reichte zum Leben. Ich wuchs schnell hinein in den Betrieb, und kaum war ein Jahr verflossen, wurde ich zum Geschäftsführer ernannt. Ein weiteres halbes Jahr später verunglückte mein Chef beim Bergsteigen in der Schweiz, und als das Testament eröffnet wurde, hatte er, da er Witwer und kinderlos war, mir seine Buchhandlung mit allem Inventar und sogar mit den Konten vermacht. Prost!»

Oktay hatte beim Lauschen das blutige Treiben draußen auf der İstiklal Caddesi, seine Koffer am Taksim, fast schon seine Flugreise vergessen und sann über die Wechselfälligkeit unseres Lebens. Gedankenverloren nahm er von einem Stapel auf dem Schreibtisch den obersten Band zur Hand und blätterte mechanisch darin.

«Eine Neuerscheinung», beriet ihn sein Gegenüber sogleich fachmännisch-geschäftig. «Wieder so ein Wälzer über die Eroberung von Konstantinopel. Dem Ereignis wird vom Westen viel zuviel und ganz falsches Gewicht beigemessen. Wer sich nur ein wenig beschäftigt hat mit der Geschichte, weiß, daß der Eroberung Kairos durch Selim I. für die Entwicklung des Osmanischen Reiches sehr viel mehr Bedeutung zukommt. Aber darüber schreibt niemand.»

Die einzelnen Schlachten, die Selim den Grausamen bis nach Kairo führten und ihm zum Titel des Sultans den des Kalifen und des Beschützers der heiligen Stätten von Mekka und Medina einbrachten, sind wenig spektakulär. Die Mamluken, die noch Bayezit II. in Anatolien beträchtliches Terrain abgetrotzt, hatten bei Selims Angriff der osmanischen Heeresmaschine erstaunlich geringen Widerstand entgegengesetzt.

Klanglos kann man ihren Untergang nur im übertragenen, nicht im Wortsinne nennen, denn wie bei der Eroberung Konstantinopels spielte auch hier die jedes Schlachtgetümmel übertönende osmanische Artillerie die ausschlaggebende Rolle; zu einem größeren Teil aber noch war die rasche und restlose Vernichtung der Mamluken samt ihrer Staats- und Streitmacht durch Verrätereien verschuldet.

Das am schwersten zu überwindende Hindernis, das sich Selim bei der Ausführung seines tollkühnsten Planes entgegenstemmte, war nicht militärischer, sondern ideologischer Art. Wie wollte er einen Angriffskrieg gegen Muslime, gegen sunnitisch-rechtgläubige zudem, rechtfertigen und zur Pflicht für die Glaubenskämpfer erklären? Er ging über diese knifflige Frage mit Cemali, seinem von Bayezit II. übernommenen Müftü, zu Rate, welcher für derlei zuständig war und sich schon bei Ausfertigung jenes Fetvas, das die Hinschlachtung zigtausender Aleviten und den Überfall auf Persien als Gottesdienst dargestellt, so außerordentlich willfährig und hilfreich erzeigt hatte.

«Denk nur einmal scharf nach, es ist längst nicht so kompliziert, wie du meinst», säuselte der beamtete Kenner der Hauptstraßen und Schleichwege des Şeriats mit zwischen den Fäden seines dünn wachsenden Bartes gespitzten Lippen und schnell hin und her wackelndem Kopf.

Es bereitete ihm sichtliches Vergnügen, den ob seiner Jähzornigkeit und Grausamkeit berühmten Potentaten wie einen Schüler über seiner Aufgabe schwitzen zu lassen. Manchem Vezir war für ähnliche Frechheiten der Turban mitsamt dem darein gewickelten Kopf von den Schultern gerollt, aber Cemali durfte sich solche Impertinenzen erlauben. Selim hatte es nun einmal zu seinem Ehrgeiz gemacht, als der Rechtgläubigste unter den Rechtgläubigen zu gelten, also hatte es nur seine Ordnung damit, wenn der Heuchler vor dem Oberheuchler ein wenig im Staub herumkroch, bevor der ihm zur frommen Bemäntelung seiner Bluttaten die passenden Belegstellen aus der Heiligen Schrift heraussuchte.

Selim, bei dem sich schon der Koller zu regen begann, war die Hand auf den Knauf seines Schwertes gerutscht, aber er besann sich, mit wem er da saß und daß es unweigerlich sein Ende bedeutet hätte, dem Müftü Gewalt anzutun. So begnügte er sich, seinem Verdruß mit Worten etwas Lüftung zu schaffen.

«Sag mal, du Hanswurst», herrschte er Cemali an und ließ drohend seine blutunterlaufenen Äuglein rollen dazu, «was glaubst du, warum ich dich durchfüttere in meinem Saray, dein Zuckermäulchen tagtäglich stopfe mit Spezereien, die ich von Bursa und sonstwo eigens für dich herkommen lasse, dir die süßesten meiner Lustknaben zuführe und dich mit tausend Aufmerksamkeiten verwöhne? Damit du zu mir sprichst wie der Bauer mit seinem Ochsen?! Wenn du's am Schnürchen hast, unter welchem Vorwand ich die tscherkessische Brut verjagen kann von ihrem Thron in Kairo, dann sei so gut und spuck es aus.

Denn wenn es dir beliebt, mich hier weiter zum Narren zu halten, kann sein, ich überleg mir das Ganze, schließe einen Pakt mit dem alten Mamluken und hol mir von ihm ein Kalifenfetva über die Frage, ob man einem saudummen Müftü, der den Padişah bei der Wiederherstellung der Reinheit des Glaubens aufhält und ihm die Zeit stiehlt, die Rübe herunterhauen darf oder nicht.»

Cemali ängstigten solche Redensarten nicht im geringsten, er wußte besser, wer von wem abhängig war. Das Zeitalter, in dem jeder hergelaufene Viehtreiber sich seinen Weg zu Gott selbst hatte suchen dürfen, war unwiderruflich dahin. Der Spuk der Dervişler, die in ihren Ekstasen die Gaziler zum Heiligen Krieg angespornt hatten, mochten sie auch eine unverzichtbare Rolle dabei gespielt haben, dem Islam die Bahn erst in Anatolien, dann in Thrakien und auf dem Balkan zu ebnen, war bis auf wenige Reste verjagt, die Religion eine Sache gelehrter und staatstreuer Männer geworden. Es war das Verdienst Sultan Selims gewesen, endlich auch im Reich der Osmanen die Ulema in den Sattel gehoben zu haben.

Cemali lupfte auf Selims wenig feingeistige Schimpfereien nur die Brauen zur Stirn und entließ mit einem hörbaren Pfhhh die Luft aus den Backen. Der Sultan war ein furchtbarer Scharlatan, der in seinem Leben kaum eine Stunde auf das ernsthafte Studium des Korans verwandt hatte. Ein Kalif, der Fetvalar ausstellt?! Sollte man überhaupt Speichel vergeuden, solch einen geballten Unfug richtigzustellen? Im Grunde schon, denn wenn Cemali ihm das Fetva lieferte, ohne das er unter keinen Umständen über die Mamluken herfallen konnte, dann wäre der größere Teil auf der Strecke zur Unterjochung Ägyptens bereits zurückgelegt, Selim mit höchster Wahrscheinlichkeit bei seiner Rückkehr selbst der Kalif. Unweigerlich mußte Cemali sich schütteln bei diesem Gedanken. Bei allem Zynismus, bei all seiner selbstherrlichen Leichtfertigkeit im Umgang mit Koran und Hadislern schauderte es ihn denn doch, daß dieses bis auf die Knochen ungläubige und machtgierige Raubtier in Menschengestalt über ein kurzes die Statthalterschaft des Propheten antreten sollte.

«Wenn dir nichts einfällt dazu», sagte jetzt Selim, dem endgültig der Geduldsfaden riß, «so spanne mich hier nicht unnötig auf die Folter. Erhebe deinen frommen Hintern und stöbere gefälligst ein wenig in deinen Büchern. Und solltest du im Zuge dieser Nachforschungen etwas Hübsches entdecken, was uns zur Verketzerung und Verteufelung dieser mamlukischen Halunken dienlich sein könnte, dann meldest du dich wieder bei mir.»

«Gemach, mein Padişah», hielt ihm Cemali entgegen. «Meine Pflicht und Schuldigkeit ist lediglich, strittige Fragen zu beantworten nach Geist und Buchstaben des Heiligen Rechts. Du kannst nicht von mir verlangen, daß ich dir die Frage formuliere, die zu der Antwort, die du schon fertig hast, paßt. Wenn wir so anfangen, wo werden wir hinkommen, wenn du nächstens, was ja zu erwarten, ich meine, sehnlichst zu erhoffen ist, nicht nur als Sultan, sondern auch als Kalif vor mir stehen wirst?»

Selim ließ an dieser Stelle nur ein tiefes, anhaltendes Grumpfen vernehmen.

«Schnaufe nur, Padişah, du weißt, dein Müftü hat recht. Wärest du bloß nicht so verbockt, wir könnten diese Sitzung längst hinter uns haben. Was ist denn dein Vorwurf an Sultan Kansu Gavri, den Herrn der Mamluken, weswegen du ihn, ganz abgesehen von der Rache für die Niederlagen, die er deinem Vater, unserem frommen Bayezit, zugefügt hat, mit Krieg bedrohst?»

«Natürlich, daß er sich mit dieser Memme İsmail verabredet hatte und bei den Kurden lauerte, uns in den Rücken zu fallen.»

«Schön!» lobte der Müftü den Sultan wie einen artigen Schüler. «Da bist du sehr nah an der Lösung. Hat also Kansu Gavri dem Şah von Persien geholfen?»

«Er wollte ihm helfen, aber ich war davor.»

Cemali schnalzte unzufrieden, der Sultan kam wieder ab von der richtigen Spur.

«Hat er ihm geholfen, oder hat er ihm nicht geholfen?»

Selim faßte immer noch nicht, worauf sein Müftü hinaus war.

«Er hat ihm geholfen», sagte er, mehr ratend denn wissend.

«Sehr schön», bemerkte Cemali. «Vielleicht siehst du es nicht, aber wir kommen voran. Was ist İsmail?»

«Ein Schwein, das mir meine Türken aufhetzt mit seinen staatsverderbenden Lehren.»

«Das meine ich nicht. Denk an das Fetva, das ich dir gab.»

«Ach, das meinst du. Ein Rafizı ist er, ein Ketzer.»

«Richtig», führte Cemali ihn weiter, «aber jetzt sag's allgemeiner.»

«Allgemeiner?»

«Ja, allgemeiner. Alle Ketzer sind … Na, was?»

«Ungläubige?»

«Falsch.»

«Gottlose.»

«Richtig. Und als was muß man demzufolge den Sultan der Mamluken bezeichnen?»

Nun ging Selim das Licht auf.

«Als einen, der einem Gottlosen hilft.»

«Auf welche Frage also wirst du mein Fetva erbitten?»

«Wenn ein Padişah am heiligen Kampf zur Ausrottung der Gottlosen durch die Hilfe, welche denselben ein anderer Padişah leistet, gehindert wird, ist es dann nach dem Gesetz erlaubt, diesen totzuschlagen und seinen Besitz zu erbeuten?»

«Meine Antwort wird sein: Ja. Begründen werde ich es mit einem Hadis. ‹Wer Gottlosen hilft, der ist selber gottlos›, so sprach der Prophet.»

Sultan Selim hatte sein Fetva, und da seine Rüstungen abgeschlossen waren seit langem, erging der Marschbefehl noch am folgenden Morgen.

Das erste Treffen hatte statt am 14. August 1516 auf einer Wiese nahe Aleppo, Merç Dabik benamst. Der achtzigjährige Kansu Gavri, sechzehn Jahre lang Sultan der Mamluken Ägyptens, der von Kairo mit seinem Heer bis ins nördliche Syrien gezogen war, weil er geglaubt hatte, Selim schon hier stoppen zu können, überlebte den Waffengang nicht.

Damaskus wurde erst gar nicht mehr verteidigt, Selim nahm es am 4. Oktober kampflos in seinen Besitz. Am 22. Januar 1517 kam es, schon in der Nähe Kairos, bei dem Dorfe Ridania, wo Tumanbeg, der Nachfolger Ghavris als ägyptischer Sultan, den Osmanen mit seiner Artillerie aufgelauert, noch zu einem kleineren Gefecht. Selim, über die List der Mamluken durch Warnungen der Verräter im Lager des Gegners wohl unterrichtet, hatte keine Mühe, diese Probe zu bestehen.

Sein Einzug in Kairo fiel auf den 8. Muharrem des Jahres 923 der Hiçret, das ist der 31. Januar 1517. Wie viele Seiten sind nicht angefüllt worden mit den Wehklagen über das erbarmungswürdige Schicksal der Griechen bei der Erstürmung Konstantinopels durch die Truppen des Fatih Sultan Mehmet! Sein Enkel Selim feierte seinen Einzug in Kairo mit einem Blutbad, zu dem beiläufig 50 000 Bewohner der Nilmetropole ihren Lebenssaft hergeben mußten …

Den Frühling und den Sommer des Jahres 1517 brachte Selim in Ägypten zu, bis der letzte Widerstand gebrochen und im ganzen Land die osmanische Verwaltung durchgesetzt war. Im September trat er den Rückweg in Richtung Syrien an, der durch einen Zwischenfall merkwürdig ist.

An die ägyptisch-syrische Grenze gelangt, ritt der Großvezir Yunus Paşa neben dem Sultan. Selim hielt den Moment des Grenzübertritts für den gegebenen Anlaß, ein Fazit der Unternehmung zu ziehen. Natürlich wünschte er sich, aus dem Munde seines höchsten Ministers zu hören, daß er eben die herausragende Leistung nicht allein seines Lebens, sondern die glorreichste Waffentat in der Geschichte seines Hauses bis auf Osman hinunter zu ihrem Gelingen gebracht habe. Yunus Paşa, wenig gestimmt, ihm dieses Loblied zu singen, listete statt dessen die bedeutenden Verluste an Menschenleben auf den langen Wüstenmärschen und die horrenden Finanzmittel auf, die es gekostet hatte, die Regierung der eroberten Provinz den rechtmäßigen Herrschern zu entreißen, um sie in die Hände der Verräter, die nun zu İstanbuls Statthaltern ernannt waren, zu legen.

Selim kommentierte diese nüchterne Analyse, indem er der Leibwache winkte und dem Yunus, wie sie da ritten, den Kopf absäbeln ließ. Bestattet wurde er an Ort und Stelle bei dem Han des Kervansarays auf der Grenze, weswegen der Platz bis heute den Namen Yunus Han trägt.

Sein Wohl- und Übeltäter überlebte ihn um fast auf den Tag genau drei Jahre. Am 21. September 1520 erlag Sultan Selim auf der Reise von İstanbul nach Edirne im Dorf Sırt bei Çorlu, ebendort, wo er als Prinz seine Waffen gegen die des Vaters gerichtet hatte, seinen Krebsgeschwüren. Nicht länger als acht Jahre hatte die Zeit seiner Regierung gewährt, und doch ist in dieser kurzen Spanne die Kontur des Osmanischen Reiches ebenso gewaltig wie entscheidend verändert worden. Selim der Grausame, der kriegerischste und blutrünstigste unter den Sultanen aus Osmans Samen, vollendete die von Mehmet II. begonnene, von Bayezit II. fortgeführte Transformation des Gemeinwesens der Gaziler und der Dervişler, der Glaubenskämpfer und der Mystiker, in einen Obrigkeitsstaat, in dem die Religion aufhörte, Quelle der Kohärenz und der sozialen Energie der breiten Massen zu sein, und zum Mittel der Erzeugung von Konformität von oben her wurde. Die eigentlich türkische Variante des Islams war durch Selims ebenso akribische wie brutale Alevitenverfolgung endgültig in den Untergrund verbannt worden, wenn der Bektaşismus sich freilich auch weiterhin als Geist und Bekenntnis in den Kasernen und Zelten der Janitscharen am Leben erhielt.

Für Oktay war es nicht die passende Stunde, in einem Privatissimum mit dem kuriosen Buchhändler die Bedeutung der Eroberung Konstantinopels durch Mehmet II. gegen die der Eroberung

Kairos durch Selim I. abzuwägen, er mußte dringend zum Flughafen. Der Geschichte von der archäologischen Exkursion, von der Galata-Brücke und vom Migros-Repräsentanten hatte er mit großer Geduld zugehört, und um so heftiger erschrak er jetzt, weil ihm beim Blick auf die Armbanduhr seines Unterhalters auffiel, daß er die Stunde Zeitunterschied zwischen Deutschland und der Türkei nicht berücksichtigt hatte.

«Nur keine Panik», versuchte der Buchhändler Oktay, der von seinem Stuhl aufgesprungen war, zu beruhigen. «Es ist mir ein Vergnügen, Ihnen nützlich werden zu dürfen dadurch, daß ich als junger Mann gelernt habe, wie man mit dem Auto etwas schneller als gewöhnlich vorankommen kann.»

Er führte Oktay durch den Hinterausgang über verschiedene Höfe zu einer Quergasse der İstiklal Caddesi, wo sein italienischer Sportwagen geparkt war. Darauf, am Taksim Oktays Koffer zu holen, mußten sie verzichten, die Zeit war schon zu knapp und auch kein Durchkommen, weil die Polizei das Viertel dichtgemacht hatte. Sie durften froh sein, daß man sie in dem Lancia mit Schweizer Kennzeichen ohne Kontrolle herausließ. Der Buchhändler versprach, später die Gepäckstücke in Empfang zu nehmen und sie Oktay nach Berlin hinterherzuspedieren. Was das anging, glaubte Oktay sich voll und ganz verlassen zu können auf den Mann, der ihm stark verwandelt erschien, seit dessen Hände neben ihm das Lenkrad und den Schaltknüppel bewegten, während ihn dessen Fahrweise in eine mehr als beklemmende Empfindung von Todesnähe versetzte. Auch vermochte Oktay sich nicht gegen den Eindruck zu wehren, daß der Motorsportler sich an seinen Qualen auf eine perfide Art delektierte. Indessen war solche Eile geboten, denn als sie in die Abfertigungshalle kamen, wurde der Interflug-Schalter gerade geschlossen, und daß Oktay doch noch eine Bordkarte ausgestellt wurde, verdankte er einem Akt seltener Gnade.

Am Taksim setzten die Aktivisten der verschiedenen kommunistischen Gruppen noch immer ihr Leben aufs Spiel für die Abschaffung des Privateigentums an den Produktionsmitteln in der Türkei, aber Oktay wurde schon von der Atmosphäre des real existierenden Sozialismus umfangen, als er die Kabine der Interflug-Maschine bestieg. Sein Sitznachbar, ein Vertreter jenes gerade in İstanbul verbreiteten griechisch-türkischen Mischtyps, der einen maßgeschneiderten Anzug aus einem kostbaren Leinen trug, zog sich die Krawatte aus dem Kragen. Die Luft in der Kabine war stickig, die Klimaanlage bequemte sich erst nach dem Start, ihre Arbeit zu verrichten.

«Schweine, alles Schweine», begann der Mann etwas unerwartet, ohne sich vorgestellt zu haben. «Sowieso Schweine, weil sie Ungläubige sind, dann nochmals Schweine, weil sie Deutsche sind, die Türken verraten und die Juden umgebracht haben, und zum dritten Mal Schweine, weil sie sauverfluchte Schweinekommunisten sind. Reicht es nicht, daß die Westdeutschen uns in ihren Fabriken das Blut aus den Adern herausziehen? Müssen uns auch noch die Ostdeutschen das sauer verdiente Geld abnehmen, weil sie mit uns umspringen können, wie sie wollen, solange sie das Monopol auf die Strecke behalten? Aber zum Glück gibt es noch Kapitalisten in der Türkei. Auch ist unser Staat, wenn es ihm gelingt, die kommunistischen Schädlinge bis auf das letzte Exemplar zu vertilgen, ich sage mit Betonung *vertilgen*, nicht *vertreiben*, durchaus im Besitz von Mitteln, dieses Geschäft in ehrlicher Konkurrenz zu erringen.»

Hätte dieser ungewöhnliche Fluggast seine Auftrittsrede mit erhobener Stimme gesprochen und sich dabei des Deutschen bedient, wären gewiß Unannehmlichkeiten mit der Besatzung zu befürchten gewesen. Da er es aber in seinem wohlklingenden Bariton istanbulisch gespreizt mit der Geste freundlicher Herablassung halb zu Oktay, halb für die auf die benachbarten Sitzreihen verteilten Türken mehr geplaudert als herausposaunt hatte, reagierte niemand darauf.

Der Mann, der, wie durch das Weitere seiner Ausführungen klar wurde, mit Vornamen Ömer und mit dem neutürkischen

Familiennamen Tuncel hieß, ließ eine kleine Weile des Schweigens verstreichen und hob dann einen Ton an, der Oktay, obwohl er ausschließlich auf ihn gerichtet schien, zusammenzucken und fürchten ließ, der andere werde jetzt Verse aus dem Koran rezitieren.

«Lang, Brüder, ist unsere Geduld, aber Allah ist groß, und Er sucht schon nach einem Wege für uns aus diesem Verhängnis heraus. Noch in diesem Jahr werde ich persönlich, euer Freund Ömer, wie ich hier sitze, mit der schriftlichen Genehmigung und Lizenz verschiedener Staaten die erste türkische Linie Berlin–İstanbul–Ankara–Berlin eröffnen, und der Name der Flotte wird sein: Tuncel Air. Achtet auf die Anzeigen im ‹Hürriyet›.»

Oktay fühlte sich an seinen gewesenen Freund Faruk erinnert. Allerdings wollte er finden, als er das Profil dieses vorgeblichen Flugzeugreeders mit demjenigen Faruks verglich, das er zu seinem eigenen Erstaunen in vorzüglich präparierter Erinnerung hielt, daß Ömer Tuncel den bei weitem ausgeprägteren und überfeilteren Typ abgab.

Es war die schlanke Nase mit dem Höcker, die ihm etwas Ägyptisch-Klassisches verlieh. Die rehbraunen Augen, einfühlend und wach, tasteten Oktay sorgfältig ab, obwohl ihr Blick nach vorne, später auf das Essen gerichtet war. Besonders glücklich hatte bei «Ömer Bey», wie Oktay ihn höflich bis kratzerisch ansprach, der Haaransatz seine Linie gezogen, weit genug vorn, um Jugend, weit genug hinten, um Geist auszudrücken. Es schien Oktay, wenn er ihn auf diese Weise prüfte und taxierte, nicht ausgeschlossen, daß er auch Ministern und Bankdirektoren zu imponieren vermochte.

Aus dem Profil drehte sich gegen Oktay jetzt das Gesicht, und Ömers Augen faßten ihn mit einer gewissen Strenge, um ihn für das heimliche, von der Seite schielende Beobachten zu tadeln. Nach einer kurzen röntgenden Aufnahme von Oktays Wesen machte Ömer Anstalten, sein Tagblatt auseinanderzufalten, was dem sehr verletzenden Kommentar gleichkam, daß ein Gespräch mit dem ungebildeten Nachbarn der Mühe wahrscheinlich nicht lohne.

Für Oktay war es eine Sache der Ehre, ja schon eine Angelegenheit seiner Würde, den Snob von der Lektüre abzuhalten und ihn, koste es, was es wolle, in ein Gespräch zu verwickeln.

«Wie steht es mit Ihrer Unternehmung?» fragte er ohne Umschweife und versuchte dabei, den näselnden Sprechstil seines Bruders Niyazi zu kopieren. «Nehmen Sie noch Einlagen an, oder ist Ihre Kapitaldecke satt?»

Oktay übertrieb den Inhalt seiner Brieftasche um das Zweifache, dennoch löste er bei Ömer Bey damit einen Ausbruch der Heiterkeit aus.

«Mann», sagte er unverschämt laut, «damit können Sie nicht einmal eine Bakkaliye aufmachen in Deutschland! Ich an Ihrer Stelle würde es angesichts der Beschränktheit Ihrer Mittel vorläufig mal mit Pferdewetten versuchen. Sie werden es nicht glauben, meine erste Million D-Mark habe ich damit gemacht.»

«Verbietet uns nicht der Koran das Spiel mit dem Glück?»

«Allah, Allmächtiger, Allgütiger! Bewahre», schob Ömer jeden Vorwurf von sich. «Nichts liegt mir ferner, als Sie zum Wetten verführen zu wollen. Aber Sie wissen, daß es bei uns Türken eine unausrottbare Volkskrankheit ist. Und daß ich ausdrücklich von einer Krankheit spreche, soll Ihnen anzeigen, daß ich die Angelegenheit vollkommen im Licht des Propheten betrachte. Ich bin jedoch der festen Überzeugung, daß der Kapitalismus, wie er zu Zeiten Mohammeds in Mekka herrschte, nur sehr, sehr bedingt zu vergleichen ist mit dem hochentwickelten des 20. Jahrhunderts, wie wir ihn heutzutage erleben. Sie haben mich vorhin etwas volkstümlich, wenn nicht unflätig schimpfen hören über den Kommunismus. Was aber den Wirtschaftsanalytiker Karl Marx aus Trier betrifft, so habe ich seine Schriften nicht allein mit Interesse, sondern vor allem mit Gewinn und Profit studiert und seine Lehren, wo sie zutreffend sind, zu übernehmen gesucht. In einer bestimmten frühen Phase des Kapitalismus auf seinem Weg zum Industrialismus ist Kapitalakkumulation das höchste Gebot. Solche Kapitalakkumulation kann nun, wie besonders von Friedrich Engels aus Elberfeld aufgezeigt, auf dem Rücken der Arbeiterklasse durch extremste Ausbeutung oder aber auch unter Gentlemen am Spieltisch entstehen. Sie mögen mich schelten für diese Worte, aber der Gedanke ist nicht leicht von der Hand zu weisen. Vielleicht bin ich an dieser Stelle doch mehr Türke als Muslim.»

Für den Sohn und Nachfolger Selims des Grausamen galt umgekehrt, daß er sich als Muslim aller Muslime und überhaupt nicht mehr als Türke empfand.

Süleyman, der gleich mit der Art des Antritts seiner Regierung die Botschafter und Handelsleute der europäischen Mächte in solch andächtiges Staunen versetzte, daß sein Name, dessen alttestamentarische und koranische Referenzen bereits den Staatsmann von überragender Weisheit und ausgeprägter Gerechtigkeitsliebe verbürgten, zwischen London und Rom, zwischen Warschau und Madrid bald nur noch mit dem Epitheton des Prächtigen erklang, was eine gründliche Revision des hergebrachten Türkenbildes vom den Krummsäbel schwingenden Menschenfresser erzwang.

In Manisa, wo er als Statthalter über die Provinz Saruhan eingesetzt war, vom Tod Selims verständigt, erschien er in İstanbul als der einzige und vollkommen unangezweifelte Anwärter auf die Nachfolge des Grausamen mit einer derartigen Selbstverständlichkeit und Nonchalance, daß das Ausbleiben jener Szenen und blutigen Verwicklungen, an die man sich schon gewöhnt hatte als quasi naturgegeben die Thronbesteigung begleitende Umstände, gar nicht erst auffiel. Die Beseitigung der übrigen Söhne Selims hatte er so stiekum erledigt, daß die Chronisten keinerlei Namen erwähnten und sich nicht einmal die Frage vorlegten, ob solche Brüder Süleymans überhaupt je existiert haben könnten.

Um so eifriger wurden Süleymans erste Regierungstaten aufgezeichnet und kommentiert, mit denen er demonstrativ Mißbräuche abstellte, die von Selim teils selbst verübt, teils wohlwollend geduldet worden waren. Neben der Hinrichtung diverser korrupter Würdenträger sei vor allem die Aufhebung des von Selim verhängten Embargos gegen persische Waren erwähnt. Die Kaufleute, denen dieselben auf Geheiß des Grausamen konfisziert worden waren, wurden mit einer Summe von insgesamt einer ganzen Million Akçe entschädigt. Damit aber diese Öffnung der Grenze für die Produkte persischen Arbeitsfleißes nicht mißverstanden wurde als Bereitschaft, den Gesinnungen, wie sie gehegt und gepflegt wurden beim Nachbarn im Osten, ebenfalls das Tor auftun zu wollen, ließ der Prächtige statt einer Antwort auf die verspätet eintreffenden Glückwünsche von Tahmaseb, İsmails Nachfolger als Şah, der ihm zu seiner Inthronisation freundlichst gratulierte, einige hundert von Selim im Iran gefangene Rotköpfe, die in Gelibolu festgehalten worden waren, ermorden.

Wenn es Süleyman bestimmt war, die von seinem kriegsscheuen Großvater Bayezit II. eingeführte und geschickt praktizierte Großmachtdiplomatie in eine neue Ära und in neuartige Dimensionen zu führen, so heißt das keineswegs, daß er wie dieser von pazifistischen Neigungen und Erstschlagshemmungen geplagt gewesen wäre. Im fünften Monat nach seiner Thronbesteigung zog er, nachdem er Selim, Bayezit II. und Mehmet II. an ihren Gräbern die treue Verwaltung des von ihnen Ererbten und die tapfere Mehrung desselben sowohl durch das Schwert als auch durch List und Verträge feierlich geschworen, zum ersten Male persönlich ins Feld.

Der Angriff galt dem König von Ungarn, der dazu durch die Mißhandlung und Ermordung des türkischen Gesandten, welcher zur Einforderung von Tribut abgeschickt worden war, den höchst willkommenen Anlaß geliefert hatte. Es gelang, was so oft versucht, aber nie erreicht worden war. Belgrad, die für uneinnehmbar gehaltene Festung der Christenheit, fiel.

Nachdem Süleyman dies mit Hilfe seiner Kanonen und der Janitscharen entschieden, wurde der nächste Streich vom Nişancı, dem Leiter der Staatskanzlei, und seinen Sekretären mit Feder und Papier ausgeführt. Dort wurde ein 30 Artikel umfassender Friedens- und Freundschaftsvertrag mit der Republik Venedig entworfen. Die Signoria beeilte sich mit der Ratifizierung, bewahrte jedoch Rom und dem restlichen Europa gegenüber das strengste Stillschweigen über diesen ihren Pakt mit Teufel und Türken.

Dem sollte wieder eine überaus ambitionierte Waffentat folgen. Mit der Eroberung Syriens und Ägyptens war Rhodos endgültig zu einem neuralgischen Punkt, die Vertreibung der Johanniter von dieser Insel zu einer Notwendigkeit schon der inneren Sicherheit und des ungestörten Schiffsverkehrs zwischen Provinz und Hauptstadt geworden. Süleyman setzte die Aufgabe, an der selbst der Fatih gescheitert, für den Sommer des Jahres 1522 auf die Agenda. Er konnte sich dabei auf die gediegenen Vorarbeiten Selims stützen, der noch kurz vor seinem Tode ein großartiges Flottenprogramm aufgelegt hatte, wohl wissend, daß die Auseinandersetzungen der Zukunft die Osmanen auf den Fluten des Mittelmeers ebenso sicher erwarteten wie an den Ufern von Donau und Tigris.

Immense Werften waren entstanden am Goldenen Horn, der Betrieb lief während des ganzen Winters auf Hochtouren, und schließlich hatte Süleyman, der die Mobilmachung noch aufschob bis in den Juni, 300 Schiffe aufzubieten gegen Rhodos, darunter 100 schwere Galeeren.

Die Ladung des ersten Geschwaders erfolgte pünktlich zum 24. Juni, dem Tag des heiligen Johannes. Die Belagerung währte länger als die Konstantinopels, und die Resistenz der kriegstüchtigen Mönche forderte den Osmanen mehr Opfer ab als die der Verteidiger der byzantinischen Metropole. Drei Tage vor Heiligabend mußten sie kapitulieren. Den ersten Weihnachtstag begingen die Janitscharen, obwohl der Prächtige den Johannitern den freien Abzug vertraglich zugesichert, mit einer Plünderung und Schändung der Kirchen.

Der Schock, den der Fall von Rhodos in den christlichen Ländern auslöste, war ebenso immens wie allgemein. Am betroffensten zeigte sich François I., der dem Großmeister Philippe Villiers de l'Isle Adam seine Unterstützung zugesagt, dann aber die zu diesem Zweck ausgerüstete Flotte gegen Karl V. von Spanien zum Einsatz gebracht hatte. Doch sollte König François diese Reue bald überwinden und froh sein darüber, daß er daran gehindert worden war, den Johannitern gegen die Osmanen zu Hilfe zu kommen, da er nach den Venetianern der nächste sein würde, sich im geheimen mit Süleyman zu verbünden. Als ein letzter Stützpunkt der Christenheit in der Levante blieb nun Zypern, für dessen Besitz Venedig sich im erwähnten Vertrag verpflichtet, jährlich einen Tribut von 10 000 Dukaten an die Pforte zu zahlen.

Vom Kriegsschauplatz zum Palastschauplatz. Daß Mehmet II. Konstantinopel erobert und die Sultansresidenz von Edirne hierher verlegt hatte, das mußte früher oder später einen seiner Nachfolger aufreizen, die Prunksucht der romäischen Kaiser zu übertrumpfen. Die Einkünfte aus den von Selim annektierten Provinzen lieferten Süleyman dazu die Mittel an die Hand. Es hat seinen Grund, daß er nur in Europa, nicht aber im Osmanischen Reich den Beinamen der «Prächtige» führte, denn sein alles Dagewesene übersteigendes Repräsentationsbedürfnis stand im krassesten Gegensatz zu der sprichwörtlichen Einfachheit des Lebensstils der ersten Herrscher seines Geschlechts, Ataman/Osman, Orhan oder Murat I., die ja nicht einmal den Titel eines Sultans für sich in Anspruch genommen hatten, dafür aber zu jeder Stunde ansprechbar gewesen waren, wenn einer ihrer Untertanen ihres Rats oder ihres Beistands bedurfte. Auch mit den Forderungen des Korans war der Pomp, den Süleyman zu entfalten begann, kaum in Einklang zu bringen.

Durch ihre geographische Lage auf der Scheide zwischen Asien und Europa war die Kapitale, die nach ihrem über Jahrhunderte sich hinziehenden Nieder- und schließlichen Untergang jetzt unter dem Halbmond eine neue Blüte erlebte, prädestiniert, als Zentrum die über das inzwischen ungeheuer ausgebreitete Territorium waltende Macht zu ballen, die sagenhaften, aus Raub und systematischer Ausbeutung zusammenkommenden Schätze zu stapeln. Sobald das Schaltwerk der Macht einmal aus der wandernden Yurte des Feldherrn verpflanzt war auf den festen Boden des Sarays in der glänzenden Bosporosstadt, war es nur noch ein kleiner Schritt dahin, daß die Geschicke des Reiches in den Gemächern des Harems entschieden wurden, und wir werden noch sehen, daß diese schiefe Bahn, auf welcher der osmanische Staat allmählich seinem Verderben entgegenrutschen sollte, von seinem großartigsten, ruhmreichsten Sultan, von unserem prächtigen Süleyman angelegt wurde. Hierher gehört der märchenhafte Aufstieg seines Günstlings İbrahim.

Eine in der Nähe von Manisa ansässige Witwe hatte ihn in İzmir am Kai von Seeräubern, die hier ihre Beute fangfrisch feilboten, erworben zu günstigem Preis. Sie hatte ihn eigentlich einer Freundin, der sie verpflichtet war und die sehr unter ihrer Unfruchtbarkeit litt, zum Geschenk machen wollen, doch schon als sie das ebenso putzige wie aufgeweckte Griechenbürschlein aus der Hafenstadt heimführte, entschied sie sich um. Sie behielt ihn für sich und sollte diesen Entschluß niemals bereuen, denn er wurde der Trost ihres Alters.

Da sie wohlhabend und kunstliebend war, ließ sie ihm verschiedenartigsten Unterricht angedeihen. Es offenbarten sich bei İbrahim besonders für fremde Sprachen und für die Musik höchst seltene Gaben, und er zeigte sich, bevor noch auf seinen Wangen die ersten Barthaare sprossen, als begnadeter Causeur, der seine geliebte Herrin und ihre Gäste mit Witz und Charme zu verzaubern verstand. Von einem Zigeuner hatte er das Spielen der Violine erlernt, durch viele Übung sich eine gewisse Virtuosität angeeignet auf diesem Instrument, und es begab sich, daß der Statthalter Sultan Selims zu Manisa, Prinz Süleyman, bei einem Ausritt betört wurde von diesen Klängen. Er schickte ins Haus der Witwe und verlangte den Hervorbringer solch herzerweichender Töne mit Augen zu sehen.

İbrahim trat heraus, in der einen Hand die Geige, in der anderen den Bogen, und begrüßte den künftigen Padişah so graziös und mit einem so einnehmenden Lächeln, daß Süleyman nicht anders konnte, als ihn von der Stelle mit sich zu führen in seinen Palast. Die Witwe, die in Tränen ausbrach und erklärte, eher sterben als ihren Sklaven an den Prinzen hergeben zu wollen, erhielt eine Wohnung im Harem und durfte so noch die erste Stufe der Erhöhung ihres mehr als einen Sohn geliebten Schützlings aus der Nähe erleben.

Etwa gleichaltrig mit dem Sohn des grausamen Selim – eine Geburtsurkunde oder einen Stammbaum hatten die Korsaren der guten Witwe nicht einhändigen können, ihr nur gesagt, daß sie selbst ihn in Saloniki von einem Janitscharen gekauft –, wurde İbrahim in kurzer Zeit zum engsten Gefährten des Prinzen und genoß das Weitere seiner Ausbildung gemeinsam mit ihm. Sobald Selim unter der Erde und Süleyman auf dessen Thron, wurde İbrahim von seinem Wahlbruder nach İstanbul gerufen und zum Vorsteher der innersten Pagenkammer und zum obersten Falkenjäger ernannt.

Im Jahre 1523, jenem, das auf Rhodos' Eroberung folgte, wurde der Großvezir Piri Paşa, der zu den Gegnern der Operation gehörte, weshalb Süleyman ihn nicht mit dem Oberbefehl betraut hatte, abgesetzt und İbrahim auf diesen höchsten Posten im Reiche befördert. Süleyman machte ihn außerdem noch zum Beglerbeg von Rumelien, aber selbst das schien ihm nicht ausreichend, İbrahim das Grenzenlose seiner Gunst handgreiflich und fühlbar werden zu lassen, und so verheiratete er ihn zu guter Letzt mit seiner Schwester.

Die Hochzeit wurde im Mai 1524 gefeiert, ein Fest, das rund um den für den Großvezir und Schwager des Sultans am Hippodrom errichteten Palast zwei Wochen währte und alles, was die Stadt, auch als sie noch auf den Namen Konstantinopel gehört, weit, weit in den Schatten verbannte. Die ausländischen Gesandten, die als Augenzeugen teilnehmen durften an den Zeremonien, Schauspielen, Tanzvergnügungen, Feuerwerken, Schlemmereien, Turnieren und was sonst noch geboten wurde, hatten, als sie zurückkehrten, nicht Worte, ihren Souveränen das Ausmaß der Prassereien wiederzugeben.

Aber dieser Saus und Braus wurde zur rechten Zeit wieder gebremst. İbrahim erhielt Order, Ägypten, wo schon wieder alles drunter und drüber ging, zu befrieden und dort endgültig für den Gehorsam und für die sorgfältige Einhaltung der Normen der von İstanbul diktierten Administration Sorge zu tragen. İbrahim bewies, daß er nicht nur aufs ergötzlichste zu fiedeln und in fünf Zungen perfekt zu parlieren verstand, sondern daß er, jung wie er war, auch die höhere Staatskunst intus hatte in Praxis und Theorie, denn er entledigte sich mit Bravour des ihm aufgetragenen Amtes und hatte nach Ablauf eines Jahres die ägyptischen Dinge zur völligen Zufriedenheit Süleymans ins reine gebracht.

Aber kaum, daß İbrahim am Nil Ruhe und Ordnung geschaffen, erlebte İstanbul seinen neuesten Janitscharen-Aufstand. Süleyman hatte sich zu langen Urlaub von der Hauptstadt gegönnt, sich in Edirne mit Jagden, die allerdings weniger den Charakter waidmännischen Pläsiers als den von Truppenmanövern trugen, die Zeit vertrieben, und da man am Bosporos nichts von Rüstungen und sonstigen Kriegsvorbereitungen sah, hielten es die Eliteeinheiten für angezeigt, wieder einmal auf sich aufmerksam zu machen in gebührender Form.

Das bewährte Mittel erzielte wie stets seine Wirkung, zumal İbrahims schöner Palast am Hippodrom von den Plünderern nicht ausgespart wurde. Der Sultan blies, sobald er die Nachricht vernommen, seine Treibjagden ab und eilte zum Schauplatz. Dort stellte er unter Beweis, daß er von der Grausamkeit seines Vaters Selim seinen Teil geerbt hatte, indem er drei der Rädelsführer eigenhändig erschlug. 200 000 Akçe an Sondervergütungen kostete es ihn, das Gros der Aufrührer mit seiner Politik zu versöhnen, nachdem der Ağa der Janitscharen und derjenige der Sipahiler exekutiert worden waren.

Immerhin nahm er sich die Warnung zu Herzen und tat, was die Janitscharen sich wünschten von ihrem Sultan. Er setzte sich mit İbrahim hin, um in gebotener Eile den nächsten Feldzug zu planen. In der Staatskanzlei, wo der Nişancı und seine Sekretäre nicht müßig gesessen hatten wie die Janitscharen in den Odalarn ihrer Kasernen, sondern Tag für Tag und von früh bis spät in mustergültiger Kalligraphie Urkunden der unterschiedlichsten Sorten gemalt und in alle Ecken und Enden des Reiches verschickt hatten – im Laufe der Regierungszeit Süleymans sollte die Zahl der mit seiner Tuğra autorisierten Schriftstücke die 70 000 überschreiten –, wurde jetzt eine Epistel fabriziert, in welcher der Kalif und Sultan sich an den Şah von Persien wandte.

Das Kaliber der Wortwahl dieser staatsmännischen Note übertraf bei weitem das seiner im Weltkreis gefürchteten Kanonen, deren Produktion im übrigen in den Geschützgießereien des Tophane nach wie vor auf Vollbetrieb lief – was wollten eigentlich die Janitscharen von ihm? –, und es ist ein in seiner Art einziges Dokument geblieben. Im geschraubtesten Kurialstil fanden sich dort die gemeinsten Gossenbeschimpfungen eingefaßt, und Süleymans Ehrgeiz, Selims gegen İsmail gerichtete Injurien an Deftigkeit und Geschmacklosigkeit zu überbieten, kam hier zum Zuge.

Şah Tahmaseb wurde geraten, in Dervişlumpen an der Pforte des Padişahs zu erscheinen und untertänigst sein Gnadenbrot zu erflehen. Nach vollzogener Bekehrung zur Sunna, wie sich versteht. Andernfalls werde sein ganzes Persien mitsamt den darin hausenden Kızılbaşlarn von den Hufen der osmanischen Reiterei zu einem einzigen Blutbrei gestampft.

İbrahim und Süleyman lachten Tränen, als sie sich Formulierungen und Schmähungen um die Wette ausdachten, und auch die hochoffizielle Kriegsdrohung war nicht so ernst gemeint, wie sie klang. Nein, dieser Brief an Tahmaseb war eine durchtriebene

Finte, wirkungsvoll wie ein großangelegtes Täuschungsmanöver, mit dem bedeutsamen Vorzug, daß zur Erreichung des Zwecks nicht ein einziger Janitschare ausrücken mußte.

Die Habsburger, deren Sonderbotschafter ein und aus gingen am Hofe zu Tebriz, um mit dem Şah eine Allianz herzustellen, die bei ihrem Zustandekommen um das Osmanische Reich die Zange geschlossen und es zwischen Kreuzrittern und Rotköpfen zerquetscht haben würde, sollten glauben, Süleyman wandle in seiner religiösen Verblendung auf diesem von Karl V. und seinem Bruder Ferdinand ausgestrichenen Leim. Außerdem war es natürlich ein schöner Denkzettel an die Adresse der Janitscharen, die ihr sehnliches Verlangen nach einem Feldzug so lauthals und gewalttätig zum Ausdruck gebracht und von denen viele die Kampagne gegen Şah İsmail noch in ebenso deutlicher wie schauderhafter Erinnerung hatten. Jetzt sahen sie also, wie ihr Großherr ihrem Begehren willfahrte, und bereuten bitterlich, daß sie nicht in aller Ruhe und Gemütlichkeit ihren immerhin üppigen Sold bei Wein und Würfelspiel verzecht und verzockt hatten in İstanbuls Tavernen.

Daß Süleyman unter İbrahims Einfluß so aus der osmanischen Art schlug, die europäischen Mächte zum Narren hielt, ihre internen Gegensätze und Zwistigkeiten schlau kalkulierte und kühn berechnend für sich daraus die Vorteile zog, das machte ihn den christlichen Potentaten trotz des enormen Schadens, der ihnen daraus erwuchs, ausgesprochen sympathisch, weil sie nach Jahrhunderten aus jenem Geschlecht schlitzäugiger und blutgieriger Barbaren endlich einen Mann von ihrer eigenen Geistesbeschaffenheit hervortreten sahen. So war es denn eine nach allen Seiten höchst gelungene Überraschung, als am 23. April 1526 das Heer nicht über den Bosporos und gen Persien in Marsch gesetzt, sondern zum Edirne-Tor hinausgeschickt wurde.

Der 30. Juli wurde zum Datum der Eroberung von Peterwardein, der 28. August zu dem der Schlacht von Mohacs, wo das ungarische Heer mitsamt seinem König Ladislaus teils von den

Osmanen niedergehauen wurde im Kampf, teils fliehend in den umliegenden Sümpfen versank. 2000 Gefangene ließ Süleyman am folgenden Morgen enthaupten, die abgeschlagenen Köpfe, darunter die von sieben Bischöfen, nach Timurs Art vor seinem Zelt zu einer Pyramide aufbauen. Die Schlüssel der ungarischen Hauptstadt Ofen wurden ihm bis Földwar entgegengebracht.

Die nächste Überraschung war die, daß er dort keine Garnison installierte, sondern nur ein bißchen spazierenging in der Stadt, sich den Königspalast anschaute, das reizende Panorama der Donaulandschaft genoß und sich ansonsten damit begnügte, seine Janitscharen hier ein wenig zündeln und dort ein wenig plündern zu lassen. Im November war er wieder in İstanbul zurück, wo İbrahim unter den Fenstern seines Sarays beim Hippodrom drei Mitbringsel aus der Residenz des gefallenen ungarischen Fürsten als Trophäen aufstellen ließ: die Statuen des Herkules, der Diana und des Apoll.

Das brachte nicht, wie man hätte erwarten dürfen, den Müftü in Rage; ein satirischer Dichter, Fiğani mit Namen, vielmehr war es, der in einem Distichon den Skandal mit einem Witzwort anprangerte, indem er bemerkte, die Welt habe zweierlei Abrahams gekannt. Der erste habe den Kult des einen und einzigen Gottes begründet, indem er die Götzenbilder zerstörte, der zweite, İbrahim, stelle sie heutigentags wieder auf. Süleyman, der viel übrig hatte für Poesie und beispielsweise seinem Nişancı Celazade Mustafa für dessen Lyrik sage und schreibe zwei Millionen und siebenhunderttausend Aspern verehrte, lächelte, als er das hörte, jedoch den Humor des Großvezirs bediente es nicht. Er baute nicht seine Statuen ab, schickte vielmehr den unglücklichen Fiğani mit geschorenem Bart auf einem Esel quer durch die Stadt und von dem Rücken des Grautiers gleich an den Galgen.

Im 27er Jahr wäre Süleyman am liebsten schon wieder donauaufwärts marschiert. Indessen mußte er gewahr werden, daß die kızılbaşische Pestilenz von Selim eben doch nicht so ganz mit Stumpf und Stiel ausgerottet worden war, daß er im Gegenteil seinem Thronerben noch ein reichliches an Schlachterarbeit übriggelassen. Wir wollen diesmal die Einzelheiten der Rebellion übergehen, die sich nach dem von uns nun schon mehrfach betrachteten Muster über anfängliche Erfolge dahin entwickelte, daß ihr von der Staatsmacht immer größere Aufgebote entgegengestellt wurden, bis schließlich alles, was hinter der Fahne des Aufstands gelaufen, die Männer wie die Frauen und Kinder, restlos niedergemacht war. Erwähnt sei aber doch, daß an der Spitze der Empörer ein veritabler Nachfahre des Hacı Bektaş persönlich gestanden, Kalender sein Name.

Am 10. Mai 1529, an einem Montag, wie sich's gehörte, weil dies der Wochentag war, an dem Mohammed der Prophet seine beiden größten Reisen, nämlich die ins Leben hinein und die aus selbigem wieder hinaus, angetreten, brachen die endlosen Heereskolonnen abermals in Richtung Edirne auf. Die Zeit, die seit dem letzten Feldzug nach Ungarn vergangen war, hatte neben der Alevitenhatz in Zentralanatolien auf dem internationalen Parkett einige diplomatische Zwischenspiele gesehen.

Nicht Süleyman, sondern İbrahim hatte Botschaften aus Ungarn und Österreich empfangen und mit den Gesandten langwierige und komplizierte Verhandlungen geführt. Das war der neue Stil der Pforte, mit dem das Osmanische Reich sich jetzt einmischte in das große Spiel um die Balance of power. Ein Yıldırım Bayezit, ein Fatih Mehmet, ein Selim Yavuz hätten, sobald sie militärisch dazu kräftig genug gewesen wären, aus Ofen ein Sancak gemacht, aber İbrahim, der mehr und mehr im Namen und an der Stelle des Sultans agierte, gefiel es, sich als Garant von Ungarns Unabhängigkeit zu gerieren und Johann Zapolya, den Kandidaten des magyarischen Adels, in seinem Kampf gegen Ferdinand und das Haus Habsburg zu stützen. Zu Mohacs wurde Zapolya im Lager des Sultans mit allem Pomp und allen Ehren empfangen, wie sie einem König der Ungarn gebührten, als welchen İbrahim und Süleyman ihn gegen Ferdinands Ansprüche durchzusetzen gedachten.

Das mit dem ungarischen vereinigte Heer der Osmanen – Zapolya hatte 6000 Reiter mit sich gebracht, unter dem Befehl İbrahims standen 120 000 Mann – reinigte Ofen von Ferdinands Truppen. Zapolya durfte ins königliche Schloß einziehen, jedoch wurde den Janitscharen das Plündern streng untersagt, weswegen die Frage sehr berechtigt erschien, warum man den langen und kostspieligen Marsch überhaupt unternommen hatte. Darüber debattierten nicht nur aufs hitzigste die Janitscharen in ihren Zelten, es war auch im Divan das Thema, und İbrahim mußte erklären, warum die Provokation nicht zu dem gewünschten Ergebnis geführt, nämlich Karl V. in eine große Feldschlacht zu locken, wo man vorhatte, den Triumph von Mohacs zu wiederholen. İbrahim, solcherart in die Enge getrieben, zitierte das Gleichnis vom Berg und vom Propheten und machte den Vorschlag, Karl V., wenn er schon nicht auf ihre Einladung reagierte, umgekehrt selbst in Wien zu besuchen.

Nun, das klang ein wenig schräg im ersten Moment, aber je mehr man es gesprächsweise beleuchtete von den verschiedenen Seiten, um so mehr wuchsen Hand und Fuß aus der nur verlegenheitshalber in die Luft gesetzten Idee, und am Ende erschien sie nicht nur genial, sondern auch praktikabel und in hohem Maße solide. Als man so weit war, erhoben sich dann aber auch wieder Zweifel dagegen. Man war schon mitten im Monat September, und wenn auch der Weg von Ofen nach Wien einladend kurz und zudem am Ufer der Donau entlang ungewöhnlich bequem, so hatte man ja mit Bedacht das schwere Geschütz zu Hause gelassen, weil man nicht in der Absicht gewesen, Festungen zu belagern. An eine Eroberung Wiens war im Ernst nicht zu denken.

«Davon hat İbrahim auch gar nicht gesprochen», stellte Süleyman klar.

Ihm gefiel der Vorschlag, weil er vor den Janitscharen zitterte. Sie hatten sich an seinen Befehl nicht gehalten und die Deutschen, die auf Zusicherung freien Geleits die Ofener Zitadelle übergaben, erschlagen. Er mußte sie um jeden Preis beschäftigen, ihnen Gelegenheit bieten, ihr blutiges Handwerk zu praktizieren. Sosehr er sich in der Rolle, die İbrahim für ihn kreierte, gefiel, sosehr ihm die völlig neugeartete Wertschätzung durch die christlichen Fürsten schmeichelte, soseher er sich sonnte in dem Prestige, das er in Europa genoß, wo man seine Vorväter zwar stets gefürchtet hatte, ihn aber jetzt bewunderte und nicht anders als den «Großen» und den «Prächtigen» nannte, so sehr machte ihm der Druck der Janitscharen, aber auch der Sipahiler und der übrigen Truppen zu schaffen, die durch das politische Getriebe und Getrickse den Sinn ihrer Existenz in Frage gestellt sahen.

«Wir haben Belgrad und Rhodos den Händen der Ungläubigen entrissen», fuhr Süleyman fort.

«... und eben haben wir Ofen einem Ungläubigen entrissen, um es dem nächsten Ungläubigen in die Hände zu geben», lag es einem der Vezirler auf der Zunge, doch hütete er sich, diese Worte über seine Lippen kommen zu lassen.

«Aber war es vielleicht das erste Mal, daß wir diese Plätze belagerten und bestürmten?» sprach weiter Süleyman. «Und wie oft haben nicht die Osmanen Konstantinopel belagert, bis es endlich mein Urgroßvater Fatih Sultan Mehmet vermochte, dessen Mauern zu sprengen und diesen Hort des Götzendienstes und der Verräterei in unsere glänzende Residenz, den Stolz aller Gläubigen, zu verwandeln?

Wir werden Wien in diesem Jahr nicht erobern, es wäre denn der Wille Allahs, zum Lohn für den Eifer und den Gehorsam, die wir leisten in Seinem Dienst, für uns dies Wunder zu wirken und nach den vielen für den Glauben an Ihn hart erkämpften, mit zahllosen Opfern bezahlten Siegen uns diesen einen zu schenken. Jedoch dürfen wir nicht warten, bis Allah uns hinwirft, wonach wir verlangen, wir müssen selbst mit der Arbeit beginnen, und wird uns der Lohn nicht heute, so wird er in einer Zukunft uns oder einem unserer Söhne. Wir werden diesem Karl, der es wagt, sich einen Kaiser zu nennen, und der sich einbildet, mit mir auf einer Stufe zu stehen, derweil er es in seiner Schlappheit verschmäht, die eigenen Kräfte mit den unseren zu messen, wir werden ihm zeigen, wie verwundbar er ist.»

Mit diesen Worten des Sultans war die Sache beschlossen. Am 27. September 1529 stand sein Zelt inmitten des Biwaks von 12 000 Janitscharen vor Wien bei dem Dorf Simmering.

Schon am 14. Oktober hob Süleyman die Belagerung wieder auf. Immerhin war es gelungen, ohne großes Geschütz durch Minen beim Kärtnertor eine äußerst beträchtliche Bresche in die Mauer zu sprengen. Bei dieser hatte Süleyman Sturm befohlen, auch die üblichen Prämien ausgelobt für den ersten, der ins Innere der Mauern vordringen sollte. Doch war dies alles mehr oder weniger Theater; Süleyman wartete nur auf den ersten Schnee, um die Retraite als eine Maßnahme der Rücksicht auf Wohl und Gesundheit seiner Soldaten hinstellen zu können, denen er nicht zumuten wollte, den harten und langen Winter vor den Toren Wiens verbringen zu müssen.

Gefeiert wurde der türkische Abzug nach Beendigung dieser denkwürdigen ersten Visite der Osmanen in Wien auf beiden Seiten. Hier wie dort gratulierte man sich zu einem Sieg von welthistorischem Rang. Bei den Österreichern wurden Orden verteilt; Süleyman ließ klingende Münze springen in die aufgehaltenen Mützen der Janitscharen. Der angenähte Sack, der, wie vermeldet, den Ärmel des Hacı Bektaş vorstellen sollte, den jener zu Orhans Zeiten segnend über die ersten dieser Truppe gehalten, hätte noch viel mehr davon aufzunehmen vermocht.

Die wirklichen Gewinner dieser Kampagne waren die Akıncı, die vor, während und nach der Belagerung rennend und brennend durch die Umgebung Wiens bis hinein in die Steiermark streiften. Sie waren zum Raub von Gütern und Menschen, zum Brandschatzen von Kirchen, Wohnhäusern und Scheunen, zum Einhauen auf alles, was Beine hatte und auf selbigen vor ihnen fortzulaufen versuchte, vom Sultan ausdrücklich ermuntert nicht allein in seiner Eigenschaft als Sultan, sondern mehr noch in der als Kalif, in welcher er ihnen die Züchtigung der Ungläubigen als ihre Muslimenpflicht einschärfte und besonders rasche Beförderung auf die bevorzugten Plätze im Paradies versprach. Letztere kam für viele der Akıncı sehr viel schneller als gewünscht, weil Hanns von Starhemberg, der die österreichische Landwehr anführte, ihnen an der Enns unerwartet wackeren Widerstand bot. Dennoch zogen sich die Verheerungen bis nach Nieder- und Oberösterreich, und der Terror gegen das Landvolk war von ausgesuchter Brutalität. Selten wurde der Unterschied so fühlbar gemacht zwischen dem Darülharp und dem Darülislam, wo die Unverletzlichkeit von Leib und Leben, auch von Hab und Gut der Christen nicht nur gesetzlich verbrieft war, sondern auch von Süleyman, der die geringsten Verstöße gegen diese durch Leistung der Kopfsteuer erkauften Rechte unnachgiebig ahndete, persönlich bewacht und beschützt.

Auch von dieser Seite aus muß man verstehen, daß die Christen, besonders in den Grenzgebieten, es sich größtenteils wünschten, von den Türken erobert zu werden, und um so lieber Verzicht auf ihre Leibeigenschaft taten, als sie, einmal eingebürgert in das Osmanische Reich, außer dem Steuereintreiber nichts mehr zu fürchten hatten von türkischer Seite und gerade die Protestanten ihre Religion auch dann ungestört ausüben konnten, wenn sie bei den Herren im Vatikan keine Billigung fand. Den Unterschied von Darülharp und Darülislam nach beiden Seiten hin zu betonen, nicht nur die Peitsche härter, sondern auch das Zuckerbrot süßer zu machen, wurde beim Marsch des Heeres durch das osmanische Hoheitsgebiet peinlichst auf die Einhaltung der Disziplin geachtet und beispielsweise ein Sipahi, der sein Pferd auf der Wiese eines Bauern dessen Gras fressen ließ, unverzüglich vom Standgericht exekutiert.

Einen neuen ungarischen Feldzug sah das Jahr 1532, doch brachte dieser sowenig wie die vorhergegangenen die von İbrahim und Süleyman erstrebte Entscheidungsschlacht mit den habsburgischen Brüdern. Karl V. plagte sich mit der Reformation und bekriegte christliche Monarchen im Westen Europas, und nicht einmal Ferdinand war bereit, sich um Ungarns Krone mit den Osmanen zu schlagen. Als «Statthalter des spanischen Königs zu Wien», wie die Osmanen ihn titulierten, schickte er seine Botschafter ans Goldene Horn und ließ sie um Frieden verhandeln. Kamen sie, nachdem sie, über Monate eingesperrt in ihrem Kervansaray, einige Minuten vorgelassen worden waren zur Audienz, nicht einmal beim Sultan, sondern nur bei İbrahim, mit leeren Händen oder mit einem Waffenstillstand für ein paar Wochen zurück, machte sich sogleich der nächste Gesandte nach İstanbul auf den Weg, im Gepäck ein paar goldene Teller für den großen Vezir und irgendein winziges Konzessiönchen zur Erlangung des Friedensvertrags.

Klar, daß Ferdinand im Auftrage Karls die Osmanen hinzuhalten versuchte. Es war spanischer Hochmut, gepaart mit österreichischer Impertinenz, annehmen zu wollen, Süleyman sei derartig blöd, diese Taktik nicht zu durchschauen. Die Gesandten bekamen deshalb allerlei zu hören vom Großvezir, des Prächtigen Generalbevollmächtigten, der für den Sultan dies ermüdende und fruchtlose Geschäft zu erledigen hatte. Ferdinands Botschafter protokollierten, was İbrahim ihnen halb höhnisch, halb wütend mitzuteilen geruhte, und trugen diese Berichte nach Wien. Um aber doch etwas Eigenes beisteuern zu können und die Diplomateneitelkeit auf die Kosten zu bringen, übertrieben sie beim Protokollieren die Prahlsucht des Gegenübers und legten ihm Worte in den Mund, die Süleyman, wenn er dann auf dem Umweg über Wien von seinen Spionen an Ferdinands Hof Abschriften und Übersetzungen dieser Rapporte empfing, als gegen ihn selbst gerichtete Spitzen auffassen mußte.

Doch stand vorläufig İbrahim noch auf bestem Fuß mit seinem Schwager; nach alter Gewohnheit nahmen sie nicht nur die Mahlzeit miteinander, sondern schliefen in der Regel auch im selben Zimmer. Bevor das sultanisch-großvezirische Schlafgemach vom Wechselgesang ihres hoheitlich-majestätischen Schnarchens erfüllt wurde, gingen sie gerne im Gespräch von Bett zu Bett die aktuellen Staatsgeschäfte durch, und natürlich wurmte die beiden dies nun schon über Jahre währende Auf-der-Stelle-Treten im deutschen Krieg. Nebenbei drohten die immer neuen Kampagnen, die wenig bis nichts einbrachten, allmählich die Finanzen zu ruinieren.

«Ich weiß, mein lieber Schwager, du hörst es nicht gerne», sagte İbrahim zu Süleyman, der schon eingenickt war, «aber wir werden die ganze Heeresorganisation umstellen müssen.»

«Aber doch nicht jetzt», murrte der Sultan, dessen süßes Traumbild verjagt worden war.

«Je früher, je besser», spann İbrahim seinen Faden fort. Er war nicht schläfrig, und es entsprach nicht seiner Art, auf die persönlichen Bedürfnisse des Sultans übermäßige Rücksicht zu nehmen. «Sieh, Süleyman, ich bin Grieche. Ich stamme nicht wie du von einem Steppenvolk ab, das jahraus, jahrein mit seinen Herden und Zelten die Eintönigkeit endloser Weiten durchzieht.»

«Willst du mich schon wieder als einen alten Yörüken hinstellen», protestierte Süleyman, verärgert, weil der Undankbare auf der anderen Seite des Zimmers ihm die Erholung mißgönnte. «Du weißt, mich langweilt dieses Gespräch, und gleichzeitig regt es mich auf. In meinen Adern fließt ebensoviel griechisches wie türkisches Blut. Der Unterschied zwischen uns ist nur der: Ich kann es beweisen, und du kannst es nicht.»

İbrahim führte auf griechisch eine Stelle aus dem Thukydides an, den er kürzlich wieder vorgenommen hatte und mit neu erwachtem Interesse studierte.

«Es war ein Orakel», sagte er dann mit Herablassung zu seinem Großherrn auf türkisch. «Das Holz würde den Griechen die Rettung bringen. Themistokles hatte die Erleuchtung, er deutete richtig den Sinn des Orakels und befahl den Bau einer Flotte.»

«Aber, İbrahim, ich bitte dich, was willst du von mir?» wehrte Süleyman sich flehend. «Ich habe mehr Schiffe gebaut als alle osmanischen Sultane vor mir zusammen, und es ist auch wahrhaftig kein Thema, um es hier im Bett zu besprechen. Redet morgen im Divan darüber.»

«Wenn unser Sultan uns denn einmal wieder beehren würde im Divan mit seiner Anwesenheit. Und ich hoffe, du weißt, was ich meine, wenn ich ‹Anwesenheit› sage. Kommst du dir eigentlich nicht selbst albern vor mit diesem komischen Gitter, das du dir ausgedacht hast, wenn du dahinter sitzt und deinen eigenen Staatsrat belauschst wie ein fremder Spion?»

«Jetzt gehst du zu weit.» Der Sultan war plötzlich hellwach. «Vergiß nicht, daß du bei allem, was ich dir anvertraut und geschenkt habe, immer noch mein Sklave bist. Wenn du so weitermachst, kann sein, daß es mir einmal gefällt, dir das hübsche Köpflein von den Schultern entfernen zu lassen. Niemand dürfte von mir Rechenschaft fordern dafür. Lies es nach. Wir kommen übrigens gut voran mit dem Kanunname, unserem Gesetzbuch ... Aber davon ein anderes Mal. Jetzt laß mich schlafen.»

Stille trat ein, doch Schlaf fand weder İbrahim noch Süleyman. Ohnehin grämte sich der Sultan seit einiger Zeit über die Richtung, die sein Verhältnis zu İbrahim genommen. Hatte sein Vergnügen an diesem Menschen je eine Grenze gekannt? War nicht sein Vertrauen in ihn sogar größer und umfassender gewesen als das in ihn selbst? Hatte je ein Sultan einem seiner Sklaven, nein, anders: Hatte je ein Mensch einem anderen Menschen solche Schätze vermacht, war je ein Mensch von einem anderen aus dem Nichts emporgehoben worden zu solchen Ehren, zu solcher Macht? Und nun behandelte İbrahim ihn nicht wie seinesgleichen, wie seinen Bruder, sondern wie einen lästigen Trottel, der vom Schicksal aufgrund einer Verwechslung an die für ihn vorgesehene Stelle gesetzt worden war. Roxelane, die «Russin», seine Lieblingsfrau, die er sogar geheiratet hatte mit großem Pomp und die seit dem Brand im Alten Palast mit ihrer ganzen Dienerschaft herübergezogen war in den Topkapısaray und bei der er, wo er's recht überlegte, lieber gelegen hätte, wenn man denn schon abgehalten wurde vom Schlaf, warnte sie ihn nicht unablässig vor İbrahim? Gut, das war Eifersucht und Weibergeschwätz, aber gar so abgeschmackt vielleicht auch wieder nicht. «Wenn du İbrahim nicht beizeiten auf die Seite bringst, so sieh dich vor», lag sie ihm in den Ohren, «daß nicht er eines Tages die Gelegenheit, die kommen wird, nutzt und sich an deiner Stelle zum Sultan aufschwingt.»

Auch İbrahim lag schwer atmend unter schwarzen Gedanken. Nicht etwa, daß er Süleymans Drohung ernst genommen und sich gefürchtet hätte vor ihm. Was hätte denn wohl ohne ihn der Sultan noch anfangen wollen? Wieder mit 150 000 Soldaten und 30 000 Kamelen nach Ungarn marschieren? Der Defterdar hatte deutliche Worte gesprochen: Noch ein solcher Feldzug, und der Staat war bankrott. Aber vielleicht war Süleyman prächtig genug, die Fugger oder Karl V. um ein Darlehen zu bitten, damit er Krieg gegen sie führen konnte.

Über dem großen Meer hatten die Spanier eine neue Küste entdeckt. Dort warteten Eroberungen im allergrößten Stile auf sie, derweil die paar Schifflein der osmanischen Flotte im Mittelmeer schwammen, wie in einer Badewanne gefangen, solange Karl an der Straße von Gibraltar den Ausgang bewachte. Auf dem Wasser würden von nun an die Entscheidungen fallen. Die Janitscharen! Sicher war das eine tolle Erfindung gewesen, und natürlich läge er nicht hier neben Sultan Süleyman, hätten nicht Orhan, Alaettin und Hacı Bektaş diese siegreichste aller Waffen geschmiedet. Die Kanonen hatten zwar nicht die Osmanen erfunden, aber Fatih Mehmet hatte sich aus Ungarn und aus Italien die fähigsten Geschützgießer und Ballistiker herübergeholt, hatte die größten und die feuerstärksten Kanonen gebaut. Wenn man den Janitscharen Kiemen einsetzen und Flossen annähen, wenn man den Kanonen das Rudern beibringen könnte, ja dann!

Süleyman bereute die Worte, die der Zorn ihm diktiert hatte, schon wieder. Wenn er es wirklich wahrmachen und nach der Leibwache rufen würde, wer wußte, ob sie nicht eher İbrahim gehorchen würde als ihm? Er hatte sich zu sehr in Roxelane und in sein Kanunname verliebt, hatte seinem Großvezir allzu freie Hand gelassen. Er würde Roxelane verbieten, mit ihm über İbrahim zu sprechen. Auch über seine Sammlung von Gesetzen und Verordnungen machte sie sich schon lustig. Harem ist Harem, und Divan ist Divan. İbrahim hatte recht, wenn er seine Gleichgültigkeit kritisierte.

«Was also schlägst du mir vor?» brach Süleyman, İbrahim die Versöhnung anbietend, ihr Schweigen. «Wie soll ich's anfassen, daß ich fertig werde mit diesen Habsburger Brüdern? Daß sie mir nicht weiter den Käse aus der Falle fressen wie eine listige Maus?»

İbrahim hatte gewußt, daß Süleyman den Groll gegen ihn nicht lange würde durchhalten können. Jetzt spielte er sein Spielchen mit ihm und antwortete nicht. Gleich wird er die Frage stellen, die man nur mit Nein beantworten kann, dachte İbrahim sich. Und wirklich:

«Schläfst du schon?»

«Wie sollte ich schlafen können, mein Padişah», gab İbrahim nach einer Weile in gequältem Tone zurück, «mein Padişah, den man im Abend den ‹Prächtigen›, im Morgen den ‹Gesetzgeber› nennt, wenn ich mir hier den Kopf zerbrechen muß mit seinen Sorgen? Wir können Deutschland nicht erobern, nicht so, wie unser Staat aufgebaut ist, und du bist ja nur noch damit beschäftigt, das hergebrachte System mit deinem Kanunname fester und fester zu fügen.»

«Was werde ich mir heute nacht noch alles anhören müssen von dir?» warf Süleyman in die andere Ecke des Zimmers hinüber und versuchte dabei, energisch zu klingen, doch kam es mehr als ein Kreischen heraus. «Hast du getrunken? Nicht einmal die Ungläubigen zweifeln daran, daß meine Kodifizierung des weltlichen Rechts, seine feine Abstimmung mit dem Şeriat, seit Abu Hanife auf diesem Gebiet die bedeutendste Leistung darstellt. Was ist in dich gefahren?»

«Doch, sicher, das hat meinen Beifall», beschwichtigte İbrahim ihn. «Ein einheitliches Gesetz von Mekka bis Makedonien und Vorschriften für die Verwaltung, die für seine Einhaltung bürgen, das ist ein großartiges Werk, glaube mir, ich verkenne es nicht. Es wird auf ewig verbunden bleiben mit deinem Namen. Nur sind wir an eine Grenze gekommen mit unserem Tımar-System. Du kannst nichts dafür, Selim, dein Vater, ist daran schuld. Hätte er nicht die Kızılbaşlar dem Şah in die Arme getrieben, uns nicht diesen wütenden Feind im Osten geschaffen ...»

«Ich bin gespannt!» meldete Süleyman sich.

«... könnten wir unsere Hauptstadt nach Ofen verlegen und Anatolien dem Şah überlassen.»

«Anatolien dem Şah überlassen?!» Süleyman zwickte sich in den Arm, zu prüfen, ob er dies nicht vielleicht träumte. «Bist du zum Ketzer geworden, oder sprichst du im Scherz?»

«Ich wollte nur sagen», wich İbrahim aus, «daß, wären wir in Ofen, wir nicht erst von hier drei Monate hin, drei Monate zurück marschieren müßten und unter solcher Voraussetzung vielleicht etwas ausrichten könnten in Deutschland.»

«Du bist übergeschnappt», entschied Süleyman. «Schlafe jetzt, İbrahim. Der Schlaf wird dir guttun.»

«Du hast mich um einen Vorschlag gebeten, wie wir die Front der Habsburger aufbrechen könnten», kam İbrahim zu ihrem Ausgangspunkt zurück.

«Sag's mir, mein Lieber», versetzte höhnisch der Sultan. «Ich wundere mich über nichts mehr heut nacht. Sag mir, wie groß sie sein soll, die Kanone, mit der wir Wien in Klump bomben können, aber sag mir vor allem auch, wie du sie hinbringen willst.»

«Wir müssen nicht Wien belagern, wir müssen Tunis erobern.»

Das war für Süleyman ebenso unverständlich, als hätte İbrahim griechisch gesprochen. Er erinnerte sich kaum noch daran, wo genau Tunis lag.

«Du redest wirr», sagte der Sultan. «Tunis gehört den Spaniern doch gar nicht.»

«Ebendarum. Ebendarum müssen wir es erobern.»

«Was du redest, İbrahim, das ist mir so dunkel wie die Nacht in diesem Zimmer.»

«Nein», widersprach İbrahim, «es ist so klar wie das Licht der Sonne. Wenn wir in Tunis sitzen, dann wird Karl kommen, uns angreifen und uns mit allen Mitteln von dort zu vertreiben versuchen.»

«Aber dann müßten wir doch erst durch die Libysche Wüste marschieren!»

Die Kontur von Afrikas Küste entstand jetzt etwas präziser aus Süleymans Gedächtnis.

«Sag ich dir's doch», bemerkte İbrahim, «du bewegst dich in Mustern einer Strategie aus vergangenen Zeiten. Denke an Themistokles und an das Orakel.»

«Aber das sind doch noch viel vergangenere Zeiten!» verteidigte seinen Standpunkt der Sultan.

«Dem sei, wie dem sei, wir greifen Tunis vom Wasser aus an. Das können wir sogar mit unserer Flotte in dem Zustand, wie sie jetzt ist. Nur einen tüchtigen Kapudanpaşa, einen Großadmiral, bräuchten wir noch, einen, der diesem Andrea Doria, der den Befehl über die Schiffe der Habsburger führt, das Wasser reichen kann, was sage ich, einen, der ihn und all seine Galeeren in demselben versenkt. Und! Frohe Botschaft, Süleyman! Ich habe einen solchen Mann schon im Auge.»

İbrahim mochte, auch wenn es für des Sultans Geschmack viel zu griechisch und nicht osmanisch genug gedacht war, recht haben mit dem, was er vorschlug, aber vollkommen glücklich machte der Plan Süleyman nicht.

«Schön und gut», sagte er daher, «aber was machen wir mit meinem Heer?»

«Das schicken wir gegen den Şah.»

Daß, wie Ferdinand lesen konnte in den Berichten, die seine Botschafter ihm anstelle der gewünschten Friedensverträge aus İstanbul mitgebracht hatten, im Osmanischen Reiche nicht nach des Sultans Flöte, sondern nach der Violine des Großvezirs getanzt wurde, hatte den Augenschein für sich. Persischer Feldzug und Flottenattacke auf Tunis, beides geschah. Die eigentliche Pointe dieser doppelten Strategie aber hatte İbrahim Süleyman bei ihrem nächtlichen Gedankenaustausch nicht mehr darlegen können.

Wenn man das Heer nicht die Donau hinauf-, sondern den Euphrat und den Tigris hinunterschickte, mußte zuvor mit Karl und Ferdinand an der nordwestlichen Front Frieden hergestellt werden. Man durfte sich also den Habsburgern jetzt wohlwollend-großzügig zeigen. Daran, Ferdinand das in Ungarn okkupierte Terrain zu erstatten, dachte man deswegen noch lange nicht. Um so entgegenkommender war İbrahim mit seinen Phrasen. Ferdinand sollte sich seinen Bruder und einen Sohn des Sultans nennen dürfen. Die Anerkennung Karls V. ging dahin gar, er dürfe sich als einen Bruder Süleymans betrachten. Unter solchen Voraussetzungen sei es einerlei, wer von beiden Ungarn besitze, denn was des Vaters sei, sei ja logischerweise gleichzeitig des Sohnes. Mit solcher Augenwischerei gab Ferdinand sich zufrieden. Der erste Friedensvertrag zwischen Österreich und den Osmanen wurde besiegelt.

İbrahim hatte den Rücken frei und konnte fürs erste den Krieg über Anatolien nach Persien hineintragen. Das schien auch ganz unabhängig von seinen Kabinettstückchen mit Ferdinands Unterhändlern geboten, denn im Osten waren verschiedene Markgrafen untreu geworden. So machte İbrahim sich noch im Herbst 1533 auf den Weg, die Grenzen, wie sie von Selim geschaffen, zu sichern.

In Aleppo schlug er sein Winterquartier auf. Dort empfing er den Mann, von dem er Süleyman gesprochen und dem er zutraute, Andrea Doria auf dem Mittelmeer Paroli zu bieten. Hayrettin Barbaros war der Name des Helden, der berüchtigtste Seeräuber seiner Zeit, Abkömmling eines rumelischen Sipahis, der unter Mehmet II. auf der Insel Lesbos gesiedelt hatte. Uruç und Hizar, seine älteren Brüder, das Korsarenhandwerk teils auf eigene Rechnung, teils im Dienst nordafrikanischer Fürsten betreibend, hatten sich aus alter Verbundenheit immer wieder durch Übersendung erbeuteter Schiffe bei der Pforte empfohlen. So hatte auch Hayrettin Barbaros manches Abenteuer gemeinsam mit den Seeleuten Selims bestanden. Jetzt wurde ihm das Diplom ausgehändigt, das ihn zum Oberbefehlshaber sämtlicher Mannschaften und Fahrzeuge der osmanischen Flotte ernannte.

Obwohl das Hauptheer unter Süleyman eben erst von İstanbul aufgebrochen war, konnte İbrahim im Mai 1534 mit den syrischen Truppen in Tebriz einziehen. Süleymans Ankunft in Tahmasebs Residenz zögerte sich bis in den September hinaus. Die vorgeschrittene Jahreszeit gestaltete den weiteren Marsch bis nach Bagdad etwas beschwerlich, aber zum 31. Dezember hatte man es geschafft. Immerhin mußte man mit der 100 Kilometer langen Schlange schwerbepackter Kamele, mit den von zu sechst und zu acht gespannten Ochsen gezogenen Kanonen keine vereisten Alpenpässe bezwingen, konnte vielmehr ab Mosul an den Ufern des Tigris entlanggehen.

Tahmasebs Statthalter in Bagdad war einer der abgängigen Dissidenten aus Tekke, Mehmet mit Namen. Er sandte Süleyman die Schlüssel der Stadt mit einem Unterwerfungsschreiben entgegen, machte sich aber mit seiner Garnison rechtzeitig vor Eintreffen des Feindes von dannen. So kamen auch bei der Einnahme Bagdads die osmanischen Gewaltmittel nicht zu ihrem Einsatz. Keine Belagerung, kein Sturm, keine Plünderung, keine Vergewaltigungen, keine Gefangenen, die man gewinnbringend auf den Sklavenmärkten hätte losschlagen können. Fürwahr kein Krieg nach Janitscharengeschmack.

Da waren diejenigen besser dran, die man zum ungewohnten Dienst auf schwankenden Schiffsplanken abkommandiert hatte. Bevor Hayrettin Barbaros seine Geschwader befehlsgemäß auf Tunis segeln ließ, machte er einen Abstecher an die Küste von Italiens Süden und setzte seine Mannschaft an Land, wo sie von Reggio bis Neapel nach ganzer Herzenslust der Plünderei und dem Menschenraub frönen durften. Tunis hatte er in seiner Gewalt, bevor die alte Kalifenstadt Bagdad in Süleymans Schoß fiel.

Der Sultan hatte dort wenig Besseres zu tun, als das Grab des

Abu Hanife aufzusuchen, um diesem anerkannten Vorläufer, dem großen sunnitischen Gesetzgeber, seine Reverenz zu erweisen. Es gab da nur ein kleines Problem, welches darin bestand, daß die Şiiten in ihrem begreiflichen Haß die Gedenkstätte zerstört, die Gebeine des Legislators exhumiert und verbrannt hatten. Andererseits begreiflich auch, daß Süleyman sehr betrübt war durch diesen Umstand und, plärrend und mit den Füßen aufstampfend wie ein Kind, von seinem Großvezir eine Lösung verlangte. İbrahim tat ihm den Gefallen und beauftragte einen im Troß mitgewanderten Molla, unter einer Felsplatte ein paar Knochen zu verbuddeln, die Süleymans Frömmigkeit dann aufspüren durfte. Diese Attrappe ist bis in unsere Tage ein Wallfahrtsort mit einer gewissen Anziehungskraft geblieben, wohingegen der Platz, an dem İbrahims Leiche verscharrt wurde, inzwischen nicht mehr auffindbar ist.

Beschleunigt wurde sein Sturz dadurch, daß er auf dem Rückmarsch aus Persien seine Tagesbefehle im Namen des Sultans ausrufen ließ. Das mußte bei Süleyman die Warnungen seiner Roxelane bestätigen. Wieder in İstanbul, konnte İbrahim im Januar 1536 noch ein Handelsabkommen mit Frankreich zustande bringen, das Modell für all die in der Folge mit den europäischen Mächten abgeschlossenen «Kapitulationen». Die Vollendung seiner Mittelmeerpläne gegen Kaiser Karl und dessen Admiral Andrea Doria, die erwartungsgemäß mit großer Streitmacht Tunis angegriffen und Hayrettin Barbaros daraus wieder vertrieben hatten, war ihm nicht mehr vergönnt.

Es war eine Nacht, die ähnlich begann wie die, in der wir die Gespräche zwischen Sultan und Großvezir mitgehört haben. İbrahim und Süleyman hatten am Abend miteinander gespeist, jetzt lagen sie in ihren Betten im Schlafgemach des Sarays und pflegten vor dem Abschied ins Zauberreich der Träume noch etwas Plauderei über harmlose Dinge. Von einer Nebensache kam die Rede auf das durch den Propheten mitgeteilte göttliche Wort.

Zwar hatte Süleyman sich vorgenommen, auf die gegen İbrahim gerichteten Einstreuungen Roxelanes, die eigentlich Hurrem, das bedeutet die Fröhliche, hieß, nichts mehr zu geben, aber ihre Behauptung, der Großvezir offenbare seit seiner Rückkehr vom persischen Feldzug eine regelrechte Idiosynkrasie dem Koran gegenüber, ließ ihm doch keine Ruhe. Er selbst hatte bei İbrahim stets nur die entschiedenste Ehrfurcht vor dem heiligen Buch beobachten können, war gelegentlich Zeuge geworden, wie er, wenn ihm jemand einen Koran zum Geschenk gemacht hatte, denselben geküßt und mit der Stirne berührt hatte. Neuerdings, so die Sultanin, solle İbrahim, wenn jemand ihm einen Koran habe bringen wollen, jedesmal mit Unmut reagiert haben darauf und mit der Bemerkung, es seien davon schon mehr als genug in seinem Besitz. Dieser Vorwurf des Hochverrats fand eine Stütze darin, daß İbrahim sowohl beim Einzug in Tebriz als auch bei dem in Bagdad sein Auge streng darauf gerichtet hatte, das Leben der Einwohner, die doch allesamt als Ketzer von der Fetva zum Tode verdammt waren, zu schonen.

Ach nein, der Verdacht war einfach gar zu ungeheuerlich, es konnte nicht sein. Aber auf die Probe stellen mußte Süleyman İbrahim doch.

«Ich habe dir nun alles geschenkt, was Geld kaufen kann in der Welt», begann er. «Einige behaupten, du seist sogar reicher als ich.»

«Wie sollte das sein können, mein Padişah», stellte İbrahim fest, «wo ich dir doch selbst gehöre mit meiner Haut und mit meinen Haaren. Hast du mich nicht, bevor wir nach Persien zogen, noch sehr eindringlich daran erinnert, daß nicht allein mein Besitz, sondern auch mein Leben abhängig ist von deiner Gnade, ja, von deiner Laune? War es nicht so?»

«Wie nachtragend du bist», rügte Süleyman. «Ich habe das nicht gesagt, weil ich dich demütigen wollte. Das damals mit dem Sklaven und dem Kopf-von-den-Schultern-Entfernen, das schon. Siehst du, wie genau ich jedes unserer Gespräche in meinem Gedächtnis verwahre? Aber das eben, das habe ich ganz anders gemeint. Weil ich dir nämlich ein Geschenk machen möchte, dir etwas geben von mir, was ich nicht mit Geld erworben habe und auch nicht mit meinem siegreichen Schwert.»

«Aber das hast du doch schon», sprach İbrahim mit jener Stimme, in der er vor Rührung und Dankbarkeit schmolz und die zu vernehmen Süleymans höchste Glückseligkeit war, noch über dessen Spiel auf der Geige hinaus. «Hast du mir nicht deine Schwester zum Weibe gegeben?»

«Das stimmt», gab Süleyman zu. Er hatte nicht mehr daran gedacht. Jetzt selbst verpflichtet durch die lang vermißten Töne von İbrahims Huld, suchte er das Maß jener Verpflichtung herunterzuspielen.

«Doch es war wohl eher ein Geschenk an meine Schwester, denn ich habe sie dem reichsten Mann auf dieser Erde vermählt. Nein, es handelt sich um etwas anderes bei dem, was ich dir heut zu verehren gedenke. Willst du es raten?»

İbrahim dachte angestrengt nach; es freute ihn, wenn der Sultan ihm zur Abwechslung einmal solche Aufgaben stellte.

«Also, eine Frau ist es nicht», versuchte er es, den Lösungsweg über die Ausschließung wählend. «Dann vielleicht ein anderes Tier?»

«Frevler! Elender Spötter!» prustete Süleyman, den das Lachen so schüttelte, daß er sich unter seiner Decke den Bauch halten mußte. «Aber daneben, weit daneben», beschied er İbrahim, als er wieder Herr über seine Atmung geworden. «Ich sagte dir doch, es ist etwas, das man für Geld nicht bekommt.»

Sosehr İbrahim sich abmühte, die schwere Nuß zu knacken, er fand nicht den richtigen Hebel.

«Beim besten Willen, Süleyman, etwas, das sich nicht kaufen läßt und dennoch verschenkt werden kann, so etwas fällt mir nicht ein.»

«Dann weißt du bei all deiner Studiertheit, bei allem, was du erlebt hast, noch längst nicht genug», sagte der Sultan etwas verstimmt.

«Halt, Süleyman!» rief İbrahim schnell, denn er wollte seinen Wohltäter bei Laune halten heut nacht. «Du hast ein Gedicht geschrieben für mich.»

«Soweit käme es noch!» erwiderte Süleyman, entgegen İbrahims Absicht noch stärker gekränkt. «Daß der Sultan für seinen Diener ein Lobverslein schmiedete, um sich für dessen Großzügigkeit erkenntlich zu zeigen! Aber immerhin, du bist auf der Spur.»

«Du hast also etwas geschrieben», versuchte İbrahim jetzt, durch Sammlung ihrer Eigenschaften auf den Begriff der Sache zu stoßen.

Süleyman bejahte.

«Für mich?» fragte İbrahim weiter.

«Nein», antwortete Süleyman. «Nicht für dich hab ich's geschrieben, aber du sollst es bekommen.»

«Nun, was könnte das sein?» İbrahim war nicht viel schlauer geworden. «Komm, Süleyman, hilf mir, gib mir einen Wink, ich kriege es sonst die ganze Nacht nicht heraus.»

«Was wäre aus mir geworden, hätten nicht meine Pflichten als Sultan mich abgehalten davon?»

Ein Hurenbock, war İbrahims spontaner Gedanke, doch hatte er noch Kontrolle über sein Mundwerk, was wenige Minuten darauf nicht mehr der Fall sein sollte zu seinem Verhängnis. Eigentlich war er dem Sultan gegenüber gerade wieder in Gefühlslagen ihrer lang vergangenen Jugendfreundschaft gestimmt, und er überlegte, ob ihm nicht etwas Schmeichelndes in den Sinn kommen wollte.

«Ein Hafiz», sagte er schließlich.

«Goldrichtig!» rief Süleyman beglückt. «Du erinnerst dich also noch, wie wir in Manisa im Palastgarten die sonnigen Nachmittage miteinander verbracht haben.»

«Wie könnte ich nicht?» antwortete İbrahim rasch, doch mußte er tief in seiner Erinnerung wühlen, bis er die Bilder hervorgeholt hatte. «Ich übte auf meiner Violine, und du saßest über deine Manuskripte gebeugt.»

Ein modulierter, langgezogener M-Laut kam von Süleymans Bett, der zugleich Zustimmung und Aufrufung des Erlebnisses war. Er verweilte, ab und an summend, länger in dieser wohligen Reminiszenz.

«So hast du es also doch selbst herausfinden können, was ich dir heut zum Geschenk machen will», sagte er dann.

«Nein, durchaus nicht, mein Sultan, ich bin so ahnungslos wie zuvor.»

«Nicht schon wieder, İbrahim! Als ob du nicht mehr wüßtest, was für Manuskripte das waren, über denen ich saß ...»

«Laß mich nachdenken», bat İbrahim, aber Süleyman schwollen die Adern vor Zorn. «Ich war ja stark mit meiner Violine und den Etüden beschäftigt ... Hast du nicht einmal den Koran abgeschrieben von der eröffnenden bis zur 114. Sure?»

«Einmal?!» platzte Süleyman heraus. «Achtmal! Achtmal habe ich das heilige Buch kopiert von vorne bis hinten. Das weiß jedes Kind im Osmanischen Reich, und in der Christenheit ist es ebenfalls sehr bekannt. Nur mein Großvezir, der dabeistand, als ich es tat, will keinen Schimmer haben davon!»

«Aber dann hätte doch spätestens beim achten Mal ein Hafiz werden müssen aus dir.»

İbrahim spürte, als er diese nicht nur respektlose, sondern schlicht blödsinnige Bemerkung aus seinem Munde entlassen, wie ihm das Blut in hitzigen Wellen von unten in den Hals schoß und gegen die Schädeldecke anschlug. Auch in Süleyman kochte und brodelte es. Wie ein ob der Mangelhaftigkeit seiner Auffassungsgabe getadeltes Kind rechtfertigte er sich gegen İbrahims albernen Spruch:

«Das bin ich ja beinahe auch, nur bei der 27., ‹Die Ameise›, und bei der 28., ‹Die Geschichte›, schließen und schließen die Lücken sich nicht. Sei's drum. Jedenfalls hast du es geschafft. Ich denke nicht mehr daran, so wie ich's vorhatte, einen dieser Korane in meiner Handschrift, einen vom Kalifen persönlich gefertigten, heißt das, dir zu vermachen.»

İbrahim verlor den letzten Rest von Besinnung und Anstand.

«Du ahnst nicht, altes Haus», sagte er, scheinbar völlig gelassen, «wie sehr es mich erleichtert, daß du mich mit diesen Schmierereien verschonst. Du bist ja in deinem Wahn der Wahrheit schon so weit entrückt, daß es dir gar nicht mehr auffällt, wenn du sie aus Versehen selber aussprichst. ‹Vom Kalifen persönlich gefertigt›! Ja, das ist er allerdings, euer Koran. Und zwar vom unrechtmäßigen Kalifen Utman, Osman in türkischer Zunge. Dreimal verflucht sei sein Name!»

Süleyman hatte schon bei dem Wort «Schmierereien» sich von seinem Lager erhoben und nach dem an der Wand aufgehängten Dolche gegriffen, ein Präsent des Dogen der Markusrepublik, mit Smaragden und Rubinen verziert. Als İbrahim seinen Fluch gegen ihn, gegen den rechtmäßigen Nachfolger der rechtmäßigen Kalifen, ausstieß, stand er schon über dem Ketzer und Verräter und stieß ihm die geschliffene, im durchs vergitterte Fenster hereinfallenden Mondlicht kurz aufblitzende Klinge ins Herz. Einen Arm seines Gönners und Mörders bekam der Großvezir noch zu fassen, jedoch der andere, der die Waffe führte, blieb frei und stach zu. Wieder und wieder. Ringend wälzten sie sich gemeinsam in des Sterbenden Blut, Streifen aus purpurnen Fleckchen legten sich über die Muster der Teppiche an der Wand. Zu gleicher Zeit sanken die beiden Körper nieder in die blutgetränkten Laken auf İbrahims Lager; der eine des Lebens, der andere durch die Erschöpfung des Bewußtseins beraubt. Als am folgenden Morgen der Oberstkämmerer das Zimmer betrat, fand er den Gemordeten im Arm seines Mörders.

Bei der Tekke der Dervişler zu Galata übergab man İbrahims Leichnam der Erde. Keine Inschrift, kein Stein durfte die Stelle bezeichnen, nur von einem Feigenbaum war sie denen, die es von den verschwiegenen Leuten des Ordens erfahren, kenntlich gemacht. Nehmen wir in unserer Geschichte der Türken die Nacht, in der İbrahim starb, die des 21. Ramazan 942, des 15. März 1536, als den Zenit der Sonne des Osmanischen Reiches, die zu ihrem

Aufstieg 236 Jahre benötigt hatte, aber noch 387 brauchen sollte, um allmählich zu sinken und schließlich unterzugehen. Was Süleyman den Ruf des Prächtigen eingetragen, war vor diesem Datum geschehen. Taten und Vorkommnisse der verbleibenden 30 Jahre seiner Regierung können in wenigen Sätzen skizziert und mitgeteilt werden.

Da wäre noch zu reden von einer Anzahl hübscher seekriegerischer Erfolge, die Hayrettin Barbaros bis zu seinem Tod im Jahre 1546 für den Sultan erfocht. Ein gutes Dutzend Inseln im ägäischen Archipel wurden den Venezianern entrissen, die sich zum Krieg gegen die Osmanen entschlossen hatten, nachdem Frankreich durch die mit İbrahim ausgehandelten Kapitulationen ihnen im Levante-Geschäft den Rang abzulaufen drohte. Das im stillen vollzogene Bündnis Süleymans mit König François I. wurde manifest im 1543er Jahr, als der gewesene Großpirat und nunmehrige Kapudan Paşa seine Flotte in französischem Auftrag Nizza angreifen ließ und im Hafen von Toulon sein Winterquartier aufschlug. Der französische König, der sich viel auf die Tadellosigkeit seines Katholikentums zugute und Schritt mit Karl V. hielt in Sachen Protestantenverfolgung, nahm übrigens keinen Anstoß daran, daß seine türkischen Gäste auf seinem Grund und Boden Moscheen einzurichten begannen.

Die nordafrikanische Küste wurde nahezu vollständig osmanischer Botmäßigkeit unterworfen. 1547 kam es über die Aufteilung Ungarns zum förmlichen Friedensvertrag mit Österreich, den Karl V. und Ferdinand mit einem jährlichen Tribut von 30 000 Dukaten erkauften. Die ersehnte Auslöschung der rotköpfischen Herrschaft in Persien, vom Grausamen nur begonnen, aber nicht vollendet, glückte auch dem Prächtigen nicht. Der 1553 erneuerte Versuch endete 1555 in einem Vergleich, dem Frieden von Amasya.

Hoffentlich endet nicht der Faustkampf hier vor unseren Augen im Zelt zu Beausoleil nahe Monaco mit einem Vergleich, mit einem Unentschieden, denn auf keinen Fall darf Sandol seinen Gürtel behalten. Reichlich ramponiert schaut er aus, unser Held, in dieser siebten Runde, derweil man auf dem schwarzen Gesicht seines Gegners kaum Kampfspuren erkennt. Mehr und mehr wandern die Sympathien der Zuschauer von ihrem Kompatrioten und Favoriten zu Nasrettin hinüber. Vielleicht weil Sympathie nur ein griechisches Wort ist für Mitleid?

Wie Nasrettin jetzt oben im Ring steht, verbeulten und verfärbten Hauptes, das ist die Erscheinung, an der die Geister sich scheiden, der Anblick, von dem die einen sich abwenden voll Entsetzen und Ekel, indem sie das Boxen zur unmenschlichsten aller Veranstaltungen erklären, und zu dem die anderen sich hinwenden voll liebender Hingabe und Faszination, weil sie darin das Allermenschlichste erkennen. Nasrettin ist nicht alleine im angestrahlten Quadrat, schließlich hat Sandol, der mit ihm dort eingesperrt ist, die Aufgabe, ihm so nah als nur irgend möglich zu rücken, aber er ist einsam, das fühlen die fünftausend Herzen, die ihm mit ihrer Bewunderung zuflattern, ihn zum Wunder erhöhen.

Der Kampf, der Gegner, sie sind zum Sinnbild geworden für das Dasein, in das jeder ohne Beistand und Trost hineingestellt ist, und daß Nasrettin, schwer getroffen, betrogen und verraten von der Justiz, weitermacht, die bleischweren Fäuste hebt, die gummiweichen Beine bewegt, das tut er nicht für Ruhm oder Geld, es ist der blanke Überlebenswille, die immer wieder sich selbst besiegende Natur, die ihn peitscht. Was die Zivilisation uns verdeckt hält im Getriebe des Alltags, hier tritt es wieder hervor, wie bei den Gladiatoren im römischen Circus, wie bei der Corrida: daß der Kampf, den die Kreatur führt gegen das Leben, aussichtslos ist, daß das Leben immer den Sieg davonträgt in dem Augenblick, da es sich Tod nennt. Niemanden auf den Bänken und Stühlen im Zelt interessiert es noch, welchem der beiden Boxer man den

Sieg zusprechen wird; es wartet auf diesen wie auf jenen wie auf uns alle der Tod. Daß das hoffnungslose Ringen dennoch aufgenommen wird, daran hängt alles, dafür haben wir uns den Helden geschaffen, daß wir Mut schöpfen aus seinem Beispiel, denn er tut, was keinen Sinn hat und nie zu etwas führt, auf die einzig in Frage kommende Art: mit Bravour.

Dazu ist Handwerk nötig, Geistesgegenwart und viel Kunst der Improvisation. Nasrettin muß in den Nahkampf, muß Sandols Rechte herauslocken, sie schlimmstenfalls einstecken, denn nur so kommt er an dessen Leber heran.

Nicht Muharrem Güneş war es gewesen, der Nasrettin früh in die Geheimlehren des Nahkampfs eingeweiht hatte, sondern ein Agitator in sowjetischen Diensten, den er bei einer der subversiven Zusammenkünfte getroffen, wie sie gang und gäbe geworden waren in Kars zu jener Zeit, in der unsere Erzählung angelangt ist.

Als hospitierender Gast wurde Nasrettin zunächst geduldet bei diesen Meetings, sehr bald akzeptiert als begabter Nachwuchsgenosse, bisweilen sogar schon angehört und bestätigt oder widerlegt in Argument und Ideologie. Der Instruktor, der ihn mit einer wissenschaftlich ausgearbeiteten Nahkampftechnik vertraut machte, hieß Haydar, war Azerbaycaner von Blut und hatte in Moskau beim zentralen Boxtrainerseminar dem Ausbildungsstab angehört, bevor er zwecks Anstachelung der proletarischen Revolution in Atatürks Republik geschickt worden war.

Von den neuartigen Volksversammlungen zu sprechen, so entstand bei Nasrettin eine regelrechte Sucht nach ihnen, und am besten gefielen ihm diejenigen, wo das Publikum mit einem Referenten das Leben in der klassenlosen Gesellschaft diskutierte und die in Betracht kommenden Fragen bis ins einzelne ausleuchtete und beriet. Ursprünglich tendierte Nasrettin mehr zu der chinesischen Linie, bog dann aber doch hinein in die sowjetisch geprägte Rhetorik, für welchen Stellungswechsel vorwiegend sportliche Gründe in Anschlag gebracht werden müssen. Mit Tai-Chi und dergleichen Faxen gedachte unser Held sich nicht zu befassen. Auch verstärkte sich bei ihm der Eindruck, als sei die maoistische Agitation von den Universitäten in İstanbul her gelenkt, was sich in ihrem Tonfall verriet, während die Propaganda für die real existierenden Sozialistischen Sowjetrepubliken und ihre Union unverkennbar asiatisch-urtürkisches Vokabular pflegte. Da Haydar, wie Nasrettin fand, viel, sehr viel vom Boxen verstand und ihm dies rasch und eindringend anzutrainieren vermochte, öffnete er sich ihm für das Weltanschauliche auch und übernahm sukzessive von ihm die wichtigsten Linien der Orientierung und die grundlegenden Verhaltensmaßregeln.

Haydar hatte den Schriften Lenins eingehende Studien gewidmet und es zu seinem Steckenpferd werden lassen, Parallelen und Analogien aufzufinden zwischen dem politischen Kampf um die Macht und jenem, der innert der Seile des Boxrings zu seiner Ausfechtung kommt. Wertvoll für Nasrettin wurde mehr noch als die Übung der eigentlichen Nahkampfaktionen das bewußte, planmäßige Aufsuchen und Verlassen der Distanz. Auflegen der Unterarme: eine ebenso zulässige wie zuverlässige Verteidigung, die Nasrettin bei Muharrem Güneş niemals trainiert hatte: Haydar führte ihn genauestens ein in den Gebrauch dieser Wunderwaffe.

Es war aber nicht das meiste der Zeit, die sie miteinander verbrachten, daß Haydar Nasrettin mit den Pratzen Lektion gab; oft saßen sie nur und sprachen über Gott und die Welt, das heißt über Gott nur insoweit, als Haydar erklärte, derselbe sei durch die Oktoberrevolution endgültig abgeschafft worden. Nasrettins Meinung und Logik gingen dahin, daß Gott entweder von allem Anfang an und in Seiner Eigenschaft als Schöpfer schon davor und ergo in alle Ewigkeit oder aber nie existiert hat, hatte, haben wird.

Zwangsläufig trat, weil Nasrettin sich nicht offenbarte, eine

Störung in seinem Verhältnis zu Muharrem Güneş ein. Ein unscheinbarer Zwischenfall brachte die sich stauenden negativen Energien zu ihrem Ausbruch. Nasrettin hatte nämlich gegen eines der strengen Verbote des Faustkämpferordens verstoßen, das da lautet: Du sollst deine Boxhandschuhe nicht in der Öffentlichkeit zeigen!

Gemeinhin wird jene Macht, die Nasrettins Willen an sich riß, Liebe genannt, und man wundert sich stets, welche Leidenschaftlichkeit sie besonders bei Pubertierenden zu entfachen vermag. Das Objekt seiner ausschweifenden Phantasien hörte auf den Namen Selda. Sie stand im vierzehnten Jahr ihres Alters, und ihre knospende Schönheit begann eben, sich zur Blüte zu öffnen.

Wir haben schon bemerkt, daß dort im Osten Anatoliens die Jungfräulichkeit der Braut vor Betreten des Ehestands nicht nur Forderung, sondern größtenteils Praxis war. Unter dem Druck dieser Norm mischt sich automatisch in jede pubertäre Regung bereits der Heiratsgedanke, und Nasrettin hielt sein Auge um so fester auf Selda gerichtet, seit Mesut, ihr Vater, auf der Hauptstraße sein vielbestauntes Geschäft aufgemacht hatte. Den vom Großvater ererbten Handel mit Radioempfängern hatte er in ein geräumiges Lokal zwischen zwei Juwelieren auf der Republikstraße verpflanzt. Seit jüngstem bot er neben Plattenspielern auch zwei Fernsehapparate zum Kauf. Der Preis auf dem Schildchen unter dem Prunkstück in Mesuts Schaufenster erschien Nasrettin derartig astronomisch, daß ihm die Tochter augenblicklich zur Prinzessin aufgeschmückt ward. Die Klunker und Goldketten in den Auslagen der beiden anstoßenden Läden sanken ihm zu einer bestenfalls passablen Beigabe herab.

Bisweilen sah man Selda an einem Fenster im oberen Stockwerk, und wir wollen es als einen Hinweis auf seine Instinktschärfe werten, daß Nasrettin es so einzurichten verstand, daß er just während dieser raren Sekunden unter den Platanen zwischen den beiden Fahrbahnen flanierte. Oder bestand etwa eine geheim-unheimliche Verbindung ihrer Herzen, die dies so fügte?

In einer ebenso sonnigen wie sonntäglichen Morgenfrühe begab es sich also, daß Nasrettin sich aufmachte, um in Erzurum mit den gleichaltrigen Boxern die Fäuste zu kreuzen. Carpe diem, bestiehl den Tag, war seine Devise, als er frohen Mutes und mit einem Glanz über der Stirn das Haus von Mutter und Geschwistern verließ. Vor der Trainingsstätte wollten sie sich mit Muharrem Güneş treffen, gemeinsam mit ihm den von der Stadtverwaltung gemieteten Bus zu besteigen. Natürlich mußte unser strahlender Morgenheld seinen Weg dorthin über die Republikstraße leiten, denn er zweifelte nicht daran, daß der himmlische Trick auch zu dieser ungewohnten Stunde funktionierte.

Beim Einbiegen in die Cumhuriyet Caddesi stellte er seine Sporttasche auf eine Bank, entnahm ihr die Boxhandschuhe und hängte sich die beiden ohne eine Spur jeglicher Gewissenspein, dafür aber mit einem beneidenswerten dekorativen Geschick über die rechte, Selda zugewandte Schulter. Es ist kaum zu entscheiden, wem die Schamesröte schärfer ins Gesicht schoß, ihm, der sich vor ihr gerierte, oder ihr, der die mit Drohung vermischte Verheißung gegen den Willen ins Herz schnitt.

Obwohl Nasrettin, sobald er das Blickfeld von Mesuts Unterhaltungselektronik verlassen, die Handschuhe wieder in seiner Tasche verstaut hatte, empfing ihn Muharrem Güneş mit ungnädiger Rede.

«Das hättest du niemals tun dürfen. Und zwar aus zweierlei Gründen. Ich erkläre es dir nicht heute, ich erkläre es dir ein anderes Mal. Aber deinen Sieg in Erzurum wird es dich kosten.»

Muharrem Güneşs Worte waren damals kurz vor die Wahrheit geraten; erst unmittelbar vor Ende des Kampfes konnte der demoralisierte und nach Punkten weit zurückliegende Nasrettin mit einem linken Haken zur Hauptschlagader den Gegner zur Aufgabe zwingen. Muharrem gratulierte ihm nicht zu diesem Sieg. Er hatte ihm in den Ringpausen die «albernen Mätzchen» – das waren die von Haydar frisch erworbenen Techniken – verboten und ihm wenig geholfen. Nasrettin sah der anberaumten Aussprache mit ihm in größter Bangigkeit entgegen.

Daß ihn die Angeberei mit den Handschuhen in der Rückwirkung von mehr als einer Seite getroffen, konnte Nasrettin vorher selbst feststellen, denn das Wunder am Fenster über Mesuts Laden wiederholte sich nicht. Mochte er auch gleich einem räudigen Köter einen halben Tag lang die Republikstraße auf und ab traben, unterwürfig seinen Blick zu der gesegneten Stelle erheben: die Schönheit zeigte sich nicht mehr.

Die Worte, die Muharrem zu Nasrettin sagte und auf die sich seine Stimme ohne mahnende Hebung und grollende Senkung in ihrer mittleren, natürlichsten Lage verließ, waren diese:

«Du hast gekämpft wie ein Profi. Ich prophezeie es dir in dieser Stunde: Du wirst ins Ausland gehen, und du wirst, sobald du alt genug dazu bist, wo immer du sie bekommen kannst, dir eine Lizenz für das Profiboxen besorgen. Du wirst es tun gegen meinen Rat, denn du hast mich zweimal verraten, also wirst du es ein drittes Mal tun. Konntest du glauben, ich wüßte nicht, wer dir den Nahkampfstil eingeimpft hat? Daß du in dummer Kinderverliebtheit deine Handschuhe entweiht hast vor aller Augen? Du hörst es, Nasrettin, ich zweifle an der Aufrichtigkeit deines Charakters. Aber noch ist es nicht zu spät, zu wählen zwischen dem dornigen Pfad des Aufrechten und der schmierigen Bahn des Verräters. Du bist mein Schüler, und ich bin stolz auf das, was du kannst. Ungern sieht der Baum am eigenen Ast die Früchte verderben, denn es kündet ihm dies seinen Tod. Ich hätte dich gern weiter trainiert, aber wie sich die Verhältnisse hier entwickelt haben, scheint es mir das beste, daß du aus dieser Gegend verschwindest. Geh zu deinem Vater nach Deutschland.»

Oktay war aber selbst noch nicht wieder gelandet auf dem sicheren Boden; er saß noch in der Kabine des Interflug-Jets, rauchte die Zigarre und trank den Cognac, die sein Nachbar Ömer Tuncel ihm spendiert hatte. Oktay war verständlicherweise gierig nach jedem Detail der Lebensart in der Stadt, die sie anflogen, und er löcherte Ömer förmlich mit seinen Fragen. Bereitwillig gab der Weltmann, der sich wie in seiner Westentasche auszukennen schien in Berlin, die Auskünfte, nach denen Oktay lechzte, auch wenn sie hie und da großspurig und deshalb nichtssagend waren.

Es war aber doch der Befragte und nicht der Fragende, der das Gespräch lenkte, denn bevor noch die Iljuschin die Donau überquert, hatte Ömer Oktay im stillen schon eingebaut in das kleine Imperium, das er in der Westberliner Halbwelt regierte, und da sie nun aufgefordert wurden, das Rauchen einzustellen, sich anzuschnallen und die Rückenlehnen senkrecht zu stellen, kam er heraus mit seiner Offerte.

Das Ding war nämlich das, daß Ömer neben anderen Unternehmungen in Moabit nahe der Fennbrücke ein versteckt gelegenes und als Teestübchen camoufliertes Spielcasino betrieb, das nicht unerheblich zu seiner Kapitalbildung beitrug. In Verlegenheit befand Ömer sich, weil der Pächter des kleinen, der Fortuna geweihten Tempels in Untersuchungshaft weilte und von daher unpäßlich war. Oktay schien wie erschaffen und noch dazu vom Schicksal an den richtigen Platz in der Kabine gesetzt, um die entstandene Vakanz zu füllen. Verbesserte Bedingungen im Pachtvertrag im Fall der Eigenkapitalbeteiligung wollte Ömer gerne mit sich aushandeln lassen.

Sie verließen schon ihr Flugzeug und stiegen die Gangway hinunter. Es roch nach Kerosin und schlecht verbranntem Zweitaktergemisch. Ömer erklärte, dies sei der typische Geruch der sozialistischen Welt, in Budapest wie in Prag, in Sofia wie in Warschau.

Oktay empfand im Grund sehr wenig Neigung, sein für die Gesundheit eingetauschtes Vermögen in eine derart windige Angelegenheit zu investieren; seine Karakalpak-Affäre mit Faruk schoß ihm aus dem Erinnerten vor. Immerhin war er bereit, sich die Sache einmal anzuschauen, und gab sein Versprechen, Ömer unter einer Nummer, die dieser ihm mit dem Kugelschreiber auf die Rückseite seiner Visitenkarte schrieb, anzurufen und einen Termin für eine Besichtigung auszumachen mit ihm.

Zunächst aber hatte Oktay eine S-Bahn-Fahrt durch die Hauptstadt der DDR und den äußerst merkwürdigen Grenzübertritt an der Friedrichstraße zu bewältigen. Schon die Einreise am Flughafen hatte ihn mit den aus volkseigenen Kunststoffen und Metallen fabrizierten Kabinen und Schleusen bekannt gemacht, die einen ihm gänzlich ungewohnten Geruch ausströmten. Auf der Fahrt mit der S-Bahn war Oktay hingerissen von der Fremdartigkeit der Gebäudekomplexe, gewahrte erstmals die Wunder der Plattenbauweise. Bizarrer noch als die Landschaft der Stadt, die in frühsommerlicher Vegetation und Beleuchtung am Fenster des S-Bahn-Waggons vorbeizog, wirkten auf ihn die Landschaften auf den Gesichtern der Mitreisenden, die auf der Sitzbank ihm gegenüber ihre Plätze einnahmen. Es handelte sich um ein betagtes Paar von der Sorte, die schon in der Zeit ihrer ersten Verliebtheit einander sehr anhänglich, doch nun, in die hohen Jahre gelangt, ganz unzertrennlich geworden sind. Sie ließen sich die ungenierten und ausharrenden Blicke des Fremden gefallen, ohne sie auf der Länge der fast einstündigen Fahrt ein einziges Mal zu erwidern.

Auch der Grenzbeamte, der in der Friedrichstraße seinen Paß kontrollierte, war von ebenso erfrischender wie schockierender Eindimensionalität. «Nehmen Sie bitte Ihre Sehhilfe ab», forderte er Oktay auf.

Oktay verstand nicht sofort, daß mit «Sehhilfe» seine Brille gemeint war, denn er trug, seit er von der PVC-Krankheit befallen, da seine Bindehaut ständig gerötet war und zu Entzündungen neigte, auf Anraten des Betriebsarztes getönte Gläser.

Aber erst nachdem Oktay seinen Paß wieder zu sich gesteckt hatte, sollte er den eigentlichen Kulturschock erleben. Seine gesamte Ausrüstung in Hinsicht auf zu knüpfende Beziehungen in der neuen Stadt bestand in einem Zettel mit der flüchtig notierten Adresse einer Teestube in Kreuzberg. Mit erstaunlicher Übersicht fand Oktay in den verschachtelten Gängen unter dem Bahnhof zum Gleis seiner U-Bahn Richtung Alt-Mariendorf. Wie aber wurde ihm, als er auf das Kommando «Einsteigen!» das Innere des Wagens betrat? Nichts als Türken. Was war geschehen? War er als Opfer eines großen Versehens nach İstanbul zurücktransportiert worden?

Und was für Türken! sagte er zu sich, als er sich ein wenig in die Physiognomien und Bekleidungen seiner Landsleute hineinstudiert hatte. Es klang paradox, aber diese Berliner Türken waren auf eine mysteriöse Art türkischer als jene, denen er vor seinem Abflug auf seinen Spaziergängen am Bosporos begegnet. Die Frauen, selbst die jungen, in Kopftücher gehüllt, die Männer vollbärtig und mit gehäkelten Mützchen. Oktay war fast sicher, daß sie sich dieses Zur-Schau-Tragen ihrer behaupteten Religiosität erst hier in Deutschland angewöhnt hatten. Eine Ausnahme bildeten die jungen Burschen, die in Grüppchen für sich standen und sich fernhielten von den Familien. Sie waren, soweit vonnöten, rasiert und trugen Kleider nach der westlichen Mode.

Oktay kam nicht dazu, diesen Befund in soziologischen Betrachtungen zu verlängern, denn der Zug lief schon in die Station Hallesches Tor ein, hatte also offensichtlich einige der auf dem Plan eingezeichneten Haltestellen ausgelassen. Oktay mußte umsteigen auf die Linie 1 in Richtung Schlesisches Tor und an der Station Kottbusser Tor die U-Bahn verlassen. Seine Anlaufstelle, die Adresse auf seinem Zettel, den ihm der Wirt der Teestube in der Industriestadt im Grünen mitgegeben hatte, war «Dostluk Okey Salonu», Manteuffel- Ecke Reichenberger Straße.

Wider jedes Erwarten traf er dort nicht einen einzigen Bekannten. Auch auf Nachfragen wollte sich niemand zu Kars oder seiner Umgebung als seiner Herkunft oder Heimat bekennen.

Nasrettin zeigt uns, was er gelernt hat bei Haydar. Wer die Distanz bestimmt, bestimmt den Kampf, so hatte die oberste Maxime gelautet, und wir sehen jetzt hier im Zelt zu Beausoleil nahe Monaco, daß Nasrettin viel mitgenommen hat aus seiner kurzen sowjetischen Boxschule vor der durch die politischen Umstände forcierten Abreise aus Kars. Schwipp-schwapp-schwupp! ist er mit drei oder vier flotten Händen drin in seinem Mann, watscht ihn ab und ist schwupp! wieder draußen in der Distanz.

Daß Nasrettin seine Angriffe konsequent auf Sandols Leber konzentriert hat, erweist sich als kluge Strategie. Der Champ würde sich nämlich bei Nasrettins hier in der siebten Runde unvermutet vorgetragener Generaloffensive gern in die Doppeldeckung einigeln, aber so lang sind seine Unterarme auch wieder nicht, daß sie ihm von den Schläfen bis zum Gürtel reichten. Patsch! fängt er den nächsten linken Haken, den ihm Nasrettin ebenso sauber wie kraftvoll auf die Leber gesetzt hat, und Sandols Doppeldeckung ist gerade noch geeignet, unserem Helden sein schmerzverzerrtes Gesicht verborgen zu halten. Aber gleich kommt noch etwas Hübsches aus der Trickkiste, die Nasrettin sich seinerzeit bei der Pratzenarbeit mit Haydar aufgefüllt hat. Ein linker Haken, auf Sandols Ellenbogen gezielt, kombiniert mit dem Haken von rechts, der in die sich für einen Sekundenbruchteil öffnende Bresche hineinfährt. Selbst Sandols Klammern halten nicht mehr, Nasrettin taucht mit seinem von Brillantine und Schweiß fischglatten Körper und mit der Rapidität eines U-Boots aus diesen schlappen Umarmungen nach hinten hinaus und schnellt, bevor er gestoppt hat, schon wieder mit linkem Geraden voraus.

Sandol bleibt also nichts, als von Ecke zu Ecke zu flitzen. Nasrettin steht in der Mitte des Rings und läßt den schwarzen Hengst den Rand der Manege abtraben, als wär's die Pferdenummer vom Zirkusdirektor persönlich. Sandol wird ausgelacht von seinen Fans. Die Ludenriege in den Nadelstreifenanzügen wird von Entsetzen gepackt. Marschieren soll das enfant de la patrie, nicht ausbüxen und sich an den Seilen langschummeln. Der Oberkuppler brüllt's ununterbrochen und wird heiser dabei, aber bevor er den letzten Rest seiner Stimme verliert, kommt schon der Gong.

Die achte Runde

Nasrettin hat doch die siebte Runde splendide geboxt, hat bewiesen, wie sehr ihm der Titel eines Europameisters gebührt, ja, wenn man auf den Applaus hören will, der anschwillt unter dem Zeltdach, per Akklamation den Ehrennamen schon zugesprochen bekommen. Was zum Kuckuck muß Röder ausgerechnet jetzt hadern mit ihm und ihn anmeckern wie ein nicht zu befriedendes Weib?

«Mensch, Nasrettin, mein Junge, was machst du denn da?»

Die Anrede schon raubt unserem Helden ganz unnötig Kräfte, weil er sich ärgert darüber, aber zum Überfluß hält Röder auch noch die Wasserflasche zurück.

«Wir sind doch hier nicht bei einer Straßenkeilerei, Nasrettin. Was fällt dir ein, dich auf den Schlagabtausch einzulassen? Ich habe bei dir keine Deckung gesehen. Die nächste Runde schön vorsichtig boxen! Verstehst du mich?»

Nasrettin muß nicken und etwas brummen, was nach Zustimmung klingt, damit Röder ihm endlich das Trinkröhrchen der Wasserflasche in den Mund schiebt.

«Du liegst mit zwei, drei Punkten vorn. Du mußt jetzt nichts riskieren. Zwei, drei saubere Aktionen, das reicht.»

Wie Röder zu seiner Behauptung über den Punktestand kommt, entzieht sich unserer erzählerischen Allwissenheit. Auf dem Zettel von Bepi Martinese, dem Italiener, ergibt die Addition bislang 67:65. James Frigg, der mit Eddy Hoagland aus England angereist ist, hat ebenfalls 67 für den Champion, aber nur 64 für den Herausforderer gezählt. Allein Egon Flammersfeld, der Schweizer, sieht 69:67 Nasrettin vorn. Es ist also das reine Gift, was Röder seinem Schützling eintrichtern will. Nasrettin versucht es, als er den Mund ausgespült hat, mit dem Wasser in den Eimer zu spucken. Mehr muß er sich zu seinem Glück nicht anhören von seinem Coach, «Ring frei!» wird befohlen und zur achten Runde geläutet.

Oktay hielt sich noch keine Woche in Berlin auf, da war er schon der eingetragene Pächter der kleinen Spielhölle unter der Fennbrücke. In seinen Briefen nach Kars verschleierte er dies Verhältnis und berichtete Sevim, er sei Betreiber eines Restaurants mit Spezialitäten aus Ostanatolien geworden.

Wie bei solchen Verträgen, die mit dem Teufel geschlossen werden, üblich, waren es Vorteile gespenstisch-unglaublicher Art, die er durch Ömer gleich anfangs empfing. Dessen Name wirkte auch auf die Sachbearbeiter in der Ausländerbehörde Wunder. Überdies ließ er Oktay auf diesem Gang von einem seiner Adlaten begleiten, der in Minutenfrist die Einreise- und Aufenthaltsbewilligungen für dessen gesamten Anhang erlangte.

Mitten hinein in Nasrettins Vorbereitungen auf die in Mersin auszutragenden ostanatolischen Jugendmeisterschaften traf Oktays Brief, der die Familie aufforderte, alles stehen- und liegenzulassen, jeglichen Besitz geschwind zu veräußern, nach Ankara zu eilen, dort bei der Deutschen Botschaft sich die Sichtvermerke in die Ausweispapiere stempeln zu lassen und mit den beigefügten Tikkets nach Berlin-Tegel zu fliegen. Eine knappe Woche blieb ihnen bis zu ihrem Abflugtermin.

Sevim, die doch wieder und wieder von Oktay präpariert worden war auf diesen Tag, erlitt einen ihrer nervösen Zusammenbrüche. Es ging, was jetzt verlangt wurde von ihr, über ihre Kräfte hinaus. Sich mit einem jähen Schnitt trennen von all den Gewohnheiten und Verbindungen, aus denen ihr Leben bestand? Wie war das möglich? Zwar hatte sie in der ersten Zeit, nachdem Oktay von ihnen gegangen, sich ihm nachgesehnt, sich hineingefühlt in die phantastischen Berichte über das ferne Deutschland, die Nasrettin ihr vorlas aus seinen Briefen, und sich auch für sich selbst eine Metamorphose und ihre Anpassung an die ganz und gar anderen Lebensbedingungen vorstellen können. Aber stets aufs neue vertröstet von Jahr zu Jahr, hatte sie sich irgendwann abgefunden damit, daß sie niemals eintreten würde in jene neue Welt, die Oktay in der Fremde um sich geschaffen, daß sie ihn erst wieder für sich haben würde, wenn er zum Rentner geworden. Dann vielleicht stand ihr an seiner Seite ein sorgenfreies Alter bevor, dann würde er zurückkehren zu seinen Wurzeln und gemeinsam mit ihr die Früchte seiner schweren Lebensarbeit genießen. Mit Oktay Hand in Hand auf einer schattigen Bank in ihrem Garten zu sitzen und den Enkeln zuzuschauen bei ihren unschuldig-ausgelassenen Spielen, das war von ihrem Traum fürs Leben übriggeblieben nach allem.

Würde Oktay sie denn noch lieben können, die simple Bauersfrau, die gewiß etwas vom Ziegenmelken und Käsemachen verstand, für die aber doch im Grunde schon hier in Kars das Leben zu hektisch, unübersichtlich und großstädtisch war? Was sollte er, der sich nun sein eigenes Unternehmen aufgebaut hatte, eine große Schar von Angestellten dirigierte in seiner Gastronomie und auf Freundesfuß stand mit dem Inhaber einer Fluggesellschaft, dort drüben anfangen mit ihr? Würde sie ihm nicht eine Last sein, würde er sich nicht schämen müssen ihretwegen vor seinem Personal, vor seinen Gästen und Freunden?

Nasrettin, für den dies ein Tag sensationellster Freude war, tat, was er konnte, den Jubel in seiner Brust verborgen zu halten, lief durch die Stadt, die Genossen über seine veränderte Lage zu informieren. Sein Name stehe auf den Listen der Polizei, erklärte er flüsternd in den Hinterstuben, die er aufsuchte, er begebe sich ins Exil. Das war nicht ganz aus der Luft gegriffen, denn tatsächlich hatte man mit der Verhaftung der Wortführer und mit der Konfiskation marxistischer Kampfschriften begonnen, auch hier und da eine Waffe gefunden. Seine Yoldaşlar gratulierten ihm zu seinem Entschluß und wünschten ihm Glück bei der Flucht, nannten ihm Namen und Adressen von Kampfgefährten, die schon in Westberlin waren und bei denen er sich melden sollte, sobald er in Sicherheit war.

Natürlich versäumte er es nicht, Muharrem Güneş seine Visite zu machen.

«Schade», meinte sein Mürşit, als Nasrettin ihm eröffnet hatte, daß er gekommen war, um Abschied zu nehmen. «Schade. Schade wegen Mersin, meine ich, denn ich bin sicher, du hättest dir dort deinen Titel geholt. Und du weißt, ich habe niemanden, den ich statt deiner könnte antreten lassen in dieser Klasse. Aber mach dir keinen Kummer deswegen. Für dich bin ich froh, denn glaube mir, es wird kein gutes Ende nehmen mit dieser Politik, in die ihr euch verstrickt habt. Ich kenne dieses Land und seine Geschichte. Bleib beim Sport, wo immer dich dein Weg hinführen wird. Du bist ein Boxer mit einer Veranlagung, wie es auf dieser Welt nur wenige gibt. Du erkennst deine Schwächen und Fehler, arbeitest hart und ausdauernd an dir, sie auszumerzen, Stärken und Vorzüge daraus zu machen. So sei im Training, so sei im Ring, und vor allem sei so im Leben. Du wirst, wenn ich irgend etwas von der Sache verstehe, mit dem, was du bei mir gelernt hast, und mit dem, was du selber mitgebracht hast, als Boxer große Erfolge erringen. Vergiß dabei nie, wer du bist und woher du kommst. Halte dir immer vor Augen, daß du als herausragender Sportler ein Vorbild abgibst für andere, die dir nachzueifern versuchen. Vielleicht hast du Glück und findest dort einen Trainer, der dir nicht nur hilft, als Sieger hervorzugehen aus deinen Kämpfen im Ring, sondern auch das Auge besitzt, mit dem man den Menschen in ihr Herz hineinschaut.

Einen solchen Betreuer wünsche ich dir aus ganzer Seele, aber rüste dich für den Fall, daß du ohne ihn auskommen mußt. Ich werde dir von den Sprüchen der Weisen hier an den Wänden die wichtigsten gravieren lassen auf ein Amulett, das mein Abschiedsgeschenk sein soll für dich, den Hoffnungsvollsten unter all denen, die ich je mit der Kunst des Faustkampfs vertraut gemacht habe. Es soll dich schützen und überallhin begleiten. Bleibe Aşık, denn sonst machst du dir und anderen das Leben zur Hölle.»

Sehr müde war Nasrettin, als er all die Stationen abgeklappert hatte und seine Schritte heimwärts lenkte. Die Abschiede, die er genommen, hatten ihn melancholisch gestimmt, besonders der letzte von seinem Meister, der sich ihm nie so rührend bekümmert gezeigt, ihm nie gesagt hatte, wieviel er ihm wirklich zutraute.

Doch war zu seiner Enttäuschung, als er nach Hause kam, der Tisch nicht gedeckt, in der Küche stand kein Topf auf dem Feuer. Sevim fand er in ihrem Zimmer, sie saß weinend auf ihrem Bett. Nasrettin nahm neben ihr Platz und legte seinen Arm mit den im Training gestählten Muskeln um sie. Sevim tat noch einen steinerweichenden Schluchzer, hörte aber auf zu weinen und wischte sich mit dem Zipfel der Schürze die Tränen aus dem Gesicht. Dann hob sie Nasrettins Arm von ihren Schultern, umfaßte ihn am Puls, drehte sich ihrem Sohn zu, zog auch dessen anderen Arm heran, drückte seine Hände auf ihre Knie, sah ihm tief in die Augen und versuchte darin zu lesen.

Wie lange wirst du noch mein Sohn sein, mich ehren und achten und mir gehorchen? Das war die stumme Frage, die sie an Nasrettin stellte. Aber die Frage glitt ab an seinem Gesicht, aus dem jede Spur eines Ausdrucks gelöscht war. Sie drang mit ihrem Blick nicht hinein in seine Augen, die, obwohl er sie offenhielt und auf sie gerichtet, ihr keinen Anhaltspunkt boten, zu erraten, was vorging in ihrem Jungen.

Genauso wie damals Sevim ergeht es jetzt im Zelt zu Beausoleil nahe Monaco Marcel Sandol, der hineingesprungen ist in die achte der zwölf angesetzten Runden. Vergeblich bemüht er sich, über Nasrettins deckend vor das Kinn gehaltener Schlaghand in dessen Augen den Ausdruck eines Gefühls oder eines Gedankens zu erspähen. Mut, Zorn, Angst, Angriffslust, Erschöpfung, Freude, Schmerz, Zuversicht, nichts von dem und auch nichts anderes drückt sich aus in Nasrettins Augen; sie sind ebenso durchlässig wie undurchdringlich, nicht einmal rätselhaft, auch nicht starr oder bohrend. Sie schauen, sonst nichts.

Sandol hat viele Kämpfe bestanden, aber nie hat er in solche

Augen gesehen, vielmehr vergeblich in sie hineinzusehen versucht.

Nasrettin hat den Moment, da Sandol sich in seinen Augen verloren, genutzt, steht wieder in ihm, kommt mit dem linken Aufwärtshaken zum Herz und mit dem aus derselben Bewegung seitwärts geschlagenen rechten zum Hals. Der Treffer zeigt Wirkung, Sandol, der sich vor Sekunden von seinem Hocker erhoben, knickt, aber er fällt zu seinem Glück nicht nach hinten, sondern nach vorn. Nasrettin ist nicht schnell genug wieder herausgetreten in die Distanz, und so kann der Karibe seinen sinkenden Kopf ablegen auf Nasrettins Schulter und mit geschlossenen Lidern bei entflimmerndem Bewußtsein seine langen Arme um den Körper des Kleineren schließen. Bis der Referee sie auseinandergezerrt hat, ist Sandol wieder bei Sinnen.

Dem Knockout nahe war seinerzeit auch Sevim gewesen, aber nicht durch genau berechnete Schläge, sondern bloß durch die unfaßbare, unerträgliche Blicklosigkeit von Nasrettins Augen.

«Wo … ist deine Seele?» stammelte sie. «Nasrettin, wo ist deine Seele geblieben?»

Nasrettin schüttelte den Kopf, sprang auf und stellte sich mit hängendem Haupt drei Schritte von ihrem Bett entfernt mit dem Rücken zur Mutter. Er fühlte sich schuldig und schämte sich, aber nicht so sehr vor ihr als vor seinem Mürşit, denn er hatte erneut gegen einen der heiligsten Paragraphen des Boxerordens gesündigt, hatte, wenn auch ohne Vorsatz, ein Kampfmittel, das in den Ring und nur dahin gehörte, gegen Wehrlose zum Einsatz gebracht.

In diesem Moment begriff Sevim, daß aus ihrem Kind, aus ihrem Fleisch und Blut, ein Boxer geworden war. Und nicht nur die Tatsache wurde ihr klar, auch was es bedeutete, erhellte sich plötzlich. Sie brauchte nicht mehr darauf zu warten, daß er ihr abhanden kommen würde, es war schon längst geschehen.

«Ein Mann ist aus dir geworden», sprach sie, nachdem lange und drückend die Stille geherrscht hatte im Zimmer. Es lag noch etwas von Anklage und Vorwurf in ihrer Stimme, weniger gegen Nasrettin als gegen die allgemeine Einrichtung der Welt und des Lebens, aber sie hatte sich schon zum Sachlichen gewendet und zum Einverständnis mit dem, was unabänderlich ist.

«Ich habe Angst, Nasrettin», sagte sie, wieder nach einer Weile. «Es ist einfach zuviel, was der Vater mit einemmal von mir verlangt. Es sind doch so viele Dinge, die erst in Ordnung gebracht werden müssen, bevor wir fortgehen können. Mir schwindelt schon, sobald ich dran denke. Oktay hätte doch herkommen müssen und alles in seine Hände nehmen. Ich weiß wirklich nicht, wie er sich das vorstellt. Sieben Tage!»

Jetzt bekam Nasrettin es mit der Angst zu tun. «Aber der Vater schreibt doch, wir sollen hier alles aufgeben.»

«Das sagt er leicht von dort drüben, wo vom Staat alles geregelt ist bis ins kleinste und der Mensch nur mithupfen muß, wie man's ihm vorschreibt. Wie es bei uns zugeht, das hat er anscheinend vergessen. Ich habe hier gestanden und gerackert die langen Jahre, euch großgezogen ohne den Vater, habe die scheelen Blicke der Nachbarn ertragen und mir gar manches garstige Wort anhören müssen. Aber trotzdem häng ich dran, denn es ist eben mein Leben, das tauscht man doch nicht so schwuppdiwupp wie eine Jacke!»

Nasrettin wollte einhaken, ihr von dem schwärmen, was er in Deutschland gesehen, um ihr deutlich zu machen, wie gering der Wert dessen war, was sie aufgeben mußte, im Vergleich zu dem, was sie gewann. Er sah aber ein, daß es unnütz war, solange sie nicht selbst die Erfahrung gemacht hatte.

«Freust du dich denn gar nicht», sagte er in einem übertrieben kindlichen Ton, «daß wir jetzt wieder mit unserem Vater zusammensein werden und wie eine richtige Familie leben?»

Die Antwort darauf blieb Sevim ihm schuldig, aber Nasrettin riet ihre Gedanken.

«Und Deutsch brauchst du dort auch nicht zu lernen», sagte er, sie in diesem Punkt zu entwarnen. «Wir gehen doch nach Berlin, da wohnen mehr Türken als in Kars und Umgebung. Der Vater schreibt, daß es in der Straße, wo er für uns die Wohnung gefunden, einen türkischen Gemüsehändler gibt, einen türkischen Metzger, einen türkischen Frisör und sogar einen türkischen Goldschmied. Du wirst bestimmt kein Heimweh haben, Mutter, glaube es mir.»

«Und wenn ich nein sage?» fragte sie ihn.

«Wozu?» fragte Nasrettin zurück und schaute vor Entsetzen so dumm, daß Sevim auflachen mußte.

«Zum Auswandern, zu Deutschland natürlich. Die Frau hat doch schließlich auch ein Recht. Sie ist dem Mann gleichgestellt vor dem Gesetz. Sie ist doch kein Ding, das man irgendwo abstellt über zehn Jahre und dann wieder vorholt, weil es gerade so paßt. Vielleicht bin ich einfach zu alt geworden inzwischen und habe keine Lust mehr, noch einmal alles von vorn zu beginnen. Komm, nehmen wir die Tickets und schicken sie zurück. Sowieso würde ich sterben vor Angst auf dem Flug, selbst wenn die Maschine nicht abstürzen sollte. Da ist es schon besser, ich bleibe hier. Und wenn das deinem Vater nicht paßt, und er läßt sich scheiden von mir, dann gehe ich eben nach Sulakbahçe zurück. Zu essen hatten wir dort immer genug.»

Jetzt war Nasrettin den Tränen nah, und er hätte am liebsten losgeheult wie ein Kind.

«Wenn ich nach Deutschland gehen soll», setzte Sevim selbstbewußt fort, «wo keiner mich kennt, wo mir auf der Straße die Kinder nachlaufen, mir, weil ich ungewöhnlich aussehe, Spottverse nachrufen, die ich nicht verstehe, dann möchte ich dafür bitte schön auch bestimmte Garantien erhalten. Dann mußt du mir versprechen, daß du mit dem Boxen aufhören wirst.»

Nasrettin zeigte sich des Ehrennamens eines Boxers würdig, berechtigte zu den Hoffnungen, die Muharrem Güneş kaum eine Stunde zuvor in ihn gesetzt, und bewies einmal mehr, daß zu schöner Technik gewiefte Taktik gehört. Er schlug nicht wild und panisch zurück auf diese unfaire Attacke Sevims; er setzte sein Knie auf den Boden und ließ sich anzählen von einem imaginären Unparteiischen, um die erste, heftigste Wirkung ihres Treffers verschmerzen zu können. Bei «acht» stand er wieder und schaute zur Decke, ganz als ob er über ihren Antrag in aller Ernsthaftigkeit nachdenken wollte. An die Möglichkeit, sein Lebensziel, in das er seinen gesamten Ehrgeiz gebündelt, der mütterlichen Grille zu opfern, verschwendete er seine Hirnarbeit allerdings nicht. Woran er kniffelte, war, wie er diese tückische Klippe umschiffen konnte.

«Und wenn ich dir verspräche, mit dem Boxen aufzuhören», tastete er sich mit Behutsamkeit vor, «wäre das die einzige Garantie, die du von mir verlangtest?»

Sevim hatte sich ausgestreckt auf ihrem Bett und ihrerseits den Blick an die Zimmerdecke geheftet.

«Ja, Nasrettin», sagte sie schließlich, «das wäre alles.»

«Gut», meinte Nasrettin. «Ich verspreche es dir also. Und bekomme ich dagegen von dir das Versprechen, daß du alles in deiner Macht Stehende tun willst, daß wir in der nächsten Woche abfliegen können?»

«Selbstverständlich, mein Junge.»

«Dann kann der Handel gelten», sagte Nasrettin ernst.

Der letzte Akt von Süleymans Regierung stellte einen Übergang dar, in dessen Verlauf die über zehn Generationen erweiterte und angesammelte Macht, durch des Prächtigen kluges und tüchtiges Gesetzgebungswerk auf den einen Punkt seiner Hohen Pforte ausgerichtet und konzentriert, zum Spielball der Höflinge zu werden begann. Das Hoheitsgebiet des Osmanischen Reiches, nicht gerechnet das der Vasallenstaaten an der Moldau, in Siebenbürgen, in der Walachei und auf der Krim, war auf eine Fläche von zweiundeinviertel Millionen Quadratkilometern gewachsen. Allein durch diese Größe war eine Grenze des Expansionsvermögens erreicht. Hinzu kam der Eintritt in die Ränke europäischer Großmachtdiplomatie, die der für unstillbar gehaltenen Annexionsgier neue Rücksichten und Hemmnisse schuf. Indien lud noch zur Eroberung ein, und es wurden auch diverse Geschwader vom Roten Meer aus auf die Reise geschickt, doch fehlte es an Nachdruck und Entschlossenheit, um hier gegen die Portugiesen etwas Sichtbares ausrichten zu können.

Im Machtzentrum selbst, im Sultanspalast, wurde der Nerv des Riesenstaates angenagt vom giftigen Zahn der Intrige. Hurrem Sultan, die fröhliche Roxelane, die Urmutter dessen, was unter dem Wort «Weiberherrschaft» zum Begriff werden sollte, hatte durch eingeflüsterte Halbwahrheiten Süleyman schon dahin zu bewegen vermocht, daß er seinen ältesten Sohn Mustafa umbringen ließ. Ihr eigenes Lebenslicht erlosch 1558 kurz nach Fertigstellung der Süleymaniye, für die Nachfolge des Prächtigen kamen nur mehr ihre eigenen Söhne Bayezit und Selim in Frage. Die Kabalen und Anschwärzereien aber, mit deren Hilfe sie den Tod ihres Stiefsohns und den zweier Großvezire bewirkt hatte – denn nach İbrahim mußte noch Ahmet sterben, den Posten für ihren Schwiegersohn Rüstem freizubekommen –, sie lebten weiter und öffneten nun auch zweitrangigen Chargen die Möglichkeit, aus dem Hinterhalt mitzudrehen am Großmachtgetriebe.

Süleyman, der die Siebzig überschritten, war vom Alter gezeichnet und seit dem Hinscheiden seiner über alles geliebten Roxelane trübsinnig und antriebsschwach geworden. Seine Ablösung durch Bayezit oder Selim war abzusehen, und da man am Hofe İbrahims Beispiel noch lebhaft vor Augen hatte – nicht so sehr sein um zwei Jahrzehnte zurückliegendes blutiges Ende, sondern seinen märchenhaften Aufstieg aus dem Nichts zu äußerster Herrschaftsfülle und unermeßlichem Reichtum –, galt es jedem Schranzen, der dies Vorbild nachzuahmen gedachte, möglichst rechtzeitig und adhärent sich einem der beiden Prinzen zu attachieren.

Das Intrigenspiel wurde hochkompliziert, denn die Konkurrenz unter den Vezirlern überschnitt sich mit der unter den Thronanwärtern. Rüstem, nach der Beseitigung Ahmet Paşas zum zweiten Mal in die Würde des Großvezirs eingesetzt, kümmerte sich sorgfältig um die Entfernung der Protegés seines erwürgten Amtsvorgängers vom Hofe und ernannte dessen Günstling, den Zweiten Stallmeister Mustafa, einen flammenden Parteigänger Bayezits, zum Oberhofmeister bei Selim, wo er glaubte, sich auf dessen Weiterbeförderung ins Jenseits verlassen zu können.

Jedoch täuschte Rüstem sich in dieser wenig frommen Hoffnung gründlich. Kaum war dieser Mustafa eingetroffen bei Selim in Manisa, so legte er eine den amtierenden Großvezir in İstanbul an Heimtücke und Durchtriebenheit weit überbietende Begabung an den Tag. Eine Schurkenhaftigkeit, die der Feder eines Friedrich Schiller würdig gewesen wäre, bewies er, indem er sich erbot, das Vertrauen Bayezits, das er sich unter Ahmet erworben, als Werkzeug der Intrige Selim zur Verfügung zu stellen. Die Durchführung des Ränkespiels sollte Selim ganz ihm überlassen, ihm nur im Erfolgsfall das Amt des Großvezirs zum Lohn für seine Dienste versprechen. Selim, schon damals, zu Zeiten seiner Statthalterschaft in Manisa, ein dem von der Mutter in ihm kreisenden russischen Blut alle Ehre machender Schluckspecht und ein von jeglichem Gewissen unbelasteter Prasser, war den Mühseligkeiten in Kanzleien und Ratssitzungen ebenso abhold wie den Entbehrungen und Gefährnissen kriegerischer Unternehmungen und deshalb nur allzu gerne bereit, Mustafa die ausbedungene Prokura zu leihen, um, derweil jener sich damit abgab, den ahnungslosen Bayezit in sein Verhängnis zu locken, in aller Ruhe ein oder das andere Fäßlein zu leeren.

Mustafa schritt also zur Tat und schrieb an Bayezit einen Brief, in dem er ihn seiner Liebe und Anhänglichkeit versicherte, mit Ausführlichkeit herzog über das Lästerliche von Selims Lebenswandel, auch seine Besorgnis um die Geschicke des Reiches nicht zu erwähnen vergaß und die vielseitigen Risiken, die diesem drohten, sollte es Selim gelingen, sich an Bayezit vorbei zum Throne zu drängen. Kurz, die Beseitigung des Schwelgers liege nicht allein im natürlichsten Interesse des Bruders, sie sei vielmehr ein Bedingnis der allgemeinen Sicherheit und Wohlfahrt, und er, Mustafa, stehe bereit, sich zu opfern und der staatsnotwendigen Operation zum Instrumente zu werden. Der Posten, den Rüstem ihm in der Absicht, Bayezits Partei am Hofe zu schwächen, verschafft, verlange förmlich danach, in der gedachten Weise ausgenützt zu werden; es sei Frevel, die Gelegenheit vorübergehen zu lassen.

An das Ende seines Schreibens setzte Mustafa mit Betonung, nichts als Liebe zu Bayezit und dem Geschlecht der Osmanen bestimme seine Handlungsweise, und auf eine Belohnung, etwa ein hohes Staatsamt bei Antritt der Regierung Bayezits III., rechne er nicht.

Bayezit war tief gerührt, als er das las. Er hatte sich natürlich auch seine Gedanken über die Zukunft des Reiches gemacht und sich eingeredet, es sei nicht, weil er auf unziemliche Art am Leben hinge, daß er verschiedentlich nach Wegen gesonnen, auf denen man Selim eventuell aus selbigem hinausleiten könne. Beipflichten mußte er seinem treuen Diener Mustafa, daß das hohe Ansehen Süleymans, die sprichwörtliche Pracht, welche die Gesandtschaften der Christenländer ohne Ausnahme an ihm bewundert, rasch verspielt sein würden, sobald der Sultansturban sich über Selims Schnapsnase erhöbe, gar nicht zu reden von der Schande über Umma und Sunna, wenn der Mensch, der öfter betrunken war als nüchtern, sich Kalif nennen würde.

Auf Süleyman war kein Verlaß. Zwar hatte der Kanuni genau festgesetzt, wieviel an Abgaben der Tımariote in Bosnien oder Ägypten, im Sancak Bagdad oder in dem von Belgrad von seinen Hintersassen einfordern durfte, und er schickte dem verantwortlichen Sipahi gleich ein ganzes Rudel von Beamten seiner Steuerpolizei auf den Hals, wenn sich aus irgendeinem Winkel ein Bauer bei der Pforte beschwerte, daß er einen Akçe zuviel bezahlt hatte, aber die Regelung der Sukzession schien dem Prächtigen so wenig in den Sinn kommen zu wollen wie den ihm vorangegangenen Sultanen; das vom Eroberer erlassene Gesetz, das bei der Thronbesteigung den Brudermord vorschrieb, war ohne Bearbeitung oder Kommentar in seinen ruhmreichen Kodex übergegangen. Wenn überhaupt, schien Süleyman eher dem Säufer den Vorzug schenken zu wollen, denn Manisa lag ja deutlich näher an İstanbul als Konya, wo er Bayezit hingesetzt hatte.

Dem Ansinnen seines getreuen Mustafa mußte Bayezit also bedenkenlose Zustimmung geben; wäre er erst Sultan, hätte er Selim ohnehin abmurksen müssen. In diesem Geiste schrieb er zurück, und Mustafa überreichte den ihm zugestellten Geheimbrief Selim, ohne vorher das Siegel zu lösen.

Mustafas nächste Botschaft an Bayezit war die, er möge Selim durch beleidigende Schreiben in der Art derjenigen, die dessen gleichnamiger Großvater dem persischen Şah İsmail zugesendet, ins Feld fordern, wo man leichtes Spiel haben würde mit ihm. Stupide befolgte Bayezit diesen Rat und brachte allerlei Beschimpfungen zu Papier. Den Effekt der Provokation nach bewährtem Muster zu steigern, ließ er seine Einladung zum Waffengang von einem Geschenk ausgesuchter Weibersachen für die Memme begleiten. Brief und Beigaben wurden von Selim zu Süleymans geflissentlicher Begutachtung an die Hohe Pforte weitergeleitet.

Ergrimmt über derlei Neuigkeiten und auch ohne roxelanische Einflüsterungen aufs ernsthafteste besorgt um die Loyalität seines Sohnes und Statthalters zu Karaman, wo die Keime antiosmanischer und rotköpfischer Gesinnungen wie stets auf fruchtbaren Humus sanken, schrieb der greise Sultan seinerseits an Bayezit und rief ihn aufs strengste zur Disziplin. Der Kurier wurde von den Häschern von Selims Möchtegerngroßvezir Mustafa aufgegriffen; man berichtete aus Manisa frech an die Pforte, Bayezit habe den Boten des Padişahs getötet und sich mit den väterlichen Ermahnungen den Hintern gewischt.

Das genügte Süleyman, um Bayezit aus Karaman zu entfernen. Statt dessen wurde ihm die Provinz Rum zugewiesen. Um diese Maßnahme aber nicht als eine Vorentscheidung Süleymans in der Frage seiner Nachfolge erscheinen zu lassen, wurde gleichzeitig auch Selim versetzt, und zwar von Manisa nach Kütahya. Damit war für Bayezit in Amasya die Strecke nach İstanbul schon doppelt so lang wie diejenige, die Selim im Fall der Fälle würde zurücklegen müssen.

Solch ungünstige Aussicht vor Augen, entschloß Bayezit sich, alles auf eine Karte zu setzen, und diese Karte hieß: Aufruhr. Er weigerte sich, Konya zu verlassen. Alte karamanische Ressentiments gegen die Osmanen, die sich vom ehemals ebenbürtigen Rivalen zu weltbeherrschender Größe emporgeschwungen, vereinigten sich mit kızılbaşischen Rachegelüsten und genereller Unzufriedenheit in den von Selim dem Grausamen dem Reich eingegliederten Provinzen der Syrer und Kurden, aus welchen Quellen dem aufbegehrenden Prinzen eine Streitmacht von rund 20 000 Kämpfern zuströmte.

Der Sultan hatte zu reagieren, und insofern ging die bösartige Berechnung des intriganten Mustafa auf, denn Selim wurde damit betraut, den vom Bruder angeführten Aufstand zu unterdrücken. Pech für den einfallsreichen Ränkeschmied wiederum war, daß der damalige Dritte Vezir, Mehmet Sokullu, das Kommando über die Hilfstruppen des Sultans, worunter 1000 Janitscharen mit 40 Kanonen, bekam. Der Sieg, den Sokullu am 30. Mai 1559 bei Konya mit Selim über Bayezit errang, empfahl ihn denn doch sehr viel nachhaltiger für die Regie über die osmanischen Staats- und Kriegsmaschinerien als die Schurkereien des ehrgeizigen Mustafa, der immerhin dem kommenden Sultan noch überaus gefällig werden konnte, weil er abermals eine wichtige Post an Süleyman abzufangen verstand. Dies war der reuevolle Brief, mit dem Bayezit von Amasya, wohin er sich aus der Niederlage auf dem karamanischen Schlachtfeld gerettet, beim Vater Vergebung erflehte. Doch war dieser Coup von négligeabler Bedeutung, denn das Pardon hätte der Padişah seinem renitenten Sproß auch bei Empfang des Schreibens verwehrt.

Die Stimmung der Massen war aber Bayezit in Amasya, Tokat und Sivas kaum weniger zugetan als in Karaman und Kilikien. Die schon merklichen Anzeichen des Verfalls der osmanischen Ordnung, Folgen des von Rüstem Paşa schleichend eingeführten Ämterkaufs, sowie die auch hier unter der Maske der Takkiye wachgehaltenen şiitischen Überzeugungen trieben ihm neuerlich zahlreichen Anhang zu. Von Selim, dessen feistes, rotbackiges Gesicht das seiner russischen Mutter karikierte, erwartete man sich nur das Schlimmste; ihm, dessen Züge den feingebildeten des Prächtigen glichen, traute man zu, die Fehlentwicklungen im Reich stoppen zu können. Nicht zuletzt hatte auch der Name Bayezit einen weit weniger abstoßenden Klang als derjenige Selims, der vor allem die Erinnerung an das große Alevitenschlachten aufrief.

Bayezit war in die Geschichte hinreichend eingeweiht, um den gewöhnlichen Ausgang solcher Revolten zu kennen. Ihm lag nicht an einer Wiederholung der vor Konya erlittenen Schlappe, und er entschied sich, mit seiner Gefolgschaft über die Grenze zu gehen und sich unter den Schutz des persischen Şahs zu begeben.

Şah Tahmaseb bereitete ihm in Tebriz einen prunkvollen Empfang, schwor, ihn und seine vier Söhne, die ihn begleiteten, unter keinen Umständen an Süleyman ausliefern zu wollen, und erhandelte unter dieser Bedingung Bayezits Einverständnis, seinen kriegerischen Anhang auf die ordentlichen persischen Truppen verteilen zu dürfen. Süleyman setzte daraufhin alle Hebel seiner Diplomatie in Bewegung und baute eine imposante Drohkulisse gegen den Şah auf. Der mit großen Opfern erkaufte Frieden zwischen Safaviden und Osmanen sollte nichtig werden, falls Bayezit und seinen Söhnen in Persien Asyl gewährt würde, und auch die Özbekler als türkische Blutsbrüder und sunnitische Glaubensgenossen waren schon mobilisiert, im Bündnis mit der Hohen Pforte die Perser einzukesseln in ihrem Gebiet.

Tahmaseb ließ sich einschüchtern, und um seinen Schwur nicht offen zu brechen, gab er Bayezit mit seinem Nachwuchs nicht an Süleyman, dafür aber an Selim heraus. Eine besondere Note erhielt dieser Verrat des Şahs an Bayezit, mit dem er sich die Gunst des künftigen Sultans Selim II. und dauernden Frieden mit den übermächtigen Osmanen zu sichern gedachte, dadurch, daß die Exekution, die zu vollziehen eine von Selim zusammengestellte diplomatisch-scharfrichterische Sonderkommission am persischen Hofe erschien, in die şiitische Karwoche fiel. So wurden bei den traditionellen persischen Passionsspielen diesmal nicht nur die Märtyrer von Kerbala, sondern auch die Aufopferung von fünf Abkömmlingen Atamans durch sunnitische Verfolgung und Untreue in der Partei Alis beweint.

Selims Bahn war damit frei, und da es nicht seinem Naturell entsprach, gleich seinem Großvater, von dem er wenig mehr als den Namen geerbt hatte, nach der Ermordung von Bruder und Neffen den Vater vor der Zeit vom Throne zu stoßen, zog er es vor, bei Saufgelagen in Kütahya, seiner neuen Statthalterschaft – die von Manisa war schon an seinen Sohn Murat verliehen –, Süleymans Tod mit viel Gleichmut und Geduld entgegenzuleben.

Der Prächtige, keineswegs gewillt, das Zepter aus den Händen zu geben, bevor sein letzter Atem ausgehaucht war, rief einmal mehr zum Feldzug gegen Ungarn und ließ es sich nicht nehmen, persönlich neben Mehmet Sokullu, den er eben zum Großvezir ernannt hatte, sein Heer anzuführen, auch wenn er nicht mehr hoch zu Roß voranreiten konnte, sondern wegen allgemeinen Siechtums in einer Kalesche vom Bosporos bis zur Theiß hinaufgekarrt werden mußte. Ein Sondertrupp Pioniere hatte, dem sultanischen Gefährt vorauseilend, die Wege zu bessern und die Schlaglöcher zu stopfen.

Natürlich war das erste, was Nasrettin in Deutschland auf eigene Hand unternahm, sich nach einem geeigneten Boxverein umzutun. Einen solchen gab es ganz in der Nähe ihrer neuen Bleibe, nämlich in der Wollankstraße, wo Nasrettin den Mitteilungskasten des Astoria e. V. mit den Aufnahmebedingungen und Trainingszeiten entdeckte. Schattenboxen, Gymnastik und Übung an den Geräten fanden zweimal wöchentlich, nämlich dienstag- und freitagabends statt, und selbstredend war Nasrettin gleich zum nächsten Termin pünktlich zur Stelle.

Sevim hatte mehr als diese herbe Enttäuschung hinzunehmen und zu verkraften. Zum ersten Mal in ihrem Leben war sie gezwungen, nicht im eigenen Haus, sondern bei Fremden zur Miete zu wohnen.

Und was für eine Unterkunft das war! Oktays Brief hätte ihr in dieser Hinsicht eine Warnung sein müssen, aber es ist eben doch immer etwas anderes, ob man mit dem Finger auf der Zeile das Geschriebene nachprüfen kann oder ob man es nur vorgelesen bekommt. Wie gern und willig läßt sich das Ohr betören und sogar betrügen, wie streng ist in seinem Urteil das schwer zu bestechende Auge. Von einem Provisorium war dort die Rede gewesen und von Einschränkungen, die vorübergehend in Kauf zu nehmen wären. Doch was er in der Eile hatte auftreiben können für die Seinen, war nicht einmal eine Wohnung, es waren zwei Zimmer in einer solchen, die mit einer griechischen Familie geteilt werden mußte: Stettiner Straße 12, Vorderhaus, vier Treppen. Das war schon insofern ein arger Zustand, als Şerafettin, der zwar in der Zwischenzeit so weit Meister über sein Leiden geworden, daß er nicht mehr getragen werden mußte, nur mit größter Anstrengung und unter immensem Aufwand von Zeit die vier Stockwerke zu erklimmen vermochte.

Was nun die beiden Zimmer betraf, die ihnen die Griechen übrigließen, so gingen sie vom Vorderhaus auf den Seitenflügel hinaus. Das eine war also das allbekannte Berliner Zimmer, saalartig dimensioniert, im vorderen Teil dunkel, im hinteren durch ein großes Fenster beleuchtet. Dahinter lag noch ein Raum, der dagegen so winzig bemessen war, daß man ihn kaum eine Kammer, eher einen Schrank nennen mochte. Vier Betten, selbst Kinderbetten, hätte man darin nicht aufstellen können. So wurden Matratzen auf den Boden gelegt, und das Ganze wurde zu einem verschließbaren Bett für die Kinder. Daß Ebru und Arzu dadurch mit ihren Brüdern nicht nur im selben Zimmer, sondern sogar im selben Bett schlafen mußten, fiel hier nicht gar so stark ins Gewicht; man war ja in Deutschland, und schließlich hielten es die Griechen mit ihrem Nachwuchs auch nicht anders.

Im Berliner Zimmer gab es einen Eßtisch mit Stühlen, die obligate Schrankwand und eine Polstergarnitur, deren Couch sich zu einem Doppelbett ausziehen ließ. Da ihr Einzug mit dem Einbruch des Winters zusammengefallen war, spielte sich in diesem einen Raum das Leben der sechs Personen mehr oder weniger vollständig ab. Geheizt wurde mit einem großen Kachelofen. Die zur Befeuerung nötigen Briketts holte mit Vergnügen täglich Nasrettin aus dem Keller herauf, weil er sich daraus einen Punkt in seinem Kraft- und Konditionstraining machte, während den Abtransport der Asche mit weniger Enthusiasmus Ebru in den Katalog ihrer häuslichen Pflichten aufnehmen mußte.

Die Küche und das kleine Badezimmer, wo das Wasser ebenfalls mit Kohlenfeuer erhitzt werden mußte, teilten sie sich mit den Griechen. Der einzige Abort der Wohnung befand sich in diesem Badezimmer, was logischerweise allmorgendlich zu Engpässen führte.

Das Zusammenleben der beiden Familien vollzog sich jedoch unter den wahrlich nicht förderlichen Umständen in erstaunlicher Harmonie und wechselseitiger Rücksichtnahme. Schließlich hatten die beiderseitigen Vorfahren über viele Jahrhunderte in einem gemeinsamen Staate gelebt und sich einander angeglichen auch in der Kultur. Besonders machte sich das in der Küche bemerkbar, wo Sevim mit Elena, der Mutter der griechischen Familie, auch mit wenigen Worten zu einer gemeinsamen Sprache fand, und meist aß man in den verschiedenen Zimmern, was die beiden miteinander gekocht und gebacken hatten. Manchmal kam es sogar vor, daß Sevim Oktay und den Kindern ein Gericht aus Elenas Repertoire auftischte, ohne den mit starkem Appetit Zugreifenden zu verraten, daß es Schweinefleisch war, was ihre Freundin zubereitet hatte für sie. Oktay machte sich ohnehin nichts mehr daraus, denn er hatte sich in der Kantine der Chemischen Werke jener Industriestadt im Grünen notgedrungen gewöhnen müssen an Schnitzel, Bratwurst und Kaßler Kotelett.

Nasrettin, der stets ein besonders fleißiger und ausgezeichneter Schüler gewesen, wäre in Kars nach Abschluß der Mittelschule mit Sicherheit aufs Gymnasium gekommen. Hier in Berlin meldete Oktay ihn zunächst für den letzten Jahrgang der Hauptschule an. Das laufende Schuljahr war schon vorgerückt, und Nasrettin sollte Zeit zur Verfügung gestellt werden, erst einmal ohne allzu große Überforderung vom Stofflichen her eine solide Kenntnis des Deutschen zu erwerben.

In der Klasse, die ihn aufnahm, bildeten aber die deutschen Schüler eine Minderheit. Zum größeren Teil wurden die Bänke von Griechen, Jugoslawen und Arabern eingenommen. Die Türken waren, Nasrettin einbegriffen, fünf an der Zahl, und so fanden sich hier Vertreter der Völker, wie sie nach Selim dem Grausamen zum Osmanischen Reiche gehört, in ähnlich bunter Vielfalt zusammen.

Das Fiasko begann schon damit, daß Nasrettin seinen Platz in der hintersten Reihe bekam, wo Khaled, ein hünenhaft gewachsener Libanese, sein Sitznachbar wurde. Khaled, bereits seit vier Jahren in Deutschland, hatte das Landesidiom stets mit Verachtung gestraft; sein Wortschatz war fast dürftiger als der, den Nasrettin während seines dreiwöchigen Aufenthalts in der Industriestadt im Grünen zusammengebracht hatte. Khaled sprach sich, als er den Neuen in seiner Bank willkommen hieß, auf das ungünstigste über das deutsche Volk und seine Einrichtungen aus, und wenngleich Nasrettin, dessen Kenntnis des Arabischen sich auf wenige nach der Sprachreform im Türkischen verbliebene Fremdwörter beschränkte, das einzelne der Beweisführung notwendig entgehen mußte, so war doch herauszuverstehen, daß nach Khaleds Dafürhalten unter diesen Institutionen das Schulwesen die allerverdammungswürdigste war.

Was Nasrettin mehr noch als diese unorthodoxen Ansichten seines Nachbarn schockierte, war der Umstand, daß dieser sich in puncto Lautstärke nicht den geringsten Zwang auferlegte und komplett ignorierte, daß vorne an der Tafel der Lehrer seiner Klasse etwas vorzutragen versuchte. Aus dem, was von den Worten des Unterrichtenden zu Nasrettin in den hinteren Teil des Klassenraums drang, vermochte dieser nicht zu erraten, welches Fach das gerade durchgenommene war. Ein von einem der Mitschüler benutztes Lehrwerk hätte ihm als Hinweis dienen können, jedoch schien deren Besitz in den Reihen der Ausländer verpönt. Die Männlichkeit zeigt sich am aufrechten Gang und daran, daß man die Hände frei hat, so etwa mußte hier die Gesinnung lauten; das Herumtragen einer Schultasche schien als ein hinreichender Beweis für die Insuffizienz des Betreffenden und für seine Sklavenmentalität zu gelten.

Nasrettin, in einer gänzlich fehlgehenden Spekulation auf die Sitten, die ihn hinter den Mauern des aus der Wilhelminischen Ära stammenden Schulgebäudes mit seinem imposanten neoklassizistischen Putz erwarten würden, hatte sich nicht nur besonders adrett gekleidet, mit weißem Kragen, einer Bügelfalte in seiner Hose und blitzblank polierten Schuhen, er hatte auch eine elegante Aktentasche mitgebracht, ein Geschenk von Oktay. Jetzt mußte er erleben, wie das gute Stück zum Gegenstand der allgemeinen Verhöhnung wurde. Nasrettin hatte es in dem dafür vorgesehenen Fach unter der Schreibplatte deponiert. Khaled, eine Phase, in welcher Nasrettin sich darauf konzentrierte, etwas von dem im vorderen Bereich des Zimmers sich Abspielenden zu erhaschen, gleichermaßen nutzend und strafend, entführte die aus schönem Maroquin in kundiger Handarbeit gefertigte Tasche unter der Tischplatte und reichte sie an Nabil und Hafiz weiter, deren Wiegen am Ufer des Nilstroms gestanden und die zwei Reihen entfernt von ihm saßen. Dort wurde sie jetzt unter großem Gelärme entleert.

Es kamen die Lehrwerke zum Vorschein, mit denen zuletzt an der Mittelschule in Kars der Unterricht sich beschäftigt, oder genauer gesagt, sich hätte beschäftigen sollen, was er aber im Zuge der um sich greifenden Politisierung kaum mehr getan hatte. Nasrettin, der sich das Ganze ja sehr, sehr viel anders vorgestellt hatte, als es ihn nun mit Wirklichkeit traf, hatte seinen neuen Lehrern diese Bücher vorzeigen wollen, wie auch die Hefte, die als nächste von Hafiz aus seiner Tasche hervorgezerrt wurden, um darzulegen, welches die Art und der Stand seiner bisher erworbenen Kenntnisse waren.

Mit ähnlicher Heiterkeit wie diese Zeugnisse von Nasrettins vormaligem Fleiß wurde eine größere Blechdose begrüßt, in der sich ein kleines, von Sevim liebevoll zurechtgemachtes Frühstück befand. Die Tomatenviertel wurden nun zwischen die Seiten der osmanischen Geschichte, der Schafskäse zwischen die Blätter mit Nasrettins Unterrichtsnotizen gepreßt – eine Arbeit, an der sich auch die hinzugetretenen Jugoslawen und Griechen beteiligten mit Vergnügen und Eifer.

Ohne dies Betragen, das den Rahmen des groben Pennälerscherzes doch weit überschritt, irgendwie gutheißen zu wollen, darf bemerkt werden, daß der große rote Fleck, zu dem das Tomatenfleisch auf dem Porträt von Sultan Selim zerlief, dessen Şiitenverfolgungen in dem benachbarten Text verharmlost und gerechtfertigt wurden, einen Kommentar ganz im Sinne unserer eigenen Betrachtungsweise der Historie darstellte. Ausschließlich widerwärtig und gemein hingegen war, daß auch ein von Nasrettin besonders geliebtes und gehütetes Heft, das von ihm selbst und übrigens begabt verfaßte Gedichte enthielt, die er gegebenenfalls einem Lehrer vorzeigen wollte, um diesen einzuvernehmen für sich, beschmiert und zerrissen wurde.

Nasrettin bekam das erst mit, als es schon zu spät war. Bei der absoluten Anarchie in seiner Umgebung, die sich übergangslos von einem Tumult zum nächsten bewegte, hatte er es schon in dieser ersten Stunde seines mit solchen Hoffnungen erwarteten Schulbesuchs aufgegeben, die Veranlassung des jeweils aktuellen erforschen zu wollen, statt dessen blaß und regungslos in seiner Ecke gesessen und sich verzweifelt bemüht, mit den vorderen Regionen auf telepathischem Weg wenigstens Kontakt herzustellen.

Ein erschrockener Griff in das Fach unter der Tischplatte, wo seine Hand zu seinem restlosen Entsetzen ins Leere tastete, machte ihm klar, was man ihm angetan hatte. Im ersten Moment versteinerte er nach außen hin, derweil in seinem Innern die unterschiedlichsten Passionen sich in wildem, wüstem Getöse durchmischten.

Sollte er seinen Fäusten den Willen lassen, die mit Macht darauf drängten, Khaled, Nabil, Hafiz und den anderen einem nach dem anderen mit schön gezogenen K.-o.-Schlägen das zu verpassen, was ihnen gebührte? Das Bild Muharrem Güneşs zuckte auf vor seinem geistigen Auge und mahnte ihn an sein Gelübde. Sehr wahrscheinlich auch, daß nach der erfolgreichen Durchführung einer solchen Aktion der Lehrer vorne doch gegen allen Usus sich einmischen würde in die inneren Angelegenheiten der hinteren Sphäre, daß er ein Verfahren einleiten und Nasrettin der letzten Chance berauben würde, in den Genuß der Vermittlung des Wissens zu kommen, nach dem er so lechzte.

Nach einer geraumen Weile richtete er sich auf in seiner Bank, schritt ruhig – wer ihn sah, hätte glauben können, gelassen – zur anderen Ecke, wo seine Tasche, zerdrückt, mit Käse beschmiert und mit Tomatensaft bekleckert, gelandet war, hob sie auf und sammelte seine verstreuten Bücher, Hefte und sonstigen Utensilien hinein.

Seine Peiniger behinderten ihn nicht bei diesem demütigenden Geschäft, aber sie ließen es sich nicht nehmen, aus ihren unerschöpflichen Vorräten von Spott verschwenderisch über ihn zu gießen, und Nabil und Hafiz, die von den Oliven in seinem Frühstück gekostet, spuckten mit den Kernen nach ihm.

Sein Mathematikbuch war in dem Waschbecken neben der Tür zur Landung gekommen und hatte relativ glimpflich den Flug überstanden. Nasrettin steckte es ein und wollte hinaus, aber der Lehrer war herbeigesprungen und vertrat ihm den Weg.

«Mustafa!» herrschte er ihn an. «Sofort gehst du auf deinen Platz! Was glaubst du, wo du hier bist? Wenn du meinst, das hier wäre eine Karawanserei, wo die Kameltreiber kommen und gehen, wie's ihnen grad paßt, dann bist du auf dem Holzweg, Bürschlein. Ich habe hier die Aufsichtspflicht über dich. Also: Abmarsch nach hinten, und zwar etwas flott, falls es bequem ist!»

Nasrettin hatte nur die Anrede «Mustafa» und das Wort «Kervansaray» verstanden.

«Ich heiße Nasrettin», sagte er, den Irrtum aufklärend, und setzte hinzu: «Ich bin krank. Ich gehe nach Hause.»

«Habt ihr gehört?» wandte sich der Lehrer in einem humoristischen Anfall an seine Klientel im vorderen Bezirk. «Er ist ein ganz Feiner. Er heißt nicht Mustafa, er heißt Nasedrin, und Deutsch kann er auch.»

Unter beifälligem Gelächter schritt er zum Pult, das Fällige ins Klassenbuch einzutragen.

Nasrettin war schon zur Türe hinaus. Er nahm seinen Mantel vom Garderobenhaken, schlüpfte hinein und trottete mit gesenktem Haupt über den Gang. In seiner Benommenheit verwechselte er die Treppenhäuser, verlief sich noch zweimal, und als er endlich hinaus war und auch das Tor zum Schulhof hinter sich hatte, da drehte er sich um und schwor bei allem, was ihm heilig geblieben war, diesen Hort der Unmenschlichkeit nie, nie wieder zu betreten.

Der Tod traf Süleyman während der langwierigen Belagerung von Szeget am 6. September 1566, wenige Tage vor der Eroberung dieser Stadt durch die Osmanen. Das Ableben des Padişahs, Gottes Rücknahme seines zur Erde geworfenen Schattens, wurde diesmal noch sorgfältiger und länger verheimlicht, als es bisher Usus gewesen, Süleymans Leichnam, aus dem man zwecks Vermeidung verräterischer Gerüche die Eingeweide entfernt, den langen Weg von Szeget zurück in der verhangenen Kutsche transportiert, obwohl doch die Gefahr, daß die Prinzen bei ihrem Wettrennen nach İstanbul sich gegenseitig aufhalten könnten, nicht mehr bestand.

Selim, der es nun doch eilig hatte, zweiter Sultan des Namens zu werden, hatte, als ihn der Bote mit der Nachricht erreichte, nicht einmal das vor ihm stehende Glas ausgetrunken, war stracks aufgebrochen und ganz besonders flott in Üsküdar erschienen. Doch zögerte er, von Asien nach Europa über das Wasser zu gehen, und er hatte dafür einen äußerst triftigen Grund. Er besaß nämlich das nötige Kleingeld nicht, um den Janitscharen das fällige Thronbesteigungsgeschenk auszuzahlen. Seine Schwester Mihrihmah, die ihren Palast dort in Üsküdar hatte und eifrig am Weg in die Weiberherrschaft pflasterte, half ihm aus mit einer Million Akçe.

Die Geste war freundlich, und Selim dankte ihr auch sehr herzlich dafür, indes stellte die Zuwendung, auf den effektiven Bedarf hin betrachtet, nur jenes Tröpflein dar, das den heißen Stein eben in keiner Weise zu kühlen vermag. Das Corps der Janitscharen hatte unter Süleyman die Stärke von 40 000 Mann überschritten, 3000 Akçe war für einen jeden von ihnen das eingebürgerte Thronbesteigungsgeschenk. Selim wurde übel, sobald er die Multiplikation der beiden Ziffern auch nur versuchte. 120 Millionen Akçe für die Janitscharen allein! Und für die übrigen Truppen und Beamten wenigstens noch einmal der gleiche Betrag …

Selim hatte einen ganz besonders kräftigen Schluck nötig, bis ausreichend Ironie in ihm aufstieg, daß er die Summen, die ihn würgten und preßten, zumindest in eine minimale Distanz rükken konnte von seinem feisten Leib und der darin versteckten, wenig robusten Person. Aber es war ein exquisiter Tropfen, schwerer, zypriotischer Wein, ihm vom Juden Miquez, Herzog von Naxos von Süleymans Gnaden, zu seinem Empfange entgegengesandt, und in die sentimentale Phase des Rausches übergehend, beneidete Selim seinen Bruder Bayezit, den die Gunst des Schicksals erlöst hatte von diesen Sultanssorgen, von der Notwendigkeit, den ihm zustehenden Thron erst noch erkaufen zu müssen, ohne über das dafür nötige Geld zu verfügen.

Der Griechentrunk entfaltete seine Wirkung und leitete Selim aus der Gefühlsduselei hinüber in Voluntarismus und Megalomanie.

«Herzog von Naxos», sprach er mit erhobener Stimme, fest überzeugt, daß der Entfernte ihn höre und deutlich ein jedes seiner hingelallten Worte verstehe, «ehemals Don Miquez! In Portugal von den Götzendienern zur Verleugnung deines Glaubens gezwungen, du bist mein Freund und Retter. Ich proste dir zu! Du wirst mir jetzt beistehen, so wie einst mein Vater dir geholfen hat aus Not und Verzweiflung. Zu uns bist du gekommen, ins freigeistige Osmanenland, wo du Jude sein durftest, deinem Gott dienen nach deiner Façon und dein mitgebrachtes Vermögen mehren zu einem Reichtum, von dem du bei deinen iberischen Katholiken nie geträumt haben würdest. Die Habsburger haben die Fugger, die ihnen ihre Kriege vorfinanzieren, und hätten sie diese Bankiers nicht, längst wären ihre Länder bekehrt zu Mohammed dem Propheten und zum Koran. Mir werden die Fugger nichts leihen, aber du, Joseph von Naxos, Yusuf Nasi ...»

Selim stellte den silbernen Pokal, aus dem er geschlürft, für einen Moment beiseite und legte seine Stirn in die einzige vorhandene Falte. Er erhob sich von seinem Kissen und stapfte, die Hände auf dem Rücken, über die Dielen der Veranda vor Mihrihmahs Saray. Vom Monde beschienen, schimmerten einige Nachen auf der sanft sich wellenden Flut, und drüben am anderen Ufer sah er, daß verschiedene Zimmer im neuen Sultanspalast illuminiert waren, wahrscheinlich, weil man sich vorbereitete auf seinen Empfang.

«Doch, doch, die Fugger», sagte er zu sich, leise flüsternd, denn was er jetzt dachte und sprach, war nicht für Yusuf Nasis Ohren bestimmt. «Warum eigentlich nicht? Wenn man es nur auf dem richtigen Weg einfädeln würde. Über Venedig vielleicht? Nein, nicht über Venedig! Frankreich?»

Dann schien ihm aber doch dieser Gedanke, sich von den Fuggern auf den Thron heben zu lassen, allzu abstrus und verwegen und maßlos ketzerisch dazu. Er ließ sich wieder auf sein Kissen plumpsen, füllte den Pokal und prostete in die Richtung, in der sich nach seiner Vermutung die Insel Naxos befand.

«Herzog von Naxos!» redete er ihn jetzt wieder vollhalsig an. «Yusuf, mein Lieber, Herzog von Naxos, das bist du gewesen. Ich mache dich zum König von Zypern! Warum? Der Wein, den sie dort bauen und keltern, der schmeckt mir so gut. Er erleuchtet mein Hirn mit seinen Blitzen, läßt ein Löwenherz in mir schlagen. Mein Vater Süleyman, den die Ungläubigen den Prächtigen nennen, er begann damit seine Regierung, daß er die Johanniter von Rhodos nach Malta vertrieb. Das hat ein riesiges Aufsehen erregt in der Welt, die Hasenherzen der Christen mächtig zum Bubbern gebracht. Das Kapitel, das ich einschreiben werde in die Geschichte, soll anheben mit dem Satz: Selim II. eroberte Zypern. Nicht Fatih noch Yavuz oder Kanuni hatten das Format, diese Eroberung überhaupt in Erwägung zu ziehen. Aber, Yusuf, du verstehst mich? Mein Fall ist anders gelagert, mir schmeckt dieser Wein, und ich möchte jeden Tag davon trinken. Wir führen Krieg gegen Venedig! Yusuf Nasi! Ich rede mit dir! Etwas wirst du schon springen lassen müssen, bevor ich dich zum König von Zypern ernenne. Eine kleine Anerkennung für meine Janitscharen, für die besoldeten Reiter und für die übrigen Sparten. Ich denke an etwas so in der Größenordnung von drei bis vier Hundertmillionen. Oder solltest du es ernst meinen mit dem, was mir zu Ohren gekommen, und auf Zypern unter meiner Schirmherrschaft so eine Art Judenstaat aufziehen wollen? Dann einigen wir uns am besten gleich auf einen runden Betrag, sagen wir eine Milliarde, oder, damit es nicht gar so unverschämt klingt, in venezianischen Dukaten gerechnet, fünfzig kleine Milliönchen.»

Am folgenden Morgen erwachte Selim zu seiner Verwunderung früh und ohne jede Spur von Katzenjammer; der Zypernwein war also auch in diesem Betracht aufs höchste zu loben. Während des Frühstücks fand er, daß selbst bei Tageslicht und nüchternen Sinnen die Rauschideen der Nacht von ihrer Plausibilität das meiste behielten. So viel hatte er doch mitbekommen vom neuen Charakter der Politik, daß nicht mehr die Kraft und die Stärke des Glaubens, sondern die Ressourcen der Bankiers über den Ausgang der Kriege entschieden. Daß sein Vater Süleyman, als von Ägypten ungewöhnlich hohe Einnahmen an die Pforte abgeführt worden waren, eine Untersuchungskommission in die Provinz geschickt hatte, um herauszufinden, welcher Mißbrauch für den Überschuß verantwortlich war, so etwas, schwor sich Selim, sollte unter seiner Ägide nicht mehr stattfinden dürfen. Geld mußte her, Geld, Geld, Geld, und zwar ganz gleich aus welcher Quelle. Noch vor der Rückkehr des Heeres aus Ungarn mit dem toten Vater in der Kalesche würde er drüben in İstanbul ohne Vezirler und großes Tamtam eine Art Not-Thronbesteigung vollziehen und schnellstens den Yusuf aus Naxos zu sich bestellen.

So hielt er es auch, jedoch nicht, bevor er für diesen Modus die Zustimmung eingeholt hatte von seiner Schwester und von seiner Haseki Nurbanu. Mit Recht wäre von letzterer als der eigentlichen Nachfolgerin Süleymans des Prächtigen zu reden, denn Selim der Trunkene, türkisch Sarhoş Selim, war ihr hörig, und ihr gemeinsamer Sohn Murat, der danach als dritter des Namens den Thron erben sollte, wurde von ihr wie eine Marionette geführt.

Hurrem Sultan, die Russin, war von Süleyman offiziell geheiratet worden; Nurbanu hingegen lebte als Konkubine Selims und wurde gleichwohl Nurbanu Sultan genannt, was, wie gesagt, dem tatsächlichen Stand der Dinge präzise entsprach.

Während die dynastische Sukzession der Osmanen sich als Fassade noch aufrechterhielt, gingen die faktischen Machtübergaben hinter den verschlossenen Türen des Harems vor sich. Nurbanu, aus bestem venezianischem Haus und von jüdischem Stamm, war als Beute in den Harem gekommen und von Roxelane für Selim auserwählt worden. Nach deren Tod war Nurbanu von ihrer Quasischwägerin Mihrihmah in Grundsätze und Feinheiten der roxelanischen indirekten Staatslenkungskunst eingeführt worden. Mihrihmah hatte ihrerseits bedeutenden Einfluß auf die Entwicklungen im Reiche geübt durch die Marionette Rüstem Paşa, deren Fäden Roxelane in ihre Hände gelegt. Als Witwe des Großvezirs, den der Volksmund nicht anders als die «Stinklaus» tituliert hatte, war sie zur reichsten Frau auf der Erde geworden, weswegen die Höhe ihrer Beihilfe zur Thronbesteigung des Bruders nicht von der Offenheit ihres Herzens, sondern im Gegenteil von der widerwärtigsten Knickrigkeit zeugte. Auch in diesem Charakterzug in der vorzüglichsten Harmonie mit Nurbanu, arbeiteten die beiden Frauen nun mit vereinten Kräften an der Auflösung der alttürkischen Traditionen.

Wäre Selim im Suff nicht selbst darauf gestoßen, so hätten Mihrihmah und Nurbanu schon Sorge dafür getragen, Yusuf Nasi zum Angelpunkt osmanischer Finanzpolitik werden zu lassen. Nurbanu lagen die Beziehungen des Reiches mit der Signoria besonders am Herzen, besser gesagt, an dem, was von ihrem Herzen noch übriggeblieben war, und so mag es auf den ersten Blick unlogisch scheinen, daß sie am heftigsten dafür eintrat, Zypern dem Besitz der Republik zu entreißen. Aber sie war eben keine Venezianerin mehr, sie saß an den Schalthebeln des größten und mächtigsten politischen Gebildes ihrer Zeit, und wenn sie dem Dogen einen Brief an die Adria schickte, so war ihre Geste gnädige Herablassung, aus der sie ihm die höflich-untertänig vorgetragenen Bitten und Wünsche erfüllte.

Daß die Einführung ihres Galans in die Sultanswürde zur bescheidensten und unauffälligsten Veranstaltung ihrer Sorte geriet, war in Nurbanus Sinn. Wochenlange Festivitäten mit großartigen und kostspieligen Volksbelustigungen, wie man sie unter Süleyman gekannt, hielt sie für Verschwendung, ihr Sarhoş Selim amüsierte sich ja auch bei Wein, Weib und Gesang daheim im Harem am besten.

Yusuf Nasi war von dem Zypern-Plan schlichtweg begeistert und ließ sich sogleich ein entsprechendes Wappen entwerfen. Allerdings fiel es auch ihm nicht ganz leicht, die Summen, die Selim II. von ihm verlangte, aufzutreiben in so kurzer Frist. Es ging knapp aus, denn die Janitscharen rebellierten bei ihrer Heimkehr vom Feldzug und hätten um ein Haar den frischgebackenen Sultan gleich wieder gestürzt, wäre Nasi mit den Mitteln zur Auszahlung ihres Thronbesteigungsgeschenks nicht rechtzeitig zur Stelle gewesen.

Und noch ein weiteres dringendes Darlehen mußte Selim II. aufnehmen bei Nasi, um ein höchst bedeutsames Versprechen einlösen zu können. 400 000 Dukaten hatten seinerzeit seine Botschafter Tahmaseb zugesagt dafür, daß er Bayezit und dessen Söhne an ihre Klingen geliefert, die fällig wurden mit Antritt von Selims Regierung. Hierin konnte Sarhoş Selim sich als Ehrenmann zeigen und mit Yusuf Nasis Hilfe seine Schulden pünktlich begleichen. Ebensowenig brauchte der Şah die gleichfalls in jenem Geheimabkommen vereinbarten Gebietsabtritte zu mahnen; er durfte seine Grenze ein ordentliches Stück westwärts nach Anatolien hineinschieben, neben anderen Sancaklarn wurde jetzt Kars für eine Zeit persisch.

Das bei Einleitung dieses finstersten Kapitels seiner Lebensgeschichte dem Ränkeschmied Mustafa gegebene Versprechen allerdings machte Selim II. nicht wahr. Dessen Anteil an der Beseitigung von Bruder und Neffen schätzte der Sultan im nachhinein gering, und er beließ das Amt des Großvezirs bei Mehmet Sokullu. Mit diesem lebte vom alten Geist noch etwas fort unter dem neuen Regime.

Sokullu war dagegen, den Frieden mit Venedig zu brechen, und schlug für die nimmersatte osmanische Eroberungsmaschine eine völlig neue Stoßrichtung vor: den Nordosten. Auf seine Initiative und unter seiner Führung versuchte die Hohe Pforte im Jahr 1569 die am Ende der Regierung Süleymans von den Russen eroberten Hanlıklar Kasan und Astrachan zurückzugewinnen. Weiter war sein Plan, vom Don einen Kanal bis zur Wolga zu graben, auf dem die osmanische Flotte vom Schwarzen in das Kaspische Meer mit ganz neuartigen Optionen der Strategie hätte einsegeln können.

Der Kanal war schon auf einem Drittel der Strecke gestochen, als der Han der Krimtataren seine Meinung änderte und in Verletzung seiner Vasallenpflicht gegenüber der Pforte seine zum Schutz des Unternehmens befehligte Reiterei wieder abzog. So gelang es dem Zaren, die Osmanen zu vertreiben. Doch hielt das Frohlocken über die Zurückschlagung der türkischen Okkupation in Moskau nicht lange an, denn im folgenden Frühling erschienen dieselben Tataren, die den Russen indirekt Hilfe geleistet, vor der Stadt, um sie in Schutt und Asche zu legen.

Ungetrübter war die Freude bei Yusuf Nasi, der seine Rolle bei einem Gelingen von Sokullus Projekt ausgespielt gehabt hätte. Das Tımar-System, die Grundlage der osmanischen Wirtschafts- und Staatsorganisation, wäre durch Landnahmen großen Stils zwischen Wolga und Don und dann weiter im Inneren Asiens gerettet worden. So aber gab es keine Alternative mehr zum Krieg mit Venedig um Zypern.

Um Mehmet Sokullu, der weiter die Gesandten Venedigs bei sich empfing und ihnen bestätigte, wie sehr ihm gelegen war an der Erhaltung des Friedens mit der Republik, bloßzustellen und ein unübersehbares Fanal für die Attacke auf Zypern zu setzen, nebenbei auch, um deutlich zu machen, wie weit ihr geheimes

Nachrichtensystem ausgebaut war, vollführten Yusuf Nasi und Nurbanu gemeinsam einen terroristischen Coup: Das Arsenal in Venedig ging in Flammen auf, ohne daß die Behörden den geringsten Hinweis auf die Urheber der Brandstiftung entdeckten. Der Rauch über der Lagunenstadt war der denkbar günstigste Wind für die türkischen Segel.

Am 22. Juli 1570 lief die Flotte aus und nahm Kurs auf Zypern. Schon im September war Lefkosia erobert. Geleitet wurden die Operationen nicht von Yusuf Nasi allein; neben ihm durfte der altbekannte Mustafa als Befehlshaber agieren. Die Massaker, die er unter den zypriotischen Christen anrichten ließ, wobei er die Ausführung der perversesten Bestialitäten sich selbst vorbehielt, waren geeignet, die Reputation der Osmanen als der asiatischen Steppe entlaufene Barbaren zu restaurieren, und sie riefen in der Tat in Europa das alte Schlagwort vom Kreuzzug wieder wach, das unter der Regierung des Prächtigen fast schon in Vergessenheit geraten war.

Der Himmel war grau über Berlin, Nasrettin hatte ihn seit ihrer Ankunft noch nicht anders gesehen. Ein beißender Wind wehte ihm vereinzelte Schneeflocken in das Gesicht, und jetzt bedauerte er die kleine Szene, die er Sevim beim Weggehen geliefert. Sie hatte ihn zwingen wollen, die Wollmütze aufzusetzen, die sie ihm noch in Kars für diesen Winter gestrickt, und Nasrettin hatte ihr böse Widerworte gegeben. Daß er sich lächerlich machen würde vor aller Welt mit dem albern gemusterten, bonbonfarbenen Ding, hatte er zu ihr gesagt und ihr ihr Hinterwäldlertum vorgeworfen. Hätte er nur die Mütze genommen! Seine Ohren, die oben im Klassenzimmer noch geglüht hatten vor unbezwingbarer Scham, froren ihn inzwischen so sehr, daß er fürchten mußte, sie würden ihm abfallen. Auch seine rechte Hand, die sich nicht wie die linke im Mantelfutter wärmen durfte, weil sie die mißhandelte Aktenmappe festhalten mußte, fror, und Nasrettin hätte beinahe auch noch den Mantel mit Sevims Schafskäse verschmiert, als er sie in seiner Zerstreutheit unter den Arm klemmen wollte.

Ein Abfallbehälter, diese allgegenwärtige und glorreiche Errungenschaft deutscher Kultur und Zivilisation, war ganz in seiner Nähe, und Nasrettin ließ die Ursache seines Kummers, den Zeugen seiner Entwürdigung, kurzerhand darin versinken. So konnte er zwar beide Hände in den Taschen des Mantels vor dem angreifenden Wind und Schnee schützen, die gewünschte seelische Erleichterung jedoch verschaffte ihm die Entsorgung seiner wissenschaftlichen Ausrüstung nicht. Im Gegenteil fand er, daß er seinen Widersachern nachträglich recht gab mit dieser Handlung. Er kehrte um und zog die von Oktay gestiftete Tasche wieder aus dem Müllkasten hervor.

Einerseits drängte es ihn, nach Hause zu gehen. Gern hätte er sich Sevim zu Füßen geworfen und ihr zugegeben, daß es trotz allem besser gewesen wäre, in Kars zu bleiben, wo der Mensch etwas zählte. Andererseits wußte er, daß das nicht ging, daß das noch falscher war als das Falsche, in dem er sich jetzt befand.

Dies Gefühl in ihm war echt, greifbar und klar: die Brücken, über die er gekommen, waren gesprengt. Es gab keinen Weg zurück in den Mutterleib, nicht einmal einen zurück in die Türkei. Mit solchen Gedanken von der Unmittelbarkeit und dem Schrekken des Erlebten allmählich sich lösend, schlenderte er durch die trotz der klirrenden Kälte belebten Geschäftsstraßen des Weddings.

Er hielt vor dem Fenster eines türkischen Schnellrestaurants. Hinter der Scheibe stand ein Junge in seinem Alter, der von dem Fleischklumpen am Spieß mit dem säbellangen, frisch gewetzten Messer Stückchen abschnitt und sie mit dem kehrschaufelartigen Blechgerät auffing. Der Bursche hantierte mit einem Geschick und einer unhastigen Schnelligkeit auch der kleinsten Bewegung, daß es das reine Vergnügen war, ihn zu beobachten. In Nasrettin kehrten Gedanken zurück, die schon beim Anblick des melonenverkaufenden Jungen in Kars seinen Geist beschäftigt hatten.

Der kleine Kebapcı hatte Nasrettins Blicke auf seinen Schultern gefühlt, zwinkerte ihm zu und winkte ihn mit dem langen, scharfen Messer in den Laden hinein. Nasrettin folgte der Aufforderung gern, und als der flinkhändige Kebapschnipsler ihm ganz im Tonfall und mit der Gestik eines alten Händlers auf dem Bazar ein Glas Tee anbot, übernahm auch unser Held sofort das Gehabe des lebensgewandten Orientalen.

Nasrettin bekam also Tee, und sich weiter hineinspielend in die flugs ergriffene Rolle, steckte er nach der Art, wie in Sulakbahçe die Azerbaycaner es tun, erst ein Stück Zucker zwischen die Zähne und schlürfte dann das wie flüssiges Kupfer schimmernde heiße Getränk aus dem kleinen gläsernen Kelch, den er, mit den Spitzen von Daumen und Zeigefinger am Rand gefaßt, zum Munde hinführte.

Nasrettin wurde wohler ums Herz, und er schaute den gastfreundlichen Jungen voll Vertrauen und Dankbarkeit an. Sie stellten sich einander vor wie zwei Männer, die viele Wege gegangen sind. Der andere hieß Serdar, und er mußte lachen, als er den Namen Nasrettin hörte.

«Kennst du die Geschichte, wo der Hoca seinen Esel verkauft?» fragte er Nasrettin.

Natürlich, wollte Nasrettin ihm zur Antwort geben darauf, was glaubst du denn, wie das ist, wenn man Nasrettin heißt?! Aber er lächelte nur und zog den Kopf in die Schultern, um Serdar anzudeuten, daß er den Witz hören wollte.

«Also, der Nasrettin Hoca war wieder einmal sehr über seinen Esel erbost», begann Serdar. «Er hatte noch weit zu reiten, und das eigensinnige Tier zeigte nicht die geringste Bereitschaft, seine Hufe zu rühren. Der Hoca, der es schon mit Schlägen versucht hatte, bis ihm der Arm lahm geworden, auch mit Schmeicheleien und Zureden, war außer sich und nahm seine Zuflucht zu einer schrecklichen Drohung. ‹Wenn du dich nicht augenblicklich bewegst›, sprach er zu seinem Esel, ‹dann verkaufe ich dich morgen früh auf dem Bazar für einen Kuruş, daß der erstbeste Schinder dich mitnimmt und Wurst aus dir macht.› Den Esel beeindruckte das gar nicht, und der Hoca nahm an, daß der Sturkopf vielleicht glaubte, er meine es nicht wirklich ernst mit seiner Drohung. ‹Ich schwöre es dir›, setzte er deshalb hinzu, ‹und zwar beim Barte des Propheten.› Der Esel gehorchte aber trotzdem nicht. Als der Hoca am nächsten Morgen erwachte, fiel ihm wieder ein, was er seinem Esel angedroht hatte. ‹Da hilft nun nichts›, seufzte er, obwohl ihm leid war um das schöne Tier, ‹ich habe es einmal geschworen beim Bart des Propheten.› So schleifte er den Esel auf den Bazar und hängte ihm ein Schild um den Hals, auf dem geschrieben stand, um einen Kuruş sei er zu haben. Natürlich war gleich ein Käufer zur Hand. Ein so stattlicher Esel für einen Kuruş, wer hätte da nicht zugreifen wollen? Der Kunde mochte es gar nicht glauben und fragte den Hoca, ob er ihn wirklich hergeben werde für einen Kuruş. ‹Beim Barte des Propheten›, beteuerte der Hoca. ‹Abgemacht also›, meinte der andere, ‹ich kaufe ihn. Hier dein Kuruş.› Der Hoca nahm aber das Geldstück nicht an. ‹Und was ist mit der Katze?› wollte er wissen. ‹Welche Katze?› staunte der Käufer. Der Hoca wies auf den Korb auf dem Rücken des Esels. Der Kunde schaute hinein und erblickte eine altersschwache Katze mit räudigem Fell. ‹Was ist mit ihr?› erkundigte er sich beim Hoca. Der Hoca: ‹Sie kostet 500 Akçe, und ich kann die beiden leider nur zusammen verkaufen.›»

Nasrettin hatte die Geschichte selbst schon als Dreikäsehoch zu Zeiten, da er in der Bakkaliye von Sulakbahçe die Schreibwaren- und Spielzeugabteilung geleitet, den Leuten erzählt, und es verdroß ihn, daß Serdar sie so langatmig gab, doch er zwang sich dennoch zu einem Lachen für die Pointe. Er gewann aber gleich wieder großen Respekt gegenüber Serdar, als er hörte, wie wortgewandt er einen Deutschen bediente.

«Wie lange bist du schon in Deutschland?» fragte ihn Nasrettin, als er zu ihm zurückgekehrt war.

«Zweieinhalb Jahre», gab Serdar zur Antwort.

«Und auf welche Schule gehst du», wollte Nasrettin von ihm wissen, «daß du in so kurzer Zeit so fabelhaft Deutsch gelernt hast?»

«Schule?» fragte Serdar mit Erstaunen zurück. «Ich hab's mal versucht, aber du weißt ja selbst, wie es ist. Sie schicken meinen Eltern alle halbe Jahr einen Brief. Die verstehen nicht, was drin steht, und schmeißen ihn weg.»

«Aber es ist doch Pflicht hier in Deutschland, daß man zur Schule geht», beharrte Nasrettin, «wenigstens, bis man fünfzehn wird. Und wenn man nicht geht, kommt die Polizei zu einem nach Hause und bringt einen hin.»

Serdar fühlte sich ein bißchen beleidigt, daß Nasrettin ihn so jung schätzte, wie er wirklich war.

«Da hätten sie viel zu tun», beschied er ihn. «Übrigens bin ich in der Türkei gern zur Schule gegangen. In Geschichte und Geographie war ich in meiner Klasse der Beste. Aber was nützt es dir hier, wenn du dich anstrengst, dich hinter ihre Bücher klemmst und ihren Kram auswendig lernst? Für die bleibst du doch immer der Türke. Du darfst ihre Klos putzen, und wenn du Glück hast, darfst du ihnen die Autos zusammenschrauben in ihren Fabriken. Und wenn einer von ihnen zur Abwechslung statt seiner stinkenden Wurst mal einen Lahmacun ißt, dann fühlt er sich schon als Kosmopolit und Humanist.»

Der deutsche Kunde war mit seinem Kebap-Sandwich zu Ende gekommen. Serdar verabschiedete ihn mit Handschlag und wünschte ihm mit breitem Grinsen einen vergnüglichen Tag. Auch Nasrettin sagte Serdar sein «Hoşça kal!», sein «Bleib munter und froh», und nahm dafür von ihm das «Güle, güle!», das «Lachend, lachend geh!», auf den Weg, dazu die Aufforderung, immer wieder hereinzuschauen auf ein Glas Tee.

Als er hinaustrat, schienen Nasrettin die unter dem grauen Himmel in fahlem Licht liegende Straße und der kalte Wind, der ihm ins Gesicht blies, nicht mehr gar so garstig, und die Worte seines neuesten Freundes interpretierend, brachte er seine Auffassung von sich und der Welt dahin, Erfolg in der Schule sei mit Wahrscheinlichkeit nicht alles, was zählte im Leben. «Wenn Gott eine Türe zuschlägt vor deiner Nase, dann schließt Er im selben Moment eine andere auf.» So oder ähnlich hatte einer der Sprüche an der Wand von Muharrem Güneşs Trainingskeller gelautet. Es war ganz sinnlos, das versperrte Tor berennen und aufbrechen zu wollen. Vielmehr mußte man, um an Gottes Gnade und Segen teilhaben zu können, das Haupt erheben und mit weit geöffnetem Herzen schauen, was Seine Fingerzeige waren und wohin Er einen zu lenken versuchte.

Erleichtert, befreit von einer drückenden Last nahm er sich wahr, als er mit Hilfe solcher Maximen seine Zukunft wieder herausgeboxt hatte aus der würgenden Umklammerung, die ihr beim morgendlichen Schulbesuch entstanden war. Er bemerkte nicht einmal, daß er diese Unbeschwertheit wenigstens vom Physischen her dem Umstand verdankte, daß er seine verunstaltete Aktentasche im Kebap Salonu bei Serdar vergessen hatte. Die Straße trug ihn wie die Woge das Boot, und er überließ sich ganz dem Getriebe der Stadt. Häuserblock um Häuserblock blieb zurück hinter ihm, und mit jeder Kreuzung, die er passierte, fühlte er sich größer und freier. Ein Deutscher wird nicht aus mir werden, dachte er sich, das mag hingehen, was liegt schon daran? Es schien ihm dies Ziel auch nicht sonderlich erstrebenswert, wenn er sich die mürrisch-verbitterten Mienen auf den blassen Gesichtern der Passanten besah, die sich mit einer bemitleidenswerten Steifheit bewegten und dabei doch übertrieben hastig, als habe ihnen die letzte Stunde geschlagen und es gelte, das lebenslang Versäumte rasch noch in Ordnung zu bringen.

Nein, ein Deutscher wird nicht aus mir werden, wiederholte er sich, aber ein Berliner werde ich doch! Ja, da lag's! Zu eigen machen würde er sich diese Stadt, schwimmen in ihr wie im Wasser der Fisch.

Inzwischen war er zum Nettelbeckplatz gekommen und schritt

unter der S-Bahn in die Reinickendorfer Straße hinein. Hier wurde sein Interesse von den Schaukästen eines Repertoire-Kinos angezogen. Standphotos von einem Gangsterfilm hingen aus, und Nasrettin betrachtete sie Bild für Bild, fasziniert von den Dekorationen und den Kostümen. Besonders fand er die Physiognomien der Ganoven höchst imposant.

Er hatte noch nie einen Film im Kino gesehen. Zwar hatte auch Kars, wie jede Stadt dieser Größenordnung in der Türkei, sein Lichtspieltheater gehabt, aber Nasrettin war nie auf den Gedanken gekommen, es zu besuchen; ihm schien das ein Vergnügen für die Liebespärchen zu sein, das er sich noch aufheben mußte. Das Fernsehen war dort eine eben erst aufkommende Neuheit gewesen. Und auch hier in Berlin, wo der Empfänger so selbstverständlich wie der Kühlschrank in jeden Haushalt gehörte, hatte Oktay sich nicht durchgerungen, ein Gerät anzuschaffen für seine Familie. Die Griechen, mit denen sie sich die Wohnung teilten, besaßen einen Apparat, und da schauten die Öztürks manchmal gemeinsam mit ihnen das Abendprogramm. Einmal war Nasrettin in Kars bei einer geheimen Versammlung zugegen gewesen, wo die Genossen in einem Hinterzimmer auf winziger Leinwand bei laut ratterndem Projektor eine sehr schadhafte Kopie des «Panzerkreuzer Potemkin» vorführten, aber natürlich hatte das keinen Cineasten aus ihm gemacht.

Nun aber bastelte er sich aus den Szenen in den Schaukästen, von denen es neben denen auf der Straße noch zusätzliche in der angrenzenden Toreinfahrt gab, Schritt für Schritt die Story in seinem Kopf zusammen.

Da war der Alte mit dem vorgeschobenen Kinn und den nach hinten gekämmten, am Schädel festgeschmierten Haaren, offensichtlich der Boß der Bande und wohl auch das Oberhaupt der Familie. Von welcher Art die kriminellen Aktivitäten waren, aus denen diese ihre Einkünfte speiste, daran rätselte Nasrettin.

Der Alte wurde in der Auseinandersetzung mit einer rivalisierenden Bande beim Obstkaufen über den Haufen geschossen. Er war aber nicht tot, denn auf einem der späteren Bilder sah Nasrettin ihn im Krankenhaus liegen, und noch später war er wieder munter auf den Beinen. Eine Zeitlang wurde das Kommando von einem seiner Söhne geführt. Dessen Stil unterschied sich jedoch gewaltig von der Distinguiertheit des Alten. Er saß im Unterhemd mit Hosenträgern am Tisch, und er prügelte sich auf der Straße – vor den Augen von Kindern. Auch wenn Nasrettin den genauen Zusammenhang nicht zu erraten vermochte, erschien es ihm gerecht, daß er von der Konkurrenz eliminiert wurde.

Der Alte hielt, sobald er sich von seinem Krankenlager erhoben, eine größere Konferenz ab, wie Nasrettin mutmaßte, und gab anschließend das Zepter weiter an einen anderen Sohn, der unserem Helden ähnlich sah. Es endete mit irgendeiner pompösen Zeremonie in einer Kirche.

Nasrettin blieb gefesselt vor den Schaukästen stehen. Wenn schon Serdars Einladung zum Tee ihn gelockert hatte aus den Bezügen einer Alltäglichkeit, in der er offenbar nicht zu bestehen vermochte, so war er durch die Bildergeschichte den verpflichtenden Realitäten vollends entrückt, schwebte im interesselosen Wohlgefallen und bangte, aus der Welt des Fiktiven wieder hinausgestoßen zu werden.

Der Filmvorführer war, nachdem er die erste Rolle eingelegt hatte, auf den Hof getreten, um eine Zigarette zu rauchen. Er sah Nasrettin gebannt vor den Schaukästen stehen und beobachtete ihn mit Anteilnahme, während er an seinem Glimmstengel zog. Als er aufgeraucht hatte, trat er zu dem Jungen.

«Einsame Spitze: Al Pacino», sagte er im Ton eines Glaubensbekenntnisses, und mit dem Finger auf das Photo im dritten Schaukasten von rechts deutend: «Übertroffen nur noch von ihm, dem Transzendenten: Marlon Brando.»

Selbstverständlich hatte Nasrettin weder von dem einen noch von dem anderen je etwas gehört.

«Der Film ist jetzt seine zehn Jahre alt, und wir zeigen ihn schon wieder in der sechsten Woche», wurde Nasrettin belehrt.

«Coppola ist eben der Meister unter den Meistern. Das sage ich, obwohl ich durchaus kein sklavischer Anbeter von Hollywood bin. Aber ich lege meine Hand dafür ins Feuer, kein Visconti, kein Fellini und kein Bertolucci hätte das Buch so zu inszenieren vermocht. Oder bist du etwa anderer Meinung?»

«Ich verstehe nicht, was du sagst», ließ Nasrettin sich vernehmen. «Du sprichst mir zu schnell.»

Diese beiden Sätze hatte er geübt, und er sprach sie gut artikuliert. Der Vorführer dachte eine Weile nach.

«Ich mach dir ein Angebot, das du nicht ablehnen kannst», sagte er dann und zwinkerte mit dem Auge dazu. «Du schaust dir den Film einfach mal an. Du brauchst nichts zu bezahlen, ich laß dich rein.»

So gelangte Nasrettin in den Genuß seines ersten Kinoerlebnisses. Zur Hochzeit von Don Corleones Tochter kam er zu spät, die letzte Tarantella war schon getanzt, bis er sich in dem wirklich fast ausverkauften Saal auf einen der wenigen freien Plätze in der ersten Reihe gezwängt hatte. Es dauerte noch einen Moment, bis er die Mechanik des Klappstuhls kapierte, aber sobald er im Polster versunken war, sog ihn das Geschehen auf der Leinwand vollständig auf.

Das war ganz zweifelsfrei seine Welt. Alles, was er in den zurückgelegten fünfzehn Jahren seines Lebens durchgemacht, erschien dagegen als ein einziger, unglücklich verwickelter Irrtum. Die Diktion Don Corleones war ihm so eingängig, als hätte dieser türkisch gesprochen. Und was in Al Pacinos Rolle stand, war der präzisierte Ausdruck dessen, was Nasrettin selbst empfand und dachte.

Er saß im Kino, genauer, sein Leib war dort abgelegt in einem Sessel der ersten Reihe, derweil seine Seele in den von Al Pacino schlüpfte. Als am Ende der Don starb, stellten sich zum Begräbnis die Stützen der amerikanischen Gesellschaft ein, und hohe Politiker drückten Nasrettin die Hand, womit er als der Nachfolger des Paten anerkannt war.

Nasrettin verließ das Kino als veränderter Mensch. Eine Möglichkeit des Lebens jenseits der Alltäglichkeit war ihm aufgezeigt worden.

Kultisch-unalltäglich ist auch unser Boxkampf, in dem Nasrettin sich mitnichten an das hält, was Röder ihm einzutrichtern versucht hat während der Pause. Er fightet, was das Zeug hergibt. Eher hätte Sandol, der um seinen Punktvorsprung weiß, Anlaß, defensiver zu boxen, auf seinen schnellen Gazellenbeinen den Herausforderer, der die Ringmitte behauptet, zu umkreisen. Die Herren mit den Sonnenbrillen in den Nadelgestreiften sind sehr aufgebracht und feuern ihn an. Um keinen Preis, nicht einmal um den des Titels, möchte Sandol bei ihnen als Hasenfuß gelten, und so nimmt er Nasrettins Aufforderung zur Entscheidungsschlacht an.

Die Spitzen ihrer vorgeschobenen Schuhe berühren sich fast, so stehen sie wie festgenagelt einander gegenüber und tauschen Geraden. Nasrettin empfängt einen Rechten von Sandol aufs Kinn und gibt in gleicher Münze retour. Die Menge im Zelt ist erregt wie nie zuvor in diesem Kampf. Wieder: rechter Gerader von Sandol zu Nasrettins Kinn, rechter Gerader von Nasrettin zu Sandols Kinn.

Nach diesen vier Stößen müßten vier Tote liegen im Ring, aber beide Kämpen stehen fest auf den Beinen und tauschen zum dritten Mal Volltreffer ab. Der von Sandol geht diesmal auf Nasrettins Ohr, Nasrettin erwischt bei Sandol wieder das Kinn. Die Zuschauer auf den Rängen bestaunen, was sich da abspielt in dieser achten Runde, wie ein Ereignis von naturgeschichtlichem Ausmaß; sie werden bei höchster Nervenspannung ganz von Ehrfurcht erfüllt. Geht das so weiter? Nein. Nasrettin schlägt, um abzuwechseln und weil ihn die Symmetrie der Bewegungen stört, einen linken Haken, der Sandols Kieferaufhängung trifft. Sandols Kopf fliegt nach links, und dieser Schwung wird von seinem

Mundschutz genutzt, der sich selbständig macht und seinem Besitzer entspringt. Nasrettin sieht das. Sein Auge ist derart überscharf, daß sämtliche Regungen des Gegners sich vor ihm wie in Zeitlupe vollziehen. Er hechtet nach rechts und fängt wie ein Torwart im Fußball Sandols Mundschutz mit den zur Schale geformten Boxhandschuhen aus der Luft.

Sandols Dank für diesen Akt der Ritterlichkeit von Nasrettins Seite besteht darin, daß er unserem Helden mit der Handkante auf den Scheitel drischt, als hätte er im Karate einen Stapel Dachpfannen in zwei Hälften zu teilen. Nasrettin, der eben noch gezeigt hat, daß er die kraftvollen rechten Geraden gegen das Kinn einstecken kann, ohne zu wackeln, ist jetzt von dem Hackebeil, das ihm der Franzose über den Schädel gezogen, so überrascht, daß er wegknickt. Natürlich kann er, so mit dem Hintern auf den Ringboden gedrückt, Sandols Mundschutz nicht mehr jonglieren. Der wird jetzt von Eddy Hoagland aufgehoben und dem Team in der roten Ecke gereicht. Sandol wird in die neutrale Ecke geschickt, und Nasrettin muß sich vom Ringrichter die Grundzahlen anhören.

Mehmet Sokullus schlimmste Befürchtungen trafen ein. Sein Widerwillen gegen den Angriff auf Zypern war ja keinem Pazifismus geschuldet; nur hatte er eben klar vorauszusehen vermocht, was die Folge der Aktion sein mußte: eine antiosmanische Allianz der christlichen Mächte.

Nach dem Scheitern seines genialen Plans der Schaffung einer Verbindung zwischen Wolga und Don war er im Divan, um bloß den Krieg gegen Zypern zu verhindern oder ihn doch wenigstens vorläufig zu verschieben, mit einem nicht weniger avantgardistischen Projekt aufgetreten. Der Isthmus von Suez sollte abgetragen, der osmanischen Kriegs- und Handelsmarine der Weg aus dem Mittelmeer ins Rote aufgetan werden!

Aber was da um ihn herumsaß, verdiente den Namen Divan nicht mehr. Jetzt wurde die unter Süleyman so glorreich errungene Kontrolle über das östliche und südliche Mittelmeer durch den kurzsichtigen, habgierigen Vorstoß auf Zypern verspielt, Venedig, über die Jahrhunderte ein unschätzbarer Partner beim Aufbau des Reichs, in eine Liga mit dem Vatikan und mit Spanien getrieben. Für Zypern kam die Vereinigung der drei christlichen Flotten zu spät, die osmanische Eroberung der Insel schritt zügig voran, denn die griechische Bevölkerung war trotz der von Mustafa veranstalteten Greuel nur allzu bereit, das Joch der Lateiner mit dem der Muslime zu tauschen.

Doch es kam das Jahr 1571. Den Wellen des Mittelmeers wurde die Glaubensfrage gestellt: Sie sollten sich entweder zu Mohammed oder zu Jesus bekennen. Die feindlichen Flotten, beide an die dreihundert Segel stark, durchkreuzten die See und suchten einander. Eine von ihnen sollte vernichtet werden, die andere herrschen. In der Bucht von Lepanto trafen sie aufeinander. Der 7. Oktober dieses Jahres 1571 schenkte Don Juan d'Austria, dem Sohn Kaiser Karls V., der die spanischen, die venezianischen und die päpstlichen Schiffe zusammengeführt hatte und sie in der Schlacht dirigierte, den ersten vollständigen Triumph einer christlichen Streitmacht über die Türken.

Die Haie sämtlicher Meere hätten über Wochen zu verdauen gehabt an der Masse von Menschenfleisch, die an diesem Tag teils in ganzen Leibern, teils in Stücken in die See gekippt wurde. Auch der linke Arm Miguel de Cervantes' war darunter, denn der Schöpfer des Don Quixote hatte tapfer mitgefochten für den spanischen König. Sarhoş Sultan beklagte den Tod von mehr als 30 000 seiner Seeleute und Krieger, und 15 000 Galeerensklaven gingen verloren, so daß die Sieger, auf deren Seite immerhin 8000 mit ihrem Leben bezahlten, am Ende der Schlacht volkreicher waren als zu ihrem Beginn. Ganze dreißig osmanische Galeeren überstanden das Debakel und konnten entfliehen.

Papst Pius V., der sich das Hauptverdienst am Zustandekommen der Allianz zurechnen durfte, beauftragte Tintoretto, den Sieg mit einem pompösen Deckengemälde zu verherrlichen und das Gedächtnis an ihn für die Nachwelt zu konservieren. Die Zahl der Werke, die das Gemetzel bis in die letzte Einzelheit schildern, übertrifft heute fast noch die jener, die dem Fall Konstantinopels gewidmet sind, was einer Folgerichtigkeit durchaus nicht entbehrt, da im christlichen Westen Lepanto bis auf den heutigen Tag als die gebührende Rache für Konstantinopel empfunden wird. Doch so folgenreich Lepanto für die abendländische Kultur gewesen sein mag, in militärischer Hinsicht gingen aus der osmanischen Niederlage so gut wie keine Konsequenzen hervor. In İstanbul wurden die Werften auf Kosten der Palastgärten erweitert, und noch in dem folgenden Winter liefen 150 Galeeren und acht große Maonen vom Stapel.

Der Großadmiral Kılıç Ali, als er beim Großvezir vorstellig wurde, ihm seine Sorgen betreffs der Takelage für eine solche Rekordzahl von neuerbauten Schiffen zu klagen, erhielt von Mehmet Sokullu zur Antwort:

«Das Vermögen der Hohen Pforte reicht hin, wenn dies vom Kapudanpaşa befohlen wird, die Anker aus Silber, das Tauwerk aus Seide, die Segel aus Atlas zu liefern.»

Jedoch begnügte man sich mit Eisen, Hanf und Leinwand und war im Frühjahr 1572 bestens gerüstet, für Lepanto Revanche zu fordern. Zweimal kamen die feindlichen Flotten auf Sichtweite aneinander heran, vermieden aber die Neuauflage ihres vorjährigen Treffens.

Am 7. März 1573 wurde mit Venedig Frieden geschlossen. Venedig verpflichtete sich zu einer Beteiligung an den Unkosten der osmanischen Eroberung Zyperns in Höhe von 300 000 Dukaten, der Tribut für andere Besitzungen wurde teilweise erhöht, ganz als wäre nicht Don Juan d'Austria, sondern der trinkfreudige Sultan der Sieger von Lepanto gewesen.

So konnte Selim II., bevor er im Dezember des darauffolgenden Jahres die Augen schloß, sogar noch auf eine positive Bilanz seiner kurzen Regierungszeit blicken. Durch die Eroberung Zyperns und die des Jemens war der Umfang des Reiches noch gewachsen. Es stand nach außen hin im vormaligen Glanz, auch wenn der innere Kern bereits hoffnungslos angefault war. Die Moschee, die Sinan in Edirne aufführte zur Verewigung von Selims Namen, übertraf noch die Pracht derjenigen, die der Baumeister dem Prächtigen in İstanbul hatte errichten lassen, und gilt als der Höhepunkt osmanischer Architektur.

Sarhoş Selim fand ein für ihn sehr passendes, man möchte fast sagen würdiges Ende. Bei der Einweihung des neuen Hamams in seinem Saray, die er mit dem Genuß einiger Flaschen vom besten zypriotischen Roten beging, kam er auf dem nassen Marmor ins Rutschen, schlug sich den Kopf auf und war tot. Einen sonderlichen Einschnitt bedeutete dieser Tod nicht, an den Regierungsgeschäften hatte er sich ja nur sehr sporadisch beteiligt.

Die gehabte Aufgabenteilung setzte sich fort. Auf der einen Seite suchte Mehmet Sokullu mit all seiner Macht und dem Einsatz seiner ganzen Person, die Struktur des Imperiums aufrechtzuerhalten; auf der anderen arbeiteten Nurbanu Sultan und Yusuf Nasi nicht weniger eifrig daran, Balken für Balken aus dem staatstragenden Gerüst herauszusägen, um daraus Kleinholz für ihre Privatschatullen zu machen. Dem Muttersöhnchen Murat wurde von Nurbanu zur Festigung der Weiberherrschaft eine Haseki aus bester venezianischer Familie zur Seite gestellt, Safiye mit Namen, wie sie selbst als Korsarenbeute in den Harem gelangt.

Was auch Schlechtes von der indirekten femininen Staatslenkung gesagt werden mag, die Unruhen und Erschütterungen durch Bruderkriege blieben dem Reich unter der Ägide der Matronen erspart. Noch in der Nacht, die auf Murats Inthronisation folgte, wurde der Mord an seinen fünf Brüdern getreu den gesetzlichen Vorschriften vollzogen. Die fälligen Geschenke an die Janitscharen erledigte Nurbanu Sultan ohne Kommentar aus dem zur Seite Geschafften, und so wurde ihr Sohn Sultan Murat dritter Sultan des Namens. Weder groß noch klein, von sehr bläßlichem Teint, was teils auf sein russisches Erbgut von Großmutter Hurrem, teils auf seinen früh begonnenen Opiumkonsum zurückgeführt werden muß, mit dürrem rötlichem Bart und Knopfaugen, die unter buschigen Brauen mehr glotzten als schauten, gab er eher den Typ eines Archivars als den eines Sultans vom großen Stamm Atamans ab, und es lag durchaus im Interesse des Ansehens des Reiches, wenn er von der Valide Nurbanu und seiner Haseki Safiye in den Mauern des Sarays festgehalten wurde und seine dürftige Erscheinung nicht den kritischen Blicken der Öffentlichkeit darbot.

Angewiesen auf diesen Daseinsbereich, hatte er logischerweise auch seine Heldentaten nicht geharnischt im Schlachtengetümmel mit dem Schwert, sondern in Pantoffeln und Pyjama mit seinem nimmermüden Genital zu vollbringen. An dieser Stange etwas zu ausschließlich von Haseki Safiye verführt und geführt, wurden ihm von Nurbanu und seiner Schwester, die fürchten mußten, deswegen ihres Einflusses auf ihn verlustig zu gehen, zwei besonders liebeskundige Sklavinnen untergeschoben, was allerdings den entgegengesetzten Effekt hervorbrachte, weil der Sultan von Stund an unter Erektionsstörungen litt.

Der Verdacht mußte auf die Haseki fallen, aber der ihr unterstellte Zauber wurde durch die an seinem Hof überreichlich vorhandenen Kundigen schließlich durch Gegenzauber besiegt, und Murat III. durfte sich wieder einer unter seinen illustren Vorfahren beispiellosen Standfestigkeit seines padişahlichen Zeugungsorganes erfreuen. Nach seiner Genesung pflegte er allnächtlich einem halben Dutzend Sklavinnen Befriedigung zu schenken; sein Bedürfnis nach Abwechslung war so groß, daß ihm 500 Frauen nicht reichten. Ob solcher Nachfrage kletterte der Preis für wohlgestaltete Mädchen auf dem İstanbuler Sklavenmarkt während seiner Regierung auf das Zehnfache dessen, was er unter Selim II. betragen hatte. Weit über hundert Kinder gingen hervor aus seinem Samen.

Herausragend aus der osmanischen Ahnenreihe ob seiner Manneskraft, ist Murat III. weiter ausgezeichnet als der erste Sultan, der Bestechungsgelder annahm. Der Ämterkauf wurde unter ihm gängige Praxis, das politisch-ökonomische System, von Süleyman geordnet und fixiert, dadurch zerstört. Hatte der wesentliche Vorzug der osmanischen Feudalordnung den europäischen gegenüber darin bestanden, daß Lehen ausschließlich aufgrund militärischer Verdienste und nur auf Lebenszeit vergeben wurden, weshalb sich keine Grundbesitzerklasse herausbilden konnte, so entstand eine solche Klasse jetzt eben doch. Der Inhaber eines von den Behörden gekauften Tımars mußte seinerseits, um einen Profit erzielen zu können, die Ausbeutung seiner Pächter verschärfen.

Da wegen des Ausbleibens von Eroberungen keine zusätzlichen Tımarlar verteilt, das hieß jetzt meistbietend verkauft werden konnten, ging man dazu über, den Sipahilern die vorhandenen zu verkleinern. Das wiederum zwang diese, ihre Pfründe selbst zu bewirtschaften, weswegen viele von ihnen nicht mehr in der Lage waren, den geforderten Kriegsdienst zu leisten. Die Bürokratie trug dem Rechnung, indem sie ihnen erlaubte, sich durch Leistung eines Ersatzgeldes aus ihren militärischen Pflichten zu lösen.

In dem Maßstab, in dem sich die Kassen der Immobilienschieber füllten, gingen die Einkünfte des Fiskus zurück. Die Pforte sah nur den Ausweg, den von den neuen Grundherren in ungekannter Weise gebeutelten Bauern noch zusätzlich Blut abzusaugen und in immer kürzeren Abständen Sondersteuern zu erheben. Diejenigen unter den Rayas, die nicht bereit waren, sich unter solchen Umständen auf ihrer Scholle zu Tode zu schinden, schlossen sich zu Banden zusammen. «Leventler», Abenteurer, nannten sie sich, und nicht selten wurden sie von ihrem Sipahi selbst angeführt, dem auch keine Wahl geblieben war, als sein Tımar, welchem die Bauern entlaufen, im Stich zu lassen und durch Raub zu erwerben, was sich auf ehrliche Weise nicht mehr herbeischaffen ließ.

Tragisch auf seine Art das Ende Mehmet Sokullus, der des Chaos, in dem Anatolien versank, Herr zu werden versuchte, indem er zusätzlich zum ordentlichen Divan während der Abend- und Nachtstunden in seinem Hause einen zweiten abhielt, unermüdlich Recht sprechend, wie es ja dank Kanuni Süleyman auf dem Papier noch bestand. Zu ihm kam ein Tımariot, dessen Besitz willkürlich verkleinert worden war, als Derviş verkleidet. Als er seine Bittschrift überreichen sollte, zog er statt ihrer unter seiner Kutte einen Dolch hervor und rammte ihn dem überaus verdienten Großvezir dreier Sultane ins Herz.

Einen Fels in der Brandung hätten die Janitscharen hergeben können, doch betraf die Demontage diese Truppe, welcher der osmanische Staat in militärischer Hinsicht den Aufstieg vom Beylik zum Weltreich verdankte, am meisten. Die Institution der Devşirme, das Herausreißen von Christenknaben aus ihren Familien, ihre Verpflanzung in anatolische Dörfer, ihre Aufzucht durch türkische Bauern unter Einwirkung bektaşischer Indoktrination, wurde zwar noch nicht abgeschafft, aber es wurden zum Dienst in dieser Eliteeinheit geborene Muslime zugelassen, gegen klingende Münze, wie sich versteht. Um diese zu erziehen, durften Abgeordnete der Bektaşi als eine Art von politischen Verbindungsoffizieren in die Kasernen einziehen, doch war dies ein schwacher Ersatz für den psychologisch-religiösen Einfluß, den sie bis hierhin als Mentoren auf die formbaren Knabenseelen der angehenden Rekruten geübt hatten.

Nicht nur die Reihen der kämpfenden Truppe, auch die Stellen im inneren Dienst wurden jetzt für jedermann zugänglich, sofern er nur zahlungskräftig genug war. Mit der in Europa beneideten Loyalität der Staatsfunktionäre gegenüber dem Sultan war es nun aus, die legendäre Schlagkraft der Janitscharen wurde durch die veränderte Rekrutierungspraxis binnen weniger Jahrzehnte nahezu völlig zersetzt.

Es wurde den Janitscharen nicht nur das Heiraten, es wurde ihnen auch die Ausübung eines Gewerbes gestattet. Die Stärke der

Truppe schwoll während der Weiberherrschaft auf das Fünffache an, ihre Schlachttauglichkeit verminderte sich dabei um einen weit höheren Faktor.

Krieg wurde weiter geführt, dem alten Schema folgend abwechselnd gegen Österreich und gegen Persien, mit dem bedeutsamen Unterschied jedoch, daß der gewohnte Rhythmus eines zwei- bis dreijährigen Friedens mit den Habsburgern, um mit gedecktem Rücken auf die Safaviden einhauen zu können, alternierend Einigung mit dem Şah für ähnlich lange Zeit, die Kanonen wieder in die Länder der Christen zu schleppen, jetzt aufgegeben wurde zugunsten langer Kriege. Von 1578 bis 1590 wurde mit den Persern gekämpft, nicht weniger als sieben Großvezire verbrauchte das Reich in dieser Zeit. Von 1593 bis 1606 währte der «Lange Krieg» mit Österreich, der Harem sah drei verschiedene Sultane derweil.

Zwar entlastete die Ersetzung von, sagen wir, vier gegen Europa plus vier gegen Asien gerichteten Kampagnen durch je einen langen Krieg an jeder der beiden Fronten den Militärhaushalt erheblich; andererseits hatten die vormals regelmäßigen Märsche von İstanbul an die Grenzen des Reiches den wünschenswerten Nebeneffekt gezeitigt, das Hoheitsgebiet insgesamt in gebührender Ehrfurcht vor den Waffen des Sultans zu halten und für den Bestand von Ruhe und Ordnung in den unterworfenen Ländern zu sorgen. Dieser disziplinierende und einheitsstiftende Faktor fiel also flach, was wiederum nicht gar so gravierend war, da der Anblick des jetzt rapide verlotternden Heeres die potentiellen und wirklichen inneren und äußeren Feinde weniger eingeschüchtert als aufgereizt haben würde.

In dem Leben einzelner Individuen wie in dem großer und kompliziert zusammengefügter gesellschaftlicher Gebilde verhält es sich nicht selten so, daß gerade die sogenannten Erfolge den ärgsten Einbrüchen und Stürzen vorangehen, ja dieselben geradewegs bewirken und auslösen können. Daß im langen Krieg gegen Persien, dem Mehmet Sokullu sich vor seinem Tode ebenso heftig entgegengestemmt hatte wie der Unternehmung gegen Zypern, immer noch ansehnliche territoriale Zugewinne zu verzeichnen waren, täuschte das Osmanische Reich über seinen kränkelnden Zustand hinweg und gaukelte ihm volle Lebenskraft vor. Tiflis und Baku, große Teile des Kaukasus, Azerbaycan gerieten unter die Kontrolle der Osmanen, aber das hatten sie nicht der eigenen Potenz, vielmehr ganz ausschließlich der Schwäche ihres Feindes zu danken, denn das Reich der Safaviden war nach dem Tod Tahmasebs in eine tiefe Krise gesunken, aus der es erst Şah Abbas der Große mit Beginn des nächsten Jahrhunderts wieder hervorholen sollte. Lepanto war dagegen äußerst heilsam gewesen, und die Roßkur, die ihm der unglaublich angetriebene Flottenbau im Anschluß an das Debakel besorgt, hätte dem Osmanischen Reich die schwindenden Energien durchaus zurückzubringen vermocht, wäre nicht das Mittelmeer als Hauptschauplatz der Weltgeschichte gerade in diesen Jahren vom Atlantik abgelöst worden, weswegen die spanische Armada 1588 nicht in der Ägäis oder in der Adria vom Kapudanpaşa, sondern im Ärmelkanal von Sir Francis Drake versenkt werden mußte.

Einen derart schätzenswerten Feind wie die Spanier, die als Entwicklungshelfer eine ebenso produktive Rolle wie Venedig zu spielen versprachen, an England abgeben zu müssen, das schränkte die Zukunftsaussichten für die Osmanen schon sehr wesentlich ein; daß man aber auch den Briten wie vorher den Franzosen Kapitulationen, das heißt Handelsprivilegien, einräumte, das war der erste Schritt zum Selbstmord. Es wurde auf diese Weise nicht nur der Start in den Kapitalismus verpaßt, dem das großtürkische Imperium zu seiner Entfaltung die allergünstigsten Bedingungen geboten hätte; man machte sich auch noch zum Rohstofflieferanten und Absatzmarkt für Fertigprodukte und trieb damit die Entwicklung der Wirtschaft in Elisabeths Königreich zum eigenen Nachteil an.

Das wirtschaftswissenschaftliche Genie der Hohen Pforte erschöpfte sich darin, dem Geldmangel im Lande durch Inflation zu begegnen. Natürlich löste dies Mittel die Schwierigkeiten nicht, es brachte zu den vorhandenen nur neue hervor. Als man im Jahre 1589 den Silbergehalt des Akçe glattweg halbierte, so daß er seinen Namen nicht mehr verdiente, weil der «Weißling» vor lauter Kupfer rötliche Färbung bekam, war die Reaktion so prompt und so direkt, daß auch dem Sultan kein Blendwerk mehr nützte, vorbeizuschauen an der Misere.

Die Janitscharen stürmten den Divan und verlangten den Kopf des Beglerbegs und des Defterdars, die nach ihrer Meinung für die Münzverschlechterung die Verantwortung trugen. Murat III., zum ersten Mal wirksam aufgeschreckt aus seiner Lethargie, ließ sogleich im Hof des Sarays gutes Silbergeld aufschichten, doch vermochte dieser Anblick nicht die erhitzten Gemüter der Janitscharen zu kühlen. Sie bestanden darauf, die bezeichneten Köpfe rollen zu sehen. Andernfalls, drohten sie, kämen sie in den Harem und fänden den Sultan, gleich unter welchem Rock er sich zu verstecken versuche. Murat III. fühlte sich nicht danach, als erster Sultan von seinen Janitscharen ermordet zu werden, und rettete seinen Kopf, indem er dem Beglerbeg und dem Defterdar die ihrigen absäbeln ließ.

Diese Opfer erkauften ihm einen Aufschub von knapp sechs Jahren. Als sein letzter Abend auf Erden herangerückt war, bat er die Musikanten der Hofkapelle, ihm, während er vom Garten aufs Wasser hinaussah, wo sich die Fluten des Schwarzen mit denen des Marmarameers vereinen, das Lied zu spielen, das mit der Zeile anhebt: «O mein Tod, erwarte mich jetzt, ich komme zu dir heut nacht.» Zwei ägyptische Galeeren, die zufällig die Meerenge passierten, schossen Salut, wovon in seinem Kiosk die Fensterscheiben klirrend zersprangen. Murat III. hatte sein Glöcklein läuten gehört und schied hin.

Murats überragende Zeugungskraft, die so viele seiner Sklavinnen in den Zustand froher Hoffnung versetzt, wurde bei seinem Tod zur Ursache ebenso vielfältiger Trauer. Neben Mehmet, dem Sohn von Haseki Safiye, hatten ihn immerhin neunzehn thronberechtigte Prinzen überlebt, die beim Sultanswechsel in neunzehn Särgen dem seinigen nachfolgen mußten. Als ein posthumer Beweis seiner Potenz wurden sieben Sklavinnen, die Leibesfrucht von ihm trugen, ertränkt.

Auf dem ersten Feldzug des Langen Krieges gegen Österreich begleitete der just inthronisierte Mehmet, dritter Sultan des Namens, seine Truppen, was Valide Safiye überhaupt nicht gern sah, wenngleich ihr umsorgter Sohn ihr im Oktober 1596 vermelden durfte, einen triumphalen Sieg über die Ungläubigen errungen zu haben. Bei Keresztes hatte man, obwohl die Österreicher schon dabeigewesen, Troß und Kriegskasse der Osmanen zu plündern, das Blatt noch einmal gewendet und beiläufig 50 000 Feinde vertilgt, ein Schlachten- und Schlachterglück, das den Vergleich mit dem Sieg von Mohacs gut aushalten konnte.

Mehmet III. ergriff die Gelegenheit, einen neuen Großvezir zu ernennen. Das Siegel erhielt Sinan, der sich an dem Erfolg großen Anteil erworben, nicht zu verwechseln mit dem Paşa gleichen Namens, der in die höchste Würde fünfmal eingesetzt, dazwischen viermal abgesetzt worden war. Dieser neue Großvezir Sinan Paşa nun glaubte seinerseits, die Gelegenheit seiner unverhofften Machtfülle kräftigst am Schopfe packen zu müssen. Da seit Einreißen der Weiberherrschaft die Amtszeit der Großvezire nicht mehr in Jahren, sondern nur noch in Wochen und Tagen gerechnet wurde, wollte er nicht eine Stunde ungenutzt verstreichen lassen und setzte noch im Lager zu Keresztes, während die Mannschaften nach dem bestandenen Gefecht der Ruhe pflegten, die strengsten Maßregeln an, die ihm geeignet schienen, die alte Kampfkraft des Heeres zu erneuern, um in Zukunft nicht mehr auf Allahs Beistand und die Dummheit des Feindes angewiesen zu sein. Allen Sipahilern, die nicht zur Kampagne erschienen waren, entzog er nicht nur die Lehen, er verurteilte sie in Abwesenheit als Fahnenflüchtige und ordnete ihre Verhaftung an.

Das kam verständlicherweise gut an bei denen, die trotz allem ihren Kriegsdienst gehorsam geleistet hatten, und es klang, als ob ein frischer Wind die allgemeine Fäulnis hinwegblasen wollte, erwies sich aber bald als ein Akt von noch hilfloserer Verzweiflung, als es die Geldabwertung gewesen war. Sinan Paşa durfte sich in dem Gefühl, der Retter des Reiches zu sein, nicht lange wiegen; noch im folgenden Monat forderte der Sultan das Siegel des Großvezirs wieder von ihm zurück.

Was aber geschah, als die Sipahiler in Anatolien davon erfuhren, daß ihre Tımarlar, um deren Erhalt sie vor Ort mit letzten Kräften gekämpft, ihnen weggenommen worden und daß sie selbst für vogelfrei erklärt waren? Sie füllten augenblicks die Reihen der Leventler-Banden, dem Aufruhr wuchs eine Armee. Aus Marodeuren wurden straff organisierte Rebellen, das war alles, was der drakonische Sinan erreichte.

Revolten, wie weiter oben gesagt, durchziehen diese Seiten wie ein blutiger roter Faden, und ein ums andere Mal wurde das Morgenrot der aufbegehrenden Hoffnung abgelöst vom Abendrot gewaltsamer Unterdrückung. Diesmal aber hatte es die Staatsmacht, diese Ansammlung von Schröpfern, Intriganten und Taugenichtsen unter der Fuchtel der Valide Sultan, nicht mit ein paar zusammengewürfelten Dervişlern, Viehhirten und Bauern zu tun; gute Teile der sieggewohnten osmanischen Kavallerie wurden durch das Versagen der Hohen Pforte regelrecht dazu gezwungen, sich den Aufständischen beizugesellen. Der andere Teil des Heeres, der noch zur Fahne stand, war an der Front in Ungarn gebunden. Das veränderte grundlegend den Charakter und die Erfolgschancen der Rebellion. Obwohl es sich nicht, wie bei den voraufgegangenen Insurrektionen, um eine plebejische Empörung mit şiitischer Tendenz handelte, wurden die Staatsfeinde am Hof nie anders als mit dem Synonym für Rotköpfe, «Celali», bezeichnet.

Ihr Anführer war einer der abgesetzten Tımarioten, ein stellvertretender Sancakbeg sogar, mit dem sunnitisch-frömmelnden Namen Abdulhalil, der sich aber, jetzt als ihr Rächer an die Spitze der Unterdrückten und Beleidigten gesetzt, in Anspielung auf den Posten des Regimentsschreibers, den er bei seiner Truppe bekleidet, als Kara Yazıcı, der Schwarze Schreiber, anreden ließ. Nachdem, was man in der Provinz noch irgend an Streitkräftigem zusammenzuziehen vermochte, an ihm gescheitert war, bot man ihm in der Vermutung, nach Entfernung ihres Hauptes mit den Aufständischen leichter fertig werden zu können, an, für die Pforte die Verwaltung des Sancaks von Amasya zu übernehmen.

Kara Yazıcı nahm dankend an, doch in Amasya, wo der geschichtsbewußte und mit Humor gesegnete Kadı in Voraussicht des zu erwartenden Befehls schon eine rote Mütze parat gelegt hatte, tauchte der nominierte Sancakbeg niemals auf. Vielmehr trieb er das Handwerk des Aufstands weiter in der Gegend um Sivas, und zwar jetzt in noch größerem Stil. Man ließ nun die Garnisonen von Aleppo und Bagdad gegen ihn marschieren. Diese wurden im April 1600 bei Kayseri von den Aufständischen vernichtend geschlagen. In Zentralanatolien war «die Hand osmanischer Herrschaft abgeschnitten», wie es Kara Yazıcı zutreffend formulierte in einem der Fermanlar, die er nach der Manier eines Sultans erließ.

Erst zwei Jahre später, wieder im April, konnten Sultanstruppen, befehligt von Hasan Sokullu, dem Sohn Mehmet Sokullus, der im Sinne der Restauration des Reichs des Prächtigen besser daran getan hätte, die Seite zu wechseln, bei Elbistan der Rebellenarmee eine blutige Niederlage zufügen. Die Geschlagenen mußten sich in die Canık Dağları zurückziehen, die sich aus dem Tal des Grünen Flusses, an dem Tokat und Amasya gelegen, erheben und im Norden zwischen Samsun und Ünye ins Schwarze Meer hinabfallen. In diesem Gebirge voll üppiger Wälder, saftiger Auen und kristallklar sprudelnder Quellen starb Kara Yazıcı, doch war dies kein Anlaß für İstanbul, das Ende der Celali-Bewegung zu feiern. Sie erwies sich als Hydra, denn an die Stelle des abgeschlagenen Hauptes traten vier neue. Tokat wurde von ihnen genommen, Kütahya belagert, Sivas, Erzurum, Kastamonu, Karaman, kurz, das ganze mittlere Kleinasien war von der Herrschaft der Osmanen befreit.

Daß zumindest die Führung der anatolischen Rebellen nicht den Untergang des osmanischen Staatswesens wünschte, nicht einmal Separation der unter ihrer Kontrolle befindlichen Region, daß sie nicht wie die Bedrettin- und Bürklüce-Mustafa-Leute eine egalitäre Ordnung der Gesellschaft einführen, vielmehr die Verhältnisse, wie sie zuletzt unter Süleyman bestanden, wiederherstellen wollte, zeigt sich an einem Begehren, das der Bruder des Kara Yazıcı dem Divan vortragen ließ und mit dem er seinem Namen Deli Hüseyin, der Verrückte Hüseyin, alle Ehre erwies. Er suchte um die Statthalterschaft von Bosnien an, die er, da die Umstände, der Sultan und sein nach zwei Absetzungen neuerlich installierter Großvezir nicht weniger verrückt waren, tatsächlich erhielt. Sein rebellischer, zehntausendköpfiger Anhang, der einen mehr als skurrilen Anblick bot und auch nicht am Bosporos, sondern bei Gelibolu von Asien übergesetzt wurde, durfte also in Ungarn gegen die Österreicher kämpfen, wobei die meisten von ihnen das Leben einbüßten.

Bei «drei» steht Nasrettin wieder, aber Hoagland zählt durch bis «acht», bevor er die Hände an den ausgestreckten Armen zusammenführt und die Kontrahenten zur Fortsetzung der Gewalttätigkeit bittet. Sandol grinst und läßt Nasrettin sein gelb gefärbtes Mundstück sehen. Er will Nasrettins Zorn erregen damit, hofft, seinen Gegner blind zu machen durch Emotion, aber unser Held fällt nicht darauf herein. Nasrettin will die Runde zu Ende boxen, wie er sie begonnen hat. Sandol, dem die beiden Punktrichter aus Italien und England nicht die grobe Unsportlichkeit ankreiden, ihm vielmehr wegen des Niederschlags die Runde zuaddieren wollen, während nur der brave Schweizer den Durchgang 10:8 für Nasrettin zu buchen gedenkt, zieht jetzt Kreise an den Seilen entlang.

Flott ist er immer noch am Ende dieser achten Runde, hat sogar Puste, ein und das andere Mätzchen einzubauen zur Gaudi seiner Zuhälterfreunde im Parkett, läßt in sicherer Distanz die Deckung hängen und wackelt frech mit dem Kopf. Wie eine Dampfwalze schiebt Nasrettin hinter ihm her, schafft es aber nicht, den Flüchtling zu stellen. Unter den Angeboten, die der Herausforderer macht, ist momentan keins, das der Champion nicht ablehnen könnte.

Während sein Sohn beharrlich die Schule schwänzte, war Oktay selbst in die schlimmste Krise geraten, war von Ömer Tuncel schlimmer als dazumal von seinem Freund Faruk betrogen worden. Die Abfindung, die er aus der Industriestadt im Grünen mit an die Spree gebracht hatte, war als Anteil hineingeflossen ins Startkapital der erwähnten Firma Tuncel Air, die aber der Hauptgesellschafter absichtlich in Konkurs gehen ließ. Sein Spielsalon wurde überfallen, wohinter Oktay ebenfalls Ömer vermuten durfte. Er beschäftigte sich schon damit, alles der Polizei anzuzeigen, da kam die ihm mit einer mitternächtlichen Razzia unter der Putlitzbrücke zuvor, und Oktay, auf dessen Namen das Gewerbe angemeldet war, wurde zu einem Bußgeld von 25 000 Mark verurteilt. Das alles hielt er vor Sevim verborgen, und damit er ihr wenigstens dann und wann einen Schein für den Haushalt hinlegen konnte, hatte er eine Schwarzarbeit auf dem Bau angenommen.

Nasrettin bekam ihn in diesem ersten Winter, den die Familie in Berlin verbrachte, höchst selten überhaupt zu Gesicht. Wenn sie, was manchmal an Sonntagen geschah, doch einmal alle zusammensaßen beim Mahl und Oktay, der einem Gespenst glich, gezeichnet von den Mißerfolgen und der Überarbeitung, mit dünner Stimme und nebenher an Nasrettin die Frage richtete, wie es vorangehe mit der Schule, dann war es nicht Feigheit, sondern Mitleid mit dem Vater, dem er nicht diesen Kummer auch noch aufbürden wollte, was unseren Helden veranlaßte, mit dem Blick auf den Teller vor ihm und nervös ein Stück Weißbrot zerkrümelnd, zu antworten: «Alles in Ordnung.»

Sevim, die sich natürlich darüber hatte wundern müssen, daß Nasrettin niemals Schulaufgaben mit nach Hause gebracht, daß er seit neuestem am Morgen nicht mit der Aktenmappe, sondern mit der Sporttasche, die seine Boxausrüstung trug, die Wohnung verließ, hatte hart gegen die aufsteigenden Tränen anzukämpfen, wenn sie das hörte. Und wenn Nasrettin dann das Thema wechselte und, um seinem Vater, dessen eigener Stolz zerbrochen war, einen Grund geben zu können, stolz zu sein auf seinen Sohn, von seinen Erfolgen beim Boxen erzählte, davon, daß er in die Berliner Stadtauswahl aufgenommen, daß seine Siege wesentlich beigetragen hatten zu deren Aufstieg aus der Oberliga in die Zweite Bundesliga, dann hielt es Sevim nicht mehr am Tisch. Sie stand auf, räumte hastig etwas von dem benutzten Geschirr zusammen und trug es in die Küche hinaus.

Wenn Oktay schon alles, was nach Schwierigkeit klang, von sich schob und wenn er sie anlog, wie konnte sie dann von ihm verlangen, daß er Nasrettin zwang, Rechenschaft abzulegen? Sie selbst log ja auch schon, hatte sie doch durch Elenas Vermittlung heimlich einen Putzjob angenommen bei einem alleinstehenden Lehrer, dem sie in den Vormittagsstunden, wenn ihre Kinder in der Schule waren oder sonstwo, die Wäsche wusch und die Fußböden schrubbte. Und sie mußte noch dankbar sein, daß sie dort putzen durfte. Mit dem wenigen, was Oktay ihr zusteckte, hätten sie nicht genug zu essen gehabt, und dann mußten doch noch für sechs Personen Kleider gekauft werden und Schuhe. Daß sie überhaupt über die Runden kamen, war ein Wunder, das sich einzig Allah und Seiner Größe zuschreiben ließ.

Was Nasrettin also an Halt und Geborgenheit fand, das wurde ihm als Verständnis und Anerkennung im Astoria e. V. entgegengebracht. Ulrich Wende, vom Verein zum Trainer der Juniorenmannschaft bestellt, war keine große Leuchte. Weder hatte er während seiner Zeit als Aktiver im Ring je brilliert, noch stach er jetzt in seiner Eigenschaft als Didaktiker und Pädagoge in irgendeiner Weise hervor.

Die Art, wie er über die Konditionsübungen seiner Schützlinge wachte, deutete auf das Vorhandensein sadistischer Antriebe in ihm, und sein Spleen, alle Viertelstunden ihre Pulsfrequenz und ihre minimalen Gewichtsschwankungen zu messen, ließ ihn als einen medizinischen Experimentierer erscheinen, der sie als Versuchskaninchen mißbrauchte. Trotzdem waren sie ihm von Herzen zugetan, denn er geizte nicht mit seinem Lob, wußte immer auch die schwächer Begabten zu spornen und bei der Stange zu halten. Weder sportlich noch menschlich besaß er Muharrem Güneşs Format, aber es soll ihm doch zugute gehalten werden, daß er sowohl Nasrettins Talent als auch die Beschränktheit seiner eigenen Fähigkeiten sehr gut erkannte und Sorge dafür trug, daß unser Held in die Stadtauswahl kam und dreimal wöchentlich im Leistungszentrum in der Deutschlandhalle an deren Training teilnehmen durfte.

So stand also Boxen jeden Wochentag, abwechselnd in Charlottenburg und im Wedding, auf Nasrettins Programm, und am Sonnabend oder am Sonntag gab es meist ein Turnier. Aber er mußte ja auch die übrigen Stunden hinbringen auf eine oder die andere Art.

Der Müßiggang erfordert, wenn man ihn so einzeln und allein treibt, mehr Anstrengung und Disziplin als jede Arbeit. Nur hochgradig künstlerisch veranlagte Seelen vermögen ihn in seiner Reinform durchzuhalten. Innerlich weniger feste Naturen neigen rasch dazu, sich Gleichgesinnten oder, präziser, gleichermaßen nach Befreiung vom Sinn Suchenden zuzugesellen. In dem Lichte, in dem wir es hier gerade betrachten, bedeutet dies freilich Verrat an der hehren Idee des Müßiggangs, und wir wollen mit Nachdruck hinweisen darauf, daß sich das Sprichwort im Irrtum befindet, wenn es das Laster mit Notwendigkeit aus dem Müßiggang herzuleiten versucht. Im Gegenteil, die Unfähigkeit des Individuums zum Müßiggang ist es, die zur Vergesellschaftung führt und mit dieser früher oder später das Laster hervorzubringen pflegt.

Dies war auch Nasrettins Fall. Einer geradezu physikalischen Gesetzmäßigkeit folgend, fand sich eine Gruppe etwa gleichaltriger Burschen zusammen, allesamt Kinder aus türkischen Gastarbeiterfamilien, die gegenseitig Unterstützung suchten bei der Erfüllung ihrer delikaten Pflicht, den Tag zu vergeuden. Treffpunkt war während der mittlerweile angebrochenen Sommerzeit der kleine Park am Gesundbrunnen, nur bei Regenwetter wich man in den U-Bahnhof aus.

Ein heißer Vormittag, die Luft roch nach Flieder, und Nasrettin saß wie üblich mit seinen neuen Freunden auf der Bank, die sie zu ihrem Eigentum erklärt und in die sie ihre Namen geritzt hatten. Warum sie dort zusammenhockten und schleppende Gespräche ohne Gegenstand führten – schwer zu sagen. Sie hielten sich dort mit derselben Begründung auf wie die Kastanienbäume, die Sperlinge und die Wiese.

Nasrettin, für den dies Abhängen der gewöhnliche, durchgehende Zustand seines Daseins geworden, unterbrochen nur durch Essen, Schlafen und Boxen, beobachtete, derweil er dem Gespräch der Kumpane folgte oder in den Pausen mit ihnen schwieg, die Besucher des Parks. Beobachten ist vielleicht schon ein zu starkes Wort: Die Mütter, die mit ihren Kleinkindern zum Spielen kamen, die Studentinnen, die im Bikini ihre Haut der bräunenden Sonne preisgaben, die Rentner, die, den behäbigen Dackel an der Leine, zu ihren Plätzen hinstapften, sie alle hatten in Nasrettins gegen das Licht blinzelndem Auge nicht mehr und nicht weniger Bedeutung als ein Ast, dessen Blätter sich im Windhauch wiegten, eine Wolke, die sich im Blau des Himmels bauschte, oder ein Eichhörnchen in der Krone eines Baumes. Die anderen waren in gleicher Weise in jene Utopie der Wahrnehmung entrückt, in die sonst nur Kinogänger und Konsumenten bestimmter Drogen gelangen.

In solchem Zustand sah Nasrettin jetzt einen Penner, der einen bis über den Rand mit Lebensmitteln gefüllten Einkaufswagen vor sich herschob. Auf dem nackten Oberkörper trug er einen vor Dreck steifen Wintermantel aus Filz, auf den von der in der Sonne rot leuchtenden Glatze ein Kranz fettiger grauschwarzer Haarsträhnen hing. In seiner Trunkenheit fiel es dem Mann besonders schwer, sein überlastetes Transportmittel über den Kiesweg zu lenken. Alle paar Meter mußte er herabgefallene Dosen und Tüten aufsammeln, wobei ihm sein Gleichgewichtssinn Schnippchen schlug und ihn die drolligsten Slapstick-Effekte hervorbringen ließ. Nasrettin schaute ihm zu, ohne daß die Absurdität des überladenen Einkaufswagens im Park oder die Tolpatschigkeit seines Lenkers ihn im geringsten berührt hätte.

Nach einiger Zeit erreichte der Mann mit seinem Gefährt eine leere Parkbank, auf die er sich erschöpft niederplumpsen ließ. Er zog eine Dose Bier aus dem Einkaufswagen, öffnete sie, nahm einen Schluck und streckte sich dann aus auf seiner Bank, wobei er die angebrochene Dose glücklich auf dem Brustbein balancierte und sie mit beiden Händen umschloß.

Nasrettins Auge verließ die Erscheinung und kehrte erst Minuten später zu ihr zurück. Die Arme, die die Dose gehalten hatten, waren herabgesunken, die Dose umgekippt, das Bier rann über die rote Haut der Brust unter den Bart und tropfte vom Nacken zur Erde. Nasrettins Auge glitt zu dem Wagen mit den Einkäufen, und dieser Anblick, an dem er festhielt gegen jede Gewohnheit, bewirkte die Revolution, die aus den dort auf der Bank versammelten sieben eine Bande machte. Ein Blitz zuckte auf und zerriß den Vorhang, der bis dahin das Subjekt säuberlich getrennt hatte von den Objekten seiner Wahrnehmung.

Was will der Penner mit dem ganzen Zeug? dachte es in Nasrettin. Es wird ihm doch schlecht, er hat ja keinen Kühlschrank. Da ist es doch besser, wir essen und trinken, was er eingekauft hat.

«Es wird Zeit, Freunde, daß etwas geschieht», sagte er. «Wir werden jetzt sehr langsam und leise hinuntergehen zu der Bank, wo ihr den schnarchenden Penner ausgestreckt seht. Dann werden wir den Einkaufswagen, der neben ihm steht, mit allen vierzehn Händen anpacken und unter Vermeidung irgendwelcher Geräusche aus dem Park hinaustragen.»

Es war der Klang einer ganz neuen Stimme, die sie da aus Nasrettins Kehle vernahmen, und hätte einer der sechs Kumpane sich den Film, den er ihnen so wärmstens empfohlen, einmal angeschaut, so wäre ihm klar gewesen: Al Pacino hatte Türkisch gelernt. Es gab keine weiteren Fragen, es wurde getan, was Nasrettin sagte.

Dem Einkaufswagen mit seinem zentnerschweren Inhalt wuchsen Flügel, und auf diesen Schwingen glitt er sacht und lautlos von dannen; nicht einmal die Turnschuhe der Jungs knirschten im Kies. Erst auf der Badstraße wurde seinen Rollfüßen die Erde wiedergegeben. Sie wollten schon im Jubel über die errungene Beute herfallen, doch Nasrettin hatte am Mantel ihres Opfers eine Entdeckung gemacht und ging noch einmal zu ihm zurück. Den anderen trug er auf, in der Zwischenzeit die Furage auf einem Hinterhof in der Pankstraße in Sicherheit zu bringen und ihn dort zu erwarten.

Aufgefallen an dem Penner war Nasrettin eine Brieftasche, die aus einem Loch im Futter seines Mantels herausgeschaut und deren edles Leder sehr unpassend zum Ort ihres Aufenthalts gewirkt hatte. Der streng riechende Schnarcher hatte sich, bis Nasrettin zu ihm zurückgekehrt war, im Schlaf zur Seite gewälzt, und die Brieftasche fiel unserem Helden beinahe entgegen. Mit spitzen Fingern zog Nasrettin sie vollends heraus. Sie war prall gefüllt, das merkte er gleich. Schnellen Schrittes und mit vor Aufregung klopfendem Herzen nahm er sie mit auf die Toilette eines Eiscafés in der Badstraße, wo er sich einschloß, um sich in aller Ruhe der Untersuchung ihres Inhalts widmen zu können.

Er glaubte, seinen Augen nicht trauen zu dürfen, denn er fand sie dichtgestopft mit Fünfzig- und Hundertmarkscheinen. Wo zum Teufel hat der Penner soviel Knete her? war sein Gedanke, und er betätigte die Klospülung, um sich nach draußen nicht durch das Knistern der Banknoten zu verraten, als er sie durchzuzählen begann. Es waren insgesamt 2250 Mark, noch nie hatte er soviel Geld auf einem Haufen gesehen. Er rollte das Bündel zusammen und schob es tief in seine Hosentasche. Die Brieftasche, die außer dem Geld noch verschiedene Dokumente enthielt, wollte er schon auf der Toilette zurücklassen, besann sich aber noch und steckte sie sich im Rücken in den Hosenbund unter sein T-Shirt. Dann beeilte er sich, zu dem Hinterhof in der Pankstraße zu kommen, wo er voll Ungeduld erwartet wurde.

Sie hatten, bis er eintraf, die Beute nicht anzurühren gewagt und nägelkauend auf den Treppenstufen bei den Mülltonnen gehockt. Seinem breiten Grinsen und seinem strahlenden Blick entnahmen sie jetzt, daß, was er noch ohne sie erledigt hatte, glattgegangen und daß nun ein kleines Gelage zur Feier ihres erfolgreichen Coups angesagt war.

«Unsere Eltern», sagte er, «würden sich schämen für uns, wenn sie uns jetzt hier sähen. Aber haben wir uns nicht auch geschämt für unsere Eltern, die in diesem Land leben wie Menschen einer minderwertigen Sorte? Nicht sie, sondern wir werden den Respekt, der uns verweigert wird von den Deutschen, erkämpfen. Wenn sie nicht freiwillig mit uns teilen wollen, dann müssen wir uns von ihnen holen, was uns zusteht. Von heute an kümmern wir uns selbst um unsere Sache. Keiner von uns wird diesen Tag je vergessen. Dafür sorge ich, denn ich habe, wenn wir mit dem Kram fertig sind, noch eine schöne Überraschung für euch.»

Nein, keiner von ihnen würde diesen Tag je vergessen, soviel stand bereits fest. Nasrettins Metamorphose war Überraschung genug. Wie er herausgewachsen war aus ihrer Gruppe durch eine einzelne Tat! Sie nuckelten aus ihren Dosen das brühwarme Bier und waren nachdenklich wie nie. Nasrettin! Dabei war er doch fast der Kleinste von ihnen, überragte gerade Ümit, den Jüngsten, um einen oder anderthalb Zoll. Savaş und Cengiz waren nicht nur einen ganzen Kopf größer als er, sie waren ihm auch im Alter um mehr als zwei Jahre voraus. Und dennoch brachten sie ihm jetzt Gefühle entgegen, wie sie Söhne für ihren Vater empfinden.

Nasrettin machte sich schon an dem Einkaufswagen zu schaffen.

«Wollt ihr mir nicht helfen, den Krempel hier ein bißchen zu sortieren?» forderte er die anderen auf und löste sie aus ihrer Erstarrung. «Ich sagte doch, wir haben noch etwas vor.»

Sie warfen all die in Kunststoff eingeschweißten Würste und die Dosen mit den Fertiggerichten auf einen Haufen.

«Schaut euch das an», meinte Nasrettin, «was ihr da seht, ist vielleicht noch vor einem Monat als lebendige Sau umherspaziert und hat sich behaglich in seiner eigenen Scheiße gewälzt.»

Einige lachten darüber, aber Savaş verzog angeekelt das Gesicht.

«Und wo sollen wir nun mit all diesem Schweinekram hin?»

«Ganz einfach», meinte Nasrettin. «Dahin, wohin er gehört.»

Er schob über einem großen Müllbehälter den Deckel zurück, und die Jungs beförderten das Schweinefleisch hinein. Nasrettin vergaß nicht, bei dieser Gelegenheit die Brieftasche gleich mit zu entsorgen.

Schwieriger fiel der Entscheid über die restlichen Waren, zwei Dutzend Dosen Bier, vier Liter Kirschbrand, etwa fünfzig Tüten mit Kartoffelchips, Crackern, Salzstangen und Erdnußflips, etwa genauso viele Packungen und Schachteln mit Keksen, Pralinen und Schokolade, diverse Partysalate. Nasrettin überlegte kurz, ob man den Suff und die Fressalien irgendwo bunkern konnte, um sie dann peu à peu im Park oder in der U-Bahn zu verzehren, aber das erschien ihm kleinlich und peinlich.

«Wer sich was nehmen möchte, soll es sich nehmen», sagte er, doch war etwas in seinem Ton, das die anderen zögern ließ. Nur Ümit packte sich eine Tüte mit Erdnußflips und stopfte sich davon in den Mund.

«Ich schlage vor», fuhr Nasrettin fort, «den Angehörigen der türkischen Gemeinde kundzutun, daß etwas in Bewegung geraten ist mit dem heutigen Tag. Was haltet ihr davon, wenn wir das ganze Zeugs, jetzt, wo wir das Schweinefleisch aussortiert haben, wieder einladen in den Wagen und es hier in der Nachbarschaft an die türkischen Familien verteilen?»

Der Vorschlag wurde einhellig begrüßt, und so schwärmten sie aus, die Arme mit Tüten und Dosen beladen, die sie in den umliegenden Häusern vor den Türen der Wohnungen absetzten, unter deren Klingeln türkische Namen standen. Eine knappe Viertelstunde später waren sie alle wieder im Hinterhof.

«Schön, daß wir das hinter uns haben», sagte Nasrettin, nachdem er sich versichert hatte, daß seine Bande vollzählig war. «Denn jetzt kommen wir zu der Überraschung, die ich euch in Aussicht gestellt hatte. Wir fahren zum Ku'damm und besorgen uns ein paar anständige Klamotten.»

Sultan Mehmet III. verstarb im Winter des Jahres 1603. Den Thron übernahm sein vierzehnjähriger Sohn Ahmet. Dem Rekordüberschuß an Prinzen, den Murat III. erzeugt hatte, entsprach bei Mehmet III. ein schmerzlicher Mangel. Ahmet empfing die Insignien der Macht, als er mit seiner Vorhaut noch das Signum kindlicher Unreife trug. So mußte denn die Zirkumzision gleich nach der Thronbesteigung nachgeholt werden, das erste Mal, daß dieser fromme Akt an einem regierenden Sultan geschah. Ein Bruder war noch vorhanden, Mustafa, an dem kaum etwas zu beschneiden gewesen wäre, denn er hatte eben sein zweites Lebensjahr vollendet. An ihm wäre nun der von Bayezit Blitzstrahl eingeführte und von Mehmet dem Eroberer zum Gesetz erhobene Brudermord fällig gewesen. Aber Jungsultan Ahmet schmerzte nicht nur die Stelle, an der nach Abrahams Brauch das Messer gewirkt, er wurde zusätzlich noch von den Blattern befallen. Solche Hinfälligkeit schon in der Pubertät ließ nicht darauf hoffen, daß er hinsichtlich der Produktion von Stammhaltern nach der Art seines Großvaters ausschlagen werde, weswegen denn gegen das Gesetz verstoßen und auf den Fratrizid an seinem Brüderchen Mustafa verzichtet wurde. Hätte man nämlich den Paragraphen befolgt und wäre Ahmet von den Blattern dahingerafft worden, so wäre die Dynastie der Osmanen erloschen gewesen.

Nachdem der verrückte Hüseyin mit der Hohen Pforte seinen Frieden gemacht, wofür Tausende Rebellen auf den Schlachtfeldern Ungarns mit ihrem Leben bezahlt, stieg zum obersten Anführer des anatolischen Aufstands ein Mann mit dem zur Celali-Bewegung sehr viel passenderen Namen Kalenderoğlu auf. Die Aufrührer stießen nun schon bis zur ägäischen Küste vor, stellten die Provinzen Aydın und Saruhan auf den Kopf.

Ein gefährlicher, ja auf eine bemerkenswerte Art heimtückischer Gegenspieler erwuchs den Insurgenten in dem achtzigjährigen Murat Paşa, der im Jahre 1606, nachdem das Amt des Großvezirs seit der Ermordung Mehmet Sokullus fünfundzwanzigmal seinen Inhaber gewechselt, vom Sultan das Siegel in Empfang nehmen durfte. Murat, bei Süleymans Tod schon ein Mann mittleren Alters, verfügte über eine klare Analyse wenn schon nicht der strukturellen, so doch der akuten strategischen Probleme des Reiches. Gleichzeitig Krieg an drei Fronten zu führen, das hätte auch die Ressourcen einer florierenden Wirtschaft erschöpft, hätte selbst eine befähigte politische Führung überfordern müssen.

Daß der persische Şah Abbas die Anarchie in Kleinasien nutzte, sich die im letzten Krieg verlorenen Gebiete zurückzuholen, war ebenso ärgerlich für die Pforte wie für Persien logisch und rekonvaleszierend. Richtig erkannte Murat Paşa, daß der persische Vormarsch nicht zu stoppen sein würde, bevor der Celali-Bewegung das Rückgrat gebrochen war, was er freilich nicht durch Beseitigung der sie erzeugenden politischen, sozialen und wirtschaftlichen Bedingungen, sondern auf militärischem oder anders gewaltsamem Wege zu erreichen gedachte. Hier war Eile geboten, denn eigentlich durfte man es nur als ein Wunder betrachten, als eine Vergünstigung Allahs, daß die Celali mit den persischen Rotköpfen noch nicht gemeinsame Sache gemacht hatten. Die Niederschlagung der Rebellen mußte als allerwichtigstes und dringendstes Geschäft zur Erledigung gebracht werden; es galt, mit Österreich auf dem kürzesten Weg zu einem Frieden zu kommen. Das brachte Murat noch als einfacher Vezir, vor seiner Ernennung zum Großvezir, zustande, denn ihm war vom Sultan der Auftrag zuteil geworden, die Verhandlungen mit Österreichs Emissären zu führen. Wie grundlegend der Wandel, der innerhalb einer relativ knappen Zeitspanne – bei İbrahims Tod hatte Murat schon die Sarayschule hinter sich gehabt – vonstatten gegangen war, das läßt sich abmessen, wenn man vergleicht, wie Süleymans Großvezir mit den Habsburgern umgesprungen war, denen er erst auf langjähriges Drängeln herablassend und gegen Tribut Frieden gewährt hatte, und wie nun Murat als Unterhändler Sultan Ahmets kratzen und taktieren mußte, Österreichs Waffen zum Schweigen zu bringen.

Der Frieden von Zsitvartorok, geschlossen am 11. November 1606, war für die Hohe Pforte alles andere als rühmlich, und es ist nur ein weiteres Attest für das rapide Schwinden osmanischer Macht, daß Ahmet dafür Murat mit dem Posten des Großvezirs belohnte. Ein Fatih oder Yavuz hätte ihm für einen solchen Schandfrieden den Kopf abgeschlagen.

Österreichs Diplomatie, die im abgelaufenen Jahrhundert zäher und zielsicherer gearbeitet hatte als die Armee, durfte sich gratulieren, denn sie hatte erreicht, was die Kanonen, Flinten und Säbel vergeblich erstrebt: Sie hatte die türkische Bestie domestiziert. Das fand seinen Ausdruck zunächst einmal darin, daß der Kaiser des Heiligen Römischen Reiches Deutscher Nation mit dem Padişah auf ein und dieselbe Stufe gestellt wurde, denn bis dahin war stets nur vom Beç Kralı, vom «König von Wien», die Rede gewesen. Sodann mußte İstanbul auf den jährlichen Tribut von 30 000 Dukaten verzichten, unter welcher Demütigung Österreich mehr als sieben Jahrzehnte gelitten und die es sich unter dem Titel eines alljährlichen «freiwilligen» Ehrengeschenks an den Sultan erträglich zu machen gesucht hatte. Als drittes bedeutendes Zugeständnis mußten die Osmanen Siebenbürgen aus dem Status eines Vasallen entlassen. Ein vierter Punkt verdient ebenfalls festgehalten zu werden, da er Zsitvartorok als einen Wendepunkt im Verhältnis des osmanischen Staats zu den europäischen Mächten bezeichnet. Die Urkunde wurde nicht wie vordem üblich mit einer beigegebenen, an der Pforte selbst gefertigten Übersetzung vom Sultan direkt an den Kaiser geschickt, vielmehr wurden türkischer und lateinischer Text am Verhandlungstisch von den Dolmetschern haarklein zur Übereinstimmung gebracht.

Das alles war dem siebzehnjährigen Sultan nicht nur recht und billig, er war vollauf begeistert und schenkte dem Mann, dem er diesen Frieden verdankte, mit dem Reichssiegel Vertrauen und Vollmachten, wie sie seit Sokullu kein Großvezir mehr besessen hatte.

Murat Paşa, der sich den Österreichern als ein Mensch von hoher Gesittung und Distinktion vorgeführt hatte, durfte nun unter den Türken in Anatolien nach Herzenslust wüten. Man hatte ihn schon im Krieg gegen Persien als einen Feldherrn von ausgesuchter Roheit und Brutalität kennengelernt. Damals bereits hatte er sich den Beinamen Kuyucu, der «Brunnenmacher», erworben mit seiner äußerst abartigen Obsession, Gefangene vorzugsweise dadurch zu töten, daß er sie in Brunnen werfen ließ. Er wußte aber seine Blutgier, wo's für ihn vorteilhaft war, zu zügeln und konnte mit vollkommener Glaubwürdigkeit den Großherzigen und Umgänglichen mimen.

Getreu dem alten Wahlspruch, dem zufolge, wer herrschen will, zunächst die Einheit seiner Feinde aufspalten muß, begann er damit, die einzelnen Herde des Aufruhrs voneinander zu isolieren, um sie dann einen nach dem anderen auslöschen zu können. Den der osmanischen Macht brenzligsten Widersacher erkannte er in dem Kurden Canbulat Ali, dem Beglerbeg von Aleppo, mit dem er zunächst abrechnen wollte. In dieser Weise verfahren zu können, mußte er zuvor seine ganze Streitmacht unversehrt quer durch Kleinasien führen, und listig räumte er sich das Haupthindernis, den Kalenderoğlu mit seinem zahlreichen Anhang, aus diesem Weg, indem er ihn amnestierte und ihm zusätzlich dessen Heimatstadt Ankara als Sancak anwies. Kalenderoğlu fiel darauf herein. Statt den Marsch der vom Großvezir dirigierten Armee zu blockieren oder seine Heerscharen gleich mit denen Canbulats zusammenzufügen, zog er, nur hie und da ein wenig vom Nachschub zu seinen eigenen Vorräten zweigend, nach Ankara ab.

Ansonsten hatte Murat Paşa nicht viel zu befürchten. Im weiten Land, durch das sich seine Kolonnen bewegten, trafen sie kaum einen Menschen. Die Dörfer waren von ihren Bewohnern, teils eben erst, weil von der Kunde der herannahenden Strafexpedition alarmiert, teils schon seit Jahren verlassen. Ein bestellter Akker war ein Anblick von hohem Seltenheitswert, planmäßige Landwirtschaft fand in Anatolien so gut wie überhaupt nicht mehr statt. Die Bauern hatten im Hochgebirge oder in den Städten ihre Zuflucht gesucht. Man mag die komplette Zerstörung der kleinasiatischen Agronomie, deren Folgen fortdauern bis in unsere heutige Zeit, der verflixten Herrschaft der Weiber und Haremseunuchen aufs Konto buchen; es war aber ein Vorgang, der unter anderen Vorzeichen die europäischen Länder genauso betraf. Die Loslösung der Bauern von ihrer Scholle, die Ansammlung besitzloser Massen in den Städten hätte eine rasante kapitalistische Entwicklung anstoßen können. Ämterkauf und Verbreitung der Korruption auf allen Ebenen hatten für die Verdrängung der Naturalwirtschaft durch die Geldwirtschaft gesorgt und immense private Kapitalien gebildet. Doch war die Organisation der Zünfte, wie sie aus den Brüderschaften hervorgewachsen, zu strikt und zu starr, als daß die Lohnarbeit als Produktionsverhältnis sich hätte durchsetzen können. Die kolossale Rüstung war erst recht kein Motor für Konjunktur, da der Staat für die Güter seines Bedarfs die Preise diktierte und weniger als den Marktwert für sie bezahlte.

Für Murat Paşa war es bitter, die vereinsamten Höfe und Dörfer sehen zu müssen: überall Brunnen, aber nirgends ein Rotkopf, den man zur verdienten Strafe hätte hineinwerfen können. Stark waren die Furiere gefordert. Dennoch traf alles wohlgenährt, pünktlich und unbehelligt in Syrien ein. Es hatte nicht Brunnen genug, die Leichen zu fassen, als die Aufständischen unter Canbulat von Kuyucu Murat zur Schlacht gestellt wurden.

Einmal noch war es den Janitscharen vergönnt, in großem Maßstab zu demonstrieren, was Drill, Corpsgeist und effektive Bewaffnung vermögen gegen kriegerische Haufen, die nur der Mut und der Freiheitsdurst treiben. Der Großvezir hatte seine helle Freude, auf der Walstatt ging's zu wie auf dem Schlachthof, die Henker konnten gar nicht so schnell metzgern, wie die Gefangenen eingebracht wurden. Die Todgeweihten mußten Schlange stehen beim Köpfeabschlagen, und die aus den mehr als 30 000 Schädeln aufgetürmte Pyramide hätte noch den Neid Timurs erregt.

Die Einwohner Aleppos beeilten sich, bevor Murat Paşa bei ihnen als Sieger einzog, was an Parteigängern des rebellischen Kurden noch in der Stadt, einzufangen und zu enthaupten, um deren Köpfe dem Großvezir zu seinem Empfang entgegenrollen zu können. Diese gastfreundliche Geste nahm ihn so sehr ein für das aleppinische Völkchen, daß er beschloß, über Winter mit seinen Janitscharen bei ihnen zu weilen.

Mit beginnender martialischer Saison konnte er nun, wie es seine langangelegte Strategie sich gewünscht, das Feld von hinten aufrollen und von Syrien her Anatolien neu für das Haus Osman erobern. Allerdings zog er gemächlich und wartete, bis bei Maras und Göksun die Verstärkungen, die aus Kairo und Damaskus kamen, zu ihm stießen.

Die Führer der Rebellen waren sich uneins, ob man Murat Paşa entgegenmarschieren und den Eingang ins Hochplateau verteidigen oder aber sich der persischen Taktik verschreiben und großräumig schweifend der Schlacht ausweichen sollte. Kalenderoğlu, der die Stärke des Großvezirs unterschätzte, setzte es durch, daß man sich mit den Truppen des Sultans um den Paß hinter Göksun schlug, was, wie sich zeigte, der geradeste, kürzeste Weg ins Verderben war. Wenige tausend entkamen den Kugeln aus Kanonen und Gewehren der Janitscharen, und von diesen wiederum erreichte nur ein Bruchteil, über Erzurum und Ardahan fliehend, die persische Grenze.

Einmal, als Murat Paşa seinem Lieblingsgeschäft frönte und sich daran delektierte, wie vor seinen Augen die Gefangenen im Brunnen ertranken, sah er bei einem Sipahi einen erbeuteten Knaben. Er verlangte das Kind zu verhören und fragte den Jungen nach dem Beruf seines Vaters.

«Er spielte die Saz.»

«So, so, die Saz hat er gespielt», wiederholte der greise Paşa, der schon recht schwerhörig war. «Und du, mein Kleiner, hast du vielleicht auch schon ein oder das andere Liedchen gelernt?»

«Natürlich», antwortete der selbstbewußte Knabe bestimmt und ließ sich nicht die geringste Spur von Ehrfurcht anmerken, nicht vor dem Alter dessen, der ihn befragte, und erst recht nicht vor seiner amtlichen Würde.

«Leider haben wir im Lager keine solchen Musikinstrumente», sprach der Großvezir, «denn es ist des Sultans Befehl, sie, wo wir sie finden, gleich zu zerbrechen, besser noch, sie ins Feuer zu werfen. Aber vielleicht singst du uns einfach etwas vor?»

«Wenn du dafür bezahlst.»

Der Sipahi, dem der Junge gehörte, grinste. Es gefiel ihm, daß sein kleiner Sklave mit dem Großvezir wie mit einem seiner Spielkameraden umging. Er zog auf Murats Wink einen Akçe aus seinem Beutel, den der Kleine mit großer Geschicklichkeit fing. Mit seiner glockenhellen Kinderstimme ließ er eine der bekanntesten Freiheitsweisen erklingen, doch unterbrach ihn der mächtige Greis nach wenigen Takten und sprach:

«Ich kenne diese Lieder, die aufhetzen gegen die göttliche Ordnung, aufstacheln gegen den Kalifen und Sultan und seine weise Herrschaft, aufwiegeln gegen alle, die ihm dienen in Treu und Gehorsam. Auch bei den Softalarn an den Medreselern hat der ganze Unsinn begonnen, als sie, statt den Koran zu studieren, zu musizieren anfingen. Da wurden aus Studenten plötzlich Rebellen. Und weil ich nicht möchte, daß aus dir, mein Junge, auch so einer wird, sollst du jetzt in diesem Brunnen ersaufen.»

Er gab den Henkern ein Zeichen, doch diese weigerten sich, an dem weinenden Kind ihr Werk zu verrichten, verteidigten das unschuldige Wesen und hielten dem steinalten Paşa seine Unmenschlichkeit vor. Der bewies aber, ohne einen Versuch der Rechtfertigung zu unternehmen, seine Milde darin, daß er die aufmüpfigen Henker nicht zu henken befahl, vielmehr Janitscharen herbeirief, an deren Stelle das Kind in den Brunnen zu werfen. Die waren aber noch weniger bereit, den Sohn des Sazspielers zu töten, und redeten sich darauf hinaus, daß das Exekutieren nicht ihr Beruf; schon gar nicht wollten sie die berufenen Henker an Herzlosigkeit überbieten. Da packte der erzürnte Alte den Jungen selbst mit seinen knochigen Händen, tauchte den aus Leibeskräften schreienden, zappelnden Balg in den Brunnen und löste seinen eisernen Griff nicht, bis die letzte Blase an die Oberfläche des Wassers gestiegen.

Den Henkern und Janitscharen, denen übel geworden war bei dem grausamen Schauspiel, faßte er die anschauliche Lehre, die er ihnen erteilt, noch einmal in Worte zusammen:

«Glaubt ihr etwa, Männer wie Kalenderoğlu seien von ihren Müttern mit einer Lanze im Arm und einem Pferd unter dem Hintern zur Welt gebracht worden? Nein, auch er war einmal ein solch harmloser, liebenswürdiger Bub wie dieser, von dem ich die Erde soeben gereinigt. Und wenn wir ihn in die Sarayschule gesteckt, ihn mit den Pagen des Sultans hätten aufwachsen lassen, es wäre unweigerlich ein Rebell aus ihm geworden. Die Eltern haben es ihm eingeimpft, er war unrettbar verdorben. Welches Unheil der Geist des Widerstands über uns gebracht hat, das brauche ich euch kaum zu berichten, ihr seht es allerorten mit eigenen Augen. Wenn wir zimperlich sind und uns nicht getrauen, es an der Wurzel aus dem Boden zu reißen, wie ich alter Mann es euch gerade vorgemacht habe, wird es uns alle vertilgen.»

Einmal nach İstanbul zurückgekehrt, war es Murat Paşa selbst, der trotz seiner Schrulle fürs Unterirdische die Wurzeldoktrin aufgab und die noch flackernden Unruheherde in Kilikien und Aydın-Menteşe-Saruhan zum Erlöschen brachte, indem er einfach die obersten Flämmchen, die Lebenslichtlein der Anführer Museli Çavuş und Yusuf Paşa, ausblies. Dies zu erwirken, gürtete er sich nicht mit dem Schwert. Der Schreibkiel als die fähigere Waffe sollte ihm die beiden Löwen hervorholen aus ihren Höhlen. Der Streich gegen die zwei letzten Häupter der Rebellion wurde durch den Nişancı von der Kanzlei aus geführt.

Museli Çavuş empfing in İçel ein Schreiben, in dem der Brunnenmacher in väterlich-großväterlicher Diktion den Tadel ob der Insubordination mit Verzeihung und der Verleihung der Statthalterschaft über Karaman verband für den Fall, daß der Abtrünnige in den Dienst der Hohen Pforte heimkehren wolle. Post in ähnlichem Sinne und Stil traf auch bei Yusuf Paşa in Aydın ein. Murat Paşa lud ihn nach Üsküdar ins Heerlager, wo der nächste Krieg gegen Persien vorbereitet wurde und wo der Großvezir ihm das Geraubte als ordentlichen Besitz zusprechen, ihn zum Steuereinnehmer über die von ihm kontrollierten Landschaften einsetzen wollte. Nach etlichem wohlbegründetem Zögern und Zaudern begab sich Yusuf Paşa nach Üsküdar, wo ihn der Großvezir mit verdächtig übertriebenem Pomp empfing. Davon hörend, kam auch Museli Çavuş aus seiner Festung in İçel heraus und machte mit dem abgehenden Statthalter in Karaman Inventur. Beide hatten schon ihre Ernennungsurkunden in Händen, da wurde zu heimlich vereinbarter Stunde dem einen in Üsküdar, dem andern in Konya an festlich gedeckter Tafel mitten im lustigsten Schlemmen und Schlürfen der Kopf abgeschlagen.

Am Ku'damm führte Nasrettin seine Jungs zu einem Herrenausstatter, vor dessen Schaufenstern er bei manchem Bummel mit wehmutsvollen Gedanken an den «Paten» gestanden hatte. Der Verkäufer erschrak im ersten Moment heftig, als ihm dies Rudel fremdländischer Halbstarker über die Schwelle spazierte; Gerüchte über Schutzgeld erpressende Jugendbanden hatten die Runde gemacht. Doch beruhigte er sich, als Nasrettin sich in einem zwar gebrochenen, aber nicht unwitzigen Deutsch Hemden und Hosen zeigen ließ, nicht nach dem Preis fragte und sein Auge nur darauf hatte, welches Stück für welchen seiner Jungs paßte, wie es saß und wie der jeweilige sich darin bewegte. Am liebsten hätte er für alle Anzüge, Krawatten und Hüte gekauft und sie aufs Tüpfelchen so ausstaffiert wie die Mitarbeiter der Firma Don Corleones. Aber dafür reichten die 2000 Mark nun doch wieder nicht.

Er bewies Geschmack und Sinn für Qualität, und der Verkäufer mühte sich vergebens, ihm etwas aufschwatzen zu wollen, was nicht hundertprozentig seinen Wünschen entsprach. Am Ende wurde er mit einer Verbeugung und einem «Beehren Sie uns bald wieder» verabschiedet, und man hielt ihnen die Tür auf.

Drei Hunderter und ein Fünfziger waren nach den Einkäufen übriggeblieben. Mechanisch liefen sie, jeder in der Hand eine schicke Tüte, worin er die abgelegten Kleider trug, ku'dammabwärts. Am Lehniner Platz blieb Nasrettin stehen, und wie gut erzogene Hunde stoppten im nächsten Moment die anderen auch.

«Stellt euch mal in eine Reihe», bat Nasrettin sie.

Er gruppierte sie noch etwas um, nach Größe und nach der Farbe der Hemden, die er für sie ausgewählt hatte.

«Phantastisch, Jungs», lobte er dann. «Aber ganz perfekt ist es noch nicht», setzte er fort, nachdem er das Gesamtbild etwas eingehender auf sich hatte wirken lassen. «Eine längere Sitzung bei einem Frisör wäre nötig. Aber dafür ist es heute schon zu spät, und überhaupt machen wir das nicht hier am Ku'damm, sondern bei einem richtigen türkischen Berber im Wedding. Und eure

Latschen sind einfach ein Greuel, sie versauen den prächtigen Eindruck komplett. Trotzdem, Schuhe kauf ich euch nicht: Es gibt da so ein Sprichwort, das heißt, wenn du einem anderen Schuhe kaufst, dann läuft er dir bald davon. Sollte also irgendwann einer von euch Schuhe geschenkt bekommen von mir, dann weiß er, wie das gemeint ist.»

Vierundzwanzig Stunden zuvor hätten sie ihn für solche Reden noch ausgelacht oder gar aus der Gruppe verstoßen, jetzt nickten sie mit ernsten Mienen.

«Um den heutigen Abend durch einen gebührenden Abschluß zu krönen, werde ich euch zum Essen einladen. Wir gehen dort drüben in dieses italienische Restaurant. Eure löchrigen Turnschuhe kommen unter den Tisch, da sieht und riecht man sie nicht. Aber macht mir keine Schande beim Essen, und mit den Kellnern spreche nur ich.»

Das Lokal war das «Ciao» neben dem Mendelssohn-Bau, in den wenige Jahre später die Schaubühne vom Halleschen Ufer umziehen sollte. Aber schon bevor es zur Wohnstube der Schauspieler dieses berühmten Ensembles wurde, galt das «Ciao» als eine beliebte Adresse bei den Künstlern und Lebeleuten in Wilmersdorf und Charlottenburg. Allein hätte Nasrettin, der nach seinen Trainingsstunden in der Deutschlandhalle, besonders an lauschigen Sommerabenden, gern über den Boulevard flanierte, in diesen Jahren wohl kaum den Mut gefunden, die Tür dieses Restaurants zu öffnen, ganz abgesehen davon, daß ihm bis dahin auch das Geld gefehlt hatte, die Rechnung zu zahlen. Jetzt aber war es eine Probe, nicht weniger wichtig, sie zu bestehen, als ein Ausscheidungskampf. Dem Penner die Brieftasche aus dem Mantel zu ziehen, das war eine Sache gewesen; an einem weißgedeckten Tisch mit silbernem Besteck und geschliffenen Gläsern Manieren zu zeigen, das war die andere, und beides gehörte zusammen.

Nasrettin zog also die Eingangstür auf. Der ältliche Kellner, der ihnen sogleich entgegeneilte, kräuselte unter dem weißen Schnurrbärtchen die Lippen zu einem spöttischen Lächeln und machte mit den Armen eine Bewegung, als ob er diese verirrten Gäste gleich wieder auf die Straße hinausscheuchen wollte. Aber Nasrettins Mannen drückten von hinten. Er hob seine Schultern und zischte dem arroganten Bediener mit Kälte und Trockenheit durch die Zähne zu:

«Einen Tisch für sieben Personen.»

Die gut markierte Selbstsicherheit irritierte den Cameriere. Er schnappte nach Luft und hatte damit den Kampf bereits verloren, denn schon waren sie an ihm vorüber und ließen sich an einem Tisch in der Ecke nieder. Es blieb ihm nur, ihnen durch betonte Herablassung zu bezeugen, wie unwillkommen sie waren.

Diese Zermürbungstaktik begann er, indem er ihre Ecke zunächst vollständig aus seinem Wahrnehmungsfeld ausblendete. Doch lag gerade hierin Nasrettins vielfach bewiesene Stärke, daß er die Verhaltensmuster seiner Gegner rasch und genau analysierte und die wirksamen Konterrezepturen fand. Er prüfte seine Sätze mehrere Male im stillen, bevor er sie laut ins Lokal rief; es schien ihm wichtig, sich in einwandfreiem Deutsch auszudrücken.

«Herr Ober, wir hätten gerne etwas zu essen!» klang seine Stimme quer durch den Raum. Andere Gäste begannen aufmerksam zu werden und tadelnde Blicke auf den Kellner zu werfen, der seine Kundschaft so ungebührlich vernachlässigte.

Darauf bemühte sich dieser schleppenden Gangs an den jungtürkischen Tisch und teilte die Speisekarten aus, wobei er Nasrettin naserümpfend die Weinkarte reichte. Zu seiner Enttäuschung bestellte Nasrettin zwei Flaschen von einem roten Montepulciano, sogar vom teureren Jahrgang. Die Order für das Essen wollte er erst mit seinen Tischgenossen beraten. Einige verlangten Pizza, aber das redete ihnen Nasrettin aus. Er wünschte das Bild denen in den Schaukästen vor dem Kino, in dem er den «Paten» gesehen, so ähnlich wie möglich, behauptete frech, die Pizza sei in diesem Lokal nicht zu empfehlen, und riet mit Entschiedenheit zu Nudelgerichten.

Der Montepulciano schlug bei den Jünglingen, die mit berauschendem Getränk noch kaum Bekanntschaft gemacht hatten, stark an. Nasrettin geriet in ein weinseliges Schwadronieren und berichtete von den Erlebnissen vor seiner Abreise aus Kars auf eine Weise, daß die anderen den Eindruck gewannen, die sozialistische Umwälzung der Türkei sei um ein Knappes verfehlt worden, die Revolution unmittelbar vor ihrem Triumph zusammengebrochen.

«Nun habt ihr gehört, wie ich Kommunist war und gefochten habe für eine rote Fahne ohne Halbmond und Stern, dafür mit Hammer und Sichel darauf», hob er dann erneut an. «Vernehmt jetzt, warum ich inzwischen das kapitalistische System für das menschlichere halte. Wir waren gegen die Reichen und hielten es für unser Recht, wenn nicht gar für unsere Pflicht, ihnen ihren Besitz fortzunehmen. Aber da ist etwas, was ich nicht beachtet habe. Es gehört nämlich viel Mut und Kraft dazu, reich zu werden. Langsam bildet sich in mir eine Ahnung davon, welche Bereitschaft zum Selbstverzicht und dazu, die Last der Verantwortung für andere zu tragen, die Reichen auszeichnet. Deutschland hat mir für diese Erkenntnis die Augen geöffnet. Was haben wir hier, wo der Kapitalismus herrscht und das Recht auf Ausbeutung staatlich geschützt und gestützt wird? Freiheit. Freiheit, sage ich euch, wie ein sozialistisches System sie nie und nirgends hervorbringen wird. Hier interessiert sich niemand dafür, was du denkst oder tust. Heute morgen saßen wir noch am Gesundbrunnen im Park und hatten nichts als unsere Freundschaft. Jetzt tafeln wir hier in diesem piekfeinen Lokal, tragen schicke Klamotten und trinken Rotwein. Stellt jemand uns deswegen Fragen außer der einzigen, die zählt? ‹Kannst du bezahlen, was du bestellt hast?› Wichtigste Regel: Man sollte diese Frage mit Ja beantworten können. Denkt, was ihr wollt, aber für mich ist dies ein freies Land, und der Kapitalismus ist ein gerechtes System. Darauf heb ich mein Glas!»

Seine Jungs prosteten ihm zu. Dann verlangte Nasrettin die

Rechnung. Sie belief sich auf knapp 340 Mark, was die heitere Weltumarmungsmiene in seinem Gesicht schlagartig in Blässe und stirnrunzelnde Ernsthaftigkeit wandelte, denn es war seine Absicht gewesen, dem Kellner durch ein prahlerisch überhöhtes Trinkgeld eine Lektion zu erteilen. Damit war es nun nichts mehr, das Siegerlächeln kehrte zurück in die Züge des Kellners. Nasrettin warf, was noch aus des Penners Vermögen in seiner Hosentasche verblieben, mit einem beiläufigen «Danke, es stimmt so» auf den Tisch, bevor er sich erhob und leicht wankenden Schritts, von den im Gänsemarsch watschelnden Seinen gefolgt, auf den Ku'damm hinausstolzierte.

«Jungs, das war alles für heute. Das Budget hat sich erschöpft. Deshalb sehen wir uns jetzt gezwungen, die Dienste der Berliner Verkehrsbetriebe in Anspruch zu nehmen.»

Es war nun, da sich die Ausgaben mit den Einnahmen ins Gleichgewicht gebracht hatten, nur noch der Humor, der ihn von den übrigen abhob, den Kopf über die Glieder erhöhte. Nebenbei half noch etwas, daß er dem Montepulciano tüchtiger als die anderen zugesprochen hatte.

Sie trotteten, ein jeder in seinen eigenen Gedanken, dem U-Bahnhof Adenauerplatz zu. Diejenigen Nasrettins kreisten um Al Pacino und den Paten. Doch, doch, er würde diese Jungs führen, ein offenes Ohr und einen offenen Geldbeutel haben für jeden, der zu ihm käme mit seinen Nöten. Es ging ja nicht an, daß sie ihr Leben lang auf Parkbänken herumsaßen und Löcher in die Luft starrten. Aber er mußte sich etwas einfallen lassen, schließlich konnte er nicht damit rechnen, daß ihm ununterbrochen Tippelbrüder mit prall gestopften Brieftaschen über den Weg liefen.

Unter solchen Grübeleien stieg er die Stufen zur Station Adenauerplatz hinunter, als ihm jemand mit ausgestrecktem Arm auf geöffneter Handfläche einen sonderbaren grünlichen Klumpen von der Größe eines Radiergummis präsentierte. Nasrettin stoppte und schaute dem Besitzer der Hand verblüfft ins Gesicht. Er glaubte, einen Landsmann vor sich zu haben, und erkundigte sich auf türkisch, was es mit dem Klumpen auf sich habe. Der andere schrak zusammen, als sei er in eine Falle getappt, und als Nasrettin sich daraufhin bei ihm versichern wollte, ob er wirklich Türke sei, drehte er sich um und rannte davon.

«Bestimmt ein Kurde», urteilte Nasrettin aus dieser panischen Reaktion, und es paßten dazu auch der Typ und die Erscheinung des Menschen. War's Scharfsinn, war's Wirkung der kurdenfeindlichen Propaganda, jedenfalls folgerte Nasrettin, es müsse sich bei dem Klumpen um Rauschgift, wahrscheinlich um Haschisch, gehandelt haben.

Nasrettin bat sie, unten am Gleis noch ein paar Minuten auf ihn zu warten. Dann kehrte er zurück ins Zwischengeschoß und gab sich den Anschein, an dem Zeitungskiosk dort die Titelblätter der Sexrevuen zu studieren. Doch spähte er unauffällig zu dem Kurden hinüber. Der stand jetzt an eine Wand gelehnt und musterte nervös die Fahrgäste, die vom Ku'damm die Treppe zur U-Bahn hinabstiegen. Unter diesen war ein dunkelhäutiger Soldat in amerikanischer Uniform. An seinem bummelnden Schritt und an seinem suchenden Blick erkannte Nasrettin gleich, daß er nicht vorhatte, mit der U-Bahn zu fahren. Und tatsächlich fanden sich die Augen des GIs und die des Kurden, ein kurzes Nicken auf beiden Seiten machte die Verständigung perfekt. Sie gingen aufeinander zu, dann ein paar Schritte nebeneinanderher, und es bedurfte schon einer sehr geschärften Aufmerksamkeit, mitzubekommen, wie aus der dunkelbraunen Hand des Kurden der ominöse Klumpen in die schwarze des GIs fiel und in der Tasche von dessen Uniformhose verschwand. Beim Handschlag zum Abschied blieb ein zusammengefalteter Geldschein in der des Verkäufers, und an der Farbe erkannte Nasrettin, daß es ein Hunderter war.

Er hatte genug gesehen, sein Problem war gelöst.

Wenn er nur jetzt hier im Zelt zu Beausoleil nahe Monaco eine neue Kraftquelle ausfindig machen könnte! Schließlich ist er hergekommen, mit Sandol um den Titel zu boxen, nicht um mit ihm Nachlaufen oder Verstecken zu spielen. Nasrettin schaut mit sprechenden Blicken zu Eddy Hoagland, bittet ihn, den Champion wegen seiner Passivität zu ermahnen. Der Zeitnehmer gibt schon das Klopfzeichen für die zehn letzten Sekunden der Runde. Das reicht Sandol noch, um allen vier Ecken einen kurzen Besuch abzustatten, aber Nasrettin fängt ihn nicht ein. Gong.

Die neunte Runde

Daß Nasrettin aus einem Impuls, aus dem man wohl ein gebrechliches Mütterlein bei der Überquerung einer verkehrsreichen Straße stützt, sich nach Sandols Mundschutz gebückt, das trägt ihm in der Pause zur neunten Runde doch noch ein Gutes ein, denn Röder hat keine Worte für die selbstzerstörerische Gutmütigkeit unseres Helden. Für diesmal schweigt er und begnügt sich damit, mit dem Handtuch zu wedeln, um seinem Schützling Luft zuzufächeln. Nasrettin lehnt den Nacken an den Pfosten und genießt die Erfrischung mit geschlossenen Augen.

Da spricht aber doch sein Trainer zu ihm mit geflüsterten, eindringlichen Worten. Wo hat Röder plötzlich Türkisch gelernt? Woher nimmt er mit einemmal das tiefe Verständnis für Nasrettins boxerischen Charakter, das feine Gespür für die Kampfsituation? Nein, es ist gar nicht Röder, der ihn berät, Muharrem Güneş ist es, der ihm die Verhaltensmaßregeln für die bevorstehende Runde zurechtlegt.

«Das hast du großartig gemacht, daß du nach seinem Mundschutz gesprungen bist. Du hast alle Herzen hier im Zelt für dich gewonnen. Die Kopfhaut ist angeschwollen von dem Handkantenschlag. Tut es sehr weh? Nimm beim Tauchen den Kopf nicht zu sehr nach vorne, er wird versuchen, die Stelle wieder zu treffen. Und vergiß die Leber nicht, das ist sein empfindlichster Punkt. Fang ruhig einmal eine Kombination mit rechts an, mit Doublette sogar, und bring dann den linken Haken zur Leber. Konzentrier dich darauf, denn du wirst ihn umhauen müssen, die Punkte reichen dir nicht.»

Gern hätte Nasrettin mehr in diesem Sinne und in diesem Tonfall gehört, aber «Ring frei!» heißt es unerbittlich und: «Gong zur neunten Runde!»

Am 22. November 1617 starb Ahmet nach vierzehnjähriger Regierung, die er vierzehnjährig angetreten, als vierzehnter Sultan. Er war, nachdem er den Thron unbeschnitten, schwächlich und an den Blattern leidend bestiegen, weswegen man, wie erwähnt, aus Furcht um den Bestand der Dynastie sein zweijähriges Brüderchen Mustafa gesetzeswidrig am Leben gelassen, zur allgemeinen Verwunderung doch noch recht produktiv geworden und hinterließ bei seinem Tod sieben Söhne. Man hätte von daher zu den gewiß grausamen, aber bewährten Grundsätzen zurückkehren können.

Osman, der älteste der Prinzen, nicht nur von der Mutter unter Schmerzen geboren, sondern schon vom Vater unter solchen gezeugt, da Ahmet dies vollbracht, bevor die Wunde seiner Beschneidung verheilt, war dreizehn Jahre alt. Warum hätte diese Zartheit des Alters einen Hinderungsgrund darstellen sollen? Hatte nicht sein Vater mit vierzehn den Thron bestiegen? Gut, Osman war noch kinderlos, man hätte also vorsichtshalber nicht gleich alle sechs Brüder, sondern vorläufig, bis er erst mit Nachwuchs gesegnet war, nur vier oder fünf von ihnen erwürgt.

Die eigentliche Ursache für die Abkehr von der bisherigen Thronfolgeregelung und für die Einführung des Seniorats liegt nicht hier. Vielmehr hing die folgenreiche Neuerung eng mit der Weiberherrschaft zusammen. Zwar hatte Ahmet seine Großmutter Safiye aus dem neuen Saray verstoßen, womit der Einfluß der Weiber auf Divan und Politik gestoppt schien, doch geriet Ahmet gleich wieder unter die Fuchtel seiner eigenen Haseki Mahpeyker Kösem. Sie sollte in der Geschichte des Osmanischen Reiches eine Rolle einnehmen, die noch eine Generation vorher außerhalb jeder Vorstellung gelegen hatte: Sie sollte die Mutter zweier einander ablösender Sultane werden, was bei Befolgung des Gesetzes nur möglich gewesen, hätte sie den zweiten aus dem Samen des ersten geboren.

In Roxelane, Nurbanu und Safiye hatte sie leuchtende Vorbilder und hätte nach deren Beispiel Mittel zu finden vermocht, die von anderen Müttern geborenen Thronanwärter beizeiten aus dem Wege zu räumen. Bei Anwendung dieser erprobten Rezeptur hätte sie aber auch drei ihrer vier eigenen Söhne aufopfern müssen, und das wollte sie nicht.

Unabdingbare Voraussetzung für Kösems Machtübernahme blieb, daß der Kanun des Brüdermords nicht zur Anwendung kam. Deshalb hatte sie Sultan Ahmet, der, nachdem er wider Erwarten den osmanischen Stammbaum um seine eigenen Sprosse erweitert, die vorerst verschonte Nebenlinie hätte auslöschen müssen, immer wieder daran gehindert. Damit ihre Söhne am Leben und ihre Option auf eine Vertauschung der Rolle der Favoritin des Sultans mit der der Valide gewahrt blieben, mußte bei Ahmets Tod abweichend vom Herkommen dessen Bruder Mustafa auf den Thron.

Die Sache war nun aber die, daß dieser Mustafa die vierzehn Jahre von Ahmets Regierung, von jeglichem menschlichen Verkehr abgesondert, in einem zum Kerker umfunktionierten Gemach des Sarays verbracht hatte. Man neigt dazu, in der Hinrichtung die gnädigere Lösung zu sehen im Vergleich zu der Unmenschlichkeit, den Sultanssohn zeit seines Lebens gleich einem Tier im Käfig zu halten, um ihn dann von einem Moment auf den anderen, weil es das Spiel der Palastintrigen so verlangt, in das grellste Licht höchster Herrscherwürde zu zerren.

Die Ulema, die sich im Klima der Weiberherrschaft wie Ungeziefer vermehrt hatten und an Gottlosigkeit und an Gier nach Macht und Geld dem christlichen Klerus in keiner Weise mehr nachstanden, wollten in der Imbezillität des armseligen Geschöpfs das Zeichen seiner Heiligkeit erblicken, weil sie hofften, das Steuer des Staatsschiffs ergreifen und es um so schneller auf Grund setzen zu können. Allein, Mustafa der Blöde war auch hierfür zu schwachsinnig. Sein Verstand reichte nicht einmal hin, sich von einer der um die Oberhand ringenden Parteien als Instrument mißbrauchen zu lassen, und so kam man denn, nachdem dieser Zustand drei Monde gedauert, überein, ihn wieder in seinen Käfig zu sperren und Osman als den zweiten Sultan des Namens mit dem Schwert des Propheten zu umgürten.

Diese Maßnahme fand vor allem den Beifall der Janitscharen und Sipahiler. Noch nie hatten sie binnen eines Vierteljahres zweimal das Geschenk zur Thronbesteigung erhalten. Sechs Millionen Dukaten, seit dem letzten Kurssturz 600 Millionen Akçe, hatte das den Schatz der Pforte gekostet, und er war, als der letzte der Janitscharen seine Sonderzahlung erhalten, nicht mehr vorhanden.

Daß die alte Tradition noch nicht ganz gestorben war in ihm, bewies Osman II., der ja im Saray aufgewachsen war und nicht, wie zuletzt Mehmet III., das Herrscherhandwerk als Statthalter in der Provinz erlernt hatte, als er 1621 seinen Vollbruder Mehmet, der vor der Vollendung seines achtzehnten Lebensjahrs stand und die vorzüglichsten Anlagen zum Sultansberuf zeigte, umbringen ließ. Kösem hatte damit für ihre Söhne schon eine Zweidrittelmehrheit gewonnen.

Es sollte Osman II. bald reuen, daß er beim so hoffnungsvoll begonnenen Brudermorden gleich wieder innegehalten hatte. Die Janitscharen, über die bei ihnen eingerissenen Mißstände zusätzlich verdorben durch das in allzu kurzer Frequenz verabreichte Thronbesteigungsgeschenk, waren, der Plünderungen christlicher Länder seit langem entwöhnt, schon zur Aufrechterhaltung ihres Lebensstandards hauptsächlich an Sultanswechseln interessiert.

Heimlicher Plan Osmans II. war, nicht zuletzt deshalb, weil sie für ihn und die folgenden Sultane eine direkte Lebensbedrohung darstellten, die völlige Abschaffung der Janitscharen und ihre Ersetzung durch eine aus Kurden gebildete Sondertruppe. Ob er solcherart den Teufel durch den Beelzebub ausgetrieben haben würde, bleibt dahingestellt, denn die Janitscharen bekamen Wind von der Sache. Unklüger noch als sein blöder Onkel im Käfig, machte er es sich ferner zu seinem Sport, die Einhaltung des von ihm auf Drängen der Ulema erlassenen Weinverbots persönlich zu überwachen. Damit brachte er die Janitscharen, die wenigstens ihrer sprichwörtlichen Trinkfreudigkeit die Treue hielten, restlos gegen sich auf. Außerdem mißfiel sehr, daß er, als er seinen ersten Sohn durch einen Unfall verloren, sich Frauen aus den muslimischen Familien der Neureichen nahm, womit er den nächsten Stützpfeiler osmanischer Staatsverfassung umstieß, denn alle Sultane waren bis jetzt von Sklavinnen geboren worden, um dem Aufkommen einer formierten Adelsklasse auch von dieser Seite einen Riegel vorzuschieben.

Das Schicksal Osmans II. war besiegelt, als es zwischen Kösem und den Janitscharen zur Verständigung kam. Er unternahm noch den Versuch, dem Unausweichlichen zu entrinnen, indem er Hals über Kopf die vom Propheten vorgeschriebene Wallfahrt zu den heiligen Stätten in Mekka und Medina beschloß. Da machte ihm aber das Fetva des Müftüs einen Strich durch die Rechnung, das die Verpflichtung des Oberhaupts, den Frieden in der Umma zu hüten, höher stellte als die zur Reise auf den Hicaz. Die Ulema, undankbar genug, denn sie hatten unter Osmans II. Regime gelebt wie die Maden im Speck, glaubten, noch besser fahren zu können, sobald der blöde Mustafa zurück war auf dem Thron. Der Sultan wurde von den Janitscharen verhaftet und ins Yedikule, das «siebentürmige» Staatsgefängnis, gebracht. Hier exekutierte man ihn am 20. Mai 1622 auf Befehl und unter Mitwirkung des von Kösem in aller Hurtigkeit installierten Großvezirs Davudpaşa. Sein kurzes Leben doch noch um einige Minuten in die Länge ziehend, bewies er jugendliche Kraft und Tapferkeit, machte seinen Henkern die Arbeit schwer und wehrte sich verbissen, bis sie ihm endlich die seidene Würgschlinge um den Hals legen konnten.

Der Schwachsinnige wurde zum zweiten Mal aus seinem Käfig geholt und zum Sultan ernannt. Obwohl die Dinge sich etwas überschlugen, hatte die mütterliche Vorsorge Kösems die Münze im Palast aufstellen lassen. Hier wurden jetzt silberne und goldene Tafelgeschirre und aller mögliche Schmuck eingeschmolzen, daraus die benötigten Geldstücke für die Janitscharen und Sipahiler zu schlagen. Den Janitscharenhasser Osman II. hatte man in die Grube gejagt; nur war man mit dem Depp als Souverän aus dem Regen zurück in die Traufe gelangt.

Diesmal brauchten Harem, Militär und Geistlichkeit drei Vierteljahre, bis sie sich auf den gemeinsamen Nenner geeinigt hatten. Der älteste Kösem-Sohn Ahmets, ein Murat, sollte an die Stelle des Umnebelten treten, was nur unter der Voraussetzung möglich war, daß ausnahmsweise Janitscharen und Sipahiler nicht nur auf die Erhöhung des Thronbesteigungsgeschenks, sondern ganz darauf verzichteten, für den Machtwechsel Gebühr zu erheben. Die Verhandlungen über diesen heiklen Punkt nahmen das meiste der Zeit von Mustafas zweiter Regierung für sich in Anspruch, aber der Opfergeist konnte am Ende den Triumph für sich verbuchen, zumal ein gewisser Trost darin bestand, daß die Soldaten vom Großvezir für die Duldung seiner Amtsübernahme 100 000 Dukaten einkassiert hatten. Es wurde aber, als der Blödling erst wieder unter Verschluß und der vierte Murat auf seinem Thron war, die Sultanssteuer doch noch erpreßt, und vom vorher gegebenen Versprechen auf Verzicht blieben nur ein gewisser Nachlaß und Gewährung der Zahlung auf Raten.

Murat IV. war elf Jahre alt, als die Vezirler, Ağalar und die Ulema ihm huldigten, und wie bei seinem Vater Ahmet mußte der Schnitt, der ihn zum vollwertigen Mitglied der muslimischen Gemeinde erhob, in aller Stille am regierenden Padişah nachgeholt werden. Kösem war am Ziel ihrer Wünsche, sie hielt die Zügel des Reichs in der Hand.

Aber Murat IV. schlug aus der Art der unfähigen, von ihren Müttern dirigierten Sultane, deren Reihe binnen eines halben Jahrhunderts vom Sarhoş Selim bis zum Tiefpunkt des Idioten Mustafa hinuntergeführt hatte. Vom Knaben zum Jüngling reifend, kroch er unter Kösems Rockzipfel hervor und begann, sich selbst in seine eigenen Geschäfte zu mischen. Weniger und weniger hörte er auf die Einflüsterungen und das Geschrei aus dem Harem, mehr und mehr lieh er solchen Beratern sein Ohr, die mit schonungsloser Härte die Mißstände im Reich offenlegten.

Die nüchternste Analyse lieferte Koçi Bey, ein albanischer Renegat, der über die Devşirme in den Palastdienst gelangt war. Daß er dessen Argumente aufnahm, hebt Murat IV. aus der Serie von

Säufern, Hurenböcken, Trotteln, Neurotikern und Idioten wieder hervor in die Galerie der Sultane, die der Reichsgeschichte das Siegel ihrer Persönlichkeit aufzuprägen verstanden.

So bezeichnet das Jahr 1632 einen Wendepunkt nicht nur in der Biographie dieses Herrschers, sondern auch in der politischen und wirtschaftlichen Entwicklung unter den Osmanen, denn durch den von Koçi Bey indizierten förmlichen Pakt mit den Janitscharen und Sipahilern wie auch mit den Ulema wurde der erste Schritt zur Restauration des unmittelbar vor dem Exitus stehenden Staates getan. Der siechende Mann am Bosporos verordnete sich selbst eine Roßkur, und sie schlug in beschränktem Umfang auch an.

Der unrechtmäßigen Vergabe von Lehen wurde Einhalt geboten, viele der Sipahiler, die zu den Celali übergelaufen waren, erhielten ihr altes Tımar in ursprünglicher Größe zurück und wurden wieder direkt vom Fiskus besteuert. Die Verwaltungsmaschinerie wurde neu auf die Normen des salomonischen Kanuns geeicht.

Klar, daß Murat IV. das von Koçi Bey ausgearbeitete Programm, gerade weil es so umfassend und durchgreifend angelegt war, mit Ermahnungen und guten Worten allein nicht durchsetzen konnte, mochten auch die Ağalar der Janitscharen und Sipahiler, der Müftü und die Kadıaskerler auf alle Korane der Welt ihre Treueide schwören. Die Rückkehr zum Alten kann ebenso wie der Durchbruch zum Neuen auf das Mittel der Gewalt nicht verzichten; gleich, ob der Strom der Geschichte überholt oder zurückgestaut werden soll, im einen wie im anderen Fall sind Menschenopfer gefordert. Mehr als einundeinhalbes Säkulum vor Erscheinen der Jakobiner hat Murat IV. den Terror als vornehmstes Werkzeug zur Lenkung der Massen probiert; in dem knappen Dezennium, in dem er, nachdem er die Bevormundung durch den Harem von sich geschüttelt, die Staatsgewalt wirklich geübt, hat er sich den Namen des schrecklichsten unter allen Sultanen redlich verdient. Die von ihm durch seine meistgeübte Handbewegung, das Nachahmen der zuklappenden Schere mit Zeige- und Mittelfinger, persönlich veranlaßten Hinrichtungen, von denen mehr als 25 000 gezählt worden sind, waren nicht weltanschaulich motiviert. Murats Terror hatte, anders als derjenige Selims I., die Wiederherstellung des Respekts vor dem Gesetz im Auge. Die meisten der abgeschlagenen Köpfe hatten seine eigenen Staatsdiener getragen. Ein Schreiber der Janitscharen etwa, der von einem Lockvogel eine Bestechung annahm und dessen Namen in die Besoldungslisten eintrug, hatte sein Leben verwirkt.

Die Entfernung einer so bedeutenden Zahl von Blutsaugern und Parasiten hatte, wie von Koçi Bey zutreffend prognostiziert, eine rasche Konsolidierung der Staatsfinanzen zu ihrer Folge, und diese dem Haushalt zurückgewonnenen Mittel wurden sogleich in Rüstung und Krieg investiert. Als einen der Hauptgründe für den Verfall hatte Koçi Bey namhaft gemacht, daß das Heer auf seinen Feldzügen seit langem nicht mehr vom Sultan in Person angeführt worden war. Also nahm Murat IV. nicht nur die Zügel der Administration, sondern auch die seines Schlachtrosses wieder selbst in die Hand.

In seiner Eigenschaft als Feldherr konnte Murat IV. dem Reich zwar keine neuen Christenländer erobern, jedoch war's ihm vergönnt, von demselben eine schwere Last abzuwälzen, die sich von Selim I. herschrieb. Wenige Wochen nachdem Murat IV. elfjährig seine Regierung angetreten, war es Şah Abbas I. unter Ausnutzung der Unruhen im Osten Anatoliens geglückt, Bagdad persischer Kontrolle zu unterwerfen. Es war der langersehnte Moment der Rache für die Untaten Selims, 30 000 sunnitische Bewohner Bagdads wurden hingemetzelt. Der anschließende Krieg zwischen Osmanen und Safaviden währte mit Unterbrechungen von 1623 bis 1638. Zuletzt mußte sich Bagdad wieder den Osmanen ergeben. In dieselben Straßen, in denen anderthalb Jahrzehnte zuvor das Blut der 30 000 Sunniten geflossen war, ergoß sich nun ein Strom aus dem Lebenssaft von ebenso vielen Şiiten. Bagdad blieb dem Osmanischen Reich bis zum Tag seines Untergangs erhalten. Der Frieden, den die Osmanen am 17. Mai 1639 mit den

Safaviden in Kasrı Şirin aushandeln konnten, beinhaltete neben der Festlegung des Grenzverlaufs auch den ausdrücklichen Verzicht der iranischen Seite auf Fortsetzung rotköpfischer Infiltration des Nachbarn und sogar die Beteuerung, die antisunnitische Hetze im eigenen Land ein für allemal abstellen zu wollen.

Nach seiner Rückkehr vom persischen Feldzug war Sultan Murat IV. sehr durstig geworden, hob für sich und eine Handvoll alter Freunde das Weinverbot auf und soff mit ihnen rund um die Uhr. Sein über zu lange Zeit vom Alkohol entwöhnter Körper verzieh ihm das nicht.

Auf dem Totenbett war es eine Eingebung seiner Agonie, İbrahim, seinen Vollbruder, Sohn Ahmets I. und Mahpeyker Kösems, der, wie vorher der blöde Mustafa, bis dahin im Käfig gehockt hatte, vorauszuschicken ins Jenseits. Es war sein Wille, mit diesem Todesbefehl die Dynastie Atamans auszulöschen, als letzter osmanischer Sultan aus dem Leben auszutreten und einzugehen in die Geschichte.

Selbstverständlich war dies nicht im Sinne seiner und İbrahims Mutter. Kösem brauchte ja nur die wenigen Stunden bis zu Murats Tod auszuharren, um ihr politisches Comeback zu feiern, denn daß İbrahim vom Thron aus ihr Ränkespiel nicht beeinträchtigen würde, stand fest.

Sie ließ ihrem Sohn Murat die Nachricht an sein Sterbebett bringen, die Exekution ihres Sohnes İbrahim sei erledigt. Das glaubte Murat nicht und verlangte, den Leichnam zu sehen. Den konnte man ihm logischerweise nicht präsentieren, und in einem letzten Wutanfall erhob sich der Sultan von seinem Lager, es nötigenfalls mit dem eigenen Schwert zu besorgen. Doch waren seine Kräfte endgültig verbraucht, er fiel wieder hin und war tot.

Nicht weniger ungläubig zeigte sich İbrahim, als er die Nachricht vom Tod seines Bruders empfing. Man redete ihm zu, sein Gefängnis zu verlassen und den Thron zu besteigen, doch rührte er sich nicht von der Stelle, bis man die Leiche Murats IV. an seine Schwelle geschleift hatte.

Mit İbrahim gelangte wieder ein an politischen Vorgängen vollständig desinteressierter Sultan auf den Thron, und Kösem durfte nach der Unterbrechung durch die Schreckensherrschaft ihres Sohnes Murat IV. unbeirrt fortfahren mit ihrem Ausverkauf des Osmanischen Reiches. Man stelle sich vor, İbrahim hätte nur einen Funken des Genies seines Namensvetters, des prächtigsten aller Großvezire, besessen, dem sein Herr und Förderer Süleyman in Europa erst den Ruf seiner eigenen Prächtigkeit dankte! Welche unglaublichen Perspektiven würden sich dem Sultan eröffnet haben, der es verstanden hätte, den Glaubenskrieg unter den Christen für die eigenen Ziele zu nutzen! Wie hätte ein Großvezir vom Format eines Sokullu durch geschicktes Taktieren und Paktieren, ein bißchen Power-Balancing hier, ein bißchen Blitzkrieg dort, Europa aus den Angeln zu heben vermocht! Der Dreißigjährige Krieg wäre wahrscheinlich nicht mit dem Westfälischen, sondern mit einem Thrakischen Frieden, die Urkunde nicht zu Münster, sondern zu Edirne besiegelt worden. Immerhin war ja der Antagonismus zwischen Sunniten und Şiiten mit dem Frieden von Kasrı Şirin zehn Jahre früher als der zwischen Katholiken und Protestanten zu einem dauerhaften Gleichgewicht gebracht.

Statt dessen die omnipotente, raffgierige Matronin, die an der Hohen Pforte mit Zauberkünstlern, Eunuchen und Haremsnutten Ministerrat hielt. Und erst der Padişah selbst, ihr mißratenstes Früchtchen, das seinen energischen Abi so knapp überlebt hatte! Wofür interessierte er sich außer für die Hintern seiner Sklavinnen noch? Den fettigen Darmausscheidungen des Pottwals, dem Amber, und dem Fell des Zobels galten Ihrer Majestät höchste Passionen. Ganze Säle des Sarays wurden mit Zobel tapeziert, und es stank nach Amber vom Topkapı bis hinunter ans Goldene Horn. Mit den Unsummen, die der Spleen des Sultans und Kalifen verschlang, hätten lange und aufwendige Kriege finanziert werden können. İbrahim, der erste und letzte osmanische Herrscher des Namens, verschaffte sie sich, indem er in eigenster Person die Vezir- und Statthalterstellen meistbietend verkaufte. Er konnte aber auch großherzig sein, und mehr als einmal wurde einer Konkubine für eine besonders kunstvoll ausgeführte Fellatio ein Sancak verliehen.

Ein Krieg immerhin wurde unter seiner Ägide doch noch begonnen. Nach langem Zögern ließ sich die Valide bereden, ein paar Millionen Akçe für eine lukrative Waffentat wider die Venezianer zu opfern. Nach Rhodos und Zypern sollte nun auch Kreta Darülislam werden, und die Unternehmung begann im Sommer 1645 recht schwungvoll. Die griechische Bevölkerung der Insel empfing die türkischen Eroberer nicht gerade mit Jubel und Jauchzen, aber man war auch hier allgemein froh, die Unterdrückung durch die Lateiner mit dem vergleichsweise leichter zu tragenden Joch der Osmanen tauschen zu dürfen. Dennoch zog sich die restlose Vertreibung der Venezianer über das Ende von İbrahims Regierung hin, weil immer wieder die Soldzahlungen ausblieben und der Nachschub aus İstanbul nicht kontinuierlich herangeführt werden konnte.

Das hatte seinen Grund einmal in dem skandalösen und ruinösen Treiben der Verantwortlichen im Divan und im Palast, zum anderen hatte sich die Signoria einen äußerst schlauen Schachzug einfallen lassen, indem sie, statt sich an Kretas Küsten Seeschlachten mit den Türken zu liefern, ihre massierte Flotte am Ausgang der Dardanellen postierte, womit sie die Meerenge für die osmanische Marine blockierte. Eine ebenso unaufwendige wie effektreiche Maßnahme, die nicht nur das Volk von İstanbul in Angst und Schrecken versetzte und hier für jede Form von Unordnung sorgte, sondern auch die Verbindung nach Ägypten abschnürte, was dem Sultan schlimmstes Kopfzerbrechen hätte verursachen müssen, wäre er nicht, von Amber umnebelt, in Zobel gekuschelt, bei neckischen Spielchen mit seinen Hasekilern im Harem ganz und gar beschäftigt gewesen.

Die Beschaffung von Zobelfellen war dringender als die Besoldung und Furagierung seiner Truppen auf Kreta, und um diese zu importieren, brauchte er seine Wasserstraße ins Mittelmeer nicht. Sie kamen über das Schwarzmeer heran, und Moskau wurde dank

İbrahims eigenartiger Obsession zu einem bedeutenden Handelspartner für das Osmanische Reich.

İbrahims Ende war so unrühmlich wie seine Regierung. Sofu Mehmet, vom Ağa der Janitscharen aufgestiegen zum Großvezir, führte die Palastrevolte gegen ihn an. Die Janitscharen standen diesmal in gutem Einvernehmen mit der Ulema, und sie hatten vom Müftü ein rechtskräftiges Fetva für die Absetzung des Sultans bekommen. Kösem mußte sich dreinschicken und zusehen, wie ihr Sohn ins Spatzenhaus im Garten des Sarays eingesperrt wurde. Während die Handwerker noch beschäftigt waren, die Fenster von İbrahims Gefängnis bis auf ein letztes, das auf den Abwasserkanal des Sarays hinausblickte, zu vermauern, wurde dessen sechsjähriger Sohn Mehmet schon auf den Thron gesetzt, wo er die Huldigungen der Vezirler und der Ulema empfing.

Die Sipahiler rochen den Braten, und in der höchst berechtigten Befürchtung, daß ihnen mit dem Kind auf dem Thron eine Diktatur der Janitscharen bevorstand, erwogen sie eine Befreiung İbrahims und die Wiederherstellung des Status quo ante. Dem vorzubeugen, ließen Großvezir Sofu Mehmet und der Müftü Abdurahman, der sein Fetva noch einmal erweitert und auch die Hinrichtung des unwürdigen Sultans für rechtens erklärt hatte, von ihren eigenen Gehilfen die Tür des Spatzenhauses, deren Riegel schon durch Bleiguß ins Mauerwerk eingefügt war, erbrechen und gingen mit der Befreiung des Sultans noch einen Schritt weiter als von den Sipahilern geplant, indem sie die Seele des Padişahs aus dem Gefängnis seines Leibes entließen.

Der neue Sultan hieß Mehmet, vierter des Namens, der Kalender der Christen schrieb das 1648ste Jahr. Merkwürdigerweise hob die Herrschaft der Janitscharen-Ağalar, die Sofu Mehmet Paşa im Namen Mehmets IV. begann, mit der endgültigen Zerstörung der Regenerationsquelle des Corps an: Die Devşirme, die Knabenlese, wurde offiziell abgeschafft. Als nächstes wurden rund 1000 Ämter, die Sipahiler innegehabt hatten, mit Janitscharen besetzt. Diese beiden Dekrete verwandelten das Corps der Janitscharen, das der größte Segen des osmanischen Staates gewesen, dem er seine militärischen Erfolge und seinen Aufstieg zur Weltmacht dankte, unwiderruflich in eine Plage, in eine Kraft, die mit ähnlicher Energie an seinem Untergang wirkte wie vordem an seiner Fortune. Die Janitscharen waren zu einer Ausbeuterklasse im wahrsten Sinne des Wortes gemacht worden, die Kontrolle über Verwaltung und Handel war jetzt in ihre Hände gelegt.

Sofu Mehmet Paşa hatte ihnen eben diese Privilegien verschafft, schon paßte er ihnen nicht mehr. In die Enge getrieben von seinen Günstlingen, schlug er sich auf die Seite, die er zuvor niedergemacht hatte, ließ einige der von ihm inhaftierten Sipahiler frei und rief sogar die Celali aus dem Osten zum Bosporos, um, wie er sich ausdrückte, «den Sultan zu retten».

Das Bübchen blieb auf seinem Thron, aber Sofu Mehmet mußte demissionieren. An seiner Stelle wurde am 21. Mai 1649 zum Großvezir der nächste Janitscharen-Ağa, Kara Murat, ernannt. Damit waren die Janitscharen selbst in zwei Fraktionen gespalten. Kösem hielt es mit Kara Murat, aber ihre Schwiegertochter Turhan, die Mutter Mehmets IV., unterstützte Bektaş Ağa, der, durch seinen Namen den Schutzpatron aufrufend, die innerjanitscharische Opposition führte. Das bedeutete denn auch das Ende der Weiberherrschaft. Nach einem Jahrhundert fröhlich-einmütigen gemeinsamen Scheffelns war durch den Harem der Graben gezogen. Mahpeyker Kösem Sultan, die nacheinander als Gattin, Mutter und Großmutter vier Sultane als Werkzeuge ihrer Machtgier verbraucht hatte, wurde von Turhan, der letzten Perle in der Kette der Haremsdespotinnen, gewaltsam beseitigt.

Die Ermordung des Überweibs lieferte den willkommenen Vorwand für allerlei Hinrichtungen, die dem regierenden Kinde diesmal von Süleyman, dem Ağa der Eunuchen, eingeblasen wurden, der sich nach blutiger Aufhebung des Regimes der Janitscharen im Einvernehmen mit der Valide Turhan zum heimlichen Machthaber im Hintergrund aufschwang. Als Larve wurde der georgische Tattergreis Gürcü Mehmet, der bereits das kaukasische

Alter von 94 Jahren erreicht hatte, als Großvezir installiert. Freilich erwies es sich bald, daß auch der Obereunuch Süleyman nicht der geeignete Mann war, die venezianische Blockade der Dardanellen zu brechen, Herr über den mit der sich verschlechternden Versorgungslage immer heftiger brodelnden Aufruhr in der Hauptstadt zu werden oder gar im abtrünnigen Osten zur Züchtigung der Celali zu schreiten.

Hinter dem von Roxelane ersonnenen und von Süleyman dem Prächtigen für sie eingerichteten Gitter mischten sich Turhan und ihr oberster Mädchenbewacher ein in die Beratungen des Divans und drangen darauf, einen Großvezir zu berufen, der in dem allgemeinen Kuddelmuddel mit eiserner Faust durchgreifen würde, sollten sich daraus auch für sie selbst Abstriche und Einschnitte ergeben. So kam Tarhoncu Ahmet in den Besitz des Siegels, und er versuchte einmal mehr mit einer Schreckensherrschaft à la Murat IV. etwas von der Redlichkeit und dem Wohlstand des immer nostalgischer verklärten Goldenen Zeitalters des Osmanischen Reiches zu restaurieren. Zur Besänftigung des von Tag zu Tag unverblümter sich kundgebenden Volkszorns ließ er nächtens in den Gefängnissen einige Dutzend der einsitzenden Delinquenten erdrosseln, ihre Leichname in Samt und Seide kleiden, dieselben darauf an verschiedenen stark frequentierten Ecken und Plätzen über das Stadtgebiet verteilen, um auf diese Art die Leute überall in dem Eindruck zu wiegen, es werde jetzt aufgeräumt mit den reichen Schmarotzern, die den Arbeitenden so lange die Haare vom Kopfe gefressen und das Blut aus den Adern gesogen hatten.

Solche Possen erfreuten sich des ungeteilten Beifalls aller Sorten von Ausbeutern. Als aber Tarhoncu Ahmet Paşa daranging, tatsächlich den Staatshaushalt ein wenig von Schröpfköpfen zu säubern, und rund ein Drittel der Sinekuren aus dem Budget strich, waren sich die Betroffenen mit denen, die es bald hätte betreffen können, rasch einig. Tarhoncu mußte das Reichssiegel einliefern und bezahlte die Kühnheit, die Staatsfinanzen sanieren zu wollen, obendrein mit seinem Leben.

Drohender Staatsbankrott, Elend der Massen, totale Korruption, das gab wie stets den fruchtbarsten Nährboden ab, den islamischen Fundamentalismus ins Kraut schießen zu lassen. Angeführt von dem Fanatiker Kadızade Mehmet «Efendi» und seinen Aposteln, rotteten sich die Geschmacklosen allerorten zusammen, um Tabakraucher und Kaffeetrinker zu lynchen. Die Ruchlosen überfielen nach Herzenslust die Tekkeler der verschiedensten Orden, meuchelten die Dervişler und wurden dafür von Mehmet IV., der schon zur Pubertät herangewachsen war und dies aus eigenem Gewissensentschluß tat, auch noch belohnt und belobigt.

Während diese selbsternannten Hüter von Korangesetzlichkeit und prophetischer Überlieferung wüteten und das Land im Chaos versank, erlitt die osmanische Flotte vor den Dardanellen ihre schlimmste Niederlage seit dem Debakel von Lepanto. Mehr als 1000 Kanonen gingen in den Besitz der Markusrepublik über. Der Sieg der Venezianer, den sie mit dem Verlust von lediglich fünf Schiffen bezahlten, derweil die Hohe Pforte von 79 eingesetzten ganze vierzehn behielt, war so vollständig, daß sie sich auch noch auf den Inseln Lemnos und Tenedos festsetzen konnten. Das Datum dieser Seeschlacht, der 26. Juni 1656, bezeichnet einen der Tiefpunkte in der Geschichte des Osmanischen Reiches. Es galt, eine schroffe Wende zu vollziehen, mit äußerster Strenge einen Gegenkurs zu verfolgen, um für eine nächste Runde, oder für eine übernächste sogar, dem siechen Mann am Bosporos die Existenz zu erhalten.

Für Nasrettin geht es nicht darum, diese oder die nächste Runde zu überstehen. Er will Schluß machen mit dem Europameister Marcel Sandol. Goldrichtig hat Muharrem Güneş, der unserem Helden, sei's natürlich, sei's durch ein Wunder, erschienen ist in der Pause, Nasrettin eingestellt auf diesen neunten Durchgang. Bevor Sandol sich im Ring orientiert, hat er schon die Doublette von Nasrettins Rechter auf seinem Auge, und während seine Gegenattacke nur Nasrettins Ohr streift, fängt seine Leber den linken Haken, der schmerzt, als wäre er mit der Schlaghand ausgeführt worden. Da muß der Champion keuchen und sich schneuzen mit dem behandschuhten Daumen, kriecht auf der Suche nach Erholung hinter seine Doppeldeckung zurück. Da ist aber jetzt auch kein sicheres Versteck mehr, denn Nasrettin versucht's ganz unorthodox mit Schwingern nach der Heumacherart. Einer davon trifft Sandol sogar an der Stirn. Nasrettin taucht und zieht aus dem Untergeschoß einen Haken aufwärts wieder voll in Sandols Leber hinein. Dem geht's abermals für drei, vier Sekunden so, als hätte seine Mutter versäumt, ihn das Atmen zu lehren. Nasrettin schiebt eine Links-rechts-links-rechts-Kombination nach, schließt sie ab mit einem linken Geraden zum Magen.

Sandol bereut jetzt doch sehr entschieden, diese Herausforderung angenommen zu haben. Er wünscht sich auf sein karibisches Eiland zurück.

Nasrettins Rolle als Anführer kam es zugute, daß die Bande meist sich selbst überlassen blieb, denn schließlich hatte er an jedem Tag der Woche ein Training in seinem Verein im Wedding oder beim Leistungszentrum in der Deutschlandhalle zu absolvieren. Fürs Wochenende standen Kämpfe oder Lehrgänge auf dem Programm. Dadurch war schon ein gewisser Abstand geschaffen zwischen ihm und den Jungs, aber er setzte auch alles daran, seine herausgehobene Stellung zu festigen, indem er für Einkünfte sorgte und Aufgaben verteilte.

Es verstand sich, daß er die Erforschung jener dubiosen, aber vielversprechenden Geschäfte, die auf dem U-Bahnhof am Adenauerplatz getätigt wurden, selbst unternahm. Jede Fahrt zur Deutschlandhalle und von dort in den Wedding zurück schloß jetzt den Umweg über den Adenauerplatz mit einem mehr oder weniger ausgedehnten Verweilen auf der Plattform und im Zwischengeschoß des Bahnhofs ein. Im Verlauf dieser Studien ging ihm auf, daß hier bedeutende Umschläge stattfanden und daß schon die Eroberung eines geringen Anteils von diesem Markt für ihn und seine Gang eine recht solide Lebensgrundlage darstellen konnte.

Allerdings barg diese Form des Erwerbs bei aller Leichtigkeit ihre Gefahren, wie er bei einer Razzia feststellen mußte, deren Zeuge er wurde. Zu seinem Bedauern kam er erst dazu, als die Polizei ein halbes Dutzend jener Händler, die er über etliche Wochen beobachtet hatte, in Handschellen zu den Mannschaftswagen abführte. Der Anblick war höchst beängstigend und schockierend für ihn; er spürte förmlich, wie ihm die eigenen Arme auf den Rücken gebogen wurden und wie das scharfe, kalte Metall seine Handgelenke umschloß. Ärgerlich seine Verspätung, weil er die Vorbereitung des Zugriffs verpaßt hatte und damit die seltene Gelegenheit der Erkundung von Möglichkeiten zur Vermeidung solcher Eventualitäten, die augenscheinlich in die geschäftliche Planung einkalkuliert werden mußten.

Opfer der polizeilichen Operation waren ausnahmslos junge Kurden. Das gab Nasrettin, dem Mafiafürsten in spe, zu denken, denn soweit er sich einen Überblick über die Anbieter und ihre verschiedene Klientel schon erarbeitet hatte, schien es gerade die Angehörigen der organisierten Gilde getroffen zu haben, derweil die nach seinem Urteil auf eigene Rechnung wirtschaftenden deutschen und arabischen Jugendlichen von der Verhaftung verschont geblieben waren. Ja, als er wenige Stunden darauf nach Beendigung seines Trainings den Ort noch einmal aufsuchte, konnte er mit staunenden Augen sehen, daß einige von denen, für deren Aussparung er keine gescheite Erklärung zu finden vermochte, den Geschäftsbetrieb bereits wieder aufgenommen hatten.

Die Ausschaltung des kräftigsten Teils der Konkurrenz bot einen Anlaß zum Einstieg in den Handel, den Nasrettin als an ihn gerichtete Einladung verstand.

Einen schlaksigen Kerl mit langem, fettigem Blondhaar und dürrem Bart hatte er bei seiner Detektivarbeit ganz besonders auf dem Kieker gehabt und herausgefunden, daß er die Ware immer nur in kleinsten Mengen bei sich hielt, den Hauptvorrat aber, in eine Plastiktüte gewickelt, in einem Papierkorb auf dem Bahnsteig verwahrte. Das war vielleicht listig den periodischen Razzien gegenüber, weil man ihm im Fall des Falles nur den Besitz von Verbraucherportionen nachweisen konnte, andererseits aber sehr leichtsinnig, da nicht eben viel dazugehörte, diese Praxis auszukundschaften und sich an dem Papierkorb selbst zu bedienen.

Letzteres nahm Nasrettin sich jetzt vor. Es war der schnellste Weg, sich für den Anfang etwas Ware zu beschaffen, ja überhaupt erst einmal von dem Zeug, um das sich hier alles drehte, in die Hände zu bekommen, damit er es einer eingehenderen Untersuchung unterziehen konnte. Er setzte sich auf die Bank neben dem bewußten Papierkorb und ließ einige U-Bahn-Züge ein und aus fahren, bis der dealende Hippie in Erwartung irgendwelcher Kundschaft auf den verbogenen Sohlen seiner Cowboystiefel ans Ende des Bahnsteigs geschlurft war.

Der nächste Zug in Richtung Rudow kam herein. Nasrettin blieb noch sitzen bis zu dem Kommando «Einsteigen bitte!», worauf er sich in einer einzigen schön fließenden Bewegung von seiner Bank erhob, den Arm bis über den Ellenbogen in dem Papierkorb versenkte, die Plastiktüte mit dem Haschisch herauszog und in den Waggon hüpfte, wo ihm der Luftzug der hinter ihm zuknallenden Türen sanft den Nacken strich.

Noch am selben Abend wurde die Truppe beim U-Bahnhof Gesundbrunnen zusammengetrommelt. Es hatte schon Selbstverständlichkeit, daß Nasrettin auf jener Bank seinen Platz oben auf der Rückenlehne einnahm, während die übrigen sich zu seinen Füßen auf der Sitzfläche niederließen oder stehen blieben.

«Ihr habt mich in letzter Zeit selten gesehen», begann er. «Das hatte viel mit dem Sport zu tun, denn wie ihr wißt, stehen wichtige Turniere bevor. Aber ich war auch ständig mit euch beschäftigt, und das nicht nur in Gedanken. Ich habe auf einem Gebiet, das ich mit eurer Hilfe erobern will, Nachforschungen angestellt, und weil sie nicht fruchtlos geblieben sind, habe ich mal wieder eine hübsche Überraschung für euch.»

Aus seiner Sporttasche holte er die am Adenauerplatz erbeutete Plastiktüte und reckte sie wie eine kostbare Trophäe empor.

«Wer errät, was sich in dieser Tüte befindet», sagte er schmunzelnd, «der darf bestimmen, was wir damit anfangen werden.»

Es kam natürlich keiner darauf. So lüftete er, nachdem er sie eine gute Weile hatte grübeln und raten lassen, selbst das Geheimnis.

«Es ist Haschisch.»

Mit diesen Worten griff er einen der etwa streichholzschachtelgroßen Klumpen aus seiner Tüte und ließ ihn im Kreis herumgehen.

«Was macht man damit?» war Ümits, des Jüngsten, berechtigte Frage.

«Wie die Leute, die sich das Zeugs kaufen, es gebrauchen», versuchte Nasrettin ihm Auskunft zu erteilen, «habe ich leider noch nicht herausbringen können. Ich glaube aber, es wird in Wasserpfeifen geraucht. Man verliert dann den Verstand und wird süchtig. Die Vietnamesen haben damit den Krieg gegen die Amerikaner gewonnen. Eins muß also von vornherein klar sein: Keiner von uns darf auch nur im Traum daran denken, die Wirkung dieser Teufelserfindung an sich selbst ausprobieren zu wollen. Sowieso ist das vom Koran strengstens verboten. Sollte einer von uns einen anderen dabei erwischen, müßten wir den Betreffenden sofort aus unserer Gemeinschaft verstoßen, denn ich sagte ja eben, daß so ein Süchtiger nicht mehr Herr über sich ist, nur noch der Droge gehorcht und also die schlimmste Gefahr für seine Freunde darstellt. Es kann uns deswegen ganz egal sein, ob man es in die Nargila stopft oder ob man es sich in den Hintern schiebt, um sich in den Rausch zu versetzen. Uns interessiert es ausschließlich von der anderen Seite, von der des Verkaufs. Wir werden einen Haufen Kohle machen daraus und nicht wenige Leute zwingen, uns Gehorsam zu leisten, denn wenn man das Rauschgift auf kluge Weise zum Einsatz bringt, kann man damit mehr erreichen als mit Waffengewalt.»

Nachdem Nasrettin derart das sozusagen Ideologische der Angelegenheit abgehandelt hatte, ging er gleich zum Praktischen über und startete ein Verkaufstraining mit seinen Schutzbefohlenen. Hier zeigte sich denn, wie genau er die Transaktionen beobachtet hatte. Allerlei Fehler und Unklugheiten, die ihm aufgefallen waren und die sich jetzt bei den Übenden wiederholten, wußte er zu korrigieren; auch konnte er seinen Jungs verschiedene teils abgeguckte, teils selbst ersonnene Tricks stecken, so daß sie, nachdem sie am folgenden Tag ihre Lektionen noch einmal rekapituliert hatten, vorzüglich geschult ihre Arbeit am Adenauerplatz aufnahmen.

Nasrettin schwänzte sogar sein Training, um bei diesem Ereignis dabeisein zu können, wenn er auch selbst nicht mit in den U-Bahnhof ging, sondern oben auf dem Ku'damm in einem Billardcafé Stellung bezog. Ümit war als Çavuş eingesetzt und hatte im Viertelstundenrhythmus Rapport vom Geschehen abzustatten. Als Verkäufer traten nur Barış und Savaş in Erscheinung, die beim Üben am Gesundbrunnen das meiste Geschick an den Tag gelegt hatten, Kasım und Nevzat standen Schmiere.

Gar so scharf hatte Nasrettin den Handel denn doch nicht observiert, wie sich jetzt offenbarte. Die Stücke in der Tüte des bestohlenen Hippies waren auf fünfzehn Gramm abgewogen und wären normalerweise für jeweils 100 Mark an die Konsumenten gegangen. Nasrettin, weil er eben doch nicht gut genug aufgepaßt hatte und vielleicht auch durch die abgerissene äußere Erscheinung des Vorbesitzers seines Warenstocks etwas irregeleitet war, hatte aber den Abgabepreis per Einheit auf zwanzig Mark festgesetzt. Die Verbraucher reagierten prompt. Barış und Savaş wurden von Trauben kaufwütiger Kiffer umringt, und als Ümit zur zweiten Berichterstattung bei Nasrettin erschien, konnte er schon den Totalausverkauf melden.

Auf lumpige 280 Kröten belief sich der Umsatz, und da Nasrettin fast den gesamten Erlös einkassierte und die Jungs, die sich doch recht wacker geschlagen hatten, nicht einmal zu einem Umtrunk ins «Ciao» einlud, kam auf der Rückfahrt gen Wedding unter ihnen merkliche Unzufriedenheit auf.

«Wir haben das Zeug viel zu billig verkauft», murrte Savaş.

Dazu mußte sich Nasrettin äußern. Es verbot sich natürlich, seinen Fehler offen einzugestehen.

«Das war der Einführungspreis, du Gimpel», wies er Savaş zurecht. «Aber wenn du mehr von der Sache verstehst als ich, obwohl du gestern zum ersten Mal in deinem Leben davon gehört hast, bitte: Ich gebe dir das Geld, das wir heute eingenommen haben. Sicher wirst du uns dafür das beste und günstigste Material besorgen, das in der Stadt überhaupt aufzutreiben ist.»

«So hab ich's doch gar nicht gemeint», verteidigte sich Savaş. «Wir sollten die Leute anfüttern, schon verstanden. Wenn wir morgen wieder auftauchen, werden sie sich gleich an uns wenden, weil wir sie mit Abstand am besten bedienen.»

«Richtig», sagte Nasrettin, aber natürlich stand da noch ein riesiges Fragezeichen in der Luft.

Vom Weiterverkaufen am nächsten Tag konnte sowieso nicht die Rede sein, denn da sollte Nasrettin mit der Berliner Juniorenauswahl nach Belgien und England fahren und eine Serie von Turnieren und Vergleichskämpfen ausfechten. Die Tournee brachte ihm nicht nur ausnahmslos Siege, darunter sogar in Birmingham einen K.o. Mitte der zweiten Runde, sondern auch lobende Erwähnung und Abbildung im Amateurteil des «BoxSport» ein. In diesen Tagen dachte er wenig an ihr Beschaffungsproblem. Wie überrascht aber war er, als bei seiner Rückkehr Barış ihm eine Innovation vorstellte, welche die ganze Beschaffungsproblematik mit einem Schlag hinfällig machte.

Die Sache war nämlich die, daß Barış an jenem Erstverkaufstag von den übergroßen Portionen heimlich kleinere Stücke abgebissen und für sich behalten hatte. Er dachte nicht daran, sich an das von Nasrettin ausgesprochene Verbot zu halten, denn seine cineastische Vorliebe galt nicht dem «Paten», sondern «Easy Rider». Er wußte leidlich, auf welche Weise er das Eingeheimste zu verwenden hatte und wie ungefähr ein Joint gebaut wurde. So hatte er Gebrauch gemacht von dem durch doppelte Unehrlichkeit in seinen Besitz geratenen Schlüssel zu den künstlichen Paradiesen und sich umgetan auf den elysischen Feldern. Das Novum, wie es von Barış entwickelt wurde, verdankte sich ganz dieser anrüchigen Neugier.

Um sie mit Tabak mischen zu können, hatte er die Haschischklümpchen erhitzen und aufbröseln müssen, und so, zu Pulver zerrieben, war ihm ihre verblüffende Ähnlichkeit mit dem Henna, das seine Mutter zum Färben ihrer Haarpracht benutzte, ins Auge gefallen. Sogleich hatte er aus der Dose im Badezimmerschrank eine Probe entnommen, und als er Henna und Haschisch nebeneinander vor sich auf dem Tisch liegen sah, war er selbst nicht mehr in der Lage, eins vom anderen zu unterscheiden. Heureka! Was dem Erfinder zu tun blieb, war, aus dem Hennapulver Klumpen von der Konsistenz der kleinen Haschischbarren zu fabrizieren, die man ihm am Adenauerplatz so zahlungsfreudig aus den Händen gerissen hatte.

Das allerdings machte denn doch eine längere Versuchsreihe nötig, wobei er mit Zutaten und Instrumenten teils aus Mutters Küche, teils aus Vaters Bastelwerkstatt experimentierte. Gelatine und Mondamin in feiner und feinster Abstimmung bewirkten die Wunder in Hinsicht auf Geschmeidigkeit und Stabilität; mit Hilfe von Safran, rotem Pfeffer, Zimt und Curry ließ sich eine ganze Palette von verschiedenfarbigen Sorten hervorbringen, von denen bestimmte sogar ein wenn schon nicht unbedingt haschischgleiches, so doch wenigstens verwirrendes, jedenfalls exotisches Aroma enthielten. Entscheidend für den Effekt waren aber Dauer und Intensität des Preßdrucks, den Barış so lange mit dem Schraubstock variierte, bis er die Perfektion erreicht hatte.

Der Stolz des Erfinders verlangte nach einer angemessenen Exhibition, und beim nächsten Zusammentreffen der Gruppe kam Barışs Eitelkeit auch auf ihre Kosten.

«Nasrettin», wandte er sich an ihre Al-Pacino-Replik, die wie üblich auf der Rückenlehne der Parkbank saß. «Würdest du ausnahmsweise und nur für zwei, drei Minuten deinen Platz mit mir tauschen?»

So höflich gebeten, hatte Nasrettin nichts dagegen, und schmunzelnd räumte er den Thron, gespannt, auf welchen Ulk das hinauslaufen sollte. Barış nahm Nasrettins Platz ein, zog aus seiner Jacke eine Plastiktüte hervor und reckte sie wie eine kostbare Trophäe empor.

«Wer errät, was sich in dieser Tüte befindet», sagte er triumphierend, «der darf bestimmen, was wir damit anfangen werden.»

«Haschisch! Haschisch!» rief es von allen Seiten.

«Falsch, leider falsch», wurden sie von Barış beruhigt.

Verächtliches Stöhnen und Geblöke der anderen brachte zum Ausdruck, daß sie den Scherz als zu billig empfanden.

«Moment mal!» beharrte Barış, denn Nasrettin machte schon Anstalten, ihn wieder von seinem Platz zu vertreiben. Barış entnahm der Tüte eines seiner bestgelungenen Stücke und reichte es Nasrettin. Der befühlte und beäugte es sorgfältig, roch auch daran, bevor er sein Gutachten abgab.

«Es ist ganz zweifelsfrei Haschisch. Willst du mich verarschen?», und es trat ihm dabei unwillkürlich der Boxerblick, besser, die Blicklosigkeit des Boxers in die Augen.

«Verarschen will ich schon jemanden», versetzte Barış, indem er sich von seinem erhöhten Platz herabrutschen ließ und den Thron freigab, «aber nicht dich, sondern all die verblödeten Kiffer im U-Bahnhof am Adenauerplatz, die von ihren Müttern zuviel Taschengeld kriegen.»

«Könntest du uns das ein bißchen genauer erklären», forderte Nasrettin ihn auf.

«Es ist *kein* Haschisch», antwortete Barış, «und es ist made in Wedding.»

Dann verriet er ihnen seine Rezeptur und die Einzelheiten des Herstellungsverfahrens, verschwieg aber, daß ihm die Idee zu dieser Imitation unter dem Einfluß des Originals gekommen war.

Nasrettin brach in Freude und Begeisterung aus.

«Genial! Einfach genial», rief er. «Künstliches Haschisch! Und so täuschend echt, daß sogar ich darauf hereingefallen bin!»

Selbstverständlich wollten sie sofort wissen, ob das Produkt am Markt seine Probe ebenso gut bestehen würde. Diesmal war Nasrettin bei seiner Kalkulation etwas schlauer und setzte den Preis eher über den Durchschnitt, denn hätte man das allgemeine Niveau so stark unterboten wie bei der ersten Aktion, wäre die Kundschaft nur mißtrauisch geworden. Die Berechnung erwies sich als stimmig, Barışs Pseudohaschisch ging weg wie die warmen Semmeln. Bevor die ersten Beanstandungen kommen konnten, hatten sie ihre Mogelware abgesetzt und waren schon wieder im Wedding.

Nach dieser höchst befriedigenden Erfahrung mit den Mustern ging man unverzüglich über zur Großproduktion. Zunächst wurden die Hennabestände aller türkischen Krämer im Wedding und in Kreuzberg zusammengetragen. Kasım ging seit einiger Zeit mit Gwendolin, einer Deutschen, die er in der Disko im Jugendzentrum kennengelernt hatte. Deren Eltern besaßen ein Gärtchen mit Laube in der Kolonie «Sandkrug», und hier machte man sich ans Werk. Aus der Fleischerei von Cengiz' Onkel wurde ein Dreißigliterkessel geborgt, in dem Miraculix Barış seine Mischung anrührte. Das Pressen mit dem Schraubstock wäre zu zeitraubend und mühselig gewesen, aber mit der Tischtennisplatte von Gwendolins Eltern klappte es, nachdem man sie einmal ins Innere der Laube bugsiert hatte, vorzüglich. Die von Barış fabrizierte Masse wurde wie Estrich auf den mit

Klarsichtfolie ausgelegten Terrazzofußboden gegossen, die Tischtennisplatte daraufgelegt, und zum Beschweren und Pressen stellten sich alle sieben Mann der Bande obendrauf. Exakt zwanzig Minuten, wie Barış bestimmte. Danach brauchte man nur noch zu warten, bis alles schön ausgetrocknet war, um es mit der Kreissäge, die sich Gwendolins Vater angeschafft hatte, in handliche Platten zu schneiden.

Als diese zu einer Pyramide aufgestapelt waren, deren Spitze Nasrettin fast bis an den Gürtel reichte, überschlug er, daß sie, je nachdem, zu welchem Preis sie ihre Ware abstoßen konnten, ein Kapital von 80 000 bis 150 000 Mark vor sich hatten. Dazu, daß er den errechneten Erlös als einen Haufen Bargeld vor sich gesehen hätte, kam es jedoch nie.

Am U-Bahnhof Adenauerplatz sprach es sich schnell herum, daß sie ihre Kundschaft betrogen. Von da an hatten sie nicht nur die Gefoppten gegen sich, auch die übrigen Dealer regten sich auf über die Abzieherei. Sie wurden beschimpft und bedroht und hatten nicht selten ihre Beine zu gebrauchen.

Einmal mischte sich ein schwergewichtiger und äußerst grimmig dreinschauender Rocker in ein Gespräch, das Nasrettin mit einem Kunden führte, mit den Worten ein:

«Paß uff, Alta, der Kanake bescheißt dir. Det is keen Dope, det is Henna, wat der dir da andreht.»

Nasrettin, sehr erzürnt, verlangte Satisfaktion und forderte den Hünen zum Zweikampf heraus. Der nahm die Einladung gern an.

Zu spät merkte der Koloß, worauf er sich eingelassen, denn Nasrettin zu packen war ihm schlichtweg unmöglich. Er gab diese glücklosen Versuche denn auch bald auf und überließ seinem Kontrahenten den Angriff. Der erfolgte prompt in Gestalt von Fäusten, die sich mit unbegreiflicher Geschwindigkeit und mit einer Wucht, wie der Rocker sie bei einem solchen Knirps nie und nimmer für möglich gehalten hätte, auf seinem Kinn, auf seiner Nase und auf seinen Schläfen plazierten. Allein, es blieben ihm nur Sekunden, sich darüber zu wundern. Als der Mann in der unklugen Absicht, mit dem rechten Bein nach Nasrettin zu treten, seine Körpermasse dem linken anvertraute, traf ihn ein Gerader am Hals, und er plumpste mit einem Geräusch, als habe jemand einen Sack Zement aus der einfahrenden U-Bahn geworfen, auf den Perron.

Das Osmanische Reich aus dem Keller, in den es gesunken, wieder hervorzuheben ans Licht, brauchte es einen Mann, der mit den nötigen persönlichen und sachlichen Qualitäten ausgestattet und nicht in das Intrigengespinst des Harems verwickelt war, andererseits aber Freunde und Fürsprecher bei der Valide Turhan hatte, um für den Posten des Großvezirs überhaupt in Erwägung gezogen zu werden. Ein solcher Mann war schwer zu finden, aber vorhanden.

Um Mehmet Köprülü handelte es sich, und aus vier Männern bestand zum kritischen Zeitpunkt seine Palastlobby, der es gelang, in ausgepichtem Zusammenspiel ihre Intrige zum glücklichen Ende zu führen und die Valide von der Unumgänglichkeit der Berufung des Albaners zu überzeugen. Vier war auch die Zahl der Bedingungen, die Mehmet Köprülü an seine Annahme des hohen Amts knüpfte.

Als erste nannte er, daß der Sultan ausnahmslos alle seine Beschlüsse und Maßnahmen zu genehmigen habe, womit also Mehmet IV. zum Titularsultan, er selbst zum wirklichen und unumschränkten Herrscher gemacht war. Eigentlich betraf aber der Machtverzicht nicht den Sultan, die Klausel zielte vielmehr auf dessen Mutter, die mit ihrer Einwilligung in diese Forderung nun auch förmlich den Schlußstrich unter die Weiberherrschaft zu ziehen bereit war.

Zweitens bat sich Köprülü völlig freie Hand bei der Ämtervergabe aus, nicht Sultan noch Valide, noch sonst jemand sollte auch nur das Recht haben, für die Beförderung eines Dritten bei ihm zu bitten.

Als nächste Bedingung machte er fest, daß er keinerlei Einfluß auf seine Politik, weder von Geldleuten noch von Ehrenmännern, zulassen, daß er nicht durch den Divan, sondern durch seine persönliche Kanzlei regieren werde.

Viertens mußten Sultan und Valide versprechen, daß sie keinerlei Anschwärzungen seiner Person Gehör schenken, keinerlei Beschwerden über etwaige Auswirkungen seiner Maßregeln entgegennehmen würden.

Eine weitergehende Vollmacht ist, wie man sieht, kaum zu erdenken, und wäre Köprülü doch noch etwas eingefallen, so hätte man ihm in Anbetracht der Notlage wahrscheinlich auch das noch gewährt. Gleich nachdem er seine Gegner mit ihrer gesamten Anhängerschaft teils aus dem Saray, teils aus der Hauptstadt, teils aus dem Leben entfernt hatte, räumte er mit der Ulema auf, wofür allein schon ihm ein Ehrenplatz in der türkischen Geschichte gebührt.

Die sunnitischen Mörderbanden unter Kadızades Kuratel reagierten auf seine Ernennung mit Kundgebungen in İstanbuls Straßen. Lauthals verlangten sie die Abschaffung aller «Neuerungen», worunter sie nicht nur Genußmittel wie Kaffee und Tabak, sondern auch mehrere Minarette an einer Moschee zählten. Köprülü ließ eine Liste der schärfsten Hetzer zusammentragen und stellte Mehmet IV. auf eine erste Probe, indem er ihm die Hinrichtungsbefehle zur Bestätigung vorlegte. Obwohl Mehmet IV. die Kadızadeler vor kurzem noch ermuntert hatte zu ihrem blutigen Treiben wider die Dervişler und zur Brandschatzung ihrer Tekkeler, hielt er jetzt Wort und übermachte die scheinfrommen Bestien dem Henker. Zusätzlich holte Köprülü für die Beseitigung der militanten Fanatiker des Müftüs Konfirmation ein.

Als er nun Ferman und Fetva gegen die islamistischen Reaktionäre in der Hand hielt, schwächte er mit wenigen Ausnahmen das Todesurteil in Verbannung ab, gewiß nicht aus Mitleid mit den gewaltsüchtigen Menschenfeinden, sondern aus Staatsklugheit, weil er nicht wünschte, für zwanzig abgeschlagene Köpfe 200 neue aus dieser Hydra hervorwachsen zu sehen. Damit hatte Köprülü die rechte Opposition ausgeschaltet, die Ulema an die Kandare genommen, sich allerdings mit seiner Regierung außerhalb der osmanischen Staatsverfassung gestellt, denn diese gestand der geistlichen Gerichtsbarkeit die Rolle des Kontrolleurs über ihre Einhaltung zu: Ein Sultan konnte gegebenenfalls abgesetzt werden durch Fetva, wie mit İbrahim ja auch geschehen.

Die Suppression der Staatsfeinde zur Linken, die ihm im Jahre 1648 schon einmal mißlungen war, mußte noch etwas warten, die Zerschlagung der venezianischen Blockade der Dardanellen mitsamt der Rückeroberung von Lemnos und Tenedos besaß Vorrang. Aber auch als Köprülü dies ätzendste aller Probleme aus der Welt geschafft und das in ihn gesetzte absolute Vertrauen gerechtfertigt hatte, konnte er sich nicht der Hatz auf die Celali widmen, denn er mußte seine Truppen nach Siebenbürgen werfen, einen aufmüpfigen Vasallen abzustrafen.

Der 1606 mit den Habsburgern zu Zsitvatorok geschlossene Friede hatte den Status Siebenbürgens nicht endgültig geklärt, und der ambitionierte Fürst Georg Rákóczi machte sich nun daran, sich aus der osmanischen Vormundschaft zu lösen. Im Vertrauen auf die desolate Situation im Staatsgebiet der vormaligen Schutzmacht glaubte er, mit Unabhängigkeit sich längst nicht zufriedengeben zu müssen. Er erklärte sich zum Führer des protestantischen Widerstands gegen die Katholiken und verstieg sich zu der kühnen Idee, erst Polen, später noch Ungarn zu annektieren, um aus Siebenbürgen die osteuropäische Hegemonialmacht zu formen. Gegen das ausdrückliche Verbot der Hohen Pforte, das heißt Mehmet Köprülüs, startete Rákóczi im Bündnis mit König Karl X. Gustaf von Schweden und mit den Kosaken zu Beginn des Jahres 1657 die Invasion Polens. Damit kam er aber nicht durch, denn es ließen ihn nicht nur die Kosaken, sondern vor allem auch die Schweden im Stich. Nicht die Päpstlichen, sondern die Fechter Mohammeds des Propheten machten 1658, angeführt von Mehmet Köprülü persönlich, sein ganzes schönes Fürstentum dem Erdboden gleich.

So stimulierend die ebenso reibungs- wie erbarmungslos exekutierte Strafexpedition auch sein mochte in ihrer Wirkung auf die Lebensgeister des Moribunden vom Bosporos, sie brachte nach dem mehr als ein halbes Jahrhundert bewahrten Frieden neue Verwicklungen mit Österreich hervor, die noch zu herben Niederlagen und schlimmen Blamagen für das Osmanische Reich hinleiten sollten. Zuerst aber konnte man nach dieser geglückten Generalprobe in Siebenbürgen endlich zur Abrechnung mit den Celali-Rebellen in Kleinasien schreiten.

Hasan der Abchase, der ambitionierte Widersacher der osmanischen Dynastie, hielt im Mai 1658 in Konya schon so etwas wie einen Nationalkongreß ab, dessen Beratungen in der Resolution gipfelten, dem Sultan ein Abkommen vorzuschlagen. Der Vorschlag war, eine Teilung des Reiches vorzunehmen. Abaza Hasan sollte Sultan im asiatischen Gebiet werden, ihre europäischen Besitzungen sollten die Osmanen behalten, von den afrikanischen war vorderhand noch nicht die Rede. Nun hätte ja aufgrund seiner Vereinbarung mit Turhan und Mehmet IV. die Entscheidung nicht vom Sultan, sondern von Köprülü gefällt werden müssen. Das wäre aber in praxi nicht möglich gewesen, denn die in Konya Versammelten hatten für die Aufnahme der Verhandlungen mit İstanbul die Bedingung gestellt, daß ihnen zuvor der Kopf des Großvezirs zugeschickt werde. So wie Abaza Hasan und seine Mitverschwörer es sich vorstellten, ging's also nicht. Den, der nicht hören wollte, ihre Macht fühlen zu lassen, setzten die Rebellen ihre Armee von Konya in Marsch, dann eben auch noch die Hauptstadt und den Rest des Reiches zu erobern.

Ihre Ankunft am Marmarameer löste in der Hauptstadt Panik und Massenflucht aus. Auch Mehmet Köprülü war nicht ganz unaufgeregt, als er davon hörte, und eilig verließ er das siebenbürgische Schlachtfeld, um seinen Herausforderern die Stirne zu bieten.

Seine Soldaten folgten ihm willig, denn er hatte ihnen den Sold nicht nur zum ersten Mal seit Jahrzehnten in voller Höhe und pünktlich gezahlt, sondern auch den Silbergehalt des Akçe wieder auf das ursprüngliche Maß heraufgesetzt, so daß der «Weißling» seinen Namen jetzt wieder verdiente. Als das Heer zur Züchtigung des asiatischen Aufstands über den Bosporos nach Üsküdar geschifft worden war, gab er die Löhnung auf sechs Monate voraus.

Köprülü konnte sich diese Großzügigkeit leisten, weil er nicht nur die Verschwendung im Saray und im Harem völlig gestoppt, sondern auch wieder Ordnung in das Tımar-System gebracht und zusätzlich durch das eifrige Hinrichten und die damit verbundene Beschlagnahmung der unrechtmäßig erworbenen Vermögen den Säckel des Fiskus tüchtig aufgefüllt hatte. Das machte Eindruck auf das Lager der Aufständischen, zumal Köprülü den Reuigen unter den Deserteuren Verzeihung und gnädige Wiedereingliederung in die Streitkräfte des Sultans anbot.

Abaza Hasan, der merkte, daß viele seiner Recken im Angesicht solcher Perspektiven nachdenklich wurden, wollte nun ganz besonders schlau sein und Köprülüs Geld zur Finanzierung seines Aufruhrs benutzen. 6000, die er für die Treuesten hielt, wählte er aus seinen Mitstreitern aus und schickte sie ins osmanische Lager. Sie sollten zum Schein übergehen auf Köprülüs Seite, sich von ihm den Sold auszahlen lassen und anschließend ein Attentat auf ihn verüben. Das war aber genau das, womit Köprülü gerechnet hatte: Er behielt seinen Kopf auf, ließ statt dessen die sechsmal tausend der verrätertreuen Celali abschlagen und begann mit dem Rollback.

Der Anhang des abchasischen Aufrührers schmolz auf einen Bruchteil zusammen, der des albanischen Großvezirs schwoll im gleichen Maß an.

Die Insurgenten waren schon über den Taurus bis nach Syrien getrieben, da bot Hasan Verhandlungen an. Köprülü ging darauf ein und lud nach Aleppo zum Versöhnungsbankett, dort mit den Abtrünnigen zu beraten, wie und wo man sie wieder in die Bürokratie und das Militär des Sultans eingliedern könnte. Die Prominenz der Celali erschien vollzählig, erleichtert, daß die Angelegenheit zu solch glimpflichem Ende kommen sollte. Indessen geriet den Geladenen die aleppinische Sofra zur Henkersmahlzeit. Nachdem das Obst und die süßen Speisen gereicht worden waren, erschienen die Bedienten mit geschliffenen Säbeln und ließen die Gäste für die üppige Mahlzeit und für ihre Leichtgläubigkeit mit ihrem Blute bezahlen.

Damit war jeder Zusammenhalt in der Celali-Bewegung zerstört, aber der Großvezir ließ sicherheitshalber in ganz Anatolien noch einmal blutige Nachlese halten. In seinem Auftrag durchstreifte İsmail, der Kaymakam, mit 500 Reitern das Land, und sie verrichteten ihren Dienst derartig gründlich, daß sie noch einmal 12 000 Köpfe von wirklichen oder verdächtigen Celali bei der Pforte abliefern konnten.

So hatte Mehmet Köprülü in der kurzen Spanne eines Jahrfünfts, und zwar nicht als Sultan, sondern lediglich als Großvezir, mit überschlägig 36 000 Opfern seiner Regierung bei den Untertanen einen Blutzoll einzutreiben vermocht, der denjenigen Murats IV. noch übertraf. Er selbst entschlief nach so vollbrachtem Lebenswerk friedlich. Sein Sohn Fazıl Ahmet war 26 Jahre alt, als er das Siegel von ihm übernahm.

Der Wert von Mehmet Köprülüs Leistung für den osmanischen Staat, deren vornehmste Mittel skrupellose Grausamkeit und abgefeimte Heimtücke waren, kann gar nicht hoch genug angesetzt werden. Innerhalb seiner fünfjährigen Amtszeit konnte er die Inflation stoppen, den Haushalt sanieren, die Korruption eliminieren, die Celali besiegen, und auch die Armee erhielt durch ihn ihre alte Schlagkraft zurück. Wichtiger aber als diese mit einer so großen Zahl von Opfern erkauften Errungenschaften war die Kontinuität durch die Amtsübergabe an seinen Sohn, der nun das Begonnene über dreimal fünf Jahre fortführen und ausbauen durfte.

Mehmet Köprülü hatte seinen Ehrgeiz übertragen auf seinen Sohn und für dessen in jeder Hinsicht erstklassige Erziehung gesorgt. Die ihm als christlichem Konvertiten verschlossene theologisch-juristische Laufbahn hatte er vorgesehen für seinen Sproß. Fazıl Ahmet entwickelte sich denn auch zu einem glänzenden Softa, doch nahm er bald Abschied von der Gottes- und Gesetzesgelehrtheit und betrat die politische Sphäre. Hierbei nutzte er die Protektion seines Vaters und ließ sich von ihm als Statthalter erst von Erzurum, dann von Damaskus einsetzen. Dort erwarb er sich Ansehen und Autorität, indem er den Armen eine Sondersteuer, die seine Vorgänger abgepreßt hatten, erließ und in einem erfolgreichen Feldzug die Drusen zur Botmäßigkeit zwang.

So war also Fazıl Ahmet auf ganz ähnliche Weise wie einstmals die osmanischen Prinzen vorbereitet worden auf die Verantwortung, die er mit Schicklichkeit und Geschick zu tragen begann. Fazıl Ahmet Köprülü, der das Reichssiegel länger behielt als irgendein Großvezir vor oder nach ihm, war dem Reich ein exzellenter und effizienter Verwalter, der den vom Vater neu geordneten Verhältnissen allerorten einen störungsfrei gleitenden Betrieb zu bewahren vermochte, wobei er Gewaltmittel nur sehr sparsam gebrauchte. Darüber hinaus war er ein Schöngeist, in dessen Kanzleien berühmte Dichter gemeinsam mit ihm Staatsschreiben von mustergültigem literarischem Rang verfaßten.

Durch Bildung und Naturell mehr als sonst ein Mächtiger den Künsten und Wissenschaften zugeneigt, pflegte Fazıl Ahmet regen und freundschaftlichen Verkehr mit den ausländischen Gesandten, zeigte vielfältiges Interesse an den Einrichtungen der europäischen Länder, und doch war er es, der den Streit mit Österreich wieder begann, die Auseinandersetzung mit Venedig auf Kreta zum Höhepunkt trieb und Polen mit Krieg überzog. Um so merkwürdiger will uns diese Tatsache erscheinen, wenn wir ihn mit dem anderen Heroen unter den osmanischen Großveziren, mit Mehmet Sokullu, vergleichen. Denn im Gegensatz zu diesem war Fazıl Ahmet Köprülü alles andere als ein gewiefter Stratege oder auch nur ein begnadeter Feldherr. Wir hatten gesehen, daß der passionierte Militär Sokullu, der dem Reich überraschende und glänzende Siege erfochten, bevor er zur Würde des Großvezirs aufstieg, die Kriegspartei im Divan stets zu beschwichtigen versuchte, daß der Angriff auf Zypern nur gegen seinen erbitterten Widerstand durchgesetzt wurde. Fazıl Ahmet Köprülü, der für Flötenspiel und lyrische Weisen soviel mehr übrig hatte als für Kanonendonner und Flintengeknall, der in der Wissenschaft des Heilens kundiger war als in der des Verletzens und Tötens, war jede Lappalie willkommen, einen Krieg anzufangen.

Daß er mehr Zeit im Sattel und im Zelt des Oberkommandos als in seinem Amtssitz verbrachte, geschah aus Einsicht in die politische Ökonomie des Osmanischen Reiches, wie sie nun einmal war und von ihm nicht umgebaut werden konnte. Und auch vom Vater war ihm als oberste Richtschnur die Maxime eingeschärft worden, daß der Krieg nach außen die wirksamste Abfuhr für die Spannungen innerhalb der Gesellschaft war, daß er die Stabilität des Herrschaftssystems am sichersten gewährleisten konnte, wenn er sich und die Truppen in rastloser Bewegung erhielt.

Österreich unternahm Vorstöße in das von Mehmet Köprülü verwüstete Siebenbürgen. Sofort erhielt Wien Fazıl Ahmets empörte Beschwerde. Im Namen des Sultans verlangte er die förmliche Anerkennung des Fürstentums als osmanisches Einflußgebiet, die unbedingte Respektierung seiner Grenzen, und er setzte bei dieser Gelegenheit gleich die Tributzahlung für Nordungarn herauf. Die Zahlung wurde von den Habsburgern verweigert, und Fazıl Ahmet hatte seinen erwünschten Casus belli.

Nun wälzte sich die immense Kriegsmaschine wieder durch Thrakien, Bulgarien und Serbien nach Ungarn hinauf. Köprülü junior ritt selbst an der Spitze, und zum verheißungsvollen Auftakt befehligte er die Belagerung und Einnahme von Neuhäusels Festung. Aber Wien hatte in dem Feldmarschall und Militärtheoretiker Montecuccoli einen Kriegskünstler von überlegenen Fähigkeiten aufzubieten. Immer wieder gelang es Montecuccoli, Fazıl Ahmets Armee den Übergang über die Raab zu verwehren, und als die Osmanen das Wasser schließlich doch überwanden, kam es am 1. August 1663 zur entscheidenden Schlacht.

Sie ist als das Treffen von Sankt Gotthard eingegangen in die Annalen, was nicht ganz der Wahrheit entspricht, weil der Flecken Moggersdorf, etwas flußaufwärts in einer Schleife am anderen Ufer gelegen, die eigentliche Walstatt abgab. Hier hatten die Osmanen entschieden das Nachsehen, Montecuccoli nutzte die Biegung des Flusses als Schlinge, mit der er den Feind gleichsam erwürgte. Zu welchem Kampfgeist die Janitscharen durch Vater und Sohn Köprülü inzwischen wieder gebracht waren, sieht man daran, daß sie, die sich in den Häusern von Moggersdorf verschanzt hatten, als die Österreicher die Siedlung in Brand steckten, lieber mit den Gebäuden in Flammen aufgingen, als sich dem Feind zu ergeben.

Der Sieg löste in allen christlichen Ländern Jubel und Begeisterung aus, denn die Tataren der Krim, die zum Präludium seiner Kampagne auf Fazıl Ahmets Anregung in Beantwortung der siebenbürgischen Grenzverletzungen rennend und brennend in österreichisches Gebiet eingefallen waren, hatten die alte Türkenfurcht wiederaufleben lassen. Indessen war Montecuccoli zu klug und zu erfahren, um seinen Erfolg in dem Treffen von Moggersdorf über Wert zu veranschlagen. Er hatte den Osmanen schmerzlichen Verlust zugefügt, aber ihre Armee keineswegs zerschmettert, und als Fazıl Ahmet Friedensverhandlungen anbot, war er dazu ohne Zögern bereit. Der am 10. August zu Eisenberg, ungarisch Vasvar, unterzeichnete Vertrag liest sich denn auch eher wie eine Ergebenheitsadresse an den Großvezir und seinen Sultan. Österreich verpflichtete sich zur Räumung aller in Siebenbürgen besetzten Gebiete, während Fazıl Ahmets Entgegenkommen lediglich darin bestand, daß er versprach, die Tataren fürderhin an der Verletzung der Grenzen zu hindern, und den Habsburgern zur Wahrung ihrer Würde gestattete, die Zahlungen, die er ihnen abpreßte, nicht einen Tribut, sondern ein Geschenk an den Sultan zu nennen.

Mit den Venezianern hatte Fazıl Ahmet nicht Winkelzüge am Verhandlungstisch nötig, die auf dem Schlachtfeld erlittene Niederlage nachträglich in einen Sieg umzumünzen, denn in Kandiya, heute Heraklion, kam er nach langwieriger Belagerung schließlich doch zum vollen Triumph. Nach dem Abzug ihrer christlichen Verbündeten waren die Venezianer im August 1669 gezwungen, die Festung des Haupthafens zu übergeben, und durch den Vertrag vom 5. September ging ganz Kreta in osmanischen Besitz über. Im Gegenzug wurden der Markusrepublik vom Sultan ihre ehemaligen Handelsprivilegien erneuert. Auch Frankreichs Sonnenkönig, mit dem sich Fazıl Ahmet wegen seiner Unterstützung des venezianischen Widerstands auf Kreta überworfen hatte, wurden abermals Kapitulationen zugestanden.

In den polnischen Krieg, der des Großvezirs Aufmerksamkeit ab 1672 in Anspruch nahm und in dessen Verlauf das Osmanische Reich das Schwarzmeer erstmals komplett mit dem Ring seiner Herrschaft umschließen durfte, hatte Fazıl Ahmet sich, wiederum willig, von den Kosaken hineinziehen lassen. Der polnische König hatte mit dem russischen Zaren Krieg um die Ukraine begonnen. Geführt wurde dieser von Kosaken gegen Kosaken, die sich teils für die Polen, teils für die Russen erklärten. Der fragwürdige Stellvertreterkrieg leitete dahin, daß eine dritte Kosakenpartei die Oberhand gewann, die Peter Doroszenko zum Hetman ausrief. Der wiederum verbündete sich mit den Krimtataren und unterwarf sich der osmanischen Oberhoheit, die sich denn auch nicht lange bitten ließ, in Podolien zu intervenieren.

Fazıl Ahmet war auch dort als Sieger zur Stelle. Im Frieden von Bucaş mußten die Polen 1672 Doroszenko als Hetman der Kosaken, als Herrn der Westukraine unter osmanischer Suzeränität, anerkennen. Das Osmanische Reich war damit zum unmittelbaren Nachbarn Rußlands geworden.

Bei der Rückkehr vom polnischen Feldzug starb Fazıl Ahmet Köprülü einundvierzigjährig. Er hatte nicht die Hälfte der Jahre seines Vaters erreicht. Man ist geneigt, ihm diesen überaus frühzeitigen Tod als eine der wenigen Verantwortungslosigkeiten und als ein Versagen anzukreiden, denn er hatte nicht sichergestellt, daß an seiner Statt sein Bruder Mustafa das Reichssiegel erhielt. Vielmehr geriet es in die Hände des Haudegens und Raffgeiers Kara Mustafa.

Daß der schwarze, der Kara Mustafa, und nicht der albanische Mustafa von Köprü zum Großvezir wurde, das machte in der Tat einen Unterschied wie Nacht und Tag. Als erstes sagte sich Doroszenko, mit dessen Hilfe man eben die osmanischen Positionen an der Nordküste des Schwarzmeers so vorteilhaft ausgebaut hatte, los von der Pforte und ging über zum Zaren, weswegen man ihn durch den wenig geliebten und noch unzuverlässigeren Hetman der Saporoger Kosaken, Chmelnyzkyj, ersetzen mußte. Diesen unterstützend, handelte man sich von den Russen eine Schlappe nach der anderen ein und mußte im Januar 1681 im Frieden von Bahçesaray den Dnjepr als Nordgrenze akzeptieren.

Von der Westfront streckte ein bei weitem mehr versprechender Genosse der Pforte seine Hand zum Bündnis entgegen. Graf Imre von Thököly hatte genug vom habsburgischen Regime in Nordungarn und rief die Osmanen zum Schutz der Protestanten herbei. Die Parteigänger der von Thököly angeführten magyarischen Unabhängigkeitsbewegung nannten sich «Kurutzen», was eine Verhunzung von «Kreuzfahrer» war, weshalb ihr Pakt mit dem Sultan als eine der hübschen Ironien der Geschichte angeschaut werden darf.

Beistand erhielten die Kurutzen aber nicht nur von den Osmanen. Auch Louis Quatorze, der sich mit den Habsburgern am Rhein herumstritt, behagte deren Schwächung im Rücken, so daß die gegen Österreich gerichtete französisch-osmanische Interessengemeinschaft sich nach Erledigung der kretischen Frage wieder in militärische Arrangements umsetzen ließ. 1682 wurde Thököly durch die Pforte anerkannt als König von Ungarn, und osmanische Waffen eroberten ihm den nördlichen Teil seines Landes.

Halb durch den eigenen Größenwahn überredet, zur anderen Hälfte von den Geschäftsträgern des Sonnenkönigs bestärkt, reifte in Kara Mustafa Paşa die Überzeugung zu dem Entschluß, hierbei nicht stehenzubleiben, vielmehr das, was der prächtige Süleyman 153 Jahre zuvor hatte aufgeben müssen, erneut zu wagen: den Habsburgern den Goldenen Apfel aus den Händen zu reißen, Wien zu erobern!

Als Kara Mustafa im Juli 1683 mit 200 000 Soldaten über die Raab ging, hatte Montecuccoli keine Schlinge mehr, die groß genug gewesen wäre, das osmanische Heer darin zu fangen. Er spornte sein Pferd und galoppierte nach Wien, dem Hof den Anmarsch der Türken zu künden. Selbigen Tags noch wurden der Staatsschatz und der private Besitz der kaiserlichen Familie verpackt und von einer endlosen Wagenkolonne über die Donau ins Oberland abtransportiert.

Mit Beginn des Augusts hatte der Bogen des türkischen Halbmonds die Donau als Sehne zwischen seine Enden gespannt und hielt von der Schwechat und dem Neugebäu über Vösendorf, Inzersdorf, Schönbrunn, Hiezing, Ottakring, Hernals, Währing, Döbling, Heiligenstadt und Nußdorf die Stadt fest in seinem Griff. Mit Beginn des Septembers hatte zwar rund ein Viertel der Belagerer das Leben gelassen, dafür war aber Wien sturmreif geschossen. Die Lage der Eingeschlossenen war aussichtsloser als 1453 die der Verteidiger Konstantinopels, ihre letzte Hoffnung in das rechtzeitige Eintreffen des Entsatzheeres gesetzt.

Kara Mustafa Paşa hatte es in der Hand, Fatih Mehmet und Kanuni Süleyman an Ruhm zu überbieten. Das war auch sein Ehrgeiz, doch fürchtete er, daß nicht er, der Großvezir und Serasker, sondern Sultan Mehmet IV. als der Eroberer Wiens in die Geschichte eingehen würde, dessen ganzer Beitrag darin bestand, daß er aufmunternde Worte und Geschenke von seiner Sommerfrische die Donau hinaufbringen ließ. Nicht diesem Spottbild seiner illustren Vorfahren sollte nach Kara Mustafas Willen die Frucht seiner Hände Arbeit, der Goldene Apfel, in den untätigen Schoß gelegt werden. Für angemessener hielt es der Schwarze Mustafa, die alles Vorherige überstrahlende Waffentat, die glorreichste aller Eroberungen der Osmanen als den Schlußakkord des Loblieds auf diese Dynastie erklingen zu lassen. Nur die halb zerschossenen Stadtmauern trennten ihn noch von der Geburtsstunde des Mustafidischen Reiches, das von der neuen islamischen Hauptstadt, von Wien aus, dem Erdball seinen Willen aufzwingen würde …

Von solchen Wunschbildern geleitet, konnte dem Großvezir nicht daran liegen, daß sein künftiger Herrschersitz gestürmt und geplündert wurde von 150 000 Soldaten. Er wollte abwarten, bis die Stadt sich ergab.

So geblendet und fixiert von der Beute, auf die er starrte und die ihm quasi schon gehörte, entging ihm der Aufmarsch des Entsatzheeres komplett, was um so sträflicher war, da er denselben, der über eine einzige schlechte Schiffsbrücke erfolgte, mit einer kleinen Abteilung seiner Leute mühelos hätte aufhalten können. Noch als dies Entsatzheer aus Polen, Bayern und Kaiserlichen schon auf dem Kahlenberg in seinem Rücken stand, hätte Kara Mustafa mit dem Signal zum Generalsturm den Untergang Wiens als christliche Metropole besiegelt. So wurde der Großvezir, der es verpaßt hatte, die Zange des Halbmonds zugreifen zu lassen, am 12. September 1683 mit seinem Feldlager eingekesselt und zwischen den vom neuen polnischen König Jan Sobielski angeführten Truppen, die bei Neustift und Dornbusch vom Kogel heranstürmten, und den von Nußdorf aus angreifenden Kaiserlichen unter dem Herzog von Lothringen, in deren Reihen neunzehnjährig Prinz Eugen von Savoyen mitfocht, zermalmt.

Nicht eine Stadt, so hatte Sobielski es seinen Kämpfern vor der Schlacht erklärt, das Christentum sei gerettet.

Kara Mustafa, dem auch der Versuch, sein fliehendes Heer in Gran zu sammeln und den Verfolgern entgegenzustellen, fehlschlug, ließ in Ofen den Statthalter für die allein von ihm selbst zu verantwortende Niederlage als Sündenbock schlachten. Doch war der Zorn des Sultans nicht besänftigt durch dieses Opfer. In Belgrad kam Kara Mustafa schon der Oberstkämmerer entgegen, den Mehmet IV. gleich bei Empfang der Hiobsbotschaft losgeschickt hatte, dem Großvezir erst das Reichssiegel, dann den Kopf abzunehmen. Der Oberstkämmerer und der Ağa der Janitscharen, der ihm bei der Exekution assistierte, mußten es bedauern, daß sich auf den Schultern Kara Mustafas nur ein einziges Haupt befand, denn durch die Schuld des eitlen Versagers fielen die ungarischen Grenzfesten dominomäßig; nach Gran wurde Neuhäusel von den siegreichen Christen genommen.

Letztgenannte Eroberung wurde nicht nur in allen Städten im Süden Deutschlands, sondern auch in Hamburg, Lübeck und Neapel gefeiert. Der Papst brachte, was seit den Tagen der Schlacht von Lepanto nicht mehr gelungen, eine Heilige Liga zusammen, der nebst Österreich und Polen auch die Lagunenstadt beitrat, die mit der vertragsgemäßen Zahlung ihrer Reparationen für den kretischen Krieg nicht unwesentlich beigesteuert hatte zu den Rüstungen für die Belagerung Wiens. Nach der offiziellen Zählung der Kurie war dies der vierzehnte Kreuzzug, der mit Abstand glücklicher ausfiel als die dreizehn, zu denen der Vatikan über die voraufgegangenen 600 Jahre geblasen hatte.

Im Juni 1686 wehten die Fahnen der heiligen Alliierten über den Türmen von Ofen. Während die Habsburger schon Belgrad bedrohten, wurde in Podolien von den Polen der Krieg neu begonnen, und gleichzeitig beschossen Venedigs Galeeren die osmanischen Plätze an Dalmatiens Küste.

Die Polen vermochten anders als vor Wien in Podolien und an der Moldau, wo sie ihr Kriegsglück gleichfalls versuchten, nichts auszurichten, doch die Signoria war nicht nur in Dalmatien, sondern auch in Albanien und auf dem Peloponnes so erfolgreich, daß sie die Kontrolle über sämtliche adriatischen Gewässer gewann. Bei Mohacs auf dem Feld ihrer früheren Triumphe wurde im August 1687, was die Osmanen bei solcher Zersplitterung ihrer Kräfte noch aufzubieten hatten, vernichtend geschlagen.

Alarmiert durch diese Serie von Knockouts, konnte Fazıl Mustafa Köprülü nun nicht länger darauf warten, daß der Sultan ihm wie seinem Vater den roten Teppich ausrollte und ihm das Reichssiegel anbot. In der Aya Sofya brachte er eine Versammlung von Militärs, Notabeln und Ulema zustande, welche die Absetzung Mehmets IV. beschloß. Der Padişah, der sich 39 Jahre, das bedeutet, abgesehen von Süleyman dem Prächtigen, länger als irgendeiner der achtzehn Sultane vor ihm auf dem Thron gehalten hatte, ohne sich nur ein einziges Mal aktiv einzumischen in die Regierungsgeschäfte, protestierte auch jetzt nur sehr kleinlaut, als man seinen Bruder Süleyman aus dem Käfig hervorholte und auf seinen Platz setzte.

Trotzdem wurden noch zwei unbrauchbare Großvezire zum Einsatz gebracht, bevor im November 1689 mit Fazıl Mustafa endlich wieder ein Köprülü das Steuer des Staatsschiffs in die Hände bekam. Was sein Vater Mehmet und sein Abi Fazıl Ahmet aufgebaut hatten, war freilich ordentlich zu Klump gehauen inzwischen. Zur Vervollständigung des außenpolitischen Debakels hatte in Moskau die Lichtgestalt der russischen Geschichte, Zar Peter der Große, den Thron bestiegen und sich zur Heiligen Liga gesellt. Anschließend war er den Krimtataren zu Leibe gerückt, was wiederum für die Österreicher genügend Spielraum geschaffen hatte, in Serbien die Osmanen über den Haufen zu rennen.

Fazıl Mustafa Köprülü holte Serbien und das ebenfalls zwischenzeitlich verlorene Siebenbürgen für die Pforte zurück. Fast hatte er das Reich schon wieder in jenen Zustand versetzt, in dem sein Bruder es hinterlassen hatte, da fiel er am 19. August 1691 bei Slankamen in einer Schlacht gegen den «Türkenlouis», den Markgrafen Ludwig Wilhelm von Baden, Oberbefehlshaber der habsburgischen Truppen, als Şehit.

Wenige Wochen zuvor war Sultan Süleyman II. das Licht der Erde erloschen; ein dritter Sohn İbrahims trat als Ahmet II. in die Nachfolge ein. Ahmet II. starb 1695, ohne als Sultan zu nennenswerter Erscheinung gekommen zu sein, und machte Platz für seinen Neffen Mustafa, den ältesten Sohn Mehmets IV., zweiter Sultan des Namens. Mustafa II. war seit Murat IV. der erste halbwegs zurechnungsfähige Sultan, aber der Entschlossenheit Peters des

Großen, Rußland die südlichen Seewege zu öffnen, und dem militärischen Genie Prinz Eugens von Savoyen hatte er nichts entgegenzusetzen. 1696 eroberte Peter Asow, 1697 schlug Eugen die Osmanen bei Senta verheerend.

Das Osmanische Reich hatte die Vorform des Weltkriegs erlebt und war an allen Fronten besiegt. Die Einigkeit der Europäer unter der Regie des Papstes hatte dem türkischen Löwen die Krallen ausgerissen und ihm die Zähne gezogen. Daß ihm nicht das Fell abgezogen wurde, verdankte er in der Folge einzig und allein ihrer Uneinigkeit.

England und die Niederlande traten unvermutet auf den Plan, weil sie um jeden Preis verhindern wollten, daß das Osmanische Reich von den Habsburgern oder, schlimmer noch, vom russischen Zaren geschluckt wurde. Der Machtzuwachs der venezianischen Flotte konnte ihnen ebensowenig behagen. Ihre Diplomaten vollbrachten das Unglaubliche: Bevollmächtigte Vertreter aller kriegführenden Parteien kamen in Karlowitz, an der Donau eine Stunde oberhalb von Slankamen gelegen, zu einer Friedenskonferenz zusammen, deren Verhandlungen sich über ein Vierteljahr vom November 1698 bis in den Januar 1699 erstreckten. Noch unglaublicher ist, daß durch die englisch-niederländische Vermittlung am Ende wirklich ein multilaterales Vertragswerk über die gänzlich veränderte Grenzziehung in Europas Südosten entstand.

Deren Festlegung folgte im wesentlichen dem Prinzip des Uti possidetis. Polen wurden Podolien und die Westukraine zugesprochen. Rußland erhielt Asow und die Zusicherung ungehinderter Schiffahrt auf dem Schwarzen Meer, das Recht auf Passage von Bosporos und Dardanellen. Ungarn und Siebenbürgen blieben bei Österreich; entlang der Theiß, der Save und der Unna verlief die neue Trennlinie zwischen den Reichen. Venedig wurde der Peloponnes und Dalmatien bestätigt. Den Osmanen blieb das Gefühl der eigenen Unzulänglichkeit und die schmerzliche Erinnerung an glorreiche Zeiten.

Im Gegensatz zu dem Mann am Bosporos ist der aus der blauen Ecke im Ring unter dem Zelt zu Beausoleil nahe Monaco hier gegen Ende der neunten Runde vollkommen fit, keine Spur von Siechtum oder auch nur von Müdigkeit, derweil Sandols Kräfte sich bereits dermaßen erschöpft haben, daß er kaum die Arme zur Doppeldeckung hochbringt. Der Champion würde sich gern in die Schläfen links und rechts einen Haken hineindübeln, um seine Boxhandschuhe daran aufhängen zu können. Nasrettin, der Hilfsbereite, errät den Gedanken und markiert die Bohrstellen mit einer rechts-links geschlagenen Seitwärtshakenkombination. Dabei stößt Sandol mit, einen linken Geraden, der zwar nicht trifft, aber mit dem Leder über den Knöcheln die Haut an Nasrettins Schläfe zum Hinterkopf schiebt, wodurch der Cut an der Braue unseres Helden wieder aufplatzt und Blut hervorschießen läßt.

Im Anschluß an Nasrettins außersportlichen K.o.-Erfolg über den vorlauten Rocker war für ihn und die Seinen das Geschäft auf dem U-Bahnhof Adenauerplatz so gut wie gestorben. Das hatte aber auch sein Positives, denn es zwang sie, in stärker geweitetem Rund nach Absatzmöglichkeiten Ausschau zu halten. Sie entdeckten die Hasenheide für sich, wo besonders an den Wochenenden etliche Hennabröckchen zu Zwanzigmarkscheinen wurden. Überhaupt schärfte sich ihr Blick für die Liebhaber der Droge, und irgendwann stießen sie darauf, daß ihr Ausschweifen in solch ferne Regionen wie Kreuzberg, Schöneberg und Neukölln eigentlich ganz unnötig war, weil wie im Sprichwort auch in ihrem Fall das Gute buchstäblich vor ihrer Haustüre lag.

Die Kreuzberger Alternativ- und Freakkultur hatte ihre Ableger im Wedding ja auch, und einer ihrer Treffpunkte befand sich gleich am Gesundbrunnen. «Black & White» nannte sich das Lokal, an dem Nasrettin und die Seinen wohl hundert- oder gar tausendmal achtlos vorübergegangen waren. Jetzt erst, durch ihre geschäftsbedingte Annäherung an das Milieu, fielen die Schuppen von ihren Augen, und sie erkannten, daß die langhaarigen Typen, die hinter den mit angegilbten Topfpalmen vollgestellten Schaufenstern verzückt den überlaut gespielten Schallplatten von Frank Zappa und Led Zeppelin lauschten, allesamt zu ihren potentiellen Kunden gehörten.

Noch dazu war Michael Weckenmeister, der Betreiber dieses Musikcafés, von den Gästen kurz «Micha» gerufen, ein ehemaliger Boxer, wie Nasrettin, der den Laden eines regnerischen Apriltages betreten hatte, auf dem Gang zu den Toiletten anhand von alten Plakaten feststellen durfte. Daraus ergab sich natürlich Stoff für ein angeregtes Gespräch, Nasrettin blieb den ganzen Nachmittag und noch den halben Abend an der Bar hocken und ließ Micha von seinen Kämpfen erzählen.

Danach schaute Nasrettin regelmäßig hinein ins «Black & White» auf einen Kaffee und auf einen Plausch mit dem Wirt. Michas Hausdealer war ein gewisser Eberhard, ein schmächtiger, dunkelhaariger Typ Mitte zwanzig mit einer ungesunden Gesichtsfarbe und einem Ziegenbart. Das hatte Nasrettin, obwohl er vorläufig nur stippvisitenartig in dem Lokal verkehrte, ziemlich schnell spitz. Gänzlich unbedeutend schienen Eberhards Umsätze nicht zu sein, denn immerhin ermöglichten sie ihm, während der ungemütlichen Wintermonate Berlin den Rücken zu kehren und den Frühlingsanfang in Goa abzuwarten. So war es eigentlich von Nasrettin als eine Geste der Hilfsbereitschaft und der freundlichen Unterstützung des Wirts gedacht, daß er, nachdem Eberhard mit anbrechendem November seinen Abschied genommen, sich anschickte, den entstehenden Engpaß in der Versorgung zu überbrücken. In der Tat wäre die Gelegenheit nicht die schlechteste gewesen, sich einen soliden Stamm treuer und solventer Kunden zuzulegen, aber dazu hätte er sie eben mit einwandfreien Produkten beliefern müssen. Daß Nasrettin hier mit unreinem Gewissen ans Werk ging, ersieht man schon daraus, daß er die heikle Aufgabe nicht selbst übernahm, sondern Cengiz damit betraute.

Genau neunzig Minuten vergingen, in denen Cengiz sich im «Black & White» aufhielt, Tee trank und darauf wartete, daß irgendeiner der Gäste sich bei Micha nach Eberhard erkundigte. Wenig später sprach Cengiz ihn an.

«Eberhard ist in Indien, aber wenn du willst, kannst du von mir was kaufen.»

Das hätte beim ersten Mal gutgehen können, vielleicht sogar noch ein zweites Mal, aber spätestens beim dritten Mal mußte zwangsläufig Ärger daraus erwachsen, und so kam es denn auch. Cengiz war gerade mit seinem dritten Kunden auf der Toilette, um dort den Handel mit ihm abzumachen, da wurde er von dem ersten, der sich aus Barışs Hennamix eine Tüte gebaut, sie auf der Straße geraucht hatte und dann schnurstracks und sehr wütend zurückgekehrt war, bei Micha verpetzt. Sofort war Micha auf der Toilette und platzte in das begonnene Kundengespräch.

«Erstens wird in meiner Kneipe sowieso nicht gedealt», behauptete er. «Zweitens habe ich extrem was gegen Typen, die anderen Kamelscheiße als Haschisch verkaufen.»

Damit hatte er das Piece, das Cengiz gerade zu veräußern gedachte, in der Hand, warf es in die Kloschüssel und zog an der Spülung.

«Drittens kannst du froh sein, daß ich nicht die Bullen anrufe, aber viertens bist du mir dankbar dafür, machst einen flitzeflinken Abflug und läßt dich hier nie wieder blicken, weil ich dir nämlich sonst fünftens deine saudämliche Fresse poliere.»

Als am nächsten Tag Nasrettin scheinbar ganz gewohnheitsmäßig zu seinem Kaffeeplausch bei Micha erschien, wollte eben wieder einer der Stammgäste wissen, was mit Eberhard los sei.

«Ich werde hier demnächst ein großes Schild aufhängen», meinte Micha verärgert. «‹Eberhard ist in Urlaub und kommt vor März nicht zurück.› Das hier ist ein Musikcafé und kein Drogenumschlagplatz. Trink dir 'n schönen Tequila-Sunrise, davon bekommst du auch gute Laune.»

Der zurechtgewiesene Gast schien diesen Tip nicht beherzigen zu wollen.

«Du hast doch bestimmt 'ne Idee, Micha», bettelte er, «wo man sonst was herbekommen könnte. Die Tage sind so verdammt kurz und finster geworden, ich geh drauf, wenn ich nicht bald was zu kiffen kriege.»

Und da dieser Weltschmerz von der Stimme Bob Marleys aus den Boxen bestätigt wurde, «Gotta have kaya now for the rain is fallin'», ließ sich Micha erweichen und erkundigte sich nach der Menge, die bestellt werden sollte.

«Für hundert Mark wenigstens», sagte der Gast, augenblicklich Mut und Hoffnung schöpfend, «wenn es gutes Zeug ist, auch für zweihundert.»

«Weil du es bist, Roland», sagte Micha. «Ich hab da einen guten alten Bekannten. Normalerweise gibt er nichts ab in so kleinen Portionen, aber vielleicht kann ich ihn überreden, daß er eine Ausnahme macht.»

Nasrettin hatte diesem Dialog mit gespitzten Ohren gelauscht, dabei aber mit dem Anschein völliger Abwesenheit in der frischen Ausgabe des «BoxSport» geblättert, die er sich mitgebracht hatte. Micha begrüßte ihn nur flüchtig und bat ihn um etwas Geduld, er wolle nur eben kurz telefonieren. Nasrettin nickte beiläufig, tat, als sei er ganz vom Inhalt seiner Zeitschrift gefangen, schob aber den Kopf, den er mit Daumen und Zeigefinger der vor die Augen gehaltenen Hand abgestützt hielt, vor, so daß er über den Rand des Tresens das Telefon dahinter gut beobachten konnte, und prägte sich genau die Nummernfolge ein, die Micha jetzt wählte. Zwar drehte sich Micha zur Seite, als die Verbindung entstand, und sprach halb flüsternd direkt in die Muschel, aber das Wichtigste verstand Nasrettin doch: den Namen Daggy.

Einige Stunden später wählte er aus einer Telefonzelle selbst die Nummer, die er sich in seinem «BoxSport» notiert hatte. Nach den ersten drei Ziffern zu urteilen, mußte der Mann irgendwo im Gesundbrunnen-Viertel wohnen. Er ließ es lange klingeln, bis er abhob und sich meldete mit einem müde-gelangweilten, sehr arrogant wirkenden «Jaaah?». Nasrettin verstellte die Stimme, versuchte, so sonor wie möglich zu klingen, und ahmte gekonnt einen arabischen Akzent nach.

«Hier ist Khaled. Du kennst mich nicht. Du bist Daggy, stimmt's? Ein guter Freund hat mir deine Nummer gegeben. Den Namen sag ich jetzt nicht. Er kann da nicht telefonieren, wo er sich aufhält zurzeit. Ich bin vorgestern aus dem Libanon gekommen und habe etwas mitgebracht. Mein Freund meint, du könntest dich dafür interessieren. Ich mache dir einen guten Preis.»

Der Mensch am anderen Ende der Leitung blieb stumm, er schien nachzudenken. Nasrettin wollte schon einhängen, weil er glaubte, er habe zwei, drei Spuren zu dick aufgetragen, aber dann vernahm er im Hörer doch noch ein Brummen und Räuspern.

«Wie sagtest du gleich, war dein Name?»

«Khaled.»

«Khaled, richtig. Hört sich irgendwie uncool an, die Chose, da mußt du mir recht geben, Khaled, oder nicht? Ich meine, ich kenne dich ja überhaupt nicht.»

«Deswegen rufe ich an», gab Nasrettin zurück. «Damit wir uns kennenlernen. Du wirst es bestimmt nicht bereuen.»

Wieder dachte Daggy nach. Nasrettin versuchte nicht, ihn zu drängen.

«Okay», sagte Daggy nach einer Weile. «Du bist doch aus dem Libanon, hast du gesagt.»

«Aus dem Libanon», bestätigte Nasrettin.

«Palästinenser?»

«Palästinenser», wiederholte Nasrettin auch dies, ohne eine Ahnung zu haben, warum der andere Wert auf diese Feststellung legte.

«Dann kennst du ja sicher das ‹Babanussa›?»

«Natürlich kenne ich das ‹Babanussa›», log Nasrettin.

«Also gut. Dann sehen wir uns morgen abend um halb acht im ‹Babanussa›. Woran erkenne ich dich?»

Wie sollte Nasrettin sich einen libanesischen Drogenschieber vorstellen, so aus dem Stand? Er verließ sich auf das Klischee.

«Dunkelbrauner Anzug, Sonnenbrille, Schnurrbart. Ich werde einen grauen Samsonite-Aktenkoffer bei mir haben.»

Der andere legte abrupt auf, aber Nasrettin hatte das Gefühl, daß ihre Verabredung galt. Eine Schwierigkeit bestand noch darin, die Adresse dieses «Babanussa» herauszufinden, doch die ließ sich noch in der Telefonzelle lösen, denn es war unter «Gaststätten» im Branchenfernsprechbuch eingetragen.

Nun hatten sie einen großen Fisch an der Angel. Sie müßten ihn nur noch vom «Babanussa» bis zu seiner Wohnung verfolgen. Das erklärte Nasrettin seinen Jungs, als er sie zusammengetrommelt hatte.

«Verstehe ich nicht», meinte Kasım, «warum gehst du nicht einfach zu dem Treff und fragst diesen Daggy, ob er uns zu einem vernünftigen Preis davon abgeben kann? Wir können doch unbesorgt einkaufen in Menge, weil wir das im ‹Black & White› sehr schnell wieder unter die Leute bringen.»

«Gut gedacht, Kasım», lobte Nasrettin ihn. «Aber vielleicht brauchen wir 'n bißchen Kohle dazu? Oder hast du zehn-, fünfzehntausend Mark, die du vorschießen könntest?»

«Wir haben doch kiloweise libanesisches Haschisch auf Lager», meldete sich Barış. «So eine Chance, uns davon zu trennen, kommt sicher nicht wieder.»

«Im Prinzip hast du recht», meinte Nasrettin. «Ich habe das natürlich auch überlegt. Aber so blöd ist der Typ nicht. Dieser Daggy ist sehr, sehr vorsichtig, und sicher weiß er, warum. Aber einen Fehler macht auch der Gescheiteste, keine Deckung ist hundertprozentig. Und ich werde ihn erwischen, das sagt mir mein Instinkt. Wenn er morgen zu seiner Verabredung mit Khaled kommt, ist er geliefert, denn ich muß nur wissen, wo er wohnt. Und das werde ich rauskriegen mit eurer Hilfe.»

Die Aktion wurde generalstabsmäßig geplant und unter Einsatz aller verfügbaren Mittel und Kräfte durchgeführt. Ein achter Mann wurde angeheuert, Dursun, Nevzats ältester Bruder, der seit neuestem einen P-Schein besaß und sich gegen geringe Entschädigung bereitfand, mit dem Taxi seiner Firma teilzunehmen am Fischzug. Kasım durfte seine Freundin Gwendolin zu einem gediegenen afrikanisch-arabischen Abendessen in Moabit einladen. Er hatte sich mit ihr schon vor sechs Uhr einzufinden im «Babanussa», denn Nasrettin hegte die Vermutung, Daggy werde sich wenigstens eine Stunde vor der Zeit zum Rendezvous begeben, um den zweifelhaften Geschäftsfreund erst unter die Lupe nehmen zu können, bevor er sich ihm zu erkennen gab. Ümit war auf Alt-Moabit, dem «Babanussa» schräg gegenüber, mit seinem Fahrrad postiert; Nasrettin saß mit Nevzat wenige Meter davon bei Dursun im Taxi; Cengiz und Savaş lungerten am Eingang der nächstgelegenen U-Bahn-Station an der Turmstraße herum; Barış wartete als Reserve in einer Teestube beim U-Bahnhof Osloer Straße in der Nähe des Telefons auf seinen Einsatzbefehl.

Einmal mehr bewies Nasrettins Gespür seine staunenswerte Zuverlässigkeit. Etwa fünf Minuten vor sechs betrat Daggy das «Babanussa». In ihm hätte Kasım, der getreu seiner Aufgabe jeden Hereinkommenden einer eingehenden Musterung unterzog, den Mann, auf den sie es abgesehen hatten, am wenigsten vermutet.

Er war mittelgroß und von athletischem Bau, sein kurzes blondes Haar sehr akkurat geschnitten und gescheitelt. Er trug eine marineblaue Hose, ohne Falte gebügelt. Aus einem im Ton gut zu ihr stimmenden, feingestrickten himmelblauen Wollpullover schaute der Kragen eines Seidenhemdes hervor. Darüber die anthrazitfarbene Lederjacke, deren modische Keckheit durch Erlesenheit und Verarbeitung des Materials gleichzeitig wieder gedämpft wurde, saß so perfekt, daß man sie für maßgefertigt hielt, was man auch von den auf Hochglanz polierten schwarzen Budapestern an seinen Füßen annehmen mochte. Seine auseinanderliegenden blauen Augen schauten durch eine randlose Brille, eine fleischige

Adlernase zwischen stark durchbluteten Pausbacken verriet Lebensfreude und Potenz, welcher Eindruck durch das vorgeschobene, spitzige Kinn, die breiten, sanftrosafarbenen Lippen und die Lachfältchen an seinen Schläfen sogar einen Stich ins Schalkhafte bekam.

Auf Kasım wirkte die Erscheinung wie das Urbild eines lebenstüchtigen und sinnesfrohen Germanen, und verdächtig war er ihm höchstens, weil das Korrekte und dabei weltmännisch Lässige seines Auftretens merklich abstach gegen die sozialarbeiterisch-piefige, mit Kral-Folklore versetzte Atmosphäre des «Babanussa». Aber auch das mußte man sich erst klarmachen durch Verstand und Vergleich, es fiel überhaupt nicht ins Auge. Selbst in dem unpassenden Rahmen bewegte Daggy sich mit der denkbarsten Selbstverständlichkeit, schob sich ohne Umschweife auf einen der Barhocker und begrüßte den hochgewachsenen Schwarzen hinter dem Tresen mit einem klatschenden High Five.

Gleich entspann sich ein Gespräch zwischen ihm und dem überaus lebhaften, aber, wie am Grau seines Kraushaars zu sehen, schon hochbetagten Mann, der beim Reden weiter die Zapfhähne bediente und sich auch nicht unterbrach, wenn in der Küchenluke ein fertiger Teller erschien, den er zu jemandem an den Tisch tragen mußte.

Einer von diesen beiden ist der Chef, dachte sich Kasım, der sie, während er aß und mit Gwendolin plauderte, aus dem Augenwinkel zu beobachten suchte, aus ihrer Unterhaltung aber, da sie in englischer Sprache geführt wurde, zu seinem Bedauern keine Schlüsse zu ziehen vermochte.

Wenn also entweder der Weiße in dem luxuriösen Outfit oder der Schwarze mit der unzerstörbaren Sonnenscheinlaune der Besitzer dieses Ladens ist, ging Kasım weiter in seiner Kombination, dann ist mit Wahrscheinlichkeit der andere der, den wir auf dem Kieker haben. Oder aber unser Mann kommt noch, denn was sonst herumsitzt, kann man getrost aus der engeren Wahl ausschließen.

Kasım hätte eher auf den Schwarzen getippt, wären nicht Personen aufgetreten, die den blonden Sonnyboy für Kasım unzweideutig als den gesuchten Daggy identifizierten. Um zwanzig nach sieben kamen zwei schnauzbärtige Männer um die Vierzig herein, die sich, nachdem sie ihre Hüte und ihre Kamelhaarmäntel an den Garderobenständer gehängt hatten, an einem runden, reserviert gehaltenen Tisch niederließen und auf arabisch hitzig eine Debatte weiterführten, die sie von der Straße mitgebracht hatten. Aus der schnoddrigen Begrüßung des Schwarzen verstand Kasım das Wort «Intifada». Wie nun dies? Khaled war doch eine Erfindung Nasrettins! Kasım war irritiert, geriet aber erst richtig in Verwirrung, als fünf Minuten darauf die Türe geöffnet wurde von einem dritten Araber, der zur Abendstunde eine Sonnenbrille aufhatte und unter seinem Wildledermantel einen dunkelbraunen Anzug zum Vorschein brachte. Wo hatte der Mann bloß seinen grauen Samsonite-Aktenkoffer gelassen?

Das war nicht nur die Frage, wie sie sich unwillkürlich und dummsinnigerweise Kasım stellte; auch Daggys Hirn arbeitete emsig daran, eine Erklärung für diesen Umstand zu finden. Kasım wäre am liebsten hinausgerannt zu Nasrettin in Dursuns Taxi, ihm diese wundersame Fügung zu künden, entschied sich aber, sie hinzunehmen als einen abstrusen Zufall, über den er jetzt nicht nachdenken durfte.

Das Phantom hatte sich bei den anderen Arabern niedergesetzt und mischte sich in deren Gespräch. Unauffällig wurde der Neuankömmling dabei im Spiegel hinter dem Flaschenregal von Daggy taxiert. Da er mit den anderen offenkundig auf freundschaftlichem Fuße verkehrte, glaubte Daggy schließlich, sich mit ihm einlassen zu dürfen, ging zu ihm und stellte sich vor.

«Bestimmt verwechseln Sie mich», sagte der Angesprochene und nahm die Sonnenbrille ab.

«Das heißt: Sie sind *nicht* Khaled?»

«Nein», kam darauf die Antwort so höflich wie bestimmt. «Und auch mit keinem Khaled verwandt.»

Daggy wollte es nicht begreifen.

«Und wir haben auch gestern nicht telefoniert miteinander?»

«Nicht, daß ich wüßte.»

Kasım hatte es mit einem Mal sehr eilig mit der Rechnung. Er, Gwendolin und Daggy verließen fast gleichzeitig das «Babanussa». Draußen gab Kasım Nasrettin ein Zeichen. Nun begann die Verfolgung. Daggy schlug nicht die Richtung nach der U-Bahn hin ein, er wandte sich nach der anderen Seite, schritt der Gotzkowskybrücke entgegen. Auf dem gegenüberliegenden Bürgersteig zockelte Ümit gemächlich mit seinem Fahrrad auf gleicher Höhe, aber auch Nasrettin gab Dursun schon das Kommando, sein Taxi zu wenden.

Daggy bog nach rechts in die Gotzkowskystraße ein, öffnete an der Nummer 15 zwischen zwei Trödelläden das Haustor und verschwand dahinter. Schräg gegenüber gab es eine Kneipe, die «Insel», durch deren großes Fenster man den Eingang gut beobachten konnte. Ümit stellte sein Fahrrad ab und setzte sich hinein, das Taxi wurde an der Ecke zur Zwinglistraße geparkt.

Mehr als zwei Stunden hielt Daggy sich auf bei seinem Besuch. In aller Arglosigkeit spazierte er dann an den ihm auflauernden Nachwuchsgangstern im Taxi vorbei zur Waldstraße hinauf, wo er selbst am Halteplatz eine Droschke bestieg. Die Verfolgung bereitete ihnen keine sonderlichen Probleme, die Fahrt war auch nur kurz, auf der Perleberger Straße beim «Memory» ließ er schon wieder halten und verschwand in einem Neubau, in dem er eine Dreiviertelstunde verweilte.

An dieser Stelle arbeitete er seinen Verfolgern unbeabsichtigt in die Hände, denn er bestellte sich für seine Heimfahrt telefonisch ein Taxi. Mehr aus Langeweile hatte Dursun beim Warten den Funk angestellt, und so hörten sie jetzt, wie die Zentrale die von Daggy gewünschte Fahrt annoncierte:

«Einen Wagen zur Perleberger 56» – das war die Nummer über dem Eingang, auf den sie sechsäugig stierten –, «die Tour geht in den Wedding zur Biesentaler.»

Ohne zu überlegen, griff Dursun zum Mikrofon und schnappte sich den Auftrag. Nevzat und Nasrettin hüpften hinaus. Dursun brauchte nur noch vorzufahren. Daggy kam herunter und stieg ein.

«Das ging aber schnell», sagte er ohne jedes Mißtrauen zu Dursun, «und jetzt ab nach Hause.»

Es war, seit sie Daggy vom «Babanussa» bis zu seiner Wohnung verfolgt hatten, eine knappe Woche vergangen, da stand Nasrettin mit einem Riesenstrauß roter Rosen vor seiner Tür. Er hatte sich durchfragen müssen. Im Vorderhaus lebten nur türkische Familien; zu dem doppelgeschossigen Fabrikgebäude, das Daggy für seine Bedürfnisse umgebaut hatte, mußte man über den Hof. Ein glänzender dunkelblauer Mercedes 300 SEL parkte davor, ein protziges Messingschild mit einem Logo und dem eingravierten Schriftzug «Creative Advertisement» hing über der Klingel. In den Mauervorsprung war eine Videokamera montiert. Nasrettin fühlte sich ausgezogen und geröntgt von ihrer Linse, die auf ihn gerichtet war wie eine Waffe.

«Ja, bitte?» quäkte es aus der Sprechanlage.

«Fleurop. Blumen für Sie.»

Nasrettin strahlte in das Objektiv, als ob sie bei Probeaufnahmen für einen Werbespot wären. Ein Summen, und die schwere Eisentüre löste sich aus ihrem Schloß. Nasrettin trat ins Vestibül, und als erstes fiel ihm ein langes Regal auf, in dem etwa fünfzig Paar Halbschuhe säuberlich aufgereiht waren. Eine breite Stahltreppe führte zur Etage hinauf.

«Ich bin hier oben», rief Daggy, «bringen Sie doch bitte die Blumen herauf.»

Nasrettin legte seinen Strauß auf einer Kommode ab, sprang die Stufen hinauf und ging auf Daggy los, als ob er ihn umrennen wollte. Ohne Warnung stieß er ihm einen rechten Geraden aufs Herz. Der Schmerz war heftig, Daggy schrie auf und krümmte sich, blieb aber auf den Beinen.

«Ich möchte ein Thema, das mir sehr am Herzen liegt, mit dir besprechen», sagte Nasrettin dann sachlich und ruhig.

«Was für ein Thema?» fragte Daggy, ächzend unter der Wirkung des Schlags.

«Die freie Entfaltung der Persönlichkeit.»

Neugierig sah Nasrettin sich dabei in Daggys Heim um. In der etwa 300 Quadratmeter großen Etage waren keine Wände gezogen. Nur acht Betonpfeiler, an denen der Hausherr die Stücke seiner Instrumentensammlung exponiert hatte, gliederten den weiten Raum der Halle. Die ganze Fläche des Fußbodens war mit Parkett ausgelegt bis auf eine Insel um eine runde Badewanne herum, wo man auf weiße und schwarze, im Schachbrettmuster geordnete Fliesen trat. Die lange Küchenzeile blinkte in verchromtem Stahl, drei mannshohe Kühlschränke mit Glastüren waren wie die Vitrinen eines italienischen Schlemmerrestaurants gefüllt. Auch einen offenen Kamin gab es. Beim Doppelbett mit dem kunstvoll gearbeiteten Messinggestell sah man auf Perserteppichen zwei fahrbare Kleiderständer. Daran hingen die verschiedensten Jacken und Hosen, ein Dutzend Mäntel, Anzüge von teils klassischem, teils extravagantem Muster und Schnitt. Ein Bechstein-Flügel an einer der beiden durchlaufenden Fensterfronten wirkte in diesem Arrangement schon fast zierlich. In der Mitte des Raums war von Pfeiler zu Pfeiler eine Hängematte gespannt.

Nasrettin fläzte sich auf ein flaches zinnoberrotes viersitziges Sofa und war überrascht über das Kuschelig-Weiche des Lederbezugs.

«Wenn das meine Bude wäre», sagte er, «würde ich hier in der Mitte erst einmal einen Boxring einbauen. Vielleicht sollte ich einziehen bei dir. Daggy, was denkst du darüber?»

Daggy war inzwischen wieder halbwegs zu Kräften gekommen, sprach aber noch etwas gepreßt durch die Zähne.

«Ich fände es besser, wenn du verschwändest, und zwar jetzt sofort.»

«Ich weiß schon», versetzte Nasrettin, «daß ihr Deutschen es mit der Gastfreundschaft nicht so genau nehmt. Warum machst du uns nicht was Nettes zu trinken und trägst ein paar von den kalten Platten auf, die du da im Kühlschrank stehen hast? Macht doch alles einen ganz appetitlichen Eindruck.»

Daggy stand, mit dem rechten Arm, den Kopf in der Beuge, an einen Pfeiler gelehnt, mit der linken Hand hielt er sein Herz.

«Verstehe», sagte Nasrettin nachsichtig. «Der Herr fühlt sich nicht gut. Ich will nicht so sein. Wenn du dich noch zu schlapp dafür fühlst, mache ich uns eben die Drinks. Lern ich halt gleich, wo alles steht. Leg dich doch in die Hängematte und erhol dich ein bißchen.»

Auf einem Teewagen befand sich die Hausbar, deren Flaschenbestand Nasrettin jetzt inspizierte.

«Oh, Ginger Wine!» rief er erfreut und bewundernd. «Daggy, ich werde von Minute zu Minute stolzer auf unsere Bekanntschaft. Du bist wahrhaftig ein Mensch von Kultur. Da kann ich uns ja einen ‹Punchingball› mischen, vorausgesetzt, du hast Ginger Ale im Haus, das braucht man nämlich außer Whisky auch noch dazu.»

«Im Kühlschrank», hauchte Daggy.

Welche Hölle ihm diesen Kerl auf die Bude geschickt hatte, vermochte er nicht zu erraten, aber es galt, die Heimsuchung möglichst ungeschoren zu überstehen.

Nasrettin brachte die Drinks, stellte einen Teller mit Oliven und Käse auf den kleinen Tisch in der Nähe der Couch.

«Es wird gleich jemand kommen», sagte Daggy. «Ich erwarte Besuch.»

«Du hast Angst vor mir», sagte Nasrettin kauend. «Das ist gut so, und ich möchte auch, daß es so bleibt. Übrigens bin ich gesellig. Wer kommt denn? Khaled? Mit einem Lastwagen voll libanesischem Haschisch? Aber dazu später. Unser Thema lautete: die freie Entfaltung der Persönlichkeit. Du hast noch gar nichts dazu gesagt.»

«Was willst du von mir?»

«Ich wünsche mir von dir» – Nasrettin machte eine Pause und spülte den Bissen, den er im Mund hatte, mit dem Whiskygetränk hinunter –, «daß du mich bei der freien Entfaltung meiner Persönlichkeit unterstützt. Denn wenn ich mich so umschaue bei dir … Nicht gerade, daß Neid in mir aufsteigt, oder Klassenhaß oder so. Aber irgendwie kann ich's doch nicht ganz unterdrücken, daß ich Vergleiche anstelle, verstehst du? Und dann befällt mich so ein Eindruck, als ob ich viel zu eingeschränkt gelebt hätte bisher. Aber steh doch nicht so blöd rum an dem Pfeiler. Leg dich in deine Hamaka, das hatte ich dir doch gesagt. Warum vertraust du mir nicht?»

Tatsächlich kletterte Daggy jetzt in die Hängematte.

«Na also!» lobte Nasrettin seinen Gehorsam. «Da plaudert es sich doch gleich noch mal so gut, findest du nicht? Doch, wirklich, wir sollten einmal tauschen, vielleicht nur so zum Spaß und nur für ein paar Wochen. Einfach, damit du meinen Standpunkt besser verstehst. Du teilst dir also mit meinen Geschwistern das Zimmer bei meinen Eltern. Währenddessen ziehe ich hier ein und schau mal, ob ich mich in der Hütte wohl fühlen kann.»

Daggy grinste gezwungen.

«Sie gefällt dir also, meine Idee», wurde das von Nasrettins Mutwillen interpretiert. «Ich hatte mir das, ehrlich gesagt, schon gedacht. Das ist doch ein Spleen bei euch Deutschen, daß ihr euch gerne einfühlt in fremde Lebenswelten.»

«Ich habe euch nicht hergerufen nach Deutschland, euch Türken. Ich weiß, daß man als Ausländer hier Probleme hat, aber was zum Teufel habe ich damit zu schaffen?»

«Du gibst also zu, daß es ungerecht ist, wie die Türken behandelt werden», nagelte ihn Nasrettin fest.

«Von mir doch nicht», schlüpfte Daggy wieder heraus.

«Noch besser», schloß Nasrettin seine Kombination ab. «Das erspart mir viele Worte. Im großen Maßstab ist es ja immer so schwer, die Dinge, die man als falsch erkannt hat, zu ändern. Im kleinen Kreis des eigenen Lebens, mit den Leuten, die man kennt und mit denen man umgeht, da spielen sich die Revolutionen in Wirklichkeit ab. Ich möchte, daß du mir von deinem Haschischvorrat abgibst.»

«Das hättest du auch gleich sagen können, ohne mir vorher die

Rippen zu brechen», sagte Daggy erleichtert. «Aber um dir zu beweisen, daß ich nicht nachtragend bin, bekommst du von mir den Rabatt, den ich sonst nur meinen besten Kunden einräume.»

«Ich fürchte, du hast mich noch nicht richtig verstanden», erwiderte Nasrettin, «ich will keinen Rabatt. Ich will das Zeug gratis.»

«Warum sollte ich das tun?»

«Weil du ein anständiger Mensch bist», sagte Nasrettin. «Weil du in mir deinen Bruder erkennst, obwohl ich Türke bin.»

Um Nasrettin loszuwerden, war Daggy zu gewissen Opfern bereit.

«Also gut», sagte er, «ich will dich wie meinen eigenen Bruder behandeln. Ich schenke dir ein sehr schönes Piece. Du kannst mit deinen Freunden ein paar Monate rauchen davon.»

«Für was hältst du mich?» fragte Nasrettin. «Für einen dämlichen Kiffer? Glaubst du etwa, ich stehe allein in der Welt? Ich bin schon seit einer Weile in diesem Geschäft, meine Leute brauchen Arbeit, und meine Kundschaft wartet darauf, daß ich sie versorge.»

«Das ist freilich eine andere Sache», überlegte Daggy. «Ich hätte prinzipiell nichts dagegen, zusammenzuarbeiten mit dir. Warum machst du es nicht so wie dieser Khaled, den du dir ausgedacht hast, und schaffst etwas heran?»

«Nein, Daggy, es geht alles viel unkomplizierter», sagte Nasrettin. «Du gibst mir jetzt erst mal ein Kilo, und dann sehen wir weiter.»

«Ein Kilo?» wiederholte Daggy erbleichend. «Soviel hab ich gar nicht im Haus.»

«Darf man lügen?»

Nasrettin erhob sich vom Sofa und spazierte, die Hände auf dem Rücken, in der Weite der Etage umher.

«Ich hab den Stoff doch nicht hier in meiner eigenen Wohnung gebunkert!» rief Daggy ihm aus seiner Hängematte nach. «Wo denkst du hin? Das wäre viel zu riskant.»

«Das kannst du nachher den Bullen verklickern», gab Nasrettin zurück, weiter mögliche Verstecke ausspähend. «Ich habe nämlich keine Lust, hier alles selbst durchzuwühlen, und bin auch, offen gestanden, in Hausdurchsuchungen nicht so versiert. Die Polizei hat speziell ausgebildete Hunde dafür, die riechen's wahrscheinlich schon von der Straße.»

«Ach, von daher weht der Wind», sagte Daggy, als habe ihn eine bedeutende Erkenntnis getroffen. «Du willst mich erpressen.»

«Das Wort klingt, wenn man es so im Alltag gebraucht, etwas abstoßend», setzte Nasrettin ihm auseinander. «Aber ich komme, wie du gemerkt hast, vom Sport. Meine Auffassung ist nicht moralisch. Du hast recht. Ich will dich erpressen.»

«Sag mir deine Adresse», versuchte es Daggy im Ton des konzilianten Geschäftsmanns, «und wenn du mir dein Ehrenwort gibst, daß die Sache damit erledigt ist zwischen uns beiden, daß du mich fortan nie wieder belästigen wirst, dann schicke ich dir jemanden vorbei, der bringt dir ein halbes Kilo sortiert, Marok, Afghan, mexikanisches Gras. Wenn du willst, sogar noch heute.»

«Für wie dumm du mich hältst, das grenzt schon an Rassismus, mein Freund. Ich glaube, ich sollte meine Jungs anrufen. Mit vereinten Kräften werden wir es schon finden. Bei dem vermehrten Aufwand könnten wir uns dann aber mit einem einzigen Kilo nicht mehr begnügen.»

Nasrettin stand bei dem Bechstein-Flügel, als er das sagte. Er ließ seine Finger über die Tasten der Klaviatur gleiten.

«Nanu?» erstaunte er sich. «Ich bin nun wahrhaftig kein Virtuose, aber das Teil ist ja gewaltig verstimmt.»

Er öffnete den Deckel.

«Willst du mir jetzt meinen Flügel stimmen?» fragte Daggy belustigt.

«Halt's Maul», antwortete Nasrettin über die Schulter. «Es kommen doch nur Unsinn und Lügen heraus.»

Er kroch auf den Teppich unter den Flügel – eine wunderschöne Arbeit aus Hamaden, wie er bemerkte – und inspizierte den Unterboden des Instruments.

«Statt zu quatschen, bring mir lieber mal einen Schraubenzieher und einen Hammer.»

Nasrettin besann sich. Sicher wäre Daggy mit solchen Werkzeugen in seinen Händen auf dumme Gedanken gekommen.

«Bleib liegen», verbesserte er und begann die Küchenschubladen zu durchsuchen.

Mit einem Tranchiermesser und einem Fleischklopfer kehrte er zum Flügel zurück. Mit wenigen Griffen und Schlägen hatte er die Verkleidung an dessen Unterseite gelockert. Gleich purzelten ihm in Cellophan eingeschweißte Haschischplatten entgegen, wie Brotlaibe so groß.

«Die Axt im Haus erspart den Zimmermann», sagte er. «Jetzt brauche ich bloß noch eine Plastiktüte von dir. Ihr sagt ‹Türkenkoffer› dazu, denn ihr seid ja ein besonders witziges Volk.»

Er fand die Tüten unter der Spüle, suchte sich eine besonders schicke von einem Herrenausstatter am Ku'damm heraus, ließ einen Haschischlaib darin verschwinden und wünschte Daggy noch einen schönen Tag.

«Wir sehen uns wieder, verlaß dich drauf.»

Das war gewiß ein außerordentlich eleganter Auftritt, nicht nur in Nasrettins Selbsteinschätzung. Aber im Moment sieht unser Held überhaupt nicht gut aus. Aus der erneut aufgeplatzten Braue fließt immer mehr Blut, und man glaubt, das Opfer eines schweren Verkehrsunfalls vor sich zu haben, das mit dem Kopf die Windschutzscheibe durchstoßen hat. Der Anblick erregt Furcht und Mitleid, als wollte unser Held das Amt des Tragöden auch noch besorgen. Obwohl Nasrettin auf dem rechten Auge nur noch das eigene Blut zu sehen bekommt, tut er so, als könnte er sich, seinem Gegner und den 5000 Zuschauern im Rund den Umstand verbergen. Er überspielt ihn, wie man so sagt, schlägt seine Geraden und Haken, wie der Geist von Muharrem Güneş es ihm in der letzten Pause geraten hat. Einen genauen und kraftvollen Treffer verabreicht er Sandol noch kurz vor dem Gong auf die Leber.

Sandol braucht seinen Schemel sehr dringend, er steht nach dem letzten Lebertreffer nicht mehr fest auf seinen Beinen. Er zweifelt, ob sie am Ende der Minute bereit sein werden, ihn durch die nächste Runde zu tragen. Indessen macht man sich nicht hier, sondern in der gegenüberliegenden Ecke ernsthafte Sorgen um die Gesundheit des Kombattanten. Der Ringarzt ist durch die Seile geklettert und inspiziert Nasrettins Wunde.

Nasrettin nimmt ihn gar nicht mehr wahr, und er hätte ihn andernfalls hinter dem Vorhang aus Blut für das Nummerngirl oder für sonstwen gehalten, was gut für ihn ist, denn die Aussicht auf einen Abbruch des Kampfes durch medizinisches Votum müßte ihn rasend machen. Er soll jedoch stillhalten und sich entspannen, denn Röder muß ihn waschen, das Blut stillen und versuchen, den Riß wieder zu kitten.

Die Punktrichter hat das viele Blut zu Nasrettins Glück nicht irritiert. Seine Überlegenheit war während der ganzen neunten Runde so deutlich, daß nicht nur der Schweizer, sondern auch Martinese und Frigg 10:8-Wertung notieren. In der Addition steht Nasrettin auf Egon Flammersfelds Zettel mit 89:85 vier Punkte vor Sandol, auf dem des Italieners hat er den Champion eingeholt mit 85:85, allein Frigg sieht Sandol mit 85:83 zwei Punkte vorn.

Nasrettin muß das Leid tragen an seines Managers Geiz, der das Honorar für einen qualifizierten Cutman nicht in das Budget für diese Europameisterschaft aufnehmen wollte. Daß der Matchmaker jetzt unten am Ring das Gesicht verzieht, als klaffe die Wunde nicht über Nasrettins, sondern über seinem eigenen Auge, ist unserem Helden weder Hilfe noch Trost. Angenehm ist Nasrettin höchstens, daß Röder von seiner chirurgischen Aufgabe derart in Anspruch genommen wird, daß er, während er in die breite und tiefe Spalte Kollodium löffelweise hineinstreicht, nicht dazu kommt, Nasrettin auch noch sein Unvermögen vorzuhalten und ihm falsche Ratschläge für die bevorstehende Runde zu geben. Röders diesbezügliche Zurückhaltung ist zum Teil seinem schlechten Gewissen geschuldet, weil er Nasrettins Gesicht vor der letzten Runde nicht sorgfältig genug mit Brillantine eingeschmiert hatte, weswegen Sandols Handschuh nicht abgeglitten war an der Haut über der Schläfe.

Nasrettin läßt Röder operieren und hält die Augen geschlossen. Muharrem Güneş erscheint, und er hat zu Nasrettins Aufmunterung die passenden Worte bereit.

«Das war deine beste Runde bis jetzt. Der Cut sieht schlimmer aus, als er ist. Den klebt dir Röder wieder zusammen. Aber gib bitte acht, daß du in dieser Runde an der Stelle keinen mehr fängst. Leider kam der letzte Lebertreffer zu spät. Du hättest ihn unten gehabt. Sogar nach Punkten stehst du inzwischen besser als er. Aber verlaß dich nicht drauf. Die Leber, immer die Leber. Vergiß seinen Kopf, der ist aus Holz, den schlägst du mit einer Keule nicht ein. Geh zum Körper, versuch die Leber zu treffen. Da hält er nicht mehr viel aus. Wenn du noch einmal mit dem Haken reinkommen kannst, dann müßte er purzeln.»

«Ring frei zur zehnten Runde!» heißt es schon.

«Beim Decken nimm die Schlaghand hoch bis zur Stirn!» gibt Muharrem Güneş Nasrettin noch mit, dann kommt der Gong.

Ohne ein Abschlußzeugnis mußte Nasrettin die Schule verlassen, was eigentlich ungenau ausgedrückt ist, denn er hatte sie ja schon unmittelbar nach seinem Eintritt wieder verlassen. Obwohl er sich Mühe gab, auch vor sich selbst sich so wenig als möglich davon anmerken zu lassen, war dies doch eine tiefere und bei weitem schwerer zu kurierende Verletzung als irgend etwas von dem, was Sandol ihm gerade auf dem seilumspannten Geviert über den Köpfen der Boxfans von Beausoleil und Monaco anzutun versucht.

Was braucht der Kerl einen Schulabschluß? möchte man einwenden, der ist doch für die Karriere des Boxers grad so entbehrlich wie für die des Mafiosos, und so behandelte Nasrettin den Punkt im Selbstgespräch auch. Kompensieren, auf anderen Gebieten hervortreten und glänzen, direkte Wege suchen zu Reichtum und Ruhm, so mußte die Parole jetzt heißen.

Nun war aber Nasrettin, so einzigartig und unverwechselbar er uns geworden ist auf all diesen Seiten, kein Einzelfall hinsichtlich seiner Untauglichkeit für das Schulwesen der Deutschen, und weil das seinige ein Problem, das massiert auftrat, beschäftigte es den zuständigen Senator und seinen Stab. «Um die Jugendlichen von der Straße zu holen», wie man es den Vertretern der Presse erklärte, wurden für die, die ohne ein Schulzeugnis so gut wie keine Chance hatten, von einem privaten Unternehmer einen Ausbildungsvertrag zu bekommen, aus vom Bund bereitgestellten Mitteln zur Förderung der Wirtschaft in Westberlin staatliche Lehrwerkstätten eröffnet, die es den Betroffenen ermöglichen sollten, doch noch diese oder jene Qualifikation zu erwerben.

Nasrettin hörte in seinem Boxklub davon, und ohne mit Oktay, den er seit Wochen nicht mehr gesehen, seit Monaten nicht mehr gesprochen, oder mit Sevim darüber Beratung gehalten zu haben, bewarb er sich für einen der angebotenen Plätze. Nicht, um mit unserem Beifall sparen zu wollen, nehmen wir diesen Vernunftentschluß mit einer leisen Verwunderung zu unserer Kenntnis, denn die Bescheidenheit, ja Demut, die daraus spricht, will nicht recht passen zu dem Charakter unseres Helden. Hatte er seine Forderungen an die Welt zurückgesteckt? War er von einer Stunde zur anderen bereit und willens, im Blaumann an irgendeiner Werkbank bei mickrigem Lohn sein Leben zu fristen, statt es à la Al Pacino in Spielkasinos und Bordellen als riesiges Feuerwerk abbrennen zu lassen?

Die Sache war die, daß bis zu Erlangung seiner Volljährigkeit, bis zu dem Tag also, an dem er frühestens seine Lizenz als Profiboxer beantragen konnte, noch vierzehn lange Monate vor Nasrettin lagen. Daß er Profi werden würde, stand für ihn außer Frage, aber die Boxer, zu denen er aufschaute und denen er nacheiferte in dieser Zeit, hatten sich allesamt, bevor sie angefangen, das große Geld zu scheffeln mit ihren Handschuhen, bei den Amateuren Medaillen und einen Namen verdient. So gedachte es Nasrettin ebenfalls zu halten und, je nachdem, wie es sich ergeben würde, bis zwanzig oder einundzwanzig mit dem Übertritt zu den Profis zu warten.

Amateur sein hieß aber, einen ordentlichen Beruf auszuüben, das hatte ihm der Trainingsleiter beim Leistungszentrum mehr als einmal klarzumachen versucht. Anders würde Nasrettin nie in der Nationalstaffel boxen und an keinem internationalen Turnier teilnehmen dürfen.

Als eine Fassade dachte Nasrettin sein Berufsleben sich, etwa so, wie Daggy die Werbeagentur als einen schützenden Schirm vor seinen weniger legalen Geschäften aufgestellt hatte. Auf dem Bewerbungsbogen hatte Nasrettin als seine Präferenz «Friseur» angekreuzt, doch wurden in dieser Sparte die weiblichen Aspiranten bevorzugt; in einer Halle, in der das Ausbildungsziel «Allgemeinmechaniker» hieß, bekam er seinen Platz.

Die Halle lag in Steglitz mitten in einem Beamtenwohnviertel, was behördlicherseits mit dem Hintergedanken verbunden war, der zunehmenden Ghettobildung in der Stadt entgegenzuwirken. Anders als bei seinen Mitschülern beziehungsweise Mitschwänzern bestand hier die Belegschaft nicht überwiegend, sondern ausschließlich aus Jugendlichen, deren Eltern aus ehemals dem Osmanischen Reich zugehörigen Ländern nach Deutschland gekommen waren. Die Türken bildeten als die stärkste Gruppe eine absolute Mehrheit unter den angehenden Allgemeinmechanikern, und also war für Nasrettin hier eine sehr heimatliche Umgebung und Atmosphäre geschaffen.

Die Kritik und Verhöhnung der deutschen Lehrmeister, die über die Ausbildung wachten, konnte gänzlich ungeniert und zwanglos geschehen, und auch ein über die jugoslawischen oder arabischen Kollegen offen und türkisch gesprochenes Wort war nie der Gefahr ausgesetzt, verstanden zu werden. Selbst wenn Nasrettin nicht die vorgesehenen 30 Monate aushielt, was ihm den Gesellenbrief eingebracht hätte, vielmehr aus Gründen, die wir ihm nachfühlen werden, in der Mitte seines zweiten Lehrjahres die Halle verließ, so gab es doch in dieser Zeit nicht eine Stunde, in der er seinen Entschluß, sich einzureihen in den Nachwuchs der arbeitenden Klasse, ernstlich zu bereuen gehabt hätte.

Ihr Mittagessen durften die Lehrlinge in einer Kantine der städtischen Gaswerke einnehmen. Es war nicht nur schmackhaft und reichlich, von einer kräftigen Suppe eingeleitet und von einem wechselnden Nachtisch beschlossen, es gab auch für die Muslime, für die «Nichtschweine», wie sie beim Kantinenpersonal hießen, stets einen den Forderungen des Korans Rechnung tragenden besonderen Hauptgang. Als weitere Vergünstigung hatten die Türken den Arabern voraus, daß ihnen der theoretische Unterricht an der Berufsschule in der Muttersprache erteilt werden durfte – von zwei Lehrern, die das Erziehungsministerium in Ankara dem Projekt zur Verfügung gestellt hatte. Als extrem glückhafter Umstand kam für Nasrettin noch hinzu, daß der Schlossermeister Thomas Janetzki aus Halle, der seine Fortschritte im Lehrplan zu beaufsichtigen und zu beurteilen hatte, wie an der Deformation seines Nasenbeins unschwer zu erkennen, vor seiner Republikflucht dem traditionsreichen Boxverein seiner Heimatstadt angehört hatte, weswegen er unseren Helden den übrigen Auszubildenden vorzog. Janetzki war übrigens kinderlos, und da in dieser Zeit der Kontakt zwischen Nasrettin und Oktay praktisch aufgelöst war, mischten sich Vater-Sohn-Gefühle in das Lehrverhältnis mit ein.

Wenn Nasrettin es auch anfangs mit größter Selbstüberwindung zu zahlen hatte, ließ er es sich doch sehr angelegen sein, des Morgens mit der zuverlässigsten Pünktlichkeit und in der vorgeschriebenen Arbeitskleidung an seinem Ausbildungsplatz zu erscheinen, womit er es Meister Janetzki um so leichter machte, ihn an jenen Wochentagen, wenn das Training in der Deutschlandhalle auf dem Programm stand, nach der Mittagspause aus seiner Pflicht zu entlassen. Sosehr Janetzki in pädagogischer Hinsicht Tadel verdient, wenn er Nasrettin für einen gut geboxten und gewonnenen Kampf mit zwei Tagen Sonderurlaub belohnte, so lag er doch goldrichtig, wenn er ihn den übrigen immer wieder als ein Musterbeispiel an Fleiß und Geschicklichkeit pries. Auch auf der Berufsschule waren die Lehrer voll des Lobes für ihn und freuten sich jedesmal aufs neue, wenn sie sahen, mit welch geringem Verlust er das von ihnen Dozierte aufzufangen verstand.

Hätten sie gewußt, wie Nasrettin seinen Feierabend und seine Wochenenden verbrachte! Obwohl Nasrettins immer intensiver werdendes Training und Verpflichtungen teils amouröser, teils anderer Natur, denen verschiedene seiner Jungs zu gehorchen hatten, ihnen tägliche Zusammenkünfte nicht mehr erlaubten, hatten sie jetzt bei Micha im «Black & White» ihren Stammtisch. Ihre Bänke im Park am Gesundbrunnen und in der U-Bahn-Station waren von einer nachrückenden Generation besetzt worden. Im «Black & White» war mit dem Einverständnis des Wirts jene Rolle, die vorher Eberhard dort gespielt, übergegangen an Cengiz. Nasrettin hatte mit Eberhard nach dessen Rückkehr aus Indien ein ernsthaftes Gespräch unter vier Augen geführt und ihm im Verlauf dieser Unterredung ein Angebot gemacht, das er nicht hatte ablehnen können.

Die Kundschaft war mit Qualität und Preis des von Cengiz Gelieferten einverstandener noch als mit dem, woran Eberhard sie gewöhnt hatte; das Geschäft im «Black & White» lief regelmäßig und sicher. Ärger wäre ihnen mit Gewißheit erwachsen, hätte es Daggy einfallen wollen, seinem alten Kumpel Micha in dessen Musikcafé einen Überraschungsbesuch abzustatten. Einmal geschah dies sogar, nur war Nasrettin an dem betreffenden Abend glücklicherweise bei einem Boxkampf in Moabit, und Daggy kam nicht auf den Gedanken, daß es sein eigener Stoff sein könnte, was Cengiz da vor seinen Augen vertickte.

Bestimmt entsetzlicher noch, als dies zu wissen, wäre es für Nasrettins wohlmeinende Ausbilder gewesen, hätten sie erfahren müssen, daß die Bande ihren Haschischverkauf auf die städtischen und kirchlichen Jugendzentren im Wedding und in Reinickendorf ausgedehnt hatte. Der Sonnabend, an dem in fast allen dieser Häuser Diskoveranstaltungen stiegen, wurde von ihnen zum Markttag gemacht, und bei dem hier anzutreffenden unkundigen Publikum stießen sie nachträglich noch beträchtliche Mengen ihres Henna-Produkts ab.

Allerdings wurden ihre Geschäfte dort immer wieder durch gewalttätige Zwischenfälle gestört. Die im Dienst der Bezirksämter oder der evangelischen Kirche stehenden Jugendarbeiter erteilten Nasrettin und seinen Freunden wiederholt Hausverbot, was diese selbstverständlich nicht hinnehmen durften. So kam es erst zu Raufereien mit denen, die ihnen den Zutritt versperrten, was sich bisweilen zu Massenkeilereien ausweitete, weil man zu den Diskos grundsätzlich keine Türken mehr zulassen wollte, auch die unschuldigen nicht, die weiter nichts im Sinn hatten, als mit deutschen Mädchen anzubändeln oder zu schwofen. Diese von Mal zu Mal eskalierenden Schlägereien, bei denen auf deutscher wie auf türkischer Seite größere Kontingente für die jeweilige Nationalehre stritten, mußten von der Polizei geschlichtet werden, und das große Berliner Boulevardblatt konnte in einer Artikelserie über die Entwicklung des «Reinickendorfer Türkenkrieges» berichten. Zu seinem Glück war Nasrettin auf den veröffentlichten Fotos nie zu erkennen.

Für den Verkauf an die Berlin-Touristen an der Hasenheide und am Adenauerplatz, dem sie sporadisch ebenfalls nachgingen, hatte Barış ein neues Verfahren elaboriert, welches es erlaubte, das von Daggy bezogene Material mit den bekannten Zutaten derart zu strecken, daß aus einem Kilo drei Kilos wurden. Den unentgeltlichen Rohstoffbezug aus Daggys Beständen konnte Nasrettin tatsächlich aufrechterhalten. Dieser Krug sollte sehr lange zum Wasser gehen, ehe er zerbrach.

Das erste Kilo, das Nasrettin bei Daggy dem Bechstein-Flügel entnommen, hatte ihnen ein Dreivierteljahr beinahe gereicht; Nasrettin war schon über vier Monate Lehrling in seiner Werkstatt, als er sich wieder mit der Nachschubproblematik konfrontiert fand. Diesmal ging er ohne Blumen zu Daggy.

Der dachte, als er auf dem Monitor seiner Überwachungskamera sah, wer ihn da beehrte mit seinem Besuch, nicht im entferntesten daran, für Nasrettin den Türöffner zu drücken. Nasrettin fühlte sich leicht geschmeichelt, daß der andere ihn nach all der Zeit auf Anhieb erkannte, hatte damit aber doch auch gerechnet. Trotzdem unternahm er keinen Versuch, sich, wie er dies an den Pforten der verschiedenen Jugendzentren erfolgreich erprobt, mit Gewalt Eingang zu schaffen. Daß er Allgemeinmechanik lernte, kam ihm zustatten. Von der Schlosserei hatte er schon genügend begriffen, daß mit Hilfe des Drahts, den er vorahnend eingesteckt hatte, die Türe von Daggys Mercedes binnen einer halben Minute aufgetan war. Das Lenkradschloß zu knacken bereitete ihm ebensowenig Mühe, und da zu seinem Berufsschulpensum auch ein Grundkurs der Elektrik gehörte, bedeutete das Kurzschließen des Motors erst recht keine Hürde für ihn.

Hingegen war das Wenden auf dem engen Hof für Nasrettin von hohem Schwierigkeitsgrad, denn er hatte ja noch nicht das Alter, eine Fahrschule zu absolvieren, und nur hier und da einmal auf einem Feldweg in der Klapperkiste eines großjährigen Bekannten geübt. Der immer noch wie frisch aufgetragen glänzende Lack von Daggys 300 SEL bekam seine ersten Schrammen bei dem Manöver. Aus den Augen des Besitzers, die es am Fenster durch die heruntergelassene Jalousie beobachten mußten, quollen Tränen hervor.

Da Daggy just vor Nasrettins Besuch seinen Wagen vollgetankt hatte und Cengiz seit einer knappen Woche Inhaber eines Führerscheins war, lud Nasrettin die Jungs über das Wochenende zu einer Spritztour ins Wessiland ein, durch die sie mit der Stadt München und ihrer schönen Umgebung bekannt wurden. Selbst am Tegernsee fühlten sie sich in ihrem Luxusschlitten ganz famillionär und kündigten sich, nachdem sie die Dave-Brubeck-Kassette aus dem Recorder entfernt, eine von İbrahim Tatlises eingelegt und bei heruntergekurbelten Fensterscheiben Daggys raffinierte Anlage auf volle Lautstärke gedreht hatten, als die kommenden Neureichen an.

Es waren die Blicke der Mädchen am Straßenrand, welche die fortan bewahrte Vorliebe für die Automobile aus der von Gottfried Daimler begründeten Firma in Nasrettin pflanzten. Auch konnten sie mit gutem Gewissen behaupten, daß es eine türkische Limousine war, in der Cengiz sie da durch die Lande kutschierte, denn sowohl Ümit als auch Savaş hatten einen Onkel, der am Fließband des Hauptwerks in Sindelfingen an die Fahrzeuge mit dem Stern auf dem Kühler Teile montierte.

Als spießig wurde es von den anderen empfunden, daß Nasrettin sonntags schon am frühen Nachmittag die Heimfahrt anordnete mit der Begründung, er wolle am nächsten Morgen pünktlich und ausgeschlafen in der Werkstatt erscheinen. Cengiz' Anerbieten, ihn in Daggys Mercedes an seiner Ausbildungsstätte vorzufahren, wies er nicht ohne Entrüstung zurück.

Wäre es nach den Jungs gegangen, hätten sie den Wagen behalten. Sie dachten eben immer nur ans Vergnügen, aber zum Glück war Nasrettin da, und der dachte ans Geschäft.

Gleich nachdem Meister Janetzki ihm einen geruhsamen Feierabend gewünscht, meldete er sich montags bei Daggy und fragte ihn, ob er nicht sein Auto zurückhaben wolle. Tatsächlich hatte Daggy noch nicht gewagt, es als gestohlen zu melden.

«Nicht, daß ich dir einen Tausch anbieten möchte …», sprach Nasrettin in den Hörer des Münztelefons. «Du hast gegen die heiligen Sitten der Gastfreundschaft gesündigt, mein lieber Daggy, und obwohl du doch zu Hause warst, mir deine Tür nicht geöffnet. Ich hoffe, das hängt nicht damit zusammen, daß du mir das

Kilo, das du mir versprochen hattest, als wir uns das letzte Mal sahen, plötzlich zu verweigern gedenkst. Weißt du, Daggy, ich liebe die Musik auch, und es widerstrebt mir, wenn ich die schönen Instrumente deiner Sammlung mit der Axt und mit der Säge bearbeiten muß.»

«Laß uns solche Dinge nicht am Telefon besprechen», beschwor Daggy ihn.

«Du bist gut», konterte Nasrettin, «wie soll ich sonst mit dir sprechen, wenn du mir deine Tür versperrst?»

Daggy empfing ihn höflich. Er wurde aufgefordert, aus der breiten Palette des Sortiments zu wählen, das der umsichtige Kaufmann erweitert hatte um thailändisches hochkonzentriertes Cannabisöl und einen pechschwarzen, knetbaren Haschisch aus Nepal. Für letzteren entschied Nasrettin sich, und Daggy wog ihm das Kilo aufs Gramm genau ab. Nasrettin verriet ihm, wo Cengiz den Wagen abgestellt hatte.

«Aber hol ihn erst morgen», meinte Nasrettin. «Ich möchte gerne die kleinen Lackschäden ausbessern lassen, und aufgetankt werden muß er auch. War aber sehr nett von dir, daß wir die Kiste ausleihen durften. Besten Dank natürlich auch für den Haschisch. Laß mich aber bitte, wenn ich das nächste Mal komme, nicht warten vor deiner Tür.»

«Wie wär's, wenn du dich vor deinem nächsten Besuch anmelden würdest?» bat Daggy beim Abschied.

Das versprach Nasrettin ihm, schüttelte ihm die Hand und wünschte ihm Gutes.

Der schwarze Nepalese fand im «Black & White» reißenden Absatz. Schon zwei Wochen später mußte Nasrettin wieder zu Daggy. Nasrettin hatte gar nichts dagegen, sich vorher am Telefon zu verabreden mit ihm, wurde aber doch etwas mißtrauisch, als Daggy ihr Treffen um drei Tage aufschieben wollte, weil er angeblich eine ganz spezielle Lieferung erwartete.

Nasrettin hatte es sich gerade auf dem Sofa mit dem roten Nappabezug bequem gemacht, den ersten Schluck von dem

«Punching-Ball» genommen, den Daggy nach seinen Angaben für ihn gemixt, als hinter ihm die Klotür aufging, aus der eine schwergewichtige, in gut gepolsterte Lederkleidung verpackte Schlägertype hervortrat, in der Rechten einen Revolver, in der Linken eine Leine, an deren Ende ein äußerst strammuskeliger Pitbull seinen imposanten Schädel durchs Halsband schob.

Nasrettin hielt sich nicht mit Fragen auf. Er erriet die Bedeutung dieser Erscheinung blitzschnell, und seine Reaktion kam der Drohung fast noch zuvor. Daggy war eben doch durch und durch Kunstfreund und Genießer, jede Form roher Gewalt erregte seinen Abscheu. Deswegen hatte er für teures Geld diesen hundeführenden Killer geheuert. Nun vermasselte er in seiner sträflichen Harmlosigkeit dem Mann seinen Job, denn auf Nasrettins Wunsch hatte er ihm für den Drink auf einem Brettchen von einer Zitrone eine Scheibe heruntergeschnitten und dazu eines seiner größten und schärfsten Küchenmesser benutzt.

Das hatte Daggy jetzt an der Kehle.

In Daggys Erinnerung fehlte die Sequenz, in der unser Held mit dem vom Couchtisch aufgehobenen Messer hinter ihn gesprungen sein, ihm die Arme auf den Rücken gezogen und die Klinge an die Gurgel gepreßt haben mußte. Nur die unbehagliche Empfindung an seinem Adamsapfel blieb übrig.

Der aufmerksamste und geistesgegenwärtigste unter Nasrettins Widersachern war der Hund, der sich losriß und nach seinem Arm sprang. Aber auch der Vierbeiner wurde überlistet von dessen Schnelligkeit, der zur Deckung Daggys Schulter vorschob, in die sich der Angreifer irrtümlich verbiß.

«Als erstes rufst du mal deinen Hund zu dir», sagte Nasrettin in einem Ton, dessen staubtrockene Gelassenheit für Daggy und seinen Beschützer noch verblüffender und demoralisierender war als die demonstrierten Selbstverteidigungskünste.

Da der Mann nicht gleich reagierte, zog Nasrettin Daggys Küchenmesser härter an dessen Kehle heran.

«Mach schon!» brüllte Daggy, so laut er konnte, ohne seinen

Adamsapfel selbst dem gewetzten Stahl entgegenzudrücken. «Tu, was er sagt!»

Es handelte sich um ein perfekt abgerichtetes Tier, denn auf Kommando löste es seine Zähne augenblicklich aus dem Fleisch an Daggys Schulter, ließ sich auf den Teppich fallen und tapste zu seinem Herrchen zurück.

«Jetzt legst du die Knarre vorsichtig neben mein Glas hier auf das Tischchen.»

Mit der Stimme eines Unbeteiligten und mit einem leichten Stich ins Ironische hatte Nasrettin diese Anweisung gesprochen, und es wurde ihr, nachdem der schwere Ledermann sich mit seinem Auftraggeber durch kurzen Blickkontakt verständigt, Folge geleistet. Dann kamen drei lange Hände von Nasrettin, und das dauerte insgesamt weniger als eine Viertelsekunde. Während Daggy, von Nasrettin geschubst, sich noch auf der Flugbahn durch die Weite seiner Etage befand, hatte das Messer schon aus Nasrettins rechter Hand in die linke gewechselt, die frei gewordene vom Tisch den Revolver gegriffen, gezielt und geschossen. Der Hund, tödlich getroffen, lag früher am Boden als Daggy.

Nasrettin bestand darauf, daß der Fleischberg, von dessen Bedrohlichkeit ohne den Hund an seiner Seite und die Waffe in seiner Hand nicht mehr viel übrig war, in die Hängematte stieg und dort von Daggy zu einem Paket zusammengeschnürt wurde. Diese Arbeit zu beaufsichtigen, nahm Nasrettin wieder seinen Platz auf dem Sofa ein und schlürfte weiter an seinem Drink.

«Wenn man sich in einer Notlage befindet», sagte er, als Daggy fertig geworden war, «was ja vorkommt im Leben, dann ist es immer sehr wichtig, an wen man sich wendet. Solltest du wieder einmal in solch eine Situation geraten, wo du unbedingt jemanden loswerden willst, bitte lieber mich um Rat und Beistand, bevor du alles schlimmer machst, indem du Leute engagierst, die sich nicht auf ihre Sache verstehen. Du hattest also vor, mich zu erschrecken? Daggy, Daggy, wo soll das nur hinführen mit uns beiden? Bist du immer noch darauf aus, mich an der Entfaltung meiner Persönlichkeit zu hindern? Dabei wollte ich heute sogar bezahlen. Du mußt ja schließlich auch irgendwo bleiben.»

Zum Beweis zog Nasrettin ein dickes Bündel mit Hundertmarkscheinen aus seiner Hosentasche.

«Nun enttäuschst du mich, Daggy», setzte er fort. «Was soll ich machen mit dir? Ich muß dir doch eine Lehre erteilen, damit du dir's merkst, denn, verstehst du mich, Daggy, so etwas wie eben möchte ich von dir nie wieder erleben. Nie wieder. Ich komme von weit her, wie du weißt, aus der tiefsten Türkei, von ganz hinten am Eisernen Vorhang. Als ich ein kleiner Junge war, gab es in unserem Dorf schon mal so eine Geschichte, die mit einem Revolver anfing ... Soll ich dich denn jetzt abknallen wie diesen Hund? Sag was, Daggy. Was würdest du tun an meiner Stelle?»

Daggy schwieg.

«Du könntest mir Geld geben», nahm Nasrettin wieder das Wort. «Dafür, daß ich dein Leben verschone. Der Koran sieht so etwas vor. Aber ich nehme von dir kein Geld. Ist dir das schon aufgefallen, mein Lieber? Ich schlage vor, du gibst mir etwas mehr als das Kilo, das ich abholen wollte, und dann lassen wir Gras wachsen darüber.»

Daggy nickte schuldbewußt.

«Dann laß hören», forderte ihn Nasrettin auf. «Wieviel rückst du freiwillig raus?»

«100 Kilo», antwortete Daggy schnell. «Zehn kannst du gleich mitnehmen, den Rest besorge ich dir.»

«Zwei Zentner!» erstaunte Nasrettin sich. «Sag mal, Daggy, findest du nicht, daß du dich ein bißchen überbewertest? Was hast du dem Kerl in deiner Hängematte dafür geboten, daß er dich von mir befreit? 10 000 Mark? 20 000 Mark? Und dein Leben soll gleich dreißig- oder vierzigmal soviel wert sein? Das beleidigt mich fast noch mehr als deine fiese Absicht, mich um die Ecke bringen zu wollen. Gib mir fünf Kilo.»

Nicht in der Lage Nasrettins, der als Sieger mit dem von ihm festgesetzten Tribut das Schlachtfeld verließ, viel eher in derjenigen Daggys, dem, geschlagen und gedemütigt, das Lebensnotwendige großzügigerweise noch gelassen worden war, befand sich nach dem Frieden von Karlowitz das Osmanische Reich. Die Janitscharen waren in etwa jenem Mann in Daggys Hängematte zu vergleichen, der, als Daggy ihn nach Nasrettins Abgang losgebunden hatte, nicht nur seine volle Gage eintrieb, sondern seinen Auftraggeber auch für den Hund und den verlorenen Revolver haftbar machte.

Die Sekban, die «Hundeführer», wie sie für unseren Zusammenhang sehr treffend hießen, eine zweite Elitetruppe, die schon von Selim dem Grausamen aufgebaut worden war, um bei Gelegenheit durch sie die Janitscharen in Schach setzen zu können, machten mit letzteren gemeinsame Sache, revoltierten gegen Mustafa II. und setzten auf den Thron dessen Bruder Ahmet, dritter Sultan des Namens.

Das fiel 1703 in Edirne vor und mochte ein spektakulärer Auftakt sein für den Eintritt ins 18. Jahrhundert. Bedeutungsvoll oder heilsam war es kaum, denn an der Grundpeinlichkeit, daß man zum Sterben zu mächtig und zum Leben zu schwach, änderte dieser Umsturz nicht das geringste. Daraus, daß der Reisülküttap sich in Karlowitz von den vereinten Europäern die Klauseln des Friedensvertrags hatte in die Feder diktieren lassen müssen, waren zwei voneinander sehr verschiedene Thesen ableitbar, was den Zustand und die Zukunft des Osmanischen Reiches betraf. Für die einen mußte daraus die Lehre gezogen werden, daß man schleunigst bei den Europäern in den Nachhilfeunterricht zu gehen hatte, um das Versäumte nachzuholen, bevor alles zu spät war. Die anderen machten gerade die Neuerungen und westlichen Anleihen für den Niedergang verantwortlich und sahen das Heil in der kompromißlosen Rückkehr zum Fundament des Islams.

So erwarteten die einen die Genesung aus der Richtung, in die sie ihre Gebete schickten; die anderen schauten nach Paris, weil sie glaubten, daß die Medizin von dort geholt werden müsse. Der Patient jedoch blieb sich selbst überlassen. Das 18. Jahrhundert, das fünfte der Existenz des Osmanischen Reiches, war sein fatalstes, nicht obwohl, sondern weil es im Vergleich zu den vier voraufgegangenen als sein stabilstes erscheint.

Die Reformer und Modernisten hielten den Krakeelern fürs Vorgestrige in etwa die Waage. Mal hatten diese mehr Einfluß beim Sultan, mal geriet er jenen unter die Fuchtel. Erst hatte der islamgläubige Müftü Feyzullah Efendi alle Zügel an sich gezogen und seine gesamte Verwandtschaft in die hohen Staatsämter besetzt, weswegen beim Vorfall von Edirne sein Kopf den Aufständischen vor die Füße gerollt werden mußte. Dafür wurde Ahmet III. ab 1718 von seinem Schwiegersohn und Großvezir İbrahim aus Nevşehir am Gängelbändchen geführt und zu einer Parodie auf den Sonnenkönig dressiert.

Dieser Nevşehirli Damat İbrahim Paşa war im Grunde eine hoffnungsvolle Erscheinung. Er erkannte das kindliche Gemüt seines Sultans und beschaffte immer raffinierteres und verrückteres Spielzeug aus Paris für ihn. Ahmet III. ließ sich davon gern inspirieren und baute sich sein eigenes Fontainebleau. Er führte am Bosporos die wahnwitzige Mode ein, auf Stühlen an Tischen zu sitzen. Zur gleichen Zeit entdeckten an Seine und Loire die Noblen, wie behaglich es ist, sich auf Kissen und Ottomanen zu fläzen, sich die Speisen auf niedrigen Sofralarn servieren zu lassen. Auch die Manie mit den Tulpen, deren Zwiebeln Damat İbrahim für Ahmet III. aus den türkischen Ursprungsländern in Zentralasien importierte, wurde übernommen von den Westeuropäern; die Holländer haben bis heute nicht abgelassen von diesem osmanischen Spleen, der İbrahims Amtszeit den Namen «Tulpenära» eintrug.

Aber das war Spielkram für den Hof. Das eigentliche Interesse des Großvezirs galt der Heeresorganisation und der Waffentechnik jener Mächte, die das Reich vor dem Frieden von Karlowitz in die Knie gezwungen. Er hatte nicht mehr wie sein Namensvetter und Amtsvorgänger, den wir als den Großvezir Süleymans des Prächtigen etwas näher kennengelernt haben, Alexander, sondern Peter den Großen zum Vorbild. Was dieser Zar aus jenem Rußland, in dem noch Mehmet Sokullu den Kanal vom Don zur Wolga begonnen, gemacht hatte in wenigen Jahrzehnten, das mußte man kopieren und, wo es ging, überbieten.

Schon übernahmen die europäischen Orchester das Schlagzeug von den Musikkapellen der Janitscharen, fusionierten Trommeln und Pauken in ihren Sound, aber die Osmanen mußten auch mittuten im politischen Konzert der europäischen Nationen, und so richtete Damat İbrahim zum ersten Mal in der Geschichte des Reiches ständige diplomatische Missionen in Wien, Petersburg, Paris und sogar bei den Polen ein. Diese Botschafter hatten, anders als jene Gesandten, die in den Jahrhunderten zuvor in die Kapitalen der Ungläubigen geschickt worden waren, nicht nur die Belange der Hohen Pforte zu vertreten. In erster Linie waren sie als offizielle Spione, als Beobachter dort. Damat İbrahim interessierte sich für Einzelheiten aus allen Lebensbereichen, und die Berichte seines Repräsentanten am französischen Hof, sattsam gespickt mit ausführlichen Beschreibungen von Werkstätten, Krankenhäusern, zoologischen Gärten, Parks, jeglicher Art von Boutiquen und Läden, Mode, Wohnungseinrichtungen und tausenderlei Gegenständen des täglichen Bedarfs, wurden zur Lieblingslektüre des Großvezirs, aus welcher er gleich nach ihrem Eintreffen stets auch dem Sultan vortragen mußte.

Der Verfasser jener Miniaturen, die ein detailreiches Sittengemälde des Pariser Lebens jener Epoche ergaben, war ein ungarischer Konvertit, der nach seinem Übertritt zum Islam zusätzlich zum Namen des Propheten den etwas sonderbar anmutenden Yırmısekiz, Achtundzwanzig, angenommen hatte. Achtundzwanzig Mehmet also war Damat İbrahims Mann in Paris, und er hatte nicht nur neben all den eingelieferten Faits divers wie gewünscht sehr Präzises in den Militärschulen und auf den Exerzierplätzen der Franzosen beobachten können; durch ihn kam auch das mit

Abstand sensationellste Spielzeug von der Seine ans Goldene Horn, und dies stellte der Großvezir nicht beim Sultan, sondern in seinem eigenen Palast auf: die erste Druckerpresse des Osmanischen Reiches!

Die Ulema, die selbstredend Sturm lief gegen die um zweieinhalb Jahrhunderte verspätete Ankunft von Gutenbergs Erfindung und lauthals die Zerstörung der Teufelsmaschine verlangte, vermochte Damat İbrahim zu beruhigen, indem er die mechanische Reproduktion die Religion betreffender Texte strengstens verbot. Durch Vermehrung ihres Fleißes beim Abschreiben des Korans konnten die frommen Männer den Franzosenknecht und den ihn deckenden Tulpenfreund auf dem Thron nun nicht mehr besiegen, und so nahm der von ihnen mit dem sunnitischen Stumpfsinn scharfgemachte Pöbel die Angelegenheit schließlich selbst in seine schwieligen Hände.

In seiner Weitsicht hatte Damat İbrahim erkannt, daß vor einer Reorganisation und Umrüstung des Heeres Angriffskriege in Europa die Lage des Reiches nur verschlimmern konnten, und so hatte er die Kriegsmaschine lieber beim Nachbarn im Osten beschäftigt. Besonders clever an diesem Şah-Zug war, daß er im Bund mit Rußland geschah, was nicht nur den die Zukunft des Reiches am stärksten gefährdenden Feind vorübergehend zum Waffengefährten machte, sondern Damat İbrahim auch leichte Beute in Persien schaffte. Als aber 1730 das neue Regime in Persien eine unerwartet kraftvolle Konterattacke vortrug, gab er den Großteil seiner Gewinne wieder zurück. Diese Konzession an die Rotköpfe brach ihm buchstäblich das Genick. İstanbul erlebte das Kuriosum einer Volkserhebung im Namen des Şeriats. Man erinnerte an die alten Fetvalar, welche die Şiiten als vom Erdboden zu vertilgende Feinde des Glaubens qualifiziert hatten. Diesen nun hatte der Großvezir kampflos Terrain überlassen, und das ist dem Gläubigen durch den Koran ausdrücklich untersagt.

Anführer der Rebellion war ein Gemeiner der Janitscharen, Patrona Halil mit Namen. Ahmet III. glaubte noch, durch die Aufopferung des Großvezirs sich den Thron erhalten zu können, wurde aber von Patrona Halil und seinen Leuten zur Abdankung gezwungen. Gleichermaßen irrtümlich war die Meinung Patrona Halils, in dem von ihm im Oktober 1703 installierten Sultan Mahmut, einem Sohn Mustafas II., ein gefügiges Werkzeug zu haben. Schon nach Jahresfrist kam dies Zwischenspiel zu seinem Ende. Sultan Mahmut führte einmal wieder das beliebte Repertoirestückchen auf und lud Patrona Halil und dessen engste Vertraute zwecks Beratung eines Krieges wider die persischen Ketzer zu einem Gastmahl, dessen letzter Gang auch diesmal das Blutbad der Beköstigten war.

Das abwechselnde Vor und Zurück lief im Resultat auf politischen Stillstand hinaus. Mit rauschenden Hoffesten à la Louis Quatorze, mit Tulpenbeeten, beleuchtet von Schildkröten, die Kerzen auf ihren Panzern trugen, und dergleichen Schabernack war erst einmal wieder Schluß, aber ein Zug des fortschrittlichen, an Frankreich orientierten Regimes von Großvezir Damat İbrahim Paşa blieb unter Mahmut erhalten durch die Person des Comte de Bonneval, eine der ganz besonders illustren Gestalten in der Geschichte des Osmanischen Reiches.

Im Rang eines Generals hatte er dem Sonnenkönig seine Dienste gekündigt, war in habsburgische eingetreten und hatte unter Prinz Eugen von Savoyen sowohl gegen sein Heimatland als auch gegen den Papst und gegen die Osmanen gefochten. Doch auch im Sold des Kaisers fand Bonneval seine volle Befriedigung nicht, und weil sich die Signoria nicht für ihn interessierte, stellte er seine Fähigkeiten schlußendlich der Hohen Pforte zur Disposition.

Hier wurde er mit weit geöffneten Armen empfangen; am liebsten hätte man ihm für eine durchgreifende Heeresreform die Vollmacht erteilt. Da aber Bonneval als ersten Schritt die Aufteilung des Corps der Janitscharen in viele kleine Einheiten unter von ihm ausgebildeten Offizieren vorschlug, hätte man gleich die nächste Rebellion am Halse gehabt, weshalb man es vorzog, der Tätigkeit des umtriebigen Grafen ein engeres Feld anzuweisen.

Die Humbaracı, ein Artillerieregiment, das durch die Verlotterung des Tımar-Systems praktisch aufgelöst war, wurde unter Bonnevals Kommando gestellt und von ihm – nachdem er sich wie Achtundzwanzig Mehmet zum Einzigen Gott und Mohammed, Seinem Propheten, bekehrt, sich allerdings für den schlichten Namen Ahmet entschieden hatte – nach teils von den Franzosen, teils von den Österreichern entlehnten, teils von ihm selbst ersonnenen taktischen Maximen von Grund auf neu konzipiert. In Üsküdar wurden für Ahmet Paşas Einheit neue Kasernen errichtet, ein Übungsplatz nach seinen Vorstellungen angelegt. Angegliedert wurde eine Akademie für das militärische Ingenieurwesen, und Bonneval alias Ahmet Paşa fiel damit das Verdienst zu, den technischen Wissenschaften in der Türkei die Türe geöffnet zu haben.

Ihre Erfolge bei der Verteidigung gegen die von Rußland und Österreich in der zweiten Hälfte der dreißiger Jahre gestarteten Angriffskriege und den für die Hohe Pforte äußerst vorteilhaften, 1739 in Belgrad geschlossenen Frieden, der die zaristische Flotte aus dem Schwarzmeer verbannte, hatten die Osmanen hauptsächlich Bonneval zu verdanken. Dennoch baute man nicht, was den Verlust der Großmachtstellung vielleicht verhindert hätte, ein Kriegsministerium auf mit Bonneval an dessen Spitze. Dies Versäumnis durften sich die Janitscharen zurechnen, deren Verantwortung für den Niedergang eine immer direktere wurde. Jetzt erblaßten nicht mehr wie einst die christlichen Fürsten und ihre Frontsoldaten vor ihrem Namen. Mehr als vor sämtlichen Heiligen Ligen fürchteten sich vor ihnen, die das Reich zu dem gemacht hatten, was es noch bis zum Karlowitzer Frieden gewesen, der Sultan und alle, die um die Unumgänglichkeit der Heeresreform wußten. Bonnevals Militärakademie überlebte ihren Gründer noch um wenige Jahre, dann wurde sie auf Betreiben der Janitscharen geschlossen.

Die Aufgeschlossenheit zumindest von Teilen des osmanischen Machtapparats, die Bereitschaft, die technischen Errungenschaften des Westens anzuerkennen und zu adaptieren, war zu halbherzig, um wenn schon nicht die Überlegenheit, so doch die Ebenbürtigkeit zurückzuerlangen; vor allem aber war sie ganz ausschließlich fixiert auf den militärischen Sektor. So wurde osmanischerseits dies für Europa so außerordentlich bedeutsame 18. Jahrhundert komplett verschlafen. Nicht nur die Aufklärung wurde verpaßt, was schlimm genug war, aber durchs schlierige Auge des muslimischen Überwertigkeitskomplexes sah man auch nichts von der Industriellen Revolution, welche die herkömmlichen Produktionsverhältnisse zersprengte, und für diese eitle Selbstverblendung sollte dem Reich in der Folge heftig auf den Hut gehauen werden.

Von der mit der Weiberherrschaft einsetzenden Korrosion der sozioökonomischen Grundlage des Osmanischen Reichs, von der Durchlöcherung des Tımar-Systems, erst durch den ungesetzlichen Ämterkauf, dann durch die offizielle Einführung der Steuerpacht, ist die Rede gewesen. Die Superiorität des Osmanenstaates den feudalistisch organisierten Gesellschaften Europas gegenüber hatte ihren Dreh- und Angelpunkt gehabt im korangesetzlich proklamierten und in soziale Realität umgesetzten Verbot des Privateigentums an Grund und Boden. Alles Land gehörte Gott, Nutzungsrechte wurden ausschließlich durch den legitimen Herrscher, den Sultan, vergeben. Das hatte die Entstehung einer grundbesitzenden Ausbeuterklasse, eines Adels im europäischen Sinne, verhindert.

Die von den Raya für die Überlassung der landwirtschaftlichen Nutzflächen eingetriebenen Abgaben bildeten die hauptsächliche materielle Substanz des osmanischen Staates. Wir hatten gesehen, wie durch Übergriffe und Mißbrauch der Staatshaushalt in den Teufelskreis hineingebracht worden war, wie andererseits Sultan Murat IV. und Mehmet Köprülü das Tımar-System weitgehend zu restaurieren vermochten. Doch waren diese temporären Erfolge nicht haltbar. Der religiöse Elan war verbraucht. Der Kreislauf geriet erneut ins Stocken, und um die aufreißenden Löcher kurzfristig stopfen zu können, wurden die Steuern wieder verpachtet.

Das, was das osmanische System für die Bauern in Anatolien, auf dem Balkan und auf den griechischen Inseln so attraktiv gemacht hatte, die Steuersicherheit, der Schutz vor der Willkür der Feudalherren, dieser alles entscheidende Vorteil fiel flach. Die Raya wurden der uneingeschränkten Ausbeutung und Unterdrückung durch die Steuerpächter ausgesetzt, ein auskömmliches Wirtschaften, der Verbleib auf der Scholle wurde ihnen unmöglich gemacht. Die Agrarproduktion ging drastisch zurück, Hungersnöte und Bauernrevolten waren die logische Folge davon.

Das war die Dauerkrise, die in den letzten Jahren der Regierung Süleymans des Prächtigen eingesetzt hatte und das gesamte 17. Jahrhundert durchzog. Aus dem Scheitern der gewaltigen Anstrengungen zur Wiederherstellung des Tımar-Systems kam man unter Ahmet III. schließlich zur Konsequenz. Die Steuern wurden an die Pächter nicht mehr wie bisher nach Lust und Laune verhökert, gewährt und entzogen, wie der Kassenstand der Pforte es gerade erforderlich machte. Ein neues Institut wurde geschaffen, Malikane genannt. Damit war es ausgesprochen: Malikane bedeutet Besitz. Die Malikane wurde versteigert, ihr Erwerber behielt das Recht an den Steuern auf Lebenszeit, und in der Praxis wurde es sogar vererbbar. Ein neuer sozialer Typ trat in Erscheinung: der Derebeyi, der Talfürst.

Während in Europa sich das Bürgertum zur Klasse formierte, die Macht von Adel und Klerus zu brechen begann, wurden im Osmanischen Reich feudalistische Besitzverhältnisse etabliert. Die Entwicklungsmöglichkeiten für den Kapitalismus wurden nicht nur nicht verbessert, sie wurden entschieden verschlechtert. Das immerhin vorhandene Kapital aus Wucher und Handel, über das als Privatiers beinahe ausschließlich Griechen, Armenier und Juden verfügten, floß nicht in Manufakturen oder kleine Industrien, es wurde per Malikane zu Grundbesitz verfestigt. Der Personenkreis, aus dem allenfalls eine Bourgeoisie sich hätte rekrutieren können, schuf sich Latifundien in fernen Provinzen. Der Staat, in Frankreich etwa bewußter Antreiber der kapitalistischen Warenproduktion, hemmte dieselbe im osmanischen Machtbereich durch Fixierung der Preise für die an die Armee zu liefernden Güter und ließ einen freien Markt erst gar nicht entstehen. Den Rest besorgten die Kapitulationen, die das Osmanische Reich für England und Frankreich zu einem Land machten, das sich in wirtschaftlicher Hinsicht von deren Kolonien kaum unterschied. Sie bezogen von dort die Rohstoffe für ihre im Entstehen begriffenen Industrien und brachten die Fertigprodukte zurück. Der geringe Zoll war alles andere als eine Hürde, zumal das, was das heimische Handwerk hervorzubringen vermochte, als Konkurrenz so gut wie nicht in Betracht kam. Überflüssig zu sagen, daß die Janitscharen, die ihre Macht auf die Gilden und Zünfte ausgestreckt hatten, sich jeder Lockerung entgegenstemmten und auch in dieser Sphäre alles taten, die unzeitgemäße Ordnung der Dinge zu betonieren.

Eines natürlichen Todes starb im Dezember 1754 Sultan Mahmut. Ihm folgte sein Bruder Osman, dritter Sultan des Namens. Ein halbes Jahrhundert hatte Osman III. bis dahin im Prinzenkäfig gehockt, entsprechend borniert war sein Regime. König Friedrich II. von Preußen, der ihm gratulierte zur Thronbesteigung und ihm einen Freundschaftsvertrag anbot, wurde, obwohl der Müftü şeriatsmäßig keine Einwände hatte, ungünstig beschieden. Größtes Augenmerk hatte Osman III. auf die Kleiderordnung, und als sei's mit der Reglementierung des Handwerks noch nicht genug, wurde jetzt nicht nur, was sie produzierten, sondern auch, was sie am Leib trugen, aufs peinlichste überwacht. Der Spuk währte drei Jahre, dann gab Osman III. seinen schwachen Geist auf.

Ein Sohn seines Onkels Ahmet III. wurde 1757 zu Eyub mit dem Schwert umgürtet: Mustafa, dritter Sultan des Namens. Mit Mustafa III. ging es im Zickzack wieder ein paar Schrittchen nach vorn, worin dieser weltoffene und gebildete Sultan tatkräftigst unterstützt wurde von seinem ersten Großvezir Mehmet Ragıp Paşa, unter den verdienstvollen Großveziren in der Geschichte des Osmanischen Reiches der einzige geborene Türke. Eine seiner Amtshandlungen war 1761 der Abschluß des von Friedrich dem Großen so dringlich gewünschten Freundschaftsabkommens, allein, der Aufforderung, die osmanischen Waffen gleichzeitig mit den preußischen gegen Maria Theresia zu richten, mochte er doch nicht willfahren.

In Sanssouci nahm man diese untypische Zurückhaltung mit Kopfschütteln auf, aber so befremdlich es klingt, es muß konstatiert werden, daß die osmanischen Annalen für einen Zeitraum von 21 Jahren nicht einen einzigen Krieg vorweisen können. Erst 1768 war es wieder soweit, denn Katharina die Große wollte partout. Als Zankapfel reichte die majestätische Verführerin Polen, der Sultan schlug alle Warnungen seiner Ulema in den Wind und biß an.

Katharina hatte einen ihrer früheren Bettgefährten, Stanislaus Poniatowski, auf den polnischen Thron gesetzt. Der polnische nationale Widerstand bat die Hohe Pforte um ihren Beistand, auch die Tataren der Krim und der französische Botschafter in İstanbul bliesen aufs kräftigste in dieses Horn, und da die Aufforderung, die russischen Truppen aus Polen zurückzuziehen, von Katharina natürlich mit Hohngelächter beantwortet wurde, verlangte der Krieg einmal wieder seine Erklärung.

Sultan Mustafa III. erhielt eine höchst ergiebige Lektion in Sachen Weiberherrschaft. Die Zarin führte ihm vor, zu welchen Leistungen die Kunst der Intrige befähigt, wenn sie gepaart wird mit Patriotismus und Eroberungsgeist. Ihre Agenten stifteten Verwirrung nicht nur unter den Tataren, wo der völlig unfähige Devlet Giray IV. zum Han gekürt wurde, sie schickte ihre Agitatoren auch auf den Balkan und nach Griechenland, wo sie die Massen mal unter der panslawistischen, mal unter der christlich-orthodoxen Fahne zum Aufstand gegen das Türkenjoch hetzten. Ihre

Truppen ließ Katharina gleichzeitig auf der Krim, an der Moldau und auf dem Kaukasus gegen die Osmanen und ihre Verbündeten marschieren, komplettierte das strategische Meisterstück aber noch durch ein Flottenmanöver, mit dem sie beabsichtigte, den Sultan, wie sie sich ausdrückte und wovon sie bekanntermaßen sehr viel verstand, an seiner empfindlichsten Stelle, den Testikeln, zu packen. Damit waren die Dardanellen gemeint.

Zwar stand auf dem Schwarzmeer wegen des Belgrader Friedens keine Flotte mehr zu ihrer Verfügung, aber in der Ostsee lagen vorzüglich gerüstete russische Schiffe, und die schickte sie jetzt durch Kattegat und Skagerrak in den Ärmelkanal, wo sie von den hilfreichen Engländern weiter auf Vordermann gebracht wurden. Bei einem Zwischenstop in Portsmouth wurde nicht nur ein und das andere zusätzliche Kanönchen auf ihre Schlachtschiffe montiert, es kamen auch fähige Teile der britischen Admiralität an Bord, und mit so vermehrten Kräften ging die Reise weiter an der Atlantikküste entlang, durch die Straße von Gibraltar und quer durchs Mittelländische Meer.

Nun waren aber die sultanischen Testikel nicht gar so entblößt, wie von der scharfen Zarin vermutet. Der russische Angriff auf die Dardanellen konnte von der Artillerie zurückgeschlagen werden, nur die osmanische Flotte, die sich vor Katharinas baltischer in den Hafen von Çeşme geflüchtet hatte, wurde in Brand gesteckt und ging in Flammen auf.

Selbst wenn ihr Angriff auf İstanbul zu Wasser im ersten Anlauf mißglückt war, standen die Dinge für Katharina an allen Fronten sehr gut, und nur die habsburgische Furcht vor dem drohenden Aufstieg Rußlands zur Supermacht im Osten rettete dem Osmanischen Reich die Existenz. 1771 schloß Österreich mit der Hohen Pforte ein Bündnis. 1774 ließ die Zarin sich zum Abschluß eines Friedens mit den Osmanen bewegen. Zu Küçük Kaynarca, südlich der Donau im heutigen Bulgarien gelegen, wurde am 21. Juli der Vertrag unterzeichnet. Die Osmanen hatten die Tataren der Krim aus ihrer Suzeränität in die Unabhängigkeit zu entlassen, mußten Asow und Gebiete im Kaukasus abtreten, 7,5 Millionen Akçe an Reparationen erlegen, Rußland als Schutzmacht aller dem orthodoxen Millet zugehörigen Untertanen anerkennen, Schiffahrt auf dem Schwarzmeer und in den Meerengen gestatten und Handelsprivilegien gewähren.

Unter dem Strich bedeutete der Frieden von Küçük Kaynarca, daß der russische Bär den türkischen Löwen zwar noch nicht auffessen durfte, sich aber das Besteck schon einmal bereitgelegt hatte.

Nasrettin, den bei Daggy weder der Anblick des Kampfhunds noch der der Schußwaffe in Schrecken versetzt hatte, geriet durch ein unvermutet vor ihm auftauchendes Bild in eine Verwirrung, die eine seiner schwereren Lebenskrisen auslöste.

Es geschah an einem warmen Augustabend, den er im Kreis seiner Freunde auf der Terrasse vor dem «Black & White» verbrachte. Unser Held war glänzender Laune, denn am voraufgegangenen Wochenende hatte er sich beim Julius-Turm-Turnier eine goldene Medaille geholt, Beobachter von Profi-Boxställen hatten ihn angesprochen, ihn zum Probetraining nach Hamburg und nach Köln eingeladen und sich auf Nasrettins Hinweis, daß er eben erst das siebzehnte seiner Lebensjahre vollendet, an seiner Zukunft nur um so interessierter gezeigt.

Der Geburtstag und der hübsche K.-o.-Sieg im Finale wurden jetzt nachgefeiert. Nasrettin hatte sich einige seiner «Punching-Balls» genehmigt, auf deren Zubereitung sich inzwischen auch Micha verstand. Seine Getreuen waren vollzählig um ihn geschart, und sie prosteten ihm zu auf die kommenden Triumphe, sahen ihn schon von der Lende bis zum Hals geschmückt mit den Meistergürteln aller Verbände. Nasrettin überließ es den anderen, sich diesen Traum in allen Details auszumalen, und lehnte sich in seinen Plastiksessel zurück, durchaus nicht unwillig, seinen Jungs gefällig zu bleiben, all die Strandvillen, Swimming-Pools, Luxuslimousinen und womit sonst sich die Wunschzettel füllten, für sie zu erboxen, aber doch auch für den Moment schon mehr als vollauf zufrieden mit der Welt und seiner Stellung in ihr.

Ein seltenes französisches Cabriolet versuchte auf der Straße vor ihnen einzuparken, und da die Lücke sehr eng war, widmete Nasrettin den Steuerkünsten des Fahrers etwas von seinem Sportlerinteresse. Die erste Regung war freudige Überraschung, als er in dem Lenker des Fahrzeugs seinen Vater erkannte. Es kam Nasrettin vor, als habe das Wunschdenken die Zeit schon überwunden, denn daß er von einer der Börsen für seine künftigen Weltmeisterschaftskämpfe das Geld abzweigen würde, um Oktay einen flotten Wagen zu schenken, hatte er Minuten vorher im stillen mit sich beschlossen. Er wollte schon aufspringen und seinen Vater begrüßen, da bemerkte er auf dem Beifahrersitz eine sehr attraktive Frau um die Vierzig, Sevim merkwürdig ähnlich, aber doch unverkennbar eine Deutsche, auf eine schwer zu bestimmende Weise gleichzeitig jugendlicher und gereifter als seine Mutter.

Ein Doppeltreffer links und rechts auf die Karotis hätte seinen Kreislauf nicht sicherer ins Stocken gebracht als das, was er hier anschauen mußte; ja, er wünschte sich Knockout und Ohnmacht in diesen Sekunden sogar. Eine unschuldige, banale Erklärung für das Zusammensein der beiden Menschen in dem Auto vor ihm schied aus. Aus dem sanften, innigen Lächeln, mit dem diese fremde Frau Oktay ansah, sprach eine tiefe und alte Vertrautheit, und die Art, wie Oktay, der den Wagen glücklich in die Parklücke bugsiert hatte, den Schlüssel abzog und in ihre schlanke, feinfingrige Hand gab, machte es klar, daß zwischen den beiden die Grenze von mein und dein nicht existierte.

Schockierenderes hätte Nasrettin sich nicht auszudenken vermocht, und die Logik, die ihm gegen seinen Willen die Implikationen der frischen Erkenntnis aufschlug, riß ihn aus dem Erdenkreis, in den er sich eben noch so wohl eingefügt gefühlt hatte, und wirbelte ihn aus den Illusionen süßschmeckender Zukunft in tiefbittere Vergangenheit, die ihn in der so urplötzlich veränderten Beleuchtung irreal, aus lauter Lügen und Irrmeinungen zusammengepappt anmuten mußte. Diese Turbulenz, welche die Bedeutung beinahe jedes Ereignisses in Nasrettins bisherigem Leben verschob, war in der Zeit, die Oktay brauchte, seinen Oberkörper von seiner Partnerin nach der Autotüre zu drehen, vor sich gegangen. Die Augen, die jetzt die seinen trafen, waren nicht mehr die seines vergötterten Vaters. Komplett vertauscht waren in ihrem Blickwechsel die Rollen. Zorn und Vorwurf blitzten unter den Brauen des Sohnes hervor, vor eingestandener Schuld und vor Scham schloß Oktay die Lider. Er wandte sich wieder zur anderen Seite, zog seine Freundin, die schon halb ausgestiegen war, am Arm zurück auf ihren Sitz. In seinen Schläfen hörte Nasrettin das Blut hämmern, während er zusah, wie Oktay von der Fremden den Zündschlüssel nahm, den Motor startete, hektisch mehrmals vor- und zurücksetzte, bis er endlich, endlich aus der Parklücke heraus war und mit quietschenden Reifen davonfuhr.

Nasrettin, der in der elterlichen Wohnung in der Stettiner Straße ein eher seltener Gast geworden war und sich daran gewöhnt hatte, seine Nächte wechselnd in den verschiedenen, über sämtliche Westberliner Bezirke verteilt gelegenen Schlupfwinkeln bei seinen Lehrlings- und Boxerkollegen, auch bei ihm freundschaftlich zugetanen Stammkunden seines Haschischgeschäfts zu verbringen, suchte nach diesem Erlebnis wieder den mütterlichen Herd auf. Er nahm die wenig bequeme Schlafstatt im Berliner Zimmer – wie Şerafettin sein Haupt neben der schwer pubertierenden Ebru und der jüngeren Schwester zu betten kam für ihn mittlerweile nicht mehr in Frage – und das Beengte der Wohnverhältnisse in Kauf, weil er Sevim nah sein wollte, der sein ganzes Mitgefühl galt.

Es drängte ihn, mit ihr über Oktay und seine Untreue zu sprechen, aber als er nach ihm fragte und von Sevim zur Antwort bekam, der Vater sei in Westdeutschland auf Montage für einige Wochen, hatte er nicht einmal das Herz, ihr diesen falschen Glauben zu rauben. Er schob es von Tag zu Tag auf, mit seiner Mutter das ernste Gespräch zu eröffnen. Weil er sich ihr gegenüber mit solch gesteigerter Einfühlung und Rücksicht benahm, wurde das Zusammenleben immer harmonischer und liebevoller, was es Nasrettin natürlich um so schwieriger werden ließ, dreinzuhauen mit dem Donnerschlag seines Wissens und die familiäre Eintracht für immer vielleicht zu verjagen.

Unmerklich glitt er in die Rolle des abwesenden Vaters hinein. Sevim bediente ihn mit Zuvorkommenheit, bereitete die Speisen ganz nach seinem Geschmack, hielt Ratschlag mit ihm über Fragen, welche die Erziehung von Şerafettin, Ebru und Arzu betrafen – es hätte bloß noch gefehlt, daß er sich zu ihr ins Bett gelegt hätte. Er sah ein, daß ihm, um mit Sevim eine Diskussion über die andere Frau in Oktays Leben zu führen, nicht allein die Gelegenheit, sondern auch die passenden Worte fehlten. Außerdem schien es ihm schließlich sinnvoller und gerechter, zuvor den Missetäter zur Rede zu stellen.

Auch diese schon sehr viel vorsichtigere Rechnung wurde durchkreuzt. Oktay kam zurück. Aber nicht als reuiger Sünder, der Nasrettin demütig seine Verfehlungen gebeichtet und sich dessen Maßregeln zur Wiedergutmachung allen Schadens angehört hätte. Ganz anders. Strahlend, als gesegneter und segnender Wohltäter, als ein Vollbringer von Wundern kehrte Oktay zu seiner Familie zurück.

Selbstverständlich hatte die peinliche Begegnung, bei der ihn sein Sohn an Helgas Seite ertappt hatte, auch Oktay in tiefe und dunkle Gedanken gestürzt. Nachdem er über viele Jahre die Balance gehalten, war er hin und her geworfen zwischen der Entscheidung, entweder hier oder dort den Schnitt zu vollziehen, sich entweder von seiner Familie oder von seiner Geliebten zu trennen. Aber wie er es auch zu betrachten versuchte, immer erschien ihm das eine noch unmöglicher als die jeweilige Alternative. Seine Neigung zu unterdrücken gelang ihm sowenig, wie seine Verantwortung zu leugnen. Manchmal, wenn er die Zwickmühle, in der er steckte, mit etwas mehr Ruhe und Sorgfalt bedachte, schien ihm eine mögliche Lösung auf: Geld. So hatte er es einmal in einem der schicken Restaurants, die Helga so gerne mit ihm besuchte, aufgeschnappt als Fetzen aus einem Gespräch, das an einem Nebentisch unter Geschäftsmännern geführt worden war: «Es ist immer eine Frage des Geldes, ob man die Frauen stillstellen kann.»

Helga, die sich Oktays wegen getrennt hatte von ihrem Mann, aus der Industriestadt im Grünen nach Berlin gezogen war, wo sie eine gut bezahlte Arbeit in der Rechtsabteilung einer Bank und eine schöne Dreizimmerwohnung in der Uhlandstraße gefunden hatte, sah, wie der Mann, den sie um jeden Preis festhalten wollte, schwankte, und sie überhäufte ihn mit Liebkosungen und Geschenken, verzichtete aber ganz darauf, ihn durch Überredung oder Erpressung zu einer endgültigen Entscheidung zu zwingen. Daß sie Nasrettin gerne kennenlernen würde, sagte sie zu Oktay, daß der Junge alt genug sei, alles zu verstehen, und schließlich ein Muslim, dem es leichtfallen sollte zu akzeptieren, daß sein Vater außer der Mutter noch andere Frauen liebte und Zeit mit ihnen verbrachte.

Oktay blieb einsilbig in diesen Gesprächen. Er konnte es doch nicht Helga überlassen, die verfahrenen Dinge für ihn zu ordnen! Er selbst mußte durch irgendeinen entscheidenden Ruck der Geschichte die Wendung zum Glücklichen geben.

Sie saßen bei Kerzenlicht im Eßzimmer von Helgas Wohnung. Sie hatte türkischen Rotwein besorgt, nach einem türkischen Kochbuch mit viel Aufwand und Hingabe «Den İmam hat's umgehauen» und andere Leckereien bereitet, um Oktay zu beweisen, daß ihm auch von dieser Seite nichts abgehen würde, wenn er klare Verhältnisse schuf und Sevims Ansprüche auf das beschränkte, was ihr allenfalls zustand. Belustigt und auch etwas gerührt aß Oktay von den Speisen, die ihm weder so noch in annähernd ähnlicher Gestalt in der Türkei je vor Augen gekommen, geschweige denn an seinen Gaumen gelangt waren. Helga begann wieder von Nasrettin zu sprechen, von einem Arbeitskollegen, der beim Julius-Turm-Turnier seinen Finalkampf gesehen und ihr von seiner Technik und von seinem Talent vorgeschwärmt hatte. Oktays Sohn sei wohl unter Experten schon so etwas wie eine kleine, ja, eine mittlere Berühmtheit, man traue ihm allerhand zu für die Zukunft.

«Verzeih, Liebes», unterbrach Oktay sie, «mir ist nicht ganz wohl. Ich muß runtergehen und etwas Luft schnappen. Wir haben auch keine Zigaretten mehr. Ich bin gleich zurück.»

Er bog in den Kurfürstendamm ein und mischte sich unter die Abendspaziergänger. Fremdländische Zungen umschwirrten sein Haupt, und das vertrieb wie Vogelgezwitscher die seit Tagen ohne Unterlaß und Entwicklung in seinem Hirn ratternde Kette der Gedanken, die ihm das Gefühl gegeben hatten, allein zu sein in dieser Welt, weder aus ihr hinaus noch in ihr aushalten zu können. Neben ihm das afrikanische Pärchen in den langen, perlenbestickten Gewändern, die peruanischen Straßenmusikanten in ihren Ponchos; sie hatten vielleicht schwerere Probleme in ihrer Heimat gelassen, und heute in dieser lauschigen Spätsommernacht, hier unter den bunten Lichtern des Boulevards, ging sie das alles überhaupt nichts mehr an. Warum nahm Oktay sich nicht ein Beispiel an ihnen? Es aufgeben hier in Berlin und in Deutschland, in einem fernen Land alles noch einmal von vorne anfangen? So, wie es, wenn er nicht tot war, sein Bruder Yılmaz gemacht haben mußte, der vielleicht jetzt an einem Südseestrand lag und den blumengeschmückten Mädchen bei ihren Tänzen zusah. War nicht er selbst damals, als es für ihn in Kars keinen Weg mehr nach vorn gegeben hatte und keinen zurück, ins exotische, märchenhaft ferne Deutschland gegangen, und waren nicht durch diesen Wechsel alle Probleme, die so unüberwindlich ausgesehen hatten, plötzlich erledigt gewesen?

Oktay glaubte, hinter sich Spanisch zu hören, und gleich flog er mit seinen Gedanken nach Argentinien hinüber. Er verstand ja etwas von Viehzucht und sah sich schon als Gaucho mit Lasso und

Peitsche hinter seinen Rinderherden herreiten. Aber nur einen Häuserblock lang, genau bis zur Ecke Fasanenstraße, lenkte er sich mit solchen Phantasien ab. Als er vor dem Kempinski stand, war er schon wieder mit Helga und Sevim beschäftigt.

Ihm fiel die kleine Spielhölle am Savignyplatz ein, die zu dem Imperium von Ömer Tuncel gehörte und wie diejenige, mit der er selbst soviel Pech gehabt hatte, als Teestube getarnt war. Alles riskieren, alles gewinnen, dazu brauchte man nicht erst nach Südamerika auszuwandern, er konnte die Glücksgöttin gleich hier um zwei Ecken befragen, und genau das nahm Oktay sich vor. Er war schon vom Ku'damm ein paar Schritte in die Fasanenstraße hinein, als er bemerkte, daß er seine Brieftasche in seinem Jackett oben bei Helga gelassen hatte. In der Hose hatte er gerade genug Kleingeld, um Zigaretten zu kaufen.

Wir dürfen notieren, daß schon dies sich sehr zu seinem Vorteil fügte, denn in dem Kasino, das er im Auge hatte, saß zu ebendieser Stunde Nasrettin und brachte einen ebenso leichtsinnigen wie nervenschwachen Döner-Millionär um einen ansehnlichen Teil seines Vermögens. Wenn der Zufall nicht so weit ging, das Unangenehme einer Begegnung mit Nasrettin zu erneuern, so nur deshalb, weil er Oktay gleich hier in der Fasanenstraße eine noch weit weniger erwartete Person in den Weg zu stellen gedachte.

Um anzuzeigen, daß das Kismet bei diesem sonderbaren Wiedersehen eine etwas größere Arbeit zur Ausführung brachte, ließ es selbige auf einem roten Teppich stattfinden, auf demjenigen nämlich, der vor dem Hoteleingang des Kempinskis über den Bürgersteig ausgerollt war. Ein Trupp japanischer Geschäftsmänner stand dort in sehr angeregtem, durch den in Begleitung der Abendmahlzeit überreichlich genossenen Weißwein zusätzlich angefeuertem Gespräch. Oktay überlegte, ob er sich durch die kurzgewachsenen, schrill durcheinander schnatternden, wild gestikulierenden und sich gegenseitig am Revers ihrer Anzüge zupfenden Herren hindurchwursteln oder lieber die Straßenseite wechseln sollte, als er in der bewegten Traube eine den Rest um

Haupteslänge überragende, ihm sehr, sehr bekannt erscheinende Gestalt gewahrte.

Er stutzte, stoppte und fixierte aus gemessener Entfernung das Gesicht des Mannes, der, obwohl offensichtlich eher ein Türke als ein Japaner, über ausreichend Zungenfertigkeit und nipponschen Esprit verfügte, um wortstark und beifälliges Gelächter erntend seinen Beitrag zu dem allgemeinen Palaver zu leisten. Die ins fremde Idiom verstellte Stimme und die der Gruppe angepaßte Mimik und Gestik erschwerten Oktay die Arbeit der Identifizierung, aber je länger er hinschaute und mit den in seiner Erinnerung aufbewahrten Porträts verglich, desto sicherer wurde er sich. Er mußte sich den Mann, der nur noch am Hinterkopf und an den Schläfen wenige ergraute Haare besaß, jünger vorstellen, denn wahrscheinlich lag ihre Begegnung weit im Vergangenen zurück. Oktay kniff ein Auge zu und hob die Spitze seines Zeigefingers vors andere, um den kahlen Schädel über dem Gesicht damit zu verdecken. Wenn er einen Hut oder einen Kalpak aufhätte, müßte er ungefähr so aussehen, dachte er bei sich, und da war, nicht durchs physiognomische Studium, sondern durch das Stichwort «Kalpak», der Kuruş bei ihm gefallen: Faruk.

Faruk, der gespürt hatte, wie er von dem Passanten beobachtet worden war, brauchte nur einen einzigen Blick, um Oktay wiederzuerkennen. Sofort löste er sich aus der Gruppe, eilte mit schnellen, langen Schritten zu ihm und begrüßte seinen wiedergefundenen Freund mit Küssen und großem Hallo. Er zog ihn mit sich auf den roten Teppich und stellte ihn den schlitzäugigen Managern in einem Kurzreferat vor. Es mußten rühmende Worte gewesen sein, die Faruk aus dem Stegreif gefunden hatte, denn Oktay bekam jetzt zwei Dutzend kleiner, feiner Hände zu schütteln, die Mutigeren klopften auch seine Schulter, und einer wußte sogar eine türkische Höflichkeitsfloskel zu sagen.

Es war wie vor Jahr und Tag, Faruk wollte das unverhoffte Wiedersehen unverzüglich begießen. Dazu mußte er sich umständlichst entschuldigen bei seinen japanischen Freunden. Die schienen aber Verständnis zu haben, und so zogen die ehemaligen Partner in Sachen Kalpak um die nächste Ecke, und auf der Kantstraße bei der «Paris-Bar» kehrten sie ein. Die Kellner in diesem Lokal, dessen Publikum vorwiegend aus reichen Künstlern und Prominenten anderer Sparten bestand, behandelten sie zunächst etwas kühl; da aber Faruk Austern und Cognac, letzteren in ungewöhnlichen Mengen bestellte, wurden sie zunehmend zutraulicher, und auch Oktay, der sich anfangs von der Atmosphäre einschüchtern ließ, taute von Hennessy zu Hennessy immer mehr auf.

Faruk erklärte ihm, daß ihn die Reue über den unglücklichen Ausgang ihrer Zusammenarbeit während all der Jahre, die seither verflossen, niemals verlassen habe. Er habe in Abständen immer wieder vergeblich Oktays Aufenthaltsort zu erforschen gesucht, es aber schließlich Gott überlassen, ihn mit dem enttäuschten Freunde wieder zusammenzubringen, was ja der Allerbarmer, wenn auch in einer für menschliches Empfinden schmerzlich gedehnten Zeitspanne, nun vollbracht habe.

Faruk hatte bei seiner japanischen Firma, dem weltweit umsatzstärksten Hersteller von Industrieklebern, eine steile Karriere gemacht. Fünf Jahre hatte er in Tokyo gelebt, im Hauptsitz des Konzerns ein Büro mit fünfzehn Mitarbeitern geleitet und war jetzt im Vorstand, zwar nicht als stimmberechtigtes Mitglied, was ihm als Nichtjapaner verwehrt blieb, aber als Berater für das Europageschäft mit besonderer Zuständigkeit für die Produktionsstätten in den sozialistischen Ländern.

Oktays Lebensbilanz mußte sich daneben jämmerlich ausnehmen. Faruk ließ nicht locker, bevor Oktay ihm die letzte Einzelheit seiner derzeitigen Umstände offengelegt hatte.

«Da muß dringend etwas geschehen», resümierte Faruk, als ihm das traurige Bild vollständig vor Augen gebracht worden war.

Oktay nickte, denn das war's ja, was er sich selbst von morgens bis abends und manchmal noch nachts in seinen Träumen skandierte.

«Es ist mir ganz egal, was du von mir hältst», sagte Faruk und zog die Unterlippe zwischen die Zähne. «Ich hole dich raus aus der Patsche», setzte er fort, bevor Oktay etwas antworten konnte. «Ich nehme an, mit 100 000 Mark ist dir geholfen.»

Aus der Innentasche seines Jacketts holte er einen Block mit Vordrucken hervor. Auf dem obersten trug er in ein umrandetes Feld zwischen japanischen Zeichen die Summe ein und unterschrieb. Dann riß er den Zettel ab und legte ihn vor Oktay neben den Cognacschwenker.

«Damit gehst du morgen in Ostberlin in der Friedrichstraße ins japanische Handelszentrum», erklärte er Oktay. «Dort fragst du nach Herrn Oshima. Der zahlt dir das Geld aus. Jetzt bin ich müde. Ich will ins Hotel.»

Oktay mußte lange klingeln, bis Helga ihn einließ. Sie empfing ihn mit Schimpfreden und wollte auch nicht, daß er zu ihr ins Bett kam.

Als Oktay am folgenden Tag auf der Wohnzimmercouch die Augen aufschlug, war sie längst in ihrem Büro. Er hatte starkes Kopfbrummen und benötigte geraume Zeit, bis er seine Erinnerung zusammengesetzt und sich klargemacht hatte, warum er hier und nicht im Schlafzimmer erwachte. Faruk war schon wieder sehr weit weg, und erst als Oktay aufgestanden war und Tee gekocht hatte, fiel ihm dieser Scheck oder was immer ein, den sein Vielleicht-doch-bester-Freund für ihn ausgefüllt hatte. Der Zettel fand sich in seiner Hemdtasche.

Es war einfach zu unglaubwürdig. Andererseits: Oktay hatte oft genug im Gebet eine Summe in dieser Größenordnung erwähnt, und wenn Gott sich erbarmt hatte, diesen nicht ganz unbescheidenen Wunsch zu gewähren, mußte Er sich schließlich irgendeines Boten bedienen. Ob es nun eine von Faruks Hochstapeleien war oder nur ein gemeiner Scherz, den er sich gegen den arm Gebliebenen herausnahm, Oktay hielt seine Lage für bedrohlich genug, um die Sache zu prüfen. Sollte Faruk ihn auf den Arm genommen haben, würde er eben ein bißchen spazierengehen in Ostberlin und den Zwangsumtausch irgendwie verjuxen.

Daß gleich der erste Mensch, den er ansprach, nachdem er die Grenzkontrolle verlassen, ihn mit dem Finger wies auf das japanische Handelszentrum, wunderte Oktay schon, aber daß nicht nur dies aus dem verrottenden Gründerzeitensemble mit protziger Modernität hervorstechende Gebäude tatsächlich existierte, sondern daß der Dame am Empfang auch Herr Oshima sehr wohl bekannt war, machte ihn blaß vor Erstaunen. Auf die Frage, ob er angemeldet sei, sagte Oktay, wer ihn hergeschickt hatte, und sofort antwortete sie mit einer angedeuteten Verbeugung. Sie verließ ihren Platz, um Oktay persönlich im Fahrstuhl in den obersten Stock zu geleiten, wo sie ihn bekannt machte mit Herrn Oshima.

Dieser war der deutschen Sprache nicht mächtig, und die wenigen Brocken Englisch, die Oktay vorbringen konnte, reichten nur für eine äußerst spärliche Konversation. Herr Oshima nahm Faruks Zahlungsanweisung entgegen, prüfte sie, telefonierte und bat Oktay um ein wenig Geduld.

Oktay hatte die ihm angebotene Zigarette noch nicht zu Ende geraucht, als ein Kuvert gebracht wurde, aus dem Herr Oshima ihm die Tausendmarkscheine, auf japanisch bis 100 zählend, vorblätterte. Herr Oshima schrieb sich Oktays Paßnummer auf und ließ ihn quittieren. Oktay bekam noch ein ausgefülltes und abgestempeltes Formular über die Devisenausfuhr, das er beim Zoll abgeben sollte, und damit war die Sache erledigt.

Theoretisch hätte Faruk sich mächtige Scherereien einhandeln können mit dieser in den Augen der Konzernleitung mehr als fragwürdigen Verwendung seines Schmiergeldetats. Indessen war, als Faruk dem Vorstandsvorsitzenden im turnusgemäßen Tête-à-tête Rechenschaft legte über die einzelnen Posten im Bestechungsfonds, Oktay schon nicht mehr am Leben, weswegen es leichtfiel, ihn als Berater des türkischen Wirtschaftsministeriums für das Südostanatolienprojekt unterzuschmuggeln. Im übrigen gehörte das, was Faruk Oktay in seiner Cognaclaune zugeschustert hatte, zu den «Peanuts», denen nicht großartig nachgekartet wurde, zumal im großen und ganzen die Bestechungen optimal eingesetzt waren und mehr als die Qualität der erzeugten Klebstoffe für die Stellung des Unternehmens am Markt die Verantwortung trugen.

Oktay erzählte niemandem, woher plötzlich das viele Geld gekommen war, es hätte ihm die Wahrheit auch keiner geglaubt. Er faßte den weisen Entschluß, mit dem ihm so unverhofft wie unverdient zugeflossenen Kapital auf die sicherste aller Nummern zu setzen und eine Bakkaliye einzurichten. Er konnte einen für diesen Zweck bestens geeigneten Laden auf dem Kottbusser Damm anmieten, und seine Glückssträhne schleppte ihn sogar noch ein Stück weiter, denn unweit davon, in der von der Hermannstraße abgehenden Karlsgartenstraße, wurde ihm zu günstigsten Konditionen eine vollmodernisierte 5-Zimmer-Altbauwohnung angeboten.

Sevim zeigte sich bei der Besichtigung hingerissen von der Einbauküche und dem schön gekachelten Bad, und daß die Räumlichkeiten sich im Hochparterre befanden, war für Şerafettins Alltag eine Erleichterung von kaum zu schätzendem Wert. Erst beim Umzug der Familie vom Wedding nach Neukölln trafen sich Oktay und Nasrettin wieder. Das war natürlich für unseren Helden nicht die Gelegenheit, seinen Vater nach der Frau in dem Cabriolet zu befragen. Viel eher wäre das möglich gewesen an den Abenden der darauf folgenden Woche, an denen Nasrettin Oktay behilflich war, den Laden am Kottbusser Damm einzurichten, Regale und eine Kundentheke zu schreinern. Aber die Geschäftigkeit, all die tausend Problemchen, die auftauchten und gelöst sein wollten, die Aufbruchstimmung, die Lieferanten und Handwerker, die kamen und gingen, verhinderten es wieder. Zwei kleinen Anläufen, die Nasrettin unternahm, mit Andeutungen sich heranzutasten an das schwierige Thema, wich Oktay aus, und auch die fragenden, bohrenden Blicke seines Sohnes ließ er abgleiten an sich, reagierte mit Unschuldsmiene darauf und mit übersprühender Heiterkeit, die er ja nicht vortäuschen mußte, denn wirklich hatte er alles auf neue und bequem zu befahrende Geleise gebracht.

So kam also Oktays außereheliche Beziehung überhaupt nicht zur Sprache, zu Nasrettins Verdruß einerseits, aber doch wiederum zu seiner Beruhigung, denn wovon nicht geredet wird, ist ja auch nicht der Fall. Die Leuchtreklame war schon geliefert. «Sulakbahçe Bakkaliyesi» hatte Oktay ihren Krämerladen getauft, und nun kündigte er an, ins heimatliche Dorf reisen zu wollen, um dort Honig und verschiedene Wurst- und Käsesorten einzukaufen, mit denen man den in Neukölln und Kreuzberg ansässigen Ostanatoliern etwas ganz Spezielles bieten und die Konkurrenz ausstechen würde.

Das klang überzeugend, aber Nasrettin machte sich doch seine Gedanken, und um den Vater auf die Probe zu stellen, äußerte er den Wunsch, ihn auf dieser Einkaufsfahrt begleiten zu dürfen. Oktay tat sehr erfreut über dieses Ansinnen, wohl wissend, daß Nasrettin für Bundesligakämpfe aufgestellt war, denen er unmöglich fernbleiben konnte. Doch lag Nasrettin richtig mit seinem Verdacht, denn in Wahrheit hatte Oktay eine Türkeireise von gänzlich anderem Charakter geplant.

Die Freiheit, sich einige Wochen ausschließlich seiner Familie und deren Wohlergehen widmen zu dürfen, hatte er sich nämlich von Helga mit dem Versprechen erkauft, mit ihr an die Ägäis in die Badeferien zu fahren. Den Transporter, den er aus der Konkursmasse einer pleite gegangenen Brotfabrik erstanden und mit Reklame für seine Sulakbahçe-Krämerei hatte überlackieren lassen, bestieg er nur zum Schein, um sich von Sevim, Şerafettin und den Mädchen verabschieden und nachwinken zu lassen, stellte ihn dann auf einem Parkplatz am Wannsee ab, um mit Helga in ihrem Cabriolet in die illegitimen Flitterwochen zu düsen.

Daß Oktay Bodrum zur Kulisse ihrer Zweisamkeiten erwählte,

ist verständlich, denn Helga sollte doch einmal sehen, daß auch die Türkei ihre mondänen Winkel hatte, wo sich die Hautevolee ihr Stelldichein gab. War es einem unfaßbar glücklichen Zufall gedankt, daß sie auf Kosten des Marktführers bei den Industrieklebern hier den Lebemann und die Lebefrau spielen durften, so wurde ein beinahe ebenso großer und extrem dummer Zufall zu ihrem Verhängnis.

Orhan, der zweitjüngste, nach dem ungerächten Tod Kulhans jüngste von Sevims Brüdern, an den wir uns mit Mühe erinnern, hatte sich nämlich ausgerechnet in diesem Jahr bei einem aus Kars stammenden Restaurantbetreiber im schönen Bodrum als Saisonkraft verdingt. Schon am Abend nach ihrer Ankunft verlockte ein ausnehmend appetitlicher Lüfer, ein Blaubarsch, in der Vitrine gerade dieses Lokals Helga und Oktay zum Eintritt, und daß Orhan, als er das wie frisch verliebt wirkende Pärchen durch die Küchentüre gewahrte, der Teller, den er gerade abspülen wollte, aus den Händen glitt, war nicht verwunderlich beim Zusammentreffen solcher Umstände.

Auch als Orhan die Scherben aufgehoben hatte, wollte er noch nicht so recht daran glauben. Er war ja noch ein kleiner Junge gewesen, als er zuletzt seinen Schwager Oktay gesehen, und die Möglichkeit, daß er einen diesem nur sehr stark ähnelnden Mann oder einen Doppelgänger vor sich hatte, bestand immerhin. Doch wurde dieser Zweifel ausgeräumt, nachdem Orhan den beiden nachgeschlichen war bis zu ihrem Hotel und sich erkundigt hatte beim Rezeptionisten. Oktay und Helga Öztürk, so stand es schwarz auf weiß auf dem Anmeldebogen. Orhan zögerte keine Minute, den telefonischen Kontakt mit dem karagözischen Haus in Sulakbahçe herzustellen, um die ungeheuerliche Neuigkeit zu verkünden.

Dort war man zwar erschüttert, aber nicht eigentlich überrascht, denn schon tags zuvor hatte man aus Berlin einen nervösen Anruf von Sevim erhalten, die, da sie ohne jede Nachricht von Oktay geblieben, erfahren wollte, ob ihr Gatte eine gute

Fahrt gehabt hatte und wohlbehalten eingetroffen war bei den Ihren. 60 Stunden später hatten İlhan und Burhan in einem ausgeborgten Ford Taunus den breiten Rücken Anatoliens überquert und kamen am vereinbarten Ort, an der Tankstelle beim Bodrumer Busbahnhof, mit Orhan zusammen.

Während der Fahrt hatten sie genügend Zeit gehabt, sich zu beraten, so brauchten sie ihren fertigen Entschluß Orhan nur noch mitzuteilen. Der dazumal mit Oktay geschlossene Friede war nichtig. Kulhans Blut mußte nach dem neuerlichen Frevel an ihrer Schwester nun doch zurückgefordert werden von ihm. Als Ort seines Todes hatten sie die bulgarische Landstraße bestimmt, wo man versuchen wollte, dem Anschlag das Aussehen eines Verkehrsunfalls zu geben. Sollte sich das als undurchführbar erweisen, lag im Handschuhfach ihres Fords der geladene Revolver.

Vom Portier des Hotels wußten die Karagöz-Brüder den Tag von Helgas und Oktays Abreise schon. Da die beiden ihre Heimreise in genießerischem Tempo antraten, während der Fahrt Händchen haltend und häufig Rasten einlegend, eines Augen hatte nur fürs andere und die schöne Landschaft, die sie umgab, fiel den Karagöz die Verfolgung nicht schwer, und auch im dichten Verkehr İstanbuls entschwand das auffällige Fahrzeug nie dem Blickfeld der mordlustigen Brüder.

An der bulgarischen Grenze mußten sie ihren designierten Opfern einen leichten Vorsprung gewähren, den sie jedoch rasch wieder eingeholt hatten. Vor Plovdiv fiel Oktay der hellbraune Ford im Rückspiegel zum ersten Mal auf. Ihm war plötzlich, als sei dieser Wagen nach ihrer Rast in Ayvalık schon einmal hinter ihnen gefahren. Die Transitroute durch Bulgarien war für Überfälle berüchtigt, Oktay hatte mehr als eine furchterregende Geschichte darüber gehört, und daher beunruhigte es ihn etwas, daß das ihnen nachfolgende Auto den etwa einen halben Kilometer langen Abstand zu ihnen so präzis hielt.

Sich Gewißheit zu schaffen, trat er aufs Gas, und tatsächlich wurde alsbald auch hinten beschleunigt. Drosselte Oktay die

Fahrt, gingen auch die in dem Taunus minder geschwind. Helga wunderte sich ein bißchen über den sonderbaren Fahrstil ihres Geliebten.

«Hab keine Angst, mein Herz, ich bin bei dir», sagte Oktay zu ihr. «Es passiert überhaupt nichts. Sie spielen ein wenig mit uns. Das ist alles.»

Als sie das gehört hatte, wechselte Helgas Zustand mit einem Schlag aus der Schläfrigkeit in hellwache Hysterie.

«Wir werden verfolgt», schrie sie. «Sie wollen uns anhalten und überfallen!»

«Bleib ganz ruhig, meine Liebe», versuchte Oktay sie zu ermahnen, aber auch in seiner Stimme war das Beben nicht zu verkennen. «Wir hängen sie ab. Schließlich haben wir den schnelleren Wagen.»

Da sie gerade Plovdiv erreichten, bog Oktay von der vorgeschriebenen Transitstrecke ab und nahm die Straße nach Karlovo.

«Was machst du da?!» – «Sei still und reiß dich zusammen», war zwischen Beifahrerin und Lenker der Dialog.

Obwohl es solcher Vergewisserung eigentlich schon nicht mehr bedurfte, wollte Oktay es doch ganz genau wissen, ob die in dem Ford es tatsächlich abgesehen hatten auf ihn und seine Geliebte. Auch hoffte er, daß ihn nach Verlassen der offiziellen Route alsbald die bulgarische Polizei anhalten würde.

Im karagözischen Gefährt frohlockte man, als man sah, daß der Gejagte auf die Nebenstrecke auszubüxen versuchte. İlhan übernahm von Kulhan im fliegenden Fahrerwechsel das Steuer, wozu sie nicht einmal die Geschwindigkeit herunterzusetzen brauchten, denn sie hatten dies Manöver auf der langen Fahrt von Kars nach Bodrum ausgiebigst trainiert.

«Jetzt gehören sie uns», verkündete İlhan, und da nun mit offenen Karten gespielt wurde, setzte er dem Cabriolet mit heruntergetretenem Gaspedal nach.

Die Leistung des Motors unter der Haube von Helgas Peugeot war der des Fords nicht so deutlich überlegen, wie Oktay sich das wünschte, und er konnte die Spitzengeschwindigkeit nur auf wenigen langgezogenen Geraden erreichen. Zudem setzte die Dämmerung ein, der Abend entwickelte eine empfindliche Kühle, und Oktay froren die Hände am Lenkrad. Um das Verdeck zu montieren, hätten sie anhalten müssen.

Helga sah im Straßenatlas, daß die Strecke ab Karlovo bergig und kurvenreich wurde. Oktay mußte alles daransetzen, die Verfolger vorher abzuschütteln, aber obwohl er beim Überholen immer waghalsiger wurde, gelang ihm das nicht. Sie kamen an die Ausläufer des Balkangebirges, die Fahrbahn schlängelte sich durch dichten, dunklen Wald, und solange sie anstieg, war Oktay im Vorteil. Als sie die Kammlinie erreichten, waren sie dem Ford wieder um mehrere 100 Meter voraus, und hier hätte Oktay noch die Chance gehabt, hinter einer Kurve in einen Waldweg einzubiegen, was er aber zu seinem und Helgas Verhängnis versäumte, denn mit Hilfe der Hangabtriebskraft arbeiteten sich die Karagöz so nahe heran, daß Oktay bei Tageslicht im Rückspiegel schon ihre Gesichter erkannt hätte.

Helgas Kehle entfuhr ein spitzer Schrei. Ein mit Heu beladenes Pferdefuhrwerk tauchte vor ihnen auf. Oktay hatte nur noch die Wahl zwischen einer Vollbremsung oder dem Wechsel auf die Gegenfahrbahn. Schon im Wissen, daß es nicht gutgehen würde, schaute er zu seiner Beifahrerin, und sie erwiderte seinen Blick. Er dauerte kaum eine Sekunde, und doch war es ein Zwiegespräch, das aufgeschrieben einen dicken Band gefüllt haben würde. Der letzte Satz hätte in Worten etwa gelautet: Dann also bis gleich, drüben in der anderen Welt.

Ein schwerer Lkw kam ihnen beim Überholen entgegen, und Oktay hätte vielleicht noch das Steuer herumreißen und in das Pferd, das den Heuwagen zog, hineinrasen können. Aber sie prallten frontal gegen den Laster.

Ein Angestellter des türkischen Konsulats hatte die unangenehme Pflicht, in der Karlsgartenstraße die schlimme Nachricht zu überbringen. Er hatte Takt genug zu verschweigen, daß Oktay nicht alleine gewesen war in seiner letzten Stunde. Die Tatsache seines Todes war niederschmetternd genug. Einen Tag, eine Nacht und noch einen halben Tag hörte das Weinen und Schluchzen in den frisch tapezierten Wänden der neubezogenen Wohnung nicht auf.

Zuerst wurden Arzu und Ebru im Wohnzimmer, wo die Trauernden zusammensaßen und sich immer wieder aneinander festhalten mußten, weil sie das Gefühl hatten, tiefer und tiefer in einen Schacht zu stürzen, aus dem sie nie, nie wieder herauskommen würden, vom Schlaf übermannt. Dann sackte Şerafettin das Kinn auf die Brust, und schließlich nahm der große Tröster auch Sevim in seinen Arm und schloß für einige Stunden über ihren verweinten Augen die Lider. Nur Nasrettin blieb wach. Er holte Decken für seine Geschwister und für seine Mutter, wickelte sie ein, wie sie da saßen und schliefen auf den Sesseln und Sofas. Dann ging er zum Telefon und wählte die Nummer, die ihm der Konsularbeamte gegeben hatte.

Ein Mitglied der Familie mußte nach Bulgarien reisen, um im Krankenhaus von Karlovo, wo Oktays stark verunstaltete leibliche Hülle aufbewahrt wurde, den Leichnam zu identifizieren. Von Helga war auch bei diesem Telefongespräch nicht die Rede. Nasrettin ahnte aber, wie sich die Dinge verhielten, und auf jeden Fall wollte er es Sevim ersparen, den Toten noch an eine andere Frau zu verlieren. Es wäre aber, selbst wenn sie dort in Karlovo Oktays Leichnam nicht neben Helgas hätte finden müssen, über ihre Kräfte gegangen, und so war sie Nasrettin dankbar, daß er ihr diesen schweren Gang abnahm.

Daggy, nicht ganz freiwillig zwar, aber doch mit so etwas wie ehrlich empfundenem Mitgefühl, lieh Nasrettin seinen Mercedes, und Cengiz erklärte sich bereit, ihn zu fahren. In Sofia gesellte sich ihnen ein Mitarbeiter der Vertretung der türkischen Minderheit in Bulgarien zu, der sie nach Karlovo begleitete und dolmetschte für sie.

Nasrettin, der ja schon als Kind den Tod seines Spielkumpans

Kulhan miterlebt hatte und überhaupt, wie wir ihn kennengelernt haben, nicht gerade zimperlich war, empfing doch einen kräftigen Schock, als der Mediziner das Bahrtuch anhob. Der Schrecken ging ihm durch Mark und Bein, wie es in der Redensart heißt, und das will bedeuten, daß er den Tod nicht bloß verstand, ihn sehr, sehr viel mehr fühlte. Daß er das Ableben seines Vater nicht so sehr mit der Seele, sondern viel stärker mit seinem Körper empfand, ließ ihn gleichsam ebenfalls sterben für einen Moment. Daß der Leib, in dem wir wandeln, ein geliehener ist, war die klarste und unumstößlichste aller Realitäten beim Anblick desjenigen, dessen Frist sich erfüllt hatte und der jetzt nicht mehr seinem Vater gehörte. Auch diesen Körper, in dem er dort stand und der mit dem leblosen vor ihm kommunizierte, würde er abgeben müssen zur festgesetzten Stunde, und Nasrettin spürte schon jetzt, wie diese endgültige Trennung sich anfühlen würde.

Von dem Gesicht des Toten war nicht mehr viel zu erkennen. Oktays unversehrt gebliebene Füße waren es, die es Nasrettin erlaubten, mit hundertprozentiger Sicherheit die Identität zu bestätigen, mit der Einschränkung natürlich, daß das, was das Identische zu nennen wäre an einem Menschen, dieses Stück Fleisch nicht mehr bewohnte. Vom Krankenhaus führte ihn sein Helfer zum Polizeikommissariat, und hier erfuhr er den Hergang des Unfalls, denn so erschien der Vollzug der karagözischen Blutrache aus dem Protokoll, das sich im wesentlichen auf das Zeugnis des Lkw-Fahrers stützte. Die Aussagen der Zigeunerinnen, die oben auf dem Heu gesessen und beobachtet hatten, daß der hellbraune Ford eine Rolle gespielt, waren nicht aufgenommen worden darin.

So blieb Nasrettin in dem Glauben, daß sein Vater durch eigenes Verschulden ums Leben gekommen war. Helgas Leiche war schon vorher von ihrer Schwester identifiziert worden. Nasrettin wurde gefragt, ob es der Wunsch der Familie sei, Oktays sterbliche Reste nach Deutschland oder in die Türkei überführen zu lassen, aber er entschied sich auf den Vorschlag seines Dolmetschers für die Bestattung auf dem muslimischen Friedhof in Sofia. Dort gab Nasrettin eine Woche darauf seinem Vater das letzte Geleit. Er mußte sich noch auf der deutschen Botschaft den Totenschein und den Polizeibericht übersetzen und beglaubigen lassen, dann fuhr er mit Cengiz zurück nach Berlin.

So war es nicht die volle Wahrheit, die er mitbrachte, und auch davon verschwieg er Sevim und den Geschwistern die problematische Hälfte. Eine Helga hatte es niemals gegeben. Was diesen Punkt betraf und ganz auf Sevim hin gesehen, war Oktays Tod sogar eine gnädige Lösung, wie Nasrettin sich sagte, wenn er auch daraus für sich nicht den geringsten Trost zu ziehen vermochte. Den Toten besaß Sevim nun vollständiger, als es der Fall gewesen bei dem, der gelebt hatte, und in der Rolle der trauernden Witwe gewann sie ihre Integrität und Würde zurück.

Schlecht allerdings war es um ihre Versorgung bestellt, denn die Rente, die für sie ausgerechnet wurde, betrug monatlich nur knapp 600 Mark. Nasrettin hatte nicht nur in den Part des Oberhaupts, sondern auch in den des Ernährers der Familie zu rücken. Wieviel Bares Oktay am Ende besessen, wußten sie nicht, erst recht nicht, daß er seine von Faruk gestifteten Reserven bei Helga versteckt hatte.

Es war seit Oktays Tod schon mehr als ein Monat vergangen, bevor Nasrettin sich um den Laden auf dem Kottbusser Damm kümmern konnte. Der Vermieter hatte das Schloß ausgewechselt, den Vertrag gekündigt und das Inventar als Pfand einbehalten, weil angeblich weder die Kaution hinterlegt noch die Miete bezahlt worden war. Nasrettin hätte den Herrn gerne gesprochen, um ihm ein Angebot zu machen, das er nicht ablehnen konnte, oder ihm doch wenigstens Bescheid zu stoßen in der gehörigen Weise, aber der Mensch war nicht zu finden.

Wenn dieser widerwärtige Leichenfledderer ungeniert seinen Vorteil zog aus dem Unheil, das Nasrettin und die Seinen betroffen, so war auf der anderen Seite sein Lehrmeister Janetzki von großem Einfühlungsvermögen und noch größerer Hilfsbereitschaft. Weg mit Schaden, war sein wohlmeinender Rat, was die Bakkaliye anging. Er besuchte die Familie in der Karlsgartenstraße, drückte Sevim sein Beileid aus und versuchte gemeinsam mit ihr und Nasrettin eine Lösung für die wirtschaftlichen Probleme der Familie zu finden.

Er mußte es ja für sich selbst am meisten bedauern, weil er seinen Musterschüler und Liebling verlor, doch wollte es ihm unter den Umständen, wie sie nun einmal eingetreten waren, als nicht besonders sinnvoll erscheinen, daß Nasrettin bis zu dem vorgesehenen Abschluß in seiner Ausbildung blieb. Ein halbwegs solides und regelmäßiges Einkommen mußte her. Meister Janetzki sprach Sevim aus dem Herzen mit diesen Worten, und auch Nasrettin mußte nicht erst großartig bekehrt werden zu dieser Einsicht. Beziehungen zu Betrieben besaß Thomas Janetzki die Fülle, und er hatte sogar für Nasrettin schon einen ganz bestimmten Arbeitsplatz im Auge, in einer Armaturenfabrik in Spandau, wo im Gruppenakkord gearbeitet wurde. Das reine Zuckerschlecken würde es nicht bedeuten, dafür bot sich Nasrettin aber auch ohne den Gesellenbrief die Möglichkeit zu einem unverhältnismäßig guten Verdienst. So also wurde er auf Janetzkis Empfehlung als Hilfsschlosser eingestellt bei der Firma und hatte fortan an jedem Monatsersten runde 2500 Mark auf seinem Konto.

Kasım, der sich mit seiner deutschen Freundin überworfen hatte und jetzt ein türkisches Mädchen heiraten wollte, war ebenfalls eingeschwenkt auf den Pfad werktätiger Tugend, begann als Fahrer bei einer Brotfabrik allmorgendlich früh um halb fünf seinen Dienst. Cengiz war bei seinem Onkel in die Fleischerei eingetreten, zerhackte Lämmer den guten Tag lang, und so fiel ihre Bande mehr und mehr auseinander. Ümit und Savaş dealten noch auf eigene Hand, aber sie wurden nicht mehr von Daggy beliefert. Nevzat hatte Karate gelernt und versuchte sich mit Raubüberfällen. Barış ging weiter zur Schule und war bei den Vorbereitungen fürs Abitur. Manchmal sah man sich noch im «Black & White», aber Nasrettin trainierte fast gar nicht mehr bei seinem Verein, seit die Deutschlandhalle für ihn auf der halben Strecke zwischen Wohnung und Arbeitsplatz lag, und so kam er nur noch selten in den Wedding hinauf.

Bei Abschluß des Friedens von Küçük Kaynarca war die Sultanswürde von dem verstorbenen Mustafa III. schon an seinen Bruder Abdülhamit übergegangen. Mit diesem saß wiederum ein Osmansproß auf dem Thron, der von dem zwar merklich geschrumpften, sich aber immer noch auf drei Kontinente ausspannenden Reich in den ersten fünfzig Jahren seines Lebens nichts als die Wände seines Käfigs kennengelernt hatte. Zur allgemeinen Verwunderung zeigte seine Regierung trotzdem Tendenz zur Reform. Die europäischen Militärinstrukteure, die Abdülhamit ins Land holte, brauchten sich, bevor sie ihre muslimischen Rekruten abrichteten zum Gebrauch der neuartigen Waffen, nicht erst zum Einzigen Gott und Seinem Propheten zu bekennen, wurden auch der Kleiderordnung nicht unterworfen.

In die Fußstapfen Bonnevals trat der ungarische Baron de Tott, der in der französischen Artillerie Karriere gemacht hatte. Ihm wurde die Supervision über die Reform der Streitkräfte aufgetragen. Mit einer Neuordnung des gesamten Militärwesens nach französischem Schema, wie de Tott sie vorschlug, hätte Abdülhamit sich gegen das osmanische Establishment gestellt, gegen die auf alte und älteste Traditionen sich berufenden Janitscharen wie gegen die neuerdings in den Provinzen sich formierende Grundbesitzerklasse und gegen die feiste und unverschämte Ulema erst recht. Gegen diese geschlossene Front aus Borniertheit und Ausbeuterinteresse mit Entschiedenheit vorzustoßen, dazu hatte er aus seinem Käfig denn doch nicht den hinreichenden Mut und vor allem nicht den nötigen Geist mitgebracht.

An dem hergebrachten, durch und durch morschen System

durfte de Tott nicht rütteln, aber er durfte eine neue Einheit aufstellen. Die Süratci, ein spezielles Artilleriecorps, wurde aus der Taufe gehoben und an von der französischen Botschaft gespendeten Schnellfeuerkanonen aktuellster Bauart trainiert. Unter de Totts Aufsicht wurden die Befestigungsanlagen an den Dardanellen und an der Donau den Herausforderungen der fortgeschrittenen Ballistik entsprechend verstärkt.

Für die nahezu vollständige Vernichtung der osmanischen Flotte bei dem Großfeuer im Hafen von Çeşme mußte Abdülhamit Katharina der Großen im nachhinein noch dankbar sein, denn die Notwendigkeit des Neubaus erleichterte die Anpassung an die im Seekrieg inzwischen herrschenden Standards. Zwar war es ein Türke, der 1774 als Kapudanpaşa, als Großadmiral, eingesetzt wurde: Gazi Hasan Paşa, ein Überlebender des Desasters von Çeşme, aber die Ingenieure und Zimmerleute auf den Werften sprachen französisch und bauten die Schiffe nach Plänen, die in Marseille, Toulon, Le Havre und Bordeaux gezeichnet worden waren.

Gazi Hasan zog auch nach den Bonnevalschen und de-Tottschen Vorbildern so etwas wie eine Marineakademie auf. Zusätzlichen Schub erhielten diese Bestrebungen durch den ab 1782 agierenden Großvezir Halil Hamit, wie Mehmet Ragıp ein Türke, der seine Laufbahn über die Pfortenkanzlei absolviert und als Reisülküttap für den Sultan den schriftlichen Verkehr mit den europäischen Mächten organisiert und beaufsichtigt hatte. Den allerhöchsten Respekt möchte man der Unerschrockenheit dieses Großvezirs zollen, wenn man hört, daß er sich nicht scheute, das heißeste aller Eisen anzupacken, und daranging, den seit mehr als einem Jahrhundert zum Himmel stinkenden Augiasstall auszumisten: Halil Hamit ordnete die Überprüfung der Besoldungslisten der Janitscharen an!

Zwar befand man sich zu diesem Zeitpunkt schon unmittelbar vor dem nächsten Krieg mit der Zarin, was der Maßnahme den Charakter von Staatsnotwehr aufprägte, aber Halil Hamit übertraf noch seine eigene Kühnheit, denn er führte die angekündigte

Revision tatsächlich gewissenhaft durch. Zwei Drittel aller Janitscharen wurden aus den Musterrollen gestrichen. Damit aber immer noch nicht genug, denn er vollbrachte auch noch das Wunder, Gruppen von Janitscharen und Sipahilern dazu zu bewegen, sich von den Franzosen an den importierten Waffen ausbilden zu lassen.

Solche rasante Fortschreiterei ging dem behäbigen Abdülhamit denn doch entschieden wider den Strich. Halil Hamit war aber zu sehr vorgeprescht, um stoppen und zurückrudern zu können, und da er über die europäischen Neigungen von Abdülhamits Neffen, Prinz Selim, durch dessen Leibarzt Lorenzo, der ihn besuchen durfte im Käfig, bestens in Kenntnis gesetzt war, beschloß der Großvezir, den rückständigen Sultan vorzeitig vom Throne zu stoßen. Das Komplott wurde aufgedeckt vom Kapudanpaşa Gazi Hasan, der nicht nur Halil Hamits Partner war bei der Modernisierung der Streitkräfte, sondern, wie sich nun zeigte, auch sein Rivale. 1785 wurde der Großvezir abgesetzt und exekutiert.

Die liebes- und landeshungrige Katharina nahm das mit dem Frieden von Küçük Kaynarca zurechtgelegte Besteck, mit dem sie das Osmanische Reich Happen für Happen dem ihrigen hätte zuführen können, vorläufig noch nicht zur Hand. Es kam ihr in den Sinn, den kolossalen Braten als einen gesamteuropäischen Familienschmaus zu servieren. «Griechisches Projekt» nannte sie die Festivität, zu der sie einlud, und die Portionierung und Zuteilung dachte sie sich wie folgt: Aus Thrakien, Makedonien, Bulgarien und Nordgriechenland sollte mit der Hauptstadt Konstantinopel ein neuzeitliches Byzanz geformt werden. Den zugehörigen Kaiser hatte sie schon, ihren eigenen Enkel nämlich, in dieser Voraussicht auf den Namen Konstantin getauft und von Kindesbeinen darauf vorbereitet, mit Übernahme der Krone auf das rascheste die häßlichen Spuren des halbtausendjährigen türkischen Interims zu löschen. Die Walachei, die Moldau und Bessarabien sollten unter dem Namen Dacia zu einem einzigen Staat unter dem Zepter von Katharinas Herzblatt Fürst Potemkin zusammengefaßt werden. Der habsburgischen Verdauung waren Bosnien, die Herzegowina, Serbien und Dalmatien zugedacht. Aus letzterem hätten sich erst die Venezianer zurückziehen müssen, denen aber zur Kompensation Zypern, Kreta und der Peloponnes in den Rachen gestopft werden sollten. Sogar Frankreich, das sich so emsig bemühte, dem Schlachtvieh wieder Klauen und Zähne einzusetzen, sollte nicht ausgeschlossen bleiben von dem Bankett. Seit der Thronbesteigung Ludwigs XVI. und dessen Vermählung mit der Österreicherin Marie Antoinette rechnete die Zarin fest mit einer baldigen Abkehr des Hofs von Versailles von der gotteslästerlichen Turkomanie, und sie offerierte mehr als ein Horsd'œuvre und ein Dessert: Frankreich sollte Syrien und Ägypten erhalten.

Katharinas Speisekarte wirkte höchst anregend auf den imperialen Appetit in Wien und Paris, dafür gab's aber bei den Machthabern in London und Berlin schmerzhaftes Magenknurren und Herzbluten, als sie Wind bekamen von den griechischen Projektionen der Zarin. Wovon sollte sich Preußen, wovon sollte sich England ernähren? Zählte man sie in Petersburg nicht zur Verwandtschaft?

In der Tat dachte die weitblickende Katharina sich in einer ferneren Zukunft Preußen als die westlichste Provinz des Russischen Reiches, und den Briten wollte sie mittelfristig in Afghanistan, Persien und Indien begegnen. Um nun aber erst einmal die anstehenden Dinge ins Rollen zu bringen, klärte sie Sultan Abdülhamit darüber auf, wie im Vertrag von Küçük Kaynarca die Klausel, welche die Unabhängigkeit der Krimtataren betraf, russisch interpretiert wurde, indem sie die Halbinsel 1783 mit ihren Truppen besetzte.

Abdülhamit, obwohl vom englischen und vom preußischen Gesandten mit Beistandsversprechungen energisch gedrängt, zum Gegenschlag auszuholen, nahm brav die Flüchtlinge auf und gab der Zarin schriftlich sein Einverständnis mit der Eingliederung der Krim ins Russische Reich. Katharina mußte sich größere Mühe mit ihren Provokationen geben. Deshalb veranstaltete sie im Mai 1787 in ihrer neuen Schwarzmeerprovinz mit Kaiser Joseph II. ein Treffen unter griechisch mit «Der Weg nach Byzanz» beschrifteten Spruchbändern und ließ sich gemeinsam mit dem österreichischen Monarchen durch die Kulissen der von Potemkin flugs errichteten russischen Dörfer kutschieren. Aber erst im August hatte der neue Großvezir Koca Yusuf, ein georgischer Konvertit, dem das Blut wegen der russischen Okkupation des Kaukasus kochte, seinen Sultan so weit, der Zarin den Krieg zu erklären. Die Erwiderung aus Petersburg erfolgte prompt. Die Österreicher warteten noch damit, sich auf die russische Seite zu schlagen, bis Marie Antoinette in Paris den Abzug der französischen Militärberater aus İstanbul durchgesetzt hatte, kamen aber im Frühjahr 1788 gerade recht zur Eröffnung der Feindseligkeiten, denn Osmanen und Russen hatten bislang hauptsächlich den Aufmarsch betrieben und nur hie und da ein wenig geplänkelt.

Es war ein Krieg über vier Runden. Die 1788er Kampagne endete unentschieden mit K.-o.-Möglichkeiten auf beiden Seiten, die jedoch ungenutzt blieben. Mitten in die zweite Runde, in der Österreich-Rußland Punktvorteile erkämpfte, platzte der Donnerschlag, der die ganze Weltarena aufhorchen ließ. In Paris wurde die Bastille erstürmt, die Aristokratie als Klasse entmachtet, der neue Souverän nannte sich «Volk».

Katharina hätte sterben können vor Schreck, als sie die Nachrichten über das Ungeheuerliche, das sich an der Seine zutrug, empfing. Erst recht hätte das Herz Josephs II., dessen Tochter und Schwiegersohn von den Revolutionären hingemacht wurden, aufhören können, das blaue Blut durch seinen kaiserlichen Körper zu pumpen. Indessen war es Abdülhamit, den der Schlag traf. So mußte Selim, dritter Sultan des Namens, der doch vorhatte, den osmanischen Staat mit Bedachtsamkeit und Systematik zu reformieren, mitten im Schlachtgetümmel das Ruder erfassen.

Das war nicht die Art von Amtsantritt, die er sich vorgestellt hatte, wenn auch das, was in Frankreich passierte, sehr zu seinem Vorteil ausschlagen konnte. Sultan Selim III., der das Reich führen sollte über die Schwelle vom 18. ins 19. Jahrhundert, bildete in den achtzehn Jahren seiner Regierung das Dilemma des osmanischerseits verschlafenen Jahrhunderts noch einmal ab. Das fatale Hin und Her zwischen Fort- und Rückschritt, das in der Bilanz auf Stillstand hinauskam und bei der gleichzeitig in Europa stark sich beschleunigenden Entwicklung das Osmanische Reich weiter und weiter ins Hintertreffen geschickt hatte, schuf sich in diesem Herrscher, der nicht Hü! zu sagen vermochte, ohne gleich darauf das Hott! auszusprechen, seinen Ausdruck als Typ.

In der Rede bei seiner Thronbesteigung, in seiner Regierungserklärung, wenn man so will, klang er wie ein Fundamentalist von der finstersten Sorte. Er sang das Loblied der Janitscharen, zählte ihre glorreichen Waffentaten aus fünf Jahrhunderten auf und berührte die Mißstände in dieser Herztruppe osmanischer Macht nur ganz am Rande, indem er sie als verwerfliches Abgleiten von den geheiligten Traditionen und Vorschriften hinzustellen versuchte. In der Rhetorik des ersten Murat wetterte er gegen die Giaurs und feuerte die Anhänger des Propheten an, den Ungläubigen ihren tausendfach verübten Frevel millionenfach heimzuzahlen, sie zu bekriegen zu Land und zu Wasser, bis die Krim zurückgeholt sein würde ins Darülislam und Ataman – das war ein Versprecher, den er sofort korrigierte –, bis Osman und alle 26 Sultane zwischen dem Ahnherrn und ihm rehabilitiert seien.

Solche Töne verstörten alle, die sehnsüchtig darauf gewartet hatten, daß der halbgare Abdülhamit endlich unter seiner Grabplatte verschwand, weil soviel dafür sprach, daß Selim III. als der kompromißlose Neuerer auftreten würde. Als Stoß vor den Kopf mußten die Angehörigen des Diplomatischen Corps die Aufführung des frischgebackenen, aber so dezidiert altbacken daherredenden Sultans empfinden. Sehr angetan von dem Memorandum hingegen waren die Janitscharen, und sie glaubten, falls dieser seine Reden nicht wie der zweite Selim im Vollsuff geschwungen, mit dem dritten einen vom Holz des ersten Selim, des Grausamen, vor sich zu haben. Sie zu bestätigen in dieser Vermutung, brachte Selim III. ihnen nicht gerade ein förmliches Thronbesteigungsgeschenk dar – von dergleichen Dingen hatte man schon sehr, sehr lange nichts mehr gehört –, aber er ließ ihren Sold auf einen Monat im voraus bezahlen und schüttete nach einer ganz außer Gebrauch geratenen Sitte Prämien für die Frontkämpfer aus.

Betört geradezu waren die Träger geistlicher Würden, die sich schon zum Widerstand organisiert hatten. Wie die Janitscharen, so zog Selim III. auch die Ulema nicht allein durch schmeichelnde Worte zu sich heran. Tätig zeigte er ihnen, wie er es meinte, holte den bei den frommen Gaunern hochbeliebten Esadzade Mehmet Şerif aus der Verbannung zurück, wohin er von Abdülhamit ob seiner offenkundigen Dumpfheit und ob seiner hemmungslosen Bestechlichkeit geschickt worden war, und ernannte diese stark überzogene Karikatur eines Heuchlers anstelle des im Ruf der Aufgeklärtheit stehenden Mehmet Kamil Efendi zum Müftü. Um noch den letzten Verdacht etwaiger Neigung in Richtung Westen, in Richtung Zukunft von sich zu weisen, berief Selim III. noch im ersten Jahr seiner Regierung zum Großvezir den Kapudanpaşa Gazi Hasan, ebenjenen Menschen, der seinen verfrühten Griff nach der Macht vereitelt hatte und für Halil Hamits Absetzung und Hinrichtung die Verantwortung trug.

War diese Anbiederung an die Konservativen und Reaktionäre die zeitgenössische Form der Takıyye? Ziel Selims III. war es, den Krieg gegen Rußland und Österreich fortzusetzen; deshalb durfte sein Mund nicht reden, was sein Herz fühlte, den Monarchen, die ihn bekämpften, waren die Enthauptungen von Ludwig XVI. und Marie Antoinette nähergegangen als irgend etwas. Wenn nun das Volk in Rußland oder in Österreich sich ein Beispiel nähme an den Franzosen? Wie sollte man das Osmanische Reich verspeisen mit abgeschlagenem Kopf?

Auch England und Preußen änderten plötzlich ihre Meinung in der orientalischen Frage. Sie war durch die Revolution in Paris an den unteren Rand der Tagesordnung gerutscht. Die gekrönten

Häupter Europas waren sich einig wie nie: Zuallererst mußte die französische Epidemie eingedämmt werden. Engländer und Preußen, die die Hohe Pforte mit allen Mitteln hineingepeitscht hatten in den Krieg mit den Russen, drängten sich jetzt auf als Vermittler eines Friedens zwischen Sultan, Kaiser und Zarin. Selim III. allerdings fühlte sich nur bestätigt dadurch und wollte von einem vorzeitigen Abbruch der Auseinandersetzung nichts hören. So reformbedürftig seine Kräfte sein mochten, er hatte nur diese, und er warf sie nach vorne. Deshalb hatte er den Janitscharen und den Ulema Süßholz geraspelt. Er wollte den Burgfrieden wahren, alle am selben Strang ziehen lassen, um die Verunsicherung des Feindes ausnützen zu können.

Doch ging seine Rechnung nicht auf. Die vereinigten Österreicher und Russen schlugen das osmanische Heer an dem Flüßchen Rimnik vernichtend und entschieden die zweite Runde dieses Krieges für sich. Um so sturer wurde Selim III. Die Zeit, die doch die größte und stärkste Verbündete der Ungläubigen schien, arbeitete ausnahmsweise für ihn, und je länger er durchhielt in diesem Krieg, gleich ob er die Treffer austeilte oder kassierte, desto vorteilhafter mußte am Ende der Frieden geraten.

In der Kriegspause im Winter zwischen der 1789er und der 1790er Kampagne wurde er von allen Seiten bearbeitet, sich mit Katharina und Joseph II. zu arrangieren, aber Selim III. blieb intransigent. Leider starb bald nach Beginn der dritten Kampagne sein Großvezir Gazi Hasan, der bis dahin als ein überaus tüchtiger Serasker fungiert hatte. Desorganisation an der Front und in der Etappe war die Folge davon. Anders der Tod Josephs II., der durch seinen Bruder ersetzt wurde. Leopold II. übertraf den Hingegangenen merklich an Durchblick und Intelligenz.

Die Preußen hatten inzwischen mit der Pforte einen förmlichen Beistandspakt abgeschlossen, und Leopold II. sah genau, welche Gefahr ihm da drohte. Im Juli 1790 unterzeichnete er in Reichenbach, wenige Kilometer vom preußischen Hauptlager in Schönewalde entfernt, einen separaten Friedensvertrag. Für Sultan Selim III. setzte der König von Preußen sein Friedrich Wilhelm unter die Akte. Erst Wochen später erfuhren die Osmanen, welchen Frieden sie da eingegangen waren.

Selim III. war verständlicherweise erbost über die Eigenmächtigkeit seines Bundesgenossen und schimpfte vor der von ihm eingerichteten Reichsversammlung heftigst gegen die preußischen Verräterhunde. Auf der anderen Seite mußte er finden, daß die selbsternannten Makler den Habsburgern den Frieden mit der Pforte sehr teuer verkauft hatten. Österreich gab alles, was es in den abgelaufenen zweieinhalb Runden des Krieges errungen hatte, ohne Gegenleistung zurück. Knurrend und vor den Preußen für die Zukunft gewarnt, segnete Selim III. die Übereinkunft von Reichenbach ab.

Gegen Rußland allein hätte er somit leichtes Spiel haben müssen, doch der abermals als Großvezir eingesetzte Koca Yusuf brachte die nach dem unerwarteten Ausfall von Gazi Hasan in Auflösung befindlichen Truppen nicht mehr zusammen. Den Russen gelang es, an der Donau verschiedene Festungen zu besetzen, womit sie diese wichtige osmanische Verteidigungslinie knacken konnten.

In der 1791er Kampagne brachten die Russen den Osmanen in der Schlacht von Maçin an der Donau erneut eine verheerende Niederlage bei, und es war für Selim III. der Zeitpunkt gekommen, das Handtuch zu werfen. Im Frieden von Jassy, dem Hauptort der Moldau, mußte die Pforte auf das Land zwischen Bug und Dnjestr verzichten.

Das war natürlich für die jämmerliche militärische Darbietung eine viel zu glimpfliche Strafe, wenngleich Rußland durch die Zugewinne seine Kontrolle über das nördliche und westliche Schwarzmeer entschieden ausgebaut hatte und sich mit den bald darauf eingerichteten Flottenstützpunkten Odessa und Sewastopol die allergünstigste Angriffsposition schuf. Jetzt hatte das Osmanische Reich sein Überleben schon den Jakobinern in Paris zu danken. Aber die Tinte auf der Urkunde des Friedens von Jassy war noch nicht getrocknet, als Selim III. sich daranmachte, endlich die Waffe zu schmieden, mit der er gegen die Europäer auf gleicher Augenhöhe anfechten konnte.

Bedachtsam und systematisch, genau wie er sich das gewünscht, war seine Vorgehensweise, nachdem er sich praktisch ungeschoren aus den Händeln mit Katharina und den Habsburgern herausgelotst hatte. Zu Lebzeiten seines Vaters Mustafa III. hatte er, was es als eine seltene Ausnahme bei den osmanischen Prinzen zu würdigen gilt, Freunde gehabt, mit denen er über Mittelsmänner auch während seiner Käfigzeit in Verbindung geblieben war und die er nun in hohe Staatsämter berief. Schon während des Krieges hatten sie auf seine Anregung Denkschriften à la Koci Bey verfaßt und sich den Kopf darüber zerbrochen, welche Reformen den Kranken am Bosporos wieder auf die Beine stellen könnten. Als Selim III. versuchte, aus den verschiedenen Expertisen herauszulesen, was ihm an effektivsten und am ehesten anwendbar schien, wurde ihm klar, daß all das, was seine ehrgeizigen Freunde in ihren jugendlichen Hirnen ausgebrütet hatten, im Grunde kalter Kaffee und Schnee von gestern war. Da hätte er gleich bei Koci Bey nachschlagen können.

Je genauer man die einzelnen Heeresabteilungen auf die Möglichkeiten ihrer Reformierbarkeit hin untersuchte, desto deutlicher wurde, daß man sie vielleicht restaurieren, aber in keiner praktikablen Weise umformen und an die veränderten Bedürfnisse anpassen konnte. Die «Neue Truppe», die «Yeniçeri», das war der Schlüssel für den Erfolg Orhans, Murats und aller Sultane bis hin zu Süleyman gewesen, und wenn man vorhatte, noch einmal mitzumischen in der Weltpolitik, dann mußte eine ganz und gar neue Truppe her, an den vorhandenen herummodeln zu wollen hätte verlorene Mühe bedeutet. Bei der Artillerie hatte man durch Bonneval und de Tott den richtigen Weg schon beschritten, und daß man am besten tat, wenn man auch bei der Infanterie und bei der Kavallerie nach diesen ermutigenden Beispielen verfuhr, das hatte alle Wahrscheinlichkeit für sich.

Nun wird ja auch heutigentags die Entwicklung militärischer Innovationen in der größtmöglichen Heimlichkeit betrieben, denn schließlich möchte man mit dem, was man da ausbrütet, den Feind überraschen. Bei Selim III. hatte die Geheimniskrämerei um den Aufbau seiner Neuen Truppe einen eher gegenteiligen Zweck: Der *Freund* sollte, falls sich das einrichten ließ, von ihr nichts erfahren, bevor sie stand und schlagkräftig war. Deshalb wurde bei den Janitscharen mit viel Klamauk und Gerassel eine Reform durchgeführt, wurden die Musterrollen nochmals überprüft auf das schärfste, wurden neue Richtlinien für die Beförderung erlassen und umgesetzt, aber all dieser Aufwand bloß, um den schwer zu berechnenden Haufen Sand in die Augen zu streuen und sie in der Illusion zu wiegen, daß man noch Großartiges vorhabe mit ihnen.

Der Feind durfte von dem eigentlichen Projekt nicht nur wissen, es war seine tätigste Mitwirkung sogar die Conditio sine qua non. Nun waren es nicht gerade die Russen, die man um neue Waffen und Unterweisung in deren Gebrauch anging, aber selbst das wäre denkbar gewesen. Es hatte doch die Modernisiererei inzwischen auch schon so etwas wie eine Tradition, und an diese hielt man sich, wenn man sich an Frankreich wandte mit der erneuerten Bitte um Aufrüstung und logistische Stützung.

Die Citoyens hatten an der Seine schon ihre Republik ausgerufen, waren mit Hilfe von Freiheit, Gleichheit, Brüderlichkeit, besonders aber mit der von Terror und Guillotine ziemlich fertig geworden mit ihrem Großreinemachen bei Adel und Klerus und nicht eben gesinnt, solchen Bittstellern, die mit ihren guten Beziehungen zum Ancien régime renommierten, gefällig zu sein. Doch erhielt der Osmane, neben dessen Dynastie die Bourbonen ja als ein äußerst kurzlebiges Geschlecht von weltgeschichtlich ephemerer Bedeutung dastehen mußten, vom Direktorium eine ebenso prompte wie bejahende Antwort.

Selim III. war beeindruckt von der Reaktion der Umwälzer und der Wertschätzung, die sie ihm zollten, und er mußte an seinen Ururgroßvater Sultan Trunkenbold denken, dessen Namen er trug. Vielleicht hätte er sich doch früher mit der Zarin einigen, ihr die Krim überlassen und statt dessen wie der Sarhoş Selim eine Insel im Mittelmeer erobern sollen. Korsika nämlich, dann hätte er Napoleon zu seinem Großvezir machen können ... Daß dieser begnadete Feldherr die große Ruhmestat des Großvaters des Trunkenbolds, des grausamen ersten Selim, nämlich Ägyptens Eroberung, en passant wiederholte und ohne viel Aufhebens davon zu machen, das sollte sich schon sehr bald zeigen. Vorderhand wurden Selim vom Direktorium Ausbilder und Waffen geschickt, und das war immerhin auch schon etwas.

Die Keimzelle für die Neue Truppe Selims III. hatte ihm Koca Yusuf aus dem Krieg mitgebracht. Das war nämlich während der Gefechtspausen der Lieblingssport des Großvezirs gewesen, vor seinem Zelt ausgesuchte Gefangene mit erbeuteten Waffen im europäischen Stil exerzieren zu lassen. Als Lokalität für den Bau der Kasernen und die Anlage der Übungsplätze wurde das Levent Çiftliği, ein Stückchen nördlich von İstanbul am Bosporos gelegen, erwählt, und gleichzeitig begannen vier französische Infanterieoffiziere das Training.

Nicht nur die Bajonette und die Gefechtstechniken waren französisch, auch die Uniformen, in welche die Rekruten gesteckt wurden, waren nach europäischen Schnittmustern gefertigt. Wie die Krieger der Ungläubigen trugen die neuen Soldaten des Sultans Barett und Gamaschen. Das einzige, was an diesem Corps nicht europäisch war, war sein Name. Die halb persische, halb arabische Formel Nizam-ı Cedit war eigentlich nicht die Benennung für die Truppe, sondern die Überschrift über dem Erlaß, mit dem Selim III. im September 1794, nachdem seine französischen Berater auf dem Levent Çiftliği schon mehr als zwei Jahre lang im verborgenen gewirkt hatten, die Existenz seiner Eliteeinheit öffentlich kundtat. «Neue Regelung» hieß das in etwa, und die Vernebelung durch das Abstraktum war intendiert.

Um die Nizam-ı Cedit von allem Anfang an als einen Staat im

Staat zu begründen, wurde sie von Selim III. auch finanziell auf eine souveräne Basis gestellt. İrad-ı Cedit, «Neues Einkommen», nannte er das. Die Steuereinnahmen aus verschiedenen Domänen und konfiszierten Tımarlarn flossen direkt in diese Kasse. Ebenfalls neuartig war die Rekrutierungspraxis, wenn schon mit Anklängen an das Devşirme-Verfahren, das einst die Janitscharen groß gemacht hatte. Die durch Steuerpacht und Malikane nur noch sehr lose mit der hauptstädtischen Bürokratie zusammenhängenden Derebeyiler in Kleinasien wurden verpflichtet, festgelegte Kontingente von jungen Männern für die Kasernen auf dem Levent Çiftliği zu liefern, die zum Teil als Nizam-ı Cedit an die Orte ihrer Herkunft zurückkehrten, was der Truppe etwas vom Charakter einer anatolischen Nationalgarde lieh.

Die Ressourcen für die İrad-ı Cedit hatte Selim III. mehr als großzügig bemessen, und es wurden aus diesem Topf auch die Mittel zum Aufbau einer eigenen kleinen Rüstungsindustrie für die Nizam-ı Cedit bestritten. Wieder unter Anleitung und Aufsicht von aus Europa herangeholtem Fachpersonal entstanden Munitions- und Waffenfabriken modernsten Zuschnitts und lieferten den Beweis, daß die Produktionsmittel, wie der Kapitalismus sie hervorgebracht hatte, durchaus auch innerhalb der Grenzen des Osmanischen Reiches imstande waren, ihre Wunder an Quantität und Qualität zu bewirken. Nur sah eben auch Selim III. nicht über die von den Vätern und Vorvätern ererbte Beschränktheit hinaus und brachte die revolutionierten Produktionsmittel ausschließlich zur Produktion von Zerstörungsmitteln zum Einsatz. Daß die in Europa erzielten Fortschritte dem sich Bahn brechenden Wirtschaftssystem, den revolutionierten Produktionsverhältnissen, der Verwandlung der Arbeitskraft in eine sich gegen Kapital tauschende Ware gedankt und geschuldet sein könnten, solche Erkenntnis lag gänzlich außerhalb des Horizonts des reformfreudigen Sultans und seiner Entourage. In der wiederbelebten Presse wurden türkische Übersetzungen der französischen Militärhandbücher gedruckt, von Adam Smith kannte man nicht einmal den Namen. Wissenschaft und Technik, die Motoren jeder wirtschaftlichen und gesellschaftlichen Entwicklung, fanden Eingang in das Osmanische Reich nur über die militärischen Institutionen. Heilkunde und Chirurgie beispielsweise machten ihren Weg ins Darülislam über die Neuerungen, wie sie in der Kriegsmarine durchgeführt wurden. Da man hier nicht mehr mit Galeerensklaven, sondern mit geschulten Matrosen arbeitete, wollte man die einzelnen nicht wie bisher bei Krankheit oder Verletzung über Bord werfen, da man solche Leute nicht mehr einfach im nächsten Hafen nachkaufen konnte. Es kam ein Arzt an Bord jedes größeren Kriegsschiffs, und die zur Heranbildung dieses Personals erforderte Klinik wurde zur Pflanzstätte der Medizin in der Türkei.

Wie bar selbst des elementarsten Verständnisses von Nationalökonomie Selim III. und die mit ihm Regierenden waren, zeigte sich darin, daß sie die Massen, die vom Land in die Städte drängten, nicht als freie Lohnarbeiter, durch deren Ausbeutung all der europäische Reichtum entstand, begrüßten, vielmehr eigens eine Extrapolizei aufstellten, diese Menschen wieder in ihre Dörfer zu bringen. Während also die erwerbslosen Türken an den Mauern ihrer Hauptstadt kehrtmachen mußten, tummelten sich in dem Jahrzehnt nach der Französischen Revolution an die tausend Ausländer auf İstanbuls Straßen. Engländer, Österreicher, Schweden, Holländer, Russen, Preußen, sie alle waren dem Sultan willkommen, doch in besonderer Weise schlug sein Herz für die Franzosen, und obwohl Selim III. trauerte um Ludwig XVI., mit dem er korrespondiert hatte in seiner Jugend, änderte die Große Revolution diese Vorliebe nicht. Sehr zum Ärger der übrigen Europäer, wie gesagt werden muß. Zwar durften die Geschäftsträger der Republik, die Bürger Semonville, Hénin und Descorches, zunächst nicht in die von dem nach Rußland geflohenen Royalisten Choisel-Gouffier verlassene französische Botschaft einziehen, aber auf die besonders vom österreichischen Gesandten mit Verve vorgetragenen Proteste dagegen, daß die Pariser Emissionäre über ihrem Quartier die Trikolore wehen ließen, hatte Selim III. nur ein mokantes Lächeln zur Antwort.

Nach ihren Siegen in Preußen und Holland wurde der Republik Frankreich volle diplomatische Anerkennung seitens des Sultans zuteil und Raymond Verninac zu ihrem ersten offiziellen Botschafter bei der Hohen Pforte ernannt. Seine wichtigste Aufgabe sah er darin, Selim III. und seine Untertanen mit dem Gedankengut der Revolution zu beglücken. Zu diesem Behuf wurde beim Wiedereinzug in die verwaisten Gebäude der französischen Vertretung eine Druckerpresse aufgestellt. Die Erklärung der Menschenrechte sowie diverse Pamphlete verwandter Denkart kamen in türkischer Übersetzung heraus, und durch die Bulletins der französischen Botschaft konnte man am Goldenen Horn mit geringer Verspätung das Schicksal der Revolution in all ihren Phasen sehr gut verfolgen.

Den englischen Gesandten regte diese ungehinderte Verbreitung der Ideen von Freiheit und Gleichheit dermaßen auf, daß er für die Ansiedlung von Vertretern der royalistischen Opposition Sorge trug und sie zur Publikation eines konterrevolutionären Periodikums, des «Mercure Oriental», animierte. Selim III. blieb völlig gelassen und verhielt sich als amüsierter Zuschauer bei diesen Querelen. Irgendeine Art von Gefährdung des durch ihn selbst repräsentierten Herrschaftssystems vermochte er in der revolutionären Propaganda nicht zu erblicken.

Das schätzte er, was seine Person und das Programm seiner Regierung anging, zutreffend ein, doch täuschte er sich gewaltig hinsichtlich des Ganzen der Dynastie. Aus der Illusion, in der Französischen Republik einen Freund für die Ewigkeit zu besitzen, wurde er schon 1798 gerissen.

Napoleon schiffte zu Toulon seine Orientarmee ein und ließ Segel hissen mit Kurs auf Ägypten, aber nicht in der Absicht, dort Nachhilfelektionen in Waffentechnik und Taktik zu erteilen; nein, er hatte vielmehr im Sinn, das Land am Nil zu besetzen. Selim III. wurde gebeten, dies nicht als feindlichen Akt mißzuverstehen.

Die Maßnahme sei gegen England gerichtet und die Herrschaft der Osmanen über ihre Provinz bei Lichte besehen doch eigentlich nur nominell. Wenn Napoleon jetzt hinging und Ordnung schuf in Ägypten, könne dies in Wahrheit dem Sultan nur nützen, denn die Mamluken hatten im Laufe der Jahrhunderte ihre ehemalige Macht in praxi wiedererlangt, und bevor sie sich förmlich aus dem osmanischen Staatsverband lösten und sich für unabhängig erklärten, war es besser, das Land vorübergehend unter französische Kontrolle zu nehmen.

Dem hätte Selim III. unterderhand beipflichten können, und er mochte sogar sein klammheimliches Plaisier daran haben, zu sehen, wie wacker die Grande Armée bei den Pyramiden einhieb auf die Mamluken, aber Ägypten war nun einmal von seinem namensgleichen Vorfahren erobert worden für das Osmanische Reich, und weil die Reihe der Sukzession heruntergekommen war bis an ihn, gehörte es eben ihm, und er wünschte es zu behalten, sei's auch nur auf dem Papier. Wer hier mit Waffengewalt eindrang, dem mußte der Krieg erklärt werden, wie schwer das auch fiel. Und wenn er dreimal der Kranke Mann vom Bosporos war, hieß das noch lange nicht, daß man nach Lust und Laune herkommen durfte, ihm mir nichts, dir nichts eine seiner prächtigsten Extremitäten zu amputieren! Die Druckerpresse in der Botschaft wurde beschlagnahmt, alle französischen Instrukteure wurden nach Hause geschickt.

Die Nizam-ı Cedit Selims III. war mittlerweile auf eine Stärke von fast 3000 Mann angewachsen, aber damit Napoleons Armee aus Ägypten verjagen zu wollen schien ihm gar zu verstiegen. Wer bot in dieser prekären Situation seine helfende Hand? Wer machte sich anheischig, sich für die territoriale Integrität des Osmanischen Reiches zu schlagen? Rußland! Und England natürlich. Die Tripelallianz wurde im September 1798 besiegelt und konnte Napoleon zunächst einmal an der Ausdehnung seiner Eroberung auf Syrien hindern. Bonaparte und seine wichtigsten Generäle überließen die Orientarmee ihrem Schicksal und kehrten nach

Frankreich zurück. Die Okkupanten konnten sich noch bis zum Sommer 1801 in Ägypten halten, und sie mischten in dieser Zeit den osmanisch-mamlukischen Verwaltungsapparat sehr gründlich auf.

Zwar hatte Napoleon vor seiner Abreise den Männern noch einmal eingeschärft, die vorgefundenen Institutionen und Mentalitäten wo immer möglich zu schonen, aber sie waren eben doch Revolutionäre von Schrot und Korn, Sendboten des neuen Zeitalters, und so sah unter ihrem Einfluß das älteste aller Länder über ein kurzes wie ein politisch-soziales Laboratorium aus. Osmanen und Mamluken wurden gleichermaßen von ihren Posten vertrieben, und die uniformierten Jakobiner suchten allerorten die Landeskinder für die Mitarbeit am Aufbau der Administration zu gewinnen. Besonders die ansässigen Geschäftsleute ließen sich locken vom Schlachtruf des Enrichissez-vous! und mauserten sich zu zuverlässigen Kollaborateuren der Besatzungsarmee. So wurde Ägypten innerhalb von drei Jahren durch den Feind sehr viel durchgreifender reorganisiert als das eigentliche Reich während der achtzehnjährigen Regierung der Reformer unter Selim III.

In das Machtvakuum, das durch den Abzug der Franzosen entstand, stieß Mehmet Ali, Kommandant des albanischen Kontingents innerhalb der entsandten Reichstruppen, der mit einzigartigem Geschick und bewunderungswürdiger Kaltblütigkeit mit einer jeden der rivalisierenden Gruppen erst koalierte, um sie anschließend zu vernichten, bis er am Ende die Zügel in seiner Hand hielt. Selim III. blieb weiter nichts übrig, als sich der normativen Kraft der von Mehmet Ali geschaffenen Fakten zu fügen und ihn als Statthalter der Hohen Pforte anzuerkennen. Auf dem Papier immerhin gehörte Ägypten weiter zum Osmanischen Reich.

Die ägyptischen Dinge waren noch nicht zu dieser wenn schon nicht befriedigenden, so doch vorerst entlastenden Lösung gekommen, da erhoben sich auf dem Balkan die Serben. Der von den Franzosen ausgestreute Same des Nationalismus war bei ihnen auf die von der russischerseits betriebenen panslawistischen Agitation tief durchfurchte und mit christlich-orthodoxen Fermenten satt gedüngte Erde gefallen. Dabei war der serbische Volksaufstand, sofern man ihn als Ereignis betrachtete, in seinem Ursprung nicht antiosmanisch. Im Gegenteil hatte er als Rebellion gegen einen Rebellen begonnen.

Pazvanoğlu hatte sich in Bulgarien vom Statthalter zum Selbstherrscher aufgeworfen und mit seinen Streitkräften in Serbien die Garnisonen der Zentralregierung attackiert. Gegen diesen Blutegel, der eine Sondersteuer nach der anderen erfand, hatten die Serben sich zur Wehr setzen, das osmanische Recht wiederherstellen wollen. Angeführt von Djordje Petrovic, genannt Kara Djordje, einem Bauernsohn, der zum Stammvater der serbischen Dynastie der Karadjordjevic werden sollte, hatten die Aufständischen Pazvanoğlus Schergen besiegt. Nun wollten sie auf die einmal errungene Souveränität nicht mehr zugunsten des offensichtlich machtlosen Sultans verzichten. Wieder mußte Selim III. die Tatsachen anerkennen und der 1805 in Smedrevo etablierten unabhängigen serbischen Regierung seinen Segen erteilen.

Dieser Kummer wurde vermehrt durch einen Krieg, den ihm seine Eben-noch-Verbündeten England und Rußland aufzwangen. Selim III. hatte Napoleon nicht nur dessen ägyptisches Abenteuer verziehen, sondern dem gewesenen Konsul noch vor dessen Sieg in der Schlacht zu Jena von Weltherrscher zu Weltherrscher den Kaisertitel bestätigt. Mit den Franzosen wieder auf freundschaftlichem Fuß stehend, bekam er sofort den Druck von Bonapartes Feinden zu spüren. Die Russen überfielen Bessarabien und die Walachei, die Briten konnten mit ihrer Flotte sogar die Dardanellen durchqueren und vor İstanbul ankern. Mit knapper Not vermochte man die englischen Schiffe, bevor sie Schaden anrichteten, wieder ins Mittelmeer zurückzutreiben, wo sie sogleich Kurs auf Alexandria nahmen, um Mehmet Ali zu ärgern. Dieser bestand die Probe und verteidigte seinen neuen Besitz erfolgreich.

Selim III. hatte in seiner Nizam-ı Cedit jetzt schon 23 000 Soldaten und 1500 Offiziere, doch hätte er wenigstens das Zehnfache benötigt, um mit all den Widersachern drinnen und draußen abrechnen zu können. Mit dem Mut der Verzweiflung dekretierte er die totale Heeresreform. Die Janitscharen sollten nicht nur das neue Reglement übernehmen, sie sollten auch die neuen Uniformen anziehen. Als Zeichen zum «Lappen hoch für den letzten Akt der Regierung Selims III., des glorreichen Reformers» hatte der Vorhangzieher der Geschichte diese Verfügung zu lesen.

Erste Szene dieses letzten Aufzugs war die Austeilung der neuen Uniformen in einer Janitscharenkaserne. Die Nizam-ı-Cedit-Offiziere, die man zu diesem Kamikaze-Einsatz abkommandiert hatte, wurden in ebenso kleine Stücke gerissen wie die Klamotten.

Zweite Szene: Rumor in İstanbuls Straßen, Sprechchöre: Weg mit dem Sultan, der uns die Bräuche und die Gewänder der Ungläubigen aufzwingen will.

Dritte Szene: Şerifzade Mehmet Ataullah, der Müftü, allein, wie ihm das Mundwasser läuft im Vorgeschmack auf die Leiche und wie er sich die Hände reibt, bevor er das Fetva schreibt, in dem er die Frage nach der Rechtmäßigkeit der Absetzung des Sultans im Sold der Ungläubigen mit vielen Ausrufezeichen bejaht.

Vierte Szene: Der Sultan im Palast mit seinen Getreuen. Von draußen die Rufe der blutdürstigen Janitscharen. Die Hälfte seiner Freunde läßt Selim III. durch eine Hintertür entfliehen, die andere Hälfte opfert er auf.

Letzte Szene: Das Opfer war sinnlos, der Sultan wird abgesetzt. Vorhang.

Selim III. mußte in den Käfig zurück, auf den Thron kam der Sohn Abdülhamits, sein Vetter Mustafa, vierter Sultan des Namens. Mustafa IV., von den Janitscharen und vom Müftü gelenkt, hatte natürlich als erstes die Auflösung der Nizam-ı Cedit zu befehlen. Ihre Offiziere wurden erschlagen, wo man sie fing. Gleich, ob man das, was in den dreizehn Monden vom Juni 1807 bis zum Juli 1808 vor sich ging, Sultan Mustafa IV. als persönliches Versäumnis oder als die Verbrechen seiner Regierung vorwerfen möchte, jedenfalls beging er eine gravierende Dummheit, indem er seinen Vorgänger am Leben ließ. Die zweite, nicht weniger sträfliche Unterlassung bestand darin, daß er seinen Bruder Mahmut gleichfalls verschonte. Diese doppelte Blödheit des vierten Mustafa, dessen Denkkraft kaum die des ersten, des blöden Mustafa, überstieg, war hinreichend, ihm das Leben zu kürzen. Über sein eigenes Schicksal hinaus dasjenige der Janitscharen besiegelnd, potenzierte er die beiden Lapsus noch durch ihre Kombination, denn er sperrte Vetter und Bruder, den abservierten Sultan und den Sultan in spe, nicht in separate Käfige: Nein, in Wohngemeinschaft ließ er sie hausen in ihrem abgeschotteten Haremsbezirk!

Auf diese Art bot Mustafa IV. Selim III. die Chance, das völlige Scheitern seines Werks und seiner Person doch noch ins Gegenteil zu verwandeln. Und Selim III. nutzte die Frist, die ihm geschenkt war zur Rechtfertigung seiner Existenz, Stunde für Stunde. Er lehrte seinen Cousin Mahmut das Abc der Reform. Jetzt, im Halbdunkel des Käfigs, sah er genauer als auf dem lichtumglänzten Thron, was seine Leistungen gewesen waren und was seine Fehler. Das, was Selim III. noch im nachhinein als richtig erkannte, mußte Mahmut ebenfalls tun in vervielfachter Weise, alles, was sich als falsch herausgestellt hatte, vermeiden. Die wichtigste, die absolut unverzichtbare Lektion, die Selim III. für seinen Vetter Mahmut herauszog aus seiner Erfahrung, war die: Das Krebsgeschwür, ohne dessen restlose Entfernung es kein Überleben geben würde für das Osmanische Reich, hieß Janitscharen.

«Du mußt sie auslöschen», sagte Selim III. zu Mahmut, und er dämpfte seine Stimme, hier, in ihrem gemeinsamen Gefängnis, wo niemand ihnen zuhörte oder sich auch nur für sie interessierte. «Bis auf den letzten Mann mußt du sie töten. Und glaube mir,

Mahmut, es ist nicht Durst für meine Rache, was ich dir einimpfen möchte. Es geht nicht um mich, es geht nicht um dich. Um das Osmanische Reich, um die muslimische Kultur ist es zu tun. Atamans Blut ist es, das in deinen Adern kreist und in meinen und das uns aufruft, uns nicht abzusperren gegen die Christen, gegen ihre Wissenschaften und Künste. Auch das mußt du wissen, daß unser Stammvater, dem ich den Käfig, dann den Thron und jetzt wieder den Käfig verdanke, eigentlich nicht Osman hieß, daß er den Namen des unwürdigen Kalifen nur angenommen hat auf den Rat des Hacı Bektaş, um die Sunniten auf unsere Seite zu ziehen. Selim der Grausame, der Sohn des frommen Bayezits, der Vater des Gesetzgebers Süleyman, er hat alle Anhänger von Alis Partei vom Boden unseres Reiches vertilgt. Die Janitscharen haben sich damals gewehrt, ihm dabei zu helfen. Heute wissen sie nichts mehr davon. Du wirst den Geist der Janitscharen retten, indem du die tötest, die ihren Namen für sich usurpieren. Auf einen Schlag mußt du die Bestie töten, sonst tötet sie dich. Wiederhole nicht meinen Fehler. Und auch den Orden des Hacı Bektaş verbiete. Sie treiben Spott mit dem Namen ihres Heiligen.»

Während Selim III. im Käfig sein Vermächtnis Artikel für Artikel übertrug auf den Vetter, sammelte auf dem Balkan Bayraktar Mustafa, der einzige unter den Talfürsten in Rumelien, der ihm und seinen Reformen mit Sympathie gegenüberstand, die Kräfte zu seiner Reinstallation. Bayraktar, Fähnrich, das war die Bezeichnung für seinen Rang bei den Janitscharen gewesen, aber zum Namen wurde es jetzt auch in dem Sinne, daß seine Fahne es war, unter der die Verschwörer sich scharten. Rusçuk an der Donau war der Hort der Konspiration, und so wiederholte sich in dem merkwürdigen Lebenslauf Selims III. auch dieses, daß er im Käfig hockte, derweil draußen wackere Männer ihre Köpfe zusammensteckten, um zu beratschlagen, wie man ihn aus seinem Gefängnis herausholen und auf den Thron setzen könnte.

Gewalt war nötig dazu, und über diese Mittel verfügte man

auch, denn Bayraktars Truppe war stark. List war aber ebenfalls in nicht geringerer Menge erforderlich, denn wäre man schnurstracks auf die Hauptstadt marschiert, hätten sie den Reformsultan natürlich längst abgemurkst gehabt, bevor man auch nur die Nähe des Palastes erreicht. So wurde hier doppeltes, dreifaches und vierfaches Spielchen getrieben. Wie die Wahrheit unter jedem fallengelassenen Vorwand sich wieder als Vorwand entpuppte, wie man sicher außerhalb der Mauern İstanbuls lagerte, sich dann hineinschmuggelte in die Stadt, sich mal für den Müftü, mal für den Ağa der Janitscharen, mal für den Großvezir schlug, das war schon Kunst der Intrige auf dem Niveau des ägyptischen Mehmet Ali. Aber um sich dem Albaner am Nil wirklich ebenbürtig zu zeigen, hätte noch der krönende Abschluß dazugehört, und der wurde verpatzt.

Als Bayraktar die unterste seiner Lügenmasken abzog und endlich den Grund für die Anwesenheit seiner Streiter offenbarte mit dem Sturm aufs Saray, blieb Mustafa IV. Zeit, seine Häscher in den Käfig zu schicken. Ein Fetva konnte der Müftü in der Eile und Aufregung nicht mehr hinschmieren, und auch war die Gegenwehr Selims III. beachtlich bis erstaunlich, aber selbst das führte nur dahin, daß die Henker auf das Anlegen der Würgschnur verzichteten und, mit dem Dolche zustechend, in frevelnder Manier das Blut des ehemaligen Sultans vergossen. Mahmut jedoch konnte sich über die Dächer des Harems retten zu Bayraktars Leuten.

In vollem Lauf mit abschließendem Hechtsprung sicherte er sich den Thron. Mahmut, zweiter Sultan des Namens. Mustafa IV. hatte sich schon freiwillig in den Käfig verzogen.

Bayraktar hatte sich Titel und Würde des Großvezirs redlich verdient. Er selbst war das schlagendste, thronveränderndste Beispiel dafür, welche Macht die Talfürsten im Staate erlangt hatten, und wollte fürderhin noch irgendein Sultan etwas an den Janitscharen vorbei unternehmen, so nur, indem er sich auf die Derebeyiler stützte. Deshalb rief Bayraktar die Provinznotablen von nah und fern zur Generalversammlung nach İstanbul ein. Sie folgten der Aufforderung gerne, einige erschienen mit starkem Militäraufgebot. Kadı Abdurrahman Paşa, der Statthalter von Karaman, hatte, die imposanteste Demonstration liefernd, 3000 nach den Methoden des Nizam-ı Cedit trainierte Soldaten zu seinem Geleit.

Dieser neuartige, von Großvezir Bayraktar organisierte Reichstag verabschiedete im Oktober 1808 eine Art von Verfassung, das sogenannte Sened-i İttifak, das Dokument der Übereinkunft, in dem die Rechte und Pflichten des Sultans und der Talfürsten festgelegt wurden. Die Nizam-ı Cedit wurde wieder ins Leben gerufen, aber mit Rücksicht auf die Reaktion von Janitscharen und Ulema füllte man diesen frischen Wein jetzt in einen uralten Schlauch ein und nannte ihn Sekban-ı Cedit. Damit waren die «Neuen Hundewächter» per Nomenklatur in die Janitscharen eingebunden. Die Kasernen auf dem Levent Çiftliği und die übrigen Unterkünfte der Nizam-ı Cedit wurden instand gesetzt und der Sekban-ı Cedit angewiesen. An die Stelle der İrad-ı Cedit trat ein Ministerium für die Angelegenheiten des Cihats, was der Ulema die Sache schmackhafter machen sollte, doch würgten die Verfechter des Şeriats die bittere Pille auch nach solch rücksichtsvoller Überzuckerung wieder aus.

Bayraktar, dessen Aufführung in dem neuen Amt überhaupt als arrogant und selbstherrlich empfunden wurde, übertrieb, als er der Öffentlichkeit die Sekban-ı Cedit erstmalig mit einer Parade zur Feier des Fastenbrechens nach dem Ramazan präsentierte. Die Taktlosigkeit löste Tumult aus, Bayraktar mußte sich vor der wütenden Menge mit seiner Leibgarde in ein kleines Pulvermagazin flüchten, das er zur Explosion brachte, bevor man ihn herausholen und lynchen konnte.

Mahmut II. reagierte kalten Bluts auf diese Panne und ordnete flugs die Hinrichtung seines Bruders Mustafa IV. an. So war er der einzige lebende Abkömmling Osmans. Als der Mob vor dem Saray auftauchte und für den in die Luft gejagten einen neuen Großvezir, dazu noch einen neuen Janitscharen-Ağa nach seinem

Gusto verlangte, bewies Mahmut II., daß er die Lektionen Selims III. nicht nur intus hatte, sondern sie auch zu beherzigen gedachte. Er wies die Forderungen zurück und bat die Leute, nach Hause zu gehen.

Die Straßenkrawalle eskalierten zu Bürgerkriegsszenen. Der Palast wurde belagert, die Sekban-ı Cedit führten ihre auf dem Levent-Çiftliği eingedrillten Ausfälle vor, die Marine feuerte vom Goldenen Horn die Bordkanonen ab auf die Kasernen der Janitscharen und auf deren Belagerungsring. Ganze Stadtviertel brannten ab, Tausende Unbeteiligte kamen ums Leben.

Sultan Mahmut II. konnte sich mit den Sekban-ı Cedit verteidigen in seinem Saray. Schließlich wurde mit den Ulema ein Kompromiß ausgehandelt. Die Sekban-ı Cedit sollte aufgelöst werden, ihre Soldaten aber, in Zivil gekleidet, sollten unbehelligt abziehen dürfen. Das Versprechen wurde nicht eingehalten, man fiel über die Männer her, sobald sie den Fuß vor das Palasttor gesetzt hatten, auch Kadı Abdurrahman von Karaman wurde ermordet.

Mahmut stand wieder allein und mußte von vorne beginnen. Aber er stand. Diese Niederlage zu rächen, der Reformpolitik von Abdülhamit und Selim III. zu ihrem nicht mehr umkehrbaren Triumph zu verhelfen, nahm er sich Zeit. Achtzehn Jahre Zeit. Bis zur aufgeschobenen Endlösung des Janitscharenproblems konzentrierte er sich auf die Päppelung seiner Bonneval-de-Tottschen Artillerie und widmete sich ansonsten den außenpolitischen und jenen innenpolitischen Fragen, die quasi außenpolitische waren.

Der von England und Rußland gegen Selim III. eröffnete Krieg war wegen der französisch-osmanischen Wiederannäherung zum Ausbruch gekommen, und Napoleon, welcher der Pforte ohne Absicht diese Suppe eingebrockt hatte, löffelte sie, gleichermaßen intentionsfrei, auch wieder aus. Das französisch-russische Abkommen von Tilsit ließ die Briten aussteigen aus der Allianz mit dem Zaren, Napoleons 1812 begonnener russischer Feldzug verschaffte Mahmut II. einen mehr als glimpflichen Frieden mit Zar Alexander. So hatte der Sultan die Hände frei, sich um die Talfürsten zu kümmern.

Sein Vorgehen bei der Annullierung der im Sened-i İttifak verbrieften Rechte der Derebeyiler besaß starke Ähnlichkeit mit der Art und Weise, wie Osmans Enkel Murat in den Frühzeiten des Reichs seine Herrschaft über die Emire der anatolischen Beylikler teils durch Gewalt, teils durch Intrige, teils durch Bestechung ausgedehnt hatte. Es gelang Mahmut II., die Provinznotabeln auf dem Balkan, in Kleinasien und in Arabien einen nach dem anderen auszuschalten und die von ihnen zwischenzeitlich mehr oder minder autonom verwalteten Gebiete wieder der Zentralgewalt zu unterwerfen.

Nur Tepedelenli Ali Paşa von Yoannina, der sich in Südalbanien und in den benachbarten griechischen Landstrichen ein kleines Reich im Reich aufgebaut hatte, trotzte noch allen Versuchen, ihn einzuwickeln oder ihn über den Haufen zu werfen. Wie Pazvanoğlu durch seine Schröpfermanieren die Serben zum nationalen Widerstand aufgereizt hatte, so wurde Tepedelenlis rücksichtsloses Regime zum Stein des Anstoßes für die Selbstbestimmungsallüren der Griechen. Da der hellenische Freiheitskampf ein Topos ist, der nicht nur die Existenz des Osmanischen Reiches überdauert hat, sondern allem Anschein nach von dem Ehrgeiz getrieben wird, auch die Türkische Republik noch überleben zu wollen, mag es erhellend sein, wenn wir erwähnen, wo und wann die griechische Nationalbewegung sich aus der Wiege hob.

Die Hetairia ton philikon wurde im Jahre 1814 auf der Krim gegründet, das heißt, drei Jahrzehnte nachdem Katharina die Große die tatarischen Vasallen der Pforte von der Halbinsel verjagt hatte. Vorsitzender des von griechischen Kaufmännern gestifteten Geheimbunds wurde Alexandros Ipsilanti, ein Angehöriger des Geschlechts der Phanarioten, der seit Jahrhunderten einflußreichsten griechischen Familie im Osmanischen Reich, aus deren Reihen sich nicht nur die Pfortendolmetscher, sondern auch die Regenten der Donaufürstentümer rekrutiert hatten. Letzterer

Umstand drosselte, als Ipsilanti im März 1821 den Pruth überschritt, bedeutend die Wirkung seiner antiosmanischen Agitation, obwohl doch seine Mitgliedschaft in der russischen Armee und die Tatsache, daß ein weiterer Phanariot, Yoanis Kapodistrias, zu den engsten Beratern des Zaren gehörte, das Versprechen russischer Intervention mehr als verbürgten, denn er hatte ja hier gegen die Mißwirtschaft seiner eigenen Verwandten zu hetzen.

Ausgezeichnet hingegen war die Resonanz für die Hetairia ton philikon in Tepedelenlis Herrschaftszone, die sich schon bis zum Peloponnes ausgestreckt hatte. Statt Tepedelenli bei der Unterdrückung des griechischen Aufstands zu Hilfe zu eilen, pfiff Sultan Mahmut II. auf die Bedrohung durch die Hetairia und griff den unbotmäßigen Talfürsten an. Tepedelenli versuchte, mit den nationalistischen Rebellen gemeinsame Sache zu machen, wurde aber von den Truppen des Sultans in Yoannina eingekesselt. Ein ganzes Jahr lang vermochte er sich gegen die Belagerer zu halten, erst im Januar 1822 verlor er seine Residenz, seine Burg und seinen Kopf.

Mit der Niederwerfung Tepedelenli Ali Paşas von Yoannina hatte Mahmut II. zwar den letzten renitenten Talfürsten, aber dummerweise auch die letzte Kraft beseitigt, die in der Lage gewesen wäre, die Flamme des griechischen Freiheitskampfes zu ersticken. Auf dem Peloponnes wurde 1822 Nationalversammlung gehalten und Alexandros Mavrokordatos zum Präsidenten der Griechischen Republik gewählt. Die war noch nicht aus den Windeln, als unter ihren Gründern schon der Bürgerkrieg tobte, aber eine Chance für Mahmut II., den Peloponnes zurückzuerobern, bot sich dadurch immer noch nicht.

Mehmet Ali von Ägypten, der in der Zwischenzeit die von den französischen Besatzern angelegten Reformen konsequent weiterbetrieben hatte und über eine bestens ausgerüstete und gedrillte, Nizamiye benannte Armee neuen Stils verfügte, stand bereit, diesen Job für seinen Sultan zu übernehmen. Als Lohn wollte er die Statthalterschaft auch über den Peloponnes und über Kreta erhalten. Sultan Mahmut II. schlug ein. Ein Expeditionscorps von 17 000 Mann, angeführt von Mehmet Alis Sohn İbrahim Paşa, wurde über Kreta nach dem Peloponnes geschifft. Die griechischen Freiheitskämpfer wurden zu Paaren getrieben, in der Zitadelle von Missolonghi konnten sie sich wie Tepedelenli zwölf Monate gegen ihre Belagerer wehren, aber im April 1826 war diese Griechische Revolution endgültig niedergeschlagen.

Die achtzehnjährige Frist für die Antwort Mahmuts II. auf die Janitscharenrevolte im ersten Jahr seiner Regierung, die Bayraktar das Leben gekostet, war abgelaufen.

Die restlos überzeugende Art, in der Mehmet Alis Nizamiye aufgeräumt hatte mit den griechischen Insurgenten, die fürchterliche Blamage der Janitscharen, die keines der an den türkischen Bewohnern der Halbinsel verübten Massaker zu vereiteln vermocht, das waren die letzten beiden Tropfen, die das Faß noch gebraucht hatte, um endlich, endlich überlaufen zu können. Der nächste Aufruhr der Janitscharen würde jeder plebejischen Färbung entbehren, sie würden im Gegenteil diesmal die Volksmassen gegen sich haben. Wenn es Mahmut II. gelang, sie jetzt, da die Hauptstadt unter dem Eindruck der Siegesmeldung von Missolonghi stand, dazu zu provozieren, ihre Kessel umzustoßen und Randale zu machen, würden sie in aller Augen als das erscheinen, was sie geworden waren: ein Haufen ekelerregender Kretins, die mit ihrem Gewaltmonopol die kleinen Kaufleute und die arbeitenden Menschen drangsalierten, dem Land das Blut aus den Adern sogen und ihm den Weg aus der Vergangenheit in die Gegenwart versperrten.

Mahmuts II. achtzehnjährige Geduld war nicht untätig gewesen. Nach und nach hatte er das Corps infiltriert, Männer seines Vertrauens an die Schaltstellen geschleust. Er brauchte die Janitscharen nur noch herauszulocken aus ihrer Deckung, um ihnen den Todesstoß zu verpassen. Daß sie, wenn man sie bloß als Feinde ansah, nur allzu berechenbar waren, das führte Mahmut II. ihnen jetzt vor. Er verordnete die Heeresreform. Diesmal sollte die neue

Truppe ausschließlich aus den Janitscharen hervorgehen. Eşkinciyan würden sie heißen, jedes der 51 in İstanbul stationierten Ortalar hatte per Erlaß seine besten 150 Männer abzugeben dafür.

Die feierliche Einschreibung mit Uniform- und Waffenausgabe wurde auf den 12. Juni 1826 festgesetzt und sollte auf dem Et Meydanı stattfinden, auf dem großen Platz vor der Hauptkaserne der Janitscharen, von dem ihre Aufstände seit je den Ausgang genommen. Schärfer wäre die Herausforderung nicht auszudenken gewesen, und man muß sich wundern, daß noch zwei Nächte und zwei Tage vergingen, eh die Suppenkessel aus der Kaserne auf den Et Meydanı herausgebracht und umgeworfen wurden als unmißverständliches Signal für die Erhebung.

Auf halbem Weg zum Saray kamen den Aufständischen schon die Artilleristen und die Pioniere des Sultans, unterstützt von einem Regiment Infanteristen, die Mehmet Ali dem guten Zweck zur Verfügung gestellt hatte, entgegen. Im Nu waren sie auf den Et Meydanı zurückgedrängt, und da ihnen auf dem Platz der Aufenthalt von den Kugeln aus den Feldgeschützen der Sultanstreuen verleidet wurde, verschanzten sie sich in ihrer Kaserne.

Kaum zwei Stunden verteidigten sie das Gebäude, dessen Architekten den Fall einer Belagerung freilich nicht eingeplant hatten, dann stand es in Flammen. 6000 Janitscharen starben den Feuertod in diesem Inferno, wer hinauslief, wurde erschossen. Keiner von ihnen erlebte den folgenden Morgen.

Das war der 15. Juni 1826, eingegangen in die Geschichte des Osmanischen Reiches als Vakayi Hayriye, der Tag des Heilsamen Ereignisses.

Ein Vakayi Hayriye, ein heilsames Ereignis, ist auch hier am Ende der zehnten Runde aus dem Zelt zu Beausoleil nahe Monaco zu melden. Wollen wir aber mit dem Szenenwechsel die Gleichsetzung wieder einschränken, sowohl hinsichtlich der Ereignishaftigkeit, als auch was das Heilsame betrifft. In der Sphäre des Sports ist der allmächtige Despotismus der Zeit suspendiert, die Rede vom Ereignis muß daher in diesem Bezirk notwendig eine uneigentliche sein. Die, eingerechnet die Pausen, knapp 39 Minuten, die dahingeflossen sind, seit der erste Gong schlug, sie sind nicht nur im Verhältnis zu den Zeiträumen, die wir uns durch Ausrollung der türkischen Geschichte und durch die Herzählung von Nasrettins Lebensgeschicken fühlbar gemacht haben, ein verschwindend Geringes; sie zählen überhaupt nicht, denn sie waren vor dem Kampf abgemessen, herausgenommen aus dem Kontinuum und zu unserem Genuß beiseite gestellt. Dort sitzt der Zeitnehmer, der dies kontrolliert, und er heißt Zeitnehmer mit Fug und Recht, weil er, solange da oben geboxt wird, die schwerer als alles uns belastende Zeit von uns nimmt. Ein vorzeitiger Abbruch des Kampfes, das wäre etwas, was einem Ereignis nahe käme, denn es risse den sportlich-kultischen Damm ein und überschwemmte uns mit schäumender Zeitflut und Alltag. Um solches handelt es sich bei dem Heilsamen, von dem wir sprechen, noch nicht.

Die ganze Runde über verfolgt Sandol das einzige Ziel, den Cut über Nasrettins Auge. Wenn er die Stelle noch einmal trifft, müßten die Hautlappen, die nur vom Kollodium zusammengehalten werden, den roten Saft freigeben in so sattem Strom, daß es den Herausforderer zur Aufgabe zwingt. Aber Nasrettin macht es so schlau wie Sultan Mahmut II., hebt, wie ihm der Geist von Muharrem Güneş geraten, die deckende Faust vor die Stirn, macht gleichzeitig Außenpolitik, ein Schwinger hier, ein Schwinger dort, Gelaufe und Scheinaktivitäten an den Grenzen des Rings. Sandol klopft Nasrettins die Wunde deckenden Handschuh so oft, daß bald schon auf dem Leder sich ein Cut auftun könnte, aber seine Absicht verwirklicht er nicht. Nasrettin spielt den Erschöpften, dem die Puste ausgeht, läßt die Deckung sinken bis unter das Kinn. Sandol will mit einem rechten Geraden zu Nasrettins notdürftig verarzteter Braue. Nasrettin taucht und kommt beim Wiedervorschwingen des Oberkörpers mit seinem bisher am schärfsten geladenen linken Haken punktgenau auf Sandols Leber. Hier also die Einschränkung, auf das Heilsame des Vorgangs bezogen: Sie gilt nur in der einseitigen, parteiischen Betrachtung aus der Sicht unseres Helden. Für Sandol ist es das Gegenteil von heilsam, er kippt um. Liegt unten und hat das Schwarz ewiger Nacht vor seinen Augen. Eddy Hoagland darf zählen. Mann am Boden, gutes Gefühl, kann sich Nasrettin sagen. Bei «5» ist aber Sandol wieder erwacht. Bei «7» hat er gemerkt, daß er sich nicht daheim im weißen, mehlfeinen Sand seines Karibikstrandes, sondern auf einer Unterlage wälzt, von der man sich schleunigst erheben sollte. Was er auch tut. Der Referee schenkt ihm zusätzlich Sekunden für seine Erholung, denn übertrieben gründlich prüft er Sandols Reflexe. Dem Kommando «Box!» können die Kombattanten keine Folge mehr leisten, denn es ertönt schon der Gong.

«Jetzt nichts mehr riskieren, mein Junge. Wir haben die Punkte.»

Das ist Röders Stimme, aber sie klingt Nasrettin so weibisch-großmütterlich, als wäre es Sevim, die zu ihm spräche. Diese Devise ist auf eine derart empörende Weise unsinnig, daß es aus dem mit der neunten und zehnten Runde beträchtlich angewachsenen Segment unter den Zuschauern, die zu Nasrettin halten und ihm den Sieg über den Titelverteidiger wünschen, Herausforderungen hageln würde an den Sekundanten, wenn sie nur hörten und verstünden, was er seinem Boxer gerade einzureden versucht. Außerdem hat Röder sich offensichtlich auch mit den Künsten Adam Rieses nicht hinreichend beschäftigt. Alle drei Punktrichter haben die zehnte Runde Nasrettin zuerkannt, das ist richtig. Der Zwischenstand summiert sich auf 99:94, 95:94, 93:94. Ließe aber Nasrettin Sandol die Punkte für die beiden übrigen Runden, so hätte er den Kampf mit einer gegen zwei Stimmen verloren. Dranbleiben muß er und gleich mit dem Gong wieder zur Leber. Warum heißt er Nasrettin? Weil er wie sein Namenspatron, der Hoca, für Leber eine solch unwiderstehliche Vorliebe hat! Warum kann Nasrettin die Worte seines Mürşits nicht empfangen, die ihm haargenau anzeigen würden, mit welcher Aktion er den angeschlagenen Champ zu entthronen vermag? Weil Röder in einer Tour quasselt wie eine Amme, während er Nasrettin mit dem Schwamm schmutziges, lauwarmes Wasser in das Gesicht drückt.

Nasrettin schlägt die Hand mit dem Schwamm, der ihn nicht erfrischt, sondern quält, zur Seite. Röder verliert das Gleichgewicht und läßt den Eimer fallen. Nasrettin steht auf, beugt den Kopf zu dem Helfer hinter dem Seil, zieht die Lippen auseinander, bleckt die Zähne. Er will seinen Mundschutz und bekommt ihn sofort. Er tritt zwei Schritte zur Seite, denn das von Röder in seiner Ecke verschüttete Wasser muß aufgewischt werden. Der Nebenkampf erregt Heiterkeit auf den Rängen, einige Witzbolde klatschen. Nasrettin reckt seine Rechte dem Zeltdach entgegen und dankt für den Applaus. Mit seinen Pausenlüsten ist es vorbei, es dauert ihm alles zu lange. Sandol schaut etwas ungläubig aus der roten Ecke herüber. Hat er den Gong verpaßt? Nein, «Ring frei zur elften Runde» heißt es erst, dann wird die Glocke geläutet.

Seinen achtzehnten bis einundzwanzigsten Geburtstag hatte Nasrettin als Arbeiter der Strackschen Armaturenfabriken in Spandau gefeiert. In 87 Amateurkämpfen war er dreiundachtzigmal erfolgreich gewesen, hatte zweimal unentschieden geboxt. Die beiden Niederlagen waren knapp und umstritten gewesen. In der Nationalstaffel war er in seiner Gewichtsklasse der Hoffnungsträger für die bevorstehenden Weltmeisterschaften. Er lebte mit den Schwestern, dem Bruder und der Mutter in Neukölln in der Karlsgartenstraße, die Kosten für die Haushaltung wurden aus seiner Lohntüte bestritten. Als besonders förderungswürdiger Leistungssportler erhielt er vom Senat eine monatliche Gratifikation in Höhe von 600 Mark, das war sein Taschengeld, von dem er den Großteil in Vitaminpräparate und Sportgerät umsetzte.

Sein Leben war tagtägliche Plackerei an der Drehbank und in der Turnhalle. Die von ihm angeschaffte Vitrine im Wohnzimmer der Familie füllte sich mit Pokalen und Medaillen, das waren die Sonnenstrahlen in diesem grau-gleichförmigen Dasein. Nasrettin schien auf dem besten Wege, ein arbeitsamer Saubermann und gesetzestreuer Vorzeigesportler zu werden. Aber seine Jugendsünden sollten ihn einholen.

Es ereignete sich an einem jener typischen trübsinnigen Berliner Novembervormittage, an denen Nasrettin wie üblich vor seinem Schraubstock stand, in den er gerade ein Handrad eingespannt hatte, um die Gußnähte abzufräsen. Ein Herr mit Schlips und Kragen kam aus der Chefetage in die Werkhalle herunter, was selten geschah und in aller Regel Unannehmlichkeiten nach sich zog.

Wie seine Kollegen tat Nasrettin sein Bestes, sich auf das Werkstück vor seiner Nase zu konzentrieren und die unheilkündende Erscheinung nach Kräften zu ignorieren. Das gelang freilich nicht, und da ihr Vorarbeiter dem hohen Tier entgegengeeilt war, versuchte Nasrettin über den Rand seiner Schutzbrille hinüberzulinsen, um aus dem Mienenspiel des Vorgesetzten zu divinieren, von welcher Sorte das Anliegen sein mochte, das den Repräsentanten der Geschäftsführung in die Niederungen der Produktion hatte hinabsteigen lassen. Das glattrasierte, rosige Gesicht des höheren Angestellten und das untertänig nickende des Vorarbeiters wandten sich aus dem Gespräch in Nasrettins Richtung.

Nasrettin spürte Hitze in seinen Wangen. Man war also oben in den Büros aufmerksam geworden auf seine Person. Wollte man ihn befördern? Hatte es mit dem Boxen zu tun? Tatsächlich, seinetwegen war der Personalchef zu ihnen gekommen, denn der Vorarbeiter wies jetzt mit dem Zeigefinger am ausgestreckten Arm auf unseren Helden, worauf der Schicksalsbote das Weite der Halle bis zu Nasrettins Werkbank mit kurzen, zackigen Schritten durcheilte.

«Herr Öztürk», sprach er mit bedeutungsvoll gerunzelter Stirne, «darf ich Sie bitten, Ihren Arbeitsplatz zu verlassen und mir zu folgen?»

Die Schamesröte, die ihm die Vorahnung auf Erhöhung in die Wangen getrieben, floß ab, und Blässe malte den Ausdruck furchtsamer Gewärtigung eines Unheils in Nasrettins Gesicht, als er mit dem Personalchef ins Freie trat und hinter ihm im Nieselregen, vorbei an der Schreinerei, wo die großen Kisten für den Überseetransport der Strackschen Ventile gezimmert wurden, den Hof zum Verwaltungstrakt überquerte. Daß er in das Büro des Firmeninhabers geführt wurde, ließ Nasrettin neuerlich Hoffnung schöpfen, und das besonders im Fahrstuhl flaue, seinen Magen nach unten ziehende Gefühl wich einem erwartungsfrohen Kribbeln in dieser Körperregion. Nach all den 1000 guten und schlechten Möglichkeiten, die ihm durch den Kopf geschossen waren in der just verflossenen Lebensminute, hätte er jetzt darauf gewettet, daß der Boß ihm seine Erwählung zum Sportler des Jahres eröffnen und ihm dazu seine Glückwünsche aussprechen wollte.

Der Unternehmer war aber gar nicht zugegen, zwei betriebsfremde Herren hatten im Vorzimmer, Kaffee trinkend und mit der Sekretärin schäkernd, seiner geharrt. «Presse», war Nasrettins naturgegebener Gedanke, und deshalb schaute er mit strahlendem Siegergesicht aus seinem Blaumann heraus, als er zum Gruß die Hand bot. Mit Fleischergriff wurde sie, nachdem der mutmaßliche Journalist seine Kaffeetasse abgestellt und sich erhoben hatte, von diesem gequetscht. Ehe er sich Nasrettin vorstellte, räusperte er sich und rückte den Knoten seiner Krawatte zurecht.

«Oberkommissar Kugler», sagte er dann, «Kriminalpolizei, Rauschgiftdezernat. Und das ist mein Kollege, Inspektor Bier. Wir stören die Leute eigentlich nur sehr ungern bei ihrer Arbeit, aber es liegt ein Haftbefehl gegen Sie vor.»

Nasrettin bekam das Schriftstück zu sehen. Er konnte es nicht entziffern, denn die Zeilen wackelten und tanzten durcheinander, ließen sich nicht zum Stillhalten bringen von seinen blinzelnden Augen. Er erkannte nur seinen handschriftlich eingetragenen Namen, Stempel und Embleme, die um vieles bedrohlicher waren als alle Fäuste und Waffen, die man je auf ihn gerichtet. Seine Finger schmerzten noch vom Händedruck des Polizisten, als er das Blatt zurückgab.

«Bleiben Sie vor allem ruhig, Herr Öztürk, und tun Sie nichts Unüberlegtes», sagte Oberkommissar Kugler, als er das Dokument zusammenfaltete und in die Innentasche seines Jacketts schob. «Man hat uns gebeten, hier in der Firma kein Aufsehen zu erregen. Nach meiner Dienstvorschrift müßte ich Ihnen Handschellen anlegen. Von mir aus können wir uns das ersparen, wenn Sie versprechen, daß Sie nicht versuchen werden, Widerstand zu leisten oder zu fliehen. Uns wurde erzählt, daß Sie in der Nationalmannschaft sind und bei der Weltmeisterschaft antreten sollen. Ich habe früher selber geboxt und 1968 sogar bei den Polizeimeisterschaften den Finalkampf im Schwergewicht gewonnen. Ich war damals noch bei der Schutzpolizei: SDS und so weiter. Dreimal pro Woche war Straßenschlacht angesagt. Boxerehrenwort also?»

Nasrettin zögerte. Dann überwand er seine Scheu, indem er sich sagte, daß er eine Familie zu versorgen hatte und seinen Kopf um jeden Preis aus dieser Schlinge herausziehen mußte. Aber er spannte die Muskeln so, daß der Kripomann ihm die Mittelhandknochen nicht wieder gegeneinander pressen konnte.

«Tapfer, mein Sportsfreund, sehr tapfer», freute sich Oberkommissar Kugler. «Und vielleicht stellt sich ja alles als ein Irrtum oder als eine Verwechslung heraus. Wir gehen also gemeinsam und in aller Ruhe zu den Umkleidekabinen. Sie ziehen sich um, dann steigen wir, als ob es das Normalste von der Welt wäre, in unseren Wagen. Er steht vor dem Tor. Sollte jemand Sie unterwegs ansprechen von Ihren Kollegen, sagen Sie ihm, wir seien von der Presse und holten Sie zu einem Fototermin ab.»

Daß er über hinreichende Kunst der Verstellung und das gehörige Maß an Schauspielvermögen gebot, um von den Amateuren zu den Profis überzuwechseln, wo man nicht mehr nur für die Experten und für die Punktrichter, sondern für das große Publikum boxte, das bewies Nasrettin, als er sich von den Fahndern durch die Halle zu seinem Spind in der Umkleide begleiten ließ, denn selbstverständlich wollten die anderen wissen, was es auf sich hatte mit seiner Beurlaubung und wie sie ohne ihn den Gruppenakkord bewältigen sollten. Nasrettin, dem innerlich die Därme schlotterten, mimte den Erwählten und gab mit selbstbewußtem Lächeln zur Antwort, daß der Redakteur und der Aufnahmeleiter der Sportschau ihn ins Studio brächten, um dort mit ihm und Max Schmeling ein Gespräch über Traditionen und Perspektiven des Boxens in Deutschland voraufzuzeichnen.

Inspektor Bier, der in dem Dienstwagen der Kripo neben Nasrettin auf der Rückbank Platz nahm, bestand, als sie losfuhren, dann doch darauf, daß der Verhaftete sich die Handschellen anlegen ließ. Als er das Metall an seinen Handgelenken spürte, erinnerte Nasrettin sich, wie er damals bei der Razzia am U-Bahnhof Adenauerplatz diesen Moment vorgefühlt hatte. Der Ton der Beamten wechselte jetzt unversehens vom Jovialen ins Demütigend-Gemeine.

«Würden Sie mich bitte aufklären, was das alles zu bedeuten hat und wohin wir fahren?» erdreistete Nasrettin sich zu fragen.

«Die Fragen stellen wir», war Inspektor Biers Retourkutsche darauf. «Und verlang bloß nicht, daß ich dir's auf türkisch verdolmetsche, das tut nämlich weh.»

Bier steckte sich eine Zigarette an und blies den Rauch zu Nasrettin hinüber.

«Du bist heute schon der dritte Kanake, den wir einsacken», sagte er, seine Worte mehr spuckend als sprechend. «Ich darf dir gratulieren, sechs bis sieben Jahre Knast hast du sicher. Für dich ist das immer noch so gut wie ein Hotel. Der deutsche Steuerzahler freut sich schon auf die Rechnung. Abschieben sollte man euch, gleich beim geringsten Delikt. In den türkischen Gefängnissen geht es anders zu, hab ich recht? Davon kann unsereiner nur träumen. Hier brauchst du nur mal laut drüber nachzudenken, ob das mit der Todesstrafe nicht vielleicht doch seinen Sinn haben könnte, gleich bist du ein Nazi und hast sieben Millionen Juden vergast.»

Wenn Inspektor Bier glaubte, den Arretierten mit derlei Reden tiefer kränken zu können als durch Mißhandlungen physischer Art, täuschte er sich. Nasrettin kannte die Leier. Polizist, das ist ein unangenehmer und schwerer Beruf, dachte er sich, da braucht der Mensch schon eine deftige Weltanschauung, um es durchhalten zu können.

«Haben Sie schon mal vom Nasrettin Hoca gehört?» fragte er, denn die Lage, in der er sich befand, schien ihm jener Sorte zurechenbar, in der nur noch Humor zu helfen vermag.

Inspektor Bier vergaß, daß er Nasrettin eben erst verboten hatte, ihnen Fragen zu stellen.

«Aha, Islamist bist du auch noch», schloß er pfiffig. «Natürlich kennen wir deinen Hoca. Hab keine Sorge, den schnappen wir auch noch.»

Unterdessen waren sie angekommen in der Justizvollzugsanstalt in Moabit. Nasrettin hatte im Vorüberfahren still das «Babanussa» gegrüßt.

Die ganze Prozedur der Aufnahme und Registrierung hatte kaum ein Viertelstündchen in Anspruch genommen, da fiel schon die Tür der Zelle im Trakt der Untersuchungsgefangenen hinter Nasrettin ins Schloß. Die Einrichtung erinnerte verblüffend an die von Oktays Zimmer in der Industriestadt im Grünen. Nasrettin sank auf die Knie und dankte dem Barmherzigen, daß er Oktay beizeiten in seine Obhut genommen, weswegen er jetzt den Vater nicht mehr belasten mußte mit seiner Schande. Er betete, hegte dabei aber Zweifel, ob Gott, nach so langer Pause plötzlich wieder angesprochen, sich bereitfinden würde, etwas für ihn zu tun. Daß ein İmam Erol herkommen würde, mit ihm zu verhandeln und ihn zu befreien wie damals aus dem Ziegenstall, stand kaum zu erwarten.

Die Hoffnungen auf seine Errettung durch irgendeine verbündete oder höhere Macht verließen Nasrettin schon nach wenigen Stunden. Seine Armbanduhr hatte man ihm abgenommen, ihn gleichsam der Zeit zum Fraß vorgeworfen. Die Schuld, die in ihm war, sollte ihn wie ein Wurm von innen zernagen, so dachten sie sich das. Und obwohl seine Schuld noch gar nicht festgestellt, ja, ihm nicht einmal genannt worden war, funktionierte es schon.

Nasrettin ging mit sich ins Gericht. Den Penner hatte er ausgeraubt damals im Park. Hatte einen wehrlosen Armen bestohlen. Daggy hatte er erpreßt, aber der war nicht wehrlos gewesen. Er hatte sich verschiedentlich an Schlägereien beteiligt. Das verstieß gegen den Boxerkodex, aber hier stand es nicht zur Debatte. Er hatte mit Drogen gehandelt. Das war verboten. Als ein Verbrecher fühlte Nasrettin sich deswegen nicht. Heroin hatte er nie jemandem verkauft, nicht, weil ihm die Junkies leid getan hätten, sondern einfach, weil er sie widerlich fand. Sogar vom Koks und von Pillen hatte er die Finger gelassen. Haschisch war nicht gefährlich, es schadete nicht einmal der Gesundheit. Alkohol war die Droge, welche die Leute vor die Hunde gehen ließ, und wenn überhaupt jemand, dann hätten die Schnapsfabrikanten hinter Schloß und Riegel gehört.

Auf Freispruch lautete Nasrettins Urteil. Selbst wenn der Staatsanwalt es anders sah: Lag das nicht alles schon so weit zurück, daß er im Grunde gar keine Verantwortung mehr dafür trug? Hatte er nicht aus eigenem Entschluß und Gewissen abgelassen von diesen Vergehen, sich ehrlich gemacht durch Jahre harter Arbeit in der Fabrik? War ihm nicht der deutsche Staat, der ihm nun für was auch immer Rechenschaft abringen wollte, viel eher zu Dank verpflichtet, weil er geboxt und gesiegt hatte für dessen Fahne bei Länderkämpfen in Holland, Schweden und Spanien?

Zwar konnte Nasrettin es ohne seine Uhr nicht so genau überprüfen, aber ein ganzer Tag mußte vergangen sein, als endlich die Tür seiner Zelle geöffnet wurde. Man führte ihn in einen Raum, an dessen Rückwand elf etwa gleichaltrige, ihm vom Typ ähnelnde junge Männer standen. Nasrettin bekam ein Schild mit einer Nummer, das er wie die anderen vor die Brust halten mußte, und wurde zu ihnen in die Reihe gestellt.

Das Licht aus den Deckenflutern blendete, aber als seine Augen sich einigermaßen daran gewöhnt hatten, vermochte er hinter der Glasscheibe, die den Raum durchschnitt, im Schein einer Schreibtischlampe die Gesichter von drei Männern zu unterscheiden. Kugler erkannte er an der Seemannskrause, Bier an dem schmalen Oberlippenbärtchen, und das Kasperlegesicht mit dem Bürstenhaarschnitt war unschwer als Daggys zu identifizieren. Um Identifikation ging es auf der anderen Seite wohl auch, doch schienen trotz der ungleich günstigeren Beleuchtungsverhältnisse die Schwierigkeiten dort größer zu sein.

Über Lautsprecher hörte Nasrettin Oberkommissar Kuglers sonoren Baß, wie er in hamburgischem Tonfall «Nummer sieben, bitte mal nach rechts ins Profil drehen», «Nummer vier, zur Decke schauen» und ähnliche Dinge verlangte. Pause. Die Kriminalisten berieten sich mit ihrem Sykophanten. Nach einer Weile quäkte Biers giftiger Tenor durchs Mikrofon.

«Meine Herren, alle mal Boxstellung einnehmen.»

Beinahe hätte Nasrettin loslachen müssen. Doch die Komik verschaffte ihm seelischen Dispens; das Bedrückende der Situation verflog für einen Moment, und er faßte, was da mit ihm und den elf Komparsen angestellt wurde, phantasiehalber als Casting für einen Hollywoodfilm auf. Er tat wie jemand, der in seinem Leben noch nichts gehört hat von Faustkämpferei, schaute nach links und nach rechts und mühte sich, die Anstrengungen, die er neben sich sah, an Täppischkeit zu überbieten.

Pause. Neue Beratung. Die Beamten schienen mit Daggys Auskunftsbereitschaft nicht zufrieden zu sein, denn Nasrettin erspähte im Lampenschein zwei mit ausgestrecktem Zeigefinger fuchtelnde Hände. Nicht lange, und das Trio verließ die schützende Finsternis und trat zu den Verdächtigen ins Rampenlicht.

Daggy nahm die Parade ab, prüfte eingehend jede einzelne Physiognomie, schüttelte anschließend den Kopf und schritt weiter zum nächsten. Nasrettin hatte seine blicklose Kampfmaske aufgesetzt, als die Reihe an ihn kam. Ob Daggy sich selbst Vergnügen oder Martern bereitete, indem er so verdammt lange bei ihm stehenblieb, vermochte er nicht zu entscheiden, jedenfalls spielten sie beide ihre Rollen mit höchster seelischer Teilnahme und Glaubwürdigkeit, während Inspektor Bier die seinige nur als Klischee und Klamauk abliefern konnte.

«Nun endlich raus mit der Sprache», herrschte er Daggy an. «Ist er's oder nicht?»

Stille.

Nasrettin hatte nach außen das Optimum an Ausdruckslosigkeit und Selbstauslöschung gekehrt. Mit den kosmetischen Mitteln der Einbildungskraft hätte Daggy leicht jedes beliebige Gesicht dieser Welt der gereinigten Fläche aufzuprojizieren vermocht. Aber in Nasrettins Brust pochte das Herz so rasend und laut, daß er sicher war, ein jeder im Raum müsse dies Geräusch wie das Wirbeln einer Trommel vernehmen. Indessen hörte man nichts als ein leises Schmatzen, weil Daggy beim Grübeln die Zunge im Gaumen bewegte. Nasrettin entnahm seinem Mienenspiel, daß er gegen Schmerzen und Ängste ankämpfte, ohne ihrer Herr werden zu können. Auch Kugler spürte, wie Daggy abwog und mit sich rang. Er warf sich mit seinem vollen Gewicht auf seine Schale an Justitias Balken.

«Sie kennen den neuen Paragraphen», brummte er Daggy ins Ohr. «Überlegen Sie es sich gut. Er oder Sie.»

Es war ein Reflex seines Gleichgewichtssinns, der Daggy sagen ließ:

«Nein. Ich bin mir hundertprozentig sicher. Ich bin diesem Menschen niemals begegnet.»

Als unbescholtener Bürger trat Nasrettin auf die Turmstraße hinaus. Er hatte gesiegt, und nichts würde je diesem Erfolg gleichkommen können, ganz egal, wie hoch er in der Weltrangliste noch hinaufkletterte. Daggy! Bob Marley hatte recht, «your best friend can be your worst enemy, and your worst enemy can be your best friend». Nasrettin würde ihm diese unvergleichliche Ritterlichkeit danken bis an das Ende seiner Tage.

Jetzt aber, für diese Stunde und für diesen Tag, fiel ihm nichts ein, womit er Daggys Los zu erleichtern vermocht hätte. Vielleicht tat er am edelsten, wenn er zum Dank für seine Rettung ein kleines Fest mit sich selber beging. Welcher Jubel, die frische Luft atmen und die Beine gebrauchen zu dürfen! Sie steuerten ihn stracks zum «Babanussa». Bier war an sich überhaupt nicht seine Sache, aber heute schluckte er es in Strömen, lud jeden, der ihn anlächelte, ein, mit ihm zu trinken. Vom «Babanussa» im Taxi in den Wedding zu seiner Lieblingsspielhölle, wo er die albernsten Einsätze brachte, sein Geld mit Jauchzern und geradezu mutwillig verlor. Von der Spielhölle mit dem Taxi zur Disko am Ku'damm.

Die Sonne stand weit überm Zenit, als er am folgenden Tag in Tempelhof in einer ihm völlig unbekannten Wohnung erwachte. Das Haar der Frau, die schlafend ihren Kopf auf seine Brust gelegt hatte, war blond und weich. Nasrettin strengte sich an zu rekonstruieren, wo er sie kennengelernt hatte, wie sie hergekommen waren, was sie miteinander angestellt hatten. Doch fand er zwischen den Blackouts nur wenig Erinnerungsspuren; am deutlichsten hatte er noch die Liebkosungen vor sich, bei denen die Morgensonne ihren schön zu beschauenden, noch schöner zu befühlenden Körper rosenrot eingefärbt hatte.

Ihre Augen waren grün, ihre Nase war gerundet mit breiten Nüstern wie bei einer Afrikanerin, ihr Name war Delphine, und sie war die Chefin des französischen Restaurants in der Ludwigkirchstraße, wo das «Menschenfeind»-Ensemble der Freien Volksbühne seine Premiere gefeiert und wo sie Nasrettin zu später Nachtstunde noch einen Coq au vin serviert hatte. All dies fiel ihm wieder ein, als er mit ihr bei einem für seinen Appetit etwas dürftigen Petit déjeuner in der Küche saß. Doch siedendheiß gesellte sich dazu die Erkenntnis, daß dies keineswegs der Ort war, an den er zu dieser Stunde gehörte. Die Arbeit! Er war einfach nicht zur Arbeit gegangen!

Es war Freitagnachmittag, die Uhr stand auf halb vier. Nasrettin versuchte zu telefonieren, aber natürlich hatten die Herren in den Büros und die Dame in der Zentrale das Werksgelände bereits verlassen, als er noch mit Delphine in den Federn gelegen. Unter solchen Umständen war es überhaupt nicht mehr vonnöten, noch vor die Türe zu gehen, und so nahm er Delphine, die, weil sie bemerkt, daß Croissant und Confiture für einen Leistungssportler nicht die rechte Aufbaunahrung darstellten, zu Nasrettins Stärkung ein paar Eier in die Pfanne gehauen hatte, im Anschluß an dieses Frühstück beim Arm und zog sie ins Schlafzimmer zurück.

Erst am folgenden Morgen, am Sonnabend, fuhr er, endlich die Wäsche zu wechseln, in die Karlsgartenstraße. Sevim sagte ihm, es sei ein Einschreiben von der Firma gekommen. Ahnungslos öffnete Nasrettin das Kuvert. Es enthielt die fristlose Kündigung wegen unentschuldigten Fernbleibens vom Arbeitsplatz.

Daß er sich mitten in den Vorbereitungen für die Weltmeisterschaften einen neuen Job suchen sollte, das kam Nasrettin gar nicht zupaß. Er nahm die Kündigung einstweilen einfach nicht richtig ernst. Unverfrorenheit hatte ihn den kniffligen Engpaß in Moabit durchstoßen lassen, und mit der gleichen Haltung würde er auch seinen Arbeitsplatz verteidigen können. Er verschrieb sich ein flittrig-flattriges Wochenende mit Delphine. Am Montag würde er dem Personalchef etwas Aufklärung in arbeitsrechtlichen Dingen erteilen, und wenn das nicht fruchtete, den Betriebsrat einschalten.

Der Personalchef sei in den Urlaub gefahren, ließ ihn dessen Sekretärin wissen, als er den Mann um Rede und Antwort angehen wollte. Er hatte noch Nasrettins Papiere fertiggemacht und einen Scheck über den ausstehenden Lohn sowie den anteiligen Urlaub ausgestellt und unterschrieben. Es traf sich, daß der Betriebsrat an diesem Montagmorgen Sprechstunde hielt. Nasrettin brauchte ihm den Kasus aber gar nicht vorzutragen, er war bereits bestens über alles im Bilde.

«Sie wissen, Herr Öztürk», begann er, ohne Nasrettin Tee oder Kaffee angeboten zu haben, «daß es meine Aufgabe ist, die Belange der Belegschaft in jedem Belang zu vertreten.»

Nasrettins Gefühl für die deutsche Sprache war noch nicht so in die Feinheiten entwickelt, daß er sein Gegenüber gleich via Linguistik als Phrasendrescher entlarvt hätte; es waren die unter der dicken Hornbrille schreckhaft aufgerissenen Augen, die blutlosen Lippen, die dürren Finger mit den abgekauten Nägeln, der lispelnde Diskant seiner Stimme, die ihm die Blödheit des Mannes offenbarten.

«Was nun diese Belange im einzelnen anbelangt», fuhr der Arbeitnehmervertreter fort, «so zählt der Kündigungsschutz zu den bedeutendsten Errungenschaften, die unsere organisierte Arbeiterbewegung errungen hat. Ihr Fall fällt aber so, daß ich Ihnen zur Einlegung des Widerspruchs nicht raten kann. Wären Sie heute statt ins Personalbüro zu Ihrem Hausarzt gegangen und hätten sich von ihm eine Arbeitsunfähigkeitsbescheinigung ausstellen lassen, sähe die Sache anders aus. Wären Sie wenigstens klug genug gewesen, beizeiten der IG Metall beizutreten, hätten Sie jetzt immerhin Anspruch auf kostenlose Beratung durch einen Anwalt. Die ausgesprochene Kündigung ist juristisch stichhaltig, und ich rate Ihnen daher, sie anzunehmen und sich eine andere Arbeit zu suchen.»

In Wahrheit hätte Nasrettin vor dem Arbeitsgericht beste Chancen gehabt. Der wirkliche Hintergrund für seinen Rausschmiß war der, daß der heroinsüchtige Sohn des Firmeninhabers wenige Wochen zuvor in Thailand mit einem goldenen Schuß seinem jungen Leben ein Ende gesetzt hatte. Gustav Strack senior hatte, als ihm der Besuch der Beamten des Rauschgiftdezernats zu Ohren gekommen, in seiner verständlichen Idiosynkrasie den Tod des Filius mit dem Verdacht, der über Nasrettin schwebte, in Verbindung gebracht und unverzüglich den Personalchef und den ebenfalls nach seiner Pfeife tanzenden Betriebsrat instruiert, für die Entfernung des gefährlichen Individuums Sorge zu tragen.

Nasrettins Philosophie, von der wir hörten, war die, daß, wo immer vor ihm eine Tür sich schloß, andernorts die nächste schon aufgesperrt wurde, und auch der Beendigung des Spandauer Kapitels seiner Lebensgeschichte gewann er diesen hoffnungsfrohen Aspekt ab. Sevim würde eben für eine Zeit mit dem Arbeitslosengeld wirtschaften müssen, und er konnte all seine Kräfte konzentrieren auf die Vorbereitung zu den Weltmeisterschaften.

Solchen Sinns begab er sich zur Deutschlandhalle, um ab sofort sein Training zu intensivieren. Indessen wurde seine optimistische Philosophie dort von der Wirklichkeit nicht verifiziert, im Gegenteil knallte auch die Pforte zu seiner zweiten, eigentlichen

Lebensbahn zu. Der Trainingsleiter fing ihn auf dem Weg zu den Umkleideräumen ab, um etwas Wichtiges mit ihm zu besprechen. Er lud Nasrettin zu einem kleinen Spaziergang auf dem Eichkamp, wo er ihm dann langatmig und im Ton tiefsten Bedauerns auseinandersetzte, welche Wellen seine Verhaftung auch bei den Sportoberen geschlagen hatte.

«Für mich bedeutet das gar nichts», flunkerte er. «Mir ist es völlig schnuppe, wie und womit einer seine Flocken verdient. Mich interessiert nur, was er boxerisch bringt. Du bist bei den Amateuren unser bester Athlet im Superfedergewicht, hättest Aussicht auf eine Medaille. Drogen. Ich hab das Teufelszeug nie angerührt, und ich finde auch, es paßt nicht zum Sport. Entweder – oder. Trotzdem, ich hätte über dich nicht den Stab gebrochen. Aber da sind die Funktionäre, und die haben das Sagen. Du hast Pech, Nasrettin, denn deine Geschichte platzt in einen blöden Moment. Die vom Sportbund haben nämlich grad mit denen vom Ministerium eine Kampagne ausgeheckt, mit der sie groß auftrumpfen wollen. ‹Keine Macht den Drogen›, lautet der Slogan, ich habe heute die Vorabinformationen für die Sportlehrer gelesen. Ja, ich weiß schon, was du einwenden willst. Du bist weder angeklagt noch verurteilt. Ein bloßes Gerücht. Aber du hast Feinde, die dir übel gesinnt sind. Sehr übel. Das mußt du mal herausfinden bei dir, wie du das fertigkriegst, dir solche Feinde zu machen. Ich hab auch schon drüber nachgedacht. Vielleicht kommt's aus der Mannschaft, vielleicht hängt's damit zusammen, daß du Türke bist. Wer weiß. Vorhin rief so ein Pressefritze an bei mir – woher der's nun wieder hat, weiß der Teufel! Er hat versucht, mich auszuquetschen, ob an der Story was dran sei und ob du trotzdem zur WM mitfährst. Und er hat aus dem Fotoarchiv eine Aufnahme gekramt – aus dem ‹Reinickendorfer Türkenkrieg› oder wie er das nannte –, wo du angeblich drauf bist, wie du grad einen Polizisten im Schwitzkasten hältst. Das wissen die oben beim Verbandsvorstand noch gar nicht, aber natürlich muß ich es melden, sonst fällt's auf mich. Es ist aber auch so schon beschlossene Sache, der

Präsident war selbst an der Strippe, und er hat mich angebrüllt, als ich ein Wort für dich einlegen wollte. Du bist raus aus dem Kader, bei der WM wird Kuschmann im Superfedergewicht boxen.

Tja, mein lieber Nasrettin, so sieht's aus. Du hast jetzt die Wahl: Entweder du hörst auf mit dem Boxen, oder du gehst zu den Profis.»

Da war sie ihm doch gewiesen, die Tür, die er durchschreiten sollte, frohgemut und erhobenen Hauptes! Das Schicksal hatte ihm die Schläge einzig verpaßt, um ihn desto geschwinder voranzutreiben auf dem Pfad seiner Bestimmung. Eine ärztliche Untersuchung, ein Sparring vor einer Fachkommission, einmalige Entrichtung einer Aufnahmegebühr beim Bund Deutscher Berufsboxer, und keine Woche nachdem er Blaumann und Nationaltrikot aus seinem Kleiderschrank aussortiert hatte, war Nasrettin im Besitz seiner Profilizenz.

Sogar für den Verzicht auf die monatliche Förderung aus dem Senatstopf ward ihm überreichlich Ersatz, denn Thomas Janetzki, der unerschütterliche Freund der Familie, trieb noch vor seinem ersten Kampf einen Sponsor für Nasrettin auf. Heribert Schramm, wie Janetzki ein Republikflüchtling aus Halle an der Saale, der sein Vermögen gemacht hatte mit einer Firma, die im Senatsauftrag die Reinigung der öffentlichen Toiletten besorgte, trat in die Rolle des Mäcenas ein. Non olet, sagte Janetzki dazu, und dem konnte nach Erklärung auch Nasrettin beipflichten, denn die monatlich 2000 Mark, die Schramm ihm dafür zahlte, daß seinen Shorts das Firmenemblem aufgedruckt wurde, waren verheißungsvoll für den Anfang.

Nasrettin wollte auf die Visitenkarten der Talentsucher der renommierten Boxställe, die er beim Julius-Turm-Pokal eingesammelt hatte, zurückgreifen, aber Janetzki hielt mit anhaltinischer Beredsamkeit dagegen.

«Die verheizen dich», beschwor er den frischgebackenen Profi. «Laß mich machen, gib mir zwei Monate Zeit, und ich finde den richtigen Manager für dich.»

Nasrettin stand sich mit den Überweisungen von Sponsor und Arbeitsamt besser als vorher und mußte die Dinge nicht überstürzen. In Meister Janetzkis Absicht, unseren Helden zu fördern auf seinem Weg, mischte sich diesmal stark der Eigennutz ein, denn das Maklerblut war in ihm erwacht, und mit fiebriger Aktivität telefonierte er in Westdeutschland und in den Nachbarländern herum, um einen Kampf für Nasrettin zu ergattern.

Generell war bei den halb- und viertelseidenen Veranstaltern, mit denen er in Kontakt kam und die ihre eigenen Leute aufbauen wollten, Interesse an Fallobst vorhanden. Nasrettins Gewichtsklasse war nicht übermäßig gefragt, darin bestand ein Problem. Höchstens im Sortiment hätte er seinen Superfedergewichtler an den Mann bringen können. Die Klein- und Kleinstmanager, mit denen er zu verhandeln versuchte, wollten nicht nur Fallobst, sie wollten es kistenweise und portofrei geliefert bekommen, die Unterbringung der Athleten sollte in der örtlichen Jugendherberge erfolgen. Mit dem Wort «Börse» rief Janetzki bei seinen Partnern Gelächter hervor.

«Sie sind gut», bekam er von einem Promoter in Freiburg zu hören. «Wie viele Profikämpfe hat Ihr Boxer bisher geliefert? Keinen! Was ist er also? Eine Null. Und Sie verlangen von mir, daß ich mein gutes Geld hergebe für diese Null? Der Junge darf froh sein, wenn ich ihm die Chance biete, etwas anderes zu werden als eine Null.»

Dabei hatte Janetzki sich eigentlich vorgenommen, seinen Boxer nicht unter 10 000 Mark antreten zu lassen. Durch seine verzweigten telefonischen Unterhandlungen etwas näher bekannt mit den Niederungen des Gewerbes, mußte er einsehen, daß er sich mit dieser Schätzung um eine Dimension vergriffen hatte und sich vielmehr in der Investitionsphase befand, die erst einmal Opfer verlangte. Aber auf 1000 Mark für Nasrettin wollte er dennoch bestehen. Mehr als dieses Minimum, auf das er sich versteifte, hatte er bereits vertelefoniert, bis er herausfand, daß es um das Geschäft mit Prügeleien vor Publikum in Dänemark merklich seriöser bestellt war. Schließlich konnte er mit einem Veranstalter in Århus handelseinig werden. Es wurden sogar zwei Kämpfe vereinbart, einer für einen Samstag in Århus, der andere für den folgenden Sonntag in Aalborg. Das Start- und Schmerzensgeld für beide Auftritte rechnete sich aus dänischen Öre auf summa 1750 Mark um, zusätzlich sollte dem Boxer und seinem Sekundanten die Bahnfahrt zweiter Klasse über Hamburg erstattet werden, auch für die Übernachtungen in einfachen Hotels kamen die Gastgeber auf.

Als einen besonderen Beleg für die Tüchtigkeit seines Organisationsgenies konnte Janetzki, als er diese schönen Neuigkeiten zu seinem Schützling in die Karlsgartenstraße trug, herausstreichen, daß er noch einen dritten Kampf aufgetan hatte, den Nasrettin bei einem Zwischenstop gleich auf ihrer Rückfahrt in Flensburg bestreiten würde. Lausige 500 Mark wurden geboten, und selbst darum hatte Janetzki zäh und ausdauernd gefeilscht, aber für die An- und Abreise hatte man ja die Fahrkarten von den Dänen, und das Hotel wollte Nasrettins Hobby-Manager aus der eigenen Tasche bezahlen.

Nasrettin, dem das Programm der kleinen Tournee abenteuerlich klang, wußte schon, daß die ersten Abschnitte auf dem Weg zum Erfolg stets die dornigsten waren, dankte seinem Matchmaker und unterschrieb die Verträge. In Århus, wie auch in Aalborg und Flensburg, sollte Nasrettin im Vorprogramm boxen, die Dauer jedes der drei Kämpfe war auf vier Runden festgesetzt. Insgesamt stand aber Nasrettin weniger als eine Viertelstunde im Ring. Seine Gegner in Århus und Aalborg, an deren Namen und Gesichter er sich schon nicht mehr erinnerte, als sie Dänemark wieder verließen, hatte er nach einer Minute und siebzehn Sekunden beziehungsweise nach zwei Minuten und zwölf Sekunden auf die Bretter geschickt. Der Kontrahent in Flensburg war auch nicht besser, hielt aber mehr aus. Hier kam erst gegen Ende der zweiten Runde aus der Ecke das Handtuch geflogen.

Drei Kämpfe, drei Siege, alle durch K.o. Das war also schon mal eine Hausnummer, und Janetzki meldete sich bei den Veranstaltern, die ihn so kühl hatten abblitzen lassen, mit gesteigertem Selbstwertgefühl zurück. Nach dem Muster ihrer ruhmreichen südskandinavischen strickte er jetzt eine alemannische Tour. Mulhouse, Freiburg und Basel hießen ihre Stationen, an eingeforderten Börsen kamen 10 000 Mark beinahe zusammen, und weil die Termine über einen Monat verteilt lagen, richteten Manager, Trainer und Sekundant, vereinigt in Meister Janetzkis Person, mit dem aufstrebenden Profi in einem Gasthof auf den Höhen des Schwarzwalds ein improvisiertes Trainingslager ein.

An den Kampfschauplätzen im Badischen, im Elsaß und in der Schweiz ging es zu wie beim ersten Erscheinen der Janitscharen auf den Schlachtfeldern im Südosten Europas. Was gegen Nasrettin antrat, wurde erbarmungslos niedergehauen. Für die gegenüber der ersten Kampfserie vervielfachten Gagen hätte Nasrettin sich jeweils sechs Runden lang hinstellen sollen, aber er machte in Mulhouse in der vierten, in Freiburg in der fünften und in Basel schon in der ersten Schluß. Sechs Kämpfe, sechs Siege, alle durch K.o., das ließ sich nicht nur hören, das ließ aufhorchen und brachte auch im «BoxSport» den ersten Artikel mit Foto.

Sonderlich sehenswert war keine dieser Präsentationen gewesen, und Nasrettin war sich selbst gegenüber ehrlich genug, sich zu sagen, daß es nicht exzeptionelles Können war und erst recht nicht Fortentwicklung seiner Technik, was sich in der spektakulären Bilanz widerspiegelte. Im Gegenteil, sein Stil kam mehr und mehr auf den Hund. Er hatte schwache Gegner gehabt und sie noch dazu einzuschüchtern vermocht, das war alles gewesen. Sobald er auf einen halbwegs versierten und selbstbewußten Boxer träfe, würde er unweigerlich das Nachsehen haben.

Janetzki war zweifelsfrei ein liebenswürdiger Kerl, es war rührend, wie er sich einsetzte, seine Freizeit, seinen Urlaub opferte, selbst seine Ersparnisse angriff, um Nasrettin weiter und weiter vorantreiben zu können in seiner Profikarriere, aber was das Boxen anging, besaß er genaugenommen und bei Lichte besehen doch nicht mehr als einen leicht gehobenen Laienverstand. Sosehr Nasrettin ihn liebte, sosehr er sich ihm verpflichtet fühlte, ihre Wege mußten sich trennen, denn unser Held wollte nicht nur hoch, er wollte aufs höchste hinaus.

Mit welchen Worten könnte er Janetzki das sagen, ohne dessen Seele zu töten? Tagelang waren Nasrettins Gedanken nur hiermit beschäftigt. Dreimal schon war er losgefahren zu Janetzkis Wohnung in dem Glauben, es auf taktvolle Weise ausdrücken zu können, und war umgekehrt auf der Hälfte der Strecke, hinterher um so schlimmer hadernd mit sich, weil er so stark sein konnte gegenüber dem Feind und so schwach war dem Freund gegenüber.

Er war davor, aufzugeben und Janetzki weiterwursteln zu lassen, da läutete der, den er nicht aufzusuchen vermochte, an seiner eigenen Tür. Er war es, der Nasrettin bat, ein schweres, aber leider unumgängliches Gespräch mit ihm führen zu dürfen.

Seit er sich aufgeschwungen habe zum Manager, so Janetzkis Eröffnung, mache ihm seine Frau das Leben zur Hölle. Nasrettin wisse ja selbst, mit welchem Enthusiasmus er sich bei dem Senatsprojekt in der Lehrwerkstatt engagiere; schon das habe seine Frau immer für Übertreibung gehalten, sich auf beleidigende Weise vernachlässigt gefühlt. Das mit ihrem Trainingscamp im Schwarzwald habe das Faß zum Überlaufen gebracht. Es sei zwischen ihm und seiner Frau zu einem häßlichen und heftigen Wortwechsel gekommen, und im Anschluß an diesen Krach sei sie mit den Kindern zu ihrer Familie nach Bayern gefahren. Dort sitze sie nun und drohe mit Scheidung.

«Dann werde ich wohl einen anderen Manager brauchen», sagte Nasrettin.

Er versuchte dabei möglichst traurig und verzweifelt zu klingen.

«Glaub mir bitte, ich hätte um mein Leben gern weitergemacht», warf Janetzki sich unnötigerweise in die Rolle des Trösters. «Aber ich liebe meine Frau, und irgendwo hat sie recht.»

«Deine Familie geht vor», zeigte Nasrettin Verständnis.

«Oh, Nasrettin! Ich könnte knien vor dir aus Dankbarkeit für diese Worte», sagte Janetzki. «Unter Umständen ist es auch für dich die bessere Lösung. Daß ich das Zeug dazu habe, ganz groß mitzumischen im Boxgeschäft, kann ich ja nun nicht mehr beweisen. Aber als Trainer bin ich dir nicht genug, das weiß ich wohl. Du brauchst einen Spitzenmann, der dich führt, anders kommst du selbst nicht zur Spitze hinauf.»

Nun hätte Nasrettin vor Janetzki niederknien und ihm für diese goldenen Worte danken mögen.

«Ich wäre nicht dein Freund», kam Janetzki mit der nächsten Überraschung heraus, «wenn ich dich so ganz ohne Auskunft im Stich lassen würde. Du weißt, wir DDRler hängen zusammen und pflegen die alte Verbundenheit. Wenn man noch dazu im Ring gestanden hat miteinander, sind die Bande fast wie in einer Familie. Unsere Gemeinde hat einen interessanten Neuzugang zu verzeichnen. Erich Röder hat rübergemacht. Für die DDR eine arge Blamage, für dich wahrscheinlich ein Segen. Er kommt wie gerufen, denn er gehört zu den besten Trainern der Welt. Er will ins Profigeschäft, in seinem Kopf spuken große Pläne, und er hat auch schon einen Partner gefunden. Uhlig heißt der Mann, kommt vom Showbusiness, hat bis vor kurzem Popkonzerte organisiert. Die Firma steht schon im Handelsregister. ‹Gladiator Box Promotion› nennen sie sich, das ist für meinen Geschmack ein wenig fett aufgetragen, aber sie wollen eben ran an die Buletten. Jetzt suchen sie Boxer. Ich hab schon mit Röder gesprochen: Einen Superfedergewichtler, in sechs Kämpfen ungeschlagen, nähmen sie gern.»

Vielleicht hätte Nasrettin mit einem der großen Boxställe einen besseren Vertrag aushandeln können, aber was Röder ihm nach dem Sparring zu sagen hatte, war klug. Er machte Nasrettin auf Schwachpunkte aufmerksam, die unser Held noch nie bei anderen Boxern, geschweige denn bei sich selbst je beobachtet hatte. Ohne Scheu nannte Röder ihm auch seine Stärken, sah mit dem

Kennerauge, welcher Schule Nasrettin seine Nahkampffinessen verdankte.

«Wir haben viel Arbeit vor uns. Sehr viel Arbeit», das war sein Fazit nach Nasrettins Probetraining in dem mit nagelneuen Geräten großzügig eingerichteten Gym der Gladiator Box Promotion an der Beusselstraße in Moabit.

Auf dieses Statement bezog sich auch Manager Uhlig, als er mit Nasrettin im Büro die Regelung der finanziellen Seite besprach. Nasrettin fühlte sich ein bißchen über den Tisch gezogen, als er hinausging, was ihm aber auch gleich wieder Vertrauen einflößte in seinen neuen Promoter, denn der würde ja wohl, wenn es um die Börsen ging für seine zukünftigen Kämpfe, ebenso unerbittlich verhandeln.

Ein monatliches Fixum von 3000 Mark hatte er Nasrettin zugestanden, zusätzlich bis zur Erringung eines Meistertitels eine Prämie von 1000 Mark für jeden Kampf, 5000 für jeden Sieg. Für Nasrettin hieß das, er mußte sich schnellstmöglich einen Gürtel erboxen und bis dahin den sinnbildlichen erst einmal enger schnallen, denn Heribert Schramm sponserte aus den Surplusprofiten seiner Kloputzerei nicht mehr ihn persönlich, sondern die Gladiator Box Promotion als Klub, und in Nasrettins Eigenschaft als Berufsboxer unter Vertrag fiel auch die Stütze vom Arbeitsamt flach.

Dennoch hatte Nasrettin die richtige Entscheidung getroffen. Gute und würdige Kämpfe folgten, zwei nur in seinem ersten Jahr unter der Fahne der «Gladiatoren», doch gegen namhafte Boxer mit ehrfurchtgebietenden Kampfrekorden. Es war fleißigstes Training, wozu Röder ihn anhielt, von guter Systematik beim Aufbau von Schlagkraft und Kondition, mit speziell entwickelten Übungen zur Optimierung der Reflexe, zur Erhöhung der Schnelligkeit bei den Ausweichbewegungen und Angriffsaktionen.

Ganz neu für Nasrettin waren die Elemente von Taktik und Strategie, die Röder mit einer Wichtigkeit behandelte wie auf einer Militärakademie. Wochen und Monate vor dem ersten Gong wurde mit dem Studium des Gegners und seiner Eigenheiten begonnen. Tagelang saß Röder mit Nasrettin vor dem Bildschirm, schaute sich mit ihm die Videos an, bis sie die Motorik des zu Besiegenden ins kleinste zerlegt hatten. Dann forschten sie gemeinsam nach einem Rezept, wie man sich wappnen konnte gegen die Stärken des Gegners und seine Schwachpunkte nutzen. Das wurde in Hunderten von Sparringsrunden eingeübt und verfeinert.

Es war nicht Charisma, es war nicht Genie, was Nasrettin sich da erwarb, es war schlichtes Handwerk, aber es brachte Erfolg. Jesus Morales, einen Exweltmeister aus Mexiko, boxte Nasrettin mit gänzlich anderen Mitteln als den Südafrikaner Gabula Makepula, der mit 48 Siegen aus 53 Kämpfen in den Ring stieg, doch bezwang er sie beide in harter, lange zwölf Runden währender Arbeit nach Punkten.

Das war fast schon wieder ein Amateurstil, zu dem er sich unter Röders Aufsicht erzog, und als in seinem achten Profikampf in der Kölner Sporthalle sein Gegner, der aus Holland angereist war, in der siebten Runde umfiel nach einem rechten Geraden zum Kinn, erschrak Nasrettin und entschuldigte sich bei dem Mann, nachdem er ausgezählt war, daß er ihm so weh getan hatte.

Daß Nasrettin schon in seinem zehnten Kampf den deutschen Meister herausfordern durfte, war glücklicher Zufall. Der Ranglistenzweite, als Stinker verschrien, hatte mit einer Klage beim Verband den Meister zu einer Verteidigung seines Titels verpflichtet, aber zwei Wochen vor dem Kampf mit seinem Sportwagen einen schweren Unfall gebaut, sich Rippen und Beine gebrochen. So bekam Nasrettin unerwartet die Chance. Röder war strikt dagegen, seinen ungeschlagenen Schützling ohne jede Vorbereitung gegen den haushohen Favoriten antreten zu lassen. Uhlig, den es nicht wenig Mühe gekostet hatte, dem Management des Titelträgers Nasrettin als Herausforderer schmackhaft zu machen, war um so entschiedener dafür. Bei dem Streit zwischen Uhlig und Röder, der im Büro der Gladiator Box Promotion so lautstark geführt wurde, daß Nasrettin ihn im Trainingsraum Wort für Wort mithören konnte, ging es heftiger zu als nachher im Ring bei dem Meisterschaftskampf. «Geld» war der Schlachtruf der einen, «Sport» der der anderen Seite. Zu Nasrettins Freude beugte sich der Sportsgeist am Ende den härteren Argumenten der Ökonomie. Er durfte um die deutsche Meisterschaft boxen.

Die Entscheidung fiel sehr knapp aus, ein 2:1-Punktsieg für Nasrettin, den er weniger der Überzeugungskraft seiner Darbietung als der langweiligen, jedes Risiko scheuenden, dem völlig enervierten Publikum Pfiffe und Buhrufe entlockenden Safety-first-Kampfweise des alternden Champions verdankte.

An das von Sultan Mahmut II. nach dem heilsamen Massaker am Et Meydanı erlassene Verbot, fürderhin den Namen der Janitscharen laut auszusprechen, halten wir uns nicht. Sie waren der Hauptхemmschuh bei der Durchführung der Reformen gewesen; ebenfalls zutreffend ist aber, daß sie so etwas wie ein Sprachrohr und eine Exekutive der Massen dargestellt hatten. Nach ihrer Auslöschung war ein Korrektiv für die osmanische Autokratie nicht mehr vorhanden, einbeinig mußte sie nun der unter dem Volldampf der Industriellen Revolution vorangaloppierenden Entwicklung in Europa hinterherhüpfen und sich nach dessen Vorbildern eine Verfassung basteln, um den produktiven Elementen der Gesellschaft einen Einfluß auf die Regierung zu sichern.

Als noch fataler erwies sich die Liquidierung der Janitscharen hinsichtlich der Verteidigung der Grenzen des schrumpfenden Reiches. Zwar hatte man den Hemmschuh entfernt, aber deshalb war man nicht automatisch im Besitz einer modernen und schlagkräftigen Armee. Unter diesem Gesichtspunkt war das heilsame Blutbad vielversprechend und appetitanregend in erster Linie für den russischen Zaren, der sich über das von Mahmut II. so blitzsauber und unhaltbar geschossene Eigentor mehr freute als über irgendeinen von ihm selbst erfochtenen Sieg.

Das Osmanische Reich war ja im Grunde schon durch den Frieden von Karlowitz zu einem Spielball der europäischen Mächte geworden. Politisch war die osmanische Staatsführung bis zur Wiedererlangung der militärischen Ebenbürtigkeit, die ohne Einführung von Kapitalismus und Industrie selbstredend eine Illusion bleiben mußte, angewiesen auf die Antagonismen innerhalb dieser Mächte. Daß die Botschafter Österreichs, Frankreichs, Englands, Preußens und Rußlands ihm abwechselnd in den Ohren lagen mit ihren verschiedenen Aufrüstungsofferten, hatte Sultan Mahmut II. zu dem selbstmörderischen Irrglauben verführt, die einzelnen Beiträge könnten ihm in ihrer Summe am Ende gar das Übergewicht schenken. Das war eine hybride Selbstüberschätzung des Reformers, der glaubte, nachdem er die noch neuere Truppe, die Muallem Asakir-i Mansure-i Muhammadiye, die Gedrillten Siegreichen Soldaten Mohammeds, ins Leben gerufen, sich selbst den verordneten Fes aufgesetzt hatte und in ihre eng anliegenden Beinkleider geschlüpft war, mit Kabinettstückchen die rivalisierenden Imperialisten gegeneinander hetzen und sie allesamt in seinen Sack stecken zu können.

Die wiederum waren sich nicht einig, wem welches Stückchen vom großen osmanischen Kuchen zufallen und in welcher Reihenfolge man sie aufessen sollte. An einer tatsächlichen Restauration des türkischen Weltreichs war niemand gelegen. Mahmut II. hatte den Traum der ungezählten Kreuzzüge erfüllt, ihm war gelungen, woran all die Christenheere gescheitert: Er hatte die Janitscharen vertilgt. Er hatte sich die Hand abgehackt, die ihn störte. Da war man sich aber doch sehr, sehr einig in Petersburg, in Paris und in London, daß man nicht warten durfte, bis sie nachgewachsen war, um das von der Christenheit selbst geschliffene Schwert gegen sie zu erheben, daß man die Gunst der Stunde vielmehr ungesäumt zu nutzen hatte, um die komplette Entwaffnung des Sultans zu besorgen.

Eine Heilige Allianz, ein förmlicher Kreuzzug, das kam nicht mehr in Frage, der Vatikan mußte außen vor bleiben, aber eine andere Fahne, ein viel zeitgemäßeres, dabei noch in die vorchristliche Antike zurückgreifendes Symbol war ja eben erst vom mohammedanischen Irrglauben und von der asiatischen Despotie in den Staub getreten worden und brauchte nur aufgehoben zu werden: der griechische Freiheitskampf, der Agon. Das Metternichsche System hatte überall auf dem Kontinent die Flämmchen bürgerlichen Emanzipationsstrebens erstickt; um so eifriger mühte man sich, die Fackel der Freiheit im Reich des Sultans auflodern zu lassen. Auf dem Peloponnes hatte Mahmut II. mit der Hilfe seines ägyptischen Statthalters den griechischen Aufstand niedergeschlagen, jetzt lebte er wieder auf in Rußland, in Deutschland, in Frankreich und vor allem in England. Homer, eben erst durch den Eifer der jüngsten Altphilologie zum gesamteuropäischen Bestseller gemacht, lieferte prächtig verbrennenden Treibstoff für die Möchtegern-Griechen allüberall. Die *Ilias* wurde als antiosmanische Kampfschrift gelesen. Nach Cervantes, der, wie wir gehört, einen seiner Arme in der Schlacht von Lepanto gelassen, wurde Lord Byron als zweiter Heroe der Weltliteratur zum Soldaten im Kampf wider die Türken, schloß sich den internationalen Brigaden an, um für Griechenlands Freiheit zu streiten.

Die Mitglieder des englischen Regierungskabinetts fühlten sich indessen ein wenig überrollt von dem, was sie die öffentliche Meinung nannten in ihrem Jargon. Schließlich wußte man zu genau, daß der Zarenhof jener Kuckuck gewesen, der dem Sultan das griechische Ei in sein Nest gelegt hatte. Britisches Sicherheitsdenken hatte schon damals den Weltball im Auge, und in solchem Maßstab mußte ihm der Balkan als die Vormauer zum Himalaya, der Bosporos als eine vorgelagerte Verteidigungslinie des Ganges erscheinen. Der Tag, an dem man Zeus, Ares und Konsorten für Albions Interessen den Türken an den Hals hetzen würde, sollte noch kommen; für den Moment mußte man sich eingestehen, die

Dinge etwas verschlafen zu haben. Weiter in Untätigkeit zu verharren wäre aber noch sträflicher gewesen, dann wäre die Befreiung der Hellenen eine rein russische Angelegenheit geblieben, hätte der Zar sich mit einem «unabhängigen» Griechenland auf dem südlichen Balkan seinen Trabanten geschaffen und im Mittelmeer eine schwer zu schleifende Festung gehabt. Also ließ man die öffentliche Meinung weiter ins homerische Horn tuten, die Zeitungen nach Rache für das von den Barbaren mißhandelte Griechenvolk schreien. Man mußte den Griechen helfen und dabei peinlich genau darauf achten, daß sie nicht zum zaristischen Kauwerkzeug der heimlichen Alleinverspeisung des Osmanenreichs wurden.

Man hatte in diesem Kalkül Frankreich auf seiner Seite, und so kam es am 6. Juli 1827 in London zum Abschluß einer Tripelallianz. Nicht mit einer Kriegserklärung schickte der Dreibund in İstanbul seine Gesandten zum Sultan, sondern als an dem Konflikt nicht beteiligte Mittler, denen hauptsächlich an der Stabilität von Mahmuts II. Besitzungen lag, meldeten sie sich zu Wort. Die Griechen sollten Selbstverwaltung erhalten, aber als Vasallen der Pforte tributpflichtig bleiben. Artikel drei des Londoner Protokolls garantierte den Griechen das Recht, ihr Hoheitsgebiet einer ethnischen Säuberung zu unterziehen.

Pertev Efendi, der Reisülküttap – das Amt wurde noch unter der Regierung Mahmuts II. in das eines Außenministers verwandelt –, nahm die englisch-französisch-russische Kollektivnote nicht an und verweigerte die Diskussion mit der zutreffenden Feststellung, daß es sich bei der Initiative um den unzulässigen Versuch einer Einmischung handle. Nun wollten die Tripelalliierten sich von den Osmanen, nur weil sie Turban und Pluderhosen abgelegt hatten, nicht gleich Lektionen in Völkerrecht erteilen lassen und intervenierten erst recht.

Sie stellten ein Geschwader aus zehn Linienschiffen, zehn Fregatten, einer Korvette, drei Briggs und zwei Schonern zusammen, das am 20. Oktober 1827 vor Navarino an der Südwestküste des

Peloponnes erschien, wo die osmanische Flotte, verstärkt durch diejenige Mehmet Alis, vor Anker lag. Ohne der gegnerischen Admiralität irgendwelche Zeit zur Analyse des Phänomens zu gönnen, formierten sich die Schiffe des Dreibunds in Schlachtordnung und eröffneten ohne Vorwarnung das Feuer. In Ausübung ihrer griechischen Freiheitsliebe zerstörten sie die in ihrem eigenen Hafen gefangene und zu Gegenmanövern unfähige osmanische Flotte beinahe vollständig.

Die Marine war die neben der Artillerie seit den Zeiten Selims III. am konsequentesten durchmodernisierte Sparte des osmanischen Militärs gewesen. Viele der 57 Schiffe, die Mahmut II. während dieses kaum drei Stunden währenden heimtückischen Angriffs zu Friedenszeiten einbüßte, waren nach französischen Plänen unter Anleitung französischer Baumeister in seinen Werften entstanden, nun von französischen Kanonen zerbombt. Die 6000 Matrosen, die ihr Leben hergeben mußten, waren die erste Generation nach europäischen Standards ausgebildeter Seeleute gewesen.

Diesem hinterfotzig-brutalen Überfall also, verübt in internationaler imperialistischer Solidarität, verdankte der griechische Staat seine Gründung. Selbiger kam jetzt erst einmal unter britische Kuratel, die Berechnungen, die St. James zu dem Flottendreier inspiriert hatten, gingen vollständig auf. Rußland verzichtete leichten Herzens auf dies Mandat, weil durch die Beseitigung der osmanischen Seestreitkräfte die Herstellung seiner Hoheit über das Schwarzmeer nur noch ein Kinderspiel war, mit dessen Durchführung der Zar sich sputete.

Frankreich, der spätestens seit den prächtigen Zeiten Süleymans treueste Freund der osmanischen Dynastie, durfte sich seinen Beitrag zu dem Verbrechen versilbern, indem es mit englischem und russischem Plazet Algerien, dessen Küste jedes Schutzes entblößt war, kassierte.

Zum ersten Mal durften sich die Russen im Schwarzen Meer ungestört wie in der eigenen Badewanne bewegen. Und welches Gaudium das Kriegshandwerk, das doch vorzeiten so sauer gewesen, mit einemmal war, wo sich jetzt Mannschaften, Proviant, Ausrüstung und Munition zwischen dem Kaukasus und den Fürstentümern am Westufer nach Belieben hin und her schieben ließen! Die Russen konnten Verstärkungen und Nachschub nicht nur in aller Ruhe den Pruth hinaufsegeln, auch auf der Donau war für sie nichts mehr zu fürchten, denn die Osmanen hatten, da von ihrem alten Heer nur Rudimente vorhanden, das neue noch in den Windeln, ihre Kräfte zu konzentrieren auf einen einzigen Punkt.

Sie machten den Paß bei Şumla zu ihrer letzten Schanze, um wenigstens Bulgarien sich noch zu erhalten. Der russische General Diebitsch umging aber Şumla im zweiten Kriegsjahr und erschien im August 1828 mit seiner Truppe vor Edirnes Toren. Der Aufruf des Sultans, seine zweite Residenz zu verteidigen bis zum letzten Blutstropfen, wurde ignoriert, man ergab sich Diebitsch auf Gedeih und Verderb.

An der Ostfront war Kars gefallen, wobei die ansässigen Armenier den angreifenden Russen die entscheidenden Dienste geleistet hatten, was ein Vorspiel war zur armenischen Tragödie, die uns noch beschäftigen soll. Erzurum wurde erobert, die Russen marschierten auf Trabzon. Zar Nikolaus hätte in dieser Situation mit der Einnahme İstanbuls wohl erheblich weniger Mühe gehabt als dazumal Mehmet II., aber die Engländer, Franzosen und Preußen konnten noch rechtzeitig einen Frieden vermitteln.

Ausgehandelt wurde er in Edirne im September 1829, und er war ein Geschenk an Mahmut II., geeignet, ihn über die in Navarino verübte Untat zu trösten. Er bekam alle südlich des Pruths gelegenen Gebiete zurück, unter solchen Auflagen allerdings, daß er sie nie wieder verteidigen konnte. Auch im Osten zogen die Invasoren sich nach Erivan, Nahçivan und Georgien zurück, Erzurum und Kars blieben weiter osmanisch, was die russophilen Armenier erheblich vergrämte. Für die generöse Verzichtleistung des Zaren wurde der Pforte eine Kompensation von 400 Millionen Kuruş aufgebrummt, etwa die Hälfte der jährlichen Einnahmen des Staates.

Die Unabhängigkeit Griechenlands, im März 1829 in London vom Dreibund beschlossen und proklamiert, mußte Mahmut II. 1830 absegnen. Er gab noch kleinere Gebiete und ein paar Inselchen zu, wofür der Zar ihm von der Reparationsforderung abließ.

Georgien war verloren, Griechenland war verloren, Algerien war verloren, aber Sultan Mahmut II. ließ sich's nicht verdrießen, er reformierte und reformierte. 1831 wurde das Tımar-System offiziell aboliert. Ein System neuer Steuern wurde geschaffen, dazu eine neue Bürokratie, die sich dieselben ausdachte, eintrieb und ausgab. Selbst die Kleiderordnung, in der Vergangenheit immer wieder ein Steckenpferd rückwärtsorientierter Sultane, den Kastengeist und den Gruppendünkel zu stärken, wurde zum Vehikel der Erneuerung unter den Händen Mahmuts II. Allen männlichen Untertanen des Sultans, gleich ob Jude, Christ oder Muslim, gleich ob Raya oder Minister, wurde als einheitliche Kopfbedeckung der Fes oktroyiert. Nur die geistlichen Würdenträger durften ihr Haupt noch mit Stoffbahnen umwickeln. Eine neue Provinzialverwaltung mußte aufgebaut werden. Sultan Mahmut II. brachte seinem Volk nicht nur die erste türkische Zeitung, er schenkte ihm auch zum ersten Mal Polizisten, denn die Aufrechterhaltung der öffentlichen Ordnung hatte ja zu den Obliegenheiten der Janitscharen gezählt.

Kurzum: Mahmut II. tat in allem haargenau das, was die Imperialisten gemacht haben würden nach seiner Verjagung und der Unterwerfung seiner Untertanen unter ihre Gesetze. Sie beobachteten die von ihm eingeleiteten Veränderungen denn auch mit Genugtuung und Wohlwollen, sparten nicht mit ihrem Zuspruch und sahen, da sie ihn gerade ausreichend bewaffnet wußten, in seinem eigenen Haus die ihnen genehme Ordnung zu schaffen, von kriegerischen Unternehmungen gegen ihn einstweilen ab.

Nur war da eben dummerweise in diesem seinem eigenen und trotz allem immer noch weitläufigen Haus ein Untermieter, der bedeutend besser armiert war als der Dominus selbst. Mehmet Ali machte seine Rechnung auf für sein Engagement in der griechischen Sache. Die erste griechische Insurrektion hatte er niedergebügelt für den ohnmächtigen Sultan, dafür war ihm der Peloponnes versprochen als seine Statthalterschaft. Dumm gelaufen, lieber Mehmet Ali, hätte Mahmut II. ihm sagen können dazu, aber der Peloponnes gehört mir nicht mehr, das ist jetzt ein selbständiger Staat, ganz auf seine eigenen Kräfte gegründet, da würden die Briten mir ordentlich auf den Fes hauen, wenn ich daran wieder zu rütteln versuchte, von meinem Freund, dem Zaren, einmal zu schweigen. Aber du wolltest doch nicht nur den Peloponnes, du wolltest doch auch Kreta dazu. Bitte, nimm es, ich schenke es dir. Nein, Kreta wollte Mehmet Ali nicht mehr anerkennen als seine Belohnung, obwohl es doch so hübsch vor seiner Haustüre lag. Die Engländer, mit denen er wesentlich besser befreundet war als der Sultan, hatten ihm diesen Besitz madig gemacht. Man arbeitete nämlich in St. James bereits eifrig daran, auf diesem für die Sicherheit des Indischen Ozeans so überaus wichtigen Eiland das griechische Selbstbewußtsein ebenfalls zu wecken.

Syrien war Mehmet Alis bescheidenes Begehr, und er hatte dabei Frankreich in seinem Rücken, mit dem der Herr von Ägypten die allerinnigsten Beziehungen pflegte. Nein, dafür war Mahmut II. denn doch nicht zu haben, die Imperialisten hatten ihm wahrlich genug abgeschnippelt von seinem Terrain. Jetzt auch noch eine fürs Reich so lebenswichtige Provinz wie Syrien abgeben an den eigenen Statthalter, als wäre es an einen Feind! Da der Sultan nicht willig war, brauchte Mehmet Ali Gewalt und schickte seinen Sohn İbrahim los mit einer Streitmacht zu Lande und zu Wasser. Der eroberte ihm im Winter 1831/32 die syrische Küste bis Haifa und Akko hinauf, nahm im folgenden Sommer auch Damaskus und den Libanon ein.

Dafür strafte Mahmut II. Mehmet Ali sehr hart, erklärte ihn zum Rebellen und erkannte ihm die ägyptische Statthalterschaft ab. Mehmet Ali nahm's mit breitem Grinsen zur Kenntnis, denn als Statthalter sah er sich schon lange nicht mehr, und wenn der

Osmanensproß seinetwegen um seinen Thron zu fürchten begann, so war er auf dem Weg der Vernunft.

Vom arabischen Volk in Syrien wurden die Truppen İbrahim Paşas begeistert empfangen, man fühlte sich in der Obhut Mehmet Alis sehr wohl, und als endlich die zur Züchtigung des Rebellen von Mahmut II. ausgesandten Gedrillten Mohammed-Kämpfer erschienen, waren sie es, die man als Eindringlinge empfand. Obwohl Lord Henry John Temple Palmerston, der britische Außenminister, sich die Zunge lahm redete, um Hilfstruppen für den Sultan vom Kabinett bewilligen zu lassen, weil er voraussah, daß aus Mehmet Alis Okkupation für die Zukunft französische Ansprüche auf Syrien sich ableiten würden, kam er damit nicht durch. So machte die osmanische Armee von Kairo mit der osmanischen Armee von İstanbul kurzen Prozeß. In einer Schlacht bei Homs und in einer anschließenden zu Belen am Golf von İskenderun wurde das Strafexpeditionscorps des Sultans zermalmt.

Um zu klären, wer im Zweifelsfall wen zu bestrafen, wer, wenn es ihm beliebte, wen abzusetzen vermochte, marschierten die ägyptischen Truppen in Kilikien ein, überquerten den Taurus und stießen auf das anatolische Hochplateau vor. Sie besetzten Konya und vernichteten in einer Feldschlacht die nächste Sultansarmee.

Mahmut II., nun schon nicht mehr in ernster Besorgnis, sondern in heller Panik, wandte sich nochmals mit dringlichster Bitte um Unterstützung an England, aber vergeblich. Auch die Bemühungen, durch Frankreichs Hilfe Mehmet Ali zur Räson zu bewegen, fruchteten nichts. Zar Nikolaus war es, der die verzweifelten Rufe Mahmuts II. erhörte, und in der höchsten Not zeigte sich als der wahre und einzige Freund einmal mehr der erbittertste Feind.

İbrahim Paşa war schon bis nach Kütahya vorgerückt, als die mit Sehnsucht erwartete Flotte am Bosporos eintraf. Das war im Februar 1833, keine dreieinhalb Jahre zuvor hätten russische Zelte in Sichtweite der Hauptstadt Mahmut II. den allerschlimmsten

Horror bedeutet, nämlich das Ende osmanischer Herrschaft. Jetzt signalisierten sie deren Bestand, diente es der tiefsten Beruhigung des Sultans, daß sie dort am asiatischen Ufer bei dem Anleger Hünkar İskelesi aufgebaut wurden.

Die russische Präsenz erschreckte weniger Mehmet Ali und İbrahim Paşa, als daß sie die Franzosen und Engländer alarmierte und sie zur Entfaltung hitzigster diplomatischer Aktivitäten antrieb. In İstanbul übten sie Druck auf den Sultan aus, nolens volens Verzicht zu leisten auf Syrien, und gleichzeitig drohten ihre Quasibotschafter in Kairo mit einer Seeblockade für den Fall, daß Mehmet Ali sich damit nicht zufriedengeben und seine Truppen aus Anatolien nicht zurückziehen sollte.

Mahmut II. hatte die Furcht schon dahin getrieben, daß er die russischen Soldaten zu seinem Schutz ans europäische Ufer bat, was Volkszorn hervorrief, denn daß nun die Ungläubigen gegen die Ägypter vorgehen sollten, um den Sultan zu retten, das schlug dem Faß der unseligen Reformiererei doch irgendwie den Boden aus. Indessen kam es zu diesem Äußersten nicht. Mehmet Ali war den europäischen Mächten hörig genug und, nachdem er als Zugabe zu Syrien noch Kilikien herausgefeilscht hatte, zum Rückzug hinter den Taurus bereit.

Nun wollte der Beelzebub für die Austreibung des Teufels etwas bekommen. Im russischen Feldlager an der Hünkar İskelesi wurde ein Vertrag aufgesetzt. Da es sich nicht eigentlich um einen Friedensschluß handelte, nannte man es ein Freundschafts- und Beistandsabkommen. Zar Nikolaus' Versicherung, den nächsten Angriff auf das Territorium des Osmanischen Reiches als einen Angriff auf sein eigenes zu werten, machte England und Frankreich die russischen Ansprüche deutlich, während das gegenseitige Versprechen Mahmuts II. nach Lage der Dinge nicht der Komik entbehrte. Die reine Phrase war's aber nicht, weil das Abkommen der Pforte die Pflicht auferlegte, im Kriegsfall die Meerengen zu sperren, wodurch das Zarenreich ohne eigenen Aufwand seine Südflanke unverwundbar gemacht hatte.

Nun war er zwar Syrien und Kilikien, dafür aber auch die Russen und die Ägypter los für den Moment, und Mahmut II. durfte sich wieder aufs Hauptgeschäft konzentrieren. Er reformierte und reformierte. Der Grundstein zu einem staatlichen Schulwesen – bis dahin Sache allein der Ulema und der christlichen und jüdischen Milletler – wurde gelegt. Aber auch ein Institut für den Fremdsprachenerwerb mußte her, um den durch den eingeleiteten Verwestlichungsprozeß sprunghaft gestiegenen Bedarf an Übersetzern zu decken und vor allem die seit den griechischen Vorgängen nicht mehr vertrauenswürdigen Phanarioten als Pfortendolmetscher zu ersetzen. Eine Kommission, die sich mit Fragen der Agronomie und des Handels beschäftigen sollte, wurde gebildet, aber in erster Linie und mit dem größten Einsatz wurde die Umgestaltung der Heeresorganisation weitergetrieben.

Obwohl man auf die ausländischen Instrukteure nicht verzichten konnte hierbei, hatte natürlich jede Verwendung französischer, englischer oder russischer Offiziere das Prekäre, daß sie unterderhand die Interessen der jeweiligen Mächte zu fördern versuchten, und diesem schwer zu begegnenden Übel gedachte Mahmut II. abzuhelfen, indem er bei einer Macht vorstellig wurde, deren militärische Tüchtigkeit außer Zweifel stand, die aber dennoch bislang keinen Finger gerührt hatte, irgendein Krümelchen vom orientalischen Kuchen abzubekommen: Preußen. Es wurde ihm die Bitte nach wenigem Zögern gewährt, er erhielt seine preußische Militärmission, und dies erwies sich als ein ausgesprochen glücklicher Griff durch die Teilnahme des Leutnants Helmuth von Moltke, der zur Erhöhung osmanischer Wehrfähigkeit ähnliches beitrug wie ein Bonneval oder de Tott.

Aber Mahmut II. überschätzte die Fortschritte, die seit der Abschlachtung der Janitscharen erzielt worden waren, und durch eine verfrühte Erprobung der vermeintlich angewachsenen Kräfte verdunkelte er seinen Abgang von der Bühne des Lebens. Daß Mehmet Ali ihm außer Syrien noch Kilikien abgeluchst, hatte ihm keine Ruhe gelassen, und gegen die heftigsten Einreden Palmerstons und der Franzosen rüstete er zu einem Revanchefeldzug. Das Unternehmen schlug fehl. In dem Tal zwischen Nizip und Birecik erlitten am 24. Juni 1839 die Soldaten Mahmuts II. gegen die syrisch-ägyptischen unter dem Befehl von İbrahim Paşa eine totale Niederlage, von den 50 000 Streitern des Sultans blieben nur wenige hundert am Leben.

Der Sultan selbst lag, während dies geschah, in seinem neuen, nach Schinkel-Art erbauten Palast, dem Dolmabahçesaray, von seiner Tuberkulose niedergeworfen im Sterben. Die Kuriere, welche die Hiobsbotschaft überbringen sollten, übertrieben nicht mit der Eile, und so durfte Mahmut II. am 30. Juni 1839 seine Reformeraugen schließen, ohne von dem Debakel erfahren zu haben.

Die Reformen gerieten durch den Tod Mahmuts II. nicht etwa, wie man hätte erwarten können, ins Stocken. Im Gegenteil erlebten sie erst jetzt ihren wirklichen Durchbruch, und die Geschichtsbücher verzeichnen als die Ära der Reformierung des Osmanischen Reiches den Zeitraum der Regierung seiner beiden Söhne Abdülmecit und Abdülaziz. Auch das Stichwort, das zum Namen und Begriff für die Umwälzungen wurde, fiel erst, nachdem sich das Grab schon geschlossen hatte über Sultan Mahmut II. Die Proklamation der Tanzimat-ı Hayriye, der «Heilsamen Neuordnung», fand am 3. November 1839 auf dem Gülhane-Platz beim Topkapısaray, und zwar in Form der Verlesung eines Hatt-ı Şerif, eines «Edlen Großherrlichen Handschreibens», statt.

Nun war die Rede von den Handschreiben des Padişahs ja ohnehin eine uneigentliche, aber was auf dem Gülhane einer auserlesenen Schar staatstragender Männer und den Herren des diplomatischen Corps zu Ohren kam, hatte weder Mahmut II. noch sein sechzehnjähriger Sohn Abdülmecit diktiert. Der Verleser jener Deklaration war gleichzeitig ihr Autor, Mustafa Reşit, der Sohn des Propstes einer von Bayezit II. begründeten frommen Stiftung, ein Sohn des Volkes mithin und ein Aufsteiger der neuformierten Bürokratie, der seinem Namen den Ehrentitel des «Vaters der Tanzimat» anheften sollte.

Seinen Weg hatte Mustafa Reşit über die Schreibstuben der Heeresverwaltung gemacht, hatte in Şumla als Siegelbewahrer des Großvezirs gedient und mit seinen Frontberichten die Aufmerksamkeit Sultan Mahmuts II. an sich gezogen. Mehrfach hatte er im Auftrag der Pforte mit Mehmet Ali verhandelt, auf solch geschickte und überzeugende Art, daß der ägyptische Vizekönig ihn abzuwerben versuchte. Anders als Mehmet Ali blieb aber Mustafa Reşit seinem Padişah treu, der es ihm dankte mit dem Botschafterposten, erst in Paris, dann in London, und ihn schließlich sogar zum Außenminister berief.

An der Themse hatte Lord Palmerston starken Einfluß auf Mustafa Reşit gewonnen, mit der Hilfe dieses Günstlings die antienglischen Ressentiments Mahmuts II. zu Fall bringen können und kurz vor dessen Tod Kapitulationen für England erwirkt, die alles Dagewesene schlugen. Dieser Mustafa Reşit also war's, der auf dem Gülhane seine osmanische Variation auf die Erklärung der Menschenrechte verlas und damit offiziell die Epoche der Tanzimat einläutete.

Die Rechte, wie sie dem osmanischen Bürger verkündet wurden, waren weder großartig noch weitgehend. Sein Leben und sein Eigentum sollten geschützt sein. Die Steuerpacht sollte abgeschafft werden. Ein Strafgesetzbuch und eine Verfassung wurden in Aussicht gestellt. Halbwegs sensationell immerhin war die formale Gleichberechtigung der Juden und Christen, und da das Hatt-ı Şerif auch die baldige Einführung der allgemeinen Wehrpflicht erwähnte, sollten also die Nichtmuslime des Reiches ebenfalls kämpfen und sterben dürfen für das Banner des Propheten.

Den begonnenen Umbau von Staat und Gesellschaft würden demnach die Osmanen in eigener Regie zu Ende führen, darum brauchten die europäischen Mächte sich nicht zu kümmern. Mit Mehmet Ali aber würde der neue Sultan ebensowenig fertig werden wie der hingeschiedene. Dieses Problem mußte deshalb von den Imperialisten angepackt und zu einer Lösung gebracht werden. Nach seinem triumphalen Sieg in der Schlacht von Nizip war Mehmet Alis Sohn İbrahim Paşa schon wieder auf dem Sprung nach Anatolien hinein, und das konnte höchstens die Franzosen erfreuen. Rußland hatte bereits einmal zugunsten der Osmanen gegen die Ägypter interveniert und war willens, gemeinsam mit dem Großvezir Mehmet Husrev eine Kampagne gegen Mehmet Ali zu starten. Diesen Plan zu vereiteln, desertierte der Kapudanpaşa, segelte die komplette osmanische Flotte nach Alexandria hinüber und übergab sie Mehmet Ali. Die Zeichen standen auf Krieg zwischen Rußland und Frankreich im Nahen Osten.

Palmerston mußte schleunigst etwas unternehmen, denn wenn er den Dingen ihren Lauf ließ, würde sich die orientalische Frage ganz ohne Zutun Englands klären, Rußland oder Frankreich sich als Supermacht etablieren. Dabei hatte England sich mit Mustafa Reşit gerade erst im Osmanischen Reich die günstigsten Perspektiven geschaffen und mußte an dessen Fortbestand mehr denn je interessiert sein. Ebensowenig war Österreich bereit, die sich andeutende Entwicklung zu tolerieren, und auch Preußen war seit neuestem zu der Überzeugung gelangt, bei der Regelung der orientalischen Frage unbedingt mitmischen zu müssen. Das Schicksal des Osmanischen Reiches wurde abermals Gegenstand einer in London tagenden Konferenz. Man würde der Pforte beispringen, mit vereinten Kräften den von Frankreich gestützten Mehmet Ali in seine Schranken zu weisen.

Damit war auch der Zar unter Zugzwang gesetzt. Bei solchem Angebot würde es schwer durchsetzbar sein, bei dem jungen Sultan auf das Abkommen von Hünkar İskelesi zu pochen, um ihn mit den Russen allein gegen İbrahim Paşa marschieren zu lassen. Nikolaus schraubte seinen Ehrgeiz zurück und setzte sich mit an den Londoner Tisch.

Das war dann schon einmal eine Quadrupelallianz, und das Ultimatum, das sie Mehmet Ali stellte, mehr als ein wohlmeinender Ratschlag. Da der zur Räumung Syriens Aufgeforderte vorläufig stur blieb, begann die englische Flotte, die befestigten Plätze an der libanesischen Küste zu bombardieren. Osmanische, österreichische und englische Truppen wurden gelandet und erzwangen İbrahims Rückzug.

Frankreich stand vor der Wahl, sich auf einen Krieg gegen den Viererbund, gegen den Fünferbund, wenn man das Osmanische Reich mitzählen wollte, einzulassen oder aber auf Distanz zu seinem Verbündeten Mehmet Ali zu gehen, welcher Variante Kaiser Louis-Philippe den Vorzug gönnte, indem er aus seinem Kabinett die Scharfmacher, denen er die lebensgefährliche Isolation dankte, entfernte und durch Männer ersetzte, die ihn ins Europäische Konzert zurückbringen konnten.

Durch diesen Schwenk in der französischen Orientpolitik war Mehmet Alis Spiel verloren, er mußte sich mit Ägypten zufriedengeben, wo jedoch seine «Statthalterschaft» erblich wurde. Die osmanische Flotte mußte er ausliefern, der jährliche Tribut wurde auf die bescheidene Summe von 40 Millionen Kuruş festgesetzt, aber er hatte seine Truppen auf 18 000 Mann zu reduzieren, womit denn ägyptischer Expansion für die Zukunft vorgebaut war. Ein letztes Ergebnis der Quadrupelallianz war im Juli 1841 die Verabschiedung einer Meerengenkonvention, welche die Bestimmungen von Hünkar İskelesi aufhob und Bosporos wie Dardanellen für Kriegsschiffe generell sperrte.

Das Problem Mehmet Ali, welches das Reich über dreieinhalb Dekaden in Atem gehalten, war zu einer für die Pforte höchst befriedigenden Regelung gekommen, um den Preis allerdings, daß man die Einmischung der Imperialisten, gegen die man sich bei Behandlung der griechischen Frage noch so erbittert gewehrt, diesmal regelrecht erbettelt hatte. Das Osmanische Reich hatte bei seiner Metamorphose von einem Subjekt zu einem Objekt der Geschichte eine neue Stufe erreicht. Während der Vater der Tanzimat mit seinen Ziehsöhnen, den Tanzimatcılarn, unermüdlich Institution um Institution dekretierte, wuchs sich die Rivalität der Schutzmächte um die Hegemonie zur kriegerischen Auseinandersetzung aus.

Zum Vorspiel gehörte die europäische Revolution des Jahres 1848. Moldau und Walachei vereinigten sich, im Juni 1848 wurde das unabhängige Rumänien ausgerufen, der Adel verlor seine Privilegien. Den Beifall der Tanzimatcılar hatte das nicht, sie nahmen Verbindung mit Petersburg auf, den Zaren um die Restauration der alten Ordnung in den Fürstentümern zu bitten.

Rußland, das sich angesichts der Herausforderungen des 48er-Jahres berufen fühlte, den Gendarmen Europas zu spielen, liquidierte die rumänische Revolution auf dem Weg nach Ungarn, wo man ebenfalls das Rad der Geschichte gewaltsam zurückdrehen mußte. Die rumänischen, ungarischen, dazu noch polnische Revolutionäre flohen auf osmanisches Gebiet, was das gute Einvernehmen irritierte, denn der Zar verlangte die Auslieferung der Schädlinge, was Mustafa Reşit ihm abschlug. Der Zar legte diese Weigerung als Undankbarkeit aus, und es kam über diesen Punkt zum Zerwürfnis, das bis zum Abbruch der Beziehungen führte.

England und Frankreich hatten ihre Standpunkte angenähert und waren entschlossen, Rußland die Stirn zu bieten. Eine französisch-englische Flotte wurde zu den Dardanellen geschickt, um bei Kriegsausbruch zur Stelle zu sein. Der Zar beruhigte sich wieder und fand sich brummend damit ab, daß Mustafa Reşit den politischen Flüchtlingen Asyl bot.

1853 wurde Nikolaus mit einer neuen Offerte in St. James vorstellig. Rußland und England sollten unter Ausschluß der übrigen Mächte das Osmanische Reich unter sich teilen. Die Fürstentümer sowie Serbien und Bulgarien sollten unabhängige Staaten unter russischer Vormundschaft, Kreta und Ägypten ins britische Weltreich eingebaut werden. Unter der falschen Voraussetzung, bei der Zurückdrängung und Ausschaltung des französischen Einflusses im stillschweigenden Einverständnis mit England zu handeln, spielte er die Frage des christlichen Sorgerechts für die heiligen Stätten hoch. In Jerusalem balgten sich Orthodoxe und Katholiken, in İstanbul wurde der Sultan vom russischen und vom französischen Botschafter als den Anwälten der Konfessionen mit täglich sich überbietenden Forderungen belagert.

Da England sich nicht wie die anderen auf alte Verträge berufen konnte, die ihm ein Recht auf Schutz einer bestimmten Sorte von Pilgern und an den Wallfahrtsorten dienender Kleriker eingeräumt hätten, mußte es auf andere Art demonstrieren, wie es von der Pforte bekam, was es sich wünschte. Der britische Botschafter Stratford de Redcliffe setzte bei Sultan Abdülmecit durch, daß Mustafa Reşit, dessen Machtvollkommenheit gelitten hatte, wieder als Außenminister eingesetzt wurde. Zurück im Amt, entschied Mustafa Reşit die Querelen um die heiligen Stätten voll und ganz im französischen Sinne. Der Zar, brüskiert durch diesen Verrat an dem, was er für das gemeinsame russisch-englische Projekt hielt, drohte, falls Mustafa Reşit den Schlüssel der Kirche zu Bethlehem den Franzosen nicht wieder abfordern und ihm aushändigen sollte, mit der Besetzung von Moldau und Walachei.

England verlangte von Mustafa Reşit, sich den Russen gegenüber unnachgiebig zu zeigen, und orderte seine Flotte vor die Dardanellen. Die Russen gingen für den Schlüssel der Kirche zu Bethlehem tatsächlich über den Pruth, und jetzt wollten die Engländer einen Rückzieher machen, beriefen in Wien eine Konferenz der Mächte ein, um einen Kompromiß auszuhandeln.

Von solchem Hü und Hott hatte Mustafa Reşit aber genug, und obwohl die britische Flotte wieder abzog, stellte er den Russen ein Ultimatum. Da sie darauf nicht reagierten, griff das osmanische Heer Ende Oktober 1853 nördlich der Donau und im Kaukasus die russischen Stellungen an; die Flotte lief aus, auf dem Schwarzmeer die Schiffe des Zaren zu treffen. Die osmanische wurde aber von der zaristischen Flotte, in Sinop vor Anker liegend, überrascht und zusammengeschossen.

Die Engländer und Franzosen, sehr erschrocken über den Vorgang, stellten nun ihrerseits Rußland ein Ultimatum, es habe alle seine Wasserfahrzeuge vom Schwarzmeer zu holen und im Hafen von Sewastopol zu versammeln. Statt den Appell zu befolgen, kündigten die Russen ihre Beziehungen mit Paris und London, was wiederum am 28. März 1854 mit der gemeinsamen französisch-englischen Kriegserklärung beantwortet wurde. Was später der «Krimkrieg» genannt werden sollte, hatte begonnen.

Die Engländer schickten eine große Flotte, kommandiert von Lord Raglan, der sich unter Wellington in der Schlacht von Waterloo verdient gemacht hatte. Die französische wurde von Prinz Napoleon persönlich befehligt. England und Frankreich hatten also die Ärmel hochgekrempelt, um mit Rußland eine sehr ernsthafte Keilerei anzufangen, und natürlich mußte es Österreich und Preußen wurmen, daß sie außen vor bleiben sollten.

In solcher Verlegenheit schlossen sie miteinander ein Bündnis in der erklärten Absicht, ihrerseits den Zaren zur Räumung der Fürstentümer zwingen zu wollen. Nebenbei kontraktierte Österreich noch mit der Pforte, und durch diese Winkelzüge wurde es dem Zaren möglich, Moldau und Walachei für die Dauer des Kriegs Österreich zur Okkupation zu überlassen, womit er gleichzeitig der englisch-französisch-osmanischen Erpressung getrotzt und den Kriegsgrund beseitigt hatte. Engländer und Franzosen waren damit jedoch längst nicht zufrieden und segelten, statt, wie geplant, in die Donau, hinüber zur Krim. Die Verteidigung der Integrität des Osmanischen Reiches geschah also in Form eines massiven Angriffs auf den Stützpunkt der Schwarzmeerflotte des Zaren.

Im September 1854 landeten die Alliierten ihre Truppen bei Sewastopol und begannen mit den Vorbereitungen zur Belagerung, die sich erheblich schwieriger gestaltete, als man dies vorausgesetzt hatte, und von den Engländern durch den ungewöhnlich rauhen Winter große Opfer verlangte. Insgesamt 20 000 Soldaten der Pforte mußten nachrücken in die gelichteten Reihen, die osmanische Flotte brachte Schiffsladung für Schiffsladung

Proviant und Munition auf die Krim und kehrte mit Verwundeten, welche die Lazarette in Üsküdar füllten, zurück.

Sewastopol hielt stand. Nach Nikolaus' Tod im März 1855 hätte man in Zar Alexander II. einen verhandlungsbereiten Gegner gehabt, aber die Zernierung wurde fortgesetzt. Der Sturmangriff kam im September, die Engländer mußten am Vorwerk in Radan eine Schlappe hinnehmen, der Durchbruch in Sewastopol selbst gelang den Franzosen. Sie konnten die russische Flotte versenken und die Munitionslager sprengen.

Diese Verschiedenheit des Kriegsglücks trieb einen Keil zwischen die Verbündeten. Frankreich hatte gesiegt und wollte den Frieden verhandeln, Palmerston, inzwischen Premierminister, wünschte Fortdauer der Feindseligkeiten, bis englische Waffen selbst etwas erkämpft haben würden. Glücklich über diesen Zwist kam Österreich dazwischen, um sich auf die französische Seite zu stellen. Die Osmanen, die im Osten an der Nebenfront schon wieder Kars an die Russen verloren hatten, wären als die eigentliche Kriegspartei bereit gewesen, das Hauen und Stechen zu beenden, aber Palmerston zuliebe hielten sie durch.

Erst im Februar 1856 fand die Friedenskonferenz statt, und zwar in Paris. Die Franzosen hatten im Europäischen Konzert den Taktstock ergattert. Für die Pforte geriet der Pariser Vertrag zu einem sensationellen Erfolg. Fuat Paşa, einer der beiden engsten Vertrauten Mustafa Reşits und inzwischen amtierender Außenminister, hatte ein neues Großherrliches Handschreiben mitgebracht, in dem die Versprechungen des Hatt-ı Şerif von Gülhane nochmals bekräftigt und die verbesserte Stellung der Christen im Reich ausdrücklich hervorgehoben wurde. Einer der Nebenpunkte war die Ächtung der Folter. Diese Geste vorauseilenden Gehorsams traf genau den Geschmack der versammelten Mächte. Sie nahmen das Osmanische Reich als vollwertiges Mitglied in das europäische Orchester auf.

Über den enormen Prestigegewinn hinaus war es um die Konferenzergebnisse auch materiell besehen glänzend bestellt: Alles, was bei Kriegsbeginn osmanisch gewesen, blieb weiter osmanisch, ja, man bekam von den Russen sogar wieder Bessarabien dazu. Gut, die Autonomie der Serben und der Donaufürstentümer wurde gestärkt, aber das hatte man mit dem Großherrlichen Handschreiben schon zum eigenen Wünschen und Wollen erklärt. Das Schwarzmeer wurde neutralisiert und damit das Damoklesschwert der russischen Eroberung İstanbuls demontiert.

Der Tod Abdülmecits und der Übergang der Sultanswürde an seinen Bruder Abdülaziz im Jahre 1861 verliefen so gut wie unbemerkt, denn im Zuge der Tanzimat war der Palast gegenüber dem neugeschaffenen Ministerrat mehr und mehr ins Hintertreffen gerückt. Auch Mustafa Reşits Tod im Jahre 1858 markierte keinen sonderlichen Einschnitt, erst das Ableben seiner Ziehsöhne und Nachfolger Fuat, der 1869, und Ali, der 1871 starb, brachte eine Veränderung der internen Machtkonstellationen hervor. Diese fiel zusammen mit einer Verschiebung der Kräfteverhältnisse unter den Imperialisten. Preußen hatte die Vorherrschaft in Mitteleuropa an sich gerissen, Bismarck, der russische Interessen gegen französische zu fördern bemüht war, auf Revision des Pariser Vertrags gedrängt und erreicht, daß der Zar seine Schwarzmeerküste wieder befestigen und neue Kriegsschiffe vom Stapel lassen durfte.

Abdülaziz nominierte als Großvezir Mahmut Nedim, der zwar auch zu Mustafa Reşits Protegés gehört hatte, dann aber seiner notorischen Russenfreundlichkeit wegen an den Rand gedrängt worden war. Das große Wort hatte nun Graf Nikolaus Ignatjew, russischer Botschafter seines Zeichens und ein profilierter Panslawist, der im türkischen Volksmund Sultan Ignatjew hieß, während sein Pendant an der Pforte den Scherznamen Nedimow erhielt.

Nedims Gegenspieler Ahmet Şefik Midhat war nun nicht einfach Parteigänger der Engländer oder der Franzosen, er war ein Tanzimatcı gänzlich eigener Sorte und Bildung. Er hatte seine Karriere in der neuen Bürokratie noch unter Mahmut II. begonnen, sich aber nie der von Mustafa Reşit geleiteten Seilschaft angeschlossen, vielmehr den İstanbuler Kanzleien den Rücken gekehrt und als Gouverneur in diversen Provinzen die Reformen an vorderster Front durchgesetzt. Von Reşit, Fuat und Ali verschiedentlich zur Mitarbeit in wichtigen Kommissionen in die Hauptstadt berufen, hatte er sich zum Schluß mit Ali überworfen, war aus dem Machtzentrum entfernt und als Gouverneur nach Bagdad versetzt worden.

Sehr ungeschickt verlangte Nedim, eben zum Großvezir bestellt, vom Gouverneur in Bagdad vermehrte Abgabe von Steuern, noch ungeschickter setzte er Midhat auf dessen Weigerung hin von seinem Posten ab. Midhat kam vom Zweistromland ans Goldene Horn, wurde im Dolmabahçesaray empfangen und verließ die Audienz beim Sultan als neuer Großvezir an Nedims Statt.

Sogleich begann Midhat an dem erlahmenden Reformprozeß wieder zu kurbeln und wagte es, an die in den Großherrlichen Handschreiben von Gülhane und vom Pariser Kongreß vage angedeuteten Versprechen einer Verfassung für das Osmanische Reich zu erinnern. Das veranlaßte aber den Sultan nicht zu einem Nachsinnen über mögliche Artikel einer solchen Konstitution, sondern zur Demission Midhats. Doch kam nicht gleich wieder Nedim zurück, nach vortanzimatischer Unsitte hielt Abdülaziz beide Rivalen zu seiner Verfügung, indem er der Reihe nach ein paar mediokre Gestalten zu Großveziren ernannte. Bis zum August 1875 hatte aber der Wühler Midhat sich eine für den Sultan derart bedrohliche Lobby geschaffen, daß Abdülaziz sich aus Selbstschutz doch wieder für Nedim entschied.

Nedim erhielt nun die Quittung für seine Anbiederei an die Russen. Nachdem die Serben im Zuge der Implementierung des Pariser Vertrags sich nicht allein der osmanischen Garnisonen, sondern aller muslimischen Einwohner entledigt hatten, gerieten, durch das Beispiel ermuntert und aufgehetzt von den russischen Konsulaten, die Balkanslawen auch in Bosnien, in der Herzegowina und in Bulgarien in Aufruhr. Ignatjew, der auf der einen Seite jedes Instrument nutzte, die Insurrektionen zu fördern, riet auf der anderen Seite seinem Intimus Nedim zum Einsatz der äußersten Gewaltmittel, dieselben niederzuschlagen, was denn die Atrozitäten auf die Spitze trieb. In England brachte die Presse mit geflissentlicher Übertreibung der Opfer unter den bulgarischen Christen die öffentliche Meinung zum Kochen, es wurde von Disraeli die Intervention zu deren Gunsten gefordert. Nicht weniger erhitzt waren in İstanbul die Gemüter, schließlich hatte man nicht wie in London von Massakern an Christen durch die Zeitung erfahren; die Überlebenden der Massaker an den Muslimen hatten sich hierhergeflüchtet und konnten als Augenzeugen berichten.

Was vorzeiten die Janitscharen besorgt hätten, leisteten diesmal die Softalar. Sie legten den Koran beiseite, ergriffen die Waffen und forderten den Kopf des Großvezirs. Abdülaziz reagierte nach Schema, entließ Nedim und berief ein neues Kabinett. Midhat war darin als Minister ohne Geschäftsbereich, Hüseyin Avni, einer der letzten von Mustafa Reşits Leuten, als Kriegsminister. Midhat und Hüseyin Avni kannten ihren Sultan gut genug, um zu wissen, daß er für die dringend benötigte Verfassung das größte Hindernis war, und noch im Monat ihrer Ernennung führten sie gemeinsam mit Süleyman Paşa, dem Direktor der Militärakademie, den ersten Putsch neueren Stils durch. In den Morgenstunden des 30. Mai 1876 umstellten zwei Bataillone den Dolmabahçesaray, setzten Abdülaziz ab, holten Abdülmecits Sohn Murat aus dem Käfig hervor und kürten ihn zum fünften Sultan des Namens.

Adülaziz' Tod verdient Erwähnung als einziges Beispiel eines Selbstmords in der Dynastie Osmans. Mit einer kleinen Schere, bestimmt zur Pflege seines Körpers, erlöste er sich am sechsten Tag nach seiner Absetzung aus demselben, indem er sich die Pulsadern aufschnitt. Elf Tage darauf, am 15. Juni 1876, brach Çerkes Hasan, einer der Schwäger von Abdülaziz, in eine in Midhats Wohnung abgehaltene Sitzung des Ministerrats ein und tötete Hüseyin Avni und Raşit Paşa, den Kriegs- und den Außenminister.

Diese Todesfälle erschreckten den zartbesaiteten Sultan aufs ungeheuerlichste. Hinzu kamen noch eine förmliche Kriegserklärung der Serben und der Kollaps der Staatsfinanzen. Murat V. erlitt kurz nach seinem Amtsantritt einen Nervenzusammenbruch, von dem er sich nicht mehr zu erholen wünschte. So wurde 1876 zum Jahr der drei Sultane. Zu den Regierungsunfähigkeitszeugnissen der verschiedenen ihn behandelnden Ärzte ließ sich Murat V. auch ein Fetva vom Müftü erstellen, das die Frage nach der Şeriatverträglichkeit seines Verzichts aufgrund der attestierten Insania bejahte.

Sein Bruder Abdülhamit hingegen fühlte sich stark genug, in den sauren Apfel zu beißen, und hatte sich bereits mit Midhat auf die Verabschiedung einer Verfassung geeinigt, bevor er am 31. August 1876 den Thron bestieg als zweiter Sultan des Namens.

Während Midhat im Auftrag Abdülhamits II. zur Ausarbeitung eines Verfassungsentwurfs schritt, hatte der neue Herrscher mit der serbischen Kriegserklärung umzugehen. Zwar war der Oberkommandierende der serbischen Streiter ein russischer General, Tschernejew mit Namen, aber die Pforte hatte die Attacke dennoch als eine innere Angelegenheit zu behandeln, was denn nach langer Zeit wieder einmal mit Bravour und Fortune geschah. Bei Alexinatz wurden im September 1876 die in ihrer überheblichen Selbstwahrnehmung schon äußeren, de jure aber immer noch inneren Feinde der Pforte zweimal hintereinander sehr empfindlich geschlagen, wobei der Heldentod der eingeschleusten russischen Offiziere für die osmanische Seite eine zusätzliche Genugtuung war.

Ignatjew entblödete sich nicht, mit russischer Intervention zu drohen, sollten die Osmanen ihren Sieg zu fernerer Repression in Serbien ausnutzen wollen, aber da der Einmarsch der Russen in ihren eigenen Uniformen zwangsläufig Schritte der übrigen Mächte nach sich gezogen hätte, lenkte der Sultan ein und rief seine Truppen zurück. Das tat der europäischen Einmischungsfreude jedoch keinerlei Abbruch, das neugegründete Deutsche Reich litt unter Nachholbedarf.

Fürst Bismarck nutzte die schöne Gelegenheit zu einer Wortmeldung in den orientalischen Dingen und präsentierte den Vorschlag einer Aufteilung der europäischen Gebiete des Osmanischen Reiches zwischen Österreich und Rußland, denn er hing an seiner Idee von der Union der drei Kaiser. Für Frankreich und England, die nach seinem Dafürhalten ihre Kolonialspielchen außerhalb seines Gesichtskreises weitertreiben sollten, hatte der Eiserne Kanzler an Syrien und Ägypten als geeignete Kompensationen gedacht. Originell war an dem Plan lediglich, daß derjenige, der ihn aufs Tapet brachte, für sich selbst nicht Anspruch erhob auf irgendein Stück von dem Kuchen, sondern nur das Messer zu sein begehrte, das ihn zerschnitt. Der Imperialist unter den Imperialisten, so reimte der plietsche Preuße sich's, ist nicht, wer den meisten Ländern sein Regime aufzwingt. Die Krone hält, wer alle Raubtiere in seiner Hauptstadt versammelt und sie so abzufüttern versteht, daß sie schnurrend parieren.

Doch mußte der Ehrliche Makler noch anderthalb Jährchen warten auf seinen Berliner Kongreß, Disraeli roch den Braten, und er schmeckte ihm nicht. Obwohl unter vollem ideologischem Beschuß durch seinen Widersacher Gladstone, der die Bulgaren in der öffentlichen Meinung schon zu einem Helden- und Märtyrervolk von Griechenformat hochstilisiert hatte, hielt der britische Premier an seiner Doktrin von der Integrität des Osmanischen Reiches fest, denn dank der englischen Sonderkapitulation war dasselbe zum wichtigsten Absatzmarkt für die Industrien der Insel geworden, die Schuldenlast, unter der es ächzte, bestand zum Großteil aus an der Themse gewährten Krediten, und Ägypten würde man sich früher oder später über den ökonomischen Hebel ohne Kriege und Kongresse untertan machen. Der englische Gesandte handelte mit der Pforte die Einberufung einer Mächtekonferenz in İstanbul aus.

Zwar erheischte die Ausarbeitung eines Verfassungsentwurfs ein Vielfaches der Redaktionsarbeit, die Mustafa Reşit sein Hatt-ı Şerif und sein Hatt-ı Hümayun gekostet hatte, aber Midhat kam unter Schwitzen zurande mit seinem Manuskript, und zu gleicher Zeit, da die Bevollmächtigten der Imperialisten ihre Koffer packten für die Reise ans Goldene Horn, dort über die weitere Zerhackstückung der osmanischen Länder zu beraten, prüfte Sultan Abdülhamit II. die Artikel der vorgeschlagenen Konstitution. Midhat wurde zum zweiten Mal Großvezir, und pünktlich zum Beginn der Konferenz in den Räumlichkeiten des Marineministeriums zu Terhane wurde unter Salutschüssen am 23. Dezember 1876 die erste osmanische Verfassung proklamiert.

Unter ihre 119 Artikel hatte Midhat etliche aufnehmen müssen, die dem Parlament mehr den Charakter eines Spielzeugs für den Sultan verliehen, als daß sie die Befugnisse der Autokratie eingeschränkt hätten, aber eine Verfassung immerhin war's, und damit doch ein würdiges Weihnachtsgeschenk für die eingeladenen Christen. Aus zwei Kammern sollte es zusammengesetzt sein, das osmanische Parlament, aus einem Haus der Lords, dessen Mitglieder der Sultan sich aussuchen würde, und aus einem Haus der Repräsentanten, die das Volk wählen sollte.

Viel zu bestimmen gab's nicht für die Vertreter des Volkes, denn die Gesetzgebung blieb laut Verfassung Sache des Sultans, aber sie sollten die Staatsfinanzen kontrollieren dürfen. Sobald solche wieder vorhanden sein würden, hieß das, doch als Geldbeschaffungsmaßnahme war die Verfassung schließlich gedacht. Ihr Knackpunkt und ihre strategische Absicht bestand jedoch vorher noch darin, daß sie per Vertretung das bislang nicht vorhandene Volk schuf. Auf dem Boden seines neuen Grundgesetzes kannte der Sultan nur noch Osmanen. Von Juden, Katholiken, Orthodoxen, Muslimen zu sprechen, wie die versammelten Mächte dies im Sinn hatten, wäre verfassungsfeindliche Spalterei, Angriff auf die Souveränität des osmanischen Volkes und auf die von ihnen selbst gesponserte Tanzimat gewesen. Wenn sie jetzt mit ihren Vorschlägen kamen, in Bulgarien die Christen und die Muslime auseinanderzudividieren, hier einen Rat mit dieser Parität, dort einen Ausschuß mit jener Zusammensetzung zu installieren, argumentierte Midhat von dieser Ecke dagegen, statt wie früher über die fremde Einmischung in die Verwaltungsangelegenheiten des Reiches zu wettern.

Obwohl Abdülhamit II. ihm Vollmacht erteilt hatte, mit Konzessionen den Forderungen der Mächte auf halber Strecke entgegenzukommen, ließ Midhat die Teilnehmer der Konferenz Mal für Mal auflaufen auf das Riff seiner Verfassung und blieb, auch nachdem sie von ihrer Liste so gut wie alles heruntergestrichen hatten und nur mehr einen christlichen Gouverneur und die Entsendung von 5000 belgischen Polizisten nach Bulgarien verlangten, intransigent. Derart überreizte Midhat sein Blatt, daß die Bevollmächtigten ihren Spaß am Konferieren verloren, die Gesprächsrunde am 20. Januar 1877 auflösten und İstanbul ohne jedes Ergebnis verließen.

Das Scheitern der Veranstaltung war bitter für Abdülhamit II., die Verfassung hatte als Mittel zur Überrumpelung der Imperialisten versagt, und nun fühlte sich der Sultan von Midhat, der ihm das Parlament aufgeschwatzt hatte, gefoppt. Immerhin war es ein triftiger Grund, den Großvezir zu entlassen, und was die Verfassung anging, so hatte Abdülhamit II. zumindest für derlei Eventualitäten vorgesorgt durch Aufnahme von Artikel 113, der ihm das Recht einräumte, jeden freien und gleichen osmanischen Bürger, falls dieser nach seinem Eindruck eine Gefahr für seine Sicherheit darstellte, zu expatriieren.

Wenn Midhat sich geschmeichelt hatte, unter den Füchsen der besonders schlauen Sorte zuzugehören, so bewies ihm Abdülhamit II., daß es noch schlauere gab, und wandte seinen Lieblingsartikel in der Verfassung zum ersten Mal an, nämlich auf deren Schöpfer. Midhat wurde ins Exil geschickt. Abdülhamit II. atmete auf, als das Schiff, das Midhat davontrug, die Dardanellen passierte. Ein Parlament, das ging unter Umständen noch an, aber hätte er

Midhat gewähren lassen, hätte er nächstens wie die in London auch in seiner Hauptstadt eine solche vermaledeite, das Regieren in jeder Hinsicht behindernde «Öffentliche Meinung» gehabt. Der Maulwurf Midhat hatte schon damit angefangen, die klugerweise verbannten Mitglieder der Geheimgesellschaft der «Jungosmanen» zurückgeholt und um sich geschart. Das Reich hatte wahrlich Sorgen und Kummer mehr als genug, weshalb sollte man sich zusätzlich eine Intellektuellenplage heranzüchten und kultivieren?

Daß Midhat die İstanbul-Konferenz zum Platzen gebracht hatte, gefiel auch dem Zaren. Er konnte mit Österreich-Ungarn in Budapest ein bilaterales Abkommen treffen. Bei seinem nächsten Krieg gegen die Pforte würde es sich still verhalten und nicht wieder mit den anderen Mächten herumkonzertieren, statt dessen mit russischer Billigung Bosnien und die Herzegowina annektieren.

Im März 1877 durfte das Parlament seine erste Sitzungsperiode eröffnen, aber schon im Mai rückten die Russen aus dem Kaukasus vor, brachten Ardahan in ihre Gewalt, und im Juni trugen sie an der Donau den Angriff sogar mit zwei Spitzen vor. Aber an dieser Front gelang es den Osmanen, inzwischen besser bewaffnet als der Aggressor, unter Süleyman Paşa die Russen wieder zurückzuschieben über den Balkan und den Şipka-Paß zu behaupten.

Abdülhamit II. durfte sich gratulieren, daß er sich nicht den Luxus einer Öffentlichen Meinung gestattet, denn nun wurde es offenbar, welch launisch-wetterwendisches Geschöpf er sich da vom Leibe gehalten. Die Öffentliche Meinung Englands, eben noch bulgarisch und antitürkisch bis auf die Socken, feierte plötzlich die heroische osmanische Résistance gegen die bitterbösen Russen. Ausnahmsweise hatte also Disraeli Support auch von dieser Seite. Hingegen war Österreich-Ungarn für englische Friedenspläne nicht zu gewinnen, man hielt sich an das dem Zaren in Budapest gegebene Wort, und so konnten die

Russen im Herbst mit Beistand der Serben das Blatt wieder wenden. Im Oktober fiel abermals Kars, im Januar brach die osmanische Verteidigung des Balkans mit ihren Stellungen in Plevna und auf dem Şipka-Paß zusammen, und so geriet erneut auch Edirne in russische Hände. Den Durchmarsch bis İstanbul konnte der Sultan gerade noch aufhalten, indem er sich einen Waffenstillstand erbettelte und sämtliche feindlichen Bedingungen zugab.

Jetzt war die Öffentliche Meinung schon in Queen Victoria eingedrungen: Disraeli solle sich sputen, ließ Ihre Majestät sich vernehmen, dem Sultan die englische Flotte zur Verteidigung seiner Kapitale zu schicken. Der britische Premier war Tanzimatcı genug, den Schutzbedürftigen um sein Einverständnis mit der Maßnahme zu bitten. Daß schon der Imperialist solch höfliche Umstände machte, inspirierte Abdülhamit II., sich ebenfalls einmal probeweise von dieser Seite zu zeigen, und er ließ sein Parlament beraten über die Frage, ob man die Engländer hereinlassen solle oder nicht. Obwohl er sich bei diesem ersten Versuch der Vorsicht halber an die von ihm selbst ernannten Oberhäusler wandte und nur wenige besonders repräsentative Repräsentanten hinzuzog, erlebte der Sultan eine Überraschung der übelsten Sorte.

Als schon so ziemlich alle Notabeln den weisen Ansichten des Monarchen zugenickt hatten, meldete sich ein gewisser Naci Ahmet, seines Zeichens Bäckermeister und Vorstand der Gilde, zu Wort:

«Das Problem wird uns zu spät vorgelegt. Als die Katastrophe noch abwendbar war, hätte man unsere Meinung einholen müssen. Für Dinge, die über unsere Köpfe hinweg entschieden worden sind, kann die Kammer keinesfalls die Verantwortung tragen.»

Das Nervensystem Abdülhamits II. war dem Kollaps so nah wie das seines Bruders Murat, als jener von seines Onkels Aktion mit der Schere und von den Abmurksereien im Staatsrat gehört. Doch fand Abdülhamit II. rasch zurück zu seinem Verstand, und da er anders als sein Abi ein paar Jahrzehnte zu regieren gedachte, zertrümmerte er das von Midhat vermachte Spielzeug und löste noch an diesem 13. Februar 1878 das Parlament wieder auf.

Bis die englische Flotte in İstanbul einlaufen konnte, standen die Russen schon in Çatalca, etwa 40 Kilometer westlich der Stadt. Aber die britische Präsenz ließ sie doch die Bestimmungen des Waffenstillstands einhalten und in San Stefano, dem heutigen Yeşilköy, die Verhandlungen mit den Osmanen beginnen. Die Engländer mußten zuschauen, wie die Russen einen für sie und die restlichen Mächte unerträglichen Frieden diktierten. Das Happigste an dem Vertrag von San Stefano, der am 3. März 1878 zur Unterschrift kam, war die Schaffung eines formal noch dem Osmanischen Reich anhängenden, faktisch aber russisch kontrollierten, um das Dreifache vergrößerten, bis an die Ägäis reichenden Bulgariens. Als Reparationsleistung wurde die Pforte zur Zahlung von 24 Billionen Kuruş verpflichtet, was dem Vierfachen des jährlichen Staatseinkommens entsprach. Damit waren die Russen in der Rangliste der Gläubiger an die erste Position gerückt.

Mehr als eine Kuriosität am Rande der Verhandlungen von San Stefano war das Erscheinen des armenischen Patriarchen Nerses, der sich von den Siegern als eine der Friedenskonditionen und als Honorierung der geleisteten Unterstützung des russischen Vormarschs einen unabhängigen armenischen Staat in Ostanatolien erbat. Doch fand dies Ansinnen keine Berücksichtigung, eine subversive armenische Minderheit innerhalb des osmanischen Staats war dem Zaren bei weitem wertvoller, und ein solches Gebilde, wie der Patriarch es sich wünschte, hätte höchstens die Armenier in seinem eigenen Reich unruhig gemacht.

Selbst Ignatjew, der sich gerade noch die russische Kontrolle der Meerenge verkniffen hatte, konnte nicht ernstlich glauben, mit dem Vertrag von San Stefano vollendete Tatsachen geschaffen zu haben. Allenfalls konnte er als Ausgangspunkt und Diskussionsgrundlage dienen für eine Regelung unter Beteiligung sämtlicher Mächte, und da unter diesen zum gegebenen Zeitpunkt die Petersburg – nicht allein räumlich betrachtet – am nächsten stehende Macht das Deutsche Kaiserreich war, hatte Bismarcks große Stunde geschlagen: Der letzte Große Osmanenreich-Zerschnippelungs-Kongreß wurde nach Berlin einberufen.

Mit jeder Verteidigung war Nasrettins Meistertitel kostbarer geworden. Jetzt, nachdem er Kuschmann, seinen neunten Herausforderer, der mit makellosem Kampfrekord von 22 Siegen ohne Niederlage oder Unentschieden in den Ring geklettert war, schon in der dritten Runde mit einem bildschönen rechten Uppercut zu Boden gestreckt hatte, durfte sein Manager Uhlig dazu übergehen, die Gegner nicht mehr im Hinblick auf ihre pugilistischen Meriten, sondern nach der Höhe der von den Veranstaltern für Nasrettins Auftritt und Einsatz angebotenen Börse auszuwählen.

Uhlig, der schlaksige, hochgezogene Einmeterneunzigmann mit dem blatternarbigen Gesicht und dem rotblonden Struwwelhaar, erwies sich am Verhandlungstisch als ein begnadeter Zocker, wie er Nasrettin in keiner der Spielhöllen Kreuzbergs, Neuköllns oder des Weddings vorgekommen war, als ein Geschäftsmann zudem, der seiner unverschämten Brutalität eine Konzilianz und eine Seriosität vorzuschützen verstand, um die ihn nicht nur Faruk, sondern auch Ömer Tuncel, wenn sie ihn denn gesehen, unbedingt hätten beneiden müssen. Wir wären aber im falschen Buch, wenn wir dabei außer acht stellen wollten, daß die Ware, mit der Uhlig hökerte, von der gediegensten Qualität und darüber hinaus erheblich marktgängiger als alles mit ihr Konkurrierende war.

Ein Jahrzehnt vor Erscheinen der ukrainischen Riesenbrüder, die während der Kämpfe ihre Doktorhüte in der Umkleidekabine bewahrten, bestand für Nasrettin kein Zweifel daran, daß auch das Boxen wie die übrigen menschlichen Dinge im Kopf stattfindet. Schließlich war er nicht bei irgendeinem Haumichkrumm, vielmehr bei dem Mystiker und Bektaşi Muharrem Güneş in die Schule gegangen. Übrigens vermied es Nasrettin, so gut er konnte, an seinen Meister zu denken, und hätte, falls ein Zufall es gewünscht, ihre Wege zusammenzuführen, vor Scham und schlechtem Gewissen die Straßenseite gewechselt. Die Verwendung, die Nasrettin jetzt von seinem hellen Köpfchen und den es durchzuckenden Blitzen des Geistes machte, entsprach durchaus nicht mehr der Denkart Muharrem Güneşs, der inzwischen die türkische Nationalstaffel trainierte und auf die Olympischen Spiele vorzubereiten begann.

Nasrettin hatte die Reporter von Presse, Funk und Fernsehen als eine eigene Klasse von Leuten erkannt, und im Umgang mit dieser Spezies offenbarte sich nun sein zweites Talent, von dem der Boxfanatiker Bertolt Brecht so gerne gesprochen und das nach dessen Definition darin besteht, das erste Talent, die eigentliche künstlerische Begabung, der Welt unter die Nase zu reiben. An jedes Treffen mit einem Journalisten ging Nasrettin heran wie an einen Kampf. Was seinem Gegenüber wie charmantes Geplauder erschien, war auf der Seite unseres Helden eine genauestens programmierte Ausgabe von Energie. Jedes Interview war von ihm je nach Charakter und Bedeutung des befragenden Mediums eingeteilt in drei, sechs oder zwölf Runden. Vor laufender Fernsehkamera mußte allerdings die Entscheidung meist innerhalb der drei Minuten einer einzigen Runde, ja oft schon nach zwanzig oder dreißig Sekunden herbeigeführt werden. Obwohl er auch solche Auftritte mit einer Bravour erledigte, daß er von Sendung zu Sendung weitergereicht wurde, liebte Nasrettin diese Art von Reklame für den eigenen Namen nicht so sehr, denn es ging hier gar zu ausschließlich nur noch um den Sieg, und seine tiefste Passion war nun einmal nicht das Siegen, sondern das Kämpfen.

Um so größeres Vergnügen bescherten ihm daher die Begegnungen über die volle Distanz von zwölf Runden, besonders dann, wenn er es mit namhaften Herausforderern, Illustrierten mit Millionenauflage, snobistisch-profilierten Lifestyle-Magazinen zu tun hatte. Wie in jedem Profikampf galten die ersten drei Runden dem Studium des Widersachers. Er ließ seinen Gegner also kommen, bis er dessen Vorlieben, Temperament und Schlagrhythmus ausspioniert hatte, richtete seine Deckung danach aus und legte sich die günstigsten Angriffskombinationen parat. Die Runden vier bis neun hatten zur Aufgabe, das feindliche System ins Leere zu schicken, den Partner Schritt für Schritt, Schlag für Schlag zu beherrschen und ihm den eigenen Stil aufzuzwingen.

Mit der ihm durch die sich häufenden Pressetermine zuwachsenden Routine teilte Nasrettin die Medienleute in zwei Hauptgruppen ein. Die erste umfaßte die Kenner der Materie, die Freunde des Boxens, die Anhänger des Kults, denen dieser Sport schon Metapher war, welche Nasrettin ihnen nicht erst aufschlüsseln mußte. Bei diesen Encontres hing es von der jeweiligen Eigenart des ihn befragenden Individuums ab, ob er den Terrier herauskehrte oder den leutseligen Kumpel spielte, mit dem man einschlägige Erfahrungen tauschte, ganz als ob der kettenrauchende Stubenhocker, mit dem Nasrettin gerade plauschte, gleichfalls regelmäßig die berühmtesten Fäuste der Boxwelt auf seinem vielgebrochenen Nasenrücken empfinge.

Zu der anderen Sorte gehörten die Ahnungslosen, die von Berufs wegen an allem und jedem interessierten Zeilenschinder, bei denen Nasrettin gewöhnlich schon mit der zweiten Runde zur Offensive überging. Das Thema Boxen schob er bei diesem Typ von Befragern bewußt in den Hintergrund, nutzte sechs, sieben oder acht Runden ausschließlich dazu, möglichst viele Facetten seiner Persönlichkeit auszubreiten, um zum Schluß das Sinnbildliche des Boxens offenzulegen, was so überraschend und erleuchtend geschah, daß in aller Regel die Interviewer, die als Boxmuffel zu dem Termin erschienen waren, ihn als Geläuterte wieder verließen.

Kurzum: Nasrettin hatte sich zum Liebling der Meinungsmacher entwickelt. Für seine zehnte Titelverteidigung winkte ihm eine Börse, wie sie seit Jahren im Schwergewicht nicht mehr erzielt worden war. Was hätte wohl Muharrem Güneş dazu gesagt, wenn er erfahren, daß Nasrettin sich an Uhligs geheime Abrede mit dem Veranstalter hielt und mit Rücksicht auf das Publikum und die übertragende Fernsehanstalt seinen Herausforderer sechs Runden lang auf den Beinen ließ? Die siebente Runde hatte siebzehn Sekunden gedauert, dann feuerte Nasrettin das mühsam zurückgehaltene Geschoß seines rechten Geraden in die mit einem linken Seitwärtshaken bequem wie eine automatische Tür geöffnete Deckung ab. Der Herausforderer bekam für die eingesteckten Prügel 10 000 Mark, auf Nasrettins Scheck stand eine Null mehr.

Wieder einmal war unser Held reich. Er hätte Sevim eine Wohnung kaufen oder die in Neukölln, in der sie nach wie vor mit Şerafettin und den Mädchen lebte, renovieren und eleganter ausstatten können. Er hätte endlich selbst mit dem Geld ein Geschäft beginnen können, ewig würde er nicht deutscher Meister bleiben. Aber was tat Nasrettin? Noch in der Sporthalle in Hamburg-Wandsbek, wo dieser Kampf ausgetragen worden war, löste er seinen Scheck in Bares.

Das war möglich, weil Rufus Mompertz, der gefeierte Maler jener Jahre, die Party, zu welcher der Veranstalter zum Ausklang des Kampfabends geladen, besuchte. Die Anwesenheit des Künstlers, sowohl als sachkundiger Beobachter am Ring wie auch bei dem anschließenden Sekt- und Kaviargelage, war so selbstverständlich wie bei einer seiner eigenen Vernissagen, denn Mompertz bewunderte die Kunst der gepolsterten Fäuste mehr als die seines Pinsels und atmete mit größerer Behaglichkeit die nach Schweiß und Gummi riechende Luft in einem Gym als den Dunst von Farben und Terpentin im Atelier.

Auch diesmal stand bei der Siegesfeier im Mittelpunkt nicht der Gladiator, der im Ring den Triumph erboxt hatte, nein, auf Rufus Mompertz' polierte Glatze über dem Frack waren alle Blicke gerichtet. Er war von pikant drapierten Schönheiten umlagert, von seinen vom vielen Zigarrenrauchen prall gewordenen Lippen pflückte man die Bonmots, um sie im Saale herum und am nächsten Tag in die Spalten der Boulevardblätter zu tragen. Nasrettin mußte es, nachdem er sich unter der Dusche von dem Kampf, der ihm wenig mehr abverlangt als ein härteres Sparring, erholt und in Schale geworfen hatte, erdulden, daß bei seinem Eintritt in die festlich geschmückte Kantine der Sporthalle sich kein Jubelgeschrei für ihn erhob, kein Applaus für ihn donnerte, ja nicht einmal ein einziger Hochruf erscholl. Man erkannte ihn nicht in seinem Smoking und in dem dunkelvioletten Rüschenhemd mit der eidottergelben Fliege. Erst als Rufus Mompertz ihn entdeckte, mit vorgestreckten Armen die Traube von Schmeichlern, die ihn umschloß, aufspaltete und theatralisch-gravitätisch auf Nasrettin zuschritt, wurde dem wirklichen Star des Abends Beachtung zuteil.

Der Malerfürst gratulierte ihm wortreich zu seinem Erfolg, und auf den Schnappschüssen der hurtigst herbeieilenden Pressefotografen erschien der schwergewichtige Mompertz mit seiner leuchtenden Glatze und den nach eigenen Entwürfen gefertigten Ringen mit den zentimeterhohen Skulptürchen, die außer den Daumen alle acht Finger seiner Metzgerpranken zierten, als das Urbild des unbezwingbaren Würgers, während daneben der zierliche Nasrettin mit seinen feinen Pianistenhänden und dem nach hinten gefönten, blauschwarzen Seidenhaar mehr wie ein verzärtelter Schlagertenor wirkte. Mompertz erging sich bei seiner Laudatio durchaus nicht in hohlen Phrasen, er zog ein kluges Fazit, in dem er Nasrettins überlegene Strategie und Taktik heraushob und mit schöner Ironie die sechs Runden lang anhaltende Schlaghemmung monierte. Mit sicherem Geschmack kleidete sich seine zutreffende Analyse des boxerischen Geschehens in poetische Bilder und sinnstarke Worte, die von den schreibenden Vertretern der Presse sorgfältig mitstenographiert wurden.

Nasrettin versöhnte diese Huldigung, die, wenn schon der Ausfluß einer unüberbietbaren Eitelkeit, so doch eben eine Huldigung war, und er verzieh es dem Künstler, daß er aus seiner Party die eigene machte.

«Wann besuchst du mich endlich in Düsseldorf?» erkundigte sich Mompertz, und die Umherstehenden mußten den Eindruck gewinnen, er sei mit Nasrettin seit langem befreundet.

«Ich will so gerne dieses Bild von dir malen, das ich immer wieder vor mir aufblitzen sehe. Nein, nicht was du denkst, nicht so ein läppisches Porträt, wie Grosz es von Schmeling gemacht hat. Das ist Kunst für Einäugige und also keine Kunst. Mich interessiert ja nicht, wie du aussiehst, mich interessiert, was du machst. Das will ich malen.»

Eine verlockende Kampfofferte, wie Nasrettin fand, doch entsprach es nicht seiner Art, und es wäre auch der Vereinbarung mit seinem Manager zuwidergelaufen, dergleichen spontan zuzusagen.

«Ich habe Durst», sagte er deshalb.

Mompertz lachte schallend darüber wie über einen köstlichen und doch derben Witz, warf den Kopf nach hinten, wobei er den Speck in seinem Nacken zu Wulstfalten schob, und ließ es sich nicht nehmen, Nasrettin den Champagner selbst zu kredenzen.

Eine Fortsetzung fand ihr Gespräch auf der Toilette, wo sie nebeneinander ihre Blasen ins Urinoir leerten. Auch hier gab sich Mompertz Nasrettin wieder von seiner gönnerisch-großzügigen Seite.

«Koks?» fragte er ihn.

«Ein Angebot, das ich nicht ablehnen kann», antwortete Nasrettin, weil er den Weltmann nicht enttäuschen wollte. Beim Waschbecken holte Mompertz Taschenspiegel, Rasierklinge und ein Heftchen mit dem weißen Pulver hervor. Den Tausendmarkschein aus seiner Brieftasche zu zupfen machte ihm Mühe, denn sie war so fest gestopft, daß kaum die Nähte hielten.

«Ist gut gegen Nasenschmerzen», sagte er, als er das Kokain lokker geharkt und auf dem Taschenspiegel zu zwei parallelen Sträßchen zusammengeschoben hatte. Er hielt Nasrettin die zusammengerollte Banknote hin.

«Ziemlich öde, die Party hier, findest du nicht?» meinte er, während Nasrettin zog. «Ich schlage vor, wir nehmen ein Taxi und fahren zur Reeperbahn. Ich kenne da einen sehr bezaubernden Puff. Du wirst begeistert sein. Die Damen wissen Künstler zu schätzen. Mehr sage ich nicht.»

«Das glaube ich gern», antwortete Nasrettin, indem er das Röhrchen zurückgab. «Aber ich habe leider kein Bargeld bei mir.»

«Wie kleinlich», sagte Mompertz mit gespielter Entrüstung, sich das linke Nasenloch schon mit dem Zeigefinger zuhaltend, wo auf dem überschweren goldenen Ring, wie Nasrettin jetzt erkannte, ein feixendes Äffchen hockte. «Wenn ich dich einlade, zahle ich natürlich auch für dich.»

«Nein, das wäre mir nicht recht. Ich bin Orientale. Aber wie's aussieht, bist du gut bei Kasse. Vielleicht kannst du mir meinen Scheck einlösen?»

«Zeig her.»

Mompertz versuchte große Augen zu machen, als er sich den Scheck anschaute, was aber nicht auffiel, da sie ohnehin glupschig und vorstehend waren.

«Sagenhaft», bemerkte er, nachdem er das Dokument eine Weile studiert hatte. «Und für die paar Mäuse stellst du dich hin und läßt dir von so einem Holzhackerbuben die Visage lädieren? Ich löse ihn dir nicht ein, ich kauf ihn dir ab. Ich lasse ihn rahmen und hänge ihn in meine Sammlung. Ich habe zufällig heute auch etwas verkauft. Na, gar so zufällig ist es nun auch wieder nicht, denn es vergeht kaum ein Tag, an dem ich nicht etwas verkaufe. Beinahe unmöglich, nachzukommen mit der Produktion, aber zum Glück hat man seine Studenten. Das bleibt natürlich unter uns, auch das mit dem Koks. Genauso das Bordell. Wenn du es weiterempfiehlst, sag nicht, daß ich dich hingeführt habe. Künstlergeheimnis. Denn ein Künstler bist du, Nasrettin.

Ich gebe dir hundertzehn Riesen für dieses kleinformatige Werk.»

Nasrettin wußte nicht, ob er Mompertz für verrückt halten sollte oder ob die Droge es wirkte, daß er sich außerhalb der Grenzen des Vernünftigen stellte. Er sah aber keine Not, dies jetzt und an diesem Ort zu entscheiden, widerstand der Neigung, den Preis noch in die Höhe zu treiben, und willigte ein.

Als sie im Taxi saßen, glaubte Mompertz, Nasrettin eine Erklärung zu schulden, weil er den Fahrer nicht nach St. Pauli, sondern nach Blankenese geschickt hatte.

«Reeperbahn, das habe ich nur so gesagt, um dir eine Vorstellung zu geben. Du kennst dich in Hamburg nicht aus, habe ich recht? Ich war schon sehr oft hier, aber ich finde es immer noch unübersichtlich. Die Reeperbahn ist natürlich sehr berühmt, und ich will auch gar nichts gegen sie sagen, aber für Männer wie dich und mich, die sich ihr Brot hart verdienen, kommt sie eigentlich doch nicht in Frage. Ein paar philippinische Filzläuse kannst du dir da holen, sehr viel mehr passiert nicht. Wenn du Glück hast, kriegst du noch ein Koppel andalusischer Flöhe gratis dazu. Man lebt nur einmal, und man hat seine Ansprüche. Und insbesondere der Verkehr zwischen den Geschlechtern ist nach meiner Ansicht eine Angelegenheit, die ein gesitteter Mensch nicht wie die Karnickel hinter der Stalltür erledigt. Nein, auf diesem Gebiet handelt es sich mehr als sonstwo um die Kultur. Höre bitte genau auf meine Worte. Ich sagte ‹Kultur› und nicht ‹Kunst›. Das wird leider immer wieder vermengt und verwechselt. Doch, doch, Nasrettin, dies ist durchaus der Moment, sich den tiefen Rätseln des Lebens zu nähern. Du schüttelst den Kopf. Vielleicht suchst du nur etwas Entspannung nach dem anstrengenden Kampf. Egal. Das Bordell, das Haus der Freuden, wie man zutreffender sagt, das uns in wenigen Minuten seine Pforten öffnen wird, hätte, ich schwöre es dir, selbst Sultan Murat III. oder Sultan İbrahim gegen seinen Harem getauscht.»

Es machte starken Eindruck auf Nasrettin, daß Mompertz,

nachdem er sich ihm schon als Experte des Boxsports bewiesen, nun auch noch solch intime Bekanntschaft mit der türkischen Geschichte durchblicken ließ, denn er selbst, obwohl im historischen Fach der Klassenbeste auf der Mittelschule in Kars, hatte von einem Sultan namens İbrahim nichts gehört und die verschiedenen Murats in seinem Kopf nie richtig zu fixieren vermocht.

Rufus Mompertz hatte mit seiner letzten Behauptung bewußt übertrieben, nicht nur, weil er den Hang zur Übertreibung generell für eines der Siegel des Künstlertums hielt, er machte sich auch einen Spaß daraus, Nasrettins Tausendundeine-Nacht-Phantasien aufzuregen. Wir wollen bemerken, daß er mit dem Stichwort vom Harem in der nachsüleymanschen Zeit eines der Charakteristika ihres Fahrtzieles traf. Denn wie dazumal am Goldenen Horn, so wurde auch in diesem Haus an der Elbe hohe Politik mit der Vulva gemacht. Es war nicht nur der Bürgermeister der Hansestadt, der mit Regelmäßigkeit in diesem Etablissement den Freuden käuflicher Liebe oblag, neben vielen Spitzen der Wirtschaft kam einmal im Monat der Aufsichtsratsvorsitzende der Deutschen Bank eigens von Frankfurt hierher zu Besuch, und der Bundeskanzler ließ sich, wenn er auch nicht persönlich erschien, so doch vertreten durch einen bevollmächtigten Staatssekretär.

Nasrettin war der erste Türke, der die geweihten Hallen betrat. Rufus Mompertz sah jetzt mit diebischer Lust, wie die falschen orientalischen Assoziationen, die zu schalten er Nasrettin durch seine Vorreden im Taxi verführt, wie Seifenblasen zerplatzten. Es erinnerte Nasrettin hier nicht nur nichts an Tausendundeine Nacht, es erinnerte ihn nicht einmal etwas an einen Puff. Schon im Garten der klotzigen Villa hatten sie nicht Gipsrepliken der Venus von Milo oder irgendein liebespfeilbewehrter Amor empfangen, sie waren zwischen Rostskulpturen von Sierra und Monolithen von Rückriem geschritten. Im Inneren war alles vollends postmoderne Nüchternheit, nirgends der Zipfel einer türkischen Draperie, nicht einmal eine samtbezogene Ottomane. Glastische in Chromgestellen, Lederfauteuils in hellem Beige, eine Bar in Messing, welches das Halogenlicht stark reflektierte. Alles, was Nasrettin sich vorzustellen vermochte, war, daß sie bei einem von Mompertz' Sammlern oder bei einem Museumsdirektor gehalten hatten, sei's, um schnell noch ein Geschäft abzuwickeln, sei's, um diesen Gönner oder Mäzen einzuladen zu der geplanten Vergnügung, denn die Lady, die ihnen die Tür geöffnet, konnte doch unmöglich die Puffmutter sein. Dem ersten Eindruck nach hätte Nasrettin in ihr etwa die Geschäftsführerin eines größeren Unternehmens der Kosmetikbranche oder die Chefredakteurin einer Modezeitschrift vermutet, und auch die Damen – Worte wie «Mädchen» oder gar «Dirne» kamen ihm angesichts dieser Persönlichkeiten nicht in den Sinn –, wie sie in verschiedenen Ecken des Empfangssaales, der am ehesten noch der VIP-Lounge eines großen Flughafens glich, in die «Cosmopolitan» oder die frische Ausgabe des «Herald Tribune» versenkt saßen, mußte er für Nachrichtensprecherinnen oder Moderatorinnen halten, wobei noch wahrscheinlicher war, daß, falls sich denn wirklich im oberen Stock, in den Nebenzimmern oder im Keller das Allermenschlichste abspielen sollte, dies die Ehefrauen der hohen Herren sein mochten, die hier warteten, bis ihre Gatten sich ausgetobt hatten.

Nein, sagte sich Nasrettin, so pervers kann es nun auch wieder nicht zugehen, spann seine Grübeleien aber nicht weiter fort, denn Mompertz hatte ihn zu der Bar geführt und bei dem Kellner in weißem Hemd mit Fliege Scotch für sie bestellt. Auch die Person des Barmanns verstärkte Nasrettins Zweifel, da er ihn als schwul und intellektuell einstufen mußte und ergo wenig beschaffen, Wirksames zum Schutz des Personals vor Zumutungen durch die Kundschaft zu leisten. Als er ihnen aber, wie man in türkischen Bierhäusern gebrannte Nüßchen oder gesalzene Mandeln bekommt, zu ihren Getränken unaufgefordert auf einem kleinen silbernen Tablett vorbereitetes Kokain mit zwei Röhrchen hinstellte, begann Nasrettin sich zu überzeugen, daß sie tatsächlich in einen Tempel des Lasters eingekehrt waren.

«Was mich angeht, Nasrettin», nahm Mompertz, nachdem er sich gegen den Mann hinter der Bar sehr anerkennend über die Qualität des Kokains ausgesprochen hatte, ihr Gespräch wieder auf, «was mich angeht, so habe ich hier meine Stammkurtisane. Aber sie ist noch beschäftigt, und ich will auch warten, bis der Whirlpool frei wird. Doch das ist ja kein Grund, der dich aufhalten müßte. Hat dein Herz schon etwas entdeckt, was es begehrt?»

Mompertz wies auf die verstreut im Raum sitzenden lesenden Frauen und nannte Nasrettin ihre Namen. Nasrettin mußte sich dazu zwingen, sie unter diesem Aspekt zu betrachten: daß sie in der nächsten Minute auf einen Wink von ihm mit ihm in einem der Zimmer verschwinden, sich vor ihm auskleiden und alles tun würden, was er von ihnen verlangte. Es wollte ihm nicht recht gelingen, obwohl er doch tagtäglich auf der Straße jedes halbwegs ansehnliche weibliche Wesen mit den Augen auszog, aufs Bett warf und in Sekundenbruchteilen in seiner Imagination alle möglichen und etliche unmögliche Stellungen mit ihm probierte.

«Ich merke schon», kam ihm Mompertz zu Hilfe, «du bist etwas verschüchtert. Das sind eben keine Hafennutten, die sich für Hundertmarkscheine bücken. Aber du bist auch kein Halbstarker mehr. Die Frauen, die du hier siehst, sind, fast hätte ich gesagt, ‹Künstlerinnen› in ihrem Fach, aber das ginge zu weit, damit widerspräche ich meiner eigenen Theorie und Ästhetik. Kunst ist Kunst. Aber das hier, mein Lieber, das ist Kultur, hohe Kultur. Diese wunderhübschen Frauen sind Geishas, sie sind mustergültig gebildet, haben ihre Abschlüsse an den besten Universitäten gemacht. Und sie lieben diesen Beruf.»

Mompertz' Ausführungen entfernten Nasrettin nur noch weiter von der Stimmung, auf die es jetzt ankam. Bevor ihm Rufus noch den letzten Rest eines sexuellen Antriebs verdarb, tippte er auf einen der genannten Namen.

«Nadine», sagte er, weil er darin mehr als in den anderen einschlägige Vorstellungen unterzubringen vermochte.

Als sie sich vor ihm befand, hatte Nasrettin in Augenhöhe ihre Brüste vor sich, deren kirschrote Nippel sich durch den transparenten Stoff ihrer Bluse vordrückten. Gut, sie stand auf hohen Stöckeln, aber Nasrettin spürte doch sehr empfindlich, daß Nadine schon von der Körperlänge her zu einer ganz anderen Klasse gehörte. Er beeilte sich, auf einen der Hocker zu kommen, und bot ihr den Platz neben sich an.

«Geben Sie der Dame bitte ein Glas Sekt auf meine Rechnung», sagte er zu dem Barmann, um anzuzeigen, daß er mit den Gepflogenheiten in derartigen Häusern sehr wohl vertraut war, beging aber gleich einen dreifachen Fauxpas, weswegen Nadine sich mit ihrem Blick zu Rufus Mompertz flüchtete, der seinerseits den Kopf auf der Theke mit dem Unterarm stützte und sich mit Daumen und Mittelfinger schamvoll die Augenbrauen glattstrich.

Die Anrede ist hier «du», wir trinken keinen Sekt, nur Champagner, der wird flaschenweise bestellt, und auf wessen Rechnung er geht, das muß auch nicht betont werden, so hätte er Nasrettin gerne die Benimmregeln erklärt, aber es wäre vor Nadine nur noch kompromittierender gewesen. Deshalb zog er es vor, Nasrettin bei den ersten Schritten auf diesem ungewohnten Terrain zu stützen und zu lenken.

«Nadine trinkt keinen Champagner, aber sie nimmt sicher gerne ein Gläschen Chartreuse.»

Nadine war sichtlich erleichtert, daß Mompertz die Peinlichkeit überspielte.

«Ich darf dir einen Ausnahmeboxer vorstellen, Nadine. Nasrettin Öztürk, Deutscher Meister im Superfedergewicht. Ich bringe ihn dir frisch aus dem Ring, denn er hat heute seinen Titel zum zehnten Mal verteidigt. Bald wird er um die Europameisterschaft boxen.»

Nadine beugte sich zu Nasrettin und gab ihm mit ihren ungeschminkten, nur leicht gefetteten Lippen, deren Beigerosa sich zart abhob von ihrem bronzenen Teint, einen Kuß auf die Wange.

«Meinen herzlichen Glückwunsch», sagte sie dann.

Nasrettin fühlte sich nicht wie ein Sieger. Nadine war ein reizendes Geschöpf, ganz ohne Frage, aber nicht käuflich auf jene Art wie die Frauen in den Bordellen, die Nasrettin bis dahin kennengelernt hatte. Wer sie haben wollte, mußte für sie bezahlen, das war aber nur eine Selbstverständlichkeit und eine Bedingung. Außerdem mußte man sie auch noch erobern. Nasrettin hatte 110 000 Mark in der Tasche. War das etwa nicht verführerisch genug? Es hieß doch immer, die Damen vom Gewerbe verfügten über diesen sechsten Sinn, mit dem sie auf den Pfennig genau errieten, wieviel Geld der jeweilige Freier bei sich trug. Sollte sich das in dieser Sonderklasse anders verhalten? Nasrettin hätte wenigstens ein paar Sätze zum Boxsport im allgemeinen und zu seiner Leistung im besonderen von ihr erwartet, aber sie schaute ihn nur an mit ihren großen smaragdgrünen Augen. Prüfend, herausfordernd, wie er vermeinte, und während er nach einem passenden Konversationsthema suchte, begann Mompertz von der anderen Seite schon, sie in ein Gespräch über die letzten Neuigkeiten des internationalen Ausstellungsbetriebs zu verwickeln. Nasrettin sah ihre Schultern und ihren Rücken, die weit ausladenden Hüften, den Hintern, der in seiner kühnen Mächtigkeit den ganzen Hocker bedeckte, die Schenkel, die dann überraschend schlank und lang unter dem schwarzen Lederrock hervorkamen. Er hörte, wie Mompertz die Namen berühmter Kollegen fallenließ.

«Oh, ein charmanter Mann», sagte Nadine bei dem einen, «ein hinreißender Liebhaber» bei dem anderen, «er hat mir eine Arbeit vermacht, die schon in der Tate Gallery ausgestellt war» beim dritten.

«Rufus, du wartest bestimmt auf Isabel. Ich nehme an, du hast mich gerufen, weil dein Freund sich auf meinem Zimmer mit mir allein zu unterhalten gedenkt.»

Mit diesen Worten wandte sie sich wieder Nasrettin zu. Im Reflex riß unser Held die Deckung hoch und sagte:

«Ich bin noch nicht entschieden.»

«Ich will keinesfalls drängeln», erwiderte darauf Nadine. «Der Abend ist lang.»

Sie empfahl sich und setzte sich wieder auf ihren Platz zu ihrer Zeitung.

«Der Kampf scheint dich mehr Kraft gekostet zu haben, als du zugeben willst», spottete Rufus.

«Sie ist nicht mein Typ», wehrte Nasrettin ab.

«Wie wäre es denn mit Melanie dort? Die mit dem Pagenschnitt im schwarzen Kostüm. Sie soll eine besondere Begabung fürs Französische haben. Ich habe es selbst noch nicht erforscht, denn die langen lackierten Fingernägel stoßen mich ab, aber der französische Außenhandelsminister, der hereinschaut, wenn er in Hamburg zu tun hat, ist begeistert von ihr. Sollte deine Vorliebe mehr ins Griechische gehen, darf ich Verena empfehlen. Da müßtest du dich gedulden, es scheint, sie hat noch Besuch. Dann gäbe es noch die herzhaft-rustikale Variante. Schau, dort sitzt Waltraut, die Blonde im Dirndl mit den geflochtenen Zöpfen und dem vielen Holz vor der Hütte.»

«Etwas ganz anderes.»

«Sag's ohne Hemmung», forderte Mompertz Nasrettin auf.

«Ich habe Hunger.»

«Könntest du das etwas genauer erklären?»

«Ganz einfach: Ich habe Hunger», wiederholte Nasrettin. Mompertz verstand ihn immer noch nicht.

«Ich will etwas essen. Ich habe seit 24 Stunden keinen Bissen zu mir genommen. Ich hatte vor dem Kampf Probleme mit dem Gewicht.»

«Du bist mir einer!» amüsierte sich Rufus. «Ich präsentiere dir die edelsten Nutten Europas, und du denkst ans Futtern!»

Er war etwas pikiert, erkundigte sich aber doch bei ihrem Barmann, was in der Küche vorrätig war. Shrimps, Austern, Kaviar, hieß es. Nasrettin verzog das Gesicht. In einem Anflug von Proletarierstolz empörte er sich mit einemmal gegen das ganze vornehme Getue.

«Ich hatte heute zufällig ein bißchen Bewegung und habe dabei schätzungsweise 15 000 Kalorien verbrannt. Ich will den Küchenchef sprechen.»

Daß Gäste laut wurden, war absolut nicht an der Tagesordnung, aber der von Nasrettin als mickrige Schwuchtel taxierte Barmann bewies jetzt, daß er der richtige Mann für den Job war, indem er Nasrettins Aufbrausen sogleich durch das höflichste Entgegenkommen beruhigte.

«Einen Küchenchef in dem Sinne haben wir nicht, aber ich könnte unsere Kaltmamsell rufen.»

«Ich bitte darum», knurrte Nasrettin, halb noch mürrisch, halb schon versöhnt.

Nun kam Jennifer, in Blue Jeans und in einem selbstgestrickten Rollkragenpullover, die Füße in blauen Schnürstiefeln, deren Leder abgeschabt war und sich an den Spitzen von den Sohlen zu lösen begann.

«Womit darf ich behilflich sein?» fragte sie Nasrettin und lächelte ihm dabei so strahlend-ungezwungen ins Gesicht, daß er stracks dem Aschenputteleffekt erlag.

Die oder keine, hieß sein Gedanke, und auch in dem Lächeln, mit dem er das ihre zurückgab, war nur ehrlichste Freude und keine Spur von Koketterie, als er sagte:

«Mein Wunsch scheint etwas ungewöhnlich zu sein, aber ich wage zu fragen: Könnten Sie mir eine Kleinigkeit zu essen machen?»

«Aber dafür bin ich ja da. Sagen Sie nur, was Sie gern hätten.»

Immer geradeheraus, dachte Nasrettin, ohne Manöver und Finten, so stelle ich mir das Leben vor und die Liebe.

«Bratkartoffeln und Spiegeleier», sagte er, geöffnet von solcher Offenheit, «und zwar eine ganz besonders große Portion.»

Rufus Mompertz starrte gebannt, als ob hier ein Wunder geschähe, auf die kleine Szene zwischen Jennifer und Nasrettin. Er folgte ihrem Wortwechsel weiter voll Faszination, obwohl ihm der Barmann schon zugeflüstert hatte, Isabel sei im Whirlpool für ihn bereit. Mompertz fand, daß Nasrettin von ganz ausgefallenen Begierden getrieben war und offensichtlich auch über die Mittel verfügte, ihnen Befriedigung zu verschaffen.

«Bratkartoffeln und Spiegeleier», sagte Jennifer nachdenklich, und ihr Gesicht wurde dabei ernst, als habe Nasrettin ihr eben einen Heiratsantrag gemacht. «Das hat hier noch niemand verlangt. Höchstens hätte ich oben auf meinem Zimmer Kartoffeln und, ich glaube, auch noch ein paar Eier. Aber es würde etwas dauern, denn ich müßte die Kartoffeln erst kochen. Auf welchem Zimmer darf ich servieren?»

Sie gibt mir von ihren eigenen Kartoffeln, dachte Nasrettin, von den *eigenen*! Dieser Opfermut überwältigte ihn vollends, und die Sache war entschieden.

«Auf deinem», beantwortete er Jennifers Frage. «Ich komme gleich mit.»

Vielleicht hätte es ihn gefreut, wenn sich jetzt die Haut unter den Sommersprossen auf Jennifers Wangen wenigstens ein wenig gerötet hätte, aber sie wurde überhaupt nicht verlegen, lächelte nur noch strahlender, und das Weiß ihrer Zähne blinkte noch etwas heller.

«Von mir aus gerne», sagte sie. «Aber es geht ja nicht, denn ich bin doch in der Küche beschäftigt.»

Da sprang Mompertz von seinem Hocker und hob wie ein segnender Priester seinen Arm über das Paar.

«Geht nur, geht nur!» rief er entzückt. «Geht in Gottes Namen aufs Zimmer hinauf und vergeßt alle Sorgen. Ich regele das mit der Chefin.»

Schrank, Stuhl, Tisch und Bett waren die einzigen Möbelstücke in Jennifers Dachstübchen. Über dem Bett hing ein kleines Regal, in dem sich zwei Dutzend Bücher zusammendrängten. Auf einem U-Boot hätte die Einrichtung nicht platzsparender sein können. Besonders sinnig war der Kleiderschrank, der in einer Abteilung

Jennifers Küche beherbergte, die aus zwei elektrischen Kochplatten, einem Fach für Vorräte und Gewürze und aus einer winzigen Kühlbox bestand.

Am Waschbecken füllte Jennifer jetzt einen Topf, in den sie aus einem an der Wand aufgehängten Netz Kartoffeln gelegt hatte, mit Wasser auf. Nasrettin sah ihr, auf dem Bett sitzend, bei ihren Handhabungen zu. In Jennifers minimalistischer Häuslichkeit schien auch der nebensächlichste Gegenstand, der Kamm und eine jede Haarnadel, von ihr beseelt zu sein und hielt sich auf, wohin er gehörte, nicht weil man ihn dazu gezwungen hätte, sondern weil es ihm eben dort am behaglichsten und am zuträglichsten war.

Jetzt, da Nasrettin sich einzufühlen und näher umzuschauen begann, wurde er gewahr, daß Jennifer die Penaten, deren Anwesenheit er wohltuend spürte, mit zahlreichen Artigkeiten gelockt hatte. Das Fenster hatte Gardine und Vorhang, auf dem Brett standen Pflanzen in buntbemalten Töpfen, auf dem Bett lag eine Überdecke mit indianischen Motiven, und die Wände waren mit Bildern in goldlackierten Rahmen geschmückt. Der größte davon hielt die Schwarzweißfotografie eines sehr gutaussehenden jungen Mannes mit einer ganz erstaunlichen Frisur.

«Dein Freund?» fragte Nasrettin.

Er wollte wissen, woran er war, und er hatte sich schon auf der Treppe geschworen, den Erfolg bei dieser Frau zu suchen.

Jennifer lachte. Es amüsierte sie, daß Nasrettin, bevor noch das geringste vorgefallen war zwischen ihnen, schon Eifersucht zeigte. Sie hatten sich ja nicht einmal ihre Namen gesagt. Das holten sie jetzt nach.

«Nasrettin? Ist das arabisch?»

«Ich habe den Namen vom Nasrettin Hoca», wurde Jennifer aufgeklärt. «Und der Nasrettin Hoca war der lustigste Türke, den es je gab.»

Jennifer schien verblüfft. «Lustiger Türke», das kam ihr vor wie ein Oxymoron.

«Einmal zum Beispiel», versuchte Nasrettin, Jennifer von seinem Namenspatron eine ansatzweise Vorstellung zu geben, «traf ein Nachbar den Hoca, wie er auf den Knien vor seiner Haustür den Boden absuchte. ‹Ei, Nasrettin, was ist dir geschehen?› – ‹Ich habe im Haus meinen Ring verloren, und jetzt suche ich ihn.› – ‹Aber Hoca, bist du nicht bei Verstand? Wenn du ihn drinnen verloren hast, was suchst du ihn draußen?› – ‹Drinnen ist es stockfinster, und hier hab ich Licht. Gebe Gott, ich hätte ihn schon gefunden.›»

Jennifer konnte darin keine Komik entdecken.

«Sei mir nicht böse, daß ich nicht lache», bat sie Nasrettin. «Ich habe für Witze wohl nicht den richtigen Sinn. Nein, was du auf dem Foto siehst, ist nicht mein Freund. Es ist mein Gesellenstück.»

«Das heißt, es gehört dir nur ein Stück von diesem Gesellen?»

Darüber konnte Jennifer lachen.

«Also hast du doch Sinn für Witze», stellte Nasrettin fest. «Nur die türkischen gefallen dir nicht. Aber warte, ich bringe dich schon noch auf den Geschmack.»

«Ich fürchte, dazu wird die Zeit uns nicht reichen. Aber sag endlich: Was hältst du von der Frisur? Ich habe nämlich Friseuse gelernt und mit diesem Werk meine Gesellenprüfung bestanden.»

«Da sind wir ja Kollegen», freute Nasrettin sich. «Denn ich habe dieses Handwerk auch schon betrieben. Zwar nur tief hinten in der Türkei, aber schließlich haben die Leute dort auch nichts anderes als Haare auf dem Kopf. Und für die Kreation hier: Kompliment. Vielleicht kannst du nächstens, wenn ich wieder einen Kampf hab, meine Perücke einmal so stutzen. Dann wird mein Gegner, wenn er nicht gleich davonläuft, so irritiert, daß ich ihn nach zwei, drei Runden bequem umhauen kann.»

«Das heißt, du arbeitest gar nicht mehr als Friseur?»

«Nein, ich verunstalte den Leuten den Kopf jetzt auf andere Weise. Ich bin Profiboxer und habe heute meinen deutschen Meistertitel zum zehnten Mal verteidigt.»

«Und ich dachte, Boxen sei Sport. Ich konnte übrigens nie nachempfinden, wie man seinen Spaß daran findet, sich von anderen weh tun zu lassen. Aber wenn man es von Berufs wegen macht … Kannst du überhaupt leben davon?»

Statt Jennifer auf diese Frage eine Antwort zu geben, zog Nasrettin das Bündel aus der Hosentasche seines Smokings und schob die Scheine neben sich auf der peruanischen Decke mit geschickter Spielerhand zu einem Fächer.

«Das hab ich in weniger als einer Stunde verdient.»

«So wie du damit umgehst», sagte Jennifer ernst, «wirst du auch nicht viel länger als eine Stunde brauchen, um es unter die Leute zu bringen. Steck's schnell wieder ein und paß gut darauf auf.»

«Da wir schon davon sprechen», sagte Nasrettin, nachdem er seine Barschaft wieder zu sich genommen, «von Beruf und Verdienst: Wenn du Friseuse gelernt und noch dazu ordentlich was draufhast, wie man leicht sieht, was machst du dann hier in diesem …»

«… Puff, wolltest du sagen», ergänzte Jennifer. «Ja, das ist eine lange Geschichte. Ich habe ein paar Dummheiten gemacht. Aber das allein hat mir nicht gereicht, und deshalb mußte noch ein Haufen Pech dazukommen. Ja, jetzt guckst du, als hätte ich dich mit kaltem Wasser begossen. Nein, ich bin nicht so jung, wie du vielleicht glaubst. Es ist eine Weile her, daß ich meinen Dreißigsten gefeiert habe, und stünde mir alles, was ich hinter mir habe, ins Gesicht geschrieben, ich schaute vor Runzeln und Falten nicht mehr hinaus. Ich hatte sogar mein eigenes Geschäft, einen Salon mit fünf Angestellten in der Milchstraße in Pöseldorf. ‹La Chevelure› hieß der Laden.»

Sie zeigte auf einen rosafarbenen Neonschriftzug, der die ganze Stirnwand des Zimmerchens einnahm und den sie jetzt, die Deckenlampe ausschaltend, anknipste.

«Das ist alles, was mir geblieben ist von der Sache», setzte sie fort. «Wenn du selbst schon als Friseur gearbeitet hast, wirst du wissen, was die Einrichtung eines solchen Ladens verschlingt.

Und weil ich es auf die ganz besonders betuchte Kundschaft angelegt hatte, war gleich alles noch mal so teuer. Meine Eltern haben ihre Ersparnisse geopfert für mich, sogar noch ihr Häuschen beliehen. Ich selbst habe soviel Kredit gezogen, wie ich nur konnte, bei Banken, aber auch bei Bekannten und Freunden. Wir hatten zu Anfang einige sehr prominente Kunden, den einen oder anderen habe ich hier wiedergetroffen. Aber wie die Leute so sind. Je reicher sie werden, um so erbitterter halten sie ihr Geld fest, würden am liebsten nur mit ihrer Visitenkarte bezahlen. Auf den grünen Zweig kam ich nicht. Und konnte ich nicht pünktlich zum Ersten meinen Leuten ihren Lohn überweisen, dann hatte ich gleich eine Ladung vom Arbeitsgericht. Schulden, Schulden und noch mehr Schulden, das war das Ende vom Lied. Gerettet hat mich eine Frau, die unsere einzige wirkliche Stammkundin und immer äußerst großzügig mit Trinkgeldern war: Iris von Rotenhau, der schon damals dieses Haus hier gehörte. Ich stand am Schluß ganz allein in meinem Salon, denn meine Angestellten hatten mich verklagt und meine Konten geplündert. Da hab ich mir mit Cognac über die schwersten Stunden geholfen, und einmal, als die Gräfin von Rotenhau bei mir erschien, war ich sternhagelvoll und habe ihr alles gebeichtet.»

«Und sie hat dich aus lauter Christenliebe in ihrem Puff aufgenommen?» unterbrach Nasrettin.

«Du dummer, grober Kerl! Die Gräfin ist ein herzensguter Mensch.»

Unversehens brach Jennifer in Tränen aus. Nasrettin stand auf und nahm sie in die Arme. Als sie sich beruhigt hatte, setzten sie sich nebeneinander aufs Bett, und Nasrettin hielt ihre Hand.

«Sie hat mit meinen Gläubigern verhandelt», nahm Jennifer ihre Erzählung wieder auf, «und meine Schulden abgelöst. Mich selbst hat sie zur Entgiftung auf das Landgut ihrer Familie in die Nähe von Bamberg geschickt. Daß ich nun diese Arbeit hier mache, das war keine Erpressung von ihr, es war ein Angebot. Ein mehr als faires Angebot. Für sie liegt das Geld ja auch nicht auf der Straße. Ich bin kaum länger als ein Vierteljahr hier, und ich habe mit der Rückzahlung noch gar nicht begonnen. Die Gräfin will, daß ich in Frankreich Kunstgeschichte studiere. Sie zahlt mir ein Kolleg, damit ich mein Abitur nachholen kann, und einen Sprachkurs am französischen Kulturinstitut. Ich kann ihr nur meine Dankbarkeit zeigen, indem ich Küchendienst mache und die Mädchen frisiere. Sie verehren sie ohne Ausnahme, wir sind wie ihre Töchter. Ich bin, wenn schon nicht die Jüngste, so doch die, die als letzte zur Familie gestoßen ist, das Nesthäkchen sozusagen. Deswegen arbeite ich vorläufig auch noch nicht mit den Kunden. Ich muß erst noch ausgebildet werden.»

Das überstieg Nasrettins Fassung. Er glotzte Jennifer an wie ein Wesen von einem anderen Stern.

«Was denkst du denn?» sagte Jennifer. «Dieses Haus hat einen Ruf. Die Gräfin würde nie zu mir sagen: Schau, da ist der Soundso, jetzt nimm ihn mit auf dein Zimmer, guck, wie du zurechtkommst mit ihm. Die Männer, die unser Haus schätzen, tragen Verantwortung, führen ein anstrengendes Leben und haben eine sehr komplizierte Sexualität. Ihnen das zu geben, was sie brauchen, dazu gehört etwas mehr als ein üppiger Busen und ein schön gerundeter Po.»

Nasrettin wollte nicht recht einleuchten, was zu einem gediegenen Beischlaf sonst noch notwendig sein könnte, er fand aber die Grundvoraussetzungen bei Jennifer in hohem Maße gegeben.

«Vielleicht», sagte er, «bin ich nicht anspruchsvoll genug für diesen Laden, aber mir wäre mit den beiden letzteren vollauf gedient. Unter der Bedingung, heißt das, es handelt sich um *deine*.»

«Du bist süß, und ich betrachte es als großes Glück, daß ich meinen ersten Versuch mit dir unternehmen darf. Die Chefin sagt, das erste Mal sei das wichtigste. Es entscheidet über die ganze Einstellung zu dem Beruf. Für die Anfängerinnen hat sie ein Goethe-Zitat. ‹Wer das erste Loch verfehlt, kommt beim Zuknöpfen mit dem ganzen Mantel nicht zurecht.›»

Bei diesen Worten hatte sie sich den Pullover über den Kopf

gezogen und, während sie mit Goethe vom Zuknöpfen sprach, ihre Stiefel aufgebunden und den Reißverschluß ihrer Jeans aufgemacht. Splitternackt stand sie vor Nasrettin, dessen Smoking sie noch ordentlich auf einen Bügel hängte, bevor aus ihrem schmalen Bett das Paradies wurde.

Auf dem Gipfel der Lust wurden sie gestört und erweckt aus ihrem Rausch durch einen widerlichen, penetranten Geruch. Auf der Kochplatte im Kleiderschrank war in dem Topf alles Wasser verdampft, die Kartoffeln klebten verkohlt und rauchend an seinem Boden. Jennifer sprang auf, riß den Topf von der glühenden Platte, ließ in dem kleinen Becken kaltes Wasser drüberlaufen, war gleich zurück bei Nasrettin und stöhnte schon wieder unter seinen Stößen, während es unter dem Hahn noch zischte und gluckste.

Nach jedem Höhepunkt sanken sie ineinandergeschlungen in tiefen Schlaf, aus dem sie aber bald wieder erwachten, um neu das Spiel der Liebe zu treiben. Ein Griff Jennifers, eine Berührung durch ihre Lippen stellten Nasrettin wieder auf für einen weiteren Durchgang. Nicht das einfallende Morgenlicht, nicht Erschlaffung, nicht der Schmerz an den überreizten Organen setzte der Liebesnacht ein Ende. Nasrettins Magen knurrte so laut, daß Jennifer sich seiner erbarmte. Sie wuschen sich gegenseitig an dem kleinen Becken, zogen sich an und fuhren nach Altona in ein Frühstückslokal.

Hatte Jennifer noch keinen Mann kennengelernt, dessen Trieb Nasrettins bodenloser Lust auch nur annähernd vergleichbar gewesen wäre, so sah sie jetzt einen vor sich, der Unmengen von Lebensmitteln verschlang. Erst als er mit einem Dreiviertelliter Kaffee und einer Havanna zur Verdauung übergegangen war, konnte er seine Gedankenwelt wieder ordnen und mit Jennifer das Gespräch neu eröffnen.

«Ob es nun ein Puff ist oder eine höhere Erziehungsanstalt, jedenfalls mußt du da raus. Für mich hat heute nacht das Leben begonnen, und ich weiche nie wieder von deiner Seite.»

Jennifer hatte gerade einen Schluck Kaffee genommen, und nun prustete sie aus Mund und Nase über den Tisch, wobei auch Nasrettin auf seinen Smoking einen Spritzer bekam.

«Es tut mir furchtbar leid, daß ich lachen muß», entschuldigte sie sich, «aber du benimmst dich wie der Bilderbuchfreier.»

Nasrettin stand weit entfernt, ihr zu verzeihen. Er fühlte sich durch das Wort in seiner Ehre verletzt.

«Hab ich dir weh getan?» bemühte Jennifer sich, ihre Taktlosigkeit zu korrigieren. «Als Liebhaber bist du unschlagbar. Was wir heute nacht miteinander erlebt haben. Wenn man es mir erzählt hätte, unmöglich hätte ich es geglaubt. Ich will die Erinnerung daran aufbewahren, und wenn es auch für dich etwas Besonderes war, wirst du es ebenfalls nicht so schnell vergessen. Du kannst mich ja wieder besuchen. So weit ist es doch nicht von Berlin bis hierher.»

«Jennifer, du verstehst mich nicht. Ich liebe dich. Ich bin wild vor Verlangen, und wenn es nicht etwas sehr Wichtiges zu besprechen gäbe zwischen uns beiden, wäre ich schon längst wieder mit dir im Bett. Ich bin Türke. Wenn ich zu einer Frau sage: Ich liebe dich, dann heißt das: Ich will leben mit dir. Und ich bin Boxer. Das wiederum heißt: Ich kämpfe um das, was ich will, bis ich geschlagen bin oder es bekommen habe.»

«Glaub mir, ich ginge gern mit dir. Aber ich gehöre nun mal der Gräfin. Leider hat mein Leben nicht erst gestern angefangen.»

«Die Gräfin, die Gräfin! Merkst du denn nicht, daß sie dich verrückt macht, diese Gräfin! Daß sie Nerv für Nerv, Gefühl für Gefühl alles zerstören wird, was in dir lebt, bis du endlich ganz zu ihrem willenlosen Geschöpf herabsinkst?»

«Du kennst sie doch gar nicht. Denk über sie, was du willst, aber ich weiß, was ich diesem Menschen verdanke.»

«Mit anderen Worten: Du liebst mich nicht.»

«Du kennst doch das Lied: Was hat die Liebe damit zu tun? Was ist die Liebe als ein Gefühl aus einem Gebrauchtwarenladen? Halte mich nicht für herzlos, wenn ich so spreche. Glaub mir,

Nasrettin, das» – Jennifer formte mit Daumen und Zeigefinger der Linken einen Ring und klopfte mit der Fläche der Rechten ein paarmal darauf –, «das ist nicht alles im Leben, auch wenn es uns im Moment so erscheint.»

«Du bist auf dem falschen Weg, Jennifer. Aber noch ist es nicht zu spät, und ich werde verhindern, daß du deine Seele verkaufst.»

«Doch, Nasrettin, es ist zu spät. Ob das meine Seele war, was ich verkauft hab, ich weiß nicht. Mein Selbstvertrauen, ja. ‹La Chevelure› hieß es für mich, und diese Chevelure ist mir abrasiert worden. Jetzt zahle ich für diese maßlose Selbstüberschätzung, und es wird noch etliche Jahre dauern, bis ich mich ganz von diesen Schulden befreit habe. Nasrettin, mach dir das klar. Du sprichst von Liebe. Gestern um diese Zeit wußtest du überhaupt noch nicht, daß ich auf der Welt bin. Gäbe es so etwas, daß die Liebe nicht aus dem Boden wächst wie eine Pflanze, sondern wie ein Stern herabfällt vom Himmel, dann sollten wir sie aufbewahren für ein paar Jahre. Wenn ich gebüßt habe für meine Sünden und für meine Dummheit und wenn du mich dann immer noch willst, dann können wir gemeinsam ein Leben beginnen.»

«Wo ist diese Gräfin? Ich kaufe dich frei.»

«Nasrettin, du sprichst wie ein Mann, aber du denkst wie ein Kind. Es ist besser, wir sagen uns jetzt Lebwohl. Wenn es am schönsten ist, soll man gehen.»

«Vielleicht hast du recht», sagte Nasrettin, «aber warte noch eine Minute, denn ich muß dringend auf die Toilette.»

Es gab beim Klo einen Münzfernsprecher. Nasrettin wählte die Nummer seines Hotels, wo auch Rufus Mompertz abgestiegen war. Er hatte Glück, Mompertz war noch im «Atlantic». Er lag schlafend auf seinem Zimmer. Von ihm bekam Nasrettin die Geschäftsadresse der Frau von Rotenhau.

Als er zurückkehrte an den Tisch, an dem sie gefrühstückt, war Jennifer schon verschwunden. «Roduga Holding» war der Name der Firma der Gräfin, ihr Büro in Eppendorf.

Nasrettin wollte der Dame im Vorzimmer nicht glauben, aber Iris von Rotenhau war tatsächlich in einer Besprechung. Doch Nasrettin ließ sich nicht abwimmeln. Es handele sich um eine äußerst dringliche familiäre Angelegenheit, erklärte er, und er werde warten, wenn nötig, den ganzen Tag.

Daß auf dem Schreibtisch der Sekretärin die «Hamburger Morgenpost» lag, kam ihm zu Hilfe. Nach seiner Person und nach seinem Anliegen befragt, bat er die Hüterin der gräflichen Schwelle, den Sportteil der Zeitung aufzuschlagen. Das Blatt hatte vom Kampf ein Foto gebracht, das von Nasrettin zwar nur den rechten Unterarm und den Boxhandschuh zeigte, jedoch in dem eindrücklichen Moment, da seine Faust zum Knockout in das Gesicht seines Herausforderers traf. Die Sekretärin hatte schon vorher mit Interesse im Lokalteil beim Gesellschaftsklatsch den Schnappschuß von Rufus Mompertz im Gespräch mit dem Meisterboxer zur Kenntnis genommen, und entsprechend respektvoll behandelte sie Nasrettin jetzt.

Sobald Iris von Rotenhau ihre Besucher verabschiedet hatte, wurde Nasrettin vorgelassen zu ihr.

«Ich habe gestern Ihren Kampf im Fernsehen verfolgt», begrüßte sie unseren Helden. «Sagen Sie doch nächstens, wenn Sie wieder in Hamburg boxen, vorher Bescheid, damit ich mir Karten besorge.»

«Und ich war gestern abend in Ihrem Bordell», gab Nasrettin auf diese freundliche Anrede zurück, entschlossen, die Entscheidung ohne Umwege zu suchen.

«Das weiß ich», versetzte Frau von Rotenhau, «von Rufus Mompertz. Ich habe vorhin mit ihm telefoniert. Er bat mich, Ihre Rechnung an seine Adresse zu schicken. Ich müßte Ihnen sehr böse sein, denn Sie haben auf das unschicklichste gegen die Regeln in meinem Hause verstoßen. Sie haben dem Mädchen möglicherweise einen nicht wiedergutzumachenden seelischen Schaden zugefügt.»

Nasrettin verzichtete darauf, ihr das Zynische ihrer Worte vor

Augen zu führen. Erst recht fühlte er sich nicht bemüßigt, sein eigenes Verhalten vor ihr zu rechtfertigen.

«Ihre Zeit ist knapp bemessen», sagte er. «Ich schlage deswegen vor, wir machen die Sache kurz. Jennifer wird Ihr Etablissement noch heute verlassen. Ich werde Ihnen alles, was Jennifer Ihnen schuldet, bezahlen.»

«Herr Öztürk» – die Gräfin sprach den Namen «Ötztürk» aus –, «das ist eine sehr ritterliche Geste von Ihnen, und ich versichere Sie meiner Sympathie, besonders, weil solche Haltungen in unserer heutigen Zeit immer seltener werden. Wenn Sie jedoch hören möchten, was ich dazu denke, so sage ich Ihnen: Überlegen Sie sich diesen Schritt sehr genau. Wenn Sie sich erst einmal gehörig ausgeschlafen haben daheim in Ihrem Bett, sehen Sie die Dinge womöglich mit ganz anderen Augen. Wir sind uns einig, daß Jennifer ein außergewöhnlich reizendes und liebenswertes Geschöpf ist und zu jenen Unglückseligen zählt, von denen man mit großem Recht behauptet, sie seien eigentlich zu gut für diese Welt. Aber sehen Sie bitte, daß ich es mich etwas habe kosten lassen, nicht nur an Geld, sondern auch an Fürsorge und Geduld, diese junge Frau aus einer Situation zu erlösen, in die sie durch Kurzsichtigkeit und Überstürzung geraten ist. Nun stehen Sie vor mir und sind im Begriff, durch eine Kurzschlußhandlung Ihre, wie man überall liest, glänzenden Zukunftsaussichten zu verderben. Jennifer läuft Ihnen doch nicht fort, sie befindet sich in der besten und sichersten Obhut bei mir.»

«Ich bin nicht gekommen», tat Nasrettin diese Reden beiseite, «um mir von Ihnen mütterliche Ratschläge für meine Lebensführung zu holen. Mich interessiert nur ein einziger Punkt: Wieviel? Nennen Sie mir einfach die Summe.»

«Und Sie glauben wirklich, daß Sie mit mir über einen Menschen, einen Menschen, der mir sehr am Herzen liegt, wie ich hinzufügen möchte, verhandeln können wie über ein Stück Vieh? Bei allem Respekt, aber wir sind hier nicht in der Türkei, junger Mann. Sparen Sie sich dies Durch-die-Wand-Marschieren für

Ihre Kämpfe. Bevor es mir auch nur in den Sinn käme, Ihnen die Ziffer sämtlicher Verbindlichkeiten Jennifers mir gegenüber zu nennen, würde ich doch wohl zuallererst einmal ihre Meinung dazu erforschen. Für was halten Sie mich? Für eine Menschenhändlerin?»

«Es scheint, ich drücke mich nicht klar genug aus: Wieviel?»

«Und ich sage Ihnen: So lasse ich nicht mit mir reden. Wollen Sie mich bitte entschuldigen, ich habe viel Dringendes zu erledigen.»

Nasrettin dachte nicht daran, sich vor die Tür setzen zu lassen.

«Sehr verehrte Gräfin von Rotenhau», sagte er mit der Stimme jenes Schauspielers, der Al Pacino im «Paten» synchronisiert hatte, «jetzt sperren Sie mal Ihre goldbehangenen Öhrchen ordentlich auf. Ich habe Ihnen nämlich ein Angebot zu machen, das Sie unmöglich ablehnen können. Ich gebe Ihnen drei Minuten Zeit, mir jedes Stück Papier, auf dem Jennifers Name erscheint und das in Ihrem Besitz ist, zu bringen. Ich blättere Ihnen dafür 50 000 Mark hier auf den Tisch. Sollten Sie nicht einverstanden sein mit dieser Lösung, werden Sie in nächster Zeit sehr viel Ärger bekommen. Ich drohe nicht mit Polizei oder Gericht, denn der Justiz- und der Innensenator gehören vermutlich zu Ihren Kunden. Aber ich habe einen Haufen Freunde, von denen nicht alle Sportsgeist besitzen, wenn Sie wissen, was ich meine. Ich stamme aus der Gegend von Kars. Das liegt in Anatolien, und zwar ziemlich weit hinten im Osten. Dort gehört es zur Sitte, daß man seine Braut raubt und entführt. Mein Vater hat es mit meiner Mutter nicht anders gemacht. Ich bin also gerne bereit, etwas türkisches Brauchtum nach Eppendorf und Blankenese zu bringen. Für einwandfreies Benehmen meiner Freunde Ihren Tempeldienerinnen gegenüber kann ich allerdings nicht garantieren, und ich fürchte auch, es könnte von der Einrichtung dies und jenes zu Bruch gehen bei ihrem Besuch. Selbst hier in Ihrem Büro würde eventuell Unordnung entstehen, bis Jennifers Unterlagen gefunden sind.»

«Das ist Erpressung», konstatierte die Gräfin.

«Sie treffen es mit einem Wort», bestätigte Nasrettin. «Und ich mahne zur Beeilung, denn die drei Minuten sind so gut wie um.»

Es dauerte dann doch noch fast eine halbe Stunde, bis Nasrettin mit dem Aktenordner, in dem die vollstreckbaren Titel gegen Jennifer säuberlich abgeheftet waren, abziehen durfte. Die Gesamtsumme der Forderungen belief sich auf beinahe eine Viertelmillion, aber Iris von Rotenhau hatte sie durch ihre Anwälte für wenig mehr als ein Zehntel dessen übernommen, so daß sie mit den Fünfzigtausend, die Nasrettin ihr hinzählte, sogar mit Gewinn aus Jennifers Biographie schied, zumal die neue Betreiberin des Frisiersalons auf der Milchstraße in Pöseldorf eine gepfefferte monatliche Pacht an die Roduga Holding abführte.

Nasrettin war schon aus dem Büro, da rief die Sekretärin ihn noch einmal zurück. Die Gräfin hatte ihrem Tresor, in den sie seine Einzahlung gelegt, Jennifers Reisepaß, Personalausweis, Führerschein und die polizeiliche Anmeldung entnommen, die sie jetzt Nasrettin überreichte.

«Ich weiß, Sie mögen mütterliche Ratschläge nicht», sagte sie mit überlegenem Lächeln, «aber ich warne Sie vor einer großen Gefahr. Sie könnten leicht zu einem Opfer Ihrer Selbstüberschätzung werden, besonders im Ring. Ich habe Ihnen nicht nachgegeben, weil Sie mir angst gemacht hätten mit Ihrer Drohung. Ich habe einfach eine Schwäche für Boxer. Passen Sie gut auf Jennifer auf.»

Mit dem Mercedes einer Autovermietung fuhr Nasrettin vor der gräflichen Villa in Blankenese vor, innerhalb von zwei Stunden hatte Jennifer ihre Siebensachen zusammengepackt und von der Belegschaft Abschied genommen. An einer Autobahnraststätte verbrannten sie die Dokumente der dunkelsten Strecke in Jennifers Vergangenheit, und vor Mitternacht fuhren sie schon über den hellerleuchteten Kurfürstendamm.

Und als sei dies alles noch nicht genug des Überstürzens und des Durch-die-Wand-Marschierens gewesen, wie es ihm die Gräfin nicht ohne Grund unterstellt hatte, eröffnete Nasrettin noch in der folgenden Woche gemeinsam mit Jennifer einen Frisiersalon in der Ockerstraße in Neukölln.

Nun endlich wurde der Patient vom Bosporos einmal auf einem deutschen Operationstisch unter die gesamteuropäischen Skalpelle genommen.

Der 13. Juni 1878. Berlin. Das neu bezogene Reichskanzlerpalais in der Wilhelmstraße. Seine Exzellenz Graf Julius Andrássy, Minister der auswärtigen Angelegenheiten des Kaiserreichs Österreich-Ungarn:

«Meine Herren, ich beehre mich, Ihnen vorzuschlagen, Seiner Durchlaucht, dem Fürsten von Bismarck, den Vorsitz dieses Kongresses anzutragen. Das ist nicht nur eine schon bei früheren Arbeiten bewährte Übung, sondern gleichzeitig auch Ausdruck der Ehrerbietung für den Herrscher, dessen Gastfreundschaft die Repräsentanten Europas gegenwärtig genießen. Ich habe keinen Zweifel, daß mein Vorschlag angenommen wird. Die persönlichen Vorzüge des Fürsten sowie seine hohe Weisheit bieten uns die Gewähr, daß die Leitung dieses Kongresses bei ihm in besten Händen liegt.»

Seine Durchlaucht, der Fürst Otto von Bismarck, Kanzler des Deutschen Reiches:

«Meine Herren, es ist mir vornehmste Pflicht, Ihnen im Namen des Kaisers, meines Herrn, für die Einigkeit zu danken, mit der alle Kabinette freundlicherweise die Einladung nach Deutschland beantwortet haben. Diese Übereinstimmung darf uns erstes Unterpfand für den glücklichen Ausgang unseres gemeinsamen Werkes sein. Die Ereignisse, welche zum Zusammentritt dieses Kongresses geführt haben, sind noch frisch in unser aller Gedächtnis. Schon Ende des Jahres 1876 war die Wiederherstellung des Friedens auf der Balkanhalbinsel gemeinschaftliche Bemühung aller Kabinette gewesen. Verbunden damit war die Suche nach wirksamen Garantien für die Verbesserung des Loses der christlichen Bevölkerungsteile. Keiner dieser Anstrengungen war der gewünschte Erfolg gegönnt. Ein neuer, noch bedauernswerterer Konflikt ist ausgebrochen, und diesem haben die Vereinbarungen von San Stefano ein Ende gesetzt.»

Der Hauptbevollmächtigte des Sultans, Alexandros Karatheodori, war nicht zugegen bei dieser eröffnenden Sitzung. Einen Anlaß, das Ereignis zu verschieben, hatte man in seiner verspäteten Anreise nicht zu erblicken vermocht. Überhaupt trieb der präsidierende Fürst seinen Kongreß immer wieder zur Eile an, denn Weltgeschichte hin, Weltgeschichte her, war er doch nicht willens, ihr seine Sommerkur in Bad Kissingen zum Opfer zu bringen. Karatheodoris Saumseligkeit verstimmte ihn, aber nicht über die Maßen. Dem Osmanischen Reich hatte er ohnedies nur eine Statistenrolle zugewiesen, weswegen das politische Gebilde, um das es ging, nicht ohne Prophetie in «Türkei» umbenannt wurde, damit es in der französischen alphabetischen Ordnung des Protokolls den ihm gebührenden hintersten Platz einnehmen konnte.

Bad Kissingen brauchte in der 1878er Saison auf seinen hohen Gast nicht zu verzichten, am 13. Juli war das komplizierte Vertragswerk zustande gebracht. Sein historisches Großverdienst durfte der deutsche Kanzler dabei erkennen in der endgültigen Verwandlung des Balkans in jenes sprichwörtliche Pulverfaß, das er geblieben ist bis auf den heutigen Tag, dessen Detonationen im Lauf der folgenden Jahrzehnte aber zunächst einmal den Weltkrieg herbeiführen sollten. Serbien und Montenegro wurden zu unabhängigen Staaten erklärt. Mit der Bulgarei ging's nicht nach San Stefano und den russischen Plänen. Sie erhielt Autonomie und zu ihrem Oberhaupt einen Fürsten aus deutschem Adelsgeschlecht, hatte sich aber zwischen Donau und Balkan einzurichten, während die bulgarischen Gebiete südlich dieses Gebirges zur neuen osmanischen Provinz Ostrumelien wurden. Klein-Bulgarien sollte der Pforte tributpflichtig bleiben, während die zwischenzeitlich vereinigten Fürstentümer Moldau und Walachei unter dem Namen Rumänien aus jeglicher Verbindlichkeit gegenüber dem Sultan herausgelöst wurden, Bessarabien aber an Rußland abtreten mußten. Bosnien und die Herzegowina gehörten nominell weiter zum Osmanischen Reich, wurden aber von Österreich-Ungarn besetzt und verwaltet. Unter ähnlichen Bedingungen fiel Zypern an England. Im Osten wurden Batum, Ardahan und Kars russisch, im Westen Thessalien griechisch.

Zu hitzigsten Wortgefechten war es in der Wilhelmstraße zwischen Seiner Exzellenz Graf Schuwalow und Seiner Exzellenz, dem Earl of Beaconsfield, wie der geadelte Disraeli jetzt hieß, um die Frage der in San Stefano den Osmanen aufgepreßten Kontributionen an Rußland gekommen. Da aber die Russen nicht auf einem Vorrang dieser Entschädigung vor den älteren Handelsschulden der Pforte bei Engländern und Franzosen insistierten, konnte Bismarcks Kongreß auch diese tückische Klippe umsegeln. Karatheodoris Sermon blieb, es habe keinen Sinn, vom Osmanischen Reich Zahlungen einzufordern, deren Betrag die Mächte auch bei direkter Ausbeutung seiner Ressourcen nicht herauszuquetschen vermocht haben würden. Dieser nicht ganz von der Hand zu weisenden Logik trug man insoweit Rechnung, als jene Staaten, denen der Berliner Kongreß das türkische Joch abstreifte, belastet wurden mit Teilen der ans Phantastische streifenden Hypothek.

Sonderbar im Grunde genommen – und das fiel dem Ehrlichen Makler erst so richtig auf, als er sich in Bad Kissingen von der Strapaze erholte –, daß für die eigentliche Türkei, für West- und Zentralanatolien, überhaupt niemand ein Interesse gezeigt hatte. Das war ihm wohl während der Sitzungen hie und da durch den Schädel geblitzt, aber er hatte es nie festhalten können, weil dieser griechische Turk, dieser Karatheodori, ihn immer wieder zur Weißglut gereizt mit seiner Impertinenz. Mehr als einmal hat-

te der Kanzler ihn harsch anfahren, ihn gar besuchen müssen in seinem Hotel, wozu er sich die Uniform angelegt und die Pickelhaube aufgesetzt, um dem Mann einmal ordentlich den Preußenmarsch blasen zu können. Jetzt aber stand er in großer Klarheit vor ihm, dieser Gedanke.

Die Türkenländer waren ihm nicht die Knochen eines pommerschen Grenadiers wert, wohl wahr, wohl wahr! Aber trotzdem und gerade deshalb! Nicht dieser dumme russische Kraftimperialismus, nein, der schlaue englische Wirtschaftsimperialismus – so war das zu machen. Die Vorteile des deutschen Wegs, die staatliche Zügelung und Beaufsichtigung des Kapitalismus, ins Spiel bringen. Ein Eisenbahnprojekt. Je gigantischer, je besser für uns. Berlin–Bagdad. Berlin–Bagdad? Stabreim, klingt gut. Werde das Ding mit meinen Freunden bei der Deutschen Bank bekakeln. Große Sache! Potzblitz!

Zu diesem Geschäft und daraus entstehender unseliger Verwicklung der Schicksale des Deutschen und des Osmanischen Reiches sollte es in unferner Zukunft kommen, aber vorderhand hatte Bismarck den härtesten aller Wirkungstreffer gelandet. Durch die Beschlüsse des Berliner Kongresses verlor das Osmanische Reich zwei Fünftel seiner Territorien und ein Fünftel seiner Bevölkerung. Und nachdem man den Patienten in solchem Umfang amputiert hatte an seinen Extremitäten und ihm in solcher Menge Blut abgezapft, verlangte man von ihm forcierte Zirkulation und beschleunigten Lauf.

Nein, beneiden mußte man Abdülhamit II. nicht um die Aufgabe, die ihm gestellt war. Aber es war auch nach der Verdünnung durch zwanzig Generationen noch genügend Atamanen- und Räuberhauptmannssaft in ihm vorhanden, um nicht zu kneifen vor der Herausforderung, wie Murat es feige getan, der sich, nebenbei bemerkt, glänzend kuriert hatte von seinem Sultanstrauma und eifrig liebäugelte mit den zahlreichen Oppositionen des an seiner Statt regierenden Bruders.

Davon, daß der Berliner Kongreß dem Osmanischen Reich

durch die Verkleinerung seines Besitzes die vollmundig verheißene Ruhe und Sicherheit verschafft hätte, konnte die Rede nicht sein. Frankreich war in der Wilhelmstraße außer der Ehre, daß Beratungen, Protokoll und Schlußakte sich seiner Sprache bedienten, überhaupt nichts zuteil geworden. Das wurde im Mai 1881 korrigiert, indem es von dem bereits außerkonzertlich erworbenen Algerien aus in Tunesien einfiel. Abdülhamit II. legte bei den Garantiemächten des Berliner Vertrags in aller Form Protest ein, der jedoch ohne jedes Echo verhallte, denn denen, an deren Gewissen er appellierte, war klar, daß man die Franzosen nicht comme il faut bedient hatte beim deutschen Bankett.

Daß im Jahr darauf die Engländer Ägypten unter ihre Fittiche nahmen, hätte beim Sultan nur noch Phantomschmerz hervorrufen können. Er schaute gar nicht mehr hin. Näher ging ihm schon die fortgesetzte Balgerei um die Bulgarei.

Hier wurde ihm zunächst einmal Schadenfreude der feinsten Sorte beschert, denn die Bulgaren, die doch den Dreh- und Angelpunkt russischer Außenpolitik dargestellt hatten, lieferten ihren Wohltätern ein Beispiel der unerhörtesten Undankbarkeit. Zu seinem Fürsten Alexander von Battenberg hatte das autonome Klein-Bulgarien eine niedliche Verfassung bekommen mit einer gänzlich harmlosen Volksvertretung nach Strickart der von Abdülhamit II. suspendierten. Kaum trat aber das Gremium zusammen, so entpuppten sich die Deputierten als waschechte bulgarische Nationalisten, die sich die Zukunft des Landes von den Russen ebensowenig vorschreiben lassen wollten wie von den Osmanen. Sie änderten flugs die Verfassung und installierten ein Parlament, das seinen Namen verdiente, in allgemeinen Wahlen zusammengestellt und mit legislativer Gewalt ausgestattet.

Doch verging dem Sultan das Grinsen, sobald er auf das ihm verbliebene bulgarische Teil, die Provinz Ostrumelien, schaute. Sein Statthalter Aleko Paşa, den er als Sohn des griechischen Gouverneurs von Samos, welcher der Pforte stets treu gedient, und als typisches Produkt der tanzimatischen Bürokratenfabrik für zuverlässig halten durfte, schlug ihm ein Schnippchen, denn er legte, wo er konnte, die Verwaltung in bulgarische Hände und ließ die aus Klein-Bulgarien herübergeschickten Vereinigungsagitatoren gewähren. Muslimische Landbesitzer wurden enteignet und vertrieben. Das hätten nach dem Berliner Vertrag die Russen unterbinden müssen durch Intervention. Alles, was geschah, war die Ersetzung Aleko Paşas durch einen Bulgaren, der aber die Türkenverfolgung noch verschärfte. Höhepunkt wurde 1885 ein Aufstand der durch die betriebene Politik in die Überzahl geratenen Christen in Plovdiv mit dem Ziel der Vereinigung der Provinz mit dem autonomen Bulgarien.

Nach dem Gesinnungswechsel in Tirnovo waren die Russen plötzlich vehement gegen die bulgarische Einheit und zogen sämtliche Militärs ab. Das veranlaßte Serbien zur Kriegserklärung gegen den benachbarten Staat. Neu-Bulgarien konnte sich in diesem denkwürdigen Kampf gegen Jung-Serbien behaupten. Abdülhamit II. nutzte die antirussische Stimmung unter den Bulgaren, sie wieder etwas fester an sich zu binden. Er bot Alexander von Battenberg Ostrumelien als Statthalterschaft an, worauf dieser sich einließ, um für die De-facto-Vereinigung durch die Personalunion mit erhöhten Abgaben an die Pforte zu zahlen.

Man sieht, Pfiffigkeit mit einem deutlichen Stich ins Verschlagene war diesem Sultan nicht abzusprechen. Aber wie hielt es Abdülhamit II. nun eigentlich mit der Tanzimat? Ein Eiertanz war es, was er vollführte, in vielem dem ähnlich, was Bismarck in Deutschland versuchte. Das Militär und nun doch auch die Wirtschaft wurden nach Kräften modernisiert; im Geistigen und Kulturellen dagegen mühte er sich, die europäischen Einflüsse zu hemmen und zu dämmen, wo es nur ging.

Die materielle Basis für die Fortsetzung der Tanzimat war nach Wegfall der Einnahmequellen aus den verlorenen Gebieten zusätzlich verkleinert durch die 1881 eingerichtete Organisation der Dette Publique Ottomane, welcher der osmanische Fiskus eine Reihe von Monopolen verpfänden mußte, aus deren Erträgen die

Emissäre des französischen und englischen Finanzkapitals die Staatsschulden bedienten. So war Abdülhamit II. genötigt, seinen tanzimatischen Beamtenapparat neuerlich zu tanzimatisieren. Nicht nur im Militär, auch in der Zivilverwaltung wurden viele Stellen gestrichen und Tausende von Kadern, die herangezüchtet waren, den neuen Stil des Regierens zu üben, auf die Straße gesetzt. Diese unbeschäftigte Elite mußte über kurz oder lang zu einer Gefahr für ihn werden, das ahnte er wohl, und es war mehr realistisch denn paranoid, wenn er eine beträchtliche Zahl dieser erwerbslosen Funktionäre wieder in Arbeit und Brot nahm, um sich eine Geheimpolizei und einen weitverzweigten Spitzeldienst nach russischem Vorbild zu schaffen. Die gefürchtete Entstehung einer Intellektuellenkaste förderte er damit mehr, als daß er sie aufhielt.

Weil Abdülhamit II. nicht nur die Schriften Rousseaus, Voltaires, Hugos und Zolas, sondern auch die der großen Autoren aus dem Umkreis der Jungosmanen, nämlich diejenigen Namık Kemals und Ziya Paşas, auf den Index setzen ließ, verschaffte er letzteren in der neuen Generation eine Leserschaft, welche die verbotenen Werke mit Heißhunger und Leidenschaft verschlang und sich fragen mußte, was das für ein Sultan war, der den von ihm selbst verordneten osmanischen Patriotismus, der mit Pathos vorgetragen wurde in diesen Büchern, unnachgiebig verfolgte und brutal unterdrückte. Hermetisch, wie er sich das wünschte, vermochte Abdülhamit II. die geistige Atmosphäre in seinem Herrschaftsbereich ohnehin nicht zu versiegeln. Die immer erweiterten Kapitulationen hatten den fremden Mächten die Errichtung eines eigenen Postsystems gestattet, und über diese Kanäle ließ sich der sprunghaft angestiegene Bedarf an Druckerzeugnissen zur Befriedigung der kriminalisierten Leselüste umstandslos füttern. Die scharfe Zensur auch der Zeitungen, denen nicht allein jede noch so andeutungsweise Kritik am Autokraten, sondern sogar die Benutzung solcher Reizwörter wie «Anarchie», «Freiheit», «Verfassung», «Revolution», «Attentat», «Sozialismus», «Dynamit» und «Murat» strengstens untersagt war, feuerte den Erfindungsgeist der Journalisten nur an, und wenn der Maulkorb ihnen schon das Zubeißen verwehrte, so knurrte und bellte es in dem rasch aufschießenden Blätterwald gleichwohl gewaltig, das Schreckgespenst der Öffentlichen Meinung schlich nun doch durch İstanbuls Gassen.

Bitter für dic Reformsultane, in deren Linie Abdülhamit II. sich immer noch sah, war, daß ausgerechnet in einem Vorzeigeinstitut der Tanzimat, in einem der Hygiene verpflichteten zumal, nämlich in der Militärischen Medizinischen Akademie, die Bakterie entstand, die sich in beschleunigter Zellteilung zum Geschwür der Revolution auswachsen und den Sultan von seinem Thron stoßen sollte. Vier Studierende dieser zwischen dem Topkapısaray und dem Europäischen Bahnhof situierten höheren Lehranstalt gründeten im Mai 1889 einen patriotischen Geheimzirkel, und es soll erwähnt sein, daß dieser vierköpfigen Keimzelle der nach der zu jener Zeit in Paris erscheinenden Zeitung «La Jeune Turquie» so benannten «Jungtürkischen Bewegung» kein Türke angehört hat. Der Initiator war ein Albaner, İbrahim Temo geheißen, seine Mitverschwörer waren der Tscherkesse Mehmet Reşit sowie die beiden Kurden Abdullah Cevdet und İsak Sükruti.

Temo war in Italien in Kontakt mit Freimaurern gekommen, und er baute seinen Geheimbund, das Komitee für Einheit und Fortschritt, am organisatorischen Muster der Carbonari auf. Die Mitglieder nannten sich untereinander nicht bei ihren Namen, sondern mit Nummern. Die Ziffer vor dem Schrägstrich bedeutete die jeweilige Zelle, die dahinter bezeichnete den jeweiligen Verschwörer. Temo war also 1/1, Çerkes Mehmet Reşit 1/2 und so fort.

Die Jungtürken dürfen nicht mit einer oder *der* türkischen Nationalbewegung gleichgesetzt werden. Nachdem sich Griechen, Serben und Bulgaren zu Nationalstaaten und zu nationalen Kulturen formiert hatten, war zwar auch ein neues türkisches Selbstbewußtsein erwacht, das sich aber nicht wie bei den genannten Völkerschaften ins Schema der für die übrigen vorbildlichen «Grande Nation» hineinpressen ließ. Das Aufspüren der vorosmanischen, vorselçukischen, vorislamischen Wurzeln der Türken, zu dem in der zweiten Hälfte des 19. Jahrhunderts die Forschungen von Gelehrten mit den mannigfaltigsten Hintergründen beitrugen, mußte in einen Pantürkismus, recte Panturanismus hinüberführen, für den ein tragfähiges politisches Konzept kaum ausdenkbar war. Der Name «Türke» bekam aber nunmehr einen anderen Klang, war nicht mehr das Schimpfwort, das der Osmane gebrauchte, um seine persisch und arabisch durchwirkte Bildung gegen den Viehtreiber und Landmann hervorzuheben: er erhielt eine romantisch-utopische Färbung.

Politisch handfester war die gleichzeitig sich entwickelnde Ideologie des Panislamismus. Die weltweite Offensive der christlichen Imperialisten, die Zerstörung der islamischen Zivilisation und die Unterdrückung der islamischen Kultur in Algerien und Tunesien durch die Franzosen, in Ägypten und in Indien durch die Briten, in Zentralasien durch die Russen, die religiöse Intoleranz der Griechen, Serben und Bulgaren, das waren hochwirksame Stimulanzien für einen stärkeren Zusammenschluß aller Muslime. Es versteht sich, daß Abdülhamit II. dieser Tendenz anhing, war er doch von der fortgesetzten Intervention, von der Entmündigung durch die Dette Publique Ottomane in eine Position der Notwehr und Selbstverteidigung gedrängt und darüber hinaus in seiner Eigenschaft als Kalif sogar verpflichtet, für die Einheit und das Wohl aller Gläubigen zu handeln. Die historische Situation spielte ihm die allerbesten Karten in die Hand, diese Rolle in die eines Führers der antiimperialistischen Weltrevolution umzuwandeln, und er hätte mit dem Text des Korans den Cihat auch sehr leicht dahin ausdeuten können, aber er war eben kein Empörer, sondern ein Imperator, ein geschwächter zudem, der zu den häßlichsten Mitteln greifen mußte, sich auf seinem Throne zu halten, und so fand sein Islamismus Ausdruck in der Aufopferung von

Steuergeldern für den Bau von Moscheen und Medresen, für die Aufstockung der Ulema. Die Idee, Arabisch als zweite Amtssprache einzuführen, konnte ihm sein Großvezir Sait Paşa mit Mühe noch ausreden.

Eine eigentliche revolutionäre Ideologie hatten die Jungtürken nicht; sie waren nicht einmal antiosmanisch, sondern prononciert proosmanisch, machten den Erhalt sowohl des Reiches als auch der Dynastie zu ihrer Sache. Es waren dessen Unterdrückungs- und Verfolgungspraktiken, die Abdülhamit II. zu ihrem Feind werden ließen. Hätte er seine Geheimagenten nur nach Algerien, Özbekistan, Gujarat und Indonesien geschickt und das Beispiel, das ihm die Russen gegeben, kopiert! Nein, in İstanbuls Kaffeehäusern, in Kasernen und auf Schulhöfen ließ er sie schnüffeln, der eitle Monarch. Knapp drei Jahre hatte das Komitee für Einheit und Fortschritt im geheimen gewirkt, da flatterte Abdülhamit II. die Denunziation in den Palast.

Studenten jener Militärischen Medizinischen Akademie brachten ihm schriftlich zur Kenntnis, sie hätten zu verschiedenen Malen Diskussionen freiheitlicher Gedanken belauscht, und es sei ihnen nicht möglich, diese schwere Last weiter auf ihrem Gewissen zu tragen. Sofort suspendierte man den verantwortlichen Leiter der Anstalt vom Dienst, die verdächtigten Studenten wurden tagelangen Verhören unterzogen, einige von ihnen ins Gefängnis gesteckt.

Vielleicht sollte man schon hier und nicht erst bei dem, was armenischerseits als Völkermord reklamiert worden ist, ein indirektes Verschulden der Jungtürken erkennen, weil sie die Aufmerksamkeit Abdülhamits und seiner Geheimpolizei absorbierten und dadurch die Observation der im Entstehen begriffenen armenischen Terrororganisationen erschwerten.

Der armenische Nationalismus hatte andere Wege genommen als der griechische, serbische oder bulgarische. Das armenische, das heißt das gregorianische Millet hatte seit den Anfängen des Osmanischen Reiches zu den weitaus friedlichsten gezählt, die

Symbiose mit der muslimischen Mehrheit war vorteilhaft gewesen. Die Armenier hatten mit den Juden und den Griechen den Handel und das vorkapitalistische Bankwesen dominiert, waren als Juweliere und Goldschmiede unangefochten, hatten das Gros der Ärzte und Architekten gestellt. Mit ihrem Bevölkerungsanteil von durchschnittlich etwa fünf Prozent haben die Armenier einen weit, weit überproportionalen Beitrag zur Alltagskultur des Osmanischen Reiches geleistet, den man am leichtesten auf dem Gebiet des Kulinarischen abliest.

In der von der Tanzimat geschaffenen Bürokratie waren die Armenier aufgrund ihres hohen Bildungsniveaus, ihrer sozialen Mobilität und ihrer europäischen Verbindungen stark überrepräsentiert, und sie hatten besonders von dem Zerwürfnis mit den Griechen profitiert und deren Positionen im Beamtenapparat wie auch in Handel und Wirtschaft vielfach übernommen. Daß bis zum Berliner Kongreß keine der imperialistischen Fraktionen auf die Armenier als Hebel ihrer Großmachtinteressen gesetzt hatte, war ihrem Einfluß innerhalb des Reiches sehr zugute gekommen. Sie waren ja auch nicht wie die Balkanvölker irgendwann einmal von den Osmanen besetzt und als geschlossene Provinz eingegliedert worden ins Reich. Ihr Millet, ihre Selbstorganisation, war nicht räumlich fixiert, die mit weitem Abstand größte armenische Gemeinde lebte in İstanbul selbst. Ein geographischer Bezugspunkt und eine in Liedern besungene Heimat war der Ararat, der Vansee so etwas wie das armenische Meer, aber so genau die hervortretenden Ideologen des Armeniertums die kulturelle Identität und den historischen Werdegang ihres Volkes angeben konnten, so wenig hätten sie einen Grenzverlauf für einen etwa zu schaffenden Staat zu bestimmen vermocht. Van und Sis waren im weiten Reich die beiden einzigen Städte, in denen die armenischen Einwohner eine numerische Mehrheit erreichten. Im Südosten Anatoliens, wo die Landwirtschaft betreibenden Armenier ansässig waren, wechselten ihre Dörfer mit türkischen und kurdischen ab.

Wenn also der Zar, nachdem die Bulgaren die russischen Planungen auf dem Balkan so schrecklich frustriert hatten, sein Visier auf die Armenier richtete und sich zum Patron ihres Patriotismus erklärte, so war dies von vornherein problematisch. Die Schlußakte des Berliner Kongresses hatte die armenische Frage, die es eigentlich noch nicht gab und die erst noch durch zu erfindende Gewaltmittel kreiert werden mußte, lediglich mit ihrem viertletzten, einen Absatz umfassenden Artikel berührt.

Im Wortlaut: «Die Hohe Pforte verpflichtet sich, ohne weiteren Zeitverlust die Verbesserungen und Reformen ins Leben zu rufen, welche die örtlichen Bedürfnisse in den von den Armeniern bewohnten Provinzen erfordern, und für die Sicherheit derselben gegen die Tscherkessen und Kurden einzustehen. Sie wird in bestimmten Zeiträumen von den zu diesem Zwecke getroffenen Maßregeln den Mächten, welche die Ausführung derselben überwachen werden, Kenntnis geben.»

Bedeutsamer wurde, daß der Sultan Batum, Ardahan und Kars an den Zaren hatte abgeben müssen. Hier blieben die Armenier, die im Krieg von 1877/78 den russischen Einmarsch befördert hatten, von Vergeltungsmaßnahmen verschont und standen den Besatzern fortan für reguläre und irreguläre Truppendienste in großer Zahl zur Verfügung.

Das bulgarische Beispiel war für die armenischen Nationalisten verführerisch-verhängnisvoll in doppelter Weise. Einmal waren die terroristischen Methoden bei der Bekämpfung der osmanischen Obrigkeit außerordentlich erfolgreich gewesen; die von den bewaffneten Banden der bulgarischen Nationalisten verübten Überfälle auf muslimische Dörfer waren in Europa als Heldentaten gefeiert, die Racheakte der Muslime und die Versuche der Pforte, die Ordnung wiederherzustellen, als Barbareien aufs schärfste verurteilt worden. Zum anderen hatten die Bulgaren bewiesen, daß man die Russen für die eigenen Zwecke benutzen, sie herbeirufen, mit ihrer Unterstützung die Osmanen verjagen und anschließend sagen konnte: Danke, das war liebenswürdig, aber jetzt verschwindet wieder, denn wir wollen euch nicht. Darauf spekulierten nun auch die armenischen Nationalisten, und wie der bulgarische Nationalheld Vasil Levski richteten sie ihren Terror nicht nur gegen die Muslime in den Gegenden, die man allenfalls als armenische ansprechen konnte, sondern vor allem gegen die etablierten Volksgenossen, die man erpreßte und als Kollaborateure des verhaßten osmanischen Regimes diffamierte.

Das war abenteuerlich und blieb ziemlich folgenlos, solange sich nur vereinzelte Banden in den ostanatolischen Gebirgsregionen dieser Beschäftigung widmeten, erzielte aber eine breitere Wirkung nach der Gründung der revolutionären Organisationen Huntschak durch armenische Studenten in Frankreich und in der Schweiz im Jahre 1886 sowie der Daschnak, die 1890 die nach dem Attentat auf Alexander II. auch im Zarenreich energisch verfolgten Anhänger gewaltsamen Umsturzes auffing. Nicht die Daschnak, dafür die Huntschak war Anfang der neunziger Jahre recht erfolgreich bei der Herstellung bulgarischer Verhältnisse in der weiteren Umgebung des Vansees. Die von ihr veranstalteten Massaker fanden allmählich Widerhall und wurden mit Gegenmassakern beantwortet; es waren etliche der vom Balkan vertriebenen Muslime bis hierher gekommen, sie kannten also das blutige Spiel.

Doch war nichts geschehen, womit man in der öffentlichen Meinung Frankreichs oder Englands hätte Staat machen und eine Intervention provozieren können, und so führte die Huntschak in Sasun am Südhang des Taurus über dem Tal von Diyarbakır eine Aktion größeren Stils durch. Hier war der armenische Bevölkerungsanteil signifikant hoch, und als die osmanischen Steuereintreiber eintrafen, wurden sie von den durch die Huntschak aufgewiegelten Bauern mit Gewehren und Schwertern empfangen. Bei ihrer Retraite ins Gebirge überfiel die Huntschak die auf dem Weg liegenden muslimischen Dörfer in der zutreffenden Vermutung, daß es anschließend zum großen Armeniertreiben kommen würde. So fand es statt. Sultanstruppen wetteiferten mit den tscherkessischen und kurdischen Milizen im Armenierschlachten. 25 Dörfer sollten dem Erdboden gleichgemacht, 20 000 Armenier umgebracht worden sein, war in Paris und London zu lesen. Die von den Mächten eingesetzte Untersuchungskommission fand aber Bestätigung nur für einen Bruchteil der behaupteten Greuel, und so beließen sie es bei einer ernsten Ermahnung an Abdülhamit II., sich auch im hinteren Anatolien mit seinen Reformen zu sputen und sich verschärft um die Sicherheit der Armenier zu kümmern.

Das viele Blut war vergossen, der Zweck aber verfehlt. Die Logik der Gewalt wies der Huntschak den Fluchtweg nach vorn. Für den 30. September 1895 rief sie zu einer Kundgebung in İstanbul auf, um gegen den Bericht der Kommission zu protestieren. Der Zug der Demonstration sollte an den Botschaften der Mächte vorbeiführen und vor der Hohen Pforte enden, sie ging aber schnell in Krawall über, die Straßenschlachten weiteten sich auf das gesamte Stadtgebiet aus. Der gestaute Haß besonders der Flüchtlinge vom Balkan, die um ihr Hab und Gut gebracht und in ihrem Stolz gebrochen als Parias in der einstmals so glorreich von Mehmet II. den Christen entrissenen Metropole dahinvegetierten, machte sich Luft, der fanatisierte Mob stürzte sich auf die arrivierten und wohlhabenden Armenier. Zehn Tage währte das Chaos, bis die Vertreter der Mächte dem Sultan ihr Plazet zur Ausrufung des Kriegsrechts erteilten und er zur Wiederherstellung der Ordnung die Armee einsetzen durfte.

Da dies aber wieder nur Sympathie- und Solidaritätskundgebungen der europäischen Presse mit den geschundenen Armeniern und nicht die gewünschte Intervention zeitigte, besetzte ein Terrorkommando am 26. August 1896 die Hauptgeschäftsstelle der Osmanischen Bank in Beyoğlu. Wieder rannten wild um sich feuernde Daschnaks und Huntschaks durch die Altstadt. Eine Gruppe konnte in die Amtsstuben der Hohen Pforte eindringen, eine Bombe verfehlte nur knapp den Sultan, der denn auch nicht auf die Forderungen der Bankbesetzer und Geiselnehmer eingehen wollte. Zu antiarmenischen Pogromen kam es diesmal nicht, die Ordnungskräfte hatten am zweiten Tag die Besetzer überwältigt und auch die umherschweifenden Rebellen gestellt.

Der Terror der Huntschak stempelte nicht nur sämtliche Armenier zu potentiellen Staatsfeinden – obschon diese Vorfälle mit der Jahrhundertwende beinahe in Vergessenheit gerieten und ihr Bevölkerungsanteil bis zum Weltkrieg interessanterweise leichte Zuwächse zu verzeichnen hatte –, er verhinderte auch ein Zusammengehen der Jungtürken mit ihnen. Abdülhamit II. ließ seine Wut nämlich nicht an den Armeniern, sondern an den Jungtürken aus, und das Klima, das Mitte der neunziger Jahre in İstanbul herrschte, riet auch jenen Köpfen des Komitees für Einheit und Fortschritt, gegen die noch kein Haftbefehl vorlag, die Ausreise an. In Paris trafen sie wieder mit jenen zusammen, die vom Sultan nach Libyen, Syrien oder Ägypten in die Verbannung geschickt worden waren und, durch eine oder die andere Wüste entfliehend, die Grenzen seines Machtbereichs zu überschreiten vermocht hatten.

Durch diese Verlagerung ihres Schwerpunkts wurde Ahmet Rıza zur tonangebenden Figur in der Bewegung. Der Sohn eines anglophilen Aleviten und einer österreichischen Mutter hatte als Tanzimatcı in Bursa das Unterrichtswesen geleitet, war 1889 nach Paris gekommen und in die Kreise der Positivisten geraten, deren Weltanschauung er nun vertrat. 1895 gründete er mit Freunden die zweimal monatlich erscheinende Zeitschrift «Meşrevet». Meşrevet ist die Bezeichnung für das traditionelle islamische Regierungsprinzip der Beratung, und Ahmet Rıza wollte mit dieser Vokabel einen direkten Weg von der osmanischen Staatseinrichtung hin zu Parlamentarismus und Demokratie aufzeigen.

In seiner Anbindung an die Positivisten ging er so weit, daß er sogar das Datum im Kopf seiner Zeitung nach deren Kalender angab. So erschien im «Meşrevet» vom 27. Frédéric 107, das war der 3. Dezember 1895, das Programm des Komitees für Einheit und Fortschritt. Es enthielt neben dem Bekenntnis zur osmanischen Dynastie eine deutliche Absage an jede Form der Gewaltanwendung in der politischen Auseinandersetzung.

Da es bei oppositionellen Bewegungen nun einmal nicht ausbleiben darf, daß auch innerhalb ihrer Reihen die Autorität in Frage gestellt wird, erhielt Ahmet Rıza seinen Gegenspieler, und zwar in der Person eines Murat, der kein osmanischer, sondern ein kaukasischer, ein Dağestan-Türke war. Ein Tanzimatcı auch er, aber nebenbei ein Vielschreiber, der, bevor er mit seiner eigenen jungtürkischen Zeitschrift «Mizan» herauskam, schon eine sechsbändige Universalgeschichte, eine einbändige des Osmanischen Reiches sowie einen umfänglichen autobiographischen Roman vor das Publikum gebracht hatte.

Der Mizancı Murat, wie er nach seinem Blatt genannt wurde, schlug sein Exil in Genf auf, und von hier startete er seine Attacken gegen den führenden Kopf in Paris. In dem Schisma tauchte die alte Spaltung des Islams wieder auf, und Mizancı Murat rührte nach Kräften die sunnitische Trommel, während Ahmet Rıza in den Spalten der «Meşrevet» immer akzentuierter für die Gleichberechtigung der Christen eintrat.

Für Mizancı Murat war Satan in der Gestalt Abdülhamits II. Sultan geworden, aber obwohl seine Majestätsbeleidigungen an Geifer kaum zu überbieten waren, spritzte in den vergleichsweise feinsinnigen Invektiven gegen den Rivalen in Paris mehr von seinem giftigen Herzblut, denn Ahmet Rıza hielt er für etwas viel Schlimmeres als den Teufel, er hielt ihn für einen Atheisten. Der als Satan und größtes Weltübel Titulierte erkannte in dem Eiferer den Geistesbruder und ließ ihm 1897 von seinem Chefspion mit dem beziehungsreichen Namen Celalettin ein Angebot überbringen. Obschon es sich dabei um ein solches handelte, das Mizancı Murat leicht hätte ablehnen können, kostete es den Satansboten geringe Mühe, ihn vom beiderseitigen Nutzen des Pakts zu überzeugen. Mizancı Murat hatte Satan zurückgeführt zum Gehorsam gegenüber Gott und Seinem Propheten, denn er erklärte ihm ja jetzt durch seinen Engel Celalettin, daß Osmans Reich unmöglich verzichten konnte auf Muselmänner seiner Charakterstärke und seines Formats. Was wollte er noch in Genf? Nach İstanbul mußte er, zu seinem Kalifen, der Reformen versprach und ihm und seinen Freunden die wichtigsten Ämter zur Implementierung derselben. In einer letzten Nummer verkündete «Mizan» der Leserschaft den Triumph der jungtürkischen Bestrebungen durch die Aufnahme des Herausgebers samt der ihm hörigen Clique in die Gehaltslisten Abdülhamits II. Wer nichts abbekam von den Judaskuruşen, die Sultan Satan ihnen da hinwarf, wandte sich mit Ekel von dem Verräter ab, was ungerecht war, weil der Kniefall vor Abdülhamit II. eine durchaus logische Konsequenz darstellte aus den panislamistischen Platitüden, mit denen der «Mizan» den Jungtürken den Holzweg zu zimmern versucht hatte.

«Meşrevet» erschien weiter, auch wenn Abdülhamit II. die Opportunisten aufgekauft und den Idealisten den Glauben an das Komitee als Werkzeug zur Erlangung von Einheit und Fortschritt geraubt hatte durch seinen staatsmännischen Coup. Ahmet Rızas Standfestigkeit wurde belohnt, denn mit dem neuen Jahrhundert kam wieder Schwung in die Sache: Nachdem Abdülhamit II. mit dem ausgestreckten Arm seines Chefspions die abtrünnigen Panislamisten aus Genf zurückgeholt und an sein weites Tyrannenherz gedrückt hatte, war der revolutionäre Infekt in seinem innersten Familienkreis ausgebrochen.

Einem vom Bosporos in Marseille eingelaufenen Dampfer entstieg im Januar 1900 Damat Mahmut, ein Enkel Mahmuts II., verehelicht mit der Schwester Abdülhamits II. Hinter ihm auf der Gangway schritten seine Söhne Sabahettin und Lütfullah, zwei reinblütige und volljährige osmanische Prinzen. Damat Mahmuts erster Weg war der nach Paris zu Ahmet Rıza, dem tapferen Positivisten, ihn in die Arme zu schließen und ihn zu küssen, ihm für die geleisteten Vorarbeiten zu danken und sich ihm als der rechte und künftige Monarch zu präsentieren, der Abdülhamit II. zum Teufel beziehungsweise, falls jener identisch sein sollte mit diesem, zur Hölle jagen und die Totaltanzimatisierung des Osmanischen Reiches zu ihrem überfälligen Ende führen würde.

Ahmet Rıza mochte sich freuen über das Erscheinen solcher Prominenz vor seiner Türe und den enormen Aufschwung, den der Kampf gegen Abdülhamit II. jetzt nahm, aber seine Rolle als Haupt der Opposition im Exil hatte er ausgespielt. Damat Mahmut kränkelte schon und sollte bald sterben, aber Prinz Sabahettin wirbelte nicht nur das Komitee für Einheit und Fortschritt, sondern alle Pariser Emigrantenzirkel auf mit seinem Aufruf zu einer Generalversammlung aller Osmanen zwecks Beratung über geeignete Mittel zur Einführung von Freiheit und Gerechtigkeit in der Türkei.

Von den an der Seine beheimateten revolutionären Gesellschaften hatte neben dem Komitee für Einheit und Fortschritt jüngst auch die albanische Gruppe durch İsmail Kemal Vlora, der bei Abdülhamit II. höchste Ämter bekleidet hatte, bevor er sich zum Dissidenten und Nationalisten mauserte, eine bedeutende personelle Verstärkung erfahren, aber die Matadoren waren nicht nur in der Schweiz, sondern auch hier die armenischen Huntschaks. Im November 1900 hatten sie eine Sympathisantenorganisation auf die Beine gestellt, Pro-Armenia mit Namen, zu deren Gründungsmitgliedern Anatole France, Georges Clemenceau und Jean Jaurès gehörten. Dementsprechend war ihr Auftritt bei dem Kongreß, der vom 4. bis zum 9. September 1902 in der Pariser Wohnung des Prinzen Sabahettin tagte. 47 Delegierte waren versammelt, darunter Araber und Kurden, die sich bis dahin unter arabischem oder kurdischem Nationalismus noch nichts hatten vorstellen können. Auch Griechen, Tscherkessen und Juden waren beteiligt. Ahmet Rıza war mit seinem Komitee für Einheit und Fortschritt nur noch ein Steinchen in jenem großen Mosaik, das der Prinz da zusammengewürfelt hatte.

Die Huntschaks benutzten das Meeting als Tribüne für ihre Propaganda, die Berichterstattung übernahm das Mitteilungsblatt ihrer Pro-Armenia. Wiederherstellung von Verfassung und Parlament oder dergleichen Maßnahmen zur Demokratisierung des Osmanischen Reiches von innen interessierten sie nicht, ihnen ging es um Intervention der Mächte, und das war der Punkt, wo sie die Absichten Sabahettins trafen. Natürlich konnte Ahmet Rıza diese Resolutionen nicht unterschreiben. Er hatte nicht ein Vierteljahrhundert für die Befreiung der Türkei aus dem Klammergriff der Imperialisten gekämpft, um sich jetzt den Armeniern auszuliefern, die sich als deren Gerichtsvollzieher gerierten und so taten, als sei mit dem 61. Artikelchen des Berliner Vertrags Kleinasien an die Huntschak verpfändet worden.

Der Kongreß Aller Osmanischen Liberalen ging aus wie das Hornberger Schießen: Prinz Sabahettin mußte seinen eigenen Verein gründen. Da er ihn schlecht die Ich-will-um-jeden-Preis-Sultan-werden-Partei nennen konnte, zog er sich zwecks ideologischer Findung vom diplomatischen Parkett ins Studierzimmer zurück, bis ihm ein Buch in die Hände kam, dessen Inhalt ihm faßbar war. *A quoi tient la Supériorité des Anglo-Saxons?* war der Titel, sein Autor ein gewisser Edmond Demolins. Da das Übermenschentum des Angelsachsen, wie er hier las, in dessen Mißachtung von Staat und Gemeinschaft und in seinem unbedingten Glauben an seine Einzigkeit und an sein Eigentum begründet lag, nannte der Prinz seine Organisation «Liga für dezentrale Verwaltung und Privatinitiative», was denn doch nur eine Umschreibung für «Liga für den Egoismus» bedeutete und die Frage aufwerfen mußte, ob nicht Sabahettin an seinem eigenen Egoismus noch das meiste zu arbeiten hatte, wenn er zu dessen Durchsetzung eine Liga benötigte.

Hier war also das Drama zur Groteske verkommen, Paris hatte seine Rolle als Hauptstadt des 19. Jahrhunderts verwirkt. Im Osmanischen Reich selbst entschied sich dessen Schicksal. Eine Geheimorganisation, die geheimer war als die Geheimpolizei Abdülhamits II., hatte es ja schon vor der Gründung des Komitees für Einheit und Fortschritt gegeben: die Bektaşi, deren Auslöschung Sultan Mahmut II. schließlich mit der Abschlachtung der

Janitscharen verbunden hatte. Anders als die Janitscharen vermochte der Orden des Hacı Bektaş im Untergrund zu überleben, hatte in Albanien, wo die Befehle zur Liquidierung der Şeyhler und zur Konfiskation der Tekkeler nie ausgeführt wurden, sein Refugium gefunden. In der Illegalität hatten die Bektaşi ihre eigene Tanzimat durchgemacht, hatten aus ihren bis in die Ära Alaettin Keykubats hinabreichenden egalitär-humanistischen Wurzeln eine republikanisch-laizistische Geisteshaltung entwickelt und erkannten im Komitee für Einheit und Fortschritt, nachdem die sunnitischen Phrasendrescher sich mit ihrer Anbiederung an den Palast selbst desavouiert hatten, den in jeder Hinsicht zeitgemäßen Rahmen zur Betätigung ihres Wesens. Daß es wieder die Armee war, über die Hacı Bektaş seinen segnenden Arm hob, lag in der Tradition, aber nun kam noch ein modernes Element von großer Sprengkraft hinzu. Über die albanisch-italienische Achse war die Verbindung zu den Logen der Freimaurer geknüpft.

Zum Brennpunkt des durch den Berliner Kongreß reformulierten Balkanproblems war mit der Jahrhundertwende Makedonien geworden. Sobald Griechenland, Serbien und Bulgarien für ihre Bewaffnung gesorgt und mit der Hohen Pforte ihren jeweiligen Modus vivendi gefunden hatten, war der Kampf um diesen wackelnden Zahn entbrannt. Alle drei hatten ihre Volksgenossen in Makedonien mit nationalistischen Gesellschaften beglückt, welche die Heimführung der Kompatrioten in das jeweilige Reichlein propagierten. Das zur heimlichen Freude des Sultans, denn so wurde die muslimische Mehrheit in dieser Provinz nicht von einer geschlossenen Christenfront attackiert. Die patriotischen Bünde mutierten vielmehr sehr rasch zu Terrororganisationen nach armenischem Vorbild – Bulgarien unterhielt gleich zwei davon, die IMRO, die in Makedonien selbst operierte, und die EMRO, die in Sofia stationiert war – und führten ihren Guerillakrieg hauptsächlich untereinander. Das verschaffte Abdülhamit II. Ruhe, denn schließlich konnten die Mächte ja nicht zugunsten der Griechen, der Serben und der Bulgaren gleichzeitig intervenieren. Taten sie aber doch, nämlich zu seiner Verblüffung seine Partei ergreifend und eine effektivere Ordnungsmacht einsetzend, welche die Freischärler der Nachbarländer im Zaum halten sollte. Abgemacht wurde das im Örtchen Mürzsteg bei Graz am 9. Oktober 1903 in Anwesenheit von Kaiser Franz Joseph I. und Zar Nikolaus II. zwischen Österreich-Ungarn und Rußland, die im Einvernehmen mit den übrigen Unterzeichnern des Berliner Vertrags dem Sultan ihre Regelungen für Makedonien oktroyierten.

Nun agierte eine von den Mächten installierte Gendarmerie zwischen den Fronten, während der österreichische und der russische Konsul den griechischen, serbischen und bulgarischen Minderheiten mit Reformen den Verbleib im osmanischen Staatsverband schmackhaft zu machen versuchten. Ihre faktische Entmachtung brachte die in Makedonien stationierte 3. Armee des Sultans in eine Situation, die geradezu danach schrie, sie in die Rolle der Avantgarde des jungtürkischen Umsturzes rücken zu lassen. Dem Sultan war das Heft aus der Hand genommen, er hatte seinen Soldaten nichts mehr zu befehlen und besaß kaum noch eine Möglichkeit, der Infiltration des Offizierscorps durch das Komitee für Einheit und Fortschritt entgegenzuwirken.

Saloniki, das Hauptquartier der 3. Armee, hatte eine eingesessene und einflußreiche Freimaurerloge, und es spricht für die Effizienz ihrer Methoden, daß bis zum Jahr 1907 sämtliche Offiziere, die mit der Sache der Jungtürken sympathisierten, sich einer der Zellen des Komitees angeschlossen hatten, ohne daß Abdülhamit II. oder den Gendarmen der Mächte irgend etwas kolportiert worden wäre.

Die Mächte waren in gewisser Weise zum Opfer ihrer Politik der Zersetzung des Osmanischen Reiches durch ihre Mündel geworden. Besonders Paris war von den Spektakeln der Exilgruppen in seiner Aufmerksamkeit so abgelenkt, daß es kaum noch bemerkte, wie die Deutschen, die sich um derlei Patronage nie bemüht hatten und es auch jetzt nicht taten, sich in der Wirtschaft und im Militär Abdülhamits II. Position um Position sicherten und davor waren, selbst den Engländern ihren Rang abzulaufen. Das große Eisenbahnprojekt war dank des Engagements der Deutschen Bank zustande gekommen, Teilabschnitt für Teilabschnitt wurde es seiner Bestimmung übergeben. Die Franzosen hatten bis zur Kriegsdrohung gehen müssen, um ihre Banken am Kapital der Gesellschaft beteiligen zu dürfen. Helmuth von Moltke hatte die Staffel seiner Militärmission an Colmar von der Goltz weitergereicht, der aus dem Osmanischen Reich einen Großkunden der deutschen Rüstungsindustrie zu machen verstand. Die Geschütze für die unter Aufsicht der deutschen Offiziere durchgeführte Fortifikation der Dardanellen und der Çatalca-Verteidigungslinie lieferte die Firma Krupp in Essen, die hauptsächlich verwendeten Gewehre und Pistolen waren Mauser-Fabrikate.

Die Russen, verärgert über die Franzosen, die ihnen die armenische Karte abgezockt hatten, und die Engländer, die unbedingt etwas unternehmen mußten, bevor die Deutschen Bagdad und Berlin auf dem Schienenweg miteinander verbanden, entdeckten als Feinde derselben Feinde ihre Freundschaft. Am 9. Juni 1908 trafen König Edward VII. und Zar Nikolaus II. in Reval zusammen. Das Makedonien-Programm, das die beiden Monarchen hier beschlossen, wurde nicht nur von Deutschland, sondern auch von Österreich-Ungarn verworfen, die Weichen für den Weltkrieg waren gestellt.

In Makedonien verliefen die Dinge allerdings etwas anders als von Edward und Nikolaus verordnet. Abdülhamit II. hatte schließlich doch gemerkt, daß bei seiner 3. Armee irgend etwas im Busch war, und Nazım Bey, seinen ehemaligen Polizeichef, hingeschickt. Dieser überaus tüchtige Spion kam Ahmet Niyazi Bey, einem der Verschwörer, auf die Schliche, wurde aber am 11. Juni angeschossen, bevor er zur Berichterstattung nach İstanbul abreisen konnte. Niyazi verzog sich mit seinen Leuten in die Berge und begann einen Guerillakrieg in der Gegend von Ohrid und Monastir, wo er die Steuern eintrieb und das Regime von Abdülhamit II. für beendet erklärte. Seinem Beispiel folgten andere Offiziere, unter ihnen ein junger, überaus fescher und sehr ehrgeiziger mit Namen Enver.

Die Reaktion Abdülhamits II. war die Entsendung seines zuverlässigsten Generals, Şemsi Paşa. Dieser wurde am 7. Juli in Monastir vor dem Postamt, in dem er gerade seinen Lagebericht durchtelegraphiert hatte, erschossen. Die Truppen, die Abdülhamit II. sofort von Anatolien herüberbrachte, waren mit Zellen des Komitees durchsetzt und schlossen sich der Revolte an. Nun zogen auch die christlichen Milizen nach, auf Massenkundgebungen in allen Städten Makedoniens wurde die Restitution der von Abdülhamit II. kassierten Verfassung gefordert.

Was tat Abdülhamit II., der ausgefuchsteste aller Füchse? Er stellte die Verfassung wieder her und rief zu Parlamentswahlen auf. Das geschah am 23. Juli 1908, bevor also die Revolution überhaupt zu ihrer vollen Entfaltung gelangt war. Das Komitee für Einheit und Fortschritt hatte sein Hauptziel erreicht, aber der Sultan blieb auf dem Thron, wechselte, als habe er es mit einer der gewöhnlichsten Janitscharenrevolten zu tun, den Großvezir, dazu aber auch den Serasker, an dessen Stelle er den neuen Mann, Ömer Rüştü, ausdrücklich zum Kriegsminister berief, womit er seine konstitutionalistische Gesinnung hervorheben wollte.

Das Komitee übernahm nicht die Regierung, es blieb in Saloniki unter Wahrung der konspirativen Form seiner Organisation, nach İstanbul wurde nur ein siebenköpfiges Beobachtergremium entsandt. Die Geheimpolizei wurde abgeschafft, die Zensurbehörde aufgelöst, und die Kampagne für die Parlamentswahlen wurde von Christen, Juden und Muslimen ohne Unterschied als ein Rausch der Freiheit erlebt.

Betrüblich jedoch mußte die Art und Weise stimmen, in der die Mächte auf diesen Riesenschritt zur Volkssouveränität reagierten. Sie zogen schnöde ihren Vorteil aus der vorübergehenden außenpolitischen Handlungsunfähigkeit, und bevor das Parlament am 17. Dezember 1908 nach mehr als dreißigjähriger Unterbrechung zusammentrat zu seiner ersten Sitzung, hatte Österreich-

Ungarn Bosnien und die Herzegowina annektiert, Bulgarien sich losgesagt von der osmanischen Suzeränität und Griechenland Kreta unter seine Kontrolle gebracht.

Den Vorsitz im Repräsentantenhaus erhielt verdientermaßen Ahmet Rıza, aber eröffnet wurden die Beratungen durch eine Rede Abdülhamits II., die sein Erster Sekretär den Delegierten verlas. Der Padişah schätze sich überglücklich, war zu hören, die Verfassung, mit deren Verkündung er seine Regierung begonnen, nun wieder mit all ihren Elementen in Kraft treten zu sehen, nachdem er so lange gezwungen gewesen, sie ruhen zu lassen.

Freilich war das verlogenes Gesäusel, denn er lauerte nur auf eine günstige Gelegenheit, um zur Konterrevolution blasen zu können. Die bot sich, als im Februar 1909 das Komitee aus seiner Position im Hintergrund das Geschehen auf der Bühne nicht mehr nur beobachtete, sondern an den Drähten zog, den Großvezir Kamil Paşa durch ein Mißtrauensvotum des Parlaments zu Fall brachte und durch Hüseyin Hilmi, einen Kandidaten aus dem eigenen Zellgewebe, ersetzte.

Nach den Feierlichkeiten zum Geburtstag des Propheten am 3. April starteten die Islamisten zur Offensive. Die in İstanbul stationierte 1. Armee ging mit den Softalar für das Şeriat auf die Straße, steckte die Büros des Komitees in Brand und machte Hatz auf seine Mitglieder. Unter den Rädelsführern der Konterrevolution war auch der altbekannte Mizancı Murat, aber die 3. Armee holte nach, was im Juli des Vorjahrs durch das raffinierte Entgegenkommen Abdülhamits II. versäumt worden war, und eroberte die Hauptstadt. Am 27. April trat das Parlament wieder zusammen, entthronte Abdülhamit II. und machte an seiner Statt dessen Bruder Mehmet zum fünften Sultan des Namens.

Das Komitee stieg nun doch direkt in die Regierung ein. Die Verfassung wurde dahin geändert, daß für den Sultan nur eine repräsentative Funktion blieb. So mußte das Komitee die Erfahrung machen, welch einen Hemmschuh so ein Parlament darzustellen vermag. Nicht nur die armenischen, griechischen und albanischen Abgeordneten entpuppten sich, nachdem die erste Euphorie abgeflaut war, als Quertreiber; die Liberalen, aus Prinz Sabahettins Gründung hervorgegangen, formierten sich zu einer ebenso kompakten wie unbequemen Opposition, und als diese auch noch in den Reihen der Armee ihren außerparlamentarischen Flügel ausstreckte, sahen sich die jungtürkischen Minister gezwungen, das Handtuch zu werfen.

Aber nicht nur das Parlament erwies sich als undankbar, auch der neue Freund unter den Mächten, Deutschland, zeigte sich von seiner treulos-garstigen Seite, denn er ließ es geschehen, daß sein Verbündeter Italien über Libyen herfiel. Daß bei der Gegenwehr der glorreichen 3., der makedonischen Armee wichtige Aufgaben zufielen, stieß die kleinen Balkanstaaten auf den naheliegenden Gedanken, diese Schwächung zu nutzen, die Zwistigkeiten auszusetzen und das Thema Makedonien unter sich auszumachen.

Wie man so etwas anging, hatten die Mächte ja vorgeführt zur Genüge, und das Jahrhunderte füllende Schauspiel «Die orientalische Frage» wurde jetzt unter bulgarischer Regie im Studiotheater nachinszeniert. Am 13. März 1912 schloß Seine Majestät Ferdinand von Sachsen-Coburg, der sich seit 1908 als Zar der Bulgaren anreden ließ, einen Pakt mit den Serben, am 29. Mai einen ebensolchen mit den Griechen, und für die Montenegriner, die am 27. September ins Engagement traten, blieb auch noch ein Stückchen vom makedonischen Kuchen. Sie durften am 8. Oktober die Feindseligkeiten sogar eröffnen mit ihrem Einmarsch in Nordalbanien, die Bulgaren stießen noch im selben Monat nach Thrakien vor und schlossen Edirne ein, die Serben überrollten Kosovo und drangen von Norden nach Makedonien ein, wo ihnen von Süden schon die Griechen entgegenkamen. In vier Wochen Blitzkrieg erreichte diese Allianz mehr als in Jahrzehnten bewaffneter Subversion. Im November schoben die Bulgaren ihre Front gar bis an die Çatalca-Linie heran, weswegen ihnen die Griechen in Saloniki zuvorkommen konnten.

Bis auf İstanbul mit seinen westlichen Vororten und die Gelibolu-Halbinsel hatte das Osmanische Reich jeglichen Stand in Europa eingebüßt. Unter solchen Umständen hielt es das Komitee für Einheit und Fortschritt denn doch für zweckmäßig, die Herrschaft wieder an sich zu reißen, aber Kamil Paşa, der von den Liberalen gestützte Großvezir, ließ die Klubs der Jungtürken schließen, ihre Zeitungen verbieten und ihre Führer verhaften, um mit englischer Vermittlung Friedensverhandlungen aufnehmen zu können.

Am 23. Januar führte der fesche Enver, einer der Köpfe der Revolution von 1908 und inzwischen hochdekoriert, eine Regierungsveränderung zugunsten der Jungtürken in einem bisher nicht gehabten Stil durch, indem er nämlich mit einem Trupp Bewaffneter die Hohe Pforte stürmte und Kamil Paşa mit vorgehaltener Pistole zum Rücktritt zwang. Das Amt übernahm Mahmut Şevket Paşa, ein politisch neutraler General, der aber weder auf dem thrakischen Schlachtfeld noch am Londoner Konferenztisch das Blatt zu wenden vermochte. Die Liberalen starteten noch einen Versuch, das Ruder zurückzuerobern, waren mit ihren Attentaten aber nur bei Mahmut Şevket erfolgreich. Die Jungtürken riefen das Kriegsrecht aus und ließen sechzehn führende Liberale, unter ihnen den zu seinem Glück abwesenden Prinzen Sabahettin, von einem Standgericht zum Tode verurteilen. Der Nachfolger Mahmut Şevkets, Mehmet Sait Halim, war ein Enkel Mehmet Alis von Ägypten und ein Mitglied des Komitees. In der Praxis eröffnete seine Ernennung am 12. Juni 1913 die Diktatur des jungtürkischen Triumvirats Talat–Enver–Cemal.

Albanien hatte sich bei den Verhandlungen in London seine Unabhängigkeit zu sichern vermocht, weswegen Serbien, das seine Eroberungen zurückgeben mußte, von Bulgarien Kompensation in Makedonien verlangte. Diese Ansicht wurde von den Griechen eifrig unterstützt, denn sie sahen schon voraus, daß die Bulgaren ihnen den Besitz von Saloniki streitig machen könnten. Obwohl es hier nicht mehr um osmanisches Land ging, bot Rußland sich an, die Immobilie ehrlich zu makeln, was aber von dem bulgarischen Zaren als Einmischung brüsk zurückgewiesen wurde. So reisten eben nur die Vertreter Serbiens und Griechenlands nach Petersburg und handelten ohne die Bulgaren die Aufteilung Makedoniens aus. Bulgarien antwortete mit einem neuerlichen Blitzkrieg, diesmal gegen seine Alliierten. Die brachten es aber mit Montenegro und Rumänien wieder auf vier gegen einen, womit sie denn das jungtürkische Regime einluden, sich hurtig in Thrakien das an die Bulgaren Verlorene wiederzuholen.

Am 21. Juli durfte Enver im Triumph Einzug in Edirne halten, und wenn dies auch ein mehr symbolischer Sieg war, so war es immerhin ein Sieg, und an einen solchen vermochte sich im Osmanischen Reich niemand mehr zu erinnern. Noch einmal durfte man am 10. August 1913 in Bukarest einem Feind die Bedingungen des Friedens diktieren. Und daß Enver gemeinsam mit Talat und Cemal die Politik im Innern diktierte, wurde im Anschluß an diese Heldentat kaum noch bekrittelt. Die Liberalen, die sich aus der Opposition zu weit vorgewagt hatten, waren vernichtet, ihr Beispiel lud nicht zur Nachahmung ein, und so hatten der ehemalige Angestellte des Telegraphenamts und nunmehrige Innenminister Talat Paşa, der vom Bahninspektor zum Flottenminister beförderte Cemal Paşa und der vom Militärattaché in Berlin zum Kriegsminister avancierte Damat Enver Paşa freie Hand, das Osmanische Reich an der Seite seiner deutschen Verbündeten in den Weltkrieg und in den Untergang zu führen.

In den Untergang möchte Nasrettin Sandol nun auch endlich führen, aber der Mann widerstrebt. Zwar ist er so abgekämpft, zermürbt und erschöpft, daß er, wäre es nicht um die Verteidigung seines Europameisterschaftstitels zu tun, ohne jede feindliche Berührung umfallen müßte, doch sind bei seinem Gegenüber die Kraftreserven gleichfalls so gut wie verbraucht.

Nasrettin sieht in Sandols Deckung die Löcher so riesig, daß er auf einem Kamel da hineinreiten könnte. Einen Greis hat er vor sich, der sich mit der Behäbigkeit eines Elefanten und mit den Reflexen einer Schnecke bewegt. Aber wo ist jetzt Nasrettins Jugend? Wo ist die Hand, die vorschnellt wie der Pfeil von der Sehne und diesem altersschwachen, verwundeten, elend sich quälenden Tier den Gnadenstoß gönnt? Links! Das ist ein Befehl seines Gehirns an die Faust, Gedanke und Auftreffen des Handschuhs auf Ziel oder Deckung müßten eins sein, aber im Visier hat Nasrettin nur Luft und einen Arm, der sich vom Bildrand hereinschiebt mit der Geschwindigkeit eines aufgehenden Mondes. Bis die Faust da steht, wo sie Sandols Kinn zerschmettern sollte, hätte der Champ sich eine Zigarette anstecken können. Und wie energiegeladen war Nasrettin noch eben in der Ringpause gewesen! Sandols Leber, da leuchtet sie offen und ungeschützt wie die Einladung zum Titelgewinn und dem dazugehörigen Reichtum, der alle Wünsche zu erfüllen vermag. Aber der Weg, auf den Nasrettin seine Faust schicken müßte, um dies Türchen anzutippen, hinter dem sich das Reich des Lächelns und der Freuden auftun würde für ihn, scheint ihm jetzt weiter als der vom Altai an den Mittelmeerstrand. Dort unter der Schulter, wo er seinen Bizeps zu spüren gewohnt ist, schwabbelt nur noch Pudding. Nein, damit meißelt er keine Deckung mehr auf. Rechts ist in Schulter und Oberarm noch etwas vorhanden, damit könnte er den angeknockten Meister eventuell noch herunterheben von seinen Sohlen. Was diese, die Sandolschen Sohlen, angeht, so scheint Klebstoff aus ihnen zu triefen, denn offensichtlich hat er Probleme damit, sie vom Boden zu lösen. Mit schleifenden Zentimeterschrittchen pflügt er sich vor, und als Nasrettin das registriert, ist's ein Frohlocken, weil man, was man nicht in den Armen hat, notfalls in den Beinen haben kann, wie der alberne Spruch in seiner boxerischen Anwendung lautet, und weil unser Held da eine Überlegenheit ausspielen darf. Nasrettins Untergestell ist nämlich auch in dieser elften Runde so manövrierfähig, als hätte der

Kampf eben erst begonnen. Er kann immer noch hüpfen wie ein Känguruh. Vielleicht war Röders Devise doch nicht so falsch. Bei den 5000 im Zelt von Beausoleil nahe Monaco jedenfalls kommt Stimmung auf, als Nasrettin sich ein bißchen tummelt zwischen den Pfosten und aus dem Becken den Rumpf twisten läßt. Sandol mimt den faulen Löwen, der es verschmäht, dem Äffchen, das sich behende an den Seilen entlanghangelt, nachzusteigen. Es scheint, er hat noch etwas vor in dieser Runde, in der außer Nasrettins vermeldetem Leberhaken rein gar nichts passiert ist, was die Punktrichter zu Notizen hätte veranlassen können. Oder spekuliert er etwa auf den doppelten Bonus, der ihm zukommt, weil er der Inhaber des Titels ist und die Arena als seinen heimatlichen Boden ansprechen darf? Die letzten zehn Sekunden werden eingeklopft. Plötzlich entfaltet Sandol unvermutete Aktivität und jagt Nasrettin, der in dieser Runde nun wirklich keine Schläge mehr abtauschen mag. Auf die letzte Sekunde schiebt Nasrettin seine Arme unter Sandols Achseln hindurch zur Klammer. Es kommt der Gong. Nasrettin löst, und Sandol schlägt einen ganz kurzen Haken auf seine Braue.

Die zwölfte Runde

Die letzte Runde steht bevor. Nasrettin blutet. Sandol soll disqualifiziert werden, Nasrettin winkt den Ringarzt herbei. Der ist aber im Gespräch mit einem sehr elegant gekleideten Herrn, den wir jetzt vorstellen müssen. Den Anzug in dezent glänzendem Ultramarin, der seine untersetzte Statur ins Athletische streckt, hat Lagerfeld für ihn persönlich entworfen, und das war keine Gefälligkeit, sondern eine Bitte, die der gebürtige Korse mit dem schwarzgräulichen Kraushaar dem Modeschöpfer erst nachgeben mußte. Man versteht, warum dem Haute Couturier so viel daran lag, wenn man erfährt, daß es der Kulturminister der Französischen Republik in Person ist, der da unter dem Ring hinter vorgehaltener Hand mit dem Mediziner etwas Dringliches bespricht und ihn für den Moment davon abhält, den Effekt von Sandols jüngstem Regelverstoß zu untersuchen.

Nun fielen ja das Spektakel und der sportliche Wettkampf, dessen Ausgang wir mit Spannung erwarten, strenggenommen nicht in das Ressort von Jérôme Jouve, wie dieser ideenreiche Politiker hieß, und er war auch eigentlich nur in den Süden geflogen, um das Wochenende in seinem Sommerhäuschen in St-Tropez zu verbringen. Am Vorabend hatte er in der Cartoucherie von Vincennes einer Premiere des Théâtre du Soleil beigewohnt und während der anschließenden Feier lange bei der Regisseurin gesessen, die ihm von ihrer armenischen Abstammung und von ihrem Vorhaben gesprochen, den türkischen Genozid an ihrem Volk nächstens als Schauspiel auf die Bühne zu bringen.

Am Nachmittag, als er sich eben am Pool seines bescheidenen Anwesens mit einer Schauspielerin, deren Bekanntschaft er auf der Premierenfeier gemacht und die seiner spontanen Einladung gefolgt war, von seinen schweren Amtspflichten zu divertieren begonnen, hatte ihn sein Freund Bernard, der Präsident der Republik, mit einem Anruf gestört. Bei der allbekannten Übereinstimmung der beiden in Fragen der Lebensart und des Geschmacks war es kaum ein Zufall zu nennen, daß Bernard in seinem Feriendomizil an der bretonischen Küste das Wochenende ebenfalls in der Gesellschaft einer jungen Dame hingehen ließ, die sich den Künsten Thalias verschrieben. Diese nun hatte wie die Regisseurin, mit der Jérôme Jouve sich so angeregt unterhalten, südostanatolisch-mesopotamische, allerdings keine armenischen, sondern kurdische Wurzeln. Da es am Ärmelkanal regnete, hatte der Präsident viel mit seiner Maitresse geplaudert und ihr, die an seiner Aufrichtigkeit als Sozialist und Genosse zweifelte, versprechen müssen, das Projekt eines ihr befreundeten Cineasten zu unterstützen, der den Widerstand des kurdischen Volkes gegen die türkische Unterdrückung in einem großen filmischen Epos verherrlichen wollte.

Dies also der Grund seines Anrufs bei Freund Jérôme in St-Tropez. Die kleine Bitte des Staatsoberhaupts war natürlich, da sie geäußert, auch schon erfüllt; sie hatten dann aber, obwohl Jérôme lieber gleich an den Pool zurückgekehrt wäre, noch ein paar Minuten miteinander parliert, wobei ihre Konversation auf den angesetzten Boxkampf gekommen war. Monsieur le Président hatte sich ganz unvermittelt echauffiert und es einen Skandal erster Ordnung genannt, daß die Deutschen wie Anno 14 die Türken für sich ins Feuer schickten. Es liege im nationalen, das heiße, im europäischen Interesse, daß der wackere Franzose das Duell für sich, für die Seite des Humanismus und des Völkerrechts entschiede. Der Minister für die Kultur hatte sich, nachdem er aufgelegt, zuerst mokiert über diese Übertreibungen, war aber nachdenkend zu einer noch schärferen Auffassung gelangt, hatte sein Divertissement am Pool nicht sonderlich ausgedehnt, sich dann in Schale geworfen und nach Beausoleil fahren lassen.

In Kenntnis dieses Hintergrundes begreifen wir, mit welchen Emotionen der Minister die elf abgelaufenen Runden des Kampfes durchlebt hat und daß er sich in Anbetracht der sich abzeichnenden sportlich-politischen Entwicklung ex officio zur Intervention gezwungen sieht. Die Punktrichter im Sinne der Zivilisation zu beeinflussen, dafür ist es zu spät. Das Humane in das ungut verlaufende Spiel zu bringen, steht nur noch der Weg über den Physikus offen.

Nasrettin ahnt noch nicht, was sich da auf hoher diplomatischer Ebene zusammenbraut gegen ihn. Die Braue muß wieder zusammengeflickt werden, und Röder arbeitet auch schon daran. Optisch befriedigt das Resultat nicht eben sehr, da muß später ein Fachmann der plastischen Chirurgie ran, den für Nasrettin, wenn er Glück hat, Uhlig bezahlt. Aber schließlich befinden wir uns nicht in einer Schönheitskonkurrenz, und die Blutung ist fürs erste wieder gestillt. Nasrettin begreift nicht so recht, warum Röder sich so beeilt, nach seiner Meinung ist der Kampf gelaufen. Sandol hat nach dem Gong zugeschlagen, er muß den Gürtel hergeben und froh sein, wenn Nasrettin ihm nicht noch eine Zivilklage wegen Körperverletzung anhängt. Aber: «Ring frei zur 12. Runde», wird verkündet und: «Gong!» Röder zieht Nasrettin den Hocker unter dem Hintern weg und schiebt ihn der Ringmitte entgegen.

Zweieinhalb Jahre waren seit seinem denkwürdigen Deal mit der Gräfin vergangen. Nasrettin hatte mit seinem kleinen Betrieb in der Ockerstraße die tückischen und größtenteils unerwarteten Schwierigkeiten des Anfangs gemeistert. «Jennifer» war der Salon getauft worden.

Als seine Existenz eben die ersten Anzeichen gab, in eine gleichfließend-wohllebige Epoche übertreten zu wollen, war Jennifer schwanger geworden. Das, obwohl sie Nasrettin erklärt und beteuert hatte, daß ihr die Unfruchtbarkeit von verschiedenen Gynäkologen durch Attest bestätigt worden war. Nasrettin hatte sich über die Nachricht, obschon sie mehr als überraschend kam, herzlich gefreut.

Zwischen Sevim und Jennifer hatte vom ersten Moment an erbitterte Feindschaft geherrscht. Für den Fall, daß Nasrettin sie heiraten sollte, hatte ihm seine Mutter damit gedroht, sich das Leben zu nehmen. Aber zum Äußersten war es denn doch nicht gekommen, denn Jennifer hatte, ohne mit ihm darüber gesprochen zu haben, in Amsterdam den Fötus abtreiben lassen.

Als sie ihm dies nach ihrer Rückkehr aus Holland gestanden, hatte er sie des Mordes an seinem Kind bezichtigt und das Land, in dem die Gesetze ein solches Kapitalverbrechen ungestraft ließen, verflucht. Bei Jennifers Rechtfertigung, ihr Bauch gehöre ihr, verlor Nasrettin jede Kontrolle und zog einen vollgeladenen rechten Geraden zu jener Region ihres Körpers. Er erschrak über diesen Aussetzer mehr als die Getroffene, verzichtete aber auf Entschuldigungen, folgte vielmehr wortlos und schnell ihrer Aufforderung, seine Sachen zusammenzupacken und sich nie mehr bei ihr blicken zu lassen. Er löschte die Erinnerungen an Jennifer aus seinem Gedächtnis und schwor sich, nie wieder eine deutsche Frau zu berühren. Er würde ein türkisches Mädchen heiraten, soviel stand fest. Fürs erste schlief er auf einer Liege im Büro des Salons.

Aber das war nur der eine Strang von Nasrettins Misere. Auch in boxerischer Hinsicht war es seit seinem Sieg in Hamburg-Wandsbek alles andere als glücklich gelaufen. Uhlig hatte alle Herausforderungen, teils durchaus attraktiv und prüfenswert, zurückgewiesen und statt dessen Nasrettin selbst als Herausforderer des Europameisters ins Spiel zu bringen versucht. Pierce Foster, ein Mann aus Liverpool, dessen Stil an den großen Dempsey gemahnte, hatte damals den Gürtel getragen, den Uhlig für Nasrettin reklamierte. Wiederholt war Uhlig nach London gereist und hatte mit Fosters Promoter Verhandlungen geführt.

Dreimal hatte Nasrettins Manager, ohne wirklich einen Vertrag in der Tasche zu haben, unserem Helden falsche Hoffnungen gemacht. Dreimal hatte Nasrettin mit den Vorbereitungen auf den Kampf seines Lebens begonnen, dreimal hatte er, nachdem er sich durch ausgedehntestes und härtestes Training zu seiner Topform gesteigert, wieder abbrechen müssen. Beim letzten Mal hatte Uhlig sich schon gar nicht mehr getraut, seine Schwindeleien einzugestehen, und Nasrettin hatte, seinem Termin entgegenackernd und -fiebernd, aus dem «BoxSport» erfahren, daß von Foster die Herausforderung Marcel Sandols akzeptiert worden war.

Nachdem der Titel von Foster an Sandol übergegangen war, hatte Uhlig natürlich wieder bei Null anfangen müssen und neuerlich Dienstreisen, nun nicht mehr nach London, sondern nach Marseille unternommen. Was sein Manager dort im einzelnen betrieb, war für Nasrettin nie so recht deutlich geworden. An der Côte hatte es Uhlig manchmal mehrere Wochen gehalten, doch war er nie mit etwas Greifbarem zurückgekehrt an die Spree.

Als Nasrettin schon fünfzehn Monate nicht mehr im Ring gestanden, hatte Uhlig plötzlich davon gesprochen, daß es ganz außergewöhnlich schwierig werden würde, an den Kampf gegen Sandol zu kommen, und dazu geraten, vorläufig wieder kleinere Brötchen zu backen. Die halbwegs renommierten Boxer, die vorher erpicht darauf gewesen waren, sich mit Nasrettin um seinen deutschen Meistertitel zu schlagen, hatten ihr Glück inzwischen in höherer Gewichtsklasse erprobt, und da im Superfedergewicht kein irgendwie ernstzunehmender Rivale mehr vorhanden war für Nasrettin, waren bei den Verbandsfunktionären Überlegungen aufgetaucht, diese Gewichtsklasse ganz abzuschaffen.

Uhlig, der aus der sich auflösenden DDR einen Schwergewichtler mit olympischen Amateurmedaillen als Profi an sich gebunden, hatte für Nasrettin aus dem Stegreif eine Titelverteidigung gegen einen Vereinskameraden seines Neuzugangs in Halle organisiert. Nasrettin war hingefahren und hatte den Jungen, der zum ersten Mal ohne Kopfschutz boxte, in der zweiten Minute der ersten Runde den Staub küssen lassen. Darauf war unter den sächsischen Fans in der Arena Tumult ausgebrochen, Nasrettin mit Buhkonzerten und türkenfeindlichen Sprechchören verabschiedet worden.

3000 Mark hatte Nasrettin für seinen Auftritt kassiert und sich noch glücklich schätzen dürfen, daß einen knappen Monat zuvor das Ostgeld abgeschafft worden war. Anschließend hatte er sich von Uhlig wüste Vorwürfe anhören müssen, daß er mit seinem Gegner nicht über die Runden gegangen war. Im «BoxSport» war dieser Kampf nicht einmal erwähnt worden. Dafür hatte Nasrettin dort einen seitenlangen Bericht über Marcel Sandol zu lesen bekommen, der einen Kampf nach dem anderen bestritt und mit jedem dieser Siege für Nasrettin teurer und unerreichbarer wurde.

Nasrettin war aber bei seiner Enttäuschung mit Jennifer ein sportlicher Triumph unverzichtbarer geworden denn je, und er hatte Uhlig immer wieder mit Anrufen bedrängt. «Laß den Kopf nicht hängen, Junge! Ich bin dran an der Sache, halt dich fit, wir kriegen den Kampf, wenn nicht in diesem Jahr, dann sicher im nächsten.» Solcherart waren Uhligs Ausflüchte gewesen.

Nasrettin, mürber und mürber geworden, hatte Befriedigung seiner wachsenden Adrenalinsucht an den Tischen der Spielhöllen im Wedding gesucht, dabei die spärlichen Einkünfte des Frisiersalons durchgebracht und Schulden gemacht. Der Salon «Jennifer» stand, wenn auch weniger elegant und pompös als «La Chevelure», davor, in betriebswirtschaftlicher Hinsicht dessen Schicksal zu wiederholen.

Hatte sich Nasrettin einmal mehr die Weisheit bestätigt, nach der Unglücke ihre Opfer in aller Regel nur in Begleitung weiterer Unglücke heimzusuchen pflegen, so durfte er jetzt die Beobachtung machen, daß auch das Glück dem, dem es zu lachen beschließt, nicht nur von einer Seite her winkt: Die Sandol-Sache, die er sich schon aus dem Kopf zu schlagen versuchte, geriet unversehens in Bewegung. Gaston Ortega, ein mexikanischer Boxer mit schwedischem Paß, gegen den Nasrettin in einem seiner schönsten Kämpfe einen knappen Punktsieg errungen, hatte es in Toulouse vergeblich unternommen, Sandol seinen Gürtel zu rauben, sich anschließend angefreundet mit dem Kariben, ihm von

Nasrettins Technik geschwärmt und von dem das Publikum begeisternden Stil unseres Helden gesprochen. Sandol hatte bei einem Interview, weil er ihm aus der Unterhaltung mit Ortega noch im Sinn war, auf die Frage, wen er nächstens gerne boxen würde, Nasrettins Namen genannt. Das hatte Guido Schirrmeier, ein Berliner Sport- und Sensationsreporter, der Nasrettin in dessen Hochzeiten viele Artikel gewidmet, weil er zufällig seinen Urlaub in Südfrankreich verbrachte, gelesen und unverzüglich als Meldung an die Redaktion des Boulevardblatts «BZ» weitergeleitet, wo sie auch tatsächlich gedruckt worden war.

Nun war es Uhlig, der Nasrettin anzurufen versuchte. Da aber Nasrettin seine Telefonrechnungen, wie alle anderen Rechnungen, ungeöffnet in einem Schuhkarton sammelte, um sie nach seiner nächsten Glückssträhne am Spieltisch mit dem dort gewonnenen Geld zu begleichen, war der Anschluß von der Bundespost vorübergehend stillgelegt worden. Nachdem man ihm den Zeitungsausriß mit den ungeheuer aufmunternden Worten des Europameisters gebracht, freute sich Nasrettin plötzlich darüber, für Uhlig unerreichbar zu sein. Die Zeit, die ihn in solch fürchterliche Enge getrieben, schien ihre Meinung geändert zu haben und wieder für ihn arbeiten zu wollen.

Wie für den Hoca Nasrettin die Lieblingsmusik diejenige der Teller und Schüsseln, so für den Boxer Nasrettin inzwischen nicht mehr das Erklingen des Gongs, sondern das Läuten des Glöckleins an seiner Ladentür; und er bekam dies beseelende Geräusch jetzt wieder regelmäßig zu hören. Journalisten, die ihn früher hofiert, sich aber seit langem nicht mehr erinnert hatten an ihn, tauchten auf, ja, es erschienen sogar Sendboten westdeutscher Boxställe, um Nasrettins etwaige Neigung zu einem Wechsel des Managements zu sondieren. Da man einmal da war, nahm man die Gelegenheit wahr, sich die Haare schneiden zu lassen, und das Aufleben der Stimmung im Salon «Jennifer» zog auch die Kundschaft aus der Nachbarschaft wieder heran.

Uhlig war zweimal in der Ockerstraße gewesen, ohne Nasrettin dort anzutreffen, hatte ihm schließlich ein Telegramm geschickt, des Inhalts, er fliege nach Marseille, mit Sandols Managern alles unter Dach und Fach zu bringen. Nasrettin begann abermals, mit Waldläufen seine Kondition aufzubauen.

Auf diesem Sektor also war alles zuversichtlichste Hoffnung, Vorgefühl von Ruhm und Ruf, von Glanz und Gold. Welches aber war die zweite Seite, von der Fortuna sich heranschlich, aus ihrem Füllhorn Nasrettin zu beschütten? Seine angestellte Friseuse Gülten, «Gülten mit dem güldenen Haar», wie ein angegrauter Rocker aus dem Kiez, der sich seine ausgedünnten Strähnen von ihr mit Dauerwelle zu etwas Löwenähnlichem aufbauschen ließ, sie zu nennen pflegte, um sich den ungewohnten türkischen Namen leichter einprägen zu können, Gülten war die Mittelsperson, der es zufiel, Nasrettin mit seinem allerhöchsten Lebensglück zusammenzuführen.

Gülten besaß eine Herzensfreundin, gleich ihr in der frühen Blüte des neunzehnten Lebensjahrs stehend und auf den wohligen Duft verströmenden Vornamen Yasemin hörend. Obwohl Yasemin nur wenige U-Bahn-Stationen entfernt am Schlesischen Tor wohnte und Gülten sie wiederholt aufgefordert hatte, sie einmal auf ein Glas Tee und einen Schwatz an ihrem Arbeitsplatz zu besuchen, war es doch nie dazu gekommen.

Yasemin arbeitete auf halber Strecke zwischen Ockerstraße und Schlesischem Tor als Verkäuferin in der Woolworth-Filiale am Kottbusser Damm. Eines sonnigen Maientags hatte sie sich nach einem Krach mit dem Abteilungsleiter in der Mittagspause krank gemeldet und war über den Kottbusser Damm hinunter zum Hermannplatz und weiter zur Ockerstraße spaziert.

Es ereignete sich, daß unser Held eben mit gepackter Sporttasche den Laden verlassen und sich auf den Weg in sein Gym begeben hatte, als Yasemin im gesteigerten Gefühl eines den Ausbeutern abgetrotzten freien Nachmittags an ihm vorüberschwebte. Nasrettin drehte nicht nur seinen Kopf hinter ihr her, was eine reflexartige, kaum noch bewußte Bewegung war, die er der Attraktivität des Gegengeschlechts zollte, es riß ihm förmlich den ganzen Körper herum, als hätte er von einem Superschwergewichtler einen Heumacher-Schwinger gefangen.

Der Blitz hatte ihn getroffen und ihn gleich mit dem Einschlag in Brand gesetzt. Das war kein Vergleich mit der Situation damals, als er in Blankenese neben Rufus Mompertz an der gräflichen Bar gesessen und Jennifer, aus dem Nichts auftauchend, das Nebelgrau seiner Existenz in Licht und Schatten geteilt hatte. Seine eigene Erinnerung stellte auch gar keine Verbindung her zwischen jener Begegnung und dieser; wir aber wollen es tun und den bemerkenswerten Unterschied sehen, der darin bestand, daß bei Jennifers Anblick «Die oder keine» sein Blitzgedanke gewesen, während sich ihm hier eine noch radikalere Alternative aufzwang, nämlich: «Die oder nichts.»

Nasrettin sah ihr nach, sah, wie diese nicht einmal einem Engel zu vergleichende Gestalt in ihrem ärmellosen Sommerkleid dahinschritt, ihre Füße in den Riemensandalen auf das schmutzige Trottoir der Ockerstraße setzte wie auf den blumengeschmückten Wiesenteppich des Cennets, und er wußte, daß sich in den nächsten Sekunden sein Leben entscheiden würde.

Entweder, und das war das Wahrscheinliche, sie ging weiter. Dann konnte er ihr nachlaufen, sie überholen und sich vor ihr auf die Knie werfen. Doch hätte er dazu die Kraft nicht besessen. Er wäre wie festgenagelt an seinem Fleck verharrt, und die Flammen des Liebesbrands hätten ihn mitsamt seiner Sporttasche verzehrt. Oder aber Wunsch würde Wunder, sie bliebe vor der Tür seines Ladens stehen und …

Wir wissen ja, daß es nicht Nasrettins Stoßgebete waren, was Yasemin veranlaßte, einzutreten. Sie holte nur den immer wieder verschobenen Besuch bei Gülten nach.

Natürlich war damit für Nasrettin das Trainingsprogramm dieses Tages gestrichen; er hätte lieber auf den Kampf mit Sandol verzichtet, als diese Gelegenheit verstreichen zu lassen. Er wollte noch abwarten, bis sein Herz nicht mehr gar so schrecklich pochte, aber es gelang ihm nicht, die Pumpe zu drosseln. Es half nichts, er mußte hinein, auf die Gefahr hin, mit hochrotem Kopf wie ein verknallter Schulbub vor die Unbekannte zu treten.

Es enttäuschte ihn im ersten Moment, zu erfahren, daß Yasemin Gültens anhänglichste Freundin war. Er wehrte sich dagegen, daß dieses außerhalb jedes Maßstabs schwebende ätherische Wesen mit einem gewiß sympathischen, durchaus nicht reizlosen, aber vollkommen irdischen Menschen wie Gülten Umgang pflegen sollte. Als Gülten sie einander vorgestellt hatte und Nasrettin Yasemins zum Gruß gereichte Hand hielt, ergriff und würgte ihn die Liebesverzauberung noch ärger, aber es blieben doch ausreichend Reste von Realismus in ihm vorhanden, daß er zu sehen vermochte, wie sehr die Nähe zwischen Gülten und Yasemin dazu angetan waren, seine Fortschritte bei letzterer zu erleichtern.

Indessen war es verfrüht, an derlei späteren Progreß überhaupt Gedanken zu wenden, denn für den Augenblick mußte er all seine Kräfte und Fähigkeiten dazu benutzen, sich Yasemin gegenüber so etwas Ähnliches wie einen mehr oder weniger fixen Stand zu verschaffen, denn er zerfloß und verdampfte, er versank im Boden und entstieg zugleich in die Lüfte. Es war ihm ein Rätsel, wie Yasemin an ihm überhaupt eine Kontur wahrzunehmen vermochte, und er entzog sich der Hand, die er doch, komme was wolle, ein Leben lang festzuhalten wünschte, weil die seine vor Aufregung schwitzte.

Yasemin, die einmal nichts daran ändern konnte und wollte, daß ihre Wirkung auf Männer eine umwerfende war, zeigte sich in keiner Weise irritiert von Nasrettins Verhalten, besser gesagt, von seiner offenkundigen Unfähigkeit, irgendein Verhalten an den Tag zu legen. Sosehr es ihr auf eine Art schmeichelte, weil Komplimente und Geld eben die Stoffe sind, von denen ein Mensch nie in solchem Übermaße erhält, daß er den Geschmack an ihnen verlöre, so sehr litt sie auf andere Weise darunter, denn es war ihr niemals vergönnt, außer mit ihren Brüdern ein unbefangenes und unverfängliches Gespräch mit männlichen Wesen zu führen.

Aus diesem Grund war ihr die Freundschaft Gültens so unentbehrlich, und sie fühlte jetzt sehr wohltuend deren Anwesenheit, denn sie konnte nach geübtem Muster von dem Druck, der von Nasrettin ausging, ableiten auf sie. Die Rolle, die Gülten in diesem Gespann zufiel, war keineswegs so undankbar, wie es scheint, und sie spielte sie, wenn schon nicht mit Leidenschaft, weil sie diese zu Yasemins Gunsten zügeln und im Zaum halten mußte, so doch mit Geschick und Bravour, um so mehr, als den Part des zufälligen Dritten jetzt Nasrettin einnahm.

Die Wandlung, die Nasrettins Einstellung Gülten gegenüber durch die Hinzufügung der Yaseminschen Dimension erfuhr, war grundlegend. Hatte er eben, als er sich, die Sporttasche in der Hand, von ihr verabschiedet, dies noch in väterlich-lehrmeisterlichem Gestus getan, so beeilte er sich jetzt, sie auf seine Stufe emporzuheben, sie sich in jeder Art zu verbinden.

«Gott muß es gut mit mir meinen», begann er, an Yasemin gewandt, «daß er mich mit einer Friseuse von der Begabung Gültens gesegnet hat. Ihr handwerkliches Können, gepaart mit einem scharfen Blick für die Eigenheiten des jeweiligen Kopfes, ist wirklich sehr erstaunlich, aber es ist noch nicht alles. Was mich vielleicht mehr noch beeindruckt, das sind ihre menschlichen Qualitäten, die ich schätzengelernt habe in der Zusammenarbeit. Gülten ist nicht nur eine kluge und zuverlässige Beraterin, sondern auch eine einfühlsame Trösterin, was unsere Kundinnen sehr zu würdigen wissen, denn viele kommen zu ihr, nicht weil die Haare in Unordnung sind, sondern weil etwas ihr Herz bedrückt.»

«Das klingt ja beinahe wie ein Heiratsantrag», urteilte Yasemin und gab Nasrettin damit das Signal, daß es an der Zeit war, das Fahrwasser zu wechseln.

«Wenn ich zugeben muß», nahm Nasrettin den angezeigten Kurs auf, «durch Gülten zu der Erkenntnis gelangt zu sein, daß, so wie die Kleider die Leute machen, erst die Haare diesen Leuten die Köpfe aufsetzen, so bin und bleibe ich doch ihr Chef. Aber meiner Erwählten, der wünschte ich, um das Glück unserer Ehe noch vollkommener zu gestalten, eine Freundin wie Gülten an die Seite.»

Yasemin mußte schlucken, was bei ihr höchst selten vorkam, und Gülten stand das spitzige Mündchen offen, was auch nicht eben häufig geschah, so flink und quirlig hatte Nasrettin sie umtänzelt und demonstriert, was exquisite Beinarbeit zu leisten vermag. Erst jetzt fiel ihm auf, daß er Yasemin überhaupt noch nichts angeboten hatte. Nach seiner Laune hätte er am liebsten Sektkorken knallen lassen. Aber abgesehen von dem Problem, wie er den Sekt auf die Schnelle besorgen und abkühlen sollte, hielt er es für ratsam, zunächst Yasemins Einstellung in der Alkoholfrage zu erkunden, und entschied sich für einen weniger riskanten Vorstoß.

«Was haltet ihr davon, daß wir den heutigen zu einem Feiertag erklären, den Laden schließen und am Paul-Lincke-Ufer ein schönes Eis essen gehen?»

Gülten hatte nichts dagegen, und auch Yasemin wollte sich gern zu einem Eis einladen lassen, bat aber, in der Umgebung zu bleiben, da sie sich doch krank gemeldet hatte und die Cafés am Paul-Lincke-Ufer sich schräg gegenüber dem Woolworth befanden. Nasrettin hängte einen Zettel an die Tür: «Wegen Betriebsfeier geschlossen», und sperrte ab.

Es gab eine italienische Eisdiele drei Häuser weiter. Nasrettin drängte die Mädchen, sich von den teuren und ausgefallenen Eisbechern zu bestellen. Yasemins Wahl fiel auf eine «Amaretto-Träume» betitelte Kreation, was Nasrettin freudig erregt registrierte, weil es bezeugte, daß sie dem Alkohol eher freizügig gegenüberstand.

«Was ich dich vorhin schon fragen wollte», wandte Yasemin sich an ihn, mit der Zungenspitze einen Klecks Sahne aus dem Mundwinkel leckend, und der Strahl aus ihren hellgrünen Augen durchzuckte ihn mit solcher Glut, daß alles Eis der Welt ihn nicht auf Normaltemperatur abzukühlen vermocht hätte, «dein Tonfall und die Ausdrücke, die du gebrauchst, das klingt mir so heimatlich nah. Aus welcher Ecke kommst du eigentlich?»

«Meine Wiege», antwortete Nasrettin mit einer Verlegenheit, als hätte sie ihn ganz etwas anderes gefragt, «stand in einem Dorf namens Sulakbahçe. Aber das sagt dir sicher nichts. Zur Schule gegangen bin ich in Kars. Übrigens macht deine Zunge auch nicht gerade den Eindruck, als hätte man ihr das Sprechen in İstanbul beigebracht.»

«Nein, durchaus nicht», gab Yasemin zu. «Aus meinem Zungenschlag läßt sich unzweideutig mein Geburtsort erraten, und der liegt eine gehörige Strecke entfernt vom Boğaziçi.»

Nasrettin war sich beinahe sicher, hütete sich aber doch, gleich mit dem ersten Schlag ins Leere zu gehen. Yasemin hätte ihn gern zappeln lassen, aber Gülten fühlte sich mit ihrem Banana Split an die Seite gedrängt und witterte schon, daß sie, wenn sie nicht sorgfältigst achtgab, ihrer Rolle als Brücke zwischen den beiden sehr bald ledig werden konnte.

«Wuppertal», meldete sie sich, noch ein Stück Banane im Mund, wieder zu Wort.

«Und ich hätte gedacht: Erzurum», sagte Nasrettin.

«Stimmt genau», erstaunte sich Yasemin. «Du hast ein sehr feines Ohr.»

Ja, allerfeinste Blumenkohlohren, wollte Gülten bemerken, aber statt es zu äußern, zog sie es vor, die Banane in ihrem Mund mit dem Vanilleeis zu verkauen. Wenn sie mit Yasemin wieder allein war, würde sie ihre Freundin hinweisen auf diesen Punkt.

«Dann sind wir also gleich doppelt Nachbarn», faßte Nasrettin das Ergebnis der kleinen Anamnese zusammen. «In der Türkei und hier in Deutschland auch.»

Er erwähnte seinen Aufenthalt in jener Industriestadt im Grünen.

Eine italienische Canzone erklang aus den kleinen Lautsprechern über ihrem Tisch: «Il pomeriggio è tropo azzurro e lungo per me …»

Bilder aus dem «Paten» glitten an Nasrettin vorüber.

«Zu dumm», sagte er, «daß ich euch zum Eis eingeladen habe.

Wir hätten richtig italienisch essen gehen sollen, mit Primo und Secondo und so weiter, meine ich. Ich kenne da ein sehr stilvolles Restaurant am Kurfürstendamm. Aber was macht's? Dann haben wir eben das Dessert versehentlich an der falschen Stelle im Menü eingenommen. Wir fahren sofort hin zu meinem Restaurant. Nicht wahr, ihr macht mir die Freude?»

«Yasemin wird uns zwar nicht begleiten können», sagte Gülten, «aber ich nehme deine Einladung gerne an.»

«Das ist aber zu schade», sagte Nasrettin, dem vor Enttäuschung die Hitze mit einem Schlag wich, «daß Yasemin schon verabredet ist.»

Den Abend mit Gülten zu verbringen war nicht seine Absicht gewesen.

«Also gut. Wenn es heute nicht klappt», versuchte er nach der fehlgelaufenen Attacke neuen Stand zu gewinnen, «dann eben morgen.»

«Morgen kann Yasemin ebensowenig», bedauerte Gülten.

Es verärgerte Nasrettin zusätzlich, daß seine Offerten nicht von der, an die sie gerichtet, sondern von Gülten abgelehnt wurden, und er wollte eben zu einer Klarstellung ansetzen, als Yasemin, die ihre Amaretto-Träume noch nicht zur Hälfte gelöffelt hatte, sich unvermittelt erhob.

«Ich muß jetzt gehen», sprach sie, ohne weiter Erläuterndes dazuzufügen, nahm ihre Handtasche und schwebte davon.

«Warte, ich komme mit», rief Gülten ihr nach, sprang auf und ließ Nasrettin mit den Eisbechern allein.

Selbstverständlich stellte Nasrettin am folgenden Morgen Gülten zur Rede. Die Sache war die, und Gülten ließ es Nasrettin erhebliche Mühe kosten, sie zu ergründen, daß Yasemins Vater auf das strengste über ihre Jungfräulichkeit wachte und es ihr unmöglich erlaubt haben würde, daß sie mit einem Verehrer zum Abendessen ausging. Noch dazu bei Italienern am Ku'damm! Und was erst, wenn Metin, ihr Vater, erfahren sollte, daß es sich bei dem Individuum, das seiner Tochter den Hof zu machen versuchte, um einen Karslı handelte, wo doch die aus Kars für die Erzurumlular als eine einzige Bande von Revoluzzern, Räubern und kurdischen Wegelagerern galten, was durch den Umstand, daß Nasrettin sein Geld damit verdiente, andere Leute vor Publikum zu verprügeln, seine treffendste Bestätigung fand?

Weiter gab Gülten Nasrettin zu bedenken, daß Yasemins Familie zwar aus dem Bezirk Erzurum stammte, jedoch nicht aus der Stadt. Von dem berühmt-berüchtigten Flecken Hınıs waren sie ohne Zwischenstation direkt nach Wuppertal, von dort nach Kreuzberg gezogen.

«Du bist doch wirklich aus Kars», führte Gülten aus, «nicht wie Yasemin, die nur durch Familienbande und Tradition an Hınıs geknüpft ist. Du hast dort deine Kindheit, einen Teil deiner Jugend verbracht und müßtest besser wissen als ich, die ich noch in den Windeln steckte, als ich aus Mersin nach Deutschland kam, was es zu bedeuten hat, daß Yasemins Stammbaum tief in die Erde von Hınıs hinabreicht.»

Nasrettin glaubte sich schwach erinnern zu können an Geschichten aus Hınıs, die er in der Mittelschule in Kars auf dem Schulhof gehört, die ihm aber im Vergleich zu dem, was die Öztürks in Sulakbahçe mit den Karagöz durchgemacht hatten, eher harmlos erschienen waren. Ein Kunde, der am Hermannplatz in der Zweigstelle der Firma Tuncel Tours, die sich zum Marktführer auf dem Sektor Urlaubsreisen in die Türkei entwickelt hatte, beschäftigt war und sich wie jeden Morgen vor dem Dienst im Salon rasieren ließ, hatte dem Gespräch zugehört und mischte sich jetzt ein.

«Hınıs? Aus Hınıs war doch dieses Mädchen, das von ihrem Bruder auf dem Oranienplatz erschossen worden ist vor zwei oder drei Wochen. Hat alles groß im ‹Hürriyet› gestanden und im ‹Sabah›, auch die deutschen Zeitungen haben darüber berichtet. Sie hatte etwas mit einem Deutschen. Hat sich gegen das Verbot des Vaters heimlich mit ihm getroffen. Nein, die Leute aus Hınıs verstehen nicht den geringsten Spaß in diesen Dingen.»

Nasrettin wartete, bis der Angestellte von Tuncel Tours seinen Laden verlassen hatte, bevor er Gülten weiter nach Yasemins Lebensumständen befragte.

«Sie hat sozusagen Glück», klärte Gülten ihn auf, «daß ihr Vater nicht nur ein Tyrann und von allen Männern, die in sie verliebt sind, der eifersüchtigste, sondern auch extrem geldgierig ist. Deshalb darf sie bei Woolworth arbeiten gehen. Ihren Lohn liefert sie bis auf ein Taschengeld bei Metin ab, und weil sie als Mitarbeiterin fünfzehn Prozent Rabatt auf alle Artikel erhält, betreibt ihr Vater noch einen umfangreichen Kommissionshandel mit den Türken im Viertel. Nur der Firma Woolworth verdankt also Yasemin, weil ihre Brüder noch früher als sie aus dem Haus müssen und der Alte seinen fetten Hintern nur in seltenen Notfällen aus der Wohnung bewegt, die kleine Freiheit, morgens unbeaufsichtigt vom Schlesischen Tor zur Kottbusser Brücke und nach Feierabend wieder zurück gehen zu dürfen. Ist sie sonst unterwegs, wird sie immer von einem ihrer Brüder begleitet. Sie hat nicht eine einzige Schwester, dafür sind ihre Brüder zu sechst und allesamt älter als sie. Stell dir also vor, welchen Segen es für sie bedeutet, daß ich ihre Freundin sein darf und daß Metin ihr erlaubt, mit mir zusammenzusein, ohne daß einer der Brüder uns verfolgt und bespitzelt auf Schritt und Tritt. Das aber nur deshalb, weil mein Vater Vorsitzender im alevitischen Kulturverein von S. O. 36 ist. Ja, Nasrettin! Yasemin ist Alevitin. Zwar hat sie kaum eine Ahnung, was das bedeutet, aber Metin glaubt es zu wissen. In der Praxis reduziert es sich auf den Punkt, daß er seine Tochter unter gar keinen Umständen einem Sunniten zur Frau geben wird.»

Wie wir uns vorstellen können, war Nasrettin, als Gülten ihm diese Zusammenhänge auseinandergelegt, am Boden zerstört. Am Abend machte er Sevim einen Besuch.

«Was sind wir eigentlich?» war die erste Frage an seine Mutter. «Aleviten oder Sunniten?»

«Nasrettin!» stieß Sevim schreckensbleich aus. «Was ist mit dir? Wie kommst du auf solch eine Frage! Natürlich Sunniten! Oder schlemmen wir etwa am hellichten Tag, wenn Ramazan ist? Treffen wir uns etwa, Männer wie Frauen, an heimlichen Orten, um Rakı zu trinken, zu tanzen und, wenn im Rausch jede und jeder die Besinnung eingebüßt hat, die Kerzen zu löschen? Gab es in unserem Dorf etwa keine Moschee?»

Das Bild, das Sevim da von den Aleviten entwarf, hatte auf Nasrettin eher anziehende als abstoßende Wirkung. Doch Sevim geriet in Rage und redete sich in einen Haß, wie er ihn an seiner Mutter noch nicht kennengelernt hatte. Daß Aleviten sich nur widerwillig wüschen, daß sie Muslime nur der Phrase nach seien, in Wirklichkeit bei ihren Saufgelagen aber spotteten über das, was der Koran den Gläubigen vorschreibt – es klang, als sei Sevim persönlich schlimmste Pein von den Aleviten zugefügt worden. Nach ihrer Auffassung war also «Aleviten» nur ein anderer Ausdruck für den Abschaum der Menschheit.

«So genau wollte ich es eigentlich gar nicht wissen», hakte Nasrettin ein, als Sevims Vorrat an Diffamierungen aufgebraucht war. «Was mich mehr interessiert: Wie wäre es denn, wenn ein Sunnit – wir nehmen an, er hätte seine Gründe dafür –, wenn ein Sunnit ein Alevit werden wollte?»

«Wie das wäre?!» ereiferte sich Sevim aufs neue. «Das wäre, als ob ein Pferd ein Schwein werden wollte. Solch ein Mensch wäre verrückt und gemeingefährlich dazu und müßte auf der Stelle eingesperrt werden. Vielleicht ist es möglich, daß ein Alevit, der ja im Grunde nichts dafür kann, weil seine Eltern die Schuld daran tragen, daß er zu dem wurde, was er ist, möglich, daß ein Alevit, meine ich, sich zum wahren Glauben bekehrt, der Ketzerei seiner Vorfahren abschwört und sich als guter Muslim erweist. Von solchen Fällen hat man gehört. Aber umgekehrt? Ganz und gar ausgeschlossen ist das. Alevit wird man nicht, Alevit ist man.»

Nasrettin empfand einen Widerspruch darin, daß Sevim einerseits behauptete, man werde als Alevit nicht geboren, sondern von seinen Eltern dazu gemacht, es aber andererseits als unmöglich hinstellte, daß jemand aus freiem Entschluß diesen Glauben oder was es auch war annehmen könnte. Indessen schien es ihm müßig, das Problem mit ihr ausdiskutieren zu wollen. Um aber doch für sich wenigstens die Logik des Verhältnisses etwas klarer zu fassen, fragte er noch einmal nach.

«Wenn ich deine Worte richtig auslege, Mutter, dann steht es zwischen den Aleviten und den Sunniten in etwa so wie zwischen den Christen und den Muslimen: daß ein Christ wohl den Islam annehmen, ein Muslim aber nicht zum Christentum übergehen kann?»

«Jetzt sag bloß, daß du Christ werden willst! Oder am besten gleich Jude. Oh, ihr Deutschen! Was habt ihr aus meinem Jungen gemacht? Ich war von allem Anfang an dagegen. Nichts als Unglück hat dieses Deutschland über uns gebracht. Meinen Oktay hat es das Leben gekostet, und dich, Nasrettin, der du der Trost meines Alters werden solltest, hat es verdorben bis auf den Grund.»

So verließ Nasrettin einmal mehr im Unfrieden die Wohnung seiner Mutter. Er mußte sich sagen, daß beim Spiel um Yasemin die Karten für ihn denkbar ungünstig ausgeteilt waren. Aber der Liebende steht unter anderen Gesetzen. Alles, was gegen seine Verbindung mit Yasemin sprach, waren nur ebenso viele Gründe, sie um jeden Preis zu gewinnen.

Nasrettin hielt sich an Gülten. Ob es sich nicht vielleicht einrichten ließe, daß zum Vorwand Gülten sie ausführte zu etwas Harmlosem, das Metin erlaubte, ins Kino zum Beispiel.

«Das hättest du gern!» wandte sich Gülten mit Energie gegen diese Insinuation. «Aber selbst, wenn du mir jetzt eine Gehaltserhöhung anbötest dafür, ja, nicht einmal, wenn du mir den ganzen Laden überschriebst, fändest du mich zu einem solchen Leichtsinn bereit. Yasemins Freundschaft ist mir das Kostbarste auf der Welt. Es wäre im höchsten Maße verantwortungslos, wenn ich meine Hand zu solch einem Wagnis liehe. Angenommen, du kämst unter meiner Deckung zu deinem Rendezvous mit Yasemin. Selbst wenn das unter uns bliebe, du würdest mit allen Mitteln ein nächstes Stelldichein zu erzwingen versuchen. Daß der Alte herausfände, was hinter seinem Rücken gespielt wird, wäre bloß eine Frage der Zeit. Die Schuld träfe ganz allein mich, Metin würde unweigerlich Yasemin den Verkehr mit mir auch noch verbieten. Aber der Schaden wäre für Yasemin schlimmer als für mich. Sie wäre damit komplett isoliert. Denkbar auch, daß der Tyrann seinen Geiz überwände und sie zwänge, bei Woolworth zu kündigen. Selbst wenn nicht du, sondern sie mich bäte, für sie zu lügen, um ein Treffen zwischen euch möglich zu machen, müßte ich mich weigern. Aber davon ist natürlich überhaupt keine Rede. Sie findet dich zwar nicht unsympathisch, hat mir aber keinerlei Botschaft für dich aufgetragen, und zumindest von ihrer Seite scheint eine Notwendigkeit, dir wiederbegegnen zu müssen, nicht zu bestehen. Wenn, wie du beteuerst, für dich das Heil dieser Erde nur darin liegen kann, Yasemin so oft wie möglich zu sehen und ihre Nähe zu spüren, so kämst du diesem Ziel am nächsten, wenn du mich heiraten würdest.»

Nasrettin schaute sehr indigniert.

«Das war doch nur ein Scherz», rief Gülten lachend. «Von deinem Nasrettin-Hoca-Humor scheint dir nicht viel geblieben zu sein.»

Gülten traf etwas mit dieser Bemerkung. Nasrettins Gemütsverfassung war von der weisen Resignation seines Namenspatrons tatsächlich weit entfernt.

Zwei Ziele standen vor ihm: Yasemin mußte seine Frau, er selbst mußte Europameister im Superfedergewicht werden. Zwei Personen standen der Erreichung dieser Ziele im Weg: der eine war Metin, der andere hieß Marcel Sandol. Und wie die Niederringung des Titelinhabers in dem Kampf, dessen Datum überhaupt noch nicht festgelegt war, nicht erst mit dem Gong zur ersten Runde beginnen würde, vielmehr bereits begonnen hatte und stattfand mit jedem Waldlauf, jeder Übung an den Geräten, jedem Boxen gegen den eigenen Schatten und die vom Trainer hingehaltenen Pratzen, so war auch sein Sieg über Metin nicht so sehr eine Frage von Schlagkraft und Intuition. In letzter Instanz würde seine überlegene Kondition die Entscheidung erzwingen.

Nasrettin nahm zusätzliche Strecken in sein tägliches Laufpensum auf. Die erste ging von der Ockerstraße zum Schlesischen Tor. Um 7.46 Uhr stand er, eine rote Rose in der Hand, am Eingang der Oppelner Straße, denn dies war die Minute, da Yasemin das Haus verließ, um zur Arbeit zu gehen. Yasemin war einverstanden, daß er während der ganzen vierzehn Minuten, die der Weg in Anspruch nahm, neben ihr blieb, unter der Bedingung, daß er nicht mit ihr sprach. An der Kottbusser Brücke ließ sie ihn auf der Kreuzberger Seite stehen, pflückte die Rose aus seiner Hand und sagte die beiden Worte, die im Türkischen das deutsche «Danke» ausdrücken.

Zwei Minuten nach Yasemins Dienstschluß stand Nasrettin mit einer frischen Rose am Brückengeländer und schritt neben ihr bis zu der vereinbarten Stelle, wo sie Rose und Abschied von ihm nahm. So fand es an jedem Arbeitstag statt.

Daß sie ihm während der beiden Viertelstunden, die für Nasrettin aus jedem Tag einen glücklichen werden ließen, mit ihr zu sprechen verbot, hatte er anfangs für eine übertriebene Grausamkeit gehalten, denn er verstand nicht ganz den Unterschied, den es gemacht haben würde, ob man sie nun miteinander plaudernd oder stumm nebeneinanderher laufend beobachtet hätte. Inzwischen gefiel ihm dieses Tabu. Es war ihm, als verbinde diese Konzentration auf das bloße gemeinsame Gehen sie mit jedem zurückgelegten Kilometer fester ineinander, während Konversation über alltägliche Gegenstände seine Empfindungen mit der Zeit wahrscheinlich gelockert und aufgelöst hätte. So wuchs in ihm der Drang nach Mitteilung bis an die Grenze des Erträglichen und hatte den Grad, wo die Liebeserklärung sich zum Heiratswunsch wandelt, lang überschritten. Er mußte fürchten, die Worte, die er in seinem ganzen Leben nur ein einziges Mal sagen würde, könnten irgendwo auf der Reichenberger Straße herausplatzen aus ihm und im Lärm des morgendlichen Berufsverkehrs verhallen …

Nein, das durfte nicht geschehen, er mußte sich ihr in einem festlichen Rahmen enthüllen. Zwar wußte sie alles, seine Rosen, sein andächtiges Neben-ihr-Gehen hatten es ihr zigmal gesagt, aber er mußte sich ihr auch noch in aller Form offenbaren, mit Fassung und Tapferkeit ihre Antwort erwarten. Im «Ciao» sollte dieser Abend aller Abende stattfinden, daran hatte sich, seit er es im Eiscafé vorgeschlagen, nichts geändert, wenn auch inzwischen seine Einbildungskraft alles bis in die kleinste Einzelheit durchgearbeitet hatte.

Er hatte zwei goldene Ringe besorgt, die er immer mit sich trug. Eine Woche verstrich noch mit dem gewohnten Nebeneinanderhergehen zwischen ihrer Wohnung und ihrer Arbeit, dann endlich war Nasrettin soweit, alles auf eine Karte zu setzen. Was in diesem Fall wörtlich zu nehmen war, denn er schrieb ihr seine sehnlichste Bitte, der alten, aber nie vergessenen Einladung in das italienische Restaurant doch noch zu folgen, auf eine Karte, die er ihr in einem Umschlag beim morgendlichen Abschied an der Kottbusser Brücke mit der obligaten Rose übergab.

Er hatte, ohne es zu wissen, den Tag sehr glücklich gewählt, denn für den Abend war im alevitischen Kulturverein von S. O. 36 ein Vortrag mit Diskussion angesetzt, der Metin nach aller Voraussicht bis in die Nacht festhalten würde. Auch darauf hatte Nasrettin sich gefaßt gemacht, daß Yasemin sein Billett schlicht ignorieren, es nicht zum Anlaß nehmen würde, die in Wochen aufgetürmte Mauer aus Schweigen zu durchbrechen.

Wie war er jetzt durcheinandergeworfen, als sie auf der Brücke, wo er sie wie stets mit seiner Rose erwartet hatte, zu ihm trat und sprach. Es war ihm im ersten Moment ganz unmöglich, den Inhalt ihrer Worte zu begreifen. Wenngleich er in seinen Träumen die zärtlichsten Unterhaltungen mit ihr pflog, wo sie ihn mit Kosenamen nannte und ihm ihre Liebe gestand, so hatte er hier in der verminderten Realität eigentlich nicht mehr damit gerechnet, aus diesem angebeteten Munde je etwas anderes zu hören als «Danke für die Rose» und «Bis morgen».

«Was? Wie? Verzeih», stotterte er in seiner Verstörung. «Würdest du bitte noch einmal wiederholen, was du gesagt hast?»

Yasemin lächelte Nasrettin an, alles in ihrem Ausdruck war: Ja. Ja und nochmals ja. Ob sie das Wort auch aussprechen konnte?

«Es ist so ungewohnt, daß wir sprechen», sagte er. «Es kommt mir vor, als müßte ich's erst wieder lernen.»

«Bist du denn nicht hungrig? Im Kaufhaus war heute die Hölle los. Der Sommerschlußverkauf hat doch begonnen. Aber das kriegt ihr Mannsbilder ja nicht mit. Ich fühle mich wie gerädert und könnte sofort eine Stärkung vertragen. Was ist? Wollen wir nicht hinfahren zu deinem Lokal?»

Unwillkürlich legte Nasrettin die Hand auf seine Hosentasche, tastete nach der Schachtel mit den Ringen unter dem Stoff. Welch glückliche Fügung, daß in der Tasche auf der anderen Seite drei Hundertmarkscheine steckten, denn er war auf der Bank gewesen.

«Sag, Nasrettin», fragte Yasemin, «ist es ein sehr feines Restaurant? Vielleicht sollte ich doch erst nach Hause und mich etwas schick machen. Du sollst dich doch nicht schämen müssen für mich.»

Sie trug das ärmellose Kleid, das sie auch damals, als sie an ihm vorüber in seinen Salon geschwebt war, angehabt hatte. Wenn er sich den Abend mit ihr im «Ciao» vorstellte, hatte er sie stets in diesem Gewand vor seinen träumenden Augen gehabt.

«Nein, bleib, wie du bist», sagte Nasrettin schnell. So nah an der Erfüllung des Erträumten wollte er sich auf dies Wagnis nicht mehr einlassen; allzu wahrscheinlich, daß ihre Brüder mißtrauisch geworden wären, hätten sie gesehen, wie Yasemin sich herausputzte und schminkte. Daran, daß Yasemins Schönheit durch irgendwelche kosmetischen Mittel noch zu steigern wäre in ihrer Wirkung, glaubte er nicht, hingegen verursachte es ihm starkes Unbehagen, daß er selbst, nun, da die Stunde, die er mit solcher

Sehnsucht erwartet, ohne Ankündigung über ihn hereinbrach, in Jeans und T-Shirt dastand. Aber daran war jetzt nichts mehr zu ändern. Nasrettin winkte einem Taxi und schob Yasemin hinein.

Als sie vom Tauentzien an der Gedächtniskirche vorüber auf den Ku'damm kamen, wurde Nasrettin von sonderbaren Reminiszenzen befallen. Wie er damals mit Jennifer, die er eben der Gräfin abgekauft hatte, eingerollt war in das, was sich ihm als glänzende Zukunft dargestellt, sich dann aber in bitterste, finsterste, schäbigste Gegenwart und Realität verkehrt hatte. Er mußte dringend dem Frisiersalon einen neuen Namen geben. Gleich morgen würde er über der Tür das Schild mit der Chiffre für sein Verhängnis entfernen. Im Lauf des Abends würde er die, die neben ihm saß – war es zu glauben? –, neben ihm saß, als ob sie seit je und für immer zusammengehörten, um die Erlaubnis bitten, seinen Laden in «Salon Yasemin» umtaufen zu dürfen.

Auch an die Szenen seiner Selbsteinsetzung in die Nachfolge des Paten mußte er sich erinnern. Wie er die Jungs mit dem Geld aus der gestohlenen Brieftasche eingekleidet hatte. Ihr Taxi passierte eben das elegante Geschäft, das sie damals besucht hatten. Was war aus seinen Komplizen geworden? Savaş hatte sich zu einem zünftigen türkischen Mafioso entwickelt. Hatte in Deutschland schließlich so viel auf dem Kerbholz gehabt, daß die Bosse ihn nach İstanbul abziehen mußten. Dort hatte ihn ein Juwelier in Yeşilköy, bei dem er das fällige Schutzgeld abholen wollte, über den Haufen geschossen. Ümit war an die Nadel geraten. Nasrettin war ihm vor kurzem bei einem Konditionstraining in der Hasenheide begegnet. Ümit hatte vollgedrückt auf einer Parkbank gelegen und fatal jenem Penner, ihrem ersten Opfer, geähnelt. Cengiz hatte sich in religiösen Wahnsinn und Fanatismus gerettet. Hatte eine Kopftuchfrau und drei kleine Kinder, die er in einer 40-Quadratmeter-Wohnung in einem der Hochhäuser zwischen Kottbusser Tor und Erkelenzdamm hielt. Rannte täglich fünfmal in die Moschee, das vierte Kind war unterwegs. Nevzat und Kasim saßen im Knast: Körperverletzung, bewaffnete Raubüberfälle,

Drogendelikte. Levent hatte Nasrettin aus den Augen verloren, nur Barış hatte einen mittleren und gangbaren Weg für sich gefunden. Ihm gehörte ein Musikcafé in Reinickendorf, wo im Hinterzimmer um kleine Einsätze Okey gespielt wurde und zuverlässige Gäste sich mit Haschisch seltener Sorten des gehobenen Preisniveaus eindecken konnten.

Wie war Nasrettin seit jenem Tag gestiegen in der Wertschätzung des Personals im «Ciao»! Ganz nebenbei hatte er ja auch noch eine klitzekleine Theaterkarriere gemacht. In der Schaubühne war nach ihrem Umzug in den Mendelssohn-Bau ein Stück nach Klaus Manns Roman über Gustaf Gründgens einstudiert worden. Für die Szenen in dem politischen Kabarett, das in dem Stück wie auch in der Romanvorlage «Sturmvogel» hieß, hatte die Dramaturgie des Theaters Sketche von Agitproptruppen aus der Weimarer Zeit ausgegraben. In einem dieser Sketche sollte der Kampf zwischen zwei Parteien als Boxkampf dargestellt werden. Einen solchen zu choreographieren war dem Regisseur zu mühselig erschienen, auch fehlte ihm die nötige Kenntnis des Sports, und so war die Frage nach einem Experten aufgetaucht, den man zu Rate ziehen wollte.

Einer der Beleuchter, ein Türke, der kaum einen von Nasrettins Kämpfen versäumte, hatte an diesen das Gesuch des Theaters weitergeleitet. So war es gekommen, daß Nasrettin als Hilfsregisseur zwei Schauspielern Boxunterricht erteilt, die kleine Szene mit ihnen arrangiert und eingeübt hatte. Nach den Proben war er mit dem Ensemble ins «Ciao» gegangen, wo denn die Kellner in Kenntnis gesetzt wurden von seinen sportlichen Erfolgen und ihn als einen Prominenten zu behandeln begannen. Später hatte er die Journalisten, die ihn ausfragen wollten, mit Vorliebe dorthin bestellt. Inzwischen redete er jenen Kellner, der ihn beim ersten Besuch mit seinen Jungs zur Feier ihres kriminellen Debüts so widerstrebend und hochnäsig bedient hatte, mit seinem Vornamen Giuseppe an und erlaubte sich mit ihm Scherze derbster Art.

Auch jetzt war man bemüht, den Empfang für ihn so ehrenvoll wie nur möglich zu gestalten. Giuseppe hatte Yasemin und Nasrettin durchs Fenster herankommen sehen, schwang für sie die Türflügel auf und salutierte unserem Helden mit einem schmetternden «Buona sera, signore Öd-se-turco, il champione!» Auch der Signorina in des Boxers Begleitung zollte Giuseppe höchste Verehrung, ließ grinsend seine Mundwinkel nach den Ohrläppchen suchen und rollte, seine Begeisterung für ihre Schönheit kundzutun, so mit den Augen, daß man momentweise nur das Weiße in ihnen erblickte.

An seinem Lieblingstisch, den Nasrettin doch unbedingt hatte reservieren wollen für diesen Abend, saß ein Paar in den Mittfünfzigern. Eine Laufkundschaft, Touristen, wie an dem zwischen ihnen liegenden Stadtplan ersichtlich. Ohne daß Nasrettin darum hätte bitten müssen, wurden diese beiden Gäste von Giuseppe mit geringer Höflichkeit an einen anderen Tisch gesetzt, er und Yasemin an die Bar komplimentiert, dort bei einem Aperitif auf Kosten des Hauses sich zu gedulden, bis man frisch für sie eingedeckt hatte.

Nasrettin ließ sich einen Whisky einschenken. Er war nervös wie nie vor Beginn eines Kampfes und hoffte auf Beruhigung durch den Scotch. Yasemin war etwas befangen. Die Hochachtung, die Nasrettin in diesem ihr so fremden Milieu entgegengebracht wurde – gerade winkte ihm wieder ein Schauspieler, der hereingekommen war und den sie vom Fernsehen her kannte –, hatte die wohlkalkulierte Wirkung auf sie nicht verfehlt, aber ansonsten verlief kaum etwas so, wie er es wieder und wieder vorausgedacht und vorausgeplant hatte.

Nicht von Jubel und Feststimmung war dies Tête-à-tête zwischen ihnen getragen, eher herrschte eine gewisse Andächtigkeit, eine leise, fast ernste Fröhlichkeit tief in ihrem Innern, ein Einvernehmen fernab jeder Sprache. Auch Giuseppe, der sie bediente, wurde angesteckt von diesem Largo, mied alle Hektik, legte sein harlekinhaftes Gemache ab und widmete sich seiner Aufgabe wie ein Ministrant in einer Messe. Wenn er den Namen einer Speise auf einem der Teller, die er ihnen reichte, aussprach, so tat er dies, als seien es die Anfangsworte eines Gebets.

Nasrettin und Yasemin beobachteten einander beim Essen, und es war eine Lust in diesem Beschauen und Sich-anschauen-Lassen, die sich kaum noch von der erotischen unterschied. Später, bei ihrer ersten Umarmung, bis zu der noch ungebührlich viel Zeit hingehen sollte, fanden sie den Mund und die Hände des anderen beim Küssen und Streicheln exakt so, wie sie es hier, seinen Gebrauch von Messer und Gabel, sein Abschlecken, sein Kauen betrachtend, im Geiste weitergeführt hatten. An der Tafel wie auch im Bett war es bei Nasrettin und Yasemin kein Verschlingen, nicht einmal ein Vernaschen; alles geschah ohne Hast und erst recht ohne Gier. Was ihnen zuteil geworden war, genossen sie Bissen für Bissen und mit einem Gefühl der Dankbarkeit gegenüber der Schöpfung, das auch nicht abfiel in den Pausen zwischen den einzelnen Gängen. Dann verstärkte ihnen die Anwesenheit des anderen die glückhafte Empfindung der Dauer.

Nasrettin hatte Wein bestellt, und sie tranken davon, aber auch von ihm nicht Berauschung fordernd, nicht Erhitzung und Taumel, sondern zarte Belebung und sanfte Durchwärmung. Sie prüften einander. Nur diese zwei, drei Stunden, die sie an ihrem Tisch im «Ciao» miteinander verbrachten. Wenn nicht das zweimal tägliche Nebeneinandergehen durch die Kreuzberger Straßen die eigentlich und schon bestandene Prüfung gewesen war.

Falls sie sich jetzt einander versprachen, dann würde ihr Leben zu einem nicht unwesentlichen Teil daraus bestehen, bei den schätzungsweise 50 000 Mahlzeiten, die sie diesen Leibern zuführen würden, einander wie jetzt gegenüberzusitzen. War Nasrettin erfüllt gewesen von einem Verlangen nach Yasemin, dem viele Elemente von Tierischem beigemengt waren und von Abstraktem, was gar nicht auf sie als besondere Persönlichkeit zielte, so trat bei ihm nun ein Wunsch von großer Klarheit und Gewißheit an diese Stelle. Das war kein geiler Trieb, der an ihr seine Befriedigung suchte. Er wollte, daß sie ein Teil von ihm wurde, genau wie sie ihn zu einem Teil ihrer selbst machen sollte. Zwei Teile von einem Ganzen sollten sie werden, und wenn er sich nicht täuschte, so waren sie's schon: zwei Teile, die bei jeder Trennung mit der Kraft der Natur und ohne Aufwand von Willen wieder zu ihrer Vereinigung strebten. Nacht für Nacht würde er bei ihr liegen, ohne ihrer jemals überdrüssig werden zu können, überträfe doch jede Umarmung – und sollte es selbst die zehntausendste sein – die vorige mit Notwendigkeit, weil sie eine zusätzliche Annäherung an das – zum Glück! – nie erreichbare Ideal ihrer völligen Unterschiedslosigkeit war. Sicher würden sie viele Kinder bekommen.

So etwa haben wir uns die Regungen in Nasrettins Seele zu denken. Was aber ging in Yasemin vor? Liebte sie Nasrettin schon? Er hatte sich mit seinen 25 Jahren eine Stellung im Leben erkämpft. In Klein-İstanbul, in Kreuzberg, galt er als Held. Yasemin hatte sogar bei einem ihrer Vettern ein Poster von ihm gesehen. Der Ruf, den Nasrettin im Wedding genoß, hätte sie gewiß mehr als nachdenklich gestimmt, aber davon war nichts zu ihr gedrungen. Daß er die Grenzen des türkischen Ghettos durchbrochen, daß er in die Kreise der wohlhabenden Künstler eingedrungen war, daß er von Leuten, die sie vielleicht gern um ein Autogramm gebeten hätte, mit Schulterklopfen und freundlichen Scherzen begrüßt wurde, war ihr ja gerade mit Deutlichkeit vorgeführt worden. Ein Mann, ohne Zweifel, zu dem eine Woolworth-Verkäuferin aufblicken konnte und um den sie beneidet werden würde von ihren Kolleginnen. Der Frisiersalon war alles andere als eine blühende Unternehmung, schrammte immer knapp an der Pleite vorbei. Aber das hing wohl hauptsächlich mit der total gescheiterten Beziehung zu dieser Jennifer zusammen, wovon Yasemin durch Gülten Diverses erfahren. Daß Nasrettin mit dieser Frau Schiffbruch erlitten hatte, verursachte Yasemin keine Bedenken. Nach ihrem Credo hätte er sich nur den Versuch sparen müssen, da zwischen einem Türken und einer Deutschen, einem Deutschen und einer Türkin eine Kluft in den Lebenskonzepten bestand, über die alle Liebe der Welt nicht die Brücke zu schlagen vermochte. Das mit dem Geschäft wäre sicher, falls sie Nasrettin heiratete, auf andere Geleise zu bringen. Daß er sich in so jungen Jahren schon eine eigenständige wirtschaftliche Existenz aufgebaut hatte, war unter dem Strich als unbedingt vielversprechend zu sehen.

Was nun das Boxen anging, so war Yasemins Meinung gespalten. Für die Rolle ihres künftigen Beschützers qualifizierte es ihn natürlich in nicht zu überbietender Weise. Daß Nasrettin ein ausgenommen einfühlsamer und rücksichtsvoller Mensch war, glaubte sie aus ihrer Beobachtung behaupten zu dürfen und wurde im übrigen durch Gültens Urteil bestätigt. Etwas für sie Bedrohliches hatte sie an ihm nicht feststellen können. Mit allerletzter Sicherheit jedoch war es nicht zu verbürgen, daß die Anwendung von Gewalt bei ihm immer hundertprozentig durch die Ringseile in den Bezirk des Sports eingezäunt blieb. Wenn Yasemin auch fest genug an seine Ritterlichkeit glaubte, um die Möglichkeit, daß er seine Kräfte einmal gegen sie oder eines der Kinder, die sie haben würden, richten könnte, komplett zu verwerfen, so war aber, weil die Männer einmal in ihrer großen Mehrheit auf Yasemin flogen, von seiner Eifersucht allerhand Unheil zu fürchten. Andererseits war ihr, wenn auch die eingedrückte Nase sein schönes reintürkisches Gesicht etwas entstellte, der gestählte und muskulöse Körper, der nicht umfiel, wenn zwölf Runden lang mit Hammerfäusten eingedroschen wurde auf ihn, lieber als der plattgesessene Hintern und der Hängebauch eines Beamten oder Geschäftsmanns.

Wahrscheinlich würde sie sich ängstigen müssen um seine Gesundheit, die er in seinen Kämpfen großen Gefahren aussetzte. Schließlich würde er ja aber nicht sein Leben lang boxen, vielleicht noch die Europa- und die Weltmeisterschaft holen und dann abtreten, ihr und den Kindern zuliebe, selbst wenn es ihm schwerfallen sollte, auf das schnellverdiente Geld zu verzichten und etwas eingeschränkter zu leben.

Dies und mehr bewegte Yasemin in ihren Gedanken, und die Tatsache, daß sie Überlegungen dieser Art anstellte, beweist hinreichend, daß im Dunkel ihres Gefühls die Entscheidung längst gefällt war und nur noch dem Verstand beigebracht werden mußte. Sie wartete seit einigem, daß Nasrettin seine Werbung endlich aussprechen würde.

Nasrettin hatte auch nach den Antipasti schon einmal nach dem Schächtelchen mit den goldenen Ringen in seiner Hosentasche gegriffen, sie dann aber an ihrem Platze belassen und den Akt bis nach dem Nudelgericht, dann, bis Giuseppe das Geschirr des Hauptgerichts abtragen würde, verschoben. Es war bereits die Order für die süße Speise gegeben, und Nasrettin zwang sich, bevor er die Ringe ungezeigt wieder mitnahm und die größte Hoffnung seines Lebens verspielte, Yasemin vor die Alternative zu stoßen.

«Ich habe etwas für dich», sagte er und schob ihr das geöffnete Schächtelchen, wo auf blauem Samt die Ringe glänzten, über den Tisch.

Yasemin hatte, wir sagten es, auf seine Erklärung gewartet, aber jetzt war sie doch überrascht. Aus einem Impuls der Höflichkeit eigentlich und ohne es sich vollkommen bewußtzumachen, welchen Sinn Nasrettin ihrer beiläufigen Handlung zumessen mußte, steckte sie den kleineren der beiden Ringe an ihren Finger.

«Das Weiß wird dir gut stehen», war alles, was er noch zu stammeln vermochte, dann zerfloß er in Freude und Rührung.

Am 12. November 1914 trat die jungtürkische Regierung in den Ersten Weltkrieg ein. Vorausgegangen waren am 28. Juli 1914 die Kriegserklärung Österreich-Ungarns an Serbien und am 31. Juli diejenige des Deutschen Reiches an Rußland. Am 2. August setzten in İstanbul der Großvezir Sait Halim Paşa und der deutsche Botschafter Hans Freiherr von Wangenheim ihre Unterschriften unter den geheimen Bündnisvertrag zwischen dem Deutschen und dem Osmanischen Reich. Welche Überstürzung und Torschlußpanik hierbei im Spiele waren, ersieht man daraus, daß der im Abkommen vorgesehene Casus foederis, der Ausbruch der Feindlichkeiten zwischen Deutschland und Rußland, zum Zeitpunkt seiner Ratifizierung bereits gegeben war.

Der Poker, den die Sultane jahrhundertelang betrieben, indem sie mit Glück und Geschick die imperialistischen Räuber immer wieder gegeneinander gehetzt, sie hier und da mit Bissen von ihrem Reich abgespeist hatten, war endgültig ausgereizt, die Jungtürken mußten Farbe bekennen. Daß diese Farbe nun, da die abzusehende Katastrophe eingetreten, Deutschland hieß, war logische Folge der beiderseitigen Außenpolitik, der wirtschaftlichen und militärischen Zusammenarbeit, aber ganz und gar ausgemacht war es nicht, hatte man jungtürkischerseits doch noch im Mai dieses Schicksalsjahres vergeblich die Fühler nach Petersburg gestreckt, hatte sich im Juli noch Cemal Paşa am Quai d'Orsay die letzte Abfuhr geholt. Enver und Talat, die beiden Germanophilen im Triumvirat, hatten es daher eilig, die Würfel fallen und auf Cemal, den Dritten im Bunde, der immer noch mit der Entente liebäugelte und hierbei von Cavit, dem Minister über die Finanzen, unterstützt wurde, die normative Kraft des Faktischen wirken zu sehen. Der Vertrag mit dem Kaiser, so bindend er sein mochte, war eben doch nur ein Stück Papier, und gemeinsam mit der Obersten Heeresleitung in Berlin wünschte Enver, daß der wirkliche Eintritt ins blutige Geschehen so schnell als möglich erfolgte.

Häufig genug war uns in diesem Buch Gelegenheit geboten, den Satz von Krieg und Diplomatie als den verschiedenen Mitteln ein und derselben Politik zu zitieren und mit Beispiel zu belegen, aber der Übergang macht sich dann in der Wirklichkeit doch nicht immer gar so umstandslos wie in der Theorie. Die Rüstung war das Problem, denn für den neuesten Umbau und die neueste Modernisierung der osmanischen Streitkräfte unter deutscher Kuratel begann der Krieg entschieden zu früh. Der kranke Mann am Bosporos, eben erst angeknockt von zwei in kurzer Serie geschlagenen Balkankriegen, war noch gar nicht ordnungsgemäß angezählt worden, da sollte er schon wieder stehen und boxen. Unfähig, die Hand zu einem Geraden oder zu einem Haken zu heben, mußte sie dem Siechen beim ersten Streich vom deutschen Sekundanten geführt werden.

Die Inspiration und der Vorwand dazu wurden am Tag zwischen des Kaisers Kriegserklärung an den Zaren und seiner Einigung mit dem Sultan von Winston Churchill geliefert.

Die Sache war nämlich die, daß Sultan Mehmet V., der Schatten vom Schatten eines Schattens Gottes auf Erden, besser gesagt also, das jungtürkische Triumvirat, das in seinem Namen und an seiner Stelle regierte, um sich alle Türen offenzuhalten, zwar seine Kanonen bei Krupp in Essen gießen ließ, zur Aufstockung des überaus dürftigen, ja geradezu armseligen Flottenbestands jedoch bei den Engländern zwei Dreadnoughts in Auftrag gegeben hatte. Die Übergabe der beiden schon 1911 georderten und von der Firma Armstrong längst fertiggestellten Schlachtschiffe war unter Ausreden immer wieder verzögert worden. Das hatte verbreiteten Unwillen erregt, da die Kosten für die «Reşadiye» und die «Sultan Osman» von der Donanma Cemiyeti, dem osmanischen Flottenverein, durch Volksanleihen aufgebracht worden waren. Die ebenso offizielle wie illegale Konfiskation des vollständig bezahlten osmanischen Eigentums durch Winston Churchill, den First Lord der britischen Admiralität – unrechtmäßig, weil England sich an diesem 1. August mit der Türkei noch nicht im Kriege befand –, mußte zwangsläufig in allen dem Osmanischen Reich verbliebenen Provinzen, wo man für diesen Ankauf schwere Opfer erbracht hatte, einen wahren Sturm der Empörung entfachen.

Eine schönere Bresche hätte Churchill der deutschen Marine gar nicht aufreißen können, und so empfingen der Panzerkreuzer «Goeben» und der geschützte Panzer «Breslau», die eben von Messina ausgelaufen waren, um an der französisch besetzten Küste

Nordafrikas Unruhe zu stiften, am 4. August einen Funkspruch des Wortlauts: «Bündnis geschlossen mit Türkei. ‹Goeben› und ‹Breslau› sofort nach Konstantinopel.»

Was der böse Engländer dem Osmanen hinterlistig gestohlen, wollte der gute Deutsche ihm aus dem Eigenen großherzig ersetzen. Die Flotten der Briten und der Franzosen, die gemeinsam mit den Italienern die Wasserwege des Mittelmeers in Vorbereitung des Krieges unter nahezu perfekte Kontrolle gebracht hatten, setzten jedoch alles daran, die Deutschen an der Ausübung ihres Edelmutes zu hindern, und bliesen zur Treibjagd auf die «Goeben» und die «Breslau». Es gelang den Deutschen der tollkühne Streich, sie schüttelten alle Verfolger ab, einzig der englische Kreuzer «Gloucester» hielt die Heizer auf den Schiffen des Kaisers über Tage und Nächte am Schwitzen und konnte, auf sechs Seemeilen herangekommen, der «Breslau» sogar einen Treffer am Seitenpanzer Steuerbord mittschiffs verpassen. Solchermaßen touchiert, war sie dennoch in der Lage, am 10. August hinter der «Goeben» in die Dardanellen einzulaufen und am 16. August neben ihr im Bosporos Anker zu werfen.

Enver brach in Jubel aus, verglich das Eintreffen der beiden deutschen Schiffe mit der Geburt seines Sohnes und ließ sofort die Meerenge sperren. Um aber doch den Schein der Neutralität den Alliierten gegenüber vorläufig zu wahren und sonderlich die Engländer wegen der Vorwitzigkeit Churchills zu tadeln, gab er als offizielle Version aus, seine Regierung habe die beiden Kreuzer vom Kaiser käuflich erworben. Seinen Größenwahn und seine Menschenverachtung schon hier beim heimlichen Kriegseintritt offenbarend, benannte der Paşa die «Goeben» nach Sultan Selim Yavuz, anzeigend, er sei gewillt, Ägypten abermals für das Osmanische Reich zu erobern, auch Persien andeutend, daß er beabsichtigte, es in seine Grenzen zu schließen. Die kleinere «Breslau» wurde ebenfalls umgetauft und hieß fortan «Midilli», was der türkische Name der 1913 in griechischen Besitz übergegangenen Insel Lesbos war. Admiral Souchon erhielt das Oberkommando über die türkische Schwarzmeerflotte, Offiziere und Mannschaften der inkorporierten deutschen Schiffe mußten die Uniform des Sultans anlegen und den Fes aufsetzen.

Wenn aber Enver geglaubt haben sollte, damit sei die Sache entschieden, so täuschte er sich. Im Gegenteil verschaffte die jetzt erzielte annähernde Ebenbürtigkeit von osmanischer und russischer Schwarzmeerflotte im Komitee jenen Kräften Auftrieb, die der Entente Zugeständnisse abpressen wollten dafür, daß man nun doch nicht an der Seite der Mittelmächte teilnahm am Krieg. Das war vorteilhaft, weil wertvolle Zeit gewonnen wurde, um den Aufmarsch voranzubringen, am Bosporos und an den Dardanellen als den empfindlichsten Angriffspunkten Truppen zu massieren und für die Deckung der Eisenbahnlinie nach Syrien und Palästina zu sorgen. Nun bestand aber in der endgültigen Lösung der «orientalischen Frage», in der Aufteilung des Osmanischen Reiches, der Sinn und der Zusammenhang der Entente, weswegen es höchst absurd gewesen wäre, ihm zum Lohn für seine Neutralität die Integrität zu garantieren.

Ein letzter Appell, aber auch schon ein beherzter Schritt in das nicht mehr abzuwendende Verhängnis war am 7. September die Aufhebung der Kapitulationen. Eingeführt durch İbrahim Paşa, Süleymans Großvezir, dessen Schicksal uns so nahe gegangen, hatten sie im Zuge der Entfaltung des Kapitalismus im Westen Europas das Wirtschaftsleben des Osmanischen Reiches unter immer vollständigere Kontrolle des Auslands gebracht und den Kranken Mann nicht aufleben, nicht dahinscheiden lassen, sondern ihn in sorgfältig observierter permanenter Agonie erhalten.

Trotzdem fanden Talat und Enver im Kabinett noch immer keine Mehrheit für eine Kriegserklärung. Vehement stemmte sich Sait Halim dagegen, der mit England Frieden wahren wollte, weil er um seine Besitzungen in Ägypten fürchtete. Das Drängen des deutschen Botschafters parierte er mit dem Hinweis auf die extrem mangelhafte Ausrüstung der türkischen Armee und die fehlenden Geldreserven. Dies verstand von Wangenheim als einen

Wink mit dem Zaunpfahl, und nachdem er mit Berlin Rücksprache genommen, schloß er nochmals einen geheimen Vertrag, zutreffender, ein Komplott, denn er umging den Großvezir, das Kabinett und das Komitee, hielt sich nur an Enver, Talat und Cemal. Eine Anleihe von 30 Millionen Lira wurde vereinbart, fällig bei Kriegsantritt, zusätzlich umfängliche Materiallieferungen bei Herstellung der vorerst durch die neutralen Staaten Rumänien und Bulgarien noch unterbrochenen Eisenbahnverbindung zwischen Berlin und İstanbul zugesagt.

Das war aber wiederum nur die Schaffung einer Voraussetzung, noch nicht der Akt selbst. Admiral Souchon, der es nicht mehr aushielt, mit seiner «Selim Sultan Yavuz» und mit seiner «Midilli» untätig am Goldenen Horn zu liegen, und der endlich wissen wollte, warum er den Fes aufgesetzt, nötigte Enver, ihm den geheimen Befehl zum Angriff auf die Russen im Schwarzen Meer zu erteilen. Souchon bekam seinen Befehl, und am 29. Oktober bombardierte die «Yavuz» Sewastopol; die «Midilli» ging gleichzeitig in Noworossijsk zur Attacke, wo sie bei den völlig überraschten Russen auf keinerlei Verteidigung stieß, mehrere Petroleum- und Getreidedepots in Brand schoß und den Hafen als Inferno zurückließ.

Am nächsten Tag gab das Triumvirat eine offizielle Erklärung ab, die türkische Flotte sei bei friedlichen Manövern im Schwarzmeer hinterrücks von der russischen überfallen worden, habe sich aber nicht nur erfolgreich zur Wehr setzen, sondern die Aggressoren bis in ihre Zufluchtsstätten verfolgen und sie dort ausschalten können. Zu Hilfe kamen den Kriegstreibern auch hier wieder die Engländer, denn ebenfalls am 29. Oktober wurden von İzmir auslaufende Handelsschiffe von britischen Kreuzern beschossen und eines gekapert. Am 12. November war das Tauziehen beendet. Die Kriegserklärungen Englands, Frankreichs und Rußlands wurden in aller Form erwidert.

Und nicht nur wurde Deklaration beantwortet mit Deklaration, Sultan Mehmet V. setzte noch eins drauf. Er verkündete den

Cihat wider die Feinde des Glaubens. Das hätte er besser nicht getan, denn dem Propheten Mohammed lief davon augenblicks die Galle über.

Er ließ alles, womit er gerade beschäftigt, stehen und liegen, setzte sich mit untergeschlagenen Beinen auf die nächste freie Wolke, schloß die Augen, streckte die Arme mit nach oben gehaltenen Handflächen von sich und suchte Kontakt mit Allah. Eine gepfefferte Sure würde er sich schicken lassen und an dem Kalifen, der sich solcherweise verging, ein Exempel statuieren. Vielleicht, je nach dem Grad von Zorn, den Gott ihm eingeben würde, sogar das Kalifat abschaffen und als eine Machenschaft Satans brandmarken für alle Zeit.

Aber er empfing keine Sendung vom Höchsten.

Was hatte das zu bedeuten? Sollte Er dieser Kanaille, die nun schon als fünfter Abkömmling Atamans sich mit seinem, des Propheten, Namen schmückte, etwa Weisung erteilt haben, die Losung der Losungen auszugeben? Mohammeds Harrens auf seiner Wolke war nicht länger, er mußte unverzüglich persönlich beim Chef vorstellig werden und Aufklärung fordern.

Er traf Ihn in sehr aufgebrachter Stimmung, erbost über Seine Schöpfung wie seit den Tagen vor der Sintflut nicht mehr.

«Gut, daß du kommst», empfing Er Mohammed. «Eben wollte Ich einen Engel losschicken, dich holen zu lassen. Nun sag Mir bitte: Was soll Ich halten von deinem Kalifen? Was sollen die Menschlein denken von einem Gott, der so etwas als Seinen Schatten unter ihnen herumlaufen läßt?»

Mohammed senkte sein Haupt auf die Brust und war dabei, sich eine Antwort zurechtzuschieben, da platzte Jesus herein.

«Sie sind endgültig toll geworden, meine Brüder und Schwestern!» stieß er hervor. «Sie führen Krieg.»

«Was regst du dich so künstlich darüber auf?» wandte Mohammed sich an Jesus, sichtlich erleichtert, Seiner Frage fürs erste ausgewichen zu sein. «Sie haben doch, seit ich hier bin, immer Krieg geführt. Als du unten warst, taten sie's auch, und wohl schon davor. Sie haben den Krieg, falls dir das nicht bekannt sein sollte, in einer ähnlichen Verwirrung, wie du sie unter die Leute gebracht, sogar ‹Vater› genannt.»

«Mohammed, Mein Sohn», sprach Gott und fixierte ihn dabei mit Strenge, «hast du's dieser degenerierten Charge von einem Sultan und Kalifen eingeblasen, daß er seinen Untertanen, deren Blut er an den deutschen Kaiser verkauft, einreden soll, sie vergössen es in Meinem Namen?»

«Nennst Du mich Sohn?» erstaunte Mohammed sich.

«Die nenne Ich nicht Meine Söhne, die Meine Fragen mit Gegenfragen beantworten», versetzte Gott. «Aber laß gut sein für diesmal. Ja, Ich nenne dich bewußt Meinen Sohn, damit du dich nicht wieder unnötig erhitzt, wenn Ich nächstens einmal Jesus so ansprechen sollte. Du hast das immer zu wörtlich genommen, wobei es doch letzten Endes eine Redensart ist, wenn auch, wohlbemerkt, eine göttliche, sobald sie aus Meinem Mund kommt. Aber was, bitte, hast du auf Meine Frage zu sagen?»

«Dieser Kalif muß weg», faßte sich Mohammed kurz.

«Das hast du vom vorigen auch schon gesagt», warf Jesus ein mit seinem typischen Lächeln, von dem man nicht wußte, ob es demütig oder triumphierend sein sollte.

«Ich habe mich seit einigem mit dem arabischen Nationalismus befaßt», versuchte Mohammed das Thema zu wechseln.

«Das wundert mich nicht», kommentierte Jesus. «Ich hatte immer schon den Verdacht, daß tief in dir drin ein Pharisäer versteckt ist.»

«Keine Provokationen!» ermahnte sie Gott, der sich einmal mehr in die unwürdige Rolle des Ringrichters gedrängt sah.

«Laß ihn nur», meinte Mohammed beschwichtigend. Und doch gleich wieder aufstachelnd zu Jesus: «Ich weiß schon, worauf du wieder hinauswillst, du alter Rabbiner. Die Worte, die unser gemeinsamer Vater, wenn ich mich denn auch so redensartlich ausdrücken soll, mir in den Koran diktiert hat, seien in ihrer Botschaft nicht universalistisch genug. Ich habe keine Lust, mich in deinen alten Streit mit den Juden hineinziehen zu lassen. Vielmehr möchte ich kritisieren, daß wir wieder einmal für die Menschheit so wichtige Dinge verhandeln, ohne daß Moses dabei ist. Was den Koran angeht: Am liebsten, lieber Jesus, würd ich dir sagen: Lies ihn doch mal! Aber das wäre allzu schnippisch, gleich hätte ich wieder einen Balken im Auge, denn das Lesen und Schreiben haben wir ja beide aus guten Gründen anderen überlassen. Ich bin nach wie vor hochzufrieden mit der Form, für die ich mich entschieden. Gleich von vier verschiedenen Autoren Biographien über mich anfertigen zu lassen, das wäre mir ein bißchen gar zu blasphemisch erschienen. Andererseits hat's mir natürlich eingeleuchtet, daß du den Leidensweg und die Kreuzigung schlecht hättest in die Form einer Ich-Erzählung hineinpressen können. Du siehst, im Gegensatz zu dir habe ich mir die Texte, die dein Kollektiv hervorgebracht hat, zu Gemüte geführt und mir das Material durch den Kopf gehen lassen. Ich verlange ja nicht von dir, daß du zum Hafiz wirst und Sure für Sure auswendig lernst, aber schaden könnte es dir nicht, dir von Zeit zu Zeit aus dem Koran etwas vortragen zu lassen. Selbstverständlich will ich dich nicht zu bekehren versuchen, und das muß ich auch nur deshalb betonen, weil du den Koran nicht gut genug kennst. Was ich von dir verlange, ist einzig, daß du ein klein wenig genauer zuhörst, wenn man mit dir spricht. Ich sagte, ich habe mich mit dem arabischen Nationalismus *befaßt*. Du willst sofort daraus machen: Mohammed der Prophet ist zum arabischen Nationalismus übergelaufen. Davon ist nicht die Rede. Trotzdem werde ich die Araber in Syrien, auf dem Hicaz und in Ägypten aufrufen, sich von den Ungläubigen ...»

«Von den Engländern und von den Franzosen», warf Jesus berichtigend ein.

«... von den ungläubigen Engländern und den ungläubigen Franzosen», nahm Mohammed die Stichworte auf, «bewaffnen zu lassen und diese Waffen gegen meinen Stellvertreter zu richten, um dieser osmanischen Sippe endlich den Garaus zu machen.»

«Vielleicht erstaunt es dich», sagte Jesus, «aber ich kann dir nur gratulieren zu diesem Entschluß. Endlich bist auch du zu der Einsicht gekommen, daß es ein gewaltiger Fehler war, dich während deiner Nichtanwesenheit unter den Menschen von einem Nichtgesandten vertreten zu lassen. Ich habe früher erkannt, daß die Apostelei à la longue die Heuchler zu Verwaltern meiner Lehre machen mußte. Nur habe ich bis heute versäumt, aus diesem Wissen die Konsequenzen zu ziehen, und will es dir danken, daß du mir mit deinem Beispiel vorangehst.»

«Für die Bekenner deines Glaubens ist es zu spät», wehrte Mohammed diese Annäherung ab. «Mach ruhig einmal die Probe auf das Exempel. Geh runter, misch dich unter das Volk, spazier ein bißchen über den Alexanderplatz und predige die Botschaft der Liebe. ‹Du sollst nicht töten›, nach Mose unnachahmlicher Art, oder in deinem Stil: ‹Liebe deinen Nächsten wie dich selbst›, ‹Liebet eure Feinde›. Rede ihnen den Krieg aus und sprich ihnen vom Vater. Es wird keine Viertelstunde dauern, bis dich des Kaisers Schergen verhaften und dir eine neue Dornenkrone aufsetzen. Am Trafalgar Square wirst du genauso schnell eingesackt, und Churchill läßt dich als Hochverräter erschießen.»

«Or-don-nanz!!!» Das war Gott. Er brüllte, daß die Himmelsfesten ins Wanken gerieten. «Was sage Ich? Engel!! Ihr macht Mich schon ganz kirre mit eurer Kriegshetzerei. Ich wünsche ganz entschieden keine Gemetzel unter den Menschlein, die nicht von Mir verfügt worden sind.»

Auf seinen Ruf war sofort ein Engel zur Stelle.

«Ich möchte gerne noch einmal diesen Ali sprechen», gab Gott ihm den Auftrag. «Ja, genau. Mohammeds Schwiegersohn, den Vater von Hasan und Hüseyin. Ich hatte vor ein paar Jahrhunderten eine bemerkenswert fruchtbare und anregende Unterhaltung mit ihm.»

Ali war nicht im Himmel, er mußte unten auf der Erde gesucht werden. Erst nach vielem Forschen und Herumfragen gelang es dem ausgeschickten Engel, ihn aufzustöbern im Hinterzimmer einer Arbeiterkneipe in Zürich, wo er mit Lenin saß. Uljanow hatte ihm gerade die Hauptthesen seines neuen Buches *Der Imperialismus als höchstes Stadium des Kapitalismus* erörtert, und davon abgleitend waren sie in eine Debatte über die Existenz Gottes geraten, die der Bolschewist beharrlich leugnete. Der Engel, für Lenin unsichtbar, tippte Ali auf die Schulter und erklärte ihm, derjenige, über dessen Vorhandensein oder Nichtvorhandensein gerade ihr Streitgespräch ging, verlange dringend nach ihm.

«Glaube nicht, daß Ich deinen Umgang tadele», begrüßte ihn Gott, nachdem Ali dem Engel gefolgt war, «oder auch nur mißbillige, daß du dich ausgerechnet bei diesem unverbesserlichsten aller Atheisten mit solchem Eifer verwendest für Mich. Übrigens habe Ich mich, obwohl er ja nicht nur Mich, sondern auch Gorki und Lunatscharski, deren Herzen erleuchtet wurden von Mir, sehr erbittert bekämpft, womit er der eigenen Sache Schaden zufügt, trotz alledem also habe Ich Mich durchgerungen dazu, diesem Lenin zu helfen. Um allerdings der Russischen Revolution die Voraussetzungen schaffen zu können, ist deine Mitwirkung nötig, und deswegen habe Ich dich holen lassen.»

Ali begriff nicht, wie der Herr sich das vorstellen mochte, auch war er gehemmt, als einfacher Heiliger einer Besprechung des Höchsten mit seinen erfolgreichsten Propheten zugezogen zu werden.

«Mach dir darüber keine Gedanken», sagte Gott voll Zutraulichkeit zu ihm, «wir sind hier nicht beim Militär. In Meiner Versammlung zählen keine Rangunterschiede. Ein Krieg ist ausgebrochen unter den Menschen, der solches Ausmaß an Zerstörung, Leid und Tod über sie bringt, daß bald das neue Wort ‹Weltkrieg› als eine hilfsweise Benennung der unfaßbaren, von ihnen selbst angerichteten Katastrophe unter ihnen umlaufen wird. Und eben daß sie dieses Strafgericht über sich selbst verhängt haben, ärgert Mich, wie ihr versteht, denn das ist ein nie dagewesener Frevel. Sicher, Ich hatte schon mit dem Gedanken gespielt, in nicht allzu ferner Zeit etwas von der Art der Apokalypse über sie niedergehen zu lassen. Aber die Menschlein sind Mir zuvorgekommen, überschlau und überstark, wie sie sich gemacht haben mit Aufklärung, Wissenschaft und Industrie. Mir selbst werf Ich es vor, daß Ich zu lange geknobelt hab an dieser orientalischen Frage. Kommt so ein deutscher Admiral und haut Mir unversehens den Knoten durch, wie der Makedonier damals. Ich vermag alles, aber das Rad der Zeit zurückdrehen kann nicht einmal Ich. Darauf mußte Ich Mich einlassen mit Meiner Schöpfung, sie wäre sonst nicht möglich gewesen. Zu diesem Krieg, sagen wir ruhig, ‹Weltkrieg›, muß Ich Mich jetzt nach Menschenart verhalten. Das heißt, Ich muß so tun, als wäre er die Strafe gewesen, die tatsächlich fällig war. Aber es muß dann eben auch etwas herauskommen dabei. Meine Geschöpfe sollen stärker vermenschlicht auftauchen aus dem Blutbad, in das sie sich so vorsätzlich und eigensinnig gestürzt. In Petersburg und Berlin werden Revolutionen stattfinden.

Mit den Türken habe Ich etwas Besonderes vor. Dieses Volk – ihr wißt es, und Mohammed hat das sehr zu Meinem Mißfallen auch ausgeplaudert unter den Menschlein –, habe Ich Mir ursprünglich zu dem Zwecke geschaffen, andere Völker, die Meinen Mißmut erregen, zu demütigen. Daraus hat sich dann, wie wir alle gesehen, diese furchtbar verwickelte orientalische Frage ergeben. Nun wird erst einmal dieses türkische Volk selber gezüchtigt. Ich werde ihm alles wegnehmen, was es sich unter Berufung auf Meinen Namen unter den Nagel gerissen hat. Sofort will Ich es anpacken, wie Ich's mit Hiob gemacht. Zu gutem Ende, versteht sich, denn Ich bin Gott. Fix und fertig werd Ich Meine Türken machen durch diesen Krieg. Und dann bekommen sie einen Erlöser von Mir. Unter seiner Anleitung werden sie der Welt beweisen, daß man sich bessern kann. Der Mehdi soll aus der Verborgenheit treten. Du hattest Mich schon früher darum gebeten, jetzt, Ali, bin Ich soweit.»

Nie waren Mohammed und Jesus so einmütig gewesen wie an

diesem Punkt, da Gott ihnen Seine Absichten enthüllte. Ein türkischer Messias!! Das ging nun wirklich entschieden über das Maß des Erträglichen hinaus! Erst suchten sie, jeder nach seiner Art, aber beide mit der gleichen Spitzfindigkeit, Einwände anzubringen, und als sie merkten, daß sie Gott damit nur weiter bestärkten in Seinem Plan, deuteten sie mehr oder weniger unverhohlen ihre Bereitschaft an, notfalls tätlich zu werden, um dessen Ausführung vereiteln zu können.

«Ihr redet wie Luzifer», war Gottes Antwort darauf. Es klang kein Zorn in Seiner Stimme, aber die Strenge des obersten Vaters. «Vergeßt nicht, daß ihr keine Engel seid, sondern Menschen, deren Ich Mich als Meiner Botschafter bediene. Wollt ihr euch gegen Mich mit dem Widersacher verbünden? Nur zu! Jesus, geh hin, hetz die Armenier auf, wenn du Mir schon damit drohst. Auch du, Mohammed! Versuch's mit den Kurden. Dann sind wir auch hier im Himmel in den Krieg eingetreten. Geht eurer Wege, Ich will Mich mit Ali beraten.»

Nach dem Abgang der gekränkten und aufrührerischen Propheten verständigte sich Gott mit Ali sehr rasch. Mehr aus Bescheidenheit denn aus wirklicher Überzeugung schlug Ali vor, Lenin mit der Rolle des Messias zu betrauen. Was aber diesen betraf, so hatte Gott für ihn schon eine andere Verwendung. Er brauchte einen türkischen Aleviten. So unmißverständlich aufgefordert von Gott, rückte Ali endlich mit dem Namen seines Kandidaten heraus: Mustafa Kemal, jetzt bei Kriegsbeginn dreiunddreißig Jahre alt und Militärattaché bei der osmanischen Botschaft in Sofia. Nach seinem Betragen in Alis Augen der perfekte Mensch und für seine Aufgabe auch deshalb prädestiniert, da nur sein Vater Alevit, seine Mutter aber eine ihre Frömmigkeit zur Schau tragende Sunnitin war.

«Dieser Mustafa sei's», sprach Gott und gab Ali beim Abschied die nötigen Instruktionen.

Zu solchen Verwicklungen also führt's, wenn ein Kaiser der Ungläubigen den Kalifen zum Werkzeug der Profitgier seiner

Waffenfabrikanten erniedrigt und ihn den Cihat ausrufen läßt! Er bringt damit nicht nur den Himmel in die Bredouille, er macht auch dem Erzähler einen Strich durch die Rechnung, denn nun muß er, wenn schon Gott es nicht kann, das Rad der Zeit zurückdrehen.

An einem bitterkalten Januartag des Jahres 1881 trug es sich zu in einem kleinen, aber behaglichen, in Saloniki unfern dem Triumphbogen des römischen Kaisers Galerius erbauten Hause, aus dessen oberem Stock zwei putzige Erker sich freundlich-neugierig vorbeugten zur Straße, daß Zübeyde, die Frau Ali Rezas, einen gesunden und kräftigen Jungen aus ihrem Schoß entließ. Mustafa war's, der aus dem Dunkel des Mutterbauchs in die Welt der Lichter und Farben auftauchte und die endlich sichtbar gewordene Umgebung mit seinem durchdringenden Schrei begrüßte.

Zwei Brüder und eine Schwester waren demselben nährenden Leib zuvor schon entschlüpft, doch bevor sie laufen gelernt, schon wieder unter die Erde gescharrt worden. Erst vor kurzem hatte Ali Reza seinen Dienst beim Zollamt in Paşaköprüsü quittiert, wo das Leben hart gewesen war, zu hart, um die Kleinkinder mit dem Nötigen zu versorgen. Jetzt war er Kompagnon eines salonikischen Holzhändlers geworden, eben rechtzeitig, um den neugeborenen Sohn mit einer Atmosphäre des Wohlstands und der Geborgenheit umhegen zu können.

Aber aus Zübeydes Brust floß die Milch nicht mehr reichlich genug, und so wurde der künftige Befreier des Türkenvolks von einer schwarzhäutigen Amme, die den afrikanischen Provinzen des Reiches entstammte, gestillt. Eine ordentliche Portion Antikolonialismus mag er schon hier mit eingesaugt haben aus dem ebenholzfarbenen Busen. Das Pigment der Mutterhaut stand zu diesem in schärfstem Kontrast, denn Zübeyde war von rosigem Weiß, das sie mit dem blonden Haar und den blauen Augen dem Sohne vererbt. Merkmale, die unverkennbar auf janitscharische Herkunft hinzeigten.

Zwei Töchterchen folgten noch nach; eines starb, das andere hielt sich am Leben, Makbule mit Namen, und auch diese Schwester Mustafas war breitschädelig mit vorstehenden Backenknochen, brachte Slawisches zum phänotypischen Vorschein.

Auch auf Mustafa kam der Beschluß, daß der Mensch was lernen muß. Wo aber und von wem, darüber herrschte Uneinigkeit bei den Elternteilen. Zübeyde in ihrer außerordentlichen Frömmigkeit wollte, daß ihr Mustafa die Medrese besuchte, wo ihm der Koran Vers für Vers, Stockhieb für Stockhieb ins Fleisch geprügelt worden wäre. Hätte sie diesen Wunsch durchgesetzt, man suchte heute die Türkische Republik auf der Landkarte vergebens. Wir finden sie aber eingezeichnet und schließen daraus, daß Ali Reza, dessen Gottessinn von anderem Schlag und Gepräge war, das Institut wählte, seinen Sproß mit dem Wissen von den Dingen der Welt in Berührung zu bringen.

Der Kampf zwischen Altem und Neuem, welchem Motor der Geschichte wir bei seinem Betrieb über eine längere Distanz zuschauen durften, sah sich am Ende des 19. Jahrhunderts im Osmanischen Reich an einer von Reformpädagogen eröffneten Front. Und vorgeschrittener als im Durchschnitt des Reiches war in Saloniki die Gärung, wo schon die zahlreichen Juden, die sich seit ihrer Vertreibung aus Spanien in diesem Hafen gesammelt, für verstärkte Weltverbundenheit sorgten. Wir dürfen es als eine signifikante Markierung auf Mustafas Lebensweg sehen, die ihn auch in der höheren Sphäre für die ihm bestimmte Aufgabe empfahl, daß der spätere Umwälzer des Erziehungssystems gleich zu seinem ersten Lehrmeister einen der allerfurchtlosesten Gegen-den-Strom-Schwimmer bekam. Şemsi Efendi hieß der wackere Mann, dem Ali Reza, nachdem der Filius bloß zur Wahrung des Scheins, an der Zübeyde gar so viel lag, in die Medrese eingeschult worden war, die Erziehung seines Sohnes anvertraute.

Das war gefährlich, nicht allein im Hinblick auf die geschäftsschädigende Wirkung übler Nachrede. Besonders haß- und gewaltverliebte Koranverdreher hatten Şemsi Efendis kleine Privatschule zu wiederholten Malen demoliert, den Bringer von Licht und Wissenschaft durch Salonikis Straßen gehetzt und umzubringen versucht. Inzwischen hatte aber der Fortschrittler sich die Anerkennung durch die Behörden erkämpft, und sein Unterricht durfte sich bei Angriffen auf Schutz durch Polizeikräfte verlassen.

Ein knappes Jahr jedoch nur genoß Mustafa die Anleitung durch den avantgardistischen Pädagogen, dann schied Ali Reza, nachdem er erst mit dem Holzhandel Schiffbruch erlitten, ganz aus dem Leben und hinterließ seine Witwe mittellos mit dem Sohn und der Tochter. Zübeyde blieb keine andere Wahl, als das Haus in der Stadt aufzugeben und mit den Kindern bei Verwandten auf dem Land unterzukriechen, wo ihnen wenigstens Hunger und Elend erspart werden konnten. Mustafa tat beim Schafehüten und beim Vogelverscheuchen sein Bestes, aber dauerhaft konnte er der Mutter seine Bestimmung zu Höherem nicht verhehlen, und nachdem er verschiedene ersatzweise ihm angebotene Lehrkräfte teils nach kurzer Prüfung als untauglich abgelehnt, teils durch Aufmüpfigkeit und sekkierende Lerngier zermürbt hatte und zur Aufgabe gezwungen, setzte er's durch, daß er mit seiner Schwester Makbule zum Bildungserwerb zurück in die Stadt geschickt wurde.

Sie wohnten bei einer Tante, und Mustafa besuchte die staatliche Grundschule. Von Şemsi Efendi war nicht mehr die Rede.

Nun waren hier die Inhalte der Unterweisung und die Methoden ihrer Vermittlung von denen auf der Medrese nur unwesentlich verschieden. Die Angst vor Prügel stand im Ruf, der einzig wirkliche Zustand von Aufnahmefähigkeit bei den Schülern zu sein, und infolgedessen galt derjenige Pädagoge am meisten, der den Stock am häufigsten und treffsichersten anwandte. Es mag vielleicht etwas absonderlich klingen, daß sich der kleine Mustafa, zwölfjährig inzwischen, Verschonung von derlei Demütigungen und Mißhandlungen sowie eine Orientierung an humanistischen Bildungsidealen ausgerechnet von der Aufnahme in die Militärschule versprach. Einem der Eleven dieser Einrichtung, der in der Nachbarschaft wohnte, begegnete er täglich. Dessen schneidiges Auftreten, die nach europäischen Vorbildern gefertigte Uniform, das Flair von Fortschritt und großer Welt, alles, was er an diesem Burschen beobachten konnte, das wünschte Mustafa sich inniglich auch für sich selbst.

Er hielt den Jungen, den er so beneidete, auf der Straße an und sprach ihm von seinem sehnlichsten Wunsch. Die kurze Unterredung zwischen den Halbwüchsigen veränderte die Bahn seines Lebens. Der Adept des Soldatenhandwerks nahm ihn mit zu sich nach Hause, wo er dessen Vater vorgestellt wurde. Wer nun hätte mehr Verständnis für das Begehren des Halbwaisen aufbringen sollen als dieser Major, der für den eigenen Sohn diese Laufbahn als die vernünftigste ausgewählt hatte? Er regelte für Mustafa nicht nur an Vaters Stelle bei der Militärschule die Zulassung zur Aufnahmeprüfung, er bereitete ihn auch so gründlich vor, daß Mustafa sie spielend bestand.

Zübeyde wurde die Veränderung erst als Fait accompli mitgeteilt. Dieser feindliche Akt gegen die Mutter wurde von Zübeyde beantwortet durch ein Gegenkomplott. In aller Heimlichkeit verheiratete sie sich wieder, und diesmal war es Mustafa, dem die Tatsache als eine bereits vollendete zur Kenntnis gebracht wurde. Er demonstrierte seine Mißbilligung der neuen Verbindung, die Zübeyde aus wirtschaftlichem Kalkül eingegangen war, indem er nicht wie seine Schwester Makbule an der Hausgemeinschaft mit dem Stiefvater teilnahm, sondern bei entfernten Verwandten unterschlüpfte und den Kontakt mit der Mutter abbrach.

Auf der Militärschule übrigens war es, daß Mustafa seinen Zunamen erhielt und daß, ein halbes Jahrhundert vor der von ihm selbst initiierten Reform, seine Identität nach europäischem Muster eine zweite Bestimmung erfuhr. Der Lehrer im mathematischen Fach, in dem die Zöglinge ebenso unterrichtet wurden wie in der Historie, in der Ökonomie und in der Philosophie, war nämlich ebenfalls ein Mustafa. Mustafa der Lehrer hatte seine helle Freude an Mustafa dem Schüler, der den Formeln und Gleichungen eine feurige Liebe entgegentrug, so daß ersterer im zweiten ein mathematisches Genie zu erkennen vermeinte, weswegen er ihm als Unterscheidung zu sich selbst und als Auszeichnung für ihn das Prädikat «Kemal» anhängte, welches Adjektiv der arabischen Sprache bekanntlich die Vollkommenheit ausdrückt. Mustafa Kemal also hieß er fortan, und wer wollte, der durfte in dem Zusatz auch eine Anspielung auf die alevitische Lehre vom perfekten Menschen erblicken.

Nicht ganz so «kemal» waren Mustafas Leistungen in den übrigen Disziplinen. Dennoch konnte er als einer der Besten des Jahrgangs im Herbst 1895 aufs militärische Gymnasium überwechseln, womit denn die leidige Frage seiner Unterbringung ihre Erledigung fand, weil der Umzug ins Internat nach Monastir sich damit verband. Vier Jahre darauf trat er in die Infanterieklasse an der Militärakademie in İstanbul ein. Weitere vier Jahre später durfte er als Leutnant seine Ausbildung zum Generalstabsoffizier beginnen.

Damit war Mustafa Kemal in die Brutstätte des Jöntürkismus gelangt, aber einen direkten Anschluß, gar Aufnahme ins Komitee, fand er dort nicht. Indessen war seine Überzeugung, daß die Tage des osmanischen Vielvölkerstaates gezählt, daß der türkischen Nation wie anderen ihre Morgenröte bevorstand, schon in diesen Jahren gefestigt, und er hatte sogar während einer vom Rakı angefeuerten nächtlichen Debatte mit seinen Kommilitonen auf einem Zettel die Grenzen skizziert für eine Türkei nach dem Untergang der osmanischen Dynastie. Wofür seine angetrunkenen Freund nur Spott übrig hatten, das entsprach ziemlich genau dem, was heute noch gilt.

Mustafa Kemals Standpunkt war bereits in der Phase seiner pubertären Herausbildung radikaler als die verwaschene Fortschrittlichkeit des jungtürkischen Programms. Panislamische Träumereien teilte er nicht. Von der jungtürkischen Geheimbündlerei vor der Türe gehalten, startete er gemeinsam mit seinen Freunden semikonspirative Aktionen auf eigene Hand. Solange sich dies in den Mauern der Akademie abspielte, stand es unter dem Schutz des wohlwollenden Direktors Reza Paşa, aber brenzlig wurde es, als nach seiner Beförderung zum Oberleutnant im Generalstab er und einige der mit ihm verschworenen Absolventen einem Spitzel in die Falle tappten, bei einem Treffen in einem Café von Geheimagenten umringt und verhaftet wurden.

Mustafa Kemal landete im Stadtgefängnis, wo man ihn ohne Anklage über Monate festhielt. Als er endlich zum Verhör aus der Zelle geholt wurde, warf man ihm neben der Staatszersetzung auch Hurerei, Trunkenheit und Kartenspiel vor. Wir übergehen hier, wie Mustafa Kemal sich zu den drei letztgenannten Anschuldigungen stellte, die Subversion gegen den Sultan bestritt er. Allerdings lagen gerade in diesem Punkt die kräftigsten Beweise gegen ihn vor, und die Verteidigung in einem Prozeß hätte ihm schwer werden müssen. Es war wieder Reza Paşa, der seine Zöglinge herauspauken und die Staatsanwaltschaft dazu bewegen konnte, die Anklage gegen sie fallenzulassen.

Auch was diese überführten Verräter anging, war der paranoide Sultan Abdülhamit II. in die beobachtete Zwickmühle gesperrt, die ihm schon in belangreicheren Fällen zu dem eher gnädigen Mittel der Verbannung geraten hatte. Mustafa Kemal wurde dem Generalstab in Damaskus zugeteilt. Dieses Verfahren erwies sich abermals als kontraproduktiv. Statt das seine Existenz bedrohende Geschwür des Jöntürkismus zu amputieren, regte Abdülhamit II. es nur zu vermehrter Zellteilung an.

Gemeinsam mit einem Buchhändler und anderen Offizieren rief Mustafa Kemal in Damaskus seine eigene revolutionäre Sozietät ins Leben. «Vatan ve Hürriyet», Vaterland und Freiheit, war ihr Name. Seine Versetzungen nach Jerusalem, Jaffa und Beirut nutzte er, Ableger dieser Gesellschaft zu gründen. Er fühlte sich als der Wegbereiter und Organisator des Umsturzes in Syrien und hielt es für nötig, das Komitee, das seinen Sitz von Paris nach Saloniki verlegt hatte, zu informieren über die Entwicklungen, wollte auch für die Koordination mit diesem Zentrum Sorge tragen. So machte er, da sein Vorgesetzter das unerlaubte Fernbleiben zu kaschieren versprach, seiner Heimatstadt einen Besuch in politischer Mission.

Doch blieb ihm auch diesmal der engere Zirkel der Jungtürken versperrt. Wohl ließen sich einige Randfiguren zu Gesprächen herbei und notierten mit Interesse, was er ihnen von Syrien erzählte, seinen Fragen nach Anerkennung und Vollmachten wich man aber dezent aus.

Wieder nicht zugelassen zur großen Verschwörung, mußte Mustafa Kemal sich damit begnügen, seine eigene kleine voranzutreiben, und so wurde auch in Saloniki eine Zelle von Vatan ve Hürriyet gebildet, zu welchem Zweck er ehemalige Mitschüler aus Monastir rekrutierte. Stärkere Beachtung als von den Jungtürken wurde ihm von seiten der Geheimpolizisten des Sultans zuteil. Gerade noch rechtzeitig konnte er Saloniki verlassen und kehrte zu seiner Truppe nach Syrien zurück.

Seiner Beförderung zum Hauptmann im Generalstab in Damaskus im Juni 1907 folgte seine Versetzung nach Makedonien, und so war Mustafa Kemal im Juli 1908 bei Ausbruch der Jungtürkischen Revolution zwar nicht an den Schalthebeln im Komitee, aber wenigstens vor Ort. Weder Revolution noch Gegenrevolution oder Gegengegenrevolution brachte Mustafa Kemal näher an das jungtürkische Machtzentrum heran, ja, im Krieg gegen Italien in Libyen, wo Enver sein Vorgesetzter war, verdarb er sich durch mangelnde Subordination die letzte Aussicht auf einen Aufstieg innerhalb des Komitees.

1911 erfolgte seine Beförderung zum Major. Die beiden Balkankriege boten keine Gelegenheit zur Profilierung, erst 1913 witterte er Morgenluft, als sein enger Freund Ali Fethi, ihm seit ihrem gemeinsamen Aufenthalt im Internat in Monastir verbunden, zum Generalsekretär des Komitees für Einheit und Fortschritt aufrückte. Jedoch hielt Ali Fethi sich nicht lange in dieser Funktion, denn das Triumvirat fühlte sich durch ihn bedroht und bot ihm, um ihn loszuwerden, den Posten des Botschafters in Sofia an. Sein schwer zu berechnendes Anhängsel Mustafa Kemal durfte ihn nach Bulgarien begleiten und wurde zum Militärattaché an Ali Fethis Botschaft ernannt.

Was für Ali Fethi eher einer politischen Kaltstellung gleichkam, bedeutete für Mustafa Kemal in manchem Belang einen Durchbruch; ihm und der Welt unbekannte Seiten seiner Persönlichkeit traten zum Vorschein. Daß ein gewitzter Stratege und ein tapferer Soldat in ihm steckten, hatte sich in Maßen schon offenbart; nun wurde kenntlich, daß er nicht minder zum Repräsentanten und zum Salonlöwen taugte.

Sofia war haargenau das richtige für seine ersten, noch tastenden Schritte auf dem internationalen Parkett, denn hier war's weder zu stumpf noch allzu glatt poliert. Bulgarien hatte sich vom Osmanentum emanzipiert, ahmte den Bau- und Lebensstil der europäischen Metropolen nach und zeigte sich insonderheit gegenüber den Vertretern der einstigen Übermacht, der man jüngst kriegerisch allerhand abgetrotzt hatte, generös und versöhnlich. Mustafa Kemal brillierte auf Empfängen und Bällen, flirtete hier auf französisch, philosophierte dort auf deutsch, tanzte mit Argentinierinnen, bis sie erschöpft von ihm fielen, und trank, wenn es darauf ankam, am Ende eines solchen Abends auch noch die russische Botschaft bis auf den letzten Mann unter den Tisch. Er wurde zum Hauptgegenstand des Klatsches im diplomatischen Corps, und ganz ausnehmender Beliebtheit erfreuten sich die Gesellschaften, zu denen der türkische Militärattaché selber einlud in dem Haus, das er sich gemietet hatte in der Nähe der Botschaft, wo auch schon einmal die Gattin des französischen Gesandten den Champagner stehenließ, um an der türkischen Löwenmilch, dem mit Wasser verdünnten Rakı, zu nippen.

Einer der Höhepunkte dieser letzten Wintersaison vor Ausbruch des großen Krieges war der Maskenball, den Zar Ferdinand in seinem Schloß veranstalten ließ. Mustafa Kemal wählte eine Janitscharenuniform, die ihm ein Museum in İstanbul schickte, zu seinem Kostüm, und sie stand ihm so ausgezeichnet, daß man sich den Mann in einem anderen Gewand kaum noch vorzustellen vermochte. Dieser Auftritt, der dem aus Deutschland importierten Zaren so imponierte, daß er den Militärattaché unter dem Ärmel des Hacı Bektaş zu sich rufen ließ und ihm, da gerade nichts Besseres zur Hand war, den Grad seiner Bewunderung zum Ausdruck zu bringen, sein eigenes silbernes Zigarettenetui als Andenken vermachte, hat bei den Landeskindern Spekulationen genährt, die sich bis heute am Leben gehalten, daß nämlich Atatürk eigentlich ein Bulgare gewesen sei, der, wie durch die Devşirme andere vor ihm, bei den Türken zu hohen und höchsten Ehren gelangt war. Aber nicht zum Janitscharen-Ağa wurde er promoviert, nur auf die nächste Sprosse der regulären Karriereleiter gesetzt, in den Rang des Oberstleutnants mithin, was mit Wirkung vom 1. März 1914 erfolgte.

Natürlich war Mustafa Kemal, nachdem Souchon auf Envers Geheiß das Osmanische Reich aus den Bordkanonen der «Selim Sultan Yavuz» vor Sewastopol in den Krieg mit Rußland geschossen hatte, bereit, ein Kommando zu übernehmen, aber aus İstanbul kam der Bescheid, er diene dem Reich in Sofia vorderhand ebensosehr wie an der Front. Das mochte dem Oberstleutnant als jungtürkische Häme erscheinen, hatte seine Berechtigung aber doch, denn sehr viel hing ab von Bulgariens Haltung: Es konnte die Materiallieferungen Österreich-Ungarns und Deutschlands an ihren türkischen Verbündeten entweder ermöglichen oder aber verhindern.

Den Part des ruhmreichen Feldherrn hatte Kriegsminister Enver für sich selbst reserviert, auch Wert darauf gelegt, im ersten geheimen Abkommen jenen Passus, der den Deutschen den Oberbefehl auch über die türkischen Truppen einräumen sollte, durch die bedeutend abschwächende Formel zu ersetzen, die statt dessen lediglich von einem maßgeblichen Einfluß sprach. Envers Ambitionen richteten sich auf den Osten, ein türkisches Großreich schwebte ihm vor, dem nicht nur Kasakistan, Özbekistan, Kirgistan, Türkmenistan und Azerbaycan angehören sollten, sondern auch Afghanistan, Persien und Indien. Den Muslimen in letzterem vornehmlich galt der Aufruf zum Cihat, der sie zur Rebellion gegen die britischen Kolonialherren aufstacheln sollte.

Auf dieser Strecke mußte Enver aber erst einmal mit dem Zaren fertig werden, und deswegen hatte er zielstrebig die 3. Armee, deren Basis jetzt Erzurum war, verstärkt, um mit der Kriegserklärung gefechtsbereit zu sein an dieser Front. Auf russischer Seite waren ebenfalls bedeutende Kräfte massiert, jedoch über die guten und intakten Nachschubwege ungleich besser ausgerüstet als der türkische Gegner, weswegen mit Kriegseintritt der Vormarsch in Gang gesetzt werden konnte.

Die Türken hatten bei Köprüköyü eine stabile Verteidigungslinie und vermochten die andrängenden Russen zum Stehen zu bringen. Nicht zu halten war aber Enver Paşa, den es dringend verlangte, den Napoleon Bonaparte spielen zu dürfen, und der von İstanbul nach Erzurum angereist kam, İzzet Paşa absetzte und persönlich das Kommando an sich riß.

Ein Treffen mit armenischen Führern, teils Untertanen des Sultans, teils solchen des Zaren, das Enver in Erzurum einberief und das die Armenier zur Neutralität verpflichten sollte, kam nicht zu dem gewünschten Ergebnis. Vielmehr verschwand im Anschluß an dieses Encontre die armenische Prominenz aus der Hauptstadt, Parlamentsmitglieder darunter, um in Tiflis Zar Nikolaus II. zu huldigen, der sich zur Überwachung der Kampfhandlungen auf den Kaukasus begeben und den Armeniern auf dem von den Osmanen zu befreienden und von Muslimen zu säubernden Boden Ostanatoliens einen eigenen Staat unter seiner Ägide zugesagt hatte. Die Erklärung des Armenischen Nationalen Büros zu Tiflis mußte Envers diesbezügliche Illusionen aufs bitterste frustrieren.

«Aus allen Ländern», hieß es dort, «eilen Armenier herbei, die Reihen der glorreichen russischen Armee zu füllen, ihr Blut zu vergießen für den Sieg der russischen Waffen. Das Banner des Zaren wehe über dem Bosporos und über den Dardanellen! Mögen nach dem Willen Seiner Majestät alle Völker, die noch unter das türkische Joch gebeugt sind, ihre Freiheit empfangen. Möge das armenische Volk, das unendlich gelitten hat für den Glauben an Christus, ein neues Leben in Freiheit genießen unter dem Schutze Rußlands!»

Schon vorher waren in der Armee aus den bewaffneten Einheiten die Armenier, aber auch die griechischen Christen ausgesondert und zu Bau- und Transporttrupps gruppiert worden, die hier mehr als andernorts vonnöten waren, da die nächste Eisenbahnstation 600 Kilometer hinter der Front lag und sämtliches Material wie in ältesten Zeiten auf Pferde- und Eselsrücken herangeschafft werden mußte. Unter solchen Voraussetzungen disponierte Enver den Gegenangriff. Auf Umgehungsmärschen durchs Hochgebirge, dessen Gipfel zwischen Erzurum und Kars 3500 Meter hinaufragen, wollte er dem Feind in den Rücken fallen und ihn von seinem Nachschub abschneiden.

Vom 19. Dezember 1914 bis zum 10. Januar 1915 währte die Operation, und die Temperaturen zwischen 20 und 25 Grad unter Null durften mit Blick auf die Jahreszeit noch als vergleichsweise mild angeschaut werden. Holz allerdings hatten die Soldaten nicht zur Verfügung, Zelte ebensowenig. Die massenmörderische Verantwortungslosigkeit ihres Feldherrn Enver, die ihnen weder gestattete, sich an einem Feuer zu wärmen noch einen Tee oder eine Suppe zu kochen, wurde aber überboten durch den Kommandanten des IX. Corps, İhsan Paşa, der seinen Männern, um in dem Tiefschnee besser vorankommen zu können, befahl, ihre Mäntel und Sacktornister bei Erzurum zurückzulassen. Als Verpflegung wurde ein viertägiger Brotvorrat ausgeteilt. Von den 100 000 Menschen, die Enver in den Kampf um die Stadt Sarıkamış schickte, blieb nicht ein Fünftel am Leben. Unnötig zu sagen, daß es nicht die Kanonen und die Gewehre der Russen waren, die über 80 000 türkische Soldaten den Tod brachten, sondern daß die allermeisten von ihnen vor Hunger und Kälte krepierten.

Die einzige Konsequenz, die Enver aus dem Geschehnis von

Sarıkamış zu ziehen bereit war, bestand darin, infolge seiner Unbeschreiblichkeit dessen Beschreibung zu untersagen und jede Form öffentlicher Berichterstattung darüber unter strengste Strafe zu stellen. Selbst ein Gesuch des Marschalls Liman von Sanders, Bronsart von Schellendorf, der als Envers Generalstabschef mitgewirkt hatte, nach Deutschland zurückzurufen, wurde von Kaiser Wilhelm II. abgelehnt, wodurch sich der Eindruck verschärfte, daß man in Berlin osmanische Niederlagen an der Kaukasusfront bis zu einem gewissen Grad sogar wünschte.

Den Russen waren die Tore zu weiterem Vorstoß in Anatolien geöffnet, und die jungtürkische Regierung mußte sich beeilen, der Vereinigung der zaristischen Armee mit den aufständischen Armeniern zuvorzukommen. Talat als dem Minister des Innern fiel die heikle Aufgabe zu, sich um die Deportation der armenischen Bevölkerung aus den Bezirken Erzurum, Van und Bitlis zu kümmern. Am 21. April 1915 wurden in İstanbul die entsprechenden Verfügungen erlassen. Die Angehörigen des armenischen Millets waren ohne Ausnahme zum Verlassen ihrer Häuser zu zwingen und in Kolonnen nach Süden zu treiben, wo sie sich in der Gegend von Mosul ansiedeln sollten. Jedoch war die armenische Befreiungsbewegung schneller gewesen, und Van, die Stadt mit der stärksten Konzentration armenischer Bevölkerung – ihr Anteil kam beinahe dem muslimischen gleich –, hatte sich unter Führung aus Rußland eingetroffener Daschnaks erhoben. Am Tag nach Inkrafttreten der Deportationsbestimmungen startete die russische Armee mit Einheiten, die zur Hauptsache aus armenischen Freiwilligen bestanden, von Erivan aus die Offensive, die am 14. Mai bis nach Van vorstoßen konnte. Die muslimischen Einwohner wurden, sofern sie nicht zu fliehen vermochten, massakriert, der armenische Staat proklamiert. Die schwache türkische Garnison hatte sich an das Südufer des Sees zurückgezogen, und innerhalb kürzester Zeit strömten aus Muş, aus Bitlis, aus der ganzen Region eine Viertelmillion Armenier nach Van ins neuerrichtete Kleinstarmenien.

Mit der Implementierung der Deportationsverfügungen wurde Cevdat Paşa, ein Onkel Envers, betraut, und zu seinen Aufgaben zählte die Installation einer Behörde, die treuhänderisch den Besitz der Vertriebenen hätte verwalten sollen, letztlich aber zum Werkzeug einer Enteignung im großen Stile geriet. Die Muslime, die in die Häuser der verjagten Armenier einzogen und deren Wirtschaften übernahmen, waren stark daran interessiert, daß die wirklichen und registrierten Eigentümer nicht wiederkehrten aus ihrer Verbannung. Vor allem aber hat das Sprichwort «Wenn zwei sich streiten, freut sich der Dritte» selten solche Anwendung gefunden wie in jenen Sommermonaten des Jahres 1915, in denen sich das tragische Schicksal des armenischen Volkes erfüllte. Für die Kurden hatte eine der ganz großen Stunden geschlagen. Schon von Marco Polo als ein Menschenschlag geschildert, der sich am meisten darin gefällt, in bewaffneten Banden organisiert auf den Höhen der Berge den Reisenden aufzulauern, waren die Trecks der Armenier für sie eine unfaßlich fette und leichte Beute. Wer aus mehr als berechtigter Skepsis seine bewegliche Habe nicht Cevdats Behörde zu treuen Händen gegeben, der wurde sie jetzt bei einem der kurdischen Überfälle los, wenn nicht beim ersten, dann beim zweiten oder beim dritten. Neben Gold und Edelsteinen hatten es die Kurden besonders auf die hübschen Armenierinnen abgesehen, die auf diese zweifelhafte Art dem großen Massensterben am Tigris entgingen.

Den osmanischen Truppen, welche die Kolonnen der Vertriebenen zu geleiten hatten in den Irak, war nach den Anweisungen Talats nicht nur vorgeschrieben, über die Einhaltung der Disziplin bei Durchführung der Deportationen zu wachen und jeden Ansatz von Widerstand bei den Betroffenen gewaltsam zu unterdrücken, sie waren außerdem ausdrücklich angehalten, die Umzusiedelnden vor den leicht voraussehbaren Angriffen der Kurden zu schützen. Sie zeigten jedoch wenig bis gar keine Neigung, die Kurden am Morden und Plündern zu hindern. So kam es, daß Hunderttausende Armenier, Greise, Frauen und Kinder vor allem, denn die wehrfähigen Männer hatten ja größtenteils Aufnahme in die Armee des Zaren gefunden, in den Wüsten am Tigris nicht neue oder auch nur vorläufige Heimstätten fanden, sondern qualvollsten Tod durch Verdursten und Verhungern oder durch den Typhus, der unter ihnen grassierte.

Die Kurden aber stiegen zu den eigentlichen Herren im Südosten Anatoliens auf, eine Drohung weniger für das Osmanische Reich, dem sie seit ihrer Eingliederung durch Selim den Grausamen bis zu seinem endgültigen Verschwinden und, wie wir sehen werden, sogar noch ein Stückchen darüber hinaus die Treue hielten, um so mehr aber für die Türkische Republik, und zwar, wie bekannt, bis auf den heutigen Tag. Erstaunlich bleibt immerhin, daß die Kurden, denen beim Armenierschlachten eindeutig die Palme gebührt, es vermocht haben, sich nicht nur in den Siedlungen der Geopferten festzusetzen, sondern auch den Nimbus der Märtyrer zu usurpieren und in der Propaganda der Ententemächte fortan die Rolle des von den Türken unterdrückten und an der Ausübung seiner Rechte gehinderten Volkes für sich zu beanspruchen.

Die Russen, die als einzige den blutigen Kampf aufgenommen hatten mit dem in Stücke zu reißenden Osmanischen Reich, verstärkten zu Anfang des Jahres 1915 den Druck auf ihre Verbündeten, nun gefälligst auch etwas zu unternehmen und sich nicht erst an den Tisch zu setzen, wenn bereits gedeckt und aufgetragen war. Nach langwierigen Debatten im britischen Kriegskabinett darüber, von welcher Art die vom Zaren geforderte Offensive zur Entlastung der Russen sein könnte, setzte der schlitzohrige Haudegen Churchill seinen Vorschlag durch. Nicht dem Vormarsch auf Syrien von Ägypten aus, wo die Engländer sich schon festgesetzt hatten, gab man den Vorzug, vielmehr fiel die Entscheidung zugunsten einer großangelegten Operation zur See mit dem Ziel der Eroberung der Dardanellen.

Dieser Plan enthielt eine Hinterlist auch gegen die Russen, denn deren Krieg gegen die Osmanen hatte ja, wie all die voraufgegangenen, vornehmlich die Kassierung der Meerengen und die Öffnung des Zugangs zum Mittelmeer zu seinem Motiv. Die Invasion in Ostanatolien war mehr ein Mittel zu diesem Zweck; auf den Besitz dieser Provinzen legte der Zar in Wahrheit keinen gehobenen Wert, woraus sich seine Großzügigkeit den Armeniern gegenüber erklärt. Daß er sich, die Absprachen mit England und Frankreich einhaltend, dort am Fuße des Kaukasus mit solcher Macht engagierte, daraus drehte ihm der schlaue Lord Churchill nun einen Strick, indem er versuchte, aus Gelibolu ein zweites Gibraltar zu machen.

Schon bei Verfolgung der «Goeben» und der «Breslau» hatten, nachdem der dardanellische Schlund die beiden deutschen Schiffe verschluckt, englische Kreuzer aus Groll ihre Kanonen auf die äußeren Befestigungsanlagen abgefeuert. Dies wurde nun im großen Stil wiederholt. Die den Dardanellen vorgelagerten Inseln Imbros und Tenedos wurden besetzt und dienten einer aus dem gesamten Mittelmeer zusammengezogenen Flotte als Basen für ihre Operationen. Sechzehn große englische Panzerschlachtschiffe wurden von vier französischen unterstützt, auch der russische Kreuzer «Askold» war mit von der Partie.

Mit dem Februar 1915 begann der systematische Beschuß der Befestigungswerke am Eingang der Wasserstraße, Abide an der Spitze der Halbinsel, Kumkalesi auf dem asiatischen Festland. Zwar hatte die deutsche Militärmission Bedeutendes und, wie sich zeigen sollte, Entscheidendes an den Fortifikationen und ihrer Bewaffnung vollbracht, aber daß der Eingang selbst nicht zu verteidigen war, mußte man einkalkulieren. Die Reichweite der Kanonen auf den englischen Schiffen war denen auf den Wallanlagen so überlegen, daß diese, da auch die alliierten Vorräte an Munition quasi unerschöpflich waren, während die Verteidiger peinlichst haushalten mußten, ohne jedes Risiko in Schutt und Asche gebombt werden konnten.

Verändert aber zeigte sich diese Situation, sobald die englischen und französischen Schiffe hineinliefen in das erste große Becken.

Hier kamen die Angreifer in Reichweite der türkischen, bei Krupp in Essen gegossenen Geschütze, und zusätzlich war die enge Durchfahrt bei Canakkale, die das südliche Becken vom nördlichen trennt, durch sieben Linien von Seeminen verlegt.

Die sukzessive Demolierung der dortigen Bollwerke hätte, wollte man sie nicht mit hohen Verlusten erkaufen, sehr lange Zeit in Anspruch genommen. Die «Queen Elizabeth», der englische Superdreadnought, schoß zwar völlig ungefährdet aus dem Golf von Saros über die Halbinsel hinweg auf die Forts und die Ortschaften im Inneren der Meerenge ihre 38-Zentimeter-Kanonen ab, jedoch war infolge der minimalen Treffsicherheit der angerichtete Schaden gering. Man verzichtete also auf die langwierige Belagerung, denn schließlich war einzuberechnen, daß die Russen vom Schwarzmeer in geringerer Zeit zu einem Erfolg am Bosporos kommen und İstanbul vor den Engländern einnehmen konnten.

In den Mittagsstunden des 18. März traf in der Hauptstadt die Nachricht ein, die gesamte feindliche Flotte sei in die Dardanellen eingelaufen, sich den Weg ins Marmarameer freizukämpfen. Im Haydarpaşa-Bahnhof am asiatischen Ufer wurde der mit den Archiven und Schätzen beladene Zug für den Sultan und seinen Hof zur Abfahrt fertiggemacht, auch weitere Züge für die Abreise der Angehörigen der Botschaften wurden bereitgestellt, die Armenier und die Griechen begannen in den Straßen zu tanzen, und Frau Morgenthau, die Gattin des amerikanischen Gesandten, hatte nichts Eiligeres zu tun, als in der stillgelegten britischen Vertretung lüften und aufräumen zu lassen, um alles für den Empfang der siegreichen Admiralität gerichtet zu haben.

Was aber ging am Kriegsschauplatz vor?

Etwa um die zehnte Stunde jenes sonnenklaren Frühlingstages war gegenüber dem Eingang der Dardanellen bei ruhiger See am Horizont ein Geschwader aus sämtlichen großen Schlachtschiffen der Engländer und Franzosen aufgetaucht. An der Spitze fuhren sieben englische Panzerkreuzer, flankiert von zahlreichen Torpedobooten und Zerstörern, darauf folgten mit einem Abstand die vier französischen. Die Nachhut bildeten weitere acht englische Schiffe, die nicht mit den beiden vorderen Gruppen in das Bekken der Meerenge eindrangen, sich vielmehr abwartend am Eingang postierten.

Das voraussegelnde englische Eskadron eröffnete aus großer Distanz gegen elf Uhr das Feuer auf die türkischen Forts, bald darauf rückten auch die französischen Schiffe mit ihnen in eine gemeinsame Linie auf, die sich in Kielordnung zu einem Kreis formierte, aus dem mit Breitseiten die Befestigungen unter Dauerbeschuß genommen wurden. Dieser feurige Ringelreihen dauerte etwa anderthalb Stunden, dann lösten sich plötzlich die französischen Schiffe aus dem Verband und stießen unter Volldampf und heftigst ballernd gegen Canakkale vor. Damit setzten sie sich dem großen Kaliber der türkischen Artillerie aus, zogen sich aber nicht zurück, bevor sie kampfunfähig waren. Die «Bouvet», von einem 35,5-Zentimeter-Geschoß in die Munitionskammer getroffen, sank noch in der Meerenge, die «Gaulois» konnte sich bis zu einer der kleinen Haseninseln vor Tenedos schleppen, ehe sie absoff.

«Die Engländer kämpfen bis zum letzten Franzosen», heißt eine vom gallischen Humor überspitzte Erfahrung des Weltkriegs, nicht so aber hier, denn nachdem die havarierten französischen Schiffe aus der Schußlinie getuckert, zogen sogleich die englischen vor. Doch erging es auch ihnen nicht besser. Die «Ocean» und die «Irresistible» teilten das Schicksal von «Bouvet» und «Gaulois», die türkische Artillerie setzte ihnen derart zu, daß beide beim Rückzug am Nachmittag die Ägäis nicht mehr erreichten.

Als die Meldung von dieser herben Niederlage der Alliierten İstanbul erreichte, kehrten Sultan und Hofstaat vom Hayderpaşa-Bahnhof ins Dolmabahçesaray, die Armenier und Griechen in ihre Häuser zurück, und Frau Morgenthau schloß in der englischen Botschaft wieder Türen und Fenster.

Das britische Kriegsministerium zog aus diesem Lepanto nicht etwa die Konsequenz, in verschärftem Tempo eine neue Flotte zu bauen, mit dieser den mißlungenen Streich zu wiederholen, vielmehr wurde die Strategie überhaupt geändert, um es nach dem Scheitern zu Wasser mit einer nicht minder großangelegten Landung und Invasion zu probieren. In Ägypten stationierte Infanterie, neuseeländische und australische Soldaten zumeist, wurden nach Imbros und Tenedos herangeholt. Noch war keine Woche seit der Niederlage in den Straits vergangen, da tummelten sich 50 000 von ihnen auf den kleinen Inseln, die als Sprungbretter dienen sollten. Beinahe ebenso viele Männer brachten die Franzosen heran.

Aber Envers Nachrichtendienst funktionierte, er wußte bereits, daß auf der anderen Seite General Hamilton das Kommando übernommen hatte und auf welche Weise er all diese Kämpfer einzusetzen gedachte. Auf die Idee, die Abwehr der drohenden Invasion selbst zu dirigieren, kam Enver nicht, zum Glück, möchten wir sagen, wenn irgend etwas, was in einem Kriege geschieht, als Glück bezeichnet zu werden verdient. Das Trauma von Sarıkamış war ja noch frisch, und wie wir bemerkten, hatte die Oberste Heeresleitung in Berlin dem Versagen Envers, das dem Leben einer so großen Zahl von türkischen Soldaten dies gräßliche und jammervolle Ende bereitet, nicht ausschließlich mit Entsetzen, sondern auch mit einem Quantum von Genugtuung zugeschaut. Enver hatte sich in dem Geheimabkommen jenen Paragraphen, der die tatsächliche Ausübung des Oberkommandos den Deutschen vorbehalten sollte, verbeten. Nun sah man eben, wohin das führte.

Kurzum, Enver formierte aus auf der Halbinsel vorhandenen und zu ihrer Verstärkung hinzugezogenen Kräften in großer Eile die 5. Armee und übergab die Befehlsgewalt Liman von Sanders. Sicher war es die unschöne Absicht, dem deutschen Marschall eine Laus in den Pelz zu setzen, was Enver veranlaßte, bei dieser Gelegenheit den unbequemen Oberstleutnant Mustafa Kemal von seinem Abstellgleis in Sofia zu holen, ihn Limans Stab beizuordnen und zum Kommandeur der 19. Division zu ernennen. Nun sind aber solche, in deren Herz jede Spur von Menschenliebe fehlt, in aller Regel mit Menschenkenntnis ebensowenig gesegnet, und so verhielt es sich in Enver Paşas Fall auch. Mustafa Kemal und Liman von Sanders wurden zum tüchtigsten Gespann, das die deutsch-türkische Waffenbrüderschaft in diesem Krieg aufbieten konnte.

Es war ja mehr als eine Marotte Limans, daß er in seinem Generalstab nur türkische Offiziere duldete und außer zu seiner persönlichen Bedienung Deutsche nicht darin aufnahm. Verständlich, daß dies zur Beliebtheit des Marschalls bei seinen Landsleuten in osmanischen Diensten nicht eben beitrug, daß immer wieder Intrigen gegen ihn in Gang gesetzt wurden, die auf seine Abberufung hinzielten. Liman von Sanders indessen war sich seiner Sache sicher genug, und daß ihr Erfolg beschert sein sollte, verdankte sich nicht zum wenigsten dem Umstand, daß jeder Einfluß von Berlin und seiner Botschaft in İstanbul während der ganzen, über einen Zeitraum von neun Monaten sich erstreckenden Verteidigung von Gelibolu abgestellt blieb.

Daß die Landung der Alliierten mit jedem Tag zu erwarten, daran war kein Zweifel, und die Schwierigkeit für Liman bestand darin zu erraten, an welchen Punkten sie ihre Invasionskräfte an den Strand werfen würden. Er lehnte es aber ab, sich den Kopf des Feindes zu zerbrechen, um dann an den für einen Angriff vermeintlich günstigsten Stellen entsprechende Abwehr zu massieren, disponierte vielmehr so, daß in jedem Fall nach erfolgter Landung in kurzer Zeit den Invasoren ausreichend Verteidiger entgegengeführt werden konnten. So waren unmittelbar an der Küste nur kleine Beobachtungstrupps postiert, während er seine Hauptkräfte im Innern der Halbinsel als disponible Reserven zurückhielt. Diese Taktik erkaufte den Vorteil, den Angriff zurückschlagen zu können, ganz gleich, für welches Plätzchen General Hamilton sich am Ende entschied, mit dem Nachteil, die Landung und auch die zumindest vorübergehende Festsetzung der Eindringlinge erst einmal zulassen zu müssen.

So geschah es denn am 25. April 1915. Schon im Morgengrauen erkrabbelten französische Soldaten bei Kumkalesi das asiatische Festland, was aber mehr ein Manöver zur Ablenkung war, denn wenig später warfen sich die Neuseeländer und Australier in britischen Diensten in großen Mengen auf den Strand der Südspitze der Halbinsel und am Westufer auf die vorstehende Nase von Ari.

Letztere war von den drei betroffenen der mit Abstand sensibelste Punkt. Das kleine Kap befindet sich an der schmalsten Stelle der Halbinsel, wo ihre Ausdehnung von Westen nach Osten nur sieben Kilometer beträgt. Am Ostufer liegt die Ortschaft Eceabat, der Brückenkopf zu Canakkale auf der asiatischen Seite, welche beiden den Engpaß zwischen dem südlichen und dem nördlichen Becken der Dardanellen bewachen, wo etwas mehr als einen Monat zuvor die anglo-gallische Flotte gescheitert war.

In Eceabat nun war Mustafa Kemal mit seiner 19. Division stationiert. Nur eine Hügelkette trennte ihn von den gelandeten Briten, und in der Sekunde, da er von deren Ankunft erfuhr, schwang er sich auf sein Pferd und galoppierte dem Kamm entgegen, den Feind mit eigenen Augen zu schauen.

Er hatte die ihm nachsprengenden Unteroffiziere hinter sich gelassen, war vom Pferd gestiegen, um das letzte steile Stück zum Grat zu erklettern, da kamen ihm schon in wilder Flucht die türkischen Soldaten entgegen, die von den Briten aus ihren Beobachtungsposten am Ufer aufgeschreckt worden waren. Mustafa Kemal hielt sie an.

«Was ist euch?» fragte er sie. «Warum lauft ihr davon?»

«Der Feind! Der Feind!» riefen sie aufgeregt durcheinander. «Kommandant, der Feind ist hinter uns her.»

Mustafa Kemals Stimme wurde sehr streng.

«Warum kämpft ihr nicht gegen den Feind?!» fuhr er sie an.

«Unsere ganze Munition ist verschossen, es ist uns nicht die letzte Kugel für uns selber geblieben.»

«Wenn euch die Munition ausgegangen ist, wozu habt ihr eure Bajonette?» wollte Mustafa Kemal von den Soldaten wissen.

Er wartete aber ihre Antwort nicht ab, erteilte vielmehr in scharfem Ton seine Befehle.

«Bajonette aufpflanzen! Hinlegen! Feind herankommen lassen!»

Er selbst blieb bei ihnen, schickte aber sofort einen der Männer zu seiner Einheit. Als seine Leute herbeikamen, waren die Briten gerade dabei, die Kammlinie des Hügels zu überschreiten. Mustafa Kemal faßte sich deshalb sehr kurz mit der Ansprache an seine Soldaten:

«Ich befehle euch nicht nur anzugreifen, ich befehle euch zu sterben. Bis wir sterben, werden neue Truppen unseren Platz einnehmen.»

Die gelandeten Verbände konnten zwar nicht ins Meer zurückgedrängt, aber doch auf ihrem schmalen Küstenstreifen eingesperrt werden. Es entwickelte sich ein Stellungskrieg, bei dem der Vorteil auf seiten der Alliierten war. Die türkischen Verteidiger litten schwer unter dem Mangel an Munition, denn es konnte von den Mittelmächten kein Kriegsmaterial herbeigeschafft werden, solange die Bahnverbindungen nach Wien und Berlin durch das Gebiet neutraler oder mit der Entente kämpfender Staaten verliefen. Die Engländer hingegen, die nach wie vor die Kontrolle über das Mittelmeer übten, hätten, falls nötig, aus sämtlichen Geschützen rund um die Uhr zu feuern vermocht. Sie taten es ausgiebig genug. Besonders effektvoll war die Unterstützung der Infanterie durch die Kanonen der an der Westküste der Halbinsel kreuzenden Schlachtschiffe, die teils das Debakel vom 18. März einigermaßen unversehrt überstanden hatten, teils zwischenzeitlich instand gesetzt worden waren.

Das Artilleriefeuer, das die türkischen Truppen unter Liman von Sanders dem entgegenzusetzen hatten, zeitigte hauptsächlich musikalische Wirkung, die allenfalls auch durch ein Bataillon von Trommlern und Paukisten hervorzubringen gewesen wäre. Die von einer Munitionsfabrik bei Yeşilköy gelieferten Geschosse hatten keinen Stahlmantel; sie waren aus Gußeisen gefertigt und konnten, selbst wenn sie ihr Ziel genau trafen, kaum jemanden töten, sondern höchstens erschrecken. Nicht gerade mit den Bajonetten, aber mit weiter nichts als ihren Maschinengewehren mußten die türkischen Soldaten ankämpfen gegen das großkalibrige Bombardement von den englischen Dreadnoughts. Sterben, sterben, nochmals sterben, hieß der Befehl.

Enver, der mit Menschenleben bei Sarıkamış so großzügig umgegangen war, geizte auch gegenüber dem deutschen Marschall nicht mit dieser Ware und füllte die vom alliierten Feuer dezimierten Divisionen mit Regelmäßigkeit auf. Bei sonnigem Sommerwetter, die sanft wallenden Fluten der Ägäis vor Augen, von einer Kanone der «Queen Elizabeth» ins Paradies befördert zu werden, das mochte eine empfehlenswertere Form des Heldentods sein, als in den Güllü Dağları in eisiger Nacht abwarten zu müssen, ob einem erst der Hunger die Därme zerreißt oder ob vorher die Kälte einem die Glieder erstarren läßt. Trotzdem sank mit Fortdauer des ungleichen Kampfes die Moral der türkischen Truppen nah an den Nullpunkt. Was Liman von Sanders zu deren Hebung nicht mehr vermochte, das bewirkte ein von Admiral Souchon in Berlin bestelltes Unterseeboot, das sich durch die Straße von Gibraltar, durch das Mittlere und durch das Ägäische Meer hindurchgeschmuggelt hatte. Am 25. Mai erhielt der englische Dreadnought «Triumph» einen Volltreffer und sank, welcher Anblick bei den kämpfenden Türken begreiflichen Jubel auslöste. Zwei Tage darauf konnte Kapitänleutnant Hersing mit seiner «V21» dem Admiralsschiff «Majestic» das gleiche Schicksal bereiten. Auch die «Majestic» gab das Schauspiel ihres allerdings nur zwölf Minuten währenden Kenterns in Sichtweite der am Anafarta-Hügel die Briten in Schach haltenden Türken.

Für einige Wochen hörte das todbringende Feuer von der See her auf, und das Ziel der Vertreibung der Invasoren kam der Erreichbarkeit wieder näher. Mitte Juli jedoch erfuhr man von ungeheuren Versammlungen britischer Soldaten auf der Insel Imbros. Noch einmal 100 000 Mann machten sich für die nächste Invasionswelle bereit. Liman von Sanders bekam von Enver weitere vier Divisionen, hatte nun insgesamt 16 zu seiner Verfügung. Diesmal jedoch hatte Sir Ian Hamilton die besseren Informationen, wußte genau, wie die Verteidiger standen, und als er am 6. August losschlug, landete er seine volkreichen Bataillone an dem von Liman sträflich vernachlässigten Zipfel der Halbinsel an der Bucht von Suvla.

Sehr viel Zeit hatten die Angreifer, aus ihren Booten zu steigen und es sich am Strand gemütlich zu machen, und sie begingen den verhängnisvollen Fehler, sich diese Zeit auch zu nehmen. Wären sie mit ihrer Übermacht gleich vorgestoßen ins Innere der Peninsula, die Schlacht um Gelibolu wäre entschieden gewesen, die Mittelmächte hätten noch im Jahr 15 kapituliert. So aber wurde die Zeit, welche die Briten vertrödelten mit der Befestigung ihres dritten Brückenkopfs, Zeit für Liman von Sanders, seine fehlerhafte Disposition in Ordnung zu bringen.

Wieder war es Mustafa Kemal, für seine Heldentat auf Vorschlag des Marschalls zum Oberst befördert, der als erster in Berührung mit dem Feind kam. Er ging auf der Anafarta-Höhe über der Bucht von Suvla in Stellung, und von hier aus trieb er seine Männer immer wieder zu Attacken auf die in großer Überzahl kämpfenden Invasoren. Zwischen dem 10. und dem 27. August 1915 verloren mehr als 100 000 britische Soldaten in der Bucht von Suvla ihr Leben, etwa halb so viele Opfer mußte Mustafa Kemal in seinen eigenen Reihen beklagen. Zwar vermochten die Angreifer sich noch zu halten auf der Halbinsel bis in den Winter, doch ihre Zähne hatten sie sich ausgebissen an Mustafa Kemal und seinen Leuten, die Anafarta-Linie blieb ihnen ein undurchdringlicher Riegel, die Dardanellen auf der anderen Seite bekam keiner von ihnen je zu Gesicht.

Die Retraite der Alliierten im Januar 1916, das Eingeständnis des völligen Scheiterns ihrer Offensiven zu Lande als auch zu Wasser, wurde dann fast noch so etwas wie ein Triumph, da sie so geordnet und so überraschend für die Türken erfolgte, daß beinahe sämtliche Mannschaften, die bis dahin überlebt hatten, auch tatsächlich evakuiert werden konnten. Für den weiteren Verlauf des Krieges war dies insofern fatal, als die hier glücklich dem Tod und der Gefangenschaft entronnenen englischen und französischen Kämpfer in Saloniki zu einer neuen Armee aufgestellt wurden, die zwar Serbiens Schicksal nicht mehr abwenden konnte, aber dennoch in Bulgarien starke Kräfte der Mittelmächte zu binden vermochte und im Jahr 1918 unter Führung des Generals Franchet d'Esperey unmittelbar deren endgültigen Kollaps bewirkte.

Die Schuld daran, daß der alliierte Rückzug weder verhindert noch gestört werden konnte, legte Enver dem Marschall Liman von Sanders zur Last, was aus der Sicht des Vizegeneralissimus in gewisser Weise ungeschickt war, da er so das Heldentum seines Rivalen Mustafa Kemal mit noch leuchtenderem Glanz umgab. Immerhin hatte Enver im Dezember 1915, als Mustafa Kemal in die Hauptstadt zurückgekehrt war, den Zeitungen verboten, Fotos vom Retter des Vaterlandes zu bringen oder seine Ankunft mit Schlagzeilen und großen Berichten zu feiern.

Indessen kam diese Bosheit Envers verspätet, der Ruhm Mustafa Kemals war mit dem Sieg von Gelibolu unauslöschlich geworden. Tiefsten Eindruck hinterließ das Ereignis nicht nur in der gesamten osmanischen Armee und beim Volk, namentlich die Balkanstaaten wurden beeinflußt durch Mustafas Fortune. Bulgarien trat auf seiten der Mittelmächte in den Krieg ein, Rumänien und Griechenland, die stark mit der Entente sympathisierten, verharrten vorerst in ihrer Neutralität.

Ihre am weitesten reichenden Folgen jedoch hatte die gelungene Verteidigung der Dardanellen hinsichtlich Rußlands. Das Zarenreich blieb von der Versorgung durch seine Verbündeten abgeschnitten und brach deswegen in sich zusammen. Der Sieg der Oktoberrevolution verdankte sich wesentlich demjenigen Mustafa Kemals. Hätte er nicht den Anafarta-Hügel gegen die Briten gehalten, hätten die Bolschewiki das Winterpalais in Petersburg nie erstürmt. Lenin wußte im Separatfrieden von Brest-Litowsk und bei der blutigen Geburt der Republik den Türken seinen anerkennendsten Dank.

Der Dank Envers dagegen kam zögernd. Nicht vor dem 1. April 1916 erfolgte die offizielle Ernennung Mustafa Kemals zum General und damit zum Paşa. Nun sollte der Wundertäter von Gelibolu bitte schön auch im Osten alles richten und den Zaren, den Enver mit der wahnsinnigen Hinschlachtung seiner eigenen Armee bei Sarıkamış hereingeholt hatte, wieder vertreiben. Das war denn wohl ein bißchen viel verlangt, aber immerhin schaffte es Mustafa Kemal Paşa in all dem Chaos, aus den Trümmern der ihm zugeteilten Division einen kampffähigen Verband zu schmieden und die armenischen Hochburgen Bitlis und Muş zurückzuerobern. Das brachte ihm den Orden vom Goldenen Schwert und Ende 1916 das Kommando über die 2. Armee. Im Jahre 1917 sollte Mustafa Kemal Paşa dann gemeinsam mit Liman von Sanders in Syrien die Kastanien aus dem Feuer holen und im selben Aufwasch die Briten aus dem Irak und aus Ägypten verjagen. Er verwarf die halb megalomanen, halb debilen Pläne Envers entschieden und war davor, seinen Gehorsam zu verweigern. Enver, der nichts wissen wollte von Mustafa Kemals Konzept, die arabischen Gebiete samt und sonders verlorenzugeben, um das türkische Nationaldenken, das mit der Machtergreifung des Komitees für Einheit und Fortschritt die Staatsideologie des Osmanismus ersetzt hatte, auch strategisch zur Maxime zu erheben, beurlaubte seinen fähigsten Krieger.

Die Revolution in Rußland ließ noch einmal Perspektiven für die Kriegsführung der Mittelmächte und des Osmanischen Reiches entstehen. Kaum an der Macht, brachten die Sowjets die größte publizistische Bombe des Weltkriegs zur Detonation, indem sie das von Sir Mark Pykes für England und von Georges Picot für Frankreich ausgefeilschte Geheimabkommen über die Aufteilung des Osmanischen Reiches offenlegten. Das war denn kräftigerer Treibstoff für ein Nationalempfinden der in Anatolien lebenden Türken als all die von den Jungtürken auf Anraten ihres

Chefideologen Ziya Gökalp eingerichteten Vaterländischen Gesellschaften und Zeitschriften zusammengenommen. Für die Türken war, nachdem Mister Pykes und Monsieur Picot mit ihren Linealen ihre Erst-du-dann-ich-Striche über die Landkarte des Nahen Ostens zu Ende gezogen, kaum noch ein kleines Reservat übriggeblieben. Höchste moralische Empörung herrschte aber nicht nur bei den Türken, die sich nach dem Sykes-Picot-Abkommen in einem Beylik, wenig größer als das Osmansche zu Beginn des 14. Jahrhunderts, hätten zurechtfinden müssen. Auch in Paris und London schlug das, was an Meinung noch öffentlich sein durfte, in wehrkraftzersetzender Weise über die Stränge der Zensur, denn für die gehätschelten Armenier war noch weniger vorgesehen als für die dämonisierten Türken, nämlich haargenau nichts. Die ihnen wieder und wieder versprochenen Gebiete wären, hätten nicht die Bolschewiki ihn von seinem Thron verjagt, dem Zaren zugefallen als sein Anteil der Beute.

Lenin schien sich bei der Verteidigung seiner Revolution und beim Aufbau des Sozialismus von den Daschnaks nicht viel zu erwarten, denn er versprach mit dem Vertrag von Brest-Litowsk nicht nur den Abzug aus allen aktuell besetzten Gebieten und zusätzlich aus den dem Zaren 1878 in Berlin zugefallenen Provinzen, sondern auch die Demobilisierung der in Rußland agierenden armenischen Verbände.

Enver nutzte die Situation zu Vorstößen in den Kaukasus, aber es waren die Deutschen, die ihm diese Tour vermasselten, weil sie in Großmachtgebaren ihren Verbündeten von Baku und seinen Ölfeldern fernhalten wollten. Dabei hatte doch Kaiser Wilhelm II. mit seinem Staatsbesuch bei Mehmet V. im Oktober 1917 noch einmal seine deutsche Treuherzigkeit demonstriert in der Waffenbrüderschaft mit den Osmanen.

Der fällige Gegenbesuch des Sultans in Deutschland wurde zum nächsten Kapitelchen in der Biographie Mustafa Kemals, denn Enver bestimmte den vom Frontdienst Beurlaubten zum Adjutanten und Begleiter des Thronfolgers Mehmet Vahidettin, der anstelle seines altersschwachen Bruders die Reise antrat. Es müßte uns wundern, hätte nicht die so geschaffene Vertraulichkeit des Umgangs mit dem kommenden und, wie sich zeigen sollte, allerletzten Sultan aus Atamans Samen Mustafa Kemal dazu verführt, eine loyalistisch-royalistische Variante seiner Pläne zur Emanzipation der Türken auszuloten und bei dem Thronfolger für seine Ziele zu werben. Gewiß hätte Vahidettin sich einen anderen Mann zu seinem Gefolge erbeten, hätte er geahnt, daß der General, der ihn aus seinen weit auseinanderstehenden blauen Augen so leutselig ansah und mit dem er so angelegentlich konversierte, während ihr Zug durch Bulgarien ruckelte, der Vollstrecker des Todesurteils über seine Dynastie werden sollte.

Mustafa Kemal war klar, daß dieser charakterschwache Sohn Abdülmecits in dem zu erwartenden Fall eines Sieges der Alliierten sich eher von diesen benutzen lassen würde als von den nationalen Widerstandskräften. Auch vermochten weder Hindenburg noch Ludendorff, noch der Kaiser persönlich, ihm Sand in die Augen zu streuen bei seiner Visite mit Vahidettin im deutschen Hauptquartier zu Spa, wo die trinkfesten Germanen beim Festbankett zu Ehren des Staatsgasts die militärische Lage schönzufärben versuchten. Der Krieg war verloren, das stand für Mustafa Kemal spätestens hier fest, wo er mit der realitätsfernen Selbstherrlichkeit der Heeresleitung ganz unmittelbar konfrontiert wurde, und seine Gedanken richteten sich auf das, was nach der Kapitulation kommen würde für sein der Willkür der Sieger preisgegebenes Volk.

Der Türkei nach der Auslöschung des Osmanischen Reiches eine Zukunft zu ersinnen, wurde Mustafa Kemal Muße während eines Kuraufenthalts im Mai und im Juni 1918, zwar nicht in Bad Kissingen, aber dafür in Karlsbad. «So mir eines Tages die nötige Macht zufallen sollte, wäre es das beste, die Gesellschaft schlagartig, in schnellstmöglicher Zeit zu verändern», notierte er in dem Journal, das er dort führte. Er sollte kommen, dieser Tag, rascher als geahnt und ersehnt, aber vorderhand galt es, in diesem aussichtslosen Krieg, wo es gehen sollte, das Leben der türkischen Soldaten zu schonen, denn Mustafa Kemal würde diese Männer noch brauchen. Er erhielt von Enver das Kommando, für Liman von Sanders den Rückzug der osmanischen Truppen aus Syrien zu dirigieren.

Mehmet V. starb, Vahidettin übernahm als Sultan Mehmet VI. den Thron. Talat, seit dem Rücktritt von Sait Halim auch Großvezir, suchte ähnlich wie die Deutschen nach amerikanischer Vermittlung für seinen Waffenstillstand auf der Grundlage des Vierzehn-Punkte-Programms von Präsident Wilson. Als diese Bemühungen gescheitert waren, trat die Regierung der Jungtürken am 8. Oktober 1918 zurück, und ihre Mitglieder flohen auf einem deutschen Frachter über das Schwarze Meer. Unter dem Großvezir İzzet Paşa wurde ein neues Kabinett gebildet, das in Mudros auf der Insel Lemnos mit dem britischen Admiral Calthorpe über die Bedingungen einer Waffenruhe verhandeln sollte.

Am Morgen nach seiner Verlobung mit Yasemin stand Nasrettin pünktlich wie immer mit seiner Rose am Eingang der Oppelner Straße. Aber Yasemin kam nicht. Beinahe zwei Stunden blieb Nasrettin an seinem Fleck, aber seine Verlobte zeigte sich nicht. Vielleicht war sie krank. Vielleicht hatte das üppige italienische Essen, das so ungewohnt war für sie, ihr den Magen verdorben. Sehr bekümmert verließ Nasrettin seinen Posten und trottete nach Neukölln in die Ockerstraße zu seinem Salon.

Gülten hatte auch nichts von ihr gehört.

«Aber gestern abend», vertraute sie Nasrettin an, «wollte ich sie besuchen. Da war sie nicht zu Hause. Ihre Mutter war in großer Sorge um sie. Sie ist einfach nicht zurückgekommen von ihrer Arbeit. Wer dahintersteckt, war mir natürlich gleich klar. Also heraus mit der Sprache: Was hast du angestellt mit meiner Freundin?»

«Wir waren essen miteinander», erwiderte Nasrettin wahrheitsgemäß. «Ich muß dich nachträglich um Entschuldigung bitten, weil wir nicht rechtzeitig deine Erlaubnis eingeholt haben dafür.»

«Nasrettin, du bist ein Idiot. Selbstverständlich hättet ihr mir Bescheid sagen müssen. Wann hast du sie nach Hause gebracht?»

«Früh», antwortete Nasrettin. «Es war nicht einmal zehn Uhr.»

«Was glaubst du wohl», hielt Gülten ihm vor, «mit welcher Ausrede sie ihr rätselhaftes und skandalöses Ausbleiben daheim erklärt haben wird?!»

Darüber hatte Nasrettin sich sträflicherweise keine Gedanken gemacht.

«Wenn Yasemin meinetwegen Schwierigkeiten mit ihrer Familie bekommt», hieß seine Rechtfertigung, «dann werde ich einstehen dafür.»

«Du, du, du!» regte Gülten sich auf. «Das ist es ja, womit du jetzt meine und Yasemins Freundschaft kaputtgemacht hast, daß du immer nur dich siehst und alles niedertrampelst, was dir im Weg steht. Wäre ich nicht, hättest du nie erfahren, daß es Yasemin überhaupt gibt.»

Auf diese Art spann sich das Streitgespräch zwischen Gülten und Nasrettin fort, und zumindest ein giftiges Wort, das Nasrettin entglitt, als er Gülten vorwarf, sie bevormunde und unterdrücke Yasemin schlimmer als deren Vater, sollte er noch am selben Tag als eine höchst ungerechte Übertreibung erkennen.

Am Nachmittag wurde Nasrettin aus einem Büro, wo er sich mit dem Mut, den ihm Yasemins Einwilligung eingeflößt, und mit einem neuentstandenen Verantwortungsgefühl hingesetzt hatte, die im Schuhkarton gesammelten Rechnungen und Mahnschreiben zu öffnen und zu sichten, in den Laden gerufen.

Ein sehr reserviert wirkender Herr mit vollem, hellgrauem Haar und einem ebenso hellgrauen, äußerst buschigen Schnäuzer, gekleidet in einen leicht geckenhaften Zweireiher, verlangte den Chef zu sprechen. Nasrettin begrüßte den Fremden mit unpassender Herzlichkeit in der Annahme, Gott habe sein wackeres

Herangehen an den Inhalt des Schuhkartons anerkennend gewürdigt und ihm prompte Unterstützung gesandt. Vielleicht war der Mann Repräsentant einer jener Ketten von Friseurläden, wie sie sich seit einiger Zeit ausbreiteten über die Bezirke der Stadt, und erschienen, um mit Nasrettin über eine Ablösesumme für sein Geschäft zu verhandeln. Denkbar auch, und noch wünschenswerter, daß er ihm ein verlockendes Kampfangebot zu überbringen hatte oder am Ende gar Sandols persönlicher Bote war.

Keine dieser Vermutungen unseres Helden traf auch nur annähernd zu, und hätte er sich die Mühe gemacht, die Gesichtszüge dieses Menschen ein klein wenig genauer zu betrachten, so hätten ihm darin die Ähnlichkeiten mit solchen im Antlitz seiner Angebeteten auffallen müssen.

«Wir können türkisch miteinander reden», begann recht brüsk der Fremde, der so fremd, wie Nasrettin meinte, keineswegs war. «Es werden nur wenige Worte nötig sein, aber ich möchte sie in aller Klarheit aussprechen, und zwar unter vier Augen.»

Nasrettin hatte noch immer keine Ahnung, wie ihm geschah, und komplimentierte den Herrn ziemlich verwirrt in sein Büro. Dort setzte er sich an seinen Schreibtisch, von dem er geschwind die schon zu Stapeln sortierten Rechnungen und Mahnungen in eine Schublade bugsierte, bot seinem Gast an, auf der Liege, die an diesem Tag zufällig ordentlich zugedeckt war, Platz zu nehmen, und fragte ihn, ob er lieber Tee oder Kaffee trinken wolle. Der andere zog es vor, stehen zu bleiben, und verzichtete auch sehr kühl darauf, sich von Nasrettin Erfrischungen reichen zu lassen.

«Entweder du läßt die Finger von meiner Tochter, oder ich bringe dich um.»

Nun, das mußte zugegeben werden, zu der Sorte von Leuten, die wie die Katze um den heißen Brei herumschleichen, zählte dieser Mann allem Anschein nach nicht. Nasrettin verschlug es den Atem. Ihm imponierte die Entschlossenheit dieses Auftritts, und das Unverblümte des Ausdrucks gefiel ihm.

Aha, dachte er sich, er will mir ein Angebot machen, das ich nicht ablehnen kann.

Als er Verteidigung und Konter halbwegs parat hatte, lag es ihm auf der Zunge, sein Gegenüber mit «Schwiegervater» anzureden, doch sah er davon ab und wählte das förmliche «Metin Bey», setzte noch das alte osmanische, besonderen Respekt bezeugende «muhterem» davor.

«Muhterem Metin Bey, ich fühle mich geehrt durch Ihren Besuch, und es freut mich, daß Sie Ihren Standpunkt so unmißverständlich dargelegt haben, weil ich daraus die Berechtigung ableiten möchte, auch meinerseits ganz offen zu Ihnen zu sprechen. Ich liebe Yasemin. Ich weiß, daß diese Frau mir vom Schicksal bestimmt worden ist. Yasemin erwidert meine Gefühle, wir haben uns gestern verlobt. Wären nicht Sie heute zu mir gekommen, hätte in den nächsten Tagen meine Familie den Kontakt zu Ihnen gesucht. Ich weiß nicht, wie bei Ihnen in Hınıs die Sitten sind und die Gebräuche, bei uns in der Gegend von Kars jedenfalls ist es das Herkommen, daß die Eltern des jungen Mannes, der eine junge Frau zu ehelichen begehrt, deren Eltern besuchen und für ihren Sohn werben um diese Braut. So wird es geschehen. Sie werden unser Angebot prüfen, es annehmen oder, wenn Sie es ablehnen, Ihre Bedingungen stellen. Yasemin ist Ihre einzige Tochter, eine Tochter zudem von solchem Liebreiz, von solcher Reinheit des Gefühls und des Charakters, wie eine zweite in Berlin, in Hınıs, ja, ich möchte sagen, auf dem ganzen Erdball sich nicht wieder findet. Glauben Sie mir, gerade ich kann Ihnen bestens nachempfinden, daß Sie Yasemin so lange als irgend möglich in Ihrem Haus behalten möchten. Darum verstehe ich Ihren schroffen Widerspruch gegen unsere Absicht. Aber so felsenfest wie meine Überzeugung, daß Yasemin und ich füreinander ausersehen sind, so unumstößlich ist meine Gewißheit, daß Sie Ihre Meinung ändern werden. Verübeln Sie es mir deswegen nicht, daß ich Sie nicht als einen Feind anschauen kann, sondern Ihnen schon jetzt die zarten Gefühle und den Respekt eines Schwiegersohnes entgegenbringe. Ich will damit sagen: Ihre Drohung kränkt mich, angst macht sie mir nicht. Es gibt auf dieser Welt keinen Menschen, er stehe mir nah oder fern, vor dem ich mich fürchte. Ich fürchte nur Gott. Den Tod fürchte ich nicht.»

Bei diesem Satz schaute Nasrettin Metin in die Augen. Sosehr Metin sich mühte, böse und drohend zu blicken, Nasrettin sah doch das pastellartige, ins Türkis spielende Grün der Karibischen See, das Yasemins Iris von der ihres Vaters geerbt hatte und das ihn in Sehnsucht auflöste. Er bekam davon einen lächelnden Zug um die Lippen, und sein ganzer Ausdruck nahm etwas sehr Christushaftes an, als er bekräftigte:

«Nein, den Tod fürchte ich nicht. Das einzige, was mir Schrekken einjagt, ist der Gedanke, ein Leben ohne Yasemin führen zu müssen.»

Mit dem Schluß seiner Erklärung hatte Nasrettin sich vom Stuhl erhoben. So hingerissen war er von dem Edelmut der eigenen Rede, daß er fest damit rechnete, Metin würde nun auf ihn zuschreiten, ihn in seine Arme schließen und in Tränen ausbrechen. Statt dessen bewegte sich Yasemins Vater zur Tür, hielt noch einmal kurz auf der Schwelle und verabschiedete sich von Nasrettin mit den Worten:

«Ihr Sunniten seid alle Schwätzer und Heuchler. Laß deine Finger von meiner Tochter, oder ich bring dich um.»

Gewiß wäre der geneigte Leser wenig verblüfft, hätte Nasrettin mit roher Gewalt auf Metins krasse Worte reagiert. Interessanterweise war es aber nicht er, sondern Gülten, die einen klassischen Tobsuchtsanfall erlitt, als Metin ihr im Vorübergehen mitteilte, daß fortan jeglicher Verkehr zwischen Yasemin und ihr unterbunden sein würde.

Weil auch die unflätigsten Beleidigungen und die gräßlichsten Flüche, die sie gegen Nasrettin ausstieß, die Wut nicht aus ihr herauszubringen vermochten, ging sie zur Randale über, warf mit Flaschen voll Haarwasser und mit Spraydosen um sich und zerschmetterte mit einem Fön, den sie am Elektrokabel wie ein Lasso über sich schwang, bevor sie ihn losließ, einen der großen Spiegel in tausend Scherben, bis Nasrettin sie einfangen konnte. Er hätte ihr am nächsten Tag verziehen und mit ihr beraten, wie man gemeinsam den angerichteten Schaden hätte gutmachen können, aber Gülten ließ ihn nur wissen, sie werde seinen Laden nie wieder betreten, er möge ihren ausstehenden Lohn mit den Kosten für die Reparaturen verrechnen.

Damit war Nasrettin auch dieser wichtige Draht zu Yasemin abgeschnitten. Zwar schlich er noch ein paarmal zur gewohnten Morgenstunde um das Schlesische Tor herum, fand aber keine Abnehmerin mehr für seine Rose. Nachforschungen in der Personalabteilung bei der Woolworth-Filiale am Kottbusser Damm ergaben, daß Frau Özcan – «Reinseele» war Yasemins Familienname – gekündigt hatte.

Nasrettin, unfähig, unwillig, seinen Salon auf Vordermann zu bringen, das bei Gültens Raptus zu Bruch Gegangene zu richten oder zu ersetzen, ließ vor dem Schaufenster die Rolladen herunter und klebte darauf ein Schild: «Wegen Renovierung geschlossen». Mit wachsender Verzweiflung wartete er auf irgendein Zeichen von Yasemin, auf eine Botschaft oder auf einen Kassiber, den jemand herausgeschmuggelt hätte aus ihrem Gefängnis.

Es blieb nur noch der sozusagen offizielle Weg übrig, und Nasrettin hatte ja bei seinem Entrevue mit Metin mit Entschlossenheit auf dessen Einhaltung gepocht: Seine Familie mußte die Özcans zum Zweck der Brautwerbung besuchen. Nur: Aus welchen Mitgliedern sollte die Delegation zusammengesetzt werden? Das war ein Punkt, den Nasrettin bei seiner selbst- und stammesbewußten Ankündigung Metin gegenüber ganz außer acht gelassen hatte.

Oktay war hinübergegangen in die bessere Welt und stand nicht mehr zur Verfügung für diese Mission. Sollte Nasrettin etwa Sevim alleine hinschicken? Damit sie dort ihre antialevitischen Tiraden abließ? Sollte Şerafettin sie begleiten? Abgesehen davon, daß seine Behinderung zu falschen Schlüssen auf das öztürkische

Erbgut hätte führen können, kam es schon deshalb nicht in Frage, weil Şerafettin sich selbst in der Türkei auf Brautschau befand. Ebru war in Recklinghausen verheiratet, Arzu in Erlangen.

Nasrettins Ratlosigkeit war perfekt, es stand unmittelbar der technische K.o. bevor. Nun war es aber Nasrettins pugilistische Überzeugung, daß der technische K.o. ins Reich der Erfindung gehörte und in Wirklichkeit nicht existierte. Entweder man stand und war bei Sinnen, oder man lag unten und war es eben nicht. Wer aufgab, nur weil er die Schmerzen nicht mehr ertrug, der hatte sich den falschen Sport ausgesucht. Die Richtigkeit von Nasrettins Entscheidung für diesen Sport und dieses Gewerbe erwies sich indessen, denn aus dieser Sphäre erhielt er den Anstoß, der auch die festgefahrene Familienangelegenheit in neue Bewegung versetzte.

Die Sache war die, daß sein Manager Uhlig ihn einmal mehr hintergangen und auf seine Kosten einen Schnitt gemacht hatte. Nasrettins Kampf gegen Marcel Sandol war wirklich bereits fixiert gewesen durch einen Vertrag, in dem sogar schon Tag und Ort seiner Austragung standen. Ein holländischer Veranstalter, dem ein Weltmeisterschaftskampf im Schwergewicht geplatzt war, hatte sich dazwischengeschaltet und eine sehr hohe Summe geboten, falls sich Sandol bereit fand, in der schon gemieteten Halle gegen den belgischen Meister in seiner Gewichtsklasse zu boxen. Sandols Promoter war fair und vertragstreu genug gewesen, von Marseille ein Telefonat mit Uhlig zu führen und dessen Einwilligung zu erbitten. Uhlig hatte seine Verantwortung Nasrettin gegenüber als so schwerwiegend darzustellen vermocht, daß er am Ende dafür, daß er dem Belgier den Vortritt vor dem eigenen Schützling gewährte, 20 000 Mark von den Franzosen bekam.

Es war schon sehr keß von ihm, daß er sich einbildete, nicht nur das einkassierte Bestechungsgeld, sondern auch den Kampf in Rotterdam Nasrettin verheimlichen zu können. Allerdings war die Programmänderung so kurzfristig vorgenommen worden, daß Nasrettin im «BoxSport» noch die Ankündigung des ursprünglich angesetzten Kampfes las. Erst zwei Tage vor dem Ereignis kam ihm bei einem Bummel durch die Kneipen des Weddings zu Ohren, wie sich die Dinge wirklich verhielten.

Bisweilen geschieht es, daß, wenn wir gegen den Ruf unseres Gewissens die Bahn ins Verderben einschlagen, gleich auf den ersten Schritten ein rettender Blitz aufzuckt, der uns wieder abzieht von der verhängnisvollen Richtung. Mit Geld, das er sich von Barış geliehen hatte, war Nasrettin in eine Spielhölle in der Guineastraße getreten, in dieselbe, in der er zweimal die Börse für eine Titelverteidigung bis auf den letzten Pfennig verloren. Dort gesellte er sich einem Trio zu, das schon ungeduldig auf einen Vierten zum Yanık gewartet hatte und, gleich als er sich gesetzt, die Karten austeilte.

Es war Nasrettin recht, daß man mit maßvollen Einsätzen begann, denn bei höheren hätte er mit dem kleinen Darlehen, das ihm Barış gewährt, nicht mithalten können. Sein Liebespech wurde ihm durch Spielglück vergolten, nach kaum einer halben Stunde hatte er aus den geborgten 300 Mark 2000 gemacht. Özgür, einer der Mitspieler, ebenfalls ein Boxer, der im Welter einige Titel und Pokale eingeheimst hatte, begann ihn aufzuziehen mit spitzen Bemerkungen. Da aber Nasrettin ungerührt fortfuhr, die Einsätze der anderen zu kassieren, wodurch Özgürs Mißgunst sich verschärfte, verstieg dieser sich, die Ehre unseres Helden als Boxer anzutasten.

«Hattest du nicht überall verkündet», sagte er höhnisch, «daß Marcel Sandol gegen dich seinen Titel verteidigen will?»

«So ist es», erwiderte Nasrettin, indem er für das laufende Spiel den Einsatz erhöhte.

«Wie kommt es dann», beharrte Özgür, «daß Sandol übermorgen nicht gegen dich, sondern gegen Albert Bijl antritt?»

Nasrettin wurde böse, denn er hielt es für einen miesen Trick, seine Konzentration vom Spiel abzulenken, und er verlor auch prompt den Einsatz, den er selbst aufgestockt hatte.

«Wenn ich kurz etwas klarstellen dürfte, Sportsfreunde», sagte er, als er den Talon mischte, mit Groll in der Stimme, «ich bin hierhergekommen, um mit euch zu zocken, nicht, um mich von euch mit dummem Gewäsch und Falschmeldungen demoralisieren zu lassen. Sandol boxt gegen mich und sonst gegen niemand. Der Vertrag ist längst unterschrieben. Der Kampf findet statt in Monaco am 12. November.»

Özgür bot ihm eine Wette an, und Nasrettin war sofort bereit, die knapp 1600 Mark, die vor ihm lagen, dagegenzuhalten.

«Ich will dich nicht ausrauben», sagte Özgür, als ob er sich zu einem anderen Zweck mit Nasrettin an den Tisch gesetzt hätte. «Zufällig bin ich gut befreundet mit Bijl. Er hat mich eingeladen und mir eine Karte geschickt.»

Özgür fischte in der Innentasche seines Jacketts und zog sie hervor. Nasrettin war verständlicherweise geschockt, als er das buntbedruckte Papier in der Hand hielt, löste sich aber sehr geschwind aus seiner Erstarrung und hüpfte vor Freude auf seinem Platz.

«Özgür, ich könnte dich küssen!» rief er.

Das Wort «Rotterdam» auf der Eintrittskarte hatte bei ihm «Amsterdam» assoziiert, und in Amsterdam wohnte doch sein Onkel Niyazi, der Scheidungsanwalt! Natürlich! Den Niyazi würde er zu Metin als Brautwerber schicken! Wieso war er nicht von selbst darauf gekommen?!

«Özgür, was willst du haben für die Karte?» fragte er. «Ich kauf sie dir ab.»

«Ich schenke sie dir», war Özgürs Antwort.

Die Spielkarten, die er so ungebührlich lange gemischt, teilte Nasrettin gar nicht mehr aus. Er stopfte Özgürs Eintrittskarte und seinen Gewinn in die Taschen und verabschiedete sich. Natürlich protestierten die anderen aufs heftigste gegen diesen groben Verstoß wider den Kodex, aber Nasrettin kümmerte das nicht mehr, er war schon zur Tür hinaus.

Er nahm die U-Bahn zum Zoologischen Garten. Es gab einen Nachtzug nach Amsterdam. Ihm blieb gerade die Zeit, in Neukölln ein paar Klamotten, Zahnbürste und Rasierer in eine Tasche zu werfen. Sein Frühstück zahlte er schon mit den Gulden, die er in Amsterdam am Bahnhof gewechselt.

Niyazi erkannte seinen Neffen sofort wieder. Zwar hatte er ihn leibhaftig zuletzt dreizehn Jahre zuvor in Beşiktaş vor Augen gehabt, aber er hatte zu seiner freudigen Überraschung mehrfach Bilder von ihm im Sportteil der «Cumhuriyet» gesehen. Nasrettin bekam das Zimmer unter dem Giebel des vornehmen Hauses mit Blick auf die Gracht, und Niyazi sagte für den Nachmittag allen Klienten ab, um sich ganz dem Gespräch mit ihm widmen zu können.

Viel von ihrer Unterhaltung war dem Andenken Oktays gewidmet, und da Niyazi nicht entgehen konnte, wie sehr Nasrettin, der gegen die Tränen ankämpfen mußte, noch immer litt unter dem jähen Verlust, war er auch, als Nasrettin ihm seinen Wunsch vortrug, ohne jede Einschränkung bereit, die Stelle des Familienoberhaupts gegenüber Yasemins Eltern zu vertreten.

«Du machst mir sogar eine große Freude mit deinem Auftrag», sagte er. «Tagtäglich bin ich damit beschäftigt, Menschen, die einmal glaubten, sich fürs Leben anzugehören, voneinander zu trennen. Jetzt darf ich endlich einmal helfen, zwei zusammenzubringen, die wirklich zueinander gehören. Verlaß dich auf mich. Dein Onkel Alpay hat höchst aufschlußreiche Forschungen angestellt und den Stammbaum unserer Familie nicht nur bis nach Azerbaycan, sondern bis nach Horasan zurückverfolgen können. Sevim wird staunen, wenn sie erfährt, daß nicht nur wir, sondern auch die Karagöz noch im vorigen Jahrhundert zur Partei Alis gehörten. Auf diese Ursprünge werde ich mich bei Metin berufen, und wir werden gemeinsam auf Atatürk schwören, den Mehdi, den İmam, der hervorgetreten ist aus der Verborgenheit. Übrigens trifft es sich gut, ich habe ohnehin für die übernächste Woche eine Einladung nach Leipzig bekommen, wo ich einer Kommission, die an der Angleichung des ostdeutschen Scheidungsrechts an das westdeutsche arbeitet, über die Regelungen hier in den

Niederlanden vortragen soll. Ich hatte mir schon fest vorgenommen, bei dieser Gelegenheit endlich einmal zu schauen, was aus euch allen geworden ist in eurem Berlin, wo alles über die Wiedervereinigung jubelt.»

Dadurch, daß Niyazi mit solcher Entschiedenheit auf seine Seite trat, das Gewicht familiärer Autorität, das als Anwalt erworbene Ansehen und dazu das von Alpay entliehene Wissen um die Geschichte für ihn in die Waagschale warf, schien Nasrettin das Hindernis Metin praktisch schon überwunden, und er begann, in Gedanken die Einladungen für seine Hochzeit mit Yasemin zu verschicken. Der Termin mußte natürlich mit dem seines Europameisterschaftskampfes abgestimmt werden. Erst heiraten oder erst siegen?

Eigenartig war's schon, daß er am folgenden Abend beim Kampf in der De-Kuip-Halle in Rotterdam mit Sandol halten und ihn anfeuern mußte, denn im Fall eines Sieges des Herausforderers Bijl hätten ja alle Verhandlungen wieder von vorn begonnen. Der Belgier, ein Boxer von Nasrettins Typ mit kurzen und schnellen Bewegungen, hatte in den ersten Runden sehr gute Szenen, und schon hier machte Nasrettin die Entdeckung, daß Sandol im Nahkampf verwundbar war, weil er nicht sorgfältig genug auf die Deckung seiner Leber achtgab. Aber Bijl nutzte diese Schwäche nicht mit der nötigen Konsequenz und überließ sich ab der fünften Runde ganz seiner Intuition, womit er die Initiative an den strategisch aus der Distanz operierenden Sandol verlor, der ihm in der siebenten Runde mit drei kurz aufeinanderfolgenden Serien von Kopftreffern unfähig zur Verteidigung machte, worauf der Ringrichter den Kampf abbrechen mußte.

Selbstredend war in der Arena auch Rufus Mompertz zugegen, und er hatte es organisiert, daß die Siegesfeier diesmal in den Räumen des Boijmans-Van-Beuningen-Museums stattfand, wo eine Ausstellung von ihm hing und in dessen Restaurant er die Boxer mit ihren Teams sowie an die 200 Gäste zu einem Galadiner lud. Er übernahm es, Marcel Sandol und Nasrettin persönlich miteinander bekannt zu machen, dolmetschte auch bei ihrem Gespräch. Sandol zeigte sich überrascht, daß Nasrettin nichts gewußt hatte von diesem Kampf; ihm sei versichert worden, Nasrettin habe sich einverstanden erklärt, und nur unter dieser Voraussetzung habe er Bijls Angebot akzeptiert. Nunmehr gab er vor Zeugen und unter den Augen der Presse sein Ehrenwort, daß Nasrettin unwiderruflich sein nächster Gegner sein würde.

So war Nasrettin bei seiner Rückkehr nach Berlin mit Holland, dessen Name sich bei ihm, seit Jennifer dort sein Kind abgetrieben, doch immer mit einem gewissen Grauen verbunden hatte, mehr als versöhnt. Niyazi hielt Wort und lenkte, gleich nachdem er in Leipzig seinen Vortrag gehalten, sein Auto zur Wohnung seiner Schwägerin Sevim. Ihre Vorbehalte gegen den Heiratswunsch ihres Sohnes räumte er weniger mittels der Aufklärungen familien- und allgemeingeschichtlicher Art, denen Sevim sich nicht recht aufschließen wollte, als durch die Erinnerung an sein glückliches Eingreifen in ihre Ehe mit Oktay aus dem Wege. Schon am folgenden Tag pilgerte sie in ihrem festlichsten Kleid, mit viel Schmuck angetan und mit Geschenken beladen, an Niyazis Seite zum Schlesischen Tor.

Metin empfing die beiden mit Zurückhaltung, aber nicht unhöflich, dankte für die mitgebrachten Schleckereien und kleinen Präsente. Fatma, Yasemins Mutter, schon weit über fünfzig, aber immer noch von tadelloser Figur und bezauberndem Aussehen, war sogar von entgegenkommender, fast herzlicher Freundlichkeit, als sie den Brautwerbern, die auf dem Sofa unter dem Ali-Porträt Platz genommen, den Tee servierte.

«Wir Türken sind ein Volk», eröffnete Niyazi die Verhandlungen, wobei er sich Mühe gab, den breiten und schwerfälligen Ton und damit die Gestimmtheit seiner ostanatolischen Kindheit und Jugend herzustellen, «ein Volk, das seit je gewandert ist über die verschiedenen Teile der Erde und sich, wie es im Lied heißt, daran gewöhnt hat, nicht sich in der Fremde, sondern die Fremde in sich zu empfinden. Dennoch und im gleichen Maße deswegen haben wir bestimmte Sitten und Bräuche bewahrt, haben unter allem Wechsel der Umstände festgehalten an ihnen, gleich ob wir unsere Zelte an der Chinesischen Mauer aufschlugen oder, wie Sie und mein Bruder es taten, an der von Berlin. Übrigens bin ich erstaunt, daß hier bei Ihnen in Kreuzberg größere Stücke dieser Mauer noch stehen. Nach dem, was das holländische Fernsehen gebracht hat, mußte ich glauben, sie sei abgetragen bis auf den letzten Stein.»

«Diese Mauer war nicht aus Steinen gebaut», fiel ihm Metin ins Wort. «Sie war aus Beton und hat immer einen höchst stabilen Eindruck gemacht. Wie sich gezeigt hat, war sie nicht solide genug. Sie hat nicht gehalten. Das Abkommen, das die Bonner Regierung seinerzeit mit der unsrigen traf, hing ja wohl ursächlich mit der Schließung der Grenze durch ihre Errichtung zusammen. Jetzt, da sie verschwindet, wünschen die Deutschen sich heimlich, daß auch wir Türken wieder verschwinden, und einige sprechen es ja laut und deutlich aus, besonders auf der anderen Seite. Für uns Türken wird nichts Gutes herauskommen bei dieser deutschen Vereinigung, über die man angeblich überall in der Welt so erfreut ist. Aber daran, daß die gute Zeit für uns Türken in Deutschland vorbeigeht, daß die Deutschen uns, je länger wir hier sind, um so feindseliger begegnen, daran tragen wir selbst das meiste der Schuld. Wir haben unsere Kinder falsch erzogen. Hätten wir sie wenigstens falsch erzogen! Aber viel schlimmer. Wir haben sie überhaupt nicht erzogen. Ich bin Alevit. Mustafa Kemal, der verborgene İmam, ist erschienen, hat den Sultan verjagt und das Kalifat abgeschafft, denn die letzten drei Kalifen waren genauso verdorben wie die ersten drei. Atatürks Reformen waren große Schritte auf dem Wege der Menschheit. Die Republik übernahm in den Schulen und in den Kasernen die Erziehung einer modernen, aufgeklärten Generation. Das war gut, aber es hat uns daran gewöhnt, die Erziehung unserer Kinder dem Staat zu überlassen. Uns, die wir nach Deutschland ausgewandert sind, ist das zum Verhängnis geworden. Der deutsche Staat gibt unseren Kindern keine Erziehung, und uns gehorchen sie nicht. Wir haben geschuftet unter Bedingungen, an die sich niemand gerne erinnert, haben doppelt soviel gearbeitet wie unsere deutschen Kollegen und die Hälfte ihres Lohnes dafür bekommen. Unsere Söhne denken nicht daran, fortzusetzen, was wir unter entsetzlichen Entbehrungen aufgebaut haben. Çalışkanım, doğrum, türküm, fleißig, ehrlich, türkisch. Sagen Sie das doch heute einmal einem dieser Burschen, die hier geboren und aufgewachsen sind. Er wird Sie auslachen und Sie einen Esel nennen, der immer noch nicht begriffen hat, daß das deutsche System das Verbrechen in jeder Form und in jeder Größenordnung begünstigt. Und zwar nur das Verbrechen. Wer es mit ehrlicher Arbeit versucht, ist jedenfalls von jener Dummheit, die ihre Strafe verdient.»

Niyazi war Metin bei dessen planlosem Herumhüpfen von einem Gemeinplatz zum nächsten nur widerwillig gefolgt. Als Anwalt hätte er diese Radotagen an sich vorbeiplätschern lassen und unterdem nach passenden Formulierungen für seinen nächsten Schriftsatz gesucht. Er mußte sich daran erinnern, daß er nicht Oktays oder Nasrettins Interessen, nicht einmal die beiden als Personen vertrat, sondern in ureigenster Angelegenheit anwesend war. Es ging um die Verknüpfung seiner Familie mit einer anderen durch eine Heirat. Und zwar so verhielt sich die Sache, daß er vom Gegner Yasemin für seine Familie erbat, was Niyazi sich einschärfen mußte, denn es war ihm beim Anhören von Metins Stereotypen die Frage aufgetaucht, ob er im umgekehrten Falle seine Tochter einem von dessen Söhnen zur Frau geben würde, was er ebenso spontan wie definitiv hätte abschlagen müssen. Nun handelte es sich aber nicht darum, die Familie der Braut zu prüfen und zu untersuchen, es ging vielmehr darum, die eigene in günstigste Beleuchtung zu rücken, zumal der kurze Sinn von Metins langer Rede wohl darin bestand, Nasrettin als einen typischen Vertreter der jeder Norm und Moral enthobenen, weder in die deutsche noch in die türkische Gesellschaft eingebundenen Gastarbeiterkinder zu denunzieren. Zu Niyazis gesteigertem Mißvergnügen hatte Sevim neben ihm auf dem Sofa, während Metin sprach, angelegentlich genickt und an mehreren Stellen sogar durch Interjektionen ihre Billigung seiner Ansichten zum Ausdruck gebracht. Sevim schien dieser Metin – Alevismus hin, Alevismus her, schließlich war sie, wenn Alpays Ergebnisse stimmten, vom selben Stamm – ein Mann vom guten alten Schrot und Korn, und sie befürwortete plötzlich sehr dezidiert die Verbindung. Entgegen dem, was Niyazi nach seiner Unterredung mit Nasrettin geglaubt hatte, voraussetzen zu müssen, war Yasemins Vater zwar stur, aber alles andere als wortkarg und ließ offenbar mit sich reden.

«Ich gehe vollkommen mit Ihnen konform», versuchte er, dieses dünne Eis zu betreten, «darin, daß die Generation unserer Kinder, ob sie nun wie Ihre Tochter schon in Deutschland geboren oder wie mein Neffe Nasrettin, der nach unserem Wunsch Yasemins Ehemann werden soll, vor ihrer Reife hergeholt wurden, eine Bürde zu tragen haben, deren Last mir, obwohl wir ihnen die Nächsten und die Verantwortlichen sind, uns nicht eigentlich vorstellen können. Eine wirkliche Zukunft haben sie weder hier noch in der Türkei. Ja, es ist ein merkwürdiger Ausdruck, den ich da gerade verwende. Die Zukunft sei doch, möchte man meinen, das Unwirkliche schlechthin und bilde den Gegensatz zu dem, was uns gegenwärtig ist und auf uns wirkt. Aber es ist doch mehr als eine Redensart, wenn man sagt, dieser habe eine Zukunft und jener habe sie nicht. Wir selbst haben unseren Kindern mit unserer Auswanderung die Zukunft geraubt. Käme einer der Jungen auf die Idee, zurückzukehren in die Türkei – ein höchst sonderbares ‹Zurück›, denn er selbst war ja nie dort –, er wäre dort nach hinten ebensowenig verbunden wie nach vorn. Und dies Außenstehen wäre drüben in seiner vermeintlichen Heimat für ihn noch weit bitterer als hier in der Fremde. Wir – ich sage ‹wir› und meine die große Mehrheit der sogenannten Gastarbeiter, obwohl mein persönlicher Fall etwas anders gelagert ist –, wir hatten eine Zukunft in der Türkei. Indessen schien sie uns wenig rosig, und wir haben der Verlockung nachgegeben, sie gegen eine vielversprechendere hier in Deutschland, oder auch in Holland, zu tauschen. Nur merken wir jetzt, daß wir eins nicht bedacht haben bei diesem Tausch: Es war eine Zukunft nur für eine Generation. Unseren Kindern können wir sie nicht mehr anbieten, ja, wir müssen uns schämen für die Vergangenheit, die wir ihnen angehängt haben. Stets haben die Älteren von der Jugend, von dem, was sie selbst in die Welt gesetzt, an ihrem Busen genährt und mit den Dingen des Lebens vertraut gemacht haben, in einem Ton der Klage und der Enttäuschung gesprochen. Doch glaube ich, daß die Situation, in die wir unsere Kinder hineingesetzt haben, eine besondere ist und daß die Sorgen, die wir äußern, von jenem Lamento, wie es seit je erhoben wurde von jeder Elterngeneration, sich unterscheiden. So begründet unsere Sorge, so unberechtigt unser Vorwurf und unser Jammer. Wenn wir den Jungen vorhalten, daß sie sich weigern, den Weg zu beschreiten, auf dem wir selbst, langsam und schlecht genug zwar, aber doch vorangekommen sind, betrügen wir nicht nur sie, wir belügen vor allem uns selbst, da wir wissen, daß dieser Weg für sie gar nicht mehr existiert. Wir haben unsere Kinder in ein Nichts geworfen, sie zu einem kompletten Neuanfang gezwungen. Nun brechen wir den Stab über sie, weil sie ihr Recht, ihre Ehre höher gestellt haben als das deutsche Gesetz. Nicht, daß ich es gutheißen möchte, Metin Bey! Verstehen Sie mich bitte nicht falsch, ich bin Anwalt, das Gesetz ist mein Beruf. Aber ich kann Verständnis aufbringen dafür, daß Nasrettin wie beinahe ausnahmslos alle seiner Altersgenossen bei seiner notwendig vollständigen Orientierungslosigkeit auch Irrwege einschlagen mußte. Bedenken wir doch, daß Osman, dessen leibliche Nachfolger das mächtigste Reich der Erde erschufen, anfangs ein Räuberhauptmann war, ein Gangster, ein Bandit. Es dürfte Ihnen schwerfallen, für Ihre Tochter, da Sie Yasemin, wie ich annehme, hier und nicht in der Türkei verheiraten wollen, einen Bräutigam zu finden, dessen Weste gänzlich lupenrein wäre. Sollte es doch so einen geben, so wette ich mit Ihnen jede Summe darauf, daß ihm entweder der Verstand fehlt oder das Herz. Nasrettin besitzt beides. Und als sein Onkel, der ihn stets aus größerer Ferne und weniger voreingenommen betrachtet hat als sein tragisch verunglückter Vater, darf ich hinzufügen: Er besitzt beides in außergewöhnlich seltenem Maße. Er hat Fehler gemacht. Das ist allgemein das Vorrecht der Jugend. Denen, die sich unter den Bedingungen, von welchen wir sprechen, hier in Deutschland durchbeißen müssen, sollten wir es großzügiger als sonst zugestehen. Was ihn auszeichnet: Er hat aus diesen Fehlern gelernt. Daß ihm das möglich wurde, dazu hat ohne Zweifel seine Erziehung als Sportler den Ausschlag gegeben, denn nirgends wird der, der nicht an sich arbeitet und rücksichtslos die eigenen Fehler ausmerzt, härter, schmerzhafter bestraft als beim Boxen. Am eigenen Schopf hat Nasrettin sich herausgezogen aus den Verwirrungen, in die er nach dem Verlust des Vaters geraten war, hat auf eigene Faust sich eine Stellung erobert, steht mit seinen eben 25 Jahren auf den eigenen Füßen. Welche Leistung Nasrettin vollbracht hat, das würdigt man im vollen Umfange erst, wenn man gehörig bedenkt, was ich über das Thema Zukunft und die besondere Bewandtnis und Problematik, die es für ihn und seinesgleichen besitzt, anzudeuten versuchte. Nasrettin selbst hat sich das geschaffen, worauf er wie jeder werdende Mensch einen Anspruch hatte, was ihm mein Bruder und meine Schwägerin aber nicht zu bieten vermochten: eine Zukunft. Er hat sich den Weg in die deutsche Gesellschaft geöffnet, ohne hinter sich die Brücken nach der Türkei einzureißen, ohne sich abzusetzen von der Mehrheit der türkischen Gemeinde, die nach wie vor unter ihrer Abgeschlossenheit leidet. Ich rede von Nasrettins Karriere als Boxer, aber gleichzeitig auch von dem Geschäft, das er sich aufgebaut hat, von dem Frisiersalon in Neukölln, wo Sie, lieber Metin Bey, ihn kürzlich aufgesucht haben. Er gibt dort jungen Menschen Arbeit, die gleich ihm durch das türkische und das deutsche Doppelprofil gekennzeichnet sind …»

Über den Punkt, daß dies inzwischen nicht mehr zutreffend

war, und zwar durch Metins Verschulden, ging Niyazi mit Stillschweigen hinweg.

«... und die Kundschaft ist aus Deutschen, Türken und Einwanderern anderer Herkunft bunt zusammengemischt. Deutschland wird nach meinem Dafürhalten nie wie Amerika, das es sich zum eigenen Nachteil zu seinem Vorbild erwählt, ein Schmelztiegel sein. Aber dem, was von den Politikern ‹Integration› genannt wird und was in den Niederlanden, die jetzt meinen Lebenskreis bilden, bereits viel entwickelter ist, dem leistet Nasrettin großen Vorschub mit den Mitteln, die sein Dasein ihm zur Hand gibt. Als einen wahren Atatürk im Rahmen seiner kleinen Verhältnisse möchte ich unseren Nasrettin rühmen. Und was wäre schon der große Atatürk ohne alle die kleinen Atatürks, die Stück für Stück sein Werk vollbringen helfen? Wir dürfen Hoffnung schöpfen und zuversichtlich sein, daß schon die Kinder von Yasemin und Nasrettin eine sehr viel besser geebnete Bahn ins Leben vorfinden werden.»

Er hatte noch vorgehabt, seine kleine Analyse der sozialen und kulturellen Entwicklung zu der Einsicht zu führen, daß die Art von Verheiratung durch Verhandlungen und Abmachungen zwischen den Eltern, wie sie sie gerade betrieben, den Gegebenheiten nicht mehr entsprach und bestenfalls noch mit spielerisch-ironischem Charakter als ein Erinnern des Brauchtums, als etwas Symbolisches angefaßt werden durfte. Aber jetzt wollte er doch erst die Gegenpartei zu Wort kommen lassen.

«Leider», nahm Metin die Rede, «verfüge ich nicht wie Sie über die Gabe, in die Zukunft zu schauen. Es ist mir daher unmöglich, vorauszubestimmen, ob die Bahn, auf der Ihr Nasrettin seine Kinder ins Leben hineinrutschen läßt, eine holprige oder eine gehobelte sein wird. Aber rein aus dem Gegenwärtigen und Vorhandenen vermag ich zu sagen, daß diese Kinder nicht meine Tochter Yasemin empfangen, austragen und zur Welt bringen wird. Mein Standpunkt war Ihnen bekannt, bevor Sie herkamen. Ich mußte Sie bewirten und anhören, das verlangt mein türkisches Blut, das verlangen Anstand und Herkommen von mir. Sie durften auf dieses Recht pochen. Sie haben lange gesprochen und dabei manches erwähnt. Sie möchten etwas von mir. Meine Tochter. Meine einzige Tochter. Ein Mädchen von solchen Vorzügen, daß ich nicht wie Sie nach Worten suchen muß oder gar nach welthistorischen Gründen, um sie zu preisen, weil jeder Vergleich, auch der poetischste, vor ihrer Erscheinung verblaßt. Die wollen Sie haben. Bei allen Betrachtungen, die mich, zumindest was ihre Weitläufigkeit angeht, erinnert haben an Atatürk, ist aber nicht eine Silbe dazu gefallen, wie Sie mich für das Opfer, das Sie von mir verlangen, entschädigen wollen. Das hat mir bestätigt, daß unsere Begriffe von Brautwerbung, von Heirat, vom Zusammenleben zwischen Mann und Frau nicht zu ein und derselben Denkweise gehören. Es bleibt also bei meiner Weigerung, und zwar in der Form, wie ich sie Ihrem Neffen mitgeteilt habe. Er wird sich an den Wortlaut erinnern.»

Als ob Nasrettin sich die Worte, die Metin im Büro seines Salons zu ihm gesprochen, noch eigens und mit Willensanstrengung hätte ins Gedächtnis rufen müssen! Sie klangen ihm, wo er auch war, ununterbrochen im Ohr. Daß es Niyazi nicht gelungen, Metin auch nur um einen Millimeter vom eingenommenen Standpunkt zu bewegen, war eine doppelt schlimme Enttäuschung für ihn. Die Mauer zwischen Yasemin und ihm war auf eine Höhe gewachsen, wo sie auch ihm unüberwindlich zu scheinen begann, und sein Onkel, auf den er all seine Hoffnung gesetzt, hatte versagt. Zwar gab sich Niyazi redliche Mühe, ihm nach Art der Anwälte die Niederlage als einen Fortschritt und als die Abwendung von Schlimmerem einzureden, doch tröstete das Nasrettin nicht. Höchstens daß Sevim, seit sie bei Metin gewesen, seinen Heiratswunsch unterstützte, mochte ihm wie ein kleiner Lichtblick vorkommen.

Hätte er doch wenigstens mit Yasemin sprechen können über die Lage! Aber er hatte nicht einmal eine Ahnung, wie sie die böse Neuigkeit aufnahm.

Niyazi mußte zurück nach Amsterdam zu den Geschäften in

seiner Kanzlei, aber er versprach, wiederzukommen und einen neuen Vorstoß zu unternehmen.

«Wir sind im Gespräch mit der Gegenpartei», sagte er zu Nasrettin bei seinem Abschied, «und darauf kommt's an. Er kennt nun unser Interesse, hat auch erkannt, daß Yasemin bei uns besser aufgehoben sein wird als bei ihm. Halb ist es verbohrter Stolz, halb Geschäftsgeist, daß er sich querstellt. Er wird seine Meinung ändern, verlaß dich auf mich.»

Nasrettin wäre unweigerlich wahnsinnig geworden an der Unmöglichkeit, die Situation durch eigenes Tun zu befördern, hätte nicht gleichzeitig der Kampf gegen Sandol vor ihm gestanden. Gegen seinen Körper konnte er all die unbändigen Energien richten, seine Wut in endlosen Waldläufen ermüden, seinen Haß gegen Metin in Sandsäcke prügeln. Was ihm mit Yasemin auszuführen vorerst noch verwehrt war, das konnte er als ein rhythmisches Vorfühlen schon beim Seilspringen und mit Liegestützen probieren, und er trieb diese Übungen so ausgiebig, daß ihm davon wie den im Kreis wirbelnden Dervişlern vom Orden Mevlanas die Sinne entschwanden. Einen derartigen Fleiß, eine über das menschlich Wollbare solchermaßen hinausgehende Verbissenheit, die nicht nachließ, bis das Allerletzte herausgepumpt war aus diesen Muskeln, hatte Röder nie an Nasrettin, nie an einem anderen Boxer beobachten können. Bei jenem Exerzitium, welches so angeordnet war, daß Nasrettin am Boden lag, derweil Röder ihn mit Medizinbällen bewarf, gab es kein Abwinken, mit welcher Wucht Röder auch auf ihn zielte. Dem Folterer schmerzten vom Schleudern die Arme, bevor der Bombardierte am Boden auch nur die Miene verzog. Auch wenn er ihn beim Sparring taxierte, beschlich Röder bisweilen der Eindruck, als suche Nasrettin den Schmerz geradezu auf. Drei Runden ging er mit einem um vier Klassen schwereren Mann, ohne den Partner einmal anzugreifen, nur sich verteidigend und vieles scheinbar mit Vorsatz einsteckend dabei. Aus dem Übungsring gestiegen, machte Nasrettin sich gleich wieder an die Geräte, stemmte Gewichte, trimmte die Birne, hieb in die Schlagpolster, bis auf den Wänden dahinter der Putz zu bröckeln begann.

«Mach Schluß für heute», mußte Röder ihn ermahnen. «Oder willst du etwa übernachten im Gym?»

Ja, das wollte Nasrettin und überredete Röder, ihm die Schlüssel zu lassen. Fortan schlief Nasrettin nicht mehr auf der Couch im Büro seines Salons, sondern im Ring. Er nahm auch seine Mahlzeiten im Gym, türkisches Essen, das er per Telefon von einem Kebapcı in der Nähe bestellte. Nur zum Joggen verließ er das Fabrikgelände, auf dem die Trainingshalle untergebracht war, fuhr mit der S-Bahn zur Station Grunewald hinaus und lief zwei Stunden, ohne sich zu verschnaufen.

Drei lange Wochen waren hingegangen in der immer gleichen, unausgesetzten Schinderei, und eben erfüllte sich der Zweck seiner systematischen Martern, denn er hatte wirklich zum ersten Mal nur noch an Sandol gedacht und an seinen Sieg und nicht mehr an Yasemin und ihren Vater, da kam Röder zu ihm an die Streckbank, wo er am Seilzug Zentnergewichte mit seinen Füßen bewegte.

«Eine junge Frau ist an der Tür», sagte Röder zu ihm, «und sie behauptet, sie müsse unbedingt sofort mit dir sprechen.»

Wie von einem Pfeil getroffen, ließ Nasrettin los, die Eisenbarren am Drahtseil krachten, daß man Angst hatte, sie möchten den Boden durchschlagen. Ohne sich nur den Schweiß aus dem Gesicht zu wischen, flog Nasrettin zu ihr hin.

Wie erschrak er, als er sie sah!

Yasemin war abgemagert, ihre Wangen waren eingefallen, schwarze Ränder lagen unter ihren Augen, die auch nicht mehr funkelten, sondern trüb und ausdruckslos schauten. Ihr schönes Haar war zerzaust, ihr bronzener Teint war einem gräulichen Khaki gewichen, von welcher Farbe auch der lange, zerknitterte Regenmantel war, in dem sie steckte und unter dem sie, wie frierend, die Hände in den Taschen vergraben, die Schultern zum Hals heraufzog.

«Du mußt mich entführen», sagte sie zu Nasrettin.

«Na klar», erwiderte er, als habe sie ihn um eine Zigarette gebeten.

Unter der Dusche und beim Anziehen, wo er zuletzt noch einmal allein war mit sich und seinen Gedanken, schien es ihm, als habe Yasemin einen denkbar ungünstigen Moment ausgewählt, um sich von ihm entführen zu lassen. Unsinnig schon irgendwie, daß die Initiative zu dieser Aktion nicht von ihm ausging, sondern von ihr. Seine Barschaft belief sich, wie er, während er unter der Brause den Trainingsschweiß von sich wusch, überschlug, auf etwa siebzehn Mark, was sich nachher bei der Revision seines Hosentascheninhalts korrigierte auf sechzehn Mark und zwölf Pfennig. Von Röder konnte er maximal zwanzig Mark pumpen, er stand bei ihm ohnedies tief genug in der Kreide. Sicher wäre dort oder hier ein und der andere Hunderter lockerzumachen gewesen, aber es sollten ja keine langwierigen Requisitionen stattfinden, es galt vielmehr, unverzüglich die Flucht anzutreten, denn bestimmt waren die Brüder Yasemin schon auf den Fersen.

Sie belud ihn schon mit Vorwürfen, daß er so lange gebraucht, um sich fertigzumachen, doch mußte er Röder noch den Zwanziger abluchsen und seinem Trainer erklären, daß er voraussichtlich dem Gym einige Tage fernbleiben würde. Yasemin benahm sich, als wären nicht ihre Brüder, sondern sämtliche Geheimdienste der Welt hinter ihr her. Nasrettin fühlte sich in einer Verlegenheit und Gereiztheit, welche Verfassung sehr derjenigen ähnelte, in der wir bei Beginn unserer Erzählung Oktay gesehen, als er auf der Hochzeit zu Kıraç Köyü Sevim geraubt und hinter sich aufs Pferd gesetzt hatte. Wohin, um des Himmels willen, konnte er fliehen mit ihr?

Zuallererst mußten sie einmal hier in der Stadt ein ruhiges Plätzchen finden, wo sie vor den Brüdern einigermaßen sicher waren und alles gründlich beratschlagen konnten.

«Wir fahren in den Osten», war Nasrettins Einfall.

Das klang so absurd und abwegig in Yasemins Ohren, daß sie

zustimmte, weil ihr schien, daß ihr Anhang ebenfalls diese Möglichkeit, wenn überhaupt, zuallerletzt in Betracht ziehen würde.

Auf dem Alexanderplatz, den Yasemin in ihrem Leben zum ersten Mal sah und den auch Nasrettin seit dem Zusammenbruch des sozialistischen Staates nicht wieder betreten hatte, umfing die beiden eine Atmosphäre von solcher Fremdheit, daß sie glauben mochten, sie hätten zwischen sich und die Verfolger nicht einige S-Bahn-Stationen, sondern ganze Länder und Kontinente gelegt. Weit und breit kein türkisches Gesicht, dafür aber vietnamesische und indische Händler. Immerhin war Vorsicht geboten. Sollte sich doch einer der Brüder hierher verirren, war mit einer Bluttat à la Hınıs zu rechnen. In einer Seitenstraße nahe dem Rosa-Luxemburg-Platz entdeckten sie eine Speisegaststätte mit stark vergilbten Gardinen und vertrockneten Topfblumen im Fenster, die Nasrettin hinlängliche Deckung versprachen. In der Gaststube hing dicker Tabakqualm, untermischt mit den Dämpfen von Sauerkraut und Eisbein, was unser Held gleichfalls als gute Tarnung empfand. Der Tisch im hintersten Winkel war frei, aber für alle Fälle rückte Nasrettin seinen Stuhl so, daß er die Tür im Auge behielt. Sie verlangten Tee, eine Bestellung, die von der Kellnerin sehr ungnädig aufgenommen, aber murrend dann doch ausgeführt wurde.

Hier saßen sie nun und mußten die äußerste Zuspitzung ihrer Lage beraten.

«Was schlägst du vor?» wollte Nasrettin von Yasemin wissen. «Was sollen wir tun?»

«Warum fragst du mich das?» gab Yasemin beleidigt zurück. «Du bist doch der Mann, du bist doch der Entführer.»

Dem wollte Nasrettin nicht widersprechen. Allerdings, fand er, hätte sie ihm, um der Rolle halbwegs gerecht werden zu können, etwas Zeit für Planung und Vorbereitung zugestehen müssen.

«Hast du Geld bei dir?» war seine nächste Frage an sie.

Yasemin verneinte. Sie war doch, wie sie Nasrettin schon in der S-Bahn erzählt, ihrer Mutter, mit der sie zum Markt gegangen, weggelaufen, Hals über Kopf, weil sie es nicht mehr hatte aushalten können bei ihrer Familie und weil sie unbedingt zu Nasrettin wollte. Sowieso waren natürlich ihr Paß und alle anderen Papiere bei Metin streng unter Verschluß, denn ihr Vater mußte, spätestens seit er die Brautwerber fortgeschickt hatte, gefaßt gewesen sein auf das, was jetzt geschah.

«In Berlin können wir uns nicht verstecken vor deinen Brüdern, jedenfalls nicht auf Dauer.»

Yasemin stützte ihren Kopf mit den Händen und starrte auf das Glas Tee vor ihrer Nase. Bereute sie ihren Schritt? Schon jetzt? Sie hatte sich Nasrettin ausgeliefert. Nasrettin empfand das in einem Ausmaß, daß er für einen Moment ganz aufhörte, er selber zu sein, und rein zu dieser Verantwortung wurde, die sie ihm nicht auflud, nein, die sie ihm schenkte. Etwas Süßeres, Seligeres als in dieser Sekunde hatte Nasrettin nie in sich gefühlt. Er würde überall hingehen mit dieser Frau, alles für sie tun. Ein erstes großes Opfer war schon von ihm gefordert, denn, wie die Dinge lagen, würde er kaum gegen Sandol antreten können, es sei denn, um in die Boxgeschichte einzugehen als der erste, der im Ring aus dem Publikum niedergeschossen wurde. Davon sprach er Yasemin jedoch nicht.

«Ich sehe nur eine Möglichkeit», sagte er, nachdem beide lange ihre eigenen Gedanken bei sich bewegt hatten. «Wir gehen zu meinem Onkel Niyazi. Er wird uns helfen.»

Ihre bizarre Abenteuerlichkeit bezog die ganze Unternehmung von Yasemins und Nasrettins Flucht nach Holland fast ausschließlich aus der Paranoia, mit der Yasemin Nasrettin, der sich doch, wie wir gehört hatten, vor keinem Menschen auf dieser Welt, sondern einzig vor Gott fürchtete, ziemlich schnell infizierte. Dabei hatte Metin das Todesurteil noch gar nicht gesprochen. Das wäre auch voreilig gewesen, denn Yasemin wurde, um es in Metins Begriffen zu sagen, nicht «entehrt». Nasrettins List, beim Trampen die Autobahnen zu meiden, um sich an die Bundes- und kleinen Landstraßen zu halten, war zwar ebensosehr gegen die eingebildeten Verfolger wie gegen die von ihm zu Beschützende gerichtet, weil er es auf Übernachtungen in Scheunen und Heuschobern anlegte. Aber obwohl sie die romantischsten Plätzchen entdeckten und gleich in der ersten Nacht auf der Tenne eines Kuhstalls frei waren in ihrer Natur wie das Hornvieh, das unter ihnen stand, verweigerte Yasemin ihm doch strikt die Gunst, auf die er allzufest spekuliert hatte. Als Jungfrau sollte er sie heiraten, daran war nicht zu rütteln. Hingegen hatte sie keine Scham – als sie im Wald zwischen Deutschland und Holland, wo sie nach einer Wanderkarte, die Nasrettin von ihrem letzten Geld gekauft hatte, die grüne Grenze zu Fuß überquerten, an einen kleinen Badesee stießen –, sich vor ihm zu entkleiden.

Am Ende der süßen Strapazen stand allerdings nicht wie im Märchen der triumphale Einzug von Prinz und Prinzessin in den zum Empfang geschmückten und illuminierten Palast. Zwar zeigte sich in Enschede der Besitzer eines Kebapladens, dem sie sich anvertrauten, barmherzig und hilfsbereit, gab ihnen Speis und Trank und ließ Nasrettin auch das Telefon benutzen, aber Niyazi am anderen Ende der Leitung war alles andere als begeistert, als er die neueste Wendung der Geschichte erfuhr. Er war sehr kurz angebunden, nicht gesonnen, sie mit seinem Auto abzuholen, und insgesamt so übel gelaunt, daß Nasrettin nicht einmal zu erwähnen wagte, daß sie bis auf den letzten Pfennig abgebrannt waren. Der Gastwirt war's, der sich ihrer erbarmte und ihnen aus freiem Herzen einen Hundertguldenschein schenkte, so daß sie das letzte Stück ihrer Reise von Enschede nach Amsterdam mit der Eisenbahn zurücklegen konnten.

Wir erinnern uns noch, was Alpay Sevim und Oktay seinerzeit, als sie sich von Sulakbahçe zu ihm nach Kars ins Schulhaus gerettet, alles an Gutem getan. Nasrettin hatte bei verschiedenen Anlässen gehört, welchen Dank seine Eltern ihm dafür über viele Jahre bewahrten, und er hatte es als normal und natürlich erachtet, daß Niyazi sich auf ähnliche Art ihm und Yasemin gegenüber benehmen würde. Jedoch hatte es mit der Wiederholung des alten Musters an dieser Stelle sein Ende.

Als Nasrettin in Amsterdam an die bekannte Tür klopfte, zeigte sich Niyazi noch unwilliger als am Telefon, überschüttete ihn mit Vorwürfen, nannte die Entführung eine Dummheit, mit der er nicht nur sich und Yasemin aller Aussicht auf eine Heirat benommen, sondern auch die Familie ins Unheil finsterster Vergangenheiten zurückgestürzt habe.

«Wirklich, Nasrettin, ich hätte dich für etwas intelligenter gehalten», schimpfte er. «Diese Leute sind aus Hınıs. Die murksen euch ab. Verzeih bitte, Yasemin, es klingt respektlos, wie ich über deine Angehörigen spreche, aber du selbst weißt es am besten, daß dein Vater Ernst machen wird mit dem, was er Nasrettin angedroht hat. Warum rufst du mich nicht gleich an? Warum tingelst du erst drei Tage und drei Nächte über Land mit deiner Braut?! Hatte ich dir nicht gesagt: Verlaß dich auf *mich.*»

«Das habe ich ja, aber ...», wollte Nasrettin ihn unterbrechen.

«Papperlapapp!» schnitt Niyazi ihm das Wort gleich wieder ab. «Ich sehe nur eine einzige Chance, uns alle wieder herauszubringen aus diesem Schlamassel. Ich setze mich gleich morgen früh mit Yasemin ins Auto und liefere Metin seine Tochter postwendend zurück. Gebe Gott, daß es noch nicht zu spät dafür ist. Und ihr werdet auch keinesfalls diese Nacht gemeinsam unter meinem Dach verbringen.»

Nasrettin machte sich schon auf ein längeres Exil in Holland gefaßt, besah sich Amsterdam mit den Augen eines künftigen Bewohners der Stadt, aber Niyazi kehrte aus Berlin mit höchst überraschenden Neuigkeiten zurück.

«Wir haben Glück gehabt», verkündete er Nasrettin. «Vor allem danke dem Himmel, daß Yasemin sich nicht hat rumkriegen lassen von dir. Als ihre Mutter die Unversehrtheit ihres Jungfernhäutchens festgestellt hatte, war unser alevitischer Löwe besänftigt. Plötzlich ganz umgänglich, dieser Metin. Hat es mir hoch angerechnet, daß ich so besonnen gehandelt habe. Von der Idee, daß er seine Tochter ein Leben lang einsperren könne, scheint er so ziemlich abgekommen zu sein. Schlägt einen ganz anderen Ton an mir gegenüber und meint, wir sollten doch noch einmal reden über die Heirat. Er ist einverstanden. Drei Bedingungen sind zu erfüllen. Wir müssen die Hochzeit ausrichten. Von dir verlangt er 20 000 Mark und eine Waffe. Was glaubst du, Nasrettin, warum es Anwälte gibt auf der Welt? Schreib dir für deine Zukunft, wenn du sie erleben möchtest, eins hinter die Ohren: Erstich von mir aus deine Großmutter, überfall eine Bank, tu, was du willst, aber unternimm nie etwas in einem laufenden Verfahren, ohne vorher deinen Anwalt zu fragen! Ich hätte in jedem anderen Fall mein Mandat sofort niedergelegt. Damit du gar nicht erst auf die Idee kommst, mich danach zu fragen, sage ich dir gleich, daß ich zu dem Brautgeld nicht einen einzigen Gulden beisteuern werde, auch nicht leihweise. Sieh zu, wie du die 20 000 Mark auftreiben kannst und wie du ihm diese Waffe beschaffst.»

Auf Metins Standpunkt hätte sich, als nach Abschluß des Waffenstillstands von Mudros die Engländer die Hauptstadt, die militärischen Anlagen, die Eisenbahnen, die Post- und Telegraphenämter, kurz, alles, was der Ausübung von Herrschaft dient, in ihren Besitz nahmen, auch Mustafa Kemal Paşa gerne gestellt und Geld und Waffen verlangt. Von wem aber?

Was die Engländer wirklich von Reformen im Osmanischen Reich hielten, offenbarte sich in den Maßnahmen der Regierung von Gnaden des Hochkommissariats, in das sie sich mit den Franzosen und Italienern teilten. Der von Mehmet VI. berufene Großvezir war Ahmet Tevfik Paşa, der Außenminister Abdülhamits II., und das bißchen Politik, das er aus freien Stücken ins Werk setzte, war die Annullierung aller durch die Jungtürken vollbrachten gesellschaftlichen Fortschritte und die Verhaftung nicht nur jener Mitglieder des Komitees, deren Auslieferung die Alliierten verlangten, sondern auch solcher Denker wie Ziya Gökalp und Fuat Köprülü. Solcher Überfleiß täuschte die Briten, denn die Ministerien waren von Wühlern durchsetzt, die die Demobilisierung verschleppten und Waffen aus den Depots in İstanbul über das Schwarzmeer nach Zentralanatolien schmuggelten, wo noch zwei Armeecorps standen, nämlich das 15. in Erzurum unter dem Kommando von Kazım Karabekir und in Ankara das 20. unter Ali Fuat Cebesoy. Letzterer war seit den Tagen vor der Jungtürkischen Revolution ein Freund und Weggefährte Mustafa Kemals, und auch Kazım Karabekir, der nach ihm profilierteste, erfolgreichste und populärste General, war ein guter Bekannter und wild entschlossen, das in seinen Kräften Stehende zu tun, die Schaffung eines als Puffer gegen die Sowjets gedachten, vom Schwarzmeer bis zum Golf von İskenderun reichenden armenischen Staates zu unterbinden. Eine Befreiungsarmee war also in nuce bereits vorhanden, sie mußte nur noch koordiniert und angeführt werden.

Der britische Geheimdienst hatte im Grunde sorgfältig recherchiert, denn auf einer von ihm erstellten und dem Hochkommissar vorliegenden Liste von Personen, die entfernt werden sollten, stand nicht nur Kazım Karabekirs Name, Mustafa Kemal war diese Ehre gleichfalls zuteil geworden. Statt aber die Konsequenz aus dieser von den geheimen Dienern produzierten Erkenntnis zu ziehen, wurde ausgerechnet dieser Bock zum Gärtner erwählt, und es ist nicht gar zu übertrieben, wenn wir konstatieren, daß durch diese Laxheit das britische Weltreich um die Frucht seiner jahrhundertelangen Beackerung des kleinasiatischen Bodens geprellt worden ist.

Die Sache wollte es nämlich so, daß am Pontos zwischen Sinop und Trabzon, wo Byzanz noch bis zur Regierung Mehmets II. seine Enklaven gehalten hatte, nach wie vor sehr viele Griechen oder «Rum», wie sie von alters her genannt wurden, vom Fischfang, vom Handel oder von anderem lebten. Diese, kaum mehr als die Türken interessiert oder gewillt, armenische Staatsbürger zu werden, hatten, darin tatkräftigst unterstützt von Eleutherios Venizelos, dem Ministerpräsidenten des griechischen Königreichs – der, als ganz gesichert, daß es nichts mehr zu kämpfen, nur noch zu siegen gab, in letzter Sekunde vor Kriegsende der Entente beigesprungen war –, die Megali idea der Restauration des Oströmischen Reichs ausgegraben und, dieser vorarbeitend, an der Küste und auf dem Pontos die ethnische Katharsis gestartet. Das hatte Gegenwehr provoziert nicht nur bei den Türken, sondern auch bei den Lazen, die sich nun langsam ebenfalls Gedanken machen mußten, was sie denn sein wollten, wenn bald keine Osmanen mehr existierten, und die in dieser Auseinandersetzung mit Rumlarn und Armeniern ihr kaukasisches Kriegerblut in sich hochsteigen fühlten.

Kurzum, die Gegend war ein völlig unüberschaubares Kuddelmuddel, wo jeder jedem den Schädel einschlug, und da die Alliierten weder gegen die Griechen noch gegen die Armenier oder gegen die Lazen vorzugehen wünschten, erteilten sie ihrer Marionette Mehmet VI. Befehl, hier erst einmal etwas mehr Ruhe und Übersicht zu besorgen.

Ein mit weitreichenden Vollmachten ausgestatteter Generalinspekteur sollte die Lage sondieren, und der Innenminister Mehmet Ali, der Mustafa Kemal bei einem Essen im Hause von Fuat Ali Cebesoy kennen- und schätzengelernt hatte, schlug den Helden von Gelibolu für diese Mission vor. Für einen Mann, der auch delikatesten Aufgaben gewachsen war, durfte ihn der Sultan, der erlebt hatte, wie leger Mustafa Kemal mit Kaiser Wilhelm II., mit Ludendorff und Hindenburg umgegangen war, ebenfalls halten, und so wurde die Ernennung von Mehmet VI. bestätigt. Mit einem Stab von achtzehn Männern, die er sich hatte aussuchen dürfen, ging Mustafa Kemal Paşa am Abend des 16. Mais 1919 an Bord der «Bandırma».

Mit auf die Reise nach Samsun nahm Mustafa Kemal nicht nur diese kleine Schar von Freunden und Helfern, sondern auch die schockierende Nachricht von der Landung einer griechischen

Invasionstruppe in İzmir. Da die Vereinigten Staaten von Amerika und Italien bei den über das ganze Jahr 1919 bis in den Sommer 1920 sich hinstreckenden Friedensverhandlungen in Sèvres gegen eine Beteiligung der Griechen an der Okkupation scharf opponierten, hatte Venizelos sich von Lloyd George und Georges Clemenceau, denen er an Schlitzohrigkeit nicht nachstehen wollte, grünes Licht geholt und vollendete Tatsachen geschaffen. Englische und französische Kriegsschiffe hatten am 14. Mai eine komplette griechische Division übergesetzt, die von den griechischen Bewohnern İzmirs, das nun wieder Smyrna heißen sollte, mit unglaublichem Jubel begrüßt wurde. Der Freudentaumel war beim allgemeinen Türkenschlachten in Blutrausch übergegangen, und da den Griechen das Massakrieren von entwaffneten Muslimen ein selten ungetrübtes Vergnügen gewährte, zog man die Blutspur gleich nach Manisa und weiter flußaufwärts an den Ufern des Menderes entlang.

Still hingegen verlief der Empfang Mustafa Kemals in Samsun am 19. Mai. Man wollte die militanten Verfechter einer Gräzisierung des Pontos nicht aufschrecken und brachte den eingetroffenen Generalinspekteur in einer unscheinbaren Familienpension unter. In Havza, auf halber Strecke zwischen Samsun und Amasya, wo rechts der Weg nach dem Örtchen Köprü zweigt, im Gedenken an seinen großen Sohn seit langem Vezirköprü benannt, machte Mustafa Kemal Station, um in den heißen Quellen zu baden, so sich das Werk des legendären, kompromißlosen Reformvezirs und seine eigenen Reflexionen vom Vorjahr in Karlsbad gleichermaßen heraufrufend in sein Bewußtsein.

Die Rast in Havza hatte über diesen kontemplativ-therapeutischen noch einen überaus handfesten Zweck. Mustafa Kemal traf hier mit einem Abgesandten Lenins und Trotzkis zusammen. Semjon Budjonny, Hauptmann der Roten Armee, überbrachte ihm die Grüße der Bolschewiki und versprach dem nationalen Widerstand gegen die alliierte Okkupation, was, wie wir durch Onkel Niyazi erfuhren, Yasemins Vater von Nasrettin verlangte:

Waffen und Geld. Die Herstellung der Souveränität der Türkei lag im vitalen Interesse der Räteregierung. Der Besitz der Meerengen erlaubte der Entente die Unterstützung der Weißen Armee, und die Gründung eines armenischen Staates unter englisch-französischer Regie in Ostanatolien hätte vor allem die Schaffung eines Aufmarschgebietes für die Imperialisten bedeutet.

So hatte Mustafa Kemal doch schon etwas mehr als die Vollmachten des İstanbuler Marionettentheaters in seinem Tornister, als er in Amasya eintraf. Er ließ aber in seiner Unterredung mit den hierherbestellten Freunden Fuat Ali Cebesoy, Rauf Orbay, dem gewesenen Marineminister und Unterhändler in Mudros, und Refet Bele, der in der Umgebung von Samsun einige noch nicht entwaffnete Truppenteile befehligte, nur durchblicken, daß man nicht ganz ohne fremde Hilfe dastehen würde beim Kampf gegen die Okkupanten. Jedenfalls war das Quartett mutig genug, am 21. Juni das so bezeichnete Amasya-Kommuniqué aufzusetzen, in dem die İstanbuler Regierung für unzuständig erklärt und ein unabhängiger Nationalkongreß in Sivas einberufen wurde. Das ließ Mustafa Kemal, als Generalinspekteur im Namen und im Auftrag dieser Regierung handelnd, über Telegraph in die Amtsstuben sämtlicher Provinzverwaltungen tickern.

Mehmet VI. entzog Mustafa Kemal die erteilten Vollmachten mit sofortiger Wirkung und ermahnte mit Großherrlichem Fernschreiben die betroffenen Verwaltungseinheiten, den Anweisungen des entlassenen Generalinspekteurs unter keinen Umständen Folge zu leisten. Ali Galip, der Gouverneur von Erzincan, wurde mit der Verhaftung Mustafa Kemals betraut. Dessen Einzug in Sivas, wo Ali Galip ihm auflauern wollte, gestaltete sich zum Triumph. In dieser alevitischen Hochburg hätte der Gouverneur von Erzincan, mochte er dreimal Ali heißen, die Rache für Kerbala zu spüren bekommen, hätte er versucht, Hand an den Mehdi, an den 12. İmam zu legen, der hervorgetreten war aus der Verborgenheit mit dem Kommuniqué von Amasya.

Sich noch nicht gar so sicher, ob er in Mustafa Kemal Paşa oder nicht vielleicht doch eher in sich selbst die Heilsgestalt und den Retter des Vaterlands zu erblicken hatte, war Kazım Karabekir, Kriegsheld und Wohltäter auch er. Ein enormes soziales Problem waren, wie bekanntermaßen ja auch im nachrevolutionären Rußland, die großen Massen von Kindern, die der Krieg zu Waisen gemacht hatte. Die wurden in den besetzten Zonen von den christlichen Missionaren im Troß der Alliierten eingesammelt und zu Armeniern und Griechen erklärt, wovon nur ein schriftlicher und amtlicher Beweis ihrer muslimischen Identität sie lossprechen konnte, was denn doch eine in ihrem kreuzritterhaften Zynismus und in ihrer menschenverachtenden Widerwärtigkeit kaum zu überbietende Wiederaufnahme der Devşirme mit umgekehrten Vorzeichen war. Kazım Karabekir hatte seine eigene Methode gefunden, dem zu begegnen. Etwa 1000 jener ungezählten Waisen adoptierte er nach muslimischem Recht, schickte sie zur Schule und ließ sie nebenher schon ein wenig den Gebrauch von Waffen einüben. Dem Musikunterricht stand er persönlich vor, denn der General war ein mehr als passabler Violonist.

Hier stand also Charisma gegen Charisma, und Mustafa Kemal war, als sein kleiner Konvoi sich von Sivas nach Erzurum bewegte, flauer im Magen als damals, als Sir Ian Hamilton seine hundert mal tausend Soldaten in die Bucht von Suvla geworfen.

Daß Vahidettin Mustafa Kemal Paşa übelwollte, weil er durch diesen Mann sein Gnadenbrot bei den Imperialisten in Gefahr sah, zeigte sich an dem perfiden Streich aus der Trickkiste seines großen Bruders Abdülhamit II., der ihn den Posten, von dem er seinen Begleiter auf der Reise zum Kaiser enthoben, Kazım Karabekir anbieten ließ.

Es war eine schreckliche Versuchung, und er sollte später bereuen, ihr widerstanden zu haben, aber Kazım Karabekir kam Mustafa Kemal mit einer Reiterschwadron vor Erzurums Toren entgegen und huldigte ihm. «Ich habe Ihnen den offiziellen Wagen und eine Kavallerieeskorte gebracht. Wir stehen Ihren Befehlen zur Verfügung, Paşa», waren seine Worte.

Durch die Teilnahme Mustafa Kemals wurde die Konferenz in Erzurum vom 23. Juli bis zum 7. August, zu der Kazım Karabekir und die «Gesellschaft zur Verteidigung der Rechte Ostanatoliens» aufgerufen hatten, zur Vorstufe des Nationalkongresses, ihre Beschlüsse erhielten das Gewicht eines Nationalpakts. «Wenn das Kabinett in İstanbul die Unabhängigkeit des Landes nicht verteidigen kann, wird eine provisorische Regierung gebildet», hieß es darin. Und auch für diese war schon eine Vorentscheidung gefällt, denn zum Vorsitzenden der ständigen Kommission wählten die Delegierten in Erzurum Mustafa Kemal.

Der Nationalkongreß, der dann wie vorgesehen vom 4. bis zum 11. September in Sivas stattfand, brauchte die Resolutionen von Erzurum nur noch zu bestätigen. Hinzu kam die Forderung an İstanbul, das Parlament einzuberufen.

Mustafa Kemal blieb vorläufig in Sivas, und nachdem er sich in Havza bereits den Support der Bolschewiki gesichert, gewann er hier in einem bedeutsamen Treffen dazu noch die Sympathien der Vereinigten Staaten. Der amerikanische General Harbord und die Herren seiner Enquetekommission beehrten den Sprecher des nationalen Widerstands mit ihrem Besuch. Sie hatten zuvor die arabischen Provinzen bereist und waren bei ihren Interviews zu dem Resultat gelangt, daß der allgemeine Wille dort in Richtung der Bildung unabhängiger arabischer Nationalstaaten ging und daß, falls ein Mandat unumgänglich, das, was die Herren als die Öffentliche Meinung Arabiens sondiert, einem amerikanischen weitaus geneigter war als einem der Briten oder Franzosen.

Was nun Anatolien betraf, so hatten sich Harbord und seine Begleiter durch Augenschein überzeugt, daß hier tatsächlich Türken lebten, und zwar, anders als mächtigerseits über Jahrzehnte vermutet, in der überwiegenden Mehrheit. Aus Mustafa Kemals berufenem Munde erfuhren sie jetzt, daß ihre Beobachtungen zutreffend waren und daß ein englisches oder französisches Mandat sowenig wie ein amerikanisches Aussicht haben würde, vom türkischen Volk auf die Dauer geduldet zu werden.

Als die Kommission im November 1919 die Ergebnisse ihrer Umfragen den Teilnehmern der Friedensverhandlungen in Sèvres und dem interessierten Publikum präsentierte, empfahl sie zwar trotz der Einrede Mustafa Kemals ein amerikanisches Mandat über den künftigen Staat – soviel war sie ihrem Auftraggeber in Washington schuldig –, aber dieser sollte nach ihrem Ratschlag in Anatolien ein türkischer sein, mit Hoheit über sein Gebiet und seine Finanzen. Die osmanischen Staatsschulden sollten nach dem Verhältnis auf alle Nachfolgestaaten aufgeteilt werden.

Das war schon ein außenpolitischer Erfolg der Nationalisten unter der Führung Mustafa Kemals, und als im Januar 1920 das von ihnen erpreßte Parlament, zwar nicht in Ankara, wie gefordert, sondern in İstanbul zusammentrat, befand sich unter den gewählten Vertretern nicht ein einziger, der seine Stimme gegen die Annahme der Beschlüsse von Erzurum und Sivas erhob. Von Edirne bis Van, von Kars bis Bodrum hatten die Kandidaten der Gesellschaft zur Verteidigung der Rechte, ein morphologisches Interim zwischen dem Komitee für Einheit und Fortschritt und der späteren CHF, das in dieser Kampagne als Partei der türkischen Nationalisten fungierte, gesiegt.

Wer sein Mandat nicht wahrnahm, war der gewählte Vertreter aus Erzurum, Mustafa Kemal. Er hatte sein Leben ja nun wahrlich in mehr als einer Schlacht aufs Spiel setzen müssen, aber so leicht wollte er seinen ausländischen und türkischen Feinden die Sache nun auch wieder nicht machen und sich hier auf den Präsentierteller stellen. Er hatte sich von Sivas nach Ankara begeben und wartete unter der Deckung der Soldaten Ali Fuat Cebesoys den Gang der Dinge am Bosporos ab.

Sehr bald erwies sich dies als eine in Weisheit getroffene Maßregel, denn die Engländer fühlten sich hintergangen und auf das böseste von ihren eigenen Marionetten geleimt. Es wurde der Ausnahmezustand verhängt und ein noch gefügigerer Großvezir eingesetzt, der am 15. März 1920 über 100 Zivilbeamte und Armeeangehörige verhaften und zwecks Deportation nach Malta an die Alliierten ausliefern mußte. Polizei drang in die Parlamentssitzung ein und nahm auch hier, was man für die Köpfe hielt, fest. Darauf wurde die anglophobe Quasselbude dichtgemacht. In dem feinen Efendi Dürrizade Abdullah fand sich sogar ein Müftü, der bereit war, den Alliierten ihre islamfreundliche Initiative zu danken und Mustafa Kemal und seine Komplizen per Fetva zu Ungläubigen zu stempeln, bei Ergreifen im Namen Allahs und seines Propheten Mohammed sofort zu erschießen. Die Todesurteile wurden in absentia von einem Kriegsgericht nochmals bestätigt.

Indessen schadeten sich die Engländer mit ihrem unkontrollierten Wutausbruch selbst, denn unter den rund einhundert Abgeordneten, die sich nach Ankara absetzen konnten, befand sich auch Celalettin Arif, der Parlamentspräsident. Damit schenkten sie der Nationalversammlung in Ankara, die am 23. April Mustafa Kemal zu ihrem Vorsitzenden wählte, die volle Legitimität, womit denn auch der Vertrag von Sèvres Makulatur wurde. Die Nationalversammlung konnte die Unterzeichner zu Hochverrätern erklären, dem Dokument jede Gültigkeit absprechen und auf Neuverhandlung bestehen.

Zunächst aber hatte die Nationalversammlung, Legislative und Exekutive zugleich, mit ganz anderen Feinden zu kämpfen. Um nicht nur die formal berechtigte, sondern auch die wirkliche Staatsmacht zu werden, mußte sie die Gewalt im Lande unter ihr Monopol zwingen, und das war leichter dekretiert als vollbracht. Die schärfste Konkurrenz lieferte ihr die Grüne Armee, aus jungtürkischen Splittern zusammengesetzt. Yunus Nadi, einer der profiliertesten Publizisten von Einheit und Fortschritt, der später die maßgebende Zeitung der Republik gründen sollte, gehörte zu ihren Führern. Mustafa Kemal hegte Sympathien für diese außerstaatliche Armee, hielt sie doch die vom Palast und von den Alliierten subventionierte «Kalifatsarmee» von Ankara fern. Weniger behagte ihm die Ideologie dieser Grünen Armee, die sich eine Fusion von Sozialismus und Islam, eine Gesellschaftsordnung in

Anlehnung an das sowjetische Modell zum Programm gemacht hatte. Das galt ähnlich auch für die Privatarmee des Tscherkessen Ethim, dem er dankbar sein durfte für die Ausschaltung des im Fahrwasser der Kalifentruppe operierenden Tscherkessen Anzavur und für seine Aktionen gegen die Griechen am Menderes, der aber schließlich mit seinen kommunistischen Manifesten zu einer ernstzunehmenden Bedrohung für die Nationalversammlung von der linken Seite her wurde. Diese Elemente vermochte Mustafa Kemal teils an sich und die Nationalversammlung zu binden, teils wurden sie von İsmet Paşa, der die neue Armee für den neuen Staat aufbaute, mit militärischen Mitteln aus dem Wege geräumt.

Auf der politischen Ebene ließ Mustafa Kemal die Kommunisten vorerst gewähren. Mustafa Suphi, der die Türken in der III. Internationale vertrat und unter den Kumpels im Kohlerevier von Zonguldak eine kleine Anhängerschaft besaß, durfte seine in Rußland gedruckten Propagandaschriften verbreiten, die 1920 in Ankara gegründete Kommunistische Volkspartei konnte ihren Einfluß bis in die Reihen der Nationalversammlung hinein üben. Mit der Marxschen Theorie hatte sich Mustafa Kemal niemals beschäftigt, er tat es jetzt nicht und würde auch für den Rest seines Lebens darauf verzichten, aber unter keinen Umständen wollte er die Genossen in Moskau verprellen, auf deren Beistand er angewiesen war, wenn er die Griechen vertreiben und den Engländern trotzen wollte.

Bei Karl Radek von der Kommunistischen Internationale saßen als Gäste inzwischen zwei gute alte Bekannte. Talat war in Berlin geblieben, wo ihn die Kugel eines armenischen Scharfschützen traf, aber Enver und Cemal hatten sich auf die Reise von der Spree an die Moskwa gemacht. Zwar war auch für diese beiden, die über eine Dekade die Geschicke des Osmanischen Reiches bestimmt hatten, das Gesetz vom tendenziellen Fall der Profitrate, die Theorie vom Imperialismus als höchstem Stadium des Kapitalismus und dergleichen ein Kauderwelsch, in das sie sich nicht hineinzudenken versuchten, aber als ein Vehikel zur Wiedererlangung ihrer früheren Machtposition in der Türkei und als ein Instrument zur Assoziation aller Turkvölker Asiens schien ihnen der Bolschewismus besser als irgend etwas geeignet. Enver wurde zum Schirmherrn der Union der Islamischen Revolutionären Vereine und nahm im September 1920 in Baku teil am Kongreß der Völker des Ostens. Er hatte in der Nationalversammlung seine geheime Fraktion und nahm Wohnung in Batum, um von hier Mustafa Kemals Sturz abzuwarten. Nachdem sich diese Spekulationen zerschlagen hatten, ging Enver nach Zentralasien, wo er aber seine Brüder im Glauben nicht für, sondern gegen die Sowjets agitierte, und fiel in einem Gefecht mit der Roten Armee. Cemal fungierte noch eine Weile als Sachwalter der türkischen Nationalversammlung in Moskau, betätigte sich dann als Ausbilder der afghanischen Armee, um schließlich auf der Durchreise in Tiflis von zwei armenischen Attentätern ermordet zu werden.

Belastend für die Beziehungen zu Moskau wurde, was Mustafa Suphi und den übrigen Mitgliedern des Zentralkomitees seiner Partei, die im Dezember 1920 via Kars aus Rußland einreisten, widerfuhr. Zwar wurden sie von Kazım Karabekir, der eben den ersten Krieg für die Nationalversammlung gegen den schlußendlich auf dem Kleinen Kaukasus gegründeten und mit seinen Ausmaßen unzufriedenen armenischen Staat gewonnen und im Frieden von Gümrü die Grenze festgelegt hatte, in freundschaftlicher Weise empfangen, dann aber verhaftet und von einem zur Unterdrückung des Bandenwesens und der Privatarmeen ins Leben gerufenen «Unabhängigen Schnellgericht» als Verräter abgeurteilt. Da man ihretwegen die Unterstützung durch die Bolschewiki nicht zu riskieren gedachte, brachte man sie nach Trabzon, von wo man sie auf dem Seewege abschieben wollte. Hier wurden sie, von Parteigängern Envers in eine Falle gelockt, auf einem Motorboot unweit der Küste erstochen. Die Leichname der Führer der Kommunistischen Volkspartei übergaben die Meuchler den Fluten.

Dies alles waren gewiß keine Lappalien, aber die Hauptsorge

mußte in den Jahren 1920 und 1921 der Griecheninvasion gelten. Im April 1920 stimmten die Alliierten auf einer Konferenz in San Remo einer Ausdehnung der griechischen Eroberung zu. Dankbar für diese Ermunterung, stießen die Griechen im Sommer von der Ägäis bis ans Marmarameer vor, wo sie Bursa einnehmen konnten. Auch Thrakien wurde leichte Beute, und so war gegen Jahresende der gesamte Nordwesten dessen, was nach dem Wunsch der Nationalversammlung in Ankara hätte Türkei werden sollen, ihr Eigen, nur İstanbul ließen sie auf Bitten der Alliierten in Ruhe. Erst im Januar konnte İsmet Paşa den ersten türkischen Sieg bei dem Dorf İnönü zwischen Eskişehir und Kütahya erfechten.

Die Griechen zogen sich vorläufig auf ihre Stellungen zwischen Bursa und Uşuk zurück, ihr Mentor Lloyd George lud nach London zur Konferenz, und zwar diesmal nicht nur seinen Puppenvezir, sondern auch die Ankaraner Regierung. Das wurde zum nächsten Eigentor des britischen Premiers, denn die Abgesandten Mustafa Kemals weigerten sich, irgendein Gespräch zu eröffnen, solange die als Hochverräter zum Tode Verurteilten nicht fortgeschickt wurden, weswegen es gar nicht erst zu Unterhandlungen kam.

Die Ankaraner knüpften aber bei dieser Gelegenheit sehr gute Kontakte zu Frankreichs Außenminister Henri Franklin-Bouillon, dessen Nation denn auch bald ausscherte aus der harten englischen Linie in der Allianz. Zusätzlich erwies der die britische Regierung anführende Dandy Griechenland – wo sein Freund Venizelos, den er gerne mit Perikles verglich, schon die Wahlen verloren hatte – einen Bärendienst mit seinem Londoner Zwischenspiel, weil er dem «Banditen von Ankara», was seine offizielle Titulatur für Mustafa Kemal Paşa war, eine lebenswichtige Atempause verschaffte.

Mustafa Kemal schickte Ali Fuat Cebesoy als Botschafter nach Moskau, wo am 16. März 1921, genau vier Tage nach Abbruch der Gespräche in London, der Türkisch-Sowjetische-Freundschaftsvertrag unterzeichnet werden konnte. Der Nationalversammlung wurden Waffen in bedeutendem Umfang geliefert, und aus dem zugesicherten Hilfsfonds in Höhe von 10 Millionen Goldrubeln wurden 6,5 Millionen umgehend flüssiggemacht. Da war İsmet Bey doch entschieden besser gewappnet, und am 1. April fiel die zweite griechische Niederlage bei İnönü so kraß aus, daß der Name des Fleckens dem siegreichen Feldherrn zum eigenen wurde.

Trotz Lenins großherziger Gaben waren die Türken den Griechen in puncto Ausrüstung immer noch hoffnungslos unterlegen. König Konstantin führte das Griechenheer in Person; er wußte, daß er Ankara nehmen mußte, um in den Besitz des juwelenbesetzten Verbindungsglieds zwischen Orient und Okzident zu gelangen und der Stadt aller Städte wieder seinen Namen, den ihres Gründers und Neugründers, geben zu können. Und obwohl es in der Offensive, die vorbereitet wurde, um die Ehre all dessen ging, was sich auf diesem Erdball je griechisch genannt, obwohl die Eroberung Ankaras und die Zerschlagung der Nationalversammlung zur Prestigefrage des britischen Imperiums hochgespielt wurden, war der Alexander dem Großen Ähnelnde doch der Makedonier Mustafa Kemal und in ihm die Kraft, die allein die Gerechtigkeit schenkt.

Er ließ Eskişehir evakuieren und zog sämtliche Truppen hinter den Sakarya zurück. Die Folge war Panik in der Bevölkerung, Empörung im Militär. Heftig wie nie wurde Mustafa Kemal in der Nationalversammlung von Kazım Karabekir attackiert. Der Kritisierte antwortete lächelnd und mit ruhiger Stimme von der Tribüne:

«Der größte Nachteil einer derartigen Taktik ist die moralische Erschütterung, die die Tatsache hervorruft, daß dem Feind großes Terrain mit so wichtigen Orten wie Eskişehir überlassen ist. Aber diese Nachteile werden infolge der glücklichen Ergebnisse, auf die wir zählen, von selbst verschwinden. Führen wir also ohne Zaudern durch, was die Notwendigkeit der Kriegskunst uns gebietet.»

Nun bestand ja das Auditorium, vor dem Mustafa hier sprach, zu einem guten Viertel aus Soldaten, hoch- und höchstrangige darunter, aber von solchen Kriegskünsten hatte noch keiner von ihnen je irgendwo gelesen oder gehört.

«Es gibt keine Verteidigungslinie, es gibt nur eine Verteidigungsfläche», brachte Mustafa Kemal seine geniale Sicht auf die Formel. «Und diese Fläche besteht aus dem ganzen Vaterland. Keine Handbreit von diesem Boden darf geopfert werden, bevor er nicht mit Blut benetzt ist.»

Das war den Delegierten zu hoch, es klang ihnen einfach verschroben.

«Wenn der Paşa so genau weiß, wie wir die Griechen besiegen», meldete sich ein Hoca aus Kirşehir zu Wort, «dann soll er gefälligst auch die Verantwortung übernehmen für diesen Feldzug!»

Der Applaus kam von beiden Seiten, war bei denen, die ihn nicht nur achteten, sondern auch fürchteten, sogar noch frenetischer als bei denen, die ihn rückhaltlos bewunderten und liebten. Besonders dezidiert sprach sich Kazım Karabekir dafür aus, das Kommando für die Entscheidungsschlacht in Mustafa Kemals Hände zu legen; auch die Religiösen, die sich niemals sicher geworden, ob der Präsident im Grunde seines Herzens einer der Ihren war oder sie nur umgarnte, wollten es so. Dann würde eben Gott über diesen Menschen Sein Urteil abgeben, ihn entweder vernichten oder ihm den Sieg im Glaubenskampf schenken.

«Ehrenwerte Mitglieder dieser Hohen Versammlung», sprach Mustafa ernst, «wenn Sie mir den Befehl über unsere Streitkräfte, und das heißt in der Situation, in der wir stehen, den Befehl über die ganze Nation und jeden einzelnen, der in dem kommenden Kampf, sei's an der Waffe, sei's auf anderem Posten, sein Letztes für die Rettung des Vaterlands aufopfern wird, nicht aufgedrängt hätten, so hätte ich Sie heute um Ihr uneingeschränktes Vertrauen gebeten. Gott kennt mich» – das war keine Blasphemie, sondern, wir wissen es, ein Fakt –, «das türkische Volk kennt mich» – schon eher eine Hypothese, denn es ging ja um die Unabhängigkeit als Voraussetzung, ein solches zu schaffen –, «und wenn ich von der Hohen Versammlung für drei Monate, von heute gerechnet, unbeschränkte Vollmacht verlange, so daß also in dieser Zeit meine Befehle Gesetzeskraft haben, so könnte manch einer darin einen Rückfall in die Selbstherrschaft sehen. Um aber den Untergang, der uns droht, abwenden zu können, muß die Nationalversammlung, muß unser ganzes Volk handeln wie ein einziger Mensch. Die Geschichte kennt die Namen der Männer, die von einem eisernen Willen geprägt und voll guter Absichten waren und verführt worden sind durch die Macht, die ihnen zufiel. Ich kenne nur eine Verführung. Ihr Name ist Freiheit. Freiheit für unser Volk.»

Mustafa Kemal bekam seine Vollmachten, die Nationalversammlung übertrug all ihre Kompetenzen auf ihn.

Jeder Haushalt hatte eine Garnitur Unterwäsche, ein Paar Socken und ein Paar Sandalen zu stellen. Sämtliche Bestände aller Geschäfte für Herrenbekleidung kaufte die Nationalversammlung alias Mustafa Kemal auf Pump. 40 Prozent der Lebensmittel- und Treibstoffvorräte wurden requiriert. Selbst das kleinste Bauerngehöft hatte wenigstens ein Stück Schlachtvieh abzugeben, die Pferde zog die Kavallerie ein. Die Besitzer von Kraftfahrzeugen mußten Transportdienste leisten, und, was am allerschwersten fiel, die Hausväter mußten sich von ihren wie Heiligtümer gehüteten Schußwaffen trennen.

Nach dieser Totalmobilmachung verteilte Mustafa Kemal die Kämpfer entlang des Sakarya von Ankara bis in das ehemalige Kleinemirat des Urvaters der 35 Sultane hinein und übergab İsmet İnönü das Kommando über die Front. So zog er die griechische Angriffslinie auf eine Strecke von 200 Kilometern auseinander. Weil sie hier nicht durchbrechen konnten, wurden die Griechen verleitet, weiter ins anatolische Hochplateau hineinzugehen und von Süden auf Ankara zu marschieren. In Haymana,

40 Kilometer südwestlich von Ankara, wurde diese Sichelbewegung von den Türken zum Stehen gebracht.

König Konstantins Artillerie trug die Häuser der Stadt Geschoß für Geschoß ab, aber die Türken hielten in ihren Stellungen aus. Nun gerieten sie, für die Griechen so überraschend wie unangenehm, ausgerechnet bei der Materialschlacht in Vorteil. Im Prinzip hätten die Griechen ausreichend Munition gehabt, um Haymana ein ganzes Jahr lang unter Dauerfeuer zu halten, nur befand sich das Zeug eben verflixterweise an Orten, wo es sich überhaupt nicht einsetzen ließ. Menage kam ebenfalls keine heran, es gingen schon ihre Wasserreserven zur Neige. Mustafa Kemal konnte nordwestlich von Haymana an einer unzureichend gedeckten Stelle ihre Flanke eindrücken, und am 13. September, drei Wochen nach dem Start ihrer großangelegten Finaloffensive, mußten sie den ungeordneten Rückzug antreten.

Mustafa Kemal hatte die Gottesprobe bestanden. Die Nationalversammlung – das durfte sie noch! – schmückte ihn mit dem Rang eines Marschalls und verlieh ihm den Titel eines Gazis, eines Siegers für den Glauben.

Einen Monat später bereits erschien Henri Franklin-Bouillon in Ankara zu offiziellem Besuch. Nach Sowjetrußland erkannte nun auch Frankreich die Nationalversammlung an, verzichtete auf seine Gebietsansprüche aus dem Sèvres-Vertrag und zog seine Truppen aus Kilikien ab, den Türken sogar noch einen großen Teil des Geräts überlassend.

Trotz dieser Verstärkung und der fortgesetzten durch die Sowjets holte die Nationalversammlung nicht im Winter und auch nicht mit Anbruch des 1922er Frühlings zum großen Schlag gegen die griechische Besatzungsmacht aus. Alles westlich der Eisenbahnlinie Eskişehir–Afyon blieb in deren Hand. Was man gerüchteweise aus Ankara hörte, war, daß die Nationalversammlung Mustafa Kemals Machtvollkommenheit an verschiedenen Stellen beschnitt, und man mochte daher den Eindruck gewinnen, die Türken fänden sich allmählich mit den bestehenden Verhältnissen ab. Über Lloyd George kamen Offerten, den Status quo mit einer moderierten Fassung des Sèvres-Papiers zu sanktionieren. Das wurde zwar zurückgewiesen mit dem Hinweis, Verhandlungen könnten erst beginnen, wenn der letzte Okkupant den türkischen Boden verlassen habe, doch hielt man das für Rhetorik.

Am 26. August nachts um drei Uhr wurden die ahnungslosen Soldaten der griechischen Garnison in Afyon von den Alarmsirenen aus ihren Betten geschreckt. Die aufgehende Sonne zeigte, die Stadt war umzingelt von Türken. In İzmir, 250 Kilometer nördlich gelegen, ging es ihren Kameraden nicht anders. Ein knappes Jahr hatte Gazi Mustafa Kemal gebraucht, um aus einer Verteidigungsarmee eine Angriffsarmee zu formen. Es war ihm gelungen.

Was auf griechischer Seite am Abend dieses 26. Septembers noch am Leben und noch nicht in türkischer Gefangenschaft war, versuchte auf dem schnellsten Weg nach İzmir zu kommen. Diesmal war die türkische Verfolgung schnell und ohne Erbarmen, die ganze Austreibung nahm kaum zwei Wochen in Anspruch. Am 9. September – heute Feiertag in der Türkei – hielt die Kavallerie ihren Einzug in İzmir. Mustafa Kemal kam einen Tag später im Wagen. Vor dem Eingang der Villa, die man ihm zum Aufenthalte bestimmt, war eine griechische Fahne auf den Gehsteig gebreitet. Irritiert erkundigte sich der Gazi, was es auf sich habe damit. König Konstantin, hieß die Auskunft, sei bei seinem Einzug in dieses Haus über eine türkische Fahne getrampelt. In einer Rage, wie man sie an ihm selten erlebt hatte, befahl Mustafa, das Tuch zu entfernen.

«Die Flagge ist das Symbol der Ehre einer Nation», wies er die Soldaten, die geglaubt hatten, ihm ein Vergnügen bereiten zu können, zurecht. «Wer sie angreift, beschmutzt seine eigene damit.»

Und noch eine Lektion wünschte der Gazi dem Griechenkönig in absentia hinter die Ohren zu schreiben. Als er sich im Restaurant des İzmirschen Nobelhotels Kramer endlich einmal wieder mit Rakı vollaufen ließ, was er sich, seit er sich zum ersten Mal von der Nationalversammlung die unumschränkte Vollmacht geholt, wieder und wieder verkniffen hatte, hob er sein Glas mit dem Spruch:

«War König Konstantin jemals hier, um Rakı zu trinken? Nein? Dann hatte er ja überhaupt keinen Grund, diese Stadt zu erobern!»

König Konstantin mußte übrigens abdanken. Seine Soldaten hatten dem türkischen Überraschungsangriff außer Brandstiftungen und Massakern beim Rückzug nichts entgegenzusetzen gewußt; die letzten von ihnen versuchten jetzt im Hafen von İzmir, teils auf überfüllten Bötchen, teils schwimmend, zu den auf Reede liegenden Schlachtschiffen der Alliierten zu kommen, die sie aber nicht an Bord nehmen durften.

Rücktritt war auch angesagt für Lloyd George. Er unterlag in der Mutprobe, zu der Mustafa Kemal ihn an den Dardanellen forderte, wo die Türken bis auf Schußweite an die Briten herangingen, ohne daß letztere das Feuer zu eröffnen gewagt hätten.

Jetzt war es Mustafa Kemal, der den Stillstand der Waffen gegen die Erfüllung seiner Bedingungen bot. İsmet İnönü handelte ihn im Oktober 1922 in Mudanya, dem Marmarahafen bei Bursa, aus. Die Griechen mußten Anatolien verlassen und in Thrakien hinter die Maritza zurück. Die Engländer durften bis zum Abschluß des Friedens die Hoheit über İstanbul und die Meerengen behalten. Von Sèvres war nicht mehr die Rede, die Verhandlungen zur Beendigung des 1914 begonnenen Krieges begannen erst jetzt und, kurios genug, als Verhandlungen zwischen zwei Siegerparteien und ohne einen Verlierer. Tagungsort war Lausanne, İsmet İnönü Leiter der türkischen Delegation.

Wir nennen den inzwischen engsten Vertrauten Mustafa Kemals schon seit einigem so, obwohl das Gesetz, das den Türken Familiennamen vorschrieb, ja erst noch herauskommen sollte. Mit besserem Recht hätte İsmet sich für den Zunamen «Lozan», Lausanne, entscheiden können, denn was er in der Schweiz am grünen Tisch zwischen dem 21. November 1922 und dem 23. Juli 1923 in ungezählten Scharmützeln und wenigen Schlachten errang, war für die Zukunft seines Landes ungleich bedeutender als seine Etappensiege im Unabhängigkeitskrieg. Diese waren ihm zuteil geworden in jener Phase, da die Nationalversammlung von den Griechen in die Defensive gezwungen war, und auch in Lausanne kennzeichneten Abwehr- und Verschleppungsmanöver seine Taktik und Strategie.

Zu seiner Hauptwaffe wählte er den Gehörschaden, den er sich in all dem Schlachtengetümmel und Kanonendonner geholt. Wenn der britischerseits beauftragte Lord Curzon ihn wieder einmal zu überrumpeln und ihm ein unscheinbares Klauselchen unterzuschummeln versuchte, stellte sich İnönü taub und ließ sich den Entwurf so oft wiederholen, bis er ihn in seine letzte Implikation durchleuchtet hatte und ablehnen konnte. Curzon zermürbte er mit dieser Tour dermaßen, daß der Gentleman aus seiner Haut fuhr und mit dem Spazierstock gegen die Wände des Konferenzsaales schlug, um den Simulanten zu überführen. Da aber Lord Curzon İsmet İnönü, der noch die winzigste Konzession vor seiner rund dreißigköpfigen Delegation und der Nationalversammlung rechtfertigen mußte, weder mit dem Stock noch mit dem vom ständigen Erheben lahm gewordenen Zeigefinger beizukommen vermochte, warf er schließlich das Handtuch, und Sir Horace Rumbold stieg für ihn in den Ring.

Das Ergebnis war die Türkei in den Grenzen, wie sie bis heute bestehen, mit Ausnahme der Provinz Antakya, die von Frankreich verwaltet wurde bis zu ihrem späteren Anschluß per Plebiszit. Als einzigen wirklichen Erfolg durften die Engländer in Lausanne Mosul mit seinen reichen Ölvorkommen verbuchen, das dem von ihnen beherrschten Irak zugeschlagen wurde. Das Zugeständnis in der Frage der Meerengen, die noch bis zu dem 1936 in Montreux geschlossenen Abkommen in britischer Obhut verbleiben sollten, war nur die Verhüllung des türkischen Verrats und Betrugs an der Sowjetunion, mit deren Hilfe man sich an der fälligen

Gegenleistung für die im Unabhängigkeitskrieg empfangene Hilfe vorbeimogeln konnte. Das Geldgeschenk der Bolschewiki nahm man her, um bei den gemeinsamen Feinden die auf acht Millionen Goldlira heruntergeschraubte Reparation abzustottern.

Das türkische Volk war zum Souverän geworden. Am 23. Oktober 1923 erklärte die Nationalversammlung Ankara zur Hauptstadt, am 29. die Türkei zu einer Republik, wählte Mustafa Kemal zu ihrem Präsidenten, İsmet İnönü zum Premierminister. Zwei Tage darauf wurden Sultanat und Kalifat per Gesetz voneinander getrennt. Der Nicht-mehr-Sultan und Nur-noch-Kalif Vahidettin floh mit seiner Entourage am 16. November auf einem englischen Zerstörer. Ein knappes halbes Jährchen durfte noch ein Sohn von Abdülaziz als Abdülmecit II. und als ein osmanischer Appendix Amt und Würde eines aus der Politik verbannten Kalifen bekleiden, dann wurde mit Gesetz vom 3. März 1924 auch dieser Blinddarm entfernt.

Für Gazi Mustafa Kemal Paşa, den Präsidenten der Türkischen Republik, war jener während seiner Kur in Karlsbad angepeilte Tag, an dem ihm «Macht zufallen» sollte, wirklich und gegenwärtig geworden, der Weg, die Gesellschaft «schlagartig und in schnellstmöglicher Zeit» zu verändern, stand offen. Als Beschleuniger und Katalysator hatte Mustafa Kemal noch vor Annahme der republikanischen Verfassung durch die Nationalversammlung seine Cumhuriyet Halk Fırkası, seine Republikanische Volkspartei, ins Leben gerufen.

Mit dem Durchbruch der Türkischen Ideologie einen schönen Bogen zu den oğuzischen Ursprüngen schlagend, nannte er die neue Partei- und Staatsdoktrin «Altı Ok», die «Sechs Pfeile». Bozok und Üçok waren wieder vereint, aber ein jeder der sechs Pfeile wurde auf einen neuen Namen getauft. Cumhuriyetçilik, Republikanismus, hieß der erste. Das war der Bruch mit der osmanischen Vorgeschichte. Milliyetçilik erhielt der zweite zu seinem Namen, und dieser ist deutsch mit «Nationalismus» zu übersetzen. Ebenfalls eine Absage an osmanische Tradition. Kulturelle

Homogenisierung war das Ziel dieses Pfeils, und das schloß den prinzipiellen Verzicht auf den Eroberungskrieg ein. Die Türken sollten ihren Platz einnehmen an der Tafel der Völkerfamilie, nicht weniger, nicht mehr. Der dritte, Halkçılık, ist im Deutschen schwerer wiederzugeben. «Volkshaftigkeit», Volkstümlichkeit», «Volksherrschaft», das alles, aber auch die Konnotation «völkisch» schwingt mit. Das, was im Slogan der Französischen Revolution mit der Fraternité und der Egalité gemeint war, gehört zur Bedeutung, es sollten keine Klassen entstehen. Dies zu verhindern vornehme Aufgabe auch für Pfeil Numero vier, Devrimçilik, den Revolutionismus. Der eingeleitete Reformprozeß sollte nie wieder erstarren. In der Geschichte hatte sich die Religion als das verheerendste Konservierungsmittel und als der schrecklichste Fortschrittskiller erwiesen, deshalb mußte Pfeil fünf, Layiklik, der Laizismus, her. Mit dieser Transformation hat der Kemalismus seine wenn nicht größte, so doch erstaunlichste Leistung vollbracht. Daß der Islam zu etwas anderem zu gebrauchen sein könnte denn als Berechtigung, denen, die sich ihm nicht unterwerfen, den Schädel einzuhauen oder wenigstens das Leben recht sauer zu machen, hatten die Bektaşi und Alevi zwar seit jeher behauptet; daß aber auch die Sunniten dahin gebracht werden konnten, den Koran, wenn schon nicht historisch, so doch als Gleichnis zu verstehen, in Gott nicht die Beutemaschine, sondern den Weg zur Selbstvervollkommnung zu erkennen, wäre ohne die Tat und das Beispiel des Menschen Mustafa Kemal nicht möglich gewesen.

Der gegen die Religion indifferente, laizistische, republikanische, auf das souveräne Volk gegründete, nationalistische, sich ständig selbst revolutionierende Staat erklärte sich mit Pfeil sechs, Devletçilik, dem Etatismus, zum höchsten Prinzip nicht nur der Politik, sondern auch der Wirtschaft, die seiner Regie folgen sollte.

Mustafa Kemal hätte am liebsten alle sechs Pfeile zugleich abgeschossen, doch war die so formulierte Volonté générale mit der Volonté de tous längst nicht identisch geworden. Am Nationalismus klebte ein Schatten, und das mit dem Laizismus konnte erst recht nicht ohne Widerspruch hingehen. Das hatte man sogar in England gemerkt, und nachdem die Armenier sich mit ihrem Nationalismus in die Tragödie gestürzt und den unerwünschten türkischen Nationalismus in die Höhe gebracht hatten, mußte als Mittel zur Kontaminierung des letzteren der britische Scharfsinn zwangsläufig auf einen eventuell zu stimulierenden kurdischen Nationalismus verfallen.

«Kurdischer Nationalismus», das grenzte nicht ans Absurde, das war eindeutig absurd, und die Orientalisten vom Fach reagierten mit Heiterkeit, als man sie zu Rate ziehen wollte. Die soziale Organisation der Kurden war der Stamm, die Bildung einer Nation hätte ihre Selbstvernichtung bedeutet. Die Experten verglichen die Kulturstufe der Kurden mit jener der Germanen zur Zeit der römischen Expansion und wiesen noch einmal darauf hin, daß von der osmanischen Reformbürokratie umerzogene Kurden zu den Begründern der Zelle 1 des Komitees für Einheit und Fortschritt gehört hatten, also, wenn überhaupt, dann türkische Nationalisten waren.

Solche Auskünfte steigerten aber bei Winston Churchill, der von 1921 bis 1922 dem Colonial Office vorstand, nur dessen Neugier für diese Kurden, und so bat er seinen in der Türkei tätigen Geheimdienstler Rawlinson um einen etwas spezifizierteren und weniger akademischen Bericht. Ein Nationalismus, der nicht Gefahr lief, staatstragend zu werden und von seiner Behörde verwaltetes Terrain zu beanspruchen, um von dort der gottgewollten britischen Weltobrigkeit mit sechs gespitzten Giftpfeilen zu drohen, schien ihm um so geeigneter, den Ankaraner Banditen und seinen taubstummen Falschspieler in etwas engere Schranken zu weisen.

Rawlinsons Antwort auf seine Anfrage bewies Churchill, daß er, wenn schon nicht über sechs Pfeile, so doch über sechs Sinne verfügte, denn er lag goldrichtig mit seiner kurdischen Ahnung. Die Kurden übertrafen nach Rawlinsons Einschätzung in ihrem

Haß gegen Mustafa Kemal und die Nationalversammlung die Engländer um Längen. Der osmanische Staat hatte in den 624 Jahren seiner Existenz die Stammesorganisation nie ernstlich anzutasten versucht. Man hatte dann und wann als unregelmäßige Truppe unter dem Kommando der kurdischen Ağalar dem Sultan bei Eroberungen und bei der Unterdrückung von Revolten Dienste geleistet, und das hatte der Hohen Pforte gereicht. Jetzt schienen die Ankaraner Ernst machen zu wollen mit allgemeiner Wehr- und Schulpflicht und weiß der Kuckuck was für unkurdischen Dingen, so daß, wenn Allah nicht einschritt, für jeden Kurden am Ende beim türkischen Finanzamt eine Karteikarte geführt werden würde. Die kurdischen Ağalar, kam Rawlinson mit seiner Analyse der objektiven Interessenlage zum Schluß, seien in ihrer Besitz- und Machtposition nie in der Geschichte so bedroht gewesen wie jetzt durch die Republik, und sie mußten etwas unternehmen, solange ihre Stammesangehörigen ihre Befehle noch in blindem Gehorsam ausführten. Blinder als blind seien die Kurden in ihrer Anhänglichkeit an den Koran, die Abschaffung des Kalifats sei als Kriegserklärung aufgefaßt worden. Da sie mit dem Verbot der Orden verbunden war, seien einige der Stammesoberhäupter, gleichzeitig Şeyhler der Nakşibendi, ohnedies außer der Legalität. Ausgenommen von der durchweg republikfeindlichen Stimmung seien höchstens jene Bauern, die sich die Höfe der vertriebenen Armenier angeeignet hatten und sich von der Regierung in Ankara die Anerkennung der Rechtmäßigkeit dieses Besitzes erhofften.

Das klang also alles wie Musik in Churchills Ohren, was er da von seinem Spion vernahm. Dennoch besaß die Angelegenheit sehr wohl ihre Tücken, nicht zuletzt hatte man es in Mosul selbst mit Kurden zu tun. Bevor der Schuß abermals in den Ofen ging, wollte er lieber einen zweiten Fachmann hinzuziehen, und so bestellte er Lawrence, «Prinz von Arabien», ein, der sich inzwischen in London als Berater beim Middle East Department ein Zubrot verdiente. Lawrence zeigte großes Verständnis für den Ehrgeiz des

Kollegen, seine Erfolge bei der Mobilisierung des arabischen Nationalismus im Krieg gegen die Osmanen und die Deutschen kopieren zu wollen, sah auch die Parallelen, machte dann aber den Unterschied klar.

«Um die Kemalisten zu stürzen», sagte er, «oder sie auch nur in ernste Gefahr bringen zu wollen, müßte eine solche kurdische Revolte von einer Macht wie der unsrigen gestützt werden. Ich hatte in Arabien acht große Schlachtschiffe, 50 britische Offiziere, 5 Millionen Pfund Sterling in bar und nochmals 16 Millionen Pfund in Ausrüstung und Proviant. Von einer spontanen, lokal begrenzten, von den kurdischen Stammeshäuptlingen ausgehenden und gelenkten Erhebung rate ich ab. Nicht nur uns, auch den Kurden. Es würde ausschließlich die Kontrolle der Kemalisten über die Gebiete mit hohem kurdischem Bevölkerungsanteil verstärken.»

Lawrence war eben ein exzellenter Kenner der Materie, die Engländer taten gut daran, seiner Empfehlung zu folgen und von der Versuchung abzustehen, Rawlinson zum Prinzen von Kurdistan machen zu wollen. Nicht, daß man schottisch-knausrig gewesen wäre und die 20 oder 30 Millionen Pfund für eine deftige Revolte der Krone nicht hätte zumuten wollen. Aber man hatte mit der Türkei in Lausanne, wo der gute Lord Curzon seinen Nervenschaden erlitten, einen wenn auch ärgerlichen Frieden geschlossen, und den Einsatz derart robuster Mittel hätte man selbst der eigenen öffentlichen Meinung nicht als humanitären und bildungspolitischen Sukkurs für die benachteiligten Kurden unterzujubeln vermocht. Das für Großbritannien so außerordentlich schmeichelhafte Resultat des Weltkriegs war nun einmal vermiest und vermasselt durch das doppelte Scheitern beim Versuch der Abwürgung sowohl der Russischen als auch der Türkischen Revolution, und solange die Kemalisten nicht einen siebten Pfeil mit Namen «Sozialismus» aufpflanzten, waren sie durch ihre Haltung in der Meerengenfrage im Bündnis gegen den Kommunismus so gut wie ein Partner. Um so schwereren Herzens leistete der britische Geheimdienst den von London angeordneten Verzicht, als die Azadi, eine konspirative Vereinigung, gegründet von desertierten Offizieren mit progressiv kurdisch-nationalistischen Aspirationen, die sich in den Irak abgesetzt hatten, ihm ununterbrochen in den Ohren lag mit der Bitte um Waffen und Geld.

Der Nakşibendi-Şeyh Sait, der reichste unter den Häuptlingen der Zaza-Stämme, der durch den Orden und durch Töchter, die er dorthin verheiratet hatte, auch Verbindungen zu den kurmanci sprechenden Cibran-Stämmen unterhielt, hatte zum Cihat für die Wiedereinsetzung von Kalif und Sultan und für die Wiedererrichtung der Şeriat aufgerufen. Dem Azadi-Mann Yusuf Ziya, der ihm nach bulgarisch-armenischem Vorbild Geld für seine Organisation abpressen wollte, erteilte er nicht nur eine Abfuhr, er gab auch an seinem Wohnort Hınıs, um nicht an dem koranwidrigen bürgerlichen Gerichtshof in Diyarbakır, wo ein Prozeß gegen diesen Yusuf Ziya stattfand, aussagen zu müssen, sein den kurdischen Nationalisten belastendes Zeugnis zu Protokoll. Mit der Ummünzung der Konterrevolution, die in ihrem Geist noch reaktionärer, in ihrem Pathos noch fundamentalistisch-fanatischer war als diejenige Abdülhamits II. im Jahre 1909, in einen progressiv-nationalistischen kurdischen Befreiungskampf mußte die Azadi, von ihren englischen Freunden vertröstet und im Stich gelassen, also noch warten.

Es kam so, wie von Star-Spion Lawrence geweissagt. Die Revolte brach aus, bevor Şeyh Sait mit seiner Mobilisierung, die sich ja hier im wilden Kurdistan umständlicher gestaltete als beispielsweise die Herstellung der Entente zwischen England, Frankreich und Rußland zur Einleitung des Weltkriegs, zum Abschluß gelangt war. Am 8. Februar 1925 wurde in einem Dorf mit Namen Piran, wo eine zehnköpfige Gendarmerieabteilung flüchtige Banditen festnehmen wollte, das Feuer auf die Ordnungshüter eröffnet. In den folgenden Tagen überfiel Tahir, ein Bruder Saits und ebenfalls Şeyh der Nakşibendi, die Postämter verschiedener in der Nähe gelegener Käffer.

Şeyh Saits Plan war es gewesen, die Feinde der Republik vor Diyarbakır zu versammeln, um die kurdische Metropole zu erobern, aber die alevitischen Stämme nahmen, eher in Gazi Mustafa Kemal als in dem Nakşibendi-Şeyh den Erlöser erblickend, nicht an der Erhebung, sondern an ihrer Niederschlagung durchs türkische Militär teil, und die sunnitischen zogen es vor, Elaziğ zu plündern. Etwa 10 000 Bewaffnete immerhin leisteten ihm Gefolgschaft, und vom 2. bis zum 27. März fand so etwas wie eine Belagerung Diyarbakırs statt, die «kurdisch» zu nennen unrichtig wäre, denn die Belagerten waren ja in ihrer Großzahl ebenfalls Kurden. Obwohl die Stadtbewohner Zaza verstanden und der Şeyh sie also als seine Verwandten ansprechen durfte, dachten sie nicht daran, ihm die Tore zu öffnen oder ihm über die Mauern zu helfen. Bei aller Pietät war es für die verstädterte kurdische Jugend doch verlockender, in Ankara die Universität zu besuchen, als in den Bergen dem Şeyh Sait die Schafe zu hüten.

Mustafa Kemal reagierte auf die Geschehnisse im Südosten mehr als energisch und beschloß, sein militärisches Vorgehen gegen Şeyh Sait zu verbinden mit einem politischen Hieb gegen die Oppositionspartei zu seiner CHF, die sich um Kazım Karabekir und Ali Fuat Cebesoy gebildet hatte und als «Fortschrittspartei» firmierte, aber hauptsächlich gegen den Führungsstil des Präsidenten und die Abschaffung des Kalifats polemisierte. Mustafa Kemal erwirkte die Absetzung des Premierministers Ali Fethi Okyar, der als ein Kompromißkandidat und Mittler fungiert hatte. İsmet İnönü kam zurück auf den Posten, Notstandsgesetze wurden verhängt, es gab wieder Schnellgerichte wie in der Periode des Kampfes der Nationalversammlung gegen das Banditenwesen und die Grüne Armee. Mit einem Aufgebot von 50 000 Regierungssoldaten, unterstützt zum ersten Mal von Flugzeugen der im Aufbau befindlichen Luftwaffe, wurde die Sait-Revolte blutig unterdrückt, der Şeyh selbst am 15. April gefangengenommen, am 25. Mai von einem jener «Unabhängigen Gerichtshöfe», deren Unabhängigkeit darin bestand, daß sie ausschließlich gebunden waren an die Weisungen Mustafa Kemals, zum Tode verurteilt und gemeinsam mit weiteren 46 Rebellen am 29. Juni vor der Großen Moschee in Diyarbakır gehenkt.

Zwischen die Verkündung und die Vollstreckung dieses Urteils schob Mustafa Kemal das Verbot der Fortschrittspartei. Kazım Karabekir leugnete nicht seine Kontakte mit Rawlinson, bestritt aber jede Sympathie für die Sait-Revolte. Mustafa Kemal dachte anders darüber. Er benutzte, ganz wie von Lawrence vorausgesehen, die zur Niederwalzung der Konterrevolution erlassenen Sondergesetze, um die Pressezensur einführen zu können. Solche Schlagzeilen wie: «Der Autokrat, der den Namen eines Präsidenten der Republik trägt, regiert nach eigenem Gutdünken», wünschte er nicht mehr zu lesen. Gut, dachte sich Mustafa Kemal, wenn ihr mich schon einen Diktator schimpft, dann werde ich mich ab sofort eben wie ein solcher benehmen.

Nicht nur über die Verfassung der Republik setzte er sich nach seiner über das Angemessene schon hinausgehenden Antwort auf die islamistische Herausforderung durch den Kurden-Şeyh hinweg; auch die Konstitution, die er nach dem Scherzwort Thomas Manns seinem Privatleben gegeben hatte, seine Eheschließung mit Latife, wurde jetzt suspendiert. Er hatte die selbstbewußte und gebildete Tochter eines wohlhabenden, nach Frankreich orientierten Kaufmanns bei seinem Einzug ins befreite İzmir kennengelernt und von der Stelle weg geheiratet. Obgleich er daraus keinen Pfeil fürs Parteiprogramm schnitzte, sah er in der strikten Trennung der Geschlechter doch eines der Hauptübel der islamischen Ordnung in der Gesellschaft, dem er mit seinen Reformen gegenzusteuern gedachte. Überzeugt, durch das eigene Beispiel mehr bewirken zu können als mit Verordnungen und Dekreten, wollte er mit Latife seinem Volk eine moderne Musterehe vorleben und hatte aus der Hochzeitsreise eine Tournee quer durch das befreite Anatolien gemacht, bei allen Empfängen darauf bestehend, daß auch seine Gastgeber mit ihren entschleierten Ehefrauen erschienen.

In seinen Alltag in seinem Landhaus in Ankaras Vorort Çankaya fügte sich Latife weniger gut. Schon daß der Gazi, wenn nicht irgendeine Verpflichtung es anders verlangte, sich niemals vor der Mittagsstunde aus seinem Bette erhob, war seiner Angetrauten zuwider. Statt zu frühstücken, trank er im Stehen einen halben Liter Ayran und kaute eine Scheibe Weißbrot dazu, alles im Morgenmantel, den er, falls nicht Besucher gemeldet waren, anbehielt, wenn er in sein Arbeitszimmer verschwand. Wie die Eule der Minerva ihre Schwingen nicht vor der Dämmerung zum Fluge ausbreitet, so fand auch im Hause von Mustafa und Latife das eigentliche Regieren nicht vor Einbruch der Dämmerung statt. Ab 21 Uhr wurde allabendlich zur Rakıtafel geladen. Bei einfachen Speisen und erleuchtendem Getränk saß Mustafa Kemal mit seinen Ministern und Ratgebern bis in die Morgenstunden und schuf mit ihnen die neue Türkei.

Für Latife war diese Tages-, besser Nachteinteilung ein Greuel, sie mußte hier reformieren, und zwar «schlagartig, in schnellstmöglicher Zeit». Zunächst einmal wurde, die ausgedehnte Morgenruhe ihres Gatten ausnutzend, die Einrichtung verändert, die Junggesellenbude zur repräsentativen Residenz umgestaltet. Erlesene Antiquitäten, Seidentapeten, Samtvorhänge, Blumengestecke, überall setzte die liebevoll sorgende Hand der Hausfrau ihre Akzente. Plunder und Tinnef nannte es Mustafa Kemal.

Nachdem Latife ihre Grenzpfähle auf diese Art vorgesteckt hatte, begann sie die Abendgesellschaft zu reformieren. Ihn von der Mühsal mit den Einladungen zu entbinden, übernahm sie es, für ihn die Gästeliste zu führen. Bald hatte Mustafa nur noch Vorschlagsrecht und mußte sich immer häufiger mit ihrem Veto abfinden. Latife hatte begriffen, daß es keine Verteidigungslinie gibt, sondern nur eine Verteidigungsfläche, Mustafa Kemal war machtlos dagegen.

Gerne hätte Latife auch noch das Rakıverbot und den mitternächtlichen Zapfenstreich durchgesetzt, aber diese seine beiden letzten Bastionen wußte Mustafa zu halten. Latife setzte Guerillataktik dagegen, hämmerte mit der Schuhsohle auf den Boden, wenn zu fortgeschrittener Stunde die Laune unten besonders gut wurde, platzte, wenn das nicht half, im Hausmantel in die angetrunkene Männerrunde und lieferte Szenen.

Zwei Monate nach der Auflösung der Fortschrittspartei, sechs Wochen nach der Hinrichtung Şeyh Saits forderte er Latife auf, ihre Koffer zu packen, und ließ in die Spalten der Zeitungen, die er noch nicht verboten hatte, die Meldung von seiner Ehescheidung einrücken. Das wäre nach der Einführung des Bürgerlichen Gesetzbuchs, welche die Nationalversammlung am 4. Oktober 1926 beschloß, komplizierter gewesen.

Nach diesen Erschütterungen und Irritationen wandte Mustafa Kemal sich wieder der Reformarbeit zu, drei Hindernisse hatte er aus dem Wege geräumt, und also konnte es weitergehen. Etwas vom Kaliber der Verbannung der Religion aus der Politik nahm er sich nicht gleich wieder vor, aber auch seine auf den ersten Blick unscheinbare Hutreform hatte durchaus ihre laizistische Komponente. Partieller Rückfall in die Abgründe des Osmanentums war auch darin enthalten, denn ähnlich wie Mahmut II. machte er das an und für sich antimoderne Institut der Kleiderordnung zum Vehikel seiner Umerziehung der Türken. Der Turban war ja längst zum Vorrecht der geistlichen Würdenträger geworden, aber nun wurde auch das Tragen des Fes mit Strafe bedroht.

Unmittelbar nach seiner Trennung von Latife unternahm er mit einigen Kumpanen seiner in altgewohnter Unbeschwertheit zechenden Tafelrunde, um seine Persönlichkeit und sein Charisma zugunsten der Reform ins Spiel werfen zu können, einen Ausflug in das für die miefige Starrhalsigkeit seiner Bewohner berüchtigte Kastamonu und stellte den staunenden Provinzlern die ungeheure Neuigkeit selber vor.

«Unser Volk ist in die Zivilisation eingetreten», erklärte er der buntscheckigen Menge von der Rednertribüne. «Ich möchte, daß diese neue Geisteshaltung nicht nur in der veränderten Form des

Familienlebens, der Lebensführung überhaupt, sondern auch in unserem äußeren Erscheinungsbild zutage tritt. Stiefel oder Halbschuhe an unseren Füßen, Hosen an unseren Beinen, Hemd und Krawatte, darüber ein Jackett. Obendrauf, auf den Kopf nämlich, eine Bedeckung mit einer Krempe. Meine Herren, wie Sie sehen können, kleidet der Präsident der Republik sein Haupt, wie dies auch sonst üblich ist in den zivilisierten Teilen der Welt. Die landläufige wie auch die offizielle Bezeichnung für diese Art von Kopfbedeckung lautet: Hut. Und noch etwas, meine Herren! Auf meiner Fahrt hierher habe ich nicht nur in den Dörfern, sondern auch in den kleineren Städten Frauen, unsere Gefährtinnen, gesehen, deren Gesichter vollständig eingehüllt waren. Ich stelle mir vor, daß diese Schleier und Tücher, besonders jetzt in der Hitze des Sommers, furchtbar unbequem sind und behindern. Liebe Freunde! Unsere Frauen sind sensibel und klug, wie wir auch. Nachdem wir ihnen unsere nationale Ethik erklärt, ihren Geist mit Wissen und Erkenntnissen angefüllt haben, benötigen sie da noch unsere selbstsüchtige Aufsicht? Lassen wir sie ihre Gesichter der Welt zeigen, und lassen wir sie die Welt sorgfältig betrachten. Es gibt nichts, was wir dabei zu fürchten hätten.»

Das Zerwürfnis mit Latife hatte beim Gazi offensichtlich keine misogynen Folgeerscheinungen gezeitigt, im Gegenteil wurde bei seinen Kundgebungen und Gesetzesinitiativen eine feministische Note unverkennbar. Das uneingeschränkte aktive und passive Wahlrecht wurde den Frauen zwar erst mit dem Gesetz vom 5. Dezember 1934 zugestanden, damit aber doch elf Jahre früher als in Frankreich, zwölf Jahre früher als in Italien, vierzehn Jahre früher als in Belgien und 37 Jahre früher als in der Schweiz.

Mustafa Kemal heiratete nicht wieder, aber wie Kazım Karabekir nahm er Adoptivkinder an, jedoch nicht 1000 Jungs wie jener, um eine Truppe aus ihnen zu schmieden, sondern nur acht, und zwar ausschließlich Mädchen. Eine von ihnen, Sabiha Gökçen, wurde zur ersten Pilotin des Landes, eine andere, Afet İnan, schrieb in den sechziger Jahren das Standardwerk über die Frauenrechtsbewegung in der Türkei. So hat er sich den Ehrentitel des Vatertürken, den ihm im Anschluß an die Verabschiedung des Gesetzes über die Familiennamen die Nationalversammlung 1933 verlieh, auch von dieser Seite redlich verdient.

Nachdem der Fes ohne Murren verschwunden und die türkische Hutindustrie angekurbelt war, nahm Atatürk wieder einen tieferen und gewagteren Schnitt ins kollektive Bewußtsein vor. Ein lateinisches Alphabet sollte an die Stelle des arabischen treten. Eile war hierbei nicht nur die Karlsbader Maxime, sie war auch geboten, denn um ein Haar wären ihm die Sowjets zuvorgekommen, die in den Turkrepubliken am gleichen Objekt experimentierten.

Das Vorhaben ging einerseits auf Entschleierung der Schönheit der türkischen Sprache vor den Augen jenes Teils der zivilisierten Welt, dem es unmöglich war, die arabischen Zeichen zu durchdringen, andererseits war aber auch für die türkische Sprache selbst die mit dem Islam übernommene Form der Notierung unbequem und behindernd. Zwar besitzt das Arabische etliche Buchstaben für Konsonanten, die ein monoglotter Türke nicht einmal auszusprechen vermag, dafür können die überdurchschnittlich vielen Vokale des Türkischen nicht eindeutig ausgedrückt werden. Da unser geschätzter Leser inzwischen bestens vertraut geworden ist mit den fürs Türkische zusätzlich in das lateinische Alphabet eingefügten Zeichen, dürfen wir eine diesbezügliche Erläuterung sparen.

Wieder machte Atatürk die Reform zu seiner persönlichen Sache, Tafel und Kreide waren in dieser Periode seine geliebtesten Requisiten, und die Rolle des Schulmeisters, der seiner Nation das Abc einpaukt, stand ihm noch vorzüglicher als der Panamahut, mit dem er die braven Bürger von Kastamonu schockiert hatte. Die Mitglieder der Nationalversammlung überlistete Atatürk, denn sie hatten das Gesetz schon verabschiedet, als ihnen auffiel, daß sie ihr Mandat damit nach Artikel 12 der Verfassung, der Analphabeten die Zulassung zur Volksvertretung versagte, verwirkt hatten, und so lernten sie über Nacht, wie man mit den neuen Buchstaben schrieb.

Das war aber nur der erste Schritt, denn nach der Schrift kam die Sprache selbst unter den Pflug der Reform. Zu diesem Behuf wurde 1932 die Türk Dili Tetkik Cemiyeti ins Leben gerufen. Obschon alle sechs Pfeile mitzuarbeiten hatten an der Bewältigung dieser kühn gestellten Aufgabe, war es das Kernprojekt des Nationalismus, der kulturellen Homogenisierung. Aus der arabisch-persisch-türkischen Mischsprache Osmanisch sollte das Türkische herausgeschält und zu einem lebensfähigen Organismus gemacht werden. Da konnte die bestellte Expertenkommission gleich einmal bei ihrem eigenen Namen beginnen. Türk Dil Kurumu hieß die Gesellschaft für Türkische Sprache, von persisch-arabischem Einfluß gereinigt.

Diese Umwälzung blieb nicht das Geschäft eines Klubs von Stubengelehrten, buchstäblich buchstäblich nahm das Volk daran teil, erschuf sich die Sprache und damit sich selbst. Der Vorgang hat kein Beispiel in der Geschichte. Vor allem hier blieb auch die Revolution permanent, schon für die nächste Generation waren die osmanischen Texte Zeugnisse einer abgelebten Vergangenheit, denen sie sich nur mit Hilfe von Wörterbüchern und Lehrwerken der Grammatik anzunähern vermochte. Spuren und Splitter des Persischen und Arabischen sind der heutigen Landessprache der Türkei trotzdem geblieben, und natürlich steht der osmanische Fundus der künstlerischen Verwendung in der Literatur zu weiterer Verfügung, was bei den Schriftstellern anderer Nationen, die bei ihren Schöpfungen auf ein historisch weniger angereichertes Medium und Material angewiesen sind, Gefühle des Neids hervorrufen muß. Von den besonders im 19. Jahrhundert ins Osmanische eingedrungenen Gallizismen wurden dem Neutürkischen übrigens beinahe gar keine zum Opfer gebracht, und es war in seiner Konstruktion elastisch genug, die im 20. Jahrhundert so massenhaft auftretenden Anglizismen zu integrieren.

Problematisch-zweideutiger war's mit der Gesellschaft für Türkische Geschichte. Mehr noch als die berufenen Sprachschöpfer, die, vor Übereifer gelegentlich ins Spintisieren geratend, die

Theorie von der Sonnensprache aufgestellt hatten, der zufolge Türkisch die Mutter aller Idiome war, so daß man etwa Hindi, Swahili oder Chinesisch als überformte Dialekte derselben auffassen durfte, schossen die Historiker beim Nationalisieren über alle Ziele hinaus. Sie bewiesen den türkischen Ursprung der Völker der Frühzeit, wie etwa der Sumerer und der Hethiter, und in weiterer Vertiefung dieser Forschungen wurden die Vokabeln «türkisch» und «kultiviert» zu Synonymen.

Zwar wurde das späterhin revidiert und unter Ulk verbucht, der akademisch betriebene Schwachsinn hatte aber doch seine nachteilige Wirkung, weil sich die Türkei vom internationalen Wissenschaftsbetrieb isolierte, ohne überhaupt in ihn eingetreten zu sein. Dieser fatale Mißstand wurde erst durch den rassistisch entarteten deutschen Nationalismus etwas entschärft, denn als Atatürk seine Hochschulreform umzusetzen begann, konnte er zahlreiche der durch Hitler von den deutschen und österreichischen Universitäten vertriebenen jüdischen Professoren für den Aufbau der verschiedensten Fakultäten und Fachbereiche gewinnen.

Dafür, daß die Türkei im großen Spiel der Politik nicht isoliert wurde, sorgte ihr Vater persönlich. Mit Venizelos, dem gewesenen Todfeind, unterzeichnete er 1930 einen türkisch-griechischen Freundschaftsvertrag. So vergeben und vergessen wurde der blutige Zwist, daß die beiden Länder 1933 gemeinsam mit Bulgarien, Rumänien und Jugoslawien ein Schutz-und-Trutz-Abkommen für die Stabilität und die Sicherheit des Balkans abschließen konnten. Die Atatürksche Maxime «Yurtta sulh cihanda sulh», «Friede daheim, Friede in der Welt», sollte aber auch für die Nachbarn im Osten gelten, und so kam 1937 ein ähnlicher Pakt mit Iran, Irak und Afghanistan zustande. 1932 gab der Völkerbund dem türkischen Beitrittsgesuch statt.

Ausnahmslos waren die Staatsgäste fasziniert von der Persönlichkeit, auf die sie in Ankara trafen.

«Der Soldat von einst hat sich zu einem bürgerlichen Präsidenten von unanfechtbarer Korrektheit gewandelt», urteilte der französische Außenminister Edouard Herriot nach seinem Besuch, und König Edward VIII., mit dem Atatürk sich auf deutsch und besonders herzlich unterhielt: «Seine Gesichtszüge sind scharf gemeißelt, seine Augen die durchdringendsten, in die ich je geblickt habe.»

Selbst in der Wirtschaftspolitik, für die er sich nie so recht zu begeistern vermochte und bei der er sich ähnlich wie Sultan Selim II., mit dem er ja die Schwäche für den Alkohol teilte, in der Hauptsache auf seine jüdischen Berater verließ, durfte Atatürk am Ende stolz sein auf die Bilanz. Die Kohleförderung wuchs im Verlauf der dreißiger Jahre um 100 Prozent an, die Baumwollproduktion, unbedeutend bis 1924, konnte 1929 bereits für 80 Prozent der Importe aufkommen. Die Zahl der Eisenbahn- wie auch der Straßenkilometer wurde in den ersten anderthalb Dekaden der Republik verdoppelt, mit Beginn der dreißiger Jahre durfte die Türkei den Saldo ihres Außenhandels mit schwarzer Tinte notieren.

Für einen bis dahin nicht vorhandenen Posten im Staatseinkommen hatte Atatürk schon 1926 gesorgt. Unter Staatsmonopol wurde eine Schnapsfabrikation eingerichtet. Der Schnaps war es dann auch, der es schaffte, woran so viele gescheitert waren: dem Gazi das Leben zu kürzen.

Anfang 1938 begannen Atatürks Kräfte zu schwinden, Leberzirrhose war der Befund, eine Therapie mit Aussicht auf Heilung stand nicht zu Gebot. Während des Frühjahrs und Sommers ging es weiter bergab mit dem Patienten, seine letzten Wochen verbrachte er liegend in einem Zimmer des Dolmabahçesarays. İstanbul, die Ungeliebte, hatte ihn wieder. Am 10. November 1938 morgens um fünf Minuten nach neun kehrte Gazi Mustafa Kemal Paşa Atatürk zurück in die Verborgenheit.

An einem Leberschaden also starb der Vater der Türken, und das Stichwort bringt uns natürlich auf Sandol. Wie steht's mit dessen Leber, und wie steht's überhaupt unter dem Zelt von Beausoleil nahe Monaco?

Nasrettin, der nicht begreifen kann, was ihm widerfährt, daß er doch wieder in den Ring gestellt ist, obwohl Sandol sich ein drittes Mal disqualifiziert hat, mobilisiert noch einmal Kräfte aus seinem Zorn und nimmt es auf mit der Welt, die sich verschworen hat gegen ihn. Boxerisch sauber sind sie freilich nicht, diese Aktionen, aber der Gegner ist ausgepumpt, hat von schulmäßiger Verteidigung, wie sie hier ausreichen würde, nichts mehr zu seiner Verfügung. Nasrettin feuert seine Munition ab bis zur letzten Patrone, zu verlieren gibt es nichts, denn es ist wie das Sonnenlicht so klar, daß man ihn betrügen will um seinen Sieg. Sandol kassiert und kassiert. Großartige Wucht ist nicht mehr hinter Nasrettins Stößen, Sandol verarbeitet sie, ohne zu fallen. Es ist dem Champion sehr recht, daß er mit den Sohlen festgeklebt ist am Boden des Rings. In keiner der elf Runden zuvor ist Nasrettins Überlegenheit so deutlich gewesen wie in dieser finalen, der unfähigste, korrupteste Punktrichter der Welt könnte sie nicht für Sandol werten. Eine Minute trennt Nasrettin noch von seinem Sieg, und sollte Sandol auch stehen bleiben, unserem Helden gehören die Punkte, er setzt ja noch Treffer.

Warum stürmen plötzlich Betreuer und Offizielle den Ring? Wo war der Gong? Nasrettin weiß es im Kopf, und er weiß es im Fleisch: Es fehlen noch 60 Sekunden. Gleich einem dieser wildgemachten Kamelhengste, wie Nasrettin es als kleiner Junge bei einer solchen Volksbelustigung einmal in Kars beobachtet hat, wird er von sechs starken Männern gepackt, in seine Ecke gezerrt und auf den Schemel gedrückt. Auch der Ringarzt ist oben. Nasrettin erkennt den Mann nicht, sieht nur dessen Hand vor seinen Augen. Nasrettin will's nicht zulassen, daß der fremde Mann ihn berührt, und da sie ihm die Arme festhalten, beißt er nach dem Finger, bevor er sich in seine Wunde hineinbohren kann. Der Mediziner ist fast froh über Nasrettins Biß, denn er entlastet ihm das Gewissen. Auch ohne die Weisung von Präsident und Minister würde er jetzt seines Amtes walten zum Nachteil des Kannibalen. Der Kampf wird abgebrochen. Nach der Diagnose des bestellten und zuständigen Fachmanns würde Nasrettin bei Fortsetzung seine Gesundheit nicht zu verantwortenden Risiken aussetzen. Der Ringsprecher wußte wohl schon Bescheid, denn er spricht gar nicht mehr mit dem Arzt. Auf dessen Nicken hebt er das Mikrophon, will das Urteil verkünden. Sandol steht bei ihm. Er winkt auch Nasrettin zu sich. Die Männer, die unseren Helden festgehalten haben, lassen ihn los. Nasrettin würde, hätten sie ihm nicht schon die Fäustlinge von den Händen gezogen, weiterboxen, es fehlt ja noch eine Minute. Dieses Urteil nimmt er nicht an, es ist ein Urteil nicht nur gegen ihn, es ist ein Urteil gegen den Sport. Sollen sie ihm die Lizenz aberkennen! Was tut das noch?

Er schlüpft durch die Seile, springt die Stufen hinunter und rennt, bevor irgend jemand ihn aufhalten kann, zu seiner Kabine. Während er läuft, hört er es noch: «Sieger durch technischen K.o., alter und neuer Europameister im Superfedergewicht: Marcel Sandol.»

Er verriegelt hinter sich die Tür seiner Kabine. Er ist der einsamste Mensch dieser Welt, er will es erleben und fühlen. Die Dusche liebt ihn noch. Das heiße Rauschen tut wohl, unsagbar wohl. Nasrettin möchte vergessen. Diesen Kampf vergessen. Vergessen, daß er jemals Boxer gewesen. Lange steht Nasrettin so und läßt sich liebkosen vom Wasser, das wärmend über ihn strömt. Mehr als eine Stunde vergeht so. Zeit. Was wird Nasrettin jetzt machen mit all dieser Zeit? Nie wieder Sport, nie wieder Ziele. Am besten unter dieser Dusche bleiben für den unbedeutend gewordenen Rest seines Lebens.

Irgendwann dreht Nasrettin doch den Wasserhahn zu. Der «BoxSport» wird schreiben, er sei der eigentliche Sieger gewesen. Was für ein Trost! Nasrettin sieht sich im Spiegel, als er sich das

Gesicht trocknet und sich die Haare frottiert. Eine Schramme, weiter nichts. Ein großes Pflaster, schon ist sie verschwunden, die lächerliche Verletzung, die ihn um die Frucht seiner Lebensanstrengung gebracht haben soll.

Vor dem Kleiderschrank hängt auf einem Bügel ein Frack. Was hat das zu bedeuten? Auf dem Tisch ein weißes Frackhemd, eine Fliege und ein Zylinder. Wo sind die Sachen, die er anhatte, als er gekommen war? Nasrettin fragt nicht viel, es ist auch niemand da, der ihm antworten könnte. Er legt ihn an, diesen Frack, und der ist aus keinem Verleih, der ist maßgeschneidert für ihn. Daß er die Fliege binden kann, obwohl ihm das nie im Leben gezeigt worden ist, auch das nimmt er hin. Natürlich sitzen auch die Lackschuhe in dem Karton auf dem Stuhl, die doch nagelneu sind, so bequem, als hätte er sie Wochen getragen. Wie kleidsam dieser Zylinder! Schon mehr als geckenhaft, sich in solchem Aufzug auf die Straße zu wagen. Jedenfalls wird niemand in ihm den geschlagenen Boxer vermuten. Es klopft leise an die Tür seiner Kabine.

«Wo bleibst du denn, Nasrettin?» Das ist Yasemins Stimme. «Wir können doch nicht ewig warten auf dich.»

Hatte Nasrettin es nicht vorausgesagt an jenem Abend im «Ciao», als sie den Ring von ihm genommen? Phantastisch steht ihr das Weiß!

«Komm jetzt endlich», sagt sie zu ihm, «die Musik hat schon zu spielen begonnen, und das Brautpaar muß den Tanz doch eröffnen.»

Sie nimmt ihn bei der Hand und führt ihn zurück in das Zelt. Die Tribünen für die Zuschauer sind abgebaut worden, lange, mit schneeweißen Tüchern gedeckte Tische stehen jetzt statt dessen zwischen den Bänken. Sie biegen sich unter dem Gewicht der Platten und Teller, die gefüllt sind mit aufwendig und liebevoll gerichteten Speisen: die Hochzeitssuppe mit Lammhirn, Humus, der Patlıcan, zubereitet nicht nur im Granatapfelsaft, sondern auch als Musakka und nach der köstlichen Art, die man «Den İmam hat's umgehauen» nennt, gestopfte Artischocken und Weinblätter, Okras und Reibekuchen von Zukkinen, geschmorte Keulen von Lämmern und Ziegen, Truthähne mit Kastanien, gegrillte Forellen, alle Varianten von Köfte, von Hühnchengerichten, auch die besonders schmackhafte der Tscherkessen mit der Paste von geriebener Walnuß, alle Versionen auch des Börek sind versammelt, mit Käse zu Halbmonden geformt oder zu Zigarren gerollt, mit Spinat oder Mangold, dann aber auch süßes Gebäck mit verlockenden Namen wie Nachtigallennester oder Frauennabel, Äpfel im Turban, Kußmündchen, Helva aus Reismehl und Helva aus Grieß à la Cem Sultan, kandierte Feigen und Mandeln und alles, was die Saison frisch gibt.

Das Podest, auf dem Nasrettin mit Sandol geboxt, ist an die Zeltwand geschoben, es sitzen darauf die Musikanten des kleinen Orchesters, das aufspielt, aber Nasrettin und Yasemin kommen gar nicht bis zu den gebohnerten Dielen, die unter den Scheinwerfern in der Mitte zu einem Tanzboden ausgelegt sind. Von allen Seiten stürmen die Gratulanten heran. Der erste ist Sandol, wie seine Freunde in einen Nadelstreifenanzug gekleidet. Er bringt Nasrettin den Europameisterschaftsgürtel, umarmt ihn und beglückwünscht ihn zu seinem Sieg.

«Nein, das ist doch falsch, umgekehrt ...», will Nasrettin sagen, aber Sandol unterbricht ihn.

«Wenn du wegläufst! Hast du es etwa nicht gehört unter der Dusche? Das Urteil ist revidiert. Deine Verletzung kam durch einen Unfall zustande, die Punkte sind ausgezählt worden. Du bist einstimmig zum Sieger nach Punkten erklärt!»

Der blau-goldene Gürtel macht sich gut als Schärpe unter dem Frack. Als nächster ist Metin da, auch er umarmt Nasrettin, küßt ihn, spricht ihn mit «Damat», Schwiegersohn, an, wünscht ihm und Yasemin Glück und Kindersegen für ihre Ehe. Zwanzig Tausendmarkscheine steckt Metin Nasrettin in seinen Gürtel.

«Das war der Brautpreis», sagt er schmunzelnd dazu, zaubert weitere zwanzig Tausendmarkscheine und schiebt sie zu einem

Fächer. «Und das ist mein Geschenk für eure Hochzeit. Daß ich keine Waffe kriegen sollte, sondern nur einen Füllfederhalter, damit war ich zuerst nicht einverstanden. Aber als ich dann gelesen habe, woher du ihn hast!»

Metin zieht eine Zeitung aus der Tasche seines Jacketts. Es ist eine Ausgabe der «Cumhuriyet», und Metin fährt, voll Hochachtung die Brauen zur Stirn hinaufziehend, mit dem Finger die Schlagzeile entlang: «Einbruch im Anitkabir-Museum! Atatürks Füllfederhalter gestohlen.»

«Ein lausiger Sunnit wirst du bleiben», grummelt Metin, Nasrettin die Schulter klopfend, «aber Mumm hast du wie einer aus Hınıs.»

Niyazi drängelt schon hinter ihm, er will ja auch seinen Neffen, den Europameister und Bräutigam, in die Arme schließen und herzen. An Niyazis Seite ist Sevim, sie kann nicht anders, sie muß weinen, daß alles zu diesem glücklichen Ende gekommen.

«Und ist es wahr? Du wirst nie wieder boxen?»

«Nur noch tanzen», antwortet Nasrettin strahlend, «tanzen mit meiner Frau.»

Da sind noch so viele Hände, die geschüttelt sein wollen, die Gültens, die mit den klotzigen Ringen von Rufus Mompertz, die geschickte Arbeiterhand von Meister Janetzki, aber jetzt schiebt Nasrettin doch seine Frau durch die Menge dem Tanzboden zu. Eine türkische Hochzeit ohnegleichen wird es, ein Fest, wie die Erde noch keines gesehen. Nasrettin tanzt mit seiner Frau in den Himmel hinein. Der lang vermißte Onkel Yılmaz ist gekommen, und er bringt Kulhan mit. Sie schenken Nasrettin und seiner Braut je einen Abguß aus hochkarätigem Gold von jenem Geschoß, das ihnen damals so schreckliche Scherereien gebracht. Champagner fließt in Strömen, das ist eine Gabe des französischen Kulturministers, aber Jérôme Jouve ist nicht, wie man das von ihm kennt, unter den Tänzern. Er sitzt mit vier betagten Männern an einem kleinen Tisch ganz am Rande der ausgelassenen Gesellschaft und führt tiefsinnige Gespräche. Muharrem Güneş, Hacı Bektaş, Nasrettin Hoca und Mustafa Kemal, sie sind es, die viele, viele Flaschen Rakı leeren mit ihm. Für ein Viertelstündchen verweilt unser Held bei ihnen. Alles um sie herum ist blendendes Licht vollkommener Weisheit, und Nasrettin hat daran teil.

FINIS

Glossar

Abi	eigentlich *ağabey,* großer Bruder, auch Anrede an Ältere
Abla	große Schwester, auch Anrede an Ältere
Ağa	Großgrundbesitzer, auch Anrede
Akçe	Asper, osmanische Silbermünze
Akıncı	der unbesoldete, auf Plünderung angewiesene Vortrab der osmanischen Armee
Arkadaş	Freund
Aşık	eigentlich «der Verliebte», jemand, der sein Herz an etwas hängt
Asker	Soldat
Assassinen	terroristische şiitische Sekte in Persien, Haschischfreunde
Ayran	türkisches Joghurtgetränk
Azab	bei Bedarf ausgehobene Soldaten/Matrosen
Azeris	Turkvolk vor allem in Azerbaycan (Staatsvolk) und Iran (Minderheit)
Baba	Vater, auch Vorsteher einer Tekke
Babalar	şiitische religiöse Führer
Bakkal	Krämer
Bakkaliye	Krämerladen
Barış	Frieden
Bayraktar	Bannerträger, von *bayrak,* Banner
Beç Kralı	König von Wien (*Beç* ist die osmanische Bezeichnung für Wien)
Beg, Bey	Herr, auch als Anrede
Berber	Herrenfriseur, Barbier
Beylik	Herrschaft(sbereich)
Boğaziçi	der Bosporos, «das Innere des Halses»
Börek	Backwerk, meist Blätterteig
Cehennem	Hölle
Celali	Empörer gegen die Dynastie Osman in Anatolien, von *celal,* «Zorn Gottes»
Cennet	Paradies

Cihat	der islamische «Heilige Krieg»
Çavuş	Adjutant im Dienst des Sultans
Çete	Bande
Darülharp	«Haus des Krieges», der Teil der Welt, in dem der Islam noch nicht herrscht
Darülislam	«Haus des Islams», der Teil der Welt, in dem der Islam herrscht
Defterdar	Buchführer, osmanischer Finanzminister
Derviş	Bettelmönch
Devşirme	«Knabenaushebung» bei Nichtmuslimen für die Janitscharentruppen, von *devşirmek*, pflücken
Divan	Staatsrat(ssitzung), auch Gedichtsammlung
Dolma	Gemüse mit (Reis-/Fleisch-)Füllung
Dolmabahçesaray	Schloß am Bosporos zwischen Kabatas und Beşiktaş, seit 1855 offizieller Sitz der Sultane
Dost	persisch «Freund», oft mit religiöser Nebenbedeutung
Drusen	Synkretistische, ursprünglich şiitische Sekte
Efendim	«Mein Herr», Anrede
Einunddreißig	im Türkischen ein Wortspiel mit dem Zahlenwert der arabischen Zeichen für *el*, Hand, also etwa «Handarbeit»
Eşkinciyan	osmanische Reitertruppe, irreguläre Kavallerie, von *eşkin*, Paßgang
Fatih	Eroberer
Ferman	Erlaß des Sultans
Fetva	Gutachten des Şeyhülislams
Gazi	Frontkämpfer, Glaubensstreiter
Giaur	türkisch *gavur,* Ungläubiger, Schimpfwort für Christen
Güle güle	«Lachend, lachend (geh und komm wieder)», sagt der zum Abschied, der bleibt
Hacı	Mekkapilger
Hadis	richtungweisende Aussprüche des Propheten Mohammed
Hafız	Titel für den, der den Koran auswendig rezitieren kann, von *hafıza*, Gedächtnis

Hamam	türkisches Bad
Han	Herrschertitel, auch das Haus
Haseki	Favoritin des Sultans
Haydari	Von *haydar*, Löwe, Beiname Alis, radikale şiitische Dervişler
Helva	«Türkischer Honig», Süßigkeit
Hicaz	arabisch *hedschas*, Landschaft in Arabien
Hicret	arabisch *hedschra*, Auszug des Propheten von Mekka nach Medina im Jahr 622
Hoşça kal	«Verbleibe wohl», sagt der zum Abschied, der geht
Humbaracı	osmanischer Artillerist
Hutbe	Freitagspredigt mit Gebet
Hüvendigar	«Herrscher der Welt»
İmam	Leiter einer islamischen Gemeinde, bei den Şiiten Nachfolger des Propheten
İnşallah	«So Gott will»
Irk	Rasse
Kadı	Richter
Kadıasker	Heeresrichter
Kale	Burg
Kalender	wandernder islamischer Bettelmönch
Kalif	Nachfolger, Stellvertreter des Propheten
Kalpak	alttürkische Kopfbedeckung, als schwarzer Fellkalpak im Befreiungskrieg Symbol der Zugehörigkeit zu Mustafa Kemals Truppen
Kanun	Gesetz, davon abgeleitet unser «Kanon»
Kanuni	Gesetzgeber
Kanunname	Gesetzbuch
Kapudanpaşa	Großadmiral, Flottenkommandant
Kara	schwarz
Karakalpak	Angehöriger eines Turkvolks südlich des Aralsees, («die mit dem schwarzen Kalpak»)
Kaymakam	Stellvertreter des Großvezirs in Kriegszeiten
Kebap	jedes geschnittene und geröstete Fleisch
Kımız	vergorene, leicht alkoholische Stutenmilch
Kızıl	rot

Kızılbaş	Rotkopf, Schimpfwort für Aleviten, von ihrer ursprünglichen roten Kopfbedeckung
Köfte	Frikadelle, Knödel
Köy	Dorf
Kral	König
Kuruş	kleine Münze, abgeleitet von deutsch «Groschen»
Lahmacun	«Türkische Pizza»
Laze	Angehöriger eines kaukasischen Volksstammes im Nordosten der Türkei, Schwarzmeertürke
Levent	marodierender Bandenangehöriger
-lı, -li, -lu, -lü	macht aus einem Substantiv ein Adjektiv und bezeichnet die Zugehörigkeit, z. B. *karslı*, «aus Kars»
-ler, -lar	Pluralendung türkischer Substantive
Lokanta	einfache Gaststätte
Maone	türkisch *mavna*, Segelschiff
Medrese	islamische Hochschule
Mehdi	arabisch *mahdi,* der von den Şiiten erwartete Messias
Meydan	Platz, bei den Aleviten Versammlungsort der Gemeinde
Millet	nichtislamische Religionsgemeinschaft im Osmanischen Reich
Molla	islamischer Geistlicher
Müezzin	ruft vom Minarett der Moschee zum *ezan*, Gebet
Müftü	hoher islamischer Geistlicher, in diesem Buch verschiedentlich synonym verwendet mit Şeyhülislam
Mürit	Adept des Mürşits
Mürşit	geistiger, geistlicher Führer, «der den rechten Weg weist»
Oda	«Zimmer», Kaserne eines Janitscharenregiments
Oğlu	Sohn
-oğlu, -oğulları	Namenssuffix, zeigt die Abstammung an
Okey	beliebtes türkisches Zahlenlegespiel für vier Personen, dem Rommé verwandt

Orta	Janitscharenkompanie
Padişah	Sultan, Großherr
Patlıcan	Aubergine
Peki	eigentlich *pek iyi*, sehr gut, sehr wohl
Peygamber	Prophet, speziell Mohammed
Pir	islamischer Ordensgründer
Raka	türkisch *rekat,* bestimmte Folge von Körperbewegungen beim islamischen Gebet
Rakı	Schnaps, speziell *der* türkische Schnaps aus Trauben und Anis
Raya	Bezeichnung für die steuerpflichtigen Untertanen, anfangs ohne Rücksicht auf die religiöse Zugehörigkeit, später nur noch für die Christen verwendet
Reisülküttap	osmanischer Außenminister, «Chef des Geschriebenen»
Rum	türkische Bezeichnung für Byzanz; kleinasiatischer Teil des Osmanischen Reiches, auch Name einer Provinz
Rumeli	Rumelien, europäischer Teil des Osmanischen Reiches
Sancak	Fahne, Standarte, Verwaltungsbezirk
Saray	Palast
Sarık	Turban, das türkische *türban* bezeichnet dagegen das Kopftuch, das Frauen zum Zeichen ihres Glaubens tragen
Savaş	Krieg
Serasker	osmanischer Kriegsminister, von *ser*, Haupt, und *asker*, Soldat
Simit	trockener Teigkringel, mit Sesamkörnern bestreut
Sipahi	Kavallerist, Inhaber eines Lehens
Sofra	gedeckter Tisch, auch das Mahl selbst
Softa	Student an einer Medrese
Subaşı	Janitscharenrang, für die Wasserversorgung zuständig
Sufi	islamischer Mystiker

Şah persischer Herrschertitel
Şehit für den Glauben Gefallener, Märtyrer
Şeriat das islamische Recht
Şeyhülislam oberster Richter in şeriatrechtlichen Angelegenheiten
Şeytan Teufel
Takıyye Recht des Muslims, unter bestimmten Umständen den Glauben verleugnen zu dürfen, insbesondere von den Şiiten in Zeiten ihrer Verfolgung in Anspruch genommen
Tarikat Derviş-Orden
Tekke Derviş-Kloster, auch eine Landschaft in Anatolien
Tımar Lehen
Tuğra Namenszug des Sultans
Türbe Grabmal, Mausoleum
Ulema islamische Theologen
Umma Gemeinde der Gläubigen
Valide Sultansmutter
Vezir Minister
Vilayet Verwaltungseinheit
Yanık Hazardspiel mit Karten
Yayla Hochalm
-zade Namenssuffix, zeigt die (vornehme) Abstammung, entspricht unserem «von»